# Kristan Higgins

## Lieber Linksverkehr als gar kein Sex

## Lieber für immer als lebenslänglich

MIRA® TASCHENBUCH
Band 26055

1. Auflage: Januar 2017
Copyright © 2017 by MIRA Taschenbuch
in der HarperCollins Germany GmbH
Erste Neuauflage

Titel der nordamerikanischen Originalausgaben:
The perfect Match
Copyright © 2013 by Kristan Higgins
erschienen bei: HQN Books, Toronto

The Best Man
Copyright © 2013 by Kristan Higgins
Erschienen bei: HQN Books, Toronto

Published by arrangement with
HARLEQUIN ENTERPRISES II B.V./S.àr.l

Konzeption/Reihengestaltung: fredebold&partner GmbH, Köln
Umschlaggestaltung: Hafen Werbeagentur gsk GmbH, Hamburg
Umschlagabbildung: Getty Images, München: William Fawcett, dendong,
Mascha Tace; shutterstock; Freepik.com
Redaktion: Mareike Müller
Satz: GGP Media GmbH, Pößneck
Printed in Germany
Dieses Buch wurde auf FSC®-zertifiziertem Papier gedruckt.
ISBN 978-3-95649-726-1

www.mira-taschenbuch.de

Werden Sie Fan von MIRA Taschenbuch auf Facebook!

Kristan Higgins

# Lieber Linksverkehr
# als gar kein Sex

Roman

Aus dem Amerikanischen von
Jutta Zniva

*Dieses Buch ist Maria Carvainis gewidmet,
meiner wunderbaren Freundin und Agentin.
Ich danke dir aus tiefstem Herzen, Madame.*

# Prolog

An dem Tag, als Honor Grace Holland 35 wurde, tat sie das, was sie an ihrem Geburtstag immer tat.

Sie ging zur Krebsvorsorge.

Klar, Honor war sich durchaus bewusst, dass die Gynäkologie in der Hierarchie der Party-Aktivitäten ziemlich weit unten angesiedelt war. Es fiel ihr bloß leichter, den gefürchteten Termin zu vereinbaren, wenn sie ihn auf ein denkwürdiges Datum legen konnte. Ein rein praktischer Grund also, mehr nicht; und Honor war absolut praktisch veranlagt. Eigentlich hatten ihre Schwestern Faith und Prudence und ihre engste Freundin Dana Hoffman vor, sie zum Geburtstag auszuführen, doch wegen des Schneesturms am letzten Wochenende mussten sie absagen. Und die Familie würde sich dieses Wochenende zum Kuchenessen treffen; es war also keineswegs so, dass der PAP-Abstrich die einzige Würdigung ihres Wiegenfests darstellte.

Sie brachte sich auf dem Untersuchungsstuhl in Position, während der Arzt diskret wegschaute, und übte dieses tiefe Ein- und Ausatmen, das ihr geradezu beängstigend biegsamer Yogalehrer mit derartigem Elan vorgeführt hatte, dass sie und Dana kichern mussten wie zwei kleine Mädchen in der Kirche. Die Atmerei hatte damals nicht funktioniert und funktionierte auch jetzt nicht. Sie starrte auf den Jackson-Pollock-Druck an der Decke und versuchte, an etwas Erfreuliches zu denken. Sie müsste dringend die Website updaten. Und ein Etikett für den neuen Grauburgunder entwerfen, den das Weingut Blue Heron bald auf den Markt bringen würde. Und natürlich die Bestellungen des Monats checken.

Als ihr bewusst wurde, dass mit „positiv denken" nicht ihre Arbeit gemeint war, versuchte sie, sich auf etwas zu konzentrieren, das nichts mit dem Job zu tun hatte. Zu Hause hatte sie ein paar Trüffelpralinen von Lindt. Das war gut.

„Na, wie geht's, Honor?", hörte sie Jeremy zwischen ihren Beinen fragen.

„Ich arbeite viel. Du kennst mich ja." Das tat er wirklich. Jeremy war sowohl ein alter Freund der Familie als auch der Exverlobte ihrer Schwester. Außerdem war er schwul, was aber keinen besänftigenden Einfluss auf das Abtasten ihrer Eierstöcke zu haben schien.

Er streifte seine Handschuhe ab und lächelte. „Fertig."

Honor setzte sich hastig auf, obwohl Jeremy ja wirklich schrecklich nett und berühmt für seine zarten Hände war. Jetzt reichte der liebe Onkel Doktor ihr sogar eine vorgewärmte Decke – so fürsorglich war er. Beim Befühlen der Brüste vermied er jeglichen Augenkontakt, und das Spekulum lag bei ihm immer auf einem Heizkissen. Kein Wunder, dass die Hälfte aller Frauen in Manningsport in ihn verliebt war. Dass er selbst Männer liebte, tat der Verehrung keinen Abbruch.

„Wie geht es Patrick?" Sie verschränkte die Arme.

„Super", antwortete Jeremy. „Danke der Nachfrage. Apropos, hast du derzeit einen Freund, Honor?"

Die Frage ließ sie erröten, nicht nur, weil Jeremys berühmte Hände „da unten" gewesen waren, sondern auch, weil … na ja. Sie war nun mal eher der verschlossene Typ. „Warum fragst du?" Wollte er sie etwa verkuppeln? Sollte sie Ja sagen? Vielleicht sollte sie das tun. Brogan war nie …

„Ich muss nur ein paar Fragen über dein, äh, über gewisse private Aspekte deines Lebens stellen."

Honor lächelte. Jeremy war zwar inzwischen ein angesehener Mediziner, aber gleichzeitig immer noch der süße Junge von damals, der auf dem College mit Faith gegangen war und einfach nicht vergessen konnte, dass Honor ein paar Jahre älter war als er. „Wenn es unter die ärztliche Schweigepflicht fällt, dann ist die Antwort …" Tja, was war denn die Antwort? „Die Antwort ist ja. Irgendwie schon. Und wenn du das irgendjemandem aus meiner Familie erzählst, bringe ich dich um."

„Nein, nein, natürlich nicht." Er erwiderte ihr Lächeln. „Aber es freut mich, das zu hören. Weil, äh …"

Sie setzte sich eine Spur aufrechter hin. „Weil was, Jer?"

Er lächelte verlegen. „Es ist nur so, dass … dass du jetzt 35 bist."

„Ja, ich weiß. Was hat das damit zu tun, ob … Oh." Sie hatte plötzlich ein flaues Gefühl im Magen – so, als stünde sie in einem rasant nach unten sausenden Fahrstuhl.

„Alles natürlich kein Grund zur Sorge." Er errötete jetzt ebenfalls. „Aber die Jahre sind kostbar. Eiertechnisch."

„Wie bitte? Wovon redest du?" Sie nahm ihren Haarreifen ab und schob ihn sich dann wieder auf den Kopf. Ein nervöser Tick. „Gibt es ein Problem?"

„Nein, nein. Es ist nur so, dass Frauen, die ab 35 ihr erstes Kind bekommen, als spätgebärend gelten."

Sie runzelte die Stirn und versuchte sofort, wieder damit aufzuhören. Erst heute Morgen (verflucht sei dieses natürliche Licht!) hatte sich im Spiegel eine bleibende Falte zwischen ihren Augenbrauen gezeigt. Honor hätte schwören können, dass diese Falte vorige Woche noch nicht da gewesen war. „Tatsächlich? So früh schon?"

„Ja, tatsächlich." Jeremy lächelte entschuldigend. „Tut mir leid. Aber es ist nun mal so, dass die Qualität deiner Eier ab jetzt abzunehmen beginnt. Medizinisch gesehen ist das beste Alter, ein Kind zu bekommen, so zwischen 22 und 24 Jahren. Das ist der ideale Zeitpunkt."

„24?" Das war vor mehr als einem Jahrzehnt. Honor kam sich mit einem Mal wie eine Greisin vor. Sie hatte eine Falte zwischen den Augen, und ihre Eier wurden alt! Sie rutschte unbehaglich auf dem Untersuchungsstuhl hin und her. Ihr Hüftgelenk knackte. Oh Gott, sie war eine Greisin! „Muss ich mir Sorgen machen?"

„Aber nein! Nein. Allerdings wird es vielleicht langsam Zeit, über diese Dinge nachzudenken." Jeremy machte eine Pause. „Was ich sagen will, ist … Ich bin mir sicher, dass die Lage im Moment völlig unproblematisch ist. Aber ja, die Risiken von Schwangerschaftskomplikationen und Unfruchtbarkeit fangen ungefähr jetzt an zu steigen. Noch sind sie klein, und Unfruchtbarkeit lässt sich heutzutage ja schon sensationell gut behandeln. Dieser Arzt in New Hampshire hatte gerade Erfolg bei einer 54-jährigen Frau, die …"

„Ich habe nicht vor, mit Mitte 50 ein Kind zu bekommen, Jer!"

Jeremy nahm ihre schlaffe Hand und tätschelte sie. „Ich bin mir sicher, dass es nicht so weit kommt. Als dein Arzt muss ich es dir aber sagen. Genau so, wie ich dir sage, dass du dich gesund ernähren sollst. Dein Blutdruck ist eine Spur zu hoch, aber das ist möglicherweise der Weißkitteleffekt. Vielleicht bist du nur nervös."

Sie war nicht nervös. Zumindest war sie es nicht gewesen, als sie hergekommen war. Total entspannt! Und jetzt hatte sie also hohen Blutdruck – zusätzlich zu einer Lederhaut und vertrocknenden Eierstöcken.

„Du siehst fantastisch aus", fuhr Jeremy fort. „Es gibt also wahrscheinlich keinen Grund zur Sorge …" Wahrscheinlich? Es war nie gut, wenn ein Arzt wahrscheinlich sagte! „... aber wenn du einen Freund hast, wird es möglicherweise langsam Zeit, über die Zukunft nachzudenken. Ich meine, nicht, dass du einen Mann brauchst. Es gibt eine wirklich gute Samenbank ...“

Sie zog ihre Hand ruckartig weg. „Okay, Jeremy, du kannst jetzt damit aufhören.“

Er lächelte. „Entschuldige.“

Sie startete einen weiteren Versuch, sich durch tiefes Atmen zu entspannen. „Ich soll also besser schleunigst ans Kinderkriegen denken – ist es das, was du sagen willst?“

„Genau. Und ich bin ganz sicher, dass du keinerlei Anlass hast, dir Sorgen zu machen.“

„Außer über Schwangerschaftsrisiken und Unfruchtbarkeit.“

„Richtig.“ Er lächelte. „Hast du noch irgendwelche Fragen?“

Sie rief Dana von Jeremys Parkplatz aus an. Im warmen Inneren ihres Prius fühlte sie sich sicher. Quasi wie im Mutterleib. Kein Wunder, dass sie plötzlich alles mit Schwangerschaft und Geburt assoziierte.

Dana meldete sich mit dem üblichen „House of Hair“, was Honor jedes Mal innerlich zusammenzucken ließ. Haus der Haare ...

„Ich bin's“, sagte sie.

„Gott sei Dank. Ich bin gerade mit Phyllis Nebbins monatlicher Dauerwelle und der Silbertönung fertig geworden und war schon knapp vor einem Schreikrampf. Will ich wirklich alles über ihre neue Hüfte hören? Aber egal, warum rufst du an?“

„Ich komme gerade von Jeremy. Ich bin alt und muss Kinder kriegen. Schnell.“

„Wirklich?“, fragte Dana. „Ich weiß nicht, ob ich es ertrage, noch eine Freundin ans Muttersein zu verlieren. Das ständige Gerede vom Schreien, von Koliken und den ach so entzückenden kleinen Engeln.“

Honor lachte. Dana wollte partout keine Kinder – sie fand, die seien der Hauptscheidungsgrund – und rief sie oft an, um das schlechte Benehmen der verzogenen Gören, die sie im „House of Hair“ zu sehen bekam, in allen grauenvollen Details zu schildern.

Honor aber liebte Kinder. Sogar Teenager. Nun ja, sie liebte ihre 17-jährige Nichte Abby, und sie liebte ihren Neffen Ned, der noch immer das geistige Alter eines 14-Jährigen hatte, obwohl er jetzt schon 22 war.

„Gibt's – davon mal abgesehen – sonst was Neues?", erkundigte sich Dana. „Hast du Lust, heute Abend auszugehen und mit ein paar Drinks darauf anzustoßen, dass du ein altes Weib bist?"

Honor schwieg kurz. Ihr Herz begann zu hämmern. „Ich glaube, angesichts der Neuigkeiten sollte ich vielleicht besser mit Brogan reden."

„Worüber?"

„Darüber."

Schweigen. „Im Ernst?"

„Nun ja … ich denke schon."

Wieder Schweigen. „Klar, ich schätze, ich verstehe deine Logik. Alternde Eierstöcke, eine Gebärmutter, die verschrumpelt …"

„Nur, damit eins klar ist – von einer verschrumpelnden Gebärmutter war nicht die Rede. Aber was hältst du davon?"

„Hm, klar, tu es." Dana klang alles andere als begeistert.

Honor rückte ihren Haarreifen zurecht. „Du klingst nicht besonders überzeugt."

„Bist du es denn, Honor? Ich meine, wenn du mich fragen musst, was ich davon halte, dann bist du es wahrscheinlich nicht. Obwohl du mit dem Typen schon wer weiß wie viele Jahre schläfst."

„Nicht so laut, okay?" Es war schließlich nicht so, als gäbe es ein Dutzend Leute in Manningsport (Einwohnerzahl: 715), die Honor hießen, und sie und Dana hatten sehr unterschiedliche Ansichten darüber, worüber man in der Öffentlichkeit reden konnte.

„Wie auch immer. Er ist reich, er ist hinreißend, und du bist ihm verfallen. Außerdem hast du ja schon alles. Warum nicht auch Brogan?"

Der scharfe Unterton in Danas Stimme war ihr durchaus vertraut. Sie wusste, dass ihre Freundin dazu neigte, Honors Leben durch eine sehr rosarote Brille zu sehen, und ja, gewisse Aspekte dieses Lebens waren zugegebenermaßen ziemlich toll. Aber Honor hatte auch so ihre Probleme. Zum Beispiel, nicht verheiratet zu sein. Oder das mit den alternden Eiern.

Sie seufzte. Dann betrachtete sie ihr Gesicht im Rückspiegel. Da war sie wieder, diese Falte. „Ich schätze, ich habe einfach Angst, dass er Nein sagt", bekannte sie. „Wir sind schon lange befreundet. Das möchte ich nicht aufs Spiel setzen."

„Dann frag halt nicht."

Die Jahre sind kostbar, eiertechnisch. Sie würde mit Jeremy mal über seine Art, diese Dinge rüberzubringen, reden müssen. Andererseits, wenn es so etwas wie ein Zeichen Gottes gab, dann waren es vermutlich genau diese Worte. „Wie heißt es doch so schön, wer nicht wagt, der nicht gewinnt, oder?" Sie hoffte, dass Dana sie bestärken würde.

Dana seufzte, und Honor spürte, dass ihre Freundin mit ihrer Geduld langsam am Ende war. Was man ihr kaum verübeln konnte. „Honor, wenn du ihn fragen willst, dann tu es. Leg einfach die Karten auf den Tisch. Vielleicht sagt er ja: ‚Klar doch, ich heirate dich! Du bist doch die fabelhafte Honor Holland!' Und dann kannst du zu Juwelier Harts gehen und dir diesen Stein holen, auf den du schon seit einem Jahr ein Auge geworfen hast."

Okay. Das war eine nette Vorstellung. „Jetzt mal langsam mit den jungen Pferden", wiegelte sie ab. Aber ja. Es gab einen Ring im Schaufenster des Juweliers, und Honor hatte gestanden – aber nur Dana gegenüber! –, dass dieser Ring, falls sie sich jemals verloben sollte, genau der Ring wäre, den sie sich wünschte. Nur ein schlichter, atemberaubend schöner Diamant mit Smaragdschliff in Platinfassung. Honor hielt sich eigentlich nicht für den Typ Frau, der auf Schmuck abfuhr (sie trug lediglich die Perlen ihrer Mutter) oder auf Klamotten (graue oder blaue Hosenanzüge von Ann Taylor, dazu eine taillierte weiße Bluse – manchmal rosa, wenn sie sich sentimental fühlte), aber dieser Ring hatte es ihr einfach angetan.

„Ich muss Schluss machen", sagte Dana. „Laura Boothby hat jetzt ihren Haartönungstermin. Frag ihn einfach, und hör dir an, was er zu sagen hat. Oder lass es bleiben. Aber rede nicht um den heißen Brei herum. Okay? Wir hören uns." Sie legte auf.

Honor blieb im Auto sitzen. Sie könnte eine ihrer Schwestern anrufen, aber … nun ja, keine von beiden wusste über Brogan Bescheid. Sie wussten natürlich, dass er und Honor befreundet waren, aber vom amourösen Teil der Beziehung ahnten sie nichts. Dem Sexteil. Prudence, die Älteste der Holland-Geschwister, wäre voll dafür. Sie war nämlich erst kürzlich – vermutlich als seltsame Begleiterscheinung der Menopause – zum Sexkätzchen geworden. Aber Pru hatte keine Hemmungen, bei Familienessen oder im O'Rourke's, der örtlichen Kneipe, Neuigkeiten einfach so hinauszuposaunen.

Faith, die jüngste der drei Holland-Schwestern … vielleicht. Sie und Honor hatten sich früher oft gezofft, doch das hatte sich etwas gelegt, seit Faith (die einzige Holland seit acht Generationen, die je außerhalb des Staates New York gelebt hatte) aus San Francisco hierher zurückgezogen war. Aber auch sie wäre einfach nur vollauf begeistert, wenn Honor es ihr erzählen würde. Als frisch verheiratete und insgesamt irgendwie rührselige Person liebte sie alles, was mit Liebe und Romantik zu tun hatte.

Und dann war da noch ihr Bruder Jack. Aber der war ein Mann und hasste nichts mehr, als sich Geschichten anhören zu müssen, die seinen Verdacht bestätigten, dass seine Schwestern tatsächlich Frauen waren und – schlimmer noch – ein Sexleben hatten.

Mitgefühl war also nur von Dana zu erwarten. Das war in Ordnung. Es war ohnehin Zeit, sich wieder an die Arbeit zu machen. Honor ließ den Wagen an und fuhr los.

Manningsport war das Juwel der Region um die Finger Lakes im westlichen New York, einer berühmten Weingegend. Der Winter war hier die stille Zeit des Jahres – die Ferien waren vorbei, und die Touristensaison fing erst im April an. Die Weinstöcke waren geschnitten, die Felder schneebedeckt. Der Keuka Lake, der zu tief war, um ganz zuzufrieren, glitzerte in der Ferne.

Das Blue-Heron-Weingut war das älteste in der Gegend, und der Anblick des Logos – ein goldener Reiher vor blauem Hintergrund – erfüllte Honor jedes Mal mit Stolz. Das Land der Hollands war das höchstgelegene Areal in der als „The Hill" bekannten Gegend und umfasste mehr als 200 Morgen Felder und Wald.

Honor fuhr am Alten Haus vorbei, einem 1781 im Kolonialstil gebauten Saltbox-Gemäuer mit der typisch asymmetrischen Dachschräge, wo ihre Großeltern (fast genauso alt) lebten und stritten. Dann vorbei am Neuen Haus (von 1873), einem großen, weißen Gebäude im Federalstil, wo sie mit dem guten alten Dad und Mrs Johnson, der langjährigen Haushälterin und Alleinherrscherin über die Familie Holland, lebte. Honor bog auf den Parkplatz des Weinguts ein. Nur ein anderes Auto stand dort, es gehörte Ned. Pru, die sich um die Landwirtschaft kümmerte, war entweder in einem der Geräteschuppen oder draußen auf den Feldern; Dad und Jack – und vielleicht auch Pops – inspizierten wahrscheinlich gerade die riesigen Weinstahlfässer oder spielten Poker. Abgesehen von Ned, der einen Teilzeitjob hier hatte, war Honor die Einzige, die jeden Tag im Büro arbeitete.

Was durchaus okay war. Sie war nun mal für die Geschäfte des Weinguts verantwortlich, und der Job gefiel ihr. Außerdem musste sie jetzt nach der kleinen Bombe, die Jeremy gerade hatte platzen lassen, erst mal nachdenken. Sie sehnte sich förmlich danach, Listen zu machen. Es war höchste Zeit, die farbigen Textmarker zu zücken.

Angesichts der Tatsache, dass die Jahre kostbar waren, brauchte sie einen Plan.

Sie betrat das Hauptgebäude, durchquerte den wunderschönen Weinverkostungsraum und ging am Souvenirshop vorbei in den Bürobereich. Neds Tür war offen, aber er war nicht da. Gut so; sie konnte am besten nachdenken, wenn sie allein war.

Sie setzte sich an ihren großen, ordentlich aufgeräumten Schreibtisch und öffnete ein neues Dokument auf ihrem Computer.

Männer waren ein Gebiet, auf dem Honor nicht sehr … versiert war. Klar, sie machte mit Dutzenden Männern Geschäfte, da das Wein-Business immer noch von Kerlen dominiert wurde. Wenn sie mit ihnen über Vertrieb, Marketing oder Ernteprognosen redete, hatte sie kein Problem.

Aber in Sachen Liebe und Beziehungen hatte sie den Dreh nicht wirklich raus. Faith, die eine Figur wie Marilyn Monroe, rote Haare, blaue Augen und etwas Unschuldiges, leicht Bambihaftes an sich hatte, verursachte praktisch schon eine Massenhysterie, wenn sie nur aus dem Auto ausstieg. Pru hatte trotz ihrer burschikosen Art und ihrer Männerklamotten keinerlei Schwierigkeiten gehabt, unter die Haube zu kommen; Carl war ihre Highschool-Liebe gewesen. Die beiden waren immer noch ziemlich (wenn auch viel zu ungeniert) glücklich in ihrer Ehe. Sogar Dana, die extrem wählerisch bei Männern war, hatte immer irgendwo einen Verehrer, der ihr regelmäßig irgendwann auf die Nerven ging.

Aber Honor hatte kein Händchen für diese Dinge. Sie wusste, dass sie nicht schlecht aussah; durchschnittlich groß, durchschnittliche Figur, oben rum vielleicht von Mutter Natur nicht ganz so großzügig bedacht. Braune Augen. Ihre Haare waren lang, glatt und blond und ihrer Meinung nach das einzig wirklich Schöne an ihr. Sie hatte ein nettes Gesicht, mit Grübchen, wie ihre Mom sie hatte. Aber insgesamt … durchschnittlich.

Ganz im Gegensatz zu Brogan Cain, der praktisch die Wiedergeburt eines griechischen Gottes war. Türkisblaue Augen (wirklich). Lockige, kastanienbraune Haare. 1,88, schlank, muskulös und elegant.

Er war seit der vierten Klasse ihr Freund, als sie beide – als einzige – von ihrem Lehrer in den Kurs für die Mathe-Olympiade aufgenommen worden waren. Die anderen Schüler hatten sich damals ein bisschen über sie lustig gemacht („die beiden Klassenstreber"), aber es war auch schön gewesen.

Die ganze Schulzeit über waren sie locker befreundet geblieben. Hatten bei Schulversammlungen nebeneinander gesessen, auf den Gängen zueinander „Hi!" gesagt und sich bei den Noten einen freundlichen Wettkampf geliefert. An Halloween zogen sie solange zusammen von Haus zu Haus, bis sie zu alt dafür waren; danach hatten sie sich im Neuen Haus gemeinsam Gruselfilme reingezogen.

Beim Highschool-Abschlussball änderte sich dann alles. Brogan fragte sie, ob sie sein Date sein wollte, und sagte, dass sie viel mehr Spaß haben würden als die richtigen Paare, die der ganzen Sache so viel Bedeutung beimaßen. Ein vernünftiger Plan. Aber als sie ihn dann in seinem Smoking da stehen sah, mit dem Ansteckbouquet in der Hand, war etwas mit ihr passiert. Ab diesem Moment fühlte sie sich zittrig und ein bisschen krank und errötete, wenn er sie ansah.

Auf dem Ball tanzten sie einträchtig miteinander, und als der DJ eine langsame Nummer spielte, legte Brogan die Arme um sie. Küsste sie auf die Stirn, lächelte und sagte: „Macht doch Spaß, nicht wahr?"

Und zack – war sie verliebt.

Und dann begann die Liebe zu wachsen – wie ein Virus, dachte Honor manchmal. Denn Brogan empfand nicht das Gleiche.

Oh, er mochte sie sehr. Er liebte sie sogar, irgendwie. Aber nicht auf dieselbe Art und Weise, wie Honor ihn liebte. Nicht, dass er mitgekriegt hätte, was sie empfand … So dumm war sie nicht.

Das erste Mal schliefen sie miteinander, als sie in den Frühlingsferien während des ersten Collegejahrs nach Hause kamen. Es war Brogan, der vorschlug, dass sie gemeinsam ihre Unschuld verlieren sollten. „Weil es mit einem Freund besser ist als mit jemandem, den man liebt." So ähnlich wie die Abschlussball-Theorie also, nur, dass diesmal mehr auf dem Spiel stand.

Zugegeben, sie hatte ihm nicht ganz abgenommen, dass er noch unschuldig war, und er war jemand, den sie liebte, aber wenn er sie auf diese Art ins Bett kriegen wollte, sollte es ihr recht ein. Allein die Tatsache, dass er mit ihr schlafen wollte, war schon ein Wunder, wenn man bedachte, dass er sich jede andere hätte aussuchen können. Also zogen sie es durch, und es lief – was den Verlust der Unschuld betraf – ziemlich gut. Ein paar Tage später gingen sie abends ins Kino, und alles war wie immer, nett und lustig. Aber Honor war unsicher. Waren sie jetzt zusammen? Also richtig?

Nein, offensichtlich nicht. Er brachte sie nach Hause, küsste sie auf die Wange, und als sie beide wieder auf ihr jeweiliges College zurückgekehrt waren, schickte er ihr hin und wieder eine Mail.

Das nächste Mal schliefen sie im zweiten Collegejahr miteinander, als sie ihn auf der New York University besuchte. Er umarmte sie und sagte, wie sehr er sie vermisst hatte, und sie schmolz dahin. Pizza, ein paar Bier, ein Spaziergang durch die Stadt, wieder heim zu ihm, Sex. Eingehüllt in eine Wolke aus Liebe und Hoffnung fuhr sie zurück nach Hause … doch als er das nächste Mal anrief, erkundigte er sich nur, was es denn Neues gäbe. Liebe oder Sex waren kein Thema.

Vier Mal auf dem College. Zwei Mal an der Uni. Eindeutig eine Freundschaft mit gewissen Vorzügen. Mit Vorzügen, in deren Genuss man allerdings nur hin und wieder kam.

Die Freundschaft blieb konstant.

Nachdem sie die Geschäfte auf Blue Heron übernommen hatte, rief sie ihn gelegentlich an, wenn sie einen Termin in Manhattan hatte … oder so tat, als hätte sie einen Termin, was manchmal vorkam, obwohl sie bei dieser Lüge immer ein schmerzhaft schlechtes Gewissen hatte. „Hey, ich habe einen späten Lunch in SoHo", sagte sie dann, weil sie vor lauter Nervosität unfähig war, ehrlich zu sein und zu sagen: Hi, Brogan, ich vermisse dich. Ich muss dich einfach sehen. „Wollen wir was trinken gehen oder zusammen Abend essen?" Und er schien seinen Terminplan jedes Mal nur allzu gern über den Haufen zu werfen, wenn es irgend ging, um sie zu treffen und vielleicht mit ihr zu schlafen. Oder auch nicht.

Honor rief sich selbst zur Ordnung. Erinnerte sich daran, dass er nicht der einzige Mann auf der Welt war. Dass sie sich andere Chancen verbaute, wenn sie von Brogan nicht loskam. Aber nur wenige Männer konnten es mit Brogan Cain aufnehmen, und die standen für das Privileg, mit ihr auszugehen, nicht unbedingt Schlange.

Er wurde Fotograf bei „Sports Illustrated", was praktisch der feuchte Traum jedes Amerikaners war, der nicht Profisportler oder Hugh Hefner sein konnte. So war das eben mit Brogan: Er hatte unglaublich viel Glück, war extrem charmant und der Typ Mensch, der auf ein Bier ging, sich mit dem Typen neben ihm an der Bar über Baseball unterhielt, sich mit ihm anfreundete und erst zwei Stunden später merkte, dass er gerade mit Steven Spielberg redete (der ihn später auf eine Party nach L. A. einladen würde). Sportfotograf bei „SI"? Perfekt.

Brogan traf den legendären Baseballspieler Derek Jeter und fotografierte die Manning-Brüder, deren Familie hier in Manningsport ihre Wurzeln hatten (zumindest behauptete das die Stadt). Er ging mit Kobe Bryant und Picabo Street einen heben und besuchte mit den Goldmedaillengewinnerinnen im Kunstturnen die Harry-Potter-Welt in den Universal Studios.

Aber irgendwie stieg ihm das alles nicht zu Kopf, was vermutlich der Grund dafür war, dass er Leute wie Tom Brady und David Beckham zu seinen Freunden zählen konnte. Er flog auf der ganzen Welt herum, war bei den Olympischen Spielen, dem Stanley Cup und dem Super Bowl dabei. Er lud Honor sogar ein – nur sie, keine anderen Freunde –, ins Yankee Stadium mitzukommen, in der Presseloge von „SI" zu sitzen und sich mit ihm die World Series anzusehen.

Und genau das war es. Brogan Cain war einfach ein schrecklich netter Kerl. Er kam nach Hause, um seine Eltern zu besuchen, ging regelmäßig ins O'Rourke's und erwarb sein Elternhaus, als seine Mom und sein Dad nach Florida zogen, um dort ihren Ruhestand zu verbringen. Er erkundigte sich nach Honors Familie, und wenn er sie an jenem Abend versetzte, an dem ihre Großeltern ihren 65. Hochzeitstag feierten, weil er es schlicht und einfach vergessen hatte … Tja, so was konnte schon mal passieren.

Jedes Mal, wenn sie ihn sah, errötete sie. Jedes Mal, wenn er sie küsste, hatte sie das Gefühl zu schweben. Jedes Mal, wenn eine E-Mail von ihm kam oder sein Name auf ihrem Handydisplay aufleuchtete, zitterte ihre Gebärmutter. Und erst kürzlich hatte er ihr gesagt, dass er vorhatte, nicht mehr so viel herumzureisen und statt dessen öfter hier sein wollte.

Vielleicht war jetzt wirklich der passende Zeitpunkt. Ihre Eier, seine Pläne, sesshaft zu werden … Heiraten war vielleicht genau das Richtige.

Ja. Sie brauchte eine Liste. Sie klappte ihren Mac auf und begann zu tippen.

*Überraschungseffekt ausdenken, damit er dich in einem anderen Licht sieht. (Lass dir was einfallen, was man nicht mehr so schnell vergisst.)*

*Tu so, als wäre die Ehe eine logische Konsequenz der Freundschaft.*

*Tu's bald, damit du nicht kneifen kannst.*

Drei Stunden später stieg Honor aus ihrem Auto, zog den Gürtel ihres beigefarbenen Trenchcoats zu, schluckte nervös und ging die Treppe zu Brogans Haus hinauf. Ihr Mund war trocken, ihre Hände waren feucht. Wenn das jetzt nicht klappte …

Die Jahre sind kostbar, eiertechnisch.

Seufz.

Nein. Nicht seufzen. Volle Kraft voraus! Das entsprach der Situation eher. Wir wollen Gesellschaft! hörte sie ihre winzigen, alternden Eier förmlich schreien. In Honors Vorstellung begannen die Dinger um die Taille bereits etwas rundlicher zu werden, trugen Lesebrillen und entdeckten ihre Freude an Doppelkopf. Werdet nicht alt, schärfte sie ihnen ein. Mommy arbeitet daran, dass ihr Gesellschaft bekommt.

Eine kurze Sekunde lang erlaubte sie sich einen verklärten Blick in die Zukunft. Das Neue Haus war wieder voller Kinder (oder wenigstens eins bis zwei). Die Kleinen würden mit ihrem Dad über Felder und Wiesen tobten und den Unterschied zwischen Riesling und Chablis kennen, bevor sie in den Kindergarten kamen. Sie würden Brogans umwerfend schöne Augen und ihre eigenen blonden Haare haben. Oder vielleicht doch besser Brogans dichte kastanienbraune Locken. Oh ja. Seine waren besser.

Mit diesem Bild vor Augen klopfte sie an Brogans Tür. Es roch intensiv nach Zwiebeln, und Honors Magen fing an zu knurren. Zu allem Überfluss war Brogan nämlich auch noch ein guter Koch.

„Hey, On!"

Okay, er hatte eine etwas weniger gute Eigenschaft (seht ihr? Von wegen rosarote Brille …), und das war seine Angewohnheit, ihren zweisilbigen, aus fünf Buchstaben bestehenden Namen abzukürzen. Sie stellte sich immer vor, dass man seine Variante On schrieb, weil Hon die Kurzform von Honey wäre; und so nannte er sie nie.

„Was für eine nette Überraschung!" Er beugte sich zu ihr hinunter, um ihr einen Kuss auf die Wange zu geben. „Komm doch rein."

Sie trat mit klopfendem Herzen ein. Dachte gerade noch rechtzeitig daran, ein Lächeln aufzusetzen. „Wie geht es dir?", erkundigte sie sich. Ihre Stimme hörte sich sogar in ihren eigenen Ohren gepresst an.

„Super! Lass mich nur schnell umrühren, damit es nicht anbrennt. Ich hoffe, du kannst zum Essen bleiben." Er drehte sich zum Herd um.

Jetzt oder nie. Honor machte ihren Gürtel auf, schloss die Augen und ließ den Trenchcoat auf den Boden gleiten. Mist, sie stand hinter dem Tisch, also würde er sie gar nicht sehen. Sie ging um den Tisch herum. Splitterfasernackt. Der Überraschungseffekt … Es war eiskalt hier drin. Sie schluckte und wartete.

Brogans Vater steckte den Kopf in die Küche. „Riecht gut … oh. Hallo, Honor, Liebes."

Brogans Vater.

Brogans Vater.

Oh, verdammt.

Honor kroch blitzschnell unter den Tisch, warf dabei einen Stuhl um und rutschte auf dem Boden zu dem verfluchten Mantel. Schnappte ihn und hielt ihn sich vor den Körper. Stellte fest, dass der Boden auch mal wieder gewischt werden müsste.

„Liebes? Alles in Ordnung?", fragte Mr Cain.

„Höre ich dich gerade mit Honor reden? Ist sie denn da?" Das war Mrs Cain.

Lieber Gott, lass mich im Erdboden versinken, dachte Honor und warf sich den Mantel um die Schultern. „Äh, eine Sekunde", sagte sie. Ihre Stimme war höher als sonst.

Brogan beugte sich sichtlich verwirrt hinunter. „On? Was machst du denn unter dem … Ach, du lieber Himmel!"

„Hi." Sie versuchte, einen Arm in den Ärmel zu stecken.

„Dad, Mom, geht mal kurz raus, okay?" Er keuchte bereits vor Lachen.

Wo war das verdammte Ärmelloch? Brogan hockte sich neben sie. „Komm da raus." Er wischte sich die Lachtränen aus den Augen. „Die Gefahr ist vorbei. Vorerst."

Sie kroch unter dem Tisch hervor. Dann stand sie auf und wickelte sich in den Mantel. Fest. „Überraschung!", rief sie. Ihr Gesicht glühte. „Entschuldigung. Ich werde nie wieder versuchen, spontan zu sein."

Er legte ihr einen Finger unters Kinn, damit sie ihn ansah, und da war es wieder, dieses freche, leicht lüsterne Lächeln. Dazu die funkelnden Augen. Honor spürte, wie sich die Härchen auf ihrer Haut aufstellten und sich Lust mit Scham mischte. „Machst du Witze? Mein Vater wird dich noch lieber mögen, als er es ohnehin schon tut."

Seine Worte gaben ihr Hoffnung. Sie lächelte – es war nicht ganz leicht, aber sie schaffte es – und rückte ihren Haarreifen zurecht. Hoppla, den hatte sie eigentlich daheim lassen wollen. Haarreifen mit aufgedruckten Scottish Terriern und nackte Haut waren keine gute Kombination. „Dann also: hallo."

Er lachte, legte einen Arm um sie und drückte sie kurz. Dann wandte er sich Richtung Wohnzimmer und rief: „Ihr könnt jetzt wieder kommen, Eltern! Die Gefahr ist gebannt!"

Und sie kamen wieder rein. Mrs Cain mit missbilligender Miene. Mr Cain grinsend.

Da musst du jetzt durch, Honor. „Tut mir sehr leid", sagte sie.

„Oh, da gibt es absolut keinen Grund, sich zu entschuldigen", sagte Mr Cain und japste hörbar nach Luft, als Mrs Cains Ellbogen ihn in die Rippen traf.

„Meine Eltern sind gerade zu Besuch", verkündige Brogan. Seine Augen blitzten spitzbübisch.

„Das sehe ich", murmelte Honor. „Wie ist es in Florida?"

„Wunderbar", antwortete Mr Cain in herzlichem Ton. „Bleib doch zum Essen, Liebes."

„Oh nein. Du hast … ich kann nicht. Aber danke."

Brogan drückte sie wieder an sich. „Doch, du kannst. Nur, weil sie dich nackt gesehen haben, braucht dir das doch nicht peinlich zu sein. Stimmt's, Mom?"

„Wahnsinnig witzig", murrte Honor.

Mrs Cain machte immer noch ein säuerliches Gesicht. „Ich wusste nicht, dass ihr beide … zusammen seid." Sie hatte Honor nie gemocht. Oder irgendein anderes weibliches Wesen, das sich für ihren Sohn interessierte, wie sie sich lebhaft vorstellen konnte.

„Bitte bleib, Honor", sagte Brogan. „Wenn du gehst, reden wir bloß hinter deinem Rücken über dich." Er zwinkerte ihr zu, völlig unbeeindruckt von ihrer kleinen Show.

Dann brachte er ihr eine Jogginghose und ein T-Shirt, und sie zog sich im unteren Badezimmer um. Dabei vermied sie es, ihr Gesicht im Spiegel anzusehen. Okay, ein schneller Blick. Ja, sie sah so richtig gedemütigt aus. Aber wenn sie seine Frau werden wollte, musste sie über dieses kleine Debakel hinwegkommen. Es würde in den Anekdotenschatz der Familie Cain eingehen. Sie würden alle darüber lachen können. Zweifellos so lange, bis sie keine Luft mehr bekamen.

Brogan lockerte die unbehagliche Stimmung beim Abendessen auf, indem er über seinen Job sprach, über die bevorstehende Baseballsaison, das Frühjahrstraining. Er erzählte, wer aufgrund welcher Verletzung nicht spielen konnte, und Honor versuchte zu vergessen, dass Mr Cain sie nackt gesehen hatte.

Brogans Eltern waren – glücklicherweise – nur auf der Durchreise und wollten eigentlich noch nach Buffalo, um Mr Cains Schwester zu besuchen. Vielleicht würde der Abend doch kein kompletter Reinfall.

Endlich brachen sie auf. In der Sekunde, als ihr Auto aus der Garage fuhr, wandte Brogan sich an Honor.

„Das war wahrscheinlich der beste Moment in meinem ganzen Leben", sagte er.

„Ja. Gern geschehen." Sie wurde wieder rot. Gleichzeitig musste sie lächeln, denn da war es wieder, dieses erregende, prickelnde Gefühl. Diese – sie hasste den Ausdruck, aber er traf zu – Dankbarkeit. Brogan Cain, der sexy Sportfotograf, hatte ihr gerade ein Kompliment gemacht.

„Tun wir einfach so, als würde der Abend noch mal von vorn anfangen, okay?" Er lächelte sie an. „Du gehst wieder raus, ich höre ein leises Klopfen, und wer ist es? Niemand anderer als die schöne Honor Holland!" Er führte sie zur Tür und schob sie sanft nach draußen, wo sich der leichte Niederschlag mittlerweile in Eisregen verwandelt hatte.

Honor wiederholte ihren Auftritt, und diesmal verlief das Ganze schon eher nach Plan. Abgesehen davon, dass sich auf dem Küchentisch inzwischen das Geschirr stapelte, und sie daher in Brogans Schlafzimmer gingen.

Und als sie fertig waren und Honors Herz wie wild klopfte – nicht nur vor wohliger Erschöpfung, sondern, um bei der Wahrheit zu bleiben, vor Angst – versuchte sie, erst mal tief durchzuatmen. Beruhig dich, sagte sie sich. Er ist dein Freund.

Ja, das war er. Definitiv. Honor setzte sich langsam auf. Brogan schien zu schlafen. Das war in Ordnung, denn so konnte sie ihn einfach nur anschauen. Er sah so wahnsinnig gut aus. Schwarze Wimpern, die jeder Mascara-Werbung zur Ehre gereichen würden, gerade Nase, perfekt geformter Mund. Der Hauch eines Bartschattens verlieh diesem fast schon als schön zu bezeichnenden Gesicht den genau richtigen Touch herber Männlichkeit. Selbst nach all den vielen … Begegnungen fiel es ihr immer noch schwer zu glauben, dass sie mit ihm ins Bett ging.

Sie wusste, dass er hin und wieder Freundinnen gehabt hatte. In diesen Phasen hatten sie natürlich nicht miteinander geschlafen, und wenn Brogan die anderen Frauen erwähnte – was selten vorkam –, bemühte Honor sich, gelassen zu bleiben. Irgendwann machte er sowieso mit ihnen Schluss (ein sehr gutes Zeichen, wie sie fand).

Was andere Männer betraf … Nun ja, es hatte vier andere Beziehungen gegeben, die jeweils zwischen fünf und 23 Tagen gedauert hatten. Geschlafen hatte sie nur mit einem einzigen anderen Mann, und diese Erfahrung war – machen wir uns nichts vor – im Vergleich mit dem hier völlig unerheblich gewesen.

Jetzt oder nie, Honor.

„Schläfst du?", flüsterte sie.

„Nö. Ich lasse mich nur von dir anschauen." Er öffnete die Augen und grinste leicht.

Sie erwiderte sein Lächeln. „Wie aufmerksam von dir. Ich weiß das zu schätzen." Sie befeuchtete ihre Lippen. Ihre Knie zitterten vor Aufregung. „Also."

„Also." Er schob ihr eine Haarsträhne hinters Ohr. Mehr Ermunterung brauchte sie gar nicht.

„Weißt du, worüber ich neulich nachgedacht habe?", fragte sie wie beiläufig, obwohl sie sich vor Peinlichkeit am liebsten gekrümmt hätte.

„Worüber denn?"

„Ich dachte, wir sollten heiraten."

So. Jetzt war es raus. Plötzlich war es verdammt schwierig, normal zu atmen.

„Ja, genau", schnaubte Brogan. Dann dehnte und streckte er sich genüsslich und gähnte. „Oh Mann, so langsam holt mich der Jetlag ein." Dann sah er sie wieder an. „Oh. Äh, meinst du das ernst?"

Jetzt ganz locker bleiben, ermahnte sie sich. „Ja, eigentlich schon. Immerhin wäre es eine Überlegung wert."

Er starrte sie an. Dann hob er verwirrt die Brauen. „Echt jetzt?"

Das klang nicht unbedingt so, als hätte er gerade etwas Wunderbares gehört. Er wirkte eher … verblüfft.

„Es ist bloß … weil wir … du weißt schon … gute Freunde sind. Gute, gute Freunde. Wirklich gute Freunde." Himmel, hör auf zu reden. Du hörst dich wie ein Idiot an. „Wir sind seit Jahrzehnten befreundet. Das ist eine lange Zeit." Ihre Zunge fühlte sich wie ein Stück altes Leder an, und war das nicht eine hübsche Vorstellung? Möchtest du meinen verschrumpelten, trockenen, ledernen Mund küssen, Brogan? Die Jahre sind nämlich kostbar, weißt du? Eiertechnisch.

Sie lachte verlegen, was sie auf der Stelle bereute. „Ich wollte es nur mal ansprechen. Wie lange sind wir jetzt ungefähr zusammen? 17 Jahre?"

„Zusammen?" Er setzte sich abrupt auf.

„Äh, ja, irgendwie schon. Wir, äh, kommen immer wieder zusammen." Sie setzte sich ebenfalls auf und lehnte sich an das ledergepolsterte Kopfende des Betts. In ihren Augen brannten Tränen, denen sie sofort den Befehl gab, sich wieder zu verdrücken. Dann räusperte sie sich. „Ich meine, wir sind so gute Freunde. Und dann ist da … der Sex."

„Ja! Okay. Klar, wir sind wirklich gute Freunde. Auf jeden Fall. Ich betrachte dich als meine beste Freundin, ehrlich. Aber, öh …" Brogan holte tief Luft. „Ich habe uns nie wirklich als Paar im engeren Sinn des Wortes gesehen." Er schluckte und sah sie an. Immerhin.

Ruhig bleiben, ruhig bleiben. „Nein, du hast recht. Ich dachte nur, wir kommen jetzt beide in ein gewisses Alter, und du hast gesagt, du möchtest nicht mehr so viel reisen." Sie machte eine Pause. „Und wir haben beide nie jemanden für eine … feste Beziehung gefunden. Das bedeutet ja möglicherweise etwas."

Bitte sieh das auch so. Bitte versteh doch, was für eine großartige Idee das ist.

Er gab keine Antwort, aber sein Blick war liebevoll und gütig. Schrecklich gütig sogar, und das war Antwort genug. Honors Herz setzte einen Moment lang aus und fiel dann in sich zusammen wie verbranntes Papier. Sie starrte auf die Stickerei auf der Bettdecke, damit sie ihn nicht ansehen musste. Jetzt, da sie die Zurückweisung hinter sich hatte, sollte sie sich dringend wieder einkriegen. Sie war schließlich ein vernünftiger, gelassener Mensch. Außer, dass sie vermutlich gleich einen Herzinfarkt kriegen würde. Irgendwie hoffte sie sogar darauf.

Brogan schwieg eine Weile. „Du weißt, was du mir bedeutest, On, oder?" Er drehte sich zu ihr, damit er ihr Gesicht sehen konnte. „Du bist für mich wie ein alter Baseballhandschuh."

Sie blinzelte verwirrt. Machte er Witze? Ein Vergleich aus der Welt des Sports? Gut, davon hatte er viele auf Lager, aber ausgerechnet jetzt?

Er nickte. „Wie ein alter Freund, an den man sich wendet, wenn man ihn braucht."

„Ein Baseballhandschuh." Konnte sie ihn mit dem Kissen ersticken, oder funktionierte das nur im Film? Wie wär's mit Strangulieren? Zu dumm, dass sie keine Strumpfhose angehabt hatte.

Er nahm ihre Hand und drückte sie, und Honor ließ sie in seinem Griff liegen wie einen toten Fisch. „Jester hat das mal so ausgedrückt. Vielleicht war es auch Pujols. Genau, der war's. Das war nämlich damals, als er in Saint Louis gespielt hat. Warte, war es womöglich Joe Maurer? Nein, doch nicht. Egal, wer auch immer es war, er hat erzählt, dass er immer, wenn er vor einem Spiel kein gutes Gefühl hat, seinen alten Handschuh anzieht. Er hat ihn seit Jahren, verstehst du? Und wenn er ihn anzieht, ist es, als ob er einen alten Freund trifft, und er weiß, dass es ihm dann besser geht." Er drehte sich zu ihr, hob ihr Kinn an, und sie blinzelte. Ihre Augen fühlten sich wie zwei heiße, trockene Steine an. „Aber man braucht diesen Handschuh nicht jeden Tag."

Das musste die schlechteste Rede sein, mit der jemals jemand Schluss gemacht hatte.

Er zuckte peinlich berührt zusammen. „Okay, das war der denkbar schlechteste Vergleich", räumte er ein, und sie musste lachen, weil sie sonst in Tränen ausgebrochen wäre. „Was ich sagen will, ist …"

„Weißt du was?" Ihre Stimme klang normal, Gott sei Dank. „Vergiss es. Ich weiß nicht, wie ich auf die Idee gekommen bin. Lag vielleicht daran, dass deine Eltern mich nackt gesehen haben."

Er grinste.

„Aber du hast recht", sagte sie mit noch ein bisschen festerer Stimme. „Warum sollten wir eine gute Sache kaputt machen?"

„Ganz genau." Er nickte. „Das, was wir haben, ist wirklich etwas Gutes. Meinst du nicht?"

„Unbedingt. Nein, nein, das mit dem Heiraten war nur … nur so eine Idee. Vergiss es."

Er küsste sie, und es zerriss ihr fast das Herz. Ein alter Baseballhandschuh? Du lieber Himmel. Und trotzdem ließ sie sich von ihm küssen, als wäre nichts passiert.

„Fit für die zweite Runde?", flüsterte er.

Machst du Witze? Du hast mich gerade mit einem alten Baseball-handschuh verglichen. Ich gehe.

„Klar", sagte sie. Denn es war ja nichts passiert. Nichts hatte sich geändert. Sie war immer noch derselbe alte Baseballhandschuh, der sie immer gewesen war.

Wenn sie jetzt ginge, würde er vielleicht merken, dass es ihr voller Ernst gewesen war. Und wenn er das wusste, blieb ihr überhaupt kein Stolz mehr. Und da man ihr gerade das Herz gebrochen hatte, war Stolz plötzlich etwas sehr Wichtiges.

Eine Stunde später stand sie vor Danas Tür, und in dem Moment, als sie anklopfte, war es endgültig um ihre Fassung geschehen. Honor weinte selten, aber jetzt liefen ihr die Tränen in heißen Strömen übers Gesicht.

Dana machte die Tür auf. Sie warf einen Blick auf Honor, und über ihre Züge huschte ein seltsamer Ausdruck – halb Überraschung, halb etwas anderes. „Tja, ich schätze, ich weiß, wie die Sache ausgegangen ist", sagte sie nach einem Moment. „Es tut mir leid, Süße."

Sie holte einen frischen Pyjama, und Honor zog sich um und wusch sich anschließend im tröstlich chaotischen Badezimmer das Gesicht.

„Wenigstens weißt du jetzt, woran du bist", bemerkte Dana, die am Türrahmen lehnte. „Ich glaube, wir könnten jetzt einen Drink vertragen, meinst du nicht?"

Sie mixte einen sehr starken Martini und reichte Honor eine Packung Kleenex. Im Hintergrund lief „Shark Week" im Fernsehen. Irgendwie war es die perfekte Kulisse, um sein Herz auszuschütten.

„Ich komme mir wie ein Vollidiot vor", sagte Honor, nachdem sie alles erzählt hatte, was an diesem entsetzlichen Abend passiert war. „Und weißt du, das Schlimmste ist, dass ich gar nicht wusste, wie sehr ich ihn liebe, bevor ich die Karten auf den Tisch gelegt habe. Ergibt das irgendeinen Sinn?"

„Aber sicher." Dana leerte ihr Glas. „Hör mal, ich möchte wirklich nicht unsensibel sein, aber könntest du mir den Teil mit den Eltern noch mal erzählen?", fragte sie grinsend, und Honor schnaubte, nickte und ließ Dana schwören, dass sie es um jeden Preis für sich behalten würde. Der Schwur war nötig, weil Dana als Friseurin alle Leute kannte und keinerlei Scheu hatte, jedem alles zu erzählen.

„Deine Vagina mit einem alten Baseballhandschuh zu vergleichen ist ein starkes Stück, oder?"

„Er hat nicht meine … Egal. Reden wir über etwas anderes. Oh, guck mal, wie sie diesen Typen da zusammengeflickt haben. Die vielen Nähte. Ich gehe nie wieder schwimmen." Sie lehnte sich zurück und spürte ihren Regenmantel auf der Couchlehne hinter sich. Doofer Mantel. Was war nun mit dem Überraschungseffekt, hm? Sie knüllte ihn zusammen und warf ihn auf den Boden.

„Hey, den Mantel trifft keine Schuld. Und das ist ein Burberry." Dana hob das missachtete Kleidungsstück auf. „Aber nein, schon klar, ich verstehe, was du meinst. Du hasst ihn jetzt, also werde ich mich opfern und ihn an mich nehmen. Ich verspreche, dass ich ihn nie in deiner Gegenwart tragen werde." Sie machte einen Schrank auf, schob den Mantel hinein und knallte die Tür zu.

Dana konnte ziemlich kratzbürstig sein, aber sie hatte ihre einfühlsamen Momente. „Also, was nun?", erkundigte sie sich, während der Typ im Fernsehen schilderte, wie es war, seinen abgetrennten Arm zwischen den Zähnen eines großen weißen Hais zu sehen.

Honor schluckte den dicken Kloß in ihrem Hals hinunter. „Ich weiß es nicht. Aber ich schätze, ich kann nicht mehr mit ihm schlafen. Einen Rest von Stolz habe ich nämlich sehr wohl – Handschuh hin oder her."

„Gut. Wird auch höchste Zeit", sagte Dana. „Und jetzt setz dich hin und schau dir die nächste Hai-Attacke an, und ich mache uns noch einen Drink."

# 1. Kapitel

Für einen Mann, der Maschinenbau an einem viertklassigen College mitten im Nirgendwo unterrichtete, war Tom Barlow ziemlich gefragt. An der Universität, an der er zuletzt gelehrt hatte, war sein Fach ein richtiger Studiengang gewesen, und die Studenten zeigten ernsthaftes Interesse an der Materie. Aber hier, am winzigen Wickham College, waren vier der ursprünglichen sechs Teilnehmer mehr oder weniger zufällig in seinem Seminar gelandet, weil sie mit ihrer Anmeldung zu spät dran und für Maschinenbau noch Plätze frei gewesen waren. Zwei hatten tatsächlich interessiert gewirkt, aber dann wechselte die eine der beiden nach Carnegie Mellon.

Doch dann, am Ende der zweiten Woche, drängten sich plötzlich 36 Studentinnen im Alter zwischen 18 und geschätzten 55 in seinem kleinen Seminarraum. Eine überraschend große Zahl von Studentinnen hatte offenbar spontan beschlossen, dass Maschinenbau (was auch immer das sein mochte) ihre neue Leidenschaft im Leben war.

Die Klamotten waren ein kleines Problem. Eng, billig, tief ausgeschnitten, geschmacklos. Tom hatte sich angewöhnt, beim Unterrichten die hintere Wand im Kursraum zu fixieren, weil er die sehnsüchtigen Blicke von 78 Prozent seiner Seminarteilnehmer vermeiden wollte.

Er versuchte, keine Zeit für Fragen übrig zu lassen, da die Horde von Barbarinnen, wie er sie insgeheim bezeichnete, sich immer nach total unpassenden Dingen erkundigte. Sind Sie Single? Wie alt sind Sie? Woher kommen Sie? Mögen sie ausländische Filme/Sushi/Mädchen?

Andererseits brauchte er diesen Job. „Irgendwelche Fragen?", erkundigte er sich. Ein Dutzend Hände schoss nach oben. „Ja, Mr Kearns", sagte er dankbar zu dem einzigen Studenten, der aus fachlichem Interesse hier war.

Laut seiner Akte war Jacob Kearns wegen Drogendealens vom Massachusetts Institut of Technology geflogen. Wenigstens schien er diesbezüglich inzwischen auf dem rechten Weg zu sein, aber Wickham College war akademisch gesehen natürlich ein enormer Abstieg. Wobei Tom zugeben musste, dass er ebenfalls Spezialist darin war, sich in Sachen Karriere selbst ins Knie zu schießen.

„Dr. Barlow, wegen des Hovercraft-Projekts. Ich frage mich, wie man die Fluchtgeschwindigkeit berechnet."

„Gute Frage. Die Fluchtgeschwindigkeit ist die Geschwindigkeit, bei der sowohl die kinetische Energie Ihres Objekts als auch dessen potenzielle Energie gleich null sind. Ist das verständlich?" Die Horde der Barbarinnen (jedenfalls der Teil, der zuhörte) guckte verwirrt.

„Auf jeden Fall", sagte Jacob. „Danke."

30 Sekunden bis zum Pausengong. „Alle mal zuhören", sagte Tom. „Als Hausaufgabe lesen Sie Kapitel sechs und sieben in Ihrem Skriptum und beantworten alle Fragen am Ende beider Kapitel. Außerdem reichen Sie bitte Ihre Vorschläge für Ihr Semesterprojekt ein." Hoffentlich konnte er die Horde mit einem geradezu absurd großen Arbeitspensum ausdünnen. „Noch etwas?"

Eine Hand schoss nach oben. Natürlich eine der Barbarinnen. „Ja?", sagte er knapp.

„Sind Sie Brite?", erkundigte sie sich. Heftiges Kichern von einem Drittel der Seminarteilnehmer, deren geistiges Alter zwölf zu sein schien.

„Ich habe das in diesem Seminar schon mal beantwortet. Also, gibt es noch Fragen, die sich auf Maschinenbau beziehen? Nein? Großartig. Cheerio."

„Oh mein Gott, er hat ‚Cheerio' gesagt", japste eine Blondine, die wie eine Cockney-Hure gekleidet war.

Der Gong ertönte, und die Horde der Barbarinnen strömte auf sein Pult zu. „Mr Kearns, bitte bleiben Sie noch einen Moment", bat Tom.

Sieben Studentinnen kreisten ihn ein. „Was meinen Sie, könnte ich zum Beispiel für einen Architekten arbeiten oder so?", wollte eine wissen.

„Ich habe keine Ahnung", antwortete er.

„Ich meine, nach diesem Seminar." Sie senkte den Blick und starrte auf seinen Mund. Tom sehnte sich nach einer Dusche.

„Schließen Sie erst mal dieses Seminar ab. Dann können Sie sich bewerben und sehen, wie Ihre Chancen stehen", erwiderte er.

„Kommen Sie mit in den Pub, Tom?", rief eine andere aus der Horde. „Ich würde Ihnen gern einen Drink spendieren."

„Das wäre unangemessen."

„Ich bin nicht mehr minderjährig." Sie grinste anzüglich.

„Wenn Sie keine Fragen zur heutigen Vorlesung haben, gehen Sie jetzt bitte." Er lächelte, um seine Worte abzumildern, und die Horde der Barbarinnen zog – schmollend und mit wehenden Haaren – ab.

Tom wartete, bis sie außer Hörweite waren. „Jacob, hätten Sie Interesse, ein Praktikum bei mir zu machen?"

„Sicher! Gern! Ähm, was genau würde ich machen?"

„Ich baue ab und zu Flugzeuge für Kunden. Es würde sich gut in Ihrem CV machen."

„Was ist ein CV?"

„Ein Curriculum Vitae, ein Lebenslauf."

„Sicher!", sagte Jacob wieder. „Das wäre toll."

„Sie dürfen natürlich keine Drogen nehmen. Ist das ein Problem?" Der Junge errötete. „Nein. Ich bin in einem Narcotics-Anonymous-Programm. Clean seit 13 Monaten." Er steckte die Hände in die Hosentaschen. „Ich muss jeden Monat in einen Becher pinkeln, damit ich hier studieren darf. Das Gesundheitsbüro hat meine Akte."

„Gut. Ich gebe Ihnen Bescheid, wenn ich Sie brauche."

„Danke, Dr. Barlow. Vielen Dank."

Tom nickte. Der Vorstand seines Fachbereichs stand in der Tür und schaute stirnrunzelnd den Korridor hinunter, wo die Knalltüten immer noch herumstanden und laut kicherten. Als Jacob gegangen war, kam er herein und schloss die Tür hinter sich.

Das bedeutete nichts Gutes, dachte Tom. Droog Dragul (keine große Überraschung, dass er Dracula genannt wurde, oder?) hatte das Gesicht eines mittelalterlichen Mönchs – gequält, blass und ernst. Heute sah er sogar noch deprimierter aus als sonst.

„De Kender deser Schule", sagte Droog in seinem starken Akzent und seufzte. „Se send so …" Tom zuckte innerlich zusammen. Er befürchtete, dass als Nächstes gut genährt oder eisenhaltig kommen würde. „Se send so unkonzentriert." Uff!

„Die meisten jedenfalls", pflichtete Tom ihm bei. „Ich habe ein, zwei gute Studenten."

„Ja." Sein Vorgesetzter seufzte. „Und du best bei den Damen so beliebt, Tom. Vielleicht kannst du mer einmal bei einem Bier ein paar Tepps geben."

„Es liegt an meinem Akzent", erklärte Tom.

„Meiner scheint – aus unerklärlechem Grund – necht den gleichen Effekt zu haben. He he he he he!"

Tom verzog peinlich berührt das Gesicht. Dann lächelte er. Droog war ein netter Kerl. Seltsam, aber in Ordnung. In den paar Monaten, seit Tom hier unterrichtete, waren sie ein Mal essen und zwei Mal auf ein Bier und eine Runde Pool Billard gegangen, und wenn es insgesamt auch etwas merkwürdig gewesen war, so schien Droog doch ein gutes Herz zu haben.

Sein Boss seufzte noch einmal, setzte sich und trommelte mit seinen langen Fingern auf den Schreibtisch. „Tom, ech fürchte, ech habe schlechte Neuegkeiten. Wer werden dein Arbeitsvesum necht erneuern können."

Tom schnappte hörbar nach Luft. Der einzige Grund, warum er diesen Job angenommen hatte, war das Arbeitsvisum gewesen. „Die Erneuerung des Visums war für mich eine Voraussetzung, die Stelle anzunehmen."

„Dessen ben ech mer bewusst. Aber das Budget ... Wer kennen uns de Gerechtskosten necht leisten."

„Ich dachte, du meintest, das wäre kein Problem."

„Ech habe mech geerrt. Man hat es sech anders überlegt."

Tom spürte, dass seine Kiefer blockierten. „Verstehe."

„Wer schätzen deine pädagogeschen Fähegkeiten und Erfahrung, Tom. Vielleicht fendest du eine andere Möglechkeit, das Vesum zu verlängern. Wer kennen der bes Semesterende geben." Er machte eine Pause. „Es tut mer leid. Sehr sogar."

Tom nickte. „Danke." Droog hatte keine Schuld. Trotzdem, Mist.

Dr. Dragul ging. Tom blieb noch eine Weile an seinem Schreibtisch sitzen. Die Chance, im Februar einen anderen Job zu finden, tendierte gegen null. Wickham war das einzige College im westlichen Staat New York gewesen, das einen Maschinenbauprofessor gesucht hatte, und Tom hatte Glück gehabt, den Job so schnell zu bekommen. Es war kein renommiertes College, bei Weitem nicht, aber darum ging es nicht. Zu dem Zeitpunkt ging es nur um die geografische Lage.

Er konnte seinen Job ohne Arbeitsvisum nicht behalten, auch wenn nicht damit zu rechnen war, dass die Einwanderungsbehörde ihm künftig ständig im Nacken sitzen würde. Für die war ein bestallter Professor ein kleineres Problem als die meisten anderen ihrer Fälle. Aber trotzdem, das College würde ihn nicht illegal weiterbeschäftigen.

Wenn er bleiben wollte, brauchte er eine Green Card.

Schnell.

Aber noch schneller würde er sich jetzt erst in das ziemlich schäbige Haus begeben, das er gemietet hatte, und dann in die viel schönere Kneipe unten an der Straße. Er brauchte jetzt definitiv einen Drink.

Ein paar Tage später saß Tom abends in der Küche seiner Großtante Candace und trank Tee. Nur die Briten konnten anständigen Tee machen. Candace lebte zwar schon mindestens sechs Jahrzehnte in den Staaten, aber sie hatte es nicht verlernt.

„Diese Melissa …", sagte Tante Candace finster. „Sie hat alles durcheinandergebracht, nicht wahr?"

„Naja. Wir wollen nicht schlecht über die Tote reden."

„Aber ich werde dich vermissen! Und was wird aus Charlie? Wie alt ist er jetzt? Zwölf?"

„14." Sein inoffizieller Stiefsohn war zehn gewesen, als Tom ihn kennengelernt hatte. Es war schwer, den gesprächigen, fröhlichen kleinen Jungen von damals mit dem mürrischen Teenager von heute in Verbindung zu bringen, der kaum den Mund aufkriegte.

Tom spürte einen kurzen, scharfen Stich im Herzen. Charlie würde ihn nicht vermissen, davon war mit an Sicherheit grenzender Wahrscheinlichkeit auszugehen. Es war eine dieser Situationen, in denen Tom nicht so genau wusste, ob er überhaupt irgendetwas Positives bewirkte oder ob seine Anwesenheit die Dinge nicht noch schlimmer machte. Charlies Mutter Melissa war tot, und obwohl Tom einmal kurz mit ihr verlobt gewesen war, hatte er heute – rechtlich gesehen – keinerlei Funktion im Leben des Jungen. Auch wenn Charlie damals beinahe Toms Stiefsohn geworden wäre.

Wie auch immer – er konnte kaum Einfluss darauf nehmen, ob er in den USA bleiben durfte oder nicht. Er hatte dem Vorstand seiner ehemaligen Fakultät in England eine Mail geschrieben, und der antwortete umgehend, dass sie Tom sofort wieder einstellen würden. Es gab keine anderen Colleges hier in der Gegend, die jemanden mit seinen Qualifikationen suchten. Und das Unterrichten war nun mal seine Berufung (allerdings nur, wenn die Studenten wirklich an der Materie interessiert waren).

Und so hatte Tom beschlossen, nach Pennsylvania zu fahren, um die einzige echte Verwandte, die er in diesem Land hatte, zu besuchen und schon mal mit dem Verabschieden zu beginnen. Er war jetzt seit vier Jahren in den Staaten, und Tante Candace war sehr gut zu ihm gewesen. Als er sie nach seiner letzten Vorlesung angerufen und gefragt hatte, ob sie mittags schon etwas vorhätte, war sie vor Freude außer sich gewesen. Nach dem Essen hatte er sie sogar zum Einkaufszentrum gefahren, damit sie sich einen neuen Mantel zulegen konnte, was wieder mal bewies, wovon Tom ohnehin überzeugt war: Er war ein verdammter Heiliger.

„Hier, iss noch ein Stück Obstkuchen, Schatz." Sie schob ihm den Teller zu.

„Danke." Tom griff zu.

„Ein entzückendes Städtchen, dieses Manningsport", sagte sie. „Ich habe als Kind dort ganz in der Nähe gelebt, wusstest du das?"

„Das hast du erzählt, ja", antwortete Tom. Seine liebe alte Tante konnte göttlich backen, das stand mal fest.

„Am besten, du isst gleich den ganzen Kuchen auf. Ich habe Prädiabetes oder irgend so einen Unsinn. Andererseits bin ich 82 Jahre alt. Ein Leben ohne Nachtisch ist so grauenvoll, dass ich es mir gar nicht vorstellen will. Ich werde einfach eine Überdosis Karamell-Popcorn zu mir nehmen und mit einem Lächeln im Gesicht sterben. Was wollte ich gerade sagen?"

„Du hast früher in der Nähe von Manningsport gelebt."

„Ja, genau! Nur ein paar Jahre. Meine Mutter war Witwe, weißt du. Nachdem mein Vater an Lungenentzündung gestorben war, hat sie meinen Bruder und mich eingesammelt und ist nach Amerika ausgewandert. Deine Großmutter Elsbeth war bereits verheiratet, also ist sie natürlich mit ihrem Mann in Manchester geblieben. Deinem Großvater. Aber ich kann mich noch an die Überfahrt erinnern und daran, wie ich die Freiheitsstatue gesehen habe. Ich war sieben Jahre alt. Ach, es war schrecklich aufregend!" Sie lächelte und trank einen Schluck Tee.

„So bist du also ein Yankee geworden", bemerkte Tom.

Sie nickte. „Wir haben in Corning gelebt, meine Mutter hat meinen Stiefvater kennengelernt, und er hat Peter und mich adoptiert."

„Das wusste ich gar nicht."

„Er war ein reizender Mensch. Ein Farmer. Manchmal habe ich ihn begleitet, wenn er Milch ausgeliefert hat." Candace lächelte. „Aber wir sind umgezogen, nachdem mein Bruder im Krieg gefallen ist. Damals war ich 15. Aber ich habe immer noch eine Freundin dort. Besser gesagt, eine Brieffreundin. Weißt du, was das ist?"

Tom schmunzelte. „Ja, weiß ich."

„Zu schade, dass du weg musst. Es ist wunderschön dort." Plötzlich sah Candace ihn listig an. „Tom, mein Liebling ... Wenn du wirklich in den Staaten bleiben willst, kannst du ja immer noch eine Amerikanerin heiraten."

„Das ist illegal, Tantchen."

„Papperlapapp."

Er lachte. „Ich kann mir auch nicht vorstellen, dass ich so weit gehen würde, um hierbleiben zu können. Es wäre vielleicht anders, wenn ... Naja, aber das ist kein Thema."

Es wäre eventuell eines, wenn Charlie wirklich wollte, dass er blieb. Wenn er ihn brauchte. Wenn Tom für Charlie irgendetwas anderes wäre als nur eine Nervensäge, würde er einen Versuch wagen.

Er hatte noch vage Aussichten auf zwei Jobs bei zwei Fertigungsbetrieben, die allerdings beide Erfahrung voraussetzten, die er nicht hatte. Wenn aus denen nichts wurde (und er war sich dessen fast sicher), musste er zurück ins gute alte England, was gar nicht so übel war. Er würde in der Nähe seines Dads sein. Vielleicht irgendwann ein nettes Mädchen kennenlernen. Charlie würde sich kaum an ihn erinnern.

Der Obstkuchen schmeckte plötzlich wie Asche. Er schob seinen Teller von sich. „Ich sollte jetzt gehen", sagte er. „Danke, dass du dir Zeit für mich genommen hast."

Sie stand auf, umarmte ihn und drückte ihre Wange sanft an seine. „Danke, dass du einer alten Dame einen Besuch abgestattet hast", erwiderte sie. „Ich werde tagelang damit angeben. Mein Großneffe vergöttert mich."

„Das stimmt auch. Tschüss, Tantchen. Ich rufe dich an und erzähl' dir, wie sich alles entwickelt."

„Falls ich ein Mädchen kenne, das unter Umständen interessiert ist, darf ich ihr deine Nummer geben, Schatz?"

„Woran interessiert, Tantchen?"

„Dich zu heiraten."

Tom lachte. Aber das Gesicht der alten Dame war so voller Hoffnung. „Sicher", sagte er und küsste sie noch einmal auf die Wange. Lass dem alten Mädchen doch die Freude, sich nützlich zu fühlen, dachte er. Vielleicht würde sie dann nicht so traurig sein, wenn er zurück nach England ging.

Wieder dieser Schmerz in der Brust.

Die Fahrt nach Manningsport dauerte vier Stunden. Vier Stunden lang elender, eisiger Regen und Scheibenwischer, die eher alles verschmierten als irgendwas zu bringen. Als er sich den Finger Lakes näherte, verschlechterte sich das Wetter noch mehr. Vielleicht würde er ja trotzdem nicht allzu spät heimkommen und könnte in der Kneipe, die er langsam schon zu sehr mochte, noch einen Happen (und einen Whisky) zu sich nehmen. Die hübsche Barkeeperin anbaggern und versuchen, nicht an die Zukunft zu denken.

# 2. Kapitel

Sechs Wochen nach ihrem missglückten Heiratsantrag bekam Honor langsam Panik.

Die Online-Dating-Seiten, an die sie sich gewandt hatte, schickten ihr ganze vier passende Profile: von ihrem Bruder Jack (kam nicht infrage.); von Carl, ihrem Schwager (er und Pru hatten sich registriert, um zu sehen, ob eCommitment sie für kompatibel hielt; danach wollten sie sich – im steten Bemühen, das Feuer in ihrer Beziehung am Lodern zu halten – treffen und so tun, als wären sie Fremde; Carl kam also logischerweise auch nicht infrage); von Bobby McIntosh, der bei seiner Großmutter im Keller wohnte und seltsame, reptilienartige Augen hatte. Und schließlich das Profil von einem Typen, den sie nicht kannte und der als Hobby „Wiedergeburt" angab.

Was bedeutete, dass Honor schon wieder ein endlos langes Wochenende vor sich hatte, bei dem Spike, die kleine Mischlingshündin, die sie sich kürzlich zugelegt hatte, ihr einziger sozialer Kontakt wäre. Und obwohl Spike sich als ausgezeichnete Gefährtin entpuppte, hatte Honor doch auf Gesellschaft der menschlichen Art gehofft. Ryan Gosling wäre ihre erste Wahl gewesen, aber der hatte, wie man sich vorstellen konnte, etwas anderes vor. Dana war ebenfalls unabkömmlich, wie überhaupt sehr oft in letzter Zeit, was allmählich ziemlich frustrierend wurde. Man konnte ohnehin kaum was unternehmen, so lange der Winter die Finger Lakes im Griff hatte, und wenn dann auch noch die beste Freundin wegfiel, war sogar noch weniger los.

Faith war damit beschäftigt, frisch verheiratet zu sein. Pru war damit beschäftigt, so zu tun, als sei sie frisch verheiratet. Jack war gelegentlich vorbeigekommen, und sie hatten sich auf Honors tollem neuen Fernseher zusammen diese ekligen medizinischen Dokus angeschaut, die sie beide so mochten. Aber sie hatte dabei immer das Gefühl gehabt, ihn von seinen Freunden fernzuhalten. Abby war sehr beliebt, und Honor konnte sich nicht dazu überwinden, ihre Teenagernichte anzubetteln, mit Tantchen abzuhängen, um sich einen Film anzusehen.

Das Gleiche galt für Ned, der bei der Arbeit ohnehin schon genug Zeit mit Honor verbrachte.

Blieben also Goggy und Pops, die sich immer freuten, sie zu sehen, aber ständig stritten. Und Dad, der sich seit Kurzem ein wenig merkwürdig verhielt. Nervös. Geheimnisvoll.

Ob Mrs Johnson Lust hatte, etwas zu unternehmen? Manchmal ging sie mit Honor ins Kino, obwohl sie immer über die unhygienischen Zustände im Saal, das Personal und die Menschen generell meckerte. Hm. Mrs Johnson war wahrscheinlich noch am besten geeignet. Sie könnten Spike und auch Popcorn ins Kino mitnehmen.

In diesen Moment klingelte ihr Telefon, und Honor erschrak dermaßen, dass sie ihren Kaffee verschüttete. Spike bellte in ihrem kleinen Hundekörbchen, versuchte aufgeregt, an Honors Bein hochzuspringen, und zerriss ihr dabei die Strumpfhose. Sie hatte Spike zwar erst eine Woche, aber die Hündin war schon ganz die mutige Beschützerin.

„Ich geh' ran!", rief Honor Ned zu, dem Einzigen außer ihr, der um diese Uhrzeit im Büro war.

„Was auch sonst!", rief er zurück. Durch die geöffnete Tür seines Büros drangen die Geräusche von „Angry Birds".

„Weingut Blue Heron. Hier spricht Honor Holland", sagte sie routiniert in den Hörer und nahm ihr Hündchen auf den Arm.

„Hey, ich bin's, Brogan."

Plötzlich schoss es ihr heiß die Beine hinauf. „Hey! Hi! Wie geht's dir? Wie läuft's?" Krieg dich wieder ein, Kleine, sagten ihre Eier. Er hat uns verschmäht, schon vergessen?

Richtig. Aber seit damals hatten sie nur ein paar Mal hin und her gemailt, und sie vermisste ihn nun mal, verdammt.

„Mir geht es super", sagte er. „Und dir?"

„Gut! Ich meine, großartig" Die Eier seufzten.

„Ich bin gerade in der Stadt", fuhr er fort. „Und ich hatte gehofft, dass du vielleicht Zeit hast, dich mit mir zu treffen."

Honor schwieg. Die Worte alter Baseballhandschuh schossen ihr durch den Kopf. Andererseits waren sie immer gute Freunde gewesen. Waren es immer noch. „Woran denkst du?"

Es tut mir wirklich leid, dass ich deinen Antrag abgelehnt habe, Honor. In den letzten paar Wochen hatte ich Zeit nachzudenken. Ich liebe dich und möchte dich heiraten. Sofort.

„Einen Drink im O'Rourke's?", fragte er.

„Klar. Gerne!"

„Fantastisch." Sein Ton war herzlich. Dann machte er eine Pause. „Ich muss dir etwas Wichtiges erzählen, und ich möchte es dir nicht am Telefon sagen. Ich glaube – ich hoffe –, dass es dich sehr glücklich machen wird."

Die Eier setzten sich kerzengerade auf. Genau wie Honor.

„Okay." Sie presste ihre Hände an ihre heißen Wangen. „Klingt großartig."

„Sieben Uhr?"

Sieben! Das war in 92 Minuten. „Das passt. Bis dann."

Sie blieb noch kurz sitzen und holte dann ganz tief Luft, weil sie anscheinend vergessen hatte, wie man normal atmete. Spike leckte ihr besorgt übers Kinn, und Honor streichelte sie reflexartig. Drehte sich zu ihrem Computer und schrieb Brogans Worte auf. Starrte sie an. Las sie sich vor – sehr leise, damit ihr Neffe es nicht hörte.

„Hey", sagte besagter Neffe von der Tür aus. Honor klappte ihren Laptop zu. Ned sah sie misstrauisch an. „Entspann dich, Honor."

„Was ist los, Neddie-Schatz?"

„Alles in Ordnung? Du hast rote Flecken im Gesicht."

„Klappe, Kleiner. Was willst du?"

„Ich gehe. Ich habe eine Verabredung. Und ein Leben. Solltest du auch irgendwann mal versuchen."

„Sehr witzig, Ned. Viel Spaß. Fahr vorsichtig."

Sie wartete, bis seine Schritte verhallt waren, öffnete ihren Laptop und starrte wieder auf das, was sie geschrieben hatte. Ich muss dir etwas Wichtiges erzählen, und ich möchte es dir nicht am Telefon sagen. Ich glaube – ich hoffe – ‚dass es dich sehr glücklich machen wird.

Konnte das denn sein?

Konnte das genau das sein, was sie sich gewünscht hatte?

Eine Sekunde lang sah sie die Szene förmlich vor sich. Sah sich selbst, wie sie an einem kleinen Tisch im O'Rourke's saß. Brogan kniete vor ihr. Der Ring funkelte in einer schwarzen Samtschatulle. Seine Frage, ihre Antwort, der Applaus der Kneipengäste, und dann, endlich, nahm er sie in die Arme und küsste sie zum allerersten Mal in der Öffentlichkeit.

Ihr Herz klopfte wie verrückt. Würde sie das wirklich gleich erleben? Ausgerechnet das Holland-Mädchen, das die Verlässlichkeit in Person und am wenigsten für eine Überraschung gut war, stand kurz vor einem unfassbar romantischen Heiratsantrag und der Verlobung mit Brogan Cain?

Es war fast zu schön, um wahr zu sein. Ja, das kann man wohl sagen, murrten die Eier. Die Jahre sind kostbar, klar, aber überstürz es bloß nicht.

Sie ignorierte sie. Rückte ihren Haarreifen zurecht (rosa und grün kariert). Las alles noch einmal.

Es hörte sich auf jeden Fall genau nach dem an, was sie hören wollte. Oh ja, das tat es.

Honors Knie zitterten ein wenig, als sie Spike in ihre Handtasche setzte (wozu hatte man schließlich eine zwei Kilo zwanzig leichte Hündin, wenn man sie nicht überall hin mitnehmen konnte?). Sie gab ihr geistesabwesend einen Kuss aufs Köpfchen und ging durch den Garten zum Neuen Haus hinüber, wo Mrs Johnson in der Küche laut mit Töpfen und Pfannen hantierte. Dad war auch da. Er war rot im Gesicht, hatte die Hände in den Taschen seiner ausgebleichten Jeans vergraben und einen Riss am Ellbogen seines Flanellhemds.

„Hi, Leute", sagte Honor.

„Hallo, Liebling." Dad nahm seine Baseballkappe ab und fuhr sich mit der Hand durch die Haare. Mrs Johnson brummte, was nichts Ungewöhnliches war.

„Alles okay hier?", erkundigte sich Honor.

„Aber natürlich! Was ist denn das für eine Frage, Honor Grace Holland?", gab Mrs J. in ihrem singenden Akzent zurück. „Das Abendessen ist in 20 Minuten fertig. Was ist mit deinem Bruder? Hat er Hunger, was meinst du?"

„Keine Ahnung, Mrs J. Rufen Sie ihn doch an. Und ich, äh, ich habe schon etwas vor."

„Gut." Dads Gesicht wurde noch röter. „Ich meine, gut, dass du mit Freunden ausgehst, Schatz."

„Ja. Mrs J., können Sie heute auf Spike aufpassen?" Ich bekomme möglicherweise einen Heiratsantrag.

Auf dem Gesicht der Haushälterin breitete sich ein Lächeln aus. „Aber natürlich! Komm her, du kleiner Engel. Dein Fell ist schon fast ganz nachgewachsen, stimmt's? Ah, meine schöne Prinzessin, gib mir ein Küsschen."

Honor schwebte nach oben in ihre kleine Wohnung. Da sie das einzige Holland-Kind war, das noch zu Hause lebte, hatte sie sich letztes

Jahr Faiths altes Zimmer angeeignet und daraus ein Wohnzimmer gemacht. Hier arbeitete sie oft und sah fern – meist mit offenem Laptop, auf dem sie nebenbei all jene Dinge erledigte, zu denen sie tagsüber nicht gekommen war.

Sie ging in ihr Schlafzimmer, machte ihren Kleiderschrank auf und betrachtete mit gerunzelter Stirn das Meer aus Marineblau und Grau. Hm. Sie trug normalerweise entweder adrette Business-Klamotten oder Jeans und ein Blue-Heron-Sweatshirt. Keiner dieser beiden Looks schien ihr für den Fall passend, dass Brogan …

Ihre Hände waren feucht.

Ich muss dir etwas Wichtiges erzählen, und ich möchte es dir nicht am Telefon sagen. Ich glaube – ich hoffe –, dass es dich sehr glücklich machen wird.

Was sollte es sonst sein?

Von dem Foto auf dem Bücherregal lächelte ihr ihre Mutter zu.

Sie war seit zwanzig Jahren tot, aber Honor vermisste sie immer noch. Sie hatten einander so nahegestanden und sich so sehr geähnelt – beide pragmatisch, aber mit einem gesunden Maß an Träumen: Honor mit ihrem Wunsch nach einer Familie, was Mom direkt nach dem College gehabt hatte, und Mom mit ihrem Wunsch zu reisen und vielleicht irgendwann beruflich Karriere zu machen, was Honor beides im Überfluss erlebt hatte. Komisch, eigentlich. Beide wollten genau das, was die andere hatte.

Mom hätte Brogan gemocht, dachte Honor. Ja, bestimmt.

Sie duschte, rasierte sich die Beine und cremte sich ein. Falls sie nachher noch zu Brogan mitging, würde sie zu Hause Bescheid geben müssen. Sonst rief Dad den Polizeichef an, und das war Levi Cooper, der zufällig mit Faith verheiratet war.

Damit würde sie sich später auseinandersetzen. Sie zog ein rosa Kleid an, das sie vor ein paar Jahren bei einer Hochzeit getragen hatte, und darüber eine graue Weste, damit sie nicht ganz so aufgebrezelt, aber immer noch angemessen feminin aussah. Dann musterte sie ihre Auswahl an Schuhen. Flache Sandalen und ein paar normale Pumps. Sie besaß keine sexy High Heels. War es zu aufwendig, kurz bei Faith vorbeizuschauen und sich ein Paar zu borgen? Wahrscheinlich.

Nachdem sie sich von Dad und Mrs J. rasch im Vorbeigehen verabschiedet hatte, stieg sie – zitternd vor Kälte – in ihr Auto. Fuhr den

Hügel hinunter ins winzige Städtchen. Heute Abend sah es schöner aus denn je: Schnee auf den Straßen, Licht in den Häusern und Schaufenstern links und rechts des Stadtparks. Dahinter der Crooked Lake, dunkel und groß. Am Himmel ein Sternenmeer. Das O'Rourke's war wie immer voll, da es die einzige kleine Kneipe war – eigentlich das einzige Lokal überhaupt –, die das ganze Jahr offen hatte, und Honor hörte von drinnen Lachen und Musik.

So … romantisch. Es gab kein anderes Wort dafür, obwohl Romantik in Honors Leben normalerweise keine große Rolle spielte.

Heute Abend würde das anders sein.

Brogans Porsche stand bereits auf dem Parkplatz.

Das ist es, sagte sie sich und wünschte plötzlich, sie hätte ihren Schwestern gesagt, sie sollten mitkommen. Aber vielleicht war es besser so. Vielleicht hatte Brogan die anderen beiden aber ohnehin eingeladen, damit sie live dabei sein konnten, wenn er die große Frage stellte. Das wäre typisch Brogan. Der Mann hatte Stil.

Ihm einen Antrag zu machen war keine gute Idee gewesen. Laut diesen neuen Büchern über die männliche Psyche, die sie kürzlich gelesen hatte, sollte man dergleichen den Kerlen überlassen.

Sie berührte ihre Perlenkette, was ja bekanntlich Glück bringen sollte, und öffnete die Tür zum O'Rourke's. „Hey, Honor!", rief ihr Colleen von der Bar aus zu. „Wow, du siehst aber hübsch aus!"

„Sieh mal einer an", sagte Connor gleichzeitig.

„Danke", murmelte sie, ohne die O'Rourke-Zwillinge, die die Kneipe führten, richtig wahrzunehmen.

Brogan wartete auf sie. Um seinen Mund spielte dieses wissende, unglaublich erotische leichte Lächeln.

Oh Gott. Konnte es wahr sein? Konnte es wahr sein, dass sie in wenigen Minuten die Verlobte dieses Mannes sein würde? Sie erwiderte sein Lächeln. Ihr Herz raste. „Schön, dich zu sehen", sagte er und beugte sich hinunter, um sie auf die Wange zu küssen. Er nahm ihren Mantel und hängte ihn – ganz Gentleman – auf. Oh Mann, sie liebte ihn mehr denn je, und das wollte viel heißen.

Irgendwo in Honors Hinterkopf sagten die Eier gerade etwas von voreiligen Schlüssen oder so – es war ähnlich irritierend wie eine Sturmwarnung, die als Nachrichtenband unten über den Fernseher lief, während man gerade eine richtig tolle Serie schaute. Egal. Im Moment konnte sie kaum klar denken, was merkwürdig war, da sie sonst allgemein als das vernünftigste und gelassenste Mitglied der Familie Holland galt.

Nicht so heute Abend. Heute Abend war sie einfach nur eine verliebte Frau.

Sie konnte wirklich keinen zusammenhängenden Gedanken fassen. Das Einzige, was sie mitbekam, war Brogans warme Hand, die sie durch den Stoff ihres Kleides hindurch auf ihrem Rücken spürte.

Als sie Dana allein an einem Tisch entdeckte, versetzte ihr das einen merkwürdigen Stich ins Herz, und für einen Moment empfand sie ein bisschen Mitleid – Dana, die keine Probleme hatte, einen Mann kennenzulernen, aber große, einen zu behalten, würde sie und Brogan jetzt zusammen sehen müssen. Dana machte sich oft über glückliche Paare lustig. Aber sie war ihre beste Freundin, und sie würde sich für Honor freuen und ihre eigenen Probleme hintanstellen.

Vielleicht war es ja sogar so, dass Brogan sie aus genau diesem Grund hierher eingeladen hatte. Damit Dana alles sah. Aber natürlich! Das würde auch erklären, warum Dana in letzter Zeit ein bisschen schwer zu erreichen, ein bisschen distanziert gewesen war. Sie hatte Angst gehabt, die Überraschung zu verderben.

Dann legte Brogan seine Hand auf die Lehne eines Stuhls, der zu dem Tisch gehörte, an dem Dana saß. Dana sah zu Honor hinauf und schenkte ihr ein schmales Lächeln. Aber ihre Augen lächelten nicht.

Okay, das war … schluck. Die kleine Warnung, die unten über den Bildschirm lief, wurde nun vom lauten Piepen des Alarmsignals begleitet.

Sie setzte sich. Brogan ebenfalls.

Später würde Honor sich wünschen, sie hätte ihre Hündin mitgebracht. Spike hätte Brogan oder Dana oder hoffentlich beide anspringen und mit ihren winzigen, nadelförmigen Zähnen beißen können. Vielleicht hätte sie sogar einen von beiden angepinkelt.

Was als Nächstes geschah, nahm Honor nur verschwommen wahr. Wie im Nebel. Sie hörte das Blut in ihren Ohren rauschen, merkte, wie Dana sie von oben bis unten musterte, und bereute sofort die Wahl ihres Outfits. Dana selbst trug eine gelbe Wickelbluse, die ihre winzige Taille und ihren tollen Busen betonte. Honor kam sich overdressed und bieder zugleich vor. Danas dunkle Haare sahen ein bisschen anders aus als letztens, vor – du liebe Güte, zwei Wochen? Drei? Nun ja, Dana war Friseurin. Sie hatte ständig eine neue Frisur. Nicht wie

Honor, die ihre Haare seit Jahren gleich lang trug. Alice-im-Wunder-land-Haare nannte Dana das. Sie drängte Honor immer, sie sich von ihr schneiden zu lassen.

Honor räusperte sich. Wahrscheinlich sollte sie an etwas anderes als Frisuren denken. Der andere, große Gedanke versuchte, sich an den Haaren vorbeizudrängeln, aber Honor ließ es nicht zu. Wo war die Euphorie von eben? Honor vermisste sie schon. Verdammte Euphorie! Komm zurück! „Hi", sagte sie und zwang sich zu einem Lächeln.

Eine der O'Rourke-Cousinen brachte Honor ein Glas Wein. Sie konnte sich nicht erinnern, eines bestellt zu haben. Rot. Spätburgunder. Aus Kalifornien, eine Spur zu würzig und besser im Antrunk als im Abgang, wo er ein brennendes Gefühl hinten im Mund hinterließ.

Drüben an der Theke brüllte Lorena Creech etwas von Zeit fürs Heiabettchen. Honor hörte Colleen O'Rourkes dröhnendes Lachen. Jemand sagte „Danke, Kumpel" in einem Akzent, den man hier in der Gegend normalerweise nicht zu hören bekam, und die ganze Zeit war da so ein gewisser Glanz in Danas Augen, und sie kräuselte beim Lachen die Nase. Brogan redete, zuckte die Achseln, lächelte. Ein paar Wortfetzen drangen zu Honor durch, und sie war sich bewusst, dass sie den Kopf zur Seite geneigt hatte und lächelte. Zumindest war ihr Mund so weit gedehnt, dass ihre Wangen sich ganz prall anfühlten. Möglich, dass es eine Grimasse war. Sie war sich nicht sicher.

Dann streckte Dana ihre linke Hand aus, und auf ihrem Ringfinger steckte Honors Verlobungsring. Ein Diamant, drei Karat, mit Smaragdschliff in Platinfassung. Und dann trafen die Worte, all diese vielen Worte, die sie nicht richtig gehört hatte, sie mitten ins Herz. Danas Stimme, fröhlich und scharf wie ein Schwert, durchschnitt den Nebel.

„Wir hatten es ja überhaupt nicht geplant. Es war vielmehr total verrückt! Wir wollten niemandem etwas sagen, bevor wir sicher waren, dass es echt war, stimmt's, Liebling? Aber du kennst ja diesen Spruch. Wenn's passt, dann passt's, und dann muss man nicht mehr jahrelang grübeln."

Oh. Das war eine Anspielung auf sie. Schon verstanden.

Dana machte eine Pause und drückte Brogans Hand. „Jedenfalls, Honor, ich weiß, dass es ein bisschen seltsam ist, da ihr beide ja hin und wieder etwas miteinander hattet …" Sie bedachte Honor mit einem Lächeln, einem breiten Filmstarlächeln. „Aber das ist ja, wie du mir ja erzählt hast, vorbei, und wir hoffen, dass du dich für uns freust."

Dieser ganze Plural in der ersten Person. Uns. Wir. Zum Teufel, was sollte das? Verfluchte Schei…, nein, nein, Honor war nicht der Typ, der fluchte, aber was zur Hölle sollte das?

„Wie bitte?" Honors Herz klopfte so schnell, dass sie wirklich dachte, sie würde gleich ohnmächtig werden. „Ihr heiratet?"

Brogan sagte nichts. Seine Miene deutete darauf hin, dass er langsam merkte, das etwas nicht stimmte. „Äh, ja."

Dana nahm Honors Hand und drückte sie. „Trauzeugin? Was sagst du dazu?"

Oh ja, schon klar. Wenn sie Honor bat, Trauzeugin zu sein, dann war Dana ohne Zweifel eine wunderbare Freundin. Dann konnte natürlich keine Rede davon sein, dass sie ihr Brogan weggeschnappt, ja, gestohlen hatte – okay, nicht gestohlen, aber eindeutig weggeschnappt. Ausgerechnet Brogan!

Aber warum nicht? Brogan war attraktiv und nett und wohlhabend und beliebt, und Dana war ein Hai. Honor hatte diese Killerzähne schon früher gelegentlich kurz aufblitzen sehen, aber Mann oh Mann, sie hätte nie gedacht, dass Dana einmal auf sie losgehen würde.

Atmen. Genau. Musste man tun, um am Leben zu bleiben. Honor holte ein Mal schnell und tief Luft, dann noch einmal.

Brogan sah jetzt regelrecht besorgt aus. „On?"

Sie hatte die ganze Zeit Danas Gesicht angestarrt. Jetzt sah sie ihn an. „Ich heiße Honor."

Er riss erstaunt seine lächerlichen (jetzt, da sie näher drüber nachdachte) türkisfarbenen Augen auf. „Äh, Honor, es macht dir doch nichts aus, oder? Ich meine, wir haben doch nie …" Er wand sich ein bisschen. „Ich dachte …"

„Honor, du bist doch nicht etwa gekränkt, oder?", fragte Dana. „Ich meine, du und Brogan, ihr wart doch nie mehr als Fickfreun…"

Das war der Moment, als sich der Wein über Danas gelbe Bluse ergoss, direkt auf ihren Busen. Ein paar rote Tropfen kullerten in ihren tiefen Ausschnitt. Danas Mund ging auf und wieder zu wie der einer Forelle, die man aus dem Wasser gefischt hatte, und Honor merkte, dass ihr Glas leer war.

„Verdammt, Honor!", kreischte Dana und wich so weit es ging in ihren Stuhl zurück. „Was zum Teufel soll das?"

Honor stand auf. Ihre Beine zitterten, so schockiert war sie. Aber da war noch ein anderes, nahezu unbekanntes Gefühl. Anscheinend war es Zorn.

Dana stand ebenfalls auf und starrte mit offenem Mund empört auf ihre Bluse. „Du Biest!", sagte sie.

Honor gab ihr einen Schubs. Keinen festen, aber immerhin. Sie war nicht stolz darauf und hatte es auch nicht vorgehabt, aber es blieb nicht viel Zeit, darüber nachzudenken, denn schon schubste Dana sie. Viel fester. Honor taumelte kurz und stieß gegen einen Stuhl, und Dana schubste sie wieder, und sie konnte den Wein riechen, und die Jukebox spielte „Sweet Home Alabama". Und dann gingen sie beide zu Boden, es gab ein Gerangel, und Honors Kopf schoss nach oben, und plötzlich war da dieser stechende Schmerz auf der Kopfhaut – um Gottes willen, Dana riss an ihren Haaren, und es tat weh, und sie bekam eine Strähne von Danas hinreißend schönem, seidigen Haar zu fassen (das nach Kokosnuss roch, sehr angenehm), und jetzt riss sie mal da dran, und ein Stuhl fiel auf sie beide drauf, und irgendwie stimmte etwas mit ihrem Zeitgefühl nicht, alles lief so langsam und gleichzeitig so schnell ab, und dann zog Brogan Dana von ihr herunter. „Honor, was tust du denn da?", fragte er, und Honor stand ebenfalls auf (hoffentlich so, dass ihr niemand dabei unter den Rock sehen konnte). Und dann gab es einen Knall, und Honors Wange brannte.

Ihre beste Freundin hatte ihr eine gescheuert.

Honor keuchte. An ihrer linken Brust klebte eine Cocktailserviette. Sie nahm sie und legte sie auf den Tisch.

Oh Gott.

In der Kneipe war es völlig still.

„Honor." Es war Jack, ihr großer Bruder. Wer sagte, dass große Brüder nie da waren, wenn man sie brauchte? „Alles okay mit dir?", erkundigte er sich.

Sie schluckte. „Alles bestens." Ihr Gesicht tat weh. Die Stelle, auf die Dana sie geschlagen hatte, pochte.

Brogan sah völlig verstört aus. „Honor", sagte er. „Ich … ich dachte … ich wusste nicht, dass …"

„Nein? Tja, dann bist du noch dümmer, als ich dachte." Ihre Stimme klang ruhig, obwohl sie am ganzen Körper heftig zitterte.

„Los, gehen wir", sagte ihr Bruder, und sie hatte ihn in diesem Moment schrecklich lieb.

„Das glaub ich einfach nicht!", brüllte jemand von der Theke herüber und brach damit die Stille. Lorena Creech, das ärgste Großmaul der ganzen Stadt. „Honor Holland in einem Zickenkampf! Wow!"

„Komm", murmelte Jack. „ich fahre dich nach Hause."

Aber Honor blieb stehen, unfähig, den Blick von Dana abzuwenden. Ihrer Freundin. Die samstagabends mit ihr Filme guckte, wenn keine von ihnen ein Date hatte. Die ihr alles anvertraute, mit ihr lachte und der es nichts auszumachen schien, dass Honor vielleicht ein bisschen ruhig, ein bisschen vorhersehbar war. Die ihr gesagt hatte, sie sollte es durchziehen und Brogan einen Antrag machen … die ihr Papiertaschentücher gereicht hatte, nachdem er Nein gesagt hatte.

Und die diesen seltsamen Gesichtsausdruck gehabt hatte, als sie ihr an jenem Abend die Tür öffnete. Jetzt wusste Honor, was das gewesen war: Triumph.

Ihre Freundin, die denselben Verlobungsring trug, den Honor bewundert hatte.

Danas Augen glänzten vor Genugtuung.

„Ich fahre selbst", sagte Honor. Jetzt sah sie ihren Bruder endlich an. „Trotzdem danke, Jack." Sie strich ihre Weste glatt und nahm ihre Handtasche von der Stuhllehne.

Über der Lehne von Danas Stuhl lag, wie sie jetzt sah, ein Burberry-Mantel. Honors Trenchcoat.

Sie drehte sich um und marschierte durch die totenstille Kneipe zur Tür. Es war ein entsetzlich langer Weg.

Ein Mann, den sie nicht kannte, rutschte von seinem Barhocker und ging – leicht torkelnd, wie sie vage mitbekam – vor ihr zur Tür. „Danke schön", sagte er und outete sich damit als Besitzer des britischen Akzents, den sie vorhin gehört hatte. „Man kriegt heutzutage viel zu selten einen Zickenkampf zu sehen."

„Halt die Klappe", brummte sie, ohne ihm in die Augen zu schauen.

Er prostete ihr mit seinem Glas zu und hielt ihr die Tür auf. Die feuchte Nachtluft war tröstlich kühl auf ihren heißen Wangen.

Zwei Stunden später – Spike hatte sich unter ihrem Kinn eingerollt und schnarchte leise – fasste Honor einen Entschluss (und machte eine Liste).

*Keine Zickenkämpfe in Kneipen mehr.*
*Nie mehr die Fantasie mit mir durchgehen lassen und mir Dinge ausmalen, die eindeutig illusorisch sind.*
*Weniger arbeiten, mehr Spaß haben (und mich so schnell wie möglich schlau machen, wie das geht; vielleicht jemanden dafür einstellen?)*
*Eine Beziehung, und zwar pronto.*
*Ein Baby. Bald.*

*In anderen Worten: höchste Zeit, mein Leben in die Hand zu nehmen.*
*Zeit, etwas zu unternehmen.*

# 3. Kapitel

Es gab nicht viel, wovor Honor mehr graute als vor Familienkonferenzen. In der Vergangenheit waren Jacks Scheidung, die Versorgung von Goggy und Pops, Faiths Hochzeit(en) und Dads schreckliche Freundin vom Vorjahr Thema gewesen.

Heute fand die Familienkonferenz zum ersten Mal ihretwegen statt.

In den drei Tagen seit dem Zickenkampf hatte Honor viel nachgedacht. Sie war immer die Gute gewesen. Nicht, dass ihre Geschwister schlechte Menschen wären. Nein, sie waren nur facettenreicher. Sie jedoch war wie das andere Kind in der Geschichte vom verlorenen Sohn. Der, der fleißig war und nie etwas verbockte.

Und was, bitte schön, hatte ihr das gebracht? 35 Jahre, alternde Eier, keinen Mann und eine Freundin, die eine totale Enttäuschung war. Ganz zu schweigen davon, was für ein Vollidiot sie bei Brogan gewesen war. Sie lebte bei ihrem Vater in ihrem Elternhaus und arbeitete zig Stunden pro Woche. Zur Unterhaltung sah sie sich Dokus über Tumorentfernung an oder über den Typen, dem – dank eines missgebildeten Zwillings – ein Fuß aus dem Brustkorb wuchs.

Ihre ganze Familie wusste über die Rauferei Bescheid. Honor hatte es ihrem Dad und Mrs Johnson am Morgen danach erzählt, weil sie nicht wollte, dass sie es von jemand anderem erfuhren. Dad hatte ein Gesicht gemacht, als hätte jemand vor seinen Augen ein Kätzchen bei lebendigem Leib gegessen, während Mrs J. vor sich hingebrummt und die Kühlschranktür zugeknallt hatte.

Faith war vorbeigekommen, ziemlich mitfühlend gewesen und hatte Honor an den öffentlichen Skandal erinnert, für den sie selbst vor ein paar Jahren gesorgt hatte. Außerdem ließ sie ihr zwei Packungen Ben & Jerry's im Kühlschrank.

Bei der Familienkonferenz würde es ähnlich – und schlimmer – zugehen.

Ihr Mail-Alarm plingte.

An: *Honor@BlueHeronVineyard.com*
Von: BroganCain@gmail.com
Betreff: Hey

Hi, Honor. Weiß nicht, ob du meinen Anruf gestern mitgekriegt hast.

Oh, sie hatte ihn mitgekriegt. Ihr war nur nicht danach gewesen, ihn zurückzurufen.

*Kann ja sein, dass du mir aus dem Weg gehst.*

Wow, der Mann war ein Genie!

*Was ich sagen wollte: Es tut mir furchtbar leid, Honor. Ich wollte wirklich nie, dass es dir wegen irgendetwas schlecht geht, ich schwöre. Als wir vor ein paar Monaten übers Heiraten geredet haben, war ich mir sicher, dass du es locker genommen hast. Und diese Sache mit Dana ... Wir wussten beide nicht recht, wie wir es dir sagen sollten, aber wir dachten, du würdest dich freuen, wenn du es erfährst.*

Sie hörte ein unangenehmes Geräusch. Ah. Ihre Zähne. Sie knirschten. Brogan war SO DUMM.

*Und das war ja wohl unglaublich dumm von mir.*

Ihr Kiefer entkrampfte sich. Was immer auch sonst zwischen ihnen ablief, Brogan war immer imstande gewesen, ihre Gedanken zu lesen.

*Ich fühle mich total mies, weil ich die Situation völlig falsch verstanden habe. Deine Freundschaft ist mir unglaublich wichtig. Du bist die Einzige, mit der ich seit der Grundschule in Kontakt geblieben bin, weißt du. Ich würde alles dafür tun, wenn wir zwei befreundet bleiben könnten. Wenn nicht, verstehe ich es. Ich wäre wirklich traurig, aber ich würde es verstehen.*

*Hoffe, es geht dir gut. Vermiss' dich.*
*Brogan*

„Ja, vermiss mich ruhig, das geschieht dir recht", sagte sie, doch ihre Stimme zitterte. Denn machen wir uns nichts vor. Sie würde ihm vergeben. Sie hatte nun mal ein großes, weiches Herz – sogar jetzt, in diesem Moment.

Ach, verdammt. Brogan war jemand, der nie etwas böse meinte. Dafür war er nicht der Typ. Mit einem Seufzer, bei dem Spike mitleidig gähnte, begann sie zu tippen. Am besten, sie brachte es gleich hinter sich.

*An: BroganCain@gmail.com*
*Von: Honor@BlueHeronVineyard.com*
*Betreff: Re: Hey*

*Hi, du! Natürlich sind wir noch Freunde. Sei doch nicht albern.*
*Es ist mir nur sehr peinlich, wie ich mich benommen habe, das ist alles. Aber es geht mir gut. Es kam etwas überraschend, mehr nicht, und ich glaube, dass*

… an dieser Stelle verlangsamte sich ihr Schreibtempo …

*mir das, was wir hatten, mehr bedeutet hat, als mir bewusst war.*

Plötzlich kam ihr ein grauenvoller Gedanke. Dass Dana ihm irgendwann nach dem Zickenkampf vielleicht erzählt hatte, wie niedergeschmettert sie nach dem missglückten Heiratsantrag gewesen war. Dass er jetzt wusste, wie sehr sie ihn liebte. Nein. Das würde Dana nicht tun. Dana würde schlecht dastehen, wenn sie zugab, dass sie über Honors Gefühle Bescheid gewusst hatte.

*Aber mir ist klar, dass dieses „Wir" nur so eine Idee war und du und ich nichts anderes als zwei alte Freunde waren, die ab und zu miteinander geschlafen haben.*

Verdammt, das stimmte nicht. Es fühlte sich schrecklich an, die eigenen Gefühle so zu verleugnen.

*Jedenfalls, mir ist das alles vor allem peinlich. Weiß nicht, ob du's weißt, aber Kneipenschlägereien sind normalerweise nicht mein Ding. :)*

Auf Smileys reduziert. Sie seufzte und merkte, dass sie einen Kloß im Hals hatte.

*Du bist für mich auch etwas Besonderes, Brogan, und ich freue mich, dass du glücklich bist.*

Die Eier verdrehten ihre trüben Augen (grauer Star).

*Bitte vergiss meinen hysterischen Auftritt. Ich wäre dir wirklich dankbar, wenn wir nie mehr darüber reden. :) Die nächsten zwei Wochen habe ich viel zu tun,*

… das war gelogen …

*aber vielleicht können wir uns danach ja mal treffen, okay? Pass auf dich auf.*

*Honor*

Das war besser als die Wahrheit. Ich liebe dich. Ich versuche seit zwei Monaten, mir auszureden, dass ich dich liebe. Wie ist es möglich, dass du das nicht gewusst hast? Selbst wenn du wirklich nicht gemerkt hast, was ich empfunden habe, Brogan, weil du ein begriffsstutziger Mann bist, so hat Dana es doch gewusst. Meine beste Freundin ist mir in den Rücken gefallen und hat mir den Dolchstoß versetzt, und du heiratest sie.

Gestern Nacht war Honor bis drei Uhr wach geblieben, hatte den Begriff schädliche Freundschaft gegoogelt und jeden Artikel gelesen, den sie dazu finden konnte.

Dana hatte jede Menge ehemalige beste Freundinnen. Honor hatte zahllose Geschichten darüber zu hören bekommen, angefangen von Danas Schwester, über ihre Nachbarin bis zu ihrer allerbesten Freundin an der Highschool. Und obwohl Honor sich durchaus bewusst war, dass Dana launisch war und dazu neigte, alles schwarz und weiß zu sehen, hatte sie doch immer gedacht, sie könnte damit umgehen. In den fünf Jahren, die sie befreundet waren, hatten einige Leute sich bei Honor über Dana geäußert. Gerard von der Feuerwehr hatte einmal gesagt, dass Honor seiner Meinung nach eine bessere Freundin verdienen würde als Dana, und Mrs Johnson hatte gemeint, sie würde Dana nicht über den Weg trauen (andererseits musste man sagen, dass Mrs Johnson nicht besonders vielen Leuten über den Weg traute).

Aber nein, Honor hatte gedacht, dass sie mit Danas großem Ego schon klarkäme. Warum sollte Dana ihr auch in den Rücken fallen? Sie war eine tolle Freundin – immer verfügbar, mitfühlend, eine ausgezeichnete Zuhörerin. Ihre Freundschaft mit Dana war anders. Honor würde von den Dramen, die Dana genüsslich schilderte, verschont bleiben.

Dumm. Offensichtlich hatte sie keine Ahnung von Frauen. Und von Männern auch nicht.

Damit war jetzt Schluss. Das beharrliche Ignorieren von Warnsignalen und das ewige Warten, dass etwas passierte … damit war es jetzt aus und vorbei.

„Hallo, Schatz", sagte Dad, der um Punkt 18 Uhr in ihrer Tür stand. Seine gütigen Augen hatten einen besorgten Ausdruck. „Es sind alle da."

„Dein Vater und ich wollen nicht, dass du unglücklich bist", sagte Mrs J., die sich gerade an Dad vorbeischob, um Honor gleichzeitig aufmunternd zu tätscheln und zu schimpfen. „Aber wir machen uns alle große Sorgen um dich, Kind. Sehr große Sorgen. Wirklich große Sorgen."

„Danke." Honor zwang sich zu einem Lächeln und folgte den beiden in den Verkostungsraum. Es war der einzige wirklich gemütliche Ort auf dem Weingut, wo alle sitzen konnten. Im Erdgeschoss nahm eine lange u-förmige Bar den Großteil des Raums ein, aber im Obergeschoss befand sich ein privater Verkostungsraum für besondere Anlässe – eine von Honors Ideen. Der Bereich sah aus wie ein riesiges Wohnzimmer, samt Ledersofas, gemauertem Kamin und einer kleineren Bar an einer Wand. Die Decke bestand aus unverkleideten Holzbalken, und auf den breiten Dielen des Fußbodens lag ein großer, alter Perserteppich.

Es waren tatsächlich alle da, und, Himmel, in dieser Familie gab es einfach zu viele Leute. Manchmal war die Vorstellung, eine Waise zu sein, durchaus verlockend. David Copperfield hatte an keiner Familienkonferenz teilnehmen müssen, oder? Oliver Twist auch nicht.

„Danke, dass ihr gekommen seid", sagte Honor als allgemeine Begrüßung.

„Ein Zickenkampf?", fragte Goggy gerade. „In einer Kneipe? Wegen eines Mannes?"

„Ich wünschte, ich wäre dabei gewesen." Pops zwinkerte Honor zu. „Ich hoffe doch, du hast gewonnen."

„Das ist nicht witzig", schnaubte Goggy. „Seit wann prügeln sich meine Enkelkinder in Kneipen? Ich meine, so etwas hätte mich bei dir nicht überrascht, Prudence – aber Honor?"

„Warum hätte es dich bei mir nicht überrascht?", wollte Pru wissen. „Habe ich mich je mit jemandem geprügelt? Nein, hab' ich nicht."

„Tja, ich könnte es mir aber gut vorstellen", gab Goggy zurück. „Aber mit Carl, nicht mit einer Frau."

Honor unterdrückte ein Seufzen. Pru war temperamentvoll, Faith sah gut aus, Jack war der perfekte Sohn … Und was war Honor?

Die Langweilige.

Was sich bald ändern würde. Jawohl.

„Honor hat eindeutig gewonnen", sagte Jack. „Ihr wärt alle stolz gewesen."

„Mir war diese Frau nie richtig sympathisch", sagte Pru. „Obwohl sie wirklich tolle Haare hat."

„Reich mir mal den Käse", befahl Pops.

„Kein Käse mehr für dich!", widersprach Goggy. „Du weißt, was dein Magen davon hält."

„Okay, seid jetzt mal alle ruhig", sagte Honor freundlich, aber bestimmt. Nicht, dass sie ihre Familie nicht geliebt hätte. Aber in Anwesenheit von vier Generationen, zwei Schwägern, Faith, Pru, einer Nichte im Teenageralter, einem Neffen, der ihr nicht in die Augen sehen konnte, ohne zu lachen, und Dad und Mrs Johnson, die besorgte Blicke wechselten … nun ja, das war alles ein bisschen viel auf einmal. „Dad, bringen wir es hinter uns, okay? Ich würde hier gern ein paar Dinge ändern."

„Ich habe euch etwas mitzuteilen", verkündete Dad. „Hier wird sich in nächster Zeit einiges ändern." Er schien zu merken, dass er im Prinzip nur das wiederholt hatte, was Honor gerade gesagt hatte, und sah sie überrascht an.

„Nach dir." Sie schenkte sich ein großes Glas Wein ein. Der würde helfen, und davon abgesehen hatte er ein leichtes Gras- und Grapefruitaroma und – durch den Kalksteinboden, auf dem er angebaut wurde – eine sehr weiche Note.

Dad sah Honor an und legte seine wettergegerbten, von den Trauben fleckigen Hände auf ihre. „Ich glaube, wir haben Honor lange Zeit als selbstverständlich empfunden."

Ihr blieb vor Überraschung der Mund offen stehen.

„Sie arbeitet viel zu viel, ist ständig beruflich auf Reisen und kümmert sich um hundert verschiedene Dinge", fuhr Dad fort. „Und aus diesem Grund habe ich heute eine Assistentin für dich eingestellt."

Sie blinzelte erstaunt. „Du hast was getan? Habe ich denn nicht ein Wörtchen mitzureden, wer für mich arbeitet?"

„Großartige Idee, Dad", sagte Jack.

„Du kannst doch nicht einfach …", protestierte Honor.

„Nein, Schatz", erwiderte Dad leise, aber energisch. „Mrs Johnson und ich haben es besprochen und …" Oh-oh. Sie war erledigt, wenn Mrs Johnson ihre Hände im Spiel hatte. „… und es ist beschlossene Sache. Außerdem halte ich es für an der Zeit, dass Ned …" Dad nickte seinem Enkel zu. „… die Hälfte des Vertriebs übernimmt."

„Die Hälfte? Nicht die Hälfte!" Okay, klar, sie hatte eine kleine Veränderung gewollt. Aber nicht so viel. „Hör mal, nur, weil …"

„Endlich", sagte Ned. „Hätte ich bloß gewusst, dass ich Honor nur dazu bringen müsste, jemanden in einer Kneipe zu vermöbeln."

„Sei still, mein Junge", fuhr Dad fort. „Honor, er hat jetzt ein Jahr lang unter dir gearbeitet. Zeit, ihn mal zeigen zu lassen, was er kann."

„Hm, klar, ist in Ordnung. Neddie, du bist toll. Aber wir brauchen nicht gleich das ganze Weingut neu zu organisieren, weil ich ein einziges Mal schlecht drauf war."

„Schatz, du hast kürzlich im O'Rourke's deine beste Freundin geschlagen."

Honor schwieg einen Moment lang. „Ich habe sie nicht wirklich geschlagen."

„Ich habe in der Schule gehört, du hättest dich auf sie gestürzt", sagte Abby.

„Hab' ich nicht."

„Und ihr Wein ins Gesicht geschüttet."

„Das, äh, stimmt. Eher auf ihren Busen als ins Gesicht, aber ..." Sie guckte zu Levi hinüber, der noch seine Uniform anhatte. Er zog eine Augenbraue hoch, sagte aber nichts.

„Was für einen Wein denn?", fragte Jack.

„Einen Spätburgunder aus Kalifornien. Flacher Körper, zu würzig, hoher Säuregrad."

„Das wird super, Honor", sagte Ned. „Du kannst meine Chefin sein."

„Ich bin schon deine Chefin", erwiderte sie.

„Ich kann mich noch nützlicher machen. Das wird mir guttun. Dann kann ich immer sofort alle meine Sünden abbüßen."

„Wehe, du erlaubst dir irgendwelche Sünden, Sohnemann", schaltete Pru sich ein. „Aber es stimmt, Honor, er kann dich noch mehr unterstützen als bisher."

„Sicher. Okay."

„Ich habe Jessica Dunn als deine Assistentin eingestellt", fügte Dad hinzu.

„Wie bitte?" Jessica Dunn? Die Kellnerin? „Das ist wirklich nicht nötig, Dad. Ned reicht mir völlig. Er ist eine große Hilfe."

„Sie hat einen Abschluss in Marketing und möchte ein wenig Erfahrung sammeln. Ich dachte mir, sie könnte dir einen Teil der Medienarbeit abnehmen."

„Dad, weißt du überhaupt, was Medien sind?"

„Nein, eigentlich nicht, aber sie hat gesagt, sie kennt sich damit aus."

„Naja, das tue ich auch! Ich brauche sie nicht! Nichts für ungut, Levi." Er und Jessica waren seit ihrer Kindheit befreundet. Jeder wusste das.

„Kein Problem." Levi streichelte Faiths Nacken.

„Sie fängt morgen an", erklärte Dad.

„Dad ..." Honor verschlug es kurz die Sprache. Sie liebte diesen Teil ihres Jobs – die Presseaussendungen, die Artikel, das Aktualisieren der Homepage, die Updates auf Twitter und auf der Facebook-Seite des Weinguts, das Umgarnen der Reisebüros und das Umwerben von Journalisten, Reisereportern und Weinkritikern. „Ich brauche keine Assistentin. Ned reicht."

„Mir macht es nichts aus", versicherte Ned. „Jessica ist umwerfend schön."

„Aber nichts für dich", hielt Pru ihm vor. „Sie ist viel zu alt für dich. Verstanden?"

„Vielleicht steht sie ja auf jüngere Männer", gab Ned zu bedenken.

„Ned, du bist einfach widerlich." Abby schaute von ihrem Schulbuch auf und sah ihren Bruder verächtlich an.

„Honor, Liebes", sagte Mrs Johnson. „Was auch immer diese Medienarbeit sein mag, du machst zu viel davon. Du arbeitest ständig, du isst an deinem Schreibtisch, du hast keine Kinder, die ich verwöhnen kann, und das ist eine beschämende und schreckliche Art zu leben."

„Letzte Woche hat sich noch niemand beschwert", protestierte Honor.

„Letzte Woche hat sich auch noch niemand auf einem dreckigen Kneipenboden gewälzt." Mrs J. sah sie mit hochgezogenen Augenbrauen an.

„Du hast jetzt eine Assistentin, Schatz", sagte Dad. „Genieß es."

„Aber Medienarbeit macht die Hälfte meines Jobs aus, und der Vertrieb ist die andere Hälfte. Was soll ich dann noch tun?", fragte Honor. Ihr gefiel der leicht hysterische Klang ihrer Stimme nicht.

„Ein bisschen leben", antwortete Dad. „Leg dir ein paar Hobbys zu."

„‚Der größte Tumor der Welt' gucken zählt nicht", fügte Jack hinzu.

„Du warst doch derjenige, der mich vorige Woche angerufen hat, damit ich ‚Außergewöhnliche Menschen' aufnehme, du Heuchler!"

„Es ist nicht mehr lange hin bis zum ‚Black and White'-Ball." Faiths Ton war besänftigend. „Du bist dieses Jahr die Vorsitzende. Das wird bestimmt viel Arbeit."

„Jessica fängt morgen an", wiederholte Dad, „Familienkonferenz beendet. Wer hat Hunger?"

„Mir knurrt schon der Magen", sagte Prudence.

„Ich habe einen Schinken gebraten", verkündete Goggy, um Mrs Johnson zuvorzukommen. „Wenn ihr also Lust habt, zu uns runter zu kommen – nicht, dass irgendeiner von euch uns jemals besucht –, gäbe es auch noch Nusstorte."

„Wir kommen in ein paar Minuten nach", sagte Dad. „Honor, bleib hier, Schatz."

Sie warteten, bis alle gegangen waren. „Wegen Ned und Jessica, Liebes. Entschuldige, dass ich nicht zuerst mit dir geredet habe, aber ich hatte das Gefühl, etwas Konkretes unternehmen zu müssen. Und ich wollte nicht, dass es sich ewig hinzieht, also habe ich es einfach getan." Er brach ab, nahm seine alte Baseballkappe ab und fuhr sich mit der Hand durch sein schütter werdendes Haar. „Mrs Johnson und ich machen uns Sorgen um dich, Honor."

Ja, sie hatte die beiden gestern Nacht reden gehört, was allein schon ein Schock gewesen war, da Mrs J. sich für gewöhnlich gegen 20 Uhr in ihre Wohnung über der Garage zurückzog und Dad normalerweise um halb zehn im Bett war. Als Bauer musste er ja beim ersten Hahnenschrei usw. usw.

Sie faltete die Hände. „Dad, es ist mir ohnehin schon peinlich genug. Da fehlt es mir gerade noch, dass man denkt, ich hätte im O'Rourke's einen Nervenzusammenbruch gehabt und brauchte jetzt eine Assistentin."

Dad schwieg einen Moment lang. „Nun ja, du hattest einen kleinen Zusammenbruch, meine Kleine."

„Ich habe nur die Beherrschung verloren. Es war nicht so schlimm, wie es klingt."

„Und wann hast du jemals zuvor die Beherrschung verloren?", fragte er.

Verdammt. Sie gab keine Antwort.

„Schatz, ich weiß ja, dass es oft so aussieht, als würde ich nicht allzu viel mitkriegen", fuhr Dad fort. „Aber so einiges ist mir doch bewusst. Als deine Mutter gestorben ist, bist du …" Seine Stimme wurde leise. „Du bist schnell erwachsen geworden. Du hast alles getan, was man von dir erwartet hat, und nie viel Unterstützung von uns allen gebraucht. Dann kam die Uni – erst in Cornell, dann Wharton –, und dann bist du wieder nach Hause gekommen und hast dich um mich gekümmert."

Sie hatte einen Kloß im Hals. „Es war genau das, was ich wirklich tun wollte, Dad. Ich liebe mein Leben."

„Das glaube ich dir." Er machte eine Pause. „Aber ich weiß auch, dass du Brogan lange geliebt hast."

Zu hören, wie es laut ausgesprochen wurde, war wahnsinnig demütigend. Sie zuckte nur die Achseln, weil sie ihrer Stimme nicht vertraute.

„Und ich habe immer gehofft, dass ihr beide glücklich werdet", fuhr er fort. „Ich kann mir vorstellen, wie schlimm es für dich sein muss, dass deine beste Freundin ihn jetzt heiratet, nicht du."

„Es kam nur etwas überraschend." Ihre Stimme zitterte.

Er legte eine Hand auf ihre. „Du bist also an einem Wendepunkt angelangt. Es wird Zeit für dich zu überlegen, was du im Leben erreichen möchtest, statt nur darauf zu warten, dass dieser Kerl dich anruft."

Sieh einer an. Dad registrierte offenbar doch ziemlich genau, was um ihn herum passierte.

„Es ist keine Bitte", sagte er. „Ich verlange es von dir. Als dein Vater und rechtmäßiger Besitzer von Blue Heron."

„Ein Befehl also? Du kannst dir ohne mich nicht mal die Schuhe zubinden."

„Das kann ich eigentlich schon ganz gut." Um Dads Augen bildeten sich Lachfältchen. „Mrs J. hat es mir beigebracht. Also, das ist der Deal: Deine Stunden wurden gekürzt. Du fängst um neun an und gehst um fünf, oder ich trage dich eigenhändig aus dem Büro."

„Super Idee", sagte Honor. „Weil man ja die Arbeit eines ganzen Tages locker in den paar Stunden erledigen kann …"

„Das ist ja gerade das Geniale an meinem Plan. Du kannst es eben nicht allein erledigen. Du, Ned und Jessica werdet es gemeinsam erledigen. Und jetzt gehe ich zum Alten Haus hinunter, bevor Mrs J. und deine Großmutter sich darüber in die Haare kriegen, wie lange die Kartoffeln kochen müssen. Und du kommst auch mit."

Honor seufzte. „Na gut. Gib mir ein paar Minuten, okay?"

Dad küsste sie aufs Haar und ging. Nach einer Weile trat sie ins Freie. Es war schon dunkel, und die Sterne überzogen den Himmel mit endlos weitem, milchig schimmerndem Glanz. Die Luft duftete wie Holzrauch.

Honor liebte Blue Heron von ganzem Herzen. Es war ihr Zuhause und auch ihr ganzer Stolz. In den elf Jahren seit ihrem Uni-Abschluss hatte sich hier eine Menge geändert. Als sie damals als Vertriebsleiterin einstieg, war das Weingut ein netter kleiner Familienbetrieb gewesen. Doch statt sich mit dem bescheidenen Erfolg zu begnügen, hatte sie einen Businessplan aufgestellt, in dem alles Bewährte beibehalten und ausgebaut und alles andere – Image, Marktpräsenz, Bekanntheitsgrad – um das Zehnfache gesteigert wurde. Und das alles, ohne dem Gut, das sich seit acht Generationen im Besitz der Hollands befand, seinen familiären Charme zu nehmen. Sie hatte vor zehn Jahren den Bau der Balkendecke des Verkostungsraums und den Souvenirshop in Auftrag gegeben und das Design des Logos und der Weinetiketten überarbeitet. Dank der Werbekampagne, die sie initiiert hatte, war der Name Blue Heron mittlerweile allen wichtigen Zeitungen – von der „New York Times" bis zum „Wine Spectator" – ein Begriff. Bei jeder Reise durch die Weinregion der Finger Lakes war der Besuch von Blue Heron praktisch ein Muss. Honor wusste, dass es vieles gab, worauf sie stolz sein konnte. Sie arbeitete gern mit ihrer Familie zusammen, und um ehrlich zu sein, gefiel es ihr auch, für alles Geschäftliche verantwortlich zu sein. Delegieren war nie ihre Stärke gewesen.

Andererseits hätte sie nie damit gerechnet, dass sie sich mal um alternde Eier Sorgen machen müsste. Und eigentlich hatte sie auch nicht vorgehabt, für immer bei ihrem Dad und Mrs J. im Neuen Haus zu wohnen.

Da musste es doch mehr geben. Einen Ehemann. Eine eigene Familie.

Sie wollte für jemanden etwas Besonderes sein. Sie wollte, dass die Augen eines Mannes aufleuchteten, wenn er sie sah. Sie wollte, dass ein Mann sie so küsste, als ob sein Herz stehen bleiben würde, wenn er es nicht tat.

Irgendwie war es Dana gelungen, sich etwas anzueignen, was Honor nie besessen hatte: Brogans Liebe. Und das in gerade mal ein paar Wochen.

Wie zum Teufel hatte sie das bloß hingekriegt?

Plötzlich hatte Honor das Gefühl, als würde der Himmel sie mit derselben lähmenden Einsamkeit niederdrücken wie damals, als ihre Mutter gestorben war und sie allein zurückließ.

Und, Gott, was hatte sie es satt, allein zu sein. Sie wusste nicht, ob dieser Gedanke ein Gebet oder das Eingeständnis einer Niederlage war. Sie löste ihre Haare aus dem Clip und fuhr sich seufzend mit den Händen durch ihre lange Mähne.

Dabei kam ihr eine Idee. Nein, sie würde jetzt nicht zu Goggy gehen. Stattdessen marschierte sie ins Neue Haus, lief die Treppe hinauf in ihr Badezimmer und nahm eine Schere.

Ihr ganzes Leben lang hatte sie immer die gleiche Frisur gehabt. Dichte, lange Haare, die ihr bis über die Mitte ihres Rückens fielen, dunkelblond mit gelegentlich ein paar helleren, von der Sonne gebleichten Strähnen – wenn sie denn überhaupt in die Sonne ging. Das letzte Mal war schon eine Weile her. Meistens steckte sie die Haare hoch; manchmal trug sie sie offen und mit Haarreifen. Zugegeben, ihre

Haarreifenkollektion war ein bisschen lächerlich. Wie viele besaß sie wohl? 20? 30? Bislang hatte sie ihre Frisur immer gemocht; ihr hatte die altmodische Schönheit des Stils gefallen.

Aber das war jetzt vorbei. Es war höchste Zeit für eine Veränderung.

Das leise Klappern der Schere war merkwürdig befriedigend.

Jeden vierten Donnerstag im Monat arbeitete Honor – in der Hoffnung, sich Bonuspunkte für den Himmel zu verdienen – freiwillig in Rushing Creek, dem Seniorenheim am Stadtrand von Manningsport. Diesen Donnerstag war Goggy mitgekommen.

Im vergangenen Jahr waren Goggy und Pops ein bisschen gebrechlich geworden – was ganz normal war bei Leuten in den Achtzigern. Zwar waren beide noch stark wie Büffel, aber Goggy schien in letzter Zeit etwas vergesslicher zu sein, und Honor hätte schwören können, dass Pops bei feuchtem Wetter hinkte. Sie befürchtete, dass einer der beiden einmal die schmale, steile Treppe im Alten Haus hinunterfallen könnte, die mit ihren für den Kolonialstil typischen Biegungen und Kurven eine Art Todesfalle war. Goggy und Pops benutzten zwei Drittel der Zimmer nicht, und das Haus würde niemals einer Sicherheitsinspektion standhalten; schon gar nicht, seit Pops die vordere Haustür letzten Winter zugenagelt hatte – „wegen der Zugluft".

Honor hoffte, dass ihre Großeltern sich mit dem Gedanken anfreunden würden, in eine hellere, kleinere Wohnung zu ziehen, bevor einer von ihnen einen Unfall hatte.

„Eher bringe ich mich um, als in so was zu ziehen", verkündete Goggy theatralisch, als sie durch die Tür ging. Ein Bewohner im Rollstuhl starrte sie wütend an, bevor er – als Zeichen seiner moralischen Entrüstung – den Korridor hinuntersauste. Rushing Creek war vergleichbar mit den schönsten Luxusappartements in Manhattan, aber in Goggys Augen glich hier alles einem Dickensschen Armenhaus.

„Versuchen wir doch mal, nicht laut zu denken, okay?", schlug Honor vor. „Mir gefällt es hier. Ich zähle schon die Jahre, bis ich einziehen darf."

„Ich würde mich eher umbringen. Ach, hallo, Mildred! Wie geht es dir?"

„Hallo, Elizabeth", erwiderte Mildred. „Und Honor! Du hast dir ja die Haare geschnitten! Oh nein. Warum nur, Süße, warum?"

„Danke", sagte Honor. Gut, ihre Frisur war ein bisschen radikal. Aber das war ja der Sinn der Sache gewesen. Und, ja, sie war in einem schicken, etwas einschüchternden Salon gewesen, wo eine Friseurin sie entsetzt angestarrt hatte, ehe sie ihr die abgesäbelten Haare in Form brachte.

Jetzt gingen sie ihr nur mehr knapp bis zum Nacken. Befreit von dem Gewicht sprangen da und dort widerspenstige kleine Strähnen hervor. Zugegeben, die kurzen Haare waren anfangs ein Schock gewesen, aber Honor sagte sich, dass sie ihr irgendwann bestimmt gefallen würden. Dad tat so, als fände er es toll, nachdem er sich zuerst erschrocken die Hand vor den Mund geschlagen hatte; Mrs J. hatte etwas vor sich hingebrummt, Goggy geweint; Pops, Pru und Jack war es noch nicht aufgefallen. Wenigstens Faith hatte ehrlich begeistert gewirkt und vor Freude in die Hände geklatscht. „Es ist so chic, Honor! Und sieh nur deine Wangenknochen an! Du bist umwerfend!" Was natürlich nicht stimmte, aber Honor wusste die moralische Unterstützung zu schätzen.

„So … anders!", sagte Mildred. „Übrigens, Liebes, gratuliere zur Hochzeit deiner Schwester."

„Danke, Levi ist ein toller Kerl."

„Ich wette, sie kriegen bald Kinder."

„Es würde mich nicht überraschen."

Mildred sah sie verschwörerisch an. „Und du, Süße? Gibt es da jemand Besonderen?"

„Nein, derzeit nicht."

„Wie schade. Warum bist denn heute hier, Liebes? Elizabeth, habt ihr vielleicht vor, hier einzuziehen, du und John?"

Goggy wich entsetzt zurück. „Um Himmels willen, nein! Wir sind sehr zufrieden mit unserem eigenen Haus. Ich hoffe bei Gott, dass ich nie in die Verlegenheit komme, hier leben zu müssen."

„Goggy …" Honor seufzte. Dann lächelte sie Mildred zu. „Wir sehen uns heute ‚Dem Himmel so nah' an. Haben Sie den schon gesehen? Sehr romantisch."

„Nein, hab' ich nicht", antwortete Mildred und funkelte Goggy böse an. „Als ich mir zuletzt zusammen mit diesen alten Leuten einen Film angeguckt habe, hat die eine Hälfte immer gequasselt und die andere Hälfte nichts gehört. Viel Spaß!"

Goggy und Mildred hatten offenbar beide die Gewohnheit, sich von den Wehwehchen des Älterwerdens zu distanzieren. Sieh dir bloß Ellington an, er tut immer noch so, als würde er keine Brille brauchen. Ist letzte Woche gegen eine Säule gelaufen. Oder: Hast du schon von Leona gehört? Alzheimer. Gott sei Dank habe ich selbst noch ein Gedächtnis wie ein … was wollte ich gerade sagen?"

So ähnlich wie alleinstehende Frauen, dachte Honor. Statt zuzugeben, dass sie alle verzweifelt auf der Suche nach jemandem waren, fanden sie alle möglichen Ausreden. Ich muss eine langjährige Beziehung verarbeiten, kam zum Beispiel immer gut. Fast noch besser war: Ich wünschte, ich hätte Zeit für eine Beziehung! Und dann die ultimative Lüge: Vielleicht dann, wenn der Richtige kommt. Aber ich bin auch allein glücklich. Ja, klar. Deshalb war bei diesen Datingportalen auch die halbe Menschheit registriert.

Nein, Ehrlichkeit war auf dem Datingmarkt eindeutig nicht besonders gefragt. Was würde wohl passieren, wenn sie sagte: Ich habe wirklich geglaubt, ich würde in meinem Alter schon Familie haben. Ich bin einsam. Außerdem ein bisschen geil, und da der Mann, den ich liebe, meine ehemalige beste Freundin heiratet, muss ich mir möglicherweise einen Vibrator – Modell Super Deluxe – zulegen.

„Komm", sagte Goggy. „Bringen wir diesen Film hinter uns, bevor jemand kommt und mich wegsperrt. Sie verwenden Gurte, habe ich gehört."

„Honor! Wie geht es dir?", erkundigte sich Cathy Kennedy, die nicht hier lebte, sondern wegen der Filme herkam. „Schätzchen, Louise und ich waren neulich Abend zufällig im O'Rourke's. So eine Überraschung.

Honor lief knallrot an. „Tja, Sie wissen ja, im Winter ist es ziemlich ruhig hier in der Stadt. Ich wollte einfach ein bisschen Leben in die Bude bringen." Glücklicherweise war es jetzt Zeit, den Projektor anzuwerfen.

Honor hatte den „Watch and Wine"-Club vor ein paar Jahren ins Leben gerufen: Sie zeigte einen Film, in dem in irgendeiner Form Wein vorkam, und kombinierte ihn mit einer Weinprobe. Bei „Uncorked" hatten sie natürlich einen Château Montelena Chardonnay getrunken. Spätburgunder bei „Sideways". Einen schweren Cabernet bei „Twilight", obwohl die Kombination aus Wein und Taylor Lautners Oberkörper für manche zu viel gewesen war und man den Rettungswagen hatte rufen müssen, weil Mrs Griggs ohnmächtig wurde.

Die monatlichen Treffen waren fast sofort in „Watch and Whine" umbenannt worden, „Gucken und Jammern", da das versammelte Filmpublikum dazu neigte, sich über seine gesundheitlichen Probleme zu beklagen und Honor mit entsprechenden Fragen zu bombardieren, die sie (gemeinsam mit ihrem iPad) bestmöglich zu beantworten versuchte. Hey, es war ein Hobby, und zwar eines, das sie bei Match.com angegeben hatte: Kranken- und Gefangenenbesuche.

Während Honor den Film einlegte, nahm Goggy auf einem der eleganten Sessel des wunderschön ausgestatteten Veranstaltungssaals Platz und seufzte theatralisch. „Drück mir einfach ein Kissen aufs Gesicht, falls ich jemals in ein Heim muss", sagte sie.

„Goggy, du hast zu Faith gesagt, dass es dir nichts ausmachen würde umzuziehen", erinnerte Honor sie. „Schon vergessen? Damals, als sie ins Opera House gezogen ist."

„Ach, ich habe eine Wohnung ohne deinen Großvater gemeint. Aber der alte Dummkopf würde keine Woche ohne mich überleben. Er würde verhungern. Ich weiß wirklich nicht, ob er allein den Kühlschrank finden würde." Sie schwieg einen Moment nachdenklich. „Hmm, einen Versuch könnte es wert sein." Plötzlich setzte sich Goggy kerzengerade auf. „Da wir gerade von unglücklichen Ehen reden – ich habe jemanden für dich gefunden!"

Honor sah sie misstrauisch an. „Äh, schon okay, Goggy." Goggy hatte kürzlich vorgeschlagen, sie sollte Bobby McIntosh heiraten, „bevor er zum Serienmörder wird."

„Nein, er ist wunderbar! Du solltest dich mal mit ihm treffen. Außerdem würde dir das helfen, über du-weißt-schon-wen hinwegzukommen. Und dann könntest du heiraten und mir ein paar Urgroßenkel schenken."

Die Lampe des Filmprojektors war kaputt. Hoffentlich gab es noch eine. Honor machte die Schublade des Beamertischchens auf. Bingo. „Nur, um das Gespräch nicht abreißen zu lassen: Wer ist denn dieser zukünftige Ehemann von mir?"

„Erinnerst du dich an meine alte Freundin Candace? Sie ist 1955 nach Philadelphia gezogen. Sie fuhren diesen riesigen Packard, weißt du noch?"

Honor guckte ihre Großmutter skeptisch an. „Damals war ich noch nicht auf der Welt, Goggy. Daher kann ich mich auch nicht daran erinnern."

„Tja, bevor ich deinen dummen Großvater geheiratet habe, war ich mit Candace' Bruder verlobt. Er ist im Krieg gefallen." Sie bedachte Honor mit einem majestätischen, leidenden Blick, den sie durch jahrelange Übung perfektioniert hatte.

„Ich weiß, Goggy. Es ist so eine rührende, traurige Geschichte."

Goggys Züge wurden weicher. „Danke. Jedenfalls, Candace hatte auch eine Schwester, aber die war älter und ist in England geblieben."

„Aha." Es war Honor ein Rätsel, was diese Geschichte mit Goggys Kuppelversuchen zu tun haben sollte. Aber so funktionierte Goggys Gehirn nun mal. Honor gelang es, die durchgebrannte Lampe herauszuschrauben. Gar nicht so einfach.

„Diese Schwester hatte also einen Sohn, und dieser Sohn hat ebenfalls einen Sohn. Candace vergöttert ihn und … Jedenfalls lebt der Junge nun seit ein paar Jahren hier und braucht eine Green Card."

Honor kniff die Augen zusammen und versuchte, aus Goggys Sätzen das Wesentliche herauszufiltern.

„Daher solltest du ihn heiraten. Eine arrangierte Ehe ist nichts Schlimmes."

„So wie bei dir und Pops? Das hat ja bekanntlich hervorragend geklappt."

Die alte Dame seufzte. „Ich bitte dich … Willst du heiraten, oder willst du glücklich sein?"

„Beides?"

Goggy schnaubte. „Ihr jungen Leute. So verwöhnt. Aber egal, an dem Jungen ist nichts auszusetzen. Er ist sehr nett und sieht extrem gut aus."

Honor schraubte die neue Birne ein. „Kennst du ihn denn?"

„Nein, aber er ist wirklich sehr attraktiv."

„Hast du ein Foto gesehen?"

„Nein. Charmant ist er auch."

„Du hast also mit ihm telefoniert?"

„Nein."

„Facebook? E-Mail?"

„Nein, Honor. Du weißt doch, dass ich Computern nicht traue."

„Hi, Honor", rief Mr Christian ihr vom hinteren Teil des Veranstaltungssaals zu. „Habe gehört, du warst neulich in eine Schlägerei verwickelt.

„Danke, dass Sie es erwähnen", erwiderte Honor. „Goggy, das klingt so, als würdest du diesen Menschen überhaupt nicht kennen."

„Was gibt es da zu kennen? Er ist Brite."

„Das kann gut oder schlecht sein. Wenn er wie Prinz Charles klingt, bringen mich keine zehn Pferde dazu, ihn zu heiraten. Hat er diese großen Zähne?"

„Sei nicht so oberflächlich, Schatz. Er ist Professor. Maschinenbau oder Mathematik oder so etwas Ähnliches."

Honor hatte plötzlich das Bild ihres Matheprofessors auf dem College vor Augen. Ein aufgedunsener Mann, dessen Atem nach Zwiebeln roch.

„Er braucht also eine Green Card", wiederholte Goggy, „du bist Single, und ihr zwei solltet heiraten."

„Okay, erstens: Sicher, ich würde liebend gern heiraten, wenn ich einen tollen Mann finde und mich verliebe, aber wenn das nicht passiert, komme ich gut allein zurecht." Ach, diese Lügen. „Zweitens will ich nicht heiraten, nur damit ich diesen Punkt von der Liste streichen kann. Und drittens bin ich mir ziemlich sicher, dass es illegal ist, wegen einer Green Card zu heiraten." Sie schwieg kurz. „Warum geht er nicht einfach nach England zurück?"

„Es ist etwas Schreckliches passiert. Eine Tragödie." Wieder sah Goggy sie triumphierend an.

„Was für eine Tragödie?"

„Ich weiß es nicht. Ist das denn wichtig, Honor? Du bist 35. In diesem Alter werden die Eier langsam faul. Ich war schon in den Wechseljahren, als ich so alt war wie du." Mist. „Außerdem, wenn ich es fertigbringe, mit deinem Großvater 65 Jahre verheiratet zu sein, ohne ihn umzubringen – warum kannst du nicht das Gleiche mit diesem Jungen machen?"

„Wie alt ist dieser Mann eigentlich? Du bezeichnest ihn immer als Jungen."

„Ich weiß es nicht. Jeder unter 50 ist für mich ein Junge."

„Er ist also Mathelehrer und entfernt verwandt mit einer alten Freundin von dir, und das ist alles, was du von ihm weißt?"

Goggy winkte Mrs Lunqvist zu. „Die heutige Jugend", rief sie. „Sie ist so wählerisch!" Mrs Lunqvist, die früher in der Bibelstunde den Kindern gern mit Geschichten über Feuersbrünste in biblischen Städten Angst eingejagt hatte, nickte zustimmend. „Du triffst dich also mit ihm?"

Was hast du schon zu verlieren? fragten die Eier und sahen von ihren Patchworkdecken auf, deren Teile sie gerade mit der Hand zusammennähten. Hast du nicht gehört, was sie über die Wechseljahre gesagt hat? Honor seufzte. „Natürlich."

„Ich dachte einfach nur, es wäre nett", beteuerte Goggy. „Mir liegt diese Familie eben sehr am Herzen, das ist alles. Du wärst überrascht, wie oft ich an Peter denke und mich frage, wie mein Leben wohl aussehen würde, wenn er den Zweiten Weltkrieg überlebt hätte. Als ich dann gehört habe, dass sein Großneffe in der Stadt ist, mutterseelenallein, einsam, deprimiert, britisch ..."

Das klang ja nach einer richtig guten Partie. „Du kannst jetzt aufhören, Goggy. Ich habe doch gerade gesagt, dass ich mich mit dem Typen treffe."

„Tatsächlich?"

„Ja."

Goggy lächelte triumphierend.

„Aber plan bloß nicht schon die Hochzeit", warnte Honor. „Ich mache es nur aus Höflichkeit." Vor ihrem geistigen Auge tauchte ein Mann mit beginnender Glatze und Pferdegebiss auf, der mit Begeisterung mathematische Lehrsätze von sich gab. „Wie heißt er?"

„Tom Barlow." Ein total gewöhnlicher Name. Nicht wie Brogan Cain, zum Beispiel. „Ich habe ihm gesagt, dass du dich heute Abend im O'Rourke's mit ihm triffst."

„Was?"

„Und leg Lippenstift auf, in Gottes Namen. Du bist so ein hübsches Mädchen. Und sei nett! Es würde dich nicht umbringen, hin und wieder zu lächeln. Oh, da ist Henrietta Blanchette. Ich habe gehört, sie hat von dem Fraß, den man hier kriegt, eine Lebensmittelvergiftung bekommen. Ich gehe mal rüber und sage kurz Hallo."

Nach dem Film war Honor sehr milde gestimmt. Erstens war der Wein fantastisch gewesen – ein lieblicher Tempranillo, der zart nach Erdbeeren, Kirschmarmelade und Leder schmeckte. Und zweitens waren die Bewohner von Rushing Creek, die „Watch and Wine" liebten, immer unglaublich nett zu ihr (sobald sie sich ausreichend über Honors Zickenkampf amüsiert hatten). Tatsächlich war es so, dass sich die Barrieren, die es zwischen Honor und Leuten ihres Alters zu geben schien, bei alten Menschen offenbar in Luft auflösten. Die sagten Schatz und Liebes zu ihr und erzählten von ihren Nierensteinen und Krampfadern. Den Film selbst konnte man natürlich auch nicht als Grund ausschließen. Keanu Reeves – Amen, Sister. Der Kuss in diesem Film … War sie jemals so geküsst worden?

Äh, nein.

Nein, kein Mann hatte sich je vor Leidenschaft verzehrt, sie zu küssen. Kein Mann hatte sie je so geküsst, als müsste er sterben, wenn er es nicht durfte. Nein. Das hatte es nie gegeben. Schien auch unwahrscheinlich, dass es je passieren würde. Nicht, wenn ein britischer Mathelehrer mittleren Alters ihre einzige Option war.

Das konnte sich ändern. Sie würde ihr Profil auf den Datingseiten updaten. Würde Faith bitten, ihr mit Dingen wie Push-up-BHs und Flirten zu helfen. Vielleicht gab es ja unter den Männern, mit denen sie beruflich zu tun hatte, Singles, und vielleicht würde sie denen auffallen. Gut möglich.

Nur war eben keiner so wie Brogan.

Schluss damit. Keinen Gedanken mehr an ihn verschwenden. Sie war über ihn hinweg. Fast. Naja, auf einem guten Weg. Okay, eigentlich überhaupt nicht.

Während sie durch das Seniorenheim ging, hörte sie plötzlich ein wohlbekanntes Lachen.

Ach ja, richtig. Dana arbeitete jeden zweiten Donnerstag im Frisiersalon von Rushing Creek. Honor hatte sie sogar für den Job empfohlen.

Beim Klang von Danas Stimme blieb Honor stehen. Ihr wurde beinahe übel vor Wut. Vor Verlegenheit, Eifersucht, Einsamkeit …

Ja, Einsamkeit.

Pass auf, dass sie dich nicht sieht.

Dana schaute auf und sah sie. „Honor!", rief sie. „Hast du eine Minute?"

Verdammt. Honor nickte. Sie spürte, wie sie rot wurde. Dann ging sie in den Frisiersalon, der zwar kleiner, aber viel schöner war als das „Haus der Haare".

„Mrs Jenkins, ich nehme nur mal kurz Ihr Hörgerät raus, okay?" Dana entfernte das Ding. „So", sagte sie zu Honor. „Jetzt können wir reden. Das alte Mädchen ist taub wie eine Fledermaus."

Honor merkte, wie sie plötzlich aus heiterem Himmel ganz wehmütig wurde. Sie waren Freundinnen gewesen, seit Dana vor fünf Jahren nach Manningsport gezogen war. Jene Art von Freundin, wie Honor es seit dem College nicht mehr gekannt hatte. Gemeinsam abhängen, ohne besonderen Grund miteinander telefonieren, sich gegenseitig wegen Arbeit, Familie und Männern bedauern. Sie hatten eine schöne Zeit gehabt. Viel gelacht.

Honor sagte nichts. Aber sie ging auch nicht weg.

„Interessanter Haarschnitt", sagte Dana. „Nicht schlecht. Wo hast du es machen lassen? Im Parisian's?

Honor sagte immer noch nichts. Sie würde jetzt sicher nicht über Frisuren reden (aber, ja, Parisian's war richtig).

„Sieh mal, du hast dein Bestes getan, Honor. Okay?", fuhr Dana fort. „Er hat dich nicht geliebt. Du warst diejenige, die gesagt hat, sie wäre fertig mit ihm, und er und ich sind uns eines Abends zufällig im O'Rourke's begegnet. Dann hat eins zum anderen geführt. Wir waren beide total schockiert."

„Eigentlich überrascht es mich, dass du so lange gewartet hast, Dana."

Beleidigte Leberwurst. Aber es war erst sechs Wochen her, dass man sie … hintergangen hatte. Es gab kein anderes Wort dafür.

„Honor, es tut mir leid. Wirklich. Ich weiß, du wolltest, dass Brogan dich liebt, aber es ist nicht seine Schuld, dass er es nicht getan hat."

„Könnest du bitte etwas leiser reden?" Honors Wangen glühten.

„Ach, komm. Sie hört nichts mehr, seit Clinton Präsident war." Dana guckte sie versöhnlich von der Seite an. „Wie oft haben wir beide über genau diese Sache geredet? Der Mann, bei dem du es dir am wenigsten vorstellen kannst – und dann, zack, bist du plötzlich verliebt. Und er hat sich zufällig auch in mich verliebt. Wir haben uns nur an der Bar unterhalten." Sie lächelte Honor eine Spur zu selbstgefällig zu. „Und plötzlich war da dieses Knistern in der Luft."

Dana wollte eindeutig angeben. Klar hatten sie und Brogan sich gekannt. Manchmal waren sie zu dritt ausgegangen. Wenn da ein Knistern gewesen wäre, hätte Honor es gemerkt.

Dana schwieg einen Moment. „Ich weiß, dass du schon ewig in ihn verknallt warst."

„Ich war mehr als verknallt, Dana. Bagatellisier meine Gefühle nicht, nur damit du kein schlechtes Gewissen hast."

„Ich habe kein schlechtes Gewissen." Dana wandte sich wieder Mrs Jenkins zu und ließ die Schere unheilvoll klappern. Honor, wusste, dass sie 65 Dollar pro Haarschnitt bekam. 65 Mäuse dafür, dass man jemandem die Haare einen Millimeter abschnitt. „Hör mal, ich weiß, dass es dich kalt erwischt hat. Aber ich bin immer noch der Meinung, dass du mir eine Entschuldigung schuldest."

Der Laut, der aus Honors Mund kam, war eine Mischung aus Prusten, empörtem Schnauben und Lachen. „Eine Entschuldigung?"

„Nur etwas kürzer um die Ohren", sagte Mrs Jenkins. „Nicht zu kurz, Liebes."

„Verstanden, Mrs Jenkins", brüllte Dana. „Nicht zu kurz." Sie senkte die Stimme und sah Honor an. „Ja, eine Entschuldigung. Ich lasse mir nicht gern Wein ins Gesicht schütten. Noch weniger gefällt es mir, mich in einem Lokal vor dem Mann, den ich liebe, herumschubsen zu lassen."

Honor klappte den Mund ein paar Mal auf und zu. „Du willst mich veräppeln, oder?"

„Hör zu, es tut mir leid, dass es bei dir nicht geklappt hat, aber bedeutet das etwa, dass Brogan und ich ignorieren sollen, was wir füreinander empfinden?" Ihre Worte hätten vielleicht überzeugender gewirkt, wenn ihr Ton nicht so scharf wie ihre Schere gewesen wäre. Der schreckliche, wundervolle Verlobungsring funkelte, während sich ihre Hände über Mrs Jenkins' Kopf bewegten. „Im Ernst, wir hatten es nicht geplant. Es ist einfach so passiert."

Oh, diese blöde Phrase! Nichts passierte einfach so. Eine Vagina stülpte sich nicht rein zufällig über einen Penis. In Honor brodelte es. Hältst du mich etwa für so dumm? Du warst doch angeblich meine Freundin. Du hast mir an jenem Abend einen Martini gemixt. Ich habe auf deiner Couch geweint! Wir haben zusammen „Shark Week" geguckt! Und ein paar Wochen später hast du mit dem Mann geschlafen, der mir das Herz gebrochen hat. Ihr habt es mir in einer Kneipe gesagt, Herrgott noch mal. Zwei gegen einen, in einer Kneipe.

Ja, sie könnte das alles aussprechen und sich dadurch noch mehr blamieren. Dana hätte dann noch mehr Grund zu triumphieren. Denn das war es doch, was sie gerade tat, oder?

„Ich glaube, wir haben eine unterschiedliche Vorstellung von Freundschaft", sagte sie gepresst.

„Ja. Freundinnen schütten ihren Freundinnen keinen Wein ins Gesicht."

„Na schön. Ich war sehr überrascht und habe mich danebenbenommen. Aber ich meine mich zu erinnern, dass deine Reaktion genauso daneben war."

„Ja, wenn jemand mir Wein ins Gesicht schüttet, dann reagiere ich eben entsprechend." Sie lächelte Honor zaghaft an. „Also, sind wir wieder gut?"

Honor sah im Spiegel, dass ihr der Mund offen stand. Sie klappte ihn zu. „Ich weiß nicht, ob wir je wieder gut miteinander sein werden, Dana."

„Warum? Das ist doch Schnee von gestern. Es war hochdramatisch, dir ist es peinlich, und mir auch, ein bisschen." Sie zuckte immer noch lächelnd die Achseln. „Vergessen wir es. Ich meine, was sollen wir denn sonst tun? Uns für immer und ewig hassen? Okay, jetzt muss ich das Hörgerät wieder reinstecken, sonst wird die alte Schachtel misstrauisch." Sie umarmte Honor unvermittelt. „Ich bin froh, dass wir geredet haben. Gut, es wird eine Weile ein bisschen komisch sein, aber wir sind immer noch beste Freundinnen, stimmt's? Und Hilfe, Mädchen, da ist eine Hochzeit, die ich planen muss!"

„Ach, ich liebe Hochzeiten", sagte Mrs Jenkins und rückte ihr Hörgerät zurecht.

„Komm im Salon vorbei, dann bringe ich deine Stirnfransen in Form", sagte Dana. „Bis bald!"

Und weil Honor nicht wusste, was sie noch sagen sollte, und weil sie sehr, sehr dringend hier raus wollte, ging sie einfach.

# 4. Kapitel

Zwei Gläser Whisky vor einem arrangierten Date zu trinken war wahrscheinlich nicht gerade die glorreichste Idee, dachte Tom. Aber er würde ja nicht mit dem Auto fahren. Außerdem war es – obwohl er das nur ungern zugab, sogar vor sich selbst – ohnehin schon zu spät. Man konnte den Whisky nicht mehr rückgängig machen, es sei denn, man erbrach sich, und das hatte Tom nicht vor.

„Heute triffst du also die künftige Mrs Barlow", sagte er zu seinem Spiegelbild. „Schon aufgeregt, Kumpel?"

Er hatte kein gutes Gefühl bei der ganzen Sache. Erstens überschattete der ganze kriminelle Aspekt das Date ein wenig, nicht wahr? Und zweitens war es seine Großtante, die ihn verkuppeln wollte. Nach Melissa hatte er sich immerhin einen Hauch von Stolz bewahrt, aber der heutige Abend würde das zunichtemachen. Doch als Candace ihn, vor Aufregung regelrecht gackernd, angerufen hatte, hatte er aus irgendeinem unerfindlichen Grund gesagt, er wäre begeistert, die Enkelin ihrer Brieffreundin kennenzulernen.

Er ging zu Fuß die drei Blocks bis zum Stadtpark. Da war noch so eine Sache. Falls er es schaffte, in diesem gottverlassenen Kaff zu bleiben, würde er in diesem gottverlassenen Kaff bleiben müssen. Und, du lieber Himmel, dieses Wetter! Dagegen wirkte England wie ein Paradies, und das wollte viel heißen.

Aber hier war Charlie. Nicht, dass der Junge Tom um sich haben wollte. Gestern hatte Tom auf die altbewährte Methode zurückgegriffen und versucht, sich Charlies Zuneigung mit einem iPhone zu erkaufen. Als Tom ihm dann ein paar der neuen Features zeigen wollte, war der Junge vor Abscheu regelrecht in sich zusammengefallen, hatte die Augen verdreht, mit verschränkten Armen ins Leere gestarrt und innerlich die Sekunden gezählt, bis Tom endlich ging.

Darum kam ihm die Idee einer reinen Zweckheirat, um in den USA bleiben zu können, so ähnlich vor, als würde man ein Haus auf der Insel der Verdammten kaufen. Er würde es natürlich nicht tun, aber aus irgendeinem Grund stapfte er jetzt trotzdem durch den Matsch, um sich mit irgendeiner Frau mittleren Alters zu treffen, die laut Tante Candy im Fall einer illegalen Ehe verschwiegen sein würde. Eine Frau, die so verzweifelt war, dass sie in Erwägung zog, einen Wildfremden zu heiraten. Eine, deren „Uhr tickte". Fantastisch. Er konnte sich bestens vorstellen, wie sie aussah. Dame Judi Dench fiel ihm ein. Sicher, sehr talentiert. Aber wollte er Dame Judi Dench vögeln? Nein, wollte er nicht.

Andererseits war es bei ihm ohne fremde Hilfe bislang auch nicht so doll gelaufen, nicht wahr? Melissa, die zwar ein echter Hingucker gewesen war, hatte sich nicht unbedingt als der Hauptpreis entpuppt.

In der Kneipe war es gemütlich. Wenigstens gab es das in dieser kleinen Stadt: einen Ort, wo man seine Sorgen ertränken konnte.

„Hallo, Colleen", sagte er. Sich mit der Bardame anzufreunden war nie verkehrt.

„Hallo, Tom", sagte sie, seinen britischen Akzent leidlich gut imitierend. „Ein Bass Ale für dich?"

„Heute mal kein Bier. Ich nehme einen Whisky, Darling."

„Nicht deine erster, vermute ich mal."

„Du bist scharfsinnig und schön. Das ist ein bisschen furchteinflößend."

„Fährst du?"

„Nein, Miss." Er lächelte. Sie zog eine Augenbraue hoch und schenkte ihm seinen Drink ein.

„Ich treffe mich mit Honor Holland", erzählte er. „Kennst du sie?"

„Ich kenne alle", antwortete Colleen. „Ich schicke sie zu dir, wenn sie kommt."

Tom ging zu einer Nische im hinteren Teil der Kneipe, wo sie sich ungestört über kriminelle Machenschaften unterhalten konnten. Im Lokal war ein Polizist in Uniform, aber der war mit einer hübschen Rothaarigen beschäftigt, also würde der Umstand, dass Tom vielleicht schon ein wenig betrunken war, möglicherweise unentdeckt bleiben. Und vergessen wir nicht: Er hatte auch vor, ein Verbrechen zu begehen.

Er trank einen Schluck Whisky und versuchte, sich zu entspannen. Nach Candace' Anruf gestern hatte er sich beim guten alten Google über Green-Card-Betrug schlau gemacht. Nicht ermutigend. Gefängnisstrafe. Enorme Geldstrafe. Abschiebung ohne Chance, je wieder in die Staaten einreisen zu dürfen.

Er könnte zurück nach England gehen. Charlie ein oder zwei Mal im Jahr besuchen. Und dann – Tom konnte es bereits vor sich sehen – würden die Besuche seltener werden. Er würde es bald leid sein, eine Freundschaft mit einem Jungen aufzubauen, der ihn regelrecht hasste. Charlie würde sich Drogen und schrecklicher Musik zuwenden – oder womöglich sogar noch schrecklicherer Musik. Tom würde irgendein nettes englisches Mädchen heiraten, dem nicht gefiel, wie viel Zeit und Geld die ständigen Flüge in die USA kosteten. Und irgendwann würde die Erinnerung an den entzückenden kleinen Jungen verblassen, der früher mit ihm Drachen hatte steigen lassen.

Verdammt.

„Sind Sie Tom?"

Er schaute auf, und direkt vor ihm stand Zickenkampf-Frau Nummer eins. „Hallo, Sie sind das also!"

„Äh, haben wir uns schon mal getroffen?"

„Nicht offiziell", antwortete er. „Obwohl ich Sie in bester Erinnerung habe."

Es hätte schlimmer kommen können, stellte er fest. Sie war ... okay. Sie war irgendwie hübsch. Und außerdem war sie gekommen, was nett von ihr war. Leider war er ein bisschen betrunken. Ein – wie er es ausdrücken würde, wenn er ein Anhänger von Dr. Freud wäre – klassischer Fall von unbewusster Selbstsabotage. Sein Wortschatz und sein Akzent neigten dazu, wilde Blüten zu treiben, wenn er Alkohol intus hatte.

Sie runzelte die Stirn. „Ich bin Honor Holland."

In ihrer Handtasche bewegte sich etwas, und Tom sprang erschrocken auf. „Mist, ich sage es Ihnen ja nur ungern, Darling, aber in Ihrer Tasche ist anscheinend eine Ratte."

„Sehr witzig. Das ist mein Hund."

„Wirklich? Tja, wenn Sie meinen. Also, Honor Holland, reizend, Sie kennenzulernen."

„Ebenfalls." Ihre Miene widersprach dem, was sie gerade gesagt hatte, doch sie setzte sich. Die Ratte lugte aus der Tasche und fletschte die Zähne. Ah. Es war tatsächlich ein Hund. Tom war sich fast sicher.

„So." Sie verschränkte die Hände – hübsche Hände, sehr gepflegt und mit durchsichtigem Nagellack auf den kurzen Nägeln – und sah ihn an. „Ich nehme an, Sie sind der Brite, der an dem Tag meines kleinen ... Ausrasters hier in der Kneipe war."

„Darling, der war nicht klein", sagte er freundlich. „Er war verdammt großartig."

„Können wir das Thema wechseln?"

„Selbstverständlich! Falls Sie aber gern in Erinnerungen schwelgen möchten, bin ich ganz Ohr. Ihre Haare sind jetzt anders, oder? Sieht besser aus. Dieser biedere Look war ein bisschen abschreckend. Außerdem ist jetzt weniger da, woran man zerren kann, falls Sie wieder in eine Prügelei geraten. Sehr praktisch gedacht von Ihnen. Also, sollen wir heiraten?"

Sein Charme schien bei ihr nicht zu wirken. „Okay, ich gehe. Ich glaube nicht, dass wir unsere Zeit hier weiter verschwenden müssen. Sie etwa?"

„Ach, kommen Sie, Schätzchen. Geben Sie uns doch eine Chance. Ich bin ein bisschen nervös." Er lächelte. Wenn er beim Unterrichten lächelte, gerieten die meisten Studentinnen (und auch ein paar Jungs) regelrecht in Verzückung.

Sie errötete. Na also. Sie versuchte, es vor ihm zu verbergen, indem sie in ihre Handtasche guckte, aus welcher der kleine Rattenhund ihn immer noch mit gefletschten Zähnen ansah. Tom versuchte, den Hund anzulächeln, aber das hatte nicht unbedingt den gleichen Effekt wie auf die Besitzerin des winzigen Tiers.

Die Kellnerin kam an den Tisch. „Hi, Monica", sagte Honor. „Habt ihr heute Abend irgendetwas Besonderes?"

„Wir haben zwei Flaschen roten Black Russion vom Weingut McGregor."

„Dann nehme ich ein Glas."

Miss Holland ging also doch noch nicht. „Und ich nehme noch einen davon." Tom hob sein leeres Glas.

„Nein, nimmt er nicht", sagte Honor.

„Passt du schon auf mich auf, Schatz?", fragte er.

„Noch einen Whisky also." Die Kellnerin machte Tom schöne Augen. Er zwinkerte ihr zu, und sie ging.

„Sind Sie betrunken?", erkundigte sich Honor.

„Ich bitte Sie … Ich bin Brite. Das richtige Wort ist stockbesoffen."

„Großartig", murmelte sie.

„Also, Miss Holland. Danke, dass Sie gekommen sind."

Sie reagierte nicht. Sah ihn nur mit ausdrucksloser Miene an.

Sie war nicht übel. An ihr war nichts auszusetzen. Blonde Haare. Braune Augen. Normale Figur, wobei er sich gewünscht hätte, ihre Bluse wäre nicht ganz so zugeknöpft, damit er mehr sehen könnte. Diese Perlenkette war ihrem Sex-Appeal nicht besonders dienlich.

Wenn er sich die Perlen wegdachte, konnte er sie sich im Bett vorstellen. Ziemlich lebhaft sogar. Sie könnte, wenn er genauer darüber nachdachte, die Perlen aber auch dranlassen und alles andere ausziehen.

Oh, Mist. Er rieb sich den Nacken. Die Kellnerin brachte Honors Wein und Toms Whisky.

Sein Date rührte den Wein nicht an.

„So", sagte er. „Warum fasse ich nicht mal zusammen, was ich von Ihnen weiß, und Sie können die Lücken ausfüllen? Wie wär's damit?"

„Na schön."

„Wenn ich es richtig verstanden habe, waren Sie in einen Typen verliebt, der offensichtlich hin und wieder Sex mit Ihnen hatte und jetzt Ihre beste Freundin heiratet."

Sie schloss die Augen.

„Sie dürfen nicht vergessen, Darling, dass ich an diesem Abend einen Platz in der ersten Reihe hatte. Und jetzt ist Ihnen klar geworden, dass Ihr Ritter in der strahlenden Rüstung in Wahrheit ein treuloser Kerl ist, der …"

„Wissen Sie, was? So war es nicht. Halten Sie den Mund."

Tom lehnte sich zurück und sah sie aus zusammengekniffenen Augen an. Komische Sache. Dass Frauen immer die Männer verteidigen, die sie unglücklich gemacht haben. Interessant! Aber jetzt sollte er mit dem Klugscheißen wohl besser aufhören. „Sie haben also aufs falsche Pferd gesetzt und sind jetzt ziemlich verzweifelt. Wollen heiraten, beweisen, dass Sie über den Schlappschwanz hinweg sind und ein paar Kinder kriegen, solange Sie noch Zeit haben."

Er konnte seinen Redefluss einfach nicht stoppen, obwohl er merkte, dass sie vor Wut kochte. „Das ist alles gut und schön. Ich wiederum brauche eine Green Card. In puncto Kinder weiß ich noch nicht so recht, aber ich würde sagen, wir sollten heiraten und alles andere später klären. Sie sind eine Frau, Sie sind nicht alt, Sie sind nicht hässlich. Gekauft."

Gott, was war er doch für ein Vollidiot.

Sie schaute ihn so verächtlich an, dass er den Blick senken musste. Hut ab.

„Sie zahlen. Ich betrachte mich als eingeladen", sagte sie.

In die Erleichterung, die er empfand, mischte sich Bedauern. „Dann Cheerio. Es war reizend, Sie kennenzulernen."

„Ich wünschte, ich könnte das Gleiche behaupten." Sie stand auf.

„Vergessen Sie das Ungeziefer nicht." Er deutete mit dem Kopf auf ihre Tasche. Sie schnappte sie und ging, ohne sich auch nur ein einziges Mal umzudrehen.

„Gut gemacht, Kumpel", sagte er zu sich und spürte ein wohlbekanntes Ekelgefühl im Magen. Er presste einen Moment lang die Finger an die Schläfen und widerstand dem Drang, Miss Holland nachzugehen und sich dafür zu entschuldigen, dass er sich wie ein Mistkerl aufgeführt hatte.

Es war nur so, dass es leichter war, jemanden in der Theorie zu benutzen als in der Praxis. Selbst dann, wenn es um Charlies willen war.

Außerdem war er schon einmal mit einer Frau zusammen gewesen, die in einen anderen verliebt war. Das musste er echt nicht noch mal haben.

Und dann kam noch hinzu, dass sie die Frau war, die an jenem Abend so … leidenschaftlich gewesen war. Er mochte diese Wein schüttende, Haare reißende Frau nämlich. Und egal, was ihre Gründe dafür waren, dass sie heute gekommen war: Jemand wie sie verdiente etwas Besseres als eine Zweckheirat.

# 5. Kapitel

„Ich weiß nicht, ob ich der Typ für roten Lippenstift bin", sagte Honor zwei Abende später. „Ich komme mir ein bisschen vor wie Pennywise, der Clown."

„Oh Gott, erinnerst du dich, wie Jack uns damals überredet hat, uns das anzugucken?", rief Faith vom Bett aus, wo sie gerade mit Spike knutschte. „Ich habe mir vor Angst fast in die Hose gemacht. Aber keine Sorge, Honor, du hast keine Ähnlichkeit mit ihm", fügte sie hinzu. „Nicht im Geringsten."

Colleen O'Rourke, selbsternannte Expertin in Männerdingen, betrachtete Honor kritisch. „Okay, stimmt", sagte sie. „Ein bisschen wie Pennywise. Es war einen Versuch wert. Aber keine Sorge, wir sind auf dem richtigen Weg." Sie nahm einen rosa und grünen Haarreifen aus dem Körbchen, in dem sich Honors Sammlung immer noch befand. „Und darf ich einfach mal sagen, wie froh ich bin, dass diese Haarreifen nun endlich, endlich vom Aussterben bedroht sind?" Sie warf das farbenfrohe Exemplar auf den Boden. Spike sprang sofort hinterher und begann darauf herumzukauen. Blue, Faiths riesiger Golden Retriever, winselte furchtsam in seinem Versteck unter dem Bett. Wenn Spike, die Wilde, in der Nähe war, mutierte er zum großen Baby.

Honor runzelte die Stirn. Dann fiel ihr ein, dass sie das ja nicht tun sollte (wurde es langsam Zeit für Botox?). Sie war noch an ihre langen Haare gewöhnt und versuchte ständig, sie sich über die Schultern zu schieben, nur, um jedesmal verblüfft festzustellen, dass sie weg waren. Diese Tatsache, kombiniert mit mehr Make-up als in den letzten zwanzig Jahren zusammen, ließ ihr eigenes Spiegelbild ziemlich fremd erscheinen.

„Du siehst toll aus", versicherte ihr Faith, die das ganze Zeug mitgebracht hatte. Bevor ihre Schwester vor einer halben Stunde hier aufgetaucht war, hatte es auf Honors Schminktisch nur eine Haarbürste und eine Feuchtigkeitscreme gegeben (die gleiche Marke, die Goggy benutzte, wie Faith angemerkt hatte). Jetzt war der Tisch übersät mit

Mädchenkram: Rouge, Lidschatten, sieben verschiedene Arten Feuchtigkeitscreme, Bürsten, Pinsel, Tuben und Tiegel.

Ja, Honor hatte eingewilligt, sich umstylen zu lassen. Der Frust war
seit einiger Zeit gar zu drückend. Konnte ein neuer Lidschatten wirklich ihr Leben verändern? Sie würde es jetzt, im reifen Alter, in dem
die Jahre kostbar waren, eiertechnisch, herausfinden.

Denn schließlich ging es ja darum, sich zu ändern, nicht wahr? Selbst
wenn sie dann ein bisschen nuttig aussah. Andererseits war nuttig ja
vielleicht gut.

„Ich habe gehört, hier wird jemand umgestylt", ertönte es plötzlich
von draußen, und Prudence kam ins Zimmer gestürmt. Sie trug Arbeitsstiefel und ein Flanellhemd und hatte ein Glas Wein in der Hand.
„Warum wurde ich nicht eingeladen?"

„Du kannst als Nächste drankommen", sagte Colleen. „Ich warte
seit Jahren darauf, dich endlich in die Finger zu kriegen."

„Um ehrlich zu sein, habe ich mich neulich sogar geschminkt", erklärte Pru. „Carl und ich haben vor ein paar Tagen abends ein bisschen
auf ,Avatar' gemacht, und ich wasche immer noch die blaue Farbe aus
der Bettwäsche."

„Danke für die Info", sagte Faith sarkastisch. „Wieder ein Film, der
für mich gestorben ist."

„Warum? Was habe ich denn noch ruiniert?"

„,Der letzte Mohikaner', ,Les Misérables', ,Star Wars'", begann
Faith aufzuzählen.

„Vergiss ,Lincoln' nicht", fügte Honor hinzu.

„Und ,The Big Bang Theory'", ergänzte Colleen.

„Hey, wir wussten nicht, dass das kein Porno ist." Pru grinste.
„Macht euch nur lustig über mich. Ich bin seit fast 25 Jahren glücklich verheiratet." Sie trank einen Schluck Wein. „Honor, du siehst
ein bisschen aus wie Pennywise, der Clown. Geh sparsam mit dem
Make-up um."

Honor sah Colleen vielsagend an. Coll seufzte und reichte ihr ein
Taschentuch.

„Soll die Wimperntusche eigentlich so klumpig aussehen?" Honor
beugte sich vor. „Langsam kriege ich meine Augen kaum noch auf."

„Leg noch eine Schicht auf. Dann glättet es sich wieder", empfahl
Colleen.

Man hörte Blue wieder unter dem Bett winseln. „Reiß dich zusammen, Blue", schimpfte Faith. „Die kleine Spike hier wiegt kaum zwei Kilo."

„Sie wiegt schon 2 Kilo 30. Und sie hat das Herz einer Löwin", warnte Honor. Blue blieb, wo er war.

„Warum hast du eigentlich neulich Tom Barlow getroffen, Honor?", wollte Colleen wissen.

Honor riss sich von ihrem Spiegelbild los, zog an ihrem Ohrläppchen und hörte sofort wieder damit auf. Erst kürzlich hatte sie gelesen, dass mit 35 die Knorpel anfingen, brüchig zu werden. Sie wollte keine schlaffen Ohrläppchen, die zu ihren Senioren-Eiern passten. „Er ist der Neffe einer Freundin von Goggy oder so. Ich wollte einfach nur höflich sein."

„Er ist süß, findest du nicht?"

„Anfangs schon. Aber dann hat er den Mund aufgemacht." Sie wischte sich mit dem Taschentuch über die Lippen. Immer noch rot. Das Zeug ließ sich anscheinend nicht entfernen.

„Wirklich? Er wirkt irgendwie nett. Single. Eher der zurückhaltende Typ. Zu schade, dass er nicht älter ist, sonst würde ich ihn mir schnappen. Es ist dieser Akzent. Ich kriege praktisch schon einen Orgasmus, wenn er ein Bier bestellt."

„Du solltest Carl mal Deutsch reden hören", sagte Pru. „Très sexy."

Honor zuckte bei dieser Vorstellung leicht zusammen, und Colleen reichte ihr einen anderen Lippenstift. „Da, versuch mal diesen Farbton."

Honor gehorchte Faiths und Colleens Befehlen: Press die Lippen zusammen. Lass die Lippen offen. Auftragen. Verreiben. Stricheln. Verschmieren. Wer hätte gedacht, dass Lippenstift etwas dermaßen Kompliziertes war? Dann waren, begleitet von den wortreichen Tipps der beiden Expertinnen, Rouge und Bronzer an der Reihe. Es war wirklich schrecklich nett von ihnen, dass sie ihr helfen wollten, auf Männer attraktiver zu wirken.

Das einzige Problem war, dass Männer in einer Stadt mit 715 Einwohnern schwer zu finden waren.

Schon komisch. Als Honor neulich Abend den Großneffen von Goggys Freundin gesehen hatte, da hatte sie … etwas gespürt. Ihr Herz hatte diesen merkwürdigen Sprung gemacht, und sie war plötzlich dermaßen hoffnungsvoll gewesen, dass sie wie angewurzelt stehen geblieben war.

Tom Barlow war nicht mittleren Alters, und er sah auch nicht merkwürdig aus. Er war ... er war ... tja, nicht unbedingt schön. Glatte braune, sehr kurze Haare. Relativ normale Figur. Aber er hatte irgendetwas an sich ... Vielleicht war Honor aber auch einfach nur überrascht gewesen, dass er in Wahrheit vom Alter her gut zu ihr passte und nicht der Mathelehrer mit der beginnenden Glatze und den großen Zähnen war, der nach Mottenkugeln roch. Aber das allein war es nicht gewesen. Honor mochte sein Gesicht. Es war kein perfektes, schönes Gesicht wie das von Brogan, aber sie hatte das Gefühl, als könnte sie dieses Gesicht lange, lange betrachten, ohne dass ihr je langweilig werden würde.

Seine Augen waren dunkel, wobei sie allerdings nicht genau sagen konnte, welche Farbe sie hatten. Eine Augenbraue wurde von einer Narbe durchzogen. Honor wusste zwar, dass dieses Zeichen einer früheren Verletzung sie nicht erregen sollte, doch genau das tat es irgendwie. Seine Lippen waren voll, und – heiliger Labello! – plötzlich konnte sie sich durchaus vorstellen, dass etwas zwischen ihnen lief. Sie spürte, wie sich nicht nur ihr Herz zusammenzog, sondern auch alles in den, äh, unteren Regionen, die ultimative Kombination also, und plötzlich fingen die Eier an, sich vor dem Spiegel schick zu machen.

Ganz kurz hatte Honor sich ausgemalt, wie sie mit Tom Barlow über das arrangierte Date und die seltsamen Umstände lachen und er schrecklich dankbar sein würde, dass sie zu dem Treffen gekommen war, und, Himmel, was war das? Ein Knistern. Ein Gefühl der Verbundenheit. Er würde sie zu ihrem Auto begleiten, sich dann zu ihr hinunterbeugen und sie küssen, und sie würde alles darauf wetten, dass es fantastisch wäre.

Tom Barlow hatte aufgeschaut. Gelächelt. Einer seiner Vorderzähne war leicht schief. Aus irgendeinem Grund hatte sie bei diesem Zahn weiche Knie bekommen, und ihre Bridge spielenden Eier waren aufgesprungen und zur Tür gestürmt.

Und dann hatte er zu reden angefangen, und der Traum war zerplatzt.

Colleen beugte sich gerade mit dem bestimmt schon 17. Schminkutensil über sie.

„Okay, kein Glitter", sagte Honor. „Ich glaube, es reicht, meinst du nicht? Ich habe das Gefühl, als könnte ich meinen Namen in die Make-up-Schicht schreiben."

„Du siehst umwerfend aus", sagte Faith. „Um Jahre jünger."
Autsch.

„Nicht, dass du das nötig hättest", fügte Faith hastig hinzu und schnitt eine Grimasse. „35 ist das neue, äh, 18."

„Du hast also ein Date. Das ist ja aufregend." Pru rieb sich die Hände. „Wie heißt er doch gleich??"

„Äh, es ist ein slawischer Name. Droog."

„Du meine Güte"; sagte Colleen. „Kannst du dir vorstellen, diesen Namen zu rufen, wenn der große Augenblick kommt? ,Droog, Droog, nicht aufhören!'"

Honor verzog das Gesicht. „Ich gebe zu, das klingt etwas gewöhnungsbedürftig."

„Namen sind Schall und Rauch", sagte Faith. „Wenn er selbst süß ist, spielt der Name keine Rolle. Wahrscheinlich gefällt dir ,Droog' schon nach zehn Minuten."

„Ich hasse Dates", erklärte Honor. „Ich bin furchtbar schlecht in solchen Dingen."

„Ja, stimmt", sagte Pru im gleichen Moment, in dem Faith „Nein, bist du nicht!" rief.

„Oh doch, unglaublich schlecht", widersprach Honor ihrer kleinen Schwester. „Aber dafür bin ich total gut in Buchhaltung. Wir haben alle unsere Stärken."

„Mädchen!", rief Dad von unten herauf. „Levi und Connor sind da!"

„John Holland!", schrie Mrs J. „Hör auf, so rumzubrüllen. Deine Töchter sind doch keine Maulesel!"

Die Schlafzimmertür ging auf. „Ladies", sagte Levi zur Begrüßung. Dann blieb sein Blick auf Faith haften, und Honor unterdrückte das vertraute Gefühl von Neid, das in ihr hochkroch. Ihre Schwester und Levi kannten sich seit Jahrzehnten, vertrugen sich allerdings erst seit Kurzem wirklich gut. Genauer gesagt: derartig gut, dass man ihre Pheromone förmlich riechen konnte.

„Oh Gott. Junge Liebe. Ich habe die beiden so satt, du nicht?", stöhnte Colleen.

„Nö, ich mag sie", beteuerte Honor. „Hi, Connor."

„Hallo, Holland-Frauen, hallo, Zwillingsschwester", grüßte Connor O'Rourke in die Runde. „Wow, deine Haare. Ich vergesse das immer wieder."

„Ich habe ihn gefunden, als er gerade allein durch die Stadt gestreunt ist", erklärte Levi, „und mir gedacht, wir könnten ja mal sehen, was ihr Mädchen so treibt."

„Nehmt einen Drink mit Dad", sagte Faith. „Das hier ist Frauensache."

„Nein, sie sollen bleiben", rief Colleen. „Das ist doch toll. Jungs, was meint ihr? Ist Honor nicht superheiß? Also, jetzt nicht historisch gesehen, sondern hier und jetzt."

„Bitte beantwortet das nicht", sagte Honor.

Die beiden Männer sahen sich erleichtert an.

Moment mal. Warum wollten die beiden eigentlich nicht darüber reden, wie heiß sie war, hm? „Beantwortet es doch. Wie heiß bin ich, Jungs?"

„Ich werde mich mal um diesen Drink kümmern", verkündete Levi. „Connor?"

„Rührt euch nicht von der Stelle", befahl Honor. „Du bist mir etwas schuldig, Levi Cooper. Gut, mir ist klar, dass das alles irgendwie peinlich ist, weil du mein Schwager bist, aber Colleen hat recht. Die Meinung eines Mannes zu hören wäre nicht verkehrt."

„Genügt es, wenn ich mich auf mein Recht zu schweigen berufe?", fragte Levi.

„Nein." Faith schüttelte den Kopf. „Du musst antworten."

„Nein, muss ich nicht."

„Dann gibt es keinen Sex mehr", erklärte sie.

Levi sah sie schläfrig an. „Du würdest mich nach nur einem Tag besteigen wie einen Berg."

„Das würde ich auch", mischte Pru sich ein. „Du bist ein attraktiver Mann, Levi."

Honor drehte sich vom Spiegel weg und sah beide Männer scharf an. Diesen Blick hatte sie nämlich gut drauf. Er war Respekt einflößend. „Jungs, ihr wollt es euch doch nicht mit mir verscherzen, oder?"

„Ich jedenfalls nicht", beteuerte Connor.

„Weise Entscheidung. Entspann dich. Es gibt einfach etwas, was ich gern wissen möchte." Hey, warum nicht? Sie hatte ohnehin schon ihre ganze Würde beim Zickenkampf verloren. Außerdem kannten diese Jungs sie. „Warum denken Männer bei mir nicht sofort an das eine?"

„Oh, das tun wir", sagte Connor. „Mach dir da mal keine Sorgen."

„Nein, tut ihr nicht."

„Doch. Wir sind Männer. Wir denken bei jeder Frau sofort an Sex. Stimmt's, Levi?"

Levy funkelte ihn finster an.

„Ist das wahr?", fragte Honor verblüfft. Männer waren wirklich von einem anderen Planeten! „Tatsache? Ihr seht eine Frau an, egal welche, und stellt euch vor, mit ihr zu schlafen?"

„Ich nicht", antwortete Levi.

„Er lügt", widersprach Connor. „Wir sind Männer. Wir denken bei jeder Frau an Sex."

„Echt? Bei jeder?"

Connor nickte.

„Zum Beispiel jemand wie Lorena Creech …" Honor nannte die furchteinflößendste Frau, die ihr einfiel. Lorena, 60 plus, 20 Kilo Übergewicht und mit einer Schwäche für durchsichtige Klamotten mit Leopardenmuster. „Du hast es dir mit ihr schon mal vorgestellt?"

„Nun ja, es ist so ähnlich wie die Vorstellung, von einem Hai gefressen zu werden oder dass deine Hoden in einer Bärenfalle eingeklemmt sind", erklärte Connor. „Wenn du ein Mann bist, und eine Frau geht vorbei, siehst du sie dir an und stellst dir Sex mit ihr vor. Und dann schüttelst du dich vor Ekel oder machst dich an sie ran."

Honor kräuselte die Lippen. „Bei mir schüttelt man sich also vor Ekel."

Connor sah sie entsetzt an.

„Jetzt bist du erledigt, du Idiot", stellte seine Zwillingsschwester fest.

„Äh, nein, ich … Du bist nicht abstoßend, Honor. Du bist ziemlich …"

„Ziemlich was? Das ist es ja, was ich herausfinden will."

Connor schien zu schwitzen. „Äh, schwer zu sagen. Du bist, äh, sehr attraktiv."

„Du bist ein Vollidiot, Connor", bemerkte Prudence.

Honor seufzte. „Levi? Kannst du etwas dazu beitragen? Ich bin immerhin deine Schwägerin. Hilf mir. Was denkst du, wenn du mich ansiehst. Als Mann."

„Dass du die Schwester meiner Frau bist."

„Bevor du sie geheiratet hast, du Trottel."

Er zog eine Augenbraue hoch. „Siehst du, da haben wir's. Du bist ein bisschen …"

„Pass auf!", sagte Faith in warnendem Ton. „Ich muss dich umbringen, wenn du ihre Gefühle verletzt. Ist deine Lebensversicherung abbezahlt? Wenn ich schon Witwe werde, dann wenigstens eine reiche."

„Nein, sei einfach ehrlich, Levi. Sag es ruhig." Honor verschränkte die Arme und wartete.

Levi schwieg einen Moment. „Ich schätze, Connor hat recht. Es ist mir ein oder zwei Mal in den Sinn gekommen." Er sah seine Frau entschuldigend an. „Aber nur als flüchtiger Gedanke, und lange bevor wir ein Paar wurden, Süße."

„Weil ich nicht hübsch genug bin?", fragte Honor. Damit hatte sie wohl rechnen müssen. Faith war die Schöne in der Familie.

„Du bist hübsch genug."

„Mach mir doch nichts vor."

„Okay, du bist nicht hübsch. Ich dachte zwar, du wärst es, aber du hast natürlich recht. Wie immer."

Wow. Das war irgendwie nett von Levi, der tatsächlich für seine direkte, unverblümte Art bekannt war. „Entschuldige. Und danke. Aber wenn ich hübsch bin, warum wolltest du dann nie mit mir schlafen?"

„Dieses Thema ist äußerst unangenehm."

„Nur theoretisch."

„Ja, Levi. Nur theoretisch", schaltete Faith sich ein.

„Besser du als ich, Kumpel", brummte Connor.

Levi schloss kurz die Augen. „Es liegt nicht an deinem Aussehen. Du bist ein bisschen … unnahbar."

Honor fiel die Kinnlade runter. „Was?" Das stimmte doch überhaupt nicht! Sie war sogar sehr umgänglich! Sehr offen. Extrem höflich. Höflich wie eine … Internatsschülerin. Oder die persönliche Assistentin der First Lady. Ihr Leben bestand praktisch aus nichts anderem, als den lieben langen Tag nett zu Menschen zu sein, egal, wie gern sie ihnen manchmal den Hals umdrehen wollte.

„Genau." Connor nickte. „Du bist … wie sagt ihr Mädchen dazu? Distanziert. Zugeknöpft. Du hast einen Panzer um dich herum aufgebaut."

„Ich habe keinen Panzer!", blaffte Honor. „Überhaupt nicht! Was für einen Panzer? Es gibt keinen Panzer!" Spike bellte zustimmend.

„Möchtest du irgendwohin essen gehen?", erkundigte sich Levi bei Faith.

„Vielleicht bist du dir einfach der Schwingungen nicht bewusst, die du aussendest", sagte Colleen. „Diese Haarreifen zum Beispiel. Sind die etwa ein Signal für Sex? Nein."

„Ich bin nicht unnahbar", sagte Honor zu ihrem Schwager.

„Na gut, bist du nicht. Ich entschuldige mich. Faith, rette mich."

„Ich habe eine Idee", sagte Faith. „Honor, stell dir vor, du triffst Connor zum ersten Mal. Es ist eure erste Verabredung. Ihr habt vorher zwar gechattet, aber jetzt seht ihr euch zum ersten Mal."

„Großartige Idee", lobte Honor. „Setz dich, Connor."

Unnahbar. Panzer. Also bitte. Spike kam herüber und winselte, damit Honor sie aufhob. Sie tat es und küsste den Hund auf den Kopf. Sie war alles andere als unnahbar. Sogar Tiere wussten das.

„Dieser Hund muss weg", stellte Colleen fest. „Er ist schlimmer als eine Katze."

„Wie kannst du es wagen", murmelte Honor und guckte Colleen böse an. „Komm schon Connor, spiel deine Rolle."

„Ja, Connor, fang an", sagte Colleen. „Wir haben eine Kneipe, um die wir uns kümmern müssen. Wer sperrt heute überhaupt auf?"

„Monica." Connor seufzte und setzte sich gehorsam Honor gegenüber auf das Fußende des Betts. „Hi, bist du Honor? Ich bin Connor."

„Oh, Connor und Honor! Das reimt sich ja!", rief Colleen. „Entschuldigung. Macht weiter, ihr zwei."

„Hi, Connor, schön, dich kennenzulernen." Alles andere als unnahbar. Sie guckte Levi kühl an. Der war allerdings gerade damit beschäftigt, Faith feurige, lüsterne Blicke zuzuwerfen.

„Du bist sogar noch hübscher als auf deinem Foto", sagte Connor.

„Danke." Sie strahlte ihn an.

„Oh Mann, du siehst wie ein Vielfraß aus, wenn du so lächelst", kritisierte Colleen. „Bleib locker, Mädchen."

Honor seufzte und versuchte es erneut. Diesmal zeigte sie nur ein paar Zähne.

„Jetzt wirkst du dümmlich. Aber mach dir keine Sorgen, daran arbeiten wir später. Mach einfach weiter."

Connor war so alt wie Faith. Ein netter Kerl. Gut aussehend. Ein toller Barkeeper. Davon abgesehen kannte Honor ihn nicht besonders gut. „Erzähl mir etwas von dir", forderte sie ihn auf.

„Guter Spruch", murmelte Faith und quetschte Levis Hand.

„Ich bin ein Barkeeper, der den Geruch von frischem Herbstlaub und Johnson's Baby-Shampoo liebt."

Honor schwieg einen Moment. „Das ist irgendwie gruselig."

„Siehst du? Du analysierst mich schon. Ich fühle mich entmannt."

„Tja, dann solltest du ein bisschen Eier zeigen, nicht wahr?"

„Und aus!", sagte Connor. „Levi, wie wäre es jetzt mit diesem Bier, mein Freund?"

Pru ging mit den Männern mit, doch Faith und Colleen überhäuften Honor noch eine halbe Stunde lang mit guten Ratschlägen, wie sie mit Männern reden sollte. Honor hätte nie gedacht, dass sie darin Nachhilfe brauchen würde. Bei Brogan war sie einfach sie selbst gewesen.

Okay, kein gutes Beispiel. Sie zuckte innerlich immer noch zusammen, wenn ihr sein Name durch den Kopf ging.

Schließlich zog der Styling-Trupp ab, und Honor zwängte sich in das Outfit, das Faith ausgesucht hatte. Jeans (von Colleen, die gut zehn Zentimeter unter ihrem Bauchnabel saßen und geradezu aberwitzig unbequem waren), lila Wildlederstiefeletten mit acht Zentimeter hohen Absätzen (von Faith, wem sonst?), eine blassgrüne Bluse (von Colleen), eine Perlenkette (von Mom), vier Silberarmbänder (von Faith) und große, baumelnde Silberohrreifen (ebenfalls von Faith).

Offensichtlich hatte Honor keine Ahnung, wie man sich richtig anzog. Andererseits, genau darum ging es ja. Kurze Haare, bessere Klamotten, Make-up. Sie würde im Nu verheiratet sein.

„Droog. Das ist mein Mann Droog." Zugegeben, das klang nicht sonderlich cool.

Spike schlief auf Honors Kissen. Sie war sichtlich erschöpft von ihren Bemühungen, Blue zur Schnecke zu machen. Dabei wollte Blue die kleine Spike doch nur lieb haben, doch Spike ließ ihn nicht. Sie stammte aus einem Tierheim, daher wusste Honor nicht genau, wie sie sich früher in Gegenwart anderer Hunde verhalten hatte. Offenbar ziemlich dominant, dachte Honor bewundernd.

Mrs J. würde Spike jedenfalls über Nacht zu sich in ihre Wohnung nehmen und ihre (unvermeidlich brutale) Lieblingsserie der Woche gucken. Die Haushälterin liebte Spike mehr, als sie die meisten Menschen liebte.

Aus Angst, in ihren hochhackigen Stiefeln zu stürzen und sich einen Oberschenkelhalsknochen zu brechen oder einen Milzriss zuzuziehen, trippelte Honor auf Zehenspitzen die Treppe hinunter und ging in die Küche.

„Oh Gott!", schrie sie, machte einen Satz zurück in den Flur und presste ihren Rücken an die Wand. Du lieber Himmel! „Entschuldigung, Entschuldigung!"

„Wir haben gar nichts getan", rief ihr Dad, während man einen Küchenstuhl umfallen hörte. „Es ist nicht das, was du glaubst!"

„Honor Grace Holland, warum schleichst du hier im Haus herúm?", fragte Mrs J. vorwurfsvoll

„Wir haben uns nur geküsst!", sagte Dad.

„Darf man jetzt reinkommen?" Honor merkte, dass sie kurz vor einem Lachkrampf stand.

„Ja! Wir haben nicht … wir waren nur … Oh, Himmel. Ist das das Telefon?"

„Bleib, wo du bist, John Holland. Wir haben uns nicht geküsst, Honor", erklärte Mrs Johnson grimmig. „Dein Vater, dieser alberne Kerl, hat gefragt, ob er mich dieses eine Mal küssen darf. Und bei diesem einen Mal wird es auch bleiben, John Holland, wenn du keinen Überblick darüber hast, welches deiner vielen Kinder gerade hinter der Tür lauert."

„Okay, okay." Honor ging wieder in die Küche hinein. Dad war knallrot im Gesicht, und Mrs Johnson sah aus, als hätte sie das Bedürfnis, einem Delfinbaby einen Tritt zu verpassen. So wütend war sie. „Es tut mir leid, dass ich nicht mehr Lärm gemacht habe. Ich wusste nicht, dass hier eine Liebe erblüht. Nächstes Mal binde ich mir eine Glocke um den Hals."

„Eine Glocke ist nicht notwendig! Hier erblüht nichts!", rief Mrs J. erbost. „Es war lediglich ein Experiment, und zwar eines, das dank dir, Honor, ein totaler Misserfolg war. Wir dachten, du wärst mit den anderen Kindern weggegangen. Dein Vater hat mir versichert, wir seien allein."

„Mrs J., es tut mir leid. Bringen Sie meinen Vater nicht um."

Dad sah sie dankbar an. Die Wanduhr tickte.

„Soso …", sagte Honor schließlich. „Dad und Mrs J. … Find' ich gut."

„Da gibt es nichts gut zu finden, du schreckliches Kind", knurrte die Haushälterin.

„Ach, hören Sie schon auf. Euer Geheimnis ist bei mir gut aufgehoben. Aber lasst euch eins gesagt sein: Wenn ich Faith wäre, würdet ihr jetzt auf der Rückbank ihres Autos sitzen und wärt unterwegs zum Friedensrichter. Und Jack würde tot am Boden liegen. Herzinfarkt."

„Mein armer Jackie", seufzte Mrs J. Honor verdrehte die Augen.

„Jedenfalls, nur zu, ihr beiden", sagte sie. „Ich habe jetzt ein Date. Mrs J., würden Sie auf Spike aufpassen?"

„Aber natürlich. Wo ist denn mein kleines Baby? Und warum hast du sie Spike genannt? Sie sollte einen vornehmeren Namen haben. Einen Mädchennamen. Prinzessin oder Zuckerpfötchen."

„Oder Hyacinth", schlug Dad vor und sah die Haushälterin mit verklärtem Lächeln an. Es war Mrs Johnsons Vorname.

Sieh einer an. Honor verabschiedete sich und ging zu ihrem Auto.

Letzten Herbst hatte ihr Vater beschlossen, Frauen kennenzulernen, es aber nach ein paar gescheiterten Versuchen wieder aufgegeben. Mrs Johnson war Single (vermuteten sie zumindest alle; sie war rätselhaft wie eine Sphinx), und sie lebte bei den Hollands, seit Mom gestorben war.

Aber eine Liebesaffäre zwischen den beiden? Hä? Falls sich das in irgendeiner Form angekündigt hatte, war es Honor total entgangen.

Es könnte allerdings funktionieren. Mrs Johnson war zweifellos ein wunderbarer (wenn auch Furcht einflößender) Mensch. Sie kümmerte sich großartig um Dad und alle seine Kinder. Bestimmt kannte sie sie alle in- und auswendig.

Die Vorstellung, dass ihr Vater jemanden hatte, war nett. Dann wäre er nicht mehr so allein. Er hatte Mrs J. natürlich schon die ganze Zeit gehabt, was ein bisschen komisch klang, wenn man es so ausdrückte. Aber trotzdem. Die beiden waren bisher immer zwei Menschen gewesen, die zusammen allein waren.

Plötzlich fühlte Honor sich schrecklich einsam. Was wurde aus ihr, wenn aus Dad und Mrs Johnson ein Paar wurde? Sie würde ausziehen müssen. Sie konnte nicht die Tochter sein, die als alte Jungfer bei den Frischvermählten wohnte, Chips auf ihr Zimmer schmuggelte und sie aus Frust in sich hineinstopfte, während sie sich im Fernsehen ‚Ich wusste nichts vom Parasiten in mir' anguckte.

Ein Grund mehr, endlich in die Puschen zu kommen, sagten die Eier. Wir wollen befruchtet werden.

„Da habt ihr nicht ganz unrecht", murmelte Honor und ließ den Wagen an. Wenn Dad einen Schatz finden konnte, dann konnte sie das doch bestimmt auch. eCommitment hatte kürzlich zwei potenzielle Partner für sie gefunden. Einer war verheiratet, wie eine Google-Suche ergeben hatte (Danke, Faith). Also war nur dieser Droog übrig geblieben.

Na, seht ihr? Sie bemühte sich doch. Sehr. Sie musste ihr Leben wirklich in die Hand nehmen, und nicht nur, weil Dad ihr beim Heiraten sonst vielleicht zuvorkam.

Vor drei Tagen hatte Dana ihr gemailt und gefragt, ob sie so weit sei, etwas mit ihr zu unternehmen. Honor war gerade geschäftlich in Poughkeepsie gewesen und hatte nur mit einem Nein geantwortet. Gestern hatte dann Brogan eine Nachricht auf ihrer Mailbox hinterlassen. Er sei zurück aus Tampa und würde sehr gern mit ihr essen gehen.

Und letzte Nacht hatte Honor eine Panikattacke gehabt. Plötzlich hatte sie Angst, dass sie in diesem Bett, in dem sie den Großteil ihres Lebens geschlafen hatte, sterben würde. Und Dad, nicht gerade der aufmerksamste Mensch der Welt, würde glauben, sie sei verreist, und Spike würde ihr vor lauter Hunger die Nasenspitze abknabbern, was auf jeden Fall einen geschlossenen Sarg zur Folge hätte. Diese erfreuliche kleine Vorstellung hatte Honor dazu motiviert, OnYourOwn. com einen Besuch abzustatten und sich durch die Profile von Samenspendern zu klicken, was nur noch mehr Panik in ihr ausgelöst hatte. Sie hatte sich beruhigt, indem sie eine Liste der Dinge geschrieben hatte, die sie für den „Black and White"-Ball erledigen musste, der schon in anderthalb Monaten stattfand. Um drei Uhr nachts war sie fertig gewesen.

„Mom?", sagte sie, während sie aus der Stadt hinaus fuhr. „Ich könnte bei der Männersuche ein bisschen Hilfe gebrauchen. Okay? Stärk mir den Rücken."

„Honor?"

Honor fuhr herum. Oh. Oh Gott. „Droog?"

„Ja. Wie entzückend Se aussehen." Er packte sie an den Schultern und beugte sich zu ihr hinunter, um sie zu küssen (igitt!). Sie lehnte sich so weit wie möglich zurück, was zur Folge hatte, dass seine Lippen auf ihrem Kinn landeten, wo sie für einen entsetzlich langen Moment haften blieben, ehe Honor sich von ihm losmachte.

„Äh, hi. Hi, Droog. Nett, Sie kennenzulernen."

Lass dich nicht vom ersten Eindruck täuschen, war der Rat von Faith und Colleen gewesen. Mit anderen Worten: Droog hatte Glück.

Sie befanden sich in der Mitte des Studentencenters vom Wickham College, wo Droog die Fachabteilung Wissenschaft und Technik leitete. Der Droog, der vor Honor stand, hatte wenig Ähnlichkeit mit dem Droog auf dem eCommitment-Foto (sie sollte wirklich aufhören, seinen Namen zu denken; er wurde nicht besser, wenn man ihn wiederholte). Nein, für das Foto, das offenbar aus einem Studio stammte, waren jede Menge Bräunungsspray und viele Stunden Photoshop draufgegangen. Der echte Droog (da, schon wieder!) sah zehn Jahre älter aus und hatte viel mehr graue Haare. Außerdem trug er eine Handtasche. Keine coole, abgewetzte Ledertasche, sondern genau die Handtasche, mit der Honor vorige Woche bei Macy's liebäugelt hatte.

„Kommen Se. Wer gehen en mein Auto. Ich habe Dodge Omne. Er est alt, aber sparsam em Verbrauch."

„Ach, ich glaube, ich fahre lieber selbst." Sie wischte sich den Schweiß von der Stirn. „Es ist, äh … ich komme dann leichter wieder nach Hause."

„Wie Se wünschen."

Es war durchaus möglich, dass sie mit der Zeit Gefallen an Droog Draguls Akzent fand, dachte Honor, während sie ihm ins Freie folgte. Hatte sie nicht auch Graf Zahl aus der Sesamstraße geliebt? Vielleicht würde Droogs hageres Gesicht in einem weicheren Licht anziehender wirken? Sie selbst war ja schließlich auch kein Supermodel.

Sie fragte sich, ob er sein Spiegelbild sehen konnte. Ob er glitzerte. Oder keinen Knoblauch mochte. Hör auf, ihn zu analysieren, ermahnte sie sich. Er konnte nichts dafür, dass er aus Transsilvanien, Rumänien, Ungarn – oder was immer seine Heimat auch sein mochte – kam.

Sie lächelte tapfer (und hoffentlich nicht wie ein Vielfraß) und ließ sich von ihm zum Parkplatz führen. Wenn diese Verabredung schon sonst zu nichts gut war, so war sie immerhin eine gute Übung. Es war einige Jahre her, dass sie ein Blind Date gehabt hatte. Jahre!

Hinter sich hörte sie Frauen lachen. Sie drehte sich um. Eine Schar gackernder Mädchen drängte sich um einen Mann. Er drehte sich in ihre Richtung.

Oh, verdammt. Es war Tom Barlow.

Ohne nachzudenken bückte sie sich und tat so, als wären ihr ihre Schlüssel hinuntergefallen. Hey, warum ließ sie sie nicht wirklich fallen? Das wäre authentischer. Sie tat es. Kickte die Schlüssel ein paar Zentimeter unter das Auto, damit sie mehr Zeit hatte. Hoffentlich würden Tom und der gackernde Schwarm weitergehen.

„Haben Se etwas verloren?" Droog bückte sich ebenfalls, um zu helfen. Er war sehr groß.

„Äh, nein, nein. Mir sind nur die Schlüssel hinuntergefallen." Richtig. Also sollte sie sie jetzt auch aufheben und nicht nur gebückt wie Quasimodo hier herumstehen. Sie hockte sich hin, tastete nach den Schlüsseln unter dem Wagen, spürte aber nur den grobkörnigen Straßenbelag. Spähte unter das Auto. Na toll. Sie hatte es geschafft, die Schlüssel außer Reichweite zu kicken.

„Ech würde Ehnen ja helfen, aber meine Kneknorpel send zerfleddert, und ech kann mech necht mehr henkneen. He, he, he, he."

„Hallo, Droog. Hallo, Frau auf dem Boden."

Sie seufzte. Erwischt.

„Tom, Tom, we geht es der, mein Freund?", fragte Droog. „Ech möchte der mein Date vorstellen, Mess Honor Holland."

Sie schaute auf. Tom zog eine Augenbraue hoch. Um seinen Mund zuckte ein kleines Lächeln. „Oh", sagte sie nur. „Hi."

„Reizend, Sie wiederzusehen", sagte er.

„Ehr kennt euch?" Droogs enorm hohe Stirn bestand praktisch nur mehr aus hochgezogenen Augenbrauen.

Tom guckte weiterhin zu ihr hinunter. „Wir wohnen beide in Manningsport", erklärte er nach kurzem Überlegen, und sein Akzent war unendlich anziehender als der von Graf Zahl. „Haben uns abends mal in einer Kneipe getroffen und ein bisschen geplaudert. Kleinstadt eben. Ist Ihnen etwas runtergefallen, Honor?"

„Äh, meine Autoschlüssel."

Er kniete sich neben sie, und sie konnte den Duft seiner Seife riechen. Er war unrasiert und hatte ein stoppeliges Kinn. Aber vielleicht war es ja gar nicht stoppelig. Vielleicht fühlte es sich weich an. Diese Lippen jedenfalls würden sich weich anfühlen, das stand fest.

Gib uns fünf Minuten und wir sind einsatzbereit, sagten die Eier.

Tom beugte sich über sie, und für eine Nanosekunde dachte sie, er würde sie küssen. Ja, nur zu! Sie blinzelte, und ihr linkes Auge ging, dank der klumpenden Wimperntusche, nicht mehr auf. Aber natürlich würde er sie nicht hier am Boden (oder überhaupt irgendwann) küssen. Er tastete nur nach ihren Schlüsseln.

Was seinen Kopf sehr nahe an ihre, ähm, intimen Stellen brachte. Ihre Gebärmutter zitterte, und Honor stellte sich vor, wie ihre Eier schon den Rammbock hochstemmten.

„Alles in Ordnung mit Ihrem Auge?" Tom grinste wissend.

„Alles bestens."

Sie würde diesen Typen wahrscheinlich hassen, wenn sie noch mehr Zeit miteinander verbringen müssten. Mit übermenschlicher Anstrengung gelang es Honor, ihre verklebten Wimpern auseinander zu ziehen, während Tom unter dem Auto herumtastete, sich dann aufrichtete und ihr die Schlüssel gab. „Da sind sie", sagte er, und seine Augen funkelten amüsiert. Graue Augen.

Eigentlich eine traumhaft schöne Farbe. Der See im November, dunkel und tief.

„Sie sind also mit Droog verabredet, stimmt's? fragte er." „Toller Kerl."

„Ja", sagte sie schnell. Sie hatte Graf Zahl fast vergessen. „Droog, tut mir leid. Wir fahren jetzt los, ja?"

„Viel Spaß", wünschte Tom.

„Tom, wer sehen uns morgen." Droog machte die Tür seines rostigen, weinroten Dodge Omni auf.

„Danke", sagte sie zu Tom. Er lächelte ihr über die Schulter zu, während er zu seinem Wagen ging. Oh Mann, was für ein umwerfendes Lächeln. Und übrigens, er hatte gar nicht die Figur eines typischen Mathelehrers, ganz im Gegenteil. Breite Schultern. Ziemlich perfekter Hintern.

Dann sah er sich noch einmal um, und Honor wurde sich plötzlich bewusst, dass sie ihm immer noch nachschaute. Er zog eine Augenbraue hoch, als wüsste er, dass sie ihn – wohlgefällig – begutachtete. Wahrscheinlich ist er daran gewöhnt, dachte sie, als eine junge (und schöne) Frau sich zu ihm gesellte. Warum heiratete er nicht die da, hm? Warum hatte er sich mit Honor getroffen, wenn sich die Frauen ihm doch ohnehin an den Hals warfen?

Der Kerl war nicht besonders sympathisch. Es hatte keinen Sinn, die unteren Regionen ganz aufgeregt und warm werden zu lassen, wenn der Mann, der diese Gefühle auslöste, beim ersten Date ein solcher Rüpel gewesen war. Droog hingegen fand sie entzückend.

„Mögen Se Bowleng?", erkundigte sich Droog eine halbe Stunde später, als sie in dem kleinen Restaurant saßen. „Ech lebe es. Das Krachen der Kegel, de Freude auf den Gesechtern der Kender." Er lächelte. „Vielleicht versuchen wer es mal?"

Es würde kein Bowling geben.

Für Honor kamen eine Heirat und Kinder mit Droog Dragul auf keinen Fall infrage. Erstens hatte sie die vage Angst, er könnte plötzlich seinen Kopf in den Nacken legen und zu heulen beginnen oder anfangen, Dinge zu zählen (eins … ein scharfes Messer! Zwei! Zwei Adern am Hals!). Und zweitens hatte Droog alles auf ihrem Tisch – und auch die Stühle und den Boden um sie herum – mit einem antibakteriellen Tuch abgewischt, das er seiner Handtasche entnommen hatte. „Jetzt habe ech uns ein sauberes Plätzchen geschaffen", hatte er lächelnd erklärt.

Dexter, der Serienkiller, war ihr eingefallen.

Dann bestellte Droog Wasser und holte ein Sandwich aus der Handtasche. Fleischwurst auf Weißbrot.

Es waren lange 83 Minuten.

Was man ihm zugute halten musste, war seine Reaktion, als Honor seine Bitte um ein zweites Date abschlägig beschied. „Ach ja, ech verstehe", sagte er. „Bei uns hat es necht Kleck gemacht."

„Kleck?", fragte sie.

Er schnippte mit den Fingern. „Kleck."

„Oh, richtig. Klick." Honor zwang sich zu einem Lächeln. „Aber es war sehr nett, Sie kennenzulernen, Droog."

„Es hat mech auch gefreut, Honor. Gute Nacht."

So. Also kein potenzieller Ehemann. Vielleicht würde sie doch Jeremy anrufen und sich nach Samenbanken erkundigen.

Es war nur so, dass sie einen Ehemann wollte. Ein netter Mann würde reichen. Er musste nicht Brogan sein, der zu allem Überfluss auch noch türkisfarbene Augen hatte – er müsste einfach … anständig sein. Und normal. Nicht einer, der sein eigenes Essen ins Restaurant mitbrachte.

Zu schade, dass Tom Barlow so ein Schwachkopf gewesen war.

# 6. Kapitel

Ach, Tom, du bist's. Hallo. Vergiss nicht, die Schuhe auszuziehen.

Er gehorchte. „Janice, wie geht es dir?"

„Gut, gut. Komm rein." Sie hielt ihm die Tür auf, und Tom trat ein. Er ignorierte das deprimierende Gefühl, das ihn im Haus von Charlies Großeltern immer überkam. Das Wohnzimmer war ganz in Rosa gehalten, sodass er sich vorkam, als würde er im Inneren eines Lachses sitzen. Seine Füße versanken im dicken rosa Teppich, während ein Dutzend blinder Augen ihn anstarrte. Gruselig, diese Puppen. Janice sammelte sie – Hunderte davon, alle gleich groß und in Klamotten, deren Bandbreite vom Rüschen-Bikini bis zum Hochzeitskleid reichte. Sie saßen in speziell angefertigten Glasvitrinen wie eine winzige, böse Armee – bereit, aus ihrem Käfig auszubrechen und alles, was männlich war, anzugreifen.

Armer Charlie. Er musste mit all diesen Puppen leben. Tom konnte nur erahnen, was der Junge seinen Freunden erzählte. Nicht, dass er Freunde hätte, die zu ihm kamen. Oder, soweit Tom wusste, überhaupt irgendwelche Freunde.

„Und wo ist Walter?", fragte Tom und massierte sich den Nacken. „Ist er da?"

„Nein, er ist beim Friseur. Er versteckt sich dort, und ich kann es ihm nicht verübeln." Janice schielte auf Toms Schritt. Eine Angewohnheit von ihr. Es war, gelinde gesagt, unangenehm. Tom hatte immer ein bisschen Angst, ihr den Rücken zuzukehren. „Es ist nett von dir, ihn zu besuchen", sagte sie. „Du musst nicht, weißt du? Es gibt keine Verpflichtung."

„Ach, ich verbringe gern Zeit mit ihm."

Janice schaute von seiner Lendengegend kurz auf, um ihn skeptisch anzusehen.

„Und", fuhr er fort, „er kann mich jederzeit besuchen. Auch länger."

„Du bist ein Heiliger." Sie seufzte. „Nimm Platz."

Die Plastikmöbel quietschten, als er sich hinsetzte.

„Er ist so schlecht gelaunt. Er spricht kaum mit uns. Warum, ist mir schleierhaft. Nach allem, was wir für ihn getan haben …"

„Ja, ihr wart wunderbar", log Tom.

Sie lächelte märtyrerhaft. „Jesus hätte es so gewollt. So, Charlie, jetzt könntest du aber langsam kommen!" Tom erschrak über ihren Ton, der plötzlich sehr laut geworden war. „Tom ist da!"

Keine Antwort.

„Ich hole ihn." Janice seufzte. „Er verbarrikadiert sich in seinem Zimmer und reagiert nie, wenn man ihn ruft." Sie ging schwerfällig die Treppe hinauf und ließ Tom mit der Puppenarmee allein.

Es war unmöglich, sie nicht anzusehen. Die Puppe im Flamenco-Outfit schien heute besonders feindselig aufgelegt zu sein. „Verzieh dich", flüsterte Tom. Kein Wunder, dass Charlie die ganze Zeit schlecht gelaunt war.

Und da war der Junge auch schon. „Hallo, Kumpel!" Tom stand auf. „Wie geht es dir?"

Der Anblick des Jungen schockierte ihn. An Charlie war alles schwarz: die Klamotten, die Haare, die Fingernägel und die Stimmung. Irgendwann voriges Jahr war Charlie im Zuge einer offenbar besonders schrecklichen Pubertät zum Punk bzw. Gruftie (oder wie auch immer man heutzutage dazu sagte) geworden. Übergroße schwarze Kleidung, schwarzer Lidstrich, schwarzer Nagellack. Auf dem Wickham College gab es einige von dieser Sorte; sie schlurften mit rasselnden Ketten auf dem Campus herum, schienen davon abgesehen allerdings relativ vergnügt zu sein.

Charlie allerdings …

Er sah Tom nicht an, sondern ging – so fröhlich, als sei er unterwegs zu einer tödlichen Spritze – einfach an ihm vorbei und durch die Haustür hinaus.

„Aha", sagte Tom zu Janice. „Ich bringe ihn also gegen 19 Uhr zurück, gut?"

„Wenn du es so lange mit ihm aushältst." Sie starrte auf seine Genitalien.

„Viel, äh, Spaß inzwischen."

Er ging hinaus zu seinem Wagen. Charlie war bereits eingestiegen, hatte die kleinen Kopfhörer im Ohr und starrte mit so leidender Miene, wie sie nur ein Vierzehnjähriger zustande brachte, ins Leere: Schaut mich an, ich bin umgeben von Schwachköpfen und zähle die Minuten, bis ich sie endlich wieder los bin.

„Wie läuft's denn so?", erkundigte sich Tom, nachdem er eingestiegen war und den Wagen angelassen hatte. Keine Antwort. Tom hörte lediglich den blechernen Klang von … nun ja … man konnte es wohl kaum Musik nennen. „Alles okay in der Schule?" Keine Antwort. „Schnall dich an, Kumpel, sei ein braver Junge." Immer noch keine Antwort. „Charlie, komm schon."

Charlie sagte nichts, schnallte sich aber immerhin an. Dabei verdrehte er genervt die Augen.

„Ich dachte, wir könnten in die Stadt fahren. Irgendwas unternehmen, was Spaß macht. Dann fahren wir zu mir nach Hause zum Abendessen. Na, wie hört sich das an?"

Keine Antwort.

Und er hatte den Jungen noch vier Stunden.

In Charlies linkem Ohrläppchen schien ein neues Piercing zu stecken. Von hier aus sah es infiziert aus. Die Haut war von der Sicherheitsnadel entzündet und gerötet. „Vergiss nicht, das ordentlich zu reinigen", sagte Tom. Er konnte nicht anders.

Er plauderte hartnäckig weiter – übers Wetter, die Stadt, den See, die Buffalo Bills (er hatte keine Ahnung, ob Charlie sich für Football interessierte; er selbst tat es jedenfalls nicht, aber man konnte ja nie wissen) –, bis sie auf dem Parkplatz ankamen. Und endlich machte der Junge den Mund auf.

„Was tun wir hier?" Seine früher engelsgleiche Stimme hatte sich in den letzten Monaten in einen beachtlich tiefen Bariton verwandelt. Immer noch etwas gewöhnungsbedürftig, diese Stimme. Sie klang so ähnlich wie bei diesem kleinen Mädchen in „Der Exorzist", aus dem plötzlich der Teufel spricht.

„Es ist ein Fitnessstudio", antwortete Tom.

Charlie warf ihm einen angewiderten Blick zu. Kaum zu glauben, dass derselbe Junge sich früher einmal freudig in seine Arme geworfen hatte.

„Zumindest steht das auf dem Schild, oder?" Tom räusperte sich. „Ich dachte, wir könnten es uns mal ansehen."

Die Wahrheit war, dass Tom keine Ahnung hatte, was er mit Charlie, dessen einzige Interessen grauenvolle, von Satan persönlich gesungene Musik und Body-Piercings waren, unternehmen sollte. Die Tage der gemeinsamen Radtouren und Eiscreme-Exzesse waren unwiderbringlich vorbei.

Doch Tom hatte jahrelang geboxt. Hatte an der Uni sogar ein

Sportstipendium gehabt und an einigen Regionalmeisterschaften teilgenommen. Es war eine ziemliche Überraschung gewesen, als sich herausgestellte, dass Manningsport einen eigenen Boxverein hatte, in dem es nach Schweiß und Leder roch und wo Männer und Frauen an Punchingbällen trainierten oder Seil sprangen. Nach seinem Umzug hierher war Tom gleich in der ersten Woche Mitglied geworden.

„Ich geh' da nicht rein", murmelte Charlie und starrte aus dem Fenster.

„Ich kann dich aber nicht im Auto lassen."

„Doch."

„Es ist kalt. Außerdem habe ich dich bis 19 Uhr. Wir müssen uns also irgendwie beschäftigen"

Er wartete, und nach einer Sekunde machte Charlie die Autotür auf und schlurfte ins Studio. Tom folgte ihm mit der Sporttasche in der Hand.

„Hier drin stinkt es", verkündete Charlie. Er hatte immer noch die Ohrstöpsel drin.

„Es riecht wie in einem Fitnessstudio, das ist alles. Komm schon, Kumpel, gib der ganzen Sache eine Chance."

„Ich bin nicht dein Kumpel. Das klingt so schwul", sagte Charlie laut.

Tom bemühte sich, nicht mit den Zähnen zu knirschen. „Da, wo ich herkomme, bedeutet es Freund."

„Du bist auch nicht mein Freund. Und weder mein Vater noch mein Stiefvater, und ich hasse es, wenn du mich als deinen Stiefsohn bezeichnest."

„Verstehe. Ich dachte jedenfalls, wir sollten es mal mit Boxen versuchen. Kann ja nicht schaden, oder? Außerdem wäre es gut für dich, dir ein paar Kenntnisse anzueignen. Kann man im Leben immer brauchen. Ich habe Shorts, einen Helm und ein paar Boxhandschuhe für dich besorgt. Du wirst sehen, es macht Spaß."

„Es macht keinen Spaß."

„Und rede nicht so laut, okay?" Er zog einen von Charlies Ohrstöpseln heraus, und der Junge tat so, als hätte Tom ihn geohrfeigt.

„Fass mich nicht an! Ich muss nicht das tun, was du sagst."

Oh, fantastisch, jetzt kam gerade jemand auf sie zu. Jemand mit beeindruckenden Muskeln, einem kriegerisch (auch das noch!) aussehenden Tattoo und einem Gesichtsausdruck, der nichts Gutes verhieß.

„Probleme?", sagte der Typ.

„Nur, wenn man launische Teenager als Problem sieht." Tom zwang sich zu einem Lächeln.

Das Lächeln wurde nicht erwidert. Der Mann schien wenig Mitgefühl mit Toms misslicher Lage zu haben. „Alles in Ordnung?", fragte er.

„Nein." Charlie verdrehte die Augen. Tom wünschte fast, sie würden stecken bleiben, wie sein eigener Vater es ihm immer prophezeit hatte.

„Ich bin Polizeichef Cooper", sagte der Mann zu Charlie. Na großartig. „Woher kennst du diesen Mann?"

Demnächst sitze ich wegen versuchter Kindesentführung – oder Schlimmerem – im Knast, dachte Tom. Andererseits kam ihm, wenn er es sich recht überlegte, die Vorstellung, nach England zurückgeschickt zu werden, gar nicht mehr so schlimm vor – verglichen damit, was er gerade mit dem Jungen durchmachte.

Charlie gab keine Antwort.

„Ich bin ein Freund der Familie", erklärte Tom.

Der Polizeichef wirkte nicht sonderlich beeindruckt. „Stimmt das?", fragte er.

„Ich weiß es nicht", murmelte Charlie.

„Soll ich dich nach Hause bringen", wollte der Polizist wissen.

„Nein." Charlie sagte es so, wie er in letzter Zeit alles sagte: mit kaum verhohlenem Abscheu.

„Und wie ist Ihr Name, Sir?", wollte der Bulle jetzt wissen. Tom musste ihm wohl oder übel seinen Namen, seine Adresse und Janice' Telefonnummer geben und warten, bis Polizeichef Cooper die Daten überprüft und dann auf der Polizeistation angerufen hatte, um Toms Strafregister überprüfen zu lassen (ohne Ergebnis). Schließlich steckte er sein Handy weg und reichte Tom die Hand. „Tut mir leid", sagte er. „Man kann nicht vorsichtig genug sein."

„Kein Problem. Danke für Ihre Gewissenhaftigkeit." Vielleicht kannst du nächstes Mal eine Leibesvisitation machen, Kumpel. Und jetzt Tschüss.

Der Polizeichef nickte, ging zurück zu seinem Sandsack und fing an, ihn zu bearbeiten.

„Ich boxe nicht", sagte Charlie. „Es ist doof."

„Na schön. Dann setz dich hin und schau zu. Und lauf nicht weg, sonst muss ich den netten Officer rufen und dich als vermisst melden."

Tom ging in die Umkleidekabine, zog seine Lehrerklamotten aus und Sportshorts und ein ausgebleichtes Manchester-United-T-Shirt an. Seufzte sich im Spiegel zu und ging wieder raus.

Er hatte den Boxring für eine Stunde reserviert, in der naiven Annahme, Charlie würde sich über ein paar Selbstverteidigungstipps freuen. Früher hatten sie so getan, als wären sie Sparringspartner. Früher, als Charlie ihn lieb gehabt hatte. „Rein in den Ring, Kumpel", sagte er betont fröhlich.

Charlie gehorchte. Mit seinen Baggypants war es schwierig, zwischen den Seilen durchzuklettern.

„Also, legen wir los. Ich dachte, ich zeige dir am besten ein paar einfache, gerade Jabs und ein paar Haken", sagte Tom. „Als Erstes die Kampfstellung. Ganz locker, ja?" Er zeigte es vor: Fäuste vors Gesicht, Füße auseinander. „Verlagere dein Gewicht auf die Fußballen, damit du beweglich bist. Das ist dein Raum, und der gehört dir."

Sein inoffizieller Stiefsohn setzte sich auf die Matte und nahm sein Handy aus der Hosentasche. Es begann nervende Surr- und Piepstöne von sich zu geben. Tom ging zu ihm und hockte sich vor ihm hin. „Charlie? Du musst mir zuhören, Kumpel."

„Warum?"

„Du könntest etwas lernen."

„Es ist doof", brummte Charlie und spielte auf seinem Handy weiter.

Es war schwer, ihm das alberne Ding nicht aus der Hand zu schlagen. „Na gut", fuhr Tom fort. „Du bewegst dich so, wie ich es gerade mache. Deine Füße müssen immer in Bewegung sein. Vor, zurück, vor, zurück. Nur kleine Bewegungen, sehr kontrolliert, Fäuste neben die Schläfen, Gewicht nach vorne."

Charlie hörte nicht zu. Und es war verdammt peinlich, mit einem Jungen zu reden, der einen offensichtlich ignorierte, und dadurch mehr als nur einmal die Blicke des Bullen auf sich zu ziehen. Aber jetzt waren sie nun mal hier, und ein Boxring war einer der wenigen Orte, wo Tom wusste, was er tat. „Dreh deine Hand, schlag aus der Schulter, und dann, zack, wieder in Deckung gehen."

Das Handyspiel zwitscherte und piepste weiter vor sich hin.
Shit.

Die Zeiger der Uhr krochen dahin, aber so war das nun mal mit Kindern, nicht wahr? Man durfte sich von ihnen nicht alles vorschreiben lassen. Oder auch nur irgendetwas.

Nach einer Ewigkeit war die endlose Stunde vorbei, und Tom zog sein Sweatshirt an.

„Lassen Sie's mich wissen, wenn Sie mal einen Sparringspartner brauchen", rief der Bulle.

„Wird gemacht." Tom hob eine Hand. „Danke. Komm, Charlie, wir gehen."

Auf der kurzen Fahrt bis zu Toms Haus blieb der Junge völlig lethargisch. Tom sperrte die Tür auf und trat zur Seite, damit Charlie hineingehen konnte.

„Seit du letztes Mal hier warst, habe ich versucht, alles ein bisschen gemütlicher zu gestalten", sagte Tom. „Ich habe ein paar Dinge für dein Zimmer gekauft." War das ein Fehler gewesen – es als Charlies Zimmer zu bezeichnen? Er wollte Charlie das Gefühl vermitteln, eine Alternative zu Janices und Walters Haus zu haben. Der Junge sollte jederzeit herkommen können, wenn er wollte.

Was bisher nicht der Fall gewesen war. Abgesehen von den Donnerstagnachmittagen, an denen Janice ihn zwang – mehr sich selbst als ihrem Enkel zuliebe –, mit Tom Zeit zu verbringen, war Charlie auf sein Angebot nicht zurückgekommen.

Jetzt allerdings schlurfte er zu Toms Überraschung die Treppe hinauf. Tom hinterher. Charlie warf einen kurzen Blick in Toms Zimmer, dessen Einrichtung bestenfalls als karg zu bezeichnen war, und ging dann in das Zimmer gegenüber. Das war der Raum, den Tom versucht hatte wohnlicher zu gestalten. Er schickte ein stummes Gebet zum Himmel, dass es Charlie gefiel.

Die Wände waren weiß; über dem Bett lag eine schwarze Decke (schließlich war das Charlies Lieblingsfarbe). Ein Schreibtisch von Ikea, dessen Aufbau sieben Stunden gedauert hatte. Obwohl Tom doch Techniker war.

An einer Wand hing ein Manchester-United-Poster; früher, lang war es her, hatte Charlie sich mit ihm – in den seltenen Fällen, in denen das amerikanische Fernsehen britische Fußballspiele übertrug – ein paar Matches angeguckt. Auf dem Schreibtisch stand die Stearman PT-17, das letzte Modellflugzeug, an dem er und Charlie zusammen gearbeitet hatten. Es war immer noch nicht fertig. Es gab ein Bücherregal, in dem sich die Hälfte des Bestands an Jugend- und Science-Fiction-Romanen aus der kleinen Buchhandlung in der Stadt befand, weil Tom nicht wusste, was Charlie derzeit las. Eine Sammlerausgabe von „Herr der

Ringe", nur für alle Fälle. Die komplette „Harry-Potter"-Reihe, die der Junge früher so geliebt hatte.

Und dann waren da die Fotos. Ein Bild von Charlie – sein Klassenfoto vom letzten Jahr, eine jener grässlichen Aufnahmen vor grauem Hintergrund. Charlies Gesicht ernst und verschlossen. Ein anderes von einem jüngeren Charlie, der an einem Fluss stand. Tom war mit ihm Fischen gewesen. Sie hatten nichts gefangen, sich aber königlich amüsiert, indem sie Steine ins Wasser warfen.

Und auf dem Nachttisch ein Foto von Charlie und Melissa, beide lächelnd. Sie hatte ihre Fehler gehabt, aber sie hatte ihren Sohn zweifellos geliebt.

Charlie starrte das Foto an.

Dann drehte er sich um und schlug Tom wortlos die Tür vor der Nase zu.

Später an diesem Abend, als der quälende Besuch vorbei und Charlie wieder zurück bei seinen Großeltern war, überlegte Tom, ob er ins O'Rourke's gehen sollte. Dort gab es zusätzlich zu 18 verschiedenen Biersorten nämlich auch eine riesige Auswahl an Single Malt Whisky und Scotch. Vielleicht hatte Droog Lust auf einen Drink und eine Runde Darts.

Andererseits war es schon nach 22 Uhr.

Vielleicht sollte Tom sich einen Hund zulegen. Oder eine Katze. Oder einen Fisch.

Aber aller Wahrscheinlichkeit nach würde er die USA ohnehin bald verlassen. Die beiden Firmen, bei denen er sich beworben hatte, hatten ihn erwartungsgemäß per Mail informiert, dass sie einen anderen Bewerber eingestellt hätten. Kein Arbeitsvisum hieß, dass er zurück nach Hause musste.

Es war schon in Ordnung so, sagte er sich und ignorierte den brennenden Schmerz in seiner Brust. Hier war er ohnehin zu nichts nutze.

Das laute Schrillen seines Handys erschreckte ihn. Er schaute auf das Display. „Charlie?" Dass der Junge ihn anrief, war neu.

„Kannst du mich abholen?" Die Worte waren wegen des Lärms im Hintergrund kaum zu verstehen.

Tom schwieg einen Moment. „Ja, natürlich. Wo bist du?"

Charlie murmelte eine Adresse und legte auf.

Zwanzig Minuten später bog Tom in eine dreckige Straße in Bryer ein, die übernächste Stadt hinter Manningsport. Es gab ihm einen Stich ins Herz, als er Charlie wie ein dunkles Häufchen Elend am Straßenrand hocken sah.

„Hey." Tom ließ das Autofenster hinunter. „Spring rein."

Charlie stand auf, kam – diesmal nicht langsam schlurfend – zum Wagen und ließ sich auf den Beifahrersitz fallen.

„Schnall dich an, Kum…"

„Fahr einfach los." Charlie griff nach dem Sicherheitsgurt.

Tom tat es. Es ließ sich in der Dunkelheit schwer sagen, aber Charlies vorsichtige Atenzüge ließen darauf schließen, dass der Junge weinte. Einen Block von der Stelle entfernt, wo Charlie gewartet hatte, stürmten Leute schreiend auf die Veranda eines verwahrlosten Zweifamilienhauses. Die meisten trugen ähnliche Klamotten wie Charlie: schwarz, zerrissen und mit Ketten und Metall verziert. Der Rhythmus eines dröhnenden Basses ließ das Auto vibrieren.

Charlie machte sich in seinem Sitz klein und senkte den Blick.

Als sie das Viertel hinter sich hatten, sah Tom ihn von der Seite an. „Schlechte Phase?"

Charlie zuckte die Achseln. Aus dem Ohrläppchen, in dem die Sicherheitsnadel steckte, sickerte Blut über seinen Hals hinunter, und Tom sah kurz Rot. Dann richtete er den Blick wieder auf die Straße und lockerte seinen Griff ums Lenkrad, an das er sich geklammert hatte.

„Hat dir jemand wehgetan, Kumpel", fragte er behutsam.

„Nein."

„Du blutest aus dem Ohr."

Charlie betastete sein Ohrläppchen. „Ich bin irgendwo hängen geblieben."

Blödsinn. Jemand hatte diesen kleinen Jungen verprügelt. Wieder musste Tom sich zwingen, den eisernen Griff ums Lenkrad zu lockern. „Möchtest du heute bei mir übernachten?", fragte er möglichst beiläufig.

„Okay." Charlie hatte das Gesicht von Tom abgewandt und sah aus dem Fenster. „Erzähl meinen Großeltern nicht, wie es auf dieser Party zugegangen ist. Die beiden würden ausflippen."

„Geht klar. Ich rufe sie an, sobald wir da sind, und gebe Bescheid, dass du bei mir bist."

Als sie bei Tom ankamen, ging Charlie sofort die Treppe hinauf in sein Zimmer. „Brauchst du irgendetwas?", erkundigte sich Tom.

„Nein."

„Vergiss nicht, den Riss im Ohr zu reinigen, ja? Im Schränkchen steht Wunddesinfektionsmittel." Er deutete mit dem Kopf zum Badezimmer.

„Okay." Zu Toms Überraschung drehte Charlie sich um und schaffte es fast, ihm in die Augen zu schauen. „Danke", murmelte er in Richtung von Toms Schlüsselbein.

Trotz der schwarz geschminkten Augen und der Piercings hatte Charlie immer noch das Gesicht eines kleinen Jungen. Seine weichen Züge und die zarte Haut, aus der noch kein Bart sprießte, erinnerten Tom an das Kind, dem früher zur Schlafenszeit nie die Gesprächsthemen ausgegangen waren.

„Gern geschehen", sagte er. Dann räusperte er sich. „Jederzeit."

Als Charlie jetzt die Tür zumachte, wurde Tom plötzlich von einem Gefühl der Liebe überwältigt, das so tief und heftig war, dass es ihm vorkam, als hätte ihn jemand in die Brust geboxt.

Welcher jämmerliche Loser ging auf einen Jungen los, der nicht einmal 45 Kilo wog? Und wen hätte Charlie heute Abend angerufen, wenn Tom schon in England gewesen wäre?

Egal, was er dafür tun musste – er würde bleiben.

# 7. Kapitel

Freitagnachmittag um Viertel vor vier überlegte Honor, ob sie eCommitment und OnYourOwn.com wieder mal einen Besuch abstatten und sich anschließend noch einmal den neuesten Bond-Film ansehen sollte. War vier Mal zu viel? Dad und Mrs Johnson hatten zu Hause nämlich einen netten Abend zu zweit geplant (Mrs J. war der Meinung, es sei zu früh, sich zusammen in der Öffentlichkeit zu zeigen), und da wollte Honor auf keinen Fall stören. Denn was war, wenn sie die beiden an diesem netten Abend zu Hause – Gott behüte! – versehentlich hörte? Dann würden sie und Spike sich umbringen müssen.

Andererseits war es wenig verlockend, schon wieder ins Kino zu gehen und sich mit Hüften attackierendem Popcorn und Gummibärchen vollzustopfen. Außerdem sahen die dicken Wolken am Himmel nach Schnee aus. Von hier aus wirkte der See tiefschwarz, und die Weinstöcke waren dunkel und knorrig. Die Luft war rau vor Kälte.

Vielleicht sollte sie einfach zu Hause bleiben und arbeiten – trotz ihrer guten Vorsätze, sich zu ändern. Der „Black and White"-Ball war nicht mehr weit weg, und von allen CharityEvents, an denen sich Blue Heron beteiligte oder als Veranstalter fungierte, war diese Veranstaltung Honors Lieblingsprojekt. Auf dem Ball wurden Spenden für die öffentlichen Grünflächen und Freizeitanlagen der Stadt gesammelt. In den letzten Jahren hatte man damit einen neuen Spielplatz errichtet (und die rostigen Klettergeräte, auf denen Honor früher selbst gespielt hatte, ersetzt) sowie einen Skateboard-Park und das öffentliche Schwimmbad gebaut.

Dieses Jahr würde aus dem Spendenerlös ein Radwanderweg finanziert werden, der durch einen Teil des Grundstücks der Ellis-Farm führen sollte. Alle sollten diesen Weg benutzen dürfen, nicht nur Kinder, wobei Kinder Honor allerdings besonders am Herzen lagen. Manningsport war zwar eine schöne, typisch amerikanische Kleinstadt, aber es fehlte doch an gewissen Angeboten. Kinder, die in den heruntergekommenen Backsteinhäusern am Stadtrand oder in der Wohnwagensiedlung lebten, hatten nicht mehr das, was Honor

in ihrer Kindheit gehabt hatte: Wiesen und Wälder zum Herumto-
ben, Obstgärten, Hügel zum Schlittenfahren und einen kleinen Teich
zum Schlittschuhlaufen im Winter. Honor schwebte vor, eine kleine
Herde Schottische Hochlandrinder für die „4-H"-Jugendhilfe zu kaufen, außerdem ein paar Hühner und vielleicht auch einige Pferde, die
vor dem Schlachthof gerettet wurden. Das Stück Land würde diesen
Kindern gehören. Sie sollten die Schönheit der Umgebung rund um
Manningsport genießen können, vom Fernseher und Computerspie-
len wegkommen und sich mit der Natur verbunden fühlen wie Honor
früher auch.

Der Ball würde in der Scheune von Blue Heron stattfinden, die Faith
letzten Herbst um- und ausgebaut hatte. Das baufällige Ziegelgebäude
von früher war in neuem Glanz erstrahlt und thronte über dem Rest
des Weinguts. Ihre Schwester hatte wirklich ein Händchen für diese
Dinge. Und rote Haare. Und einen süßen Polizisten als Mann.

Jetzt aber Schluss damit. Honor fuhr sich über ihre eigenen Haare.
Auch sie hatte jetzt schöne Haare. Der unhöfliche Brite hatte recht
gehabt: Früher waren sie wirklich ein bisschen bieder gewesen.

Dann also an die Arbeit. Jessica Dunn und Ned machten ihre Jobs
gut, aber der „Black and White"-Ball war Honors Projekt. Und es
mussten Listen geschrieben werden. Oder neu geschrieben werden.
Oder mit bunten Textmarkern bearbeitet werden.

Genau in diesem Moment klingelte das Telefon, sodass Spike aus
ihrem Schönheitsschlaf hochfuhr und vier Mal bellte. Honor stürzte
sich auf den Hörer, bevor Jessica abheben konnte. „Honor Holland",
sagte sie mit ihrer geschmeidigen Blue-Heron-Stimme.

„Hier spricht dein Vater", sagte Dad, „um dich daran zu erinnern,
dass du ein Leben hast und aus dem Büro raus musst."

„Dad, niemand hört um vier zu arbeiten auf."

„Raus mit dir. Geh mit einer deiner Freundinnen ins O'Rourke's."

Honor zuckte innerlich zusammen. Unglücklicherweise war seit
dem Zickenkampf niemand in der Stadt gestorben … es war nicht einmal jemand für Sex in der Öffentlichkeit festgenommen worden (Pru
und Carl wären Kandidaten dafür, hatten sich aber nicht erwischen
lassen). Mit anderen Worten: Sie war immer noch Gesprächsthema
Nummer eins. Das O'Rourke's kam nicht infrage.

„Und, äh, sei nicht vor zehn zu Hause", fügte Dad hinzu. Er klang
verlegen.

„Warum? Warte, streich das. Ich will es nicht wissen." Honor seufzte. „Na gut. Vielleicht besuche ich Pru und übernachte bei ihr."

„Ach, Schatz, das wäre toll."

„Dad, bitte."

„Entschuldige. Es ist nur … nun ja, mach, was du willst, meine Kleine. Ruf mich einfach an, wenn du vorhast, heimzukommen. Lass es zwei Mal klingeln. Das ist dann unser Zeichen."

„Verstehe. Das Zeichen dafür, dass du dich hüten sollst, im Wohnzimmer etwas zu tun, was deine Tochter, die alte Jungfer, traumatisieren könnte."

„Du bist keine alte Jungfer. Geh aus. Amüsier dich. Lern ein paar junge Leute kennen."

„Ich hasse junge Leute." Sie schwieg kurz. „Darf ich wenigstens nach Hause kommen, um mich umzuziehen und den Hund zu füttern?"

„Selbstverständlich. Aber, äh, beeil dich, ja? Hoppla, ich muss gehen. Mrs Johnson guckt mich schon ganz böse an. Hab' dich lieb."

„Du solltest vielleicht anfangen, sie bei ihrem Vornamen zu nennen", schlug Honor vor, doch ihr Vater hatte bereits aufgelegt. Sie seufzte. Es wäre schön, wenn sie ihren Schwestern davon erzählen könnte (für Jack wäre es möglicherweise tödlich), aber Mrs Johnson hatte sie schwören lassen, es noch nicht weiterzusagen.

Honor hob Spike auf, küsste sie aufs Köpfchen und wurde dafür fröhlich abgeleckt. „Lass uns von zu Hause weglaufen, nur wir zwei", sagte sie. Spike wedelte zustimmend mit dem Schwanz.

Junge Leute und Freundinnen. Außer ihren Verwandten fiel ihr niemand ein. Vielleicht hatte Jack Lust, sich mit ihr „Die zehn größten Tumore der Welt" anzugucken, eine Dokuserie, die sie beide innig liebten. Sie könnte Rushing Creek einen Besuch abstatten und über künstliche Hüftgelenke reden, oder sie könnte ihre Großeltern besuchen und dasselbe tun. Vielleicht ein paar Dinge aus dem Haus schaffen. Goggy helfen, die Speisekammer auszuräumen, in der noch Büchsen mit Lebensmitteln aus den 1980ern lagerten.

Jemand klopfte an den Türrahmen. „Hey, entschuldige die Störung", sagte Jessica Dunn. „Ich habe mich mal an der Presseaussendung für das Tourismusmagazin versucht."

„Großartig! Lass mal sehen." Delegieren, delegieren. Es hieß ja, das wäre etwas Positives.

Jessica gab ihr das Blatt. „Ich habe auch ein Foto des Weinkellers auf Facebook und Twitter gestellt und alle gefragt, welcher Wein bei ihnen im Kühlschrank steht. Und außerdem habe ich eine Liste mit möglichen Themen zusammengestellt, über die du bloggen könntest. Ach, und hier ist dein Terminplan für nächste Woche."

„Danke." Honor wurde sofort ein wenig bang ums Herz.

Jessica arbeitete jetzt seit zwei Wochen hier, und Honor war etwas eingeschüchtert von ihrer beängstigenden Effizienz. Jessica lächelte kaum und erledigte einfach alles – vom Raustragen des Mülls übers Kaffeekochen bis zum Verfassen von Texten (verdammt guten noch dazu).

Jess wartete, während Honor sich die Presseaussendung durchlas. Sie war ansprechend und informativ und hatte jedes, aber auch jedes Komma an der richtigen Stelle. Honor schaute auf. Jess runzelte die Stirn.

Honor wusste, dass es Jess' erster Job war, der nichts mit Kellnern zu tun hatte; das Mädchen, nein, die Frau hatte ihr das gleich am ersten Arbeitstag erzählt. Bis jetzt war sie ruhig, sehr fleißig und ein bisschen nervös gewesen – fast so, als hätte sie Angst, gefeuert zu werden. Es war irgendwie rührend. Faith hatte mal erwähnt, dass sie vor Jessica Dunn immer ein wenig Angst gehabt hatte. Honor konnte sich das nicht erklären.

„Das ist klasse", sagte sie. „Ich kann mich fast nicht mehr daran erinnern, wie ich ohne dich zurechtgekommen bin." Du hast täglich 16 Stunden gearbeitet, erklärten ihr die Eier.

Jessica lächelte schüchtern. „Dankeschön."

„Hey, Jess, hast du Lust, etwas trinken zu gehen? Immerhin ist es schon fast vier."

„Ach, schade, es geht nicht. Ich muss arbeiten. Ich kellnere im Hugo's.

„Ach so." Mist. „Dann hoffentlich ein andermal?"

„Ich würde wirklich total gern. Ich muss bloß … ich brauche den anderen Job immer noch. Mein Studienkredit, weißt du."

„Nein, nein, kein Problem." Vielleicht hätte sie nicht fragen sollen. Vielleicht war es unpassend gewesen. Vielleicht wollte Jessica einfach nicht mit ihrer Chefin losziehen.

„Am Dienstag könnte ich", sagte Jessica.

Honors Erleichterung war beinahe schon jämmerlich. „Super. Gern. Dann also Dienstag."

In diesem Moment klingelte das Telefon. Beide stürzten sich darauf, aber Honor gewann erneut. „Blue Heron, Sie sprechen mit Honor Holland."

„Hey, On. Ich bin's, Brogan."

Sie spürte, wie alle Farbe aus ihrem Gesicht wich. Seit dem Zickenkampf (Gott, diese Peinlichkeit!) hatte sie, abgesehen von ein paar oberflächlichen und betont heiteren E-Mails, keinen Kontakt mit ihm gehabt. „Hi, Brogan!", sagte sie. Ihre Stimme hörte sich irgendwie komisch an. „Wie geht's dir?" Klang schon besser.

„Gut, gut. Und dir?"

„Super. Total gut. Einfach großartig." Oh Gott. Jess sah sie mitfühlend an und huschte zurück zu ihrem Schreibtisch. „Na, was gibt's?"

Brogan schwieg kurz. „Meinst du", sagte er dann, „wir könnten uns heute zum Abendessen treffen? Oder auf einen Drink?" Honor verzog entsetzt das Gesicht. „Nur du und ich", fügte er hinzu.

Lieber schlucke ich einen lebenden Aal, Brogan. „Oh, Mist, bleib kurz dran. Ich kriege gerade einen anderen Anruf rein", log sie und drückte auf die „Hold"-Taste. „Jess, bist du noch da?"

Ihre Assistentin erschien wieder. „Ja?"

„Ich bin sicher, du hast von meiner Rauferei vor ein paar Wochen gehört", sagte sie. Jessica nickte. „Brogan will sich auf einen Drink mit mir treffen."

„Ach du Schande." Jess verzog das Gesicht.

„Danke. Meinst du, ich sollte gehen?"

„Hast du ihn seit der Rauferei gesehen?"

„Nein. Muss ich gehen?"

Jessica lehnte sich an den Türrahmen. Dann zuckte sie die Achseln. „Ja, eigentlich schon. Tut mir leid. Du möchtest doch nicht, dass er denkt, du würdest schmollen."

„Das habe ich mir auch gedacht. Mist. Danke."

„Kommt ins Hugo's. Ich spuck für dich in seinen Drink."

„Wirklich?"

„Nein, aber ich würde es gern tun." Jessica lächelte.

„Das weiß ich zu schätzen." Honor drückte wieder auf die Taste. „Entschuldige, Brogan. Klar können wir uns kurz treffen. Wie wär's im Hugo's?" Jess signalisierte Daumen hoch und verschwand wieder.

Brogan seufzte erleichtert. „Oh, das ist ja fantastisch. Kannst du in einer Stunde dort sein?" Wenn sie seine Stimme hörte, zog sich ihr Magen immer noch nervös zusammen.

„Okay. Hm, Brogan, ich kann nur kurz bleiben", fügte sie hinzu. Gott bewahre, dass sie so lange zusammenhockten, bis sie wieder etwas für ihn empfand. „Ich, äh, treffe jemanden. Später. Nachdem wir uns getroffen haben. Es ist ein Date. Ich meine, ich habe heute Abend noch ein Date. Ich habe tatsächlich ein Date."

Spike starrte sie beim Lügen wie hypnotisiert an.

„Super", sagte Brogan erfreut.

„Ja, ja. Okay, ich muss jetzt los. Wir sehen uns um sechs im Hugo's. Wunderbar. Tschüss. Pass auf dich auf."

Honor legte auf und ließ ihren Kopf in den Nacken fallen. Sie war schweißnass unter den Achseln. Und jetzt begann es auch noch zu schneien. Dicke Flocken. Wunderschön, wenn es nicht März wäre. Genau dann, wenn man dachte, dass es jetzt wirklich bald Frühling wurde, bestrafte Muter Natur einen mit einem Schneesturm. Gemein.

Spike scharrte an Honors Bein. Sie nahm die Hündin auf ihren Schoß. „Du darfst zu Hause bleiben", sagte sie. „Und wehe, du vergisst, ‚Die zehn größten Tumore der Welt' für mich aufzunehmen."

Und so kam es, dass Honor eine Stunde und 23 Minuten später leicht schwitzend und gezwungen lachend dem einzigen Mann gegenübersaß, den sie je geliebt hatte. In ihrem Magen brannten die Säure und der Wodka des perfekt gekühlten, leicht süßlichen Martini Saint Germain, den Jessica ihr gebracht hatte.

Das hier war … Was war das richtige Wort dafür? Hölle, genau. Es war die Hölle, und sie tat so, als würde sie sich bestens amüsieren. Ach, Satan, du bist ja so witzig! Hahahahaha!

Denn, ja, Honors dummes Herz hatte bei Brogans Anblick dieses schmerzhafte Ding gemacht. Dieses Ziehen. Momentan erzählte er gerade von einem Sportler, der irgendwas mit Laufen machte, und ihr wurde bewusst, dass die Situation auch etwas Gutes hatte. Jetzt musste sie sich zumindest keine Informationen dieser Art mehr merken, um die beste und interessierteste Freundin der Welt zu sein. Immerhin etwas.

Du solltest deine Einstellung überdenken, sagten die alternden Eier und fächelten sich Luft zu. Hilfe, da kommt schon wieder eine Hitzewallung!

„Im Ernst? Das ist ja irre", sagte Honor. Hoffentlich ergab ihre Bemerkung irgendeinen Sinn. Sie hörte eindeutig nicht besonders aufmerksam zu.

Es war nicht fair.

Sie empfand noch immer etwas für ihn. Man liebt nicht verdammte 17 lange Jahre einen Mann und hört dann einfach damit auf. Honor zumindest nicht. Unglücklicherweise.

Brogan war nun bei einer Geschichte über seine Eltern angelangt, die er gerade in Florida besucht hatte. Irgendwie surreal, dass Honor erst vor etwas mehr als zwei Monaten bei Cain zum Abendessen gewesen war, sich nackt vor Brogans Mom und Dad gezeigt und gedacht hatte, die beiden würden bald ihre Schwiegereltern werden.

Jetzt hoffte sie nur, dass man nicht sah, wie stark sie schwitzte, und zählte die Sekunden, bis sie zu ihrem erfundenen Date gehen konnte. Wenigstens war das Lokal, das erst vor einer Woche wieder geöffnet hatte, wegen des schlechten Wetters fast leer.

Während sie so tat, als ob sie zuhörte, kam sie ins Grübeln. Sie war so gut in ihrem Job. In den letzten elf Jahren war ihr bei der Arbeit kein einziger gravierender Fehler passiert. Alle ihre Entscheidungen waren gut durchdacht gewesen und hatten sich als gute Investitionen und als strategisch klug erwiesen. Privat allerdings hatte sie versagt. Sie hatte sich den falschen Freund ausgesucht, den falschen Mann.

Das nächste Mal, wenn sie sich zu jemandem hingezogen fühlte, würde sie das genaue Gegenteil dessen tun, was ihre Gefühle verlangten.

Honor, die die ganze Zeit nickte, starrte Brogan an. Warum waren seine Wimpern so lang? Warum hatte Gott ausgerechnet ihn mit diesen tollen, lockigen kastanienbraunen Haaren beschenkt? Konnte ihr das jemand sagen? Hm?

Sie waren seit 27 Minuten hier. Anders gesagt: ungefähr 28 Minuten zu lang. Wusste Dana, dass er sich mit ihr traf? War Dana gerade bei Brogan zu Hause? Im gleichen Bett, in dem Honor …

Ah! Die Sportgeschichte war endlich zu Ende. Brogan sah sie mit besorgter Miene an: „Honor, alles okay zwischen uns?", erkundigte er sich vorsichtig.

Ihre Wangen glühten. „Ja! Ja, alles okay. Alles gut. Ich habe es praktisch schon vergessen." Sie zwang sich zu lachen. Dabei klang sie wie ein sterbendes Robbenbaby. Etwas vorzutäuschen war nicht ihre Stärke. Jessica, die an einem Nebentisch gerade die Bestellungen aufnahm, sah sie scharf an.

„Es ist nur, weil wir schon so lange befreundet sind", sagte er. Verdammt, diese blauen Augen. Die Sorge in seinem Blick schien echt zu sein. Brogan war keiner, der etwas vortäuschte.

„Sieh mal, Brogan", sagte sie leise. „Ich war überrascht, ich habe überreagiert, und ich wäre froh, wenn wir nicht mehr darüber reden. In Ordnung?"

Er nickte. „Natürlich. Es ist nur … Ich hasse den Gedanken, du könntest glauben, ich hätte dir vielleicht etwas vorgemacht. Ich dachte immer, wir würden das gleiche füreinander empfinden."

Sie nahm einen großen Schluck von ihrem Drink. „So war es ja auch. So ist es immer noch. Ich, äh, mag dich. Als Freund. Meine Frage, ob du heiraten willst, war unüberlegt." Sie hatte ja bloß ungefähr sechs Jahre darüber nachgedacht. „Ich bin drüber hinweg. Wirklich."

Er lächelte zaghaft. „Ausgezeichnet. Das freut mich. Du bedeutest mir nämlich sehr viel."

Oh Gott, dieser Abend nahm kein Ende.

„Kann ich euch noch etwas bringen?" Jessica stand mit einem Krug Wasser vor ihnen. Gott segne sie.

„Nein, danke, ich glaube nicht", sagte er. „Möchtest du noch einen Martini, On?"

„Oh, nein! Nein. Wirklich nicht. Danke. Ich muss bald gehen."

Brogan strahlte sie an. „Richtig, dein Date! Wir möchten zahlen, Jess."

Danke, liebes Jesulein! Der endlose Abend war endlich vorbei, sie würde jetzt einfach nach Hause gehen und sich „Die zehn größten Tumore" angucken. Und es war ihr egal, ob Dad und Mrs J. es auf dem Boden im Flur miteinander trieben. Obwohl, wenn sie genauer darüber nachdachte, war es vielleicht doch ratsamer, Pru anzurufen und zu fragen, ob sie vorbeikommen durfte. Sie und Abby könnten sich die Tumor-Sendung gemeinsam ansehen.

Jess entfernte sich. Honor zwang sich zu einem Lächeln und sah Brogan an. Noch drei Minuten, dann war sie erlöst.

Er starrte in sein Glas. „Ich bin so froh, dass wir noch Freunde sind. Und ich hoffe, du und Dana vertragt euch auch wieder."

Zweieinhalb Minuten. „Ach, weißt du, ich … es ist …"

„Sie hat erzählt, dass ihr kurz miteinander geredet habt und du dir die Haare hast schneiden lassen. Sieht übrigens wirklich gut aus. Sehr gewagt, aber wirklich gut."

„Danke."

Er rutschte auf seinem Stuhl hin und her. „Äh, habe ich dir erzählt, dass ich bei der freiwilligen Feuerwehr in Manningsport mitarbeiten werde? Ich dachte, das wäre nicht schlecht."

„Super", sagte sie. Zwei Minuten und 24 Sekunden.

„Du triffst dich jetzt also mit jemandem?", wollte Brogan wissen.

„Wie bitte? Ach, ja. Genau. Mhm."

„Wie ist er denn?"

„Er ist, äh …" Sie hatte plötzlich Droog vor Augen. Droog, wie er den Boden mit Feuchttüchern aufwischte. „Er ist, äh, Europäer. Sehr witzig. Süßer Akzent." Eins! Eine schreckliche Lüge! Zwei! Zwei Minuten, bis du gehen kannst!

„Meinst du, es könnte etwas daraus werden?", erkundigte sich Brogan.

„Möglich. Es ist noch ein bisschen zu früh, um das zu sagen. Vielleicht." Sie lächelte – hoffentlich nicht wie ein Vielfraß –, und der Schweiß lief ihr, lästig wie eine Stubenfliege, den Rücken hinunter.

„Ausgezeichnet. Freut mich wirklich, das zu hören." Er holte tief Luft. Dann noch einmal. „Honor, ich muss dir etwas sagen, weil ich nicht möchte, dass du es von jemand anderem erfährst." Er zögerte. „Dana ist schwanger."

Honor war sich ziemlich sicher, dass sie keine Miene verzog. Ihre Augen allerdings … mit denen stimmte irgendetwas nicht. Blinzeln, rieten ihr die Eier. Ach ja, richtig. „Schwanger?"

„Ja. Wir haben es gerade herausgefunden. Es war eine Überraschung, aber wir sind sehr, sehr glücklich darüber."

Er war es wirklich. Sie konnte es ihm von den lächerlich türkisfarbenen Augen ablesen.

Er würde bald Vater werden.

Dana hatte nie Kinder gewollt. Sie hatte sich über die frischgebackenen Mütter, die nur mehr ihr Baby im Kopf hatten, immer lustig gemacht. „Wieder eine Freundin an die Mutterschaft verloren." Und wenn eine Kundin sie fragte, ob sie das Baby mal halten wollte, lehnte Dana immer dankend ab und sagte nachher: „Warum sollte ich diese kleine Bakterienschleuder halten wollen? Und erst der Geruch,

Honor! Kannst du dir vorstellen, jemandem den Po acht Mal am Tag sauberzuwischen?"

Ehrlich gesagt: Ja, sie konnte es sich vorstellen. Sie wüde liebend gerne jemandem acht Mal am Tag den Po sauberwischen. Ihre Wange an ein Baby schmiegen, den Duft des niedlichen Köpfchens riechen und seine kleinen Hände halten.

„Alles okay mit dir?", fragte Brogan.

„Ja." Sie nickte schwach. Mist, sie hatte Tränen in den Augen. Sie senkte den Blick und lächelte gequält. „Ich freue mich für dich, Brogan, wirklich. Das ist toll. Kinder sind … sie sind … unglaublich. Das ist eine tolle Neuigkeit! Schön für euch beide!"

„Honor? Hey, tut mir leid, dass ich störe." Es war Jessica. Halleluja. Die Frau bekam eine Gehaltserhöhung. „Dein Date ist da."

Honor riss verdutzt die Augen auf. „Tatsächlich?"

„Ja." Jessica sah sie ausdruckslos an. Okay. Genau. Sie hatte anscheinend ihre Lüge vorhin gehört und warf ihr jetzt einen Rettungsring zu.

Brogan schaute sie gespannt an.

Er würde bald ein Dad sein. Sie sah ihn schon vor sich, den großen, gut aussehenden Brogan Cain, wie er das kleine Bündel im Arm hielt und staunend das winzige Gesicht betrachtete.

Sie atmete tief durch. „Ich muss gehen, Brogan. Gratuliere zu … zu dem Baby." Ihre Stimme zitterte. „Ganz ehrlich. Alles Gute." Sie hatte einen Kloß im Hals.

„Danke, On." Brogan stand auf. Wenn er sie jetzt umarmte, war es um sie geschehen.

Er umarmte sie. Ihr Herz schien in sich zusammenzufallen wie ein sterbender Käfer, als sie sein vertrautes Eau de Cologne roch. Chanel for Men. Der Duft war ihr immer schon durch und durch gegangen.

„Also", sagte Brogan und ließ sie los, „wo ist dieser Typ? Kann ich kurz Hallo zu ihm sagen?"

Mist. Honor stand auf und nahm ihren Mantel. „Wir treffen uns auf dem Parkplatz." Wenn sie hier nicht bald rauskam, würde sie zu weinen anfangen. Vor allen Leuten. Nicht so angenehm.

„Nein, er ist reingekommen", sagte Jessica. „Er steht an der Bar."

Tat er das? Alle guckten zur Bar. Honor rechnete fast damit, Droog Dragul zu sehen. Aber Jess hatte Droog nie kennengelernt, und wenn Droog wirklich hier war, wäre es der größte Zufall aller Zeiten. Nein, kein Droog weit und breit.

Brogan zückte seine Brieftasche (und, ja, lass ihn um Himmels willen zahlen). Glücklicherweise begann sein Telefon jetzt die Titelmelodie von „Monday Night Football" zu spielen, und er hob ab. „Hey, wie geht's?", sagte er und drehte sich ein wenig zur Seite.

„Von wem redest du?", flüsterte Honor Jess zu.

„Was meinst du?"

„Ich bin mit niemandem verabredet."

Jessica riss die Augen auf. „Mist", flüsterte sie. „Ich habe dich sagen gehört, dass du dich mit jemandem triffst, und dass er einen süßen Akzent hat ..."

„Das war gelogen", flüsterte Honor zurück.

„Aber an der Bar steht ein Europäer. Er ist Brite, glaube ich." Sie deutete auf einen Mann, der mit dem Rücken zu ihnen stand. Manningsport war nicht unbedingt eine Weltstadt. Europäer waren hier Mangelware. Honor guckte hinüber.

Oh Gott. Es war Tom Barlow. Er schien zu spüren, dass sie ihn ansah, denn jetzt schaute er ebenfalls her, stutzte und winkte.

In ungefähr vier Sekunden würde Brogan ihren nicht vorhandenen Freund kennenlernen wollen.

Honor war am anderen Ende des Lokals, ehe ihr überhaupt bewusst war, dass sie sich bewegt hatte. „Hey", sagte sie ohne Einleitung. „Ich wäre Ihnen ewig dankbar, wenn Sie ganz kurz so tun würden, als wären Sie mein Date." Bitte sei kein Spielverderber. Und bitte sei nüchtern.

Er zog die Augenbrauen hoch. Dann schielte er zu dem Tisch hinüber, an dem sie gesessen hatte. „Aha, verstehe", sagte er. „Da drüben sitzt der Grund für den Zickenkampf. Sie sehen aus, als würden Sie sich jeden Moment übergeben. Bitte nicht kotzen, und wenn Sie mich begrapschen, kostet das extra." Er legte den Arm um sie. „Da bist du ja, Darling", sagte er mit etwas lauterer Stimme, und ehe Honor wusste, wie ihr geschah, küsste er sie.

Im ersten Moment wollte sie sich instinktiv von ihm losreißen, doch jetzt drückte er sie etwas fester an sich. „Na, na, wer wird denn?", murmelte er dicht an ihren Lippen. „Wir sind doch wahnsinnig verliebt."

Und dann küsste er sie wieder.

Und dieser Mund ... Himmel, es fühlte sich herrlich an. Es war ein Kuss, der zart und doch entschlossen, aber gleichzeitig nicht zu fordernd war – also genau jene Art von Kuss, den sich jede Frau wünschte, wenn sie den Richtigen getroffen hatte. Irgendetwas in Honors Innerem brach auf, und alle Schleusen öffneten sich.

Dann hörte er auf und lächelte sie an.

Was für ein Kuss. Ein Kuss, der einem zu denken gab und der sorgfältig analysiert werden musste.

Analysieren? sagten die Eier. Machst du Witze?

Jessica mixte einen Drink hinter der Bar, und hier kam Brogan – groß, locker, lässig. „Hey, ich bin Brogan Cain, ein alter Freund von Honor."

„Hallo. Ich bin Tom Barlow, ein neuer Freund von Honor."

„Woher kommst du?", erkundigte sich Brogan.

„Aus England."

„Toll! Ich war ein paar Mal dort. Bei den Olympischen Spielen und ein paar Soccer-Spielen."

„Fußball, Kumpel."

Brogan lachte fröhlich. „Auch wieder wahr. Da drüben heißt es Fußball."

Super. Brogan war dabei, einen neuen besten Freund zu gewinnen.

Ihre Augen fühlten sich riesig an. Da drüben war Jeremy „die Jahre sind kostbar, eiertechnisch" Lyon, der gerade mit seinem Partner Patrick das Lokal verließ. Er winkte und signalisierte diskret (Daumen hoch!), wie erfreut er war – für den Fall, dass sie vergaß, dass ihre Fortpflanzungszeit schon fast hinter ihr lag. Emmaline Neal, die mit Levi bei der Polizei arbeitete, winkte ebenfalls, während sie ihrer Mutter die Tür aufhielt.

Tom drehte sich zu Honor und berührte ihr Ohrläppchen mit seinem Finger. Ihre ganze linke Körperhälfte reagierte wie elektrisiert. „Honor, Darling, bist du hungrig?"

Sie schluckte. „Bin ich. Ich bin regelrecht am Verhungern. Ich bin wirklich sehr, sehr hungrig. Gehen wir essen."

„Ich liebe es, wie sie vor sich hin plappert, wenn ihr Blutzuckerspiegel niedrig ist." Tom schüttelte Brogan die Hand. „Es war nett, dich kennenzulernen."

„Ganz meinerseits. Schönen Abend noch." Brogan beugte sich zu ihr hinunter, um ihr einen Kuss auf die Wange zu geben. Das hatte er immer gemacht, wenn sie in der Öffentlichkeit gewesen waren, und immer hatte sie dabei das Gefühl gehabt, etwas ganz Besonderes zu sein. Aber diese Zeiten waren vorbei, und sie machte einen kleinen

Schritt Richtung Tom. Brogan stutzte, und zum ersten Mal, seit sie ihn kannte, wirkte er ein wenig … verlegen. „Dann also … bis bald, On."

Sie sahen ihm beide nach. „Selbstgefälliger Affe, finde ich", stellte Tom fest.

„Danke." Ihr wurde plötzlich bewusst, dass er seinen Arm, schwer und warm, immer noch um ihre Schultern gelegt hatte. „Es tut mir furchtbar leid", sagte sie und trat einen Schritt zurück. „Ich wusste nicht, was ich sonst hätte tun sollen."

„Überhaupt kein Problem. Das war ich dir schuldig, nachdem ich mich bei unserem ersten Treffen wie ein Vollidiot benommen habe." Er nahm einen Schluck Whisky. „Möchtest du vielleicht etwas trinken?"

Honor wollte schon automatisch den Kopf schütteln, doch dann überlegte sie es sich anders. Leben ändern! Alles anders machen. Anders sein. Das war der Plan.

„Sehr gern." Sie sah Jessica an. „Ich nehme einen Grey Goose. Ohne Eis, bitte." Jessica stellte den Wodka vor sie hin. Honor nahm das Glas und trank es in einem Zug aus.

„So schlimm, hm?", erkundigte sich Tom.

„Nein, überhaupt nicht. Warum fragst du?"

Was für ein Kuss.

„Warum setzt ihr euch nicht?" Jessica deutete auf einen Tisch in der Ecke neben dem offenen Kamin.

Sie gingen hinüber. Honor spürte die Wärme des Feuers im Rücken, sah die dicken Schneeflocken durchs Fenster und hatte zum ersten Mal Gelegenheit, sich ihren Begleiter genauer anzugucken: ein grünes Hemd, dessen oberste drei Knöpfe offen waren, sodass man eine Silberkette darunter aufblitzen sah. Dunkle Jeans und derbe Lederschuhe.

Er sah total … männlich aus.

Jess brachte ihr ein Selters, ihr Lieblingsgetränk bei der Arbeit. Sehr lieb von ihr, dass sie sich daran erinnerte. „Möchtest du noch einen Grey Goose, Honor?", erkundigte sie sich. „Oder etwas essen?"

„Nein, nein. Ich habe alles, was ich brauche."

„Ich dachte, du wärst am Verhungern", sagte Tom.

„Nö. Das war nur eine meiner vielen Lügen heute Abend."

Er lächelte. Jessica klopfte ihr aufmunternd auf die Schulter, ehe sie sich diskret zurückzog.

„Nettes Mädchen", bemerkte Tom

„Stimmt. Sie arbeitet für mich", erklärte Honor. „Auf dem Weingut."

„Blue Heron, nicht wahr?"

„Mhm." Die Wirkung des Adrenalinstoßes ließ langsam nach, und Honor fühlte sich jetzt ein bisschen schlapp. „Du solltest irgendwann eine Führung mitmachen."

„Vielleicht tue ich das mal."

„Täglich um 15 Uhr und ab 1. Mai dann jeden Tag vier Mal."

Tom Barlow verzog den Mund kurz zu einem süßen, schiefen Lächeln, und Honors untere Regionen zogen sich sofort sehnsüchtig zusammen.

Nein. Sie war nicht der Typ dafür. Sie riss keine Männer in Bars auf, und er war ohnehin nicht interessiert an ihr. Wie hatte er es an diesem einen Abend ausgedrückt? Sie sind nicht hässlich. Was für ein vernichtendes Kompliment. Nein, sie würde sich nicht auf einen Mann einlassen, der sich mit einer Scheinehe strafbar zu machen gedachte.

Was für ein Kuss.

Unternimm etwas, sagten die Eier, die jetzt Gleitsichtbrillen auf der Nase hatten und ziemlich gereizt wirkten. Kannst du bitte endlich in die Puschen kommen? Wir gehen ins Bett, sobald ‚Dancing with the Stars‘ aus ist.

Tom nahm noch einen Schluck und sah sie an. „Erzähl mir noch mal, was du beruflich machst, Honor. An dem Abend, als man uns verkuppeln wollte, war ich zu sehr damit beschäftigt, mich wie ein Idiot zu benehmen, und bin gar nicht dazu gekommen, dich zu fragen."

Arbeit. Über die Arbeit konnte sie immer reden. „Ich bin die Vertriebsleiterin des Weinguts. PR, Verkauf, Personal. Mein Dad und mein Bruder machen den Wein, meine ältere Schwester kümmert sich um die Landwirtschaft, mein Neffe hilft überall aus und arbeitet in der Weinsaison im Verkostungsraum. Und meine Großeltern sind halbpensioniert, was nicht unerwähnt bleiben darf."

„Klingt idyllisch." Er schien es ehrlich zu meinen.

„Das Gut ist seit acht Generationen im Familienbesitz. Wir sind alle in irgendeiner Form ein Teil davon."

„Wie ist es, mit der eigenen Familie zusammenzuarbeiten?", wollte er wissen.

„Ach, es ist wunderbar, außer dann, wenn es schrecklich ist." Er lächelte wieder sein umwerfendes, überraschend süßes Lächeln, und

Honor überkam kurz wieder dieses merkwürdig erregende Gefühl. Dieses Lächeln ließ sein sonst eher ernstes Gesicht einfach hinreißend wirken – wie das eines Jungen, der nur Unfug im Kopf hatte. Und, wow, es war sehr effektvoll.

„Ich habe es mir immer schön vorgestellt, eine große Familie zu haben."

„Hin und wieder ist es wirklich nett."

Vielleicht lag es daran, dass er sie bereits von ihrer schlimmsten Seite kannte (Zickenkampf) oder dass er sie ohnehin schon zurückgewiesen hatte, oder einfach daran, dass er so nett gewesen war, sich als ihr Freund auszugeben. Vielleicht lag es am Schnee und an der Stille des Abends. Jessica las gerade ein Buch an der Bar, und alle anderen Gäste und der Kneipenwirt waren bereits gegangen. Vielleicht lag es auch am Grey Goose, den sie auf leeren Magen getrunken hatte. Was auch immer es sein mochte, Honor merkte, wie sie sich langsam entspannte. Vom Panzer (falls es ihn überhaupt gab, denn sie war ziemlich sicher, dass Levi sich diesbezüglich irrte) war nichts zu spüren.

Mach mal was anderes.

„Und du, Tom? Hast du Geschwister?"

„Leider bin ich ein Einzelkind. Mein Dad lebt in Manchester."

„United vor, noch ein Tor!"

Er zwinkerte und lächelte wieder dieses umwerfende Lächeln. „Ich glaube, ich habe mich gerade in dich verliebt."

Hatte sie ihn früher wirklich doof gefunden? Sie schien sich plötzlich nicht mehr daran erinnern zu können, warum. „Nimm's nicht persönlich", sagte sie. „Es liegt an meinem Cocktailparty-Gehirn."

„Wie bitte?"

„Meinem Cocktailparty-Gehirn. Ich kann über jedes Thema Small Talk machen."

Er kniff die Augen zusammen, und um seinen vollen, wunderbaren Mund spielte ein Lächeln. „Ach, tatsächlich? Dann erzähl mir doch mal etwas über die neuesten Entwicklungen der Medizin."

„Es gibt ein neues Medikament, das den Verlauf von Alzheimer stoppt. Man rechnet damit, dass die Arzneimittelzulassungsbehörde das Medikament in den nächsten drei Monaten freigibt."

„Wirklich? Das könntest du dir natürlich gerade ausgedacht haben. Nächstes Thema: unnützes Wissen aus dem Musik-Business."

„Ray Charles hatte zwölf Kinder."

„Echt? Muss man sich mal vorstellen. Na gut, lass uns auf meine Seite des großen Teichs wechseln. Die königliche Familie?"

„Philip und Elizabeth, Margaret, Harry, Andrew, Kate, William, Beatrice, Pippa ... Du musst schon konkreter fragen."

„Wer von den Royals ist geschieden?"

„Alle, außer den Alten und den Kindern."

Er lachte. „Das stimmt allerdings. Maschinenbau."

Sie machte den Mund auf und wieder zu. „Ich gebe auf. Darüber weiß ich nichts."

„Ich bin Maschinenbauingenieur."

„Ich dachte, du unterrichtest Mathe."

„Nein. Weißt du, was ein Maschinenbauingenieur macht?"

„Hm ... du kannst alles Mögliche in Ordnung bringen?"

Sein Lächeln wurde breiter. Hach, seufzten die Eier verzückt. Stellt euch bloß vor, was wir mit seiner DNA alles machen könnten. „Ja." Er nickte. „Das kann ich."

„Du weißt, welche Knöpfchen man drücken muss", sagte sie. Es hörte sich leicht anzüglich an.

„Ja."

„Du weißt, wie man ... die Dinge auf Touren bringt."

Er starrte ihren Mund an. „Mhm."

„Du hast geschickte Hände."

Er beugte sich vor. „Flirten Sie gerade mit mir, Miss Holland?", fragte er leise.

Mist. Tja, es war einen Versuch wert gewesen. Wo war Colleen O'Rourke, wenn man sie brauchte? Sie hatte praktisch einen Masterabschluss in Sachen Männer. Honor setzte sich gerade hin und legte die Hände in den Schoß. „Nein."

„Du brauchst nicht damit aufzuhören", sagte er sanft. „Es war ziemlich nett." Er lehnte sich zurück. „Nur zur Erklärung: Ein Maschinenbauingenieur ist für fast alles verantwortlich, was gebaut wird. Wir sorgen dafür, dass jede Konstruktion, jedes Fortbewegungsmittel und jede Straße sicher und stabil ist und dauerhaft funktioniert."

Sicher, stabil, dauerhaft.

Miau.

Flirte mit ihm. Mach schon! befahlen die Eier.

Jetzt war es unmöglich zu flirten. Sie zerbrach sich den Kopf, was sie sagen sollte. Versuchte, sich vorzustellen, was Colleen sagen würde.

Ihr fiel nichts ein. Null. Sie rutschte auf ihrem Stuhl hin und her und stieß dabei mit einem Bein an Toms Bein. Gar nicht mal so übel, sagten die Eier. Fast am Ziel.

Seid doch still, sagte Honor. Heute Abend werden wir nicht schwanger, verstanden? Geht ihr mal ruhig wieder ,Dancing with the Stars' gucken.

„Neulich habe ich dich ja auf dem College gesehen", sagte sie. „Du hast anscheinend viele weibliche Studenten."

„Ich nenne sie die Horde der Barbarinnen. Die meisten werden Mitte des Semesters wegen schlechter Noten vom College fliegen. Apropos, wie war eigentlich dein Date mit Droog?"

„Ach, er scheint sehr nett zu sein."

„Hat er den Tisch feucht gewischt, bevor er sich hingesetzt hat?" Sie lächelte. „Ja."

„Das macht er überall. Ist aber ein anständiger Kerl." Er schwieg kurz. „Triffst du dich wieder mit ihm?"

Plötzlich konnte Honor ihr Herz klopfen hören. „Nein."

Eine Minute lang sagte keiner von beiden ein Wort. Das Feuer im Kamin knisterte, und draußen schneite es immer stärker. Viel stärker, als der Wetterbericht prognostiziert hatte. Es wäre klug, sich bald auf den Heimweg zu machen. Oben beim Weingut lag erfahrungsgemäß wegen der erhöhten Lage immer mehr Schnee als in der Stadt.

Sie rührte sich nicht vom Fleck.

„Du und Prinz Charming seid also immer noch befreundet?", fragte Tom. „Obwohl er sich für deine Freundin entschieden hat?"

Sie spürte, wie ihre Wangen zu brennen begannen.

„Entschuldige", sagte Tom. „Das geht mich nichts an."

„Nein, schon in Ordnung. Brogan und ich kennen uns seit der Grundschule. Haben viele Jahre immer mal wieder miteinander geschlafen." Das war vermutlich mehr, als Tom Barlow wissen wollte. „Heute hat er mir mitgeteilt, dass er Vater wird."

„Machst du Witze?"

Sie schüttelte den Kopf.

„Oh Mann." Tom massierte sich den Nacken. „Und was macht Brogan Cain beruflich?"

„Er ist Sportfotograf. Baseball, Football, Basketball."

„Ich weiß, was Sport ist, Darling." Er trank einen Schluck. „Brogan Cain", sagte er nachdenklich. „Ich hoffe, sie suchen einen richtig doofen Namen für das Kind aus. Candy Cain. Sugar Cain. Wayne. Jane. Hickory."

Honor lächelte schwach. Der Schock war so groß gewesen, dass sie die Neuigkeit immer noch nicht richtig verdaut hatte: Dana und Brogan, und jetzt war auch noch Baby Cain unterwegs. Sie hätte gern darüber gelacht. Aber es gelang ihr einfach nicht.

„Ich hoffe, deine Freundin wird total dick", fuhr Tom fort. „Kein Strahlen von innen. Sondern Sodbrennen. Akne. Geschwollene Füße. So richtig ‚Pop-Tarts und Eis'-dick wie Jessicker Simpson."

Jetzt musste sie doch lachen. „Wie süß. Jessicker Simpson."

„Das habe ich nicht gesagt." Er zog eine Augenbraue hoch, die, die von einer Narbe durchzogen war.

„Doch. Es klingt niedlich. Du hast einen netten Akzent."

„Ich habe überhaupt keinen Akzent, Darling. Wir reden Englisch, schon vergessen? Und ich bin aus England. Du bist diejenige, die alles falsch ausspricht, du undankbarer Ami."

Tom Barlow gefiel ihr immer besser.

Und was für ein Kuss das gewesen war.

„Was macht dein Green-Card-Problem?"

„Alles bestens. Problem gelöst." Er sah aus dem Fenster. „Ich möchte mich übrigens noch mal für mein Benehmen damals entschuldigen. Es war ein sehr seltsames Treffen."

„Mach dir keine Sorgen", antwortete sie. Seine Stimmung schien sich plötzlich verändert zu haben. „Du bist also erst vor Kurzem nach Manningsport gezogen, hast aber davor schon eine Weile in den USA gelebt?"

„Ja."

„Warum bist du umgezogen?"

Er schwieg kurz. „Wegen eines Jobs", antwortete er schließlich, und sie spürte, dass mehr dahintersteckte. Etwas Tragisches, hatte Goggy gesagt.

„Es ist eine angenehme Stadt", sagte sie. „Du wirst nicht lang einsam sein." Und woher kam das jetzt bitte?

Tom runzelte die Stirn. „Warum glaubst du, ich wäre einsam?"

Sie zögerte. Warum hatte sie es gesagt? Irgendwo in seinen Augen, hinter dem flirtenden Lächeln, das er so gut konnte, sah sie eine Spur von … Traurigkeit.

„Du warst allein hier, bevor ich dich gezwungen habe, mit mir zu reden."

„Heißt das denn nicht, dass du auch einsam bist?"

„Nein, ich bin nur freundlich. Das ist gut für den Tourismus."

„Schade. Denk bloß an die vielen Dinge, die zwei einsame Menschen zusammen anstellen könnten."

Gut, dass sie saß. Ihre Knie wurden nämlich plötzlich ganz heiß und weich. Warum machst du ihm nicht auf der Stelle den Gürtel auf? wollten die Eier wissen und guckten sie böse über den Rand ihrer Gleitsichtbrillen an.

„Ich bin nicht der Typ dafür", sagte sie mit etwas wackeliger Stimme.

„Schade."

Sie hatte das Gefühl, innerlich dahinzuschmelzen.

Komm schon, sagten die Eier. Wir sterben hier vor Ungeduld! Im wahrsten Sinn des Wortes!

Aber auch wenn sie ihre Herangehensweise an die Dinge des Lebens ändern wollte, hieß das noch lange nicht, dass sie in einer Kneipe Männer aufriss, die sie fast nicht kannte. Honor wollte heiraten, nicht nur mit jemandem schlafen. Sie hatte in den letzten 15 Jahren mit jemandem geschlafen, und genau das hatte ihr absolut nichts gebracht. Sie wollte keinen Sex, sondern dass jemand sie umwarb. Nun ja, Sex war natürlich auch okay – sobald sich eine echte Beziehung entwickelt hatte. Hey, sie hatte all die einschlägigen Bücher gelesen. Du bestimmst, wie schnell sich alles entwickelt. Sei niemand, der leicht zu kriegen ist. Schneller Sex = bodenlose Katastrophe. Tom Barlow hatte den erotischsten Mund der Welt.

Er sah sie einfach nur an. Sein Blick war unergründlich.

In diesem Moment kam Jessica zu ihnen. „Hey, Leute, tut mir leid, aber wir schließen. Draußen liegt der Schnee schon ziemlich hoch, und es hört nicht auf zu schneien."

„Richtig." Honor nahm ihre Handtasche. „Ich zahle, Tom. Schließlich warst du so nett, mir zu helfen."

Er sah Jessica an. „Ich bin ziemlich nett", sagte er und zwinkerte ihr zu.

„Da steht an der Wand auf der Toilette aber was ganz anderes", entgegnete Jessica trocken.

Oh ja, Jessica war wahnsinnig hübsch. Und Tom war geradezu lachhaft attraktiv, ganz zu schweigen von diesem Akzent. Er hatte mit Honor geflirtet, weil sie da gewesen war. Weil er offenbar wirklich nett war, und weil es eine kleine Abwechslung für ihn gewesen war.

Er hatte wahrscheinlich mit Jessica genauso geflirtet wie mit Monica O'Rourke an dem Abend, als sie sich zum ersten Mal getroffen hatten, und er hatte zweifellos mit Colleen geflirtet. Er flirtete eben gern. Daran war nichts falsch; sie durfte nur nicht zu viel hineininterpretieren.

Mist, sagten die Eier.

„Okay." Sie legte einen 20-Dollar-Schein auf den Tisch. Im Auto würde sie Pru anrufen und fragen, ob sie bei ihr übernachten konnte. „Noch mal danke, Tom. Bis Montag, Jess."

„Schönes Wochenende", sagte Jessica.

„War mir ein Vergnügen." Er blieb sitzen.

Draußen blies ihr der Wind vom Crooked Lake den feuchten Schnee ins Gesicht. Sie blieb kurz stehen. Ihr Auto stand ungefähr 15 Meter weit weg, und sie trug Wildlederschuhe mit Absätzen (bescheidenen, aber immerhin). Ja, sie hatte sich für Brogan schick gemacht. Gewissermaßen. Immerhin hatte sie ihren Stolz. Aber kein Profil auf den Sohlen. Hoffentlich würde sie nicht stürzen.

„Honor." Es war Tom, der gerade aus dem Lokal kam und sich im Gehen seinen Mantel anzog. „Hast du alberne Schühchen an? Aha, hab ich's mir doch gedacht. Wie unpraktisch." Sprach's und hob sie hoch.

Honor kreischte überrascht. „Du brauchst mich nicht … Lass mich runter."

„Ach, hör schon auf. Ihr Frauen liebt solche Dinge doch."

„Tom, im Ernst, ich …"

„Hör auf rumzustrampeln, du machst es mir nur schwerer. Welches Auto ist deins? Der Prius. Wieso weiß ich das bloß?"

Sie legte ihm zögernd einen Arm um die Schultern. Er war wirklich … muskulös. „Es ist das einzige Auto auf dem ganzen Parkplatz."

„Und ich dachte schon, ich bin mit Arthur Conan Doyle verwandt."

Getragen zu werden war … nicht ganz so romantisch, wie man annehmen würde. Vor allem, wenn man nicht drauf vorbereitet war. Sie kam sich ein bisschen lächerlich vor. Seine Schultern jedoch waren breit und kräftig und … und … Es war im Moment ein bisschen schwierig, einen klaren Gedanken zu fassen.

Er ließ sie neben ihrem Wagen hinunter. Honors Gesicht glühte. „Na dann, vielen Dank", sagte sie. „Es war nett, mit dir zu plaudern."

Er fuhr sich mit einer Hand durch die Haare, die nass vom Schnee waren. „Gleichfalls."

Mach es anders.

Also stellte sie sich auf die Zehenspitzen und küsste ihn im schwachen Licht der Straßenlaternen unter dem dunkelrosa Himmel. Sein Mund war weich, warm und absolut wunderbar. Tom erwiderte ihren Kuss – zärtlich und langsam. Honor hatte das Gefühl zu schweben, als er seine Hand auf ihren Hinterkopf legte.

Dann löste er sich von ihr, schob ihre eine Haarsträhne hinter das Ohr und sah sie zärtlich und liebevoll an.

„Tom?", flüsterte sie. „Ich glaube, ich bin doch der Typ dafür."

Er schmunzelte. „Der Typ, zu mir nach Hause mitzukommen?"

Ihre Hand lag auf seinem Herzen, und sie konnte das kräftige Pochen in ihrer Handfläche spüren.

„Ja", hörte sie sich sagen. „Steig ein."

39 Sekunden später waren sie vor Toms Haus angelangt, das früher einmal den Eustaces gehört hatte, wie Honor sich erinnerte. Es war ein einfaches Häuschen mit einer Veranda und einem kleinen Garten. Sie machte die Autotür auf, doch Tom war bereits ausgestiegen, um den Wagen herumgegangen und streckte ihr jetzt die Hand entgegen. Sie ergriff sie. Wow, was für eine große Hand. Praktisch eine Pranke, die ihre eigene Hand regelrecht verschluckte.

„Hast du es dir anders überlegt?", erkundigte er sich.

„Nein." Sie hatte Herzklopfen, und ihre Hände zitterten leicht.

Das Licht, das Tom drinnen einschaltete, war nur schwach. Honor konnte ein ganz gewöhnliches Wohnzimmer mit ebensolchen Möbeln erkennen. Eine Couch. Ein Couchtisch. Dann knöpfte Tom seinen Mantel auf, und Honor schluckte. Ließ ihre Hände über seinen Oberkörper gleiten und spürte seine harten Muskeln, seinen Brustkorb und seine Schultern unter dem Hemd. Er sah sie leicht lächelnd an.

Himmel, sein Mund war … hinreißend. Abgesehen davon hatte sein Gesicht nichts Außergewöhnliches an sich. Normale Wimpern. Normale Nase. Alles war normal. Aber wenn man alles zusammen betrachtete, war er unglaublich sexy, und in ihr pulsierte förmlich alles vor Sehnsucht nach ihm.

Er führte sie zur Couch. Sie hatte es noch nie auf einer Couch getrieben. Noch sonst irgendwo außerhalb eines Betts, wie ihr gerade einfiel. Würde sie tatsächlich gleich Sex in einem Wohnzimmer haben? Der Fußboden würde … nun ja, sie wusste nicht recht. Sex am Boden? Sie? Honor Holland, die brave Internatsschülerin? Oh Gott, wie sollte das überhaupt funktionieren? Würde sie vom Teppich Schürfwunden bekommen? Oder er? Was war mit …

„Nimm Platz. Deine Füße müssen halb erfroren sein."

Sie setzte sich. Tom zog ihr einen Schuh aus und massierte ihren Fuß mit seinen Riesenhänden. Er hatte recht. Ihre Füße waren durchgefroren, was sie vielleicht gar nicht bemerkt hätte, wenn seine Hände nicht so warm gewesen wären. Er nahm sich ihren anderen Fuß vor, rieb ihn kurz, schaute dann zu ihr hinauf und lächelte. Lächelte dieses süße Lächeln, das sein ernstes Gesicht einfach hinreißend aussehen ließ.

Ihr war nicht bewusst gewesen, dass sie sich ihm in die Arme geworfen hatte. Sie merkte es erst, als sie ihn küsste. Wahnsinn, es war schon ganze zwei Minuten her, dass er sie geküsst hatte, vielleicht etwas länger, und sie vermisste es schon. Er landete auf dem Rücken und stöhnte dabei kurz auf, aber es kümmerte Honor nicht wirklich.

„Aber hallo, was ist denn hier los?", murmelte er, und sie küsste ihn wieder, ließ ihre Zunge über seine gleiten und konnte gar nicht genug davon bekommen, ihn zu küssen, zu schmecken, zu spüren. Ihre Hände durchwühlten seine Haare, und er roch wie kalte Luft und Seife und schmeckte ein wenig nach Whisky, und, oh mein Gott, es war himmlisch. Sie konnte es nicht fassen, dass sie es war, die jetzt praktisch rittlings auf ihm saß, ihre Beine um seine geschlungen hatte und diesen wundervollen Mund küsste, küsste und küsste und dabei ein wildes Pochen bis ins Rückenmark spürte.

Tom drehte sich auf die Seite, presste sich an sie und umfasste ihr Gesicht. „Bist du sicher, dass du das willst, Liebes?", flüsterte er, und obwohl dieses „Liebes" nur ein britischer Kosename für alles und jedes war, ging es ihr durch und durch.

Sie nickte.

„Dann also: der Worte sind genug gewechselt." Er grinste und küsste sie. Und siehe da, plötzlich war sie total der Typ dafür. Der ganze Abend hatte etwas Unwirkliches an sich: erst Brogan und das Baby, dann Tom, die ruhige Kneipe, der Schnee, der Kuss, sein Haus, in dem sie noch nie zuvor gewesen war, und, oh Gott, diese Küsse! Auf diese Art war sie noch nie geküsst worden, und seine Lippen waren so voll und weich, so verführerisch und zärtlich, dass Honor Lust bekam, alles Mögliche mit ihm anzustellen.

Okay, vielleicht war das hier nicht ihr übliches Ding, aber verdammt, sie war gerade sehr überzeugend. Ihr Rock rutschte ihre Hüften hinauf, als sie ihre Beine um Tom schlang, und, Himmel, es war herrlich, ihn zu spüren. Er war so kräftig, so stark und männlich, und alles an ihm war so neu, so unvertraut. Unbekanntes Terrain, das eindeutig erforscht werden musste.

Er schob seine Hände zwischen seinen und ihren Oberkörper, knöpfte ihre Bluse auf und bedeckte mit heißen, zärtlichen Küssen ihre Haut, die er Zentimeter für Zentimeter freilegte. Honor spürte das Blut in ihren Ohren rauschen. Ihr Atem ging stoßweise. Sie zog sein Hemd aus seiner Hose und ließ ihre Hände über die harten Muskeln und die heiße Haut seines Rückens gleiten. Etwas Metallenes streifte über ihre Finger – ein Medaillon, das an einer silbernen Halskette hing.

Er rückte ein Stück von ihr ab und sah zu ihr hinunter. Sein Atem ging ebenfalls stoßweise, und sein Gesicht, das gerade noch so zärtlich gewesen war, hatte jetzt einen irgendwie ... furchteinflößenden Ausdruck. Bei dem Wort zogen sich Honors „untere Regionen" lustvoll zusammen.

„Du bist hübsch, weißt du", sagte er und strich ihr die Haare aus der Stirn, und in diesem Moment konnte sie gar nicht anders, als sich ein bisschen in ihn zu verlieben. Dann legte er sich auf sie und küsste sie wieder, tief und leidenschaftlich, und sie erwiderte seinen Kuss, während ihre Hände forschend seinen muskulösen Rücken und seine starken, durchtrainierten Arme streichelten.

„Du hast nicht den Körper eines Mathelehrers", sagte sie außer Atem.

„Ich bin kein Mathelehrer", murmelte er, und sie spürte sein Lächeln an ihrem Mund. Dann leckte sie über seine volle Oberlippe, als wäre sie eine Art Sexgöttin. Als wüsste sie genau, was sie tat, ohne dabei auch nur eine Sekunde nachdenken zu müssen. Als wäre sie die schönste Frau auf der ganzen Welt, während er ihr mit einer Hand durch die Haare fuhr und sein Mund über ihren Hals und immer weiter nach unten wanderte. Er machte mit seinen geschickten Fingern den Verschluss ihres BHs auf, und seine Lippen folgten dem Weg seiner Hände.

Und Honor entdeckte, dass das alles sehr wohl ihr Ding war. Ohne jeden Zweifel.

# 8. Kapitel

Tom wachte langsam auf, erfüllt von einem ungewöhnlichen Glücksgefühl, das ihn lächeln ließ, noch ehe er die Augen aufgemacht hatte.

Dann streifte seine Hand über etwas Weiches, und jetzt machte er die Augen auf.

Honor Holland schlief neben ihm auf dem Bauch. Sie hatte ihr Gesicht von ihm weggedreht, und sie war nackt.

Ach ja, richtig.

Der gestrige Abend hatte sich … überraschend entwickelt. Vor dem Schwachkopf, der ihr das Herz gebrochen hatte, ihren Freund zu spielen, war relativ einfach gewesen. Das war er ihr einfach schuldig, nachdem er bei ihrem ersten Treffen so bravourös dafür gesorgt hatte, dass sie ihn nicht leiden konnte.

Das Problem war nur, dass Honor … tja, ein sehr anständiger Mensch war. Und als er sie da in der Kneipe hatte sitzen sehen, wieder mal unglücklich wegen dieses Brolin oder wie der Kerl hieß, da hatte Tom gewollt, dass es ihr besser ging. Hatte ein wenig mit ihr geflirtet, denn das konnte er ja – bloß keine falsche Bescheidenheit! – ziemlich gut.

Und dann hatte sich etwas verändert. Als sie diese Bemerkung gemacht hatte, er sei einsam, hatte sich das angefühlt, als hätte „Iron" Mike Tyson ihn in die Brust geboxt. Merkwürdig, wie einem etwas eigentlich Offensichtliches erst dann bewusst wurde, wenn es einem jemand auf den Kopf zusagte. Das Nächste, was er wusste, war, dass er sie zum Auto getragen hatte.

Als sie ihn küsste, war er nicht auf diesen Stromschlag gefasst gewesen, der ihn wie 1 000 Volt durchzuckt hatte. Eigentlich hatte er gar nicht vorgehabt, sie zu fragen, ob sie mit reinkommen wollte. Aber sie hatte recht gehabt. Er war einsam. Und vielleicht war sie es – trotz ihrer großen Familie – ja auch.

Das war ja alles gut und schön, aber jetzt hatte er eine nackte Frau im Bett und wusste – abgesehen vom Nächstliegenden – nicht genau, wie er mit dieser Situation umgehen sollte. Oder was er sagen sollte, wenn sie aufwachte.

Er stand vorsichtig auf, damit er sie nicht weckte, schnappte sich rasch seine Jeans und einen Pullover und machte die Tür hinter sich zu.

In der Küche herrschte noch ein ziemliches Durcheinander. Tom machte Kaffee und inspizierte dann den Kühlschrank. Ausgezeichnet. Er konnte Miss Holland ein Frühstück anbieten, wenn sie eines haben wollte. Allerdings würde er den Tisch abräumen müssen, denn gestern Abend hatte er den Bausatz für ein Modellflugzeug dort ausgebreitet. Die PT-17 Stearman, eines der besten Flugzeuge aus dem Ersten Weltkrieg. Vor drei Jahren hatten er und Charlie die Maschine bei einer Flugshow fliegen sehen, und Tom hatte das Modell gleich am nächsten Tag bestellt. Wenn es fertig war, würde es das sechste Modellflugzeug sein, das sie gemeinsam gebaut hatten. Er fragte sich, was aus den anderen geworden war.

Die Stearman jedenfalls wartete darauf, zusammengesetzt zu werden. Die Tragflächen mussten am Rumpf montiert werden, und die vielen Teile aus Balsaholz waren säuberlich nebeneinander aufgereiht. Charlie hätte gestern Abend zum Essen kommen sollen, und Tom hatte gehofft, das Interesse des Jungen könnte vielleicht geweckt werden, wenn der Bausatz schon auf dem Tisch lag. Zugegeben, das war ungefähr so wahrscheinlich wie von einem Riesentintenfisch gefressen zu werden, aber Tom gingen langsam die Ideen aus, wie er Charlie erreichen konnte. Doch die Hoffnung starb ja angeblich zuletzt.

Schließlich hatte dann Janice angerufen und gesagt, Charlie hätte Bauchweh (zweifellos eine Lüge) und wolle zu Hause bleiben. Daraus hatte sich dann Toms Abstecher ins Hugo's ergeben, da die Stimmung im O'Rourke's ein bisschen zu ausgelassen für seinen Geschmack gewesen war.

Und so kam es, dass er Honor Holland abgeschleppt hatte. Wahrscheinlich war das keine gute Idee gewesen.

Andererseits war fantastischer Sex nichts, was einem leidtun musste.

Jetzt hörte er ihre Schritte auf der Treppe. Sie guckte in die Küche, und Tom fühlte sich so zu ihr hingezogen, dass es ihn beinahe umhaute.

„Morgen", sagte er.

Sie errötete. Ihre Klamotten waren zerknittert, ihre Haare zerzaust. Insgesamt wirkte sie wie die personifizierte Verlegenheit. „Hi", murmelte sie.

„Kaffee?"

„Gern, danke." Er schenkte ihr eine Tasse ein, und sie nahm einen Schluck. Ihre Hände zitterten leicht. „Wie hast du geschlafen?", fragte sie, wobei ihre Wangen noch roter wurden.

„Sehr gut. Und du?"

„Gut." Sie stellte die Tasse auf die Theke. „Hör mal, Tom, wegen heute Nacht ... Das ist nicht mein typischer ... Modus Operandi."

Latein? So früh am Morgen? „Du hast sehr routiniert gewirkt." Er grinste.

Jetzt hatte sie auch am Hals rote Flecken. „Normalerweise bin ich nicht so, äh, draufgängerisch. Ich möchte nicht, dass du einen falschen Eindruck von mir bekommst."

„An draufgängerisch ist nichts falsch. Aus meiner Sicht jedenfalls nicht."

„Es ist nicht so, dass ich ... Im Allgemeinen gehe ich nicht ..."

Er klopfte ihr auf die Schulter. „Es war nur Sex, Honor. Du hast mich in einer Kneipe aufgerissen. Steh dazu. Sei stolz darauf."

Sie fuhr sich mit einer Hand durch die Haare und sah zu Boden. Tom bereute sofort, was er gesagt hatte. Sie war nicht der Typ Frau, den man necken konnte, oder?

„Ich fand es schön", sagte er nun ernster. „Ich hoffe, du auch."

Ihre Wangen waren so rot, dass sie zu glühen schienen. „Mhm."

„Setz dich. Ich kann dir Frühstück machen, wenn du möchtest."

„Nicht nötig, danke." Sie setzte sich trotzdem. „Modellflugzeuge, was?"

Er nahm ihr gegenüber Platz und hob ein Teil der PT-17 auf. „Ich bastle auch an der echten rum, falls das gerade ein Angriff auf meine Männlichkeit gewesen sein sollte. Ein kleiner Nebenjob von mir. Es ist, und das nur als Info für dein Cocktailparty-Gehirn – eines der vielen Dinge, die ein Maschinenbauer machen kann. Spezialflugzeuge für die Reichen bauen.

Sie schien sich hinter ihrer Kaffeetasse zu verstecken. „Das ist also dein Hobby?"

Er schwieg kurz. „Ich habe früher Modellflugzeuge mit meinem inoffiziellen Stiefsohn gebaut", hörte er sich sagen. „Wir haben vor ein paar Jahren damit angefangen."

„Was ist ein inoffizieller Stiefsohn?"

Er feilte eine Aluminiumdeichsel ab, die zu wenig Spielraum hatte. „Das ist ein mürrischer Teenager, mit dessen Mutter ich einmal verlobt war." Als Nächstes kamen die senkrechten Streben dran, die die Trag-flächen mit dem Rumpf verbanden. Er würde langsam weitermachen müssen, damit er nicht ohne Charlie fertig wurde. Denn vielleicht ge-schah ja noch ein Wunder und der Junge beschloss irgendwann, dass er mitbasteln wollte.

„Du warst verlobt?"

„Ja. Sie ist gestorben." Er merkte, dass sie erschrak.

„Ach, Tom, das tut mir leid."

Er sammelte die restlichen Teile der Tragflächen ein, um sie wieder in der Schachtel zu verstauen. „Mach dir keine Gedanken." Er sah sie von der Seite an. „Es ist schon drei Jahre her."

Honor nickte. Sie hielt ihre Kaffeetasse immer noch wie einen Schutzschild vor ihr Gesicht. „Wie alt ist dein inoffizieller Stiefsohn?"

„14."

„Habt ihr ein enges Verhältnis?"

Tom massierte sich den Nacken. „Früher, als ich mit ihnen zusam-mengelebt habe, schon. Jetzt nicht mehr sehr eng."

„Lebt er bei seinem Dad?"

„Nein." Wie immer, wenn er an Mitchell DeLuca dachte, begann Toms Auge zu zucken. „Charlie lebt bei seinen Großeltern, Janice und Walter Kellogg. Vielleicht kennst du sie ja? Sie sind vor ein paar Monaten hierher gezogen, und ich bin ihnen gefolgt."

Sie schüttelte den Kopf. Nahm einen Schluck Kaffee und sagte – Gott sei Dank – nichts. Eine Frau, die dachte, bevor sie redete … Das war mal eine nette Abwechslung. „Wie lange lebst du schon in den USA?"

„Vier Jahre. Ich habe Melissa kennengelernt, als ich hier auf Urlaub war, und bin dann geblieben. Nach ein paar Monaten haben wir uns verlobt, und wenige Monate darauf ist sie gestorben."

„Was ist passiert?", fragte Honor leise.

„Sie wurde beim Überqueren der Straße von einem Auto erfasst." Ein völlig dummer Unfall, der leicht zu vermeiden gewesen wäre. Tom legte die Stearman behutsam zurück in die Schachtel.

„Es tut mir schrecklich leid", sagte Honor wieder. „Meine Mutter ist auch bei einem Autounfall gestorben. Es ist furchtbar, jemanden auf diese Art zu verlieren. Nicht, dass es eine gute Art gibt …"

„Das stimmt allerdings." Er stand auf. „Ich habe Eier und Toast und würde dir wirklich gern Frühstück machen."

„Nein, danke. Ich brauche nichts."

„Dann noch einen Kaffee?"

„Das wäre toll. Danke."

Er nahm ihre Tasse und schenkte nach.

„Warum habt ihr denn kein enges Verhältnis mehr, du und Charlie?", erkundigte sie sich, als er ihr die Tasse reichte. Der Kaffee schwappte über und spritzte auf ihren Rock.

„Mist. Entschuldige." Tom nahm rasch ein Geschirrtuch, kniete sich neben sie und tupfte an dem Fleck herum.

„Schon okay. Mach dir keine Gedanken." Sie sah ihn an. Sah ihm direkt in die Augen.

Braune Augen. Wirklich wunderschön, dunkel und tief. Und jetzt, in diesem Moment, lag in ihrem Blick nicht nur eine große Ernsthaftigkeit, sondern noch etwas anderes.

Güte.

Er sah wieder auf ihren Rock und tupfte weiter darauf herum.

„Er gibt mir die Schuld an ihrem Tod. Als der Unfall passiert ist, war sie … verreist. Mit Charlies Dad, der hin und wieder auf Besuch gekommen ist und alles durcheinandergebracht hat. Die beiden sind also für ein Wochenende verreist, und ich Schwachkopf habe auf Charlie aufgepasst, während sie mit seinem Vater im Bett war. Dann hatte sie die Idee, mir eine SMS zu schicken, während sie die Straße bei Rot überquerte, und da ist es dann passiert."

„Oh Gott."

„Kann man wohl sagen. Nach einer Weile hat sich dann herausgestellt, dass Charlies Dad das Sorgerecht nicht haben wollte." Kurz geriet sein Blut in Wallung, als er wieder daran dachte. „Ich wollte Charlie adoptieren, aber ich hatte rechtlich keine Ansprüche."

Die Uhr über der Tür tickte. Honor sah ihn immer noch an. „Du brauchst die Green Card also, damit du bei Charlie bleiben kannst."

„Ja."

„Und du hast keine bekommen, stimmt's?"

Er massierte sich den Nacken und seufzte. „Nein." Er stand auf und trug seine Kaffeetasse zur Spüle. Draußen fiel der Schnee in dicken Klumpen von den Ästen; die Temperaturen waren über Nacht gestiegen.

Der Stuhlbeine schrammten über den Boden, als sie aufstand. Sie kam an die Theke, lehnte sich daran und verschränkte die Arme. „Welche anderen Optionen hast du?"

„Nicht viele. Ich habe mich hier in der Gegend nach einer anderen Arbeit umgesehen, aber kein Glück gehabt. Ich glaube, dass Charlie in Wahrheit erleichtert sein wird, mich loszusein. Er redet kaum mit mir."

Honor nickte. Holte tief Luft und atmete langsam aus. „Dann lass uns heiraten."

Er sah sie scharf an. „Oh nein. Diese Idee ist vom Tisch. Danke, aber es ist nicht … notwendig."

„Natürlich ist es das", widersprach sie. „Du liebst diesen Jungen und möchtest für ihn da sein. Ich heirate dich, und du kannst bleiben. Du hättest mir das gleich sagen sollen, statt dich wie ein Vollidiot zu benehmen."

Er lächelte sie kurz an. „Stimmt. Tut mir leid. Aber du wirst mich nicht heiraten. Einen Fremden zu heiraten hilft dir nicht, über die Sache mit Brighton hinwegzu…"

„Brogan."

„Wie auch immer. Und du willst Kinder, schon klar, aber du kennst mich kaum. Du bist für mich eher der Typ für eine Samenspende. Auf diese Weise hast du alle Vorzüge – blonde Haare, grüne Augen, Harvard-Studium – und, zack, bist du eine Single-Mom mit einem süßen Baby. Vielleicht sogar von Zwillingen, wenn man berücksichtigt, dass du bald in dieser Altersklasse bist. Stimmt's? Wenn man über 40 bist, steigt die Wahrscheinlichkeit, Zwillinge zu kriegen, oder?"

„Ich bin 35. Und mach nicht schon wieder auf Vollidiot."

Erwischt. „Entschuldige."

„Die Großeltern … Versteht er sich gut mit ihnen?

„Sie tun ihr Bestes."

„Das heißt also nein." Sie kräuselte die Lippen. „Hör mal, ich lasse nicht zu, dass irgendein armer Junge, der ohnehin schon unter Verlustängsten leidet, zusehen muss, wie sein inoffizieller Stiefvater abgeschoben wird. Du brauchst eine Green Card. Mein Angebot steht."

Tom hatte plötzlich wieder das Bild von Charlies blutigem Ohr vor Augen. Und er erinnerte sich daran, wie es geklungen hatte, als der Junge verzweifelt versuchte, im Auto nicht loszuheulen. „Du hast recht. Ich möchte bei ihm bleiben. Aber es gibt andere Möglichkeiten."

„Die du schon versucht hast."

Er seufzte. „Honor, dein Angebot ist großartig, und ich weiß es zu schätzen. Aber merkwürdigerweise mag ich dich, und ich will nicht,

dass du mich aus Mitleid mit einem Jungen heiratest, den du nie gesehen hast. Ich meine, was hast du davon? Die ganze Sache wäre ziemlich radikal, nicht wahr?"

„Manchmal muss man radikale Wege gehen." Sie sah ihn einen Moment lang unverwandt an. „Willst du nun heiraten oder nicht?"

# 9. Kapitel

Honor schaffte es, sich unentdeckt von Dad und Mrs J. ins Haus zu schleichen. Darüber, warum keiner der beiden wach war, wollte sie lieber nicht genauer nachdenken. Aber zumindest blieb ihr die peinliche Situation erspart, von ihnen gesehen zu werden.

Es war Jahre her, dass sie bei einem Mann übernachtet hatte. Die ganze Nacht. Bei Brogan hatte sie sich immer gewünscht, bleiben zu können ... aber er war normalerweise nur einen Tag in der Stadt und musste am nächsten Morgen meist seinen Flug erwischen. Und sie wohnte nun mal – trotz ihres fortgeschrittenen Alters – bei ihrem Vater, der immer noch Bescheid wissen wollte, wenn sein kleines Mädchen abends nicht nach Hause kam.

Aber zurück zum aktuellen Problem. Sie hatte gerade Tom Barlow, den sie genau drei Mal getroffen hatte, einen Heiratsantrag gemacht. Ihr zweiter Antrag in zwei Monaten. Sie würden sich am Nachmittag wieder treffen, um darüber zu reden.

Heiliger Orgasmus.

Da sah man mal wieder, was guter Sex aus einem machte. Guter Sex? Fantastischer Sex. Sex auf dem Boden! Und es hatte wunderbar funktioniert. Vom Teppich hatte sie eine kleine Schürfwunde auf einem Knie und an einer Schulter, aber der Rest von ihr war begeistert bei der Sache gewesen.

Tom schien es auch nichts weiter ausgemacht zu haben.

Nein, wirklich. Bei der Erinnerung an seinen hinreißenden Mund und an sein Gesicht, das so ernst und dann wieder so jungenhaft und süß aussehen konnte, bekam sie weiche Knie. Peinliche Situation, sich frühmorgens im Haus ihres Vaters die Treppe hinaufzuschleichen? Von wegen. Heute war es ein Triumphzug.

„Hey, Spike, mein Schatz", begrüßte sie ihren Hund, der zusammengerollt auf seinem Kissen schnarchte. „Lust auf Schlittschuhlaufen? Hm?"

Sie nahm eine Dusche, und es machte Spaß. Vor heute Morgen war eine Dusche bloß ein Mittel zum Zweck gewesen, um sauber zu werden, und jetzt plötzlich konnte sie gar nicht genug vom schäumenden Duschgel kriegen, während sie in Erinnerungen an die letzte Nacht schwelgte.

Honor Holland, die Frau, die sexy Engländer in Kneipen aufriss. Die mit sexy Tom Barlow nach Hause ging und ihn wild vögelte.

Die ihn vielleicht heiraten würde.

Trotz des dampfend heißen Wassers wurde sie plötzlich von kalter Panik ergriffen. Oh Gott. Was hatte sie sich bloß dabei gedacht?"

Später, nach der Familienweinprobe um 16 Uhr, würde sie sich wieder mit ihm treffen. Eine Runde Eislaufen auf dem See war jetzt genau das Richtige. Sie zog sich an, steckte Spike in einen rosa Fleece-Hundepulli, küsste das Gesichtchen des Hundes vier Mal und steckte ihn vorne in ihre Jacke. Dann schnappte sie sich ihre Schlittschuhe und machte sich auf den Weg zum Willow Pond, wo das Eis dick genug sein würde.

Honor lief schon ihr ganzes Leben lang Schlittschuh. Vor Moms Tod hatte sie sogar an Wettbewerben teilgenommen. Als sie auf eCommitment nach ihren Hobbys gefragt worden war, hatte sie erleichtert festgestellt, dass sie zumindest immer noch ein Hobby hatte – abgesehen von den Dokus über bizarre Krankheiten, die sie sich gern anguckte.

Sie lief nicht mehr sehr oft, jeden Winter ein paar Mal mit Abby, und am ersten Weihnachtstag, was Familientradition war. Die Finger Lakes froren nicht zu, weil sie zu tief waren, aber Blue Heron hatte einen eigenen See, ein wunderbares kleines Geheimnis ganz in der Nähe, umgeben von Hemlocktannen und Douglasfichten unweit von Tom's Woods. Der Wind hatte den Schnee vom Eis gefegt, und Honor konnte sich nicht vorstellen, dass es irgendwo auf der Welt ein schöneres Plätzchen geben konnte.

Sie setzte sich wie immer auf ihren großen Stein, zog die Schlittschuhe an, vergewisserte sich, dass Spike es in ihrer Jacke schön warm hatte und ging aufs Eis. Der Wind blies durch ihre kurzen Haare und trieb ihr die Tränen in die Augen, während sie auf dem See ihre Runden zog. Ein Rotkardinal flog übers Eis, und Spike bellte vergnügt. Abstoßen und gleiten, abstoßen und gleiten. Sie drehte sich um und fuhr nun rückwärts, wobei sie ihren kleinen Hund vor dem Wind schützte.

*Tom Barlow.*
*Für ihn spricht:*
*Gut im Bett. (Oberflächlich, das anzuführen; aber es stimmte*
*nun mal.)*
*Edle Motive, bleiben zu wollen.*
*Mag Kinder.*
*Offensichtlich bindungsfähig.*
*Scheint nett zu sein. (Okay, das war ein ziemlich schwaches Ar-*
*gument. Damit konnte sie nur bei ihrem Vater punkten.)*

*Gegen ihn spricht:*
*Eigentlich ein völlig Fremder.*
*Eine Scheinehe ist illegal.*
*Ist nicht in mich verliebt.*

„Andererseits", dachte Honor laut und bereits etwas außer Atem vor
sich hin, „ist das nichts Ungewöhnliches. In mich war noch nie jemand verliebt."

Spike bellte.

„Außer dir", korrigierte sie sich.

Es gab keinen Grund zur Annahme, dass Tom schlechter zu ihr
passte als die Männer auf eCommitment. Und dann gab es da Goggy
und Pops. Die beiden waren auch eine Zweckehe eingegangen. Okay,
schlechtes Beispiel.

Wenn mir dieser Sprung gelingt, dachte Honor, ist das ein Zeichen,
dass ich die Sache durchziehen soll.

Sie vollführte den leichtesten Sprung, den sie kannte, nicht mehr als
einen kleinen Hüpfer, und landete auf ihrem Hinterteil.

„Wenn mir dieser zweite Sprung gelingt", sagte sie zu Spike, „ist
das ein Zeichen, dass ich die Sache durchziehen soll."

Die Landung war wieder äußerst unsanft.

Den Rest des Samstags verbrachte Honor in ihrem Büro, informierte
sich im Internet über Scheinehen und Einwanderung und bekam dabei Magengeschwüre. Grundgütiger. Um sich zu beruhigen, riss sie
sich von YouTube los und überprüfte ein paar Bestellungen ihrer Vertriebspartner, verschaffte sich einen Überblick über den Lagerbestand,
entwarf ein neues Weinetikett und vergewisserte sich, dass der Link

zur Homepage des „Black and White"-Balls funktionierte. Jessica war großartig, aber Honor war erleichtert zu sehen, dass es auch für sie noch genug zu tun gab. Dann, genau um 16 Uhr, verließ sie mit Spike unterm Arm das Büro und ging in den Verkostungsraum.

Die Weinproben waren verständlicherweise ihr liebster Teil des Geschäfts. Die Familie kam ein paar Mal im Jahr zusammen, um den neuesten Jahrgang zu probieren und dessen Geschmack und das Verkaufspotenzial zu diskutieren. Wenn es sich um eine neue Rebsorte handelte, suchten sie Namen aus – zum Beispiel „Halbmond Chardonnay", weil die Weinlese an einem Oktobertag bis in die Nacht gedauert hatte und der Mond so klar gewesen war.

Der Rest der Familie war bereits da. Pru mit Carl (ein seltener Gast bei diesen Anlässen) und Ned. Faith und Levi, händchenhaltend. Jack und Dad, beide in ausgebleichten Arbeitshemden und mit Blue-Heron-Baseballkappen. Mrs Johnson stellte gerade Weingläser auf den Tisch. Goggy saß an einem Ende der Theke, Pops am anderen; die beiden ignorierten sich demonstrativ. Abby hatte sich in einen Sessel gekuschelt und las. „Hi, Süße", sagte Honor und gab ihrer Nichte einen Kuss aufs Haar.

Jetzt hatte Goggy sie entdeckt und sprang auf, erstaunlich wendig für eine Frau Mitte 80. „Was war mit du-weißt-schon-wem?", fragte sie und zog Honor ein paar Meter zur Seite. „Der, der du-weißt-schon-was braucht."

„Ähm, lass uns später darüber reden", flüsterte Honor.

„Er ist nett, oder? Und attraktiv?"

Und toll im Bett, Goggy. „Sehr nett." Sie nickte.

„Siehst du? Ich hab's dir doch gesagt." Ihre Großmutter lächelte triumphierend, schüttelte ihr Haar auf und ging zurück an ihren Platz.

Honor schob alle Gedanken an Tom beiseite. Sie würde sich früh genug mit ihm auseinandersetzen müssen, und außerdem hatte sie zu tun.

Der Verkostungsraum war ihr ganzer Stolz. Eine lange, geschwungene Theke, die ein Mennoniten-Schreiner aus Holz aus den Wäldern von Blue Heron angefertigt hatte. Unten ein Fußboden aus blauen Schieferplatten, oben eine gewölbte Decke aus Holzbalken, ein gemauerter Kamin in der Ecke und das Schönste am ganzen Raum: die Fenster, von denen aus man einen wunderbaren Blick auf die Weingärten und Wälder bis hinunter zum Crooked Lake hatte.

Die Aussicht beeindruckte sie immer wieder von Neuem.

Als Verantwortliche für die Weinprobe wandte sie sich nun an ihre Familie. „Alle bereit, ein paar exzellente Weine zu probieren?"

Sie schenkte den ersten ein, einen Grauburgunder, und hielt sich das Glas unter die Nase. Grüner Apfel war ihre erste Assoziation. Dann Vanille und Gewürznelken. Sehr schön.

„Riechen alle den Apfel?", fragte Dad.

„Ich schon", antwortete Goggy. „Grüner Apfel. Apfelkuchen."

„Für mich riecht er nach roten Äpfeln. Nach frischen roten Äpfeln. McIntosh", sagte Pops.

„Es ist eindeutig grüner Apfel." Goggy guckte ihn böse an.

„Für mich eher roter Apfel", entgegnete Pops unbekümmert. „Ein unreifer roter Apfel."

„Das wäre dann ja ein grüner Apfel", knurrte Goggy.

„Wird es nicht langsam Zeit, dass einer der beiden auf einen schönen Bauernhof zieht? Auf einen Gnadenhof?", flüsterte Ned.

„Das habe ich gehört, junger Mann", sagte Pops. „Du sollst deine Großeltern respektieren."

„Ich wünschte, ich könnte es", erwiderte Ned.

„Vielleicht eine Spur Kalkduft im Bukett?", fragte Faith, und Honor nickte ihr aufmunternd zu. Faith war in den letzten paar Jahren nicht oft bei Verkostungen dabei gewesen. Es war schön, sie wieder hier zu haben.

„Ich schmecke Breiapfel", verkündete Mrs Johnson.

„Genau, Breiapfel." Dad lächelte Mrs J. an, die ihm offenbar nicht in die Augen schauen konnte.

„Was ist ein Breiapfel?", wollte Jack wissen.

„Keine Ahnung. Aber ich wette, er schmeckt wunderbar", murmelte Dad.

„Schmeckt noch jemand frisches Heu?", erkundigte sich Pru.

„Ganz eindeutig." Ned nickte. „Nasses Heu."

„Ich schmecke einen Hauch von Nebel und Einhorn-Tränen", sagte Abby von ihrem Sessel aus, „mit einer Spur Babylachen."

Honor lächelte ihrer Nichte zu und notierte die anderen Kommentare. Das Bukett des Weins, der Geschmack, der Abgang. Die Textur, die Finesse, das Aromaspiel. Wein war etwas Lebendiges, das Zeit zum Atmen brauchte und auf jeden Menschen ein wenig anders wirkte.

Das hier war der krönende Abschluss der harten Arbeit, die die Familie geleistet hatte. Jeder Einzelne von ihnen hatte seinen Beitrag, sei er groß oder klein, geleistet: vom Beackern des Bodens und der Pflege der Reben über die Weinlese bis zum Pressen des Weins. Die ganze Familie, die im Familienbetrieb mitarbeitete. So ähnlich wie die Mafia, nur ein wenig netter. Ohne Morde allerdings, obwohl das bei Goggy und Pops, die immer noch diskutierten, ob der Apfel nun grün oder unreif war, nie ganz auszuschließen war.

Es war seltsam, sich Tom hier vorzustellen. Gut möglich, dass sie heiratete. Bald.

Eine Stunde später hatten sie alle vier neuen Weinsorten probiert. In ein paar Wochen würde Honor die Mitarbeiter und die Vertriebspartner zu einer weiteren Verkostung einladen, um auch von ihnen ein Feedback zu bekommen.

„Da ich euch heute alle hier habe", sagte Dad, während Goggy und Mrs J. sich in ihrem Kampf, wer beim Abräumen die Fleißigere war, gegenseitig die Weingläser aus der Hand rissen, „möchte ich euch etwas mitteilen. Es gibt da etwas, was ich euch Kindern sagen will." Er schluckte. Wurde rot. Steckte die Hände in die Hosentaschen. „Mom? Mrs J.? Könntet ihr vielleicht kurz zuhören?"

„Na schön", sagte Goggy. „Dann wasche ich eben später ab."

„Ich wasche später ab", brummte Mrs Johnson.

„Mrs John…, äh, Hyacinth? Würdest du bitte herkommen?", bat Dad.

Honor hielt gespannt die Luft an. Sie sah Mrs Johnson an, die ihrem Blick geflissentlich auswich.

Sieh an, sieh an. Honor hatte plötzlich einen Kloß im Hals. Sie guckte zu Faith, deren Mund leicht offen stand, und dann zu Jack, der sich gerade mit Pops über ein paar Käsehäppchen hermachte.

„Was ist los?", fragte Goggy misstrauisch. „Liegt jemand im Sterben?"

„Aber nein." Dad wischte sich mit einer Serviette über die Stirn. „Ihr erinnert euch doch, dass ich letzten Herbst auf Partnersuche gegangen bin."

„Diese Frau. Lorena Creech. Und diese Klamotten! Ich habe sie letzte Woche auf dem Markt gesehen, und sie trug nichts als ein …"

„Sei still, dein Sohn versucht, uns etwas zu sagen", unterbrach Pops sie. Dann schwieg er einen Moment. „Nichts als was?"

„Jetzt verrate ich es dir nicht, alter Mann", antwortete Goggy. „Wärst du mir nicht gerade über den Mund gefahren, dann vielleicht. Aber so?"

„Rede weiter, Dad", schaltete Jack sich ein. „Wenn es denn sein muss."

„Es ist irgendwie komisch … nein, komisch ist das falsche Wort. Hm, warum sagst du es nicht, Mrs …, äh, Hyacinth?"

„Sie haben einen Vornamen?", fragte Abby Mrs Johnson.

„Sei still, Kind." Mrs Johnson verschränkte die Arme. „Faith, das alles ist natürlich deine Schuld. Du und Honor wolltet euren armen Vater ja unbedingt unter die Haube bringen."

„Ich auch!", rief Pru. „Aber ich bekomme für so etwas nie Anerkennung. Liegt es daran, dass ich Männerklamotten trage?"

„Gut, dann sind also alle drei Mädchen dafür verantwortlich."

„Wofür verantwortlich?", wollte Abby wissen.

„Heiliger Bimbam", murmelte Jack.

„Jackie, nicht fluchen, mein Schatz", sagte Mrs Johnson. „Aber es stimmt, nachdem mich euer Vater wochenlang geärgert und mich nicht in Ruhe gelassen hat, habe ich nachgegeben."

„Ich verstehe nicht", sagte Pops. „Sie kündigen, Mrs Johnson?"

Dad sagte nichts, doch er hatte Tränen in den Augen und lächelte. Er sah Mrs J. an und nickte ihr zu.

„Nein, Pops", sagte Honor, ohne den Blick von ihrem Vater abzuwenden. Sie spürte, dass sie ebenfalls feuchte Augen bekam. „Ich glaube, was die beiden sagen wollen, ist, dass sie heiraten."

Unwillkürlich musste sie daran denken, dass Mom überglücklich darüber wäre.

Toms Auto, ein bescheidener grauer Toyota, bog auf den Blue-Heron-Parkplatz ein und hielt vor dem Weinlager. Der Mann stieg aus. Sein Gesicht war ernst. Honor schluckte. Was sich heute Morgen in seiner Küche so leicht gesagt hatte, entpuppte sich jetzt als etwas komplizierter. Himmel, sie sahen sich heute erst zum vierten Mal. Das zufällige Treffen auf dem College-Parkplatz, als er ihre Schlüssel unter ihrem Wagen hervorgeholt hatte, mitgerechnet.

„Hallo", sagte er. Wie konnte ein Mensch bloß einen dermaßen hinreißenden Akzent haben? Es war wirklich ungerecht.

„Hi. Schön, dich wiederzusehen." Sie räusperte sich.

„Ebenfalls." Er sah sich um. „Das ist er also, der Familienbetrieb, was?"

„Ja, genau. Soll ich dich, äh, herumführen?"

Er sah sie etwas befremdet an. Immerhin waren sie hier, um über die Hochzeit zu reden, nicht über Wein. „Unbedingt", antwortete er. Vielleicht war sie nicht die Einzige, die hier nervös war.

„Okay. Wir bauen sieben verschiedene Rebsorten hier an. Da unten sind der Cabernet Franc und Spätburgunder, Richtung Westen der Gewürztraminer und der Merlot. Auf der östlichen Seite haben wir Chardonnay und Grauburgunder. Und oben am Berg ist der Riesling, für den diese Region bekannt ist. Wir haben ein paar der besten Rieslinge der Welt, falls du das nicht gewusst hast."

„Doch, ich habe die Broschüren gelesen", sagte er.

„Es liegt am Boden. Er ist magisch. Ich meine, nicht im wörtlichen Sinn, aber das Wetter in Verbindung mit den Seen und dem Bergen … Jedenfalls ernten wir die Trauben meist im Oktober. Das da drüben ist die Traubenerntemaschine. Diese Zinken versetzen die Weinstöcke in ruckartige Bewegungen, und die reifen Trauben fallen auf das Förderband."

„Faszinierend", sagte Tom.

„Ist es tatsächlich", sagt sie in scharfem Ton.

„Nein, ich meine es ernst. Ich liebe Maschinen. Maschinenbauingenieur, schon vergessen?"

„Stimmt. Entschuldige."

„Zeig mir den Rest", forderte er sie auf.

Sie führte ihn um die Scheune herum zur Weinpresse und erklärte, wie die Trauben hineingeschüttet und dann schonend gepresst wurden, damit die Kerne nicht zerdrückt und der Wein dadurch bitter wurde. Dann zeigte sie ihm, wie der Traubensaft durch die Schläuche in die Gärungstanks lief.

„Ungefähr 90 Prozent unseres Weins reift hier in dieser Halle", erklärte sie und führte ihn hinein zu den riesigen Edelstahlcontainern, in denen der Traubensaft gärte. „Dazu ist hauptsächlich Zeit notwendig, aber wir geben beispielsweise auch Hefe, Eiweiß, Zucker und dergleichen dazu."

„Es ist eine richtige Wissenschaft, nicht wahr?" Er sah sich einen der Tanks an.

„Ja, Jack sagt immer, dass die Weinproduktion aus 90 Prozent Wissenschaft und zehn Prozent Glück besteht."

„Und wer ist Jack?", wollte er wissen.

„Oh. Äh, mein Bruder. Er ist drei Jahre älter als ich. Er, mein Vater und auch mein Großvater sind die Winzer. Meine Schwester Pru kümmert sie um die Landwirtschaft und ich mich ums Geschäftliche."

„Verstehe." Er sah sich in der Halle um. „Habt ihr keine Holzfässer mehr?"

„Doch, aber wir verwenden zum Großteil diese Tanks", antwortete Honor. „Komm, in diesem Raum wird der Wein in Flaschen abgefüllt."

„Oh, noch mehr Maschinen." Tom lächelte sein schiefes Lächeln. „Sehr schön."

Sie begann zu erklären, wie die Abfüll- und die Etikettiermaschine funktionierten, doch es war klar, dass Tom sich bereits auskannte. Er kniete sich hin, um sich etwas unter dem Förderband anzusehen. Es war nett, es mit jemandem zu tun zu haben, der echtes Interesse an den Abläufen hatte. Die meisten Leute konnten es bei den Führungen kaum erwarten, in den Verkostungsraum zu kommen.

„Und über diese Treppe geht es hinunter in den Weinkeller. Dort sind die Fässer. Pass auf, wo du hintrittst. Der Keller ist ziemlich alt, aber schön, und den Touristen gefällt er."

„Ich kann verstehen, warum."

Das gemauerte Gewölbe war groß und dunkel. Hier war früher einmal eine Art Rübenkeller gewesen, in dem Kartoffeln, Zwiebeln und dergleichen gelagert worden waren. Jetzt gab es in dem Raum mehrere Dutzend Holzfässer, einen langen alten Eichentisch mit gepolsterten Lederstühlen sowie ein paar schwache Lichtquellen – und voilà, schon fühlten sich die Leute in längst vergangene Zeiten zurückversetzt.

„Wir verwenden für jeden Wein eine andere Holzart. Ungarische Eiche verleiht einen schön würzigen Geschmack, französische Eiche ein sehr liebliches Aroma, und amerikanische Eiche gibt dem Wein eine frische, klare Note."

„Interessant." Er klopfte an ein Fass. „Ich komme mir beinahe vor wie in einer Erzählung von Edgar Allen Poe."

„Hier ist man praktisch von allem abgeschnitten. Ich glaube, wir können ungestört reden." Ihr Herz raste bereits.

„Unbedingt." Er setzte sich und verschränkte die Hände. „Ich nehme an, wir können hier keinen Wein probieren, oder?"

„Doch, natürlich." Sie schenke ihm einen Cabernet Franc ein, der genau für diesen Zweck hier aufbewahrt wurde, und sah zu, wie Tom sein Glas leerte.

Er war auch nervös.

„Okay", begann sie. „Ich habe mich schlau gemacht."

„Warum überrascht mich das nicht?"

„Tja, ich muss natürlich wissen, worauf ich mich einlasse."

„Selbstverständlich. Dann erzähl mal."

Honor machte ihre Handtasche auf und nahm die Ergebnisse ihrer Recherchen heraus, die sie heute zusammengestellt und dann von ihrem Computer gelöscht hatte (nur für den Fall, dass das FBI nachsehen kam). „Okay. Das INS, die Einwanderungs- und Einbürgerungsbehörde, die jetzt irgendwie anders heißt ..."

„USCIC", sagte Tom.

„Genau." Klar, er wusste das natürlich bereits. „Das Gesetz verlangt, dass wir mindestens zwei Jahre verheiratet bleiben müssen, sonst wirst du ausgewiesen. Dann bekommst du keine Green Card mehr und kannst auch nie mehr US-Staatsbürger werden."

„Ich weiß."

„Und wenn man uns erwischt und wegen Eingehens einer Scheinehe verurteilt, wirst du nach England abgeschoben, und mir drohen zehn Jahre Gefängnis. Außerdem gibt es eine Geldstrafe von einer Viertelmillion Dollar."

„Das ist ein bisschen hart, oder? Mörder kommen mit weniger davon."

„Ja, aber so steht es da." Sie verschränkte die Hände und versuchte, geschäftsmäßig dreinzuschauen. „Schau, Tom, ich setze meine Hoffnung auf Folgendes: Statt als Scheinehe sollten wir es als eine arrangierte Heirat, eine Art Zweckehe betrachten. Ich möchte an die ganze Sache mit einem positiven Gefühl herangehen."

„Wie meinst du das?"

Sie sah über seine Schulter. „Einfach ... mit dem Gedanken, dass es vielleicht dauerhaft klappt."

„Du meinst, wir bleiben verheiratet und werden zusammen alt."

„Äh, ja."

Er zog eine Augenbraue hoch. „Bist du unsterblich in mich verliebt, Honor? Jetzt schon?"

„Nein." Verdammt. Es war Zeit, ihm gegenüber schonungslos ehrlich zu sein. Bei Brogan hatte sie jahrelang die Karten nicht auf den Tisch gelegt, und was hatte es ihr gebracht? Nichts. „Sieh mal, ich bin 35. Ich habe niemanden kennengelernt ..."

„Außer Braedon."

„Brogan."

„Wie auch immer."

„Ja, außer Brogan. Und seit der Zeit, als ich ein doofer Teenager war, hat sich meine Meinung über die Ehe geändert. Ich wäre gern verheiratet, das will ich nicht leugnen. Ich möchte ein Kind."

„Nur eines? Wie wär's mit zwei?"

„Hm, klar. Zwei wären schön."

„Vielleicht drei?"

„Nun ja, ich bin 35."

„Dann müssten wir uns eben ranhalten und schnell drei hintereinander kriegen. Oder möglicherweise Drillinge? Wie wär's mit Vierlingen?" Er grinste, sodass sein schiefer Zahn aufblitzte.

Sie schwieg einen Moment. „Kannst du mal ernst sein? Ich versuche, das für uns beide auf die Reihe zu kriegen."

„Entschuldige. Inwiefern hat sich deine Meinung über die Ehe geändert, Honor-Honey?"

Sie atmete tief durch. „Ich glaube, die Leute erwarten möglicherweise zu viel. Vielleicht ist es deshalb so schwer, den perfekten Partner zu finden. Denn natürlich ist niemand perfekt. Du bist nett, irgendwie. Du bist intelligent. Du scheinst ein anständiger Kerl zu sein."

„Nicht zu vergessen: fantastisch im Bett."

„Auch das. Ja. Letzte Nacht hat … Spaß gemacht." Sie schwitzte. Es war hier drin nicht heiß, aber sie war schweißnass. „Ich würde dich heiraten, Tom. Aber ich hätte gern, dass du der ganzen Sache eine Chance gibst. Und mich nicht nur zwei Jahre … erträgst."

Plötzlich wurde er ernst. „Was ist, wenn du jemanden kennenlernst, Honor? Also jemand Echten. Und dich verliebst, wie in den Liebesfilmen auf dem Hallmark-Sender?"

„Ich würde die zwei Jahre trotzdem bei dir bleiben. Mir ist klar, was auf dem Spiel steht." Sie räusperte sich und wischte sich die Hände an ihrer Hose ab. „Und was Kinder betrifft … Ich dachte, wir sollten uns damit ein bisschen Zeit lassen und erst mal abwarten, ob wir wirklich zusammenpassen."

Er sah weg und rieb sich mit dem Daumen über die Unterlippe. „Du bist also bereit, für mich zwei Jahre deines Lebens zu opfern, nur, damit ich bei Charlie bleiben kann?"

Honor starrte auf ihre Hände. „Ja."

„Das ist unglaublich selbstlos von dir. Was steckt noch dahinter?"

„Du bist, um ehrlich zu sein, das Beste, was mir seit Jahren passiert ist."

Das Lächeln blitzte auf und war gleich wieder weg. „Du hast keine sehr hohen Ansprüche, was?" Da war etwas in seinen grauen Augen … Mitleid, vielleicht.

„Dazu kann ich nichts sagen", antwortete sie gepresst. „Aber ich kann dir versprechen, dass ich mich bemühen werde, ein ehrlicher Mensch zu sein, dich nie zu betrügen und … und das ist die Wahrheit. Wenn du das Gleiche von dir sagen kannst, sollten wir der Sache eine Chance geben."

„Ist da noch etwas, was du mir sagen möchtest?", erkundigte er sich.

Seit sechs Jahren bist du, abgesehen von Brogan, der einzige Mann, der mich geküsst hat. Ich habe lieber etwas mit einem Fremden als nichts mit niemandem. „Nein."

„Was steht noch auf deiner Liste, Liebes?"

Bei dem Kosenamen spürte sie ein Prickeln bis in die Zehenspitzen. „Wir sollten einen Zeitplan aufstellen."

„Sehr gut."

„Glaubst du, dass die Einwanderungsbehörde Nachforschungen über dich anstellt?"

„Keine Ahnung."

„Ich glaube, dass wir für alle Fälle zusammenziehen sollten. Je früher, desto besser. In dein Haus, übrigens. Mein Vater heiratet, und ich möchte nicht stören."

„Du wohnst bei deinem Dad?"

„Ja. Wir sollten also zusammenziehen und uns besser kennenlernen, und dann kannst du mir Charlie vorstellen. Und falls die Einwanderungsbehörde uns kontrolliert, sehen wir wie eine richtige Familie aus."

„Und werden hoffentlich eine richtige Familie."

Sie sah von ihren Notizen auf. Ihr Herz fühlte sich plötzlich zu groß für ihre Brust an. „Vielleicht."

Er sagte nichts. Sah sie nur an.

Verdammt. Sie mochte dieses Gesicht schon viel zu gern.

Er sagte noch immer nichts. „Da sind meine Infos", sagte sie und gab ihm ihren Zettel. „Du solltest es auswendig lernen …"

„Und dann verbrennen?"

„Ja. Oh, okay, das war ein Witz. Sehr lustig, aber, ja, du solltest es vernichten."

„Honor Holland Grace. Hübscher Name, übrigens. Geburtstag: 4. Januar. Studium in Cornell, Wharton … Sehr beeindruckend, Darling."

„Danke. Wir sollten auch eine Geschichte erfinden, wie wir uns kennengelernt und, äh, verliebt haben. Und wir müssen dafür sorgen, dass deine Tante und meine Großmutter den Mund halten."

„Stimmt. Tante Candy wird nichts sagen, dessen bin ich mir sicher. Kann deine Großmutter ein Geheimnis bewahren?"

„Goggy?"

„Du lieber Himmel, du nennst sie doch nicht wirklich so, oder?"

„Doch. Sie kann ein Geheimnis bewahren, hoffe ich." Es wäre eine Premiere.

„Dann heißt es also Daumen drücken."

„Wie soll unsere Geschichte sein?", fragte Honor. Ihre Wangen begannen wieder zu glühen. Jeder Mensch auf der ganzen Welt hatte eine bessere Geschichte als sie und Tom. Sogar die Leute, die sich im Internet kennenlernten, hatten entzückende Anekdoten zu erzählen, wie der Funke bei den E-Mails übergesprungen war oder wie sie sich zum ersten Mal getroffen und – zack – verliebt hatten. eCommitment war viel romantischer als eine Abmachung, die man in einem Kellergewölbe traf – wie ein illegaler Deal zwischen zwei dubiosen Regierungsvertretern.

„Warum bleiben wir nicht so nahe bei der Wahrheit wie möglich", fragte Tom. „Du hast mich in einer Kneipe aufgerissen, wir haben gevögelt, du wirst älter, und wir dachten: Hey, was soll's, wir heiraten."

Sie erstarrte. „Weißt du, was ich heute Nachmittag gemacht habe? Ich habe mir auf YouTube Interviews angeguckt, wie man die Einwanderungsbehörde überzeugt, dass man wirklich verliebt ist. Das ist nämlich der einzige Grund, dass man jemanden heiraten darf, der eine Green Card braucht. Es muss eine Liebesheirat sein."

Er lächelte wieder. „Entschuldigung. Ich liebe dich, Honor. Willst du meine Frau werden?"

Sie presste die Lippen zusammen. „Es geht um deine Existenz, Tom. Und deine Beziehung zu Charlie. Also versuch wenigstens kurz, ernst zu bleiben, okay? Was liebst du an mir?"

„Jedenfalls nicht deinen Sinn für Humor."

Hatte sie ihn für charmant gehalten? Einsam? Hinreißend? Wann war das noch mal gewesen?

„Tut mir leid", sagte er. „Ich bin dir wirklich dankbar. Es ist nur so, dass … Ich bin nervös. Nicht nur, weil ich Angst habe, erwischt zu werden, sondern auch wegen deines Angebots." Er schaute weg, massierte sich erneut den Nacken und sah sie dann wieder an. „So etwas hat außer dir noch nie jemand für mich getan."

Ach, genau, das war es.

Aufrichtigkeit.

„Tja", sagte sie, und ihre Stimme war ein wenig rau dabei. „Lass es uns versuchen." Sie schwieg einen Moment. „Aber, äh, ich denke, wir sollten nicht miteinander schlafen. Nicht noch einmal. Ich meine, du weißt schon. Bis wir ungefähr wissen, ob es mit uns klappt."

Warum sagst du denn jetzt so etwas, du Dummkopf, fragten die Eier. Wir haben gerade diese Spezial-Hautstraffungscreme aufgemacht.

Deshalb. Sie riskierte ohnehin schon furchtbar viel. Sie würde ihre Familie anlügen, mit einem Mann zusammenleben, der praktisch ein Fremder für sie war, und eine Straftat begehen.

Sie würde nicht auch noch riskieren, sich das Herz brechen zu lassen. Noch nicht. Und falls die letzte Nacht ein Indikator war, würde ihr Herz ihrem Körper folgen und sich Tom gegenüber schnell öffnen.

„Das klingt vernünftig", sagte Tom, und ja, sie war ein bisschen enttäuscht.

„Ich brauche ein paar Informationen über dich. Über deine Familie und darüber, wo du zur Schule gegangen bist."

„Gut."

„Und du musst meine Familie kennenlernen. Ich dachte, Mittwoch wäre gut. Ich kann ihnen sagen, dass wir seit ungefähr einem Monat zusammen sind. Ich glaube, viel weiter kann ich den Zeitpunkt unseres Kennenlernens nicht zurückverlegen."

„Du machst mir ein bisschen Angst, weißt du das?" Sie sah ihn streng an. „Na schön, Mittwoch passt."

„Und dann ziehen wir zusammen."

„Und dann ziehen wir zusammen."

Sie sahen sich über den Tisch hinweg an. Dann streckte Tom die Hand aus, und Honor schüttelte sie.

# 10. Kapitel

Tom wartete, bis der letzte Schulbus weggefahren war, ehe er in das Schulgebäude ging. Viel heller und größer als seine eigene Highschool damals. Es roch auch besser, da es unten an der Straße keine Reifenfabrik gab.

„Kann ich Ihnen helfen?", erkundigte sich die Sekretärin.

„Ja, danke. Ich möchte kurz mit der Rektorin reden."

„Sind Sie ein Elternteil?", fragte die Frau.

„Nein, aber ich glaube, dass einer der Schüler möglicherweise schikaniert wird."

Sie sah ihn kühl an, griff, ohne den Blick von ihm abzuwenden, zum Telefon und drückte eine Taste. „Mobbing-Beschwerde", sagte sie. Kurz darauf kam eine andere Frau ins Büro. Sie war klein und stämmig, hatte graue Haare und trug ein schlecht sitzendes Kostüm.

„Hey", sagte sie. „Ich kenne Sie. Sie boxen im gleichen Fitnessstudio wie ich."

„Hallo", sagte er. „Tom Barlow."

„Dr. Didier. Sagen Sie ruhig Ellen zu mir. Ich wollte Sie vor ein paar Tagen fragen, ob Sie mein Trainingspartner werden möchten. Ich mache Krafttraining. Wettbewerbe und so. Ich bin ein bisschen zu alt, um es professionell zu betreiben, aber ich liebe es einfach. Ich stemme derzeit ungefähr zwei mal 25 Kilo. Und Sie?"

„Das, äh, weiß ich nicht genau."

„Wir sollten zusammen trainieren!" Sie strahlte ihn an. „Also, was kann ich für Sie tun? Sie haben gesagt, es ginge um Mobbing? Kommen Sie in mein Büro."

Sie wirkte auf jeden Fall gut gelaunt, das musste Tom ihr lassen. In ihrem vollgeräumten Büro zog sie ihre Jacke aus und präsentierte ihre mächtigen Schultern. Spannte ihre Bizepsmuskeln an. „Nicht schlecht, was?"

„Sehr beeindruckend", sagte er. „Jedenfalls, ich bin hier, weil ich mir Sorgen um Charlie Kellogg mache."

Dr. Didier setzte sich, tippte kurz auf ihrem Keyboard herum und runzelte dann die Stirn. „Ich kann Sie hier nirgends als Kontaktperson finden. In welcher Beziehung stehen Sie zu Charlie?"

„Ich war mit seiner Mutter verlobt. Sie ist vor ein paar Jahren gestorben."

Dr. Didier nickte, streckte dann die Hände über dem Kopf aus und ließ ihre Fingerknochen knacken. „Tut mir leid, Ihnen das sagen zu müssen, aber ich kann nichts mit Ihnen besprechen."

„Das ist mir klar. Ich bin Professor drüben am Wickham College."

„Cool!"

„Aber ich wollte Sie trotzdem darauf hinweisen, dass Charlie meiner Meinung nach schikaniert wird."

Dr. Didier seufzte. „Sie haben also noch Kontakt zu dem Jungen? Obwohl seine Mutter seit … Moment … drei Jahren tot ist?"

„Ja."

„Und wissen seine Erziehungsberechtigten das? Denn wenn ein Erwachsener, der nicht mit dem Kind verwandt ist, Interesse zeigt, dann … schrillen gleich mal alle Alarmglocken, wissen Sie."

Tom sah sie verdutzt an. „Wie bitte?"

„Anders gesagt: Sind Sie ein Pädophiler?"

„Um Himmels willen! Nein!"

„Ich frage schnell mal bei der Polizei nach, okay? Reine Routine."

„Ich belästige keine Kinder! Außerdem hat die Polizei mit den Kelloggs schon über mich geredet." Verdammt, das hörte sich nicht gerade harmlos an. „Hören Sie", fuhr er ruhiger fort. „Ich habe mit dem Jungen und seiner Mom zusammengelebt. Seine Großeltern sind … verwirrt, und sein Dad ist mehr oder weniger abwesend. Ich versuche einfach, mich um den Jungen zu kümmern."

„Und was meinen Sie mit ‚kümmern'?", wollte Dr. Didier wissen. „Das klingt nämlich etwas dubios, Mr Barlow."

Ach, jetzt war er Mr Barlow? Als sie ihn als ihren Trainingspartner beim Gewichte stemmen haben wollte, war er noch Tom gewesen. „Was ich sagen will … Ich glaube, seine Schule sollte verdammt noch mal wissen, dass er schikaniert wird."

„Schon gut, schon gut, beruhigen Sie sich." Die Rektorin hob beschwichtigend die Hände. „Ich weiß Ihre Sorge zu schätzen, aber ich möchte Sie bitten, auch meine zu verstehen. Man kann heutzutage nicht vorsichtig genug sein. Nur, damit Sie Bescheid wissen: Ich werde Charlies Großeltern anrufen und sie informieren, dass Sie da waren."

„Gut." Na toll. Janice würde es Charlie erzählen, und Charlie würde außer sich vor Zorn sein.

„Also, warum glauben Sie, dass Charlie schikaniert wird?", fragte Dr. Didier.

„Ich habe ihn vor ein paar Wochen von einer Party abgeholt, und sein Ohr hat geblutet. Er sagt, es ginge ihm gut, aber er ist nicht besonders gesprächig."

„Hat er Ihnen erklärt, warum sein Ohr geblutet hat?"

„Nein. Er hat gesagt, er wäre irgendwo hängen geblieben. Es hat ein Piercing. Scheußliches Ding." Tom schluckte.

„Dann könnte es also das gewesen sein."

„Könnte es, ja. Es könnte auch irgendein Rotzbengel gewesen sein, der ihn geschlagen oder an seinem Piercing gerissen hat oder …"

„Hören Sie, Tom, unsere Schule hat strikte Anti-Mobbing-Richtlinien. Gewalt wird auf keinen Fall toleriert. Gibt es Zeugen für den Vorfall? Unseren Schülern wurde schon im Kindergarten beigebracht, dass sie derartige Vorkommnisse nicht tolerieren dürfen. So etwas nicht zu melden ist gleichzusetzen mit dem körperlichen Angriff selbst." Sie verdrehte die Augen. „Und wir wissen alle, wie gut das funktioniert. Kinder werden immer noch schikaniert und gemobbt. Heutzutage läuft das alles nur nicht mehr so offensichtlich wie früher ab."

„Was werden Sie also unternehmen?"

Sie verzog unmutig das Gesicht. „Wir tun alles, was in unserer Macht steht. Wenn Sie den Namen des Jungen wissen, der Charlie wehgetan hat, wenn Charlie sich einem Lehrer oder jemandem von der Schülerberatung anvertrauen will, wenn jemand sich stellt oder wenn es sich um einen Vorfall handelt, für den es Zeugen gibt, gehen wir der Sache nach. Wir tolerieren kein Mobbing und kein Schikanieren. Aber wir können auch nicht kontrollieren, was diese kleinen Mistkerle – entschuldigen Sie meine Ausdrucksweise – in ihrer Freizeit machen. Und offen gesagt, nur mit einer vagen Beschwerde von jemandem, der nicht Charlies Vormund oder Erziehungsberechtigter ist, kann ich nicht aktiv werden. Tut mir leid. Ich werde ein Auge auf die Jungs haben und den Lehrern sagen, dass sie ebenfalls wachsam sein sollen, aber mehr kann ich nicht tun."

Mist.

„Wie macht er sich in der Schule?", fragte Tom. Er konnte nicht anders.

Sie lächelte ihn mitfühlend an. „Tut mir leid, das darf ich Ihnen nicht sagen." Sie seufzte. „Haben Sie mal mit Charlies Großeltern darüber gesprochen?"

„Ja." Und er hatte das Gefühl gehabt, gegen eine Wand zu reden. Janice hatte wie immer auf seinen Schritt gestarrt, Walter hatte an seinem Drink genippt, und beide hatten sich wegen ihres bockigen Enkels selbst bemitleidet.

„Ich wünschte, ich könnte mehr für Sie tun."

„Danke, dass Sie sich Zeit genommen haben, Dr. Didier." Er erhob sich und schüttelte ihr die Hand.

„Gern geschehen. Wir sehen uns im Fitnessstudio." Sie streckte ihm ihre Faust entgegen, und er boxte pflichtschuldigst dagegen.

Während Tom hinaus in den Regen ging, dachte er daran, wie zu seiner Zeit die Kämpfe noch im Pausenhof oder auf den Straßen seiner heruntergekommenen Wohngegend ausgetragen worden waren. Und damit waren die Zwistigkeiten dann auch schon erledigt gewesen. Heutzutage schienen die Kinder gerissener und grausamer zu sein, und die Hälfte der Eltern kriegte überhaupt nicht mit, was los war, oder wollte nicht wahrhaben, dass ihr kostbarer kleiner Sam oder Taylor kein reiner Engel war. Sich das einzugestehen würde ja bedeuten, mehr als zehn Minuten am Tag mit ihrem Nachwuchs verbringen zu müssen. Nein, heute waren Mobbing und Schikanieren eine Art Hobby, und wenn sich ein Kind deshalb das Leben nahm, ach Gott, dann konnte eben irgendetwas mit ihm nicht gestimmt haben, und der kleine Sam oder Taylor hatte deshalb keine schlaflosen Nächte.

Mit anderen Worten: Charlie war auf sich allein gestellt.

Aber er hatte Tom. Und ob es Charlie nun gefiel oder nicht, er würde bald auch die Familie Holland hinter sich haben. Tom hatte Honors Lebenslauf entnommen, dass es eine Nichte und einen Neffen gab. Das Mädchen ging ebenfalls auf die Highschool. Und das könnte – bitte, lieber Gott – hilfreich sein.

Eine Stunde später gelang es Tom, Charlie aus seinem Zimmer bei den Kelloggs zu holen und in sein Auto zu bugsieren.

Der Junge sah mit seinen dunklen Haaren und Augen, der weißen Haut, den Grufti-Klamotten und in seinem insgesamt erschöpften Zustand wie ein Vampir aus. „Isst du genug?", erkundigte sich Tom, während sie zum See fuhren.

Charlie gab ein grunzendes Geräusch von sich.

„Ich dachte, ein bisschen frische Luft würde uns beiden vielleicht ganzgut tun. Wir können spazieren gehen, wenn du magst."

„Nö."

Natürlich nicht. „Gut, dann sitzen wir einfach irgendwo und atmen."

Sie hielten auf einem Parkplatz neben einem stillgelegten Bahngleis und stiegen aus. Tom hatte von den Plänen der Stadt gelesen, hier einen Radwanderweg anzulegen. Es wäre tatsächlich toll, wenn man durch die Wiesen und Felder radeln könnte. Weiter drüben sah er am grauen Himmel einen roten Drachen fliegen. „Schau." Er deutete hin.

Charlie würdigte den Drachen kaum eines Blickes. Falls das Teil ihn daran erinnerte, was Tom und er früher zusammen unternommen hatten, ließ er es sich nicht anmerken. Und obwohl sich Tom in den letzten drei Jahren an dieses abweisende Verhalten gewöhnt hatte, spürte er einen Kloß im Hals.

„Charlie, es ist schon eine Weile her, dass deine Mom gestorben ist, und ich frage mich, wie es dir damit geht."

Charlie zuckte die Achseln und gab ein aus zwei Silben bestehendes Grunzen von sich, von dem Tom annahm, dass es Weiß nicht bedeutete.

„Okay. Falls du das Bedürfnis hast, darüber zu reden, bin ich immer für dich da."

Augenrollen. Charlie schien es zu erschöpfen, sich mit der Dummheit von Erwachsenen auseinandersetzen zu müssen. Tom befürchtete fast, der Junge würde vor Langeweile ohnmächtig werden.

„Hör mal, ich habe Neuigkeiten." Er massierte sich den Nacken. „Ich habe jemanden kennengelernt."

Charlie, der sich bislang ohnehin nicht bewegt hatte, schien jetzt trotzdem merklich zu erstarren.

„Sie ist wirklich nett."

Keine Reaktion.

„Sie freut sich darauf, dich kennenzulernen."

Und noch immer nichts. Außer vielleicht einem Zittern um den Mund.

„Sie heißt Honor Holland. Sie ist Abby Vanderbeeks Tante. Kennst du Abby?"

Keine Antwort.

„Sie ist ein paar Jahre älter als du. Ist in der elften Klasse."

Nichts.

„Ich wollte es dir sagen. Aber es ist nicht so, dass ich deine Mom deshalb vergesse ...“

„Ich habe Hausaufgaben. Können wir gehen?“ Ohne eine Antwort abzuwarten stand Charlie auf und trottete zum Wagen. Seine Stimmung war so schwarz wie seine Klamotten. Ein starker Kontrast zu dem roten Drachen, der munter über dem Hügel tanzte.

# 11. Kapitel

„Ich habe dir doch gesagt, dass er perfekt ist." Goggys Stimme klang triumphierend. „Endlich hört mal jemand auf mich."

„Du darfst nicht damit rumprahlen, Goggy", ermahnte Honor sie. „Ich erzähle es dir nur, weil … du weißt schon … weil du das Problem mit der Green Card erwähnt hast, und ich nicht möchte, dass jemand einen falschen Eindruck bekommt. Denn das wäre illegal, Goggy. Und ich bekäme große Schwierigkeiten."

„Selbstverständlich erzähle ich es nicht weiter. Glaubst du etwa, ich könnte kein Geheimnis für mich behalten? Das kann ich sehr wohl! Dein Großvater hat voriges Jahr an der Börse 10.000 Dollar verloren, und habe ich es vielleicht jemandem erzählt? Nein, hab' ich nicht. Habe ich irgendjemandem verraten, dass ich Prudence und Carl erwischt habe, als sie es auf dem Küchentisch getrieben haben? Nein, keiner Menschenseele!"

Honor rieb sich die Stirn. „Wow. Okay. Dieses Mal darfst du es wirklich niemandem sagen. Und wir sind, ähm, wir sind verliebt. Es ist schnell gegangen, aber, äh, wir lieben einander." Vier weitere Stunden auf YouTube hatten ihr klargemacht, wie enorm wichtig dieses Detail war. Der einzige legitime Grund, einen Nicht-US-Bürger zu heiraten, ist Liebe, hatte ein Anwalt nach dem anderen gewarnt. Und hier sind ein paar jener Fragen, die man Ihnen möglicherweise stellen wird: Wer hat gestern Abend gekocht? Was haben Sie letztes Wochenende gemacht? Was ist der Lieblingsnachtisch ihres Ehegatten?

„Ich hab's gewusst! Ich wusste, dass du dich in ihn verliebst. Er ist toll. Und sieht so gut aus."

„Du kennst ihn doch noch gar nicht."

„Das ist auch nicht nötig." Goggy verschränkte die Arme und lächelte. „Hach, ihr heiratet! Ich möchte noch mehr Enkelkinder, und zwar bald."

„Okay", sagte Honor. „Danke, Goggy. Ich muss jetzt gehen und es Dad erzählen, also ruf ihn nicht an, ja?" Sie sah sich verstohlen im unaufgeräumten Wohnzimmer ihrer Großeltern um. Es hatte, wie bei so vielen Häusern, die im Kolonialstil gebaut waren, mehrere Türen. Türen zur Küche, zum vorderen Treppenaufgang, zum Esszimmer. „Eure Heizkostenrechnung wird niedriger, wenn ihr diese Türen zumacht." Sie zögerte. „Mir wäre viel wohler, wenn ihr woanders wohnen würdet. Oder zumindest auf einer einzigen Etage, Goggy. Ich finde es schlimm, dass du den ganzen Tag immer treppauf, treppab laufen musst."

„Quatsch. Das ist mein Fitnesstraining. Geh jetzt. Raus mit dir. Willst du ein paar Kekse? Ich habe heute gebacken."

Na gut, sie wollte. Eine kleine Stärkung vor dem Gespräch mit ihrem Dad konnte nicht schaden. Denn Honor ahnte, dass es nicht gut laufen würde.


Sie hatte recht. Dad war im Wohnzimmer, genehmigte sich gerade ein Glas trockenen Riesling und wartete, dass Mrs Johnson ihm erlaubte, zum Essen in die Küche zu kommen.

„Meine Kleine!", rief er, als hätten sie einander nicht erst vor zwei Stunden, sondern seit Wochen nicht mehr gesehen. „Na, wie geht es meinem Mädchen?"

„Mir geht es großartig, Dad. Ähm, wie geht es dir? Schon aufgeregt wegen der Hochzeit?"

Dad und Mrs J. wollten rasch heiraten, „für den Fall, dass einer von uns zuerst stirbt", wie Mrs J. sich ausgedrückt hatte. Und zwar in sechs Wochen, gleich nach dem „Black and White"-Ball.

„Sehr." Er nickte. „Was gibt es bei dir Neues, meine Kleine?"

„Äh, nun ja, komisch, dass du fragst." Sie räusperte sich und versuchte, sich zu erinnern, wann sie ihren Vater das letzte Mal angelogen hatte. Es war Jahrzehnte her. Vielleicht nie. „Du kennst doch den Mann, mit dem ich in letzter Zeit öfter ausgegangen bin?" Entschuldige, Dad.

„Nein. Welcher Mann?" Er runzelte die Stirn.

„Ähm, der Typ, von dem ich dir erzählt habe?"

Die Küchentür wurde aufgestoßen. „Jackie!", rief Mrs Johnson drinnen in ihrem Reich. „Bist du hungrig, mein Junge?"

„Mrs Johnson, Sie werden mit jeder Woche noch schöner." Honor verdrehte die Augen. Sie kannte diese Stimme. Und tatsächlich, eine Sekunde später kam ihr Bruder mit einem Stück jenes Zitronenkuchens ins Wohnzimmer, den sie vorhin nicht hatte anrühren dürfen. „Hey, Dad. Na, wie geht's, Schwesterchen?"

Auch das noch. Nun ja, vielleicht war es gar nicht schlecht, einen (zumindest teilweise) Verbündeten in Person ihres großen Bruders zu haben. „Ich habe Dad gerade von dem Mann erzählt, mit dem ich mich treffe." Sie sah Jack beschwörend an.

„Echt? Ich dachte, du wolltest ins Kloster gehen."

„Ach, Jack, provozier mich nicht. Sonst muss ich dir wieder wehtun."

Dad legte seine Zeitung weg. „Um wieder auf diesen Kerl zurückzukommen … Wie heißt er überhaupt?"

„Tom. Tom Barlow. Der Maschinenbauingenieur, erinnerst du dich?" Am besten, sie tat so, als wüsste Dad es bereits.

Dad runzelte die Stirn. „Aha? Ich fürchte, ich habe nicht genau zugehört. Sollen wir ihn mal zum Abendessen einladen?"

„Sicher, gern, Aber, äh, die größere Neuigkeit ist, dass wir, ähm, zusammenziehen."

Für einen Moment dachte Honor, ihr Vater würde sich an die Brust greifen und tot umfallen. Eine unheilvolle Stille breitete sich im Zimmer aus. Die Kaminuhr tickte laut.

„Nein, das werdet ihr nicht", brauste Dad auf. „Ich kenne diesen Tom ja nicht einmal. Wer ist Tom? Du wirst nicht mit einem Fremden zusammenziehen, den ich noch kein einziges Mal gesehen habe. Warum um alles in der Welt willst du das tun? Ist es wegen Mrs Johnson und mir?"

„Solltest du sie nicht langsam mit Vornamen anreden dürfen, Dad?", fragte Jack mit vollem Mund. „Immerhin schläfst du mit ihr."

„Jackie! Das geht dich nichts an!" Mrs Johnson stellte in der Küche knallend einen Topf auf den Tisch und kam dann ins Wohnzimmer gestürmt. „Das ist deine Schuld, John Holland", sagte sie. „Du und deine dumme Idee mit der Heirat. Honor, du gehst nirgendwo hin. John, ich weigere mich, zwischen dich und deine Kinder zu geraten."

„Na, siehst du, was du angerichtet hast, Schwesterchen?", fragte Jack. „Darf ich noch ein Stück Kuchen haben, Mrs J.?"

„Jack, halt die Klappe. Und Mrs J., bitte", sagte Honor. „Natürlich werden Sie Dad heiraten! Kein Grund zur Aufregung. Ich bin 35 Jahre alt."

„Du kommst langsam in die Jahre", murmelte Jack.

Honor sah ihn verächtlich an. „Ich kann mit jemandem zusammenziehen, wann ich will. Und ich will es. Ich möchte mal woanders wohnen als in dem Haus, in dem ich geboren wurde."

„Du wurdest im Krankenhaus geboren", sagte Dad in scharfem Ton.

„Du kannst nicht mit einem Fremden zusammenziehen", sagte Mrs Johnson. „Ein Leben in Sünde kann ich nicht gutheißen."

„Tja, dann sollten Sie aufhören, Dad zu vernaschen, meinen Sie nicht?"

Dad sah so aus, als zöge er diesen Herzinfarkt ernsthaft in Erwägung, und Mrs Johnson strafte Honor mit einem gekränkten, eisigen Blick.

„Tut mir leid, Mrs J.", sagte sie. „Aber ich ziehe mit Tom zusammen. Er hat ein sehr nettes Haus in der Stadt, und ich will es tun. Es ist nicht wegen euch beiden. Es ist seinetwegen." Sie merkte, dass sie rot wurde. „Er ist wirklich toll."

„Nein, ist er nicht", jammerte Dad. „Er ist nicht toll. Wenn er so toll ist, warum habe ich ihn dann nie kennengelernt? Wie lange geht denn das schon?"

„Nicht lang, John Holland, nicht lang", schaltete Mrs Johnson sich ein. „Aber du hast es nicht mitgekriegt, nicht wahr? Nein, du musstest ja irgendeiner Frau nachlaufen, während …"

„Sind nicht Sie diese Frau, Mrs J.?", fragte Jack.

„… während deine Tochter vorhat, mit einem Fremden zusammenzuziehen, der ein Serienmörder sein könnte."

„Genau, das sollte man auf keinen Fall außer Acht lassen", bemerkte Jack.

„Er ist Mathelehrer. Ich meine, Maschinenbauingenieur. Er ist Professor am Wickham College. Und er ist sehr nett. Brite ist er auch."

„Was hat das damit zu tun?", fragte Dad. „Gibt es in England etwa keine Serienmörder? Hast du noch nie von Jack the Ripper gehört?" Er sah seinen einzigen Sohn hilfesuchend an. „Sag es ihr, Jack. Die ganze Sache ist lächerlich. Du kannst mit ihm ausgehen, Honor. Aber mit ihm zusammenziehen? Das ist überstürzt."

Während ihr Vater, Mrs J. und Jack weiter ihre Bedenken äußerten, dachte Honor, wie unterschiedlich die Maßstäbe doch waren, die bei den vier erwachsenen Holland-Kindern angelegt wurden. Faith wurde nie kritisiert, da sie das Sensibelchen der Familie war und man ihr wegen ihrer gelegentlichen Anfälle vieles nachsah. Honor wusste, dass Faith nichts dafür konnte, aber irgendwie fand sie es ziemlich clever, dass ihre Schwester mit Epilepsie auf die Welt gekommen war.

Prudence hatte sich früher, als die anderen Geschwister noch sehr jung gewesen waren, tüchtig ausgetobt. Mom und Dad hatten es damals kaum mitbekommen, da sie Windeln wechseln und Kleinkindern nachlaufen mussten. Außerdem hatte Pru mit 23 Carl geheiratet, zwei entzückende Kinder in die Welt gesetzt und bot seither keinerlei Anlass mehr zur Sorge. Und Jack war der Sohn, der Erbe und der kleine Prinz und daher über jede Kritik erhaben.

Honor hingegen hatte immer das Gefühl gehabt, höheren Standards genügen zu müssen. Sie war diejenige, bei der es nie böse Überraschungen gegeben hatte, die immer genau das tat, was von ihr erwartet wurde, und die ihren Eltern nie Grund zur Sorge gegeben hatte. Die gute, alte Honor. Die Langweilige.

Höchste Zeit, dass sich das änderte. Und merkwürdigerweise fühlte es sich gut an.

„Okay, Leute, das reicht", sagte sie. „Ich ziehe zu Tom. Tut mir leid, dass ihr nicht damit einverstanden seid, aber ich bin nun mal kein Kind mehr."

„Du lebst unter meinem Dach, oder? Mein Dach, meine Regeln."

„Ich habe es dir doch gerade gesagt: Ich ziehe aus."

„Warum sollte ein Mann mit dir zusammenleben wollen, Honor? Du bist so gemein." Jack grinste.

„Jackie, schäm dich!", wies Mrs J. ihn – ausnahmsweise – zurecht.

„Sie ist nicht gemein", widersprach Dad. „Sie ist mein kleiner Engel."

Honor schenkte ihrem Bruder ein zuckersüßes Lächeln. „Ein Engel", murmelte sie und kratzte sich mit dem Mittelfinger vielsagend an der Wange.

„Ein Engel, der es eigentlich besser wissen müsste", fügte Dad hinzu.

Jack grinste wieder. „Lass sie gehen, Dad. Wenn sie die Gelegenheit jetzt nicht nutzt, bleibt sie für immer hier, wechselt dir irgendwann die Windeln und legt sich noch mehr Katzen zu."

„Ich bin eher der Hundetyp."

„Wirklich? Ich dachte, du hättest eine Katze."

„Spike ist ein Hund."

„Bist du dir sicher?"

„Du kannst mich mal. Ich möchte jedenfalls, dass ihr alle Tom kennenlernt, und deshalb kommen er und noch ein paar andere Leute zu uns. Mittwochabend, okay? Okay, Mrs Johnson? Soll ich ein Catering bestellen, oder würden Sie …"

„Wie kannst du es wagen, so etwas zu fragen, Honor? Ist mein Essen mittlerweile so furchtbar für dich, dass du …"

„Mist, seht nur, wie spät es ist. Ich habe noch so viel zu tun. Unterhaltet euch doch ohne mich weiter."

Drei Tage später öffnete Honor die Tür und lächelte den Jungen an, der vor ihr stand.

Huch.

„Hi!", sagte sie. „Du musst Charlie sein. Es ist wirklich schön, dich kennenzulernen. Ich bin Honor."

Er hob träge den Blick, als würden seine schwarz umrandeten Augenlider 130 Kilo wiegen, und schlurfte an ihr vorbei ins Haus.

„Sie sind also diese Frau?", fragte eine ältere Dame.

„Ähm, ja! Hallo! Ich bin Honor Holland. Freut mich, Sie kennenzulernen, Mrs Kellogg."

„Mhm."

Mr Kellogg kam als Nächster herein. „Hallo", sagte er. „Riecht es hier etwa nach Schimmel? Ich bin allergisch gegen Schimmel. Und Käse. Ich hoffe, es gibt heute keinen Käse. Ich habe eine Laktoseintoleranz. Aber ich nehme einen Scotch. Danke, Liebes."

Ein Königreich für ein Xanax, dachte Honor.

Um alle Familienmitglieder mit einer Klappe zu schlagen (der wörtliche Sinn der Redewendung wurde immer verlockender), hatte Honor beschlossen, dass sich alle Kelloggs und Hollands auf einmal treffen sollten. Und wenn sie das nächste Mal eine so geniale Idee hatte, würde ihr hoffentlich jemand mit dem Brecheisen eins drüberziehen, denn das konnte auch nicht unangenehmer sein als das hier.

„Ich liebe ihn", schwärmte Faith. „Wow. Er ist wirklich süß." Sie strahlte Honor an. „Wo hast du ihn denn gefunden?"

„Reden wir gerade darüber, wie heiß dieser Typ ist?" Prudence gesellte sich zu ihnen. „Ich bin ganz verliebt in seinen Akzent. Zirka 30 Prozent von dem, was er sagt, verstehe ich zwar nicht, aber ich war auch zu sehr damit beschäftigt, seinen Hals anzugucken. Ich würde ihn lecken, wenn ich Single wäre. Hey, Carl, bring mir noch etwas Wein, okay?"

„Darling, deine Familie macht mir furchtbar Angst." Tom stellte sich hinter sie und legte seine Arme um sie. „Zeit für ein Küsschen, was meinst du? Ach, hallo, Mädels, ich habe euch gar nicht gesehen." Ihren Schwestern stand vor Verzückung buchstäblich der Mund offen. Ihr selbst nicht. Erstens wusste sie nicht genau, wie viel Tom schon getrunken hatte. Er war ausgesprochen fröhlich, und das machte sie nervös. Und zweitens spielte er seine Rolle als verliebter Freund/Verlobter mit ein bisschen zu viel Elan. Was irgendwie schön war. Und auch unangenehm, weil sie wusste, dass es nur gespielt war. Aber es war doch auch schön. Lächerlich eigentlich, wie sehr sie seine Aufmerksamkeit genoss, obwohl ihr doch klar war, dass Tom sich nur aus einem bestimmten Grund um sie bemühte. Aber das änderte nichts daran, wie unglaublich gut sich seine Arme anfühlten. Nein. Er war keineswegs gebaut wie ein Mathelehrer. Oder ein Maschinenbauingenieur.

„Ich wette, du bist toll im Bett", sagte Prudence.

„Man sagt so, ja", erwiderte Tom. „Obwohl Honor eher die Expertin ist, was meine Talente betrifft. Stimmt's, Darling?"

„Ich höre gerade, dass Mrs Johnson mich ruft." Honor befreite sich aus Toms starken Armen.

Nach einer Ewigkeit saßen endlich alle dicht aneinandergedrängt am Esszimmertisch. Mrs Kellogg schien ihren Blick nicht von Tom abwenden zu können und leckte sich ständig die Lippen, was bei Honor eine Gänsehaut verursachte, da a) Tom mit Mrs Kelloggs Tochter verlobt gewesen war und b) er sich jetzt bald mit Honor verloben würde, und c) Mrs Kellogg gute 30 Jahre älter als Tom war. Gut, bei Frauen war bekanntlich 40 das neue 20, aber in Mrs Kelloggs Alter ging diese Rechnung nicht mehr auf.

Mr Kellogg roch währenddessen an jedem Happen, bevor er ihn in den Mund schob. Abby schrieb heimlich (oder eben nicht) unter dem Tisch eine SMS nach der anderen; Charlie guckte abwechselnd sie und seinen Teller an. Ihre Geschwister, Ned, Goggy und Pops sowie Dad und Mrs Johnson redeten, wie es schien, alle gleichzeitig. Carl schaufelte das Essen in sich hinein, ohne zwischen den Bissen eine Pause zu machen, und Levi schien damit zufrieden, vor Testosteron förmlich überzuquellen und gelegentlich Faiths Nacken zu streicheln.

Tom saß neben Honor. Sie spürte seine starke, warme Schulter an ihrer.

Jetzt würde jeden Moment das Verhör beginnen. Honor hörte im Geiste schon die Melodie aus „Der weiße Hai". Da-dun. Da-dun. Da-dundadundadudadun … doo doo loo, doo doo loo …

„Wie haben Sie meine Tochter noch mal kennengelernt?", fragte Dad streng.

Tom leerte ein Drittel seines Weinglases. „Im O'Rourke's. Nettes Lokal. Nette Menschen, diese Zwillinge."

„Wann war das?", fragte Dad.

Tom sah sie an und runzelte die Stirn. „Wann war es, Darling?" Er sah wieder ihren Vater an. „Sie hat gerade eine andere Frau vermöbelt, und da habe ich zu mir gesagt, ‚Tommy, alter Junge, ich glaube, du hast die Frau deiner Träume getroffen'."

Carl lachte und schob sich ein großes Stück Salzkartoffel in den Mund. Am Rest des Tischs herrschte Schweigen. Honor stieß Tom sanft in die Rippen.

„Ich habe herausgefunden, wer sie ist, und sie gedrängt, mit mir auszugehen, und es war … Wie sagt man dazu? Liebe? Schicksal?"

„Wie schön", rief Goggy. „Ich sehe euch an, wie verliebt ihr seid. Alle beide. Ihr seid füreinander bestimmt. Es ist eine Liebesbeziehung." Sie hob die Brauen und warf Honor einen vielsagenden Blick zu. Anscheinend hatte auch ihre Großmutter sich ein paar dieser You-Tube-Videos angeguckt.

„Im Gegensatz wozu, Goggy? Sind die Leute heutzutage etwa sonst zusammen, weil sie sich hassen?", fragte Abby und erntete dafür ein Schnauben von Charlie. Es war sein erstes Lebenszeichen.

„Soviel ich weiß", fuhr Tom fort, „ist unsere Hochzeit ja nicht die Einzige, die gerade in Planung ist. Gratuliere, Mr Holland und Mrs Johnson."

Schweigen.

Oh, Mist.

„Honor, du heiratest?", kreischte Abby, und plötzlich schrien alle durcheinander, die Weingläser schwappten über, Mrs Kellogg brach in Tränen aus (nicht vor Freude), und Charlie stand auf und verließ das Zimmer.

„Wir wollten das eigentlich noch eine Weile für uns behalten", sagte Honor gepresst und warf Tom einen verärgerten Blick zu.

„Oops", sagte er. „Jetzt ist die Katze aus dem Sack, stimmt's?" Er rieb sich die Stirn. „Ich rede gleich mit Charlie."

„Du kannst ihn nicht heiraten", rief Dad. „Ihr habt euch doch gerade erst kennengelernt."

„Muss ich dir erklären, wie scheinheilig dein Argument ist, Dad?", fragte Honor, während Faith sie umarmte.

„Ich kenne Mrs Johnson seit 20 Jahren", brummte er.

„Und du schaffst es immer noch nicht, sie bei ihrem Vornamen zu nennen", merkte Jack an.

„Und wir sind beide alt, Honor, mein Liebes", sagte Mrs J. „Ich muss deinem Vater recht geben. Ihr solltet euch Zeit lassen."

„Da bin ich anderer Meinung", schaltete Goggy sich ein und guckte Mrs J. böse an. „Die beiden sollten heiraten. Sofort. Sonst muss Tom vielleicht …"

„Wisst ihr, was? Wir sind beide erwachsen. Wir heiraten, wann wir wollen", verkündete Honor und sah gebannt zu, wie Mrs Kellogg sich gut ein Viertel Wein in ein Wasserglas einschenkte und in einem Zug austrank.

„Ich bin Trauzeugin", gab Faith bekannt.

„Was? Das glaube ich eher nicht", widersprach Pru.

„Nimm mich", schlug Abby vor. „Dann brauchst du dich nicht zwischen deinen Schwestern zu entscheiden."

„Oder mich." Jack legte einen Arm um Honor und drückte sie. Mit der freien Hand schenkte er sich Wein nach. „Trauzeuge. Ist derzeit sehr angesagt."

„Darüber reden wir später", schaltete Dad sich ein. „Du kannst dich nicht mit einem Mann verloben, den du gerade erst kennengelernt hast."

„Ich kann, Dad. Und ich werde es tun", sagte sie. Er starrte sie finster an. Sie starrte finster zurück.

Familie. Kopfschmerzen. Sodbrennen.

„Ist noch Käse da?", erkundigte sich Pops.

Wenn Honor den heutigen Abend überstand, würde es an ein Wunder grenzen.


„Charlie? Mach die Tür auf, Kumpel." Obwohl der Wind schmerzhaft beißend war, herrschten heute wenigstens keine Minusgrade. „Charlie, komm schon, sei doch nicht so."

Tja, er war schlecht in diesen Dingen. Früher hatte er immer geglaubt, er könnte gut mit Kindern umgehen. Darum war er ja Lehrer geworden. Es machte ihm so viel Spaß. Jungs wie Jacob Kerns, der das Wissen aufsog wie ein Schwamm und dessen Augen vor Begeisterung aufleuchteten, wenn sie etwas Neues durchnahmen; es gab nichts Besseres.

Aber in den letzten drei langen Jahren seit Melissas Tod klappte es nicht mehr ganz so gut. Vor allem nicht mit ihrem Sohn. Es war auch nicht gerade hilfreich gewesen, ein bisschen viel zu trinken.

Der Junge im Auto starrte geradeaus. Sein Lidstrich war verschmiert. Das deutete nicht gerade auf gute Laune hin, nicht wahr?"

„Hör mal." Tom beugte sich hinunter, damit sie auf Augenhöhe waren. „Sie ist echt nett. Ich glaube, du wirst sie mögen, sobald du sie besser kennst„."

„Wer sagt denn, dass ich sie besser kennenlerne?", fauchte Charlie. Ausgezeichnet. Wenigstens redete er jetzt.

„Ich denke schon, dass du sie kennenlernen wirst. Ich meine, zwischen dir und mir verändert sich schließlich nichts."

„Außer, dass du dann eine Frau hast."

„Stimmt. Das schon. Aber ich möchte trotzdem, dass du weiterhin zu mir kommst, ich möchte dir Boxen beibringen und bei allen deinen Schulveranstaltungen dabei sein." Charlie hatte ihn seit Jahren zu keiner Schulveranstaltung mehr eingeladen. „Alles, was du willst, Kumpel."

Keine Antwort.

„Ihre Familie ist nett, findest du nicht? Abby und du, ihr seht euch jetzt bestimmt manchmal in der Schule."

Diesmal war die Reaktion die Andeutung eines kurzen Augenkontakts.

„Und vielleicht ist es ganz gut, noch ein paar Leute hier aus dem Ort zu kennen. Eine größere Familie zu haben."

„Sie werden nicht meine Familie sein. Nicht mal du bist mit mir verwandt."

Der Junge wusste, wie er jemanden verletzen konnte, das musste Tom ihm lassen. „Ich empfinde es aber so."

„Aber du bist es nicht."

„Na gut, Charlie, ich lasse dich jetzt in Ruhe." Tom wandte sich zum Gehen. Dann drehte er sich um und beugte sich noch einmal zu Charlie hinunter. „Ich werde deine Mom immer lieben. Das wird sich nie ändern."

„Warum? Sie hat dich nicht geliebt."

Wieder ein gezielter Schlag, diesmal genau in die Eier. Es dauerte einen Moment, bis Tom seine Sprache wiedergefunden hatte. „Komm rein, wenn dir kalt wird."

Honor wartete in der Tür des großen weißen Hauses. „Alles okay mit ihm?", wollte sie wissen, als Tom hereinkam.

„Oh, es geht ihm prächtig."

„Tja, drinnen drehen gerade alle durch."

„Verstehe."

„Tom", flüsterte sie, „du musst die ganze Sache ernster nehmen. Wir müssen überzeugend wirken, sonst durchschauen sie es. Levi ist Polizeichef. Wenn er Verdacht schöpft, dass wir kein richtiges Paar sind …"

Er packte sie und küsste sie. Es war kein sanfter Kuss, sondern ein energischer, sehr bestimmter Kuss, der nichts Verführerisches oder Zärtliches an sich hatte, sondern etwas sehr Frustriertes.

Dann öffnete sie ihre Lippen und legte ihm die Hände auf die Brust, und er drückte sie an die Tür, presste sich an ihren weichen, anschmiegsamen Körper und begann, sie zärtlicher zu küssen. Er umfasste ihr Gesicht, streichelte ihre kurzen Haare, die unglaublich seidig waren, und ihr Duft ließ ihn alles um sich herum vergessen. Es gab nichts als ihre zarten Lippen und die Süße ihres Mundes.

Dann ließ er sie abrupt los und wich einen Schritt zurück. „Na? Überzeugend genug?"

Sie sah ihn mit weit aufgerissenen Augen an.

„Entschuldige", sagte er, drehte sich um und stürzte sich wieder ins Familiengetümmel.

# 12. Kapitel

Tom hatte den kleinen Rattenhund schon ganz vergessen.

Spike. Genau, so hieß er. Der possierliche kleine Nager hatte ihn heute schon zweimal gebissen. Gut, seine Zähnchen hatten nur die Größe von Heftklammern, aber hier ging es ums Prinzip.

Honor besaß zweifellos viel Zeug. Kisten voller Zeug. Bücher. Einen verdammt großen Computer. Bilder, die sie aufhängen wollte. Zwei riesige Koffer.

Sie hatte wirklich vor, die ganze Sache durchziehen.

„Okay", sagte sie, nachdem er den letzten Karton aus ihrem Auto geholt hatte. „Dann fange ich wohl mal besser mit dem Auspacken an."

Er schien seinen Blick nicht von den vielen Kisten losreißen zu können. „Alles klar."

„Welches Schlafzimmer soll ich nehmen?"

„Ist egal. Welches auch immer dir gefällt."

Ihre Wangen färbten sich rosa. „Wenn die Einwanderungsbehörde uns kontrolliert, sollte unser Zeug zusammen sein. Im selben Schlafzimmer, meine ich."

Er sah auf. „Oh. Na, dann. Meines ist auf der rechten Seite."

„Gut. Dann tue ich meine Sachen da rein und, äh, schlafe im anderen Zimmer, ja?"

„Großartig."

„Wir sollten auch ein paar Fotos von uns machen, auf denen wir glücklich aussehen. In verschiedenen Situationen. Fotos von frisch Verliebten."

„Natürlich. Wann immer du möchtest."

Sie nickte. „Dann werde ich jetzt mal meine Sachen einräumen."

„Brauchst du Hilfe?"

„Aber nein! Ich komme schon zurecht. Alles bestens. Alles bestens." Sie hatte es entweder eilig, mit dem Auspacken zu beginnen, oder wollte ihn schnell loswerden. Oder beides.

Der Hund hockte sich hin und pinkelte auf den Teppich. Reizender kleiner Kerl. Dann folgte er Honor die Treppe hinauf. Weil er so winzig war, musste er jede einzelne Stufe mit einem Sprung nehmen. Tom schaute auf die Uhr am Küchenherd. Erst vier Uhr nachmittags. Leider zu früh für einen Drink. Nun denn. Er könnte die katastrophalen Zwischenprüfungen korrigieren und sich dann die Pläne für die kleine Piper Cub ansehen, die er umbauen sollte. Und Jacob anrufen, um ein Treffen zu vereinbaren, damit der Junge mal einen Einblick in die praktische Arbeit eines Maschinenbauingenieurs bekam.

Allerdings wäre ein Drink jetzt nett – angesichts der Tatsache, dass Tom nun mit einer gewissen Honor Grace Holland verlobt war, der sehr daran gelegen schien, dass die ganze Sache klappte.

Aber wenn es schon mit Melissa nicht funktioniert hatte, wie zum Teufel sollte es dann unter diesen Umständen klappen?

Vor vier Jahren war Tom in den Sommerferien nach New York geflogen. Er war zuvor noch nie in den Staaten gewesen. Genau genommen war er überhaupt noch nie aus England rausgekommen, weil er immer zu sehr mit Arbeit, Boxen oder Unterrichten beschäftigt gewesen war. Damals hatte er beschlossen, seinen Urlaub in der legendären Stadt zu beginnen und sich dann vielleicht ein paar dieser Nationalparks anzusehen, auf die die Amis so stolz waren.

Nach ein paar Tagen in Manhattan hatte er seine Großtante Candice besucht, die in Philadelphia lebte, dem „Geburtsort der Freiheit", wie das Stadteingangsschild ziemlich selbstbewusst verkündete. Mal ehrlich, die Amerikaner glaubten wirklich, sie hätten sogar die Luft erfunden. Tom kannte Tante Candice kaum; sie war die kleine Schwester seiner verstorbenen Großmutter. Aber sein Dad pflegte viele schöne Erinnerungen an sie und hatte Tom daher gebeten, sie zu besuchen. Also nahm er sich einen Mietwagen und fuhr pflichtschuldigst los. Tante Candice umarmte ihn, als wäre er ihr seit Langem verloren geglaubter Sohn. Sie zeigte ihm die Sehenswürdigkeiten – die berühmte Glocke mit dem Riss und die Independence Hall. Als sie ihn ins Philadelphia Museum of Art führte, lief er (zusammen mit drei oder vier anderen Touristen) die Stufen hinauf zur Statue von Rocky Balboa und tänzelte wie ein Boxer um sie herum, was seine Großtante zum Lachen brachte. Er lud sie zum Essen ein, und als sie ihn fragte, ob er noch einen Tag bleiben wollte, damit sie mit ihm vor ihren Freundinnen angeben konnte, willigte er ein. Sie war eine wirklich entzückende alte Dame.

Am nächsten Tag begleitete er sie zum Picknick der Pfarrgemeinde, bei dem ihre Freundinnen seinen Akzent wahnsinnig süß, ihn insgesamt hinreißend und die Tatsache, dass er im hohen Alter von 28 noch unverheiratet war, zum Schreien komisch fanden.

„Kannst du mir helfen, das hier zu reparieren?", fragte plötzlich eine Stimme von irgendwo weiter unten, und Tom sah einen kleinen Jungen mit zu großen Zähnen, der ihm einen billigen Plastikdrachen entgegenstreckte. Eine der Plastikverstrebungen war gebrochen.

„Das ist Janice Kelloggs Enkel", sagte Candice. „Charlie, das ist mein Großneffe Tom."

„Dann wollen wir uns das mal ansehen, Kumpel." Tom nahm sein Taschenmesser, schnitt einen Zweig von einem Busch ab, bog ihn zurecht, damit der Wind eine größere Angriffsfläche hatte, und spitzte die Enden. Dann schnitt er von der Plastik-Picknickdecke einen langen Streifen ab und ersetzte den Schwanz des Drachen. Wenige Minuten später erhob sich Charlies Drache schneller und höher in die Lüfte als alle anderen Drachen im Park. Wer eignete sich schließlich besser dafür, einen Drachen zu reparieren, als ein Maschinenbauingenieur mit Nebenfach Flugtechnik? Die begeisterte Miene des Kindes war … wunderbar. Er kniete sich neben den Kleinen hin, zeigte ihm, wie man den Drachen Achter fliegen lassen konnte, und wurde dafür mit einem kleinen Freudenschrei belohnt.

„Danke, dass Sie meinem Sohn geholfen haben", sagte jemand, und als Tom aufschaute, war es sofort um ihn geschehen.

Melissa Kellogg war wunderschön. Lange schwarze Haare, blaue Augen. Mit zwanzig hatte sie Charlie bekommen, jetzt war sie dreißig und alleinstehend. „Sein Vater ist ein Mistkerl", flüsterte sie Tom zu, „aber ich bemühe mich, dass Charlie das nicht merkt." Sie arbeitete als Anwaltsgehilfin, liebte ihr Kind und hatte ein Blumentattoo im Nacken, das mit dem Kragen ihrer Bluse flirtete.

Als das Picknick zu Ende war, fragte sie Tom, ob er mit ihr und Charlie zu Abend essen wollte.

Er wollte.

Melissa und Charlie wohnten in einer Doppelhaushälfte in einem etwas heruntergekommenen, netten Viertel von Philadelphia. Er aß auch Montag, Dienstag und Mittwoch mit ihnen zu Abend, und am Freitag schlief Charlie bei Melissas Eltern, und Tom schlief mit Melissa.

Die Nationalparks bekam er nie zu sehen.

Im September hatte Tom bereits ein Arbeitsvisum und eine Assistenzstelle an einem kleinen College. Die war auf der Karriereleiter zwar eine Stufe unter seinem Job an der University of Manchester, doch das nahm er gern in Kauf. Er zog bei Melissa und Charlie ein, total hingerissen von allen beiden.

Der Junge redete unaufhörlich; er interessierte sich für alles und jedes und machte in einem fort obskure Anspielungen auf Jedis oder Doctor Who – mit anderen Worten: Er war genau Toms Fall. Melissa sagte oft, sie hätten beide ungefähr das gleiche geistige Alter. Charlie bat Tom, ihm ein Baumhaus zu bauen, suchte seinen Rat beim Basteln eines Autos für das Seifenkistenrennen und faltete so viele Papierflugzeuge, dass Melissa jammerte, sie könnte nicht einmal mehr einen Zettel für die Einkaufliste finden.

Eine Zeitlang lief es sensationell. Eine schöne Frau, ein großartiges Kind, ein Job, der nicht übel war. Unglaublich toller Sex. Seine Unikarriere, für die er sich seinerzeit in England gegen 37 andere Bewerber um eine befristete Stelle mit schnellen Aufstiegschancen durchgesetzt hatte, war ihm nicht mehr so wichtig. Um nebenher ein bisschen Geld zu verdienen, arbeitete Tom hin und wieder als Berater für einen Mann, der für die Reichen Spezialflugzeuge herstellte, und von daher war auch finanziell alles bestens. Es schien tatsächlich so, als wäre er mitten in einer perfekten kleinen Familie gelandet.

Er war schon vorher ein paar Mal ziemlich verliebt gewesen, angefangen bei Emily Anne Cartright, dem Nachbarsmädchen, das mit ihm Schluss gemacht hatte, als sie beide sechs waren. Aber Melissa war … etwas Besonderes. Fantastisch im Bett, was für einen Mann nicht zu unterschätzen war. Temperamentvoll und auch witzig. Sie brach zwar gern mal wegen Kleinkram Krach vom Zaun, aber angesichts dessen, was danach zu passieren pflegte, lernte Tom diese Streitereien irgendwann zu lieben.

Und sie war eine verdammt gute Mom, auch wenn sie ein bisschen zu gern auf die orangefarbenen Makkaroni mit Käse aus der Packung zurückgriff und Charlie zu oft fernsehen und zu viele brutale Videospiele spielen ließ. Aber sie liebte ihn, das war offensichtlich. Strich ihm ständig die Haare zurecht, war entzückt über seine Lego-Kreationen und lachte mit ihm, wenn sie ihn abends ins Bett brachte.

Zuerst hatte Tom sein Glück gar nicht recht fassen können. Es war ihm ein Rätsel, warum diese wunderschöne Frau zu haben gewesen war. An ihr war einfach alles wunderbar. Sie schien ... vollkommen zu sein.

Natürlich war sie es nicht.

Nachdem sich die erste Verliebtheit gelegt hatte, fiel Tom auf, dass sie ständig unzufrieden war. Sie mochte das Haus nicht, an dem er absolut nichts auszusetzen fand. Der Job passte ihr auch nicht. Sie hasste ihre Arbeitskollegen und kritisierte die „ungerechten" Regelungen ihrer Firma für Krankentage, Mittagspausen und Urlaub. In sieben Jahren hatte sie elf Jobs gehabt – von Kellnern über Haarewaschen in einem vornehmen Frisiersalon bis zur Sprechstundenhilfe. Immer, wenn er ihr vorschlug, sich doch nach etwas anderem umzusehen, antwortete sie barsch, dass sie nicht wüsste, was sie wollte, nur um gleich danach von ziemlich lächerlichen Berufsideen zu erzählen – Tierärztin, Restaurantbesitzerin oder Architektin –, für die sie weder die Ausbildung hatte noch den Willen, sich die entsprechenden Kenntnisse anzueignen.

Und dann, nach ein paar Monaten, merkte er, dass sie ihn mit ihrer Unzufriedenheit ins Visier nahm. Eine schreckliche Situation. Melissa hatte diese gewisse Art, ihn anzusehen, als würde sie bereits darüber nachgrübeln, wann sie ihn bitten sollte auszuziehen. Wenn er von den Studenten in seinen Seminaren erzählte, seufzte sie oder begann, auf einem Zettel herumzukritzeln. Es war unübersehbar, dass er sie langweilte. Denn im Unterschied zu Tom, der die Normalität des Zusammenlebens liebte und freitagabends gern mit Charlie Videos anguckte oder sonntags einen Fahrradausflug durch die Stadt machte, wollte Melissa ausgehen. Sie wollte Bands hören und Party machen. In England sagte man ‚sich besaufen' dazu. Zum ersten großen Streit kam es, als ihre Eltern einmal nicht babysitten konnten und sie beschloss, Charlie allein zu Hause zu lassen.

„Das können wir nicht machen", sagte Tom. „Er ist zu klein."

„Ich glaube, ich weiß selbst, was gut für meinen Sohn ist", erwiderte sie eisig. „Er ist fast elf."

„Es ist gegen das Gesetz", wandte er ein.

„Schön, dann bleib eben zu Hause. Du magst ihn ohnehin lieber als mich. Ich jedenfalls werde nicht hier rumsitzen und mich langweilen." Und sie war tatsächlich ausgegangen und erst um vier Uhr morgens zurückgekommen, als Tom schon überlegt hatte, ob er die Polizei verständigen sollte. Aber sie war zerknirscht und süß gewesen, hatte mit ihm geschlafen und sich dann entschuldigt, dass sie so lange weggeblieben war; sie hätte in letzter Zeit einfach viel Stress gehabt und ein wenig Dampf ablassen müssen.

Wie sich herausstellte, musste sie das sehr oft tun.

Zu Weihnachten wurde Tom bewusst, dass er es mit Melissa vielleicht etwas langsamer hätte angehen lassen sollen. Das Problem war, dass er ihren Jungen ins Herz geschlossen hatte, und Charlie mochte ihn ebenfalls furchtbar gern. Und genau das war anscheinend der Grund, dass Melissa schließlich mit ihm Schluss machte.

Sie war eifersüchtig.

Einmal, als sie sich (wieder mal) krank gemeldet hatte, kam Charlie nach der Schule mit einem Blatt Papier in der Hand ins Haus gestürmt und schrie: „Tom! Tom! Tomtomtom!"

„Solltest du nicht Mom, Mom, Mommommom rufen?", fragte Melissa in leicht gehässigem Ton. „Oder ist Tom jetzt etwa deine Mommy?" Sie begriff nicht, dass Tom, der als Lehrer früher heimkam als sie, nun mal derjenige war, der den Jungen seit Monaten zu Hause in Empfang genommen hatte. Sie erkundigte sich auch nicht, was es mit dem Papier auf sich hatte, auf dem die Note für Charlies Rechtschreibtest stand: eine Eins plus. Zum ersten Mal hatte der Junge alles richtig geschrieben, was großteils darauf zurückzuführen war, dass Tom mit ihm gelernt hatte.

Ein anderes Mal sagte sie: „Charlie, Schatz, komm, gehen wir Eis essen. Nur du und ich." Sie warf Tom einen kalten Blick zu. „Nur die Familie." Doch als sie an diesem Abend zurückkamen und Charlie überall ganz klebrig von den vielen Marshmallows war, gab sie Tom einen Kuss und drückte ihm einen bereits halb geschmolzenen Karamell-Eisbecher in die Hand. Das Eis rann außen am Styroporbehälter hinunter.

Und genau das war das Problem. Wenn sie die ganze Zeit gemein gewesen wäre, wäre er gegangen … wahrscheinlich. Aber er wollte unbedingt glauben, dass sich in diesen liebevollen Momenten die wahre Melissa zeigte: eine Frau, die sich nicht ständig beklagte, die nicht schlecht über ihre Arbeitskollegen und ihre Eltern redete und die nicht ohne ersichtlichen Grund durchdrehte. Sie war seit ihrem 20. Lebensjahr eine alleinerziehende Mutter, hatte bis vor zwei Jahren noch bei ihren Eltern gelebt … Vielleicht musste sie sich erst an ihr neues Leben gewöhnen. Sie war intelligent. Ungeheuer witzig. Wenn sie nett war, war sie unglaublich toll.

Wenn nicht, redete sie tagelang nicht mit ihm, war dafür aber supernett zu Charlie. Es wirkte fast so, als wollte sie beweisen, wer der echte Elternteil war.

Und weil Tom ein Mann und daher in Gefühlsdingen total unbedarft war, beschloss er, ihr einen Heiratsantrag zu machen.

Eine ganz tolle Idee.

Das Vorhaben reihte sich nahtlos in Toms kluge Lebensentscheidungen ein, zu denen in der Vergangenheit zum Beispiel der Versuch gezählt hatte, mit dem Skateboard ein Metallgeländer hinunterzufahren; das Ergebnis waren eine Hodenverletzung und drei Wochen Schmerzen gewesen.

Doch er machte ihr den Antrag. Kaufte einen Ring, besorgte ein Dutzend rote Rosen, zog seinen einzigen Anzug an und ging in die Firma, in der sie arbeitete, weil er glaubte, dass ihr ein großer Auftritt gefallen würde. Kniete vor ihr nieder und stellte die große Frage, und als sie „Um Himmels willen, Tom" sagte, verstand er das als Ja. Alle anderen offenbar auch, denn die Kollegen lachten, jubelten und gratulierten ihr, und Melissa wirkte richtig glücklich, errötete und bewunderte den Ring.

Eine Zeitlang lief es relativ gut. Es machte ihr Spaß, Hochzeitskleider und Torten anzusehen und Leute von der Gästeliste zu streichen, weil sie von ihnen genervt war, und dieselben Leute später wieder auf die Liste zu setzen (oder auch nicht).

Allerdings fiel Tom auf, dass sie ihm gegenüber immer reservierter wurde. Sie hatten nicht mehr so oft Sex. Sie ging öfter mit ihren Freundinnen aus und blieb länger weg. Und dann kamen die Anrufe, bei denen sie sich praktisch aufs Handy stürzte und dann sagte: „Bleib einen Moment dran", ehe sie mit dem Telefon auf die Toilette rannte. In solchen Fällen sperrte sie dann immer die Tür ab.

Im April war Tom davon überzeugt, dass sie eine Affäre hatte. „Melissa, bist du dir sicher, dass du mich heiraten willst?", fragte er eines Abends, als sie im Dunkeln nebeneinander lagen, ohne sich zu berühren.

„Na toll." Sie seufzte. „Ja, Tom, ich will dich heiraten. Ich habe es doch gesagt, oder? Kannst du aufhören, dich wegen dieser Hochzeit wie ein Waschlappen zu benehmen?"

Er machte Dutzende von Malen fast mit ihr Schluss. Aber wem sollte er etwas vormachen? Wenn er die Beziehung beendete, würde er Charlie verlieren – eine unerträgliche Vorstellung. Vielleicht blieb sie ja auch genau deshalb bei ihm; sie machte zwar ständig bissige Bemerkungen über den Jungsclub, aber ihr Sohn vergötterte Tom nun mal und hatte zum ersten Mal im Leben eine männliche Bezugsperson. In einem ihrer besseren Momente hatte Melissa sogar eingeräumt, dass Tom dem Jungen guttat.

Doch diese Momente wurden immer seltener.

Dann kam der Freitag, an dem Tom nach Hause kam, als Melissa gerade dabei war, ein paar Kleidungsstücke in einen kleinen Koffer zu werfen. „Ich fahre mit einer Freundin übers Wochenende weg", sagte sie und sah ihn kurz von der Seite an. „Du bist doch ohnehin hier, oder? Charlie bleibt so ungern bei meinen Eltern."

„Wohin fährst du?", fragte er. „Welche Freundin?"

„Kannst du bitte mit deinem Verhör aufhören?", blaffte sie.

„Melissa, ich glaube, ich habe ein Recht zu wissen, wohin du fährst." Sie seufzte. Hörte auf, ihre Klamotten zusammenzulegen. Er sah, dass ihre aufreizendste Unterwäsche im Koffer lag. „Hör mal, Tom", sagte sie langsam. „Ich brauche ein bisschen Zeit zum Nachdenken, okay? Also stell nicht zu viele Fragen. Ich brauche einfach etwas Freiraum, und wir sehen uns dann am Sonntag."

„Kann ich mitkommen, Mom?", fragte Charlie, der in der Tür stand.

„Diesmal nicht, Baby." Sie hievte ihren Koffer vom Bett. „Ich bringe dir ein Geschenk mit, in Ordnung? Und jetzt gib mir einen dicken Kuss." Charlie tat es. Dann traten er und Tom auf die Veranda, um ihr nachzusehen.

„Geht wieder rein", befahl sie. „Es ist eiskalt hier draußen. Tschüss! Bis Sonntag."

Sie gingen ins Haus. „Was wollen wir heute Abend unternehmen?", fragte Charlie. „Können wir ins Kino gehen?"

„Klar, Kumpel", antwortete Tom. „Ich, äh, ich hole nur rasch die Zeitung, wegen der Beginnzeiten, ja?"

Er ging hinaus in den kleinen Vorgarten und massierte sich mit den Händen den Nacken.

Da war sie, vier Häuser weiter, und zog ihren Koffer hinter sich her. An der Kreuzung stand ein fetter Geländewagen, eines dieser lauten Detroit-Monster. Ein Mann stieg aus, machte ihr die Autotür auf, warf ihr Gepäck in den Kofferraum, stieg auf der Fahrerseite wieder ein, und weg waren sie.

Tom hatte einen galligen Geschmack im Mund.

Sie hatte also eine Affäre. Insgeheim hatte er es gewusst, aber es zu sehen war so, als hätte ihm irgendjemand gerade einen linken Nierenschlag versetzt.

„Er ist nicht mal reingekommen", hörte er Charlie sagen. Tom drehte sich um. Das Gesicht des Jungen war bleich, seine kleine Stirn gefurcht.

„Wer denn, Kumpel?", fragte er. Seine Stimme klang hohl.

„Mein Dad."

Melissa ging nicht an ihr Handy, obwohl Tom ihr elf Nachrichten hinterließ, in denen er ihr mitteilte, dass Charlie sie gesehen hatte und unbedingt wissen wollte, warum seine Eltern ihn nicht mitgenommen hatten. Tom war erschrocken, wie verbittert seine Stimme sich dabei anhörte. Es war eine Sache, sich wie eine Nutte zu benehmen. Aber mit dem Vater seines Kindes rumzumachen und nicht einmal dafür zu sorgen, dass der Mann ins Haus kam und den Jungen begrüßte, war noch mal was ganz anderes. Und dann hatte sie auch noch die Unverfrorenheit besessen, den eigenen Verlobten zu bitten, auf das Kind aufzupassen, während man selbst einen anderen vögelte …

Als sie am Sonntag immer noch nicht zurück war, wartete er, bis Charlie vor dem Fernseher saß, und rief Janice Kellogg an. Es kostete ihn einiges an Überwindung.

„Ach du meine Güte", seufzte Janice, nachdem er ihr erzählt hatte, was Charlie ihm gesagt hatte. „Wird sie denn nie klüger?"

Mitchell DeLuca sei schon immer Gift für Charlie gewesen, erklärte sie dann. Mal sei er da gewesen, dann wieder weg, dann wieder da. Mal habe er sich in Charlies Leben gedrängt, dann sei er wieder für ein Jahr verschwunden, manchmal sogar noch länger. Bis das Kind einen Knacks fürs Leben weghatte.

„Hast du eine Ahnung, wo sie sein könnte? Charlie macht sich Sorgen. Er will nichts essen."

„Ich habe keinen blassen Schimmer." Janice klang eher verärgert als besorgt. „Tom, ich kann dir gar nicht sagen, wie oft das schon passiert ist … Walter und ich haben schon öfter überlegt, ob wir es dir erzählen sollen. Ich bin mir aber sicher, dass sie wiederkommt. Sie bleibt nie länger als ein paar Tage weg, weil die beiden jedes Mal einen Riesenkrach haben und zu der Erkenntnis gelangen, dass sie sich hassen. Das hält allerdings immer nur so lange vor, bis sie wieder glauben, nicht ohne einander leben zu können."

Na toll. „Danke." Er legte auf und schaute ins Wohnzimmer. Im Fernsehen lief irgendeine Serie mit lautem Lachen aus der Konserve. Charlie starrte geradeaus. Der Kleine hatte nicht viel geredet, seit er seine Eltern zusammen gesehen hatte. Tom beschloss, Melissas Freundinnen anzurufen. Bei jedem Anruf verlor er ein Stück seiner Würde.

Melissa kam nie wieder.

Laut Mitchell DeLuca und dem Polizeibericht hatten sie einen großen Krach gehabt und sich so laut angebrüllt, dass die Leute im Nebenzimmer des Hotels es gehört hatten. Melissa hatte getrunken. War spazieren gegangen. Hatte beschlossen, Tom eine SMS zu schicken.

*Tom, du wirst nicht*

In diesem Moment war sie von einem Auto erfasst worden. Sie war sofort tot.

Schlimm, bei der Totenwache als der betrogene Verlobte am Sarg der Frau zu stehen, die man heiraten wollte. Neben ihren Eltern und ihrem Geliebten/Exmann. Nach Hause zu ihrem kreidebleichen Kind zu gehen und sich dabei so zu fühlen, als würde Gottes Faust einem die Kehle zudrücken. Er war sich so verdammt hilflos vorgekommen.

Mitchell DeLuca kam zum Begräbnis. „Ich würde gern mit meinem Sohn reden", sagte er freundlich zu Tom.

Und Tom, der einmal den besten Mittelgewichtboxer in Großbritannien mit einem einzigen Kinnhaken k. o. geschlagen hatte, trat zur Seite und ließ ihn eintreten.

Charlie schien kleiner geworden zu sein, seit seine Mutter nicht mehr da war, aber beim Anblick seines Vaters leuchtete sein Gesicht auf, und Tom wurde es noch schwerer ums Herz. „Ich, äh, fange dann schon mal mit dem Abendessen an", sagte er und ging in die Küche. So konnte er, umgeben von den Kasserollen, die die netten Frauen aus Tante Candys Pfarre dagelassen hatten, zuhören.

„Bleibe ich jetzt bei dir, Daddy?", fragte Charlie, und Tom traten Tränen in die Augen. Sag Ja, du Mistkerl, fluchte er leise.

„Ich wünschte, das ginge, Kleiner."

Tom spürte förmlich am eigenen Leib, wie dem Jungen zum zweiten Mal in dieser Woche das Herz brach.

Sein Lebensstil, erklärte Mitchell seinem Sohn, sei nicht passend für ein Kind. Er sei zu oft unterwegs. Es tue ihm leid. Charlie solle in der Schule brav lernen, sagte er noch, dann zauste er ihm die Haare, stand auf und ging.

Tom wartete zwei Sekunden, dann ging er ins Wohnzimmer. „Alles in Ordnung, Kumpel?"

„Er ist echt traurig, dass er mich nicht zu sich nehmen kann", flüsterte Charlie, und Tom musste sich sehr beherrschen, um dem Typen nicht nachzulaufen und ihn zu Brei zu schlagen.

„Ganz bestimmt", sagte er stattdessen. „Man merkt, dass er dich sehr lieb hat."

„Ich weiß", sagte Charlie, und Tom hörte zum ersten Mal so etwas wie Hass in der kleinen Stimme des Jungen. Einer Stimme, die er längst liebgewonnen hatte.

Tom erkundigte sich bei den Kelloggs, ob er Charlie adoptieren könnte. Sie sagten Nein. Schließlich kannte Tom den Jungen noch nicht einmal ein Jahr. Was sollte ein 29-jähriger Mann außerdem mit einem zehnjährigen Jungen anfangen? Er könne ihn aber besuchen, wenn er wolle.

Also zog Charlie zu seinen Großeltern, und als Tom mit ihm zum letzten Mal durch die Tür der kleinen Doppelhaushälfte ging, drehte der Junge sich zu ihm um. Für einen Moment dachte Tom, er würde ihn umarmen.

Er irrte sich. „Warum warst du so gemein zu ihr?", schrie Charlie, warf sich auf Tom, schlug ihn und zerkratzte ihm das Gesicht. „Du bist schuld, dass sie weggegangen ist! Ich hasse dich! Ich hasse dich! Ich hasse dich!"

Charlie bekam eine Trauertherapie. Es schien nicht zu helfen. Dass er jetzt in einem anderen Stadtteil wohnte, bedeutete, dass er in eine andere Schule ging, was die Situation nicht leichter machte – eine tote Mutter, ein Idiot als Vater, und jetzt war der Junge auch noch von seinen Klassenkameraden getrennt. Tom, der ihn regelmäßig besuchte, musste mitansehen, wie der kleine Kerl, den er so sehr liebte, sich immer mehr zurückzog. Charlie schien förmlich zu verschwinden, ganz abgesehen von der Tatsache, dass er über Nacht um Jahre gealtert war.

Er wollte keine Sci-Fi-Filme mehr gucken, keine Modellflugzeuge mehr bauen und auch nicht mehr Fußball spielen. Seine Mutter war tot, sein Vater wollte ihn nicht bei sich haben, seine Großeltern erfüllten nur ihre Pflicht, und Tom … Tom war der Grund für die ganze Katastrophe.

# 13. Kapitel

Eine Woche, nachdem sie in Tom Barlows Haus gezogen war, dachte Honor, dass sie verrückt (möglich), betrunken (unwahrscheinlich) oder total jämmerlich (Bingo) gewesen sein musste, um sich darauf einzulassen.

Seit sieben Tagen verbrachten Tom und sie nun die Abende gemeinsam. Meist schweigend. Sie kam von der Arbeit nach Hause, er kam von der Arbeit nach Hause. Sie tauschten Höflichkeiten aus. Sie wechselten sich beim Kochen ab. Sie trank ein Glas Wein, er ein Bier … oder einen Whisky. Manchmal mehr als einen (sie versuchte, nicht mitzuzählen). Dann aßen sie. Geredet wurde wenig; Tom schien angespannt zu sein. Honor war es definitiv. Anschließend verzog sich jeder in eine Ecke: Honor arbeitete die Details für den „Black and White"-Ball aus, Tom korrigierte Tests oder bereitete sich auf den Unterricht vor.

Die Hausarbeit wurde geteilt, und Honor stellte erfreut fest, dass Tom ordentlich war, auch wenn er beim Bettenmachen seine Decke nicht gerade strich (ihr Bett sah wie auf einem Zeitschriftenfoto aus, vielen Dank auch). Er wischte das Waschbecken nach dem Rasieren und besaß einen Staubsauger.

Einmal sahen sie sich im Fernsehen einen Film an, doch da beide zu jenen höflichen Menschen zu gehören schienen, die während Guckens nicht quatschen, war das auch kein Erlebnis, das sie einander näherbrachte. „Guter Film", war Toms Kommentar gewesen, und Honor hatte mit einem „Ja, genau" zugestimmt.

Am Dienstag kam Charlie vorbei, worüber Tom sich wahnsinnig freute, obwohl Charlie weder Fragen beantwortete noch mit ihnen zu Abend aß oder ihnen gar in die Augen schaute. „Was macht die Schule?", erkundigte sich Honor, aber der Junge grunzte nur. „Hast du Mrs Parish in Englisch?" Er seufzte und nickte ein Mal. „Sie war auch meine Lehrerin." Charlie sah sie unendlich gelangweilt an, als wollte er und warum sollte mich das interessieren?" sagen. „Riecht sie immer noch nach Menthol?" Achselzucken.

„Charlie, antworte doch, Kumpel", sagte Tom.

„Ja, Mrs Parish riecht immer noch."

„Wie wär's mit einem Stück Traubenkuchen?", fragte Honor. Sie hatte zu Ehren des heutigen Abends gebacken. Da hatte sie noch gehofft, dass es besser laufen würde.

„Er hat noch nicht aufgegessen", sagte Tom.

Sie sah den Jungen an. „Nun ja, heute ist ein besonderer Anlass. Dein erstes Essen mit uns. Wahrscheinlich sollten wir es mit den Regeln heute nicht ganz so genau nehmen, Tom."

Er zögerte, „Na gut. Charlie, möchtest du Kuchen?"

Er zuckte die Achseln. Dann allerdings aß er, wie Honor erfreut feststellte, drei Stück. Schweigend zwar, aber immerhin. Nachdem Tom ihn zurückgefahren hatte, ging er joggen. Sehr lange joggen.

Kommunikation war also weder ihre noch seine Stärke, so viel konnte man nach dieser ersten Woche mit Fug und Recht sagen.

Die Stimmung war, gelinde ausgedrückt, angespannt. Einerseits war das, was sie hatten, eine mehr oder weniger geschäftliche Vereinbarung, damit fiel zumindest dieser typische romantische Druck weg, der oft entstand, wenn zwei Leute zusammenzogen, um eine Beziehung zu führen. Andererseits hatte sie bereits mit dem Typen geschlafen. Und manchmal, spät nachts, wenn Honor den unvertrauten Geräuschen der Innenstadt und den gelegentlich vorbeifahrenden Autos lauschte, fragte sie sich, ob es dumm von ihr gewesen war, Tom zu sagen, dass sie Distanz halten sollten. Vielleicht hätte die Situation sich mit Sex etwas natürlicher gestaltet.

Sollte das Arrangement jedoch nicht klappen, würde Sex das Ganze nur noch mehr verkomplizieren.

Die Erkenntnis hinderte sie allerdings nicht daran, ihn immer wieder verstohlen anzugucken. Leider schien er diesbezüglich keinerlei Interesse zu haben. Und wenn doch, dann konnte er es gut verbergen.

Am Donnerstagabend rief Faith an und fragte, ob Honor mit ihr essen gehen wollte. Honor stimmte – wenn auch zögernd – zu. Die Rolle der verliebten Braut (oder auch nur irgendeine Rolle) zu spielen würde nicht leicht sein. Besonders deshalb nicht, weil Faith wirklich in ihren Mann verliebt war. Faith bot sich an zu fahren und schlug vor, dass sie sich vorher rasch im Cabrera's Box-Studio trafen, weil Levi dort sein Ding machte. Also ging Honor die drei Blocks dorthin zu Fuß. Spikes niedliches schwarz-hellbraunes Köpfchen guckte dabei wachsam aus ihrer Handtasche.

Honor war noch nie im Cabrera's gewesen, was insofern ungewöhnlich war, als sie alle anderen Läden in Manningsport kannte. Der Boxclub machte auf sie den Eindruck einer Art Vorhölle zu Dantes Inferno: kalt, düster und voller gefährlich klingender Boxgeräusche, die aus allen Richtungen kamen. Da drüben war Faith, leicht zu erspähen in ihrem gelben Kleid. Sie starrte in einen spärlich beleuchteten Boxring.

Auf dem Weg zu ihr kam Honor an einem Teenager vorbei, der auf einem Metallsessel saß. Es war Charlie Kellogg. Er trug eine graue Jogginghose und ein T-Shirt mit einem Ziegenbock vorne drauf. Vielleicht war er ja in einem Verein, der sich nach der Schule hier traf. Er hatte ein Handy in der Hand und in den Ohren wie immer seine Kopfhörer.

„Hi, Charlie", sagte sie.

Er sah sie an, erwiderte die Begrüßung allerdings nicht.

„War nett, dich wiederzusehen", murmelte Honor und ging weiter zu ihrer Schwester.

Faith starrte gebannt auf die beiden Männer im Ring; offenbar war es Levis Ding, hier zu boxen und sich dabei von seiner Frau bewundern zu lassen. Honor konnte den verschwitzten Kerlen, die aufeinander einschlugen, absolut nichts abgewinnen. Levi schien es allerdings Spaß zu machen. Der andere Typ hatte Tätowierungen auf beiden Schultern und beachtliche Muskeln. Sein Körper glänzte vor Schweiß, und, nun ja, vielleicht konnte sie dem Boxen ja doch etwas abgewinnen. Beide Männer trugen Helme, doch Honor konnte sehen, wie Levi lächelte, während er seinem Gegner einen Haken (oder wie auch immer das heißen mochte) verpasste. Der andere Boxer konterte mit einer Links-rechts-links-Kombination, Levi taumelte, fing sich wieder und sagte etwas Unverständliches zu dem anderen Typen.

„Wer schlägt Levi denn da gerade k. o.?", flüsterte Honor.

Faith sah sie befremdet an. „Dein Verlobter."

Honor fuhr verblüfft zusammen. „Oh, natürlich. Mit dem Helm und in diesem schummrigen Licht hat er ein bisschen so ausgesehen … wie, äh, Gerard. Gerard Chartier von der Feuerwehr."

Gerard war ein Meter 95 groß und sah wie Meister Proper aus. Tom war gut 12 Zentimeter kleiner, wahrscheinlich 45 Kilo leichter und hatte ein Tattoo der britische Flagge auf seiner Schulter. Hätte durchaus ein Hinweis sein können. Andererseits hatte er das eine Mal, als sie ihn ohne Hemd gesehen hatte, auf ihr gelegen (hach, was für eine schöne Erinnerung), und sie war so sehr damit beschäftigt gewesen, ihm ihre

Zunge in den Mund zu schieben, dass sie gar nicht dazu gekommen war, seinen Körper nach besonderen Erkennungszeichen abzusuchen.

Die Glocke bimmelte. Die beiden Kämpfer ließen noch einmal freundschaftlich die Handschuhe aneinanderprallen und stiegen dann aus dem Ring. Levi nahm seine quietschende Frau fest in den Arm und küsste sie, und Tom beugte sich zu Honor hinüber und küsste sie ebenfalls. Genau so, wie man es von einem (mehr oder weniger) jungen Paar erwartete.

Es war nur ein schneller Kuss, aber er traf Honor trotzdem völlig überraschend. Er elektrisierte sie dermaßen stark, dass sie hätte schwören können, dass die Lichter flackerten. Dieser Mund, so … wundervoll, und dann dieser männliche Geruch nach Schweiß und Seife. Toms Haare waren feucht, und sein Gesäß und die Oberschenkelmuskeln sahen sündhaft gut aus. Ein paar Schweißperlen liefen über seinen …

„Hallo, Darling. Wolltest du mich anfeuern, während ich deine Verwandtschaft k. o. schlage?" Er wirkte völlig gelassen, und Honor versuchte, es ihm gleichzutun. Sie riss sich vom Anblick seines Oberkörpers los und zwang sich, ihm in die Augen zu schauen.

„Na ja, theoretisch ist Levi nicht mit mir verwandt, zumindest nicht blutsverwandt, aber, äh, wie war die Frage noch mal?"

„Was machst du hier, Schatz?"

„Ich treffe mich mit Faith. Du, ähm, hast im Ring gut ausgesehen, äh, Bärchen."

„Oh Mann, Du nennst ihn doch nicht wirklich so, oder?"

Honor drehte sich um und sah, dass sich ihre Nichte – mit ihrer besten Freundin Helena Meering im Schlepptau – gerade zu ihnen gesellt hatte. „Hallo, Liebes", sagte sie.

„Hi, Tantchen." Abby wandte sich an Levi, stemmte die Hände in die Hüften und fragte. „Bist du etwa schon erschöpft? Ich dachte, du wolltest uns beibringen, wie man sich selbst verteidigt, Levi. Deshalb sind wir schließlich hier."

Ach, richtig. Prudence hatte erwähnt, dass sie es gut fände, wenn Abby ein paar Grundkenntnisse in Selbstverteidigung hatte, bevor die Phase begann, in der sie mit Jungs ausging.

„Ihr seid eine Stunde zu spät." Levi zog eine Augenbraue hoch. „Ich habe 16 Uhr gesagt. Jetzt ist es 17 Uhr 07."

„Sie sehen unglaublich heiß aus, Chief Cooper", sagte Helena.

„Diese Bemerkung ist total unangemessen, junge Dame."

„Sie aber auch, Mister", fügte das Mädchen hinzu und starrte bewundernd auf Tom, der sich gerade seine Boxhandschuhe auszog. Mit den Zähnen. Helena hatte nicht ganz unrecht.

„Für dich immer noch Dr. Barlow", wies Levi sie zurecht. Er überlegte kurz. „Hey, Tom, du hast nicht zufällig Lust, den beiden mit mir gemeinsam Selbstverteidigung beizubringen, oder?"

„Oh mein Gott, bitte sagen Sie Ja", bettelte Helena. „Dann würden sich binnen Minuten wahrscheinlich hundert Mädchen anmelden."

Weiter drüben setzte Charlie sich aufrechter hin und nahm einen Kopfhörer aus dem Ohr.

Tom sah Honor an. Sie deutete mit dem Kopf kurz in Charlies Richtung, und Tom schaute hinüber. Seine Augen blizten schelmisch, und Honor war wieder wie elektrisiert. „Klar helfe ich dir", sagte er. „Ist mir ein Vergnügen."

„Sind Sie Brite?", kreischte Helena. „Hi, ich bin Helena. In sieben Monaten bin ich 18."

„Er ist vergeben, klar?", sagte Abby. „Schon vergessen? Er wird mein Onkel. Er und Honor sind verlobt."

Helena starrte Honor mit offenem Mund an. Kein sehr schöner Anblick. „Mit Ihnen? Im Ernst?"

Irritierende kleine Schlampe. „Ja, Helena, wir … wir werden heiraten." Oh Mann, ganz schön schwer, das auszusprechen, vor allem, wenn ein Gesetzeshüter zuhörte. Honor merkte, dass sie schwitzte. Aus dem Augenwinkel sah sie Charlie näher kommen.

„Tom Barlow. Freut mich", sagte Tom. „Und das ist Charlie Kellogg, mein inoffizieller Stiefsohn. Er boxt auch gelegentlich."

„Cool." Helena war beeindruckt.

„Hey, Charlie", sagte Abby.

„Hey, Abby." Charlies immer noch kindlich wirkende Wangen wurden rot.

„Na gut, wir gehen dann mal", verkündete Faith und küsste Levi noch einmal. „Ich habe vor, alle schlüpfrigen Details über dich herauszufinden, Tom. Betrachte dich also als gewarnt."

„Besten Dank für die Info." Er legte einen muskulösen Arm um Honor. „Verrate ihr nicht alle meine Geheimnisse, Darling."

Honors Wangen glühten. Bestimmt hatte sie rote Flecken im Gesicht. Tom war viel besser darin, den anderen etwas … vorzumachen als sie. „In Ordnung", sagte sie ein bisschen zu laut. „Okay, gehen wir."

Und die nächsten paar Stunden log sie. Sie log ihre jüngere Schwester an.

Na ja, es war kein richtiges Lügen. Sie sagte nur nicht die ganze Wahrheit. Ja, es war schnell gegangen. Ja, sein Akzent war hinreißend. Ja, er sah ziemlich gut aus, nicht wahr? Ja, ja, ja.

Sie hätte so gern über das geredet, was wirklich in ihrem Leben vorging. Doch auch wenn sie und Faith seit deren Rückkehr nach Manningsport ein enges Verhältnis hatten, konnte sie wohl kaum von ihr verlangen, Geheimnisse vor ihrem Mann, dem Polizeichef, zu haben. Sie konnte es auch Pru nicht erzählen, da Pru dazu neigte, alles hinauszuposaunen. Jack kam ohnehin nicht infrage. Honor hätte vielleicht Jessica Dunn in Erwägung gezogen, aber die war ihre Mitarbeiterin, und es kam Honor nicht fair vor, sie in eine Situation zu bringen, in der sie ein Betrugsdelikt decken musste.

Vor noch gar nicht so langer Zeit hätte sie sich Dana anvertraut. Was für eine seltsame Vorstellung.

Mittwochabend fand auf Blue Heron „Kites and Flights" statt, eine der Veranstaltungen, die auch in der Nebensaison Besucher anlocken sollten. Dies hier war ein Event für Singles; vor einigen Wochen hatte Honor ein paar Leute beim Drachensteigen lassen beobachtet und die Idee gehabt, ein Drachenfliegen mit anschließender Weinverkostung zu veranstalten.

Während sie sich letzte Notizen für die Verkostung machte, fiel ihr wieder ein, was Tom neulich gesagt hatte: Was wäre denn, wenn sie jemanden kennenlernte, während sie mit ihm zusammenlebte? Einen alleinstehenden, heterosexuellen, berufstätigen Mann, der vom Alter her zu ihr passte. Dieser Fantasiemann wäre gut aussehend, aber nicht zu schön, intelligent, belesen, und ... und ... er würde sich mit ihr unterhalten, was Tom ja nur selten tat. Äußerst selten. Nur wenn sie unter Leuten waren, ließ er seinen Charme spielen.

Ihre Fantasie (und ihre Eier) hatten ihr vorgegaukelt, dass sie und Tom sich sofort näherkommen würden, wenn sie erst mal zusammen wohnten. Sie würden lachen und sich gut verstehen. Die Chemie würde stimmen. Es würde nicht lang dauern, und sie wären wirklich ein Liebespaar.

Tja, noch nicht. Noch lange nicht.

Spike leckte ihren Daumen ab, und Honor streichelte ihr mit einem Finger das Köpfchen. Der Hund hatte sich sehr verändert, seit Honor ihn zum ersten Mal gesehen hatte. „Sieh dich nur an", sagte sie. „Die Liebe hat dich verwandelt, stimmt's? Und jetzt müssen wir uns um die Singles kümmern. Bist du bereit?"

Honor konnte sich nicht vorstellen, dass es einen perfekteren Tag gab, um Drachen steigen zu lassen. Es war Anfang April, und der Himmel war von einem fast schmerzhaft schönen, unglaublich intensiven Blau. Die Sonne schien warm – das Thermometer zeigte tatsächlich schon elf Grad –, doch Honor wusste natürlich, dass es noch einmal schneien würde, bevor der Frühling sich entschloss zu bleiben. Von Westen her blies ein frischer Wind, und die Luft war erfüllt vom süßen Duft des Weingartens. Honor ging zum Rose Ridge hinüber, wo sich die Single-Drachensteiger versammelt hatten.

Die bunten Drachen und die farbenfroh gekleideten Menschen waren ein schöner Anblick. Honor fiel auf, dass mindestens sechs grauhaarige Personen und drei Kahlköpfe ihrem Ruf gefolgt waren … Warum zogen Single-Events bloß immer die alten Leutchen an? Hey. Wer im Glashaus sitzt … meckerten die Eier. Du lieber Himmel, Pops war auch da. Hoffentlich flirtete er nicht zu viel, sonst würde Goggy ihm später eins mit dem Stock drüberziehen. Aber es waren auch ein paar jüngere Kandidaten gekommen. Lorelei aus der Bäckerei, Julie aus der Bücherei. Der perfekte Mann, den sie sich gerade in ihrer Fantasie ausgemalt hatte, war allerdings nicht dabei. Er war es nie.

Ein Paar, das mit dem Rücken zu ihr stand, schien sich bereits gefunden zu haben. Jetzt drehte der Mann sich um, und Honor blieb wie angewurzelt stehen.

Es war Brogan. Mit Dana.

Mit der schwangeren Dana.

Sie zwang sich weiterzugehen. Zwang sich zu lächeln.

„Hey, Honor!" Brogan kam ihr entgegen. „Wie geht's dir? Tolle Idee, dieses Event! Ich war zu Hause, ich habe gesagt, ‚Dana, da sollten wir hingehen!'. Und natürlich haben wir gehofft, dich zu sehen."

Er bemühte sich – ein bisschen zu sehr zwar, aber immerhin lag ihm offensichtlich daran, ihre Freundschaft aufrechtzuerhalten. Honor gab es einen Stich ins Herz.

„Schön, euch zu sehen", log sie. „Allerdings habe ich nicht mit euch gerechnet."

„Wie könnten wir widerstehen. Ist doch superlustig hier", flötete Dana und lächelte dabei so strahlend, dass ihre Nase sich kräuselte. „Na, wie geht es dir? Lange nicht gesehen."

„Stimmt. Äh, übrigens noch mal herzlichen Glückwunsch." Honor hatte von Dana natürlich eine E-Mail bekommen. „Wirklich tolle Neuigkeiten."

„Danke. Wir sind total glücklich." Dana legte eine Hand auf ihren Bauch – ein bisschen zu weit oben, dachte Honor. Es sah aus, als hätte Dana Sodbrennen. Honor hoffte, dass sie Sodbrennen hatte. Richtig übles Sodbrennen. Und Morgenübelkeit. Aber, aber, sagten die Eier. Sei doch nicht so gehässig. Schließlich könntest du die Nächste sein! Wir sind jedenfalls bereit!"

Honor riss sich zusammen. „Ich habe nicht mit euch gerechnet, weil es ja ein Event für Singles ist."

„Wirklich?", sagte Dana. „Das hat aber nicht in der Zeitung gestanden."

In diesem Augenblick stürmte Jessica mit bekümmerter Miene auf sie zu. „Honor, es tut mir wahnsinnig leid. Die Zeitung hat die Zeile weggelassen, dass es eine Veranstaltung ausschließlich für Singles ist, und jetzt ist die Hälfte aller Leute hier … Oh, hallo, ihr beiden."

„Hey, Jess, wie geht's?", sagte Brogan. Oh Mann, er war so freundlich zu allen. Dann nahm er Danas Hand. Die Geste war vertraut und liebevoll, und sie sprach Bände. Ihre Hand hatte er nie gehalten. Nie.

Sind wir noch immer nicht über ihn hinweg? fragten die Eier.

„Macht nichts", sagte sie zu Jessica. „Sie kriegen es nie ganz richtig hin. Bei der Veranstaltung nächsten Monat weisen wir nachdrücklicher darauf hin, aber heute dürfen sich alle amüsieren und Wein trinken." Sie schwieg einen Moment. „Außer dir natürlich", fügte sie an Dana gewandt hinzu.

„Honor!", rief Carol Robinson, eine der Verheirateten. „Wann kommen wir zum kulinarischen Teil? Ich bin am Verhungern."

„Immer mit der Ruhe, Carol. Zuerst kommt die offizielle Begrüßung", erwiderte Honor. „Leute, leider hat in der Ankündigung in der Zeitung eine Zeile gefehlt. Das ist eigentlich eine Single-Veranstaltung. Aber macht euch keine Sorgen, wir freuen uns sehr, dass ihr heute hier seid. Nächten Monat ist es allerdings nur für Singles, okay?"

„Ist das nicht Diskriminierung?", murmelte Brogan überraschend dicht an ihrem Ohr. Honor erschrak. Er grinste. Es war dieses Killerlächeln.

„Pst", sagte sie. Sie spürte ein verräterisches Kribbeln im Bauch. „Okay, wer von euch wirklich Single ist, stellt sich bitte links zu Jessica. Ihr könnt anfangen, euch kennenzulernen. Und an alle, die es nicht sind: Dann wollen wir die Drachen mal steigen lassen, okay?" Sie hielt einen Drachen in die Höhe – eine Spezialanfertigung, dunkelblau und mit dem goldenen Logo des Weinguts. „Es ist ein schöner Tag hier auf Blue Heron, und Carol hat recht. Nach dem Drachensteigen werden wir etwas Leckeres essen und ein paar sagenhaft gute Weine trinken."

Sie war im PR-Modus. Immer lächeln, immer bemüht, das Familienunternehmen von der besten Seite zu präsentieren, immer auf der Suche nach Möglichkeiten, Leute für das Weingut zu interessieren und sie an das Motto der Familie zu erinnern: Das Leben ist zu kurz für schlechte Weine.

Die Drachen stiegen in die Luft, und Pops Schnur verhedderte sich mit der von Carol Robinson (vermutlich hatte er das beabsichtigt; Carol war bezaubernd). Lorelei von der Bäckerei, die immer so unglaublich fröhlich war, hörte interessiert zu, wie Elvis Byrd, ein blasser, dürrer Computerprogrammierer, der ein paar Jahre jünger als Honor war, ihr erklärte, warum Fracking verheerende Erbeben verursachen und alles Leben, wie man es jetzt kannte, zerstören könnte. Suzette Minor flirtete mit Ned (hier musste Honor wohl dazwischengehen; Suzette war viel zu alt und ordinär für Ned, obwohl ihr Neffe da vehement widersprechen würde). Jessica machte Fotos, und die Drachen tanzten am hellblauen Himmel.

Dana und Brogan hatten sichtlich Spaß. Sie waren ein schönes Paar, das musste Honor ihnen lassen. Sie boten ein Bild wie aus der Werbung: Dana stand kichernd wie eine Fünftklässlerin da, und Brogan – groß und männlich hinter ihr – ließ den Drachen durch die Luft segeln und Kreise ziehen. Dana schielte zu ihr herüber, und Honor schaute schnell weg. Ging zu ihrem Großvater und gab ihm einen Kuss auf die grauen Bartstoppeln. „Hey, Pops, wie geht's dir?"

„Gut, meine Süße. Hast du ein paar passende Damen für mich gesehen? Ich überlege, ob ich mich von deiner Großmutter scheiden lassen soll."

„Du würdest ohne meine Großmutter nicht mal die Haustür finden", erwiderte sie.

„Und? Die Haustür ist ohnehin zugenagelt", entgegnete er. „Aber du hast wahrscheinlich recht", lenkte er dann ein. „Und ich schätze, es sind ohnehin alle Frauen gleich."

„Du bist ein echter Romantiker." Sie rückte seinen Kragen zurecht.

„Du wirst schon sehen." Er gab ihr einen liebevollen Klaps.

Als die Sonne sich langsam dem Horizont zuneigte und den Himmel in pfirsich- und lavendelfarbenes Licht tauchte, begaben sich alle in den Verkostungsraum, wo man Käse und Hors d'œuvres vorbereitet hatte. Honor erklärte, welcher Wein am besten zu welchem Essen passte, und erläuterte Bouquet und Charakter der einzelnen Reben. Spike sah Lorelei, die den Hunden in ihrer Bäckerei immer kleine Leckerbissen zusteckte, schmachtend an, und Pops und Carol flirteten.

Dana und Brogan schienen die Finger nicht voneinander lassen zu können.

Honor konnte sich nicht erinnern, ihn in den vielen Jahren, die sie ihn kannte, jemals verliebt gesehen zu haben. Aber jetzt war es es ganz offensichtlich.

Als Jessica schließlich alle hinauf in den Souvenirshop führte, wo sie hoffentlich Wein in großen Mengen kaufen würden, war es beinahe 20 Uhr und fast dunkel. Honor nahm Spike auf den Arm und drückte sie an ihren Hals. Dann stellte sie sich auf die Zehenspitzen und guckte aus den schmalen Fenstern ins Freie.

Der kobaltblaue Himmel war am Horizont immer noch von roten und violetten Streifen durchzogen. Sowohl im Alten als auch im Neuen Haus brannte Licht, und Honor wurde plötzlich von Heimweh überwältigt. Sie vermisste ihr Zuhause – das große, gemütliche Wohnzimmer und die altmodische Küche, ihr traumhaft schönes Schlafzimmer mit den blassblauen Wänden und dem weichen, weißen Teppich. Sie vermisste ihr eigenes Wohnzimmer im Obergeschoss, wo sie mit Jack oder Mrs Johnson so viele glückliche Stunden vor dem Fernseher verbracht und „Kuriose Fälle in der Notaufnahme" und „Rätselhafte Krankheiten" geguckt hatte.

Vielleicht würden sie und Tom ja irgendwann ins Neue Haus ziehen, falls sie heirateten (und verheiratet blieben). Aber jetzt noch nicht. Honor konnte sich nicht vorstellen, hier unter Vorspiegelung falscher Tatsachen zu leben. Ihr Zuhause war zu kostbar, um es mit einer Scheinbeziehung zu entehren.

Eine echte Beziehung – zumindest eine mit Tom – schien mittlerweile fast ausgeschlossen. In den zehn Tagen, die sie jetzt zusammen wohnten, hatte sie ihn noch nie lächeln sehen. Und, nun ja, es war sein Lächeln gewesen, das sie damals regelrecht ungehauen hatte. Ein Lächeln, das alle möglichen wundervollen Dinge verhieß. Wo war es geblieben? Sein ernstes Gesicht war nämlich nicht annähernd so anziehend wie sein verschmitztes, süßes Grinsen. Statt dessen sah Tom jetzt gelegentlich sogar ein wenig furchteinflößend aus.

„Du heiratest also, wie man hört", sagte jemand. Es war Dana, die mit verschränkten Armen in der Tür stand.

„Ja", antwortete Honor. Spike, deren Gehirn ungefähr die Größe einer Cashewnuss hatte, bellte freudig und wedelte mit dem Schwanz. Treuloser Köter.

Dana würdigte das Hündchen keines Blickes. „Tja, die ganze Stadt redet davon. Komisch, dass ich es von Laura Boothby erfahren musste. Und du hast mir noch nicht einmal gesagt, ob du meine Trauzeugin sein wirst."

Ernsthaft jetzt? Schon klar, Dana war schon immer der Typ gewesen, der es zwar mühsam zu tolerieren schien, wenn jemand anderer etwas erzählte, aber in Wahrheit nur darauf lauerte, das Gespräch wieder auf sich selbst zu bringen. Gott behüte, dass bei irgendjemand anderem etwas passierte. War das schon immer so gewesen? Irgendwie schon, ja. Danas Leben bestand aus Dramen, Streit, Verrat und Triumph. Honors Leben hingegen war immer ziemlich normal gewesen. Und glücklich.

„Tja, ich hatte viel zu tun." Sie setzte Spike in ihre Handtasche, wo sich die Kleine sofort zusammenrollte.

„Ein erstaunlicher Zufall, meinst du nicht?" Dana betrachtete ihren Verlobungsring. „Ich meine, ich wusste nicht einmal, dass du einen Freund hast."

„Es ist einfach passiert", antwortete Honor. Sie verkniff sich, „wie bei dir und Brogan" zu sagen.

Ihre ehemalige Freundin sah auf. „Interessant, das Timing und alles. Ich meine, wenn du wirklich in Brogan verliebt gewesen wärst, und zwar so sehr, dass du mir Wein ins Gesicht schüttest, hättest du dich nicht so schnell verlobt, glaube ich."

Honor zog eine Augebraue hoch. „War ich denn verliebt? Du hast doch gesagt, es wäre nur Verknalltheit gewesen, schon vergessen?"

„Wie auch immer. Sieh mal, vielleicht ist es gar nicht mal so schlecht, dass du nicht meine Trauzeugin sein möchtest. Meine Schwester –

Carla, nicht Penny – will unbedingt. Übrigens, ich überlege, ob ich eure Scheune für die Hochzeit mieten soll."

Nie und nimmer würden Dana Hoffman und Brogan Cain auf Blue Heron heiraten. Keine Chance. „Ruf Jessica an. Sie kümmert sich jetzt um diese Dinge. Allerdings sind wir ziemlich ausgebucht." Das stimmte. Die von Faith zum Veranstaltungssaal umgebaute Scheune hatte auf Eventmanager im gesamten westlichen New York großen Eindruck gemacht.

„Andererseits ist die Scheune vielleicht nicht groß genug. Du weißt ja, wie Eltern sind, stimmt's? Wir versuchen, mit der Zahl der Gäse unter 500 zu bleiben. Wegen der vielen berühmten Sportler, die kommen, brauchen wir jedenfalls etwas wirklich Spektakuläres. Ich meine, die Scheune ist süß, keine Frage, aber … wir möchten eher etwas Eleganteres. Wenn nämlich zum Beispiel Derek Jeter und Jeremy Lin kommen, muss es schon etwas Außergewöhnliches sein. Und wir wollen natürlich heiraten, bevor das Baby kommt."

„Mhm."

Gut gemacht, sagten die Eier und schauten kurz von den Quilts auf ihren Webstühlen auf. Sie hatten nicht ganz unrecht. Nichts ärgerte Dana so sehr wie mangelndes Interesse.

„Wir waren jedenfalls wirklich überrascht, als es hieß, du wärst verlobt."

„Tja, wie du selbst gesagt hast, Dana, wenn's passt, dann passt's. Dann weiß man es einfach."

Dana verschränkte wieder die Arme und zog eine Augenbraue hoch. „Dass ich und Brogan uns verlobt haben, hat also nichts damit zu tun?"

Brogan und ich, Herrgott noch mal. „Ich verstehe nicht ganz, wie du darauf kommst."

„Oh, bitte!" Dana hob theatralisch die Hände. „Du erwartest doch nicht, dass ich dir glaube, du würdest nicht aus Eifersucht heiraten? Brogan und ich verloben uns, und was passiert? Nur einen Monat später ist Honor auch verlobt! Ich frage mich, wo du diesen Kerl ausgegraben hast. Mir kommt das nämlich höchst suspekt vor."

Das stimmte natürlich. Noch deprimierender war allerdings, wie Dana sich gerade benahm. So kannte sie sie sonst nur im Umgang mit anderen Leuten. Honor hatte immer gedacht, sie wäre davon ausgenommen. Plötzlich brannten ihr Tränen in den Augen. Früher hatten Dana und sie zusammen gelacht, getrunken und sich gegenseitig bedauert. Hatten zusammen Filme geguckt und gemeinsam viele Yog-astunden durchlitten.

„Genau das ist es, stimmt's?" Dana stemmte die Hände in die Hüf-ten. „Du erträgst es einfach nicht, dass Brogan und ich zusammen sind. Also hast du dir irgendeinen Loser gesucht, damit du …"

„Hallo, Darling."

Tom stand in der Tür und sah sie an. „Jessica hat gesagt, du wärst hier unten. Ich möchte nicht stören."

„Du störst überhaupt nicht." Honor räusperte sich.

Dana war jetzt total rot im Gesicht.

Spike wachte auf, und als sie sah, dass ihr Erzfeind da war, stürzte sie sich auf Toms Schuh und knurrte.

„Komm schon, Ratty, haben wir nicht schon darüber geredet, dass du das nicht tun darfst?" Er hob den Hund auf und gab ihn Honor. „Ich bin Tom Barlow", sagte er und streckte Dana die Hand entgegen. „Honors Freund. Ich glaube, wir hatten noch nicht das Vergnügen."

Honor hätte ihren rechten kleinen Finger darauf verwettet, dass Tom genau wusste, wer Dana war. Schließlich hatte er sich ja auch an sie erinnert. Aus irgendeinem unerklärlichen Grund liebten Männer Zickenkämpfe.

„Dana Hoffman", murmelte Dana.

Tom ging zu Honor und gab ihr einen Kuss auf die Schläfe. Dann nahm er ihre feuchte Hand und drückte sie. „Ich wollte einfach nur kurz reinschauen und dich sehen, Liebes."

„Hi." Sie drückte seine Hand ebenfalls. Irgendwie liebte sie ihn in diesem Moment.

„Und, ist das Drachensteigen gut gelaufen?"

Nicht nur irgendwie. Sie hatte die Veranstaltung ihm gegenüber gestern Abend zwar kurz erwähnt, war sich aber nicht ganz sicher gewesen, ob er wirklich zuhörte. Er war nämlich gerade in ein paar Flugzeugpläne vertieft. „Ja, danke."

„Wundervoll. Dana, was machst du beruflich?"

„Ich bin Friseurin."

„Sehr schön." Tom lächelte. „Tja, dann werde ich mal wieder gehen. Ich wollte eure Unterhaltung nicht stören, meine Damen. Honor, wir sehen uns dann zu Hause. Außer, du möchtest, dass ich bleibe und dir beim Aufräumen helfe."

„Nein, das … Ich muss erst noch ein paar andere Dinge erledigen.

Aber, ja, wir sehen uns dann, ähm, zu Hause."

Er beugte sich zu ihr hinunter, legte ihr eine (große) Hand auf die Wange und küsste sie. Honor erwiderte seinen Kuss. Sie hätte sich ihm aus Dankbarkeit wahrscheinlich gleich hier am Boden hingegeben, hätte Dana nicht mit hochgezogener Augenbraue daneben gestanden.

Tom sah Honor an. Seine grauen Augen waren unergründlich, sein Lächeln verschwunden. Dann drehte er sich zu Dana. „War reizend, dich kennenzulernen."

„Wir sollten mal zusammen essen gehen", schlug Dana überraschenderweise vor. „Wir vier."

„Unbedingt", sagte Tom, „Und wer wäre noch mal der Vierte?"

Oh, ja. Honor würde ihr erstes gemeinsames Kind Tom nennen, egal, ob Junge oder Mädchen.

Dana schnaubte (was sich ziemlich abstoßend anhörte, wie Honor erfreut feststellte). „Ähm, Brogan."

„Und wer ist Brogan?"

Wenn sie Zwillinge bekam, würde Honor beide Tom nennen.

„Ist die Frage ernst gemeint?" Dana stutzte. „Es überrascht mich, dass Honor ihn dir gegenüber nie erwähnt hat. Immerhin hat sie bis vor Kurzem noch öfter mit ihm geschlafen."

Tom drehte sich zu Honor. „Ach ja, dieser Freund von dir, den ich im Hugo's getroffen habe. Stimmt ja. Ich wusste nicht, dass das dein Exfreund war, Honor", log er mit sichtlichem Genuss. „Ja, dann müssen wir auf jeden Fall mal essen gehen. Hast du sonst noch irgendwelche alten Lover in der Stadt versteckt?"

„Oh. Ich … du … Ryan Gosling?", sagte Honor. Ihre Stimmer hörte sich komisch an. „Keinen. Es ist … tja."

Tom grinste. „Dann lasse ich euch Mädels mal allein." Er gab ihr noch einen schnellen Kuss, bei dem sie regelrecht ins Taumeln geriet.

Als seine Schritte verhallt waren, wandte sich Dana mit gekräuselten Lippen an sie. „Es fällt mir schwer zu glauben, dass dieser Typ mit einem Heiratsantrag vom Himmel gefallen ist."

Honor räusperte sich. „Wie gesagt, es ist einfach passiert. Wir waren beide total überrascht."

Noch eine Formulierung, die sie von Dana übernommen hatte. Die schien sich nicht mehr daran zu erinnern.

Dana verzog den Mund zu einem falschen Lächeln. „Wir freuen uns schon auf dieses Essen."

Tom hatte bereits einen Whisky intus und den zweiten gerade in Arbeit, als die Haustür aufging und seine Verlobte hereinkam. Dieses Kostüm, das sie da trug, schmeichelte ihrer absolut akzeptablen Figur (die – jetzt, da er gerade daran dachte – sogar ziemlich reizvoll war) kein bisschen. Schlichter blauer Rock und ebensolche Jacke, weiße Bluse und geradezu unerträglich praktische Schuhe. In ihrer Handtasche sah man den Kopf des kleinen Rattenhunds.

„Hi." Honor stellte das kleine Vieh auf den Boden, von wo aus es ihn anknurrte. „Danke, dass du mich vorhin gerettet hast."

„Meinst du mit Dana?" Er ließ den Hund nicht aus den Augen. Ratty hatte gestern auf seine Sporttasche gepinkelt.

„Ja. Du hast etwas gut bei mir."

„Wirklich?" Ihm würden mehrere Möglichkeiten einfallen, wie sie sich bei ihm revanchieren könnte. Diese langweiligen Klamotten auszuziehen wäre schon mal ein Anfang. Hoffentlich hatte sie heiße Unterwäsche an.

Nicht die Art von Gedanken, die hilfreich waren.

Es gab schließlich nur einen einzigen Grund, der Tom hoffen ließ, dass diese Ehe funktionieren könnte, und das war die Tatsache, dass sie auf einer Geschäftsbeziehung beruhte. In der Liebe hatten sie ja schließlich beide kein Glück gehabt, nicht wahr?

Doch als er vorhin gehört hatte, wie dieses miese kleine Miststück mit Honor umgegangen war, hatte er einfach … helfen wollen. Hatte den britischen Charme spielen lasse, den treu ergebenen Verlobten gemimt und so getan, als wüsste er nicht, wer Dana und Brogan waren.

Aber der Kuss war wie ein elektrischer Schlag gewesen. Nicht gut. Er hatte keine Lust, sich noch einmal das Herz brechen zu lassen. Das hatte Melissa bereits sehr erfolgreich hingekriegt, und ihr Sohn setzte die Tradition jetzt gewissermaßen fort. Aber Honor war nett. Honor war freundlich. Nett und freundlich, mehr konnte er derzeit emotional nicht bewältigen. Elektrische Schläge und das Bedürfnis, als Retter in der Not aufzutreten … nein, das war gar nicht klug.

Honor sah ihn an. Schon klar. Weil er sie anstarrte.

„Tja", sagte er schließlich, „Mittlerweile bin ich schon richtig gut im Schauspielern. Du übrigens auch."

Ihr Blick wurde plötzlich verschlossen. „Stimmt, das bist du." Sie setzte sich auf die Couch und zog ihre absolut langweiligen Schuhe aus.

„Übrigens", sagte er, „das habe ich dir heute gekauft." Er hob die kleine Samtschatulle und gab sie ihr.

Es hatte erstaunlich lange gedauert, einen Ring auszusuchen. Er hatte gedacht, er würde in den nächstbesten Schmuckladen gehen, sich nach einem Ring in seiner Preisklasse erkundigen und, zack, die Sache wäre erledigt. Statt dessen hatte er sich jeden einzelnen verdammten Ring im Geschäft angesehen, ehe er sich dann für diesen entschieden hatte.

Honor machte die Schatulle auf. „Oh", hauchte sie.

„Gefällt er dir? Wenn nicht, gebe ich ihn zurück, und du kannst dir einen aussuchen, der deinem Geschmack eher entspricht." Tom merkte mit einiger Verspätung, dass er den Atem angehalten hatte.

„Nein, nein. Er ist … er ist wunderschön."

„Er ist antik."

„Ja." Sie schaute auf, so gerührt, dass Tom sie nicht länger ansehen konnte. Statt dessen guckte er aus dem Fenster. „Danke", sagte sie leise. „Das war doch nicht nötig."

„Doch, natürlich. Wenn wir schon wahnsinnig verliebt ineinander sind und bald heiraten, solltest du auch einen Ring haben." Er trank seinen Whisky aus und stand auf. „Freut mich, dass er dir gefällt. Ich muss jetzt ein paar Arbeiten korrigieren. Und ich sollte Charlie anrufen und mir anhören, wie er am Telefon gelangweilt seufzt."

„Okay. Danke noch mal. Für … du weißt schon. Für alles."

Mist. Pass besser auf, Kumpel, warnte ihn seine innere Stimme. Du würdest einem netten Mädchen wie ihr doch nicht wehtun wollen, oder? Aber sie war kein Mädchen. Sie wusste, woran sie war. Zumindest sollte sie es wissen, dachte er, und ging nach oben, während sie immer noch auf der Couch saß und ihren Ring ansah.

# 14. Kapitel

„Es ist nicht mein Zeug, mit dem das Haus zugemüllt ist. Es ist seines." Goggy verschränkte die Arme und machte ein finsteres Gesicht.

Großelternmord. Eine Vorstellung, die von Tag zu Tag verlockender wurde. Honor seufzte. Eigentlich hatte sie an einem Samstagmorgen etwas Besseres zu tun, als das Haus ihrer Großeltern zu entrümpeln. Sie könnte zum Beispiel noch einen PAP-Abstrich machen lassen. Das würde mehr Spaß bringen als das hier. „Goggy, ihr beide seid verdammt nah dran, zu Messies zu werden."

„Unsinn. Was ihr Kinder immer habt … Ich muss die Wäsche falten gehen."

„Ich erledige das! Goggy, du kannst nicht so oft die Treppe rauf- und runtergehen. Sie ist eine Todesfalle."

„Wie soll ich mich sonst fit halten? Jeremy hat gesagt, ich soll Gymnastik machen. Also steige ich Treppen." Sie sah Honor triumphierend an.

„Apropos, in Rushing Creek gibt es einen traumhaften Pool."

„In dem die Leute ertrinken", sagte Goggy.

„Niemand ist dort je ertrunken."

„Es ist nur eine Frage der Zeit." Goggy kehrte ihr den Rücken zu und humpelte – eine Hand auf dem Geländer, eine Hand an der Wand – die schmale, dunkle, gefährlich aussehende Treppe des Alten Hauses hinauf.

Faith war es letzte Woche gelungen, die Entrümpelung voranzutreiben, indem sie eine von Goggys hässlichen Strickjacken aus dem Haus geschmuggelt hatte. Nicht schlecht, wenn man bedachte, dass Goggy es in Sachen Sturheit mit dem biblischen Pharao aufnehmen konnte. Prudence hatte weniger Erfolg gehabt, als sie ihre Großeltern darauf hinwies, dass kein Mensch vier Siebe brauchte. Das hatte dazu geführt, dass Goggy bei Williams-Sonoma angerufen, zwei weitere Siebe bestellt und sich trotzdem geweigert hatte, sich von den anderen vier zu trennen.

Vielleicht würde ihr Großvater sich kooperativer zeigen. Er hatte die ganze Zeit am Küchentisch über einem Kreuzworträtsel gesessen und die beiden Frauen ignoriert. „So, Pops, sehen wir mal nach, was ihr nicht mehr braucht, okay?" Sie versuchte, eine klemmende Küchenschublade aufzumachen, die randvoll mit Krimskrams war. Lauter sinnloser Kram, dachte sie, während sie – vorsichtig, damit sie mit ihrem Ring nirgends hängen blieb – mit der Hand in der Schublade herumtastete, um die Stelle zu finden, an der die Sache hakte.

Was für ein Ring …

Komisch, dass sie mal gedacht hatte, ihr würde die extreme Schlichtheit von Danas Ring mit dem ungefassten, auffallend funkelnden Diamanten gefallen. Der Ring, den Tom ausgesucht hatte, war ein Artdéco-Stück (offenbar original). Ein viereckiger Diamant, umgeben von zwei dreieckigen Diamanten, mit Platinfassung … verschnörkelt, ungewöhnlich und so unglaublich schön, dass man ihn ständig ansehen musste.

Die Schublade sprang laut auf. „Grundgütiger."

„Das brauche ich", sagte Pops, ohne von seiner Zeitung aufzusehen.

„Komm schon, Pops. Wie viele Korkenzieher braucht man schon?"

„Ich bin Winzer! Ich brauche viele!"

„Da drin sind … warte … zwei Dutzend Korkenzieher?" Sie zählte schnell nach. „Du brauchst nicht 27 Korkenzieher."

„Ich weiß, wie viele es sind." Der alte Mann guckte sie böse an.

„Und du brauchst wirklich jeden einzelnen?"

„Ja."

Sie massierte sich mit Daumen und Zeigefinger die Nasenwurzel. „Pops, wäre es nicht schön, in einem sauberen, hellen und ordentlichen Haus zu leben, wo du mehr als nur eine Steckdose pro Stockwerk hättest? Wo du alle Türen benutzen könntest? Wo du keine Angst haben müsstest, die Treppe hinunterzufallen und dir das Genick zu brechen?"

„Deine Großmutter ist diejenige, die 50 Mal am Tag diese Treppe rauf- und runterläuft. Ich gehe nie nach oben."

„Was ist, wenn Goggy stürzt und sich die Hüfte bricht? Wie würdest du dich dann fühlen, na? Du wärst am Boden zerstört." Verstohlen nahm sie einen Korkenzieher aus der Schublade. Wenn sie Pops nicht überreden konnte, sich von seinem überflüssigen Zeug zu trennen, würde sie es eben stehlen und Goodwill spenden. Nicht, dass es einen florierenden Markt für gebrauchte Korkenzieher gäbe … „Im Ernst, Pops, du darfst nicht mehr auf die Leiter steigen und die Regenrinne sauber machen. Es ist gefährlich."

Er stöhnte. „Wenn du mal in meinem Alter bist, wirst du dir auch von niemandem sagen lassen, was du tun darfst und was nicht, Schatz. Wenn ich die Regenrinne schon nicht mehr säubern kann, was kommt als Nächstes? Ich kann mich nicht mehr anziehen? Nicht mehr allein essen? Das ist mein Zuhause. Das sind meine Habseligkeiten. Mach keinen hilflosen alten Mann aus mir, der in Windeln herumsitzt."

Jetzt bekam Honor Mitleid mit ihm. „Nein, Pops, darum geht es doch nicht. Aber du musst realistisch sein. Dein Gleichgewichtssinn ist nicht mehr der beste, und in diesem Haus könntest du leicht stolpern und stürzen. Ganz zu schweigen, dass du von der Leiter fallen könntest wie voriges Jahr."

„Vielleicht hast du ja recht. Wahrscheinlich nicht, aber vielleicht. Und jetzt leg den Korkenzieher zurück. Das ist mein Lieblingskorkenzieher."

Es klopfte an der Küchentür. Honor schaute auf.

Es waren Tom und Charlie.

„Hallo", sagte ihr Verlobter. „Wir dachten, ihr könntet Hilfe gebrauchen."

„Oh, das … das ist aber wirklich nett von euch." Sie hatte heute Morgen beim Frühstück erwähnt, was sie vorhatte. Damit, dass Tom hier auftauchen würde, hatte sie nicht gerechnet.

„Mr Holland", sagte Tom zu Pops, „Sie erinnern sich bestimmt an meinen Stiefsohn, nicht wahr?" Der Junge seufzte laut und verdrehte die Augen. Anscheinend hatte er nicht einmal die Energie, Tom wegen der Bezeichnung Stiefsohn zu korrigieren. „Charlie, sag Hallo."

„Hi." Charlie schüttelte Honors Großvater die Hand.

„Hallo, junger Mann!" Pops klopfte ihm auf die Schulter, „Vielleicht bist du ja auf meiner Seite und hilfst mir, diese Räuberbande von meinen Sachen fernzuhalten."

Um Charlies Lippen zuckte es verräterisch. Honor sah Tom an.

Sein Gesichtsausdruck war voller … Hoffnung. Wie der eines Hundes im Tierheim, der schon zu oft übergangen worden war, aber immer noch erwartungsvoll die Ohren aufstellte, wenn er jemanden kommen hörte.

Dann merkte Tom, dass sie ihn ansah, und überspielte seine Einsamkeit mit einem schnellen Lächeln.

Er war eine harte Nuss, dieser Tom Barlow. Honor hatte mittlerweile das Gefühl, ihn immer weniger zu kennen statt immer besser.

„Wann heiratet ihr beiden eigentlich?", wollte Pops wissen.

„Äh, bald", antwortete Honor.

„Wir sollten uns langsam mal darum kümmern, oder?", murmelte Tom.

Das stimmte. Sobald sie um die offizielle Heiratserlaubnis ersuchten, blieben ihnen 60 Tage, um zu heiraten, sonst würde Tom ausgewiesen. Genau deshalb hatte sie sich bis jetzt noch nicht darum bemüht. Was einmal wie ein guter Plan gewirkt hatte, schien ihr jetzt so dünn wie Eis im März. Und genauso gefährlich.

„Pops", sagte sie. „Komm, gehen wir runter in den Keller. Ich weiß, dass dort Zeug rumliegt, das wir rauswerfen sollten."

„Ich muss mich um die Weinstöcke kümmern", wehrte Pops ab.

„Lauf nicht weg, du Feigling. Du hast versprochen, mir zu sagen, was ich wegwerfen darf."

„Nichts. So, jetzt habe ich es dir leichter gemacht."

Goggy kam wieder in die Küche. Sie trug jetzt ein anderes Kleid und einen kleinen Schal, was darauf hindeutete, dass sie ausgehen wollte. „Hallo, Jungs! Gebt mir ein Küsschen! Man weiß ja nie, wann man mal die Gelegenheit bekommt, einen schönen Mann zu küssen. Und hier sind gleich zwei von der Sorte!"

Tom gab ihr einen Kuss auf die Wange. Charlie tat es ihm nach, und Goggy tätschelte ihm die Wange. Süß, dass sie ihn nicht wegen seines schwarzen Lidstrichs und der Piercings ausschimpfte. Wäre er ein Holland, würde Goggy ihm deshalb ständig in den Ohren liegen.

„Ich gehe zu einem Pfarrgemeindetreffen", verkündete sie. „Derzeit wird hitzig darüber debattiert, ob man ein neues Altartuch anschaffen soll oder nicht. Diese Cathy Kennedy kann manchmal richtig fies werden! Wir sehen uns später, ihr Lieben! Lasst die Finger von den Sachen im ersten Stock, aber entsorgt unbedingt das Gerümpel eures Großvaters."

„Es ist kein Gerümpel", protestierte Pops. Sie ignorierte ihn, drehte sich um und ließ eine Wolke Jean Naté hinter sich zurück.

„Ich bin da", erklang eine ermattete Stimme. „Wie befohlen. Als hätte ich an einem Samstag nichts Besseres zu tun." Abby kam zur Hintertür herein. „Hi, Leute. Oh, hey, Charlie. Ich wusste nicht, dass du auch kommst. Noch ein Sklave, den meine Tante rumkommandieren kann?"

Charlie wurde rot. „Sieht ganz so aus", murmelte er. Ach, die Pubertät. Honor wurde gerade bewusst, dass sie in Brogans Gegenwart immer genauso verlegen gewesen war. Seufz.

„Machen wir uns an die Arbeit", rief sie. „Die Gummihandschuhe sind unter der Spüle, und ich habe jede Menge Müllsäcke. Und du hör auf, mich so böse anzugucken, Pops."

„Das wäre ein toller Platz, um eine Leiche zu verstecken", stellte Abby fest, während sie die schiefe Kellertreppe hinuntergingen. „Charlie, dieses Haus wurde – stimmt's, Pops? – 1781 gebaut?"

„Stimmt, Schatz", antwortete er. „Der erste Holland hat dieses Stück Land als Belohnung dafür bekommen, dass er gegen deine Landsleute gekämpft hat, Tom."

„Wirklich?", sagte Tom. „Bei dem Wetter da draußen kommt mir das eher wie eine Bestrafung vor."

Er hatte nicht ganz unrecht. Die Temperaturen waren gestern Nacht auf minus sieben Grad gefallen.

„So", sagte Honor, „diesen Kram hier können wir eindeutig ausmisten." Sie hob ein infrage kommendes Teil auf.

„Leg das wieder hin", knurrte ihr Großvater. „Das brauche ich."

„Pops, das ist ein verschimmeltes Schaumstoffkissen. Außerdem ist es zerrissen."

„Und? Ich kann es waschen und für etwas anderes verwenden."

„Wofür beispielsweise? Wann würdest du ein schimmliges, zerfetztes Schaumstoffkissen brauchen?"

„Es ist ekelig, Pops", erklärte Abby.

„Ich werde nicht hier rumstehen und mir anhören, wie ihr euch über meine Sachen lustig macht", erwiderte Pops. „Ich muss mich um die Weinreben kümmern. Nett, dass wir uns gesehen haben, junger Mann", sagte er zu Charlie. „Und Sie auch", fügte er an Tom gewandt hinzu. „Heiraten Sie meine Enkelin und machen Sie eine ehrenwerte Frau aus ihr."

„Wird gemacht, Sir." Tom schüttelte ihm die Hand, und Pops humpelte die alte Holztreppe hinauf.

„Er ist weg. Vielleicht sollten wir einfach die ganze Bude abbrennen", schlug Abby vor.

Die nächste Stunde verbrachten sie damit, Pops kostbare Besitztümer, zu denen ein verbogener Golfschläger, ein zerbrochener Spiegel und Zeitungen aus den 1960ern zählten, in Müllsäcke zu stecken.

Abby – Gott segne sie – redete fast ununterbrochen, und Charlie antwortete, anfangs schüchtern und dann selbstbewusster, als sie auf das Thema Musik kamen.

„Na, was haben wir denn da?", fragte Tom, der gerade am anderen Ende des Kellers kauerte, um etwas näher in Augenschein zu nehmen. „Aber hallo! Die könnten durchaus etwas wert sein." Er schaute auf und grinste Honor an.

Es war ein Stapel Magazine. Männermagazine, um genau zu sein.

Tom schlug ein Magazin auf, „Miss September 1972. Nicht übel." Er richtete sich auf. „Ich denke, wir sollen auf eBay nachsehen, wie viel heute für so etwas gezahlt wird."

„Pfui."

„An ihr ist doch nichts pfui. Sie ist entzückend."

„Sei still. Wirf sie einfach weg." Oh Mann! Es gab Dutzende von diesen Zeitschriften.

„Hoffentlich lesen wir in ein paar Tagen nicht in der Zeitung, dass auf irgendeiner Schutthalde eine unschätzbar wertvolle Sammlung alter ‚Playboys' gefunden wurde." Er guckte verstohlen zu Charlie hinüber. „Aber du hast recht. Am besten, wir entsorgen sie, bevor der Junge sie sieht. Die Pubertät ist auch ohne diese Art von Anregung schon schwer genug."

Sie steckten die Magazine in einen schwarzen Müllsack, und inmitten des Gestanks nach Kellerwänden und altem Papier nahm Honor ganz schwach den Duft von Toms Seife wahr.

Es schien Jahre her zu sein, dass sie miteinander geschlafen hatten.

Nachdem die „Playboys" beseitigt waren, richtete Tom sich auf und zog seine Handschuhe aus. „Honor, möchtest du immer noch heiraten?", fragte er leise.

Sie sah ihn überrascht an. „Sicher."

„Denn wenn du nicht mehr willst, muss ich mir einen anderen Plan zurechtlegen."

„Nein, ich will." Sie atmete tief durch. „Willst du?"

„Ja." Seine Miene war ernst.

„Bist du sicher?"

„Ja. Die Fotos von den nackten Frauen haben mich nur noch stärker motiviert, es durchzuziehen." Er grinste, und Honor bekam so weiche Knie, dass sie befürchtete, ihre Beine würden gleich einknicken. Einerseits war es schrecklich nett gewesen, sich länger als, ein, zwei

Minuten ernsthaft mit ihm zu unterhalten; andererseits schoss ihr dieses Lächeln direkt in den Unterleib.

„Leute! Seht mal, was wir gefunden haben!", rief Abby. Die beiden Teenager kamen zu ihnen.

Tom wandte die Augen ab. „Ist sie lebendig?"

„Ja!" Charlie hielt seinen Fund hoch.

Es war eine Schlange.

„Eine Schlange!", kreischte Honor und flüchtete sich hinter Tom. „Eine Schlange! Eine Schlange!"

Charlie wich erschrocken zurück, und – Mist! – ließ die Schlange fallen. Sie wand sich, schwarz und unheilvoll, auf dem Boden und verschwand mit einer grauenvoll geschmeidigen Bewegung. Honor kletterte auf den Müllsack voller „Playboys", schlang die Arme fest um Toms Hals und klammerte sich panisch an ihn.

„Hast du etwa eine kleine Phobie, Darling?", erkundigte er sich.

„Wo ist sie? Wo ist sie?", rief Honor. Ihre Haut war bereits klebrig vor Schweiß. Oh Gott, wenn ihr dieses Tier über den Fuß kroch – oder in ihre Hose! Bei der Vorstellung, wie sich dieses widerliche kalte Etwas an ihrer Haut emporschlängelte, musste sie fast kotzen.

„Ich habe vergessen, dass du Angst vor Schlangen hast", sagte Abby.

„Tja, jetzt ist sie weg", murmelte Charlie und hockte sich hin, um den Boden besser mit den Augen absuchen zu können.

Tom hob Honor hoch, sodass sie praktisch huckepack auf ihm saß. „Beruhige dich, Liebes. Du hast sie erschreckt."

„Ich habe sie erschreckt? Man kann doch nicht einfach eine Schlange aufheben und hoch halten! Was ist, wenn sie giftig ist?"

„Es war eine Strumpfbandnatter", erklärte Charlie.

„Was ist, wenn es eine giftige Strumpfbandnatter war?"

„So etwas gibt es nicht, Darling." Tom verlagerte das Gewicht von einem Bein aufs andere.

„Lass mich nicht runter! Bitte! Bring mich hier raus!" Sie schlang die Arme noch fester um seinen Hals. Tom röchelte.

„Da ist sie", rief Charlie.

„Nein! Tu sie weg, Charlie! Bitte!" Sie umklammerte Tom mit ihren Beinen so fest, dass er keuchte.

Er lockerte den Würgegriff um seinen Hals. „Charlie, schaff sie raus, Kumpel."

„Möchten Sie sie halten, Honor", fragte Charlie unschuldig.

Honor brach in Tränen aus.

„Oh Mann, es tut mir leid!" Der Junge wirkte erschrocken.

„Schon gut, sie hat eine Phobie. Offensichtlich." Abby legte Charlie eine Hand auf die Schulter. „Bringen wir die Schlange raus, okay?"

„Es tut mir leid", wiederholte Charlie. Seine Miene verfinsterte sich bereits wieder.

„Mir auch. Entschuldige." Honor liefen immer noch Tränen über die Wangen. „Ich habe Angst vor Schlangen."

„Ja, das habe ich schon verstanden."

Oh Gott, die Situation war ihr so peinlich. Sie saß wie ein Klammeraffe auf Tom und zitterte vor Ekel, konnte sich gleichzeitig aber nicht überwinden, einen Fuß auf den Boden zu setzen. Nicht, wenn dieser Keller voller versteckter Schlangennester war. Niemals.

Tom begann, sie herunterzulassen.

„Nein!", schrie sie. Er zuckte zusammen, da ihr Mund direkt neben seinem Ohr war. „Was ist, wenn es noch mehr gibt? Lass mich nicht runter! Beweg dich nicht! Lass mich nicht fallen!"

„Schon gut, beruhige dich. Aber rutsch nach vorn, damit ich dich sehen kann", sagte er und versuchte, ihr Gewicht nach vorn zu verlagern. Honor hockte immer noch wie ein Jockey auf seinem Rücken und umklammerte seinen Hals. „Himmel, du machst es mir nicht gerade leicht, was?"

„Ich kann nicht! Ich habe Angst, okay! Verklag mich doch."

Seine Schultern bebten. Möglich, dass er gerade lachte, dieser Schuft. Noch ein paar Versuche, und er hatte sie endlich nach vorn gezogen, sodass sie ihn ansah. Nun ja, sie würde ihn ja ansehen, wenn sie sich dazu überwinden könnte, ihn … äh … anzusehen. Statt dessen vergrub sie zitternd ihr Gesicht an seiner Schulter.

„Ganz ruhig, Süße", flüsterte er. „Sie ist ja weg."

Er roch so gut. Nach einer Stunde Arbeit in einem feuchten, dreckigen Keller roch er immer noch nach Seife und Regen, und er war warm, stark und ein Fels in der Brandung.

Nach einer Minute, vielleicht auch zwei, atmete sie wieder ruhiger, und die Tränen waren getrocknet.

„Kann ich dich jetzt runterlassen?", erkundigte er sich.

Sie hätte ewig in dieser Position verharren können. Und die war, da sie ihre Beine immer noch um seine Taille geschlungen hatte, eine ziemlich, äh, intime.

Sie ließ ihre Beine an ihm hinuntergleiten und stellte sich, da sie immer noch Angst hatte, den Boden zu berühren, auf seine Füße. Tom umfasste ihr Gesicht und wischte ihr mit den Daumen die letzten Tränen aus den Augen. „Besser?"

Sie nickte.

Er nickte ebenfalls. Und lächelte.

Dann küsste er ihre Stirn. Dann ihre Nase. Dann ihre Lippen.

Und diesmal tat er es nicht, um irgendjemand etwas zu beweisen. Es gab bei diesem Kuss in diesem feuchten alten Keller nur sie beide. Wie seine Lippen so perfekt auf ihren lagen und wie er sie fest und schützend im Arm hielt, das war das schönste Gefühl der Welt. Seine Haare waren so weich wie die eines Babys. Das hatte sie schon vergessen. Und er schmeckte so unglaublich gut.

„Leute, das ist widerlich." Honor fuhr hoch, als sie die Stimmer ihrer Nichte hörte. „Ich meine, tut mir leid, dass ich euch erschreckt habe, aber bitte … Ich muss mir das zu Hause oft genug ansehen."

Tom räusperte sich. „Wir sollten uns besser wieder an die Arbeit machen, was?" Keine zehn Pferde konnten Honor hier unten halten. Wo eine Schlange war, waren wahrscheinlich Tausende, möglicherweise eine Million. Sie erschauderte wieder. „Ich gehe rauf und fange an, die Küche zu entrümpeln."

Und doch wäre sie, trotz der Schlangenbedrohung, gern geblieben.

Als Tom schließlich aufbrach, um Charlie ins Fitnessstudio zu bringen, und Prudence mit ihrem großen Truck kam, um das Gerümpel zur Müllhalde zu fahren, waren 15 schwarze Plastiksäcke voll geworden. Schrecklicherweise sah sowohl der Keller als auch die Küche genauso aus wie vorher. „Treffen wir uns später im Brautmodengeschäft?", fragte Pru.

„Kling gut." Heute würden die drei Holland-Mädchen mit Mrs Johnson das Hochzeitskleid aussuchen. Gegen Mrs Johnsons Willen, wohlgemerkt.

„Wenn wir schon mal dabei sind, sollten wir deines auch gleich kaufen", schlug ihre Schwester vor.

„Ach nein, heute ist Mrs J.s Tag."

„Wie sollen wir jetzt eigentlich zu ihr sagen?", fragte Pru. „Mom kommt mir nicht richtig vor. Ich schwöre, ich wusste bis vor ein paar Wochen nicht einmal, dass sie einen Vornamen hat."

„Keine Ahnung. Aber jetzt muss ich rasch nach Hause, duschen", sagte Honor. „Wir sehen uns dann dort."

Vier Stunden später saßen Honor, Faith und Prudence im „Happily Ever After", während die mittlerweile völlig entnervte und verschwitzte Gwen, der der Laden gehörte, Mrs Johnson das 16. Kleid zum Anprobieren brachte. Die Mädchen hatten kein einziges davon zu sehen bekommen, da Mrs Johnson alle Gewänder als albern, grauenhaft oder – aus welchem Grund auch immer – angeberisch abtat. Ihre Anforderungen waren hoch: Nichts, was sie nuttig aussehen ließ (was sie mit trägerlos gleichsetzte), nichts, in dem sie billig wirkte (womit sie Perlenstickereien oder Glitzer meinte), und nichts, was altmodisch war (keine Spitze). Roben mit weit ausgestelltem Rock kamen ebenfalls nicht infrage (protzig). Keine Etuileider (Nachthemden). Nicht kürzer als bodenlang (dem Anlass nicht angemessen) und nichts mit Schleppe (pompös).

„Hat jemand Alkohol dabei?", erkundigte sich Faith. „Jetzt könnte ich einen Drink vertragen."

„Oder ein Valium", fügte Pru hinzu.

„Was haben Tom und du eigentlich für die Hochzeit geplant?", wollte Faith wissen.

Honor erschrak. „Ach, ich habe mir gedacht, wir heiraten nur auf dem Standesamt."

„Was? Nein!", protestierte Faith. „Ihr müsst in der Scheune heiraten."

Honor räusperte sich. „Es wird keine Hochzeit in der Scheune geben. Wir, äh, brennen vielleicht einfach durch."

„Willst du deinen Vater umbringen, Honor Holland?", hörte man Mrs Johnson sagen. Die Frau hatte Ohren wie ein Luchs.

„Oh, daran habe ich gar nicht gedacht."

„So …", sagte Faith. „Jetzt aber zum Spannenden. Wie war er, dein erster Kuss mit Tom?"

„Ach, nun ja, er war toll." Eine lahme Antwort. „Wie, äh, war denn dein erster mit Levi?"

„Unglaublich. Er hat mich nach einem epileptischen Anfall geküsst."

„Ist das nicht ungesetzlich?", fragte Pru.

„Nicht in diesem Bundesstaat. Es war am Morgen danach. Eigentlich war unser erster Kuss in der Highschool. Der war auch aufregend. Levi ist der beste Küsser in der Geschichte der Menschheit."

„Da wäre ich mir nicht so sicher", sagte Pru.

Honor war sich auch nicht so sicher. Tom war ein begnadeter Küsser. Wenn sie an den Kuss im Keller dachte, wurde ihr regelrecht … schwindlig.

„Du wirst ja ganz rot", stellte Faith fest.

„Hey, du würdest auch rot werden, wenn du wüsstest, wo Carl und ich es heute Morgen getan haben", sagte Prudence. „Ach so, du hast mit Honor geredet. Ja, Tom ist ein heißer Typ, definitiv. Dieser Akzent ist unglaublich, auch wenn ich ihn kaum verstehe."

„Was für ein Akzent ist das eigentlich? Cockney?", wollte Faith wissen.

„Nein, Manchester. Der übliche Arbeiterakzent, schätze ich." Aber es stimmte, er hatte so ein gewisses Etwas.

Gwen huschte wieder an ihnen vorbei. Die Angst stand ihr – völlig zu Recht – ins Gesicht geschrieben. Eine Sekunde später kehrte sie mit noch einem Kleid zurück. Tapferes Mädchen. Man hörte Gemurmel und dann ein Knurren von Mrs J.

Prudence seufzte. „Ich kann es nicht fassen, dass ausgerechnet wir keinen Wein mitgenommen haben. Mrs J., kommen Sie schon! Um Himmels willen, zeigen Sie uns endlich ein Kleid!"

„Na schön, ihr ungezogenen Gören", rief Mrs Johnson. „Aber ich sehe lächerlich aus."

Sie kam aus dem Ankleideraum, und alle drei Mädchen beugten sich vor. „Oh, Mrs J.", hauchte Honor. „Sie sind wunderschön."

Das Kleid war schlicht – eine Robe im Meerjungfrauenstil mit Rüschen und den obligatorischen nichtnuttigen Trägern. Es schmiegte sich wie angegossen an Mrs Johnsons ziemlich atemberaubende Figur. Ihre dunkle Haut hob sich leuchtend von dem weißen Stoff ab, und ihre kurzgeschnittenen Haare ließen ihren Hals lang und elegant aussehen.

„Gekauft", sagte Prudence.

„Ich bin begeistert", murmelte Faith.

Mrs Johnson sah mit gerunzelter Stirn an dem Kleid hinunter und zog am Korsett. „Das würde dir gut passen, Honor. Nicht mir. Ich bin eine alte Frau."

„Wie alt sind Sie eigentlich?", fragte Pru.

„Das geht dich nichts an, du unverschämtes Kind."

„Hey", sagte Faith, „Sie sind bald unsere Stiefmutter. Seien Sie nett zu uns."

„Das ist nett, für meine Verhältnisse." Mrs Johnson guckte Faith finster an.

Honor stand auf und ging zu ihr. „Dad wird von diesem Kleid begeistert sein." Sie gab Mrs J. einen Kuss auf die Wange. „Kommen Sie schon, sehen Sie sich mal an."

Sie legte ihren Arm um Mrs J., und die beiden schauten in den Spiegel.

„Sollen wir noch einen Schleier dazunehmen?", fragte Gwen.

„Sehe ich so aus, als würde ich einen Schleier tragen?", erwiderte Mrs Johnson. Ihre Stimme klang jetzt allerdings ein wenig verträumt. Sie schien den Blick nicht von ihrem Spiegelbild abwenden zu können.

„Hol einen Schleier, Gwen. Los, ich komme mit", befahl Pru. „Faith, du kommst auch mit. Ich kenne mich mit diesem Mädchenkram überhaupt nicht aus." Pru hatte tatsächlich immer noch ihre Klamotten für die Farmarbeit an; nicht, dass sie oft aus ihnen rausgekommen wäre.

Die drei anderen Frauen gingen in den Raum mit den Hochzeits-Accessoires. Honor schaute immer noch Mrs J. an. „Ich glaube, das ist das Kleid", murmelte sie. „Sie nicht?"

„Ich glaube, da könntest du recht haben." Das Lächeln, das sich auf ihrem Gesicht ausbreitete, ließ ihre strengen Züge plötzlich ganz weich wirken.

„Ich bin so froh, dass Sie und Dad sich gefunden haben."

„Ich liebe ihn schon seit Jahren. Du meine Güte, erzähl bloß niemandem, dass ich das gerade gesagt habe. Mein Ruf wäre ruiniert." Sie drückte Honor kurz an sich. „Aber es stimmt."

„Sie haben es gut verborgen."

Mrs J. sah sie eindringlich an. „Und du verbirgst auch etwas, nicht wahr, Honor?"

Vor lauter schlechtem Gewissen wegen des vielen Lügens wurde Honor ganz heiß. „Ähm, nein."

Mrs Johnson schnaubte. „Ich bitte dich … Du kannst mir genauso wenig vormachen wie früher, als du noch klein warst."

„Ich war 16, als wir uns kennengelernt haben."

„Genau. Und du bist eine schrecklich schlechte Lügnerin. Warum heiratest du diesen Mann, den du erst seit Kurzem kennst?"

„Pst! Mrs Johnson, bitte!" Honors Gesicht im Spiegel war knallrot.

„Ist es wegen einer Green Card?"

„Pst. Das wäre Betrug! Und ich bin nicht unbedingt der Jesse-James- oder Tony-Soprano-Verbecheryp, oder?"

„Nein, darum mache ich mir ja so große Sorgen."

„Es ist einfach … Liebe."

„Quatsch."

„Mrs Johnson …"

„Meine liebe Honor", sagte sie liebevoll, „ich erzähle es niemandem. Aber glaubst du wirklich, du solltest jemanden heiraten, den du gar nicht liebst? Dich für jemanden entscheiden, nur weil er nett ist und du ihm einen Gefallen tun willst?"

Honor wischte sich die Hände an ihrem Rock ab. „Äh, nein. Das sollte ich nicht. Aber ich …" Jetzt zitterte sie. „Sie dürfen es Dad nicht sagen", flüsterte sie.

„Versprochen." Der Blick der Haushälterin war ernst, aber liebevoll.

Honor holte tief Luft. „Nicht jeder findet die wahre Liebe, Mrs J.", flüsterte sie. „Manche von uns müssen das Beste aus dem machen, was das Leben ihnen bietet."

„Und das machst du schon, seit ich dich kenne, Honor Grace. Sei doch keine Märtyrerin."

„Sich aufopfern ist unser Familienmotto", entgegnete Honor. „Das sollten Sie mittlerweile wissen. Und Tom ist nett. Er ist ein guter Mensch. Ich … empfinde etwas für ihn."

„Er auch für dich?"

„Ja, ich denke schon. Möglich wäre es jedenfalls. Vielleicht."

„Das klingt ja sehr romantisch." Mrs J. sah sie skeptisch an.

Honor seufzte. „Faith und Pru kommen zurück."

„Wenn du jemanden zum Reden brauchst, meine Liebe, kannst du immer zu mir kommen."

Honor war gerührt. „Danke."

Pru und Faith eilten auf sie zu, gefolgt von Gwen, die einen langen, hauchdünnen Schleier in der Hand hatte. „Macht euch keine Mühe", sagte Mrs Johnson. „Ich werde ihn nicht tragen. Er sieht protzig aus. Das Kleid allerdings nehme ich."

Beim Bezahlen beugte sich Faith über die Ladentheke. „Gwen", sagte sie zur Ladenbesitzerin, „da wir schon mal hier sind … Können wir einen Termin für meine Schwester vereinbaren?" Sie strahlte

Honor an. „Ist das okay? Du kannst nicht einfach durchbrennen oder nur auf dem Standesamt heiraten."

Honor schluckte. „Klar. Warum nicht?"

Denn nach diesem Kuss heute im Keller wollte sie Tom Barlow noch lieber heiraten. Egal, ob das illegal war oder nicht.

# 15. Kapitel

„Es reicht, Charlie. Nimm die Hand vors Gesicht, Kumpel." Tom stand hinter dem schweren Boxsack und versuchte, nicht genervt das Gesicht zu verziehen. Charlies Schlagtechnik war lächerlich. „Du musst aus der Schulter heraus boxen, schon vergessen?"

„Ich versuche es ja." Tat er nicht. Genau das war das Problem.

„Ausgezeichnet! Jetzt einen Haken. Los, seitlich auf den Boxsack. Nimm die Hand vors Gesicht." Charlie gehorchte lustlos. Sein sogenannter Haken war schwach und verfehlte das Ziel. „Super! Na, was macht die Schule?" Hat dich in letzter Zeit irgendjemand verprügelt?

Keine Antwort.

Man sollte annehmen, dass jemand, der schikaniert wurde, Interesse daran hätte, Boxen zu lernen. Vielleicht war es ja ein gutes Zeichen, dass ihm dieses Training total egal zu sein schien.

Die Tür des Fitnessstudios ging auf. Plötzlich legte Charlie sich mächtig ins Zeug und begann, wie ein Derwisch auf den Boxsack einzudreschen. Sein weites T-Shirt umflatterte ihn wie verschwitzte Flügel. Der Junge schielte zur Tür – es war nicht Abby Vanderbeek. Er ließ die Arme sinken.

„Hände vors Gesicht." Tom tippte dem Jungen seitlich an den Kopf, um zu demonstrieren, dass ein Gegner hier eine ungedeckte Angriffsfläche hätte.

„Fass mich nicht an", murmelte Charlie und begann wieder, lethargisch den Boxsack zu bearbeiten.

„Es gibt bald ein Turnier", sagte Tom – mehr, um Konversation zu machen, als in der Annahme, das Charlie tatsächlich drauf anspringen würde. „Alter ab 14, verschiedene Gewichtsklassen. Du könntest teilnehmen. Du bist schon richtig gut." Das war natürlich gelogen.

Die Glocke läutete, und Charlie schlurfte wortlos davon. Das Training war offenbar beendet.

Hinzu kam, dass der Junge nicht im Fitnessstudio duschen wollte und daher auf der kurzen Fahrt zum Haus der Kelloggs ziemlich streng roch, nur aus dem Fenster starrte und Tom völlig ignorierte.

Es war unglaublich, dachte Tom, als sie in den Apple Blossom Drive einbogen, wie lange der Junge es schon schaffte, ihm insgeheim Vorwürfe zu machen. Selbst wenn Charlie ihm zu Recht die Schuld an Melissas Tod gab – wann würde er ihm vergeben? Tom war nicht derjenige, der am Steuer des Wagens gesessen hatte, der Melissa überfuhr. Er hatte Melissa nicht gesagt, dass sie eine SMS schreiben und gleichzeitig eine verkehrsreiche Kreuzung überqueren sollte. Er hatte in den letzten Jahren für Charlie sein ganzes Leben neu organisiert, und der kleine Mistkerl war immer noch unfreundlich zu ihm.

Er liebte Charlie. Er hasste Charlie. Er hatte Angst um ihn. Jeden Tag hörte man von einem neuen Teenagersuizid. Beim Anblick der Gesichter dieser Kinder in den Nachrichten – so jung, so verloren – brach Tom jedes Mal der kalte Schweiß aus.

Er hielt vor dem Haus der Kelloggs. „Bis bald, Kumpel."

Zu seiner Überraschung blieb Charlie sitzen. „Macht noch irgendjemand bei diesem Turnier mit?", fragte er, ohne Tom anzusehen.

„Äh, nicht, dass ich wüsste." Noch irgendjemand bedeutete wahrscheinlich Abby Vanderbeek. „Ich werde es am Dienstag im Selbstverteidigungskurs erwähnen." Er schwieg kurz. „Hast du Interesse?"

Charlie zuckte die Achseln. „Weiß nicht. Kann sein."

„Toll! Das ist toll!" Vielleicht war das Boxen ja doch eine Chance, einander näherzukommen. Oder Mädchen zu beeindrucken. Oh Mann. Genau aus diesem Grund hatte Tom selbst damit angefangen. So oder so – es war ein Schritt in die richtige Richtung.

„Ich kann mich mal für dich erkundigen", sagte er. „Allerdings brauche ich das Einverständnis deiner Großeltern."

Erneutes Achselzucken.

„Alles klar. Tja, dann begleite ich dich zur Tür und erwähne es mal, okay?"

Janice begrüßte ihn, indem sie ihn wie immer von oben bis unten musterte. „Hallo, Tom", sagte sie zu seinem Schritt.

„Hallo, Janice."

„Wie war er? Furchtbar?"

„Nein, er war großartig. Bis bald, Charlie." Tom winkte, doch die Geste wurde nicht erwidert. Aber zumindest hatte Charlie ihm auch nicht den Stinkefinger gezeigt. Vielleicht machten sie ja Fortschritte.

„Hör mal, Janice, Charlie hat vielleicht Interesse, an einem Boxturnier für Jugendliche teilzunehmen."

„Wirklich? Ich kann mir nicht vorstellen, dass er irgendjemanden schlagen würde."

„Das ist keine gute Einstellung, nicht wahr? sagte Tom. „Wenn er motiviert ist, dann …"

Janice schnaubte.

„Er hat Potenzial. Ich meine, er ist vielleicht nicht der geborene Sportler, aber wenn er sich dafür interessiert, sollten wir das unterstützen."

„Na schön. Ich nehme an, es wird wieder Geld kosten."

„Das übernehme ich, keine Sorge."

Sie starrte wie ein Vampir auf seinen Hals. Falls es denn ältliche Vampire gab, die rosa Jogginganzüge trugen.

„Ich verstehe nicht, warum du dir so viel Mühe gibst", sagte Janice. „Er ist nicht gerade ein Sonnenschein."

Tom biss die Zähne zusammen. „Für mich schon."

„Verstehe." Sie sah ihn spöttisch an, und für einen Moment kam es Tom so vor, als stünde Melissa vor ihm.

„Ich melde mich", sagte Tom.

„Wie du meinst", antwortete sie. „Aber rechne nicht damit, dass er die Sache durchzieht. Er ist faul, genau wie Melissa." Ein letzter Blick auf Toms Kronjuwelen, dann machte sie die Tür zu.

Sehr motivierend.

Tom ging mit zusammengebissenen Zähnen zurück zum Auto. Zu allem Überfluss war auch das Wetter fürchterlich. Eiskalt und feucht, und das, obwohl es angeblich Frühling war.

Wie konnte es sein, dass Charlie bei diesen jämmerlichen Großeltern besser aufgehoben war als bei ihm? Vielleicht hätte der Junge ja eine Chance im Leben, wenn die Leute, bei denen er lebte, ihn etwas mehr mögen und ihm nicht in seiner Gegenwart als faul und schrecklich bezeichnen würden.

Tom brauchte einen Drink.

Als er nach Hause kam, drehte der kleine Rattenhund total durch und bellte in einem fort. Wuff! Wuff! Wuff! „Spike! Genug jetzt!", befahl er. Der Hund ignorierte ihn.

Wo war Honor? Hatte sie ihm erzählt, dass sie etwas vorhatte? Entrümpelte sie immer noch das Haus ihrer Großeltern? Er sah keinen

Zettel, und er hatte keine Nachrichten auf seinem Handy. Eine Möglichkeit wäre natürlich, sie anzurufen. Aber was sollte er schon sagen? Wo bist du? Komm nach Hause. Ich habe verdammt schlechte Laune und mag nicht allein sein.

Wuff! Wuff! Wuffwuffwuff! Der kleine Hund stürmte ins Zimmer und fing an zu knurren. „Sehr beeindruckend", sagte Tom und schenkte sich zwei Fingerbreit Whisky ein. „Ich habe fürchterliche Angst."

Er setzte sich und versuchte, den kleinen Kläffer mit der großen Klappe zu ignorieren. „Komm schon", sagte er schließlich und hob den Hund auf. „Lass uns Freunde sein. Na, was meinst du?"

Spike bohrte ihre Zähne in seinen Daumen. „Verpiss dich, Ratty", sagte Tom, stellte den Hund wieder auf den Boden und ging zur Spüle, um sich das Blut abzuwaschen. Dieser lächerliche kleine Hund. Er sollte sich einen richtig großen Köter zulegen, der Spike ein paar Manieren beibrachte.

Er hob das fiese kleine Bündel am Nackenfell hoch, damit es ihn nicht mehr beißen konnte, und trug es die Treppe hinauf. Dann machte er die Tür von Honors Schlafzimmer auf und setzte den Hund aufs Bett, von wo aus das reizende Tier ihn weiter anknurrte. Es klang eher wie ein rabiater Igel als wirklich bedrohlich.

Hier drinnen roch es angenehm. Nach Zitrone. Das Zimmer war makellos sauber und aufgeräumt und sah, dank Honors Paranoia aufzufliegen, fast genauso aus wie damals, als sie noch nicht hier gewohnt hatte. Einige ihrer Klamotten waren in Toms Zimmer, aber alle hatten dort bestimmt nicht Platz gehabt. Er öffnete eine Schublade und guckte hinein.

Durchaus schöne Höschen, dachte er. Ein paar in Rosa, ein paar schwarz-weiß getupft. Dazu passende BHs. Sieh mal einer an! Die Frau, die sich im 21. Jahrhundert anzog wie eine Puritanerin, besaß wirklich reizende Höschen. Eigentlich fast ein bisschen verrucht. Und war das nicht ein Pluspunkt für eine Ehe?

Wuff! Wuff!

Ratty war wieder da und verbiss sich in Toms Knöchel. „Weißt du, Ratty, für ein Eichhörnchen bist du ganz schön nervig. Genieß deine Einsamkeit." Er schloss die Tür hinter sich und ignorierte das Kratzen auf der anderen Seite. Wieder nach unten. Kein Bluten an den Knöcheln, da das Tier seine Zähnchen diesmal anscheinend gleich direkt ins Knochenmark gegraben hatte.

Er trank seinen Whisky aus. Schenkte sich noch einen ein und trank davon die Hälfte.

Die Tür ging auf, und herein kam seine zukünftige Braut. „Darling", sagte er, „wo warst du?"

„Wir haben ein Hochzeitskleid gekauft."

Oh Mann. „Müssen wir wirklich im großen Stil heiraten?" Er drehte sich um, um sie anzusehen. Sie sah … hübsch aus. Irritierend hübsch sogar.

„Darüber sollten wir uns mal unterhalten." Sie errötete. „Man hat mir zu verstehen gegeben, dass meine Familie etwas Größeres erwartet als nur uns beide und einen Friedensrichter."

„Entwickelst du dich jetzt etwa zu einer Monsterbraut, Honor?"

„Nein, ich sage nur, dass ich an meine Familie denken muss. Außerdem wirkt es wahrscheinlich überzeugender, wenn wir eine richtige Hochzeit feiern. Mit Kleid und Blumen und allem Drum und Dran. Und übrigens, das Kleid war nicht für mich. Es war für Mrs Johnson." Sie schwieg kurz. „Aber ich habe für mich einen Termin ausgemacht." Jetzt wurde sie sogar noch roter.

„Soll wir mal anfragen, ob Pippa Middleton Zeit hat, deine Trauzeugin zu sein, falls deine Schwestern nicht reichen?"

„Warum hast du so schlechte Laune?"

„Dein Hund hat mich gebissen. Zwei Mal."

„Armes Baby."

„Danke."

„Ich meinte Spike. Wo steckt sie eigentlich?"

„Ich habe sie gefressen."

Honor wartete.

„Sie ist in deinem Zimmer."

„Was? Ich habe dir doch gesagt, dass sie Auslauf braucht. Sie pinkelt ins Haus, wenn sie eingesperrt ist."

„Sie wird von Minute zu Minute sympathischer, nicht wahr?"

Sie ging nach oben und kam mit Ratty wieder herunter. Der Hund schmiegte seinen Kopf an Honors Hals und machte auf lieb und brav.

„Sie ist aus dem Tierheim, Tom. Du darfst sie nicht einsperren. Das macht ihr Angst."

„Ich habe dir doch gesagt, dass sie mich die ganze Zeit gebissen hat."

„Sie wiegt knapp über zwei Kilo."

„Und ihre Zähne sind wie Nadeln."

„Sei ein Mann."

Er zog eine Augebraue hoch. Sie ebenfalls.

Das Telefon klingelte. Tom trank noch einen Schluck Whisky und betrachtete seine Ehefrau in spe. Sie sah gut aus. Besser als gut. Strahlend, hübsch und auch ein bisschen gereizt. Ihr Augen funkelten. Tom musste unwillkürlich lächeln, und der nervige Hund knurrte.

Das Telefon klingelte wieder. Honor seufzte und hob ab. „Hallo? Wie bitte?" Ihr Gesichtsausdruck veränderte sich. „Oh, hallo, Mr Barlow! Wie geht es Ihnen. Ich bin's, Honor."

„Gib mir das Telefon." Tom streckte seine Hand aus. „Es ist für mich."

Sie hörte nicht auf ihn. Freches Ding. „Honor Holland? Die Verlobte Ihres Sohns?", sagte sie. „Ach, hat er nicht?" Sie guckte Tom böse an. „Oh Mann, tut mir leid. Ich dachte, Sie wüssten es."

„Großartig", murmelte Tom. Sein Vater würde sich wegen der Verlobung vor Glück nicht mehr einkriegen können. Dad war ein unverbesserlicher Romantiker.

„Nein, es ging ziemlich schnell … Oh, natürlich. Er ist einfach wunderbar."

„Gib mir das Telefon", sagte Tom wieder. Und wieder hörte sie nicht auf ihn. War das heutzutage eigentlich immer noch Teil des Eheversprechens: zu lieben, zu ehren und zu gehorchen?

„Warum ich mich in ihn verliebt habe?" Sie verdrehte die Augen. „Himmel, das ist echt schwer zu sagen."

„Sag ihm einfach die Wahrheit." Tom kam näher. „Ich bin toll im Bett. Gib jetzt das Telefon her, Honor."

„Wahrscheinlich deshalb, weil er so tierlieb ist", sagte sie.

„So, das reicht." Tom drückte sie gegen die Küchentheke und nahm ihr den Hörer aus der Hand. Du meine Güte, sie roch so gut. Der Hund knurrte und biss in Toms Hemdärmel, doch Tom ließ sich nicht beirren. Es gefiel ihm, Honor so nah zu sein und zu wissen, dass sie nicht entkommen konnte. „Hallo, Dad."

„Tom! Du verdammtes Schlitzohr" Hugh Barlows Stimme klang überglücklich. „Wann ist das alles passiert?"

„Dad, ich wollte es dir selbst sagen, aber Honor freut sich so sehr, dass sie es allen erzählen muss", antwortete Tom. „Sie ist verrückt nach mir."

„Genau", murmelte Honor.

„Natürlich ist sie das, mein Junge", sagte Hugh. „Wie ist sie denn so?"

„Sie ist reizend." Tom sah seine Braut an. „Dominant. Sehr herzlich. Kann gar nicht genug von mir kriegen."

Sie zeigte ihm den Stinkefinger. Als er sie anlächelte, errötete sie.

„Wunderbar", schwärmte Dad. „Wann ist denn der große Tag? Ich will doch dabei sein, wenn mein Junge heiratet."

Tom wurde ernst, trat einen Schritt zurück und ließ Honor los. „Das wissen wir noch nicht genau, Dad, aber wir denken eher an eine standesamtliche Trauung ohne Gäste."

„Eine große Hochzeit", widersprach sie laut. „Schon sehr bald, Mr B."

„Ohne Gäste", wiederholte Tom. „Aber danach musst du uns unbedingt besuchen." Er nahm den Hörer in die andere Hand. „Du kochst meinem Dad dann Blutwurst, nicht wahr, Darling? Es ist sein Lieblingsessen."

„Ganz wie ihr wollt, ihr Lieben", sagte Dad. „Das ist eine wunderbare Neuigkeit, Tommy. Einfach wunderbar."

Jetzt bekam Tom ein schlechtes Gewissen. „Danke."

„Ich hoffe, du hast diesmal mehr Glück."

„Ich auch."

„Kann ich sie noch mal sprechen?".

„Klar. Honor, Darling, Dad möchte dich unbedingt näher kennenlernen. Dad, wir reden später, in Ordnung?" Er gab Honor den Hörer.

„Hallo noch mal, Mr Barlow", sagte sie. „Oh, okay, Hugh."

Tom trank seinen Whisky aus und beobachtete Honor, die gerade in den Hörer lächelte.

Diesen Betrug, den sie planten … Sie machten nicht nur den Behörden etwas vor, sondern allen: den Hollands und allen Freunden von Honor, Charlie und den Kelloggs und jetzt auch Dad.

Seinen Vater zu belügen war nie Toms Stärke gewesen.

Honor legte auf. „Netter Mann", kommentierte sie.

„Ja."

„Hast du außer ihm noch Familie?"

„Nein."

Sie stellte den Hund auf den Boden, und Ratty lief los, um nachzusehen, wer auf der Straße solchen Lärm machte. „Was ist mit deiner Mutter?"

„Sie hat uns verlassen, als ich klein war."

Honor nickte und starrte auf den Boden. „Tut mir leid."

„Du kannst nichts dafür, oder?" Er klang so, als würde er das Gegenteil meinen. „Ich meine, danke. Hör mal, ich muss noch Arbeiten korrigieren. Bist du hungrig?"

„Nein. Meine Schwestern, Mrs J. und ich waren nach dem Einkaufen essen."

„Verstehe. Kauf doch einfach ein Kleid, das dir gefällt. Mir ist es egal." Oh, Mist. So hatte er das nicht gemeint. Er sah ihren verletzten Blick.

Aber was hatte sie denn erwartet? Die Situation, in der sie sich befanden, war nicht die eines klassischen Paares, das heiratete. Es war ihm wirklich egal, welches Kleid sie anzog oder ob ihre Familie bei der Hochzeit dabei war.

Nicht egal war ihm allerdings, dass Honor sich womöglich in ein Hochzeitsfieber und diesen „Und sie lebten glücklich bis an ihr Ende"-Kram, den Frauen so liebten, hineinsteigerte. Hatte die Welt denn nichts von Charles and Diana gelernt? Tom war nur aus einem einzigen Grund einverstanden gewesen, das hier durchzuziehen: weil er keine andere Chance gesehen hatte, in den USA zu bleiben, und weil Honor die Sache ganz nüchtern angegangen war. Sie war ein vernünftiger Mensch, der nicht dazu neigte ... wozu Frauen eben sonst so neigten.

Aber ihm gefiel nicht, wie sich das Ganze jetzt zu entwickeln schien. Zuerst dieser Kuss heute im Keller ihrer Großeltern. Und jetzt starrte er sie an und fragte sich, was sie tun würde, wenn er sie wieder küsste. Und sie dann auf diesem Tisch hier bis zur Besinnungslosigkeit vögelte.

„Ich muss noch mal kurz weg", sagte er. „Ich habe gestern etwas im College vergessen."

Und das, Freunde, war gelogen. Aber immerhin kam er so aus dem Haus raus.

Tom kam viel später nach Hause, als er vorgehabt hatte. Doch er hatte den Shuttlebus zum College genommen, weil nur Idioten Auto fuhren, wenn sie Whisky getrunken hatten – und Tom war in vielerlei Hinsicht ein Idiot, aber nicht in dieser. Betrunken Auto zu fahren, beim Fahren oder beim Gehen SMS zu schreiben ... auf diese Weise würde er nicht sterben. Er hatte also ein wenig an einer Präsentation gearbeitet, die den Studenten Windscherung und Drehmoment veranschaulichen sollte, um seine Zeit zu nutzen. Wenn er schon mal da war …

Dann war Droog aufgetaucht, und er und Tom waren auf ein Bier gegangen, und Tom hatte seinem Vorgesetzten erzählt, dass er heiraten würde.

„Ah!", rief Droog. „Bei der und Mess Holland hat es Kleck gemacht! Ja! Ech habe gleich gespürt, dass an jenem schecksalhaften Abend etwas en der Luft lag. Gratuliere, mein Freund!"

„Danke, Kumpel", antwortete Tom. „Wir, äh, würden uns natürlich sehr freuen, wenn du zur Hochzeit kämst."

Droog hatte sich angeboten, Tom nach Hause zu fahren, aber Tom war sich nicht sicher gewesen, ob Droogs Wagen es schaffen würde, und hatte sich daher für den Bus entschieden. Allerdings hatte er vergessen, dass der letzte Shuttle um 22 Uhr ging, und daher zu Fuß nach Hause gehen müssen. Acht Kilometer. Nicht allzu weit. Nur verdammt dunkel.

Im Haus war es still – wie um ein Uhr nachts nicht anders zu erwarten. Er legte seinen Mantel ab und rieb sich die Augen. Setzte sich auf die Couch und schaltete den Fernseher ein. Auf der Fernbedienung waren die Spuren von Rattys Zähnen zu sehen. Er durfte nicht vergessen, ihr richtiges Spielzeug zu kaufen.

Es lief nichts Besonderes. Verkaufssendungen. Basketball. Nicht sein Sport. Ah. Eine Doku über die Häuser der guten alten Queen. Nicht uninteressant, mal zu erfahren, wofür sein Steuergeld verwendet wurde.

„Hi."

Er sah auf. „Entschuldige. Ich wollte dich nicht wecken."

„Schon okay."

Sie setzte sich neben ihn. Ihre Haare waren zerzaust, und sie trug einen gepunkteten Flanellpyjama und Häschenpantoffeln.

Ziemlich süß.

Ohne nachzudenken legte er einen Arm um sie. Sagte nichts, sondern starrte nur auf den Fernseher. Die kleine Bestie sprang – nur leise knurrend – auf die Couch und machte es sich auf dem Schoß ihrer Besitzerin gemütlich. Honor streichelte dem Hund über sein raues Fell und wurde dafür mit einem zufriedenen Stöhnen belohnt. Tom wurde fast eifersüchtig.

Eigentlich war er eifersüchtig.

„Sind das deine Verwandten", fragte Honor.

„Ja. Das da ist Tante Liz. Da ist Cousin Chuck. Die Jungs. Reizende junge Menschen."

Ein paar Minuten sahen sie schweigend fern. „Wie war dein Tag denn noch so?", erkundigte sie sich.

„Ganz gut. Hat Mrs Johnson ein Kleid gefunden?"

„Ja, hat sie. Es ist wunderschön."

„Freut mich."

Honor schaute wieder auf den Bildschirm. „Du magst also Dokus?" Sie deutete mit dem Kopf auf den Fernseher.

Tom war dankbar für die unverfängliche Frage. „Ja, besonders Dokus darüber, wie unterschiedliche Dinge hergestellt werden. Brücken, Dämme, U-Bahn-Systeme. Solche Sachen. Und du?"

„Medizinische Dokus. ‚Der 67-Kilo-Tumor' und so."

„Ach, du Romantikerin, du." Er sah sie von der Seite an und stellte fest, dass sie lächelte. „Honor", sagte er, „es tut mir leid, dass wir uns vorhin gestritten haben. Dass unsere Beziehung keine unbedingt übliche ist, heißt nicht, dass ich nicht will, dass es funktioniert."

Ihr Blick wurde sanft. „Mir tut es auch leid."

„Ich will dich nur nicht … enttäuschen."

„Wirst du nicht. Und tust du auch jetzt nicht."

„Dessen bin ich mir nicht so sicher." Sie hörte nicht auf, ihn anzusehen, bis Tom sich wieder zurücklehnte. Küss sie bloß nicht, warnte ihn sein Verstand. Das wäre dumm.

Richtig. Allerdings würden sie bald heiraten. Und wieder Sex haben, sobald Honor grünes Licht gab. Was, wie er annahm, in ungefähr drei Minuten der Fall sein könnte, wenn er jetzt zur Sache käme.

„Tom?"

Aha! Sie spürte es also auch.

„Meinst du, es wäre möglich, dass du zu viel trinkst?"

Okay, sie spürte es nicht.

„Möglich", antwortete er. „Aber ich bin Brite."

„Ich wollte es nur mal ansprechen."

„Nörgelst du schon an mir rum wie eine alte Ehefrau, Darling?"

Sie ließ sich nicht provozieren. „Ich bin nur ein wenig besorgt."

Er schwieg eine Weile. Dann seufzte er. „Ich nehme an, du hast recht. Aber das hilft nicht viel, oder?"

„Nein."

„Dann also ein Drink pro Tag. Zwei Drinks, wenn ich es mir verdient habe, mehr nicht. Pfadfinderehrenwort, wie ihr Amis gern sagt."

Diesmal war sie es, die sich aufsetzte und ihn ansah. „Du bist ein netter Kerl."

Ihm wurde warm ums Herz. „Freut mich, dass du das denkst."

„Dein Dad hält große Stücke auf dich."

Er lächelte. „Das beruht auf Gegenseitigkeit."

„Er ist Metzger?"

„Ja. Wenn er mal von den saftigen Teilstücken vom Rind zu reden anfängt, hört er gar nicht mehr damit auf." Er schwieg einen Moment. „Meine Mum hat uns verlassen, als ich sechs war."

„Das tut mir leid."

„Sie war keine tolle Mutter. Auch keine wirklich schlechte. Sie war nur nicht dafür geschaffen." Er machte eine Pause. „In den ersten ein, zwei Jahren ist sie manchmal auf Besuch gekommen, aber das wurde dann immer weniger. Mein Dad hat seither nie mehr eine andere Frau gehabt."

„Meiner auch nicht. Er ist nach dem Tod meiner Mom allein geblieben. Deshalb sind wir wegen Mrs Johnson und ihm jetzt vor Freude ganz aus dem Häuschen."

„Und deine Mom ist bei einem Verkehrsunfall gestorben?"

„Mhm."

„Mist." Das Bedürfnis, sie zu küssen, war wieder da. „Tut mir leid."

„Es war schlimm. Wir hatten ein wirklich enges Verhältnis." Sie machte eine Pause. „Ich hatte nicht allzu viele enge Beziehungen. Aber das hast du dir wahrscheinlich schon gedacht."

Er schob ihr eine Haarsträhne hinters Ohr. „Ich frage mich, was sie von unserem Plan wohl halten würde."

Honor lächelte. „Ich auch." Sie schaute auf den Hund hinunter und errötete. „Ich schätze, wir sollten die Heiratserlaubnis besorgen."

Ab dann würde die Uhr ticken. Bis zur Hochzeit … und zu seiner Green Card. „Ja."

„Dann hole ich sie am Montag."

Er nahm ihre Hand, drehte sie so, dass die Handfläche nach oben schaute, und streichelte die zarte Haut an ihrem Handgelenk. „Danke", murmelte er. Er zog die Hand an seinen Mund und küsste sie.

Ihre Augen waren groß und sanft, ihre Lippen leicht geöffnet. Sein Blick wanderte zu ihrem Mund.

Und dann, als er sie gerade küssen wollte, stand sie abrupt auf, nahm den schlafenden Hund auf den Arm und drückte ihn an ihre Brust. „Ich sollte ... ich sollte ins Bett gehen. Ähm ... gute Nacht."

Dann drehte sie sich um, ging nach oben und ließ ihn allein im kalten Wohnzimmer sitzen.

Was ganz und gar nicht das war, was er erwartet hatte.

# 16. Kapitel

Es war einer dieser Tage. Nicht im guten Sinn.

Es hatte damit begonnen, dass Honor von den Geräuschen aufwachte, die Tom unter der Dusche machte. Er hatte leise – und ein bisschen falsch – vor sich hin gepfiffen, und beim Gedanken an seinen warmen, nassen, eingeseiften Körper hatten Honors Eier ihr milchfreies Frühstück weggeschoben und waren zur Tür gestürmt.

Tom und sie würden heiraten. Sie würden die Sache durchziehen. Honor hatte gestern auf der Fahrt von der Arbeit nach Hause im Rathaus die Formulare für die Heiratserlaubnis geholt, und sobald der Antrag gestellt war, blieben ihnen 60 Tage. Das bedeutete, dass Honor spätestens am zehnten Juni eine Ehefrau sein würde.

Toms Ehefrau.

Die Vorstellung hatte etwas Unwirkliches, Beängstigendes an sich, gewürzt mit erotischem Prickeln. Sie würden es durchziehen. Sie würden die Regierung der Vereinigten Staaten von Amerika betrügen.

Und hatte sie schon dieses erotische Prickeln erwähnt?

Gestern Abend hatte sie nach dem Abendessen am Küchentisch die Formulare ausgefüllt und dabei einiges über Thomas Jude Barlow erfahren. Erstens war er drei Jahre jünger als sie. Als ob ‚die Jahre sind kostbar' nicht schon gereicht hätte. Zweitens war er auf dem Rücksitz eines Taxis geboren worden.

Drittens … tja, sie konnte sich nicht erinnern, was drittens gewesen war. Nicht, wenn Tom nur vier Meter entfernt unter der Dusche stand.

Er hatte sie neulich Nacht auf der Couch küssen wollen. Und sie hatte es verhindert. Sie hatte keinen blassen Schimmer, warum. Wahrscheinlich aus Feigheit. Denn wenn er sie küsste, würde sie mit ihm schlafen, und wenn sie mit ihm schlief, würde sie sich mit ziemlicher Sicherheit in ihn verlieben, und sie hatte ohnehin schon manchmal Schmetterlinge im Bauch und er nicht. Kein bisschen.

Für Männer bedeutete Sex nicht dasselbe wie für Frauen. Sie sagten nicht Nein, wenn sich die Gelegenheit bot – so wie sie nicht Nein zu einem ofenfrischen Keks sagten. Nein, es waren die Frauen, die Kalorien zählten und sich verliebten. Was wirklich nicht fair war. Okay, Pru zählte keine Kalorien. Vielmehr zog sie sich gemeinsam mit Carl eine heiße Schokolade nach der anderen rein. Und Faith tat es auch nicht, sondern sah im Gegenteil immer wie ein Pornostar aus, wenn sie was Süßes aß, was häufig der Fall war.

Das Wasser wurde abgedreht, und Honor widerstand der Versuchung, auf den Flur zu laufen, um einen kurzen Blick auf Tom zu erhaschen, während er nichts trug als ein Handtuch um die Hüften. Stattdessen zog sie sich an – ungeschickt, gereizt und sexuell frustriert. Verbrachte vier Minuten mit Tom, ehe er zu seiner Horde der Barbarinnen aufbrach. Sie war fast eifersüchtig. Vielleicht würde sie auch einen Kurs in Maschinenbau belegen.

Am Vormittag erledigte sie acht termingebundene Telefonate, hatte ein Marketingmeeting mit Ned, Jack und Jessica, um mit ihnen die Umsätze aus dem Verkauf an Weinclubs zu besprechen, und schrieb einen Artikel für ein Tourismusmagazin. Dann tauchte nach dem Mittagessen völlig unerwartet Goggy im Büro auf, als Honor gerade mitten in einer Telefonkonferenz mit den Leuten vom Verkauf war.

„Wer ist das denn?", fragte Goggy und betrachtete Jessica argwöhnisch. „Honor, wer ist das?"

„Das ist Jessica, Goggy. Leute, meine Großmutter ist gerade gekommen", sagte Honor ins Telefon.

„Guten Tag, Mrs Holland", tönte es mehrstimmig aus dem Hörer.

„Wie machst du das bloß?" Goggy war immer wieder erstaunt, was Edisons kleine Erfindung alles konnte. „Es klingt, als wären ein Dutzend Leute da drin!"

„Es ist eine Konferenzschaltung", erklärte Honor.

„Unglaublich!" Die alte Dame schnalzte anerkennend mit der Zunge.

„Okay, rufen Sie mich an, wenn es noch Fragen gibt. Danke Ihnen allen!"

Es folgte ein vielstimmiges „Auf Wiederhören", und Honor legte auf. „Das ist Jessica Dunn, Goggy. Du hast sie schon mal kennengelernt." Bildete sie sich das nur ein, oder wurde Goggy in letzter Zeit immer vergesslicher?

„Tatsächlich?" Goggy presste nachdenklich die Lippen zusammen. „Ich erinnere mich nicht. Sie sehen sehr hübsch aus, Liebes."

„Vielen Dank, Mrs Holland. Möchten Sie einen Kaffee?"

„Oh nein, danke. Dann muss ich sofort auf die Toilette. Früher konnte ich den ganzen Tag Kaffee trinken, aber das ist jetzt vorbei."

„Jess, könntest du dieses Protokoll bitte an die Leute vom Verkauf mailen?", bat Honor. Jetzt, da sie sich daran gewöhnt hatte, war es ziemlich angenehm, eine Assistentin zu haben.

„Klar. Es war schön, Sie wiederzusehen, Mrs Holland."

„Tut mir leid, dass ich einfach so reingeplatzt bin, Honor. Ich habe nicht gesehen, dass du am Telefon bist", flüsterte Goggy. Besser spät als nie.

„Ich habe noch ziemlich viel zu erledigen, Goggy. Was kann ich für dich tun?"

Goggy seufzte. „Ihr jungen Leute. Immer auf dem Sprung."

„Ich muss nach Rushing Creek fahren. Möchtest du mitkommen?" Jeden Tag eine gute Tat, nicht wahr? Honor war sich ziemlich sicher, dass sie ohnehin einmal einen Platz im Himmel bekommen würde, aber sie liebte ihre Großmutter nun mal.

„Rushing Creek? Dorthin? Lieber ließe ich mich in meinem eigenen Bett ermorden, als dort zu wohnen", sagte Goggy vergnügt. „Aber, klar, ich komme mit. Danke, mein Schatz!"

Goggy brauchte 15 Minuten, um im Alten Haus einen Mantel aufzutreiben („Falls es regnet"), noch mehr pfirsichfarbenen Lippenstift aufzulegen („Man kann nie wissen, wen man trifft"), auf die Toilette zu gehen („In diesem schrecklichen Irrenhaus würde ich mir wahrscheinlich eine Krankheit holen) und sich ins Auto zu setzen.

Der Platz im Himmel schien garantiert.

„Wie geht es Tom?", erkundigte sich Goggy auf der Fahrt ins Seniorenheim.

„Ausgezeichnet."

„Wie habt ihr euch noch mal kennengelernt?"

Honor sah ihre Großmutter verdutzt an. Nein, Goggy schien die Frage ernst zu meinen. „Äh, du hast uns verkuppelt, schon vergessen?"

„Das weiß ich doch", antwortete die alte Dame. „Ich habe gemeint, wo du ihn kennengelernt hast. Ich habe mich versprochen. Sieh mich nicht so an. Ich leide nicht unter Alzheimer."

„Wir haben uns im O'Rourke's kennengelernt."

„Richtig, richtig. Ich freue mich für dich, Liebes. Es ist schön, dass eine von uns in einer Zweckehe ihr Glück gefunden hat."

„Es ist eigentlich keine Zweckehe, Goggy." Honor hoffte, dass

Goggy die ganze Sache nicht unabsichtlich vermasselte. „Du hast uns verkuppelt. Du hast ein gutes Gespür für Menschen." Die Schmeichelei würde ihre Großmutter hoffentlich ablenken.

„Das stimmt. Dieser Meinung war ich schon immer, aber es ist schön, es zu hören. Wie funktioniert dieses Auto noch mal? Es gibt keinen Schlüssel."

Als sie in die Auffahrt von Rushing Creek einbogen, wünschte Honor zum tausendsten Mal, dass ihre Großeltern sich entscheiden würden, herzuziehen. Hier war alles sicherer, sauberer, freundlicher …

„Bist du dir sicher, dass du und Pops für immer im Alten Haus bleiben wollt?", fragte sie.

„Es ist unser Zuhause, Liebes."

„Ich weiß, aber wolltest du denn nie irgendwo anders leben?"

Goggy zuckte die Achseln. „Gedacht habe ich schon daran. Ich habe noch nie woanders als auf dem Hügel gelebt."

„Ich bis vor ein paar Wochen auch nicht. Meinst du, es würde Spaß machen, woanders zu wohnen?"

„Ach, wer weiß? Vielleicht." Ein Fortschritt! Goggy klang nicht mehr ganz so abgeneigt wie früher. „Was machen wir heute eigentlich hier?"

„Ich muss ein paar Eintrittskarten für den ‚Black and White'-Ball abgeben. Du und Pops kommt doch, oder?"

„Aber sicher. Leider muss ich mich ja verkleiden." Goggy seufzte schwer. „Und wahrscheinlich mit diesem alten Idioten tanzen. Er hat zwei linke Füße."

„Wirklich? Ihr beide habt auf der Hochzeit von Faith und Levi ziemlich süß ausgesehen."

Goggy lächelte. „Ach, ich weiß nicht."

Honor nahm ihr Handy und schickte rasch eine SMS an Margaret, die Leiterin von Rushing Creek: Hätten Sie Zeit, uns eine Wohnung zu zeigen? Ich versuche gerade, meiner Großmutter Rushing Creek schmackhaft zu machen.

Margaret hatte Zeit.

„Viel Stauraum", sagte sie, während sie Goggy das große Schlafzimmer einer ausgesprochen schönen Wohnung zeigte, „und ein Gästezimmer, falls Sie mal Besuch bekommen."

„Mich kommt niemand mehr besuchen." Goggy guckte Honor vorwurfsvoll an.

„Schau mich nicht so an, Goggy. Sieh mal, wie groß die Arbeitsfläche in dieser Küche ist. Viel größer als im Alten Haus."

„Tss. Wozu brauche ich eine große Arbeitsfläche?"

„Stell dir vor, du würdest hier Weihnachtskekse backen. Es wäre viel leichter, als alles auf dem Küchentisch machen zu müssen."

„Hast du in meinem Haus jemals einen misslungenen Keks gegessen?"

Honor legte einen Arm um sie. „Niemals. Du bist die beste Köchin der Welt, aber erzähl Mrs Johnson bloß nicht, dass ich das gesagt habe, sonst bringt sie mich um. Ich meine ja nur, dass es schön für dich wäre, so eine Wohnung zu haben – neu, sauber und praktisch. Du verdienst so etwas."

„Tja", sagte Goggy einigermaßen besänftigt, „lieb, dass du das sagst, Schatz."

Ein echter Fortschritt.

Nach Rushing Creek fuhren sie in die Stadt, um mit Laura Boothby über den Blumenschmuck für den Ball zu reden. „Ich dachte an elfenbeinfarbene Blumen als Tischschmuck. Um die Vasen könnte man schwarze Samtschleifen binden", schlug Honor vor, während sie Lauras Fotoalbum durchblätterte.

„Wunderbar", stimmte Laura zu. „Tolle Idee."

„Aber es ist doch der ,Black and White'-Ball", protestierte Goggy. „Nicht der ,Schwarz und elfenbeinfarben'-Ball."

„Stimmt, aber das wird nur ein kleiner Kontrast sein. Erinnerst du dich noch, wie der Ball vor zwei Jahren im Lyons Den stattgefunden hat? Und sie rosa Blumen hatten?"

„Das war kitschig", befand Goggy.

„Oh nein, es war toll", widersprach Laura. „Jeremy hat einen hervorragenden Geschmack. Und er ist so ein guter Arzt!"

„Das brauchen Sie mir nicht zu sagen", erwiderte Goggy. „Er ist praktisch mein Enkel. Und diese Hände? So sanft."

Das erinnerte Honor daran, dass sie und Tom ihr Blut untersuchen lassen mussten. Es war zwar nicht Pflicht, aber sie wollten es trotzdem machen. Nur, um sicherzugehen, dass dem Kinderkriegen nichts im Wege stand.

„Honor, wenn du schon mal da bist … Möchtest du dir vielleicht die Hochzeitssträuße ansehen?", fragte Laura listig.

„Äh, nein, nicht nötig. Noch nicht zumindest."

„Och, komm schon. Nur ein kurzer Blick."

Und plötzlich war eine Stunde wie im Flug vergangen. Erst hatte sie von einem Hochzeitskleid geträumt, und jetzt kam sie über Fotos von Rosen, Lilien und Hortensien ins Schwärmen. Wie eine richtige Braut … was sie natürlich nicht war.

Aber sie war dabei, sich in Tom zu verlieben. Das wusste sie. Wie auch nicht? Erstens, dieses Lächeln, dieser Akzent. Und die Tattoos, die sie früher eigentlich nie gemocht hatte und jetzt total umwerfend fand.

Und dann war da seine unerschütterliche Liebe zu Charlie, der Tom gegenüber nicht einmal die kleinste Zuneigung zeigte und für den Tom trotzdem sein ganzes Leben änderte.

Und dann waren da noch die Küsse. Nicht zu vergessen diese eine Nacht, in der sie traumhaften Sex gehabt hatten; in der Honor ihr eigenes Verhalten fremd vorgekommen war und in der sie sich gleichzeitig wie zu Hause gefühlt hatte. Eine unglaublich schöne Nacht, die sich in ihrem Kopf wie in Dauerschleife immer wieder abspielten. Noch Wochen danach brach sie bei ganz normalen Gesprächen mitten im Satz ab, wenn die Bilder wieder einmal an ihrem geistigen Auge vorüberzogen.

Oh Mann.

Wahrscheinlich lag es einfach daran, dass sie im Moment praktisch von Liebe umzingelt war … Dad und Mrs Johnson saßen aneinandergekuschelt auf der Couch und stritten sich freundschaftlich darüber, welcher Kandidat „Top Chef" gewinnen sollte. Faith and Levi schienen einander magnetisch anzuziehen, sobald sie im selben Zimmer waren, jedenfalls konnten sie die Finger nicht voneinander lassen. Sogar Pru und Carl mit ihrem albernen Lächeln und der unerschütterlichen Gewissheit, dass der andere ganz selbstverständlich da war, schienen immer noch zuverlässig verliebt.

Sie und Tom waren eine Zweckbeziehung eingegangen, von der sie beide profitierten. Er würde seine Green Card bekommen, und sie konnte ihr Gesicht wahren.

Ja. Die Leute sahen Honor jetzt mit neuem Respekt an. Tom Barlow, der sexy Brite mit dem atemberaubenden Lächeln, hatte die ruhige, verlässliche, langweilige Honor Holland erwählt.

Was Honor bei all dem natürlich wusste (und auf keinen Fall vergessen durfte): Tom Barlow war nur wegen seines inoffiziellen Stiefsohns mit ihr zusammen.

Sonst hätte sie nie im Leben einen Mann wie ihn abgekriegt.

„Honor?"

Sie schreckte auf. „Entschuldige, Goggy. Was hast du gerade gesagt?"

„Ich finde die hier sehr schön. Mir haben Nelken schon immer gefallen."

„Sehr hübsch. Ich denke darüber nach. Danke, Ladies. Goggy, wir müssen jetzt los. Ich muss noch ein paar Geschäfte um Spenden für die Tombola anschnorren."

Sie gingen ins O'Rourke's, wo Colleen ihr erneut gratulierte, dass sie Tom „aufgerissen" hatte; in Loreleis „Sunrise"-Bäckerei, wo die unverwüstlich gut gelaunte Konditorin ihr anbot, die Hochzeitstorte als Dankeschön für die vielen Aufträge von Blue Heron gratis zu backen; in Mels Süßwarenladen, wo Mr Stoakes ihr sagte, dass sie jetzt, da sie unter die Haube kam, so viel Süßes essen durfte, wie sie wollte. Und zu Juwelier Hart, wo Tom offenbar ihren Ring gekauft hatte, da man dort so viel Aufhebens um sie machte, als wäre sie ein Soldat, der gerade aus dem Krieg heimgekehrt war.

„Er gefällt Ihnen also wirklich?", erkundigte sich Mrs Hart.

„Ich liebe ihn", antwortete Honor wahrheitsgemäß. Jedes Mal, wenn sie den Ring ansah (was oft vorkam), schien ihr etwas Neues daran aufzufallen.

„Der Mann ist fantastisch. Gut gemacht, meine Liebe." Mrs Hart strahlte.

„Ich habe die beiden verkuppelt", verkündete Goggy. „Ich wusste, dass sie zusammengehören. Sie sind füreinander geschaffen. Ein perfektes Paar. Als Großmutter kennt man sich da aus. Wir haben ein gewisses Gespür für …"

„Okay, Goggy, wir sollten gehen", unterbrach Honor sie. „Danke für die Spende, Mrs Hart."

„Wir sehen uns ja bald wieder!", sagte die Juwelierin. „Wegen der Eheringe!"

„Richtig! Ja. Danke noch mal."

„Ich habe Hunger", verkündete Goggy. „Gehen wir essen. Ist es zu früh fürs Abendessen?" Sie schaute auf die Herrenuhr, die sie am Handgelenk trug. „Nein. 16 Uhr 30. Mir würde das passen."

„Noch ein Zwischenstopp, okay? Das Fitnessstudio will uns einen Gutschein für eine Sechs-Monate-Mitgliedschaft spenden."

„Warum gehen Leute ins Fitnessstudio?", wollte Goggy wissen.

„Keine Ahnung. Aber sie tun es nun mal."

Auf dem Parkplatz stand Toms Auto. Heute fand der Selbstverteidigungskurs statt. Zufall? Wahrscheinlich nicht.

Sie betraten Carbreras Studio. Goggy hielt ihre Handtasche mit beiden Händen fest, als fürchte sie, jeden Moment auf eine Gangsterbande zu treffen, die ganz scharf auf Coupons war. Im Studio herrschte Dämmerlicht (je weniger man sah, vermutete Honor, desto weniger ekelte es einen). Aus den Lautsprechern dröhnte Musik. „Kann ich Ihnen helfen?", erkundigte sich der junge Mann hinter der Empfangstheke.

„Ist Carlos da?", fragte Honor.

„Er ist da drüben bei den Kindern."

Honor schaute in die Richtung, in die er deutete. Da waren sie: Charlie, Helena, Abby und noch ein paar – eigentlich sogar recht viele – weitere Jugendliche. Der Kurs schien sich großer Beliebtheit zu erfreuen.

Tom war ebenfalls da. Er trug eine schwarze kurze Boxerhose und ein ausgebleichtes blaues T-Shirt, auf dem „Gulfstream" stand. Aus dem Ausschnitt blitzte ein Teil seines Union-Jack-Tattoos hervor. Seine Haare waren verschwitzt. An seinem Hals konnte Honor einen Teil der Kette erkennen, an der sein Sankt-Christophorus-Anhänger hing. Bei der Erinnerung daran, wie sie diesen Anhänger heiß auf ihrer eigenen Brust gespürt hatte, spürte sie sofort ein sehnsüchtiges Prickeln zwischen den Schenkeln.

Sie schluckte.

„Hallo, Darling! Und hallo, Honor." Tom ging zu Goggy und gab ihr einen Kuss auf die Wange. „Kinder, für diejenigen von euch, die es nicht wissen: Das sind Honor Holland, meine Verlobte, und ihre reizende Großmutter Mrs Holland."

„Sag doch Elizabeth zu mir", murmelte Goggy und klimperte mit ihren schütteren Wimpern.

„Hi, Tantchen", rief Abby.

„Hi, Honor", rief auch Charlie.

Sieh an, sieh an. Charlie redete mit ihr. Sogar freiwillig.

„Honor, ich wusste ja gar nicht, dass du mit Tom verlobt bist! Herzlichen Glückwunsch!", sagte Carlos.

„Mhm", murmelte Honor und versuchte, ihren Blick von Toms Mund loszureißen.

„Du möchtest deinen Gutschein? Für den Ball, richtig? Ich kümmere mich rasch darum. Bin gleich wieder da." Carlos lächelte und eilte in sein Büro.

„Schatz, könntest du mir kurz helfen?" Tom legte ihr einen Arm um die Schultern. Als sie seinen Duft nach Seife und Schweiß einatmete, wurden ihr beinahe die Knie weich. Wäre es daneben, wenn sie vor diesen Kindern seinen Hals ableckte? Ja. Wahrscheinlich. Aber vielleicht ja auch nicht.

„So, ihr Lieben, das ist also meine entzückende Honor, und Boxen ist, wie ich gerade erklärt habe, ein Sport für alle. Stimmt's, Schatz?"

„Auf jeden Fall."

„Honor ist begeistert davon, obwohl man es ihr im Moment nicht ansieht. Aber wir haben uns ,Rocky' mindestens 20 Mal angeguckt, stimmt's, Liebling?" Er grinste sie vermitzt an, und jetzt bekam sie wirklich weiche Knie, schaffte es aber gerade so eben, sich auf den Beinen zu halten.

„Oh ja. Mindestens. Und ,Das Comeback'."

„Ja, klar." Er drückte ihre Hand. „Und ,Warrior'."

„Vergiss nicht ,Wie ein wilder Stier'."

Er beugte sich so weit zu ihr hinunter, dass sein Mund beinahe ihr Ohr berührte. „Du hast keine Ahnung, wie scharf es mich macht, dass du alle diese Filme kennst", flüsterte er, und sie hatte plötzlich Mühe zu atmen. Er wandte sich wieder an die Jugendlichen. „Und Honor wiegt ungefähr … wie viel, Schatz?"

„Netter Versuch", gab sie zurück.

„Jedenfalls weniger als ich. Aber wenn sie wüsste, wohin sie schlagen müsste …"

„In den Schritt", sagte sie. „Direkt in die Eier, Mädels. Tut mir leid, Jungs, aber so ist es nun mal." Goggy nickte zustimmend.

Tom drehte sich um und sah sie an. „Darling! Ich wusste ja gar nicht, dass du eine so brutale Seite hast. Ja, der Schritt ist ein ausgezeichnetes Ziel. Aber falls ihr das nicht könnt, gibt es viele andere Möglichkeiten, wohin man schlagen kann. Wenn Honor wüsste, wohin sie zielen und wie sie zuschlagen muss, könnte sie mich außer Gefecht setzen. Stimmt's, Schatz?"

„Ja, stimmt." Graue Augen. Sehr … unfair, irgendwie, diese zarte Farbe eines verregneten Himmels an einem Wintermorgen. Sehr romantisch. Und dann dieser Mund. Honor fiel eine Menge Dinge ein, die sie mit diesem Mund tun könnte. Beziehungsweise er.

Worauf warten wir noch? fragten die Eier.

Wie wär's mit ‚auf eine Gelegenheit ohne minderjähriges Publikum'? antwortete Honor im Geiste.

Lass deine Gereiztheit nicht an uns aus, schimpften die Eier. Wir versuchen bloß, für ein bisschen Action zu sorgen.

„Dann nichts wie rein in den Ring mit dir", sagte Tom.

Was? Sie hatte das Gefühl, sich gleich übergeben zu müssen. „Ach, lieber nicht. Ich bin dafür nicht richtig angezogen." Das stimmte allerdings. Ein enger Rock, eine Bluse und die Pumps mit den klobigen Absätzen, die Faith beim letzten Lunch-Date als „nicht allzu nonnenhaft" befunden hatte.

„Das ist sie wirklich nicht, stimmt's?" Tom ging ein paar Schritte weg von ihr, sodass sie ein wenig ins Taumeln geriet, weil sie sich anscheinend die ganze Zeit an ihn gelehnt hatte. Es war kalt ohne ihn an ihrer Seite. Er sprang die zwei Stufen zum Ring hinauf. „Aber genau darum geht es. Es ist wichtig zu wissen, dass ihr euch in jeder Lebenslage verteidigen könnt, egal, was ihr gerade anhabt. Komm schon, Honor, zeigen wir den Kids, wie es geht."

Honor schaute die Teenager an, die erwartungsvoll zurück guckten. „Los, zeig's ihnen", forderte Abby sie auf.

„Ja, Liebes, komm schon", drängte Goggy „Das muss ich sehen."

Zögernd ging Honor die Stufen hinauf. „Wie kommt man da rein?", fragte sie Tom leise, der für sie die Seile auseinander hielt. Es sah sehr kompliziert aus.

„Klettere einfach zwischen den Seilen durch."

„Verstehe." Sie hielt den Saum ihres Rocks fest und setzte erst einen Fuß in den Ring, dann den anderen. Stolperte (natürlich) und wurde von Tom aufgefangen.

„Geschafft." Um seinen Mund zuckte ein Lächeln.

„Hey, Honor! Wow!"

Oh, Mist. Sie spürte, wie sie rote Flecken am Hals bekam. „Hi, Brogan."

Ihr früherer … Mensch … kam näher, mit geschulterter Tasche und der lässigen Eleganz des geborenen Sportlers. „Und Tom, nicht wahr?", fragte Brogan. „Der Glückliche. Wir haben uns schon mal gesehen. Im Hugo's?"

„Ach, stimmt ja." Tom streckte ihm über die Seile hinweg die Hand entgegen. „Schön, dich wiederzusehen. Honor und ich zeigen den Kids gerade eine Selbstverteidigungstaktik."

„Super. Da bin ich ja gerade rechtzeitig gekommen." Brogan stellte seine Sporttasche auf den Boden, verschränkte die Arme und zwinkerte Honor zu.

Nach der kleinen Auseinandersetzung mit Dana im Verkostungsraum hatte Brogan Honor eine E-Mail mit herzlichen Glückwünschen und ein paar Terminvorschlägen für ein gemeinsames Abendessen geschickt. Honor hatte (wenig überraschend) keine Zeit gehabt. Nicht, dass sie in ihren Terminkalender geguckt hätte. Aber jetzt, da sie Brogans lächelndes Gesicht vor sich sah, vermisste sie ihn plötzlich. Als Freund.

Ja. Zum ersten Mal war sie in seiner Gegenwart nicht nervös. Sie lächelte erleichtert zurück.

„Bist du bereit, Schatz?", fragte Tom.

Sie schaute ihm ins Gesicht. Seine Miene war grimmig entschlossen. „Bereit wofür?"

„Einen Boxhieb vorzuführen?"

„Eigentlich nicht", antwortete sie. „Kann das nicht jemand anderer machen?"

„Du wirst es toll hinkriegen. Kinder, ein Aufwärtshaken fängt hier an", sagte er und hob die Fäuste seitlich an seine Schläfen. „Der Schwung entsteht, wenn ihr etwas in die Knie geht und euch dann dreht …" Er neigte sich leicht zur Seite und brachte dabei seine Schulter nach unten „… und dann die Kraft eures ganzen Körpers in den Schlag legt." Er demonstrierte es, indem er Honors Kinn mit der Faust berührte, ohne seinen Blick von den Jugendlichen abzuwenden. „Beugt die Knie, dreht euch, damit die Kraft nicht nur aus dem Arm, sondern aus eurem ganzen Körper kommt, und bringt dann die Faust mit Schwung nach vorne." Er zeigte den Schlag noch einmal wie in Zeitlupe vor. „Jetzt bist du dran, Honor."

Was bei Tom wie eine leichte, fließende Bewegung ausgesehen hatte, entpuppte sich beim Nachmachen als ziemlich harter Brocken. Es war schwierig, nicht befangen zu sein, während alle zusahen, inklusive zwei Drittel sämtlicher Männer, mit denen sie je geschlafen hatte. Gab es etwas weniger Erotisches als den Versuch, in einem Rock und nicht allzu nonnenhaften Schuhen Muhammad Ali zu spielen? Wohl kaum.

„Sehr gut", lobte Tom. „Üb ein bisschen, Honor. Kids, ihr auch." Er ließ sie in der Ecke stehen, wo sie wie eine Idiotin hin und her taumelte, und ging auf die andere Seite des Rings, um zuzuschauen, wie sich die

Schüler in Position brachten. „Hände nach oben, vergesst das nicht. Ihr wollt dem Gegner keine Angriffsfläche bieten. Mrs Holland – besser gesagt, Elizabeth – steh nicht bloß rum. Beweg dich, Darling." Goggy kicherte, nahm die Hände nach oben und begann ziemlich energisch in die Luft zu boxen. Grundgütiger.

„Dieser Schlag ist ausgezeichnet, wenn du nahe am Gegner bist", fuhr Tom fort, „weil er kurz und effektiv ist." Er führte die Bewegung nochmals vor. „Wenn euch also jemand gegen eine Wand drängt oder so, ist das genau euer Schlag. Und euer Gegner geht k.o., wenn ihr es richtig macht. Genau, Molly, du hast es erfasst. Sehr gut, Charlie. Ein bisschen mehr aus der Drehung heraus, Abby. Super."

Er konnte gut mit Jugendlichen umgehen, daran gab es keinen Zweifel. Und die Kids schienen ihn ebenfalls zu mögen. Sogar Charlie wirkte etwas fröhlicher als sonst. Das hieß zwar nicht viel, aber immerhin. Der Junge sollte heute zum Abendessen kommen. Hoffentlich redete er dann ein paar Worte.

„Du siehst gut aus, On." Brogan grinste zu ihr hinauf. „Nein, wirklich. Du erinnerst mich an Iron Mike."

„Vielen Dank. Er und ich stehen uns wirklich sehr nah."

„Er ist ein netter Kerl. Ich habe ihn vor ein paar Jahren in Vegas fotografiert." Er schwieg kurz. „Wie geht's dir?"

„Gut. Viel zu tun. Du weißt schon, die Hochzeit."

„Wem sagst du das. Dana macht sich noch verrückt damit. Und, äh, wir haben es jetzt ziemlich eilig." Er wirkte verlegen. „Wir wollen es hinter uns bringen, bevor das Baby kommt."

„Klar." Tom zeigte Helena gerade, wie sie ihren Arm drehen musste. Das Mädchen hing förmlich an seinen Lippen.

„Es ist jedenfalls schön, dich zu sehen."

„Geht mir genauso. Hm, boxt du eigentlich, Brogan?", fragte sie, um das Gespräch am Laufen zu halten. Alles war besser, als hier allein rumzustehen und Löcher in die Luft zu schlagen.

„Ein bisschen. Hier und da. Du kennst mich ja."

Und ob. Er liebte alles, was mit Sport zu tun hatte – angefangen von Klettern über Rudern bis zu Football und Segeln. Ziemlich anstrengend für jemanden wie sie, der es als Bewegung an der frischen Luft betrachtete, wenn er sich mit einem Buch in die Sonne setzte.

„Bereit, Honor?", fragte Tom und kam zu ihr in ihre Ecke.

„Wofür?"

„Um mir einen Aufwärtshaken zu verpassen, Schatz." Die Kids lachten. Brogan ebenfalls.

„Oh, ach nein. Nein, danke. Ich möchte dich nicht schlagen."

Er ging ein paar Schritte rückwärts, zurück in die Mitte des Rings. „Entschuldige", sagte er mit leiser Stimme. „Ich wollte deinen Schwatz mit Brandon nicht stören."

„Brogan."

„Richtig." Seine Augen waren ausdruckslos.

„Wir haben nicht geschwatzt", widersprach sie. „Wir haben nur … Es war nicht wichtig."

„Natürlich nicht. Schließlich bist du ja wahnsinnig in mich verliebt." Er drehte sich zu den Schülern um. „Passt gut auf, Leute. Honor, Hände nach oben."

„Ich werde dich nicht schlagen." Allein bei der Vorstellung wurde ihr leicht übel. „Nein, danke."

„Klar wirst du. Ich halte das schon aus."

„Nein, im Ernst, ich habe kein gutes Gefühl dabei."

„Genau darum geht es! Kids, habt ihr das gehört? Sie hat kein gutes Gefühl, wenn sie jemanden schlagen muss. Und das ist durchaus verständlich. Die meisten Mädchen prügeln sich nicht auf dem Pausenhof, oder? Vielleicht sind sie ja so konditioniert, dass sie keinem wehtun wollen, und dann geht es ihnen womöglich tatsächlich gegen den Strich. Aber das ist erst recht ein Grund, Boxen zu lernen."

Honor fühlte sich nicht besonders wohl. Tom hatte recht; ihre Mutter hatte schon einen Anfall bekommen, wenn sie nur mal ein bisschen mit jemandem gerangelt hatte. Daher war sie das eine Mal in ihrem Leben, als sie ein paar Kampftechniken gut hätte gebrauchen können (abgesehen natürlich vom Zickenkampf), starr vor Schreck gewesen.

Mist. Jetzt war bestimmt nicht der richtige Zeitpunkt, sich daran zu erinnern. Ihr Herz klopfte vor Aufregung wie wild, und in ihren Ohren rauschte es.

„Komm schon", sagte Tom. „Es ist eine gute Lektion für die Kids." Er zog die Augenbraue hoch, durch die sich eine Narbe zog. „Und du kannst dich von deinem Freund bewundern lassen."

„Er ist nicht …"

„Bereit?" Er legte ihr die Hände auf die Schultern und wandte sich an die jungen Leute. „Sagen wir also, ich hätte die unglaublich schöne Honor hier gepackt." Er umklammerte sie plötzlich und hielt sie fest, sodass sie ihre Arme nicht mehr bewegen konnte. Sie spürte Adrenalin durch ihren Körper schießen und keuchte. War es heiß hier drin? „Und dann drücke ich sie an die Wand. Kein Entkommen." Er schob sie sanft gegen das vertikale Polster in der Ringecke und beugte sich dicht zu ihr. „Geld her, oder du bist tot, Schatz ... Ihr könnt euch alle ein Bild von der Situation machen, richtig?"

Warum war sie so nervös? Ihre Beine zitterten, und vor ihren Augen tanzten schwarze Punkte.

„Sie kann sich nicht losmachen, sie ist völlig hilflos, sie ist nur eine schwache kleine Frau – oder zumindest glaube ich das als Angreifer. Okay, Schatz, ich zähle jetzt bis drei, und dann versetzt du mir einen rechten Haken. Beug die Knie, dreh dieses hinreißende ..."

Ihre linke Faust schoss aus dem Nichts nach vorne und landete mit voller Wucht auf seinem Auge. Tom taumelte rückwärts und hielt sich eine Hand vor das Auge. Die Kinder schnappten erschrocken nach Luft und schlugen sich die Hände vor den Mund. Honors Hand – die nicht gewalttätige Hand – lag ebenfalls auf ihrem Mund.

„Oh mein Gott, sie hat ihn geschlagen", sagte ein Mädchen. „Das ist so gemein."

„Alles okay mit dir?", fragte er Honor. Sie versuchte, etwas zu sagen, doch ihr versagte die Stimme. Sie nickte nur.

Er blutete. Blut lief über sein Gesicht. Anscheinend hatte ihr Verlobungsring ihm unter dem Auge ins Fleisch geschnitten. Goggy schnalzte entsetzt mit der Zunge und gab Tom ein Taschentuch, das sofort blutdurchtränkt war.

„Ich schätze, ich habe mich getäuscht, was ‚schwach' und ‚hilflos' angeht", sagte er mit gepresster Stimme.

Ihre Fingerknöchel begannen schmerzhaft zu pochen. Carlos Mendez stand plötzlich mit einem Handtuch im Ring, und Blut tropfte auf die Matte. Auch Brogan stieg jetzt durch die Seile in den Ring. „Alles okay?", erkundigte er sich und legte ihr eine Hand auf die Schulter.

„Es tut mir schrecklich leid", sagte sie zu Tom. Ihre Stimme hörte sich dünn und zittrig an.

„Es geht mir gut, Leute", wandte Tom sich an die Kids. „Honor hat bewiesen, dass ihr alle ziemlich stark seid, wenn die Situation es erfordert, versteht ihr? Sie hat mich mit ihrem Verlobungsring erwischt. Kein Grund zur Sorge. Zeigt wieder mal, wie wichtig eine gute Deckung ist, stimmt's?"

„Du musst genäht werden, Junge", stellte Carlos fest.

Tom sah Honor von der Seite an. Sein Auge begann bereits zuzuschwellen. „Was hältst du von einem Ausflug ins Krankenhaus?", fragte er sie. „Kids, der Kurs ist für heute vorbei. Gute Leistung von euch allen. Abby, würdest du Charlie bitte nach Hause fahren?"

„Was willst du eigentlich, ich habe dir doch gesagt, dass ich dich nicht schlagen will", blaffte Honor.

„Man sieht ja, wie ernst es dir damit war", blaffte Tom zurück und hob das Stück Gaze an, das ihm die Krankenschwester in der Aufnahme gegeben hatte. „Du bist ein richtiger Teufelskerl, nicht wahr?"

„Ja, das bin ich! Aber im Grunde hattest du recht." Sie wich seinem Blick aus. „Die meisten Frauen schlagen sich nicht zum Spaß. Ich wollte es nicht tun. Ich war nervös. Ich habe dir gesagt, dass du mich nicht zwingen sollst, aber du wolltest ja nicht hören."

„Genau, gib ruhig dem Opfer die Schuld. Weißt du nicht, was es bedeutet, wenn jemand sagt ,ich zähle jetzt bis drei ...'? Oder gab es einen anderen Grund, dass du zugeschlagen hast?"

„Ich war nervös! Es tut mir leid, okay? Wirklich sehr, sehr leid."

Er guckte sie mit einem Auge böse an. Die Gegend um das andere war geschwollen und rot. „Du darfst es gern wiedergutmachen, Darling. Mir fallen auf Anhieb mindestens zehn Dinge ein, die du tun könntest."

„Sei nicht albern", sagte sie, obwohl ihr Inneres sich bei dem Gedanken an eine solche Wiedergutmachung erregt zusammenzog.

„Hallo, hallo!" Die Tür zum Untersuchungszimmer ging auf, und ein winziges asiatisches Mädchen kam herein, kaum einen Meter 50 groß, 40 Kilo leicht und vermutlich zwölf Jahre alt. Honor kam sich sofort wie eine Amazone vor. Nicht im guten Sinn. „Ich bin Dr. Chu, und was haben wir denn da?"

„Einen Cut", erwiderte Tom. „Meine Freundin kann ziemlich brutal sein."

„Es gab einen kleinen Unfall", schwächte Honor ab.

„Oh Mann, das sieht ja furchtbar aus", sagte die Ärztin. „Verdammte Axt."

„Wie alt sind Sie?", erkundigte sich Honor.

„Äh, 23. ich habe mit dem College angefangen, als ich ungefähr sechzehn war. Aber ich bin auf jeden Fall eine richtige Ärztin. Nun ja, gewissermaßen. Assistenzärztin. Und ich habe noch nie eine Wunde genäht, darum bin ich total aufgeregt."

„Großartig", sagte Tom. „Ich habe vollstes Vertrauen in Sie."

„Super!" Sie drehte das Wasser auf. „Händewaschen: check. Freundliches Auftreten: supercheck. So, Mr, äh, Barlow, was ist passiert?"

„Meine Verlobte hat mir ins Gesicht geboxt."

„Oh Gott! Wie furchtbar!" Sie wandte sich an Honor. „Sind Sie seine Mutter?"

„Nein!" Bring uns am besten gleich um, stöhnten die Eier. „Ich bin die Verlobte."

Tom grinste. Das schlechte Gewissen, das sie ihm gegenüber gehabt hatte, begann sich zu verflüchtigen. Rasch.

„Wirklich? Mr Barlow, macht es Ihnen etwas aus, wenn sie bleibt?"

Tom ließ sich die Frage durch den Kopf gehen. Honor seufzte. „Sie beschützen mich doch, nicht wahr?", fragte er und lächelte die winzige Ärztin an.

„Auf jeden Fall! Keine Frage! Außerdem kann ich ja jederzeit den Sicherheitsdienst rufen."

„Dann fühle ich mich gut aufgehoben." Er sah Honor mit hochgezogener Augenbraue (über dem unverletzten Auge) an, während Dr. Chu sich Untersuchungshandschuhe anzog. „Sechzehn waren Sie also, als Sie zu studieren begonnen haben, ja? Ich wette, Sie sind superintelligent."

„Man soll sich ja nicht selbst loben, aber ich war in Stanford die Beste meines Abschlussjahrgangs."

„Gratuliere", sagte er. „Das ist ja unglaublich."

„Danke. Dann mache ich mich hier mal an die Arbeit. Äh, sie hat Sie also geschlagen? Mehr nicht? Woher haben Sie dann diesen Cut?"

„Von ihrem Verlobungsring."

„Wow. Was für eine Ironie des Schicksals", bemerkte Dr. Chu.

„Wem sagen Sie das."

Die beiden lächelten sich wissend an.

„Er hat Boxen unterrichtet und mich gebeten, ihn zu schlagen", stellte Honor richtig. Dr. Chu würdigte sie keines Blickes. Sie war zu sehr damit beschäftigt, die Gaze von Toms Auge zu entfernen.

„Wahnsinn! Was für ein Cut! Außerdem kriegen Sie garantiert ein Veilchen. Hoffen wir mal, dass es wenigstens sexy aussieht, nicht wahr?"

„Ganz, wie Sie meinen, Frau Doktor." Sein schiefer Zahn blitzte auf und ließ ihn aussehen wie eine ungeheuer attraktive, erwachsene Version des Artful Dodger aus „Oliver Twist".

„Super! So, dann will ich mal mit dem Nähen beginnen, okay?"

Es war eindeutig der bisher beste Tag in Dr. Chus kurzem Leben. „Steriles Nähset: check. Wunde desinfizieren: check! Das macht Spaß!"

„Ich liebe Frauen, die in ihrem Beruf aufgehen", sagte Tom.

„Ich gehe total darin auf! Und was machen Sie beruflich, Mr Barlow?"

„Ich bin Professor für Maschinenbau."

„Toll! Okay, jetzt werden Sie einen Stich spüren. Wird ein bisschen wehtun. Tut mir schrecklich leid. Mitfühlendes Verhalten: check."

„Wirklich ausgesprochen mitfühlend."

„Dann also: supercheck!" Dr. Chu kicherte und zog eine Spritze auf, mit der sie gleich ein schmerzstillendes Medikament injizieren würde.

Schuldgefühl war für Honor etwas ziemlich Ungewohntes.

Sie betrachtete ihre Hand. Die war – durchaus verdient, wie sie fand – leicht geschwollen. Es war das erste Mal in ihrem ganzen Leben, dass sie jemanden geschlagen hatte.

Aber das stimmte gar nicht. Sie hatte sich mit Dana geprügelt, nicht wahr? Offenbar war sie gerade dabei, sich einen gewissen Ruf zu erarbeiten.

„Haben Sie einen Hausarzt?", erkundigte sich Dr. Chu. „Er oder sie darf die Nähte in ungefähr einer Woche entfernen. Oder ich mache es! Sie kommen dann einfach noch mal her. Ich kann Ihnen meine Nummer geben, dann können Sie mich jederzeit anrufen und fragen, wann ich Dienst habe."

Tom sah Honor an. „Du kannst zu Jeremy gehen", sagte sie. „Er ist ein Freund der Familie."

„Dann werde ich das wohl machen", erklärte Tom.

„Klar! Sehen Sie sich bloß mal diese tolle Naht an! Hören Sie, es war total nett, Sie kennenzulernen!", sagte Dr. Chu. „Ich frage nur noch schnell meinen Oberarzt etwas, okay? Ich glaube zwar nicht, dass wir röntgen müssen, aber ich möchte absolut sichergehen."

„Vielen Dank", sagte Tom.

„Schrecklich gern geschehen! Bin gleich wieder da!" Sie sprang regelrecht aus dem Zimmer.

Honor zwang sich dazu, ihren Verlobten zu begutachten. „Nicht schlecht", stellte sie fest. Dafür, dass Dr. Chu sich wie ein verknallter Teenager benommen hatte, war die Wunde mit erstaunlich kleinen, sauberen Stichen vernäht.

„Gut. Ich wäre todunglücklich, wenn mein achsoschönes Gesicht für immer entstellt wäre."

„Es tut mir wirklich leid. Was ich, glaube ich, bereits 15 oder 20 Mal gesagt habe."

„Mach dir keine Gedanken. Tut mir leid, dass ich dich in diese Situation gebracht habe." Er massierte sich den Nacken und starrte auf den Boden.

Von draußen hörte man die typischen Krankenhausgeräusche: das Rattern der Betten auf dem Flur und das Zischen von automatischen Türen. Ein Baby weinte.

„Warum hattest du solche Angst?", fragte Tom unvermittelt.

Sie zuckte mit den Achseln, doch ihr Herz begann wieder wie wild zu klopfen. „Ich weiß es nicht." Sie zögerte. „Ich bin einmal auf der Straße überfallen worden. Er hat mich an eine Hauswand gedrängt. Genau wie in deinem anschaulichen kleinen Beispiel."

Seine Augenbrauen schossen nach oben. „Machst du Witze? Es wäre wirklich gut gewesen, wenn du mir das vorher gesagt hättest."

„Du hast mich nicht gefragt. Und ich habe nicht daran gedacht, es zu erwähnen."

„Verdammt, warum nicht? Wenn ich das gewusst hätte, hätte ich doch nie so getan, als würde ich dich angreifen, Honor. Warum hast du nichts gesagt?"

„Ich weiß es nicht! Schrei mich nicht an. Es ist vor langer Zeit passiert, in Philly, als ich Studentin war. Er hat mich festgehalten und gesagt, ich soll ihm meine Brieftasche geben. Das habe ich gemacht, und er hat sich verzogen. Er hatte eine Waffe, deshalb habe ich einfach getan, was er wollte. Es war keine große Sache."

„Man hat dich mit einer Waffe bedroht, und es war keine große Sache?"

„Du kannst aufhören, mich anzuschreien, okay? Ich dachte, ihr Briten würdet immer die Fassung bewahren. Und erzähl bloß keinem, dass ich ausgeraubt worden bin", fügte sie leiser hinzu. „Außer dir weiß es niemand."

Er starrte sie mit leicht geöffnetem Mund an. „Ja, Gott behüte, dass irgendjemand erfährt, dass du auch nur ein Mensch bist."

„Was soll das jetzt wieder heißen?", fauchte sie. „Bist du jetzt plötzlich ein Experte in allem, was mich betrifft?"

Es klopfte an der Tür des Untersuchungszimmers, und herein kam Levi in seiner Polizeiuniform. Er stutzte, als er sie sah. „Oh. Hey, ihr beiden."

„Hi, Levi." Honor war froh, ein vertrautes Gesicht zu sehen. „Was machst du denn hier?"

Er holte tief Luft. „Äh, ich muss Tom ein paar Fragen stellen."

„Warum?", wollte Tom wissen.

„Die Ärztin hat den Verdacht, dass es sich um einen Fall von häuslicher Gewalt handelt", antwortete Levi. „Und ich habe euch gerade laut streiten gehört."

Erst der Zickenkampf, und jetzt das. „Tu, was du tun musst", sagte Honor müde.

„Kumpel, es war nichts", beteuerte Tom. „Sie hat mir in einem Selbstverteidigungskurs geholfen und mich unvorbereitet erwischt."

„In Wahrheit warst also eigentlich du schuld", sagte Honor zu Levi. „Der Kurs war schließlich deine Idee."

„Dem kann ich mich nur anschließen", bemerkte Tom. „Honor ist jedenfalls nicht schuld."

Levi schien die Situation überhaupt nicht komisch zu finden. „Lass mich kurz mit Tom allein reden, Honor. Ich muss der Sache nachgehen, auch wenn du Faiths Schwester bist. Gerade weil du Faiths Schwester bist."

„Wie du meinst." Sie ging hinaus auf den Flur. Jetzt ermittelte also ihr Schwager, der Supercop, gegen sie. Sie seufzte und zwang sich dann, einem alten Mann mit Sauerstoffmaske auf dem Gesicht zuzulächeln. Er erwiderte ihr Lächeln nicht. Armer Kerl. Honor schaute weg.

Krankenhäuser hatten ihr seit dem Tod ihrer Mutter immer Angst gemacht. Das war natürlich ein furchtbarer Tag gewesen. Der schlimmste Tag ihres Lebens. Sie war diejenige gewesen, die damals ans Telefon gegangen war; Dad war in den Weingärten gewesen, und sie hatte gewartet, dass Mom und Faith aus Corning zurückkamen. Sie verspäteten sich, und Honor war eifersüchtig und malte sich aus, wie die beiden zusammen essen gingen oder durch die süßen kleinen Läden in der Market Street bummelten.

238

„Ist dein Vater da, Kleines?", hatte Chief Griggs gefragt, und Honor hatte sofort gewusst, dass etwas Schreckliches passiert war. „Ich muss ihn sprechen."

„Warum?"

„Hol ihn einfach, Kleines."

Eine kalte, lähmende Angst überfiel sie. Ihre Beine knickten kurz ein. „Sind sie tot?", flüsterte sie.

„Bleib ganz ruhig, Kleines. Ist dein Dad zu Hause?"

„Ja."

„Ich komme zu euch", hatte Chief Griggs gesagt, und die beklemmende Güte in seiner Stimme hatte Honors Befürchtung bestätigt. Der Tod stand neben ihr in der Küche, als sie das Telefon auf die Küchentheke neben ihr Chemiebuch legte. Er folgte ihr zur Hintertür und hinaus in den Hof, und dennoch war sie ganz ruhig, als sie ihren Vater rief.

Faith und Mom tot. Gestorben. Das meinten die Leute also, wenn sie davon sprachen, dass sie sich wie betäubt fühlten.

Dad würde sie brauchen. Als Chief Griggs in die Einfahrt einbog, schlang sie die Arme um ihren Vater. Hörte, was geschehen war: Faith gehe es gut, aber Constance habe es nicht geschafft.

Honor merkte, wie ihr Vater in sich zusammensackte, hörte den schrecklichen kleinen Laut, den er ausstieß, als Chief Griggs die Worte aussprach. Hielt seine spröde, trockene Hand während der ganzen Fahrt ins Krankenhaus, wohin ein Rettungswagen Faith und ein anderer Mom gebracht hatte.

Moms Wagen war vermutlich langsamer gefahren, dachte Honor, als sie vor Faiths Zimmer stand, in das Daddy gerade hineingegangen war. Kein Blaulicht, keine Sirene. Irgendwo unter ihr wurde die Leiche ihrer Mutter gerade in einen kalten, dunklen Schrank geschoben.

Mommy.

Das entsetzliche Ausmaß des Verlusts war vernichtend. Der einzige Mensch, der sie jemals verstanden und ihr das Gefühl gegeben hatte, etwas ganz Besonderes zu sein, war nicht mehr da. Es war vorbei. Das Leben würde nie mehr sein wie zuvor, nie mehr so schön, so intakt, so glücklich.

Die allumfassende Trauer musste jedoch warten. Honor war ganz die Tochter ihrer Mutter: ruhig, logisch denkend, pragmatisch. Niemand in der Familie war wie sie beide. Sie würde nicht die Fassung verlieren, sondern einen Panzer um ihr Herz legen, damit es nicht in tausend Stücke zerbrach, und sie würde tun, was zu tun war.

Doch die Tage vollkommenen Glücks ... die waren vorbei.

Nur bei Brogan – und auch da zugegebenermaßen nur sehr selten – verspürte sie hin und wieder einen Hauch von diesem unbeschwerten Zustand. Sie war nicht die ganze Zeit unglücklich gewesen; sie hatte bloß das Leben nicht in vollen Zügen genießen können. Seit ihrem 16. Geburtstag hatte sie darauf gewartet, dass dieser Teil ihrer selbst zurückkehrte, und manchmal, wenn sie und Brogan zusammen essen gegangen waren oder er vergessen hatte, in welcher Zeitzone er sich gerade befand, und sie mitten in der Nacht angerufen hatte, konnte sie einen winzigen Zipfel von dem erhaschen, was sie die ganze Zeit vermisst hatte.

Daher fragte sie sich, was da im Moment mit Tom lief. Er war immer noch größtenteils ein Fremder für sie ... noch dazu ein Fremder, der mit allem flirtete, das Brüste und einen Herzschlag hatte. Aber manchmal war er so wunderbar, dass sie hoffte, der verlorene Teil ihres Ichs würde zurückkommen, aber Sekunden später hatte er sich schon wieder von ihr zurückgezogen.

Die Tür ging auf, und besagter Mann erschien, dicht gefolgt von Levi. „Ich habe beschlossen, keine Anzeige zu erstatten", sagte Tom. „Vorausgesetzt, du zeigst dich von jetzt an von deiner besten Seite."

„Sehr witzig", gab sie zurück.

„Kann ich noch irgendetwas für euch tun?", erkundigte sich Levi.

„Alles in Ordnung", antwortete sie. „Danke, Levi. Tut mir leid, dass du herkommen musstest."

„Reine Routine", sagte er. „Bis bald." Er wandte sich zum Gehen. Dann drehte er sich noch einmal um und sah sie mit gerunzelter Stirn an. „Seid ihr beide sicher, dass alles in Ordnung ist?"

„Alles bestens, Kumpel." Tom legte einen Arm um ihre Schultern. „Stimmt's, Darling?"

„Ja! Absolut. Es war einfach nur ein langer Tag."

Levi schaute sie noch eine Weile schweigend an, und Honors Magen zog sich zusammen. Sie legte ihren Kopf an Toms Schulter und lächelte. „Danke noch mal. Sag Faith, ich rufe sie später an."

Er nickte, hob zum Abschied eine Hand und ging.

Tom holte tief Luft und atmete langsam aus. „Na dann", murmelte er und ging zurück in das Untersuchungszimmer, um auf seine Entlassung zu warten.

# 17. Kapitel

Man hatte Tom gewarnt, dass das Wetter in dieser Gegend unberechenbar war, aber jetzt wurde es langsam absurd. Vor vier Tagen war er bei 18 Grad auf dem Collegecampus Joggen gewesen. An den Bäumen prangten zaghaft erste Blütenknospen.

Und heute schneite es. Obwohl Tom nun schon vier Jahre in diesem Land lebte, hasste er es immer noch, bei Schnee mit dem Auto zu fahren. Auf dem Weg nach Hause war er ins Schleudern geraten und beinahe in das Heck von Honors kleinem Prius gerutscht, der aus irgendeinem Grund, den nur Frauen verstanden, nicht in der Einfahrt, sondern am Straßenrand geparkt war.

Er stieg aus und stapfte zum Haus. Als er die Tür aufmachte, fiel ihm ein Klumpen Schnee aus dem Kragen. „Runter von mir, Ratty", schimpfte er, als der Hund ihn ansprang.

„Sie ist keine Ratte", sagte Honor, die sich gerade ein Glas Wein einschenkte. Sie trug noch immer ihr unglaublich zugeknöpft wirkendes marineblaues Kostüm und hässliche Schuhe. Es war ihm ein Rätsel, warum um alles in der Welt Honor Holland sich nicht ein bisschen aufreizender anzog und ihre Kurven betonte. Sie hatte auf keinen Fall etwas zu verstecken. „Wie geht's deinem Auge?"

„Gut." Sie hatten in den letzten zwei Tagen nicht viel miteinander geredet – abgesehen davon, dass sie sich beide immer wieder (und seiner Meinung nach nicht besonders erfolgreich) entschuldigt hatten; er für die unangenehme Situation, in die er sie gebracht hatte, und sie dafür, dass Blut geflossen war.

Mit einer Waffe bedroht. Und sie hatte es nie jemandem erzählt. Himmel! Jedes Mal, wenn er daran dachte, begann er, vor Wut zu kochen. Er wollte den Typen umbringen, der eine total hilflose Frau attackiert hatte. Natürlich gezielt, genau solche Menschen suchten diese Gauner sich schließlich als Opfer. Eine Erkenntnis, die absolut nichts dazu beitrug, Toms Zorn zu mildern. Und dennoch schaffte er es nicht, ihr das zu sagen, was ihm wichtig war: Lass dir nie wieder wehtun. Geh kein Risiko ein. Werde nicht krank. Geh nicht weg. Stirb nicht.

Er seufzte.

„Was hättest du gern zum Abendessen?", fragte sie.

„Ist mir egal. Soll ich kochen?"

„Musst du nicht, es macht mir nichts aus."

„Mir auch nicht", sagte er. „Setz dich hin, entspann dich. Du siehst gestresst aus."

„Bin ich aber nicht", widersprach sie empört, hob Spike hoch und küsste sie auf den Kopf.

„Fein." Nein, Konversation war eindeutig weder seine noch ihre Stärke.

Beim Sex waren sie besser. Jedenfalls soweit er sich erinnern konnte. Es war verdammt lang her. Wochen.

Es klingelte an der Tür, und Ratty brach in dieses nervenzerfetzende Kläffen aus, das einen fast wahnsinnig machte. „Wuff! Wuff! Wuffwuffwuff! „Ich geh schon", sagte Honor und nahm den Hund mit.

Tom machte den Kühlschrank auf, um sich einen Überblick zu verschaffen. Seit er mit Honor zusammenwohnte, fanden sich viel mehr Vorräte als früher. Für Charlie hatte er zwar immer ein paar Snacks vorrätig gehabt, aber jetzt schwammen sie regelrecht in Essen. Hähnchen, Rindfleisch, Salat, Tomaten, Orangen, Spinat, Cottage Cheese, Parmesan, Yoghurt, Hummus … und es gab auch jede Menge guten Wein.

„Tom? Äh, Bärchen?"

Beim Klang des verfluchten Kosenamens fuhr er herum. Honor hatte rote Flecken im Gesicht, ihre Augen waren geweitet. „Das ist Bethany Woods. Sie arbeitet bei der Einwanderungsbehörde."

Mist.

„Guten Abend." Tom lächelte. Bethany war eine untersetzte, stämmige Frau Mitte 40 mit dichten schwarzen Löckchen und einer dicken Brille, deren Bügel mit Strasssteinchen besetzt waren.

„Hallo", sagte sie. „Das ist ein unangekündigter Besuch im Auftrag der US-Regierung. Ich hoffe, es macht Ihnen nichts aus."

„Überhaupt nicht", beteuerte Tom. „Wie kommen wir zu dieser Ehre?"

Bethany lächelte gezwungen. „Wir haben einen Hinweis bekommen, dass Sie und Ms Holland möglicherweise vorhaben, eine Scheinehe einzugehen."

Tom schaute Honor an, die so aussah, als würde sie sich gleich übergeben. „Eine Scheinehe? Wieso?", fragte er. „Aber nehmen Sie doch bitte Platz, Bethany. Hätten Sie gern ein Glas Wein oder eine Tasse Tee?"

„Nein, danke." Sie musterte ihn kurz. Mit dem Janice-Blick, wie er insgeheim dachte.

„Dann setzen Sie sich doch wenigstens. Darling?" Er rückte einen Stuhl für Honor zurecht, die erst zögerte und sich dann steif setzte.

„Dr. Barlow", sagte Bethany, „wir haben Kontakt zu dem College aufgenommen, an dem Sie arbeiten, und festgestellt, dass man dort nicht vorhat, Ihre Green Card zu erneuern."

„Richtig." Tom nickte. Honor nagte an ihrer Unterlippe. Wenn sie so weitermachte, würde gleich Blut fließen. Er griff unter dem Tisch nach ihrer Hand und drückte sie warnend. Ratty knurrte und erntete dafür einen vielsagenden Blick von Ms Woods.

„In meinen Unterlagen steht, dass Sie einen Antrag auf Heiratserlaubnis gestellt haben", fuhr sie fort, „und vor ein paar Tagen hat jemand anonym in unserem Büro angerufen und uns mitgeteilt, dass sie beide sich kaum kennen."

Hm. Wer um alles in der Welt würde so etwas tun? Honors Vater vielleicht? Der Mann hatte ihm noch nicht einmal richtig in die Augen geschaut. Droog, weil er möglicherweise eifersüchtig war, dass Honor sich nicht für ihn, sondern für Tom entschieden hatte? Wahrscheinlich nicht; er war ein netter Kerl.

„Tja, es ist schnell gegangen", sagte Tom. „Das muss man zugeben. Aber wir heiraten, weil wir uns lieben. Stimmt's, Darling?"

„Wir lieben uns", sagte sie folgsam mit hoher, quiekender Stimme. Er drückte wieder ihre Hand, und sie sah ihn ängstlich an.

„Freut mich zu hören", sagte Bethany kühl. Wieder musterte sie Tom von oben bis unten. „Wie dem auch sei, Sie wissen, dass eine Scheinehe mit einer Geldstrafe von bis zu einer Viertelmillion Dollar und zehn Jahren Gefängnis geahndet wird."

Man hörte, wie Honor schluckte. Ihr kleiner Hund winselte, wedelte mit dem Schwanz und scharrte mit den Füßen, weil er Bethany auf den Schoß springen wollte. Offenbar war Tom der einzige Mensch, den Ratty hasste.

„Oft ist es so, dass der US-Bürger eine Scheinehe eingeht, um einem Freund zu helfen", fuhr die Frau fort und streckte Spike einen Finger hin, den der Hund sofort zu lecken begann. „Na, bist du ein süßes Baby? Hm? Bist du das? Du bist so süß! Ja, das bist du! Wie heißt du denn? Hm? Wie ist denn dein süßer kleiner Name?"

„Spike", hauchte Honor.

„Ach, das gefällt mir. Ja, das tut es! Ich bin begeistert! Jedenfalls, Ms Holland, der Wunsch, einem Freund zu helfen, macht eine Scheinehe nicht weniger illegal."

„Hier handelt es sich nicht um einen solchen Fall", sagte Honor. Ihre Hand war feucht und kalt.

„Ausgezeichnet. Dann haben Sie beide bestimmt nichts dagegen, wenn ich Ihnen getrennt voneinander ein paar Fragen stelle."

„Natürlich nicht", sagte Tom. „Nicht wahr, Honor?"

„Nein", fiepte sie.

Bethany lächelte ihr schmales Lächeln. „Gut. Macht es Ihnen etwas aus, wenn ich mich zuerst im oberen Stockwerk umsehe?"

„Überhaupt nicht." Tom stand auf und streckte der Frau lächelnd eine Hand entgegen. Sie errötete leicht und ergriff sie.

„Das ist ein hübsches Haus", stellte sie fest.

„Uns gefällt es", sagte er.

Gott sei Dank hatte Honor ein paar Dinge mitgebracht, denn das Haus wirkte jetzt viel gemütlicher als zu der Zeit, als Tom hier allein wohnte. Es hingen Bilder an den Wänden, auf dem Sofa lagen Kissen, und im Bad gab es farblich zusammenpassende Handtücher. Mit anderen Worten: Es sah wie ein richtiges Zuhause aus, nicht wie ein Ort, an dem man sich nur hin und wieder aufhielt.

„Wie lange sind Sie denn schon zusammen?", wollte Bethany wissen. „Spike, sagten Sie, ist ihr Name? Spike, meine süße Kleine, wie lange sind Mommy und Daddy schon zusammen, hm? Hm?"

Grundgütiger. „Ein paar Monate", antwortete Tom. „Es hat uns sozusagen wie ein Blitzschlag getroffen."

„Stimmt", krächzte Honor.

„Spike! Ist das dein Ball? Ist das dein Ball? Los, hol ihn!" Bethany warf den Ball. Er rollte unter den Sessel. „Ich hole ihn dir, mein Schätzchen. Ja! Ich hol ihn dir!"

Als die Frau sich hinkniete, um Schätzchens Ball unter dem Sessel hervorzuholen, drehte Tom sich zu Honor und gab ihr einen schnellen Kuss. „Reiß dich zusammen", flüsterte er dicht an ihrem Mund.

„Okay", sagte sie ebenfalls im Flüsterton, aber ihr Blick war un ruhig. Er küsste sie noch einmal, diesmal langsamer, und umfasste ihr Gesicht. Ihre Haare waren weich und zart, und sie roch so sauber und frisch; so gut. Nach einer Sekunde legte sie ihre Hand auf seine Brust, und ihre Lippen wurden weich.

Sie mussten zwar so tun, als wären sie wahnsinnig verliebt, aber beim Küssen brauchte Tom nichts vorzuspielen. Die Küsse waren einfach unglaublich. Honor, seine widerspenstige kleine Braut, schien dabei regelrecht mit ihm zu verschmelzen und wirkte so … hilflos, wenn er sie küsste. Weich und süß und immer ein bisschen überrascht.

„Und das obere Stockwerk?", fragte Bethany. „Komm schon, Spike! Lauf hoch!"

„Hier entlang", sagte Tom und ließ Honor los. Spike, die von Bethany Woods hingerissen war, bellte kurz.

Gott sei Dank war Honor ein bisschen zwanghaft veranlagt, was Sauberkeit und Ordnung betraf, denn das Bett in Charlies Zimmer war wunderschön gemacht, und nicht einmal ein herumliegender Hausschuh oder ein Paar Ohrringe verriet, dass Honor jede Nacht hier schlief. Kluges Mädchen. Sie hatte mit diesem Besuch der Einwanderungsbehörde gerechnet. Er schuldete ihr etwas. Viel sogar, das stand fest.

„Wer bastelt diese Modellflugzeuge?" Bethany betrachtete die halbfertige Stearman auf dem Schreibtisch.

„Mein inoffizieller Stiefsohn. Ich, äh, war vor ein paar Jahren mit seiner Mutter verlobt, aber sie ist gestorben. Ihr Sohn und ich haben aber immer noch ein enges Verhältnis." Noch eine Lüge.

„Wie schön", sagte Bethany. „Was für ein lieber Mensch Sie doch sind. Ist er lieb, Spike? Hm? Hm?" Sie hob den kleinen Hund hoch und küsste ihn.

„Danke." Tom ignorierte Honors schwaches Keuchen. Sie musste sich wirklich in den Griff kriegen. Das Gleiche galt seiner Meinung nach übrigens auch für Bethany, der Spike gerade den Mund abschleckte. Ekelhaft.

Bethany ging in Toms Zimmer und machte den Schrank auf. Auch hier hatte Honor ganze Arbeit geleistet. Es sah ganz so aus, als wäre es auch ihr Zimmer. „Und wann ist die Hochzeit?"

„Bald", antwortete Honor.

„Wir wollten eigentlich durchbrennen", fügte Tom hinzu, „aber ihre Familie möchte unbedingt dabei sein. Honor muss sich also so ein kitschiges Kleid kaufen. Und ich möchte natürlich, dass sie glücklich ist." Er sah sie an. „Du wirst eine wunderschöne Braut sein, Darling."

„Ich liebe Hochzeiten", sagte Bethany.

„Sie sind herzlich eingeladen", sagte Tom. Honor quiekte vor Schreck und überspielte es, indem sie so tat, als müsste sie husten. Bethany lächelte und schlenderte ins Bad. Machte das Schränkchen auf und nickte.

„Du trägst ein bisschen dick auf", flüsterte Honor.

„Sie nimmt es mir ab", flüsterte er zurück. „Würde es dich umbringen, mal zu lächeln? Man erwartet, dass wir verliebt sind."

„Ich bin keine gute Schauspielerin."

„Ja, das merkt man. Nimm dir an mir ein Beispiel."

„Honor", sagte Bethany plötzlich wieder ganz geschäftsmäßig, „würde es Ihnen etwas ausmachen, hier oben zu bleiben und diese Fragen zu beantworten?" Sie machte ihre riesige Tasche auf und nahm einen Stoß Papiere heraus.

„Kein Problem." Honor nahm die Unterlagen und ging den Flur entlang zu Charlies Zimmer. Auf halbem Weg machte sie auf dem Absatz kehrt und ging in Toms Zimmer.

Bethany zog eine Augenbraue hoch.

Mist.

Tom und Bethany gingen die Treppe hinunter und zurück in die Küche. „Ich hoffe, es macht Ihnen nichts aus, hier zu warten, bis Honor mit den Antworten fertig ist", sagte Bethany und nahm Ratty auf den Arm.

„Überhaupt nicht. Sind Sie sicher, dass Sie kein Wasser möchten? Oder einen Schluck Wein?" Er lächelte wieder. „Ich nehme an, wir sind heute Ihr letzter Termin."

„Wenn Sie mich so fragen, gern. Warum nicht? Weißwein, wenn Sie einen haben."

„Selbstverständlich. Honor kommt aus einer Winzerfamilie. Wir haben eine große Auswahl wunderbarer Weine. Gewürztraminer? Grauburgunder? Chardonnay?"

„Chardonnay wäre großartig."

„Gute Wahl." Er schenkte ihr ein großes Glas ein und reichte es ihr. „Macht es Ihnen etwas aus, wenn ich schon mal das Abendessen zubereite?"

„Lassen Sie sich nicht stören."

Tom zog seinen Pullover aus, unter dem er ein Henley-Style-Shirt trug. Ms Woods starrte auf das Tattoo der britischen Flagge und errötete. „Man darf nicht vergessen, woher man kommt, nicht wahr?" Er zwinkerte ihr zu.

„Und da haben Sie noch eines, oder?" Sie trank einen Schluck Wein und deutete auf seinen anderen Arm.

„Stimmt. Eine Art Jugendsünde." Er zog den linken Ärmel hoch und zeigte ihr den keltischen Kreis, der überhaupt keine Bedeutung für ihn hatte, ihm allerdings mit 17 unglaublich cool vorgekommen war. Prostituierte er sich Ms Woods zuliebe etwa gerade ein bisschen?

Ja.

„Was ist mit Ihrem Auge passiert?", murmelte sie.

„Lustige Geschichte." Er erzählte ihr von dem Boxkurs und Honors Ring. „Es ist schon besser. Die Ärztin hat es toll vernäht, meinen Sie nicht?" Er beugte sich zu ihr hinunter, damit sie es sich ansehen konnte. Dann lächelte er.

„Sie armes Ding", sagte sie mit heiserer Stimme. Spike knurrte.

„Wie lange arbeiten Sie denn schon für die Einwanderungsbehörde, Bethany?", erkundigte er sich.

„14 Jahre. Sie haben recht, dieser Wein ist wunderbar."

„Freut mich." Er nahm ein Stück Hähnchen, eine Handvoll Petersilie und ein paar Knoblauchzehen und begann, alles klein zu schneiden. „Dann haben Sie bestimmt schon einiges erlebt", fügte er hinzu.

Kochen war, wie er im Laufe der Jahre festgestellt hatte, eine merkwürdig intime Tätigkeit. Einige seiner besten Gespräche mit Charlie hatten seinerzeit in der Küche stattgefunden, während er gekocht hatte. Auch mit Melissa, die immer dankbar gewesen war, wenn sie nach einem Arbeitstag nicht selbst zu kochen brauchte.

Es funktionierte auch bei Bethany. „Wir bekommen alles Mögliche zu sehen", begann sie und nahm noch einen Schluck Wein. „Diese Besuche ... wir nennen sie Bettenkontrolle. Wir vergewissern uns, dass das Paar wirklich zusammenlebt und nicht nur so tut, als ob. Sie wissen schon ... ist ihr Zeug im Bad oder nur seines? Kennen die beiden sich richtig, oder sind sie einander total fremd? Sie wären überrascht, wenn Sie wüssten, wie viele Leute glauben, sie könnten uns etwas vormachen."

„Tatsächlich?"

„Einmal ...", sagte sie und begann von einer Green-Card-Bande zu erzählen, deren Mitglieder – Paare – monatelang Fotos mit Photoshop bearbeitet und ihre Köpfe auf die Körper anderer Leute montiert hatten, damit es so aussah, als wären sie zusammen. „Auf einem Foto wiegt sie also ungefähr 45 Kilo, auf dem nächsten, das angeblich auf dem gleichen Skiausflug gemacht wurde, ist sie doppelt so schwer. Können Sie sich das vorstellen? Kannst du es, Spike?"

Tom lächelte. „Lustig."

„Es ist lustig", räumte Bethany ein. „Dumm, aber lustig. Sie beide haben wenigstens nicht gelogen, seit wann Sie zusammen sind." Sie leerte ihr Glas. „Wie haben Sie sich eigentlich kennengelernt?"

„Das war im O'Rourke's", antwortete er. „Die kleine Kneipe hier in der Stadt. Ich habe Honor gesehen und mir gedacht: ,Das ist sie, Tommy. Das ist deine Frau.' Es war, als hätte man mir mit einem Vorschlaghammer auf den Kopf geschlagen." Er grinste. „Das klingt ziemlich abgedroschen, was?"

„Nein, überhaupt nicht. Es klingt romantisch, nicht wahr, Spike-Baby?"

Honor kam in die Küche. Sie sah verschwitzt und zerzaust aus. „Fertig." Sie gab Bethany die Unterlagen.

„Fein, fein", sagte Bethany. „Oh Mann, das riecht gut. Ich bin am Verhungern."

„Möchten Sie zum Essen bleiben?", fragte Tom und erntete prompt einen vernichtenden Blick von Honor.

„Furchtbar gern!", antwortete Bethany sofort. Honor, die hinter ihr stand, hob abwehrend die Hände.

„Wunderbar. Darling, würdest du den Tisch decken?"

Sie tat es und zitterte so sehr dabei, dass die Teller klapperten und der Couscous beinahe auf den Boden fiel. Er warf ihr einen warnenden Blick zu, aber sie schien unfähig, sich zu entspannen.

„Sie sind ein großartiger Koch", lobte Bethany, die sich über das Essen hermachte, als hätte sie die letzten 40 Tage in der Wüste verbracht. „Es schmeckt fantastisch. Darf ich Spike etwas geben?"

Wenigstens Bethany war glücklich. Honor hingegen schob so lange schweigend ihr Essen auf dem Teller hin und her, bis er sie scharf ansah. Dann aß sie ein paar Bissen. Überzeugte Bethany damit allerdings bestimmt nicht davon, dass sie wahnsinnig verliebt waren.

„So!" Bethany schob ihren Teller weg. „Jetzt würde ich Ihnen gern die gleichen Fragen stellen, die Honor schon beantwortet hat. Dann sehe ich, wie gut Ihre Antworten übereinstimmen."

„Schießen Sie los." Tom stieß Honor unter dem Tisch mit dem Fuß an. Sie machte ein Gesicht, als wäre ihr Hund gerade auf der Straße überfahren worden. Apropos, wo war Ratty eigentlich? Pinkelte sie ihm gerade wieder in einen seiner Schuhe?

„Was ist Honors Lieblingsfarbe?"

Mist. Er hatte keinen blassen Schimmer. Die meisten ihrer Klamotten waren … „Blau", sagte er.

„Genauer?"

„Dunkelblau."

„Marineblau. Aber ich akzeptiere Ihre Antwort." Bethany lächelte und zwinkerte ihm zu. „Wann hat sie Geburtstag?"

Verdammt, an dieser Frage scheitern die meisten Ehemänner, oder? Er lächelte Honor an. Sie erwiderte sein Lächeln nicht, sondern starrte ihn mit weit aufgerissenen Augen ängstlich an. „Am 4. Januar." Danke, Honor, für dein zwanghaft ausführlich verfasstes Dossier.

„Gut gemacht!" Bethany beugte sich vor und klatschte mit Tom ab. Dabei wanderte ihr Blick wieder zu seiner britischen Flagge. „Als wie vieltes Kind wurde sie geboren?"

Und wieder: Mist. Hm, da war die sexsüchtige Schwester, die älter aussah, sich aber jünger benahm, und dann die Schwester mit dem Polizisten als Mann … Die war jünger, vermutete er. Aber was war mit dem Bruder? „Sie verhält sich wie die Älteste. Stimmt's Schatz? Alle kommen mit ihren Problemen zu ihr. Und sie ist ziemlich dominant." Er lächelte. Honor sah immer noch so aus, als müsste sie sich gleich übergeben. „Sie ist in der Mitte."

„Korrekt." Bethany fiel nicht auf, dass er sich herausgeredet hatte. „Ihre Lieblingsfernsehsendung?"

Er verzog das Gesicht. „Diese furchtbaren medizinischen Dokus über Tumore und Ähnliches. Schrecklich."

Bethany lächelte ihn an. „Da muss ich Ihnen zustimmen. Okay, nächste Frage. Was würde Honor als Ihren größten Fehler bezeichnen?"

Er zog eine Augenbraue hoch. Honor schloss die Augen. „Das Trinken. Aber sie hat meine Kumpel zu Hause noch nicht gesehen."

„Trinken ist richtig, Tom." Bethany klatschte wieder mit ihm ab. „Und wie verhüten Sie?"

Er verschluckte sich an seinem Wasser. „Wir möchten möglichst bald eine Familie gründen. Wir verhüten also nicht."

„Da sagt Honor aber etwas anderes."

Er sah seine zukünftige Braut an. „Darling? Ich dachte, wir hätten das besprochen."

„Ich, äh, ja. Es ist nur, weißt du …" Ihr stand der Schweiß auf der Stirn.

Er zog sie an sich, und sie setzte sich starr und steif auf seinen Schoß. „Ich dachte, du wolltest sofort ein Baby, Schatz." Er drückte ihr Knie, damit sie endlich mitspielte.

„Nun ja. Ich möchte nicht … ähm. Unbedingt. Bald. Aber vielleicht sollten wir wenigstens ein paar Monate verheiratet sein, bevor ich die, äh, Pille absetze."

„Ich kann es kaum erwarten." Tom versuchte, sie an sich zu ziehen und zu küssen, aber sie war wie erstarrt. Also legte er den Kopf an ihre Schulter und lächelte Bethany an. „Sonst noch Fragen?"

„Nein. Ich finde Sie beide wirklich süß. Wo ist Spike? Sind die beiden nicht süß, Spike? Sie sind süß!"

Danke, liebes Jesulein. In ungefähr fünf Minuten würde er sich ein sehr großes Glas Whisky genehmigen. Nur eines, wohlgemerkt. Aber ein großes.

Er erhob sich – wobei er Honor fast mit Gewalt von seinem Schoß schieben musste – und nahm ihre Hand in seine. „Tja, es war reizend, Sie kennenzulernen. Danke, Bethany."

„Danke für das Essen!" Sie zog ihren Mantel an. „Dieser Termin war wirklich nett. Die meisten Leute können es sonst nämlich kaum erwarten, mich loszuwerden."

„Wirklich?", fragte Tom. „Das kann ich mir gar nicht vorstellen."

„Viel Glück Ihnen beiden." Bethany schüttelte Tom und Honor fest die Hand und lächelte beide an.

„Danke." Honor atmete hörbar auf. Er sah sie warnend an. Dann drehte er sich wieder zu Bethany, begleitete sie – Honor hinter sich herziehend – zur Tür und machte auf.

Mist.

Es lagen 30 Zentimeter Schnee.

„Du meine Güte", sagte Bethany. „Ich weiß nicht, ob ich bei diesem Schnee heimfahren kann. Meine Reifen sind total abgefahren, und zu mir nach Hause sind es schon bei gutem Wetter anderthalb Stunden."

Tom schloss kurz die Augen. „Keine Sorge", sagte er. „Sie können hier übernachten. Nicht wahr, Darling?"

Honor hatte das Gefühl, als würde ihr Kopf jeden Moment explodieren. Sie betrachtete sich im Badezimmerspiegel. Weil sie so oft rot geworden war, sah sie so aus, als hätte ihr der Wind ins Gesicht gepeitscht.

Bethany war seit vier Stunden da. Vier Stunden lang hatte Tom dieser Frau die Füße geküsst und den hingebungsvollen Verlobten gespielt; vier Stunden lang hatte Honor versucht zu lügen, obwohl ihr ständig nur zehn Jahre Gefängnis durch den Kopf ging. Ja, das hatte sie schon vorher gewusst, aber die Worte bekamen einen ganz anderen Beigeschmack, wenn sie aus dem Mund einer Bundesbeamtin kamen.

Irgendwann hatte Bethany dann endlich gegähnt (ausgiebig) und Tom sehr herzlich eine gute Nacht gewünscht. Es hatte so ausgesehen, als würde er sie gleich umarmen.

„Bis morgen früh, ihr Lieben", hatte Bethany gesagt. „Und seid nicht zu laut, ja?" Eine grässliche Anspielung, bei der Honor innerlich tausend kleine Tode starb.

Und jetzt musste sie bei Tom schlafen.

Musste bei Tom schlafen.

Unter normalen Umständen – normal, was sie beide betraf – hätte die Vorstellung sie schon nervös genug gemacht, na ja, eher freudig erregt. Aber mit einer Bundesbeamtin im Zimmer gegenüber machte sie sich vor Angst fast in die Hose.

Woher hatte Tom gewusst, dass Blau ihre Lieblingsfarbe war? Und als er gesagt hatte, sie würde sich wie die älteste Schwester verhalten … hatte er etwa recht gehabt?

„Ist das Bad frei?", fragte Bethany.

„Äh, eine Sekunde noch", antwortete Honor. Zu schade, dass sie keine Schlaftabletten hatte. Dann hätte sie sie jetzt alle drei betäuben können.

Sie machte die Tür auf, lächelte Bethany an, ging in Toms Zimmer und schloss die Tür hinter sich.

„Meinst du, du könntest dich vielleicht nicht ganz so hölzern benehmen", flüsterte er.

„Wie bitte?"

„Du hast steif wie ein Brett dagesessen, Honor."

Die vier Stunden Stress forderten jetzt ihren Tribut. „Das ist immer noch besser, als vor ihr einen Strip hinzulegen, um sie abzulenken", zischte sie. „Glaubst du, ich hätte das nicht gemerkt? Hättest du ihr auch noch den ‚Magic Mike' gemacht, wenn sie mit ihren Fragen nicht aufgehört hätte?" Im Bad wurde das Wasser aufgedreht.

„Einer von uns musste ja reden, Bärchen."

„Glaubst du, es hilft uns, wenn sie in ihren Bericht schreibt: ‚Bräutigam wirkt wie eine männliche Hure'?"

„Ich habe nicht gestrippt. Ich habe meinen Pulli ausgezogen. Irgendjemand musste sich schließlich mit ihr beschäftigen. Du hast ja den Mund nicht aufgekriegt."

„Hör mal", flüsterte sie. „Tut mir leid, dass es mich nervös macht, wenn eine Bundesbeamtin in meinem Haus ist und zum Abendessen und Übernachten eingeladen wird."

„Sprich nicht so laut, sie kommt gerade aus dem Bad."

„Gute Nacht!", rief Bethany.

„Gute Nacht", riefen sie fröhlich zurück. Dann guckten sie sich wieder böse an. Wenigstens Spike fühlte sich wohl; sie sprang aufs Bett, rollte sich auf einem Kissen ein, gähnte und machte die Augen zu.

Die Heizung schaltete sich ein. „Zeit fürs Bettchen, Darling", sagte Tom.

Langsam begann sie, diesen speziellen Kosenamen zu hassen. Tom hatte ihn kein einziges Mal aufrichtig gemeint. „Natürlich." Erst musste sie aber noch ihren Pyjama anziehen. „Äh, kannst du die Augen zumachen?", flüsterte sie.

„Dir ist klar, dass ich dich schon mal nackt gesehen habe, oder?"

„Tja, heute wirst du das nicht."

„Na schön." Er zog sich lässig sein T-Shirt über den Kopf, warf es in die Ecke und knöpfte dann seine Hose auf.

Oh Mann. Sie sollte sich wohl besser umdrehen.

Und das würde sie auch tun. Bald. Jeden Moment. Ganz bestimmt vor morgen früh.

Das war ein wirklich schöner Männerkörper. Der Körper eines Boxers mit muskelbepackten Armen, breiter, leicht behaarter Brust und diesem unwiderstehlichen Waschbrettbauch. Honor wusste noch, wie es sich angefühlt hatte, diese Körperpartie mit ihren Fingern zu streicheln, damals, in dieser Nacht, als sie zum Sexkätzchen geworden war und sich von einer ganz untypischen Seite zeigte.

Tom zog eine Augenbraue hoch, und Honor drehte sich weg. Einmal mehr an diesem Abend brannte ihr Gesicht regelrecht vor Verlegenheit.

Einen Moment später hörte sie das Quietschen der Matratze. „Okay, mach die Augen zu", flüsterte sie.

„Augen sind zu."

„Wirklich?"

„Du lieber Himmel, Honor, würdest du einfach ins Bett kommen, bitte?"

Sie sah sich verstohlen um. Er saß mit geschlossenen Augen im Bett, und sein durchtrainierter, wunderschöner Oberkörper schrie geradezu danach, ausgiebig berührt zu werden. Sein blaues Auge und die Tattoos verliehen ihm einen beinahe unerträglich attraktiven Anflug von Bad Boy, und der Sankt-Christophorus-Anhänger betonte seinen fast schon absurden Sex-Appeal noch mehr. Wer hätte gedacht (die Umstände jetzt mal außer Acht gelassen), dass Honor Holland jemals von so einem Mann ins Bett beordert werden würde?

Sie drehte sich wieder um, zog sich aus und legte ihre Jacke, den Rock und die verschwitzte Bluse über eine Sessellehne. Wenigstens hatte sie hübsche Unterwäsche an. Nicht, dass Tom, der die Augen wie ein braver Junge geschlossen hatte, sie sehen würde. Sie zog ihren BH aus und hüllte sich – möglichst schnell – in ihren Flanellpyjama.

Als sie sich umdrehte, hatte Tom die Augen offen und sah sie unverwandt an. Kein Lächeln.

Die Atmosphäre war spannungsgeladen. Honor schlug das Herz bis zum Hals.

Sie wünschte, sie wäre näher bei ihm und könnte seinen Blick deuten. Oder ihn einfach küssen.

„Na komm schon", sagte er und schlug die Decke zurück.

Sie würde heute Nacht auf keinen Fall schlafen können.

Dabei schlief sie schon schlecht, seit sie hier eingezogen war. Aber jetzt zitterte sie vor Nervosität, bebte innerlich vor Lust und hatte gleichzeitig schreckliche Angst, im Gefängnis zu landen.

Apropos Lust, sagten die Eier und stellten ihre Ferngläser scharf, um Tom besser sehen zu können.

Honor ging zur freien Seite des Betts und schlüpfte unter die Decke. „Gute Nacht." Sie drehte sich von ihm weg.

Tom drehte das Licht aus und legte sich auf den Rücken.

„Wir müssen sie zum Frühstück einladen", murmelte er. „Meinst du, es würde dich umbringen, ein bisschen gastfreundlich zu sein?"

Honor drehte sich auf die andere Seite und schaute ihn an. Im Licht der Straßenbeleuchtung konnte sie sein Gesicht im Profil sehen. „Tom", flüsterte sie, „was ist, wenn wir erwischt werden?"

„Das wird nicht passieren, wenn du endlich aufhörst, dich wie eine Kriminelle zu benehmen, Darling."

„Ich kann nicht anders!"

„Du hast gesagt, du wüsstest, dass es so kommen wird", wandte er ein. „Du warst diejenige, die gesagt hat, es würde dir nichts ausmachen, das Risiko einzugehen."

„Ich weiß, aber ..."

Es klopfte an der Tür. Honor rutschte erschrocken zu Tom hinüber. „Ja?", riefen sie unisono, und Tom legte seine Arme um sie.

Bethany machte die Tür auf. „Ich wollte nicht stören", sagte sie wenig überzeugend. „Oh, hi, Spike-Schatz! Hast du es schön gemütlich hier?"

Honor hatte ihr Gesicht an Toms Hals gedrückt. Es war ein höchst angenehmes Plätzchen. Beziehungsweise wäre es eines gewesen, wenn sie nicht plötzlich eine ventrikuläre Tachykardie gehabt hätte. Herzrasen. Vielen Dank, „Tod in der Notaufnahme".

„Brauchen Sie irgendetwas, Bethany?", erkundigte sich Tom.

„Ich, ähm, frage mich, ob ich vielleicht ein Glas Wasser haben könnte?"

Du lieber Himmel.

Er machte Anstalten aufzustehen, aber Honor zog ihn zurück.

„Bedienen Sie sich einfach", sagte er. „Die Gläser stehen neben der Spüle."

Bethany schwieg. Dann seufzte sie. „Vielen Dank. Schlafen Sie gut."

Die Tür wurde geschlossen. „Von wegen, Wasser", flüsterte Honor. „Sie wollte dich nur ohne T-Shirt sehen."

„Wenigstens irgendjemand, der das will", brummte er.

„Was soll das denn heißen?"

„Vielleicht würde es dir nicht ganz so schwerfallen, ein bisschen Zuneigung zu heucheln, wenn wir miteinander schliefen."

Ihr wurde bewusst, dass sie sich immer noch an ihn schmiegte. Sehr intim sogar. Wenn sie nicht von oben bis unten in Flanell gehüllt gewesen wäre, wären die Eier, sagen wir mal, ziemlich glücklich gewesen.

„Ich dachte, wir warten, bis wir verheiratet sind", wisperte sie.

„Ich finde das ziemlich scheinheilig", murmelte er. „Immerhin hast du mich schon drei Mal vernascht."

„In einer Nacht. Mit drei, äh, Durchgängen."

Er sagte nichts dazu.

Wenn er sie jetzt küsste, würde sie keinen Widerstand leisten. Sie war erschöpft von der Anspannung, außerdem willensschwach und ziemlich geil. Und die Jahre waren kostbar. Dazu kam die Erinnerung, wie er auf ihr gelegen hatte und der harte, große …

„Erzähl mir, wie du überfallen wurdest", sagte er leise.

„Was? Ach so! Äh, warum?"

„Weil ich es wissen will."

Sie schluckte. „Ich habe es dir doch schon erzählt."

„Ja, aber da war ich zu sehr damit beschäftigt, dich anzuschreien." Er zog sie fester an sich, sodass ihr Kopf auf seiner kräftigen, absolut wunderbaren Schulter zu liegen kam. Honors Hand rutschte wie automatisch auf seine Brust, und sie spürte das Klopfen seines Herzens, dieses Wunders des menschlichen Körpers.

Auf der Treppe waren Bethanys Schritte zu hören. Die Tür zum anderen Zimmer ging auf und wieder zu.

„Ich war auf dem Heimweg von der Bibliothek", flüsterte Honor. „Meine Mitbewohnerin und ich hatten eine kleine Wohnung ungefähr drei Blocks vom Campus entfernt, und es war erst 22 Uhr, also meiner Meinung nach nicht gefährlich." Da hatte sie falsch gelegen. Wie oft hatte ihr Vater sich Sorgen gemacht, weil sie in einer Großstadt lebte? Wie oft hatte er sie gewarnt, abends nicht allein heimzugehen?

„Plötzlich hat mich irgendein Typ am Arm gepackt, mich in einen Hauseingang gedrängt und gesagt, ich soll ihm meine Handtasche geben. Er hatte eine Waffe, und ich erinnere mich, dass ich ihn angesehen und gedacht habe, dass ich mir sein Gesicht einprägen muss. Aber ich habe es nicht geschafft. Es war, als würden mir die Details entgleiten. Als könnte mein Gehirn das, was gerade passierte, nicht verarbeiten." Sie schwieg kurz, während sie sich daran erinnerte, wie ihr vor Angst die Knie geschlottert hatten. „Er hat also Geld von mir verlangt, und ich habe meine Brieftasche an seinem Kopf vorbeigeworfen und bin losgerannt. Zu einer Polizeiwache."

Tom legte seine Hände auf ihre, und Honor hatte plötzlich einen Kloß im Hals. „Das war sehr klug", sagte er leise.

„Danke", flüsterte sie.

„Warum hast du es nie jemandem erzählt?"

Sie zögerte. „Das habe ich schon. Ich meinte, ich habe es niemandem aus meiner Familie erzählt. Es war vorbei, und sie hätten sich nur Sorgen gemacht. Aber ich habe es der Polizei erzählt. Und, äh, einem Freund." Sie zuckte zusammen.

„Brogan?"

Es war das erste Mal, dass Tom den Namen richtig aussprach. „Ja."

„Und war er ... wie heißt das Wort, das ihr Amerikaner so mögt? Mitfühlend?"

„Natürlich. Er war sehr nett." Sie schwieg kurz. „Er ist ein netter Mensch."

„Das glaube ich gern." Toms Stimme war sanft, aber plötzlich fühlte es sich merkwürdig an, so neben ihm zu liegen. Ihr Nacken war steif, und die Schulter unter ihrem Kopf schien zu Granit geworden zu sein.

„Hat man den Typen je erwischt?"

„Nein."

„Das tut mir leid."

„Danke. Und danke, dass du dich danach erkundigt hast."

„Tja, ich bin nun mal ein Techniker. Es war für mich unlogisch, dass du plötzlich ausgeholt und mich geschlagen hast. Es war einfach eine Frage von Ursache und Wirkung."

Auf der Straße fuhr ein Auto vorbei.

Honor wollte noch etwas sagen. Sie wollte die Gefühle ansprechen, die zwischen ihnen anschwollen und wieder abflachten wie ein Wirbelsturm im Mittleren Westen. Aber vielleicht empfand ja nur sie es so. Vielleicht empfand Tom überhaupt nicht besonders viel. Vielleicht war er tatsächlich nur ein Techniker, der verstehen wollte, wie die Dinge funktionierten.

„Schlaf gut, Honor", sagte er.

„Du auch."

Honor drehte sich auf ihre Seite des Betts und schloss die Augen, doch es dauerte lang, bis der Schlaf sie in seine sanften Arme schloss.

# 18. Kapitel

Von ihrem Büro aus hatte Honor einen fantastischen Blick auf das Weingut und die Felder, die sich bis zum Wald erstreckten. Der Keuka-See glitzerte an einem kalten Tag wie heute stahlblau in der Ferne. Das Wetter machte Honor Sorgen. Die Kälte hatte nicht nachgelassen. Nicht, dass Honor erwartet hätte, der Frühling würde wirklich am 21. März beginnen; schließlich lebte sie schon ihr ganzes Leben hier. Der Schnee war zwar größtenteils geschmolzen, doch auf den Feldern lagen da und dort immer noch große, weiße Streifen. Abends fielen die Temperaturen unter null, und nur während der wärmsten Stunden am Nachmittag kletterte das Thermometer auf über sieben Grad. Andererseits wusste Honor aus Erfahrung, dass sie schon Ende der Woche über 20 Grad haben konnten. Das Wetter im April war einfach unberechenbar, und aus genau diesem Grund war dies der härteste Monat.

Für morgen hatten die nie verlässlichen Wetterfrösche immerhin mehr als 10 Grad versprochen. Honor hoffte, dass sie diesmal recht hatten; ein bisschen Sonne würde noch rechtzeitig für den „Black and White"-Ball dieses Wochenende ein paar Narzissen erblühen lassen. Letzten Herbst hatte Faith um die Scheune herum Tausende von Blumenzwiebeln gesetzt, und die tapfersten hatten dort, wo die Erde frei von Schnee war, bereits ihre verheißungsvoll leuchtenden gelben Knospen geöffnet.

Die erste Frühlingshochzeit in der Scheune würde Ende April stattfinden. Faith hatte Honor gefragt, ob sie und Tom ebenfalls hier heiraten wollten; Honor wusste, dass es ihrer Schwester viel bedeuten würde. Ihr selbst allerdings bereitete diese Vorstellung Magenschmerzen. Tom hatte zweifellos das Potenzial, ein toller Ehemann zu werden – er liebte Charlie so sehr, er liebte seinen Job und hatte einen wunderbaren Sinn für Humor. Er war bindungsfähig. Beständig. Und, oh ja, sexy. Aber Honor würde versprechen, ihn zu lieben, zu achten und zu ehren bis ans Ende ihrer Tage – und obwohl sie sich gut vorstellen konnte, genau das zu tun, und auch wusste, dass er für sie

Zuneigung (und zweifellos Dankbarkeit) empfand und sie bestimmt nicht unattraktiv fand, war die ganze Sache gefühlsmäßig irgendwie … tja, nicht ausgeglichen.

Sie könnte ihn sofort lieben.

Falls es ihm auch so ging, konnte er das sehr gut verbergen.

Und wenn sie schon bei Hochzeiten war: Brogans und Danas Verlobung hatte heute in der Zeitung gestanden. Es fühlte sich immer noch merkwürdig an, die beiden nicht mehr als Freunde zu haben. Besonders Dana. Brogan bemühte sich. Er schickte immer noch E-Mails mit Links zu irgendwelchen Artikeln oder einen witzigen Cartoon. Und erst vorige Woche war wieder eine Ansichtskarte aus L. A. gekommen. Es war lieb von ihm, wirklich – ihre Freundschaft bedeutete ihm immer noch so viel, dass er versuchte, sie aufrechtzuerhalten.

Von Dana war nichts gekommen, und das war auch in Ordnung so. Die Einsamkeit, die Honor nach dem Verlust ihrer besten Freundin empfunden hatte, hatte sich mittlerweile fast vollständig verflüchtigt. Außerdem gab es jetzt andere Menschen in ihrem Leben. Faith und sie standen einander näher als je zuvor, was einfach schön war. Sie hatte Jessica Dunn, die eine intelligente und loyale Mitarbeiterin von Blue Heron war. Colleen und Connor, die für sie als Faiths engste Freunde früher immer tabu gewesen waren, kamen ihr jetzt wie eigene Freunde vor. Außerdem gab es natürlich noch Dad, Pru und Jack. Und Honor sah Mrs J. immer noch jeden Tag beim Mittagessen. Sie hatte also Freunde.

Und sie hatte Tom.

Irgendwie.

Apropos Bräutigam – da unten bei den Merlot-Reben war Dad mit Pru. Honor lächelte, winkte und ließ auch Spike winken, und die beiden winkten zurück. Ihr Vater und Pru sahen in ihren karierten Hemden von Weitem aus wie Zwillinge. Keiner von beiden trug eine Jacke. Schließlich waren sie echte Nordstaatler. Was konnte einem abgehärteten Landwirt das bisschen Kälte und Wind schon anhaben?

„Honor", sagte Ned von der Tür aus, „ich bringe ein paar Rechnungen bei unseren Kunden vorbei. Schüttle ein paar Hände und mache vielleicht da und dort ein paar Weinproben mit. Schließlich fängt gleich die Happy Hour an."

„Okay. Brauchst du irgendetwas von mir?"

„Nein, ich komme schon klar." Ihr Neffe lächelte.

„Davon bin ich überzeugt." Es stimmte; anders als Dad, Pru oder Jack, die sich am liebsten in Ruhe um ihre Trauben und das Keltern kümmerten, hatte Ned das Talent, charmant mit Kunden zu plaudern. „Du bist jetzt ein Mann, Neddie-Schatz. Was nicht heißt, ich hätte vergessen, dass du am Daumen gelutscht hast, bist du sieben warst."

„Oh, das mach' ich immer noch." Er grinste. „Warum sollte ich es aufgeben? Ist doch eine gute Sache. Bis später, Tantchen."

Es war schön, dass es jetzt noch jemanden in der Familie gab, der Blue Heron repräsentierte. Zwölf Jahre lang hatte Honor das allein machen müssen und nur hin und wieder Dad mitgeschleppt. Aber Ned gefiel es.

„Hey, Tom", hörte sie Jessica sagen. „Wie geht's?"

„Hi, Jess, ich bin entzückt, dich zu sehen", antwortete Tom.

Honor merkte, wie ihre Wangen zu glühen begannen. Sie betrachtete verstohlen ihr Spiegelbild im Monitor des Computers. Irgendetwas an Toms Akzent schien sie immer mitten in die Eierstöcke zu treffen. Wem sagst du das, Schwester? Die Eier nickten zustimmend. Wie wär's, wenn du für ein bisschen Action bei uns sorgst?

Sicher, Honor wusste, dass sich Sex am Horizont abzeichnete. Sehr bald sogar. Sie hätte Tom gestern, als er ihre Hand geküsst hatte, beinahe besprungen. Sie würden bald Nägel mit Köpfen machen, keine Frage. Sie hatten die Heiratserlaubnis, und demnächst würde es so weit sein. Und sie hatte den starken Verdacht, dass sie sich, sobald sie dann regelmäßig miteinander schliefen, total in ihn verlieben und viel anfälliger für Liebeskummer sein würde.

Na und? Immer noch besser als lebenslange Enthaltsamkeit, wandten die Eier ein. Leg einen Zahn zu.

„Schon gut", knurrte Honor. „Haltet durch. Wir werden schon merken, wann der richtige Zeitpunkt gekommen ist." Sie konnte sich förmlich vorstellen, wie die Eier empört auf ihre winzigen Armbanduhren deuteten.

Völlig zu Recht. Aber Tom hatte nun mal diese seltsame Begabung, in einem Moment wunderbar zu sein und dann sofort wieder auf Distanz zu gehen. Typisches Beispiel: Das Gespräch über den Überfall neulich nachts, als sie im Bett gelegen hatten. Merkwürdig intim, bis er – Klick – zugemacht hatte.

Gestern Abend beim (größtenteils schweigend eingenommenen) Essen hatte Tom sich nach dem „Black and White"-Ball erkundigt und wissen wollen, welchem guten Zweck der Erlös zugute kam. Honor hatte ihn spontan gefragt, ob er sich mit ihr das Gelände ansehen wollte. Da die Ellis-Farm an die hinteren Felder von Blue Heron grenzte, konnten sie über Rose Ridge bis zu dem brachliegenden Stück Land spazieren, wo, wie Honor hoffte, bald die Arbeiten für den Radwanderweg beginnen würden. Sie war seit mittlerweile sechs Monaten mit dem Landschaftsdesigner im Gespräch und hatte bereits die Zusage, dass der Staat New York einen Teil der Kosten übernehmen würde.

„Hallo, Honor." Er steckte seinen Kopf zur Tür herein. „Wie war dein Tag?"

„Super. Und deiner?"

„Gut." Er roch nach frischer Luft und Kaffee. „Hab' dir was mitgebracht." Er hatte eine vertraute Tüte in der Hand: Lorelei's Sunrise Bakery.

„Vielen Dank." Sie machte die Tüte auf und guckte rein. Spike steckte gleich ihren ganzen Kopf hinein. Zuckerplätzchen. Sehr aufmerksam.

Tom trug ausgebleichte Jeans, Wanderstiefel und eine abgewetzte braune Lederjacke und sah superheiß aus, ohne es offenbar darauf anzulegen. Aber – ertappt! – er merkte, dass sie ihn gerade bewundernd musterte. Um seine Augen spielte ein leichtes Lächeln. „Du ziehst dich nicht wie ein Mathelehrer an", sagte sie und räusperte sich.

„Ich bin kein Mathelehrer." Sein Lächeln wurde breiter, und dabei blitzte dieser leicht schiefe Zahn wieder auf. So etwas wie Hoffnung durchzuckte Honor, und es gab ihr einen Stich ins Herz.

Oh ja, diesen Mann könnte sie lieben.

Sie streifte ihre Pumps ab (die laut Faith zwar „geradezu tragisch vernünftig" waren, aber eben auch sehr bequem, im Unterschied zu Faiths eigener, schmerzender und beneidenswert nuttiger Schuhkollektion) und zog ihre Gummistiefel an. „Spike, Lust auf einen Spaziergang?" Sie musste lächeln, als sich bei dem Zauberwort die kleinen Zottelohren des Hündchens aufstellten, und befestigte die neon-pinkfarbene Leine, die sie vorige Woche gekauft hatte, am Halsband. An der Stelle, an der Spike herumgenagt hatte, war sie bereits ausgefranst. Das war jetzt schon die vierte Leine, seit sie den kleinen Teufelsbraten bei sich aufgenommen hatte.

Draußen blies ein kräftiger Wind, und die Luft wurde mit jeder Minute kälter. Das musste ein kurzer Spaziergang werden, sonst würden ihr die Ohren abfrieren. Trotz der Kälte hatten sich auf der Wiese die Krokusse durch die Erde gekämpft, und auch die roten Knospen der Ahornbäume versprachen, dass es bald Frühling werden würde. Sie gingen den Berg hinauf zum Naturschutzgebiet. Die Vögel fegten kreischend durch die Luft und plusterten ihr Gefieder auf.

„Wie schön", sagte Tom, als sie zum Familienfriedhof kamen.

„Ja, hier liegen alle meine Vorfahren, angefangen bei denen, die mit George Washington gekämpft haben, bis zu meiner Mom." Sie blieb stehen, machte das kleine Friedhofstor auf und stellte Spike auf den Boden, damit sie den Blättern hinterherjagen konnte. Honor streifte etwas Laub vom Grabstein ihrer Mom und rückte den Topf Stiefmütterchen zurecht, den sie gestern hergebracht hatte.

Ihre Mutter war nun schon länger als Honors halbes Leben tot. Es war kaum zu glauben.

„Ihr Hollands besitzt ganz schön viel Land, nicht wahr?", bemerkte Tom, nachdem sie eine Weile schweigend weitergegangen waren.

„Das stimmt."

„Und dann komme ich, ein Stadtkind, das in einer Dreizimmerwohnung aufgewachsen ist, und heirate in den amerikanischen Adel ein."

„Wohl kaum. Wir sind amerikanische Bauern."

Tom grinste. „Das ist in diesem Land doch das Gleiche, oder?"

„Ich werde meinem Dad erzählen, dass du das gesagt hast. Dann werden sich alle Bedenken, die er deinetwegen hat, in Luft auflösen."

„Hat er denn Bedenken?"

Honor nahm Spike wieder hoch, weil ihre winzigen Pfötchen sonst kalt werden würden, und steckte sie unter ihre Jacke. „Na klar. Er ist ein Vater. Und wir beide kennen uns noch nicht sehr lange. Wenn wir in einem Jahr heirateten, würde er sich bestimmt keine Sorgen machen."

„Ich kann mir vorstellen, dass es mir genauso ginge, wenn ich eine Tochter hätte."

Eine Tochter. Bei dem Gedanken spürte sie ein sehnsüchtiges Ziehen in ihrer Brust.

Oben auf dem Hügel stand Faiths Pick-up auf dem Kiesparkplatz. „Meine Schwester arbeitet in der Scheune", sagte Honor. „Möchtest du sie kurz begrüßen?"

„Eigentlich nicht." Er nahm ihre Hand. „Weißt du, dass du mit dem Hund, der aus deiner Jacke guckt, ein bisschen albern aussiehst? Auf eine hinreißende Art und Weise natürlich."

Oh. Das war … das war ja richtig nett.

Seine Hand war viel wärmer als ihre. Warm, stark und total riesig, und Honor fühlte sich plötzlich unglaublich weiblich und bezaubernd … und geil. Aber was man dagegen unternehmen konnte – und wann –, war eine ganz andere Frage.

Sie hatte allerdings keinerlei Schwierigkeiten gehabt zu entscheiden, was sie in jener Nacht tun sollte, als sie Tom Barlow das Hemd aufgerissen, seinen Hals geleckt und ihn geküsst hatte, bis er sie an die Wand gedrückt und ihr die Hände über dem Kopf festgehalten hatte. Nein, keinerlei Schwierigkeiten. Ganz und gar nicht.

Die Eier schüttelten ihr Haar aus und nahmen ihre Gleitsichtbrillen ab.

„Naturschutzgebiet Ellis Farm", las Tom vom Schild ab. „Also, Miss Holland, erklären Sie mir, was Sie hier vorhaben."

„Es ist ein Stück Land. So etwas wird heute nicht mehr hergestellt."

„So einfach ist das?"

„Jawohl. Wir bauen hier einen Radwanderweg, der bis zur Bahnstrecke führt. Die Jugendhilfe wird in der Scheune ihre Kühe einstellen, und wir legen einen Gemüsegarten an. Es soll einen Picknickplatz und ein paar Wanderwege geben."

„Klingt toll."

„Und siehst du den Teich da drüben? Da kann man im Winter Schlittschuh laufen." Sie schwieg kurz. „Kannst du Schlittschuh laufen?"

„Nein."

„Dann bringe ich es dir bei. Ich kann es ziemlich gut."

Er lächelte. „Ich wette, das kannst du."

Sie sah es deutlich vor sich: der Himmel grau und bewölkt, die Luft kalt, Toms Hand in ihrer – und dann rasch nach Hause, zum Aufwärmen. Nackt.

„Und die ganze Sache finanziert sich über deine Party dieses Wochenende?

„Wie bitte? Ach so, äh, nein. Aber durch den Ball fließt schon eine ganze Menge Geld in das Projekt. Der Rest kommt von privaten Spendern. Von ein paar örtlichen Unternehmen."

„Einschließlich Blue Heron."

„Na, und ob!" Spike begann zu zappeln. Honor setzte sie auf den Boden, damit sie herumlaufen konnte, so weit es die Leine erlaubte.

Tom ließ seinen Blick über den Hügel schweifen. Der Schnee war hier größtenteils schon geschmolzen, da die Sonne den ganzen Tag auf die Felder schien. Der Teich war noch zugefroren.

Früher war Honor hier mit den Ellis-Kindern Schlittschuh gelaufen. Der Teich war ihr damals wie ein fremdes Land voller Geheimnisse vorgekommen, die noch nie jemand entdeckt hatte und zu denen nur Siebenjährige auf Schlittschuhen den Schlüssel hatten. Dann waren sie zurück zum Neuen Haus gestapft, und Mom hatte Kakao gemacht und Kekse hingestellt – eine geradezu klassische Norman-Rockwell-Idylle.

Und bald würde so etwas allen Kindern aus Manningsport zur Verfügung stehen. Kindern, die wie Jessica und Levi in einer Wohnwagensiedlung aufwuchsen. Und Kindern wie Charlie, die sonst nur zu Hause rumhockten. Sie alle durften nun erleben, was für die Holland-Kinder, die das Glück gehabt hatten, in diese Situation hineingeboren zu werden, eine Selbstverständlichkeit gewesen war: Land. Natur. Endlose Wälder, Wasser, Vogelgezwitscher und stundenlanges Spielen im Freien.

Spike winselte, was bedeutete, dass sie pinkeln musste. Und dafür brauchte sie ihre Privatsphäre. Sie hatte nämlich eine scheue Blase. Tom hatte sich auf den Zaun gesetzt, der die Grenze zwischen dem Ellis-Land und dem von Blue Heron markierte, und genoss die Aussicht.

„Okay, Spike", sagte Honor und ging den Hügel hinunter. „Suchen wir dir ein Plätzchen."

Plötzlich begann Spike zu wimmern, zu zittern und an der Leine zu ziehen. „Das sind Rehe", erklärte Honor. „Du kannst sie nicht fangen, sie sind zu groß für dich. Also bleib bei deinen Ameisen, okay?"

Spike war nicht einverstanden; sie versuchte wieder, sich loszureißen, und die ausgefranste Leine riss. Der Hund rannte los und war im Nu im Gras verschwunden. „Spike, nein", rief Honor. „Komm schon. Komm wieder her." Es war zwar noch hell, aber schließlich gab es in dieser Gegend Kojoten. Sie lief los, was mit ihren Gummistiefeln ziemlich schwierig war. „Spike! Komm her!"

Der Hund hörte nicht auf sie, sondern rannte auf das Rotwild zu und kläffte, so laut er konnte. Die Rehe flüchteten in den Wald hinter dem Teich.

Spike hinterher.

Oh Gott. „Nein! Nein. Spike, nicht!"

Ihr Hund war auf dem Teich.

Und es war in letzter Zeit zwar kalt, aber nicht so kalt gewesen. Der Teich wurde aus einem Fluss gespeist, und Mr Ellis hatte nie jemanden aufs Eis gelassen, wenn es vorher nicht mindestens zehn Tage ununterbrochen Minusgrade gehabt hatte. Der Teich war vielleicht sechs Meter breit und zwölf Meter lang, und wenn Spike einbrach …

„Spike! Spike!", schrie sie. Hinter sich hörte sie Tom etwas rufen, doch sie verstand ihn nicht, weil ihr der Wind um die Ohren blies.

Dann verschwand Spike plötzlich, einfach so, ungefähr zwei Drittel der Teichbreite vom Ufer entfernt. Gerade war sie noch da gewesen, und jetzt war sie weg – vom schwarzen Wasser geschluckt, an einer Stelle, wo die Strömung so stark war, dass das Eis nur dann trug, wenn es zehn Tage hintereinander Minusgrade gehabt hatte. Honor erkannte ihre eigene Stimme kaum wieder, als sie erneut den Namen des Hundes rief.

„Honor, nein!", brüllte Tom hinter ihr, doch da war sie schon auf dem Eis. Ich kann es schaffen es, dachte sie, und vor ihrem geistigen Auge sah sie, wie dieser Rettungsversuch klappen würde. Sie war Schlittschuhläuferin. Sie kannte diesen Teich. Sie würde am Rand bleiben, wo das Eis dicker war, und sie würde zum Ende des Teichs laufen, und die Strömung würde Spike dorthin schwemmen, und dann könnte sie den Hund erwischen und …

Das Eis brach ein, und die Kälte war so schneidend, dass es Honor die Luft zum Atmen nahm. Allerdings war es, wie sie wusste, hier nicht tief, vielleicht 1 Meter 20, und wenn es ihr gelang, in die Nähe der Stelle zu kommen, wo Spike verschwunden war, würde sie den Hund finden. „Ich komme!", schrie sie. „Ich komme, Spike!" Zwei Schritte. Vier. Der Grund des Teichs war rutschig, und der eisige Schlamm saugte sich an den Sohlen ihrer Stiefel fest.

Sie rutschte aus, ein Stiefel löste sich von ihrem Fuß, und das Wasser schwappte über ihrem Kopf zusammen. Oh Gott, es war so kalt. Die Kälte fühlte sich an wie Messerstiche, die sie bis zu den Knochen durchbohrten. Sie fand wieder Grund unter den Füßen. Den Schlamm spürte sie kaum noch, da ihr Körper wie taub war. Sie rutschte erneut aus, ging unter, tauchte auf und schnappte nach Luft. Das hier funktionierte nicht. Das hier war eine schlechte Idee, aber Spike, ihre treue, schnuffige Freundin, ihre einzige …

Honor versuchte, sich wieder aufs Eis zu ziehen, aber es brach unter ihren tauben, klammen Händen ein. Ihre Arme waren zu schwer, und ihre Beine gehorchten ihr nicht. Die Aufgabe des Körpers ist es, das Herz und das Gehirn zu versorgen, konnte sie den Erzähler fast sagen hören, denn, ja, die Chancen standen gut, dass ihre Geschichte irgendwann in der medizinischen Doku „Dem Tod entkommen" gezeigt wurde.

Hoffentlich.

Ach, Spike. Honor schluchzte. Ihr kleiner Hund hatte schon so viel durchgemacht. Er hatte keinen sinnlosen Tod wie diesen verdient – allein im dunklen Wasser.

Sie rutschte wieder aus, und diesmal tat das Wasser nicht mehr so weh. Und diesmal gehorchten ihre Beine beim Versuch, sich freizustrampeln, noch langsamer.

Dann wurde sie plötzlich nach oben gezogen, und Tom drückte sie an sich. Er bewegte sich, er konnte gehen, und das Eis brach links und rechts von ihm weg, während er sich seinen Weg zum Ufer bahnte. Sie konnte nicht verstehen, was er sagte, weil das Blut in ihren Ohren rauschte. Es tat weh. Ihr ganzer Körper tat weh. Ihre nasse Jacke zog sie nach unten, und ihr lief das Wasser aus den Haaren.

Das Ufer war hier steil, und Tom musste sie regelrecht aus dem Wasser hieven. Sie landete unsanft auf dem harten Boden.

Seine Lippen bewegten sich, und, oh mein Gott, er sah so wütend aus, dass sie fast Angst bekam. „Spike", sagte sie und schlotterte so sehr vor Kälte, dass sie das Wort kaum herausbrachte. „Bitte."

Verflucht, sagte er. Nun ja, zumindest formten seine Lippen dieses Wort. Honor zitterte so stark wie ihre Schwester bei ihren epileptischen Anfällen. Sie versuchte aufzustehen, um Tom zu helfen, denn, ja, er ging jetzt wieder zurück ins Wasser.

Wenn Tom geglaubt hatte, ihm wäre kalt, bevor er in den Teich gesprungen war, dann hatte er sich getäuscht. Im Vergleich zur Kälte des Wassers war es vorhin wie ein Spaziergang an einem tropischen Strand gewesen. Wie idiotisch von Honor, aufs Eis zu gehen, um Spike zu retten. Wenn es schon einen zwei Kilo schweren Hund nicht trug, wie zum Teufel sollte es dann eine erwachsene Frau tragen?

Er spürte eine leichte Strömung im Wasser – Gewicht, Geschwindigkeit, Tiefe, Dynamik, Widerstand – und watete zu der Stelle, wo er das dumme Tier vermutete.

Die Chancen waren, wenn er ehrlich sein sollte, praktisch null. Ihm war eng um die Brust, und seine Haut schmerzte vor Kälte. Wenn er jetzt einen Herzinfarkt hatte, geschah es Honor ganz recht. Schließlich hatte er ihretwegen einen derartigen Schreck bekommen, dass ihm das Blut in den Adern gefroren war.

Er griff ins Wasser und tastete herum. Nichts.

Das würde kein gutes Ende nehmen. Er sah sich nach Honor um, die zusammengekauert am Ufer saß. Vergiss den Hund, dachte er. Sie musste ins Warme.

Dann streifte etwas an seiner Hand. Er packte es. Und tatsächlich, es war Ratty. Eiskalt, starr und mit halb geschlossenen Augen.

Der Hund war tot.

Er sah Honor an, und sie gab einen Laut von sich, den er nie mehr hören wollte.

Fluchend drehte er den verdammten Hund um und drückte mit der Hand auf seinen kleinen Bauch. Aus dem Maul kam Wasser. Das Tier bewegte sich immer noch nicht.

Honor kroch schluchzend auf allen Vieren am Ufer in seine Richtung. Ihre Hände waren blutig.

Tom nahm die winzige Hundeschnauze in die Hand und blies dem Tier in die Nase. Wie absurd. Jetzt machte er Mund-zu-Mund-Beatmung bei einem Hund, der ihn hasste, der ihn gebissen, seine Schuhe ruiniert, auf sein Handtuch gepinkelt und versucht hatte, seinen Computer aufzufressen.

Er blies erneut. Die Lefzen des Hundes schlabberten. Tom nahm die Schnauze etwas fester in die Hand und blies noch einmal Luft in die Nase. Ein Mal. Zwei Mal. Drei Mal.

Dann spürte er plötzlich einen stechenden Schmerz auf der Lippe. Er wich zurück, und Spike begann, Wasser zu spucken. Bellte gurgelnd, schüttelte sich, bellte wieder und dann noch einmal. Er lebte, der kleine Mistkerl. Ausgezeichnet. Tom konnte ihn später umbringen.

Er watete zu Honor und gab ihr den kleinen Satansbraten.

„Spike! Spike, mein Liebes!" Honor drückte den Hund an ihre Brust. Ihre Hände zitterten unkontrolliert.

Nicht besonders sanft – schließlich machte ihm die Kälte ebenfalls zu schaffen – zog er sie hoch und steckte ihr den Hund unter die Jacke. „Halt den kleinen Mistkerl gut fest. Noch einmal riskiere ich mein Leben nicht für ihn", sagte er. Dann hob er Honor auf. Einer ihrer Füße war nackt.

Als sie an der Stelle ankamen, wo Honors Schwester ihren Wagen abgestellt hatte, war Tom außer Atem, hatte einen Krampf im Unterschenkel und war so wütend wie noch nie in seinem ganzen Leben.

Er warf Honor auf den Beifahrersitz von Faiths Pick-up. Braves Mädchen, sie hatte den Schlüssel stecken lassen. Tom hatte keine Zeit, um Erlaubnis zu bitten. Er setzte sich auf den Fahrersitz und ließ den Wagen an. Dann fuhr er den Hügel hinunter.

Honor, die immer noch vor Kälte schlotterte, kauerte neben ihm, die Arme um den Hund und sich selbst geschlungen. Verdammte Idiotin. Beide.

„Danke", sagte sie.

„Sag jetzt besser nichts", schnauzte er.

Vorbei am Haus ihres Vaters, vorbei am halb verfallenen Haus ihrer Großeltern. Die Reifen quietschten, als er mit aufheulendem Motor in die Lake Shore Road einbog und nach Hause raste. Sein Atem bildete zornige Wolken in dem kalten Wagen.

Rasch in die Einfahrt. Tom sprang schnell aus dem Auto, riss die Tür auf Honors Seite auf und nahm sie wieder auf den Arm. Möglich, dass er ein bisschen grob dabei war, denn sie stöhnte kurz auf. Egal.

Nichts wie rein ins Haus, mit nassen, quietschenden Schuhen die Treppe hinauf und rein ins Badezimmer. Tom stellte Honor ab, drehte das Wasser in der Dusche auf und begann, sie auszuziehen. Ihre Hände – blutig, klamm und schmutzig – zitterten immer noch unkontrolliert.

Der Hund unter ihrer Bluse bewegte sich. Also lebte er noch. Schade.

Tom riss Honor die Kleider vom Leib. Ihre Haut war fast blau. Mist.

Er schnappte den Hund und steckte ihn unter die Dusche, wo er sofort zu bellen begann. Dann hob Tom Honor hinein und stellte sich anschließend selbst mitsamt seinen Klamotten unter den heißen Duschstrahl.

Er schaffte es immer noch nicht, sie anzusehen. Die Wut war zu groß.

Oder etwas anderes.

Das Wasser lief über Honors Körper, und ihre Haut färbte sich schnell rosa. Sie hatte eine Abschürfung am Bein und mehrere Schnittwunden, und ihre Augen wirkten zu groß. Tom hob den Hund auf, hielt ihn ebenfalls unter den Wasserstrahl und seifte ihn – ungeachtet des leisen Knurrens – mit Shampoo ein. Als er sicher war, dass Spike wieder so warm und fies wie immer war, setzte er sie neben der Dusche auf den Boden. Sofort fing sie an, ihr Fell auszuschütteln.

„Danke", sagte Honor wieder.

Das Zittern hatte aufgehört.

„Du hättest wegen dieses kleinen Köters sterben können", sagte er gepresst. „Stell dir vor, was du deiner Familie damit angetan hättest."

„Es tut mir leid, dass ich dir Angst gemacht habe, aber ..."

„Nein, Honor!", schrie er. Seine Stimme hallte in dem gefliesten Raum. „Es war dumm, verdammt noch mal! Ein Hund ist kein Menschenleben wert. Schau dich an! Du bist total aufgeschürft und blutig, und du hättest im Wasser draufgehen können, verflucht! Grundgütiger!"

„Warum ist dir nicht auch kalt?", fragte sie.

„Weil ich wütend bin, verdammt noch mal!", brüllte er. „Was soll ich denn ohne dich machen?"

Er zog ihr den komischen rosa Haarreifen vom Kopf und bearbeitete ihn mit ihrem Duschgel. „Wegen der Green Card, meine ich", murmelte er.

Sie sagte nichts. Er seifte ihre Schultern ein. Nach einer Weile blickte er auf. Ihre Augen waren feucht.

„Wage es ja nicht, jetzt loszuheulen. Nach allem, was du mir angetan hast. Du hast mir 20 verfluchte Jahre meines Lebens gestohlen. Weinst du jetzt etwa? Untersteh dich."

„Ich weine nicht", sagte sie, und ihre Stimme bebte nur ganz leicht dabei. „Es ist nur das Wasser."

Er warf den Haarreifen auf den Boden und küsste sie. Ziemlich hart. „Du hast mich zu Tode erschreckt, verflucht", brummte er und küsste sie wieder. Diesmal zärtlicher.

Sie lebte. Sie war in Sicherheit. Sie war nass, nackt und warm.

Und dann, bevor er hier und jetzt in der Dusche über sie herfiel, drehte er sich um und ging. Triefend nass, wie er war.

Denn das Letzte, was er wollte, war all das zu fühlen, was er gerade fühlte.

# 19. Kapitel

Als Honor aus der Dusche kam, läutete das Telefon. Toms nasse Schuhe standen neben seinem Bett, und sein Wagen war nicht in der Einfahrt.

Sie hob ab. „Hallo?"

„Hey", sagte Faith. „Ich stehe gerade hier in der Küche im Neuen Haus. Hat Tom mein Auto gestohlen? Dad sagt, dass er davongeprescht ist, als sei der Teufel hinter ihm her. Ist alles in Ordnung?"

Spike, deren feuchtes Fell in Büscheln emporstand, sprang an ihr hoch und fing an, an ihrem Daumen zu knabbern. Honor streichelte ihr das Bäuchlein, und die Hündin wedelte mit dem Schwanz. Zumindest Spike ging es gut. Dank Tom.

Honor wischte sich über die Augen. „Ja", sagte sie. „Tut mir leid. Ich hatte einen kleinen Unfall. Bin im Eis eingebrochen."

„Oh Gott! Bist du okay?", erkundigte sich Faith.

„Ja. Mir ist nur ein bisschen kalt."

„Und Tom?"

„Es geht ihm gut. Er ist, ähm, er ist im Moment nicht da." Peinlicherweise bebte ihre Stimme verräterisch.

Faith schwieg einen Moment. „Dad fährt mich zu dir. Ich hole unterwegs was zum Essen, okay?"

Honors Augen füllten sich wieder mit Tränen, diesmal aus Dankbarkeit. „Das wäre toll."

Eine Stunde, ein Hähnchen Tikka Masala aus dem Taj-India-Lokal und zwei Gläser Wein später, saß Honor eingemummt in eine Fleecedecke auf der Couch. Spike lag auf ihrer Brust und schnarchte leise.

Dad und Mrs J. hatten sie über ihr leichtsinniges Handeln ausgefragt. Mrs J. brachte einen tröstlichen Blaubeer-Sandkuchen mit und vergewisserte sich, dass in der Speisekammer genug Vorräte vorhanden waren; Dad hielt ihr einen Vortrag über Gefahren auf dem Eis. Nach einer Stunde schaffte Faith es, die beiden rauszuwerfen. Dann deckte sie Honor auf der Couch zu. Es war angenehm, so umsorgt zu werden. Blue, der zu Spike einen Sicherheitsabstand von zehn Metern einhielt, hockte unter dem Küchentisch und kaute auf seinem ekelhaften Tennisball herum.

„Erzähl noch mal, wie er dich ans Ufer geworfen hat", sagte Faith jetzt.

„Er hat es … einfach gemacht."

„Irgendwie romantisch. Er ist wirklich stark, oder? Levi sagt, Toms rechter Haken könnte einen Panzer aufhalten."

„Tja, er war wütend."

„Ja schon. Aber das ist auch irgendwie ziemlich romantisch."

„Ach ja?"

„Ja, glaub mir. Er hat sich Sorgen um dich gemacht. Er hat dich gerettet. Das ist ein gutes Zeichen."

Honor trank ihren Wein aus und stellte das Glas vorsichtig auf den Couchtisch, um Spike nicht zu stören.

Faith sah sie nachdenklich an. „Honor, du brauchst ihn nicht zu heiraten, weißt du. Wenn du dir nicht sicher bist."

„Oh, ich bin mir sicher. Nein, es ist nur … Er ist ein bisschen launisch."

„Er ist ein Mann. Natürlich ist er launisch."

„Stell dir bloß mal vor, was die beiden über uns sagen."

„Die reden nicht über uns. Sie sind Männer." Sie schwieg kurz. „Ich finde, du und Tom, ihr passt wirklich gut zusammen."

„Ehrlich?"

„Mhm."

Honor musterte ihre hübsche Schwester. Faith war zwei Mal verliebt gewesen. Als Erstes in Jeremy, den Perfekten, und dann in Levi, den sie schon ewig gekannt hatte. Merkte sie, dass etwas nicht stimmte?

„Hey." Die Hintertür wurde aufgestoßen, und Pru kam herein. „Hab' gehört, du bist im Eis eingebrochen. Das war ziemlich blöd von dir."

„Danke für dein Mitgefühl, Pru", erwiderte Honor. „Faith hat mir Abendessen und Mrs J. den Nachtisch gebracht. Was hast du dabei?"

„Meine guten Wünsche. Ist Tom unter der Dusche? Kann ich ihn mir mal angucken?"

„Er musste schnell weg", murmelte Honor. Dad hatte auch schon wissen wollen, wo Tom steckte, und es war ihr ein bisschen peinlich, dass sie nicht wusste, wo er war (und ihn auch nicht anrufen wollte).

„Verdammt." Prudence ließ sich in einen Sessel fallen. „Wo ist Dad? Ich dachte, er und Mrs J. wären hier."

„Sie waren da", antwortete Faith. „Wir sind sie erst vor ungefähr einer halben Stunde losgeworden. Honor und ich führen gerade ein vertrauliches Gespräch."

„Cool! Schön hast du es hier, Honor. Gute Arbeit. Es würde dich nicht umbringen, mich mal einzuladen, weißt du."

„Entschuldige." Das Haus war ziemlich schön, dachte Honor. Überall standen gerahmte Familienfotos herum, und an den Wänden hingen ein paar Drucke. Im Regal standen ihre Taschenbücher neben Toms Fachliteratur über Flugzeuge und Brücken. Der Ledersessel, in dem Faith es sich gemütlich gemacht hatte, stammte aus Honors Wohnung im Neuen Haus.

Anders gesagt: Das hier wurde langsam ein richtiges Zuhause.

„Also, wann heiratet ihr?" Faith nahm ein Stück indisches Fladenbrot, klappte es zusammen und steckte es sich in den Mund.

„Ziemlich bald", sagte Honor. Falls Tom nicht gleich nach Hause kam und Schluss mit ihr machte. „Vielleicht Anfang Juni."

„Apropos, kaufen wir uns für Dads Hochzeit alle die gleichen Kleider?", fragte Pru. „Ich würde sonst nämlich einfach in Jeans kommen."

„Du wirst keine Jeans anziehen", widersprach Honor. „Und morgen Abend trägst du auch keine Jeans. Du musst Schwarz oder Weiß tragen."

„Mach dir nicht gleich ins Höschen. Faith hat mich überredet, mir ein Kleid für den Ball zu kaufen. Ihr zwei glaubt immer, mich rumkommandieren zu müssen. So, ich muss jetzt los. Wollte nur kurz nach dir sehen, Honor." Sie beugte sich zu ihrer Schwester und gab ihr einen Kuss aufs Haar. „Bis morgen. Oh, hey! Ratet mal, was Carl und ich letzte Nacht gemacht haben. Hätte nie gedacht, dass Kürbiskuchen so erotisch sein kann. Soll ich's euch erzählen?"

„Nö", sagte Honor.

„Auf keinen Fall", sagte Faith gleichzeitig.

„Schon gut. Nie will sich jemand meine Geschichten anhören." Die Haustür wurde geöffnet, und ihr Bruder stand vor ihnen. „Hey, Nichtsnutz, was willst du denn hier?", erkundigte sich Pru.

„Hi, Leute." Jack nahm sich ein Stück Blaubeerkuchen. „Honor, ich habe gehört, du warst so bescheuert, am Ellis-Teich aufs Eis zu gehen?"

„Stimmt. Aber nur, um deine Hundenichte zu retten, also zeig ein bisschen Dankbarkeit." Sie deutete auf die schlafende Spike.

„Werd endlich erwachsen, Honor."

Seine drei Schwestern schnaubten unisono. „Was ist denn?", fragte Jack.

„Das sagt gerade der Richtige", gab Honor zurück. „Ich lebe immerhin mit jemandem zusammen und werde bald heiraten. Also halt die Klappe."

„Wenigstens spaziere ich nicht auf halb zugefrorenen Teichen herum und wundere mich dann, wenn das Eis bricht."

„Danke, Jack."

Tom Stimme ließ sie alle erschrocken herumfahren.

Er lächelte nicht und würdigte Honor keines Blickes. Statt dessen sah er ihre Geschwister an. „Es ist sehr nett von euch, dass ihr da seid und euch um eure Schwester kümmert. Aber ich hoffe, ihr nehmt es mir nicht übel, wenn ich euch jetzt bitte zu gehen."

„Ich für meinen Teil würde ja gern bleiben", sagte Pru. „Ich habe nämlich gehört, du warst sehr heroisch und männlich, Tommy-Boy."

„Ja." Er ließ sich zu einem leichten Lächeln hinreißen. „Aber du musst jetzt trotzdem gehen."

„Gut, aber nur, wenn du vorher dein Hemd ausziehst."

„Raus mit dir", sagte Honor.

„Och, komm schon! Ich bin mit Carl verheiratet. Lass mich nur mal kurz gucken." Sie musterte Tom wohlwollend. „Faith hat ihn gesehen, als er mit Levi geboxt hat. Jetzt bin ich dran."

„Komm, gehen wir", sagte Faith. „Achte gar nicht auf sie, Tom, sie hat gerade eine Hitzewallung."

„Davon hatte ich in letzter Zeit viele", räumte Pru nachdenklich ein. „Heute musste ich mich sogar in den Schnee legen. Mir war gleichzeitig danach, jemanden umzubringen und zu weinen."

„Warum müssen wir immer über Frauenprobleme reden?", fragte Jack entnervt.

„Seit still, du Riesenbaby." Pru nahm ihren Mantel. „Gut, dann also bis bald, Kinder."

„Macht's gut." Jack schüttelte Tom die Hand. „Und danke, dass du unsere dämliche Schwester gerettet hast." Faith stand ebenfalls auf und begann, die leeren Schachteln einzusammeln.

„Das mache ich schon, Faith", versicherte Tom. „Aber danke."

„Okay." Sie ging zu ihm und gab ihm einen dicken Schmatz auf die Wange. „Wir wüssten gar nicht, was wir ohne sie machen sollten, weißt du." Sie umarmte Honor und drückte sie. Ihre Wangen fühlten sich zart und weich an, und ihr angenehmer Faithie-Duft hüllte Honor ein wie eine Wolke. Als sie sich wieder aufrichtete, waren ihre Augen feucht. „Bis morgen", sagte sie. Dann gab sie Spike einen Kuss aufs Köpfchen, zog Blue aus seinem Versteck unter dem Tisch hervor und ging.

Ohne ihre Geschwister kam Honor das Haus plötzlich viel größer vor. Tom setzte sich auf den Sessel gegenüber der Couch und sah sie ausdruckslos an. „Wie geht es dir?"

„Gut, danke." Aus irgendeinem Grund fiel es ihr schwer, ihn anzusehen. Wahrscheinlich, weil er sie mit seinen Küssen unter der Dusche fast um den Verstand gebracht hatte. Und dann gegangen war.

Faith hatte recht. Männer kamen nicht mit ihren eigenen Gefühlen klar. „Warum hast du meine Familie rausgeworfen?"

„Ich wollte mich entschuldigen."

Seine Worte waren Musik in ihren Ohren.

„Es tut mir leid, dass ich dich geküsst habe."

Oh, zu früh gefreut. Männer waren wirklich Idioten. Auch, wenn dieses spezielle Exemplar ihrem Hündchen das Leben gerettet hatte.

„Okay, schon gut", sagte sie.

„Und es tut mir leid, dass ich die Beherrschung verloren habe."

Wir lieben diesen Typen, riefen die Eier. „Klappe", murmelte Honor.

„Wie bitte?"

„Ach, nichts. Nicht du." Sie setzte sich etwas aufrechter hin und schob Spike ein Stück nach unten. Der Hund seufzte und legte eine winzige Pfote um Honors Daumen. „Du brauchst dich nicht zu entschuldigen, Tom. Du hast uns beiden das Leben gerettet, und ich bin dir wirklich sehr, sehr dankbar dafür."

„Ja." Er schwieg kurz. „Ich möchte, dass du mir etwas versprichst."

„Was denn?"

„Dass du nie mehr dein Leben für ein Tier aufs Spiel setzt. Nicht einmal für Ratty. Das ist es nicht wert, Honor."

Rattys … äh, Spikes Fell fühlte sich unter ihrer Hand ganz weich an. Honor spürte, wie sich der zarte Brustkorb bei jedem Atemzug hob und senkte.

„Versprochen?", fragte er.

„Nein."

Er fuhr auf. „Honor …"

„Nein. Tut mir leid, aber das kann ich nicht."

„Sei doch nicht so unfassbar dumm, Honor."

„Hör zu, Tom. Es tut mir leid, dass du mich retten musstest. Wirklich. Ich bin heute Morgen nicht aufgewacht und habe mir gedacht: ‚Hey, wenn Spike heute aufs Eis geht, werde ich auf jeden Fall mein Leben aufs Spiel setzen, um sie zu retten.' Ich habe einfach … reagiert. Es war nicht geplant, und es tut mir leid, dass du mit reingezogen wurdest."

„Du solltest froh sein, dass ich reingezogen wurde! Ohne mich wärst du nämlich jetzt tot!" Er atmete tief durch, und als er weiterredete, war seine Stimme ruhiger. „Aber du darfst dein Leben nicht für einen Hund riskieren. Spike ist kein Kind."

„Das weiß ich. Aber sie bedeutet mir sehr viel."

„Offensichtlich zu viel."

Honor streichelte Spike über ihr knochiges Köpfchen. „Weißt du, ich war früher genau wie du. Ich dachte immer, die Leute hätten nicht alle Tassen im Schrank, wenn es um ihre Hunde geht. Aber vor Spike hatte ich noch nie einen Hund. Ich meine, als ich noch klein war, hatten wir natürlich Hunde, aber ich hatte nie einen eigenen."

Tom sagte nichts dazu.

„Ich habe Brogan einen Heiratsantrag gemacht – hab' ich dir das schon erzählt? An meinem Geburtstag. Ich dachte, egal, ich tu's einfach. Ich hatte das Warten so satt. Weißt du, was er gesagt hat?"

„Er hat dir einen Korb gegeben."

„Ja. Er hat gesagt, ich wäre wie ein alter Baseballhandschuh. Etwas, das man zwar aufhebt, weil es einem in bestimmten Situationen ein beruhigendes Gefühl gibt, aber nicht jeden Tag braucht."

„Das ist die furchtbarste Metapher, die ich je gehört habe."

„Es ist ein Vergleich, aber danke. Und ich habe seinetwegen Jahre vergeudet. Ein Jahrzehnt meines Erwachsenendaseins habe ich nur darauf gewartet, dass er mich endlich wirklich sieht. Hat er nie getan. Wenn mir irgendjemand von so einer Beziehung erzählt hätte, dann hätte ich gesagt, die Frau verschließt absichtlich die Augen davor, dass sie ausgenutzt wird. Aber jedes Mal, wenn wir zusammen waren, habe ich gedacht ‚Diesmal sagt er das, worauf ich schon die ganze Zeit warte', nämlich dass ihm endlich bewusst geworden ist, dass er mich liebt, dass ich etwas ganz Besonderes für ihn bin und er sein Leben mit mir verbringen will."

Es war immer noch demütigend, daran zu denken ... an all die Jahre, die sie an jemanden verschwendet hatte, der sie nie wirklich liebte.

„Er hat diese Dinge nie gesagt." Sie seufzte. „Und dann, nachdem er meinen Antrag abgelehnt hat, habe ich eines Tages Faith mit ihrem bekloppten Hund beobachtet. Und ich habe beim Tierarzt angerufen und gefragt, ob er vielleicht Hunde kennt, die ein Zuhause brauchen." Sie hatte plötzlich einen Kloß im Hals. „Und tatsächlich hatten sie dort gerade eine Hündin in Behandlung, die es vielleicht schaffen würde. Jemand hat Benzin auf sie geschüttet. Von ihrem Fell war kaum noch etwas da, sie war auf einem Ohr taub und hatte ein gebrochenes Bein."

Tom massierte sich mit einer Hand den Nacken. „Honor, ich ..."

„Als ich sie abgeholt habe, musste man sie in Gaze wickeln und in eine ganz spezielle Tasche setzen, weil es ihr zu wehgetan hätte, wenn man sie hochgehoben hätte. Und als ich zum Parkplatz gegangen bin, ist dieser Feuerwehrmann vorbeigekommen. Gerard. Gerard ist einen Meter 98 groß und kann wahrscheinlich ein Auto hochstemmen, und weißt du, was Spike getan hat? Sie hat ihn angeknurrt. Sie hat mich beschützt. Zwei Kilo, total zerschunden und misshandelt, in Gaze gewickelt – und sie wollte mich vor einem 113-Kilo-Mann beschützen. Sie hat mich vom ersten Moment an geliebt. Einfach so."

„Das verstehe ich ja, aber ..."

„Als ich gesehen habe, wie sie ins Eis brach, wollte ich einfach zu ihr. Ohne zu überlegen. Ich konnte den Gedanken nicht ertragen, dass sie in diesem Teich allein stirbt."

In diesem Moment nieste Spike und weckte sich dadurch selbst auf. Honor gab ihr einen Kuss, und Spike schleckte ihr im Gegenzug über die Nase.

„Nächstes Mal musst du aber vorher nachdenken", sagte Tom sanft. „Bitte, Honor. Du bist jemandes Tochter, jemandes Schwester, jemandes Tante. Und eines Tages wirst du jemandes Mutter sein. Du kannst dein Leben nicht für einen Hund aufs Spiel setzen, ganz egal, wie sehr du ihn liebst."

Er sah sie so lange eindringlich an, bis sie schließlich nickte. Sie wollte sich gar nicht vorstellen, wie es ihr gehen würde, wenn Faith beim Versuch, Blue zu retten, starb. Oder wenn Jack wegen seiner grässlichen einohrigen Katze ums Leben käme.

Ihr fiel auf, dass Tom nicht jemandes Frau gesagt hatte.

Er stand auf und beugte sich über sie. „Komm, ihr beide müsst jetzt ins Bett."

„Ich kann laufen, weißt du."

„Aber macht es so nicht mehr Spaß?" Er schenkte ihr dieses Lächeln, das sie schon so oft zu sehen bekommen hatte … Ein Lächeln, das es nie ganz bis zu seinen Augen schaffte. Nicht, dass er es vortäuschte; es war nur so, dass seine Freude – und sein Herz – ganz fest weggesperrt zu sein schienen.

„Sicher. Schreite zur Tat, starker Mann."

Zum dritten Mal an diesem Tag hob er sie auf und trug sie dann die Treppe hinauf. Spike knurrte und versuchte, ihn in den Arm zu beißen, wurde aber ignoriert.

Ganz kurz dachte Honor, Tom würde sie in sein Bett bringen. Sie wünschte es sich so sehr, dass ihr das Herz wehtat und sie einen Kloß im Hals hatte. Aber nein, er trug sie in ihr eigenes Zimmer. Legte sie ins Bett und zog ihr die Decke bis zum Kinn. „Brauchst du noch irgendetwas?", erkundigte er sich.

Dich, dachte sie. „Nein", flüsterte sie.

„Dann schlaf schön."

„Du auch."

Er machte das Licht aus und ging zur Tür. „Honor?"

Ihr Herz klopfte schneller. „Ja?"

Er fuhr sich mit einer Hand durch die Haare und seufzte. „Ich bin sehr froh, dass dir und Ratty nichts passiert ist."

Nicht das, was sie erhofft hatte. Vor Enttäuschung sank sie gleich noch ein bisschen tiefer in die Kissen. „Danke. Für alles, Tom."

Und dann machte er die Tür zu, ging über den Flur in sein Zimmer und ließ sie im Dunkeln mit ihrem Hund allein.

# 20. Kapitel

Den nächsten Morgen verbrachte Tom auf dem Flugplatz. Zuvor hatte er seiner Verlobten noch das Versprechen abgerungen, es mit den Vorbereitungen für den Charity-Ball etwas langsamer angehen zu lassen.

Er hatte letzte Nacht nicht geschlafen. Jedes Mal, wenn er eingedöst war, hatte ihn das Bild, wie Honor untergegangen war, wieder hochschrecken lassen. Vier Mal hatte er in der Nacht nach ihr gesehen, doch sie hatte immer geschlafen wie ein Murmeltier. Ratty hingegen hatte ihn angeknurrt. Undankbarer kleiner Köter. Allerdings musste er zugeben, dass es unglaublich niedlich aussah, wie die Hündin sich auf Honors Kissen zusammengerollt hatte. Als würde sie sie bewachen. „Du hast sie beinahe umgebracht, Ratty", hatte er geflüstert. „Wenn du das noch mal machst, hat dein letztes Stündlein geschlagen."

Unausgeschlafen oder nicht – er hatte einiges zu erledigen. Sein Gehalt als Professor war zwar angemessen, aber mehr auch nicht. Als Student hatte er bei einem kleinen Flugzeughersteller ein Praktikum gemacht. Die Firma besaß eine Zweigstelle in New York, und Tom erhielt gelegentlich den Auftrag, Modelle für Kunden mit Sonderwünschen umzubauen. Das Honorar dafür war ungefähr drei Mal so hoch wie sein Jahresgehalt, und obwohl er sehr gern unterrichtete (wenn seine Studenten motiviert waren, wohlgemerkt), war es doch nett, zwischendurch auch manuell zu arbeiten.

Jacob Kerns hatte sich gefreut wie ein Schneekönig, als Tom ihn angerufen hatte. Dieser spezielle Job war für einen Flugzeugbesitzer, der mit seiner Piper Club Kunstflüge machen wollte und dafür mehr Antriebskraft brauchte. Sie mussten die Tragflächen umbauen, da der größere Motor schwerer war und die Maschine dadurch Probleme beim Abheben hatte. Die Ruder würden man ebenfalls adaptieren müssen.

Jacob war gesprächig, fröhlich und mit Begeisterung bei der Sache. Er erstellte eifrig Kostenpläne und hörte gespannt zu, während Tom erklärte, wie die Tragflächen ein Vakuum erzeugten, das dem Flugzeug beim Abheben half. Kaum zu glauben, dass der Junge ein Exjunkie war.

Kurz stieg Panik in ihm auf. Ob das vielleicht Charlies Problem war? Drogen? Das wäre immerhin eine Erklärung für seine Verdrossenheit und seine Zurückgezogenheit, oder? Aber nein, das konnte nicht sein. Erstens legte Charlie dieses Verhalten seit dem Tod seiner Mutter an den Tag. Und zweitens hatte Janice Kellogg ihn letztes Jahr bei seiner alljährlichen Untersuchung auf Drogen testen lassen. Charlie hatte sich damals entsetzlich darüber aufgeregt, dass man ihm unterstellte, er sei ein Junkie, nur weil er schwarzen Lidstrich trug und dieses Gekreische hörte, das sich Musik nannte.

„Wir können also alle diese Arbeiten selbst durchführen?", wollte Jacob wissen.

„Ja. Das Flugzeug wird einer Inspektion unterzogen, bevor wir damit fliegen können, aber das sollte kein Problem sein."

„Sind Sie Pilot?"

„Ich habe den Flugschein, ja. Du solltest auch versuchen, einen zu machen."

„Vielleicht tu ich das sogar. Ist dem Coolness-Faktor bestimmt nicht abträglich."

Tom lächelte. „Bestimmt nicht."

Die nächsten paar Stunden arbeiteten sie konzentriert vor sich hin. Jacob besorgte Sandwiches, gab Tom das Wechselgeld und die Rechnung und erkundigte sich nach Toms Ausbildung und Berufspraxis. Die Tatsache, dass Tom in Manchester die Amateur-Boxmeisterschaft gewonnen hatte, fand er ziemlich witzig.

„Oh Mann, können Sie sich die ganzen verrückten Hühner am College vorstellen, wenn ich ihnen das erzähle?", fragte der Junge. „Die würden ausflippen."

„Untersteh dich", sagte Tom. „Die sind auch so schon schlimm genug."

Gegen 16 Uhr fing er an, sein Werkzeug einzupacken. „So, Kumpel, machen wir Schluss für heute. Ich muss noch auf eine Veranstaltung."

„Auf was denn für eine?"

„Einen Charity-Ball. Rettet das Naturschutzgebiet." Wobei Tom die ‚Natur' seit gestern eher hasste. Zumindest den bösen kleinen Teich.

„Klingt schrecklich", sagte Jacob. „Ich habe heute auch noch was vor. Nämlich die Kleine flachlegen, die in Ihrem Seminar neben mir sitzt."

„Obwohl ihr beide volljährig seid, solltest du mir das wahrscheinlich besser nicht erzählen. Sei ein Gentleman und denk ans Verhüten."

„Danke, Mom." Jacob grinste. „Und danke, dass Sie mich helfen
lassen, Dr. B." Der Junge schüttelte ihm die Hand und trottete dann
zu seinem Auto.

Ach ja. Es wäre wirklich unglaublich toll, wenn Charlie ihm gegenüber auch nur ein Zehntel der Freundlichkeit aufbringen könnte, die
Jacob so mühelos an den Tag legte. Aber Charlie schien ihn nur beim
Selbstverteidigungskurs zu tolerieren, und auch das wahrscheinlich
nur, weil Abby dabei war.

Mittlerweile sollte er sich eigentlich daran gewöhnt haben. Diese
zehn wunderbaren Monate, in denen Charlie sich wie sein Sohn benommen hatte, waren schließlich schon lange vorbei.

Auf dem Heimweg hielt er bei einem Blumenladen und fragte nach
einem Anstecksträußchen, wobei er sich ziemlich idiotisch vorkam.
„Ein Anstecksträußchen?" Die Floristin sah ihn skeptisch an. „Wie alt
ist Ihr Date?", erkundigte sie sich.

„35."

„Wie wäre es dann statt dessen mit einem Blumenarmband?"

„Was ist das?"

„Es wird ums Handgelenk gebunden. Die meisten Frauen wollen
nichts an ihr Kleid stecken."

„Gut, wie Sie meinen."

„Welche Farbe hat das Kleid denn?"

„Keine Ahnung. Schwarz oder weiß, nehme ich mal an."

„Sind Sie Brite?" Sie beäugte ihn interessiert.

„Bin ich, ja. Und verlobt."

„War einen Versuch wert." Sie lächelte. „Okay, geben Sie mir zehn
Minuten."

Während Tom wartete, klingelte sein Handy, was nur selten vorkam.
Vielleicht musste er für Honor unterwegs noch irgendetwas besorgen.

Es war Janice Kellogg. „Tom", seufzte sie. „Walter und ich brauchen
eine Auszeit. Charlie geht mir in letzter Zeit total auf die Nerven. Er
schaut mich nicht mit dem Arsch an." Reizende Ausdrucksweise, vor
allem für eine Großmutter. „Ließe es sich irgendwie machen, dass du
herkommst und ihn abholst? Wenn ich noch eine einzige Sekunde mit
ihm zusammen sein muss, brauche ich einen Drink." Man hörte das
Klirren von Eiswürfeln. Warum warten?

„Sicher, Janice. Ich kann ihn gern abholen."

„Oh, da fällt mir ein … Du hast ja heute was vor. Die Hollands veranstalten doch diese schicke Party." Ihre Stimme triefte regelrecht vor klebrigem Selbstmitleid. „Mach dir keine Sorgen. Ich komme schon zurecht."

„Nein, Janice. Ich hole ihn wirklich gern ab. Er kann mit uns auf den Ball gehen."

Erneutes Klirren. „Tja, Tom, will nicht lügen. Das wäre klasse. Es ist immer das Gleiche mit dem Jungen. Weißt du, was ich meine? Immer das gleiche beschissene Benehmen."

In dieser Stimme, in diesen Worten schwang ein Hauch von Melissa mit. „Ich nehme ihn liebend gern mit."

„Großartig. Bring ihn heute Abend gegen elf zurück, okay? Er muss morgen in die Kirche. Du weißt ja, wie wichtig die Kirche für uns ist."

Ja. Umso besser konnte man in Selbstmitleid baden. Janice und Walter Kellogg, die ihre Christenpflicht taten und ihren nichtsnutzigen Enkel großzogen. „Um elf, alles klar. Ich bin in 15 Minuten bei euch."

Als er bei den Kelloggs vorfuhr, stieg Charlie wortlos ein und ignorierte ihn wie üblich. „Schön, dich zu sehen", sagte Tom ins Leere. „Wir gehen heute aus. Ich hoffe, du hast nichts dagegen."

Schweigen.

„Es ist ein Ball. Wir können gemeinsam leiden."

Immer noch nichts.

„Charlie, alles in Ordnung?"

„Ja", grunzte Charlie.

Tom sah ihn besorgt an. „Wirst du schikaniert?"

„Nein."

„Wenn doch, dann kannst du immer zu mir kommen, das weißt du doch?"

„Nein, kann ich nicht."

„Doch", sagte Tom vielleicht eine Spur zu nachdrücklich. „Doch, das kannst du. Und du beherrschst mittlerweile schon ein paar Techniken. Du kannst dich verteidigen."

„Darum geht es nicht! Es ist etwas anderes."

„Was denn? Sag's mir, Kumpel."

Charlie verdrehte nur die Augen.

Sie bogen in die Einfahrt von Toms Haus ein, und Charlie stieg aus, noch ehe das Auto zum Stillstand gekommen war. „Vorsichtig", sagte

Tom zu Charlies Rücken. Dann massierte er sich die Stirn. Fest. Es würde ihn umbringen, wenn dem Jungen irgendetwas zustieße. Warum wollte er ihm bloß nicht sagen, was los war ... Ach, zur Hölle damit. Mit allem.

Er nahm die Plastikschachtel aus dem Blumenladen und folgte Charlie ins Haus.

Honor war da. Sie trug ihren Bademantel. „Hi", sagte sie.

„Hi, wie fühlst du dich?" Die Abschürfung auf ihrer rechten Hand war immer noch zu sehen.

„Ganz gut." Sie war sichtlich auf der Hut. „Charlie ist da."

„Ja. Janice hat mich angerufen und gefragt, ob er ein paar Stunden bei uns bleiben kann. Ich dachte, er könnte mit auf den Ball gehen, wenn das für dich in Ordnung ist."

Sie nickte. „Klar."

„Wenn es dir nicht recht ist, können wir auch hierbleiben."

„Ich fände es klasse, wenn ihr beide mitkämt. Das wäre sogar ganz großartig." Ihr Blick fiel auf die Schachtel in seinen Händen.

„Ach, richtig", sagte er. „Für dich."

Sie betrachtete das Blumenarmband, und ihre Züge wurden weicher.

Honor war zauberhaft. Auch wenn ihr das offenbar überhaupt nicht bewusst war. Zugegeben, er war nicht wirklich vom Blitz getroffen worden, als er sie zum ersten Mal gesehen hatte (nun ja, zum zweiten Mal; beim ersten Mal hatte ihr rechter Haken ihn ziemlich beeindruckt). Aber sie war vom Aussehen her der Typ, der einem mit der Zeit immer besser gefiel. Sie hatte schöne Haut und – wenn sie lächelte, was viel zu selten vorkam – entzückende Grübchen. Ihre Augen waren dunkel und freundlich.

Es war ein gutes Gesicht.

„Danke." Sie schaute auf.

„Nicht der Rede wert. Ich hoffe, es passt zu deinem Kleid."

„Es ist perfekt."

„Fein. Wann müssen wir los?"

„Kurz vor sieben."

„Dann gehe ich besser mal duschen. Macht es dir wirklich nichts aus, wenn Charlie mitkommt?"

„Überhaupt nicht. Meine Nichte kommt auch, also hat er jemanden, mit dem er sich unterhalten kann."

„Das werde ich ihm sagen. Dadurch sollte der Abend leichter zu überstehen sein." Das war falsch rübergekommen. Er fing an zu erklären, wie er es gemeint hatte, merkte, dass er keine Ahnung hatte, was er sagen sollte, und flüchtete die Treppe hinauf.

Honor probierte ihr Kleid jetzt zum fünften Mal an.

Irgendwie wollte es ihr nicht gefallen. Ja, es war das obligatorische Schwarz; Weiß ließ ihre Haut aussehen wie ein Stück Weißbrot, das im Regen gelegen hatte. Daher hatte sie sich für Schwarz entschieden. Aber dieses Kleid war irgendwie … nonnenhaft.

Sie rief Faith an. „Hast du vielleicht etwas für mich zum Anziehen für heute Abend? Etwas Schwarzes?"

„Klar! Und ob! Bleib kurz dran, ich sehe mal nach. Weißt du was? Warum kommst du nicht einfach rüber? Ich kann dir mit deiner Frisur und dem ganzen Zeug helfen."

Zehn Minuten später stand Honor im Schlafzimmer von Faith und Levi und inspizierte den gut bestückten Schrank ihrer Schwester. „Wie viele schwarze Kleider hast du eigentlich?"

„Hm, sechs? Nein, sieben. Das Problem ist, die Hälfte meiner Klamotten wird dir zu groß sein. Dafür hasse ich dich übrigens."

Richtig. Faith hatte beeindruckende Kurven. Honor nicht.

„Dieses hier? Nein. Das ist sogar mir zu groß. Wie wär's mit dem da? Nein, vergiss es, es ist aus Baumwolle. Nicht elegant genug. Das da? Hm, nein, das geht gar nicht. Zu verspielt für dich. Oh, warte mal! Was ist mit dem da? Ich habe es mir in der trügerischen Hoffnung gekauft, ich würde vielleicht irgendwann mal eine Nummer kleiner tragen."

„Du bist genau richtig", sagte Levi von der Tür aus.

„Danke, Schatz. Ich werde mich heute Nacht revanchieren."

Levi grinste, und Faith sah Honor an. „Nicht, dass du glaubst, er käme sonst zu kurz."

„Das höre ich gern", sagte Honor. „Oder vielmehr: nicht wirklich. Ihr beide dürft diese Dinge gern für euch behalten. Allerdings seid ihr gar nichts im Vergleich zu Prudence."

„Ich weiß. Hat sie dir erzählt, wie sie und Carl sich mit Schlagsahne die Nacht versüßen? Ehrlich, damit hat sie sieben Nachspeisen für mich ruiniert. Okay, Levi-Schatz, raus mit dir. Honor, probier das hier an."

Das Kleid war lang, ärmellos und hochgeschlossen, aber mit einem Schlüsselloch-Ausschnitt. Die schwarze Seide umspielte weich und fließend Honors Körper.

„Einfach perfekt", befand Faith. „Ich bin ein Genie! Hast du Schuhe? Vergiss die Frage. Du hast keine. Da, probier die hier an."

Sie gab Honor ein Paar schwarze High Heels mit Riemchen und Glitzerelementen. „Und lass mich dich schminken, ja? Tom wird es umhauen, wenn er dich sieht."

„Hoffentlich nicht."

Faith trug Grundierungscreme auf Honors Wangen auf und verteilte sie mit einem Schwämmchen. „Dad hat übrigens etwas gesagt … Eigentlich dürfte ich es dir nicht erzählen, aber ich tu's trotzdem."

Honor betrachtete sich stirnrunzelnd im Spiegel. „Was denn?"

Faith trug noch etwas mehr Grundierung auf. „Er befürchtet, dass ihr beide die Sache überstürzt. Er will, dass du noch wartest."

„Das glaube ich gern." Honor bemühte sich, gelassen zu klingen. „Vielleicht 20 Jahre, so wie er und Mrs J."

„Genau, das wäre ihm wahrscheinlich lieber." Faith lachte. Dann klappte sie ein Döschen pfirsichfarbenen Lidschatten auf, hielt ihn neben Honors linkes Auge und griff nach einer anderen Farbe. „Nimm's nicht persönlich. Ihm war es damals auch nicht recht, dass ich mich mit Levi treffe. Mach die Augen zu, Süße. Nein, Dad hat nur gesagt, dass er nicht recht … überzeugt ist."

Oh je, das war gar nicht gut. Ihre Familie spürte offenbar, dass die ganze Sache eine Lüge war. „So ist Dad nun mal", sagte Honor schwach.

Faith schwieg einen Moment. „Wie gesagt, ich finde, ihr beide passt gut zusammen. Und ich glaube wirklich, dass die Liebe manchmal einschlägt wie der Blitz. Aber … weißt du, Dad hat nicht ganz unrecht. Du kennst ihn wirklich noch nicht lange."

„Ich weiß", entgegnete Honor scharf. „Aber die Jahre sind kostbar, okay? Ich meine, ich bin 35, Faith."

„Und?"

„Und ich bin nicht du", blaffte sie. „Bei mir stehen die Männer nicht Schlange. Weißt du, wie viele Freunde ich in den letzten fünf Jahren hatte. Ich sage es dir: keinen."

„Ich dachte, du hättest letzten Herbst etwas am Laufen gehabt?"

Ach, genau. Im Oktober hatte sie Faith erzählt, es gäbe da jemanden.

Das war zu der Zeit gewesen, als sie geglaubt hatte, dass aus ihr und Brogan etwas werden könnte. Ehrlich, wie hatte sie die Situation nur dermaßen falsch interpretieren können? „Tja, hatte ich nicht. Wenn ich ein Kind haben möchte, bevor ich in die Wechseljahre komme, muss ich mich ranhalten."

Wem sagst du das, Schwester, seufzten die Eier.

„Jetzt mal langsam, Mädchen." Faith zog eine Augenbraue hoch. „Ich weiß, was du meinst, aber …"

„Nein, das weißt du nicht, Faithie."

„… aber das heißt nicht, dass du dich mit jemandem begnügen musst, der …"

„Begnügen? Tom ist großartig!", entgegnete sie empört. „Er hat mich getragen, okay? Er hat mich vom Ellis-Teich bis zu deinem Pick-up getragen. Er ist toll."

„Stimmt." Faith legte ihre Hand auf Honors. „Und ich mag ihn wirklich sehr. Aber du brauchst nicht …"

„Hör mal", unterbrach Honor sie. „Wir können nicht alle sein wie du und Levi. Tom und ich sind glücklich. Wir sind … zufrieden. Klar? Bitte lass mich in Ruhe."

„Gut. Ich wollte es dir einfach sagen. Ich liebe dich, Honor. Sei mir nicht böse."

Die Kleine-Schwester-Nummer funktionierte jedes Mal. Wahrscheinlich, weil sie von Herzen kam. Honor ruderte prompt zurück. „Es tut mir leid. Ich weiß, dass du es nur gut mit mir meinst."

„Ich bin immer für dich da, wenn du mal reden willst, okay? Aber jetzt ist es Zeit für die Wimperntusche. Dieses Zeug ist super. Man braucht Tage, um es wieder abzukriegen."

„Und das ist super?"

„Vertrau mir. Deine Wimpern werden traumhaft aussehen."

Als Faith fertig war, sah Honor nicht mehr aus wie sie selbst. Sondern besser. Sie sah regelrecht … umwerfend aus. Was auch immer Faith in ihrem magischen Schminkkästchen haben mochte – es ließ Honor richtig erstrahlen. Ihre Wangen waren rosig, ihre Augen leuchteten, und die Lippen schimmerten zart.

„Du bist wunderschön", stellte Faith fest. „Du siehst genau wie Mom aus." Sie umarmte Honor. „Und jetzt raus mit dir. Ich muss mich nämlich auch fertigmachen, und ich könnte mir vorstellen, dass Levi und ich vorher noch einen Quickie einschieben …"

„Was stimmt bloß mit meinen Schwestern nicht?", fragte Honor die Welt im Allgemeinen. „Sie können nichts für sich behalten."

„Hey, das habe ich gehört." Levi erschien mit Honors Mantel auf der Schwelle zum Schlafzimmer und begleitete sie zur Tür. „Schade, dass du schon gehen musst. Wir sehen uns auf der Party." Er schaffte es gerade so eben, ihr nicht die Tür vor der Nase zuzuschlagen.

Vorsichtig stöckelte sie in Faiths High Heels zum Auto, stieg ein und fuhr nach Hause. Es wurde langsam Zeit, zur Scheune hinaufzugehen; sie wollte ein bisschen früher dort sein, um nach dem Rechten zu sehen. Allerdings auch nicht so früh, dass Goggy und Pops, die zweifellos schon seit 17 Uhr dort waren, sie mit ihren Sonderwünschen bombardieren konnten. Kann ich ein kleines Glas Wasser haben? Nicht zu groß, weil ich ja nicht alles trinken werde und nichts verschwenden möchte. Oder: Warum gibt es keinen Matjes?

Tom und Charlie warteten schon auf sie. „Hi", knurrte Charlie.

„Hi, Charlie. Du siehst gut aus." Er trug ein dunkelblaues Sakko, das zweifellos Tom gehörte, da es ihm zu groß war, hatte seinen Lidstrich abgewaschen und schwarze Jeans angezogen, die ausnahmsweise nicht so aussahen, als hätten drei Leute darin Platz. Auf seinem T-Shirt waren ein mit Dornen überwucherter Grabstein und die aus dem Boden ragende Hand eines Skeletts zu sehen.

Aber er hatte sich Mühe gegeben, immerhin. Vielleicht, weil Abby da sein würde. Vielleicht auch, weil Tom ihn dazu gezwungen hatte. Egal, was der Grund war – sein Anblick rührte Honor.

Tom selbst sah … unwiderstehlich aus. Da er gerade auf sein Handy starrte, konnte sie ihn ungestört anstarren. Dunkel, gefährlich und sehr europäisch, in einem schwarzen Anzug und schwarzem Hemd mit offenem Kragen. Kein Schlips. Aufs Rasieren hatte er verzichtet, und mit seinem Zweitagebart sah er irgendwie intellektueller aus als sonst.

Und er roch so verdammt gut. Herb und frisch. Honor hatte plötzlich das dringende Bedürfnis, sich an ihm zu reiben wie eine Katze.

Doch die Stimmung war angespannt. Er und Charlie hatten offenbar Streit gehabt, denn der Junge starrte auf den Boden und sah beinahe buchstäblich zu Tode gelangweilt aus. Tom wirkte geladen, und nicht mit positiver Energie. Er sah sie kurz an, stutzte, sah sie noch einmal an, zeigte aber keinerlei Reaktion. Auf der Theke neben ihm stand ein Glas Whisky. Sein erstes (und letztes), wie sie hoffte.

Aber nein, er würde nicht zu viel trinken, wenn Charlie dabei war. Dessen war sie sich fast sicher.

Er nahm die Schachtel aus dem Blumenladen vom Tisch. „Für Sie, Miss Holland", sagte er, lächelte sein routiniertes Lächeln und holte das Blumenarmband heraus, um es ihr anzulegen. Seine Finger streiften über ihren nackten Arm, und trotz seiner ausdruckslosen Miene wurden ihre Knie weich wie Pudding.

„Nach dir." Er hielt ihr die Tür auf.

# 21. Kapitel

Auf dem „Black and White"-Ball konnte man das Geld förmlich riechen. Gut so, denn das war ja schließlich der Sinn der Sache. Zusätzlich zu den Einnahmen aus dem Verkauf der Eintrittskarten und der Tombola hatte ein anonymer Spender zehn Riesen gespendet. Damit wurde das gesteckte Ziel sogar übertroffen.

Der Rest des Abends allerdings war … bescheiden.

Honor taten in den nuttigen High Heels die Füße weh, aber sie riss sich zusammen und ignorierte den pochenden Schmerz, so gut es ging. Sie schüttelte Bürgermeisterin Marian White, den zahlreichen Mitgliedern der Stiftung für Naturschutz und den großzügigen Spendern tapfer die Hand. Dad und Mrs Johnson zeigten sich, wie Honor gerade bewusst wurde, zum ersten Mal als Paar in der Öffentlichkeit. Mrs J. sah in ihrem weißen Kleid sehr hübsch aus, und auch Dad hatte sich ganz ordentlich herausgeputzt.

Beim DJ konnte man Musikwünsche deponieren, für 20 Dollar pro Nummer, die dem guten Zweck zugute kamen. Natürlich wurde ein Liebeslied nach dem anderen gespielt, wobei der DJ immer vorab verkündete, wer den Song wem gewidmet hatte. „Für Harley von Sarah, ‚Still the One' … für Victor von Lorena, ‚Let's Get It On' … für Prudence von Carl ‚Love in an Elevator'."

Was ihr eigenes Liebesleben anbelangte … keine Ahnung, wie da gerade der Stand der Dinge war.

Tom verhielt sich, aus welchen Gründen auch immer, die ganze Zeit über ziemlich reserviert. Immer, wenn sie ihn ansah, schien er sie wütend anzustarren oder Charlie zu beobachten, der ganz hinten an einem Tisch saß und mit seinem iPhone spielte.

„Mir ist so schrecklich langweilig", jammerte Abby und trank einen Schluck von ihrem Cranberrysaft mit Soda.

„Ach, komm schon", sagte Honor. „Du bist wunderschön, du bist jung und du hast ein neues Kleid."

„Stimmt, ich sehe ziemlich toll aus."

„Abs, würdest du dich mit Charlie Kellogg unterhalten?", bat

Honor. „Sieht so aus, als wäre er einsam."

„Klar! Er ist nett. Ein totaler Nerd, aber nett. Weißt du, was ich meine?"

„Ja", antwortete Honor, obwohl ihre eigenen Begegnungen mit Charlie größtenteils schweigend verlaufen waren. „Hat er eigentlich Freunde in der Schule?"

„Ja, ich glaube schon. Ich gehe mal zu ihm. Wir können ‚Angry Birds' spielen."

Nachdem Abby gegangen war, steuerte Honor auf einen freien Tisch zu, damit sie sich setzen und ihren armen Füßen eine Pause gönnen konnte. Wie Faith diese Schuhe tragen konnte, war ihr ein einziges Rätsel. „Für Meghan von Steve, ‚One More for Love'", sagte der DJ. „Toller Song, Leute."

„Honor! Du siehst zauberhaft aus!" Jeremy Lyon, der in seinem Smoking geradezu absurd gut aussah, gab ihr einen Kuss auf die Wange.

„Du aber auch", erwiderte sie. „Hi, Patrick." Jeremys bessere Hälfte winkte ihr zaghaft zu. Er war hinreißend schüchtern.

„Du heiratest also", sagte Jeremy. „Lädst du mich ein, wenn ich dich ganz lieb darum bitte?"

„Aber natürlich", antwortete Honor. „Keine Frage."

Jeremy zwinkerte ihr zu. „Wenn ich irgendetwas für dich tun kann, brauchst du es mir nur zu sagen, okay?"

„Danke, Kumpel. Und jetzt geht schon tanzen, ihr zwei. Zeigt den Heteros, wie es geht."

Die beiden verzogen sich auf die Tanzfläche.

„Wie geht's dir, Boss?", erkundigte sich Jessica.

„Danke, alles bestens."

„Gibt es etwas für mich zu erledigen?"

„Nein. Übrigens, du siehst super aus."

„Danke." Jessica trug ein kurzes, weißes Kleid mit Rollkragen, das an jeder anderen Frau langweilig ausgesehen hätte. Jessica allerdings sah darin wie ein norwegisches Supermodel aus. Schwarze Schuhe. Kein Make-up. Ihr Look war so dezent und gleichzeitig dermaßen atemberaubend, dass Honor sich selbst plötzlich viel zu aufgetakelt vorkam.

„Du bist nicht im Dienst, Jess", sagte sie. „Amüsier dich, ja? Genieß den Abend, trink etwas, iss etwas, okay?"

„Wird gemacht. Hey, du aber auch!"

„Danke, das werde ich."

Nett, jemanden zu haben, der sich um einen kümmerte. Jessica ging weiter, um ein wenig mit ihrem alten Freund Levi zu plaudern. Diese Frau konnte mit Männern umgehen, das ließ sich nicht leugnen. Vielleicht sollte Honor Jack und Jessica verkuppeln. Andererseits, was wusste sie schon von solchen Dingen?

„Honor, du bist wunderschön."

Brogan. „Oh, hallo", sagte Honor.

„Für Paul von Lisa, ‚Someone Like You' von Adele!", verkündete der DJ, und der Song über eine nicht enden wollende Traurigkeit und die Unfähigkeit, über eine unglückliche Liebe hinwegzukommen, dröhnte aus den Lautsprechern.

„Sieht so aus, als wäre der Abend ein großer Erfolg." Brogan lächelte.

„Ja, wir haben eine anonyme Spende von 10.000 Dollar bekommen." Sie sah sich suchend nach ihren Schwestern um. Nein. Nie da, wenn man eine von ihnen brauchte.

„Tatsächlich?" Er zwinkerte ihr zu.

„Ja. Sehr … Oh! Du warst das, nicht wahr?"

„Ich glaube, es war anonym." Sein Lächeln wurde breiter.

„Danke." Aus irgendeinem Grund gab es Honor einen Stich ins Herz. Bußgeld. Brogan überhäufte sie mit Geld, weil er …

„Baby, da bist du ja! Oh, hi, Honor. Du siehst aber hübsch aus."

„Hi, Dana. Du auch." Dana trug ein kurzes, weißes Spitzenkleid, das total nach Brautkleid aussah. Ihr Ring – der Honor so gut gefallen hatte, bevor sie gemerkt hatte, dass Vintage eher ihr Stil war – funkelte, und an Danas Ohren baumelten die dazu passenden Diamanten.

„Na, wo ist denn dein Verlobter?", fragte Dana. „Ist er hier?"

„Aber natürlich. Er unterhält sich gerade mit jemandem, glaube ich." Hoffentlich trank er nicht zu viel oder blies irgendwo Trübsal.

„Was macht sein Auge?", erkundigte sich Brogan.

„Alles bestens." Honors Wangen prickelten.

„Richtig! Ich habe gehört, du hast ihn krankenhausreif geschlagen. Wow, Honor." Dana zog eine seidige Augenbraue hoch. „Beeindruckend."

„Sie weiß einfach nicht, wie stark sie ist. Stimmt's, Darling? Übrigens, hier ist dein Wein." Tom, Gott sei Dank. Er legte ihr – wieder ganz der fürsorgliche Verlobte – einen Arm um die Schultern.

Hey. Sie würde es ihm abnehmen.

„Und? Wann heiratet ihr?", wollte Dana wissen.

„Am 2. Juni? Das war doch der Termin, nicht wahr, Schatz?", fragte Tom.

„Ja, ich glaube, das stimmt", antwortete sie.

„Ist das dein Ring?" Dana griff nach Honors Hand. „Wow! Er ist wirklich hübsch. Brogan. Ist er nicht süß?"

„Sehr schön", sagte Brogan. Sein Blick war … freundlich. Dann sah er Dana an, und sein Gesichtsausdruck veränderte sich. Honor wusste sofort, was er fühlte. Schließlich hatte sie selbst es 15 Jahre lang jedes Mal empfunden, wenn sie sich mit Brogan traf.

Liebe. Ein bisschen hilflos, eine Spur verwirrt, ein Hauch von Verletzlichkeit und sehr, sehr glücklich. Brogan hatte nicht vorgehabt, sich in Dana zu verlieben, das wusste Honor jetzt. Es war wirklich einfach so passiert … zumindest ihm.

„Wir haben das Pierre gebucht", sagte Dana gerade, „weil Brogan natürlich die Steinbrenners kennt und sie hier viele Geschäfte machen. Von daher wird es also bestimmt toll. Allerdings muss ich zugeben, dass ich wegen der vielen Sportstars, die kommen, ein bisschen nervös bin. Ich meine, Robbie Cano? Bei meiner Hochzeit?"

„Und wer ist das?", erkundigte sich Tom. Honor hätte ihn am liebsten geküsst.

„Er ist dritter Baseman bei den Yankees", antwortete Dana.

„Zweiter Baseman", korrigierten Honor und Brogan wie aus einem Mund.

Tom sah sie an. Lächelte sein hinreißendes Lächeln. Seine Augen allerdings blieben ernst.

„Du bist ja ein richtiger Held, wie man hört", sagte jemand.

„Colleen!", rief Tom ehrlich erfreut. „Meine Lieblingsbarkeeperin."

„Mein Lieblingsbrite", erwiderte Colleen. „Hey, Leute, amüsiert ihr euch?"

„Und ob", sagte Honor.

„Wer ist heute Abend dein glücklicher Begleiter, Colleen?", erkundigte sich Tom.

„Mein Bruder."

Tom lachte. „Ah, du siehst uns alle peinlich berührt."

Ihr Lachen war laut und herzlich. „Wir sind, wie man so schön sagt, nur Freunde. So, Tom, wie du wahrscheinlich schon weißt, gibt es in einer Kleinstadt keine Geheimnisse. Ich habe daher gehört, dass du Honor vor dem Ertrinken gerettet hast. Das ist, wenn ich mal so sagen darf, total sexy, Tommy-Boy.“

„Was?“, rief Brogan entsetzt. Dana sah ihn giftig an.

„Ich war nicht wirklich am Ertrinken“, behauptete Honor. Tom zog eine Augenbraue hoch. „Aber ja, es stimmt, es war sehr tapfer und heldenhaft von ihm.“

„Seufz“, hauchte Colleen.

„Hör auf zu flirten“, rügte Connor, der sich gerade zu ihnen gesellt hatte. „Er ist vergeben.“

„Ich weiß!“, sagte Colleen. „Ich hab’ dir ja gesagt, dass die beiden ein tolles Paar wären.“

„Ach ja?“

„Ja, ich hab’s gleich gewusst. Erinnerst du dich nicht?“

„Nein.“ Connor sah Tom gequält an. „Ich versuche, das meiste zu ignorieren, was sie sagt.“

„Selbst schuld“, gab Colleen zurück. „Ich weiß nämlich alles.“

„Wie viel ist 8 mal 7?“, fragte ihr Bruder.

„Alles außer Mathe.“ Sie grinste Honor an.

„Was ist mit uns?“, wollte Dana wissen. „Hast du es bei Brogan und mir auch gleich gewusst?“

Unbehagliches Schweigen senkte sich über die kleine Gruppe. „Nein, Dana“, antwortete Colleen dann eisig. „Das kann ich nicht behaupten.“

„Ich weiß. Es hat uns selbst auch total überrascht.“ Dana lächelte. Eine Spur zu fröhlich, wie Honor fand. Für einen Moment empfand sie so etwas wie Mitleid. Dana war eine Außenseiterin; sie war mit Brogan da, aber ohne … Freunde. Sie spielte sich dauernd in den Mittelpunkt, weil das ihre Art war, dafür zu zu sorgen, dass sie nicht vergessen wurde.

Sie war unsicher. Komisch. Das war Honor früher nie aufgefallen.

„Ich hoffe, ihr beide werdet sehr glücklich“, sagte sie. Colleen seufzte.

„Danke“, sagte Brogan sanft.

„Ja, danke!“, flötete Dana. „Baby, lass uns tanzen, ja?“ Sie zog Brogan auf die Tanzfläche und schlang ihre Arme um ihn.

„Ich hasse sie“, sagte Colleen. „Ich brauche einen Drink. Conn, komm mit. Ich suche eine Frau für dich, die nicht deine Zwillingsschwester ist. Bis später, Leute.“

Jetzt war Honor mit Tom allein. „Hi", sagte sie.

„Hallo." Er sah sich um. „Sollen wir uns setzen?", fragte er, und ihre Füße weinten regelrecht vor Erleichterung.

Er mochte sie. Sie wusste das. Möglich, dass er sie sogar richtig gern hatte.

Aber er liebte sie nicht. Das, was in Brogans Augen aufleuchtete, wenn er Dana ansah, fehlte bei Tom. Seine Gefühlswelt war kompliziert. In die Zuneigung, die er offenbar für sie empfand, mischten sich Enttäuschung, Verletzungen aus früheren Beziehungen und möglicherweise auch ein wenig Angst. Dies alles war umgeben von einer zwei Meter dicken Betonwand. Seine zarteren Gefühle waren tief begraben und flackerten nur in Krisensituationen auf oder dann, wenn er einsam war.

Denn Tom war ein einsamer Mensch. Diese Erkenntnis trieb Honor fast die Tränen in die Augen.

„Also …", begann sie, doch in diesem Moment kam Charlie mit großen Schritten auf Tom zu. Seine schwarzen Haare hingen ihm in die Stirn.

„Tom, Abby sagt, sie interessiert sich vielleicht für das Boxturnier", sagte er.

Angesichts der Hoffnung, die jetzt in Toms grauen Augen aufleuchtete, zog es Honor das Herz zusammen. Die hilflose Liebe, die er für diesen Jungen, der nie sein Stiefsohn gewesen war, empfand, rührte sie zutiefst.

Verdammt.

Sie war verliebt.

„Hör mal", sagte Abby, „es interessiert mich vielleicht, aber wahrscheinlich eher nicht. Die Jungs machen sowieso schon einen Bogen um mich." Sie ließ sich auf den Stuhl neben Honor fallen.

„Ja, genau", sagte Charlie. „Das glaubst du doch selbst nicht!" Er lief knallrot an.

„Charlie, du kannst es dir bloß nicht vorstellen, weil du so nett bist", sagte Abby leichthin. „Aber jetzt mal im Ernst. Mein Onkel ist der Polizeichef. Mein doofer Bruder zeigt jedem x-beliebigen Menschen meine Babyfotos, auf denen ich total dick bin. Dad guckt jeden Jungen in der Stadt böse an, und niemand wird je vergessen, dass meine Mutter bei einem Schulkonzert als Hobbit verkleidet aufgetaucht ist."

„Dann kann es ja nur hilfreich sein, wenn du eine gute Boxerin bist", wandte Tom ein und sah Charlie kurz an. „Stimmt's, Kumpel?"

„Klar! Absolut!" Charlie setzte sich neben Tom, und Tom sah Honor an.

Das war der Grund, warum er mit ihr zusammen war, dachte sie. Mit ihr, Honor Holland, ewiges Mauerblümchen und alter Baseball-handschuh. Nur wegen Charlie.

Und wieder einmal war sie in einen Mann verliebt, der ihre Gefühle nicht erwiderte.

„Noch ein besonderer Musikwunsch, Leute", sagte der DJ. „Für Dana von dem Mann, der es nicht erwarten kann, dein Ehemann zu werden, ‚You're Having My Baby' von Paul Anka."

„Oh mein Gott", sagte Abby. „Honor, bist du nicht mit diesem Typen befreundet? Mach, dass er aufhört."

„Dem kann ich mich nur anschließen, Darling", sagte Tom.

Sicher, das Lied war kitschig. Aber vielleicht auch nicht, dachte Honor, als sie Dana und Brogan, die fast wie Braut und Bräutigam aussahen, beim Tanzen zusah. Vielleicht war es süß. Dana war rot im Gesicht und lächelte … nervös. Vielleicht war sie sich bewusst, wie unpassend es war, dass ihre Schwangerschaft von einem DJ hinaus-posaunt wurde. Noch dazu in Kombination mit einem unglaublich schmalzigen Song.

Für Brogan allerdings schien es nur sie beide zu geben.

Plötzlich kam Honor der Gedanke, dass sie demnächst schwanger sein würde und sie und Tom ein glückliches (oder zumindest zufrie-denes) Paar wären, so unwahrscheinlich vor wie die Vorstellung, den Nobelreis für Physik zu bekommen. Die Hoffnung, dass sie Mutter und Ehefrau sein und eine eigene Familie haben würde, war einfach absurd. Sie hatte einen Kloß im Hals.

Als sie sich zu Tom und den Kindern umdrehte, war Tom nicht mehr da. Abby zeigte Charlie gerade etwas auf ihrem Handy.

Allerdings kamen jetzt Dad und Mrs J. mit Goggy und Pops auf sie zu. „Wie geht es dir?", erkundigte sich Dad und setzte sich neben sie. „Amüsierst du dich? Du siehst so hübsch aus, meine Kleine!"

„Dieser Ball ist wunderbar, Honor", sagte Mrs Johnson. „Das hast du fantastisch hingekriegt, Liebes."

„Die Shrimps hätte ich nicht unbedingt gebraucht", erklärte Goggy. „Mir ist Matjes lieber."

„Und trotzdem hast du sieben Stück gegessen", bemerkte Pops und erntete dafür von seiner Frau einen Stoß in die Rippen.

„Wo ist eigentlich Tom? Ich habe euch beide noch gar nicht tanzen sehen", sagte Dad wie nebenbei. „Alles in Ordnung bei euch?"

„Ach, ihr wisst ja, wie das ist", wiegelte Honor ab. „Ich muss mich darum kümmern, dass alles klappt." Eine lahme Ausrede. Sie sah sich verstohlen nach Tom um. Hoffentlich war er nicht an der Bar.

In diesem Augenblick war der Paul-Anka-Song zu Ende (dem Himmel sei Dank). Im Publikum wurde vereinzelt applaudiert. „Noch ein Musikwunsch, Leute, diesmal für unsere Organisatorin, Honor Holland …"

Oh-oh.

„… von ihrem Verlobten. Eine etwas merkwürdige Musikwahl, aber er hat mir versichert, dass es ihr Lieblingssong ist. ‚Paint It Black' von den Rolling Stones." Die ersten Akkorde erklangen, und Honor klappte ihren Mund wieder zu.

„Ich liebe diesen Song!", rief Abby. „Cool, Honor! Ich wusste gar nicht, dass du die Stones magst!"

Als Mick Jagger vom düsteren Zustand seiner Seele zu singen begann, richteten sich alle Blicke auf Honor. „Ähm …", sagte sie.

„Warum will er die Tür schwarz streichen?" Goggy runzelte die Stirn. „Rot ist doch eine viel hübschere Farbe."

„Hallo, Darling", sagte Tom. „Wollen wir tanzen?"

Er machte schon mal ein paar Tanzschritte und sang zur Musik mit – und wow, war er schlecht! Er sah ein bisschen wie Faith aus, wenn sie einen epileptischen Anfall hatte, nur eine Spur schwungvoller. Oh du lieber Gott. Honor sah Faith aus dem Augenwinkel lachen. Auch Colleen lachte, und Levi schüttelte grinsend den Kopf. Jetzt sprang Tom völlig unbekümmert um sie herum, sang mit seinen Landsleuten aus voller Brust mit, ohne einen einzigen Ton zu treffen, und grinste dabei so ausgelassen, dass sich in seinen Augenwinkeln Lachfältchen bildeten. Es war total daneben und … und … einfach hinreißend.

Abby nahm Charly an der Hand und zog ihn auf die Tanzfläche, und der Junge fing sofort an, auf und ab zu springen. Abby tanzte viel anmutiger. Tom packte Honor an der Hand und wirbelte sie herum, und als Mick Jagger endgültig verzweifelte, weil er nie mehr glücklich sein würde, schlang Tom seine Arme um sie und gab ihr einen schallenden Kuss auf die Wange.

Levi und Faith waren jetzt ebenfalls auf der Tanzfläche. Pru und Carl, Connor und Colleen und Tom traten Honor abwechselnd auf die Füße, und es störte sie kein bisschen.

Der Abend wurde endlich lustig.

Tom war verschwitzt und albern und einfach unwiderstehlich. Sein schiefes Lächeln war zum Dahinschmelzen und im nächsten Moment unglaublich albern, und ehrlich, wenn er sie jeden Tag so anlächeln würde, wäre sie wunschlos glücklich.

Bis auf ihre zwei größten Wünsche. Seine Liebe. Und sein Kind.

Zum Teufel mit ihrer Vereinbarung. Sie wollte sein Herz.

Tom tat es fast leid, als der Ball zu Ende war.

„Das hat Spaß gemacht", sagte Charlie, als sie beim Haus der Kelloggs ankamen. „Bis bald, Leute."

Tom verschluckte sich fast vor Überraschung. Zwei vollständige Sätze, unaufgefordert. Höfliche Sätze sogar.

„Es war schön, dass du mit warst, Kumpel."

„Danke, dass du uns begleitet hast, Charlie", fügte Honor hinzu. „Und danke, dass du mit Abby getanzt hast."

Er lächelte. Charlie Kellogg lächelte tatsächlich. Meine Güte, es war lange her, dass Tom das erlebt hatte.

Nachdem sie sich vergewissert hatten, dass Charlie sicher im Haus war, fuhr Tom das kurze Stück nach Hause.

Jetzt, da sie allein waren, redeten sie nicht.

Er hatte sie zum Lächeln gebracht. Sogar zum Lachen. Er hatte ihr, zumindest seiner bescheidenen Meinung nach, sogar den Abend gerettet. Was das Wenigste war, was er hatte tun können, in Anbetracht der vielen Arbeit, die sie in diesen Ball investiert hatte. Wetten, dass die Leute morgen mehr über Honor und ihren seltsamen Briten reden würden als über Brogan und seine kleine Verlobte, diese Schlange, und den Braten in ihrer Röhre?

Er hatte Honors Gesicht gesehen, als Brogan und Dana tanzten. Er kannte diese Miene, diesen hilflosen, verwirrten Ausdruck. Schließlich hatte er ihn oft genug im Spiegel gesehen, als er mit Melissa zusammen war. Vielleicht hätte er eifersüchtig sein sollen, doch stattdessen hatte er, ohne viel darüber nachzudenken, einfach versucht, sie ein bisschen aufzuheitern.

Er hielt vor ihrem gemeinsamen Zuhause an. Hörte sich komisch an – gemeinsames Zuhause. Er stieg aus und schwang sich über die Motorhaube, damit er ihr die Autotür aufmachen konnte, bevor sie selbst es tat. Wieder erntete er ein Lächeln. Es war ein Gefühl, als hätte er gerade in der irischen Lotterie gewonnen.

„Miss Holland?" Er streckte ihr die Hand entgegen, und sie nahm sie. Ließ seine Hand auch nicht mehr los. Vielleicht, weil sie in ihren High Heels ziemlich wackelig auf den Beinen war. Diese Schuhe waren übrigens ziemlich sexy und regten seine Fantasie an. Es würde ihm nichts ausmachen, sie nur in diesen Schuhen und sonst nichts zu sehen. Ihre weiße Haut und …

„Danke", sagte sie. „Für den Song."

„Wie meinen? Oh, gern geschehen. War ja keine große Sache." Er ließ ihre Hand los und steckte den Schlüssel ins Schloss. Das Geräusch musste Ratty aus ihrem Koma gerissen haben, denn sie sprang drinnen gegen die Tür.

„Honor", sagte er, „Brogan ist ein richtiger Depp, wenn du mich fragst."

Ihre Augen glitzerten. „Was bedeutet dieses Wort eigentlich?" Sie fummelte an ihrer Tasche herum.

„Ein Idiot. Ein Schwachkopf. Ein idiotischer Schwachkopf."

Sie lächelte zaghaft. „Oh, verstehe. Freut mich, dass du das so siehst."

„Du warst heute Abend die Schönste von allen." Oh Mann, bald würde er Nicholas Sparks zitieren.

Sie sah ihn zweifelnd an. „Danke."

„Das meine ich ernst."

„Hör mal, du brauchst mich nicht zu …"

Dann küsste er sie. Die kalte Nachtluft legte sich um sie beide, während sich drinnen der Hund gegen die Tür warf. Honors Mund war süß und weich, und Tom presste sich an sie, denn wenn er jetzt aufhören müsste, würde er es wahrscheinlich nicht ertragen. Er bedeckte ihren Hals mit wilden Küssen und konnte nicht genug davon kriegen; er würde direkt hier auf der Veranda mit ihr schlafen, wenn sie …

„Tom?"

Er löste sich schwer atmend von ihr. Wartete.

Ihre Augen waren sanft und riesig. „Ich möchte bloß … ich möchte nichts Dummes tun."

Er schob ihr eine Haarsträhne hinters Ohr. „Schließt mich das aus?"
Sie lachte nervös.

Er begehrte sie wahnsinnig. Jeder Schlag seines Herzens sagte ihm, dass er sie ins Haus bringen und ausziehen sollte. Schnell. „Schlaf mit mir, Honor."

Sie stöhnte leise und packte ihn am Hemd.

„Bitte", fügte er flüsternd hinzu.

Damit war es um sie geschehen. Sie stellte sich auf die Zehenspitzen, schlang ihre Arme um ihn und presste ihre Lippen auf seine. Ohne den Kuss zu unterbrechen, versuchte Tom die Tür aufzuschließen, und als sie es endlich ins Haus geschafft hatten, machte es ihm nicht mal besonders viel aus, dass Spike ihn in den Knöchel biss.

Oben im Schlafzimmer fielen sie aufs Bett. Tom küsste sie, als würde es um sein Leben gehen, und genauso war es auch für ihn. Dann machte er den Reißverschluss ihres Kleids auf, schob den seidigen Stoff nach unten und küsste jeden Zentimeter Haut, der dabei zum Vorschein kam.

Er ließ das Licht an.

Und ihre Schuhe.

# 22. Kapitel

Alles war jetzt anders.

Gut, eigentlich hatte sich nichts verändert – außer, dass sie und Tom nun miteinander schliefen. Jede Nacht. Und manchmal auch morgens nach dem Aufwachen.

Das Leben war schön. Das Leben war sogar unfassbar schön. Sie taten nicht mehr bloß so, als würden sie eine Beziehung führen. Es war eine Beziehung. Das hier war das Wahre.

15 Jahre (na gut! 17 Jahre) war Honor in Brogan Cain verliebt gewesen. Das ließ sich nicht leugnen. Doch bei Brogan hatte sie sich immer so furchtbar anstrengen müssen. Hatte sich immer von ihrer besten Seite gezeigt und war nie ungeduldig oder gereizt oder auch einfach nur mal schweigsam gewesen. Sie hatte alles gegeben, um zu ihm zu passen; hatte versucht, die faszinierendste, intelligenteste und witzigste Version ihrer selbst zu sein, weil sie befürchtet hatte, Brogan, der durch die ganze Welt flog und berühmte Menschen fotografierte, würde sonst merken, dass sie nicht annähernd so interessant war wie er.

Tom jedoch schien sie so zu mögen, wie sie war.

Neulich abends, als sie aus (erfreulichem!) Schlafmangel auf der Couch eingenickt war, hatte sie beim Aufwachen gemerkt, dass Tom sie vom anderen Ende des Sofas aus ansah. Und zwar eindeutig … interessiert. Dann hatte er sich auf sie gelegt, ihren Hund auf den Boden gesetzt (Spike hatte nur minimal feindselig reagiert) und ihr die Bluse aufgeknöpft, als wären sie zwei Teenager, die heimlich rumknutschten.

Und neulich morgen beim Kaffee, als sie ihm von der neuen Verkaufsstrategie und dem Wettbewerb erzählt hatte, bei dem es um die Namensfindung für einen neuen Wein ging, hatte er aufmerksam zugehört, ein paar Fragen gestellt, sich daran erinnert, was sie vorige Woche zum selben Thema gesagt hatte, und kein bisschen gelangweilt gewirkt. Vielmehr sogar äußerst angetan. Dann hatte er sie geküsst, ihr viel Glück gewünscht und war lächelnd zur Arbeit gegangen.

Es war jetzt also wirklich alles anders.

Was seine Gefühle betraf … Nun ja, vielleicht würde es ein wenig dauern, bis er sich in sie verliebte; bis jener Teil von ihm, den er so sorgfältig weggesperrt hatte, den Schlüssel zu seinem Herzen herausgab. Aber im Moment war Honor glücklich. Glücklicher als je zuvor.

Mittwochnachmittag schaute sie im Fitnessstudio vorbei, um sich Toms Trainingsgruppe anzusehen. Der Selbstverteidigungskurs hatte sich mittlerweile zum Boxunterricht für Highschool-Kids entwickelt. Die Jungs und Mädchen waren offenbar begeistert von allerlei mittelalterlichen Foltermethoden wie Liegestützen oder Treppen rauf- und runterrennen. Tom stand gerade mit einem riesigen Jungen im Ring, doch als er Honor sah, kam er zu ihr – ein richtiger Kerl, muskelbepackt, verschwitzt und nur so strotzend vor Testosteron.

„Wage es bloß nicht, mich anzufassen, Rocky Balboa", sagte sie und hoffte inständig, dass er ihre Warnung ignorierte. Was er auch tat. Er packte sie, zog sie an sich und küsste sie leidenschaftlich auf den Mund, bis die Kinder genervt zu stöhnen und zu meckern anfingen. Dann schenkte er ihr ein freches Grinsen und ging zurück in den Ring, und sie blieb leicht schwindlig zurück, mit weichen Knien und dem Gefühl, als hätte sie selbst gerade ein paar Runden geboxt.

„Sie sind Toms Verlobte, nicht wahr?", fragte eine stämmige Frau. „Ich bin Dr. Didier, die Highschool-Rektorin."

„Oh, hi, ich bin Abby Vanderbeeks Tante. Wir haben uns schon mal kennengelernt."

„Wirklich? Cool. Charlie hat sich toll entwickelt, nicht wahr?"

Honor nickte. Es schien wirklich so zu sein. Beim Abendessen am Donnerstag hatte er ein paar Fragen beantwortet. Richtig gesprächig war er zwar nicht gewesen, aber zumindest nicht mehr ganz so wütend wie früher. Und er hatte eine ziemlich gute Technik beim Boxen drauf, dachte Honor, während sie zusah, wie er am Sandsack gerade ein paar Schlagkombinationen vorführte.

„So, Leute!", rief Tom. „Für dieses Turnier, das in drei kurzen Wochen stattfindet, haben sich Abby, Charlie, Bethany, Michael und Jesse angemeldet. Noch jemand? Macht euch keine Sorgen wegen eurer mangelnden Praxis – bei dem Wettbewerb gibt es noch viel blutigere Anfänger als euch. Noch jemand? Ja, Devin, braves Mädchen! Ausgezeichnet! Dann sehen wir uns also alle am Freitag, ja? Und jetzt raus mit euch, eure Eltern warten schon."

Tom kam wieder zu ihr. „Ich muss Charlie heimbringen. Bist du später zu Hause?"

„Ich muss zu meinen Großeltern", antwortete sie. „Ich versuche immer noch, das Haus zu entrümpeln." Ihm lief ein Schweißtropfen von einer Wange den Hals hinunter, und Honor musste sich beherrschen, um ihn nicht wegzulecken. Huch, was war sie bloß für ein böses, unanständiges Mädchen. Wird auch langsam Zeit, bemerkten die Eier.

„Wem sagt ihr das", murmelte sie.

„Wie bitte, Darling?"

„Ach, nichts. Hey, ich habe ganz vergessen, dir Bescheid zu sagen, aber wir haben heute Abend diese Sache auf Blue Heron. Eine Familiensache." Sie zögerte. „Ich hoffe also, du kannst kommen. Charlie auch."

„Klingt lustig. Obwohl ich heute Abend eigentlich für dich kochen wollte."

Hach, dieser Mann. Er war nicht nur im Bett sagenhaft, er kochte auch für sie. „Das kannst du ja immer noch." Wenn du vorher mit mir ins Bett gehst.

Er grinste, als könnte er ihre Gedanken lesen, und ging zurück zu seinen Schülern. Honor fuhr zu ihren Großeltern.

Dad war bereits im Alten Haus und hörte sich gerade das Schlussplädoyer seiner Eltern über die Sinnlosigkeit einer Dusche im Erdgeschoss an.

„Als ich ein kleiner Junge war, hatten wir nicht einmal fließendes Wasser", sagte Pops. „Wir brauchen kein zweites Badezimmer!"

„Ich weiß nicht, warum alle damit ein Problem haben, dass ich 20 Mal am Tag die Treppe hinauflaufe", fügte Goggy hinzu. „Wenn dieser alte Esel sich endlich durchringen würde zu sterben, könnte ich in sein Zimmer ziehen."

„Du würdest um mich trauern, Weib", sagte Pops. „Dein Leben wäre öde und leer ohne mich."

„Lassen wir's drauf ankommen. Ach, Honor! Schatz! Wie geht es dir, mein Liebling? Du siehst erschöpft aus."

Oh, das bin ich, Goggy. Mhm. Das stimmt. Sie räusperte sich. „Danke und euch beiden?"

„Dein Vater ist der Meinung, wir brauchten eine Dusche im Erdgeschoss."

„Ich auch." Honor gab ihrer Großmutter einen Kuss auf die Wange.

„Ich habe oben ein wunderschönes Bad. Das reicht völlig.", sagte die alte Dame.

„Sie hat oben ein wunderschönes Bad. Das reicht völlig", wiederholte Pops.

„Du kannst uns nicht zu einem moderneren Bad zwingen", fügte Goggy hinzu.

„Wir hassen moderne Bäder", pflichtete Pops ihr bei.

„So, ihr zwei", unterbrach Honor. „Ihr macht Dad das Leben zur Hölle. Er heiratet bald und hat keine Lust, fünf Mal am Tag herzukommen, um sich zu vergewissern, dass keiner von euch hier in seinem Blut liegt."

„Und? Dann komm eben nicht her", sagte Goggy zu Dad. „Ich bin ja nur deine Mutter. Ich möchte dir keinesfalls zur Last fallen. Wobei ich eigentlich dachte, drei Tage Wehen würden …"

„Und ich heirate ebenfalls", unterbrach Honor sie wieder. „Und Jack ist, wie wir alle wissen, zu nichts zu gebrauchen. Reden wir doch lieber darüber, wie wir eure Sicherheit hier gewährleisten können. Vielleicht solltet ihr auch mal darüber nachdenken, den Winter in Florida zu verbringen."

„Im Wartezimmer des Todes? Bist du verrückt?", rief Goggy empört.

„Sehe ich etwa so aus, als würde mich Disney World interessieren?", fragte Pops.

Honor sah ihre Großeltern an. „Seht mal", sagte sie, „wir lieben euch. Wir wollen, dass ihr nirgendwohin geht. Damit ihr in diesem Haus bleiben könnt, wäre es am besten, wir würden da und dort ein paar Änderungen vornehmen."

„Du denkst, wir sind alt." Goggys Ton war vorwurfsvoll.

„Mom", sagte Honors Vater, „ihr seid alt. Nicht klapprig, aber alt. Ich bin auch schon alt. Ich bin 68."

„Das weiß ich doch, John. Schließlich habe ich drei Tage mit dir in den Wehen gelegen."

Dad seufzte und schloss die Augen.

„Okay", sagte Honor, „ich habe eine Liste …"

„Natürlich hast du das", brummte Pops.

„… mit Dingen, die gemacht werden müssten. Es sind 17 Punkte auf dieser Liste. Wie wär's, wenn wir für den Anfang mal fünf aussuchen?"

„Zwei", sagte Pops.

„Keinen", sagte Goggy.

Nach einer Stunde und 23 Minuten und nach dem Vorbringen von Argumenten, die sogar den Obersten Gerichtshof überzeugt hätten, hatte Honor ihre Großeltern so weit, zwei von 17 Änderungen zuzustimmen. Ein Treppenlift und eine neue Heizung, damit die beiden nicht irgendwann an einer Kohlenmonoxidvergiftung starben. „Na schön", brummte Goggy, „aber diesen albernen Lift werde ich nicht benutzen. So etwas ist für alte Leute."

„Du bist alt, Elizabeth", blaffte Pops.

„Und du noch älter!"

Dad, der die ganze Zeit das Gesicht in den Händen vergraben hatte, erhob sich. „So, wir sollten jetzt gehen. Wir haben heute Abend das Aussaat-Fest. Honor, Liebes, komm doch noch rasch mit ins Neue Haus. Mrs J. und ich haben dich diese Woche nicht oft zu sehen bekommen."

„Aber klar", sagte sie. „Wir sehen uns dann oben, Goggy. Benimm dich, Pops."

Sie ging mit ihrem Vater das kurze Stück zum Neuen Haus. Vom Teich hörte man das schrille, hohe Quaken der Frösche. In einer Stunde würde es vollkommen dunkel sein.

„Wie läuft's mit Tom?", erkundigte er sich.

„Super, Daddy."

Ihr Vater sah sie nachdenklich an. „Ich war mir bei ihm nicht sicher", sagte er. „Zumindest anfangs nicht. Aber er scheint ein netter Kerl zu sein."

„Das ist er."

„Und du liebst ihn? Bist du dir sicher?"

Endlich konnte sie ihrem Vater in die Augen schauen. „Ich bin mir sicher."

Dad legte ihr einen Arm um die Schultern. „Wenn du lächelst, siehst du genauso aus wie deine Mutter", sagte er schroff, um seine Rührung zu verbergen. „Gern gebe ich dich natürlich nicht her, weißt du. Von mir aus könntest du immer bei Mrs J. und mir bleiben. Du und Tom, ihr beide, wenn ihr wollt."

„Ach, eher nicht, Daddy."

„Ihr zwei jungen Leute solltet das Haus nehmen. Mrs J. und ich wohnen dann einfach in ihrer Wohnung. Sie ist perfekt für zwei Personen, und du und Tom bekommt bestimmt schon sehr bald ein Kind, nicht wahr? Ich hätte furchtbar gern noch mehr Enkelkinder. Außerdem ist das Neue Haus der Ort, wo du hingehörst."

Sie lächelte. „Ich werde mit ihm darüber reden."

Denn eine Zukunft mit Tom und ein, zwei Kindern … war jetzt viel leichter vorstellbar.

Eine Stunde später versammelten sich alle Mitglieder der Familie Holland sowie Tom und Charlie auf dem Friedhof.

Das feierliche „Fest der Aussaat" fand immer zum ersten Neumond im April statt. Der Ursprung des Rituals war unklar, aber Tradition war nun mal Tradition.

Tom – frisch geduscht und nach Seife duftend – begrüßte Honor mit einem Kuss auf die Wange. Abby und Charlie kicherten gerade über irgendetwas. Levi telefonierte sichtlich ungehalten mit seiner Schwester und gab dann das Handy (immer noch verärgert) an Ned weiter. Pru und Carl standen eng umschlungen nebeneinander. Goggy hantierte mit den Snacks, die auf einer Decke auf der Ladefläche von Dads rotem Pick-up lagen, und fauchte Mrs J. an, die ihr dabei helfen wollte. Mrs J. fauchte zurück. Dad und Jack unterhielten sich über die pH-Werte des neuen Rieslings, und Faith saß auf dem Boden neben Moms Grabstein und starrte versonnen vor sich hin.

„Warum geht es bei dieser Sache eigentlich?", fragte Tom.

„Es ist die Segnung all dessen, was wir säen und anbauen", erklärte Honor. „Wir machen es seit Generationen."

„Stellt euch im Kreis auf", sagte Pops, straffte die Schultern und nahm Goggys Hand in seine. „Dann wollen wir mal anfangen. Als Vater, Großvater und Urgroßvater …"

„Und als Mutter, Großmutter und Urgroßmutter", ergänzte Goggy, „heißen wir euch heute Abend willkommen."

„De liefde van God zij met u", sagten die anderen im Chor.

„Das heißt ,Die Liebe Gottes sei mit euch'", übersetzte Honor für Tom und Charlie.

„Heute erbitten wir Gottes Segen für das kommende Jahr. Wir beten, dass der Regen sanft auf die Felder fällt, dass die Sonne warm scheint und dass das, was wir anbauen, unsere Familie ernährt – dieses Jahr und alle Jahre, die noch kommen."

„Amen", sagten alle.

Goggy reichte Pops die erste Flasche Wein.

„Das ist der Wein, den wir nur für unsere Familie herstellen", sagte Honor, während Pops mit einem seiner vielen Korkenzieher hantierte. „Wir nennen ihn Segenswein und verwenden ihn nur bei Hochzeiten, Taufen und dem Fest des Aussaat."

Tom sah sie kurz an, und sie spürte, wie sie errötete. Bald würden sie den Segenswein wieder trinken, erst bei Dads Hochzeit, dann bei ihrer eigenen.

Und vielleicht schon in einem Jahr auch bei der Taufe ihres Babys.

„Cool", sagte Charlie, der Pops zusah, wie er geschickt erst die eine Flasche, dann die nächste und schließlich eine dritte entkorkte.

„Zuerst nehmen wir einen Schluck, dann gießen wir etwas Wein auf den Boden", fuhr Honor fort, als Pops den ersten Schluck trank. „Damit erweisen wir der Familie, die vor uns dieses Land bewirtschaftet hat, und der Erde, von deren Früchten wir jetzt leben, unsren Respekt."

„Wunderbar", schwärmte Tom. „Ich wünschte, mein Vater könnte das sehen. Er wäre begeistert."

„Vielleicht nächstes Jahr", sagte sie, und er schenkte ihr dieses gewisse Lächeln.

Oh ja, sie liebte ihn so sehr, dass ihr Herz sich in wunderbarem Schmerz zusammenzog.

Faith reichte die Flasche an sie weiter, und Honor trank einen Schluck. Seltsam, wie viel Aufhebens sie alle sonst immer um das Entkorken, um die Zeit, die der Wein zum Atmen brauchte, um das Bouquet, den Körper und die ungezählten Geschmacksnuancen machten. Heute Abend nicht. Heute tranken sie einfach aus der Flasche, und es war der Wein, den Honor von allen am liebsten hatte, süß und leicht rauchig. Ein Schluck, ein Spritzer auf den Boden, ein kleines Gebet für die Familie … Und Tom und Charlie.

Sie gab die Flasche an den Jungen weiter, der schon sehr bald auch ihr inoffizieller Stiefsohn sein würde. Er sah Tom fragend an; Tom nickte, und Charlie trank einen kleinen Schluck. Kurz verzog er das Gesicht, dann schluckte er und schüttete etwas Wein auf den Boden.

„Gut gemacht", sagte sie. Er lächelte sie an und reichte die Flasche an Tom weiter.

Als alle getrunken hatten, nahm Pops eine Schachtel Streichhölzer aus seiner Hemdtasche und zündete die Holzscheite an, die Ned vorbereitet hatte. Bald tauchte ein knisterndes Feuer alle Gesichter in einen warmen Schein. Tom nahm Honors Hand in seine. „Ich bin sehr froh, dass ich dich getroffen habe, Miss Holland", sagte er.

Die Worte selbst waren nichts Außergewöhnliches; das, was Honor dabei empfand, aber sehr wohl.

„Tom, Liebes", sagte Goggy. „du musst jetzt etwas für uns tun. Schließlich bist du das neueste Mitglied unserer Familie."

„Wäre das nicht eher Charlie?" Abby grinste schelmisch.

„Gut, dann also Charlie und Tom", sagte Goggy. „Meine Lieben, ich habe hier etwas für euch."

Sie reichte den beiden einen Teller. „Was ist das?", fragte Charlie. „Oh Mann, das kann doch nicht euer Ernst sein."

Honor grinste ebenfalls. „Das ist Tradition, Charlie. Für neue Familienmitglieder."

„Was ist das, Schatz?" Tom betrachtete die traditionelle holländische Delikatesse skeptisch.

„Matjes mit Zwiebeln", antwortete Honor. „Haut rein, Jungs." Ach, diese Holländer. Wer außer ihnen mochte schon etwas, das praktisch Katzenfutter war? Honor selbst hasste Hering; schon bei seinem Anblick drehte sich ihr der Magen um. Faith, der es genauso ging, versuchte, ein Würgen zu unterdrücken.

„Weißt du, theoretisch bin ich eigentlich gar kein Familienmitglied", versuchte Charlie sich rauszureden. „Tom heiratet dich, aber ich bin quasi nur inoffiziell hier."

„Nicht in unseren Herzen", sagte Abby energisch. „Iss."

„Es schmeckt nur die ersten 20 Jahre eklig", fügte Ned hinzu.

„Was redet ihr da?", empörte sich Goggy. „Es schmeckt fantastisch."

„Du zuerst, Kumpel", sagte Tom.

„Nur einen kleinen Bissen, mein Sohn", sagte Dad. „Du musst nicht das ganze Ding essen."

„Aber irgendjemand muss es tun", warf Faith ein. „Tom, sei ein Mann."

Charlie nahm den Fisch in die Hand und hielt ihn hoch. „Oh Gott", seufzte er, schloss die Augen und biss ein winziges Stück ab. Es schüttelte ihn, doch dann schluckte er tapfer. „Es schmeckt ... gut", keuchte er mit Tränen in den Augen. „Ein bisschen intensiv vielleicht."

„Bravo!" Pops klopfte ihm anerkennend auf den Rücken. „Tom, jetzt du. Iss alles auf, mein Sohn."

Tom sah Honor an. Sie zog die Augenbrauen hoch und lächelte. „Für dich, mein Schatz", sagte er, nahm zu ihrem Entsetzen den Fisch in die Hand und biss ihn in der Mitte durch, sodass man die Gräten knirschen hörte. Dann verzog er das Gesicht, und alle lachten. Er kaute, schluckte und aß dann die zweite Hälfte. Grundgütiger.

„Tja, das nenn ich mal einen Mann", sagte Mrs J. anerkennend.

„Gut gemacht, Baby." Honor nahm ihm den Teller ab. Der Geruch war entsetzlich. Armer Tom. Zeit, das richtige Essen zu holen – die Kasserollen, den Schinken und verschiedene Kuchen.

„Nicht so schnell, Darling." Tom zog sie an sich. „Wie wär's mit einem Kuss?"

„Nein! Wage es bloß nicht!" Sie riss sich von ihm los, lief zu Levi und versteckte sich hinter ihm. „Officer, helfen Sie mir. Der Atem dieses Mannes stinkt nach Fisch."

„Nichts liegt mir ferner, als mich zwischen einen Mann und seine Frau zu stellen", sagte Levi und trat zur Seite.

„Noch sind wir nicht verheiratet." Honor lief kreischend und lachend vor Tom davon und flüchtete hinter eine Reihe Weinstöcke. „Und wir werden es nicht sein, wenn das so weitergeht. Daddy, hilf mir!" Ihr treuloser Vater lachte bloß.

„Los, fang sie, Tom!", rief Pru, und natürlich erwischte Tom Honor am Arm und drehte sie zu sich.

„Darling, liebst du mich denn nicht mehr?" Er sah sie mit seinem zauberhaften, schiefen Lächeln an.

Dann küsste er sie. Trotz Heringsatem.

Und merkwürdig, es war gar nicht so schlimm. Ihre Familie jubelte, und Honor spürte, dass Tom lächelte. Dann küsste er sie noch einmal und umarmte sie. „Das ist richtig schön", sagte er und wurde ernst. Er schob ihr eine Haarsträhne hinters Ohr. „Danke, dass wir dabei sein dürfen."

„Kommt, ihr zwei Turteltauben, holt euch etwas Richtiges zu essen", flötete Goggy. „Habe ich bereits erwähnt, dass ich schon immer gewusst habe, dass die beiden das perfekte Paar sind?"

# 23. Kapitel

Am Samstag überraschte Tom sie mit einem Kuss, als sie aus der Dusche kam. Kaum etwas war erotischer als eine in ein Handtuch gewickelte Frau mit feuchter, rosiger Haut. Wenn das Handtuch jetzt auch noch nach unten rutschte, wäre das Leben vollkommen.

Doch sein inoffizieller Stiefsohn wartete. „Möchtest du mit Charlie und mir einen Ausflug machen?", fragte er.

„Gern." Sie errötete. „Wohin fahren wir?"

„Das ist eine Überraschung."

Auf der Fahrt zu Charlie machten sie einen Zwischenstopp bei Loreleis Bäckerei und kauften Sandwiches und Eistee. Dann holten sie den Jungen ab und fuhren Richtung Norden. Charlie hatte seine Kopfhörer im Ohr, war jedoch, wie Tom fand, nicht wirklich schlecht gelaunt. Nur ein Teenager. Er hatte Spike neben sich auf dem Rücksitz; die Hündin beschränkte ihre Feindseligkeiten ausschließlich auf Tom und schien höchst zufrieden damit, sich auf Charlies Knien zu räkeln und den Bauch kraulen zu lassen.

Sein Gesicht verändert sich, dachte Tom, während er Charlie im Rückspiegel betrachtete. Die kindliche Weichheit war verschwunden, und seine Züge wurden markanter. Die Sommersprossen waren verblasst, und sein Blick wirkte aufmerksamer.

Er sah Melissa sehr ähnlich.

Irgendwann würde vielleicht Honors und sein Baby neben Charlie und Spike auf der Rückbank sein. Samt Kindersitz, Wickeltasche, Babytrage.

Bei der Vorstellung wurden seine Handflächen ein bisschen feucht. Aber das war der Deal, nicht wahr?

Außerdem mochte er Kinder. Er würde mit einem Baby schon zurechtkommen.

Es war die Aussicht auf eine eigene Familie, die ihn nervös machte. Vielleicht gar nicht mal nervös im negativen Sinn.

Apropos Familie. Diese Woche hatte er wieder mit seinem Vater telefoniert. Er sollte ihn überreden, herzuziehen. Immerhin würde er selbst ja nun hierbleiben.

„So, ihr Lieben", sagte Tom, als er vom Highway abfuhr, „drei Mal dürft ihr raten, wohin wie fahren."

„Zum Flughafen Brigham?", fragte Charlie, als sie am Schild vorbeifuhren.

„Geniale Schlussfolgerung. Ich dachte, wir könnten mit meinem kleinen Projekt eine Runde fliegen." Er bog in die Straße ein, die zum Flughafen führte, und zehn Minuten später standen sie vor der Piper.

„Was hast du damit gemacht?", wollte Charlie wissen.

„Wir haben einen größeren Motor eingebaut, die Tragflächen adaptiert und die Ruder angepasst. Der Besitzer möchte ein paar Kunstflugmanöver machen."

„Cool."

Tom ging um die Piper herum, erklärte die Vorflugkontrolle und die verschiedenen Teile des Flugzeugs, und Charlie schien – sehr zu Toms Erstaunen – wirklich zuzuhören. Keine Ohrstöpsel, kein finsterer Blick. Als Tom fertig war, öffnete er die Flugzeugtür. „Charlie, steig ein, Kumpel. Du bist mein Copilot."

„Du hast tatsächlich einen Pilotenschein?", fragte Honor.

„Ja, aber ich fliege nicht sehr oft. Also halt dich gut fest." Er zwinkerte ihr zu, und sie lächelte, sodass man ihre Grübchen sah.

Im Cockpit zeigte er Charlie, welche Bedienelemente wofür bestimmt waren, kontrollierte die Hebel und Schalter, gab dann einen Funkspruch zum Tower durch und ließ die Motoren an.

Es war ein holpriger, aber gar nicht so übler Start. In einem Kleinflugzeug fühlte sich natürlich alles schlimmer an, und Charlie war etwas bleich im Gesicht. Sobald sie allerdings eine gewisse Höhe erreicht hatte, war der Junge fasziniert von dem Ausblick.

„Das ist sensationell", sagte er.

Unter ihnen erstreckten sich die sanften grünen Hügel, die üppigen Felder und roten Scheunen, die dichten Wälder und die vereinzelten weißen Kirchtürme des westlichen Staates New York. Der Himmel war heute absolut klar.

„Was machen wir, wenn uns eine kanadische Wildgans in den Motor fliegt?", fragte Charlie.

„Beten", antwortete Tom.

„Guckst du dir manchmal diese Flugzeugkatastrophenfilme an?"

„Eigentlich nicht, nein."

„Da war dieser tolle Film letztes Jahr ..." Charlie begann, die ziemlich verstörende Handlung zu erzählen. Tom sah kurz zu Honor hinüber. Sie lächelte.

In Toms Brust rührte sich etwas.

„So, Charlie, bist du bereit, diesen kleinen Liebling zu fliegen?", fragte Tom. „Du brauchst nur das Steuerruder zu halten, okay? Schön gerade, die Hände auf zehn und zwei, genau wie in einem Auto."

„Ich kann nicht Auto fahren." Charlie klang leicht panisch.

„Ich bin direkt neben dir", beruhigte Tom ihn. „Du kannst das, Kumpel. Und wenn es dir gefällt, dann machen wir mit dir den Pilotenschein. Du kannst fliegen, bevor du Autofahren lernst. Bereit? Das Cockpit gehört dir."

Natürlich würde er Charlie nichts Unbedachtes oder Riskantes tun lassen; der Junge hatte weit weniger Kontrolle über die Maschine als er wusste, aber sein ernster, konzentrierter Gesichtsausdruck war unbezahlbar. Dann geschah ein kleines Wunder: Charlie lächelte Tom an. „Mache ich es gut?"

„Du machst das ganz großartig, Kumpel."

Nach ungefähr zehn Minuten übernahm Tom wieder das Steuer und schlug einen neuen Kurs ein, sodass sie den Lake Canandaigua, den nächstgelegenen der Finger Lakes, sehen konnten. Das Wasser war heute Morgen kobaltblau. „Dort machen wir ein Picknick." Tom deutete hinunter auf eine Wiese.

„Landen wir auf dem Wasser?", wollte Charlie wissen.

„Nein, das ist kein Wasserflugzeug. Die Maschine ist zu schwer. Aber es gibt Amphibienflugzeuge, die sowohl auf dem Wasser als auch auf dem Boden landen können, stimmt's, Honor?"

„Oh ja. Im Juni gibt es eine fantastische Wasserflugzeug-Show am Keuka Lake. Da müssen wir unbedingt hin."

Wenig später landeten sie auf der Wiese, die Tom ihnen aus der Luft gezeigt hatte. Der See schimmerte, und die Vögel kreisten zwitschernd über ihnen. Sie setzten sich in die Sonne und aßen ihre Sandwiches.

Wenn irgendjemand Tom vor zwei Monaten gesagt hätte, dass er mit seiner Verlobten und Charlie ein Picknick machen und Charlie mit ihm reden würde, hätte er es nicht geglaubt. Ein Abend wie das „Fest der Aussaat", der Zusammenhalt der Hollands, ihre Familiengeschichte, die Verbundenheit und die Art und Weise, wie sie ihn und Charlie aufgenommen hatten … Tom fragte sich, womit er das verdient hatte.

Charlie hatte sich ins Gras gelegt, und Tom und Honor folgten seinem Beispiel. Ein paar dicke Wolken zogen vorbei. Honor murmelte, dass es abends Regen geben würde, und sie musste es wissen. Es gab nicht viel, was sie nicht wusste.

Er sah sie an. Ihre kurzen blonden Haare flatterten im Wind. Sie war den ganzen Tag schweigsam gewesen; hatte nur hier und da eine Bemerkung gemacht und ihn und Charlie ansonsten hauptsächlich beobachtet. So, als verstünde sie genau, dass heute ein denkwürdiger Tag war.

Heute war der alte Charlie zurückgekehrt. Nun ja, nicht ganz. Es gab kein Zurück, dessen war sich Tom bewusst. Er wusste, dass Melissas Tod ihren Sohn für immer verändert hatte. Doch der Junge, den Tom sich immer vorgestellt hatte – intelligent, freundlich, interessiert und anständig –, dieser Junge hatte sich heute gezeigt. Und das, obwohl Abby, die er sonst immer beeindrucken wollte, gar nicht dabei war.

Vieles davon hatte mit Honor zu tun.

Die ganze Zeit hatte sie sich kein einziges Mal über Charlies unhöfliches Benehmen, seine schlechte Laune, seinen Trotz, seine Weigerung zu essen oder über das Türenknallen beklagt. Sie hatte nie die Augen verdreht, nie etwas anderes als Freude gezeigt, wenn er bei ihnen zu Besuch war, und kein einziges Mal geseufzt oder gemeckert. Sie hatte ihm eine Familie gegeben und mit Abby eine Freundin. Sie schien Charlie sogar gern zu haben.

Tom nahm ihre Hand, küsste sie und sah Honor an. Ihr Blick war voller Zärtlichkeit.

Zwei Stunden später, nach einem der schönsten Tage in seinem ganzen Leben, setzte Tom Honor zu Hause ab, gab ihr einen schnellen Kuss auf den Mund und sagte, dass er in ungefähr 15 Minuten zurück sein würde. „Sie ist nett", stellte Charlie fest, als sie losfuhren.

„Ja". Tom sah den Jungen verstohlen an. „Hast du Lust, mein Trauzeuge zu sein?"

„Im Ernst?"

„Ja."

Charlie zuckte mit den Achseln. „Okay."

Das war genug. Mehr als genug.

Tom bog in die Einfahrt der Kelloggs ein.

Vor dem Haus stand ein alter dunkelblauer Mustang, und einen Moment lang hatte Tom das Gefühl, als hätte ihm jemand einen extrem brutalen Kinnhaken versetzt.

Charlie sprang sofort aus dem Wagen. „Dad!", rief er. „Hey, Dad!"

# 24. Kapitel

Mitchell DeLuca stieg gemächlich aus seinem Wagen und lächelte, als Charlie sich in seine Arme warf. Er zauste dem Jungen durch die Haare und sah Tom an.

Tom stieg aus, steckte die Hände in die Hosentaschen und ging zu ihm. Sein Herz hämmerte wie wild. „Hallo."

„Hey. Ich bin Mitchell DeLuca, Charlies Vater. Nett, Sie kennenzulernen."

„Wir kennen uns bereits", sagte Tom.

„Ach ja?"

Oh Mann, der Typ meinte es ernst. „Ich war mit Melissa verlobt."

Charlie sah von einem zum anderen. „Das ist Tom, Dad. Tom Barlow."

„Oh! Tut mir leid, Tom. Schön, dich zu sehen," Mitchell sah Tom erstaunt an, als wollte er sagen: Und was genau machen Sie hier? Dann wandte er sich an seinen Jungen, und die Ähnlichkeit zwischen den beiden war erschreckend. Ja, Charlie sah seiner Mom sehr ähnlich … aber auch seinem Vater.

„Wie geht's dir, mein Sohn? Ist schon eine Weile her, was? Du bist ja schon bald so groß wie ich."

Charlie lächelte stolz, und Tom hatte das Gefühl, als würde sich ein Messer in seine Brust bohren. Es hatte genau zwei Jahre gedauert, bis Charlie wieder so weit war, ihn anzulächeln, aber Mitchell … Mitchell kam sofort in den Genuss dieses Lächelns. Gegen Mitchell hegte der Junge keinen Groll, das war offensichtlich.

„Was gibt es Neues, Junge?", fragte Mitchell.

„Na ja, ich kann vielleicht bald den Pilotenschein machen. Und ich bin in einem Boxclub. In zwei Wochen ist ein Turnier. Das solltest du dir anschauen!"

„Vielleicht. Sehen wir erst mal zu, dass wir von hier wegkommen, okay? Deine Großmutter ist nicht gerade begeistert, mich zu sehen, verstehst du? Lust, essen zu gehen, Sportsfreund?"

„Klar! Gern!"

Mitchell sah wieder Tom an. „Äh, hör mal, Ich möchte etwas Zeit mit meinem Sohn verbringen, okay?"

Tom nickte. „Tu das." Er sah Charlie an. „Wir hören uns bald, Kumpel."

„Kumpel?" Mitchell grinste höhnisch. „Tja, dieses Wort bedeutet bei uns etwas anderes." Er sah Charlie beifallheischend an. „Stimmt's, Freundchen?"

Für einen Moment wirkte Charlie hin- und hergerissen. Dann sah er seinen Vater an und verdrehte die Augen. „Ja, das sage ich ihm auch immer. Es ist irgendwie schwul, Tom."

Ah ja.

„Bis bald", sagte Tom, aber Charlie unterhielt sich bereits mit Mitchell. Es war offensichtlich, dass der Junge überglücklich war, seinen Vater wiederzusehen. Und jetzt legte Mitchell, dieser Versager, dieser egoistische Nichtsnutz von Vater, Charlie auch noch den Arm um die Schultern und führte ihn zu seinem Mustang.

Charlie drehte sich kein einziges Mal um.

Das hat überhaupt nichts zu bedeuten, redete Tom sich ein.

Leider wusste er, dass das nicht stimmte.


Honors Handy vibrierte. Sie hatte eine SMS bekommen. Musste nach Wickham. Sehen uns irgendwann heute Abend.

Das war … seltsam. So kurz angebunden. Andererseits interpretierte man Kurznachrichten nur allzu leicht falsch. Sie drückte auf Anrufen und wartete. Sie landete direkt auf Toms Mailbox.

Sie befinden sich in der Mailbox von Tom Barlow. Hinterlassen Sie eine Nachricht. Ich rufe Sie zurück, sobald ich kann. Tschüss.

„Hi, Tom, ich bin's, Honor", sagte sie und zuckte verlegen zusammen. Ihre Stimme würde er ja mittlerweile hoffentlich kennen. „Wollte mich nur vergewissern, ob alles okay ist. Ich nehme an, du arbeitest, oder? Hm, gib Bescheid, ob ich Abendessen kochen soll. Wir könnten sonst auch ins O'Rourke's gehen, wenn du Lust hast. Jedenfalls, heute war es wirklich toll." Sie machte eine Pause. „Schönen Nachmittag noch. Tschüss. Bis später. Wir sehen uns." Leg auf, verdammt noch mal, sagten die strickenden Eier und schauten über den Rand ihrer Lesebrillen auf.

Sie legte auf.

Er lässt dich sitzen, stellten die Eier mitleidig fest. Sie schienen sich ihrer Sache sehr sicher.

„Nein, tut er nicht. Es gibt überhaupt keine Anzeichen dafür", widersprach sie.

Um 21 Uhr häuften sich die Anzeichen.

Was war passiert? Nach märchenhaft perfekten zehn Tagen, in denen sie den Eindruck gehabt hatte, etwas hätte sich verändert und der dicke Schutzwall um sein Herz wäre eingestürzt, war die Mauer plötzlich wieder da. Kein Anruf. Eine einzige SMS, um mitzuteilen: Glaube nicht, dass ich zum Abendessen zurück bin.

Sie ließ den Tag in Gedanken Revue passieren. Vier Stunden mit Tom und Charlie. Hatte sie irgendetwas Falsches gesagt? Hatte Charlie vielleicht so etwas wie Heirate Honor nicht, ich hasse sie gesagt? Was komisch wäre, denn eigentlich hatte sie den Eindruck, der Junge mochte sie.

Verdammt. Sie nahm ihr Handy. Legte es wieder weg. Überlegte sich eine Nachricht, tippte ein paar Wörter und löschte sie wieder.

Spike scharrte mit den Pfoten an ihrer Wade. Honor beugte sich hinunter und nahm das kleine flauschige Bündel auf den Arm. „Hast du vielleicht eine Idee?", fragte sie die kleine Hundedame. Spike drehte sich auf den Rücken und streckte ihr ihr Bäuchlein entgegen. Honor kraulte es gedankenverloren.

Sie sah eine Stunde fern: „Die geheimnisvolle Welt der durch Schweinefleisch übertragenen Krankheiten". Fragte sich, ob sie vielleicht selbst auch einen Bandwurm hatte, und ob sie – wenn ja – „Ben & Jerrys"-Cinnamon Bun Eiscreme in unbegrenzten Mengen essen konnte. Als ihr Handy klingelte, stürzte sie sich regelrecht darauf. Spike legte mit einem empörten Wuff Protest ein. „Hallo?"

„Hey, ich bin's, Dana."

Honor setzte sich überrascht auf. „Hi."

„Wie geht's dir?"

Spike gähnte. Sie war jetzt schon gelangweilt. „Danke, gut. Und dir?"

„Du klingst deprimiert."

„Nö." Die Zeiten, in denen sie sich über ihre diversen Befindlichkeiten ausgetauscht hatten, waren längst vorbei. „Was kann ich für dich tun?"

Dana schwieg eine Weile. „Weiß nicht. Ich habe dich spontan angerufen."

Nicht jede Freundschaft war für die Ewigkeit bestimmt. Honor wusste das. Das bedeutete nicht, dass man die alten Zeiten nicht vermissen durfte, selbst wenn man wusste, dass sie endgültig vorbei waren.

„Wie läuft es so bei dir?", fragte sie.

„Bestens."

„Fühlst du dich gut?"

„Klar. Warum?"

Honor schwieg kurz. „Naja, weil du doch schwanger bist."

„Ach so. Nein, ich fühle mich wie immer. Normal. Ich meine, es ist alles normal." Dana zögerte. „Du und Tom seid ja am ‚Black and White'-Ball ziemlich gut drauf gewesen."

„Mhm."

„Er scheint … ein toller Mann zu sein." Danas Stimme hatte einen merkwürdig wehmütigen Unterton.

„Das ist er", sagte Honor. Am anderen Ende der Leitung herrschte Schweigen. „Warum rufst du an, Dana?"

„Ich weiß es nicht." Dana seufzte. „Hast du nie Angst, Tom könnte etwas über dich herausfinden und dich dann nicht mehr mögen?"

Verdammt. Sie wollte mit Dana nicht über Beziehungskisten reden. Mit Dana, die so getan hatte, als wüsste sie nicht, wie sehr Honor Brogan geliebt hatte. Mit Dana, die ihr in den Rücken gefallen war und ihre Gefühle nicht ernst genommen hatte.

Aber vielleicht hatte Dana ja doch richtig gelegen, was Honors Gefühle betraf. Schließlich war Honor jetzt fest davon überzeugt, dass sie Tom liebte, ihren witzigen, sexy Briten mit dem eingemauerten Herzen.

„Eigentlich nicht", antwortete sie zögernd. „Ich glaube nicht, dass es über mich etwas herauszufinden gibt. Etwas, was er noch nicht weiß, meine ich."

„Ich hätte dich wahrscheinlich nicht anrufen sollen, um über so etwas zu reden", sagte Dana leise. Sie klang immer noch traurig.

„Ja, es ist ein bisschen seltsam."

„Du warst immer eine gute Freundin."

Honor hatte plötzlich – und völlig unerwartet – einen Kloß im Hals. „Danke."

„Und ich war es nicht."

„Ist das eine Entschuldigung?"

Dana seufzte „Ja."

„Angenommen."

314

„Also sind wir wieder Freundinnen?"

Honor strich das raue Fell auf Spikes Kopf glatt. „Ich weiß es nicht."

„Aber du hast doch gerade gesagt, dass du meine Entschuldigung annimmst." Dana klang schon wieder beleidigt.

„Mir hat deine Freundschaft wirklich viel bedeutet." Honor wählte jetzt jedes Wort mit Bedacht. „Aber ich bin mir nicht sicher, ob es jemals wieder so sein wird wie früher."

„Aber ich habe mich doch gerade entschuldigt! Und ich glaube, du weißt, dass mir das generell nicht leichtfällt."

„Schon, aber ..." Sie zögerte. „Dana, sieh doch ein, dass ..."

„Hör mal, ich mache gerade einiges durch, Honor, und Menschen bauen nun mal Mist, und es tut mir leid! Willst du mir das jetzt mein ganzes Leben lang vorhalten?"

„Nein. Ich bin wirklich darüber hinweg. Aber ich kann einfach nicht ..."

„Du kannst mir zwar vergeben, aber trotzdem einfach nicht vergessen, dass ich es gewagt habe, mir den Mann zu nehmen, den du haben wolltest. Weißt du was? Vergiss es."

„Dana ..." Hm. Sie hatte aufgelegt.

Das war okay für Honor. Dana war nun mal fordernd und egoistisch und gab bei Problemen immer allen anderen die Schuld. Immer war sie diejenige, der Unrecht getan wurde.

Honor hatte ohne Danas Freundschaft eine Zeitlang eine gewisse innere Leere empfunden. Gleichzeitig hatte die ganze Sache aber auch etwas Befreiendes an sich gehabt. Andere Menschen hatten die Leere gefüllt, die Dana und Brogan hinterlassen hatten.

Sie hatte jetzt Tom. Nicht wahr?

Die Stille im Haus war bedrückend.

Wo war er? Was war heute passiert? Würde sie wirklich Levi anrufen und fragen müssen, ob es irgendwo einen Unfall gegeben hatte?

Spike gähnte und begann, an Honors Daumen zu knabbern.

Die Tür ging auf, und Tom kam herein. Er wankte.

„Hi." Honor stand auf.

„Hallo, Darling." Er versuchte, seine Brieftasche auf den Tisch im Flur zu legen. Sie fiel auf den Boden.

„Bist du betrunken?"

„Ja."

„Und warst mit dem Auto unterwegs?", fuhr sie ihn an.

„Nein, Darling. So verrückt bin ich auch wieder nicht. Nein, ich bin stocknüchtern vom College ins O'Rourke's gefahren und hatte dort einen Drink. Mehr als einen. Und danach bin ich zu Fuß nach Hause gegangen und stelle nun fest, dass meine Verlobte hinreißend besorgt um mich gewesen ist."

„Ich habe mir wirklich Sorgen gemacht. Warum hast du nicht angerufen?"

„Entschuldigung. Ich hätte dich natürlich anrufen sollen. Im Nachhinein ist man immer klüger. Aber jetzt bin ich ja hier." Spike sprang von der Couch und knurrte. „Hallo, Ratty", sagte Tom. „Sei besser vorsichtig, sonst steige ich dir versehentlich auf die Pfoten, und das würde mir schrecklich leidtun." Spike nahm die Schnürsenkel von Toms Schuhen zwischen die Zähne und warf ihren Kopf hin und her.

Das Telefon klingelte wieder. Honor hob ab.

„Hey, Colleen hier. Ich wollte mich nur vergewissern, ob Tom gut nach Hause gekommen ist. Connor hat seine Autoschlüssel."

„Er ist da, und es geht ihm gut"; sagte Honor. „Danke, Coll. Und sag Connor auch Danke von mir."

„Gern geschehen, Hon. Er ist ein Schatz, dein Tom. Bis bald!"

Honor legte auf. „Ich dachte, du wolltest weniger trinken."

„Und das habe ich auch getan", antwortete er. „Nach drei Drinks ist man wohl kaum sturzbesoffen, meine süße kleine puritanische Nörgeltante. Auch nicht nach vier."

„Connor O'Rourke musste dir die Schlüssel wegnehmen."

„Nein, Schatz, ich selbst habe sie ihm für den unwahrscheinlichen Fall gegeben, dass ich in einem Anfall von Schwachsinn fahren will." Er klang auf jeden Fall nüchtern. „Und jetzt gehe ich ins Bett, Darling. Möchtest du dich mir anschließen?"

Sie gab keine Antwort.

„Na gut, dann also gute Nacht."

Tom schüttelte Spike sanft ab und ging nach oben. Honor, die noch immer mitten im Wohnzimmer stand, blieb allein zurück. Wieder war um sie herum nichts als Stille.

# 25. Kapitel

Es war jetzt fünf Tage her, dass Mitchell DeLuca aufgetaucht war, und Tom gab langsam die Hoffnung auf.

Mitchell wohnte in einem Motel in der Nähe des Waschsalons. Abgesehen von vier Mal essen gehen in drei Jahren hatte Charlie seinen Vater seit Melissas Tod nie gesehen. Zwei Mal bei McDonald's, ein Mal bei Pizza Hut und ein Mal bei Wendy's. Und jetzt war Mitchell auf einmal hier und spielte nach 14 Jahren, in denen er seinen Sohn praktisch ignoriert hatte, den engagierten Dad. Tom war das Ganze suspekt.

Es war einfach schrecklich, das mitansehen zu müssen. Honor merkte natürlich, dass etwas nicht stimmte. Er hätte auch mit ihr darüber geredet, wenn er gekonnt hätte, aber die Worte blieben ihm im Hals stecken. Zugeben zu müssen, dass er Charlie verloren hatte, jetzt, nach all den Jahren ... verdammt. Tom hatte das Gefühl, als würde es ihn zerreißen, wenn er es aussprechen müsste. Er wollte Honor umarmen, mit ihr schlafen und sich in ihr vergraben, doch statt dessen tat er so, als wäre alles bestens. Und das war verdammt anstrengend.

Charlie hatte sich Dienstagabend nicht mit ihm treffen wollen, obwohl das eigentlich ein fester Termin war. Tom sagte sich, dass das verständlich war. Immerhin sah der Junge seinen idiotischen Vater nur ein Mal im Jahr – oder noch seltener – und wollte daher natürlich so viel Zeit wie möglich mit ihm verbringen.

„Kommt Charlie heute?", erkundigte sich Honor.

„Sein Dad ist zu Besuch", antwortete er und blätterte eine Seite seiner Zeitschrift um. Er hatte keine Ahnung, welches Magazin er gerade in der Hand hatte.

„Wirklich?" Sie runzelte die Stirn. „Wie geht es dir damit?"

Was für eine typisch amerikanische Frage. „Bestens." Was für eine typisch britische Antwort.

Sie stellte keine weiteren Fragen mehr.

Am Donnerstag, dem Tag, an dem sich das Boxteam traf, war Toms Laune bereits im Keller. Er musste nach dem Training nach

Blue Heron fahren und sich die Abfüllanlage ansehen; John Holland hatte ihn darum gebeten, da Tom ja „Ingenieur" sei und sich deshalb bestimmt gut auskenne. Tom wusste, dass Honors Dad ihm dadurch zeigen wollte, dass er ihn akzeptierte. Allerdings würde sich das rasch ändern, sollte er jemals erfahren, warum Tom seine Tochter heiratete.

Aber natürlich hatte er zugesagt. Er hatte vorgehabt, Charlie mitzunehmen, damit der Junge sich bei einem gemütlichen Abendessen im Kreise seiner zukünftigen Verwandten wieder als Teil der Familie Holland fühlen konnte.

Doch Charlie kam nicht zum Boxtraining. Laut Aussage der anderen Jugendlichen war er auch nicht in der Schule gewesen. „So, Sportsfreunde, ihr lauft jetzt mal ein paar Runden", sagte Tom. „Ich muss mal kurz telefonieren. Zehn Runden, Leute."

Er ging zu den Sandsäcken und rief Janice an. Ja, Charlie hatte sich einen Tag „frei" genommen und war mit Mitchell zu einem Autorennen gefahren.

„Hältst du es für eine gute Idee, ihn so viel Zeit mit seinem Vater verbringen zu lassen, Janice?", fragte Tom.

„Selbstverständlich", blaffte sie. „Warum sollte das keine gute Idee sein?"

„Weil Mitchell die Angewohnheit hat, das Kind immer wieder im Stich zu lassen."

„Na und? Vielleicht ist es diesmal nicht so." Da war es schon wieder, dieses verräterische Klirren der Eiswürfel. „Charlie ist jetzt älter und nicht mehr so unausstehlich wie früher. Vielleicht möchte er ja bei Mitchell leben."

Grundgütiger. Tom umklammerte das Telefon noch fester. „Janice, das kann doch nicht dein Ernst sein."

„Warum nicht? Wir haben bereits ein Kind großgezogen, Tom. Wir hatten nicht vor, es noch einmal zu tun."

„Ich habe euch gebeten, mir das Sorgerecht für Charlie zu übertragen, und ihr habt gesagt …"

„Aber du bist nicht sein Vater, oder? Du bist nur irgendein Typ, mit dem meine Tochter ein paar Monate geschlafen hat."

Ein gezielter Schlag. Direkt auf die Brust. „Danke, Janice."

„Du weißt, was ich meine. Hör mal, ich muss los. Bis bald, Tom."

Der Rest des Boxtrainings zog sich unendlich lange hin.

Als Tom schließlich seine Boxhandschuhe einpackte, bekam er eine SMS.

*Kann nächste Woche nicht beim Turnier mitmachen. Sorry.*

Tom drückte die Anruftaste. Gott sei Dank, der Junge hob ab. „Charlie, Tom hier."

„Ja, ich weiß. Ich sehe deinen Namen auf dem Display." Die alte Feindseligkeit war nicht zu überhören.

„Hör mal, lass das Turnier nicht sausen, Kumpel."

Langes Schweigen. „Tja, es ist einfach nicht mein Ding, dieses Boxen."

„Ich dachte, es gefällt dir." Tom hasste es, wie flehentlich er sich gerade anhörte.

„Eigentlich nicht."

Im Hintergrund hörte man Musik und Stimmengewirr. „Wo bist du?"

„Mit meinem Dad unterwegs."

„Können wir uns sehen? Kann ich persönlich mit dir reden?"

„Warum?"

„Weil du viel Zeit in diese Sache investiert hast, Charlie. Der Rest der Gruppe wird dich vermissen."

„Egal. Ich höre auf."

Tom massierte sich den Nacken. „Kann ich mal mit deinem Dad reden?"

Die Antwort war ein genervtes Seufzen. „Tom ist dran", sagte Charlie schließlich, und man hörte, wie im Hintergrund jemand lachte.

Kurz darauf war Mitchell am Telefon. „Hier Mitch DeLuca."

„Mitchell, hör mal … Ich habe Charlie Boxen beigebracht und mit ihm trainiert, und er ist wirklich …"

„Ja, er sagt, es langweilt ihn, und ich halte nicht viel davon, Kinder zu etwas zu zwingen, wozu sie keinen Bock haben."

Ach, jetzt war er also plötzlich Erziehungsexperte? „Es hat ihm sehr wohl Spaß gemacht, bevor du zu Besuch gekommen bist. Ich bin überzeugt, wenn du ihn motivierst, wird er …"

„Er ist ein Teenager, kein Baby. Er kann selbst entscheiden, was er tun will."

Tom kratzte sich den Nacken. „Hör zu, ich finde es toll, dass du ihn besuchst, und ich weiß, wie sehr Charlie dich liebt."

„Das klingt total schwul."

„Mitchell, er hat es seit Melissas Tod wirklich schwer gehabt …"

„Hör mal, Freundchen, mir braucht nicht irgendein Fremder zu erklären, wie es meinem Sohn geht, verstanden? Ich bekomme ihn zwar nicht so oft zu sehen, wie ich es gern hätte, aber das, was uns verbindet, ist unzerstörbar. Stimmt's, Junge?"

„Klar, Dad", hörte Tom Charlie im Hintergrund sagen. Er sah das hoffnungsvolle Gesicht des Jungen förmlich vor sich.

„Und warum bekommst du ihn nicht so oft zu sehen?" Toms Ton wurde jetzt schärfer. „Das frage ich mich schon lange."

„Es geht dich zwar nichts an, aber daran wird sich künftig vielleicht einiges ändern."

Tom spürte ein eisiges Stechen im Magen. „Mitchell, wenn du vorhast, Teil seines …"

„Das ist, wie gesagt, nicht dein Problem. Ich lege jetzt auf. Tschüss."

Und das war's dann.

„Hey", sagte jemand, und Tom schaute von seinem Handy auf. Vor ihm stand Levi Cooper.

„Alles in Ordnung?", erkundigte sich Levi.

Tom steckte sein Handy in seine Sporttasche. „Könnte nicht besser sein."

„Lust, ein paar Runden zu boxen?"

„Und ob." Tom stieg in den Ring, um dem Polizeichef der Stadt eine ordentliche Niederlage zu verpassen.

Sechs Runden später hob Levi seine Boxhandschuhe. „Es reicht. Wenn ich weitermache, bringst du mich noch um. Und wenn du mich umbringst, wird meine Frau dich töten."

Tom kochte immer noch vor Wut. Aber verflucht, ganz so hart hatte er auf Levi, der ein anständiger Kerl zu sein schien, auch wieder nicht einschlagen wollen. „Sorry."

„Nein, schon okay." Levi sah Tom prüfend an, und Tom schaute weg. „Lust auf ein Bier?"

„Nein, aber danke für das Angebot."

„Alles klar. Ruf mich an, falls du es dir anders überlegst."

„Danke, Levi."

In der Umkleidekabine nahm Tom eine lange, heiße Dusche. Sein

Brustkorb tat weh. Levi hatte vielleicht den Eindruck gehabt, Tom würde ihn umbringen; das hatte den Cop allerdings nicht daran gehindert, selbst ein paar äußerst wirkungsvolle Schläge zu platzieren.

Er stieg aus der Dusche und zog saubere Klamotten an. 18 Uhr. Der Tag schien kein Ende zu nehmen. Die Stunden schienen dahinzukriechen.

Sein Handy klingelte. Auf dem Display war Janice zu lesen. Er hob rasch ab.

„Ah, Tom. Hi. Hör zu, ich weiß, dass du nicht begeistert sein wirst, es zu hören, aber Charlie ist gerade nach Hause gekommen, und stell dir vor, er zieht zu Mitchell nach Philadelphia. Walter und ich freuen uns wahnsinnig. Ich glaube, es ist das Beste für ihn. Du nicht auch? Was ist, Walter? Ach, Tom, ich muss aufhören. Wir reden später, ja?"

Sie legte auf.

Er könnte natürlich auch nach Philadelphia ziehen. Schließlich war er dem Jungen schon einmal gefolgt.

Aber das war, bevor Mitchell beschlossen hatte, Interesse an seinem einzigen Kind zu zeigen. Es war eine Sache, Walter und Janice dazu zu überreden, ihn Zeit mit Charlie verbringen zu lassen. Mitchell würde ihm das nicht erlauben. Außerdem war Charlie bei den Kelloggs definitiv unglücklich gewesen. Bei seinem Vater war er es offensichtlich nicht.

Nein. Tom konnte sich nicht länger vormachen, dass Charlie Wert auf seine Gesellschaft legte. Ein paar kurze Wochen mochte das vielleicht so gewesen sein. Das Boxtraining, die Hollands … Tom selbst – aber nichts davon konnte offenbar mit der Liebe eines Vaters konkurrieren.

Er sollte sich für den Jungen freuen. Schließlich wusste Tom aus eigener Erfahrung, wie es war, einen Elternteil zu haben, der nie da war. Aber Mitchell DeLuca war ihm einfach zuwider, und zwar nicht nur wegen der Sache mit Melissa. Nun ja, zum Teil war das natürlich schon der Grund. Aber hauptsächlich lag es daran, dass Mitchell Charlie das Herz gebrochen hatte; dass er den kleinen Jungen, dessen Mutter gerade gestorben war, in seiner Trauer allein gelassen hatte. Er hatte ihn im Stich gelassen, und ausgerechnet jetzt, als Charlie endlich wieder ein bisschen glücklich war, schneite Mitchell in sein Leben und wollte Spaß mit ihm haben.

Aber Charlie sah das nicht so, und wahrscheinlich war es Zeit für Tom, sich einzugestehen, dass er den Kampf verloren hatte.

Charlie ging fort.

Tom war schwer ums Herz. Er hatte für Charlie Kellogg alles getan, was ihm möglich gewesen war. Hatte versucht, für das Kind der schwierigen Frau, die er geliebt hatte, eine wohlmeinende Bezugsperson zu bleiben. Vielleicht hatte es dem Jungen ja etwas gebracht, auch wenn es jetzt nicht danach aussah. Eine bittere Wahrheit ließ sich allerdings nicht leugnen:

Er wurde nicht mehr gebraucht.

Tom beugte sich hinunter, um seine Schnürsenkel zuzubinden. Irgendwann merkte er, dass er es nicht geschafft hatte, sondern einfach nur mit dem Gesicht in den Händen dasaß. Die Stille in der Umkleidekabine verstärkte das Gefühl der Leere in seiner Brust.

Mitchell würde Charlie das Herz brechen. Erneut. Oder auch nicht. Er würde den Jungen zu Autorennen mitnehmen, in Kneipen und in Tattoostudios mit fragwürdigen hygienischen Standards. Charlie würde die Schule schwänzen und in seinem ganzen Leben nie mehr Gemüse essen. Er würde nicht aufs College gehen. Niemand würde ihn zwingen, an die frische Luft zu gehen oder nachmittags an irgendwelchen außerschulischen Aktivitäten teilzunehmen. Er würde „Soldier of Fortune" und „Call of Duty" spielen, würde dick und ungepflegt werden und sich kaum mehr an den Typen erinnern, mit dem seine Mutter irgendwann mal geschlafen hatte.

Tom war nicht Charlies Vater. Er war nicht einmal Charlies Stiefvater. Er war ein Dummkopf, dem nicht klar war, wann man aufgeben musste. Jemand, der nicht wusste, wohin er gehörte, der in einem gemieteten Haus lebte und an einem viertklassigen College unterrichtete. Jemand, den ein Ozean von seiner Heimat trennte und der gerade dabei war, gegen das Gesetz zu verstoßen, nur um in der Nähe eines Kindes zu sein, das nicht einmal sein eigenes war.

Und was genau gehörte ihm eigentlich?

Nichts.

Die Bässe der Musik im Sportstudio dröhnten durch die Wände.

Niemand.

Außer vielleicht – vielleicht! – ein einziger Mensch.

Jemand mit sanften braunen Augen und der Fähigkeit, zuzuhören, ohne zu urteilen. Jemand, der darauf wartete, dass er endlich sah, was sich direkt vor seinen Augen befand.

Tom nahm seine Sporttasche und ging nach draußen.

# 26. Kapitel

„Was für ein tragischer Anblick", sagte Goggy so laut, dass alle Senioren, die zum „Watch and Whine" gekommen waren, erbost die Stirn runzelten. „Diese Leute sind allesamt wie räudige Hunde, die man vor dem Tierasyl ausgesetzt hat."

„Es ist schön hier. Ich wünschte, sie würden auch jüngere Leute nehmen. Dann könnte ich hier einziehen." Honor schenkte Wein ins letzte Glas ein.

„Wir hätten Sie furchtbar gern bei uns", sagte Mr Tibbetts zu Honors Brüsten. Und, hey, Gott segne ihn dafür. Ihr Selbstbewusstsein konnte eine kleine Stärkung vertragen; denn wie es aussah, war sie in der letzten Woche auch für Tom zu einem alten Baseballhandschuh geworden.

„Okay, Leute, unser Film fängt gleich an", sagte sie bemüht fröhlich. „Trinken Sie ein Schlückchen Merlot, der, wie Ihnen bestimmt aufgefallen ist, blutrot ist, lehnen Sie sich zurück und genießen Sie Alfred Hitchcocks Meisterwerk ,Psycho'."

Okay, zugegeben, ihr waren die Filme ausgegangen, in denen Wein eine Rolle spielte. Außerdem passte der klassische Thriller gut zu ihrer Stimmung. Die Bewohner von Rushing Creek schien es nicht weiter zu stören; schließlich stammte der Film aus der Zeit, in der sie jung gewesen waren.

„Es ist der Sohn", verkündete Mildred, als Janet Leigh zu Bates Motel fuhr. „Er hat seine eigene Mutter umgebracht und ihre Leiche behalten. Er zieht ihre Kleider an."

„Danke, dass du die Spannung ruinierst", brummte ihr Mann.

„Du hast ihn doch schon gesehen! Du hast es einfach vergessen. Wir waren gemeinsam mit den Merrills im Kino, als der Film herausgekommen ist. In dem Kino, das später abgebrannt ist, weißt du noch?"

Goggy schnaubte. „Ich würde mich lieber erstechen lassen, als hier zu leben."

Noch etwas Wein? fragten die Eier. Danke, sehr gern, antwortete Honor in Gedanken und schenkte sich ein zweites Glas ein. Das brauchte sie heute einfach.

Wieder einmal liebte sie jemanden, der ihre Gefühle nicht erwiderte. Wieder einmal hatte sie es geschafft, sich einzureden, dass ein unglaublich toller Mann in sie verliebt war und es nur noch nicht wusste.

Sie spürte, dass sie wieder einmal verlassen werden würde. Bald.

Es war irgendetwas mit Charlie passiert, so viel wusste sie.

Diese zehn Tage (zehneinhalb) nach dem Ball waren … Glück pur gewesen. Tom hatte ihr einmal Blumen gebracht (und, ja, als alberne Romantikerin hatte sie eine Rosenknospe aufgehoben, denn – verdammt! – außer Dad hatte ihr kein Mann je Blumen geschenkt). Er hatte sie sanft an die Wand gedrückt und geküsst, bis ihre Knie zu zittern begonnen hatten, und dann hatten sie es auf dem Küchentisch getrieben. Dem Küchentisch, Leute! Also bitte!

Das Fest der Aussaat mit ihrer Familie … Hatte sie sich in ihren kühnsten Träumen je vorstellen können, die Frau zu sein, der ihr Liebster hinterherlief, um einen Kuss zu erhaschen? Nein, hatte sie nicht. Dann der Tag, als sie mit dem Flugzeug geflogen waren. Der Tag, der die Krönung des Glücks gewesen war. Kurze Zeit war alles so vollkommen gewesen, dass sogar die Luft geschimmert hatte. Sie waren eine Familie gewesen, ein Paar mit seinem Sohn. Egal, ob leiblich oder nicht. Und als Tom ihre Hand geküsst und sie angelächelt hatte, da war etwas in seinen Augen gewesen, das sie noch nie gesehen hatte.

Frieden.

Und vielleicht auch ein bisschen Liebe.

So etwas nennt man Wunschdenken, sagten die Eier, die gebannt Anthony Perkins anstarrten, der gerade durch das Astloch spähte. Gibt's Popcorn?

„Oh nein, jetzt geht sie unter die Dusche", sagte Mildred. „Tu's nicht, Schätzchen! Er will dich umbringen!" Ehrlich, es war genau so, als würde man zusammen mit Faith einen Film gucken.

Honors Meinung nach gab es zwei mögliche Zukunftsszenarien. Die eine, dass sie Tom heiratete und dann in der jämmerlichen Hoffnung lebte, er würde ihre Gefühle irgendwann erwidern. Wenn sie Glück hatte, würde sie ein Kind bekommen. Sie würde sich ständig wünschen, dass Tom sie liebte. Sich mit der Zeit damit abfinden, dass er es nicht tat – oder nicht konnte. Sie würde zurück zu Dad und Mrs Johnson ziehen, ihr Kind großziehen und immer ein bisschen wehmütig werden, wenn sie bei diesem Kind Ähnlichkeiten mit Tom

Barlow bemerkte. Sie würde immer traurig sein, wenn Tom das Kind mittwochs zum Abendessen und jedes zweite Wochenende abholte. Sie würde weiterhin nach Rushing Creek fahren und bei den „Watch and Whine"-Abenden bald ihre eigenen Knieschmerzen und Laktoseintoleranz der Liste der Beschwerden hinzufügen. Würde dort einziehen, sobald ihr Kind auf dem College war, und sich mit ihren vertrockneten Eierstöcken unterhalten; die Eier hatten schon vor geraumer Zeit Selbstmord begangen.

Das zweite Zukunftsszenario? Siehe oben, minus Kind.

„Anthony Perkins wäre eine attraktive Frau gewesen", stellte Frank Peters fest, als Norman Bates den Detektiv umbrachte. „Er hat schöne Augen."

„Meine Mutter hatte das gleiche Kleid", murmelte Louise Daly.

Als der Film zu Ende war, drehte Honor das Licht auf und zuckte innerlich zusammen, als sie sah, dass Victor Iskin und Lorena Creech in der letzten Reihe gerade miteinander knutschten. Emily gab ihr Spike zurück. „Sie ist ein Engel", sagte sie.

„Danke, Mrs Gianfredo", sagte sie. „Das stimmt", flüsterte sie ihrem Hund zu. „Hey, wo gehen plötzlich alle hin? Wir müssen doch noch über den Film reden." Wie armselig, dass sie lieber hierbleiben wollte, statt nach Hause zu fahren und sich dort der angespannten Stimmung auszusetzen.

„Liebes, die Girl Scouts haben Traubenkuchen für ihr Back-abzeichen gemacht. Den wollen wir uns nicht entgehen lassen", erklärte Goggy.

„Wir? Isst du etwa hier? Was ist mit der Lebensmittelvergiftung, die man sich hier holt?"

„Das ist etwas anderes", antwortete Goggy. „Wir reden hier von den Girl Scouts. Die würden mich nie vergiften. Dein Großvater holt mich später ab, also fahr ruhig nach Hause. Grüß deinen schnuckeligen Tom von mir."

„Okay." Honor winkte, während die „Watch and Whine"-Senioren sich beinahe gegenseitig über den Haufen rannten, weil sie es so eilig hatten, zu ihrem Kuchen zu kommen.

Mit einem Seufzer, den sie nicht unterdrücken konnte, setzte sie Spike in ihre Tasche, stand auf und begann, den Filmprojektor wegzuräumen.

„Honor?"

Sie fuhr herum und knallte gegen das Wägelchen, auf dem der Projektor stand. Spike bellte, dann winselte sie. „Brogan!" Honor räusperte sich. „Hi. Wie geht's dir?"

„Gut. Ich habe bei dir im Büro angerufen. Ned hat mir gesagt, du wärst hier."

„Ja. ,Psycho'. Teil unseres Filmprogramms."

Brogan lächelte schwach. „Hast du eine Minute für mich?"

Er sah abgespannt aus. Sie sah sich um; der Saal war leer. Sogar Victor und Loretta waren gegangen. „Sicher. Was gibt's?"

Brogan fuhr sich mit einer Hand durch seine dichten Haare. Beugte sich zu Spike hinunter – die, wie Honor gerade auffiel, nur Tom hasste – und richtete sich wieder auf. „Es tut mir wirklich leid, dich damit zu belästigen, On, es ist nur …" Ihm versagte die Stimme. „Es ist nur so, dass du meine beste Freundin bist, glaube ich." Er schluckte.

Der Wein und der Käse mussten noch abgeräumt werden. „Hm, möchtest du ein Glas Merlot? Er ist wirklich gut. Samtiges Bukett, leichte Johannisbeer- und Brombeernote, dunkle Schokolade und Tabak im Abgang."

Er lächelte, diesmal wirklich. „Danke, On. Du bist die Beste."

Das stimmte. Sie holte ihm ein Glas und setzte sich. Dann sah sie unauffällig auf ihre Armbanduhr. 18 Uhr. Toms Boxtraining war zu Ende. Sie fragte sich, ob seine Stimmung heute Abend weniger gereizt sein würde. Irgendwie bezweifelte sie es.

„Na, was ist denn los", fragte sie. Ihr Hund hatte sich bereits auf Brogans Schuh zusammengerollt.

„Ich habe dich angerufen", sagte er. „Dein Handy war ausgeschaltet."

„Ja, wegen des Films. Da bin ich altmodisch."

Er sah sie mit seinen leuchtenden blauen Augen an. In ihnen standen – sehr zu Honors Überraschung – Tränen. „Dana ist nicht schwanger."

Ohne nachzudenken nahm sie seine Hand. „Ach, Brogan, das tut mir so leid."

Arme Dana! Eine Fehlgeburt, als sie gerade …

„Sie war es nie."

Honor starrte ihn mit offenem Mund an. „Was?"

Brogan bedeckte mit einer Hand seine Augen. „Sie hat gelogen, Honor. Heute Morgen hat sie mir gesagt, sie glaubt, sie hat vielleicht

326

eine Fehlgeburt gehabt. Also bin ich schnell mit ihr in Jeremys Praxis gefahren, und sie wollte das nicht und hat sich die ganze Zeit sehr komisch benommen. Sie wollte auch nicht, dass ich ins Untersuchungszimmer mitkomme. Dann bin ich durchgedreht, weißt du. Ich wollte sie ins Krankenhaus bringen, aber dann hat Jeremy mich reingebeten, und sie hat es mir gesagt. Sie war nie schwanger."

„Aber … hat sie geglaubt, dass sie es war?"

„Nein."

„Warum sollte sie deswegen lügen?"

Brogan schüttelte den Kopf. „Sie sagt, ich hätte sie unter Druck gesetzt und sie hätte vielleicht einen Tag lang geglaubt, dass sie schwanger ist. Und dann hat sie mich im Glauben gelassen, dass sie es wirklich ist, weil ich so glücklich war. Wir hatten gerade einen Riesenkrach, und ich weiß einfach nicht, was ich denken soll."

„Wow", hauchte Honor. „Das tut mir wirklich leid." Sie schwieg einen Moment. „Was willst du jetzt tun?"

„Das weiß ich nicht mal." Seine Stimme bebte. „Ich meine, kann ich jemanden heiraten, der so lügt? Sollte ich? On, die Sache ist die: Ich wollte so gern ein Dad sein."

Sie drückte seine Hand. „Ich weiß, wie es dir geht." Sie zögerte. „Ich möchte auch sehr gern Kinder haben."

„Ich hoffe, du und Tom bekommt eine ganze Fußballmannschaft." Er versuchte, sie anzulächeln.

Ach, armer Brogan!

„Ich schätze, ihr solltet alles miteinander besprechen. Vielleicht beruhigst du dich erst mal ein bisschen", sagte sie.

Er nickte. Dann nahm er plötzlich ihre Hand und hielt sie fest. „Weißt du, On, ich wünschte, ich hätte mich in dich verliebt. Du glaubst gar nicht, wie sehr ich mir das wünsche."

„Ach du liebes bisschen. Danke."

„Nein, es ist mein Ernst." Er hatte immer noch Tränen in den Augen. „Du und ich, wir passen perfekt zusammen. Ich weiß nicht, was gefehlt hat. Wir mögen dieselben Dinge, wir können stundenlang miteinander reden, und mit Dana ist es vielleicht nur der Sex. Nur körperliche Anziehung. Außer Bumsen tun wir nichts …"

„Okay, ganz so genau brauche ich das wahrscheinlich auch wieder nicht zu wissen. Hör zu, mir tut das alles wirklich sehr leid, aber ich glaube, du solltest mit Dana darüber reden."

„Ich habe dich immer geliebt, On."

Sie atmete tief durch. „Ich meine mich zu erinnern, dass du mich mit Derek Jeters altem Handschuh verglichen hast. Aber egal, du bist traurig, und …"

„Vielleicht habe ich dich einfach nicht zu schätzen gewusst."

„Ja, das hast du mir unmissverständlich klargemacht."

„Aber jetzt würde ich dich zu schätzen wissen. Besonders, seit ich mit Dana zusammen war. Ich kann es nicht glauben, dass sie mich belogen hat! Ich habe allen, die ich kenne, gesagt, dass wir ein Kind erwarten. Allen! Du würdest mir so etwas nie antun."

Honor seufzte und zog ihre Hand weg. Tätschelte Brogans Knie. „Hör zu, Brogan, du hast einen Schock, und das tut mir wirklich leid. Aber du hast ein Problem, das du klären musst, und ich sollte jetzt gehen."

„Ich liebe dich. Wirklich. Wir sind schließlich nicht ohne Grund befreundet geblieben. Vielleicht sollten wir es noch einmal probieren."

„Die Situation wird mir langsam unangenehm, Brogan. Und du meinst nicht ernst, was du gerade sagst."

„Ich glaube doch." Er beugte sich plötzlich vor und zögerte kurz. Dann küsste er sie.

Sie hätte ihn daran hindern können. Aber vielleicht wollte sie einfach sehen, ob er ihr immer noch etwas bedeutete. Vielleicht war es auch nur ein Reflex, weil sie jahrelang jede Art von Zuwendung entgegengenommen hatte, die Brogan ihr gnädigerweise schenkte. Oder vielleicht war ihr Gehirn einfach zu langsam, um zu reagieren. Was auch immer der Grund war – sie presste die Lippen fest aufeinander und spürte überhaupt nichts. Nun ja, das stimmte nicht. In der siebten Klasse hatte sie im Kirchenkeller am Betonpfeiler Küssen geübt. Es fühlte sich eher so ähnlich an wie damals: ein kaltes Nichts.

Brogan löste sich von ihr. „Siehst du?"

„Hallo, Darling."

Jetzt allerdings spürte sie sehr wohl etwas. Und wie.

Toms Gesichtsausdruck war gefährlich gleichmütig. Dieses Gesicht, das sonst mit einer minimal hochgezogenen Augenbraue und der Andeutung eines Lächelns Bände sprach, war nun völlig ausdruckslos. Honor spürte, wie sich eine eisige Kälte um ihr Herz legte. „Hi", sagte sie. „Äh, wie geht's dir?" Tolle Frage.

„Ich möchte nicht stören. Dein Handy war ausgeschaltet." Seine Augen waren so kalt wie der Teich im Dezember.

„Hör mal, Tom, es tut mir leid, dass du das jetzt sehen musstest", beeilte sich Brogan zu erklären.

„Es braucht dir nicht leidzutun. Es war äußerst lehrreich." Er sah Honor kurz an, doch sein Blick war nicht zu deuten. „Na dann." Er drehte sich um und ging zur Tür.

„Tom", sagte Honor rasch, „es ist nicht so, wie du denkst." Ihr Herz raste. „Tom, ich …"

Aber da war er bereits weg. Die Tür fiel leise hinter ihm zu.

„Tut mir leid, On", sagte Brogan. „Ich bin total durcheinander. Ich wollte dir keine Schwierigkeiten machen. Nun ja, ich schätze, das habe ich wahrscheinlich doch getan. Ich weiß nicht. Ich meine, ich mag dich wirklich. Vielleicht ist es ja ganz gut so …"

„Ach, halt den Mund." Sie nahm ihre Handtasche und lief zwischen den Stuhlreihen zur Tür.

„On, was soll ich deiner Meinung nach wegen Dana tun?", rief Brogan.

„Das musst du schon selbst herausfinden, Brogan! Ich habe meine eigenen Probleme."

Als sie auf den Parkplatz kam, war Tom nicht mehr da.

# 27. Kapitel

Tom war nicht zu Hause. Honor stellte Spike rasch ihr Futter hin, lief wieder hinaus, dann wieder zurück, schrieb „Bitte ruf mich so bald wie möglich an" auf einen Zettel und heftete ihn an die Haustür. Rief ihn auf dem Handy an. Er hob nicht ab. Sie konnte es ihm nicht verdenken.

Sollte sie nach Wickham fahren? Oder sollte sie vielleicht besser vorher dort anrufen?

Droog hob ab. „Her sprecht Dr. Dragul. We kann ech Ehnen heute Abend helfen?"

„Oh, Droog, hi, Honor Holland hier. Ich bin auf der Suche nach Tom. Ist er zufällig da?"

„Ah, Honor, we nett, Ehre Stemme zu hören. Nein, ech fürchte, Tom est necht da, aber wenn ech ehn sehe, sage ech ehm, dass Se angerufen haben. Ech müsste eigentlich selbst etwas met ehm besprechen, aber ech habe heute Abend ein Date. Mit einer entzückenden junge Dame namens Claressa, und ech ben sehr …"

„Viel Glück", unterbrach sie ihn. „Ich muss los. Tut mir leid, Droog. Bis bald."

Sie biss sich auf die Lippen.

Okay, das Ganze war im Grunde lächerlich – sie hatte Brogan nicht wirklich geküsst –, aber ihr Herz klopfte so heftig und schnell, dass sie das Gefühl hatte, sie würde jeden Moment abheben. Tom würde es verstehen, sobald sie ihm alles erklärt hatte.

Sie musste ihn bloß finden, das war alles.

Genau in diesem Moment klingelte ihr Handy. Sie erschrak so sehr, dass sie es fallen ließ. Spike stürzte sich sofort darauf. „Gib her", sagte sie hektisch und zog dem Hund das Ding aus seinem winzigen Maul.

„Hallo? Tom?"

„Hi, ich bin's, Pru. Wann ist deine Hochzeit noch mal?"

„Ich, äh, rufe dich zurück."

„Gut, dann frage ich einfach Tom. Das wollte ich ohnehin schon, aber dann war ich abgelenkt, weil er sein Hemd ausgezogen hat. Diese

Tattoos machen mich ganz wuschig ... Ich frage mich, ob Carl sich auch eins machen lassen würde."

„Okay, ich ... Was? Wann? Wo hast du ihn gesehen?"

Prudence schwieg kurz. „Alles okay mit dir? Du klingst so komisch."

„Wo ist Tom, Pru?"

„Er ist im Abfüllraum und repariert dort irgendetwas für Dad."

„Wir reden später. Tschüss."

Ein paar Minuten später bog Honor auf den Parkplatz des Weinguts ein. Toms Wagen war da.

Vielleicht war er ja gar nicht so wütend. Schließlich war er hergekommen, ganz der brave Schwiegersohn in spe. Vielleicht verstand er ja alles. Wie wütend konnte er schon sein?

Offensichtlich sehr.

Er lag in Jeans und einem T-Shirt auf dem Boden, und Pru hatte recht gehabt: Es war tatsächlich ein sehr netter Anblick, wie ihr Collegeprofessor sich gerade als Handwerker betätigte. „Hi", sagte sie.

Er sah nicht auf. Hantierte mit einem Schraubenschlüssel, drehte eine Muffe heraus und setzte sich dann mit einer einzigen eleganten Bewegung auf.

„Ich sollte dir die Situation erklären, in die du vorhin hineingeraten bist", sagte sie, als er an ihr vorbeiging. Er blieb nicht stehen, sondern ging einfach die Treppe hinunter in den Weinkeller, wohin ein paar elektrische Leitungen der Abfüllmaschinen führten. Honor folgte ihm. Sie knetete nervös ihre Hände.

Sie war nicht daran gewöhnt, dass ein Mann eifersüchtig war. Es war eine höchst seltsame neue Erfahrung, und wenn sie ganz ehrlich war keine hundertprozentig unangenehme. Zu 75 Prozent unangenehm, sicher. Aber zu 25 Prozent aufregend, wie sie mit leicht schlechtem Gewissen feststellte.

Im Weinkeller war es dämmrig wie immer, obwohl das Licht eingeschaltet war. An einer Wand standen nebeneinander aufgereiht die schweren Fässer, und dank des unverputzten Mauerwerks roch es angenehm nach Kalk. Tom griff bereits nach einem Kabel, das vom Boden des Abfüllraums zur Decke des Weinkellers führte, zog ein Messer aus der Hosentasche und schnitt die Plastikummantelung auf.

„Also, es ist so", sagte sie, da sie annahm, dass er zumindest zuhören konnte. „Es, äh, war nicht so, wie du denkst."

„Ja, das hast du vorhin schon gesagt. Komisch, diese Formulierung. Alle verwenden sie, wenn sie versuchen, ihr indiskutables Verhalten zu entschuldigen."

Sie presste die Lippen zusammen. „Ich habe nichts Indiskutables getan, Tom."

„Liebling, dass du und ich eine quasi-geschäftliche Vereinbarung haben, bedeutet noch lange nicht, dass es mir gefällt, wenn du einen deiner alten Lover küsst."

„Wir haben nicht ..."

„Dein Mund war auf seinem, Honor. Also, für mich ist das Knutschen."

Plötzlich wurde ihr ganz heiß vor Wut. Es kam völlig unerwartet. „So bin ich nicht, Tom. Ich habe nie mit dem Freund einer anderen Frau geflirtet. Ich habe nie Müll aus dem Autofenster geworfen, bin nie zu schnell gefahren und habe ganz bestimmt nie mit dem Gedanken gespielt, dich zu betrügen."

„Ach ja? Den Mann zu küssen, der deine große Liebe ist, ist also ..."

„Ich muss sagen, es überrascht mich ein bisschen, dass es dir aufgefallen ist. Schließlich hast du mich die ganze Woche ignoriert."

„Ist das ein Grund, jemanden zu betrügen?"

„Ich habe dich nicht betrogen! Das würde ich nie tun."

„Für mich war die Situation ziemlich eindeutig."

„Vielleicht könntest du einfach mal zuhören."

„Warum? Damit ich mir anhören muss, dass du ihn versehentlich geküsst hast?", fuhr er sie an und riss ein Kabel aus der Decke. „Das war es, was du die ganze Zeit wolltest, nicht wahr? Deine beste Freundin hat dir den Mann ausgespannt, und jetzt hast du ihn dir wieder geschnappt."

„Nein! So war es überhaupt nicht. Ich will ihn nicht zurück. Außerdem hat er mir ohnehin nie gehört, und er ist, um ehrlich zu sein, wegen einer bestimmten Sache sehr deprimiert ..."

„Armes Lämmchen."

„Und er hat mich geküsst! Das ist ein Unterschied."

„Du hörst dich verdammt lächerlich an." Er riss das Kabel weiter aus der Wand und attackierte es regelrecht mit dem Messer.

Sie atmete tief durch. „Du verstehst es nicht, Tom. Ich bin seit meinem neunten Lebensjahr mit ihm befreundet, und dich kann nicht einfach ..."

„Ich kenne die ganze Geschichte schon, Darling, und ich habe keine Lust, sie mir noch einmal anzuhören." Sein Ton war nun ruhig und kühl, und er sah sie immer noch nicht an.

„Du hast acht Tage nicht mit mir gesprochen, und jetzt hast du keine Lust, mir zuzuhören."

„Meines Wissens habe ich erst heute Morgen mit dir gesprochen."

„Du hast gefragt, ob ich Kaffee möchte. Du weißt genau, wovon ich rede. Irgendetwas ist mit Charlie passiert, und du erzählst es mir nicht. Was für eine Beziehung ist das denn?"

„Eine quasi-geschäftliche Beziehung. Schon vergessen?"

Jetzt wurde sie wirklich wütend. „Weißt du, was dein Problem ist, Tom?"

„Ich liebe es, wenn Frauen diesen Satz sagen. Bitte, sag's mir. Sprich dich aus."

„Da gibt es diesen großen Teil von dir, den du weggesperrt hast und der nur ab und zu durchschimmert. Und wenn das passiert, sperrst du ihn schleunigst wieder weg, und ich habe keine Ahnung, wer du wirklich bist. Und ich glaube, das ist ein viel größeres Problem als dieser doofe Kuss, den mir dieser doofe Brogan gegeben hat, weil er wegen dieser doofen Dana unglücklich ist."

Tom warf den Schraubenzieher auf den Boden, wo er mit einem sehr befriedigenden Krachen aufschlug. „Und ich glaube nun mal zufällig, dass das, was unsere Beziehung immer wieder durcheinandergebracht hat, nur an deinem Brogan liegt."

„Was?"

„Du hast dich das erste Mal nur mit mir getroffen, weil du unbedingt über ihn hinwegkommen wolltest. Zum ersten Mal mit mir geschlafen hast du, nachdem er dir von Danas Schwangerschaft erzählt hat. Du hast dich bereit erklärt, mich zu heiraten, um ihm zu zeigen, dass du ihm nicht nachtrauerst. Und am Abend dieses albernen Balls hast du wieder mit mir geschlafen, weil du die beiden zusammen tanzen gesehen hast. Und jetzt lässt du dich bei der ersten sich bietenden Gelegenheit von ihm küssen. Es stimmt also, dass ich ein Problem habe. Auf so etwas hätte ich mich nämlich nie eingelassen."

„Oh, dessen bin ich mir sehr wohl bewusst. Du hast dich auf eine alleinstehende US-Bürgerin eingelassen, die bereit war, eine Scheinehe einzugehen. Wir sind unbeobachtet, Tom, also spar dir deine gespielte Eifersucht, okay?"

Tom ging zur Treppe.

Nein, nicht zur Treppe.

Zu ihr.

Er packte sie an den Schultern, drückte sie gegen ein riesiges Weinfass und küsste sie – endlich! – so leidenschaftlich und fordernd, dass sie vor Überraschung keuchend nach Luft rang. Dann zog er sie an sich, an seinen Körper, der hart und stark wie eine Eiche war, und der ganze Frust, der sich in der letzten Woche in ihm aufgestaut hatte, explodierte. Sie öffnete ihre Lippen und erwiderte seinen Kuss genauso leidenschaftlich. Verdammt, er gehörte ihr. Sie gehörten zusammen.

Er legte seine Hände auf ihren Po, hob sie auf seine Hüften und schob dann eine Hand unter ihren Rock. Himmel, es war geil und wie in einem Porno, und gleichzeitig wundervoll. Sie schlang ihre Beine um ihn und vergrub, geradezu überwältigt vor drängender Lust, ihre Finger in seinen Haaren. Sie wollte ihn jetzt. Auf der Stelle.

Sie liebten sich hart und leidenschaftlich, und es tat so wahnsinnig gut. Sein Atem ging keuchend, und jedes Mal, wenn er sie anhob und an sich zog, spannten sich seine Schultermuskeln an. Und, oh ja, sie war so absolut der Typ dafür. Das war genau ihr Ding.

Als sie gekommen waren, blieb er in ihr. Was gut war, denn Honor war überzeugt davon, dass sie umfallen würde, sobald er sie losließe. Ihre Knie waren wie Pudding.

Sex in einem Weinkeller.

Wer hätte gedacht, dass sie dermaßen versaut war?

Wir haben es immer gehofft, sagten die Eier süffisant.

Ihre Beine, die sie immer noch um seine Hüften geschlungen hatte, zitterten. Sie drückte einen Kuss auf Toms verschwitzten Nacken, und das schien ihn aus seiner Trance wachzurütteln.

Er richtete sich auf und strich ihr die Haare aus dem Gesicht, ohne ihr dabei in die Augen zu schauen. Dann trat er ein wenig zurück, zog ihr den Rock hinunter und knöpfte seine Jeans zu. „Tut mir leid", sagte er.

Ihr nicht, das stand fest. „Nicht nötig, sich zu entschuldigen", murmelte sie. Vielmehr wäre eine Wiederholung höchst willkommen.

Er drehte sich weg und massierte sich den Nacken. „Nein, es tut mir leid, Honor. Du hast etwas Besseres verdient."

„Ich glaube nicht, dass es etwas Besseres geben könnte."

Er lächelte nicht. „Ich liebe dich nicht."

Die Worte waren wie ein Schlag ins Gesicht, und, ja, damit war der Zauber des Moments gebrochen. Ihr brannten Tränen in den Augen, und sie schluckte.

„Ich wünschte, ich könnte es. Es tut mir leid." Er setzte – ein Mal und noch ein Mal – an, etwas zu sagen, doch dann ließ er es. „Es tut mir leid", wiederholte er, drehte sich um, ging hinauf und fing an, an der Abfüllmaschine weiterzuarbeiten.

Tom wartete, bis er Honors Auto vom Parkplatz wegfahren hörte. Sie hatte geweint. Nett, Tom, dachte er grimmig. Verdammt nett.

Er würde ihr gern sagen, was sie hören wollte, aber er konnte nicht. Die Wahrheit war, dass nicht immer alles gut wurde. Nicht jeder wurde ein besserer Mensch. Seine Mutter war es nicht geworden. Sie war nie zurückgekommen, hatte sich seit seinem achten Geburtstag nicht mehr um ihn gekümmert. Melissa hatte sich nicht eines Besseren besonnen, war keine liebende Ehefrau geworden, hatte ihre Ruhelosigkeit nicht verloren. Außerdem hatte sie ihn verlassen, um wieder mit Mitchell zusammen zu sein.

Wie es aussah, würden sich die Dinge auch mit Charlie nicht zum Guten wenden. Und Tom würde es niemals erfahren.

Auch Toms Name würde auf die Liste derer kommen, die es im Leben nicht geschafft hatten.

Er wusste, was Honor wollte. Er hatte es bloß nicht.

Er war bei dem Versuch gescheitert die Aufmerksamkeit und Zuneigung seiner Mutter zu gewinnen. Bei Melissa war er auf ungefähr dieselbe Weise gescheitert, und ebenso bei Charlie, nachdem er sich drei lange Jahre um den Jungen bemüht hatte.

Und wenn er nun auch bei Honor scheiterte? Was dann?

Die jetzige Situation war nicht das, was er sich ausgerechnet hatte. Honor sollte eine unkomplizierte Partnerin sein, die alles locker nahm. Er selbst wiederum sollte weder das Bedürfnis haben, ihrem Exfreund eine in die Fresse zu hauen, noch sollte er die Beherrschung verlieren und Honor gegen ein raues Holzfass drücken und ihr gleichzeitig vor Dankbarkeit, dass sie ihn das tun ließ, die Füße küssen wollen. Er sollte sich keine Sorgen machen, dass sie ihn für den Wichser verließ, der sie schon mal zurückgewiesen hatte. Und es sollte ihm völlig egal sein, dass er selbst für sie zweite Wahl war. Denn genau das war er natürlich. Darum ging es ja.

Es war alles falsch. Einfach falsch. Er liebte sie nicht. Noch nicht.

Und selbst wenn er sie irgendwann liebte, würde sich nur herausstellen, dass seine Liebe wieder mal nicht genug war.

Was, wenn sie ihn verließ? Was, wenn sie ein Kind von ihm bekam und ihn verließ? Dann gäbe es neben Charlie noch ein zweites Kind, das er liebte und bei dem er versagt hatte. Was, wenn Honor Grace Holland, die all das war, was ihr Name bedeutete, nämlich ein ehrenwerter und anmutiger Mensch, beschloss, dass sie etwas anderes wollte? Sein Leben wäre zerstört – noch mehr als ohnehin schon.

Zwei Stunden später saß Tom in einem Seminarraum in Wickham an seinem Computer. In seinem Maileingang war eine Nachricht von Jacob Kearns, der um ein Empfehlungsschreiben für die University of Chicago bat, auf die er im Herbstsemester wechseln wollte.

Der einzige gute Student, den Tom hatte. Vielleicht war es egal. Tom würde im Herbst ohnehin wieder in England sein, da der Grund seines Hierbleibens nun nach Philadelphia zog.

Die Tür ging auf. „Ah! Tom! Warum setzt du denn her so allein herum? Ech dachte, du wärst zu Hause bei der entzückenden Honor! Se hat für dech angerufen, wusstest du das?"

„Hallo, Droog, wie geht's dir?" Tom sah von seinem Monitor auf und schaute den Vorstand seines Fachbereichs an.

„Mer geht es gut, danke, Tom! Ech glaube, ich habe de Rechtege gefunden, we man so schön sagt. Se ist so … wunderbar."

„Das ist toll, Droog. Ich freue mich für dich."

„Und ech habe gute Neuegkeiten, Tom! Ech habe emmer weder beim Collegeausschuss nachgefragt, und jetzt, endlech, wird dein Arbeitsvesum doch verlängert."

Oh, diese Ironie des Schicksals. Eine Green Card genau dann, wenn er sie nicht mehr brauchte.

Honor war noch wach, als er nach Hause kam. Auf einem Kissen neben ihr lag Ratty auf dem Rücken.

„Hi." Sie stand langsam auf. Im Fernseher sah man gerade das Röntgenbild einer Frau mit einem Metallhaken im Auge. Es musste sich um „Die besten Pfählungsverletzungen der Welt" handeln, eine dieser makabren Serien, die sie so gern mochte. Die würde er beinahe vermissen. „Hör mal, Tom, ich würde dir gern etwas sagen."

„Ich habe ein paar Neuigkeiten", sagte er.

„Oh, okay."

Er nahm die Fernbedienung und schaltete den Fernseher aus. „Das College hat mein Arbeitsvisum verlängert."

„Das ist doch großartig!" Dann schien ihr bewusst zu werden, was das bedeutete, und ihr Gesichtsausdruck veränderte sich. „Oh."

„Ja. Und Charlie zieht mit seinem Vater nach Pennsylvania." Die Worte, die ihn schon so lange bedrückten, kamen ihm jetzt überraschend leicht über die Lippen. Er sah ihren Hund an. „Du brauchst also keine Scheinehe mehr einzugehen." Er brach ab und zwang sich, sie wieder anzusehen. „Aber ich werde dir immer unglaublich dankbar sein, dass du dazu bereit warst."

Sie wurde blass. „Machst du gerade Schluss mit mir?", flüsterte sie.

„Ja. Es tut mir leid."

Sie hatte einen Kloß im Hals. „Tom, ich … Sieh mal, ich habe verstanden, was du gesagt hast. Dass du mich nicht liebst … Und ich glaube dir. Aber ich glaube, dass du mich vielleicht irgendwann lieben könntest. Und ich lie…"

„Sag es nicht, Darling."

Sie brach ab und presste die Lippen zusammen. „Aber es stimmt. Ich liebe dich. Es stimmt, was du vorhin gesagt hast. Wir wollten wegen ein paar anderer Leute und aus anderen Gründen heiraten, aber das stimmt nicht mehr – nicht, was mich betrifft. Ich würde dich immer noch heiraten, Tom. Ich würde gut für dich sorgen."

Die Worte trafen ihn mitten in sein totes Herz und schienen sofort wieder abzuprallen. „Davon bin ich überzeugt, Liebes", sagte er so sanft er nur konnte. „Aber ich bin mir nicht sicher, ob ich auch gut für dich sorgen würde."

„Ich denke schon", flüsterte sie. „Ich glaube, ich könnte mich als deine Frau glücklich schätzen."

Er ging zu ihr und drückte ihr einen Kuss auf die Stirn. „Die Wahrheit ist", sagte er sehr leise, „dass ich innerlich kaputt bin, Liebes."

Ihr liefen zwei Tränen über die Wangen. „So sehe ich dich überhaupt nicht."

„Das sagt mehr über dich als über mich aus, Darling. Es tut mir leid."

Es tat ihm wirklich leid.

Und damit war alles gesagt.

# 28. Kapitel

Honor lebte – wieder einmal – im Neuen Haus.

Merkwürdigerweise war ihre Familie aus allen Wolken gefallen, als sie von der Trennung erfahren hatte. Sogar Mrs J. und Goggy, die beide die Wahrheit kannten, waren bestürzt gewesen. Dad hatte seine eigene Hochzeit verschieben wollen, doch Honor wollte nichts davon hören. Faith und Pru kamen, um sie zu trösten, doch Honor war erstaunlich ruhig und sagte nur, dass es einfach nicht geklappt hätte. Und, nein, sie hatte keine Hoffnung, dass sie und Tom sich wieder versöhnen würden. Jack bot an, Tom zu verhauen (nicht, dass Jack das schaffen würde, aber es war der Gedanke, der zählte), und guckte sich dann „Amputationen in der Notaufnahme" mit ihr an.

Es war still im Haus, da Dad und Mrs J. in der Wohnung lebten, in der sie auch bleiben wollten. Und das, obwohl im Neuen Haus fast zehn Mal so viel Platz war. Zum ersten Mal in ihrem Leben, im reifen Alter von 35, lebte Honor allein. Auf dem College und an der Uni hatte sie immer eine Mitbewohnerin gehabt. Jetzt allerdings empfand sie das Alleinsein als tröstlich.

Hier ist der Ort, an dem ich höchstwahrscheinlich für immer leben werde, dachte Honor eines Abends, als sie von Zimmer zu Zimmer schlenderte. Faith und Levi wollten im Ort bleiben. Pru und Carl hatten ein tolles Haus am anderen Ende der Stadt, und Jack lebte in einem eigenen Haus, das er vor ein paar Jahren gebaut hatte.

Es war seltsam, wieder hier zu sein, umgeben von den Dingen ihrer Eltern. Obwohl sie nur fünf Wochen mit Tom zusammengelebt hatte, war es ihr schwergefallen, das kleine Haus zu verlassen. Sie hatte gewartet, bis Tom zur Arbeit gefahren war, und war noch einmal in sein Zimmer gegangen; hatte seinen Geruch eingeatmet und ihren Verlobungsring, der so anders gewesen war als der, von dem sie geglaubt hatte, ihn haben zu wollen, auf den Schreibtisch gelegt.

Das Neue Haus war ihr nach ihrer Rückkehr fast verwaist und wie verlassen vorgekommen, obwohl Mrs J. immer noch zwei Mal pro Woche gewissenhaft staubsaugte.

Wenn dieses Haus jetzt also ihr gehörte, wurde es langsam Zeit, es wirklich zu ihrem zu machen. Nachdem sie mit Dad geredet hatte, lud sie ihre Geschwister und ihren Neffen und ihre Nichte ein, zu kommen und alles mitzunehmen, was ihr Vater und Mrs J. nicht mehr wollten. Ned hatte ein Apartment in dem Wohnkomplex, wo Faith und Levi früher gewohnt hatten, und konnte daher ziemlich viele Möbel gebrauchen. Abby sicherte sich ein paar gute Stücke für die Zukunft; sie würde nächstes Jahr aufs College gehen. Pru und Carl, die ihren Keller fertig ausgebaut hatten, nahmen sich aus Gründen, die man besser für sich behalten sollte (und die Pru natürlich nicht für sich behielt), ein schmales Doppelbett mit.

Dann machte sich Honor ans Ausmalen. Sie begann mit ihrem Schlafzimmer. Was früher ein blasses Blau gewesen war, wurde jetzt ein frisches Rot. Ihr etwas langweiliger Quilt wich einer flauschigen weißen Tagesdecke, die wie eine Wolke aussah, und die neuen Kissen in verschiedensten Größen wurden von Spike sofort in Beschlag genommen. Sie ließ einen Lehnstuhl mit blau getupftem Stoff beziehen und stellte ihn neben das Fenster, von dem aus man einen schönen Blick auf den Ahornbaum hatte. Außerdem schaffte sie einen weichen weißen Teppich an, eine dunkelbraune Truhe aus Zedernholz und – das Beste überhaupt – ein Mobile mit kleinen, knallbunten Papiervögeln, das sie in einem Souvenirshop in der Stadt gefunden hatte. Im Secondhand-Buchladen hatte sie sich zwei Einkaufstüten voller Liebesromane und Thriller gekauft und sich fest vorgenommen, alle zu lesen.

Dies war nicht mehr das Schlafzimmer einer arbeitswütigen alten Jungfer. Sondern das Zimmer einer Frau, die sich – endlich – wohl in ihrer Haut fühlte. Die sich entspannen konnte. Die Gemütlichkeit zu schätzen wusste. Die nichts gegen wilden Sex in diesem großen Mahagonibett einzuwenden hätte.

Auch wenn die Vorstellung, mit jemand anderem als Tom zu schlafen, überhaupt keinen Reiz hatte.

Aber das würde sich mit der Zeit ändern. Sie würde nicht ihr Leben lang allein bleiben.

Nur fürs Erste. Nach einer Weile würde sie sich wieder bei einem dieser Datingportale im Internet registrieren und einen netten Mann finden. Oder sie würde wieder die Samenbank in Erwägung ziehen. Oder bei einer Adoptionsagentur anrufen. Es würde ihr nichts ausmachen, wenn das Kind schon etwas älter oder schwierig wäre. Sie hatte es geschafft, Charlies Zuneigung zu gewinnen – da würde es ihr wohl bei jedem anderen auch gelingen.

Außer natürlich bei Tom.

Die Eier hüllten sich in Schweigen.

Es war Mai, der Monat der Apfelblüten und des Flieders und der Anfang der Touristensaison. Die Wasserflugzeug-Show stand vor der Tür, und außerdem fand dieses Wochenende eine Weinverkostung im Freien statt. Nächstes Wochenende war die Hochzeit von Dad und Mrs Johnson, und danach stand für Honor eine Verkaufsreise nach New York auf dem Programm. Zudem kamen jeden Tag Reisebusse nach Blue Heron, und Honor und Ned machten jeweils zwei Mal täglich eine Führung durch das Weingut. Jedes Mal, wenn sie mit ihrer Gruppe in den Weinkeller kam, begann ihr Herz heftig zu klopfen.

Doch trotz ihrer Anstrengungen, sich vernünftig und erwachsen zu verhalten, vermisste sie Tom so sehr, dass es wehtat. Sie vermisste sein schiefes Lächeln, sein spontanes Lachen, seinen Mund, seine sanften grauen Augen und die unendliche Geduld, die er bei Charlie an den Tag legte. Sie vermisste sogar, dass er Spike immer Ratty genannt hatte. Ihr fehlte sein Akzent und wie er immer Darling zu ihr gesagt hatte. Ihr fehlten seine kräftigen Hände und sein trockener Humor. Sie vermisste es, mit ihm zu schlafen, und das nicht nur wegen des Sex (obwohl das natürlich durchaus eine Rolle spielte). Aber sie vermisste auch das Gefühl, ihn neben sich atmen zu hören und beim Aufwachen seinen schweren Arm auf sich zu spüren, und ihr fehlten die kleinen Fältchen, die sich um seine Augen bildeten, wenn er gleich einen Witz machen würde. Spikes leises Schnarchen und ihre Angewohnheit, das Kopfkissen für sich allein zu beanspruchen, waren einfach nicht mehr genug.

Charlie war fort. Abby hatte erzählt, sie hätte eine SMS bekommen, in der er sich verabschiedet hatte. Das war alles.

Am 15. Abend, den Honor zu Hause verbrachte, fiel ihr langsam die Decke auf den Kopf. Sollte sie die Bücher in den Regalen im Wohnzimmer neu sortieren? Etwas kochen? Backen? Sich den Doku-Marathon „Missglückte Schönheitsoperationen" im Fernsehen anschauen?

Was würde ihr Mom raten?

Wenn Honor in den letzten Wochen traurig und mutlos gewesen war, hatte sie ihre Mutter so sehr vermisst, dass es fast unerträglich war. Mom wäre mitfühlend und pragmatisch zugleich gewesen. Sie hätte Aktivitäten für Honor gefunden. Sie hätte Dad aus dem Zimmer geworfen und sich mit Honor zusammengesetzt, um ihr gut zuzureden. Honor versuchte, so gut es ging, sich an ihre Mom zu erinnern – an ihren elegant geschwungenen Hals, den Duft ihrer Haare, ihre schönen, geschickten Hände.

„Was soll ich tun, Mom?", fragte sie das Foto ihrer Mutter.

Geh raus und lass dir ein bisschen frischen Wind um die Nase wehen. Es war einer der Lieblingssprüche ihrer Mom, und er hatte durchaus etwas für sich.

Zeit, ins O'Rourke's zu gehen. Der Zickenkampf war kein Thema mehr; jetzt konnte sie die Frage „Was ist passiert, Süße?" mit dem Satz beantworten, den sie sich zurechtgelegt hatte: Wir haben letztlich einfach nicht zusammengepasst.

Um dann, mit exakt demselben Wahrheitsgehalt, hinzuzufügen: Ich habe so viel zu tun, dass mir im Moment keine Zeit für eine Beziehung bleibt.

Tom hatte nämlich, wie sie fand, ziemlich perfekt zu ihr gepasst. Nicht jeden Tag, nein, und nicht am Anfang. Aber mittlerweile konnte sie sich nicht vorstellen, jemanden so sehr zu lieben wie Tom Barlow. Sicher, sie hatte Brogan viele Jahre geliebt, aber das war eine kindische Liebe gewesen, einseitig und unrealistisch. Sie hatte Brogan idealisiert.

Tom kannte sie. Sowohl seine Schwächen als auch seine Stärken. Er war echt. Er war zu Hause, er gehörte ihr.

Beziehungsweise hatte ihr gehört. Fast.

Na toll, jetzt weinte sie. Seufzend wischte sie sich die Tränen weg und gab sich in Gedanken eine Ohrfeige.

„Spike, ich gehe jetzt. Wenn du meine Schuhe frisst, ziehe ich dir das von deinem Taschengeld ab, okay? Hab' dich lieb, Süße." Spike wedelte mit dem Schwanz, sprang auf die Couch und kroch unter ein Kissen. Dann steckte sie ihren kleinen Kopf unter dem Kissen heraus, als bettle sie geradezu darum, aufs Cover eines niedlichen Hundekalenders zu kommen. Honor gab ihr einen Kuss, kraulte sie unter ihrem winzigen Schnäuzchen und fuhr in die Stadt.

Sie machte die Tür vom O'Rourke's auf, und da war er.

Er saß an der Bar und unterhielt sich lächelnd mit Colleen, doch sein Gesicht war ernst. Sah denn sonst niemand, wie traurig dieser Blick trotz des Lächelns sein konnte? Sah denn niemand, dass er einsam war? Dass es ihm das Herz regelrecht aus der Brust gerissen hatte, als Charlie weggezogen war?

Dann schaute er auf und sah sie, und sein Lächeln wurde schmaler. Sie winkte kurz, und er nickte ihr zu.

In der Kneipe war es heute Abend laut, und Honor war dankbar dafür. Im Fernsehen lief das Spiel der Yankees, und nach dem Jubel der Gäste an der Bar zu urteilen war es ein gutes Spiel. Zusätzlich hatte die Feuerwehr heute eines ihrer berühmten Treffen, zu dem anscheinend solche ernsthaften Aktivitäten gehörten wie Jessica Dunns Kunststück, ein paar Vierteldollar-Münzen auf ihrem Ellbogen zu balancieren und sie dann mit der Hand desselben Arms aufzufangen. Wenigstens war Brogan nicht da, obwohl sie sein Auto gestern vor der Feuerwache hatte stehen sehen. Gerard Chartier flüsterte Jessica gerade etwas ins Ohr, und sie verdrehte die Augen und gab ihm einen liebevollen Klaps auf den Kopf, ehe sie Honor zuwinkte. Das war mal eine Frau, der es nichts ausmachte, Single zu sein! Na also, es ging doch.

Nun denn. Zeit, ihren Exverlobten zu begrüßen.

Sie holte tief Luft und ging mit klopfendem Herzen zu ihm hinüber. „Hi, Tom."

„Hallo, Honor."

Oh, Mist. Würde sie je darüber hinwegkommen, wie er ihren Namen sagte … mit dieser sonoren, erotischen Stimme? Wahrscheinlich nicht, sagten die Eier, die sich gerade die Knie mit Finalgon einrieben.

„Wie geht's dir?", fragte sie mit – Gottlob – fester Stimme.

„Ganz gut. Und selbst?"

„Auch gut, danke."

Wie geht es Charlie? Hast du etwas von ihm gehört? Wie geht es deinem Dad? Bleibst du hier? Bitte geh nicht fort, ohne dich zu verabschieden. Ich denke die ganze Zeit an dich.

„Schön, dich zu sehen." Diesmal war ihre Stimme heiser.

Das Ganze war ein Fehler. Sie hätte nicht herkommen sollen, denn sie würde, wie es aussah, jeden Moment zu weinen anfangen.

„Hi, Honor."

Sie fuhr herum, um zu sehen, wer sie gerade begrüßte. „Ach, Dana. Hi."

Dana sah von ihr zu Tom. „Hm, möchtest du etwas trinken?"

Honor wartete. Worauf, wusste sie nicht genau. Darauf, dass Tom sagte: „Eigentlich würde ich gern mit dir reden, Darling" und ihr dann sagte, dass er einen schrecklichen Fehler gemacht hatte.

„Dann schönen Abend noch", sagte er stattdessen und widmete sich wieder seinem Bier. „Pass auf dich auf, Honor." Möglich, dass auch seine Stimme gerade ein wenig heiser war. Aber jetzt konzentrierte er sich schon wieder auf das Yankee-Spiel.

„Du auch." Sie folgte Dana zu einem freien Tisch und setzte sich mit dem Rücken zu Tom hin.

„Ich habe gehört, ihr zwei habt euch getrennt." Dana nahm ihr gegenüber Platz.

„Ja."

„Tut mir wirklich leid."

Es klang aufrichtig. „Danke."

Hannah O'Rourke stellte einen Martini auf den Tisch. „Der geht aufs Haus", sagte sie. „Mit den besten Grüßen von den Besitzern unserer schönen Kneipe."

„Danka, Hannah." Honor wandte sich wieder Dana zu. „Also, wie geht's dir? Brogan und ich haben vor ein paar Wochen miteinander geredet." Brogan hatte Honor seit dem schrecklichen Kuss ein paar Mal gemailt, sich wortreich entschuldigt, ihr erzählt, wie durcheinander er wegen Dana sei und bla, bla, bla.

Er war ein netter Kerl. Aber Honor ging er mittlerweile ein bisschen auf die Nerven.

„Ich nehme an, es wissen ohnehin schon alle", sagte Dana mit gepresster Stimme. „Ich habe die Schwangerschaft vorgetäuscht."

„Das hat er erzählt."

„Möchtest du nicht wissen, warum?"

„Warum?"

Dana seufzte. „Ich weiß es nicht."

„Natürlich weißt du es."

Sie zog eine perfekt gezupfte Augenbraue hoch. „Na gut, ich weiß es." Sie zuckte die Achseln und nippte an ihrem Blanc de Noir (Honor schüttelte es allein bei dem Gedanken an diesen grässlichen Wein). „Es ist so, Honor", sagte sie. „Männer wollen nun mal das, was sie wollen."

„Wollen sie, dass Frauen ihnen eine Schwangerschaft vortäuschen?"

„Schon klar, verstehe. Ich schätze, ich habe es verdient, dass du ein bisschen gemein zu mir bist. Brogan und ich sind noch immer getrennt. Wahrscheinlich für immer. Aber das weißt du wahrscheinlich ohnehin schon." Sie zuckte gleichgültig die Achseln, aber ihre Miene sagte etwas anderes. „Vielleicht hast du jetzt ja doch noch Chancen bei ihm."

„Ich verzichte."

„Warum? Habt ihr beide, du und Tom, nicht deshalb Schluss gemacht?"

„Nein." Sie wollte mit Dana auf keinen Fall über Tom reden. „Hast du Brogan je geliebt, oder war das nur … so eine Laune?"

Dana starrte auf die Tischplatte. „Ich habe ihn geliebt. Wer würde ihn nicht lieben?"

„Warum hast du ihn dann belogen?" Als Dana jetzt wieder die Achseln zuckte, war Honors Geduld plötzlich erschöpft. „Wie wär's, wenn ich dir sage, was ich denke, hm? Aus meiner Sicht gibt es nur einen einzigen Grund, warum eine Frau eine Schwangerschaft vortäuscht. Und zwar, weil sie sich nicht sicher ist, dass der Mann sonst bei ihr bleibt."

Eine Träne tropfte von Danas Wange auf den Tisch. „Du hast recht. Gratuliere. Du weißt wie immer alles, Honor."

„Was willst du eigentlich, Dana?"

Dana verzog weinerlich das Gesicht. „Ich war so dumm", flüsterte sie, ohne den Blick zu heben. „Hast du schon mal das Gefühl gehabt … ich weiß nicht … als würdest du draußen stehen und hineinschauen?"

„Jeder Mensch fühlt sich ab und zu so."

„Tja, ich eben auch. Und zwar seit du und Brogan zusammen wart. Ihr hattet dieses ganz spezielle Verhältnis, und er war so toll. Und du hattest diese große, fröhliche Familie und so einen coolen Job. Ich war eifersüchtig. So, jetzt weißt du's. Ich war wirklich eifersüchtig." Sie schluckte. „Und ich habe ihn wirklich gern gehabt. Schon immer. Aber ich wollte nichts unternehmen, als ihr noch zusammen wart, obwohl es in Wahrheit doch eine ziemlich beschissene Beziehung war."

„Oh, danke."

„Aber dann habt ihr euch getrennt, und du warst fertig mit ihm. Also habe ich die Gelegenheit beim Schopf gepackt. Ich meine, alleinstehende Männer gibt es hier nicht unbedingt in Hülle und Fülle, oder? Und stell dir meine Überraschung vor, als es zu funktionieren schien." Wieder tropfte eine Träne auf den Tisch. „Die Männer schlafen gern mit mir, Honor. Aber dich lieben sie."

Honor schnaubte.

„Sieh dir nur Tom an. Er kommt in die Stadt und ist – zack – verliebt in dich."

„Es hat nicht gerade gut mit uns geklappt", murmelte sie.

„Egal. Es gibt keinen einzigen Mann hier, der dich nicht respektiert oder mag. Jeder hält dich für intelligent. Das ist bei mir nicht der Fall.

Brogan war einer der wenigen Männer, die offenbar mehr als nur Sex von mir wollten. Aber du hast recht. Ich hatte Angst, dass er mich immer weniger mögen würde, je länger er mit mir zusammen ist, weil das immer so bei mir war. Also habe ich in der Annahme, dass ich ohnehin bald schwanger werden würde, so getan, als wäre ich es schon. Weiter habe ich nicht nachgedacht."

„Ich dachte, du wolltest keine Kinder."

„Mit ihm schon. Ich hätte nie gedacht, dass ich das einmal sagen würde." Sie wischte sich verstohlen die Tränen weg.

Plötzlich hatte Honor das Bedürfnis, mit all dem endgültig abzuschließen. Brogan war viel zu lange ein großer Teil ihres Lebens gewesen. Ein größerer, als er geahnt hatte. Und Dana in den letzten paar Monaten ebenfalls.

Es war Zeit, einen Schlussstrich zu ziehen.

„Hör mal, Dana", sagte sie. „Du hast einen Fehler gemacht, das lässt sich nicht, leugnen. Also steh dazu und warte ab, wie sich alles entwickelt. Ich glaube, Brogan liebt dich wirklich. Ich weiß nicht warum, aber es scheint so zu sein. Wenn du ihm sagst, was du mir gerade gesagt hast, hast du meiner Meinung nach vielleicht noch eine Chance."

Dana schaute auf. Ihre grünen Augen waren feucht. „Wirklich?"

„Ja. Und jetzt gehe ich, okay? Heute laufen ‚Die zehn größten Tumore der Welt'."

Dana schnaubte. Dann nahm sie Honors Hand. „Es tut mir leid, Honor. Wirklich."

„Schon okay. Denk nicht mehr darüber nach. Und viel Glück mit Brogan."

Komisch, dass sie es wirklich so meinte.

„Honor?", sagte Dana. „Hör mal … ich habe dir die Einwanderungsbehörde auf den Hals gehetzt. Ist schon eine Weile her. Ich habe mich nur gefragt, ob du Tom wegen dieser Green-Card-Sache heiratest, und … Jedenfalls hoffe ich, dass ich es nicht vermasselt habe."

Aha. Rätsel gelöst. „Nein, das war nicht der Grund."

Als sie ihre Schlüssel aus der Tasche nahm, schaute sie dorthin, wo Tom gesessen hatte, doch er war fort.

Am Samstag beschloss Honor, eine kleine Radtour zu unternehmen. Das machten die Leute, die ein Wochenende hatten, doch, oder?

Der Mai war einfach wunderschön. Die Bäume in dem kleinen

Obstgarten, den die Familie immer noch hegte und pflegte, blühten. Goggy hängte gerade Wäsche auf und winkte Honor zu, als sie am Alten Haus vorbeifuhr. Morgen würde es ihr hoffentlich gelingen, heimlich einen Teil des Gerümpels auf den Müllplatz zu bringen. Pops' Sammlung alter Zeitungen nahm nämlich langsam erschreckende Proportionen an – aber das war morgen. Heute stand Bewegung an der frischen Luft auf dem Programm.

„Wir werden fröhlich sein", erklärte sie Spike, die auf einer Fleecedecke im Fahrradkorb vorne am Lenker saß. „Wir sind fröhliche Mädels, Ratty." Spike jaulte zustimmend. Sie liebte Fahrradfahren.

Die Hornsträucher und Holzapfelbäume standen in voller Blüte. Honor strampelte die Lake View Road hinauf, wo der Hügel flacher wurde, fuhr an Bobby McIntosh vorbei, der gerade seinen Rasen mähte, und der Duft von frisch gemähtem Gras brachte sie zum Lächeln. Das Leben war schön. Es war kein perfektes, aber ein schönes Leben. Diese nette Kleinstadt, der Job, den sie liebte, ihre Familie, ihr treuer kleiner Hund … das genügte. Im Moment zumindest. Alles andere würde sich finden, wenn die Zeit reif dafür war.

Nach ein paar Kilometern bog sie zu einem kleinen Parkplatz am Fuße des Keuka-Wanderwegs ab, klappte den Seitenständer hinunter und leinte Spike an. „Komm, Baby, machen wir einen Spaziergang."

Die Vögel auf den Bäumen zwitscherten und hüpften von Ast zu Ast, und Honor konnte das Rauschen eines nahe gelegenen Flusses hören. Die Sonne schien warm, der Wind wehte.

Weiter vorne stand eine Bank, von der aus man einen schönen Blick auf den Crooked Lake hatte. Darauf saß, ganz in Schwarz gekleidet, jemand, der Honor bekannt vorkam. Spike zerrte an der Leine und bellte aufgeregt.

„Charlie?"

Der Junge drehte sich um, dann guckte er rasch wieder auf den See hinunter.

„Hi, wie geht's dir?" Honor setzte sich neben ihn. Spike sprang auf die Bank und wedelte mit dem Schwanz.

Charlie gab keine Antwort. Allerdings streckte er seine Hand aus, damit Spike daran schnüffeln konnte. Der kleine Hund winselte vor Freude.

„Bist du auf Besuch hier?" Sie fragte sich, ob Tom Bescheid wusste. Es würde ihm unglaublich viel bedeuten, wenn Charlie ihn traf.

„Ich bin wieder ganz hier", murmelte Charlie. Er zupfte an einem Loch in seinen Jeans herum.

Mist. Sie hatte Charlies Vater nie kennengelernt, aber jetzt hatte sie plötzlich das Bedürfnis, ihm den Hals umzudrehen. „Tut mit leid", sagte sie.

„Warum? Mein Dad hat es einfach nicht auf die Reihe gekriegt. Keine große Sache. Es hat nichts zu bedeuten. Was geht dich das an?"

„Weiß Tom, dass du wieder da bist?", fragte sie vorsichtig.

Er zuckte die Achseln.

„Hast du ihn angerufen?"

„Nein, okay? Oh Mann, lass mich doch in Ruhe."

„Du solltest ihn anrufen, Charlie. Du bedeutest ihm sehr viel."

„Mir doch egal! Tom interessiert mich nicht, verstanden?" Spike bellte wütend. „Er ist nicht mein Vater. Ich habe ihn nie um etwas gebeten. Ich wollte nicht Boxen lernen! Ich habe nie darum gebeten. Er behandelt mich wie ein dummes kleines Kind … mit seinen doofen Modellflugzeugen und seinen Geschenken. Als könnte er mich kaufen! Als würde ich nicht merken, dass er mich hasst!"

Wuff! Wuff! Wuff! „Spike, sei still", schimpfte Honor und nahm den Hund auf den Arm. Spike gehorchte. Honor sah Charlie aus zusammengekniffenen Augen an. Teenager. Launen. Gähn. „Du bist also kein kleines Kind?", fragte sie.

„Nein", blaffte er.

„Dann hör auf, dich so zu benehmen." Oh-oh. Das hatte sie eigentlich nicht sagen wollen.

„Was weißt du denn schon?" Er scharrte mit den Schuhen im Sand.

„Um einiges mehr als du, wie es aussieht. Tom hat sich drei Jahre lang bemüht, für dich da zu sein."

„Das habe ich nie von ihm verlangt …"

„Sei doch still. Ich weiß genau, wie schwer der Tod deiner Mom für dich gewesen sein muss. Meine Mom ist auch gestorben, als ich jung war."

„Meine Mom ist nicht nur gestorben", sagte er. „Sie … ist fortgegangen."

„Ich weiß", flüsterte sie mitfühlend.

„Und was wäre gewesen, wenn sie nicht zurückkommen wollte?"

„Ich bin sicher, das wollte sie."

„Als ob du das wissen könntest."

Warum glaubten Teenager bloß immer, dass sie die ärmsten Geschöpfe auf Gottes Erdboden waren? „Soweit ich weiß, hat sie dich geliebt. Ich kann mir vorstellen, dass sie nach diesem Wochenende sehr wohl zu dir zurückkehren wollte." Charlie sagte nichts, und Honor seufzte. „Mütter sterben manchmal. Das ist schlimm, und man kommt nie ganz darüber hinweg. Es tut mir leid, dass es dir passiert ist."

„Wow, danke, Lady."

Himmel, diese patzige Art! „Und es tut mir leid, dass dein Vater so ein beschissener Versager ist."

„Das ist er nicht! Überhaupt nicht!" Spike fing wieder zu bellen an. „Mein Dad ist super."

„Du möchtest, dass man dich wie einen Erwachsenen behandelt? Dann musst du erwachsen werden. Mach die Augen auf, Charlie. Dein Vater kommt und geht, wie es ihm gefällt. Und immer, wenn er etwas Besseres vorhat, schiebt er dich zu deinen Großeltern ab."

„Das stimmt nicht."

„Doch, genau so ist es. Es hilft nichts, die Augen davor zu verschließen."

Charlie wollte schon protestieren, doch er klappte den Mund wieder zu. Seine Augen füllten sich mit Tränen. Er steckte die Hände in die Hosentaschen und starrte auf den Boden. Auf seine schwarzen Jeans fiel eine Träne. Honor legte ihm einen Arm um die schmächtigen Schultern. „Ich hasse dich", sagte er.

„Na klar, ich weiß. Aber Tom … Tom liebt dich, Charlie. Seit dem Tag, als er dich kennengelernt hat, dreht sich sein ganzes Leben nur um dich. Er wollte eine ihm total fremde Frau heiraten, nur um bei dir bleiben zu können."

Oops. Das hätte sie jetzt vielleicht nicht verraten sollen. Charlie sah sie von der Seite an. „Wovon redest du?"

Sie fuhr sich durch die Haare und seufzte. „Das Wickham College wollte sein Arbeitsvisum nicht verlängern. Um in den USA bleiben zu können – um bei dir bleiben zu können, Charlie –, musste Tom wegen der Green Card jemanden suchen, der ihn heiratete. Dieser Jemand war ich."

„Das glaube ich dir nicht."

„Okay, dann glaubst du es eben nicht. Du kannst weiterhin verbittert und hasserfüllt durchs Leben gehen, weil deine Mutter fortgegangen und gestorben ist und dein Dad ein Arschloch. Oder du begreifst endlich, dass es da jemanden gibt, der dich seit dem Tag liebt, an dem er dich zum ersten Mal gesehen hat, und der sogar bereit war, deinetwegen wegen einer Scheinehe ins Gefängnis zu gehen. Die Entscheidung liegt allein bei dir."

Er schwieg.

Sie hatte es versucht. Vielleicht hätte sie das, was sie gesagt hatte, lieber nicht sagen sollen, aber dafür war es jetzt ein bisschen zu spät.

Sie nahm Spikes Leine, stand auf und wandte sich zum Gehen. Dann zögerte sie. „Soll ich dich nach Hause fahren? Ich bin mit dem Rad hier, aber ich kann meinen Dad anrufen."

Charlie sah sie nicht an. „Ich gehe zu Fuß."

„Ich rufe deine Großmutter in einer Stunde an, um sicherzugehen, dass du zu Hause angekommen bist."

Er verdrehte die Augen, protestierte jedoch nicht. Honor wartete noch einen Moment, dann ging sie.

# 29. Kapitel

Als Janice Kellogg anrief und ihm flüsternd mitteilte, dass Mitchell DeLuca seinen Sohn wieder zurückgebracht hatte, drückte Tom seinen Kaffeebecher so fest mit der Hand zusammen, dass das Ding zerbrach. Er kochte vor Wut.

„Kann er ein paar Stunden zu dir kommen? Er macht uns noch wahnsinnig", sagte Janice. „Ehrlich, warum müssen wir uns eigentlich mit all dem abgeben?"

„Natürlich", sagte Tom.

„Wir bringen ihn in zehn Minuten bei dir vorbei."

„Ausgezeichnet."

Tom hörte das Blut in seinen Ohren rauschen. Aus seiner Handfläche ragte ein Splitter vom Kaffeebecher. Tom zog ihn heraus; er hatte ihn gar nicht gespürt.

Dieser verfluchte Mitchell. War er wirklich so grausam, dass er seinen Sohn, sein Kind, bei den Kelloggs abgab, als würde er einen Hund, mit dem er nicht zufrieden war, ins Tierheim zurückbringen? Nein, das war unfair. Im Tierheim hatte man gewisse Standards. Einem Menschen wie Mitchell DeLuca würde man nicht einmal einen bösartigen Pitbull anvertrauen, geschweige denn einen lieben Jungen wie Charlie. Jedenfalls war er früher mal lieb gewesen. Jetzt war er wahrscheinlich ruiniert. Wie sollte ein Kind denn das alles verkraften?

Er sammelte die Scherben ein, wischte den verschütteten Kaffee auf und verband sich die Hand. Dann ging die Haustür auf, und Charlie kam herein.

„Hallo, Kumpel", sagte Tom so sanft er nur konnte.

Der Junge blieb nicht einmal stehen, sondern marschierte – in diesen fürchterlichen Jeans, die am Boden schleiften und an deren Gürtel die Kette rasselte – an Tom vorbei direkt hinauf ins Obergeschoss. Tom folgte ihm.

Charlie stand in seinem Zimmer und schaute sich darin um, als sähe er es zum ersten Mal.

„Tut mir leid wegen deines Dads", sagte Tom.

Der Junge drehte sich um und starrte ihn ungläubig an. Dann drehte er sich zum Schreibtisch um, auf dem immer noch die halbfertige Stearman PT-17 lag, hob sie mit beiden Händen hoch und warf sie auf den Boden. Er stampfte mit dem Fuß darauf herum, immer und immer wieder, bis sie völlig zerstört war. Das Geräusch war schrecklich, doch noch viel schrecklicher war Charlies Schreien. Dann riss er das Manchester-United-Poster von der Wand, stürzte zum Nachttisch, wo das Foto von ihm und Melissa stand, und warf es an die Wand.

Er riss die Tagesdecke vom Bett, trat den Nachttisch um und fiel dann, da es nichts mehr zu zerstören gab, auf die Knie. Sein Schreien war herzzerreißend. Tom kniete sich inmitten der kaputten Flugzeugteile neben ihn und umarmte ihn.

„Geh weg! Ich hasse dich! Ich hasse dich!" Charlie versuchte, ihn wegzustoßen, doch Tom ließ ihn nicht los.

„Es tut mir leid", flüsterte er. „Es tut mir leid, so furchtbar leid, Kumpel."

Charlie boxte ihn und versuchte, sich loszumachen, doch Tom war größer und stärker, und ausnahmsweise war das doch mal ausschlaggebend. Charlie boxte ihn wieder. „Ich hasse dich! Ich hasse dich! Ich hasse dich!", sagte er, doch zuletzt war es nur mehr ein Schluchzen.

Er sank in sich zusammen und schluchzte so sehr, dass sein ganzer Körper bebte. Tom schloss die Augen und drückte ihn noch fester an sich.

„Warum hast du mich immer noch lieb?", brach es schließlich aus dem Jungen heraus, und die Worte zerrissen Tom fast das Herz.

„Ich weiß es nicht", flüsterte er und küsste den Jungen auf die Haare. „Es ist einfach so. Ich werde dich immer lieb haben."

„Er will mich nicht", schluchzte Charlie, und jetzt brach es Tom endgültig das Herz.

„Sein Pech." Oh Mann, er wünschte, ihm fiele etwas Besseres ein. Er wünschte, er fände die richtigen Worte, um den Jungen zu trösten. „Es tut mir so leid, Charlie, aber für ihn tut es mir noch mehr leid."

Der Junge weinte und weinte. Tom wagte es nicht, sich zu bewegen – aus Angst, Charlie würde sich in seinem Zimmer einsperren oder weglaufen. Er hielt ihn fest, redete beruhigend auf ihn ein und wünschte, er wüsste, was er sonst noch für ihn tun könnte. Aber irgendwann wurde das Schluchzen leiser.

„Hasst du denn meine Mutter nicht?", fragte Charlie, der sein Gesicht immer noch an Toms Schulter drückte. „Sie ist mit einem anderen abgehauen und hat dir das Kind aufgehalst, das sie nicht wollte."

Tom setzte sich auf und betrachtete Charlies Gesicht. Der Junge sah rührend jung aus. „Ich glaube, sie hat deinen Dad wirklich geliebt, Charlie. Sie wollte ihre Beziehung zu ihm wieder kitten, damit ihr drei eine richtige Familie werden könnt. Ich hasse sie nicht. Ich habe sie geliebt. Und, ja, es stimmt, sie hat mich verletzt, aber so ist nun mal das Leben, Kumpel."

„Es war so dumm von ihr, beim Überqueren der Straße eine SMS zu schreiben. Sie hätte nicht sterben müssen."

„Ich weiß. Aber sie hat nicht dich verlassen, Charlie. Sie hat mich verlassen."

„Doch, sie und mein Vater sind ohne mich weggefahren."

„Für ein Wochenende. Sie hätte dich nie für immer allein gelassen. Du warst das Wichtigste für sie."

„Weißt du das, oder sagst du es nur, damit es mir besser geht?"

„Ich weiß es." Er sah Charlie in die Augen. Der Lidstrich des Jungen war total verschmiert. „Ich glaube, sie ist nur deshalb so lange mit mir zusammengeblieben, weil sie geglaubt hat, ich wäre gut für dich."

Irgendetwas schien in Charlies Augen aufzublitzen. „Wolltest du Honor wirklich heiraten, damit du bei mir bleiben kannst?"

„Wer hat dir das gesagt?"

„Sie."

Es gab ihm einen Stich ins Herz. „Ja."

Charlie dachte nach. Dann wischte er sich mit dem Ärmel über die Augen (und die Nase; Jungs waren so ekelig … Tom war früher genauso gewesen).

„Tom?", sagte der Junge nach langem Schweigen.

„Ja, Kumpel?"

Charlie rieb sich die Augen. „Du bezeichnest mich doch immer als deinen Stiefsohn, oder?"

„Stimmt."

„Ich hasse das."

„Verstehe. Ich weiß bloß nicht, wie ich sonst sagen soll. Aber ich werde es nicht mehr tun."

„Vielleicht könntest du einfach …" Charlies Stimme brach. „Vielleicht könntest du das ‚Stief‘ weglassen."

Tom senkte den Kopf. Das Gefühl war so überwältigend, dass er auf die Knie gegangen wäre, wenn er nicht ohnehin schon gekniet hätte. Er zog Charlie an sich, und der Junge ließ es zu. Und auch wenn diese Umarmung nicht im gleichen Ausmaß erwidert wurde – irgendwann würde es so sein. Irgendwann in der nicht allzu fernen Zukunft würde es so sein, und Tom konnte warten.

Aus dem zerbrochenen Bilderrahmen am Boden lächelte Melissa ihn an.

Inmitten des verwüsteten Zimmers wurde Tom plötzlich klar, dass er die ganze Zeit gedacht hatte, er wäre hiergeblieben, um Charlie zu retten.

Es war genau andersrum. Charlie hatte ihm eine Familie gegeben, einen Lebensinhalt und einen Ort, wo er hingehörte.

In Wahrheit hatte Charlie ihn gerettet.

# 30. Kapitel

An einem schönen Frühlingstag heirateten Dad und Mrs Johnson vor dem alten Ahornbaum, an dem immer noch die Schaukel hing, und aus Mrs J. wurde Mrs H.

Jack war bei dem Fest der Mann an Honors Seite. „Ein schreckliches Gefühl. Richtig abartig", sagte er. „Ich komme mir vor, als sei ich Connor O'Rourke."

„Wem sagst du das. Und wir haben nicht mal die Entschuldigung, dass wir Zwillinge sind."

Die Trauung fand im Garten statt, da weder die Braut noch der Bräutigam viel Aufhebens um die Hochzeit machen wollte. Goggy weinte während der ganzen Zeremonie laut und wiederholte ständig, dass Mrs Johnson wie eine Tochter für sie sei (eine nette Geste, obwohl die beiden sich seit zwei Jahrzehnten einen erbitterten Kampf lieferten, wer zu Thanksgiving den besten Truthahn machte). Pops hatte die Hochzeit vergessen und musste erst von seinen geliebten Weinstöcken weggezerrt werden. Faith hatte ein paar Blumen in Mrs Johnsons Haar geflochten, und Abby spielte den Hochzeitsmarsch auf ihrem Saxofon.

Die Trauung war kurz und wunderschön.

Als sich alle zum Mittagessen im Freien an den Tisch setzten, hob Pru als die Älteste ihr Glas, um den ersten Trinkspruch auf das Brautpaar auszubringen. „Dad, Mrs J. ... Hey, wie sollen wir jetzt zu Ihnen sagen? Auf jeden Fall ‚du'. Egal, ich hoffe jedenfalls, dass ihr beide glücklich werdet und es genießt, euch gegenseitig zu entdecken ... ihr wisst schon, was ich meine ... und, oh Gott, keine Ahnung, ich schätze, wir können nicht auf neue Geschwister hoffen, denn das wäre ekelig, und wie alt bist du überhaupt, Mrs J.? Ach, nicht so wichtig. Euch beiden ein langes, glückliches Leben und fantastischen Sex."

„Wow, Mom", sagte Abby und deutete auf ihre Augen. „Tränen der Rührung."

„Na und? Es kann nun mal nicht jeder ein großer Redner sein." Prudence nahm einen großzügigen Schluck Wein.

„Heißt das etwa, du bist keine große Rednerin?", fragte Ned.

„Honor, sag etwas Netteres als ich", befahl Pru. „Oh Mann, diese Strumpfhose dringt gerade in Regionen vor, in denen nie zuvor ein Mensch gewesen ist, wenn ich das mal so sagen darf."

„Grundgütiger", murmelte Levi, während Faith vor Lachen keuchte.

„Nur mehr 15 Monate, dann gehe ich aufs College", sagte Abby. „Aber ratet mal, wer schon die Tage zählt?"

Honor stand auf und schaute auf ihren Vater, der in seinem Anzug ziemlich schick aussah, und Mrs Johnson in ihrem wunderschönen, eleganten Kleid. „Ihr beide", begann sie gerührt, „Seht euch bloß an. All die vielen Jahre hast du, Mrs Johnson, dich um uns gekümmert. Für uns aufgeräumt, für uns gekocht, mit uns geschimpft. Ich kann mich an kein Schulkonzert und keine Abschlussfeier erinnern, die du versäumt hättest. Und in all diesen Jahren hast du gesehen, wie Dad sich bemüht, allein glücklich zu sein. Aber manche Menschen sind ohne jemanden, den sie lieben können, nicht komplett, und ich glaube, Dad ist so ein Mensch." Dad wischte sich über die Augen und küsste Mrs J. „Und Dad, du warst sehr mutig, als du Mrs J. zum ersten Mal geküsst hast. Es hätte damals gut sein können, dass sie dir mit dem Topf eins über die Rübe zieht!"

„Ich war mutig, stimmt." Dad nickte. „Schön, dass du es bemerkt hast."

Honor schmunzelte. „Also danke, Dad, dass du so eine tolle Frau gefunden hast, und danke, Mrs J., dass du unseren Vater liebst und uns all die Jahre eine zweite Mutter gewesen bist."

„Hört, hört", sagte Jack, und Mrs Johnson eilte zu Honor und gab ihr einen feuchten Kuss. Dann schaltete Abby ihren iPod ein, und Etta James' Stimme erklang durch den Lautsprecher. „At Last." In der Tat: endlich.

Autos fuhren hupend vorbei, da sich die Hochzeit bereits herumgesprochen hatte. Dad und Mrs J. fingen zu tanzen an. Faith und Levi, Pru und Carl, Ned und Abby und auch Goggy und Pops schlossen sich ihnen an, und als Jack seufzend aufstand und Honor die Hand entgegenstreckte, ergriff sie sie.

„Ich hasse Hochzeiten", sagte er und trat ihr auf den Fuß.

„Aua. Bist du traurig, weil du jetzt nicht mehr Mrs Johnsons Liebling bist?"

„Warum sollte ich nicht mehr ihr Liebling sein?"

„Hm, vielleicht, weil das jetzt Dad ist?"

„Ach, ich bitte dich. Mrs J., bin ich immer noch dein Liebling?“, rief er.

„Aber natürlich, Jackie, mein Schätzchen!“

„Siehst du?“, sagte er triumphierend. Dann löste er Dad ab.

Dad tanzte mit Honor weiter. „Wie geht's meinem Mädchen?“, fragte er, legte seine Wange an ihre und summte zur Musik mit.

Für einen Moment wurde die Erinnerung an früher, als sie noch klein gewesen war, wieder lebendig. Als Dad nach der Arbeit auf dem Weingut nach Hause gekommen war und sie auf den Arm genommen hatte, um mit ihr zu tanzen. Sie erinnerte sich, wie leicht sie sich gefühlt hatte, und wie klein ihre Hand in seinem Nacken ausgesehen hatte. Wie geliebt und geborgen sie sich immer gefühlt hatte. „Ich liebe dich, Daddy.“

„Ich liebe dich auch, meine Kleine. Mein schönes Mädchen.“ Er neigte den Kopf zur Seite und sah sie mit seinen blauen Augen liebevoll an. „Wie geht es dir wirklich?“

Weinst du innerlich?

„Gut“, sagte sie.

„Mir hat deine kleine Rede sehr gut gefallen“, murmelte er. „Du solltest den Rat, den du uns gegeben hast, auch selbst befolgen. Du weißt schon, dass man allein nur die Hälfte eines Ganzen ist.“

„Ich habe mir gerade einen Ehemann bei eBay bestellt“, sagte sie.

„Ich habe Tom vor ein paar Tagen gesehen. Ich dachte, er wäre weggezogen.“

„Nicht, dass ich wüsste.“

„Besteht die Chance, dass ihr wieder zusammenkommt?“

Sie stolperte über ihre eigenen Füße. „Entschuldige. Keine Ahnung. Ich glaube nicht.“

Ich liebe dich nicht.

„Was auch geschehen mag“, sagte Dad, der ihre Gedanken zu lesen schien, „du bist das Herzstück dieser Familie, Honor.“

Die Worte waren wie ein Geschenk, und Honors Augen füllten sich mit Tränen. Sie legte ihre Wange auf die Schulter ihres Vaters und drückte ihn fest an sich.

Später, als Dad und Mrs J. nach New York aufgebrochen waren (wo sie eine Nacht verbringen würden, bevor sie zur Hochzeitsreise nach Jamaika starteten) und alle anderen nach Hause gegangen waren, als der Garten leer und das Geschirr abgewaschen war, ging Honor ins Bett. Sie hatte damit gerechnet, dass sie an Tom denken und unglücklich sein würde, doch zu ihrer Überraschung schlief sie schnell ein.

Plötzlich wachte sie auf. Als sie auf die Uhr schaute, war es 2 Uhr 41 in der Nacht. Allerdings sah es eher aus wie sechs Uhr morgens, weil die aufgehende Sonne alles in orangefarbenes Licht tauchte. Vielleicht hatte es einen Stromausfall gegeben und die Uhr ging falsch.

Doch dann hörte sie es. Es war ein dumpfes Lodern, und noch ehe ihr Gehirn das Geräusch verarbeitet hatte, war sie auf den Beinen und am Fenster.

Knapp 300 Meter weiter weg stand das Alte Haus in Flammen.

Jeans. Ein dickes Sweatshirt, Schuhe, eine Decke. Honor hatte bereits den Notruf gewählt, ehe ihr bewusst wurde, dass sie nach ihrem Handy gegriffen hatte. „Es brennt", rief sie ins Telefon, während sie die Treppe hinunterlief. „Das Haus der Hollands in der Lake View Road."

Sie nahm alles um sich herum mit unglaublicher Klarheit wahr. Jeden ihrer Schritte, das Geräusch ihres Atems, der beim Laufen durch ihre Lunge strömte, die zusammengeknüllte Wolldecke, die sie wie einen Football unter dem Arm trug. Die kalte Frühlingsluft.

Die Flammen waren wie ein lebendiges Monster, das sich aufbäumte, schrie und heulte. Das alte Holzhaus von 1781 war ein Pulverfass – wie oft hatten sie das alle schon gesagt? Warum hatte Honor ihren Großeltern erlaubt, dort zu bleiben? Man hätte wissen müssen, dass so etwas passieren würde.

Pops kniete im Garten neben dem Haus, sechs Meter von der Küchentür entfernt, hustete und wiegte sich vor und zurück, während er versuchte, Luft zu holen. Er hatte offensichtlich Rauch eingeatmet, aber er lebte. „Pops!", sagte sie. „Wo ist Goggy?"

Er deutete auf das Haus. Ihm liefen Tränen über das Gesicht, und er brachte kein Wort heraus.

Sie schaute zum Haus. Überlegte. Du bist das Herzstück dieser Familie.

Sie konnte es schaffen. Sie war ruhig, besonnen und konzentriert, nicht wahr? Sie war jemand, der handelte.

„Bleib hier. Die Feuerwehr ist unterwegs. Ich verspreche, ich hole sie da raus, Pops." Sie warf ihm ihr Handy zu und rannte los, ohne seinen erstickten Schrei, sie solle hierbleiben, zu beachten.

Das Alte Haus hatte vier Eingänge: die Küchentür, die am häufigsten verwendet wurde und die nun in Flammen stand; die vordere Hautür, die Pops letzten Winter zugenagelt hatte; die Kellerluke; und die Seitentür zum Esszimmer. Honor lief zu Letzterer, während sie überlegte, wie sie vorgehen würde.

Leitern? Nein. Die standen derzeit in Jacks Haus; sie hatte sie erst vor zwei Tagen dort gesehen, als sie sich abends zusammen „Dermatologische Albträume" anschauten. Leitern waren also keine Option.

Sie drehte den Wasserhahn für den Gartenschlauch auf. Check. Erinnerst du dich an die Assistenzärztin, die Tom genäht hat? sinnierte ihr Gehirn. Die hat auch immer „Check" gesagt. Oh, sieh nur, die Tulpen blühen. Trotz der Gedanken, die ihr durch den Kopf schwirrten, war sie total zielgerichtet und merkwürdig ruhig. Sie spritzte die Decke mit Wasser ab und wickelte sich darin ein.

Dann schaute sie zum Fenster hinauf und sah, dass sich etwas bewegte.

Ihre Großmutter lebte noch. Und sie würde nicht im Feuer sterben. Nicht während Honors Schicht.

Von fern hörte sie die Sirenen der Feuerwehr von Manningsport. Da es sich um freiwillige Helfer handelte, hatten die Männer zuerst zur Feuerwache fahren müssen, um zu den Feuerwehrautos zu kommen. Sicher, ein paar würden auch in ihren Pick-ups herfahren, aber die würden weder Schläuche noch Leitern mithaben. Honor hatte es einige Male miterlebt, wie die Jungs in ihren Uniformen auf die Feuerwehrautos mit der Ausrüstung gewartet hatten.

Levi würde als Polizeichef schon hierher unterwegs sein. Ned ebenfalls. Jessica Dunn, Kelly Matthews. Gerard Chartier – ein Notfallsanitäter und Feuerwehrmann mit langjähriger Erfahrung – wäre der ideale Mann, um Goggy zu retten. All diese Gedanken schossen Honor mit lasergenauer Klarheit durch den Kopf – und trotzdem stand sie bereits auf der Schwelle der schmalen Seitentür.

Sie hatte keine Zeit zu verlieren.

Sie war noch nie in einem brennenden Gebäude gewesen. Für den Bruchteil einer Sekunde sah sie sich um. Das Feuer, schön und furchterregend zugleich, hatte die Küchenwände erfasst, und durch den dichten Qualm schien der Raum weit weg zu sein. Das Geräusch der lodernden Flammen, das wütende Tosen und das Knistern und Prasseln machten einem Angst.

Beeil dich, Honor.

Es war die Stimme ihrer Mutter.

Durch das Esszimmer in den Hausflur, wo das Feuer die Treppe hoffentlich noch nicht erreicht hatte. Der Rauch, den sie einatmete, war beißend und ölig. Alles, was hier herumstand – Pops' Weinregale, die Schachteln mit Goggys Schnittmustern, das Sideboard der Urgroßmutter – war Zunder für das Feuer. Hinein ins Wohnzimmer. Ihre Klamotten waren heiß. Oh Gott, es war wirklich wie in einem Ofen, wie die Leute immer erzählten. Der Rauch war so dicht, dass man die eigene Hand vor Augen nicht mehr sah. Honor stieß gegen die Couch, hustete und stieß gegen eine Wand. Das Foto von Dads und Moms Hochzeit. Der sechs Jahre alte Kalender mit griechischen Inseln, der, wie Goggy gesagt hatte, zu schön war, um ihn herunterzunehmen.

Das Feuer loderte so laut und gewaltig, dass Honor es mit der Angst zu tun bekam.

Wie viele andere Häuser im Kolonialstil hatte auch im Alten Haus jedes Zimmer eine Tür, um Durchzug zu vermeiden. Honor tastete nach der Tür zum Treppenaufgang. Der Knauf war bereits warm.

Schließ die Tür hinter dir.

Ein guter Rat. Sie befolgte ihn und ging keuchend die Treppe hinauf. Ihr Hals brannte vom Rauch, ihre Augen tränten. Die Decke, in die sie sich eingewickelt hatte, war schwer und dampfte. Warum musste Goggy auch oben wohnen? Aber kein Grund, in Panik zu geraten – hatte Kate Winslet nicht auch eine alte Dame gerettet? Wenn die das konnte, dann konnte Honor das auch. Andererseits hatte diese Frau wahrscheinlich nicht mehr als 45 Kilo gewogen. Goggy war stämmiger gebaut. Aber das hier war ihre Großmutter. Sie würde nicht bei einem Feuer sterben. Kam nicht infrage.

Honor ging durch die Tür oben auf der Treppe und machte sie hinter sich zu. Ihr Hals war trocken und heiß. „Goggy!", schrie sie. Das Krächzen hörte sich nicht gerade beruhigend an.

Die Schlafzimmer im Obergeschoss waren nicht durch einen Flur, sondern durch Türen getrennt. Honor ging in den ersten Raum, das sogenannte Flieder-Zimmer, in dem sie und Faith früher immer übernachtet hatten, wenn Mom und Dad – was selten vorgekommen war – verreist waren. Goggys Schlafzimmer war weiter hinten, direkt über dem Esszimmer und gegenüber der Hintertreppe, die hinunter in die Küche führte.

Die Küche, die bereits in Flammen stand. Und da Honor vorhin das Feuer in der Küche vom Esszimmer aus gesehen hatte, bedeutete das, dass die Tür nicht geschlossen gewesen war. Und das Esszimmer war der Raum, durch den sie sich ins Freie retten mussten.

Nicht gut.

Honor tastete nach der Verbindungstür zwischen den beiden Räumen. Sie war warm, aber nicht richtig heiß. „Goggy!" Hustend rang sie nach Luft, aber alles, was in ihre Lungen gelangte, war Rauch. Sie versuchte, den Türknauf zu drehen.

Die Tür war versperrt.

Jetzt kam ihr zum ersten Mal der Gedanke, dass sie hier sterben könnte. Die Chancen standen sogar sehr gut. Ihr Vater würde nie darüber hinwegkommen. Sie würde Faith nie als Mutter erleben; sie würde nie sehen, wie Abby ihren Collegeabschluss machte oder Ned heiratete. Jack wäre am Boden zerstört, und Pru würde nie mehr dieselbe sein.

Sie hockte sich hin. Hier unten war die Luft ein bisschen besser.

Du hast noch ungefähr eine Minute Zeit.

„Goggy! Ich bin hier!"

Bitte, lieber Gott, hilf. Bitte, Mom.

Die Tür ging auf, und vor ihr stand – hustend und mit wirrem Haar – ihre Großmutter.

„Komm." Honor warf Goggy die Decke über den Kopf und die Schultern. Goggys Gesicht war tränennass, und sie schien kaum noch Luft zu bekommen. „Wir schaffen es hier raus", keuchte Honor. „Wir kommen hier nicht ums Leben." Sie packte Goggy an der Hand und zog sie zurück ins Flieder-Zimmer.

Irgendwo ganz in der Nähe hörte man ein lautes Krachen. Die Küchendecke stürzte gerade ein. Honor konnte es sich fast wie in einem Film, der in ihrem Kopf ablief, vorstellen. Die Sekunden liefen so langsam ab wie Stunden, und ihr Kopf war merkwürdig klar.

Sie machte die Tür zur vorderen Treppe auf. „Halt dich an mir fest", sagte sie zu ihrer Großmutter.

Schließ die Tür, Schatz.

Honor tat es. Im vorderen Treppenhaus war weniger Rauch, und das Atmen fiel ihr hier ein wenig leichter. Goggy, die Honor von hinten die Hände auf die Schultern gelegt hatte, rang immer noch schwer nach Luft und hustete. Sie schleppten sich die Treppe hinunter, während das Feuer sie mit seinem schrillen, prasselnden Gelächter zu verspotten schien.

Wenn die vordere Haustür nicht zugenagelt gewesen wäre, hätten sie jetzt sofort hinaus in den Garten laufen und die herrlich klare Frühlingsluft einatmen können.

Aber die Tür war zugenagelt. Honor rüttelte trotzdem daran, riss am Türknauf und schlug und trat gegen das Holz, doch Pops hatte ganze Arbeit geleistet. Honor trat noch einmal dagegen, Und noch einmal. Die Tür bewegte sich nicht.

Ihr Handy war bei Pops.

„Helft uns!", schrie sie, obwohl sie bezweifelte, dass irgendjemand sie hören konnte. Das Lodern des Feuers war zu laut.

„Okay, wir müssen hier irgendwo raus", sagte sie zu Goggy. Vielleicht war die Feuerwehr schon da und konnte ihnen helfen. Bitte. Vielleicht konnte sie im Esszimmer – falls sie es dorthin schafften – ein Fenster einschlagen. Die vielen Verstrebungen der alten Schiebefenster würden das allerdings schwierig machen. „Lass die Decke auf deinem Kopf und halt meine Hand."

„Geh ohne mich." Goggy hustete. „Geh, Liebes."

Honor schaute ihr in die Augen. „Nein. Wir schaffen das. Wir sind Holland-Frauen, okay? Ich lasse dich nicht allein. Also, bist du bereit?"

Goggy packte ihre Hand. „Ja."

Honor machte die Tür auf.

Rauch und Flammen schlugen ihr entgegen. Honor warf die Tür rasch wieder zu und schob Goggy zurück zur Treppe.

In diesem Moment stürzte das Dach ein.

# 31. Kapitel

Tom konnte nicht schlafen.

Sein ganzer Körper vibrierte regelrecht vor Adrenalin.

Charlie würde es künftig gut gehen. Charlie würde es sogar bestens gehen. Tom hatte ihn nach dem Abendessen zu den Kelloggs zurückgebracht. „Bis bald", hatte er zum Abschied gesagt.

„Ja", hatte Charlie geantwortet. „Das wäre schön." Dann hatte er sich nach kurzem Zögern zu Tom hinübergebeugt und ihn umarmt. „Danke", hatte er geflüstert und war dann ins Haus gelaufen.

Tom war im Wagen sitzen geblieben und hatte sich über die Augen wischen müssen. Vielleicht konnte Charlie bei ihm wohnen. Aber vielleicht hatte es auch etwas Gutes, wenn er bei Melissas Eltern lebte. Möglich, dass es ihm reichte, Tom ein paar Mal pro Woche zu treffen.

Tom würde abwarten, wie sich alles entwickelte. Im Moment war er zufrieden mit der Situation.

Charlie würde es gut gehen. Das war also nicht der Grund, warum Tom wach lag.

Honor war der Grund.

Drei Straßen weiter weg ging die Feuerwehrsirene los. Ein einsames Geräusch.

Und ja, er war einsam. Oh, er hatte genug Freunde in dieser kleinen Stadt. Colleen und Connor – und auch Droog. Er hatte die Kids aus dem Boxclub, Dr. Didier, der er jetzt regelmäßig beim Gewichtheben Hilfestellung gab, und sogar Levi Cooper, der ihn neulich Abend auf ein Bier eingeladen hatte, obwohl er ja Honors Schwager war.

Aber er vermisste sie. Ihre sanfte Stimme, ihre Art, vor dem Reden zu denken, ihren Mund, ihre Hände, ihre Haare.

Oh Mann, es hatte ihn schwer erwischt.

Es war 21 Tage her, dass er ihr das Herz gebrochen hatte. Acht Tage seit ihrer Begegnung im O'Rourke's. Ungefähr 186 Stunden, seit er sie zum letzten Mal gesehen hatte, 428, seit er sie bei diesem aufwühlenden Treffen im Weinkeller geküsst und ihr gesagt hatte, dass er sie nicht liebte.

Idiot.

Lügner.

Er stand auf und zog sich an. Ihr Vater würde ihm wahrscheinlich bei der erstbesten Gelegenheit den Hals umdrehen. Zu Recht; Tom würde es genauso machen, wenn er eine Tochter hätte, die von irgendeinem hirnlosen Fremden so behandelt worden wäre.

Trotzdem.

Vielleicht war ein Anruf angebracht.

Es meldete sich ihre Mailbox. Es war schließlich 2 Uhr 50 in der Nacht.

„Hier ist Tom", sagte er. „Ich vermisse dich. Ich liebe dich. Ich fahre jetzt zu dir. Wenn dein Vater also eine Knarre hat, versuch ihn zu beruhigen, und sag Ratty, dass sie mich nicht beißen soll. Ich liebe dich – habe ich das schon erwähnt?" Er schwieg kurz. „Und es tut mir leid, Honor."

Dann ging er hinunter, nahm seine Schlüssel und lief zum Wagen.

Als der erste Pick-up mit Blaulicht am Dach – ein Zeichen, dass einer der freiwilligen Feuerwehrmänner aus Manningsport am Steuer saß – an ihm vorbeifuhr, dachte er sich noch nichts dabei.

Doch als ein zweiter und dann ein dritter Wagen an ihm vorbeiraste und alle diese Autos in die gleiche Richtung wie er fuhren, nämlich hinauf zum Weingut, war Tom sehr wohl alarmiert. Die kalte, nackte Angst war plötzlich sein Beifahrer.

Es gab keinen Zweifel. Honor war in Schwierigkeiten.

Er gab Vollgas.

Der Feuerschein ließ keinen Zweifel daran, was ihn erwartete. Blinkendes Rotlicht vor unheilvoll züngelnden orangefarbenen Flammen, ungezählte Fahrzeuge auf der Wiese vor dem Haus der Großeltern, umherrennende Leute und Wasserschläuche, deren Strahl auf das Dach eines riesigen Feuerballs gerichtet war. Eines Feuerballs, der einmal das Alte Haus gewesen war.

Bitte, Gott, mach, dass die Großeltern sich ins Freie gerettet haben.

Ein alter Mann mit einer Warnjacke winkte ihn zu sich, doch Tom fuhr an ihm vorbei in die Einfahrt und hielt auf der Wiese hinter den anderen Fahrzeugen und einem Polizeiauto.

Nur zwei Feuerwehrfahrzeuge. Mist.

Levi Cooper war da und schrie gerade etwas in sein Funkgerät. Weiter drüben stand Honors Großvater. Faith kniete auf dem Boden und schluchzte.

Dann stürzte ein Teil des Dachs ein. Enorme Mengen an Rauch und Funken stoben zum Himmel.

Tom merkte erst, dass er losgerannt war, als ihn jemand am Arm packte.

Brogan Cain in Feuerwehruniform.

„Wo ist sie?", fragte Tom.

„Es tut mir so leid", sagte er. Seine Augen waren feucht.

„Warum bist du nicht drinnen?"

„Es ist zu gefährlich. Der Feuerwehrchef hat uns zurückgerufen."

„Ist Honor im Haus?"

Brogans Blick sagte alles. Tom lief los, doch Brogan erwischte ihn und riss ihn zurück. „Du kannst da nicht rein, Tom! Es ist zu gefährlich. Und es ist zu spät."

Dann schnellte Brogans Kopf nach hinten, und er fiel um. Tom nahm den stechenden Schmerz in seiner Hand kaum wahr, lief – begleitet von warnenden Rufen – über die Wiese. Als er das Haus erreichte, warf ihn die Hitze fast zu Boden.

Aus allen Fenstern auf der Vorderseite schlugen Flammen. Vom hinteren Teil des Hauses waren nur mehr glosende Asche und Schutt übrig. Tom konnte den Kühlschrank sehen.

Grundgütiger.

Seine Haut spannte schmerzhaft von der Hitze, und die Luft in seinem Hals fühlte sich wie zersplittertes Glas an. Zu heiß, um zu atmen.

Er versuchte, den Knauf der Haustür zu drehen. Im Schloss klickte der Riegel nach unten, doch die Tür ließ sich nicht öffnen. Tom ging einen Schritt zurück und trat gegen die Tür. Ein Mal. Zwei Mal. Oben im Haus hörte man ein wahnsinnig lautes Krachen. Aus dem Augenwinkel sah Tom einen Feuerwehrmann auf sich zulaufen, der ihn zweifellos vom Haus wegzerren wollte.

Tom bemerkte, dass seine Klamotten rauchten.

Der dritte Tritt war erfolgreich.


Tod durch Rauchgasvergiftung oder Verbrennen … ganz weit unten auf Honors Liste der Möglichkeiten, das Zeitliche zu segnen. Tod durch Erfrieren hatte sich immer friedlich angehört. Sie konnte sich vorstellen, dass auch ein Koma okay wäre, wenn das Ereignis, das ihm vorausging, nicht zu brutal war.

Aber nicht so.

Der Rauch würde sie beide bald umbringen ... wenn es die Flammen nicht schon vorher taten.

Es war jetzt noch heißer, und Goggy schien immer schwächer zu werden. „Goggy?", sagte sie. „Bleib bei mir, okay? Ich habe Angst. Ich brauche dich." Steh uns bei, Mommy.

Goggy drückte Honors Hand.

Dad. Faith. Pru, Jack, Abby und Ned. Mrs J.

Tom.

Ihr Herz zog sich zusammen, und jetzt, in diesem Moment, war sie unglaublich froh, sich in ihn verliebt zu haben. Froh, erlebt zu haben, wie es war, jemanden aufrichtig zu lieben. Froh für die kurze Zeit, in der es so ausgesehen hatte, als würde die Beziehung funktionieren. Was für ein Geschenk es doch gewesen war, Tom zu lieben und sich geliebt zu fühlen.

Und dann brach die Tür krachend nach innen auf, sie und Goggy sprangen zur Seite, und er war da. Tom stand vor ihnen, griff nach ihnen, und seine Hand war klebrig. Er zog sie beide hoch und hinaus ins Freie, und die Luft, sie war so kühl und wunderbar, und vielleicht war sie gerade gestorben, und das war der Himmel, aber wenn es so war, wo war dann Mom?

Du hast es geschafft, Schatz.

Jetzt weinte sie und rang keuchend nach Luft, und sie und Goggy waren plötzlich von Feuerwehrmännern umgeben, Menschen schrien, und auf einmal war Pops da. Zog Goggy an sich und umarmte sie. Schluchzte. Und da waren Levi und Faith! Ach, Faithie weinte ebenfalls und klammerte sich an ihr fest, und Levi führte sie beide zu einem Rettungswagen. Und da war Jessica Dunn, die lächelte und sich die Augen wischte und sogar in Uniform wunderschön aussah.

Kelly Matthews drückte ihr eine Sauerstoffmaske auf Mund und Nase, und Honor atmete dankbar ein, hustete und atmete wieder ein. In ihrer Brust brannte es. Pops nahm ihre Hand und küsste sie. „Danke", sagte er immer noch weinend. „Danke, mein Engel."

„Du musst jetzt ins Krankenhaus", sagte Kelly mit einem Lächeln. „Du Wahnsinnsfrau, du."

Den Rest nahm Honor nur mehr verschwommen wahr: eine Trage ... ein lächelnder und rußverschmierter Gerard ... Ned, ihr süßer, hübscher Neffe mit feuchten Augen und einem Grinsen im Gesicht. Die Fahrt im Rettungswagen – ihre erste. Oh Mann, sie war müde! Jack wartete in der Notaufnahme, und auch Jeremy Lyon war da, gab ihr einen Kuss auf die Wange und hielt ihre Hand. Die Ärzte, der Feuerwehrchef und Levi schalten sie wegen ihrer Dummheit, in ein brennendes Gebäude zu laufen, und lobten sie gleichzeitig für ihren Mut, in ein brennendes Gebäude zu laufen.

Goggy ging es gut; sie wurde ebenfalls wegen einer Rauchgasvergiftung behandelt. Dito Pops, der sich weigerte, seiner Frau von der Seite zu weichen.

„Wo ist Tom?", fragte Honor. Ihre Stimme klang ganz fremd.

„Er ist hier", sagte Faith immer noch schluchzend. „Er ist im Pickup von irgendjemandem hergekommen." Dann hielt sie ihr Handy hoch. „Dad ist dran. Ich habe ihn vor fünf Minuten angerufen, und sie sind gerade auf dem Heimweg. Sag Hallo. Er glaubt nicht, dass es dir gut geht."

„Mir geht's gut, Daddy", sagte Honor, und ihr Vater brach in Tränen aus.

„Mein tapferes, tapferes Mädchen", schluchzte er.

Alles, wonach Honor sich jetzt wirklich sehnte, war ein Nickerchen. Und Tom.

Doch die Ärzte ließen sie nicht in Ruhe. Sie musste Untersuchungen über sich ergehen lassen und bekam Sauerstoff, doch irgendwann schlief sie ein.

Als sie aufwachte, war es viel ruhiger. Sie befand sich in einem normalen Krankenzimmer, nicht in der Notaufnahme, und hatte ein Patientenhemd an. Aus dem Flur fiel ein schwacher Lichtstrahl ins Zimmer.

Und Tom war da, auf einem Stuhl neben ihrem Bett. „Hallo", sagte er, und ihre Augen füllten sich mit Tränen.

„Danke, dass du mir das Leben gerettet hast", flüsterte sie. „Schon wieder."

„Danke, dass du mich zwanzig Jahre meines Lebens gekostet hast", sagte er. „Schon wieder. Wenn das so weitergeht, bin ich in einem Monat tot." Er griff nach unten und hob etwas auf. Spike. „Sag Hallo, Ratty."

Spike sprang vor Freude winselnd aufs Bett, kletterte auf Honors Brust und leckte ihr das Gesicht ab. Genauer gesagt, die Tränen. Honor lächelte gerührt und runzelte dann die Stirn. „Was ist mit deinen Händen passiert?", fragte sie Tom. Sie waren beide bandagiert.

„Ich habe sie mir am Türknauf verbrannt."

Sie verzog mitfühlend das Gesicht. „Tut mir leid."

„Scheißegal. Das war es wert. Und jetzt rutsch rüber." Er schob das Seitengitter des Betts nach unten und legte sich zu ihr. Die Matratze ächzte unter seinem Gewicht. „Und steck den hier wieder an, und nimm ihn nie mehr ab."

Er schob ihr den Verlobungsring auf den Finger.

„Tom …"

„Sei still", sagte er, und sehr zu Honors Überraschung füllten sich seine Augen mit Tränen. „Du heiratest mich. Ende der Diskussion."

Es gab ihr einen Stich ins Herz. „Das ist sehr lieb von dir", flüsterte sie. „Und ich weiß, dass du dich meinetwegen zu Tode erschreckt hast, aber deshalb brauchst du mich nicht …"

„Hör deine Mailbox ab. Ich war der ganzen Aufregung meilenweit voraus."

„Was soll das heißen?"

Er strich ihr mit einer bandagierten Hand die Haare aus dem Gesicht. „Das heißt, es war nicht notwendig, dich fast zu verlieren, um zu merken, dass ich dich liebe, Honor."

Ratty – äh, Spike – hatte nun noch ein paar Tränen mehr abzulecken, denn jetzt öffneten sich bei Honor alle Schleusen. Dann biss der Hund Tom in die Hand.

Er verzog den Mund zu diesem schiefen, süßen Lächeln, bei dem Honor vor lauter Liebe jedes Mal Herzklopfen bekam. „Sag Ja, Liebste."

„Wie war noch mal die Frage?"

Sein Lächeln wurde breiter. „Willst du meine Frau werden? Diesmal aus dem einzigen Grund, dass ich ohne dich nicht leben kann und wahrscheinlich vor lauter Kummer sterben würde, wenn du mich nicht heiratest."

„Na, in dem Fall habe ich wohl keine andere Wahl."

Er küsste sie. „Ich verstehe das mal als Ja."

# Epilog

*Achtzehn Monate später*

Die Zuschauertribüne war extrem voll, es war laut und roch nicht besonders gut. Allerdings auch nicht unerträglich schlecht. Honor hatte sich schon einigermaßen daran gewöhnt.

„Brauchst du irgendetwas, Darling? Alles in Ordnung? Hast du Hunger?"

„Alles bestens, Tom. Setz dich. Du machst mich ganz nervös."

„Ja, gute Idee." Er setzte sich zwar nicht hin, beugte sich aber zu ihr hinunter und gab ihr einen Kuss. Dann ging er wieder nervös auf und ab.

„Ich habe Angst, mich hinzusetzen", sagte Goggy und nahm trotzdem Platz. „Alles voller Bazillen hier! Meinst du, es wird hier jeden Tag sauber gemacht?"

„Keine Ahnung, Goggy."

„Sie hätten das im Veranstaltungssaal von Rushing Creek machen sollen", meckerte die alte Dame. „Viel sauberer." Nicht, dass der Veranstaltungssaal groß genug gewesen wäre, aber, ja, Goggy und Pops waren einen Monat, nachdem das Alte Haus niedergebrannt war, in das „Irrenhaus" gezogen und völlig begeistert. Pops flirtete laut Goggy mit „diesen 60-plus-Schlampen" und sah immer noch jeden Tag auf dem Weingut nach den Rebstöcken. Goggy hatte mit dem Schwimmen im riesigen Pool begonnen und war bislang noch nicht ertrunken, und niemand hatte eine Lebensmittelvergiftung bekommen. Goggy kam trotzdem mindestens zwei Mal pro Woche ins Neue Haus, um mit Mrs Johnson (die trotz ihres Status als verheiratete Frau immer noch so genannt wurde) zu kochen und zu streiten.

Zu dem großen Event heute war der gesamte Holland-Clan erschienen. Natürlich saßen alle in der ersten Reihe. Sogar Abby war von der New York University hergekommen und sah mit ihren Stirnfransen und der Lederjacke unglaublich mondän aus. Ned flirtete, sehr zum Ärger von Levi, mit Sarah Cooper, Levis kleiner Schwester.

Sogar die Kelloggs waren da, und obwohl Janice Tom immer noch so anstarrte, als wollte sie ihn am liebsten auf der Stelle vernaschen, war es doch ein netter Zug von ihnen, dass sie wegen Charlie gekommen waren.

„Trink." Mrs Johnson gab Honor eine Thermoskanne und tätschelte Spike das Köpfchen. „Du brauchst viel Flüssigkeit. Es ist Gurkenwasser. Ist sehr gesund und schmeckt köstlich."

„Wie geht es meinem Enkelkind?", fragte Dad und streichelte Honors Bauch. „Hallo da drin! Grandpa kann es kaum erwarten, dich kennenzulernen!"

Ja, sie war schwanger. Viereinhalb Monate und schon total verliebt in den kleinen Racker in ihr. Sie brannte darauf zu erfahren, ob es ein Junge oder ein Mädchen war. Aber sie wollten lieber warten. Da waren sie beide altmodisch.

Sechs Monate nach der Hochzeit hatte Charlie Tom gefragt, ob er bei ihnen im Neuen Haus wohnen dürfte. Zuerst hatten die Kelloggs sich ein wenig gesträubt (was würden denn ihre Freunde denken?), doch das hatte sich bald gelegt. Schließlich wussten alle, Charlie eingeschlossen, dass Janice und Walter in Wahrheit keine Lust mehr hatten, die Verantwortung für ihn zu tragen.

Tom und Honor aber schon.

Mit Mitchell DeLuca war die ganze Sache etwas problematischer. Er legte auf, wenn Tom ihn anrief, und machte Charlie per SMS Schuldgefühle. Tom wäre am liebsten sofort nach Phillly gefahren und hätte ihn zu Brei geschlagen, aber Honor hatte Mitchell statt dessen zum Abendessen ins Neue Haus eingeladen. Hatte Goggys Schinken mit Salzkartoffeln und Mrs Johnsons gestürzten Ananaskuchen aufgetischt und Tom das Versprechen abgerungen, sich zurückzuhalten und ihr die ganze Sache zu überlassen. Dann hatte sie Mitchell einfach gesagt, dass niemand jemals seinen Platz in Charlies Leben einnehmen würde, sie und Tom den Jungen jedoch beide liebten und ihm Stabilität und eine Großfamilie geben konnten. Mitchell sei jederzeit willkommen, wenn er Charlie sehen wolle, und auch Charlie könne ihn gern besuchen. Dann sah sie ihn eindringlich an und wartete darauf, dass er zustimmte.

Und das tat er. Sie war gut in diesen Dingen.

Als Mitchell fort war, umarmte Tom sie und sagte ihr, dass er sie mehr liebe, als er überhaupt für menschenmöglich gehalten hatte, und er könnte nur Gott danken, dass sie verheiratet seien, denn ohne sie wäre er verloren.

Und so kam es, dass Charlie fast auf den Tag genau vier Jahre, nachdem seine Mutter Tom Barlow kennengelernt hatte, ins Neue Haus einzog. Er war wortkarg und schlampig, seine Noten waren mittelmäßig, und sein Musikgeschmack hatte sich nicht verbessert. Aber er liebte Tom, das war offensichtlich. Und er liebte auch Honor, obwohl er es nie aussprach.

Und jetzt ein Baby. Sie konnte es kaum erwarten, das Gesicht ihres Kindes zu sehen. Konnte es kaum erwarten, Tom zu sehen, wenn er das Baby zum ersten Mal sah. Konnte es kaum erwarten, Charlie als großen Bruder zu erleben.

„Sie fangen an", sagte Tom und setzte sich neben sie. Sie nahm seine Hand, die schweißnass war.

„Er ist bestimmt super", versuchte sie ihn zu beruhigen.

Tom lächelte sie verzagt an und massierte sich dann den Nacken. „Kann sein, dass ich gleich einen Herzinfarkt kriege."

„Ich auch."

„Welcher ist Charlie?", wollte Goggy wissen und kniff die Augen zusammen.

„Warum legst du dir keine Brille zu?", fragte Pops.

„Ich brauche keine. Du bist derjenige, der blind wie ein Maulwurf ist."

Dad beugte sich vor und legte Tom eine Hand auf die Schulter. „Viel Glück."

Die Glocke läutete. „Los, Charlie!", brüllte Abby. „Du schaffst es, Kumpel!"

Laut Reglement des „Western New York Regional Junior"-Turniers um den Goldenen Boxhandschuh musste Charlie drei Runden zu je 90 Sekunden im Ring absolvieren. Er hatte die ersten beiden Kämpfe gewonnen, und das hier war der Kampf um die Meisterschaft. Leider sah sein Gegner wie eine Mischung aus Oscar de la Hoya und dem unglaublichen Hulk aus und schien gut 20 Kilo mehr zu wiegen als Charlie. Tom beteuerte zwar, das sei unmöglich, aber für Honor sah es ganz danach aus.

Das würden die längsten 270 Sekunden ihres Lebens werden. Sie kaute an ihren Fingernägeln und konnte kaum hinsehen.

Aber natürlich tat sie es doch und zuckte jedes Mal zusammen, wenn der andere Junge einen Treffer landete. Tom war aufgesprungen und feuerte Charlie an. „Los, Kumpel! Super! Beinarbeit, Deckung! Gleich hast du's geschafft, Junge!"

Honor sprang ebenfalls auf. „Hände vors Gesicht!", schrie sie. „Halt durch, Charlie!"

Am Schluss schrie der ganze Holland-Clan, und als der Schiedsrichter Charlies Arm hochhielt und ihn damit zum Sieger erklärte, waren alle vor Freude außer sich.

Dann ging Charlie, der vor Erschöpfung schwankte, zu den Seilen und winkte Tom zu sich.

Tom war einen Moment wie erstarrt, dann sah er Honor an. „Ich liebe dich", sagte er. Obwohl er es ihr mindestens fünf Mal am Tag sagte, machte ihr Herz immer noch jedes Mal einen Freudensprung. Er beugte sich zu ihr hinunter und küsste sie auf den Bauch. „Und dich, Baby, liebe ich auch."

Dann lief er los. In den Ring. Zu seinem Sohn.

– ENDE –

# Danksagung

Ich bedanke mich bei der „Chefin", bei Chelsea Gilmore, Martha Guzman und Elizabeth Copps von Maria Carvainis Agency, Inc. Was für ein Glück, euch an meiner Seite zu haben!

Ein großes Dankeschön an den Harlequin-Verlag und alle, die dort mit mir zusammenarbeiten, besonders Margaret O'Neill Marbury, Susan Swinwood, Kate Dresser, Tara Parsons, Michelle Renaud und Leonore Waldrip.

Kim Castillo von Author's Best Friend und Sarah Burningham von Little Bird Publicity unterstützen mich auf so viele Arten, dass es unmöglich ist, sie alle aufzuzählen. Außerdem sind die beiden die nettesten Menschen, die man sich vorstellen kann.

Danke, Kyle Bennett alias Der süße Boxtrainer, dass du meinen Allerwertesten gnadenlos in Form gebracht hast, als du mir Boxen, diesen eleganten Sport, nähergebracht hast. Ich weiß die Quälerei zu schätzen! Danke auch an Jennifer von der US-Einwanderungsbehörde (die ganz anders als die Bethany im Buch ist). Etwaige Fehler und Übertreibungen stammen allesamt von mir. Danke, Hank Robinson, mein zweiter Vater, dass du mich bei allem beraten hast, was mit Flugzeug- und Maschinenbautechnik zu tun hat. Hab' dich lieb! Dank an meinen Bruder Mike Higgins, Inhaber des Litchfield Hills Wine Market, für seine Hilfe bei allem, was mit Wein zu tun hat. An meine Mom, die mein Zeug Korrektur liest und über Droog Dragul so herzlich gelacht hat. Danke, Mommy!

In der Region Finger Lakes im Bundesstaat New York bedanke ich mich bei den hilfsbereiten, wunderbaren Menschen des Finger Lakes Wine Country, dem Steuben County Conference & Visitors Bureau und besonders bei Sayre Fulkerson und John Iszard vom Weingut Fulkerson sowie bei Kitty Oliver vom Weingut Heron Hill.

In der Welt der Autorinnen und Autoren bin ich mit vielen Freundinnen und Freunden gesegnet, da diese Welt anscheinend mit den nettesten und großzügigsten Menschen bevölkert ist, die man sich nur vorstellen kann. Mein besonderer Dank gilt Jill Shalvis, Robyn Carr,

Susan Andersen, Huntley Fitzpatrick, Shaunee Cole, Karen Pinco, Jennifer Iszkiewicz und Kelly Matthews für ihre Liebe, ihr Lachen und ihre Unterstützung.

Dank an die Liebe meines Lebens, Terence Keenan, und an unsere zwei wunderbaren Kinder, die mir unendlich viel Freude, Glück und Lachen bescheren … Oh Mann, ich liebe euch mehr, als ich sagen kann.

Und danke, liebe Leserinnen und Leser, dass Sie meinem Buch einen Teil Ihrer Zeit geschenkt haben. Ich fühle mich geehrt.

*Kristan Higgins*

# Lieber für immer
# als lebenslänglich

Roman

Aus dem Amerikanischen von
Elisabeth Hartmann

# Prolog

An einem wunderschönen Tag im Juni wurde Faith Elizabeth Holland in einem einer Prinzessin würdigen Hochzeitskleid und mit einem Strauß perfekter rosafarbener Rosen in den Händen buchstäblich unter den Augen der halben Stadt vor dem Altar verlassen.

Damit hatten wir nun wirklich nicht gerechnet.

Da saßen wir alle in der Trinity-Lutheran-Kirche, lächelnd, festlich gekleidet, kein Platz war mehr frei, die Menschen standen in Dreierreihen hinter den voll besetzten Bänken. Die Brautjungfern trugen Rosa, und Faiths Nichte, gerade dreizehn Jahre alt, sah hinreißend aus. Der Trauzeuge hatte sich in seine Ausgehuniform geworfen, und Faiths Bruder fungierte als Platzanweiser. Es war wunderschön!

Die Hochzeit dieser beiden jungen Leute – Faith und Jeremy, seit Schulzeiten ein Paar – hätte einer der glücklichsten Tage werden sollen, die unsere Stadt seit Jahren gesehen hat. Immerhin waren die Hollands eine der hiesigen Gründerfamilien, Leute vom Typ *Salz der Erde*. Sie besaßen mehr Land als jeder andere im Weinbaugebiet der Finger Lakes, Hektar um Hektar Weinberge und Wald bis hinunter zum Keuka, dem Krummen See, wie wir ihn nennen. Die Lyons, nun ja, die stammten zwar aus Kalifornien, aber wir mochten sie trotzdem. Sie waren eher Geldleute. Nette Menschen. Ihr Land grenzte an das der Hollands, demnach waren die Kinder Nachbarn. Ist das nicht süß? Und Jeremy, ach, er war ein prima Kerl! Er hätte Profi in der NFL werden können. Nein, wirklich, er war gut. Doch stattdessen zog er zurück in unsere Stadt, nachdem er Arzt geworden war. Er wollte genau hier praktizieren, sich hier mit seiner lieben Faith niederlassen und eine Familie gründen.

Die beiden hatten sich so romantisch kennengelernt, gewissermaßen auf medizinischem Wege. Faith, damals Oberstufenschülerin, erlitt einen epileptischen Abfall. Jeremy, der gerade auf unsere Schule gewechselt war, drängte sich unter massivem Einsatz seiner Ellenbogen zu ihr vor, hob sie auf seine kräftigen Footballer-Arme, was man genau genommen ja in solchen Fällen eher nicht tun sollte, aber er meinte es nur gut. Und was für ein Bild das abgab, als Jeremy, groß und dunkel-haarig, Faith durch die Gänge trug. Er brachte sie ins Büro der Schul-schwester, wo er an ihrer Seite blieb, bis ihr Dad kam und sie abholte. Es war, so erzählt man sich, Liebe auf den ersten Blick.

Sie gingen zusammen zum Abschlussball. Faiths dunkelrote Locken umspielten ihre Schultern, das mitternachtsblaue Kleid ließ ihre Haut sahnig weiß wirken. Und Jeremy sah *so* gut aus wie die einen Meter sechsundachtzig große Skulptur eines Football-Gottes. Mit seinem schwarzen Haar und den dunklen Augen hätte man ihn glatt für einen heißblütigen italienischen Adeligen halten können.

Er ging aufs Boston College und spielte dort Football, Faith stu-dierte Landschaftsgestaltung am Virginia Tech, und allein schon die Entfernung, dazu ihr Alter … Nun ja, kein Mensch rechnete damit, dass sie zusammenbleiben würden. Angesichts des Vermögens seiner Familie, seiner athletischen Fähigkeiten und dieses guten Aussehens konnten wir alle uns Jeremy mit einem Model oder sogar einem Hol-lywood-Sternchen vorstellen. Faith war durchaus niedlich, das nette Mädchen von nebenan, aber man weiß ja, wie diese Dinge so laufen. Das Mädchen bleibt zurück, der Junge kommt voran. Wir hätten das total verstanden.

Aber nein, wir lagen total falsch. Seine Eltern beschwerten sich dau-ernd über die enormen Handyrechnungen und die zahllosen SMS, die Jeremy an Faith schickte. Fast schien es so, als wollten Ted und Elaine mit diesen Bemerkungen einfach nur prahlen: *Seht ihr, wie treu ergeben Jeremy ist? Wie beständig? Wie sehr er seine Freundin liebt?*

Wenn beide in den Ferien zu Hause waren, schlenderten sie Hand in Hand durch die Stadt, wobei sie nie aufhörten zu lächeln. Manchmal pflückte er eine Blume aus einem der üppigen Fensterkästen vor der Bäckerei und schob sie ihr hinters Ohr. Häufig wurden sie am Strand gesichtet, sein Kopf in ihren Schoß gebettet, oder draußen auf dem See im Chris-Craft-Boot seiner Eltern. Dann stand Jeremy hinter Faith, die das Boot steuerte, hielt sie in seinen muskulösen Armen, und sie gaben ein Bild ab wie ein Plakat für Touristenwerbung. Es sah aus, als wäre Faith auf eine Goldader gestoßen. Schön für sie, dass sie sich einen Mann wie Jeremy geangelt hatte. Wir alle hatten ein Faible für sie, für das arme kleine Mädchen, das Mel Stoakes aus diesem schrecklichen Autowrack befreit hatte. Laura Boothby prahlte gern damit, wie viel Geld Jeremy für Blumen für Faith ausgab, zum Jahrestag ihres ersten

Treffens, zu ihrem Geburtstag, zum Valentinstag oder „einfach so". Manche von uns fanden, es wäre ein bisschen viel, hier draußen in der Gegend der Mennoniten-Höfe und der nordstaatentypischen Zurückhaltung, doch die Familie Lyon stammte aus Napa Valley, na bitte.

Manchmal traf man Faith mit ein paar Freundinnen bei O'Rourke's an, und die eine oder andere machte ihrem Herzen Luft über ihren gleichgültigen, unreifen Freund, der sie betrog oder belog, der per Handy oder Statusänderung auf Facebook Schluss machte. Und wenn Faith sich mitfühlend dazu äußerte, sagte die Betreffende: „Du hast ja *keine* Ahnung, wovon wir reden, Faith! Du hast *Jeremy*", und es klang fast wie ein Vorwurf. Die bloße Nennung seines Namens zauberte ein verträumtes Lächeln auf ihr Gesicht und Zärtlichkeit in ihren Blick.

Hin und wieder hörte man Faith sagen, sie habe sich immer einen Mann gewünscht, der so gut sei wie ihr Vater, und so einen Mann hatte sie anscheinend tatsächlich gefunden. Trotz seiner Jugend war Jeremy ein wunderbarer Arzt, und in den ersten paar Monaten nach seiner Praxiseröffnung zog sich anscheinend jede Frau irgendein Wehwehchen zu. Er nahm sich Zeit zum Zuhören, hielt stets ein Lächeln bereit, vergaß nie, was ein Patient beim letzten Besuch gesagt hatte.

Drei Monate nach der Beendigung seines praktischen Jahrs ließ Jeremy sich an einem herrlichen Septembertag, als die Hügel rot und golden erstrahlten und der See silbrig schimmerte, auf die Knie nieder und schenkte Faith einen Verlobungsring mit einem dreikarätigen Diamanten. Faiths zwei Schwestern sollten Brautjungfern sein, und diese hübsche Colleen O'Rourke war Trauzeugin. Als Jeremys Trauzeuge war der Cooper-Junge vorgesehen, sofern er auf Heimaturlaub aus Afghanistan kommen konnte, und es wäre doch wirklich schön, einen dekorierten Kriegshelden vor dem Altar neben seinem alten Football-Kumpel stehen zu sehen. Es wäre so romantisch, so schön … Wirklich, allein der Gedanke daran entlockte uns allen ein verträumtes Lächeln.

Man stelle sich unsere Überraschung vor, als die beiden jungen Leute dann dort vor dem Altar der Trinity-Lutheran-Kirche standen und Jeremy Lyon die Katze aus dem Sack ließ.

# 1. Kapitel

*Dreieinhalb Jahre später*

Faith Holland senkte das Fernglas, griff nach ihrem Klemmbrett und setzte ein Häkchen auf ihrer Liste, gleich neben den Punkt *Lebt allein*. Clint hatte gesagt, dass er allein lebte, und laut Hintergrundsprüfung stand auch nur sein Name im Mietvertrag, aber man konnte schließlich nicht vorsichtig genug sein. Sie trank einen Schluck Red Bull und trommelte im Auto ihrer Mitbewohnerin mit den Fingern aufs Lenkrad.

Vor gar nicht allzu langer Zeit wäre ihr eine solche Szene lächerlich vorgekommen. Doch angesichts ihrer Beziehungsvergangenheit empfahl sich ein bisschen Vorarbeit. Sie ersparte einem Zeit, Peinlichkeit, Ärger und Herzschmerz. Nur mal angenommen, der Mann war schwul, was sie nicht nur mit Jeremy, sondern auch mit Rafael Santos und Fred Beeker erlebt hatte. Zu Rafes Ehrenrettung musste man allerdings einräumen, dass er nicht gewusst hatte, dass Faith an eine *Beziehung* glaubte; er hatte gedacht, sie würden nur zusammen herumhängen.

Noch im selben Monat hatte Faith, fest entschlossen, nicht aufzugeben, reichlich unbeholfen Fred angebaggert, der ganz in der Nähe von ihrem und Lizas Apartment in derselben Straße wohnte. Er war jedoch entsetzt zurückgezuckt und hatte ihr dann schonend beigebracht, dass er ebenfalls auf Männer stand. (Nebenbei bemerkt, hatte sie ihn später mit Rafael verkuppelt, und seitdem waren die beiden ein Paar, sodass sich immerhin für eine der beteiligten Parteien ein Happy End ergab.)

Schwul zu sein war nicht das einzige Problem. Brandon, den sie auf einer Party kennengelernt hatte, schien zunächst vielversprechend, allerdings nur, bis während ihres zweiten Dates sein Handy klingelte. „Ich muss rangehen, das ist mein Dealer", sagte er unbekümmert. Als Faith um nähere Erklärung bat – er konnte doch keinen *Drogen*-Dealer meinen, oder? –, erwiderte er, klar, was denn sonst? Er wirkte verblüfft, als Faith verärgert abdampfte.

Das Fernglas war ein altmodisches Mittel, ja. Doch wenn sie es damals bei Rafe benutzt hätte, wären ihr garantiert seine prachtvollen seidenen Fensterdekos und sein zwei Meter hohes gerahmtes Foto von Barbra Streisand aufgefallen. Und hätte sie Brandon ausgekundschaftet, dann hätte sie womöglich beobachten können, wie er sich zu unappetitlichen Leuten ins Autos setzte, deren Scheinwerfer kurz zuvor aufgeblitzt waren.

Seit ihrem Umzug nach San Francisco hatte sie versucht, sich mit zwei weiteren Männern zu treffen. Der eine hielt nicht viel vom Duschen – auch das hätte sie vielleicht durch eine Vorab-Überprüfung rechtzeitig mitgekriegt. Der andere Typ hatte sie versetzt.

Deshalb die Observierung.

Faith seufzte und rieb sich die Augen. Wenn es auch diesmal nicht klappte, sollte Clint für die nächste Zeit ihr letzter Vorstoß bleiben, denn die Sache schlauchte sie doch gehörig. Lange Nächte, überanstrengte Augen, Magenschmerzen durch zu viel Koffein … Es machte einen fertig.

Aber Clint war es vielleicht wert. Hetero, in Lohn und Brot, kein Vorstrafenregister, keine Alkoholfahrten. Die seltenste Spezies in San Francisco. Und wer weiß, vielleicht ergab sich aus dieser Aktion ja eine hübsche Anekdote für ihre Hochzeit. Sie konnte sich beinahe vorstellen, Clint sagen zu hören: „Woher sollte ich wissen, dass Faith in diesem Moment vor meinem Haus parkte, Red Bull in sich hineinschüttete und das Gesetz brach …“

Sie hatte Clint während eines Jobs kennengelernt – sie hatte den Auftrag erhalten, einen kleinen öffentlichen Park in Presidio zu gestalten, und er besaß einen Landschaftsbau-Betrieb. Sie hatten prima zusammengearbeitet; er war pünktlich, seine Leute erledigten ihre Aufgaben schnell und gründlich. Außerdem hatte Clint sich mit ihrem Golden Retriever angefreundet, und was konnte attraktiver sein als ein Kerl, der in die Knie geht, um sich von einem Hund das Gesicht abschlecken zu lassen? Blue schien ihn zu mögen (allerdings neigte Blue dazu, jeden zu mögen – er gehörte zu diesen überfreundlichen Hunden, die selbst einem Serienmörder das Bein rammeln würden).

Der Park war vor zwei Wochen eingeweiht worden, und gleich nach der Zeremonie hatte Clint sie eingeladen. Faith hatte Ja gesagt, war nach Hause gefahren und hatte sich an die Arbeit gemacht. Das gute alte Google gab keinen Hinweis auf eine Ehefrau (oder einen Ehemann). Seine Facebook-Seite war ausschließlich der Arbeit gewidmet. Zwar wurden ein paar gesellige Aktivitäten erwähnt („War bei Oma in der 19th Street; leckere Kartoffelpuffer!"), doch in den Posts des letzten halben Jahres trat keine Gattin in Erscheinung.

Für Date Nummer eins hatte Faith Vorkehrungen getroffen. Fred und Rafael sollten Clint abchecken, denn auf ihren eigenen Schwulenradar, sofern überhaupt einer vorhanden war, konnte sie sich eindeutig nicht verlassen. Clint und sie trafen sich an einem Dienstagabend auf ein paar Drinks, und die Jungs waren an der Bar aufgetaucht, hatten Clint dem Rempel-Test unterzogen und sich dann an einen Tisch gesetzt. *Sauber*, hatte Rafael getextet, und Fred bestätigte das Urteil mit *Hetero*.

Beim Date Nummer zwei (Mittagessen, Freitagnachmittag) zeigte Clint sich charmant und interessiert, als sie ihm von ihrer Familie erzählte, im Gegenzug berichtete Clint von einer Exverlobten; Faith behielt ihre eigene Geschichte für sich.

Beim Date Nummer drei (Abendessen, Mittwoch, gemäß dem philosophischen Grundsatz: „Lass ihn warten, um zu sehen, wie groß sein Interesse wirklich ist") waren sie in einer süßen kleinen Bar in der Nähe des Piers verabredet, und Clint wurde all ihren Kriterien gerecht: Er rückte ihr den Stuhl zurecht und machte Komplimente, ohne dabei zu sehr ins Detail zu gehen (*Hübsches Kleid*, fand sie, ließ keine Alarmglocken schrillen, wohl aber: *Ist das Badgley Mischka? Oh mein Gott! Ich liebe diese beiden!*). Er streichelte ihren Handrücken und spähte immer wieder verstohlen in ihren Ausschnitt. Also war alles gut. Als Clint sie fragte, ob er sie nach Hause fahren dürfe, was natürlich der Code für Sex war, lehnte sie ab.

Er hatte die Augen zusammengekniffen, wie zum Zeichen, dass er die Herausforderung annahm. „Ich rufe dich an. Hast du dieses Wochenende Zeit?"

Noch ein Test bestanden: *Steht an Wochenenden zur Verfügung.* Faith verspürte ein leises Kribbeln im Bauch; seit sie achtzehn war, hatte sie keine Verabredung Nummer vier mehr erlebt. „Ich glaube, am Freitag habe ich noch nichts vor", sagte sie leise.

Sie standen auf dem Gehsteig und warteten auf ein Taxi. Um sie herum drängten sich Touristen in die Souvenirläden, um Sweatshirts zu kaufen, nachdem sie sich zu dem Irrglauben hatten verleiten lassen, August in San Francisco bedeute Sommer. Clint beugte sich näher zu ihr und küsste sie, und Faith ließ es zu. Es war ein guter Kuss. Sehr gekonnt. Dieser Kuss hat Potenzial, dachte sie. Dann tauchte das Taxi aus der Düsternis des berühmten Nebels auf, und Clint winkte es heran.

Und nun saß sie hier, im vor seiner Wohnung geparkten Auto, in Vorbereitung des vierten Treffens – welches wahrscheinlich *das* Treffen sein würde, bei dem sie endlich mit jemand anderem als Jeremy schlief –, und hielt das Fernglas auf seine Fenster gerichtet. Sah ganz so aus, als würde er das Footballspiel gucken.

Es war an der Zeit, ihre Schwester anzurufen.

„Er besteht", sagte Faith anstelle einer Begrüßung. „Du hast ein Problem, Schätzchen", erwiderte Pru. „Öffne endlich dein Herz und so weiter. Jeremy liegt eine Ewigkeit zurück."

„Das hier hat nichts mit Jeremy zu tun", beteuerte Faith und ignorierte das Schnauben, das als Antwort ertönte. „Allerdings macht mir sein Name ein bisschen zu schaffen. Clint Bundt. So abgehackt. Clint Eastwood, klar, das geht. Aber dieser Name für jemand anderen, ich weiß nicht. Clint und Faith. Faith und Clint. Faith Bundt." Es klang sehr viel weniger angenehm als zum Besipiel *Faith und Jeremy* oder *Jeremy und Faith*. Nicht, dass sie wegen der Vergangenheit einen Knacks hatte …

„Ich finde, das klingt okay", versicherte Pru.

„Ja, du heißt ja auch Prudence Vanderbeek."

„Und?", fragte Pru in freundlichem Ton.

„Clint und Faith Bundt. Das ist … einfach daneben."

„Okay, dann mach Schluss mit ihm. Oder zerr ihn vors Gericht und zwing ihn, seinen Namen zu ändern. Du, ich muss jetzt Schluss machen. Fürs Landvolk ist Bettzeit."

„Okay. Gib den Kindern ein Küsschen von mir. Bestell Abby, ich schicke ihr diesen Link wegen der Schuhe, nach denen sie gefragt hat."

„Mach's gut, Kleine", rief Pru. „Hey, kommst du zur Ernte nach Hause?"

„Ich glaube schon. Ich habe in der nächsten Zeit keine Ortstermine." Den größten Teil ihrer Arbeit als Landschaftsgestalterin erledigte Faith am Computer. Ihre Anwesenheit war nur in der Schlussphase eines Auftrags erforderlich. Außerdem war die Weinernte auf Blue Heron durchaus einen Besuch zu Hause wert.

„Prima!", sagte Pru. „Hör mal, lass es langsam angehen mit dem Kerl, hab Spaß, lass uns bald wieder reden, hab dich lieb."

„Hab dich auch lieb."

Faith trank noch einen Schluck Red Bull. Pru hatte wohl nicht ganz Unrecht. Immerhin war ihre älteste Schwester seit dreiundzwanzig Jahren verheiratet. Und wer sonst hätte ihr Ratschläge in Liebesdingen geben können? Ihre andere Schwester, Honor, fand, dass man ihr die Zeit stahl, wenn man nicht gerade aus dem Krankenhaus anrief. Jack war als Bruder für solche Fragen ungeeignet. Und Dad … tja, Dad trauerte immer noch um Mom, die seit neunzehn Jahren tot war.

Die Welle von Schuldgefühlen war nur zu vertraut.

„Wir schaffen das", sagte Faith zu sich selbst und wechselte im Geiste das Thema. „Wir können uns wieder verlieben."

Das war eindeutig eine bessere Aussicht als die, dass Jeremy Lyon ihre erste und einzige Liebe blieb.

Sie sah ihr Gesicht flüchtig im Rückspiegel und erkannte diesen Hauch von Bestürzung und Kummer, der sie beim Gedanken an Jeremy immer befiel.

„Zum Teufel mit dir, Levi", flüsterte sie. „Hättest du nicht einfach den Mund halten können?"

Zwei Abende später fing Faith allmählich an zu glauben, Clint könnte tatsächlich die zehn Minuten Beinrasur wert sein und sogar die sechs Minuten, die sie gebraucht hatte, um sich in das Mikrofaser-Bauchweg-Teil zu zwängen, das sie vorigen Monat bei QVC erstanden hatte. (Die Hoffnung stirbt zuletzt.)

Clint hatte ein exklusives Thai-Restaurant gewählt, mit einem Koi-Teich am Eingang und rotseidenen Wandbehängen, die den Raum in schmeichelhaftem Licht erglühen ließen. Sie saßen in einer U-förmigen Nische, schön kuschelig. Es war so romantisch. Zudem war das Essen *wirklich* gut, ganz zu schweigen von dem herrlichen Russian River Chardonnay.

Clints Blick versank immer wieder in ihrem Ausschnitt. „Tut mir leid", sagte er, „aber du siehst einfach zum Anbeißen aus." Er grinste wie ein ungezogener Junge, und Faith spürte ein mächtiges Kribbeln in gewissen frauenspezifischen Körperregionen. „Schon als ich dich zum ersten Mal gesehen habe, war mir, als hätte mir jemand eins mit einem Kantholz übergebraten", fuhr er fort.

„Tatsache? Wie süß von dir!" Faith nippte an ihrem Wein. Soweit sie sich erinnerte, trug sie damals schmutzige Jeans und Arbeitsstiefel und war durchnässt bis auf die Haut. Sie hatte im strömenden Regen ein paar Stauden umgepflanzt und versucht, den Stadtrat zu beruhigen, der sich um den Wasserabfluss aus dem Park sorgte (selbstverständlich völlig grundlos; sie war schließlich zertifizierte Landschaftsarchitektin, herzlichen Dank auch).

„Es hatte mir förmlich die Sprache verschlagen", sagte Clint jetzt. „Vermutlich habe ich mich total bescheuert angestellt." Sein verlegener Blick deutete an, dass er ein ziemlich verliebter Verehrer war.

Und man stelle sich vor, sie hatte nicht mal bemerkt, wie … tja … *geblendet* er von ihr war! Genau so musste es aber sein, nicht wahr? Die Liebe kommt, wenn man am wenigsten damit rechnet, mal abgesehen von den Millionen Menschen, die ihre Partner bei Match.com finden, aber, hey. Es hörte sich gut an.

Der Ober kam, räumte ihre Teller ab und servierte Kaffee, Sahne und Zucker. „Möchten Sie noch ein Dessert?" Er lächelte sie an. Kein Wunder, sie waren wirklich ein hinreißendes Paar.

„Wie wär's mit der Mango Crème brulée?", fragte Clint. „Ich weiß zwar nicht, wie ich es überleben soll, dir beim Essen zuzusehen, aber man kann wohl kaum schöner sterben."

Hallo! 6.8 auf der Richter-Skala. „Crème brulée klingt gut", sagte Faith, und der Ober eilte von dannen.

Clint rutschte ein bisschen näher heran und legte einen Arm um ihre Schultern. „Du siehst umwerfend aus in diesem Kleid", flüsterte er und fuhr mit einem Finger an ihrem Halsausschnitt entlang. „Wie stehen die Chancen, dass ich es dir später ausziehen darf?" Er küsste sie seitlich auf den Hals.

Oh, sie schmolz förmlich dahin! Und noch ein Kuss. „Die Chancen steigen", hauchte sie.

„Ich mag dich wirklich, Faith", raunte er und beschmuste ihr Ohr. Zumindest halbseitig stand sie schon völlig unter Strom.

„Ich mag dich auch." Sie schaute in seine schönen braunen Augen. Sein Finger glitt tiefer, und sie spürte, wie ihre Haut sich erhitzte und dabei zweifellos fleckig wurde, der Fluch der Rothaarigen. Ach, zum Teufel damit. Sie drehte ihm ihr Gesicht zu und küsste ihn auf den Mund, es war ein sanfter, süßer, sehr ausführlicher Kuss.

„Entschuldigt die Unterbrechung, ihr Turteltäubchen", sagte der Ober. „Und lasst euch nicht stören." Er lächelte anzüglich und stellte das Dessert auf den Tisch.

„Das Kind hier!"

Der Schrei ließ alle drei zusammenfahren. Clints Ellenbogen stieß Faiths Glas um, und der Wein ergoss sich über das Tischtuch.

„Ach du Scheiße", sagte Clint und rückte von ihr ab.

„Macht nichts", beschwichtigte Faith. „Mir passiert so was auch ständig."

Doch Clints Blick war nicht auf den Wein gerichtet.

Eine Frau hatte sich direkt vor ihrer Nische aufgebaut, an ihren anklagend ausgestreckten Armen baumelte ein hübscher kleiner Junge. *„Dieses Kind hier* vernachlässigt er deinetwegen, du Nutte!"

Faith schaute sich suchend nach der Nutte um, sah aber nur die Wand. Sie sah wieder die Frau an, die ungefähr in ihrem Alter war und sehr hübsch – blondes Haar und zornrote Wangen. „Meinen Sie ... Reden Sie mit mir?", erkundigte sie sich.

„Ja, ich rede mit dir, du Nutte! *Schau dir gut an,* was ihm daheim entgeht, wenn er mit *dir* vornehm essen geht. Das ist unser Sohn! Unser Baby!" Sie schüttelte den Kleinen demonstrativ.

„Hey, nicht schütteln", rief Faith.

„Sprich mich bloß nicht an, du Nutte!"

„Mommy, runter!", quengelte der Kleine. Die Frau setzte ihn ab und stemmte die Hände in die (schmalen) Hüften. Der Ober fing Faiths Blick auf und zog eine Grimasse. Wahrscheinlich war er schwul und somit ihr Verbündeter.

„Aber ich habe ...", protestierte sie und sah dann zu ihrem Begleiter. „Clint, du bist doch nicht etwa verheiratet, oder?"

Clint hob beide Hände, als wollte er sich ergeben. „Baby, sei nicht böse", sagte er zu der Frau. „Sie ist nur eine Kollegin ..."

„Oh mein Gott, du bist tatsächlich verheiratet!", platzte Faith heraus. „Woher kommst du? Aus Nebraska?"

„Und ob, du Nutte!"

„Clint!", jaulte Faith auf. „Du verdammter Mist..." Sie unterbrach sich, weil ihr das Kind wieder einfiel, das sie ernst anblickte, dann den Finger in die Crème brulée steckte und ihn anschließend abschleckte.

„Es tut mir schrecklich leid", sagte Faith zu Mrs Clint Bundt (nun ja, zumindest würde sie nun nie diesen Namen mit sich rumschleppen müssen). Der Kleine spuckte den Nachtisch aus und griff nach den Zuckerwürfeln. „Aber ich hatte keine Ahnung ..."

„Ach, halt die Klappe, Nutte. Wie kannst du es wagen, meinen Mann zu verführen! Wie kannst du es wagen!"

„Ich verfüh… Ich tue niemandem etwas, okay?“, gab Faith zurück. Sie war total entsetzt darüber, dass diese hässliche Auseinandersetzung vor einem Kleinkind stattfand (das aussah wie ein Hobbit-Baby; es war so verflixt niedlich, wie es den Zucker aus der Verpackung leckte).

„Du bist eine Schlampe, Nutte.“

„Genau genommen“, stieß sie mit gepresster Stimme hervor, „war Ihr *Mann* derjenige, der …“ Aber da war immer noch der Kleine. „Ach, fragen Sie doch einfach den Kellner.“ Ja, ja, lass dir deine Version von dem netten Ober bestätigen.

„Hm … wer zahlt denn die Rechnung?“, fragte der. So viel zu der Liebe, die sie angeblich in Schwulen weckte.

„Es war ein Geschäftsessen“, mischte Clint sich ein. „Sie hat mich angemacht, ich habe nicht damit gerechnet und wusste nicht, was ich tun sollte. Komm, Schatz, wir fahren nach Hause.“

„Und mit ‚nach Hause‘ meinst du vermutlich nicht deine Junggesellenbude in Noe Valley, stimmt's?“, ätzte Faith.

Clint ignorierte sie. „Hi, Finn, wie geht's denn so, Kumpel?“ Er zerstrubbelte seinem Kind das Haar, stand dann auf und bedachte Faith mit einem bekümmerten, würdevollen Blick. „Es tut mir leid, Faith“, sagte er ernst. „Ich bin ein glücklich verheirateter Mann mit einer tollen Familie. Ich fürchte, wir müssen unsere Zusammenarbeit beenden.“

„Kein Problem“, erwiderte sie steif.

„Geschieht dir recht, Nutte“, zischte Clints Frau. „Dafür, dass du versucht hast, meine Familie zu zerstören.“

„Hallo, Nutte“, johlte der kleine Junge und riss das nächste Zuckerpäckchen auf.

„Hallo“, sagte sie. Er war wirklich süß.

„Sprich nicht mit meinem Kind!“, schnauzte Mrs Bundt. „Dein Schandmaul hat nichts in der Nähe meines Sohns zu suchen.“

„Heuchlerin“, murmelte Faith.

Clint nahm den Jungen auf den Arm, aber nicht, bevor der Kleine noch ein paar Zuckerpäckchen gemopst hatte.

„Wenn du meinem Mann noch einmal zu nahe kommst, Nutte, wirst du es bereuen“, fauchte Mrs Bundt.

„Ich bin keine Nutte!“, fuhr Faith sie an.

„Und ob du eine bist!“ Clints Frau zeigte ihr den Mittelfinger. Dann kehrten die Bundts ihr den Rücken zu und marschierten davon.

„Bin ich nicht!", rief Faith ihnen nach. „Ich habe seit drei Jahren mit niemandem geschlafen, okay? Ich bin keine Nutte!" Der kleine Junge winkte ihr fröhlich über die Schulter seines Vaters hinweg zu, und Faith winkte verhalten zurück.

Dann waren die Bundts weg. Faith griff nach ihrem Wasserglas, trank es aus und hielt es an ihre glühende Wange. Ihr Herz hämmerte so heftig, dass ihr übel wurde.

„Seit drei Jahren?", hakte einer der Gäste nach.

Der Ober reichte ihr die Rechnung. „Lassen Sie sich ruhig Zeit", sagte er. Na toll. Zu allem Überfluss musste sie jetzt auch noch das Essen bezahlen.

„Ihr Trinkgeld wäre bedeutend höher ausgefallen, wenn Sie mir den Rücken gestärkt hätten", knurrte sie und kramte in ihrer Handtasche nach dem Portemonnaie.

„Sie sehen wirklich klasse aus in diesem Kleid."

„Zu spät."

Nachdem sie bezahlt hatte (wirklich, Clint, noch mal herzlichen Dank, dass du eine Flasche Wein für fünfundsiebzig Dollar bestellt hast), trat sie in die feuchte, kalte San-Francisco-Luft hinaus und machte sich zu Fuß auf den Heimweg. Sie trug High Heels, aber es war nicht allzu weit bis zu ihrer Wohnung. Außerdem waren die Straßen von San Francisco ein Klacks im Vergleich zu den steilen Hügeln ihrer Heimat. Sie konnte den unfreiwilligen Spaziergang unter Training verbuchen. Workout für vergrätzte Frauen. Der Marsch der Rechtschaffenen, Verschmähten. Hier unten am Wasser herrschte Lärm, die Möwen kreischten, Musik plärrte aus jeder Bar und jedem Restaurant, ein Dutzend verschiedene Sprachen flog ihr um die Ohren.

Daheim im Norden würde man jetzt nur das Zirpen der spätsommerlichen Grillen hören und die Rufe der Eulenfamilie, die in einem alten Ahornbaum am Rand des Friedhofs lebte. Der süße Duft der Trauben würde schon in der Luft hängen, vermischt mit Holzrauch, denn in den Nächten wurde es bereits kälter. Aus dem Fenster ihres alten Schlafzimmers würde sie bis zum Keuka blicken können. Ihre gesamte Kindheit hindurch hatte sie in Wäldern und auf Wiesen gespielt, saubere Luft geatmet und war in Gletscherseen geschwommen. Ihre Liebe zur Natur war der Hauptgrund für ihre Berufswahl gewesen.

Vielleicht war es an der Zeit, ernsthaft über eine Rückkehr nachzudenken. Das hatte sie ohnehin von Anfang an vorgehabt. Sie wollte in Manningsport leben, eine Familie gründen, ihre Geschwister und ihren Vater um sich haben.

Clint Bundt. Verheiratet, ein Kind. *So ein Arsch.* Tja. Aber gleich wäre sie zu Hause bei ihrem Hund. Liza war vermutlich mit ihrem Kerl unterwegs, mit Michael, dem Wunderbaren. Faith konnte sich also in Ruhe mit *Real Housewives* und einer Packung Ben & Jerry's trösten.

Warum war es bloß so schwer, den richtigen Kerl zu finden? Faith fand nicht, dass sie übertrieben wählerisch war; sie wollte einfach jemanden, der weder schwul noch verheiratet, unfreundlich, unmoralisch oder zu klein war. Jemanden, der sie ansah … nun, so wie Jeremy sie angesehen hatte, aus dunklen, schimmernden Augen, in deren Tiefen ein Lächeln leuchtete, das ihr sagte, sie sei das Beste, was ihm je passiert war. Nicht ein einziges Mal hatte sie daran gezweifelt, dass er sie von ganzem Herzen liebte.

Ihr Handy klingelte, und sie kramte es aus ihrer Handtasche. *Honor.* „Hey." In ihr stieg die leise Angst auf, die sie immer überkam, wenn ihre Schwester anrief. „Wie geht's dir?"

„Hast du in letzter Zeit mal mit Dad gesprochen?", fragte Honor.

„Hm … ja. Wir reden beinahe täglich miteinander."

„Dann hast du vermutlich auch von Lorena gehört."

Faith wich einem süßen Typ aus, der ein Derek-Jeter-T-Shirt trug. „Ich bin auch Yankees-Fan", ließ sie ihn lächelnd wissen. Er runzelte die Stirn und griff hastig nach der Hand der reizbar aussehenden Frau an seiner Seite. *Schon kapiert, Junge! Meine Güte, war nur nett gemeint.* „Wer ist Lorena?", fragte sie ihre Schwester.

Honor seufzte. „Faith, vielleicht solltest du nach Hause kommen, bevor Dad heiratet."

# 2. Kapitel

Levi Cooper, Chef der mit zweieinhalb Personen besetzten Polizeibehörde von Manningsport, gab sich alle Mühe, Nachsicht walten zu lassen. Wirklich. Selbst gegenüber Touristen mit Bleifuß-Syndrom, denen Geschwindigkeitsbegrenzungen total egal waren. Er stellte seinen Streifenwagen gut sichtbar auf, mit unübersehbarer Radarpistole. *Hallo, willkommen in Manningsport, Sie fahren entschieden zu schnell, und hier stehe ich, im Begriff, Sie anzuhalten, also Fuß vom Gas, Freundchen.* Die Stadt war auf Besucher angewiesen, und der September, wenn die Blätter anfingen sich zu verfärben, war Hauptsaison für Touristen. Die ganze Woche hindurch waren Busse angekommen und abgefahren, und jedes Weingut in der Gegend hatte ein besonderes Event zu bieten.

Aber Gesetz ist Gesetz.

Außerdem hatte er gerade Colleen O'Rourke mit einer strengen Verwarnung vom Haken gelassen, während sie sich um eine zerknirschte Miene bemühte.

Aber jetzt war Schluss. Einen weiteren Raser würde er heute nicht mehr davonkommen lassen. Da kam doch gerade wieder einer. Siebzehn Meilen zu schnell, das war mehr als genug. Zudem noch ein Stadtfremder; er erkannte am Kennzeichen, dass es ein Mietwagen war. Der quietschgelbe Honda Civic bretterte mit zweiundvierzig Meilen in eine Fünfundzwanzig-Meilen-Zone. Und wenn nun Carol Robinson gerade mit ihrem fröhlichen Trupp geriatrischer Power Walker unterwegs war? Oder der kleine Nebbins auf seinem Rädchen auf die Straße fuhr? Seit Levi Polizeichef war, hatte es in Manningsport keinen tödlichen Unfall gegeben, und so sollte es bleiben.

Das gelbe Auto sauste an ihm vorbei, ohne auch nur andeutungsweise zu bremsen. Der Fahrer trug eine Baseballkappe und eine Sonnenbrille. Eine Frau. Seufzend schaltete Levi das Rotlicht ein, ließ kurz die Sirene ertönen und lenkte den Streifenwagen auf die Straße. Die Fahrerin nahm keine Notiz von ihm. Noch einmal schaltete er die Sirene ein, und jetzt schien die Frau zu begreifen, dass tatsächlich

sie gemeint war, und fuhr rechts ran. Levi schnappte sich den Straf-
zettelblock und stieg aus. Nachdem er das Kennzeichen notiert hatte,
ging er zur Fahrerseite. Die Frau öffnete das Fenster. „Willkommen
in Manningsport", sagte er ohne ein Lächeln.

Scheiße.

Es war Faith Holland. Ein riesiger Golden Retriever schob den
Kopf aus dem Fenster, bellte einmal und wedelte glücklich mit dem
Schwanz.

„Levi", sagte Faith, als hätten sie sich erst letzte Woche bei O'Rourke
getroffen.

„Holland. Kommst du zu Besuch?"

„Wow. Wie hast du das bloß erraten?"

Er starrte sie ungerührt und gänzlich unamüsiert an und wartete
ein paar Wimpernschläge. Es funktionierte; ihre Wangen röteten sich,
und sie wandte den Blick ab. „Also. Zweiundvierzig in einer Fünfundzwanzig-Meilen-Zone", ließ er sie wissen.

„Ich dachte, hier dürfte man fünfunddreißig fahren", verteidigte
sie sich.

„Das hat sich letztes Jahr geändert."

Der Hund winselte, und Levi streichelte ihn, woraufhin das Tier
versuchte, über Faiths Kopf hinweg ins Freie zu klettern.

„Blue, zurück", befahl Faith.

Blue. Tatsächlich noch derselbe Hund wie damals.

„Levi, wie wär's mit einer Verwarnung? Ich muss zu einem, äh, Notfall in der Familie, da wäre es super, wenn du davon absehen könntest,
den gnadenlosen Bullen zu mimen." Sie lächelte angestrengt, sah ihm
beinahe in die Augen und strich sich das Haar hinter ein Ohr.

„Was ist das denn für ein Notfall?", erkundigte er sich.

„Mein Großvater … äh … Er fühlt sich nicht so gut. Goggy macht
sich Sorgen."

„Wie kannst du bei so was bloß lügen?", ereiferte er sich. Levi kannte
die alten Hollands gut, da sie ungefähr zehn Prozent seiner Arbeitszeit
für sich in Anspruch nahmen. Und wenn Mr Holland tatsächlich nicht
auf dem Damm wäre, würde Mrs Holland jetzt mit Sicherheit seinen
Beerdigungsanzug bereitlegen und eine Kreuzfahrt planen.

Faith seufzte. „Hör mal, Levi. Ich habe den Nachtflug von San
Francisco genommen. Kannst du nicht Nachsicht üben? Tut mir leid,
dass ich zu schnell gefahren bin." Sie trommelte mit den Fingern auf

dem Lenkrad herum. „Eine Verwarnung reicht doch. Darf ich jetzt weiterfahren?"

„Führerschein und Fahrzeugpapiere, bitte."

„Oh, verstehe, du sitzt immer noch auf deinem hohen Ross."

„Führerschein und Fahrzeugpapiere, und steig bitte aus."

Sie knurrte etwas Unverständliches und kramte im Handschuhfach. Dabei rutschte das Hemd aus ihrer Jeans und legte einen Streifen zarter Haut frei. Die Fitness-Welle war offenbar an ihr vorbeigerollt; andererseits war Faith immer ein bisschen mollig, ähm, füllig, nein, *proper* gewesen, und das schon, so lange er denken konnte. Blue nutzte die Gelegenheit und steckte wieder den Kopf aus dem Fenster. Levi kraulte ihn hinterm Ohr.

Faith knallte das Handschuhfach zu, drückte Levi ein paar Dokumente in die Hand und stieg so schwungvoll aus, dass sie Levi beinahe eins mit der Tür verpasst hätte. „Du bleibst drin, Blue." Sie sah Levi nicht an.

Er warf einen Blick auf ihren Führerschein, dann auf sie.

„Ja, das ist ein schlechtes Foto", fuhr sie ihn an. „Willst du vielleicht 'ne Gewebeprobe?"

„Das wird wohl nicht nötig sein. Aber dein Führerschein ist abgelaufen. Auch dafür ist ein Bußgeld fällig."

Faith kniff die Augen zusammen und verschränkte die Arme unter der Brust. Sie hatte immer noch diesen unglaublichen Vorbau.

„Wie war's in Afghanistan?" Sie schaute über seine Schulter hinweg.

„Richtig toll. Ich spiele mit dem Gedanken, mir dort ein Ferienhaus zu kaufen."

„Weißt du, was ich gern wüsste, Levi? Warum sind manche Menschen immer solche Arschlöcher? Fragst du dich das auch manchmal?"

„Ja. Ist dir bewusst, dass die Beleidigung eines Polizisten eine Straftat ist?"

„Echt? Faszinierend. Kannst du bitte endlich in die Gänge kommen? Ich will meine Familie sehen."

Er unterschrieb das Strafmandat und reichte es ihr. Sie zerknüllte den Zettel und warf ihn ins Auto. „Darf ich jetzt weiterfahren, Officer?"

„Ich bin inzwischen Polizeichef. Die korrekte Anrede ist also Chief."

„Unternimm mal was gegen dieses verdammt hohe Ross." Sie stieg wieder ein und fuhr los. Nicht zu schnell, aber auch nicht gerade langsam.

Levi blickte ihr nach und atmete tief durch. Sie fuhr hinauf zum Weingut Blue Heron, das ihrer Familie schon gehört hatte, als die Vereinigten Staaten von Amerika noch kaum geboren waren, zu dem großen weißen Haus auf dem Hügel, wie man diese Wohngegend hier allgemein nannte.

Er kannte Faith Holland schon so lange, wie er sich selbst kannte. Sie war eins dieser Mädchen gewesen, die ihrer Freundin sechsmal an einem Schultag um den Hals fallen, als hätten sie sich nicht erst vor zwei Stunden, sondern vor Wochen das letzte Mal gesehen. Sie erinnerte ihn an ein Hündchen im Tierheim, das potenzielle Besitzer für sich einnehmen will … *Hab mich lieb! Hab mich lieb! Ich bin wirklich brav!* Jessica, Levis frühere Nachbarin in der Wohnwagensiedlung und zu High-School-Zeiten immer mal wieder seine Freundin, hatte sie nur Prinzessin Supersüß genannt, weil sie immer in Rüschenkleidchen und Pastelltönen herumlief. Und als Faith dann anfing, mit Jeremy zu gehen … Das war, als würde man ein Schüsselchen sirupgetränkte Schokopops essen, so süß, dass man Zahnschmerzen bekam. Fehlte nur noch, dass ein paar schnäbelnde Rotkehlchen um ihren Kopf herumflatterten.

Komisch, ihr war nie aufgefallen, dass ihr Freund schwul war.

Levi wusste, dass sie im Lauf der Jahre öfter wieder in der Stadt gewesen war – zu Weihnachten und Thanksgiving, hier und da mal auf ein Wochenende, doch ihre Besuche waren kurz und schmerzlos. Sie schaute nie in der Polizeiwache vorbei, obwohl Levi mit ihrer Familie befreundet war. Manchmal luden ihre Großeltern ihn zum Abendessen ein, nachdem sie seine Dienste angefordert hatten, und hin und wieder trank er bei O'Rourke ein Bier mit ihrem Vater oder Bruder. Doch Faith kam nie auf die Idee, mal bei ihm vorbeizukommen und Hallo zu sagen.

Und doch war sie einmal, als sie sich bis zur Erschöpfung ausgeweint hatte, mit dem Kopf auf seinem Schoß eingeschlafen.

Levi ging zurück zum Streifenwagen. Es gab noch viel zu tun. Es brachte nichts, sich mit Erinnerungen an die Vergangenheit aufzuhalten.

Faith klopfte an die Hintertür ihres Elternhauses und wappnete sich innerlich für die stürmische Begrüßung.

„Faith! Ach Schätzchen, endlich!", rief Goggy, die die Stampede anführte. „Du kommst spät! Hab ich dir nicht gesagt, dass wir pünktlich zu Mittag essen wollen?"

„Ich bin kurz aufgehalten worden", erwiderte Faith. Die Arschgeige Levi Cooper wollte sie nicht erwähnen.

Abby, inzwischen sechzehn und superhübsch, klebte regelrecht an Faith und überschüttete sie mit überschwänglichen Komplimenten. „Ich finde deine Ohrringe toll, du riechst so gut, kann ich bei dir wohnen?"

Pops gab ihr je einen Kuss auf beide Wangen und sagte, sie wäre sein hübschestes Mädchen, und Faith atmete den tröstenden Duft nach Trauben und Bengay-Salbe ein. Ned umarmte sie trotz seiner einundzwanzig Jahre begeistert und duldete sogar, dass sie ihm das Haar zauste, und Pru schloss sie ebenfalls fest in die Arme.

Aber noch immer war es das Fehlen ihrer Mutter, das sich am stärksten bemerkbar machte.

Und schließlich war da noch Dad, der darauf wartete, dass er mit einer Solo-Umarmung drankam. Als er sich wieder von ihr löste, waren seine Augen feucht. „Hallo, Liebling", sagte er, und es schnitt Faith ins Herz.

„Du hast mir gefehlt, Daddy."

„Du siehst großartig aus, Schatz." Er strich ihr mit der Hand übers Haar und lächelte.

„Ist Mrs Johnson nicht hier?", fragte Faith.

„Sie hat heute ihren freien Tag", erklärte Dad.

„Ach, stimmt ja. Aber ich habe sie seit Juni nicht gesehen."

„Sie mag Grandpas Freundin nicht", raunte Abby ihr zu, während sie Blue kraulte.

„Hallo, Schwesterchen." Jack reichte ihr ein Glas Wein.

„Hallo, Lieblingsbruder." Sie nahm einen herzhaften Schluck.

„Trink das nicht wie Wasser, Liebling", schimpfte ihr Vater. „Wir haben schließlich unsere Winzerehre."

„Entschuldige, Dad. Ein angenehmes Aroma von frisch gemähtem Gras, satte, buttrige Struktur, und ich ahne einen Beigeschmack von Aprikose mit einem Hauch Zitrone. Herrlich."

„Braves Mädchen", sagte er. „Schmeckst du auch Vanille? Honor sprach von Vanille."

„Eindeutig." Es lag Faith fern, Honor zu widersprechen, die auf Blue Heron alles managte. „Wo steckt Honor eigentlich?"

„Telefoniert", sagte Goggy düster. Sie neigte dazu, jeder Erfindung nach 1957 zu misstrauen. „Komm ins Esszimmer, bevor alles kalt wird."

„Meine Frage, ob ich zu dir ziehen kann, war durchaus ernst gemeint", murmelte Abby. Prudence seufzte und trank einen Schluck von ihrem Wein. „Außerdem", fuhr ihre Tochter fort, „hätte ich dann meinen Wohnsitz in Kalifornien und könnte dort zum halben Preis irgendeine tolle Schule besuchen. Siehst du, Mom? Ich will dir und Dad nur Kosten sparen."

„Und da wir gerade von meinem Lieblingsschwager sprechen: Wo ist Carl?", erkundigte sich Faith.

„Er versteckt sich", antwortete Pru.

„Sieh an, sieh an! Du bist sicher Faith!", dröhnte eine Frauenstimme. Die Tür zum Gästeklo öffnete sich, und im Hintergrund hörte man das Rauschen der Wasserspülung.

Faith öffnete den Mund und klappte ihn wieder zu. „Oh. J...ja, ich bin Faith", stammelte sie dann. „Und Sie sind wohl Lorena?"

Die Frau, vor der Honor sie gewarnt hatte, war wirklich ein Bild für die Götter. Stumpfes schwarzes Haar, offensichtlich gefärbt, dazu so dick aufgetragenes Make-up, dass es wie Putz abzublättern drohte, und eine plumpe Figur, die sich unter einem hautengen Shirt mit Leopardenmuster in allen grausigen Einzelheiten abzeichnete.

Die Frau schob sich einen Edding-Stift ins Dekolleté, wo er zitternd wie eine Spritze stecken blieb. „Hab nur schnell meinen Haaransatz nachgefärbt!", verkündete sie. „Wollte doch einen guten Eindruck auf die kleine Prinzessin machen! Hallooo, du! Komm, gib Küsschen!"

Lorena umschlang sie wie ein Python, und aus Faiths Lungen entwich zischend alle Luft. „Schön, dich kennenzulernen", keuchte sie. Pru warf ihr einen vielsagenden Blick zu.

„Können wir bitte vor meinem Tod noch was essen!", bat Pops. „Die Alte hier hat mir meinen Käse nicht gegönnt. Ich sterbe vor Hunger."

„Dann stirb doch", konterte Goggy. „Niemand hindert dich daran. Mir würde es kaum auffallen."

„Nun, Phyllis Nebbins würde es auffallen. Sie hat vor zwei Monaten ein künstliches Hüftgelenk bekommen, Faithie, und sieht aus, als wäre sie wieder fünfundsiebzig, wenn sie mit ihrem Enkel draußen ist, immer ein Lächeln auf den Lippen. Schön, zur Abwechslung mal eine glückliche Frau zu sehen."

Goggy stellte mit Nachdruck eine mächtige Schüssel mit Salzkartoffeln auf den Tisch. „Glücklich bin ich, wenn du tot bist."

„Wie reizend, Goggy", gab Ned zurück.

„Ihr zwei seid wirklich zum Brüllen!", posaunte Lorena. „Herrlich!"

Faith setzte sich und genoss das Aroma von Goggys Schinken, Salzkartoffeln und ihrem Zuhause.

Auf dem Weingut Blue Heron gab es zwei Häuser: das Alte Haus, in dem Goggy und Pops lebten, war 1781 im Kolonialstil errichtet und seitdem zweimal modernisiert worden – einmal, um eine Innentoilette einzubauen, und dann noch einmal im Jahr 1932.

Faith und ihre Geschwister waren hier im Neuen Haus aufgewachsen, einem eleganten, wenn auch knarzenden Gebäude im Föderationsstil aus dem Jahr 1873. Hier lebte Dad mit Honor und Mrs Johnson, der Hauswirtschafterin, die seit Moms Tod bei ihnen war.

Apropos Honor … Ihre Schwester eilte ins Zimmer „Entschuldigt bitte", sagte sie, hielt inne und gab Faith einen flüchtigen Kuss auf die Wange. „Endlich bist du da."

„Hallo, Honor." Sie überging die leise Zurechtweisung.

Pru und Jack waren sechzehn beziehungsweise acht Jahre älter als Faith und fanden ihre kleine Schwester im Prinzip hinreißend, wenn auch ein bisschen vertrottelt (was Faith nie gestört hatte, da es sie in früheren Zeiten von zahlreichen lästigen Pflichten entbunden hatte). Honor allerdings … Sie war nur vier Jahre älter; Faith war ein überraschender Nachzügler gewesen. Vielleicht hatte Honor ihr nie verziehen, dass sie ihr den Titel des Nesthäkchens abspenstig gemacht hatte.

Wahrscheinlicher war jedoch, dass sie nicht darüber hinwegkam, dass Faith den Tod ihrer Mutter verursacht hatte.

Faith litt an Epilepsie. Die Diagnose wurde gestellt, als sie ungefähr fünf Jahre alt war. Jack hatte einmal einen Krampfanfall gefilmt (typisch Junge), und Faith hatte mit Entsetzen gesehen, wie ihre Muskeln zuckten und krampften und ihr Blick so leer war wie der einer toten Kuh, während sie selbst überhaupt nichts wahrnahm. Allgemein wurde vermutet, dass Constance Holland durch einen solchen Anfall abgelenkt worden war und deshalb das entgegenkommende Fahrzeug übersehen hatte, das in sie hineinraste. Mom war bei dem Unfall ums Leben gekommen. Honor hatte Faith nie vergeben ... was Faith ihr nicht verübeln konnte.

„Was sitzt du so still da, Faith?", wollte Goggy wissen. „Iss was, Süße. Wer weiß, wovon du in Kalifornien so gelebt hast." Ihre Großmutter reichte ihr einen Teller voller Räucherschinken, Salzkartoffeln mit Butter, grünen Bohnen mit Butter und Zitrone und gedünsteten Möhren (mit Butter). Faith fürchtete, schon vom bloßen Anblick ein Pfund zuzunehmen.

„Also, Lorena, du und mein Dad, ihr seid ...?", erkundigte sich Faith über die Geräuschkulisse hinweg, während ihre Großeltern darüber stritten, wie viel Salz Pops auf sein ohnehin schon stark gesalzenes Fleisch gegeben hatte.

„Besonders vertraute Freunde, Süße, ganz besonders vertraute Freude." Die Frau rückte ihre ziemlich massiven Brüste zurecht. „Stimmt's, Johnny?"

„Ja, sicher", bestätigte er liebenswürdig. „Sie konnte es kaum erwarten, dich kennenzulernen, Faith."

Laut Honor hatte Lorena Creech ihren Dad vor etwa einem Monat während einer Führung über das Weingut kennengelernt. Jeder in der Gegend wusste, dass John Holland nach dem Tod seiner Frau am Boden zerstört war und nie mehr den Wunsch verspürt hatte, eine Beziehung zu führen. Er lebte zufrieden im Kreise seiner Kinder, Eltern und Weinstöcke. Alle Annäherungsversuche weiblicherseits hatte er so lange behutsam abgewehrt, bis man allgemein akzeptierte, dass John Holland junior für den Rest seines Lebens Witwer zu bleiben gedachte.

Dann erschien Lorena Creech auf der Bildfläche, von Arizona in den Staat New York verpflanzt, eindeutig scharf auf sein Geld und ganz bestimmt *keine* Stiefmutter-Kandidatin. Alle drei ortsansässigen Holland-Sprösslinge hatten darüber mit ihrem Dad gesprochen, doch der hatte nur gelacht und ihre Sorge mit einer wegwerfenden Handbewegung abgetan. Und Dad hatte gewiss viele Fähigkeiten, dachte Faith und sah zu, wie Lorena prüfend das Silberbesteck ans Licht hielt, aber eine besonders scharfe Beobachtungsgabe gehörte nun mal nicht dazu. Natürlich hatte keiner etwas dagegen, dass er sich eine nette Frau zum Heiraten suchte, doch gleichzeitig wollte auch niemand, dass Lorena oben in Moms altem Bett schlief.

„Wie viele Hektar habt ihr hier eigentlich?" Lorena nahm einen mächtigen Bissen Schinken. Wie dezent.

„Ach, so einige", erwiderte Honor eisig.

„Mit Teilungsgenehmigung?"

„Selbstverständlich nicht."

„Na ja, für einen Teil des Landes besteht die schon, Honor, Schatz", stellte Dad richtig. „Aber aufgeteilt wird natürlich nur über meine Leiche. Möchtest du noch grüne Bohnen, Lorena?"

„Wie nett ihr es hier habt", sagte Lorena. „Die ganze Familie zusammen! Mein verstorbener Mann war zeugungsunfähig, Faith. Hatte als Junge eine Leistenverletzung. Ein Traktor fuhr rückwärts und quetschte seine Weichteile; deshalb konnten wir keine Kinder haben, aber, Teufel auch, wir haben es trotzdem toll getrieben!"

Goggy starrte Lorena an, als wäre sie eine Schlange in der Kloschüssel. Jack trank seinen Wein aus.

„Wie schön für dich!", kommentierte Pops. „Nimm noch ein bisschen Schinken, meine Liebe." Er schob Lorena, deren Appetit sich anscheinend nicht auf Vorgänge im Schlafzimmer beschränkte, die Platte zu.

Jack wechselte das Thema. „Dad meinte, du bleibst jetzt eine Weile hier, Faith."

Sie nickte und wischte sich den Mund ab. „Ja. Ich will endlich die alte Scheune auf Rose Ridge instand setzen. Ich bleibe etwa zwei Monate." Das wäre dann ihr längster Besuch seit ihrem Hochzeitsdebakel. Und sie blieb nicht nur, um die Scheune zu renovieren. Beim Gedanken an ihre eigentliche Mission und das Zeitfenster, das sie sich dafür eingeräumt hatte, verspürte sie einen leichten Anflug von Panik.

„Yay!", sagte Abby.

„Yay", echote Ned und blinzelte Faith zu.

„Was hast du denn mit dem alten Ding vor?", wollte Pops wissen.

„Ich möchte sie zu einem Ort für besondere Ereignisse ausbauen, Hochzeiten, Jubiläen und dergleichen. Die Leute können sie mieten, das bringt zusätzliche Einnahmen für das Weingut." Diese Idee war ihr bereits während des Studiums gekommen: Sie wollte die alte, aus Stein gemauerte Scheune so umwandeln, dass sie sich mühelos in die Landschaft einfügte, modern und gleichzeitig alt.

„Oh! Hochzeiten! Ich würde *liebend* gern wieder heiraten", sagte Lorena und zwinkerte Dad zu, der einfach nur grinste.

„Das ist doch viel zu viel Arbeit für dich allein, Schatz", sorgte sich Goggy.

Faith lächelte. „Aber nein. Die Lage ist einfach super, und ich habe schon ein paar Pläne entworfen. Ich zeige sie euch, bin gespannt, was ihr davon haltet."

„Und das kannst du in zwei Monaten schaffen?", fragte Lorena, den Mund voller Kartoffeln.

„Klar", versicherte Faith. „Falls es keine unvorhergesehenen Komplikationen gibt." Es wäre ihr bisher größtes Projekt, noch dazu mit Heimvorteil.

„Was machst du noch mal beruflich? Dein Vater hat's mir natürlich erzählt, du liebe Zeit, er kann ja über nichts anderes reden als über euch Kinder, aber ich hab's vergessen." Lorena lächelte sie an. Sie hatte einen Goldzahn.

„Ich bin Landschaftsarchitektin."

„Du müsstest ihre Arbeiten sehen, Lorena", schwärmte Dad. „Umwerfend."

„Danke, Daddy. Ich gestalte Gärten, Parks, Industrieflächen und so."

„Dann bist du also Gärtnerin?"

„Nein. Aber ich stelle Gärtner und Landschaftsgestalter ein. Ich entwerfe die Pläne und sorge dafür, dass sie richtig umgesetzt werden."

„Mit anderen Worten: Du bist die Chefin", sagte Lorena. „Alle Achtung, Schätzchen! Hey, sind diese Hummel-Figürchen da echt? Wisst ihr eigentlich, dass die bei eBay eine schöne Stange Geld einbringen?"

„Sie haben meiner Mutter gehört", entgegnete Honor scharf.

„Ach ja? Eine *sehr* schöne Stange Geld. Kann ich noch was von dem Schinken haben, Ma?" Sie streckte Goggy auffordernd ihren Teller entgegen.

Lorena war … der Horror, das ließ sich nicht leugnen. Faith hatte heimlich gehofft, Honor hätte übertrieben.

Plötzlich kribbelte ihre Haut vor nervöser Energie. Bevor sie aus San Francisco abgereist war, hatte sie sich per Konferenzschaltung mit ihren Geschwistern abgesprochen. Dad war ein wenig unbedarft, da waren sich alle einig – er war schon mal von einem Auto angefahren worden, als er auf der Straße stand und zum Himmel aufblickte, um herauszufinden, ob mit Regen zu rechnen war. Wenn er also nun bereit war, sich wieder mit Frauen einzulassen, kamen sie überein, dann sollten sie ihm dringend eine passendere Gefährtin suchen. Ohne zu zögern, hatte Faith diese Aufgabe übernommen. Sie würde heimkommen, die Scheune umbauen und eine tolle Frau für Dad finden. Eine wunderbare Person, die ihn verstand und seine loyale, arbeitsame, freundliche Art zu schätzen wusste. Und die die gähnende Leere zu füllen vermochte, die Moms Tod hinterlassen hatte.

Endlich bekam Faith Gelegenheit zur Wiedergutmachung.

Und wenn sie schon dabei war, konnte sie auch mal etwas für das Familienunternehmen tun. Schließlich arbeiteten alle außer ihr auf Blue Heron.

Das Mittagessen verging mit Lorenas Kommentaren, Zankereien zwischen Ned und Abby, die für so etwas eigentlich zu alt waren, und gelegentlichen Todesdrohungen zwischen Goggy und Pops.

„Bleibt alle sitzen. Ich übernehme den Abwasch", verkündete Goggy mit einem Anflug von Tragik in der Stimme.

„Kinder!", schnauzte Pru, und Ned und Abby sprangen auf und begannen, den Tisch abzuräumen.

Honor schenkte sich Wein nach. „Faith, hat Dad dir schon gesagt, dass du bei Goggy und Pops wohnst?"

„Wie bitte?", rief Faith und warf Pops ein rasches Lächeln zu, als Entschädigung für ihren entsetzten Ton. Klar, sie liebte ihre Großeltern, aber bei ihnen *wohnen*?

„Pops lässt allmählich nach", flüsterte Pru. Beide Großeltern waren ein bisschen schwerhörig.

„Ich lasse nicht nach", wehrte sich Pops. „Wer will gegen mich im Armdrücken antreten? Jack, mein Sohn, traust du dich?"

„Heute nicht, Pops."

„Seht ihr?"

„Ich finde, du siehst prima aus, Dad!", beteuerte Lorena. „Richtig gut!"

„Er ist *nicht* dein Vater", knurrte Goggy.

„Du hast doch nichts dagegen, dass Faith bei euch wohnt, oder?", fragte Dad. „Du weißt doch, in letzter Zeit bist du ein bisschen …"

„Ein bisschen was?", fiel Goggy ihm ins Wort.

„Mordlustig?", schlug Jack vor.

Goggy funkelte ihren Enkel böse an und bedachte dann Faith mit einem etwas milderen Blick. „Wir hätten dich *liebend* gern bei uns, Schätzchen. Aber als Gast, nicht als Babysitter." Nach einem weiteren giftigen Blick, der sämtliche Anwesenden einschloss, stand sie auf und marschierte in die Küche, um den Kindern Anweisungen zu geben.

„Pops, ich wollte dich bitten, die Merlot-Trauben zu prüfen", sagte Dad.

„Ich bin dabei!", brüllte Lorena fröhlich, und alle drei machten sich davon.

Da Abby und Ned in der Küche beschäftigt waren, saßen nur noch die vier Holland-Kinder am Tisch. „Ich soll tatsächlich bei ihnen wohnen?", hakte Faith nach.

„Es ist am besten so", sagte Honor. „Außerdem habe ich einen Teil von meinem Kram in deinem Zimmer untergebracht."

„Stellt euch vor", Pru zupfte den Kragen ihrer Flanellbluse zurecht. „Carl hat mir neulich ein Bikini-Waxing empfohlen."

„Oh Gott", platzte Jack heraus.

„Was ist? Bist du plötzlich prüde geworden? Wer hat dich denn von diesem Strip-Club nach Hause gefahren, als du betrunken warst, hm?"

„Das war vor siebzehn Jahren", protestierte Jack.

„Na und? Carl will unser Liebesleben ‚aufpeppen'." Pru zeichnete mit den Fingern Gänsefüßchen in die Luft. „Ich finde, der Mann kann froh sein, dass er *überhaupt* was kriegt. Was ist denn los mit dir, Jack?", rief sie ihrem Bruder nach, der fluchtartig das Zimmer verließ.

„Ich will ebenfalls nichts über dein Sexleben hören", bemerkte Honor. „Und im Gegenzug erzähle ich dir auch nichts über meins."

„Als ob du überhaupt eins hättest", gab Pru zurück.

„Du würdest dich vielleicht wundern", erwiderte Honor.

„Wenn ich mit euch nicht reden kann, an wen soll ich mich dann wenden? An die Kids? An Dad? Ihr seid meine Schwestern. Ihr müsst mir zuhören."

„Erzähl es uns ruhig", beschwichtigte Faith. „Wenn ich dich richtig verstehe, kommt ein Bikini-Waxing also nicht infrage?"

„Danke, Faithie." Pru lehnte sich zurück und verschränkte die Arme vor der Brust. „Also, er sagt zu mir, warum versuchst du's nicht mal? Wie die *Playboy*-Models? Und ich so: ‚Carl, wenn du einen *Playboy* im Haus haben solltest, bring ich dich um. Wir haben eine halbwüchsige Tochter, und ich will nicht, dass sie sich künstliche Brüste und schlampige Frisuren anguckt.'" Sie setzte sich bequemer hin. „Ein Bikini-Waxing! In meinem Alter! Ich habe genug damit zu tun, meine Gesichtshaare unter Kontrolle zu behalten."

„Apropos gruselige ältere Frauen", sagte Faith und wich aus, als Pru nach ihr schlug. „Lorena Creech. Du liebe Zeit."

„Neulich hat sie Jack aufgefordert, sich auf ihren Schoß zu setzen." Pru schüttelte sich. „Du hättest sein Gesicht sehen sollen."

Faith lachte. Honor sah sie eisig an. „Sehr witzig. Warte nur, bis Dad plötzlich mit einer Frau verheiratet ist, die es nur auf sein Geld abgesehen hat."

„Dad hat Geld?", witzelte Pru. „Das ist mir neu."

„Und er wird nicht heiraten, es sei denn, er findet eine ganz tolle Frau", ergänzte Faith.

„Kann sein. Aber Lorena ist immerhin die Erste, die er als ,besonders vertraute Freundin' betrachtet. Warum allerdings ausgerechnet sie, ist mir ein Rätsel." Honor zupfte ihr Haarband zurecht. „Neulich hat sie sich bei Sharon Wiles nach den hiesigen Grundstückspreisen erkundigt. Also, Faith, verlier keine Zeit, okay? Ich komme nicht dazu, sämtliche Singlebörsen im Netz zu durchforsten. Du schon."

Damit ging sie – zweifellos zurück in ihr Büro. Honor tat nichts anderes, als zu arbeiten.

An diesem Abend schlüpfte Faith, nachdem sie ihre Sachen ins Alte Haus getragen und den Mietwagen zurückgebracht hatte (Dad sagte, sie könne für die Zeit ihres Besuchs Brown Betty benutzen, den alternden Subaru Kombi), im Gästezimmer ihrer Großeltern zwischen die frischen Laken und wartete auf den Schlaf.

Mom war nicht der einzige Mensch, dessen Abwesenheit sie heute gespürt hatte. Faith hatte immer noch halb damit gerechnet, auch Jeremy anzutreffen. Er hatte das Essen im Kreis ihrer Familie immer sehr genossen.

Und in diesem Augenblick war er vermutlich ganz nah, nur ein Stück weit die Straße hinunter.

Seit ihrer Hochzeit war sie sieben Mal zu Hause gewesen, aber sie hatte ihn nie gesehen. Nicht ein einziges Mal. Klar, ihr Besuch hatte immer nur ein paar Tage gedauert. Aber sie war immer auch in der Stadt gewesen und in der Bar, die ihren besten Freunden, Colleen und Connor O'Rourke, gehörte, doch Jeremy hatte sich nicht blicken lassen. Und anders als sonst, wenn sie nicht da war, schaute er auch nicht bei ihrer Familie vorbei. Die Hollands hatten, wie alle anderen hier, den Schock seines Coming-outs überwunden (irgendwann). Jeremy war schließlich auch Teil ihres Lebens gewesen, außerdem war er ihr Arzt und nächster Nachbar, wenn auch in einer Meile Entfernung.

Doch wenn Faith da war, hielt er sich bedeckt.

Die ersten sechs Wochen nach ihrer geplatzten Hochzeit hatten sie täglich miteinander telefoniert, manchmal sogar zwei- oder dreimal. Trotz seines schockierenden Bekenntnisses fiel es ihr schwer zu glauben, dass sie nicht mehr zusammen waren. Seit dem Augenblick, als sie ihn im Sanitätsraum der Schule an ihrem Bett gesehen hatte, immerhin acht lange Jahre, hatte sie ihn geliebt, es gab nicht eine Sekunde des Zweifels. Sie hätten heiraten, Kinder bekommen, ein wunderbares langes Leben miteinander verbringen sollen, und dass all diese zukünftigen Jahrzehnte nun einfach schlagartig ausgelöscht waren … konnte ihr Herz nur schwer begreifen.

Er versuchte zu erklären, warum er es so weit hatte kommen lassen. Das war das Schlimmste von allem. Sie hatte ihn so sehr geliebt, sie waren beste Freunde gewesen … und er hatte nie auch nur den Versuch unternommen, das Thema anzuschneiden.

Er liebte sie, sagte er immer wieder, und Faith wusste, dass das stimmte. Jeden Tag, bei jedem Gespräch entschuldigte er sich, manchmal weinte er. Es tat ihm so furchtbar leid, dass er ihr wehgetan hatte, dass er es ihr nicht gesagt hatte, dass er nicht hatte akzeptieren wollen, was er doch im Herzen längst wusste.

Eines Abends, sechs Wochen nach ihrem verunglückten Hochzeitstag, nachdem sie eine Stunde lang mit sanfter Stimme aufeinander eingeredet hatten, sprach Faith schließlich aus, was im Grunde beiden klar war: Sie mussten richtig Schluss machen. Keine E-Mails mehr, keine Anrufe, keine SMS.

„Ich verstehe", hatte Jeremy geflüstert.

„Ich werde dich immer lieben", hatte Faith beteuert, und ihre Stimme brach.

„Ich werde dich auch immer lieben."

Und dann, nach einem endlos langen Augenblick, hatte Faith die Taste gedrückt, die den Anruf beendete. War auf der Bettkante sitzen geblieben und hatte ins Leere gestarrt. Am nächsten Tag bot ein bekannter Landschaftsarchitekt ihr eine freie Mitarbeit bei seinem neuen Yachthafen-Projekt an, und damit begann ihr Leben nach Jeremy. In jenem Jahr hatte ihr Vater sie dreimal besucht – beispiellos für einen

Weinbauern –, und auch Pru und die Kinder waren einmal gekommen. Und alle hatten angerufen und Briefe und SMS geschrieben.

Aber es schien unmöglich, die Liebe einfach so abzuschalten. Manchmal vergaß sie sich. Jemand fragte, ob sie Kinder wollte, und sie antwortete unwillkürlich: „Wir wollen unbedingt welche", und dann traf sie die Erinnerung, dass niemals hübsche, fröhliche, dunkelhaarige Kinder über die Wiesen der beiden Weingüter hüpfen würden, wie eine Ohrfeige.

Und jetzt, hier im Alten Haus, ließen sich die Gedanken an Jeremy gar nicht mehr unterdrücken. Überall lauerten Erinnerungen. Wie er vorne auf der Veranda saß und ihrem Vater versprach, gut für sie zu sorgen. Wie er die kleine Abby auf der Schaukel anschubste. Wie er mit Ned Spritztouren in seinem Cabrio unternahm, mit Pru und Honor flirtete, mit Jack Bier trank. Er hatte ihr geholfen, genau dieses Zimmer in genau dieser zarten Fliederfarbe zu streichen. In dieser Ecke dort hatten sie sich geküsst (es waren süße, keusche Küsse, vielleicht nicht unbedingt das, was man von seinem sechsundzwanzigjährigen Verlobten erwartete), bis Goggy ins Zimmer kam und sie darüber informierte, dass es in ihrem Haus keine Küsserei gebe – und ob sie verlobt seien oder nicht, sei ihr völlig *egal*.

Faith hatte ein einziges Foto von sich und Jeremy behalten. Es war während eines Wochenendausflugs zu den Outer Banks entstanden. Sie trugen Sweatshirts, lagen sich in den Armen, der Wind spielte mit ihren Haaren, Jeremy lächelte breit. Täglich zwang sie sich dazu, dieses Bild anzusehen, und ein kleiner, grausamer Teil ihres Verstands riet ihr, die Sache endlich hinter sich zu lassen.

Sie hatte ihn ohnehin nicht verdient.

Doch in diesen acht Jahren ihres Zusammenseins … Da sah es doch so aus, als hätte das Universum ihr das dunkle Geheimnis vergeben – und ihr als Zeichen der Absolution Jeremy geschenkt.

Aber dann hatte das Universum doch zuletzt gelacht, und Levi Cooper war sein Bote gewesen. Levi, für den sie schon immer eine Witzfigur gewesen war.

Levi, der es gewusst und nie ein Wort gesagt hatte.

# 3. Kapitel

Levi Cooper lernte Jeremy Lyon kurz vor dem Eintritt in die Oberstufe kennen. Er hatte nie damit gerechnet, dass sie mal Freunde sein würden. Ökonomisch gesehen funktionierte die Welt so nicht.

Manningsport lag am Ufer des Keuka Lake. Der Marktplatz war umringt von malerischen Geschäften: Antiquitätenläden, Brautmoden, O'Rourke's Tavern, ein kleiner Buchladen und Hugo's, das französische Restaurant, in dem Jessica Dunn als Servierkraft arbeitete. Dann war da der „Hügel", der sich über der Ortschaft erhob, dort lebten die reichen Kinder, deren Eltern Banker und Anwälte und Ärzte waren oder eben die Besitzer der Weingüter: die Kleins, die Smithingtons, die Hollands. Von April bis Oktober karrten Busse Touristenhorden heran, die den schönen See und die Landschaft bewundern, den Wein probieren und eine Kiste oder zwei davon mitnehmen wollten.

Die makellosen Höfe der Mennoniten erstreckten sich weiter weg vom See, über Hügel voller schwarzweißer Kühe und dunkel gekleideter Männer, die Traktoren mit Eisenrädern lenkten. Die Frauen trugen Hauben und lange Röcke und verkauften am Wochenende auf dem Bauernmarkt Käse und Konfitüre.

Levi wohnte auf der falschen Seite der Weinberge, dort, wo es im Schatten des „Hügels" ein bisschen früher Nacht wurde. In seinem Teil der Stadt gab es die Müllhalde, einen schmuddeligen Lebensmittelladen und einem SB-Waschsalon, in dem Gerüchten zufolge mit Drogen gehandelt wurde.

Während der Grundschulzeit luden wohlmeinende reiche Eltern die ganze Klasse zu den Geburtstagspartys ihrer Kinder ein, und Levi ging hin, zusammen mit Jessica Dunn und Tiffy Ames. Sie benahmen sich gut, vergaßen nie, sich bei der Mutter für die Einladung zu bedanken und das Geschenk abzugeben, das das Wochenbudget der Familie belastet hatte. Aber Gegeneinladungen, nein. Man lud die Klasse nicht zum Geburtstag ein, wenn man in einer Wohnwagensiedlung lebte. Solange man jung war, hing man in der Schule zusammen rum, und im Sommer traf man sich vielleicht, um den Wasserfall runterzuspringen, doch nur allzu bald machte sich die soziale Kluft bemerkbar. Die reichen Kids fingen an, über Designerklamotten zu reden oder über das neue Auto der Eltern und ihr nächstes Urlaubsziel, und das gemeinsame Angeln an Henley's Dock war plötzlich nicht mehr so wichtig.

Und deshalb hing Levi eben mehr mit Jessica und Tiffy und Arschwisch Jones herum, der in Wirklichkeit Ashwick hieß (die Mutter des Jungen war süchtig nach irgendeiner britischen Fernsehserie und hatte eindeutig null Ahnung von Kindern und Namen). Er und seine Halbschwester wuchsen in Wests Wohnwagensiedlung auf, ihr Zuhause war ein billiges doppelbreites Wohnmobil, das immer an zwei Stellen leckte, egal, wie oft Levi das Dach flickte. Sarah wurde geboren, als Levi zehn (und ein weiterer Mann von der Bühne abgetreten) war, und danach war die Wohnsituation zwar etwas beengt, aber sauber und glücklich. Es war nicht grauenhaft, ganz und gar nicht, aber es war eben nicht der „Hügel" oder der idyllische Ortskern. Jeder begriff den Unterschied, und wer ihn nicht begriff, wusste entweder nichts vom wirklichen Leben oder gehörte nicht zur Stadt.

Am ersten Tag des Footballtrainings, einen Monat vor dem Eintritt in die Oberstufe, stellte der Coach einen neuen Mitschüler vor, und zwar mit den Worten „Jeremy Lyon bringt euch faulen Schlappschwänzen bei, wie man Football spielt." Jeremy ging reihum und schüttelte jedem verdammten Team-Mitglied die Hand. „Hey, ich bin Jeremy, schön, dich kennenzulernen. Jeremy Lyon, nett, dich kennenzulernen, Alter."

*Schwul*, das war das erste Wort, das Levi in den Sinn kam.

Doch niemand sonst schien etwas zu bemerken – vielleicht weil Jeremy *wirklich* spielen konnte. Nach einer Stunde stand fest, dass er ein wahnsinnig guter Footballer war. Er sah aus und spielte, als wäre er seit Jahren in der NFL, der wichtigsten Profiliga der USA.

Levis Aufgabe bestand darin, möglichst schnell in das gegnerische Territorium vorzudringen und Jeremys wunderbare Pässe zu fangen. Er war selbst ein ziemlich guter Footballer, auch wenn sich das nicht in einem Stipendium auszahlte, sosehr seine Mom auch darauf hoffte, aber Jeremy war schlicht genial. Nach vier Stunden wurde im Team bereits spekuliert, dass ihnen vielleicht die erste siegreiche Saison seit neun Jahren bevorstehen könnte.

Am Freitag dieser ersten Woche lud Jeremy alle auf eine Pizza zu sich nach Hause ein. Und was war das für ein Zuhause, alles hochmodern und mit allem Pipapo, überall Fenster, und der Küchenboden glänzte dermaßen, dass Levi seine Schuhe auszog. Das Wohnzimmer war ganz in Weiß gehalten und sah aus wie ein Filmset. In Jeremys Zimmer standen ein Doppelbett, ein brandneuer Mac und ein riesiger Fernseher mit PlayStation (und etwa fünfzig Spielen). Seine Eltern stellten sich als Ted und Elaine vor und taten so, als gäbe es für sie keinen größeren Spaß als den Besuch von vierunddreißig Schuljungen. Die Pizza war selbst gebacken (im Pizzaofen, einem von vier Öfen in der Küche), außerdem waren noch leckere Sandwichs aus diesem teuren Brot mit dem italienischen Namen im Angebot. Dazu alle Sorten Limo – die noblen, nicht etwa die No-Name-Produkte, die Levis Mom kaufte. Sie hatten einen Weinkeller und einen speziellen Weinkühlschrank und Biere sämtlicher Mikrobrauereien der Gegend. Als Arschwisch Jones um ein Bier bat, zerstrubbelte Mrs Lyon ihm einfach nur das Haar und sagte, sie hätte heute keine Lust, in den Knast zu gehen, und Arschwisch schien es überhaupt nichts auszumachen.

Levi wanderte durchs Haus, gab sorgfältig auf seine Flasche Virgil's Rootbeer Acht und versuchte, nicht zu gaffen. Es gab moderne Gemälde und abstrakte Skulpturen, einen Kamin, der eine ganze Wand einnahm, einen Kamin auf der Veranda und einen Kamin im Partyraum im Untergeschoss, wo auch noch ein Billardtisch, ein Kicker, noch ein Riesenfernseher mit PlayStation und eine gut bestückte Bar zur Verfügung standen.

Dann stand plötzlich Jeremy neben ihm. „Danke, dass du heute gekommen bist, Levi."

„Ja, klar doch", sagte Levi. „Tolles Haus."

„Danke. Ich glaube, meine Eltern sind beim Einrichten ein bisschen durchgedreht. Ich meine, brauchen wir wirklich eine Zeus-Statue?" Er grinste und verdrehte die Augen.

„Tja", murmelte Levi.

„Hey, hast du Lust, morgen was zu unternehmen? Vielleicht Kino oder einfach nur hier abhängen?"

Levi trank ausgiebig von seiner Limo, dann musterte er Jeremy prüfend. Ja. Schwul, er war sich fast sicher. „Hm, sieh mal, Alter", sagte er. „Ich habe eine Freundin." Na ja, er schlief hin und wieder mit Jessica, falls das zählte. Trotzdem. Die Botschaft war: *Ich bin hetero.*

„Cool. Dann kommt doch beide her, falls ihr nichts Besseres zu tun habt." Jeremy hielt inne. „Es ist nur, ich kenne hier noch niemanden", fügte er hinzu.

Es war eine offene Bitte, aber Levi hatte keinen Schimmer, warum sie ausgerechnet an ihn gerichtet wurde. Nun ja, irgendwann würde Jeremy vermutlich von irgendeinem anderen reichen Typen erfahren, dass die Coopers praktisch zum Prekariat gehörten, dass Levi kein Auto besaß und neben der Schule zwei Jobs hatte. Aber für den Moment hatte er die Chance, hier in diesem Palast abzuhängen und einen kleinen Eindruck davon zu bekommen, wie die andere Hälfte so lebte … „Klar. Danke. Ich frag sie, ob sie Zeit hat. Sie heißt Jessica."

„Cool. Um sieben? Meine Mom kann prima kochen."

„Danke, Schatz", sagte seine Mutter, die in diesem Augenblick mit einem Tablett voller Sandwichs ins Zimmer kam. Als sie die beiden Jungs beieinanderstehen sah, erstarrte sie. Plötzlich bestand ihr Lächeln nur noch aus einer Überdehnung der Lippen.

„Aber es stimmt, Mom." Jeremy legte den Arm um die zierliche Frau, gab ihr einen Kuss aufs Haar, mopste sich ein Sandwich und grinste. „Sie haut mich, wenn ich was anderes sage", fügte er dann hinzu.

Mrs Lyon sah Levi an; zwischen ihren Brauen zeigte sich eine kleine Falte. „Wie war noch gleich dein Name?"

„Levi", antwortete Jeremy an Levis Stelle. „Er ist ein Topspieler. Wir wollen morgen zusammen was unternehmen, wenn du nichts dagegen hast. Seine Freundin kommt auch." Die Mutter wurde sofort wieder locker. „Ach, du hast eine Freundin! Wie schön! Aber klar! Ja, ja, kommt nur, ihr beiden. Das wäre doch nett."

„Kann sein, dass sie arbeiten muss", sagte Levi. „Ich frag sie. Aber vielen Dank."

„Hat dein Mädchen vielleicht eine gute Freundin?", erkundigte sich Mrs Lyon.

„Da haben wir's wieder. Sie ist auf der Suche nach ihrer zukünftigen Schwiegertochter." Jeremys Lächeln war unbeschwert. Von oben war Poltern zu hören, gefolgt von einem Fluch. „Das hört sich nach Cola auf weißen Polstern an. Ich hab dir doch gesagt, dass es Schwachsinn ist, dieses Sofa zu kaufen."

„Ach, hör auf. Ihr seid schließlich keine Horde wilder Tiere."

„Ich sag's nur ungern, aber so was Ähnliches sind wir schon", bekannte Levi. Jeremy grinste noch breiter und begleitete seine Mom hinaus, vermutlich um ihr beim Aufwischen zu helfen.

Also, ja. Jeremy war schwul. Oder einfach … aus Kalifornien. Oder beides.

Am nächsten Abend kam Levi wieder; er musste nach seiner Schicht im Yachthafen von zu Hause aus per Anhalter fahren. Sechs Stunden lang hatte er Boote im Trockendock gereinigt, was zwar anstrengend war, ihm aber die Möglichkeit bot, mit freiem Oberkörper zu schuften und sich dabei von Amber Wie-auch-immer-sie-hieß beäugen zu lassen, die übers Wochenende zu Besuch war. Jess wollte nicht auf die sonntagabendlichen Trinkgelder verzichten, deshalb ging Levi allein.

Bei Jeremy aßen sie mit den Eltern (es gab unglaublicherweise Ente!), dann trieben sie den üblichen Jungskram: futterten noch mehr und spielten Soldier of Fortune auf der Playstation im Untergeschoss. Als Jeremy fragte, auf welches College Levi gehen wollte, zögerte der, weil er nicht wollte, dass Jeremy jetzt schon erfuhr, dass das College für ihn absolut unerreichbar war und er sich deshalb nicht einmal bewerben würde. „Weiß noch nicht", sagte er.

„Ich auch nicht", antwortete Jeremy unbekümmert, doch Levi wusste, dass er sehr gefragt war und die Wahl zwischen den besten Colleges haben würde. „Gut. Dann verrate mir mal, wer die tollsten Mädchen an der Schule sind. Ich will dieses Jahr eine Freundin haben."

Es war so peinlich, dass Levi beinahe das Gesicht verzog. Aber irgendetwas hatte Jeremy an sich, er strahlte eine gewisse Unschuld aus. „Hattest du zu Hause eine Freundin?", stellte er ihn auf die Probe.

„Nicht so richtig. Keine feste. Du weißt schon." Jeremy wandte den Blick ab. „Wegen Football und Schule und so weiter findet man nicht viel Zeit."

Levi hatte da völlig andere Erfahrungen gemacht; er konnte sich vor Angeboten kaum retten. Sofern man kein vorpubertärer Neuntklässler war, warf sich einem mit Sicherheit irgendeine Tussi an den Hals, solange man am Freitagabend das Football-Trikot trug, ganz gleich, wie schlecht die Mannschaft abgeschnitten hatte. Spätabends sagte Levi, dass er die sieben Meilen zu Fuß nach Hause gehen würde, aber Jeremy bestand darauf, ihn zu fahren. Meine Güte, der Typ besaß ein *Cabrio* und benahm sich trotzdem überhaupt nicht wie ein Arschloch. „Toller Abend für eine Spritztour, wie?", fragte er fröhlich und sprang ins Auto, ohne die Tür zu öffnen. Levi folgte seinem Beispiel. So macht man's wohl, wenn man ein Cabrio hat, dachte er.

Jeremy redete die ganze Zeit, erzählte Levi vom Leben im Napa Valley (ziemlich toll), warum seine Eltern trotzdem wegzogen (sein

Dad hatte ein Magengeschwür, und sie dachten sich, in Upstate New York wäre die Konkurrenz unter den Winzern wohl nicht so hart), stellte ihm Fragen über den Coach und die Teams, gegen die sie antreten würden.

„Hier rechts. Zur Wohnwagensiedlung." Er wartete darauf, dass bei Jeremy der Groschen fiel und kapierte, dass er sich wohl den falschen Mitspieler als Freund ausgesucht hatte.

„Geht klar. Welches Wohnmobil?", fragte Jeremy und bog in die Zufahrt ein.

„Das letzte links. Danke fürs Fahren, Alter. Und bestell deiner Mom meinen Dank fürs Essen."

„Keine Ursache, war toll, dass du gekommen bist. Wir sehen uns beim Training."

Dann winkte er, wendete geschickt und fuhr ab. Das Motorengeräusch summte noch leise in einiger Entfernung.

Das war der Beginn ihrer Freundschaft. Im Lauf des nächsten Monats wurde Levi so oft von Jeremy zum Abendessen eingeladen, dass seine Mutter eines Tages die Geduld verlor: „Warum lädst du ihn nicht zu uns ein? Schämst du dich unseretwegen, oder was?" Als Jeremy kam, brachte er Levis Mom Blumen mit, sagte zu Sarah, sie sähe umwerfend aus und schien weder den Wasserflecken an der Decke zu bemerken noch den einfachen Wein im Kühlschrank, noch die Tatsache, dass sie zu viert kaum in der Küche Platz fanden.

„Ist das Thunfisch-Auflauf?", fragte er, als Mrs Cooper die feuerfeste Form auf den Tisch stellte. „Oh Mann, das ist mein Leibgericht! Das habe ich seit einer Ewigkeit nicht gegessen. Meine Mom ist so eigen, was Essen angeht. Aber das hier ist toll. So lässt sich's leben." Er grinste, als wäre ihnen gerade ein Banküberfall gelungen, und aß drei Portionen, während Mom förmlich dahinschmolz.

„Das ist ein *sehr* netter Junge", verkündete sie, als Jeremy gegangen war, und es klang beinahe ehrfürchtig.

„Ja", stimmte Levi ihr zu.

„Hat er eine Freundin?"

„Ich finde, du bist ein bisschen zu alt für ihn." Er grinste sie an, und sie wurde tatsächlich rot.

„*Ich* will seine Freundin sein", bekannte Sarah voller Inbrunst.

„Und du bist ein bisschen zu jung." Levi zog sie an den Haaren. „Geh, putz dir die Zähne, Kleine." Seine Schwester gehorchte.

Ihre Mutter fuhr sich mit der Hand durchs blond gefärbte Haar, das an den Wurzeln schwarz nachwuchs. „Ach, ich meinte ja nur, ein so hübscher Junge mit so viel Charme und so guten Manieren. Da könntest du dir eine Scheibe abschneiden."

„Danke, Ma."

„Möchte wetten, *er* ist nicht der Typ, der sich mit kleinen Schlampen abgibt."

„Nein, ganz bestimmt nicht." Levi sah seine Mutter an und hob vielsagend die Brauen, aber sie kapierte nicht, was er meinte.

„Was du an dieser Jessica Dunn findest, ist mir ein Rätsel."

„Sie ist leicht zu haben." Seine Mom schlug spielerisch nach ihm, und Levi duckte sich grinsend. „Und sie hat natürlich einen tollen Charakter", fügte er hinzu.

„Du Scheusal. Jetzt hilf mir gefälligst beim Aufräumen. Ich wette, dein *Freund* hilft *seiner* Mutter."

Ein paar Wochen später, nachdem die Schule wieder angefangen hatte, wollten Levi und Jeremy zusammen in die Cafeteria gehen, doch jemand blockierte den Durchgang: Prinzessin Supersüß, das rote Haar zum Pferdeschwanz gebunden. Ständig wollte sie einen dazu überreden, irgendetwas zur Altglassammlung oder zur Rettung der Seehunde zu unterschreiben. Ihre Lebensaufgabe bestand offenbar darin, sich bei aller Welt beliebt zu machen. Jetzt stand sie allerdings einfach da und schien die Menschenmenge gar nicht zu bemerken, der sie den Weg zum Essen versperrte.

„Verpiss dich, Holland", sagte Levi.

Sie antwortete nicht. Ach du Scheiße, es war wieder so weit, sie zupfte an ihrem Rüschenblüschen und wirkte verwirrt. Levi machte einen Schritt auf sie zu, doch bevor er sie auffangen konnte, sank sie zu Boden und fing an zu zucken.

„Oh mein Gott!", platzte Jeremy heraus, warf seinen Rucksack zur Seite und kniete sich neben sie. „Hey, hey, ist alles in Ordnung?"

„Sie ist Epileptikerin", erklärte Levi. Er zog sein Sweatshirt aus und schob es ihr unter den Kopf. Eine kleine Schar Schaulustiger sammelte sich. Faiths Anfälle waren immer ein Ereignis. Zwölf gemeinsame Schuljahre … Man sollte meinen, sie hätten sich inzwischen daran gewöhnt. Jahr für Jahr kam die Schulschwester in die Klasse und hielt ihren Vortrag über Epilepsie, als müssten sie ständig daran erinnert werden und als ob die Sache für Faith nicht schon peinlich genug war.

Bei diesen Gelegenheiten tat sie Levi tatsächlich leid. Na ja, und damals, als ihre Mutter ums Leben kam, natürlich auch.

Jeremy hielt sie bereits in den Armen. „Man soll sie nicht bewegen", informierte Levi ihn, doch Jeremy hob sie auf und bahnte sich seinen Weg durch den Flur.

Und das war's dann. Die ganze Schule sprach tagelang davon, dass Jeremy eine Art *Ritter* war oder so was Ähnliches und dass Faith gar nicht anders *konnte,* als sich in ihn zu verlieben; es war *so* romantisch, die anderen Mädchen wünschten sich beinahe, *selbst* Epileptikerin zu sein oder wenigstens hin und wieder in Ohnmacht zu fallen. Levi verdrehte entnervt die Augen, bis sie ihm fast aus dem Kopf fielen.

„Ich bin verliebt, mein Freund", bekannte Jeremy ein paar Wochen später. „Sie ist einfach umwerfend."

„Ja."

„Wirklich. Sie ist schön. Wie ein Engel."

Levi sah ihn fest an. „Klar."

Obwohl er keinen Vater hatte, war Levi das, was sein Boss als einen echten Kerl bezeichnete. Seit der vierten Klasse spielte er Football, er war handwerklich begabt, hatte seine erste Freundin mit zwölf und den ersten Sex mit fünfzehn. Er hatte ein Schuljahr wiederholen müssen, nachdem sein Vater die Familie verlassen hatte, und war deshalb älter als seine Klassenkameraden. In der Siebten hatte er angefangen, Gewichte zu stemmen, als Zehntklässler durfte er als Einziger schon Auto fahren, und all das brachte ihm Respekt ein. Er hatte immer eine Schar von Jungs um sich.

Daher wusste er, dass ein Junge nicht damit prahlt, dass seine Freundin schön ist wie ein Engel. Ein Junge redet von Titten, von Ärschen und darüber, ob und wann ein Mädchen sich vögeln lässt. Und wenn ein Junge wirklich verliebt ist, dann hält er den Mund und haut demjenigen (oft genug Levi), der über die Titten und den Arsch des betreffenden Mädchens spekuliert, eine rein.

Levi war kein Experte auf dem Gebiet, aber er vermutete, dass Jeremy vielleicht gar nicht wusste, dass er schwul war. Oder wenn doch, dass er es sich vielleicht nicht eingestehen wollte. Jeremy war schrecklich vorsichtig im Umkleideraum, was merkwürdig war für einen Jungen, der seit einem Jahrzehnt Football spielte. Die meisten Jungs dachten gar nicht darüber nach, aber ein paar stolzierten gern nackt umher. Natürlich gab es Schwulenwitze, und Jeremy lachte verhalten, warf manchmal einen verstohlenen Blick in Levis Richtung, um sich zu vergewissern, ob der Kalauer wirklich witzig war (das war er praktisch nie). Nein, Jeremy hielt einfach den Blick gesenkt, bis er angezogen war.

Als Big Frankie Pepitone sich ein Tattoo auf die Schulter stechen ließ, wollten es alle bewundern, und natürlich fühlte sich jeder dazu berufen, Frankie einen Schlag auf die frisch tätowierte und noch wund aussehende Haut zu geben (Footballspieler taten einander schließlich gern weh), doch Jeremy schaffte es kaum, den Blick auf das Tattoo zu richten. „Cool", sagte er nur, und Levi dachte, dass er vielleicht Angst vor dem hatte, was in seinem Gesicht zu lesen wäre, wenn er Big Frankie ansehen würde.

Wie auch immer. Jeremy war ein feiner Kerl, und Levi war es ziemlich egal, ob Faith Holland die Liebe oder die Lüge seines Lebens war. Er ging inzwischen in die Abschlussklasse; vermutlich würde er sich danach verpflichten, und deshalb wollte er vorher noch möglichst viel Spaß haben. Und in Jeremys Gesellschaft *hatte* er Spaß. Der Typ war witzig, klug, relaxed und anständig ohne Ende. Levi und Jess und Jeremy und Faith gingen manchmal zusammen ins Kino oder trafen sich bei den Lyons, denn Faith hatte zu viele Geschwister, und warum sollte man in die Wohnwagensiedlung gehen, wenn Jeremys Elternhaus doch ein verdammtes Spielparadies war? Aber Jess mochte Faith nicht sonderlich (und konnte sie großartig nachmachen), und deshalb waren sie oft nur zu dritt, Jeremy, Levi und Faith.

Faith Holland ... sie war ein bisschen schwer zu ertragen, ja. Irgendwie niedlich und lebhaft und ermüdend. Sie war total verknallt in Jeremy und schien ständig ihre Rolle als seine zukünftige Frau zu üben. Dauernd klimperte sie mit den Wimpern und kuschelte sich an ihn, und Jeremy schien es nicht zu stören. Sie schleimte sich bei Mr und Mrs Lyon ein, sprang auf, um den Tisch abzuräumen und so weiter, und natürlich fanden die Lyons sie wunderbar.

Eines Abends, als Levi sich gerade für die Einladung bedanken wollte, hörte er, wie Mrs Lyon zu ihrem Mann sagte: „Gott sei Dank, dass er endlich jemanden gefunden hat."

„Wurde auch Zeit", antwortete Mr Lyon. „Ich habe fast schon nicht mehr daran geglaubt." Sie sahen einander merkwürdig an und wandten sich dann wieder den Nachrichten auf CNN zu.

Levi war also womöglich nicht der Einzige, der glaubte, dass Jeremy vom anderen Ufer war.

Das Abschlussjahr war das beste Jahr in Levis Leben. Die Manningsport Mountain Lions hatten ihre beste Saison in der Geschichte der Schule, und Levi, der keinen Bruder und keinen Vater und keinen Onkel hatte, besaß zum ersten Mal einen wahren Freund, das war etwas anderes als Arschwisch und Tommy und Big Frankie. Jeremy war in vielerlei Hinsicht reifer, er fühlte sich in Levis Wohnmobil offenbar genauso wohl wie im glamourösen Haus seiner Eltern, lachte gern, schoss sich nicht einfach so zum Spaß ab, und es kümmerte ihn nicht die Bohne, dass die Kids vom „Hügel" eigentlich nicht mit den Schmuddelkindern aus der Wohnwagensiedlung verkehren sollten.

Allerdings überdrehte er diese Sache mit Faith, mühte sich regelrecht damit ab. Wenn er sie küsste – was hin und wieder vorkam –, dann war das so schrecklich, dass Levi sich jedes Mal innerlich wand. Jeremy legte diese altmodischen, schrägen Verhaltensweisen an den Tag, die einem Hetero nicht mal im Traum einfielen. Er steckte Faith Blumen ins Haar und ähnlichen Mist. Und Faith, Herrgott, sie genoss es. Manchmal setzte sie sich auf seinen Schoß und schlug beispielsweise vor, dass alle sich freiwillig zum Müllsammeln melden oder dass Levi und Jess in den Schulchor eintreten und im Altenheim singen sollten. Gelegentlich wies Levi sie darauf hin, dass es Medikamente für ihre Krankheit gab. Faith lachte dann ein bisschen verunsichert, und er fühlte sich, als hätte er einen jungen Hund getreten. Jeremy sagte dann: „Alter, sei nett. Ich liebe sie", und Faith wedelte, um im Bild zu bleiben, sofort wieder mit dem Schwanz.

Eines Frühlingsabends ließ Faith die Jungs allein bei den Lyons zurück – Ted und Elaine waren nicht da, und Levi vermutete, dass sie sich unbehaglich fühlte, weil er und Jeremy sich zwei Dosen Bier aus dem Kühlschrank im Untergeschoss genehmigten. Dass sie etwas derart Illegales duldete, da sei Gott vor! Levi schaute ihr von seinem Platz auf der Terrasse aus nach. Ihr schönes Haar glänzte in der Sonne, der große Hund der Hollands hüpfte an ihrer Seite. „Vögelst du mit Faith?", fragte er aus reiner Neugier.

„Nein, nein", antwortete Jeremy. „Wir sind … altmodisch. Du weißt schon. Mag sein, dass wir warten, bis wir verheiratet sind."

Levi verschluckte sich an seinem Bier. „Oh", keuchte er. Jeremy zuckte nur mit den Schultern, und allein der Gedanke an Prinzesschen Supersüß zauberte ein Lächeln auf sein Gesicht.

Dann, aus heiterem Himmel, kam jene Woche, in der Jeremy und Faith „sich eine Beziehungsauszeit nahmen". Die gesamte Schule stand unter Schock. Jeremy war ungewohnt mürrisch und wollte nicht darüber reden. Levi nahm an, dass Faith endlich kapiert hatte, dass mit ihrem Freund irgendetwas nicht stimmte.

Er hatte gerade seine eigenen Probleme – ein College in Pennsylvania bot ihm ein anständiges Football-Stipendium an (dank Jeremy, der ihn die ganze Saison hindurch so gut hatte aussehen lassen). Wenn er seine eigenen Ersparnisse dazunahm, fehlten ihm nur noch fünf Riesen, dann könnte es klappen.

Seine Mom fragte er nicht; fünf Riesen waren immer noch viel zu viel. Er hätte Jeremy oder die Lyons darum bitten können; sie hätten sich förmlich überschlagen, um ihm das Geld zu geben, aber er fühlte sich nicht wohl dabei. Er wollte niemandem etwas schuldig sein.

Deshalb wollte er seinen Vater fragen, denn er fand, dass Rob Cooper *ihm* etwas schuldig war. Aber dazu musste er ihn erst aufspüren. Schließlich fand er heraus, dass der Typ zwei Städte weiter lebte. Levi hatte ihn seit elf Jahren nicht gesehen. Kein einziger Anruf, keine einzige Geburtstagskarte, aber der Kerl wohnte gerade mal zwanzig Meilen entfernt in einem hübschen, dunkelblau gestrichenen Ranchhaus, und auf der Zufahrt stand ein Auto neuester Bauart.

Rob Cooper mochte ein Versager sein, der seiner Unterhaltspflicht nicht nachkam, doch er erkannte Levi auf Anhieb. Schüttelte ihm die Hand, schlug ihm auf die Schulter und nahm ihn mit in die Garage.

„Also, hm, ich komme am besten gleich auf den Punkt", sagte Levi. „Ich brauche fünf Riesen, um aufs College gehen zu können. Ich bekomme ein Stipendium, aber das deckt nur einen Teil der Kosten." Er unterbrach sich. „Ich habe gehofft, du könntest mir helfen."

Sein Vater – Scheiße, sein Vater hatte die gleichen grünen Augen wie Levi, die gleichen kräftigen Arme –, sein Vater nickte, und eine idiotische Sekunde lang spürte Levi sein Herz hüpfen.

„Ja, ich würde dir gern helfen, Mann. Wie alt bist du jetzt? Achtzehn?"

„Neunzehn. Ich habe die dritte Klasse wiederholt." *Das Jahr, in dem du uns verlassen hast.*

„Gut, gut." Sein Vater nickte wieder. „Tja, es ist allerdings so, ähm, ich habe gerade geheiratet. Neubeginn und so weiter." Er zögerte. „Meine Frau ist bei der Arbeit. Sonst würde ich sie dir vorstellen." Nein, würde er nicht. „Ich wollte, ich könnte dir helfen, mein Sohn. Aber ich habe das Geld einfach nicht."

Dazu hätte Levi eine ganze Menge sagen mögen. Zum Beispiel, dass der unterschlagene Unterhalt sich auf viel mehr als fünftausend Dollar belief. Oder dass Rob Cooper schon vor elf Jahren das Recht verwirkt hatte, ihn *Sohn* zu nennen. Dass er die dritte Klasse hatte wiederholen müssen, weil er nach der Schule täglich *Stunden* damit verbracht hatte, auf den verdammten Stufen zu sitzen und darauf zu warten, dass ein senfgelber El Camino in die Wohnwagensiedlung einbog. Denn er wusste, wusste *ganz sicher,* dass sein Vater nicht einfach für immer fortgehen würde.

Doch seine Lippen blieben versiegelt, und in seinem Bauch brannte die Scham darüber, dass er sich zu einer Art Hoffnung hatte hinreißen lassen.

„Ich habe auch Football gespielt, weißt du das?", fragte sein Vater.

„Nein", sagte Levi. „Cool. Aber ich muss jetzt los."

„Klar. Tut mir echt leid, Levi."

Es gab ihm den Rest, diese Stimme, die er so gut in Erinnerung hatte, seinen Namen sagen zu hören. Vorsichtig, als hätte er das Laufen verlernt, ging er die Zufahrt hinunter und stieg in Arschwischs zerbeulten Pick-up. Sah sich nicht noch einmal nach seinem Vater um, sondern fuhr auf direktem Weg nach Geneva, um sich zu verpflichten. Er würde sich von seinem Vater nicht noch mehr verletzen lassen als bereits geschehen. Nie mehr. Gut, an dem Abend betrank er sich ein bisschen mit seinen alten Kumpels, und Jess musste ihn ins Bett bringen, aber sonst war nichts passiert.

Am Ende der Woche waren Faith und Jeremy wieder zusammen. Was auch immer hinter ihrer „Pause" gesteckt haben mochte, hatte sich wohl erledigt.

Und dann war die Schule vorbei. Levi bestand die Army-Tests. Ab August erwarteten ihn sechzehn Wochen Grundausbildung. Urplötzlich bedeutete sein Zuhause ihm … alles.

Der Sommer nahm eine bittersüße Qualität an. Levi ertappte sich dabei, wie er auf der Bettkante seiner Schwester hockte und sie im Schlaf betrachtete, hoffend, dass sie ohne ihn zurechtkommen würde.

Er ging mit ihr schwimmen, besuchte ihre Pfadfinder-Truppe und nahm all den kleinen Mädchen das Versprechen ab, dass sie ihm Briefe und Kekse schickten. Eines Tages brachte er seiner Mom Blumen mit, woraufhin sie in Tränen ausbrach.

Alles war auf einmal kostbar: die dicht begrünten Hügel, die Reihen von Weinstöcken, die frisch duftende Luft. Die Erkenntnis, dass nichts jemals wieder dasselbe sein würde, dass er sich verändern und sein altes Leben hinter sich lassen, dass dieses perfekte letzte Jahr sich nie wiederholen würde, war schwer zu ertragen.

Am Abend vor seiner Abreise nach Fort Benning schmissen Mr und Mrs Lyon eine Party für ihn, sie versicherten seiner Mom, dass sie einen großartigen Mann herangezogen hatte, und die drei Elternteile weinten ein bisschen zusammen. Jess machte während der Party Schluss mit ihm, keine großen Worte, nur: „Hey, irgendwie hat es keinen Sinn mehr weiterzumachen, meinst du nicht auch?" Levi stimmte ihr zu, nein, eigentlich hatte es wohl keinen Sinn. Sie küsste ihn auf die Wange, ermahnte ihn, auf sich aufzupassen, und versprach, ihm hin und wieder zu schreiben.

Jeremy holte ihn am nächsten Morgen ab. Levi gab seiner Mom einen Abschiedskuss, drückte Sarah fest an sich und befahl beiden, nicht mehr zu weinen. Vielleicht wischte er sich selbst ein, zwei Mal über die Augen. Dann fragte Jeremy ihn, ob er den BMW steuern wollte, und, ja, zum Teufel, ob er das wollte.

Sie schwiegen den ganzen Weg bis nach Hornell, von wo aus er den Bus zur Pennsylvania Station nehmen würde. Von dort aus ging es dann weiter nach Fort Benning. Jeremy fing schon nächste Woche mit dem Football-Training am Boston College an, er war Ersatz-Quarterback für den Stammspieler. Plötzlich gähnte zwischen ihnen jene soziale Kluft, die Jeremy bislang immer ignoriert hatte. Doch nun würde er Football-Gott an einem behüteten College sein, vielleicht sogar für die Profi-Liga entdeckt werden und auf jeden Fall ein angenehmes, privilegiertes Leben führen. Levi hingegen war drauf und dran, seinem Vaterland zu dienen – in einem Krieg, der in den Augen der meisten Menschen nicht viel Gutes einbrachte –, und konnte nur hoffen, dabei nicht zu sterben.

Jeremy besorgte Kaffee und wartete mit Levi, bis der Greyhound-Bus in einer Wolke von Abgasen vorfuhr und der Fahrer ausstieg, um eine zu rauchen.

„Das war's dann wohl." Levi hievte seine Reisetasche auf die Schulter.

„Such dir einen Fensterplatz", riet Jeremy, als hätte er Erfahrung mit Busreisen.

„Mach ich. Pass auf dich auf, Alter." Levi schüttelte ihm die Hand. „Vielen Dank für alles."

Das war eine kleine beschissene Floskel, die nichts aussagte. *Danke dafür, dass dich nie gestört hat, wo ich lebe, danke, dass du versucht hast, die Anwerber auf mich aufmerksam zu machen, danke für diesen tollen Pass, den du mir zugespielt hast, danke für deine Eltern, danke, dass du mich als Freund gewählt hast.*

„Ich danke dir auch." Dann umarmte Jeremy ihn heftig und lange, schlug ihm auf den Rücken, und als er ihn wieder losließ, sah Levi, dass seine Augen feucht waren. „Du bist der beste Freund, den ich je hatte." Jeremys Stimme zitterte.

„Gleichfalls, Alter", murmelte Levi. „Gleichfalls." Eine lange Minute verstrich, und keine Ahnung, warum, jedenfalls kam er plötzlich auf die Idee, dass er vielleicht die Tür einen Spaltbreit aufstoßen könnte, jetzt, da er fortging. „Daran würde sich auch nichts ändern", fügte er hinzu.

„Wie meinst du das?", fragte Jeremy.

*Falls du dich outest.* Aber er brachte die Worte nicht über die Lippen. Stattdessen zuckte er leicht mit den Schultern. „Ich wollte nur … Ich bin immer für dich da, Mann. Ganz egal, was passiert. Und du weißt ja … Du kannst mir alles sagen. Ruf mich an. Schick mir E-Mails. All diesen tollen Scheiß."

„Danke", sagte Jeremy. Sie umarmten einander noch einmal, und Levi stieg in den Bus.

Es dauerte fast fünf Jahre, bis er wieder zurück nach Manningsport kam.

# 4. Kapitel

„Danke für die Einladung", sagte Faith drei Tage nach ihrer Ankunft in der Stadt. „Ich weiß nicht, wieso meine Großeltern einander noch nicht umgebracht haben. Wenn ich abends schlafen will, höre ich immer noch ihre Stimmen in meinem Kopf. ‚Du willst Senf. Du nimmst doch immer Senf. Wie kannst du ein Sandwich ohne Senf machen? Nimm Senf.' Ich könnte vor ihren Augen in Flammen stehen, und sie würden immer noch über den Senf streiten." Sie nahm einen großen Schluck von ihrem Martini, der zu den besten Dingen gehörte, die Hugo's Restaurant zu bieten hatte. „Allmählich glaube ich, dass sie mich zum Wahnsinn treiben. Oder zum Selbstmord."

Colleen O'Rourke grinste. „Diese Hollands. Eine schrecklich goldige Familie."

Colleen und Faith waren Freundinnen, seit Faith in der zweiten Klasse einen Anfall gehabt hatte und Colleen, neidisch auf die Aufmerksamkeit, die Faith bekam, einen vortäuschte. Wie es hieß, war ihrer sogar deutlich heftiger, jedenfalls schlug sie mit dem Kopf an eine Tischkante und musste zu ihrer großen Freude mit vier Stichen genäht werden.

„Und wie ist es sonst, wieder hier zu sein, mal abgesehen von deinen Großeltern?", wollte sie wissen.

„Wirklich toll", schwärmte Faith. „Mein Dad hat mich gestern Abend zum Essen eingeladen, und es war großartig. Im Red Salamander. Die Pizza dort ist zum Sterben gut."

„Ich würde deinen Vater sofort heiraten, aber du lässt mich ja nicht." Colleen hob eine Braue. „Also ehrlich, wenn er diese Horror-Tante erträgt, stell dir nur mal vor, was er für mich und all das hier empfinden würde." Sie deutete auf ihr Gesicht und ihre Figur, beides zugegebenermaßen wunderschön.

„Wehe, du guckst meinen Dad auch nur an", warnte Faith. „Und hilf mir um Gottes willen doch bitte, jemanden für ihn zu finden. Wir haben Angst, dass Lorena ihn ins Bett zerrt und Dad sie dann heiratet, ohne es richtig mitzubekommen, denn schließlich ist ja Erntezeit." Sie nahm noch einen Schluck von ihrem Drink.

„Ich halte die Augen offen", versprach Colleen. „Aber mir fällt im Moment keine ein, die gut genug wäre."

Das war das Problem. Gut genug für Dad hieß: eine Mischung aus Mutter Teresa und Meryl Streep. So was fand man, gelinde gesagt, selten. Faith hatte am Vorabend drei Stunden in den Partnerbörsen für Senioren zugebracht und nur eine mögliche Kandidatin aufgetan.

„Und wie steht's mit deinem Projekt?", fragte Colleen. „Dem Dingens? Der Scheune?"

„Na ja, ich stapfe jetzt seit zwei Tagen auf unserem Land herum, schieße Fotos, erforsche die Planierungs- und Dränagemöglichkeiten. Guck nicht so. Das ist total faszinierend."

„Es soll also ein Raum für Hochzeiten und dergleichen werden?"

„Ja. Aber hier in der Gegend gibt es massenweise tolle Plätze zum Heiraten oder Partymachen, deshalb muss die Scheune etwas Besonderes sein. So soll das Ganze übrigens auch heißen. Die Scheune auf Blue Heron. Wie findest du das?"

„Klasse! Sehr stilvoll." Colleen lächelte. „Du bist wieder hier, Faith! Du bist hier! Wie schön. Du hast mir gefehlt. Und du bleibst ganze zwei Monate lang?"

„Vielleicht sogar ein bisschen länger. Ich habe gestern Abend mit Liza telefoniert und irgendwie den Eindruck gewonnen, dass ihr wundervoller Mike bei uns eingezogen ist."

„Lass dich von ihm bloß nicht rauswerfen. Ich finde es großartig, eine Anlaufstelle in Frisco zu haben."

„In San Francisco. Nur Touristen sagen Frisco."

„Wieder was gelernt, du Snob." Sie winkte dem Service. An der Bar hatte Jessica Dunn sie bedient und kaum gegrüßt, aber dieser Kellner war ein Mann und überschlug sich daher geradezu, um zu ihrem Tisch zu eilen.

„Hi, Colleen", sagte er in erfreutem Ton. „Hab dich lange nicht gesehen. Du siehst unglaublich gut aus." Er ignorierte Faith völlig, während er sich an den Tisch lehnte, den Hintern auf ihrem Brotteller. Das war das Problem, wenn man eine bildschöne Nymphe als Freundin hatte. Die Kerle umschwärmten Colleen wie Moskitos einen Bluter. „In einer Stunde habe ich Feierabend", fügte der Kellner hoffnungsvoll hinzu.

„Prima!", sagte Colleen und warf ihr dunkles Haar zurück, damit er ihre Brüste ein bisschen besser sehen konnte. „Kenne ich dich? Du bist richtig süß."

Er schnaubte und stellte sich aufrechter hin. Mit der stumpfen Seite ihres Messers schob Faith den Teller von sich. „Soll das heißen, du erinnerst dich nicht an mich?", fragte er fassungslos.

„Wieso? Haben wir ein Kind miteinander? Sind wir heimlich verheiratet? Moment, habe ich dir vielleicht eine Niere gespendet?" Colleen lächelte, und Faith spürte, wie die Stimmung des Kellners sich wieder aufhellte.

„Du bist so ein Flittchen", verkündete er, aber es klang herzlich.

„Hass mich nicht, nur weil ich schön bin", schnurrte Colleen und klimperte mit den Wimpern. „Können wir noch eine Runde bekommen?"

„Und ich brauche einen frischen Brotteller", mischte Faith sich ein. Der Kellner beachtete sie nicht. „Greg. Ich heiße Greg."

„Greg." Colleen ließ sich den Namen auf der Zunge zergehen. „Können wir noch eine Runde bekommen, Greg? Die Luft hier wird immer trockener. In *meiner* Bar lasse ich keinen Kunden warten."

O'Rourke's war tatsächlich das angesagteste Lokal mit der besten Weinkarte in der Stadt, obendrein gab's siebzehn verschiedene Craft-Biere und fantastische Nachos. Sie hatten sich für das Hugo's entschieden, weil Colleen in ihrer eigenen Bar keine Gelegenheit gefunden hätte, sich mit Faith zu unterhalten.

Außerdem ließ Faith sich gerade gewissermaßen wieder auf Manningsport ein. Und versteckte sich, ehrlich gesagt, vor Jeremy, der Stammgast bei O'Rourke's war. Wie sie erfahren hatte, war er nicht nur der hiesige Arzt, er spendete auch für jeden Wohlfahrtsverein, der an seine Tür klopfte, sponserte vier Little-League-Baseball-Teams und besaß ein Weingut, das etwa ein Dutzend Leute beschäftigte. Er war offenbar der beliebteste Mann in der Stadt, wenn nicht sogar auf der ganzen Welt.

„Gut, noch eine Runde", sagte Greg und strich über Colleens Handrücken. „Die geht aufs Haus, als Entschädigung fürs Warten." Oh ja, sie war wirklich so schön, dass sie ihm ihre Gabel ins Auge stechen könnte, und er wäre trotzdem weiter scharf darauf, sie nach Hause zu bringen.

„Du bist eine Hexe oder so was Ähnliches", kommentierte Faith, als er endlich weg war. „Meine Bewunderung kennt keine Grenzen."

„Kann schon sein, dass ich diesen Sommer mit ihm geschlafen habe. Vor meinem geistigen Auge tauchen gewisse Bilder auf. Eine weißer

Flokati, ein frischer, trockener Riesling, von Blue Heron, versteht sich ... Übrigens, sind dir schon irgendwelche alten Freunde oder Feinde über den Weg gelaufen?"

„Jessica Dunn versucht gerade, mich mit Blicken zu erdolchen. Ist sie immer noch so nuttig?"

„Nicht dass ich wüsste. Sonst noch jemand?"

„Theresa DeFilio. Sie ist wieder schwanger. Ist das nicht toll?"

„Ganz toll. Und wen noch?" Colleen kniff die hübschen Augen zusammen. „Ein gewisses männliches Wesen vielleicht, das mal mit dir verlobt war und dessen Name mit einem, ach, ich weiß nicht ... J anfängt?"

Faith seufzte. „Ich habe ihm eine E-Mail geschickt, okay? Bist du stolz auf mich? Wir treffen uns nächste Woche."

Colleen seufzte ebenfalls. „Sprichst du noch mit seinen Eltern?"

Faith nickte. „Ja. Letzten Monat haben wir zusammen in Pacific Grove zu Mittag gegessen."

„Du bist eine Heilige."

„Stimmt. Aber wenn mich irgendwer noch mal ‚armes Ding‘ nennt, laufe ich womöglich Amok und bringe jeden um, der gerade in der Nähe ist. Kinder und Hunde ausgenommen. Und alte Leute. Und dich. Und Connor. Schön, ich bringe niemanden um. Aber es treibt mich in den Wahnsinn!"

„Ich weiß!", bestätigte Colleen fröhlich. „Ich bin plötzlich auch überaus beliebt. Will sagen: noch beliebter. Die Leute kommen rein, setzen sich und fragen: ‚Coll, ist sie ...‘, dramatische Pause, ‚... *okay?*‘ Und ich sage: ‚Klar! Wieso? Ach, du meinst, weil Dr. Perfekt sie vor dem Altar hat stehen lassen? Schnee von gestern, mein Freund! Sie erinnert sich kaum noch daran.‘"

„Danke!", sagte Faith. „Jedes Mal, wenn ich das Haus verlasse, sieht man mich so komisch an. Hast du mitgekriegt, wie Hugo rauskam, um mit mir zu reden? Das war das allererste Mal." Sie trank einen Schluck Martini. „Ich bin schon mein Leben lang Gast in diesem Lokal, und heute hat der Besitzer mich das erste Mal angesprochen."

„Keine Angst, Süße. Die Klatschtanten finden bald ein neues Thema. Irgendwer wird von seiner Frau betrogen, oder jemand unterschlägt Geld vom Bibliotheksausschuss, und dann interessiert sich keiner mehr für dich und Jeremy."

„Hoffentlich", murmelte Faith.

Greg brachte ihnen die Drinks *und* ein paar niedliche kleine Frühlingsrollen, lächelte Colleen an und ignorierte Faith, die sich einen Brotteller von einem der unbesetzten Tische mopste.

„Hey, apropos Bibliothek", sagte sie, „Julianne Kammer, weißt du noch? Dünn, braunes Haar, sehr nett, das Mädchen, das in der siebten Klasse beim Mathe-Test gekotzt hat?"

„Ja, ich erinnere mich. Schließlich bin nicht ich diejenige, die an der anderen Küste lebt."

„Na ja, sie hat mir einen Auftrag erteilt, da ich schon mal in der Stadt bin. Ich entwerfe für den kleinen Hof hinter der Kinderabteilung einen Irrgarten. Kinder lieben so was. Und stell dir vor, ich habe gesagt, das mache ich umsonst. Weil ich so nett bin."

„Und ein bisschen beschwipst, stimmt's? Wie kann es sein, dass eine Holland nichts verträgt?"

„Ich habe die Gene meiner puritanischen Ahnen." Hm. Ja. Mochte sein, dass sie ein wenig lallte.

„Ist jetzt vielleicht der richtige Zeitpunkt für die Heimkehr der verlorenen Tochter? Frisco sollte doch nie dein endgültiges Zuhause werden."

„San Francisco!"

„Schon gut, schon gut, ich hoffe, du kannst mir noch mal verzeihen. Merk dir, wo wir waren; ich muss mal." Colleen stand auf und ließ Faith allein zurück.

Faith nippte trotz ihrer immer schwerer werdenden Zunge noch einmal am Martini und schaute sich um. Hugo's war eine gute Wahl gewesen; hier war es ruhiger als bei O'Rourke's. Das Lokal war eher auf Touristen ausgerichtet, nicht auf hiesige Stammgäste. Der Blick auf den See war herrlich, die Tischtücher waren blütenweiß und gestärkt, in kleinen Vasen standen Orchideenzweiglein. Gerade kam eine Gästegruppe herein, Besucher, die früher am Tag eine Führung über Blue Heron gemacht hatten. Faith war im Souvenirladen eingesprungen und erkannte nun das pinkfarbene Teddybär-Sweatshirt einer der Frauen wieder. Ansonsten sah sie hier niemanden, den sie kannte, außer Jessica Dunn, die aber eine fiese Zicke war.

Faith und Jeremy waren hier oft eingekehrt. Sie hatten ihren speziellen Tisch direkt am Fenster, wo sie redeten und Händchen hielten und sich hin und wieder küssten. Manchmal kam auch Levi, um sich mit Jessica zu treffen. Es war immer ein bisschen peinlich, wenn sie zu viert (oder zu dritt) abhingen. Jessica hatte Faith noch nie leiden können ... und Levi hatte genau genommen auch nicht viel für sie übrig.

Faith glaubte wirklich von ganzem Herzen daran, dass Jeremy Lyon der perfekte Freund für sie – und jedes andere Mädchen auf der Welt – war. Trotzdem lag eine merkwürdige Spannung in der Luft, wenn Levi dabei war, und wenn Jessica sich ihnen anschloss, knisterte es noch mehr. Jeremy war zwar viel attraktiver (für Faith sah er mit seinem dunklen Teint und den unglaublich dunklen Augen wie ein exotischer Prinz aus), doch Levi hatte etwas, das Jeremy fehlte. Nämlich eine sexuelle Vorliebe für Frauen, wie ihr dann später klar wurde.

Doch damals in der Highschool machte er sie einfach nur nervös. Er blickte Jessica mit diesen schläfrigen grünen Augen an, sein glattes blondes Haar war immer ein bisschen zerzaust, und man *wusste* einfach, dass diese beiden es taten – im Gegensatz zu ihr und Jeremy, die viel, viel, nun ja, anständiger waren.

Einmal hatte Faith Levi und Jessica beim Knutschen in Hugo's Garderobe erwischt, und sie war wie vom Donner gerührt angesichts der trägen Sinnlichkeit dieses Kusses, langsam und tief, hungrig und ohne Eile. Levi hatte damals schon wie ein Mann ausgesehen, Jahre früher als die anderen Jungen, mit muskelbepackten Armen und großen Händen, über deren Fähigkeiten damals jedes weibliche Wesen an der Manningsport High spekulierte. Und nun strichen diese großen Hände über Jessicas Rücken, zogen mit einer unübersehbar erotischen Geste ihre Hüften fest an seine, und sein Mund ließ ihren nicht eine Sekunde los, während sein Körper sich an ihren drängte.

Heilige Hormone.

Faith wirbelte auf dem Absatz herum und rannte praktisch zu ihrem Tisch und ihrem Freund zurück, zu ihrem perfekten, liebevollen, fürsorglichen Jeremy. Ihr Gesicht hatte geglüht, ihre Hände zitterten. Herrgott, sie hoffte, dass Levi sie nicht gesehen hatte. Die kleine Vorführung war so ... krass gewesen. Ja. Krass.

Damals dachte sie, dass Jeremy sie nie auf diese Weise küsste, weil er sie aufrichtig liebte. Das war etwas Besonderes, etwas Reines, anders als die animalische Lust, als dieses ... dieses *Rammeln*, was Levi und Jessica da miteinander trieben.

Alles klar!

„Ich hasse dieses Klo!" Colleens Bemerkung rettete Faith aus dem Sumpf ihrer Erinnerungen. „Es ist dort eiskalt, und diese automatischen Spülungen sind gefährlich, die könnten glatt ein kleines Kind mit sich reißen." Sie setzte sich wieder. „Hey, hast du gemerkt, dass ich einen Push-up-BH trage? Extra für dich, Holland. Connor sagt immer, dass Frauen sich viel eher für andere Frauen aufbrezeln als für Männer."

„Das stimmt. Ich habe für dich extra mein Bauchweg-Dings aus Mikrofaser angezogen."

„Ehrlich? Nur für mich? Kein Wunder, dass du meine beste Freundin bist."

„Gern geschehen. Aber du trägst doch immer einen Push-up-BH."

„Stimmt. Aber ich habe auch noch glitzernden Lidschatten aufgelegt, siehst du?" Colleen klimperte Bewunderung heischend mit ihren langen schwarzen, völlig natürlichen und total unfairen Wimpern.

Plötzlich spürte Faith ein Kribbeln im Nacken. Und dann fühlte sie seine Stimme erst im Bauch, bevor sie sie hörte.

Jeremys Stimme.

Oh Gott, er hatte die *schönste* Stimme, tief und warm und stets mit einem Lachen unterlegt, als fände er alles und jeden einfach wunderbar.

„Jetzt hat dein Stündlein geschlagen", bestätigte Colleen.

„Nein! Nein, nein, nein. Ich bin … Ich bin noch nicht bereit. Dieser Pullover ist abscheulich." Faith schluckte. „Coll, was soll ich tun? Was mache ich bloß?"

„Hm … Zu ihm gehen und Hallo sagen?"

„Das kann ich nicht! Ich muss erst fünfzehn Pfund abnehmen! Außerdem bin ich noch nicht so weit. Ich muss … mich vorbereiten."

Colleen lachte. „Du wirst wohl in den sauren Apfel beißen müssen. Du siehst toll aus."

„Nein. Wirklich. Jetzt noch nicht." Sie riskierte einen Blick in *seine* Richtung – breite Schultern, dieses schöne schwarze Haar, und jetzt lachte er, oh Mist! Er brauchte sich nur um fünfundvierzig Grad zu drehen, dann würde er sie sehen.

„Ich gehe aufs Klo", sagte sie und stürzte davon.

Sie schaffte es. Niemand sonst war da, Gott sei Dank. Ihr Herz raste wie verrückt, und es war gut möglich, dass sie sich gleich übergeben musste.

Faith sah ihr Gesicht flüchtig im Spiegel. Sie war *eindeutig* nicht bereit. Da waren besagte fünfzehn Pfund. Ihr Haar sah grauenhaft aus. Außerdem sollte sie vielleicht glitzernden Lidschatten auflegen und etwas anziehen, das sexier war als ein schwarzer Wickelpullover, den ein Mennonit höchstens zur Beerdigung tragen würde. Was hatte sie sich bloß dabei gedacht, als sie das Teil kaufte? Es hatte nicht mal einen tiefen Ausschnitt.

Nein. Sie musste sich auf die erste Begegnung mit dem Mann, der sie vorm Altar hatte stehen lassen, gründlich vorbereiten. Sie wollte umwerfend aussehen *und* ein paar passende Bemerkungen parat haben. Und sie wollte ganz bestimmt keine zwei Martinis intus haben, und … auch das noch! Ein Klecks Frühlingsrolle auf ihrer Brust, und Colleen hatte *kein Wort* gesagt! Tolle Freundin.

Okay. Sie würde Colleen einfach anrufen, sie bitten, zu bezahlen und einen Moment abzupassen, in dem Jeremy nicht hinsah, damit sie hinaus in die Freiheit flüchten konnte.

Verdammter Mist. Sie hatte ihre Handtasche (samt Handy) am Tisch zurückgelassen.

Na gut. Sie musste sowieso mal. Das passierte immer, wenn sie Angst hatte. Sie betrat die Kabine, wickelte sich aus dem Pullover – wegen des verflixten Bauchweg-Teils aus Mikrofaser musste sie sich praktisch nackt ausziehen, wenn sie zur Toilette wollte – und zerrte schließlich das Bauchweg-Dings hoch. Die Martinis waren zwar lecker, beflügelten aber nicht gerade ihre Feinmotorik, und die nuttigen hochhackigen Stiefel, die sie eigens für Colleen angezogen hatte, waren auch nicht gerade hilfreich.

Mit solchen Dingen müssen Männer sich nie herumschlagen, dachte Faith. Männer verstecken sich nicht auf dem Klo und kämpfen mit Mikrofaser und Strumpfhose. Wie unglaublich unfair! Männer haben es einfach leichter. Brauchen sie ein Bikini-Waxing, müssen sie unbequeme Wäsche tragen? Nein, müssen sie nicht. Faith hätte ihr Leben darauf verwettet, dass ein Mann den String-Tanga erfunden hat. Männer waren zum Kotzen.

Nachdem sie ihr Bauchweg-Mieder aus Mikrofaser wieder zurechtgezerrt hatte, war der Pullover dran – eine hochkomplizierte Angelegenheit! Sie hatte einen Ärmel übergestreift, konnte den zweiten nicht finden, tastete, griff daneben … und hörte plötzlich das Rauschen der kinderverschlingenden Toilette. Etwas zog an ihrem Arm, Faith taumelte zurück und sah entsetzt zu, wie ihr der Pullover ausgezogen wurde und zur Hälfte in der Toilette verschwand. Ein Ärmel hing über dem Schüsselrand wie eine tote Schlange.

Colleen hatte recht. Diese Toilette stand unter dem Einfluss von Anabolika.

„Mist, Mist, Mist!", fluchte sie, und ihre Stimme hallte durch den leeren Raum. Ihr Pullover steckte in der *Kloschüssel,* und sie würde ihn bestimmt nicht mehr anziehen. Sie griff nach dem trockenen Ärmel und zupfte vorsichtig daran. Ein Rauschen – das war schon wieder der verdammte Sensor, und hast du nicht gesehen war der Pullover futsch.

Und Faith stand allein in der Kabine, in einem roten Rock, nuttigen Stiefeln, einem schwarzen Push-up-BH in Größe fünfundsiebzig D und einem fleischfarbenen Bauchweg-Mieder aus Mikrofaser, das bis unter ihre Brust reichte – der einzige Grund, warum sie sich überhaupt noch in dieses Outfit hineinzwängen konnte.

Sie saß in der Falle. Warte, warte … In Colleens Auto lag ihr Regenmantel; Colleen war an diesem Abend gefahren, und es hatte nach Regen ausgesehen, dann aber doch nicht geregnet, deshalb hatte sie den Mantel im Auto gelassen. Da. Ein Plan. Sie würde Colleen einfach anrufen, sie bitten, den Regenmantel zu holen, ihn ihr zu bringen, und dann konnten sie in Windeseile flüchten. Außerdem sollte sie aufhören, Martinis zu trinken.

Sie sah sich nach ihrer Handtasche um. Verdammt. Stimmte ja, die hatte sie am Tisch zurückgelassen.

Faith biss sich ein paar Sekunden lang auf die Unterlippe, senkte dann den Blick und rückte ihre rechte Brust zurecht. Okay. Zeit, die Hilfstruppen einzufliegen.

Auf Zehenspitzen schlich sie zur Tür – auf Zehenspitzen? Warum? – und spähte hinaus. Um direkt in den Speiseraum blicken zu können, musste sie es riskieren, ein paar Schritte den Flur hinunterzugehen. Aber es sollte ihr doch wohl gelingen, Colleen herbeizuwinken, die sich ja womöglich daran erinnerte, dass ihre älteste und beste Freundin in der Patsche saß.

Sie öffnete die Tür. Weit und breit war niemand zu sehen. Ein Schritt nach draußen. Noch ein Schritt. Sie verschränkte die Arme erst vor der Brust, dann über ihrem Bauchweg-Mieder aus Mikrofaser. Was wollte sie dringender verbergen, ihren Busen oder das Mieder? Das Bauchweg-Mieder aus Mikrofaser, um genau zu sein. Noch ein Schritt. Sie konnte drei leere Tische sehen, doch der Lärmpegel hatte sich erhöht. Höchstwahrscheinlich war wieder mal ein Reisebus eingetroffen. Noch ein Schritt, und, ja, jetzt konnte sie ihre Handtasche sehen.

Faith beugte sich noch ein bisschen weiter vor, bereit, ihrer Freundin einen Hilferuf zuzuzischeln.

Aber nein.

Colleen war nicht da. Wo, zum Teufel … Oh, toll! Sie stand an der Bar und flirtete mit Greg, dem Kellner.

Und da kam eine kleine alte Dame mit einem Gehstock.

Ohne weiter nachzudenken, huschte Faith zurück in die Toilette und sprang in die Kabine, die am weitesten von der Tür entfernt war. Da stand sie nun und wartete darauf, dass die Frau ihr Geschäft erledigte. Die Sekunden verstrichen. Außerdem wurde ihr kalt.

Endlich! Die Spülung rauschte, die Frau verließ die Kabine und wusch sich die Hände (sehr gründlich, wie Faith ungeduldig registrierte). Ein Papierhandtuch. Und noch eines. Und noch eines. Dann ertönte das segensreiche Quietschen der sich öffnenden und wieder schließenden Tür.

Unvermittelt fiel Faith ein, dass sie die alte Dame hätte bitten können, Colleen zu holen. Sie stürzte aus der Kabine, setzte damit die Spülung wieder in Gang, aber die Frau war fort … Wie flink sie war, trotz ihres Gehstocks. Faith schlich, so schnell sie konnte, auf Zehenspitzen den kleinen Flur entlang, in der Hoffnung, das agile kleine Weiblein einzuholen. Aber nein. Diese Seniorenausgabe von Speedy Gonzalez war nirgends zu sehen. Und weit und breit keine Colleen.

Und Jeremy setzte sich gerade an den Tisch, der dem Flur am nächsten war.

Faith fluchte lautlos vor sich hin, wirbelte herum und flitzte, bevor er sie entdecken konnte, zurück in den Schutz der Toilette.

Mal im Ernst? Es war Zeit zu gehen. Es gab hier keinen Hinterausgang, wohl aber ein Fenster in der letzten Kabine. Da würde sie rausklettern; der Abstand zum Boden konnte auf der Rückseite des Restaurants nicht allzu groß sein. Sie würde hinunterspringen, ihren verdammten Regenmantel aus Colleens Auto holen, ein paar Münzen zusammensuchen, in der Hoffnung, dass das Telefon beim Postamt noch funktionierte, Colleen anrufen und sie auffordern, ihren flirtversessenen Hintern gefälligst in Bewegung zu setzen und rauszukommen.

Der Plan war gut, fand Faith, zumindest unter den aktuellen suboptimalen Umständen. Vorsichtig erklomm sie den Toilettensitz (wieder setzte sich die Spülung in Gang, dieses hungrige Monster). Das Fenster war nicht sonderlich groß, und Faith schätzte hastig ihren Brustumfang im Verhältnis zur Breite des Schlupflochs ab. Das konnte ziemlich knapp werden, war aber machbar. Sie musste sich eben hindurchzwängen, statt rauszuklettern. Aber, hey, warum nicht? Wer wusste schließlich, wann das Maß der Demütigung wirklich voll war? Bauchweg-Mieder aus Mikrofaser und Pullover fressende Toiletten waren immer noch besser als wütende Ehefrauen und niedliche Kleinkinder, die einen als Nutte bezeichneten, oder?

Sie steckte den Kopf aus dem Fenster. Fünf oder sechs Fahrzeuge, Colleens eingeschlossen, und keine Menschen. Es wäre so unaussprechlich schön, wenn ihr Dad in diesem Moment zufällig vorfahren und sie retten würde. Aber nein, sie sah nur einen Hund beim Müllcontainer. Verwildert? Bissig? Verwildert und bissig? „Hey, Süßer", sagte sie, um den Grad seiner Bösartigkeit zu checken. Das Tier wedelte mit dem Schwanz. „Braves Hündchen", rief sie. Er wedelte wieder. Ein gelber Labrador. Nicht verwildert.

Zum Glück war es fast dunkel. Perfekt. Zeit für ihren Spiderman-Auftritt.

Faith stemmte die Handballen auf die Fensterbank, sprang hoch und schob sich unter Einsatz der Hebelkraft ihrer Arme aus dem Fenster. Der Kopf war draußen, Schultern, Brust und Bauch folgten. Dann wurde ihr Schwung abrupt gestoppt.

Der Hintern war noch drin.

Sie wand sich. Ohne Erfolg.

Der Hund bellte entzückt, als ahnte er, dass es gleich lustig werden würde.

„Schsch", machte Faith. „Leise, Süßer." Sie hörte auf zu zappeln und versuchte es stattdessen mit Gewalt. Presste die Hüften nach unten und stemmte sich mit den Armen hoch. Strampelte mit den Beinen ins Leere. Sie drehte sich und schob gleichzeitig ihren Körper vorwärts.

Nada. Njet. Nichts.

Okay, das hatte also nicht geklappt. Sie musste zurück in die Toilette und sich etwas anderes überlegen.

Wie sich herausstellte, war ihr auch diese Möglichkeit verwehrt. Faith steckte fest wie ein Korken in der Flasche.

„Okay, Scheiße", sagte sie laut. Ihr war ein bisschen schwummerig im Kopf, von den Martinis oder weil der Fensterrahmen ihr die Blutzufuhr zum Gehirn abschnürte oder wegen beidem.

Dann doch wieder nach draußen. Sie zog den Bauch ein und stemmte sich erneut von der Fensterbank ab, diesmal mit noch mehr Nachdruck. Immerhin war das Bauchweg-Mieder aus Mikrofaser einigermaßen glatt. Oh, toll, sie hatte einen Zentimeter gewonnen. Sie warf einen Blick hinter sich auf ihren Po. Fast geschafft. Andererseits würde sie, wenn ihr Hintern unvermutet freikam, durchs Fenster schießen wie ein Korken *aus* der Flasche, auf den Kopf fallen und sich den Hals brechen. *Frau, die nicht wusste, dass ihr Verlobter schwul ist, stürzt in einem Bauchweg-Mieder aus Mikrofaser in den Tod.*

„Komm schon!", munterte sie sich auf. Der Hund bellte wieder, sprang dann auf und stemmte sich mit den Vorderpfoten gegen die Außenwand von Hugo's Restaurant. „Hilf mir, Lassie", flüsterte Faith. Sie drehte und wand sich noch einmal, aber vergebens.

Plötzlich wurde sie in grelles Scheinwerferlicht getaucht. Ein Streifenwagen der Polizei von Manningsport bog auf den Parkplatz ein.

# 5. Kapitel

Als Polizist kriegte Levi Cooper viel Merkwürdiges zu Gesicht. Victor Iskin ließ beispielsweise all seine Haustiere nach ihrem Tod ausstopfen. Manchmal lud er Levi ein, und der hockte dann zwischen lauter reglosen Katzen, Hunden und ein paar Hamstern.

Methalia Lewis zeigte ihm öfter, wie dick sie geworden war, indem sie ihre Bluse hochschob und ihr Bauchfett mit beiden Händen packte. Aber Methalia war zweiundachtzig und lachte dabei fröhlich, und dann bot sie ihm jedes Mal Kuchen an.

Joey Kilpatrick bewahrte seine Gallensteine, insgesamt sechs, in einem Glasschälchen auf dem Küchentisch auf und erzählte immer wieder gern, wie entsetzt der Chirurg damals über den Zustand seiner entzündeten Gallenblase gewesen war.

Doch Faith Hollands Kopf und ihren spärlich bekleideten Oberkörper – noch dazu mit einem schwarzen BH – aus einem Fenster ragen zu sehen, das war ein Anblick, der selbst ihn noch umhauen konnte. Er schaltete die Beleuchtung aus und blieb noch eine Weile im Auto sitzen, während sie sich im schwindenden Abendlicht krümmte und wand.

Er sollte wohl besser aussteigen. Andererseits war es schon ziemlich sensationell, sich das anzuschauen.

Er war kein Mensch, der oft lächelte, woran Emmaline, die Verwaltungsassistentin, deren Einstellung er bis auf den heutigen Tag bedauerte, ihn praktisch täglich erinnerte. Aber das hier … oh ja. Er spürte, wie sich seine Lippen zu einem fiesen Grinsen verzogen. Er stieg endlich aus und ging auf das Fenster zu, das sich etwa drei Meter über dem Boden befand. Wie gut, dass Faith keine dieser zarten Elfen war, sie hätte sich beim Sturz echt was brechen können, wenn sie nicht im Fenster stecken geblieben wäre.

„Haben Sie ein Problem, Ma'am?", fragte er.

„Nein. Ich genieße nur die Aussicht", gab Faith zurück, ohne ihn anzusehen.

„Ich auch." Und wie! Er grinste niederträchtig. „Schöner Abend, nicht wahr?"

„Ja. Wunderschön."

Er nickte. „Wo ist dein Pulli?"

Prompt legte sie einen Arm über ihren atemberaubenden Vorbau, als würde ihr jetzt erst bewusst, dass sie Levi tiefste Einblicke gewährte. „Ich, hm … ich hatte eine Outfit-Panne."

„Verstehe." Sie würde den Arm, der ihm die Sicht versperrte, bald anderweitig brauchen; sie musste sich beidhändig abstützen, um den Oberkörper halbwegs aufrecht halten zu können. Er wartete. Sie funkelte ihn böse an, und im nächsten Moment nahm der Arm seine Stützfunktion wieder auf. Und Levi kam wieder in den Genuss herrlichster Aussichten. *Sehr* hübsch, diese prallen, sahnig-weißen Kurven in dem knappen BH. Er mochte Faith Holland zwar nicht besonders, aber er mochte Möpse, und es war schon eine Weile her, dass er solche Prachtexemplare gesehen hatte. „Geht's ein bisschen genauer?"

Faith wurde rot. „Ich habe meinen Pullover die Toilette runtergespült."

„Das passiert mir auch ständig." Die Bemerkung trug ihm einen weiteren bösen Blick ein. „Und deshalb wolltest du aus dem Fenster klettern?"

„Mhmmm."

„Und jetzt steckst du fest."

„Wow. Deine analytischen Fähigkeiten hauen mich einfach um, Levi. Kein Wunder, dass du Bulle bist."

Na warte! Dafür würde er sie ein paar Sekunden länger im Fenster schmoren lassen. „Tja, wenn du nichts brauchst, dann geh ich halt wieder. Einen schönen Abend noch, Ma'am."

Er schickte sich an, wieder ins Auto zu steigen.

„Levi! Geh nicht weg! Und sag nicht Ma'am zu mir. Ich bin immer noch Miss. Hilf mir hier raus. Schließlich bist du doch jedermanns Freund und Helfer, oder nicht?"

„Doch." Er zog die Brauen hoch und wartete.

„Und? Dann hilf mir gefälligst, und hör auf, so ein Arschloch zu sein."

„Findest du wirklich, dass halb bekleidete, in Fenstern feststeckende Bürger einen Ordnungshüter beleidigen sollten?"

Sie schnaubte gereizt. „Officer Cooper, würden Sie mir bitte helfen?"

„Es heißt ‚Chief Cooper', und selbstverständlich helfe ich Ihnen."

Er setzte sich ans Steuer, fuhr den Wagen so nah ans Fenster, dass die Stoßstange fast die Wand berührte, nahm den Gang heraus, stieg wieder aus und kletterte auf die Motorhaube. „Aber ich frage mich schon, was, zum Teufel, dich auf die Schnapsidee gebracht hat, aus dem Fenster zu klettern. Ist Jeremy etwa im Restaurant?"

„Hilf mir einfach", zischte sie zwischen zusammengebissenen Zähnen.

Das hieß dann wohl „Ja".

Sie befanden sich jetzt auf Augenhöhe – nun ja, in Faiths Fall auf Augen- und Oberkörperhöhe. Sie sah aus, als hätte man sie durch die Mauer geschossen. Oh ja, sie steckte fest – und wie. Wenn er sie nicht komplett mit Butter einschmieren wollte (Denk nicht mal dran, rief er sich zur Ordnung), würde er sie da kaum rauskriegen, ohne sie zu berühren. Und das war immer heikel, wenn man Polizeichef war. Da hatte man ganz schnell ein Verfahren wegen sexueller Belästigung am Hals.

„Okay", sagte er. „Gleich, ich muss nur vorher noch … Faith, bist du damit einverstanden, dass ich dich an deinen Armen da herausziehe?"

„Ja! Was denn sonst? Wolltest du stattdessen den ganzen Polizeiapparat bemühen?"

Er zog eine Braue hoch. „An deiner Stelle wäre ich ein bisschen freundlicher, Holland, in Anbetracht der Tatsache, dass ich auch einfach die Feuerwehr rufen könnte. Gerard Chartier lebt für solche Einsätze. Und ist dein Neffe nicht als Freiwilliger dabei?"

„Ich kastriere dich, wenn du die Feuerwehr rufst. Du allein bist schon schlimm genug. Hilf mir einfach."

Er packte Faith bei den Oberarmen und hatte sofort ein schlechtes Gewissen. Die Nacht war kalt und Faiths Haut geradezu eisig. „Ich zähle bis drei", sagte er und stemmte einen Fuß gegen das Gebäude. „Eins … zwei … drei."

Er zog, und sie schoss aus dem Fenster und fiel praktisch auf ihn drauf, weich und mollig im Dämmerlicht. Sobald es irgend menschenmöglich war, wich Levi einen Schritt zurück, um den Körperkontakt zu beenden, und sprang von der Kühlerhaube des Streifenwagens. Dann schaute er zu Faith hoch.

„Was ist denn das?", fragte er entgeistert. Sie trug ein merkwürdiges beigefarbenes, glänzendes Tank-Top, das allerdings unter ihrem BH endete.

„Das ist ein Mieder. Guck weg, und halt am besten den Mund."

Er reichte ihr die Hand, als sie vom Streifenwagen stieg. Schließlich würde es ziemlich blöd klingen, wenn in seinem Bericht stand: *Und dann stürzte die halb nackte Frau von meinem Streifenwagen, weil ich sie nicht anfassen wollte.* Auch ihre Hand war kalt. „Willst du meine Jacke?" Er zog sie aus.

Faith ignorierte das ritterliche Angebot, ging zu Colleen O'Rourkes rotem Mini und versuchte, die Tür zu öffnen. Doch sie war verschlossen; das war auch gut so, denn in letzter Zeit hatte es ein paar Fälle von aufgebrochenen Autos gegeben. Faith seufzte tief, dann wandte sie sich wieder zu ihm um. Er streckte ihr die Jacke entgegen. „Danke." Sie schlüpfte hinein, ohne Levi anzusehen. „Kann ich mal dein Handy benutzen?"

„Klar." Er gab es ihr und sah zu, wie sie eine Nummer eintippte.

In diesem Augenblick tauchte Colleens Gesicht im Toilettenfenster auf. „Was, zum Teufel, treibst du da draußen, Faith?" Sie fing an zu lachen. „Bist du tatsächlich aus dem Fenster geklettert? Hey, Levi."

„Colleen."

„Warum warst du nicht vor fünf Minuten da, als ich dich wirklich gebraucht hätte", jammerte Faith. „Würdest du bitte meine Handtasche holen, damit wir schnellstens von hier verschwinden können? Bitte, bitte?"

Colleen tat ihr den Gefallen, und kurz darauf gab Faith Levi seine Jacke zurück und zog ihren Regenmantel über. Die beiden Frauen schnatterten drauflos, und Faith konnte jetzt über den Zwischenfall lachen. „Bis demnächst, Chief", verabschiedete Colleen sich lächelnd.

Er nickte. Faith winkte ihm zu, vermied aber seinen Blick.

Dann fuhren sie davon, und obwohl Levis Schicht eigentlich zu Ende war, ging er hinüber zur Wache. Wenn er schon hier war, konnte er noch ein bisschen Papierkram erledigen.

Seine Jacke roch nach Faith Hollands Parfüm. Vanille oder so.

Jedenfalls etwas, das man zum Nachtisch isst.

# 6. Kapitel

Als Faith und Jeremy drei Wochen vor dem Abschlussball Schluss machten, rollten Schockwellen durch die Highschool von Manningsport. Wer sollte Ballkönigin und Ballkönig werden, wenn nicht dieses goldene Pärchen? Hatte Jeremy etwa eine andere? Und wenn ja, wer war die Glückliche?

Als Jeremy Levi mürrisch darüber informierte, dass er und Faith „eine Auszeit nahmen", fragte Levi, ob er darüber reden wollte, und war erleichtert, als Jeremy Nein sagte.

Es war eine seltsame Zeit. Alle sprachen nur noch davon, wo sie im Herbst sein würden. Ein paar seiner Mitschüler würden aufs Community College gehen, ein paar würden gleich ins Berufsleben einsteigen, doch die meisten würden fortziehen, und wenn man sich mit ihnen unterhielt, ging es einzig darum, dass sie Sachen kaufen mussten, Kleidung, einen neuen Computer.

Levi war der einzige Rekrut in seiner Klasse und hatte diese Sorgen nicht. Nach der enttäuschenden Begegnung mit seinem Vater (und dem Ende seiner möglichen College-Karriere) kam ihm die Army gut zupass. Doch der Stolz über seine Entscheidung, dem Vaterland zu dienen, wurde von der Melancholie des nahen Abschieds überschattet. Jede Woche verbrachte er einen oder zwei Abende mit seiner Mutter vorm Fernseher, er wusste, dass sie sich größere Sorgen machte, als sie zugab. Er ging mit Sarah angeln und las ihr *Harry Potter* vor, damit sie sich an ihn erinnern würde, falls ihm etwas zustieß. Sie war erst acht.

Er war bereit für seine neue Aufgabe, und er glaubte an seine Befähigung. Er hatte alle Prüfungen bestanden, und sein Musterungsoffizier war der Meinung, er könne auf Grund seines psychologischen Profils und seines intuitiven Geschicks mit der Waffe ein guter Scharfschütze werden. Wie auch immer, die Chancen standen gut, dass Levi sich auf der Überholspur nach Afghanistan befand.

Von daher waren Dinge wie Faiths und Jeremys Beziehungsstatus nicht so wichtig, mal abgesehen davon, dass Levis Freund ungewohnt deprimiert war.

Ted und Elaine Lyon hatten Levi im Frühling eingestellt, um in ihrem Weinberg zu arbeiten. Jeremy musste dasselbe machen wie er, allerdings unentgeltlich, denn, so sagten seine Eltern, er war schließlich der Erbe, auch wenn er dauernd betonte, er wolle kein Winzer, sondern lieber Arzt werden (was gewöhnlich ein Rückenklopfen oder eine Umarmung nach sich zog). Doch in jener Woche waren Jeremy und Elaine nach Kalifornien gereist, um Verwandte zu besuchen. „Falls es dir nichts ausmacht, allein zu arbeiten", sagte Ted, „wäre es toll, wenn du die Merlot-Spaliere checken könntest. Binde einfach die Trauben hoch, damit sie nicht runterfallen oder den Boden berühren. Das hast du doch schon mal gemacht, oder?"

„Ja, Sir. Haben Jeremy und ich letzte Woche beim Riesling gemacht." Es handelte sich ja nicht gerade um Astrophysik.

„Prima! Danke, mein Junge." Die Dame vom Verkostungsraum gab ihm ein Lunchpaket und eine große Flasche Wasser, und Levi machte sich auf den Weg zum westlichen Ende des Weinguts, nahe der Grenze zu Blue Heron, nicht weit entfernt vom Wald, wo das Land ziemlich abschüssig war.

Er arbeitete von der Hügelkuppe an abwärts, nahm sich eine Reihe nach der anderen vor. Die Sonne brannte auf seinem Rücken, und nach einer Viertelstunde zog er sein T-Shirt aus. Es war heiß für Anfang Mai, und er war froh, dass er Shorts trug. Später würde er vielleicht noch im See schwimmen, egal, wie kalt das Wasser war.

Er hatte eine gute Stunde gearbeitet und war schon schweißgebadet, als er das Rumpeln eines Pick-ups hörte. Es war John Hollands roter Wagen, der so alt und lehmverkrustet war, dass man ihn überall erkannte. Der Pick-up hielt an, und ein riesiger Golden Retriever sprang heraus, gefolgt von Prinzesschen Supersüß.

Sie trug abgeschnittene Jeans, eine ärmellose weiße Bluse, die sie unter der Brust verknotet hatte, und ein blaues Tuch um den Kopf. Sie turnte Levi an, aber eher aus Prinzip. Nichts Persönliches, Holland, dachte er. Seit er vierzehn war, starrte er immer wieder verstohlen auf ihre Brust.

Der Hund rannte schwanzwedelnd auf ihn zu und bellte einmal, dann ließ er sich fallen und wälzte sich auf den Rücken. „Hey, Alter", sagte Levi und kraulte ihm den Bauch.

Faith beschattete ihre Augen mit einer Hand und sah ihn an. „Hi", rief sie zaghaft. „Was machst du da?"

„Binde die Trauben hoch. Und du?"

Sie lächelte. „Dasselbe." Sie hielt erklärend eine Schürze hoch, band sie sich dann um. „Meine Schwester schwingt mal wieder die Peitsche." Sie sagte eine Weile nichts und fügte dann hinzu: „Smiley mag dich offenbar."

Smiley. Typisch Faith Holland, einen Hund Smiley zu nennen. Apropos, der Hund hatte jetzt anscheinend genug von dem Gekraule, denn er sprang auf und tobte schwanzwedelnd durch den Weinberg.

Faith hingegen näherte sich ihm bis auf einen Abstand von zwei Reihen, und er wappnete sich gegen Fragen nach Jeremy oder eine Erklärung oder eine Diskussion. Mädchen, das wusste er nur zu gut, redeten gern so lange über ihre Gefühle, bis ihnen nichts mehr dazu einfiel, nur um dann wieder von vorn anzufangen.

Doch stattdessen beugte sie sich vor und machte denselben Job wie er. Nur dass sie besser war. In ihrer Schürze hatte sie Pflanzenbinder, und sie musste nicht wie er jeden Trieb erst genau betrachten. Sie war eindeutig ein Profi.

Und wann immer sie sich bückte, bot sich ihm der Anblick ihres prachtvollen Vorbaus. Er konnte mit Faith Holland nicht viel anfangen, aber, Mann, was für ein hübsches Paar Möpse sie da hatte.

Sie hob den Blick. Erwischt. „Ich dachte, du wärst eher der Prinzessinen-Typ", redete er sich heraus, um sein Interesse zu erklären. „Findet ihr im Ort keine Leute mehr für die Routinearbeiten?"

Sie lachte nur. „Jeder Holland ist ein Bauer", sagte sie. „Und ein Bauer arbeitet. Er sitzt nicht nur da, nippt am Weinglas und lässt den Blick über die Felder schweifen." Sie warf ihm einen wissenden Blick zu und band mit flinken, geschickten Fingern eine weitere Rebe hoch.

„Dann hab ich mich wohl getäuscht."

„Das hast du dann wohl."

Sie bückte sich wieder, und plötzlich war er nicht mehr nur aus Prinzip angeturnt. „Und hier verläuft dann also wohl die Grenze zwischen den Weingütern, hm?"

„Ja. Siehst du den Grenzstein da? Er trennt Blue Heron von Lyon's Den." Während sie sprach, band sie drei Reben hoch, was ihn dazu anspornte, den Blick von ihren Brüsten zu lösen und sich wieder an die Arbeit zu machen.

Ihre Bewegungen waren sicher, sie bückte sich, kniete manchmal, nahm gelegentlich eine dunkle, schwere Traube in die Hand, und irgendwie wirkte hier draußen auf dem Feld alles, was sie tat, unverschämt erotisch. Sie war weich, wohlgeformt und inzwischen völlig verschwitzt, trug das rote Haar zu Zöpfen gebunden und war insgesamt die vollkommene Verkörperung der männlichen Fantasie von einem drallen Bauernmädchen.

Das ist Jeremys Freundin, Alter, mahnte sein Gewissen.

Nur dass sie nicht mehr zusammen waren.

„Wie geht's dir denn so, Holland?" Er war selbst überrascht von der Frage.

Sie sah zu ihm hin, stand dann auf, nahm das Kopftuch ab, wischte damit ihr Gesicht ab und band es wieder um. Oh Mann. Alles, was sie tat, sah aus, als wäre sie bei einem Fotoshooting für *Penthouse*. Bis auf die Kleidung. Wenn sie sich ausziehen würde, wäre alles perfekt.

Verdammt.

„Mir geht's gut. Danke der Nachfrage."

Was hatte er doch gleich gefragt? Ach ja, richtig. Jeremy. Vielleicht hatte er sich endlich geoutet. Oder vielleicht hatte sie es erraten.

„Wann musst du zur Grundausbildung?" Sie legte die Hände ins Kreuz und streckte sich, wobei ihre Brüste beinahe die Bluse sprengten.

„Ähm, am zwanzigsten Juli."

„Bist du aufgeregt?"

Er wollte es abstreiten und sich so ungerührt zeigen, wie es von ihm erwartet wurde. „Ein bisschen", hörte er sich sagen. „Ich bin eigentlich noch nie so richtig von zu Hause weg gewesen."

„Ich auch nicht."

„Du gehst nach Virginia, stimmt's?"

„Aufs Virginia Tech. Scheint ein tolles Institut zu sein, aber im Moment kann ich nur daran denken, wie weit weg es von zu Hause ist." Ihr Lächeln war seltsam, halb traurig, halb verlegen.

„Du packst das schon. Dich mögen doch alle." Autsch. War er nicht supernett?

„Nicht alle." Sie fing wieder an, mit erstaunlichem Tempo diese kleinen Pflanzenbinder zu befestigen.

„Nein?"

„Du magst mich nicht."

Tja, Scheiße. „Warum sagst du das?"

Sie lachte. „Es ist ziemlich offensichtlich, Levi", antwortete sie. „Du findest mich verwöhnt und lästig und albern. Habe ich recht?"

*Im Moment finde ich dich eher zum Vernaschen süß. Aber, ja, ich finde, du solltest imstande sein, den Unterschied zwischen einem Hetero und einem Schwulen zu erkennen.* „So ziemlich."

„Nun ja, du bist halt schon immer ein Snob gewesen."

„Ich?"

„Ja, du", bekräftigte sie.

„Du bist doch diejenige mit dem großen Haus auf dem Hügel." Er band eine Traube hoch.

„Deshalb bin ich noch lange kein Snob." Sie warf einen der Zöpfe über ihre Schulter.

„Aber ich bin einer?"

„Ja." Ihr Tonfall war sachlich. „Du hast früher nie mit mir geredet. Das tust du erst seit diesem Jahr und auch nur wegen Jeremy. Und auch nur dann, wenn es sich nicht vermeiden lässt."

Er band eine weitere Traube hoch. „Und das stört dich, weil du findest, dass alle dich anhimmeln sollten. Stimmt's?"

„Nein. Aber wir kennen uns seit der dritten Klasse. Wir waren beide in diesem besonderen Leseclub von Mrs Spritz, weißt du noch? Und ich habe dich zu unserer Halloween-Party eingeladen."

Ach ja. Kürbisschnitzen und Äpfel angeln und eine Spukfahrt im Heuwagen. Das war ein lustiger Abend gewesen, auch wenn es ein komisches Gefühl war, im berühmten Haus der Hollands zu sein. „Das ist wahr."

„Aber du fandest mich nicht cool genug, um mit mir zu reden. Und als meine Mutter gestorben war, warst du der Einzige in der Klasse, der mir keinen Brief geschrieben hat."

Levi spürte, wie er rot wurde. „Du hast ein verflixt gutes Gedächtnis, Holland", brummte er und band ein paar weitere Triebe hoch.

„Na ja, Leute, die einen kränken, vergisst man nicht so schnell."

Oh weh, die arme kleine Drama-Queen. „Ach, dann wärst du also gern zum Spielen in die Wohnwagensiedlung gekommen?"

„Einmal habe ich beim Mittagessen den Platz neben dir gewählt", fuhr sie fort, „nicht etwa, weil ich unbedingt in deiner Nähe sein wollte, sondern nur, weil es der freie Platz neben Colleen war. Und du bist aufgestanden und weggegangen, als könntest du es nicht ertragen, neben mir zu sitzen." Sie richtete sich auf und stemmte die Hände in die Hüften, und wieder regte sich die Lust, obwohl sie seine Missetaten aufzählte. „So." Ihre Stimme klang ruhig und ein kleines bisschen spitz. „Wer ist hier also der wahre Snob, Levi?"

Mädchen. Viel zu kompliziert. Er vermisste Jess, die ihn mehr oder weniger für Sex benutzte. Sie war wenigstens offen. Er bückte sich, hob behutsam eine Traube an und band den Trieb fest. „Du hast keinen Schimmer, wie die Welt wirklich funktioniert, stimmt's, reiches Mädchen?", fragte er.

„Das würde ich so nicht sagen."

Er sah sie an. „Ich aber."

„Warum?"

Er erinnerte sich daran, wie sie und ihre Mutter manchmal mit einem Sack voller Kleider für Jessica zur Wohnwagensiedlung kamen. Die gute Fee und ihr Engelchen auf Besuch bei den Armen. Irgendwann, ungefähr in der fünften Klasse, entdeckte er Jessica in der kleinen Höhle im Gestrüpp, die sie ihre „Festung" nannte. Sie hatte sich dort versteckt und wartete darauf, dass die Hollands wieder gingen. Und sie hatte geweint. Schon damals hatte er sie verstanden. Arm zu sein war das eine, aber die Tatsache, dass die Leute vom „Hügel" einen zum Almosenempfänger machten, noch mal etwas ganz anderes. Levis Mom schuftete zwar in zwei Jobs, und Geldsorgen waren an der Tagesordnung, aber sie kamen über die Runden. Mut zur Lücke, sagte seine Mom gern.

Doch die Dunns waren wirklich arm. So arm, dass Essensmarken und abgeschalteter Strom ein Thema waren. Einen Sack voll schöner Kleider und Mäntel konnten sie unmöglich ablehnen. Kein Wunder, dass Jessica einen Hass auf Faith hatte.

Sein Schweigen machte Faith anscheinend wütend. Sie schnappte sich eine Traube, ihre Bewegungen waren jetzt nicht mehr fließend, sondern abgehackt. „Komisch, dass du uns für reich hältst. Sind wir nämlich nicht, bei Weitem nicht."

„Ich bin in einem Wohnwagen aufgewachsen, Faith. Deine und meine Vorstellung von Reichtum gehen weit auseinander."

„Und deshalb ist es in Ordnung, dass du mich seit Jahren verabscheust."

„Ich verabscheue dich nicht, verdammt noch mal."

„Oh nein. Du hast mich nur immer ignoriert und mir das Gefühl gegeben, ein Trampel zu sein – und dass wir auf gar keinen Fall Freunde sein könnten."

„Du willst, dass wir Freunde sind? Na gut. Dann sind wir halt Freunde. Lass uns mit Barbiepuppen spielen und ins Kino gehen."

Sie verdrehte entnervt die Augen und bückte sich nach der nächsten Traube. „Ich habe nie verstanden, wieso Jeremy denkt, dass du der Größte bist. Für mich bist du einfach nur ein Blödmann."

„Siehst du? Da biete ich dir die Freundschaft an, und du beschimpfst mich."

„Blödmann."

„Heißt das, ich darf nicht zum Kaffeeklatsch kommen?"

Sie funkelte ihn böse an. Er grinste.

Und dann wurde sie plötzlich rot, die Farbe stieg ihr rosig über Brust und Hals in die Wangen. Ihr Blick wanderte über Levis nackten Oberkörper. Dann wandte sie sich abrupt wieder den Weinstöcken zu und kramte nach einem Binder. Den sie fallen ließ.

Sieh an, sieh an. Levis Grinsen wurde breiter.

„Du machst das zu schlampig." Sie schaute an den Weinstöcken seiner Reihe entlang. „Du musst mehr Binder benutzen, sonst sind die Trauben zu schwer und vergammeln."

„Ach ja?", brummte er. Bevor sie hier auftauchte, hatte er eigentlich ganz ordentlich gearbeitet.

Sie kam in seine Reihe und zeigte ihm, was sie meinte. „Die hier, siehst du, im Augenblick hängt sie zwar nicht am Boden, aber wenn die Weinbeeren reif werden, sind sie zu schwer. Siehst du das?"

„Ja." Sie roch nach Trauben und Vanille und Erde und Sonne und Schweiß. Das lustvolle Zucken wurde zum fordernden Pochen.

„Du musst sie höher binden." Sie kniete sich hin und führte ihre Technik vor. Faith Holland, vor ihm auf den Knien. Er *musste* sich einfach ausmalen, was er sich jetzt gerade ausmalte. Wie hätte er es vermeiden sollen? „Geh deine Reihe noch einmal durch, und gib Acht, dass du nichts übersiehst."

„Ja, Frau Lehrerin", sagte er. Sie stand auf, um zu ihrer Reihe zurückzugehen, und ihre Bluse streifte seine Rippen.

*Hör auf, sie anzustarren. Und mach dich an die Arbeit. Dafür bezahlen die Lyons dich schließlich. Du kannst dir später immer noch einen runterholen.*

Er befolgte seinen inneren Rat eine Stunde lang.

Sie arbeitete viel schneller und effizienter als er, das musste er ihr lassen. Er blickte zum Himmel, der makellos und endlos blau war, und beschloss, dass es Zeit zum Essen war.

„Willst du Mittag essen, reiches Mädchen?", rief er. Sie war schon rund zwanzig Meter weiter als er.

„Ich hab mir was mitgebracht", antwortete sie.

„Wollen wir vielleicht zusammen essen? Nachdem wir jetzt ja allerbeste Freunde sind?"

„Blödmann!"

„Heißt das Ja?" Er senkte das Kinn und warf ihr einen geduldig wartenden Blick zu, das kam bei den Mädchen immer gut an.

„Klar", knurrte sie.

Hey, du Idiot, schimpfte sein Verstand. Vor ein paar Tagen war sie noch mit deinem besten Freund zusammen. Was soll das?

Aber erstens sollte Jeremy überhaupt keine Beziehung mit einem Mädchen haben. Apropos Jeremy, er hielt sich zurzeit nicht einmal im Staate New York auf. Und zweitens hatten die beiden Schluss gemacht – oder wie immer man das nennen wollte.

Und dann war da auch noch der Anblick einer verschwitzten und dreckigen Faith Holland in abgeschnittenen Jeans und einer unter ihrer üppigen Brust verknoteten Bluse. Nicht zu vergessen, dass sie sich über ihn, Levi, ärgerte. Was im Allgemeinen darauf hindeutete, dass ein Mädchen Interesse hatte, das wusste er aus Erfahrung.

Sie kam zu ihm herüber, löste ihre Zöpfe und band ihr Haar zu einem Pferdeschwanz. „Etwa fünf Minuten von hier kenne ich eine hübsche Stelle. Bei den Wasserfällen. Kennst du die?"

Er schüttelte den Kopf und sah sie an. Sie hatte blaue Augen. Das war ihm vorher nie so richtig aufgefallen. Und Sommersprossen.

Sie schluckte.

Oh ja. Faith Holland war keinesfalls immun gegen seine Reize.

„Dann komm", sagte sie. Sie gingen zum Pick-up ihres Vaters; der Hund lief ihnen voran. Levi hob sein Hemd vom Boden auf und zog es an.

John Hollands Pick-up roch angenehm nach altem Kaffee und Öl und war drinnen genauso verdreckt wie außen. Armaturenbrett und Sitze waren mit trockenem Schlamm und Staub bedeckt. Smiley sprang hinein, und sein buschiger Schwanz traf Levis Gesicht. „Sitz, Köter", befahl er, und der Hund gehorchte und schmiegte seine fellige Flanke an Levis Arm. Anscheinend hielten die Hollands dauernd den einen oder anderen Golden Retriever. In ihren Werbebroschüren war jedenfalls immer einer abgebildet.

„Züchtet ihr diese Monster?", fragte er Faith. Sie ließ den Motor an und legte den ersten Gang ein. Dass sie einen Pick-up amerikanischer Machart mit Standard-Getriebeschaltung fahren konnte, machte sie in seinen Augen noch heißer.

„Wir sind in der Golden-Retriever-Rettungsliga." Smiley schleckte ihr Gesicht ab, als wollte er sich bedanken.

„Noch so ein Gnadenakt der großartigen Familie Holland", kommentierte Levi.

„Du meine Güte! Wenn du dich weiterhin so aufspielst, schmeiß ich dich aus dem Wagen und esse dein Mittagessen."

Der Pick-up rumpelte und schaukelte derart über die grasbewachsenen zerfurchten Wege zwischen den Feldern, dass sich Levi beinahe am Wagendach den Schädel einschlug (gleichzeitig aber großartige Aussichten auf Faiths hüpfende Brüste hatte). Nach etwa fünf Minuten hielten sie am Rand eines brachliegenden Feldes. An einer Seite war es von dichtem Wald begrenzt.

Faith holte eine Decke und eine Lunchbox (die verdächtig nach „Hello Kitty" aussah) hinter ihrem Sitz hervor. Der Hund rannte sofort in den Wald, und sie folgte ihm über einen schmalen Weg, ohne auf Levi zu warten.

Vögel zwitscherten und flatterten in den Zweigen. In nicht allzu großer Entfernung rauschte und plätscherte ein Bach. Levi versuchte sich vorstellen, wie es wäre, über Hektar um Hektar Feld und Wald hinwegzublicken, bis hinunter zum See, und zu wissen, dass das alles ihm gehörte und seit Jahrhunderten in Familienbesitz war. Levis Mutter stammte auch aus Manningsport, aber viele andere waren eben schon länger da, und dann gab es natürlich die Gründerfamilien.

Zur linken Seite sah er die Ruine einer alten gemauerten Scheune. Die Steine waren mit Flechten überzogen. Mitten drin wuchs ein Baum; das Dach existierte längst nicht mehr.

„Kommst du?", rief Faith.

Dicke Moospolster bedeckten den Boden, und die Blätter waren so grün, dass sie die Luft zu färben schienen. Sie kamen an einem Hain riesiger Birken vorbei, deren Rinde weiß schimmerte, und die Spitzen von Tannenzweigen streiften Levis Wange. Er schlug nach einer Mücke und sah ein Streifenhörnchen über den Pfad laufen.

Das Wasserrauschen war jetzt lauter. Faith hatte die Decke über einen Felsbrocken gebreitet und saß jetzt da, saftig wie ein reifer Pfirsich. Levi stellte sich vor, wie sie unter ihm lag und ihn mit den Beinen umschlang, und diese Fantasie brachte ihn buchstäblich ins Taumeln.

Er musste wirklich aufhören, an solche Dinge zu denken.

Sie befanden sich am Rande einer tiefen Schlucht; ein Wasserfall ergoss sich von hier in einen runden See in etwa fünf Metern Tiefe. Levi wünschte, er hätte eine Kamera, damit er später, wenn er in der Sonne des Iraks oder Afghanistans schmorte – oder wo auch immer die Army ihn hinschicken mochte –, dieses Bild betrachten könnte. Er würde es herumzeigen. *Da komme ich her. Auf diesem Felsen hier habe ich mit einem hübschen Mädchen Mittagspause gemacht.*

„Schön hier", sagte er und setzte sich neben Faith.

„Der Teich ist ziemlich tief." Sie nahm ein Sandwich aus ihrer Lunchbox. „An die sechs, sieben Meter. Jack sagt, unterhalb des Wasserspiegels wird er größer. Wie eine Glocke. Er ist immer gern von dem Felsen da runtergesprungen."

„Du auch?"

Sie sah ihn kurz an und biss in ihr Sandwich. „Nein. Ich hatte zu viel Angst. Honor ist auch nie gesprungen. Sie sagte, wir wären schon … egal. Ich finde, man sollte sein Leben nicht einfach so für nichts riskieren."

„Klar."

Sie aßen schweigend. Der Hund kam an und bettelte um Häppchen. Vögel zwitscherten, der Wasserfall brüllte. Faith aß ihr Sandwich und schien zufrieden damit, nur aufs Wasser zu blicken. Die Gischt der Fälle hatte winzige Perlen in ihr Haar gezaubert, und sie sah aus wie eine pornomäßig angehauchte Waldfee.

„Tja", sagte Levi, dem plötzlich bewusst wurde, dass er Faith schon viel zu lange angestarrt hatte, während alle möglichen heißen, unanständigen Ideen in ihm pulsierten. „Ich gehe schwimmen. Von welchem Felsbrocken soll ich springen?"

„Nein, Levi, nicht." Faith schreckte aus ihrer Versunkenheit auf. „Mein Handy liegt im Pick-up. Wenn du dir nun den Schädel einschlägst oder so? Vor ein paar Jahren hat sich ein Tourist hier eine Gehirnerschütterung geholt. Mein Bruder hat sich den Arm gebrochen, als er fünfzehn war. Es ist zu gefährlich. Bitte lass es."

Es war irgendwie nett, wie sie sich um sein Wohlergehen sorgte. Andererseits war der See verdammt verlockend. Er zuckte mit den Achseln. „Ich geb mir Mühe, mir nichts zu brechen." Er zog sein Hemd aus, wobei ihm durchaus klar war, dass er sich ziemlich gut sehen lassen konnte. Faiths Wangen färbten sich rosig, und sie blickte starr geradeaus. „Kommst du, Holland?" Es hörte sich an wie eine Anmache.

Es war auch eine.

„Auf gar keinen Fall", sagte sie spröde. „Tu's nicht. Ich muss sowieso wieder an die Arbeit. Du auch, oder? Und wirklich, es ist gefährlich zu springen."

„In zwei Monaten bin ich Soldat, Faith. Von diesem Felsen zu springen ist vermutlich nicht halb so gefährlich wie Nagelbomben oder Selbstmordattentäter." Er zwinkerte ihr zu, stieg auf den Felsbrocken und schaute nach unten. Der Teich war grün und klar und schäumte, wo der Wasserfall auf seine Oberfläche traf. Er schrie „Geronimo", das war der Schlachtruf der U.S.-Fallschirmspringer, und stieß sich ab.

Er tauchte mit den Füßen zuerst ein, schoss in die Tiefe, das Wasser, kalt und seidig und wunderschön, verschlang ihn. Als er die Augen öffnete, sah er, dass Faith recht hatte: Der Teich verbreiterte sich unter Wasser um etwa drei Meter. Die Steinwände erinnerten an eine Kirche. Levi konnte ziemlich gut schwimmen und war im Frühling stets einer der Ersten im See. Doch das hier … Es war unglaublich, so weich und tief und geheim. Er strich mit der Hand über den Stein, verblüfft und von leichtem Bedauern erfasst, weil er nie zuvor hier gewesen war.

Ihm schoss durch den Kopf, dass er diesen Ort wohl schon vor Jahren gesehen hätte, wenn er Faiths Freund gewesen wäre.

Dann schoss er hinauf an die Wasseroberfläche, blickte nach oben und sah Faiths besorgtes Gesicht über dem Rand des Abgrunds. „Komm schon, Holland", rief er. „Zeig mal ein bisschen Leben."

„*Leben* ist das Stichwort", gab sie zurück. Smileys Kopf tauchte neben ihrem auf, und der Hund sah viel fröhlicher aus als Faith.

„Ich lebe ja noch. Komm schon. Ich fang dich auf."

„Du fängst mich nicht auf. Ich bin kein kleines Kind, und es geht sechs Meter in die Tiefe."

„Ich bin doch hier. Hab keine Angst."

Ihr Gesichtsausdruck veränderte sich. Sie wollte gern, das sah er wohl. „Reiches Mädchen." Er schwamm zu einem schmalen Felsvorsprung, der über den Teich ragte wie ein natürliches Sprungbrett. Er hielt sich daran fest, wohl wissend, dass er dadurch sehr wirkungsvoll seine äußerst kräftigen Muskeln spannte. „Wie langweilig."

„Ich bin nicht reich", sagte sie.

„Mag sein, aber langweilig bist du, wenn du nur dasitzt und zusiehst, statt hier unten Spaß mit mir zu haben", erwiderte er.

Sie zögerte. „Ich habe keinen Badeanzug an."

„Na und?" Oh ja, er machte Fortschritte. Faith in einer nassen weißen Bluse und mit offenem roten Haar, das sich über ihren Rücken ergoss ... Nicht einmal das kalte Wasser konnte verhindern, dass sein Körper mit Begeisterung auf diese Vorstellung reagierte. „Komm schon, Holland. Tu's für mich, einen jungen Soldaten, der schon bald die Heimat verlässt, um deine Freiheit zu verteidigen." Er grinste zu ihr hoch, und eine Sekunde später verwandelte sich ihre ängstliche Miene in etwas ganz anderes.

„Gut. Aber wenn ich dabei umkomme, musst du es persönlich meinem Vater mitteilen, okay? Und du musst dich um Smiley kümmern, denn er wird mich vermissen. Er schläft auf meinem Bett."

„Dein Hund kann bei mir schlafen, falls du stirbst, versprochen. Komm jetzt rein."

Sie trat vor bis an die Kante des Felsbrockens, und trotz der Entfernung sah Levi, wie sie ihre nackten Zehen krümmte. Sie knotete die Blusenzipfel fester und zog die Shorts hoch. „Okay, Gefreiter Cooper. Ich komme."

Dann sprang sie, mit flatterndem Haar, fest geschlossenen Augen und geballten Fäusten. Sie tauchte etwa drei Meter von Levi entfernt ein und kam fast sofort wieder an die Oberfläche, das Haar im Gesicht, prustend und keuchend.

Levi schwamm zu ihr, und instinktiv hielt sie sich an seinen Schultern fest, sehr fest, und ihre Brüste drängten sich an seinen nackten Oberkörper. Er legte den Arm um ihre Taille und schwamm mit ihr zu dem Felsvorsprung, wo sie sich mit einer Hand anklammerte.

Ihr anderer Arm blieb um seine Schultern liegen, und ihre Beine strampelten zwischen seinen, ihre glatten Schenkel streiften seine. Sie brauchte sich nicht an ihm festzuhalten, tat es aber trotzdem. Ihr Herz klopfte schnell und heftig an seinem, und er erkannte, dass sie Angst hatte. Wegen des Sprungs vielleicht. Und vielleicht hatte sie auch Angst vor ihm ... ja, das auch, vielleicht.

„Ich halte dich", flüsterte er.

Das hier war's doch! Ein Augenblick, den er mitnehmen konnte, das Gefühl ihres süßen, nassen, weichen Körpers, ihre Wange an seiner, während sie das klare, reine Wasser trat und der Wasserfall rauschte und das Laub raschelte und säuselte.

Faith rückte ein wenig von ihm ab. Ihre Wimpern waren verklebt von Wasser. Er hätte sie küssen können. Er brauchte sich nur einen oder zwei Zentimeter vorzubeugen, dann würden sich ihre Lippen berühren, und er war sicher, dass sie süß schmecken würde. Er strich mit einer Hand an ihren Rippen entlang, so dicht an ihre Brust heran, dass sie zitternd den Atem einsog, und heiße, schwere Lust strömte durch seine Adern.

Er küsste sie so sanft, wie er nur konnte, wollte nicht, dass sie ihn von sich stieß, wollte nur dies, nur einen einzigen Kuss. Ihre Lippen waren weich und kühl und nass vom Wasser, und er konnte nicht anders, er fuhr mit der Zunge über ihre Unterlippe, weil sie so gut schmeckte. Als sie den Mund öffnete, wollte er viel, viel mehr, war plötzlich hungrig nach ihr und steinhart. Er zog ihre Hüften an seine heran, sodass sie seine Erregung spüren konnte, und ihre Finger gruben sich in seine Schultern, ein zarter, kleiner Laut löste sich aus ihrer Kehle, und es war so unglaublich schön, dass er nicht mehr denken konnte. Er hätte auf der Stelle ertrinken mögen und hätte nichts dagegen, wenn dies sein letzter Tag auf Erden wäre.

Dann löste sie sich von ihm, stieß sich ab und kletterte auf den Felsen.

„Ich ... ich ... ich kann nicht", sagte sie in das Wasserrauschen hinein.

Seine Arme fühlten sich leer an ohne sie. Leer und kalt.

„Verstehst du, ähm, Jeremy und ich, also, wir ... Wir haben uns nicht wirklich ... Es ist eine Auszeit. Wir haben uns nicht offiziell ... Deshalb kann ich das nicht. Ich kann keinen anderen küssen."

„Dann nicht", sagte er leichthin. Aber urplötzlich war er wütend. Und nicht nur auf sie. Auch auf Jeremy, den Idioten, der sie vermutlich noch nie so geküsst hatte, der keine Ahnung hatte, wie sie geküsst werden wollte. Und auf sich selbst, weil er das Mädchen seines besten Freundes geküsst hatte. Aber, ja, in erster Linie auf sie. Denn wenn sie ihn nicht küssen wollte, dann hätte sie sich bitte schön auch nicht wie ein Klammeräffchen an ihn hängen sollen. Sie hatte diesen Kuss *gewollt*, und er hatte ihn ihr gegeben, und jetzt spielte sie wieder das keusche Fräulein Rührmichnichtan.

Ach, Mist. Er hatte gerade Jeremys Freundin geküsst.

„Wir müssen zurück." Ihre Stimme klang gepresst und irgendwie spitz. Sie kehrte Levi den Rücken zu und wrang ihre Bluse aus. Genauso verfuhr sie mit ihrem Haar. Ihm fiel auf, dass ihre Hände zitterten. Sie drehte sich um; die Bluse klebte an ihrem Körper. Wenn sie keinen BH getragen hätte, wäre das womöglich sein Tod gewesen. Doch unter den gegebenen Umständen wirkte das kalte Wasser (und die Abweisung) doch ernüchternd genug. „Levi, ich hoffe, du bist nicht ..."

„Sauer?"

Sie zögerte, dann nickte sie.

„Mach dir keine Gedanken", sagte er lässig.

Sie biss sich auf die Unterlippe. „Hm, ich glaube nicht, dass ich Jeremy davon erzähle. Es würde ihn nur kränken, oder? Deshalb sage ich nichts." Die Bitte in ihrem Ton war nicht zu überhören: *Und du sagst auch nichts, oder?*

Er schwamm zu den Steinen, stemmte sich aus dem Wasser, sah, wie sie ihn mit Blicken abtastete. *Tja, reiches Mädchen. Ein heterosexueller Mann. Genieß den Anblick, solange du kannst.* Er ging zu ihr, schob sich sehr nahe an sie heran. „Weißt du, ich habe dich tatsächlich immer für albern und verwöhnt und lästig gehalten", flüsterte er. „Aber bis heute hätte ich nie gedacht, dass du es darauf anlegst, Männer erst aufzugeilen und dann eiskalt abzuservieren."

Er drehte sich um und kletterte wieder zu der bezaubernden Picknickstelle. Der Hund begrüßte ihn mit freudigem Winseln und bot ihm wieder seinen Bauch, doch diesmal schenkte Levi ihm keine Beachtung. Er griff nach seinem Hemd und zog es an, hob seine braune Lunchtüte auf und machte sich auf den Weg, um weiter für die Lyons zu arbeiten. Unter der gleißend hellen, gnadenlos brennenden Sonne stapfte er über das Land der Hollands.

Faith kam nicht zurück zum Weinberg.

Am nächsten Wochenende rief Jeremy ihn an, und seine Stimme klang vergnügt wie immer. „Wie geht's, Alter?", fragte er. „Hast du Lust, ein bisschen abzuhängen?"

„Klar", sagte Levi. Es gelang ihm, etwaige Gewissensbisse, weil er Jeremys Freundin geküsste hatte, zusammenzuknüllen und in den Schmutzwäschebereich seines Bewusstseins zu verbannen. Zum Teufel, sagte er sich, in der Situation hätte er so ziemlich jedes weibliche Wesen geküsst. Es war nichts weiter als ein schlimmer Fall von ... was auch immer. „Wie war's in Kalifornien?", erkundigte er sich.

„Super", antwortete Jeremy. „Und ich habe gute Nachrichten. Faith und ich sind wieder zusammen."

„Das überrascht mich nicht." Als ob sie ihren Goldjungen fallen lassen würde. Den Star-Footballer. Den künftigen Arzt. Den Erben des Lyonschen Weinbergs.

Levi begegnete Faith natürlich in der Schule. Jeremys engelsgleicher Freundin, die absolut kein Gespür dafür hatte, ob ein Junge sie nach allen Regeln der Kunst vögeln wollte. Oder nicht.

# 7. Kapitel

Die meisten Anrufe, auf die Levi reagieren musste, waren nicht weiter dramatisch, was ihm durchaus entgegenkam.

Dieser Notruf jedoch zählte zu den aufregenderen der laufenden Woche. Am Dienstag saß er um 14:20 Uhr, als die Highschool-Kids Schulschluss hatten, mit einer Radarpistole an der Straße, weil Carol Robinson sich über Raser beschwert hatte. Gestern hatte er in der dritten Klasse erklärt, warum Drogen nicht gut sind. Später rief Laura Boothby ihn an, weil sie in ihrem Blumenladen nicht an eine Vase in einem hohen Regal heranreichte. Sie wollte einen Sturz von ihrem Tritthocker vermeiden, den ihr Taugenichts von Sohn trotz seines Versprechens nicht repariert hatte, und ob Levi wohl bitte kommen und ihr die Vase herunterholen würde? (Er war hingefahren. Das war wohl besser, als Laura drei Tage später mit gebrochener Hüfte vorzufinden.)

Am Vorabend gegen elf Uhr kam wieder einmal ein Anruf von Suzette Minor – der dritte diesen Monat –, die verdächtige Geräusche gehört hatte und wollte, dass er ihr Haus (insbesondere ihr Schlafzimmer) durchsuchte. Das tat er, allerdings nicht mit dem von Suzette erhofften Ergebnis. Das raschelnde rote Nachthemd und diese „Officer, bitte helfen Sie mir/Ich habe Angst/Mein Gott, sind Sie stark"-Masche verfingen bei ihm nicht. Seine Aufgabe war es, zu schützen und zu dienen, und „dienen" bedeutete keineswegs „zu Diensten sein".

Die Arbeit der Polizei von Manningsport war eher Nachbarschaftshilfe als Verbrechensbekämpfung. Es schadete auch nicht, dass er ein Einheimischer und als hochdekorierter Veteran bei allen ziemlich beliebt war. Orden hatten die Eigenschaft, manchen Konflikt im Nebel der Vergangenheit versinken zu lassen … Ellis Mitchum hatte offenbar vergessen, das er ihn mal als Abschaum aus der Wohnwagensiedlung beschimpft hatte, der nur ja nicht wagen sollte, seine kostbare Angela zu schwängern. Inzwischen gehörte es zu Ellis Lieblingsbeschäftigungen, ihm ein Bier auszugeben und in Erinnerungen an Vietnam zu schwelgen. (Angela, nur damit das klar ist, ließ sich dann im letzten Schuljahr von einem Jungen aus Corning schwängern.)

Nein, Levi war kein Abschaum aus der Wohnwagensiedlung mehr. Als es darum ging, zur Entlastung von Chief Griggs einen Polizisten einzustellen, hatte der Stadtrat, den alten Mr Holland eingeschlossen, sich förmlich überschlagen, um Levis Bewerbung anzunehmen. Ein Jahr später ging der Polizeichef in den Ruhestand, und Levi bekam obendrein noch dessen Stelle. Damit war er nun Vorgesetzter seines Stellvertreters Everett Field und seiner Verwaltungsassistentin Emmaline Neal, die ihn so gern analysierte. Außerdem verdiente er zehn Riesen mehr im Jahr, und da seine Schwester das College besuchte, konnte ihm das nur recht sein.

Doch als Polizeichef musste er eben auch auf fast jeden Anruf reagieren.

„Ach Chief, bitte!", heulte Nancy Knox. „Er bringt mein Herzchen um! Bitte helfen Sie!"

„Okay, okay, ich schau es mir mal an." Er kauerte sich hin und schaute. Nein, bisher noch kein Mordfall. Alle Beteiligten wirkten ganz ruhig. Sogar ein bisschen verschlafen. „Everett, du beziehst Posten auf der anderen Seite der Veranda, für den Fall, dass er durchgehen will."

„Ja, Sir, Chief. Klar doch. Sofort auf der anderen Seite der Veranda Posten beziehen. Roger." Everett hielt inne. „Äh, auf der Nord- oder auf der Südseite, Sir?"

„Geh einfach um die Veranda herum, Ev", sagte Levi, um Geduld bemüht. „Lass ihn nicht entkommen."

„Roger, Chief. Auf die andere Seite gehen, nicht entkommen lassen." Levi hörte ein Klicken, als Levi sein Holster öffnete.

„Steck die Waffe ein!", brüllte er. „Everett, um Gottes willen. Irgendwann verletzt du noch mal jemanden damit."

„Ach, mein armes Herzchen. Lebt sie noch?", fragte Mrs Knox. „Ich kann nicht hinsehen. Ich kann's einfach nicht!"

Levi blickte noch einmal unter die Veranda, wo ein Hund und ein Huhn einander beäugten. „Sie lebt, Mrs Knox. Keine Angst. Komm her, Köter. Komm schon, Bürschchen."

Der Hund wedelte mit dem Schwanz und grinste, rührte sich aber nicht. Falls Levi nicht alles täuschte, war es Faith Hollands Töle, jedenfalls kamen ihm der riesige Kopf und das neongrünkarierte Halsband bekannt vor. Die Knoxes wohnten etwa eine Meile hügelabwärts von den Hollands, und sie hielten Hühner, die für etwa siebzig Prozent von Levis Einsätzen verantwortlich waren … Es waren freilaufende Hühner, was bedeutete, dass sie sich dauernd auf der Straße herumtrieben, was einmal sogar dazu führte, dass ein Jugendlicher in den Graben fuhr. Die Leute riefen ständig an, um sich zu beschweren.

Dem Huhn schien es gut zu gehen – der Hund war augenscheinlich total entzückt von diesem Federvieh, das den Kopf so eigenartig auf die Seite neigte und so komische surrende Laute von sich gab. Er wedelte mit dem Schwanz und hechelte, verdreckt von oben bis unten.

„Komm schon, Blue", sagte Levi. „Komm schon, Freundchen."

Der Hund grinste wieder. Er war auffallend schön und dumm wie Brot. Das Huhn war ebenfalls kein zweiter Stephen Hawking. Es hätte schließlich jederzeit unter der Veranda hervorkommen können.

„Bitte, Chief. Bitte, retten Sie mein Herzchen."

Levi seufzte. Die Knoxes hätten Kinder oder Katzen oder Affen oder Ähnliches haben sollen. „Okay, ich krieche da drunter."

„Dieser Hund ist böse." Mrs Knox weinte.

„Soll ich Verstärkung anfordern?", fragte Everett.

„Nein, Ev. Der Hund ist schon in Ordnung." Levi musste robben – was nichts anderes bedeutete, als sich mithilfe der Ellbogen bäuchlings vorwärtszuschieben. Sein Unteroffizier in der Grundausbildung hatte seine Schützlinge mit Vorliebe zu dieser Übung verdonnert. Vier Einsätze in Afghanistan, und Levi hatte nicht ein einziges Mal robben müssen. Doch jetzt kam das damalige Training ihm gelegen.

Sein Handy klingelte. Sämtliche Anrufe auf der Polizeiwache wurden auf sein Handy umgeleitet, wenn er im Einsatz war. „Chief Cooper", meldete er sich.

„Ich bin's", sagte seine Schwester. „Ich bin zu Hause. Ich hab's keine Sekunde länger ausgehalten."

„Soll das ein Witz sein?"

„Mein Herzchen! Ist sie tot?", kreischte Mrs Knox.

„Sie ist nicht tot", rief Levi zurück.

„Wo *bist* du?", wollte Sarah wissen.

„Ich arbeite. Warum bist du zu Hause? Die Schule hat erst vor drei Wochen angefangen, Sarah, und du warst schon sechs Mal zu Hause."

„Ich habe Heimweh, okay? Tut mir leid, dass ich dir so sehr auf die Nerven falle, aber ich hasse das College. Ich will ein Jahr aussetzen."

„Du wirst kein Jahr aussetzen. Du gehst weiter aufs College, und du führst es zügig zu Ende. Und jetzt habe ich zu tun. Wir reden, wenn ich zu Hause bin."

„Was machst du denn?"

„Ich rette ein Huhn."

„Das muss ich unbedingt twittern. Mein Bruder, der Held."

Er drückte das Gespräch weg. Aussetzen, von wegen. Sie würde zurück aufs College gehen, er würde sie noch am Abend zurückbringen … Okay, vielleicht morgen früh. Und sie würde auf dem College bleiben, tolle Leistungen bringen, und später würde sie ihm dafür danken.

Noch etwa anderthalb Meter musste er durch den Dreck kriechen – den die Hühner der Knoxens offenbar hingebungsvoll anreicherten, was hieß, dass er im Moment buchstäblich einen Scheißjob hatte –, dann hatte er den Hund erreicht. Das Huhn war mittlerweile wohl zu dem Schluss gelangt, dass es nichts zu befürchten hatte, denn es kuschelte sich vertrauensvoll an Blues Brust. Blue schien sich darüber zu freuen und legte die Schnauze zärtlich auf den Rücken des Huhns.

„Sie schmusen", rief Levi.

„Was?", kreischte Nancy. „Sagten Sie abmurksen?"

„Schmusen!", brüllte Levi zurück.

„Chief!", rief Everett. „Sind Sie in Gefahr? Ich habe meine Waffe parat! Brauchen Sie Unterstützung?"

„Everett! Steck die Waffe ein!"

„Roger, Chief."

Levi seufzte. Er war fast sicher, dass Officer Everett Fields grenzenlose Unfähigkeit eines Tages sein, Levis, Tod sein würde. Unglücklicherweise war Everett das einzige Kind von Marian Field, dem Bürgermeister von Manningsport, und hatte damit im Grunde eine Stellung auf Lebenszeit. Er war kein schlechter Kerl, auch wenn er an einem schweren Fall von Heldenverehrung litt (Levi war praktisch sein Gott), aber grob geschätzt zückte er wohl sechsmal am Tag die Waffe.

„Pass mal auf, Blue", sagte er. „Ich befreie dich jetzt von diesem Federvieh, falls du nichts dagegen hast." Blue wedelte zustimmend mit dem Schwanz, und Levi nahm das schlafende Huhn in beide Hände, dann robbte er im Rückwärtsgang ins Freie. Er war unglaublich schmutzig. Wenigstens war seine Schicht gleich zu Ende. Was nicht hieß, dass er dann aufhörte zu arbeiten; irgendwas gab es immer zu tun, was Levi derzeit sehr zupasskam.

„Bitte schön", sagte er und reichte Mrs Knox ihr Huhn. „Denken Sie mal über eine Einzäunung nach, okay?"

„Ach Chief, vielen herzlichen Dank!" Sie strahlte ihn an. „Sie sind ein wunderbarer Mensch! Aber was ist mit dem Hund? Er ist böse! Er sollte eingesperrt werden!"

Der Hund winselte unter der Veranda. Wahrscheinlich fehlte ihm seine kleine Freundin. „Ich rede mit den Besitzern", versprach Levi.

„Das war eine tolle Rettungsaktion, Chief." Everett kam näher, während Levi sich, so gut es ging, den Dreck abklopfte. „Sie haben Erstaunliches geleistet. Wow."

Levi musste sich bremsen, um nicht die Augen zu verdrehen. „Danke, Ev. Wenn du noch mal deine Waffe ziehst, nehme ich sie dir weg."

„Verstanden, Chief."

Levi bückte sich und sah den Hund an, der recht verdrießlich dreinblickte. „Na, wollen wir Auto fahren?"

Blue flog geradezu unter der Veranda hervor, stürmte zum Streifenwagen und tänzelte begeistert herum.

„Vielleicht hätten Sie das gleich sagen sollen", bemerkte Everett. „Dann hätten Sie nicht da drunterkriechen müssen. Sie haben sich richtig schmutzig gemacht."

„Danke für den Hinweis. Wie wär's, wenn du heute Abend die Wache schließt, Ev?"

Everetts Gesicht leuchtete auf. „Wirklich?"

„Klar doch." Levi würde später noch mal zurückgehen und nachsehen, denn irgendetwas vergaß Everett immer. Außerdem lag die Polizeiwache nur fünfundvierzig Sekunden von seiner Wohnung entfernt. Und er wäre sowieso auf dem Marktplatz, weil wieder mal ein Weinfest stattfand. An jedem Wochenende war irgendetwas los, und das war gut so. Gut für die Stadt, gut für die Arbeitsplatzsicherung.

Doch zunächst einmal war eine Dusche fällig. Er musterte den Hund. Irgendwie scheute er sich davor, ein riesiges, schmutziges Tier zu Mr und Mrs Holland zu bringen, bei denen Faith, wie er gehört hatte, derzeit wohnte. Also Hundewäsche. Eine weitere Ergänzung seiner Arbeitsplatzbeschreibung.

Seit seine Frau ihn vor anderthalb Jahren verlassen hatte, wohnte Levi im Opera-House-Wohnblock. Sharon und Jim Wiles hatten jeweils erst ein Vermögen für den Umbau des Gebäudes zum einzigen Apartmenthaus der Stadt ausgegeben und dann ein Vermögen damit gemacht. Einen Monat nachdem Nina ihn beiläufig darüber informiert hatte, dass die Ehe doch nicht die richtige Lebensform für sie sei, und sich neu verpflichtete, wurde bei Levis Mutter ein aggressiver bösartiger Bauchspeicheldrüsenkrebs diagnostiziert. Sechs Wochen später starb sie. Sarah, damals kurz vorm Ende der Mittelstufe, zog bei Levi ein.

Er hatte seine Großer-Bruder-Masche abgezogen, hatte Sarah in den Arm genommen und sie weinen lassen, hatte ihr mit Käse überbackene Tomaten-Sandwichs gemacht, so wie früher seine Mom. Natürlich fehlte ihm seine Mutter auch, doch er war acht Jahre fort gewesen. Eines hatte er im Einsatz gelernt, nämlich dass er seine Gefühle praktisch in Ketten legen musste, um manches von dem Scheiß, mit dem sie klarkommen mussten, verkraften zu können. Oh ja, er hatte an Moms Bett ein paar Tränen vergossen, doch als dann die eigentlichen Erinnerungen hochkamen – wie sie mit ihm zu den Niagarafällen fuhr, als er in der fünften Klasse und sie schwanger mit Sarah war, damit sie einen letzten Tag nur für sich allein hatten … Wie sie geschluchzt hatte, als er endgültig nach Hause kam … na ja, da versuchte Levi, an etwas anderes zu denken.

Er hatte sich alle erdenkliche Mühe gegeben, für seine Schwester zu sorgen, sie auf eine gute Schule zu schicken, all diese verdammten Formulare auszufüllen und ihr zu kaufen, was sie benötigte. Er hatte alles getan, ihr den Weg zu ebnen, und verlangte gute Leistungen, damit sie vielleicht sogar den Doktor machen konnte. Sie wäre die Erste in ihrer Familie mit einem College-Abschluss, und sie würde das jetzt durchziehen, und wenn es sein Tod sein sollte.

Was durchaus der Fall sein könnte.

„Du stinkst." Seine kleine Schwester rümpfte die Nase, als er, dicht gefolgt von Blue, in die Wohnung kam. „Und wem gehört der Hund? Uns? Dürfen wir ihn behalten?" Sie musterte Levi von oben bis unten. „Also ehrlich. Geh duschen! Und zwar ausgiebig. Herrgott, Lev, das ist supereklig!"

Er bedachte sie mit einem kalten Blick (der wie immer keinerlei Wirkung zeigte). „Der Hund gehört nicht uns. Ich weiß, dass ich schmutzig bin. Warum bist du hier?"

Sie seufzte abgrundtief. „Ich … ich halte es dort einfach nicht aus."

„Warum nicht?" Sarah besuchte ein tolles College am nördlichen Ende des Seneca Lake. Es hatte ein eigenes Kino, ein riesiges Sportzentrum, überall blühten Blumen, die Unterkünfte waren nett. Worüber, um alles in der Welt, konnte sie sich da beschweren?

„Ich weiß nicht. Ich habe einfach das Gefühl, dass ich nicht mitbekommen habe, wie das alles laufen soll. Alle haben längst Freunde, und ich kann mich irgendwie nicht einfügen. Gestern habe ich das Abendessen ausfallen lassen, weil ich nicht allein in den Speisesaal gehen wollte. Ich komme mir vor wie eine Versagerin."

„Sarah." Levi kniete sich neben ihren Sessel. „Du bist keine Versagerin. Setz dich einfach zu irgendwem, und fang ein Gespräch an."

„Seit wann bist du denn Experte auf dem Gebiet? Soviel ich weiß, hast du genau einen einzigen Freund."

Er ließ sich nicht aus dem Konzept bringen. „Du bist intelligent, du bist hübsch, und du bist witzig. Und du hast hier im Augenblick nichts zu suchen. Ich dachte, darauf hätten wir uns beim letzten Mal geeinigt."

„Geh duschen, Alter. Im Ernst jetzt."

„Ich meine es auch ernst. Es kann mit dem College nicht funktionieren, wenn du alle drei Tage nach Hause kommst. Du musst durchhalten."

Tränen stiegen ihr in die Augen. „Ich habe es satt, immer durchhalten zu müssen. Ich habe durchgehalten, als Mom gestorben ist, ich habe die Abschlussklasse durchgehalten, und jetzt will ich nicht mehr durchhalten. Ich will … auch mal mit Nachsicht behandelt werden."

Levi zog eine Braue hoch. „Was hast du denn auf dem College auszustehen, Kleine? Von Durchhalten kann da wohl keine Rede sein. Dein Zimmer dort ist dreimal so groß wie …"

„Oh Gott, bitte nicht schon wieder so eine Geschichte über die Schrecken und Nöte der Army, okay? Komm schon, Levi, sei nicht so ein sturer Hund. Heute ist Donnerstag. Ich habe morgen Nachmittag nur ein Seminar. Das kann ich schwänzen."

„Nein, kannst du nicht. Ich fahre dich heute Abend zurück."

„Levi! Ich habe Heimweh! Bitte lass mich hier schlafen!"

Er fuhr sich mit der Hand durchs Haar und warf einen kritischen Blick auf die Spinnweben, die er sich unter der Veranda eingefangen hatte. „Na schön. Ich bringe dich morgen früh zurück. Zeig mir deinen Stundenplan, damit ich weiß, dass du nicht lügst."

Sie lächelte. Diese Runde ging an sie. „Klar. Aber geh jetzt endlich duschen, sonst muss ich kotzen."

Er stand auf. „Willst du mir helfen, den Hund zu baden?"

„Nein. Aber nett, dass du an mich gedacht hast."

Er wollte ihr durchs Haar strubbeln, doch sie wich zurück. „Levi. Wasch dich."

Seine Schwester liebte ihn, das wusste er. Sie hatte sogar den Nachnamen Cooper angenommen, als sie sechzehn war („Damit jeder weiß, wer ich bin", sagt sie damals). Trotzdem hätte Levi sie manchmal erwürgen mögen.

Er nahm den Köter mit ins Badezimmer – zum Glück hatte er sein eigenes Bad – und drehte die Dusche auf. Blue senkte tief beschämt den Kopf. „Ja, komm mir jetzt nicht so, du Hühnerjäger. Wessen Idee war es denn, unter die Veranda zu kriechen?" Er zückte sein Handy und tippte eine Nummer ein. „Hi, Mrs Holland, hier ist Levi Cooper."

„Mein Lieber! Wie geht's dir? Hast du eine Ahnung, wie man Flughörnchen vom Dachboden vertreibt? Faith will nicht, dass wir Fallen aufstellen, und ich will nicht, dass sie mit ansehen muss, wie ihr Großvater in den Tod stürzt, auch wenn der Witwenstand mir, ehrlich gesagt, von Tag zu Tag verlockender erscheint. Übrigens, erinnerst du dich an diesen Rohrbruch im letzten Winter? Weißt du noch, wie der Klempner heißt, den du uns empfohlen hast? Seit Virgil Ames nach Florida gezogen ist, weiß ich mir nicht mehr zu helfen! Ausgerechnet Florida! Wer will denn da leben? All dieses Ungeziefer und die Eidechsen und Alligatoren und Touristen."

„Bobby Prete kann das Rohr bestimmt reparieren, Mrs H.", sagte er. „Ich wollte Ihnen nur sagen, dass Faiths Hund bei mir ist."

„Ach ja, er ist Ned ausgebüxt."

„Soll ich ihn zu Ihnen raufbringen?"

„Bring ihn einfach zu Faith, mein Lieber. Sie ist sowieso schon unten auf dem Marktplatz. Dabei fällt mir ein, ich muss mich beeilen. War schön, mal wieder mit dir zu reden."

Levi zog sein Hemd aus, warf es in die Badewanne und spülte es gründlich aus, bevor er es in die Schmutzwäsche gab. „Komm schon, Hund", sagte er zu Blue, der sich fest zusammengerollt hatte und so tat, als würde er schlafen. „Strafe muss sein."

# 8. Kapitel

Rund fünfhundert Menschen drängelten sich auf dem Marktplatz und in den Straßen drum herum. Die Stadt feierte ihr siebzehntes „Wein-und-Schwein-Fest", was ziemlich pervers klang, aber am Ende wurden doch nur Spanferkel und Weinproben geboten. Fünfhundert Leute, dachte Faith, und mindestens die Hälfte davon schien ganz versessen darauf, sie zu trösten – immer noch –, weil sie am Tag ihrer Hochzeit sitzengelassen worden war.

„Du warst eine wunderschöne Braut", versicherte Mrs Bancroft. „Wirklich. Wir waren ja alle so schockiert. Unglaublich schockiert."

„Danke."

„Hast du ihn gesehen? Ist er hier?"

„Ich habe ihn noch nicht gesehen, Mrs Bancroft. Aber wir treffen uns nächste Woche."

Mrs Bancroft starrte sie an und schüttelte den Kopf. „Du armes, armes Ding."

„Oh, da ist ja mein Bruder. Ich muss los." Sie ließ Mrs Bancroft stehen, hastete hinüber zum Probierstand von Blue Heron und hakte sich bei Jack unter. „Du brauchtest doch dringend meine Hilfe, stimmt's, Lieblingsbruder?"

„Nein." Er schenkte einer Frau, deren T-Shirt sie als Texanerin und schwanger auswies, eine Weinprobe ein. „Zumal ich nicht mal sicher bin, dass wir überhaupt verwandt sind. Wie viele Schwestern habe ich eigentlich? Ihr scheint euch dauernd zu vervielfachen."

„Mrs Bancroft ist heute schon die achte Person, die mich ‚armes Ding' genannt und gefragt hat, ob es schwer für mich ist, Jeremy wiederzusehen."

„Du bist wirklich zu bedauern", pflichtete er ihr bei. „Wie heißt du noch mal?"

„Warum steht ihr mir alle dauernd im Weg?", fragte Mrs Johnson. Irgendwie bekam die langjährige Haushälterin der Hollands es hin, mit ihrem schönen, singenden jamaikanischen Akzent Angst und Schrecken zu verbreiten. „Husch, Kinder. Wenn ihr nicht verschwindet, liegen hier gleich überall Leichenteile herum, und ich habe dieses Tischtuch heute Morgen erst gewaschen *und* gestärkt. Haut ab, wenn euch euer Leben lieb ist." Sie rückte die Flaschen zurecht, bis sie einwandfrei in Reih und Glied standen.

„Das hier ist eine Weinprobe, Mrs J.", wandte Jack ein. „Wir können nicht abhauen." Er wandte sich wieder der Texanerin zu. „Wie finden Sie den? Darf ich Ihnen noch etwas anderes einschenken?"

„Ich hätte gern noch mal diesen weißen Zinfandel", sagte sie.

„Das ist ein Rosé", stellte Jack richtig und gab sich große Mühe, ob der Fehlbenennung seines geliebten Weins nicht in Tränen auszubrechen. Die Dame trank aus, lächelte und schlenderte von dannen.

„Jackie", sagte Mrs Johnson, „hast du heute Morgen was gegessen? Ich habe dir ein Sandwich mitgebracht. Ich will nicht, dass du von dem Fraß isst, der hier angeboten wird." Das trug ihr einen vernichtenden Blick von Cathy Kennedy ein, die nebenan für die Würstchenbude der Trinity-Lutheran-Kirche zuständig war. Mrs Johnson starrte so lange mit blitzenden Augen zurück, bis Cathy aufgab. Das taten die meisten Leute.

Mrs J. wickelte das Sandwich aus und drückte es Jack in die Hand.

„Ja, kleiner Prinz", säuselte Faith. „Iss schön brav auf. Vielleicht kaut Mrs J. dir das Essen auch noch vor, damit du nicht so viel Mühe damit hast."

„Sei nicht so abscheulich und undamenhaft, Faith, und du isst jetzt, Jackie. Los."

Pru gesellte sich zu ihnen. „Wo ist denn *mein* Sandwich?"

„Habe ich dir nicht erst heute Morgen Pfannkuchen gebacken?", gab Mrs J. zurück.

„Oh Gott, ich höre Lorena." Jack stöhnte. „Pru, komm schnell mit und hilf mir bei etwas, ähm, überaus Wichtigem. Faith kann die Weinprobe übernehmen."

„Ihr bleibt hier", zischte Faith. Doch ihre Geschwister nahmen Reißaus und ließen sie am Probierstand zurück, zusammen mit der Haushälterin, die missbilligend mit der Zunge schnalzte. „Mrs J., warum heiraten Sie nicht unseren Dad und machen uns alle glücklich?", fragte Faith. Sie war zwar nicht ganz sicher, glaubte jedoch, dass Mrs Johnson Witwe war. Andererseits redete die Frau nicht über ihr Privatleben. Nie.

„Lass mich gar nicht erst damit anfangen, dir die zahlreichen Schwächen deines Vaters aufzuzählen. Da ist sein neuerdings so schrecklicher

Geschmack bei Frauen noch der geringste Fehler." Mrs Johnson starrte zu Lorena hinüber, und ihr Gesicht schwoll förmlich an vor aufrichtiger Abscheu. „Es ist gerade mal fünf Uhr nachmittags, und sie hat ein Kleid an, aus dem ihre Hängebrüste halb rausfallen. Ach du Schande."

„Ich arbeite daran, Ersatz zu finden", flüsterte Faith. Sie konnte den Blick nicht von Lorena losreißen, deren trägerloses Sommerkleid mit Tigermuster mehrere Nummern zu klein war. Das gesmokte Oberteil drohte, aus allen Nähten zu platzen. Dad dagegen trug sein gewohntes altes Blue-Heron-Hemd, eine fleckige Blue-Heron-Kappe und speckige Jeans. Er fachsimpelte mit Joe Whiting, der seinen Weinberg weiter oben am Keuka Lake hatte, und vermutlich war ihm gar nicht bewusst, dass Lorena (wie alle anderen auch) der Meinung war, er hätte ein Rendezvous.

„Dann solltest du dich wohl besser beeilen, meine Liebe", sagte Mrs Johnson. „Dein Vater ist nicht gerade ein Meister der Geistesgegenwart."

„Ich weiß." Dad neigte dazu, alles schleifen zu lassen, was nicht in irgendeiner Weise mit Trauben zu tun hatte. Daher war es durchaus möglich, dass Lorena, bevor er überhaupt merkte, was geschah, bei ihm einzog, sein Testament änderte und zehn Hektar von seinem Land an einen Freizeitbad-Unternehmer verkaufte. Doch die richtige Frau für ihn zu finden war eine echte Herausforderung. Für Dad war die Erinnerung an St. Mom heilig.

„Kann ich den Gewürztraminer probieren?", fragte ein Mann.

„Aber klar." Faith nahm Haltung an. „Dieser hier hat 91 Punkte vom *Wine Spectator* bekommen, und wir sind sehr stolz darauf. Er ist achtzehn Monate gereift, das heißt, er fängt gerade erst an zu sprechen. Die Nase ist lieblich, finden Sie nicht? Passionsfrucht, Pfeffer, ein bisschen Geißblatt, nur ein Hauch von nassem Schiefer im Korpus und eine Ahnung von Litschi im Abgang."

Mrs Johnson schnaubte, und Faith verbiss sich ein Lächeln. Ja, ja, sie hatte sich das alles gerade ausgedacht, denn sie hatte diesen Wein noch nicht gekostet. Sie wusste nicht mal so genau, ob Litschi überhaupt eine Frucht war. Diese Beschreibungen gerieten ohnehin oft ziemlich albern, aber je alberner die Lyrik, desto besser die Verkäufe, zumindest sah es manchmal so aus. Trotzdem, Honor würde sie umbringen, wenn sie das hörte. Sie nahm die Weinbeschreibungen sehr ernst.

„Oh ja!", sagte der Mann. „Nasser Schiefer. Herrlich!"

In diesem Moment tobte Blue auf sie zu. „Hallo, Baby!" Sie beugte sich zu ihm runter und kraulte das nasse Fell. „Wo warst du denn? Ist Ned mit dir schwimmen gegangen?"

„Mein Bruder und dein Hund haben gerade zusammen geduscht", verkündete eine Stimme. „Irgendwie pervers, wenn du mich fragst."

Faith hob den Blick. „Sarah! Ich habe dich so lange nicht gesehen. Wo hast du gesteckt?"

Sie hatte Levi schon immer um seine kleine Schwester beneidet. Und wie gern er immer ihren Beschützer gespielt hatte! Das war eine seiner wenigen guten Eigenschaften (oder die einzige gute Eigenschaft?). Sarahs Augen waren genau so grün wie Levis, aber nicht so abweisend. Ja. Das war's. Levi konnte eine Person mit einem einzigen Blick vernichten. Wie zum Beispiel gerade jetzt.

Immerhin ließ er sich dazu herab, mit ihr zu sprechen. „Pass besser auf deinen Hund auf, Faith. Er hat die Hühner der Knoxes terrorisiert."

Ganz bestimmt. Als ob Blue irgendwen oder irgendwas terrorisieren würde. Lautlos formten ihre Lippen das Wort *Arsch*.

„Chief Cooper. Wie schön, Sie zu sehen", sagte Mrs Johnson, und Levi küsste sie auf die Wange. Es war komisch, ihm dabei zuzusehen, wie er sich gut benahm.

Faith wandte sich wieder zu Sarah. „Du gehst jetzt aufs College, stimmt's?"

„Ja, ich habe gerade in Hobart angefangen."

„Toll! Gefällt's dir?"

„Ehrlich gesagt finde ich's grauenhaft."

Ned kam zu ihnen. „Hallo, Sarah." Er legte einen Arm um Faiths Schultern. „Faith, ich übernehme jetzt hier, denn Honor sagt, du weißt nicht, was du tust."

„Hi, Ned." Sarah errötete. Ned *war* aber auch süß.

„Wie ist das Schulleben so?", erkundigte er sich, und die beiden fingen an, sich eifrig über Seminare und Clubs auszutauschen. Sie sahen gut zusammen aus, Sarah mit ihrem blonden Haar, Ned so groß und dunkel. Er hatte das College zwar bereits abgeschlossen, aber das war nicht weiter wichtig. Soviel Faith wusste, hatte er keine Freundin, und sie fragte ihn häufig zu diesem Thema aus.

Levi beobachtete die beiden. Kein Lächeln. Er schaute kurz zu Faith, runzelte unmutig die Stirn und widmete sich dann wieder seinen Betrachtungen. Faith unterdrückte einen Seufzer. Es war ja nicht so, dass sie die Kupplerin spielte; sie stand einfach nur da. Wie ein Trampel, wenn sie es sich recht überlegte.

Dad kam zu ihr und reichte ihr eine Flasche Wasser. „Gib Acht, dass du genug trinkst, Süße." Er lächelte, und um seine freundlichen blauen Augen bildeten sich Fältchen. „Im Vergleich zu dem, was du so gewohnt bist, ist es hier ziemlich heiß."

Leider tauchte Lorena an seiner Seite auf. „Endlich!", dröhnte sie. „Was Anständiges zu trinken! Blue Heron hat die besten Weine aller Zeiten! Den ganzen Tag habe ich nichts anderes als Plörre bekommen!" Sie zwinkerte Dad übertrieben zu, und Faith musste sich zusammenreißen, um nicht das Gesicht zu verziehen. Die Weinbauern der Region hielten fest zusammen; natürlich standen sie in stiller Konkurrenz zueinander, und jeder wollte eine Medaille gewinnen oder eine gute Kritik einheimsen. Doch was für das eine Weingut galt, hatte gewöhnlich auch Gültigkeit für alle anderen. Da konnte Lorena mit ihrer Art von Werbung nicht punkten.

„Hallo, Sarah", sagte Dad. „Wie geht's dir, Schätzchen?"

„Gut, danke, Mr Holland."

„Levi, du hast Faith seit ihrer Rückkehr schon getroffen, oder?"

Unvermittelt wurde ihr bewusst, dass Levi sehr dicht neben ihr stand. Er roch nach Seife, sein Haar war feucht. Was hatte Sarah gesagt? Er hatte Blue gebadet?

Der Blick, mit dem er sie jetzt bedachte, tendierte auf der Gelangweilt-Skala gegen acht. Diese Skala hatte sie in der Oberstufe erfunden, nachdem sie ihn einmal gefragt hatte, ob er Lust hatte, sich mit ihr zusammen als Nachhilfelehrer für die jüngeren Jahrgänge zu melden. Eins auf dieser Skala bedeutete: *Ach, du bist's.* Zehn hieß: *Du bist unsichtbar.* Und die Acht besagte: *Ups, du bist noch hier*?

„Ja, Sir", antwortete er ihrem Vater. „Ich hab ihr neulich einen Strafzettel wegen Geschwindigkeitsüberschreitung verpasst."

Ärgerlich. Andererseits hatte er nicht erwähnt, dass sie in einem Klofenster festgesteckt hatte. Punkte für Diskretion.

Dad sah sie erstaunt an. „Du, Schätzchen? Du fährst doch sonst so besonnen."

„Ich wusste nicht, dass das Tempolimit herabgesetzt worden war, das ist alles."

„Na gut, aber lass mich das bezahlen."

Goggy löste sich aus der Menge. „Faith, nun sieh dir bloß an, was dein Großvater da trägt. Er weiß doch, dass ich dieses Hemd nicht ausstehen kann. Es ist aus Polyester! Und von 1972."

„Ein Klassiker", behauptete Pops, obwohl er in dem luftundurchlässigen Material bereits schwitzte.

„Levi." Goggy legte eine Hand auf seinen Unterarm. Auf seinen braunen, glatten, muskulösen Unterarm. Im Licht schimmerten feine goldene Härchen. Faith räusperte sich und richtete den Blick auf irgendetwas anderes. „Diese Flughörnchen auf unserem Dachboden. Jede Nacht machen sie Lärm! Faith kann kaum schlafen."

Das brachte ihr einen weiteren angewiderten Blick von Levi ein.

„Goggy, schon gut. Ich stelle ein paar Lebendfallen auf."

„Ich kümmere mich darum", versprach Levi.

„Oh, danke, Schätzchen", sagte Goggy. „Ich möchte nicht, dass Faith stürzt."

Jetzt kam auch Pru zum Blue-Heron-Stand zurück, Abby im Schlepptau, und schlug Levi kameradschaftlich auf die Schulter. „Da ist er ja. Viagra für Frauen."

„Mom, bitte! Wir sind in der Öffentlichkeit!", zischte Abby.

„Aber Pru hat recht!", antwortete Lorena. „Dem können wir uns nur anschließen. Stimmt's, Faith?"

„Ähm, nein, das sehe ich nicht so", murmelte sie.

„Entschuldige, Sarah, hab dich nicht gesehen", sagte Pru. „Es war nicht meine Absicht, deinen Bruder vor deinen Augen zu begaffen. Aber was soll ich sagen? Er ist nun mal schnuckelig. Levi, du bist schnuckelig."

Abby verdrehte die Augen. „Sarah, wollen wir uns mal umsehen? Ohne diese schauderhaften Erwachsenen?"

„Klar", sagte Sarah. „Bis später, Großer." Sie gab Levi einen Knutscher auf die Wange, und er ließ es mannhaft über sich ergehen. Lächelte sogar.

Es war nur ein ganz kleines Lächeln, aber es haute Faith um. Klar, im Lauf der Jahre hatte sie ihn schon öfter lächeln sehen. All diese heißen, aufreizenden Blicke, die er Jessica zuwarf … Ehrlich, die übte er *garantiert* vor dem Spiegel. Aber für sie hatte er immer nur die Gelangweilt-Skala übriggehabt.

Abgesehen von jenem einen Tag, als er sie erst in Schockstarre versetzt und dann geküsst hatte. Konnte gut sein, dass er da gelächelt hatte. Und, ja, den einen oder anderen heißen, aufreizenden Blick hatte es auch gegeben. Und da war noch etwas gewesen. Etwas … Beschützendes.

Oder auch nicht. Jedenfalls sah er sie nun an, und das Lächeln war erloschen, stattdessen zeigte er wieder diese deutlich vertrautere Miene … eine Sechs auf der Gelangweilt-Skala … jetzt eine Sieben … eine Annäherung an die Acht. Er runzelte die Stirn, als wollte er sagen: *Wie jetzt, Holland?*

„Johnny!", brüllte Lorena. „Was muss ein Mädchen machen, um hier etwas zu essen zu bekommen? Spendier mir ein Würstchen, wie wär's damit? Ich liebe Würstchen! Nicht wahr, Faith? Wir Mädchen sind verrückt nach Würstchen!"

„Die hat Nerven, sich als Mädchen zu bezeichnen", murmelte Mrs Johnson finster.

„Was möchtest du, Lorena?", fragte Dad. „Du auch was, Faith? Nein? Mrs Johnson, was ist mit Ihnen? Hmm? Vielleicht einen dieser Maiskolben, die Sie so mögen? Dieses Schweigen verstehe ich mal als Ja." Er zwinkerte ihr zu, dann ging er, und Lorena und ihre Riesenbrüste hüpften neben ihm her.

„Glaubt ihr, er weiß überhaupt, dass sie an ihm interessiert ist?", fragte Ned.

„Dein Großvater hat ein viel zu gutes Herz", erklärte Mrs Johnson. „Dieses Weib!"

Nächster Kunde an der Weinprobe war eine alte Bekannte. „Hi, Mrs McPhales!", sagte Faith. „Wie schön, Sie zu sehen!" Aber ihr schnürte sich die Kehle zu. Mrs McPhales war ein Jahr lang Faiths Pfadfinderleiterin gewesen, eine von diesen hartgesottenen Typen, die die Mädchen zwangen, sich ihre Abzeichen zu verdienen. Ned, der Mitglied der Freiwilligen Feuerwehr von Manningsport war, sagte, dass sie neuerdings ziemlich oft Einsätze zu ihrem Haus fahren mussten. Offenbar befand sie sich auf dem traurigen Weg in die Demenz … Heute trug sie Pantoffeln anstelle von Schuhen. Faith ging um ihren Serviertisch herum und küsste die alte Dame. „Was kann ich für Sie tun, Mrs McPhales? Möchten Sie Wein?"

„Ich nehme lieber einen Kaffee", erwiderte Mrs McPhales.

„Kommt sofort, meine Liebe. Milch und Zucker?", fragte Mrs Johnson. Sie war im Grunde ein Schatz, sobald man ihre Allmachtsallüren à la Darth Vader verwunden hatte. Mrs McPhales nickte, dann schien sie Faith zu erkennen.

„Faith! Wie geht es dir? Heiratest du nicht bald diesen netten Jeremy?"

„Nein", erwiderte Faith. „Wir heiraten nicht."

„Ach! Stimmt ja! Wie ich hörte, ist er ein überzeugter Junggeselle."

„Mag sein", sagte Faith.

„Du armes Ding. Kopf hoch, Faith, meine Liebe. Du bist so tapfer."

Faith glaubte, ein Schnauben zu hören. Na toll. Levi war immer noch da. Mrs McPhales' Sohn Brian kam hinzu, nahm seine Mom beim Arm und lächelte Faith zu, als er sie fortführte.

In diesem Moment war außer Levi niemand mehr in der Nähe. Sie versuchte, freundlich zu sein. „Danke, dass du Blue gebadet hast. Das war wirklich nett von dir. Und überflüssig, aber trotzdem danke."

„Nimm ihn an die Leine." Eine Fünf auf der Skala. „Ich muss dir ein Bußgeld abknöpfen, wenn er ständig frei herumläuft."

Seufz. „Es ist nur ein einziges Mal passiert, Levi."

„Sieh zu, dass es dabei bleibt." Er schaute sie nicht mal mehr an, hielt stattdessen Ausschau nach einem interessanteren Gesprächspartner.

Faith spürte, wie ihr Kiefer sich verkrampfte. „Ich habe gehört, dass du dich hast scheiden lassen, Chief."

Er sah sie wieder an. Eine Acht. „Ja."

„Wie lange warst du verheiratet?" Colleen hatte sie natürlich über die Einzelheiten auf dem Laufenden gehalten, aber warum sollte sie ihn nicht ein bisschen quälen?

Er ließ sich Zeit mit der Antwort, und seine grünen Augen waren voller Geringschätzung. „Drei Monate", sagte er schließlich.

„Tatsächlich! Wow. So kurz."

„Ja, Holland. Drei Monate, das ist kurz."

„Da hast du dir im Nachhinein doch sicher gewünscht, dass jemand deine Hochzeit verhindert hätte." Sie lächelte zuckersüß. „Das wäre nur fair gewesen, da du ja so gut darin bist, es für andere zu erledigen."

Levi runzelte die Stirn. „Wann fliegst du zurück nach San Francisco?"

„Mal sehen."

„Ach ja? Hast du keinen Job?"

„Tatsächlich bin ich sogar sehr erfolgreich. Und ich arbeite hier an zwei Projekten, eines oben auf Blue Heron, das andere bei der Bibliothek, deshalb bleibe ich mindestens sechs Wochen. Ist das nicht toll?"

Er antwortete nicht. „Oh, da kommt Julianne Kammer. Die muss ich mir schnappen."

„Wann triffst du dich mit Jeremy?", fragte er.

„Herrgott noch mal. Geht dich das wirklich etwas an? Ach, Moment mal, das hab ich ja ganz vergessen: Du bist Jeremys Wachhund." Ja, sie würde sich *wirklich* mit Jeremy treffen. Was konnte sie dafür, dass er gerade auf einer Konferenz in Boston war?

Levi beugte sich näher zu ihr, und sie roch sein Shampoo, spürte die Wärme seiner Wange, und in ihrem Bauch stellte sich eine merkwürdige Spannung ein. „Werd endlich erwachsen, Faith", flüsterte er.

Der Mann … war … so ein verdammtes Arschloch!

Sie drehte sich auf dem Absatz um und ging zu Julianne, um mit ihr über den Hof der Bibliothek zu sprechen. Dabei gab sie sich alle Mühe, Levis Blick in ihrem Rücken zu ignorieren.

Auf seinem ersten Einsatz stellte Levi fest, dass der Krieg genauso war, wie er ihn sich vorgestellt hatte: manchmal verblüffend langweilig … Tagelang gab es nichts zu tun, außer das Gewehr zu reinigen. Dann wieder kehrte man ins Lager zurück, und ein Junge, dem man am Tag vorher etwas zu essen gegeben hatte, warf eine Granate auf den Jeep. Einmal explodierte ein mit Sprengstoff beladener Wagen direkt vor dem Lager und tötete drei Soldaten, einer davon hatte Levi am Vorabend beim Spielen noch fünfzig Dollar abgeknöpft.

Doch es gab auch Gutes. Levi mochte den strukturierten Tagesablauf, er mochte seine Kameraden, mochte das Gefühl, dass sie, so beschissen Krieg im Allgemeinen auch war, vielleicht doch etwas Wichtiges leisteten. Manchmal war es besser, nicht darüber nachzudenken, was sie tatsächlich bewirkten, aber er war Soldat, ein Glied in der Befehlskette, und er machte seinen Job. Als der Einsatz vorbei war, meldete er sich für den nächsten. Er wurde befördert, verlängerte noch einmal und schickte die Gratifikation seiner Mutter.

Als sie eines Tages auf Patrouille in einer furchtbaren kleinen Stadt waren, wo die Menschen in Baracken lebten und alle sie aus toten Augen anzustarren schienen, zischte eine Kugel knapp an seinem Kopf vorbei und ließ Felsstückchen aufspritzen. Ein weiterer Knall, und noch bevor Levi sich umdrehen konnte, sackte Scotty Stokes in sich zusammen, ein Rekrut, der gerade erst zu seiner Einheit gestoßen war. Levi packte ihn bei seiner Weste und zerrte ihn in eine schützende

Senke. Sie waren vom Rest der Patrouille abgeschnitten, und das Bein des Jungen blutete stark, womöglich aus einer Arterie. Levi band die Wunde ab, so gut er konnte. Dann erwiderte er das Feuer, tötete einen der Schützen, legte sich den Jungen über die Schulter, rannte los und betete, dass keiner von ihnen getroffen wurde.

Sie schafften es. Der Sanitäter dachte, Scotty würde sein Bein verlieren, doch irgendein eisenharter Chirurg mit einem gesegneten Paar Hände konnte es retten. Für den Rest seines Lebens würde Scotty zwar sämtliche Metalldetektoren auslösen, aber er konnte immerhin weiter auf den zwei Beinen laufen, die Gott ihm gegeben hatte. Und Levi bekam den Silver Star für Tapferkeit vor dem Feind, obwohl er selbst seine Tat eher als puren Glücksfall wertete. Aber seine Mom und Sarah waren schrecklich stolz auf ihn, und auch die Lyons führten sich auf, als hätte er die Welt gerettet. Sie luden Mom und Sarah zum Essen ein, und alle vier telefonierten via Skype mit ihm, und das war schon ziemlich klasse.

Seit Levi mit jenem Greyhound-Bus abgefahren war und bis zu seiner Rückkehr nach Manningsport hatte Jeremy den Kontakt zu ihm gehalten. Schrieb ihm andauernd E-Mails, hin und wieder skypten sie, Jeremy immer lächelnd, immer mit irgendwelchen lustigen Neuigkeiten. Geschichten übers College, Football, das Leben im Wohnheim. Levi fiel es nicht immer leicht, diese Anekdoten nachzuvollziehen, er war nie in Boston gewesen, konnte sich nicht vorstellen, wie es war, in einem derart riesigen Stadion zu spielen. Als er die Sandstürme in der Wüste schilderte, schickte Jeremy ihm eine hervorragende Skibrille und sechs Packungen Visine-Augentropfen. Elaine und Ted schickten ihm Süßigkeiten und Bio-Kartoffelchips, und natürlich schickten auch Mom und Sarah ihm ständig irgendetwas. Sarahs Schulzeugnisse, Moms lange, besorgte Briefe.

Alle schickten ihm Bilder per E-Mail, doch Jeremy ging einen Schritt weiter und ließ die Fotos entwickeln. Levi pinnte sie bei seinem Schlafplatz an die Wand: Sarah an Weihnachten, als die Lyons sie und Mom zum Abendessen eingeladen hatten, die üppigen Trauben an den Weinstöcken im Herbst, die schneebedeckten Hügel im Dezember, das Wasser des Sees, schwarz und tief.

Sein Zuhause.

Wenn ein Fahrzeug mit quietschenden Reifen auf den Außenposten zuraste und mann sich darauf gefasst machte, von einem Sprengsatz in Stücke gerissen zu werden, oder wenn Kugeln durch die Nachtluft pfiffen, dann war der Gedanke an zu Hause das Einzige, was einen aufrecht hielt. Und wenn die Temperaturen auf beinahe fünfundfünfzig Grad stiegen und das Gewehr so heiß war, dass man es nur mit Handschuhen anfassen konnte, wenn das Trinkwasser die Temperatur von Kaffee bei McDonalds hatte und der Mund so ausgetrocknet war, dass er sich anfühlte wie Leder, dann waren diese Fotos kleine Stückchen vom Paradies.

Faiths Name, der zu Anfang ziemlich häufig erwähnt wurde, tauchte nicht mehr auf, nachdem Jeremy seinen Abschluss gemacht hatte und sein Medizinstudium aufnahm (er hatte die NFL abgelehnt, verdammt noch mal!). Hin und wieder fiel der Name eines Kommilitonen, Steve, und Levi fragte sich, ob da vielleicht etwas lief. Aber ehrlich gesagt dachte er nicht viel darüber nach. Wenn sein Freund sich geoutet hatte, würde Levi davon erfahren, sobald Jeremy es wünschte.

Fünf Jahre nach seinem ersten Einsatz in Afghanistan bekam Levi endlich lange genug Urlaub, um nach Hause fahren zu können. Seit seiner Abreise hatte er seine Mom und Sarah nur zweimal gesehen, einmal an einem langen Wochenende in New York City und einmal, als er sie mit einem Ausflug nach Disney World überraschte. Doch dieses Mal wollte er nach Hause. In einem dieser CNN-typischen Tränendrüsenmomente besuchte er Sarah in ihrer Schule und erduldete eine improvisierte Versammlung, auf der der Direktor verkündete, wie stolz sie alle seien (obwohl man ihn vor gar nicht so langer Zeit öfter als jeden anderen hatte nachsitzen lassen). Seine Mom kochte sein Leibgericht – Frikadellen mit Kartoffelbrei – und weinte während der Mahlzeit ununterbrochen Freudentränen.

Und schließlich rief Levi Jeremy an. Es war Oktober, und Jeremy war übers Wochenende nach Hause gekommen. „Hey, Alter, hast du Lust auf ein Bier?", fragte er und grinste, als sein Freund ihn beschimpfte, weil er sich nicht früher gemeldet hatte.

Ein paar Stunden später war Levi leicht angetrunken, weil ihm so viel Bier spendiert worden war. Connor O'Rourke hatte eine Runde aufs Haus ausgegeben, und alle hatten auf Levi angestoßen. Er wurde von praktisch jedem weiblichen Wesen im Lokal umarmt, und Sheila Varkas (völlig ausgeflippt, die Frau) rieb sich an ihm praktisch bis zum Orgasmus. Immer wieder dankte man ihm für seine Dienste am

Vaterland, klopfte ihm auf den Rücken, schüttelte ihm die Hand und beteuerte, wie stolz die Stadt auf ihn sei. Es war … nett. Ach was, es war großartig. Die Geschichte vom Jungen aus der Wohnwagensiedlung, der zum amerikanischen Nationalhelden wurde, mit allem Drum und Dran.

Und dann endlich konnten Jeremy und er sich zusammensetzen und reden.

„Also, wie geht's dir wirklich, Alter?", fragte Jeremy, und seine Augen waren so freundlich wie immer.

Levis Blick folgte einem Tropfen Kondenswasser, der an seiner Flasche herabsickerte. „Ganz gut", sagte er, ohne aufzusehen.

Jeremy schwieg eine Weile. „Brauchst du etwas?"

Gesunden Schlaf. Den hatte der Krieg ihm weiß Gott geraubt. Eine Gehirnwäsche, um ein paar von den grausigeren Bildern aus dem Kopf zu bekommen. „Nein", sagte er. „Aber danke für all die Päckchen und so. Ganz besonders für die Fotos."

Jeremy beugte sich vor. „Jetzt pass mal auf. Ich weiß nicht, wie das ist, ich bin ja bloß ein bescheuerter Medizinstudent, der sich mit Darmerkrankungen herumschlägt." Levi lächelte schief. „Aber wenn du jemals etwas brauchst oder dich ausquatschen willst oder was auch immer, ich bin für dich da. Und ich bin immer für dich da, auch wenn du wieder zurückgehst. Okay? Du bist mein bester Freund. Das weißt du."

Levi nickte und knibbelte ein Stückchen vom Bieretikett ab. Vielleicht würde der Tag kommen, an dem er Jeremy etwas von dem erzählte, was er gesehen … und getan hatte. Aber nicht heute. Er blickte auf und nickte wieder. „Danke."

Jeremy lehnte sich in der Nische zurück und lächelte dieses breite, unbeschwerte Lächeln, an das Levi sich so gut erinnerte. „Gut. Was meinst du, kannst du im Juni ein paar Tage freikriegen?"

Levi zuckte die Achseln. „Schon möglich. Warum?"

„Ich brauche dich als Trauzeugen. Am achten Juni. Faith und ich wollen heiraten."

Levi zuckte nicht mit der Wimper. „Heilige Scheiße."

„Ja." Jeremy grinste verlegen. „Sie hat Ja gesagt. Ich war ein nervliches Wrack, aber sie hat Ja gesagt."

Ja, klar. Faith Holland plante die Hochzeit wahrscheinlich seit dem Tag, an dem sie Jeremy kennengelernt hatte.

Sein Freund laberte weiter über die Familie der Braut, und plötzlich hob Levi die Hand. „Jeremy", sagte er. „Warte mal einen Moment, ja?"

„Klar doch."

Fragen oder nicht fragen? Das war die Frage. Levi schaute sich um. O'Rourke's war fast leer; zwei Leute hockten an der Bar, zwei weitere an einem Tisch. Connor stand hinterm Tresen und zählte Rechnungen zusammen.

„Was ist denn?", drängte Jeremy.

„Du willst heiraten", fasste Levi sicherheitshalber noch mal zusammen.

Jeremy nickte. Levi sagte nichts, sah ihn nur an. Zog vielleicht eine Braue hoch. Jeremy schluckte, dann lächelte er gezwungen. „Ja. Und?" Er wischte sich die plötzlich schweißnasse Stirn, ein deutliches Indiz. Wenn er dermaßen nervös war, dann wartete er vielleicht nur darauf, dass irgendwer das Thema mal aufs Tapet brachte.

„Ich hatte irgendwie immer den Eindruck, dass du …" Levi wartete und hoffte darauf, dass Jeremy den Satz vollenden würde.

„Dass ich was?"

Scheiße. Levi holte tief Luft und hielt den Atem an. „Dass du schwul bist, Jeremy", murmelte er dann sehr, sehr leise.

Eine endlose Sekunde lang regte sich nichts in Jeremys Miene. Dann holte er ebenfalls tief Luft. „Nein! Äh … das glaube ich nicht. Ich meine, jeder macht sich mal so … Gedanken. Aber nur, weil …" Er wandte den Blick ab. „Nein. Bin ich nicht. Ich bin nicht schwul." Seine Stimme klang hohl.

Levi sagte lange nichts. Was sollte man schließlich dazu sagen? „Mich würde es nicht stören, wenn du schwul wärst."

Jeremy sah ihn wieder an, und irgendetwas zeigte sich flüchtig in seiner Miene. Die Wahrheit vielleicht. Dann schüttelte er leicht den Kopf, zog die Brauen zusammen und senkte den Blick auf den Tisch. „Ich liebe Faith."

Keine Frage. Prinzessin Supersüß hatte Jeremy erfolgreich um ihren kleinen Finger gewickelt. Levi sah seinen Freund an, der so loyal und anständig und verlässlich war. Er atmete aus und nickte. „Okay. Mein Fehler."

Wieder flackerte dieses Etwas in Jeremys Blick auf, doch dann lächelte er einlenkend. „Ach, was soll's? Wäre toll, wenn du mein Trauzeuge sein willst."

„Klar. Wenn ich freibekomme, bin ich dabei."

„Klasse! Faith wird sich freuen."

Wohl eher nicht. „Ist sie hier?"

„Nein, tut mir leid. Sie und ihre Schwestern sind in der Stadt, um Hochzeitskleider und so weiter zu kaufen. Mädels-Wochenende. Übrigens, meine Eltern geben uns nach der Hochzeit das Haus; sie überlassen mich meinem Schicksal, um nach San Diego zu ziehen. Das ist aber nur gut für uns, denn ich glaube nicht, dass Faith ihre Schwiegereltern immer um sich haben will." Jeremy redete und redete, offenbar wieder völlig zu Hause in seiner Rolle als hingebungsvoller Verlobter.

Es geht mich nichts an, dachte Levi. Wenn Jeremy Faith unbedingt heiraten wollte, bitte schön. Aber die Frage nagte doch weiter an ihm: Wie, zum Teufel, konnte Jeremy eine Frau heiraten, wenn er nicht mal wusste, wie er sie küssen sollte?

Und wie, zum Teufel, konnte es sein, dass Faith nicht begriff, was los war?

Du hast gesagt, was gesagt werden musste, und jetzt hältst du die Klappe, riet ihm sein Verstand. Sei einfach ein guter Freund. Sei ein guter Trauzeuge.

Beinahe hätte er es durchgezogen.

# 9. Kapitel

Faith stand auf Rose Ridge und blickte über den Wald. Früher einmal war das hier alles Wiese gewesen. Ihre Vorfahren hatten hier oben ihr Vieh geweidet. Doch das war hundert Jahre her, und inzwischen hatten Ahornbäume und Eichen, Farne und Moose das Terrain erobert. Heute war eine Kaltfront durchgezogen und hatte dicke Wolken und einen frischen Wind mit sich gebracht. Bald würde es regnen.

Weiter unten lenkte Ned den Traubenernter durch die Chardonnay-Weinstöcke. Wenn der Wind nachließ, konnte sie den Motor brummen hören. Der typisch spätsommerliche süße Duft der Trauben lag in der Luft, doch gleichzeitig auch ein Hauch von Melancholie. Das Laub schickte sich an, seinen wunderschönen Tod zu sterben, und die Erde stellte sich auf den Winter ein.

Wie jedes Mal, wenn sie zu Hause war, fragte Faith sich, wie sie je hatte fortgehen können. San Francisco schien ihr dann wie ein ferner Traum.

Für die Hollands war Blue Heron dasselbe wie Tara für Scarlett O'Hara. Von *hier* stammte man, und hierher gehörte man.

Als jüngstes der Holland-Kinder hatte Faith oft das Gefühl, für sie gäbe es keinen Platz im Unternehmen. Jack war der geniale Winzer und Chemiker und konnte so lange über Hefe- und Zuckerfermentation reden, bis die Leute ihn anflehten aufzuhören. Pru war die Bäuerin, die kraftvoll über die Felder stapfte. Honor … nun, alle wussten, dass Honor hier alles am Laufen hielt. Mit jeder Angelegenheit kam man zu ihr, ob es sich nun um die Bestückung des Souvenirladens, Verkaufsbesuche mit den Lieferanten oder um eine Wohltätigkeitsveranstaltung handelte. Sie kümmerte sich um Vermarktung und Verkäufe des Weinguts und leistete Großartiges. Vor lauter Arbeit kam sie kaum zum Durchatmen.

Und dann war da noch Faith, auf die kein fester Platz im Gefüge wartete, die Einzige, die ihre Ausbildung nicht auf den Weinbau ausgerichtet hatte. Schließlich konnten nur so und so viele Leute im Haus herrschen, bevor sie anfingen, sich gegenseitig zu fressen.

Hier oben hatte Faith als Kind gespielt und dabei so getan, als wäre die Scheune ihr Haus. Sie hielt Kaffeeklatsch mit unsichtbaren Freunden, baute Feenhäuschen und lag im Schutz der Felsbrocken im Gras, blickte hinauf in den blauen Himmel und fragte sich, ob sie wohl einen Falken oder ein Rehkitz zähmen könnte. Damals erschien ihr alles so verzaubert, dass sie sich nicht gewundert hätte, wenn ein Einhorn oder ein Hobbit aufgetaucht wäre. Von allen Orten auf dem Holland-Anwesen mit seinen Weinbergen, Wiesen, Wäldern und Wasserfällen war ihr dieser am liebsten.

Und jetzt konnte sie endlich ihren Beitrag zum Familienbetrieb leisten. Das war ein gutes Gefühl. Denn nur weil sie die Jüngste war und nicht hier lebte, hieß das ja nicht, dass dieses Land nicht auch Teil ihrer Seele war.

Blue stupste gegen ihre Hand und ließ seinen Tennisball fallen. „Noch einmal?", fragte Faith. Er schaute schwanzwedelnd und auffordernd zu ihr hoch. „Na schön, mein Großer." Sie schleuderte den Ball in den Wald.

Den Vormittag hatte sie in der Bibliothek verbracht, Fotos von dem Hof vor der Kinderabteilung geschossen, Entfernungen gemessen, Notizen gemacht. Es war ein hübsches Plätzchen, und sie wollte etwas Großartiges daraus machen. Blühende Bäume (jetzt schon versuchte sie, der Baumschule ein paar Spenden abzuschmeicheln), ein verschlungener Pfad, Wasserspiele, denn sie liebte Wasserrauschen (wer tat das nicht?). Und dann, als Herzstück, etwas ganz Besonderes, allerdings wusste sie noch nicht genau, was. Sie musste den Ort noch ein bisschen länger auf sich wirken lassen, bevor sie eine Entscheidung traf. Einer ihrer Klienten in San Francisco hatte sie immer ausgelacht, wenn sie sich während der Arbeit an einem Projekt auf den Boden legte, aber, hey, er hatte sie trotzdem immer wieder angeheuert, also funktionierte es wohl doch.

Unterwegs hatte sie ungefähr ein Dutzend Bekannte getroffen: Lorelei aus der Bäckerei am Marktplatz, ihre alte Klassenkameradin Theresa DeFilio mit ihren Kindern, die wie hübsche dunkelhaarige Entlein hinter ihr herliefen. Faiths alte Sonntagsschullehrerin, Mrs Linqvest, die ihr immer noch ein schlechtes Gewissen machen konnte. Die Frau des Footballtrainers. Die Sprechstundenhilfe aus Jeremys Praxis.

Apropos Jeremy, den würde sie morgen Abend sehen.

Faith holte noch einmal tief Luft, und wie immer empfand sie den einzigartigen Duft der Finger Lakes – Weintrauben und Gras – als beruhigend. Es roch nach Heimat.

Blue war zurück, doch er rannte fröhlich kläffend an ihr vorbei.

„Hey, Faith."

„Hey, Pru! Was treibt dich denn her?"

„Ich wollte nur mal sehen, was du hier oben anstellst." Sie warf Blues Tennisball in den Wald. „Höchste Zeit, dass Dad grünes Licht für dein Projekt gibt. Alle anderen Weingüter richten schon seit Jahren Hochzeiten aus." Sie setzte ihren Hut ab und fuhr sich mit einer Hand durchs graumelierte Haar.

Sie schwiegen einen Moment; die Schönheit des grauen Tages stimmte irgendwie feierlich.

„Wie geht's dir, Pru? Du wirkst ein bisschen niedergeschlagen."

Ihre Schwester seufzte. „Ich weiß nicht. Vielleicht bin ich nur müde, immerhin ist es eine frühe Ernte. Dad treibt mich in den Wahnsinn, wie üblich." Sie warf Faith einen Seitenblick zu. „Außerdem habe ich das Gefühl, dass Carl und ich neuerdings einen Porno leben. Immer nur Sex, Sex und noch mal Sex."

„Ach! Wie aufregend!" Faith schaute ihrer Schwester ins Gesicht. „Ups! Doch nicht so aufregend?"

„Anfangs waren es nur Andeutungen, verstehst du? Zum Beispiel, ob ich ein Bikini-Waxing möchte oder ob wir Schweinereien erzählen könnten. Dann …" Zu Faiths Entsetzen füllten Prus Augen sich mit Tränen. „Scheiße, Faith. Ich weiß nicht. Dieses ewige ‚Bring Sexy Back' … Kennst du den Song? Von diesem süßen Typen?"

„Ja, den kenne ich", murmelte Faith düster.

„Wie heißt er gleich?"

„Justin Timberlake."

„Genau. ‚Bring Sexy Back' oder so. Tja, ich wusste gar nicht, dass ‚Sexy' nicht mehr da war. Jetzt verlangt Carl plötzlich, dass ich total kreativ bin. Weißt du, was er letzte Woche aus dem Costco mitgebracht hat? Acht Dosen Schlagsahne, Faith. Acht."

„Das ist eine ganze Menge." Faith beschloss, Milchprodukten bis auf Weiteres zu entsagen.

„Und es hat genau den gegenteiligen Effekt, verstehst du? So ungefähr, als habe der Sturm meiner Liebe sich zu einem Nebel verflüchtigt, weil die gute alte eheliche Pflichtübung plötzlich nicht mehr genug ist. Ach ja, und neulich ist Abby in unser Zimmer reingeplatzt, jetzt redet sie nicht mit mir. Weißt du, letzte Woche war ich bei der Mammografie …

Faith hob ruckartig den Kopf. „Ist alles in Ordnung?"

„Ja, klar! Aber ich habe mich darauf *gefreut!* Das war eine Pause, endlich mal Zeit für mich allein, nur für mich und den Busenquetscher. Ich brauchte Carl keine Schweinereien zu erzählen, musste keine Vulkanier-Ohren aufsetzen …"

„Junge, Junge."

„… oder mich um die Kinder kümmern, Dad stellte mir keine Fragen, und Honor saß mir nicht im Nacken. Ich musste auf meinen Termin warten, konnte im Bademantel dasitzen und eine Zeitschrift lesen, und es war die schönste Zeit, die ich seit Langem erlebt habe! Als meine Brust dann in dem Apparat steckte, habe ich sogar noch zu der Frau gesagt: ‚Nein, nein, lassen Sie sich ruhig Zeit', und es war mein Ernst!"

„Pru!" Faith zog ihre Schwester an sich, und Blue spielte hechelnd ebenfalls den Tröster, stupste die beiden mit der Nase an und winselte. „Ach Schätzchen. Vielleicht brauchst du einfach mal räumlichen Abstand."

„Das weiß ich selbst, Faith", schnaute sie. „Aber es geht nicht. Wir stecken in der Ernte, und bis die eingebracht ist, müssen wir sieben Tage pro Woche arbeiten, und dann kommt die Eisweinernte, dann folgen die blöden Feiertage, und wirklich, warum musste das Jesuskind im Dezember geboren werden? Der März wäre doch völlig frei! Ich meine ja bloß."

„Ich glaube, Jesus wurde tatsächlich im … Ach, egal. Du solltest wirklich für ein paar Tage vereisen. Allein. Ich chauffiere Abby, wohin sie will, mache Abendessen für alle oder was immer nötig ist. Ehrlich, Pru."

Ihre Schwester straffte sich und wischte sich mit dem Hemdsärmel die Augen, dann kraulte sie Blue hinter den Ohren. „Klingt toll", sagte sie. „Aber ich kann nicht."

„Doch, du kannst. Du willst nur nicht. Spiel nicht den Märtyrer, Pru."

„Du bist gut! Den Märtyrer spielen, das ist der Wahlspruch unserer Familie." Wieder wischte Pru sich über die Augen. „Themenwechsel. Zeig mir mal, was du hier oben geplant hast. Komm schon. Hopp, hopp. Ich habe nicht den ganzen Tag Zeit."

„Gern." Faith führte ihre Schwester in den Wald. Der Weg war überwuchert, aber noch erkennbar. Ein Eichhörnchen beschimpfte sie von einer Baumkrone aus, und der Geruch nach Regen hatte sich verstärkt. Blue lief schwanzwedelnd voraus.

„Hier oben bin ich seit Jahren nicht mehr gewesen", sagte Prudence. „War wohl immer zu beschäftigt."

„Erinnerst du dich an die Scheune?", Faith hielt einen Zweig zurück, damit er ihrer Schwester nicht ins Gesicht peitschte.

„Nicht so richtig."

„Nun, da sind wir."

Sie standen vor der Ruine, die zurzeit nicht viel hermachte: Die Scheune war um 1800 errichtet worden und brannte ab, als Teddy Roosevelt Präsident war. Das Feuer zerstörte das Dach und das Innere, ebenso die Holztüren, an deren Stelle eine breite Lücke in den Mauern klaffte.

Faith trat ein, Pru folgte ihr. „Huch", sagte sie nur.

Sie waren umgeben von drei Mauern aus groben Steinen. Der Boden war mit Gras und Moos bedeckt, über die steinernen Mauern zogen sich Flechten. Doch das Beste war – zumindest in Faiths Augen –, dass die Mauer zum See hin eingestürzt war, wodurch sich ein umwerfender Ausblick bot, über Baumwipfel, Weinberge, die weißen Gebäude von Blue Heron, Wiesen und Wälder – bis hin zum Keuka Lake.

„Und warum soll das hier für Hochzeiten und dergleichen taugen?"

„Weil ausreichend Platz ist. Man kriegt hier etwa fünfundsiebzig Personen unter. Ich will den Boden einebnen, das Gras aber vielleicht stehen lassen. Dann bauen wir eine freischwebende Veranda, sodass man hier steht wie am Bug eines Schiffes, drei, vier, fünf Meter über dem festen Boden, je nachdem, wie weit die Plattform herausragt. Vielleicht müssen noch zwei, drei Bäume gefällt werden, die die Sicht behindern."

„Und wenn es regnet?", fragte Pru.

„Da beginnt dann die Zauberei. Es gibt durchsichtiges Dachmaterial, und wenn Dad Lust auf etwas wirklich Schickes hat, könnten wir ein solches Dach je nach Jahreszeit oder Wetterbericht anbringen oder abnehmen. Hier drüben plane ich einen offenen Kamin für die Stimmung, da draußen eine kleine Steinterrasse zum Cocktailschlürfen. Wäre das nicht toll? Man könnte unterm Sternenhimmel in der Luft tanzen, umgeben von all dieser Schönheit." Sie sah ihre Schwester an. „Was meinst du?"

476

„Fantastisch", rief Prudence. „Wow, Faith! So was kannst du?"

„Klar! Da drüben auf dem Hügelkamm richte ich einen Parkplatz ein, dann verbreitere ich den Weg hierher, baue neue Türen ein. Man kommt rein … und bumm – magisch."

„Parkplätze? Küche? Stromversorgung?"

„Ich habe auf dem Bauamt wegen der Zulassung vorgesprochen, und die Frau sieht darin kein Problem. Wir müssen nur einen Graben ausheben, PVC verlegen und Stromleitungen von der Straße da oben ziehen. Der alte Brunnen ist vielleicht noch intakt. Da drüben, siehst du? Da war der Melkstall. Dort könnten sich die Caterer einrichten."

Und wenn das Ganze tatsächlich so wurde, wie Faith es sich vorstellte, wäre es nicht nur unglaublich schön, sondern auch eines ihrer kompliziertesten landschaftsarchitektonischen Projekte bisher … Ihr kleines Spielhaus aus Stein, völlig verwandelt zum Besten des Familienunternehmens. „Meinst du, es könnte Dad gefallen?"

„Dad würde auch der Superdome gefallen, wenn er dich damit hier zu Hause halten könnte, Faithie. Und ich finde es jetzt schon toll." Pru legte den Arm um sie. „Mom wäre stolz auf dich."

Der Tag würde kommen, an dem diese Worte ihr nicht mehr ins Herz schneiden würden. Irgendwann.

Der Regen, der schon eine Weile drohte, begann jetzt mit sanftem Prasseln zu fallen. „Komm, ich nehme dich im Auto mit", sagte Pru. „Mein Pick-up steht beim Friedhof."

Auf halbem Weg zwischen der alten Scheune und den Weingutsgebäuden lag der familieneigene Friedhof. Sieben Generationen von Hollands, vom Soldaten, der mit George Washington in der Schlacht von Trenton gekämpft hatte, bis zum jüngsten Begräbnis – Mom.

Prudence sammelte ein paar verwelkte Blumen von Moms Grabplatte. *Constance Verling Holland, 49 Jahre alt. Geliebte Tochter, Ehefrau und Mutter. Sie trug stets ein Lächeln im Herzen.*

„Kommst du manchmal her, um mit Mom zu reden?", wollte Pru wissen.

Faith blinzelte. „Ja, klar", schwindelte sie.

„Ich auch. Dad ist natürlich sehr oft hier." Sie richtete sich auf. „Hey, danke fürs Zuhören."

„Keine Ursache. Dafür sind Schwestern doch da."

In diesem Moment summte Prus Handy. Sie blickte aufs Display und drückte eine Taste. „Hi, Levi, was gibt's?", fragte sie.

Als sein Name fiel, begann es auf Faiths Haut zu kribbeln. Sie musste sich wohl oder übel daran gewöhnen. Der Typ war allgegenwärtig.

„Was hat sie? Wo? Fehlt ihr was? Gut. Gut. Okay, in zehn Minuten bin ich da." Prus Gesicht war kreideweiß.

„Was ist passiert?", fragte Faith, und ihr Herz begann vor Angst zu rasen.

„Abby. Sie ist von den Wasserfällen gesprungen. Betrunken. Mit zwei Jungs." Pru sah Faith bittend an. „Ihr fehlt nichts, aber Levi hat die drei auf die Wache mitgenommen. Würdest du fahren?"

Kurz darauf hatten sie die winzige Polizeiwache erreicht. Abby saß mit nassen Augen und trotzigem Blick vor Levis Schreibtisch. Gott sei Dank war sie unverletzt. Levi war ebenfalls da, ebenso Everett Field, den Faith seinerzeit als Baby gehütet hatte. Keine Spur von den beiden Jungs.

„Schätzchen, bist du ok? Bist du bescheuert? Wie kann man nur so einen Scheiß machen!", schnauzte Prudence.

„Ach ja, Mom? *Ich* bin also bescheuert? Wer fährt denn hier auf Dr. Spock ab? Du und Dad! *Das* nenne ich bescheuert."

„Er heißt *Mr* Spock, okay?" Von Emmaline, die die Klasse über Faith besucht hatte, kam ein unterdrücktes Prusten. „Und das hier ist was ganz anderes: eine Minderjährige, die sich besäuft und mit Jungs dumme, lebensgefährliche Sachen macht. Ich hätte dich wirklich für klüger gehalten, Abby!"

Faith schaute zu Levi, der ziemlich furchteinflößend aussah, die Stirn leicht gerunzelt, die Arme vor der Brust verschränkt. Wenn er seinen Bizeps anspannte, würde das Hemd reißen, was ihr vermutlich nicht ausgerechnet jetzt hätte auffallen sollen. Hinter ihm imitierte Everett Levis Haltung, erzielte damit allerdings nicht dieselbe Wirkung. Er lächelte ihr zu und winkte verhalten, bis ihm wieder einfiel, dass er ein strenger Polizist war, und er angelegentlich die Stirn in Falten legte.

Laut Levi hatte Abby sich überreden lassen, Adam Berkeley und Josh Deiner die Wasserfälle auf dem Besitz der Hollands zu zeigen. Josh hatte ein Sixpack mitgebracht. Sie hatten ein paar Biere getrunken, waren dann vom Felsen ins Wasser gesprungen, wo sie schwammen und herumalberten, bis ein verirrter Wanderer sie entdeckte und richtig vermutete, dass sie minderjährig waren. Levis Ankunft hatte ihnen einen Heidenschrecken eingejagt.

„Kann sein, dass ich kotzen muss", murmelte Abby und schluckte. Ohne eine Miene zu verziehen, schob Levi mit dem Fuß den Abfallkorb zu ihr herüber.

„Du weißt doch, dass dein Onkel Jack sich da draußen den Arm gebrochen hat", fuhr Pru fort. „Und ich habe wirklich keine Ahnung, was du mit diesen Jungs vorhattest."

„Wir wollten keinen Sex!", jammerte Abby. „Wenn sie irgendwas versucht hätten, dann hätte ich um mich gebissen."

„Du bist betrunken. Ich kann es nicht fassen; mein kleines Mädchen ist betrunken", sagte Pru ratlos.

„Und du bist sexsüchtig", hielt Abby ihr vor.

„Minderjährige verstoßen gegen das Gesetz, wenn sie Alkohol trinken", erklärte Levi in mildem Tonfall. „Was du getan hast, war dumm, Abby. Deine Mutter hat recht. Zwei Jungs, ein Mädchen, das ist dumm. Und der Wasserfall ist gefährlich. Letztes Jahr hat sich ein Wanderer dort das Genick gebrochen, und wir haben vier Stunden gebraucht, um ihn da rauszuholen. Er ist für den Rest seines Lebens gelähmt."

Abbys Augen füllten sich mit Tränen. „Alle hassen mich", sagte sie und kotzte in den Abfalleimer. Everett würgte aus Solidarität mit.

„Levi, kann ich sie mit nach Hause nehmen?", fragte Prudence, und Faith spürte einen Stich im Herzen. Die arme Pru sah um Jahre älter aus.

„Unbedingt", sagte Levi. „Ich schaue morgen bei euch rein."

„Okay, Schätzchen", sagte Pru und hielt Abby das Haar aus dem Gesicht. „Lass uns nach Hause fahren. Wir kümmern uns um die Sache, wenn du nüchtern bist."

„Als ob du immer perfekt wärst", schluchzte Abby. „Faith, hast du nie Dummheiten gemacht, als du so alt warst wie ich?"

*Aber ja, Liebling, durchaus.* Faith räusperte sich und mied Levis Blick. Ihr Gesicht glühte. „Ja, schon. Aber es gibt Dummheiten, und es gibt lebensgefährliche Dummheiten. Fahren wir nach Hause, da kannst du dich dann waschen und deinen allerersten Kater genießen."

„Werde ich verhaftet oder so?" Abby sah Levi an.

„Geh nach Hause und schlaf deinen Rausch aus, Abby", sagte er. „Ihr drei werdet ein bisschen gemeinnützige Arbeit aufgebrummt kriegen. Aber tu so etwas nie wieder, verstanden? Josh Deiner ist kein Umgang für dich."

„Okay", sagte sie leise. Tränen liefen über ihre Wangen. „Es tut mir leid. Entschuldige, Mommy."

„Lass uns nach Hause fahren. Dein Vater kriegt einen Anfall."

Diese Prognose führte zu noch mehr Tränen und Schniefen. Faith seufzte und griff nach Abbys Rucksack.

„Ich fand es sehr schön, dich mal wiederzusehen", flüsterte Everett. „Wollen wir irgendwann mal was trinken gehen?"

„Nein! Oder klar, gern, aber nur, um zu hören, wie's dir geht. Kein Date, ok? Ich war schließlich dein Babysitter", sagte sie in bestimmtem Ton.

„Weißt du, ich habe immer an dich gedacht, wenn ich …"

„Das reicht, Everett." Levis Stimme klang ruhig.

„Schon gut, schon gut! Entschuldigen Sie, Sir!" Ev sah Faith noch einmal an. „Du siehst klasse aus." Er wurde rot, und sie konnte sich ein Lächeln nicht verkneifen.

„Faith."

„Ja?"

„Sprich mit ihr. Du bist ja offenbar ihre Heldin."

Zum ersten Mal seit langer Zeit schien Levi sie mit etwas anderem als Verachtung im Blick anzusehen. Und, nun ja, man kennt das ja. Ein Typ in Uniform … mit solch kräftigen, muskulösen Armen … Unvermittelt wurden ihr die Knie weich. „Okay. Danke, Levi."

Und sie vergaß, zumindest für ein Weilchen, dass Levi derjenige war, der ihre Hochzeit ruiniert und den Mann, den sie liebte, geoutet hatte.

# 10. Kapitel

Am Morgen von Faiths und Jeremys Hochzeit hatte die Natur alle Register gezogen. Die Sonne schien über dem See und polierte die tiefblaue Oberfläche auf Hochglanz, und wie es aussah, zeigte sich jede Blume und jeder Baum von der allerschönsten Seite, als die Limousine vom „Hügel" hinunter zum Marktplatz fuhr. Faith trug ein Cinderella-Kleid; im Perlenbesatz des engen Mieders fing sich das Sonnenlicht, sodass Regenbögen durch das Auto blitzten, und der Tüllrock war so bauschig, dass die aufgeregt plappernde Abby fast darin verschwand. Prudence sah in etwas anderem als ihrer Arbeitskleidung ungewohnt und schön aus; in ihren Augenwinkeln zeigten sich Lachfältchen. Beide Schwestern trugen Pink, die Lieblingsfarbe der Braut, und Colleen als Ehrendame glänzte in einem etwas kräftigeren Ton. Ihr war diese Rolle zugefallen, weil Faith sich nicht zwischen Prudence und Honor hatte entscheiden wollen.

„Ihr Mädchen", sagte John Holland, und seine Augen wurden feucht. „Wie schön ihr seid."

Faith fiel auf, dass sie ihren Brautstrauß quetschte. Sie war nicht nervös. Nun ja, ein bisschen vielleicht. Aber nicht, weil sie Jeremy heiratete, natürlich nicht. Nein, es war wahrscheinlich nur Lampenfieber. Schließlich erwarteten sie dreihundert Personen in der Kirche. Ja, vermutlich war es nur das. Sobald sie Jeremy sah, würde ihre Nervosität verfliegen.

Er hatte sie am Vorabend angerufen, um ihr mitzuteilen, dass Levi in Atlanta aufgehalten worden war und erst vor der Kirche zu ihnen stoßen würde; aber keine Angst, er wäre rechtzeitig da.

„Das ist gut", hatte Faith gesagt. In Wahrheit konnte Levi ihretwegen gern die ganze Hochzeit verpassen; sie hatte ihn seit der Highschool nicht mehr gesehen und freute sich nicht unbedingt auf diese gelangweilte, herablassende Art, die er ihr gegenüber stets an den Tag legte. Andererseits lag dieser Kinderkram jetzt bestimmt hinter ihnen. Sie wurde schließlich die Frau seines besten Freundes. Außerdem waren am Vorabend ihrer Hochzeit keine negativen Grübeleien erlaubt.

„Es ist bestimmt toll, ihn wiederzusehen", fügte sie hinzu. Pluspunkte für positives Denken.

Jeremy hatte nichts gesagt.

„Schatz? Bist du noch da?", flüsterte sie.

„Ich wollte dir noch sagen: Dein Mann zu sein ist alles, was ich mir je gewünscht habe." Seine Stimme klang heiser.

„Ach Jeremy", hauchte sie. „Ich liebe dich so sehr."

Daran sollte sie an diesem schönen Junimorgen denken. Nicht an das Flattern in ihrem Magen. Vielleicht fehlte ihr einfach nur ihre Mom, denn welches Mädchen wollte am Hochzeitstag nicht eine Mutter um sich haben, die jubelte und ein paar Tränen vergoss … und, falls nötig, beruhigende Worte fand.

An einem dunklen Ort tief in ihrem Inneren brüllte etwas auf.

Nein. Nein. Ausgeschlossen. Es war nur Lampenfieber. Sie war die bei Weitem glücklichste Frau auf der Welt. *Dein Mann zu sein ist alles, was ich mir je gewünscht habe.* Also wirklich! Auf diese Worte konnte sie bauen! Nichts konnte schiefgehen, wenn ein Mann *solche* Worte aussprach. Das Eheglück war praktisch garantiert.

Die Limousine fuhr vor der Trinity-Lutheran-Kirche vor, die schon Generationen von Hollands besucht hatten, und die Touristen auf dem Marktplatz blieben stehen, um zu sehen, wie die Hochzeitsgesellschaft ausstieg. „Sie sind wunderschön!", rief eine Frau. Der Fotograf machte einen Schnappschuss, als sie sich herabbeugte, um Abby auf die Wange zu küssen. Mit dem Bild würde er später im Jahr bei einem nationalen Wettbewerb einen Preis gewinnen.

Dann trat Faith, nachdem Colleen ihr Kleid noch mal gebauscht hatte, am Arm ihres Vaters in die Kirche, um den Mann zu heiraten, den sie liebte, seit er ihren bewusstlosen Körper auf seinen starken Armen getragen hatte wie ein Filmheld. Okay, das hörte sich gruselig an, aber das stimmte nicht. Es war wundervoll, so hatte man es ihr zumindest geschildert.

Und da stand er nun vorm Altar, so attraktiv in seinem Smoking, so groß und männlich. Er lächelte jemandem zu, wahrscheinlich einem seiner Patienten, denn die halbe Stadt strömte in seine Praxis, obwohl er gerade erst seinen Facharzt gemacht hatte.

Und wie sie sah, hatte Levi es tatsächlich geschafft. In seiner Ausgehuniform wirkte er älter. Er war kleiner als Jeremy, und vorn stand sein Haar ein bisschen hoch. Seine Miene war düster; vermutlich war er erschöpft von der langen Reise. Unwillkürlich dachte Faith, dass es nett von ihm wäre, wenn er sich wenigstens ein aufgesetztes Lächeln abringen könnte. Das hier war immerhin ihre Hochzeit, aber der Mann sah aus wie auf einer Beerdigung.

Pachelbels Kanon in D-Dur begann, und Pru schritt den Gang entlang. Honor drehte sich kurz um und nahm Faith in die Arme – eine für sie völlig untypische Geste. „Hab dich lieb", flüsterte sie, dann schritt auch sie den Gang entlang, gefolgt von Colleen und Abby.

Pachelbel war zu Ende, dafür wurde der Hochzeitsmarsch angestimmt.

Faiths Herzfrequenz verdreifachte sich. Sie bemühte sich darum, Jeremy anzusehen, spürte, wie ein Lächeln auf ihr Gesicht trat, aber verdammt noch mal, es fühlte sich … nicht richtig an.

Pure Nervosität, log ihr Verstand.

Wie es aussah, war die ganze Stadt versammelt: Dr. Buckthal, ihr Neurologe, und seine Frau. Theresa DeFilio, eines der wirklich netten Mädchen von der Highschool, ein Baby an der Schulter, den gut aussehenden Ehemann an ihrer Seite. Jessica Dunn, die gähnte. Laura Boothby, die für so wunderbaren Blumenschmuck gesorgt hatte. Ted und Elaine mit strahlendem Lächeln. Connor O'Rourke. Mrs Johnson und Jack in der ersten Reihe. So viele Leute. Viel zu viele.

Als Reverend White fragte, wer diese Frau in die Ehe gab, antwortete Dad: „Ihre Mutter und ich", und die Gemeinde seufzte über die bittersüße Schönheit dieser Worte. Mit Tränen in den Augen gab Daddy ihr einen Kuss auf die Wange, schüttelte Jeremy die Hand und umarmte ihn. „Pass gut auf meinen Liebling auf", sagte er, dann ging er zu seinem Platz.

Jeremys Hände waren feucht und kalt. „Du siehst so wunderschön aus", flüsterte er und verzog die Lippen zu etwas Ähnlichem wie einem Lächeln. Sein Blick sprang von ihr zu irgendeinem Punkt über ihrem Kopf.

*Er* war nicht nervös. Er litt Todesängste.

Faith spürte einen eigenartigen Schwindel, fast wie die Aura, die einem epileptischen Anfall vorausging, aber doch wieder anders. Sie hörte ihren eigenen Atem statt der Worte des Geistlichen. Die Hochzeitszeremonie schien sich endlos auszudehnen. Bei der Probe war sie Faith nicht so lang vorgekommen. Also ehrlich, es war die längste Hochzeit der Weltgeschichte! Warum waren sie noch nicht beim Ehegelübde? Sie konnte Jeremy nicht ansehen und konzentrierte sich deshalb auf Reverend White und ihren Brautstrauß.

Vielleicht war es tatsächlich die Epilepsie. Faith versuchte, ihren gestörten Verstand zur Ordnung zu rufen, sich jede Einzelheit einzuprägen. Genieße den Tag, das hatten ihr alle geraten, doch, zum Teufel, ihr war, als stünde sie am Rande dieses dunklen epileptischen Lochs. Sie hatte ihre Medikamente streng nach Vorschrift genommen. Hatte seit drei Jahren keinen Anfall mehr gehabt. *Bitte, nur das nicht, nicht jetzt.*

Der Anfall blieb aus, doch das Gefühl drohenden Unheils bedrängte sie weiterhin.

Jetzt sprach der Geistliche von der Ehe und dass es eine ernste Angelegenheit sei, wenn zwei Menschen gelobten, ihr Leben zu teilen. Faith konnte sich nicht konzentrieren. Sie wollte einfach nur noch ihr Gelübde sprechen und Jeremys Frau sein. Sie wollte geloben, ihn zu lieben bis ans Ende ihrer Tage, denn genau das würde sie tun. Er war der Eine, der Einzige. Nur noch ein paar Minuten, dann wäre es offiziell, und, *bitte*, bringen wir's hinter uns! War es normal, so zu empfinden, konnte man nicht einfach vorspulen bis zu dem Teil, wenn die Leute Reis werfen?

Reverend White hörte endlich auf zu schwafeln. Er blickte über die Gemeinde hinweg, und Faith tat es ihm nach, sah all diese vertrauten Gesichter, ihr Dad wirkte so stolz, ihre Großeltern strahlten. Fast geschafft. Fast geschafft. Sie sah wieder Jeremy an. Sein Gesicht glänzte vor Schweiß, seine Hände waren feucht und heiß und umklammerten ihre wie Schraubstöcke.

„Bevor wir nun die Gelübde sprechen", sagte der Reverend, „weiß irgendjemand einen Grund, warum diese beiden nicht heiraten sollten? Wenn ja, dann spreche er jetzt oder schweige für immer."

Ihr Herz klopfte so heftig, dass sie spürte, wie die beiden Kammern sich unabhängig voneinander dehnten und verengten.

Niemand sagte etwas.

Der Reverend lächelte. „Das hatte ich auch nicht erwartet. In diesem Fall …"

„Jeremy." Die Stimme war so leise, dass sie womöglich gar nicht gesprochen hatte. Aber nein, Jeremy zuckte zusammen.

Es war Levi. „Jeremy. Nun mach schon."

Was? Was *redete* er da? Er sah so verdammt ernst aus in dieser Uniform. So … Respekt einflößend. Warum hatte er kommen müssen? Warum hatte sein Flugzeug sich nicht verspäten können?

Jeremy atmete schwer. Der Schweißfilm glänzte stärker, Perlen bildeten sich auf seiner Stirn. Er fuhr sich mit der Zunge über die Lippen und schluckte, dann öffnete er den Mund, um zu sprechen.

„Nein", flüsterte sie.

„Faith", sagte Jeremy und drückte ihre Hände so fest, dass er sie fast zerquetschte.

„Nein." Sie zwang sich zu einem Lächeln. „Ich liebe dich."

Seine Augen, Augen, die sie immer nur angelächelt hatten, waren voller Schmerz. „Liebling, ich … ich muss mit dir reden."

Ein Raunen ging durch die Gemeinde, und aus den Augenwinkeln sah Faith den vor Schreck offenen Mund ihres Vaters. Elaine – Elaine, die Faith wie eine Tochter liebte – klammerte sich an Teds Arm.

Faiths Knie zitterten, ihr Kleid bebte durch die Bewegung. „Jeremy, lass es uns einfach zu Ende bringen", flüsterte sie.

„Gibt es ein Problem?" Reverend White zog die buschigen Brauen zusammen.

„Nein!", antwortete Faith mit brechender Stimme. Oh Gott, sie würde ohnmächtig werden. „Es gibt keins."

Jeremy schluckte wieder, ihm traten Tränen in die Augen. „Faith", sagte er, und da gaben ihre Knie wirklich nach.

„Gehen wir", sagte Levi und nahm Faith beim Arm. „Nach unten, ihr zwei." Er zerrte sie vom Altar fort, sie spürte schwer die Schleppe ihres Kleides. Jeremy folgte ihnen.

Neben dem Altar war eine Treppe. „Was, zum Teufel, *machst du da?*", fragte Pru, und dann erhob sich in der Kirche ein brodelndes Stimmengewirr. Sie stiegen die Treppe hinunter, es gab kein Entkommen aus Levis Händen. Er war ein Rüpel. Er machte alles kaputt.

„Jeremy", piepste sie und sah sich um. Ihr Verlobter wich ihrem Blick aus.

Levi drängte sich durch die Tür am Fuß der Treppe. Im Untergeschoss der Kirche war es dämmerig, es roch nach Kreide. Vier oder fünf metallene Klappstühle standen da. Für Bibelstunden oder Anonyme Alkoholiker oder so was Ähnliches. Levi ließ Faiths Arm los, dann nahm er Jeremy ein paar Schritte beiseite und ließ Faith allein stehen.

„Was geht hier vor?" Gott sei Dank, ihr Vater war da, und Colleen und ihre Schwestern und Jack und auch Jeremys Eltern. Ihr Vater eilte an ihre Seite und legte den Arm um sie, und sie ließ sich an seine Schulter sinken. „Du ruinierst ihre Hochzeit, Levi!"

Ja! Er sollte der Trauzeuge sein, nicht der Zerstörer von Ehen. Wie konnte er es wagen? Sie hatte sich immer gewünscht, dass Jeremy einen anderen Freund hätte. Sie konnte Levi Cooper noch *nie* leiden. Er war zu ... verschlossen. Und zu selbstbewusst. Und er hatte sie nie gemocht, erst recht nicht nach diesem einen blöden Kuss.

„Gebt uns noch eine Sekunde", bat Levi.

Er und Jeremy redeten; Jeremys Stimme klang panisch, Levis tiefer, ruhiger. Dann nickte Jeremy; Levi drückte seine Schulter, nickte und wandte sich der Gruppe zu.

„Jeremy und Faith brauchen ein bisschen Zeit für sich allein", sagte er. Sein Blick ruhte dabei nicht auf Faith, sondern auf Mr und Mrs Lyon.

„Oh", sagte Elaine mit sehr, sehr leiser Stimme. „Oje."

„Faith?", fragte Dad. „Möchtest du, dass wir bleiben?"

Sie sah Jeremy an, den Mann, der sie liebte. Der sie am Vorabend angerufen hatte, um ihr zu sagen, alles, was er sich je gewünscht habe, sei, ihr Mann zu sein. „Schon gut, Daddy."

„Ich bin gleich hinter dieser Tür", sagte er. „Ruf mich, wenn du mich brauchst."

Alle gingen, langsam, unsicher, schauten sich immer wieder nach Faith um. Sie ließ sich auf einen Metallstuhl sinken, Jeremy setzte sich ihr gegenüber. Und Levi, zur Hölle mit ihm, ging ein paar Schritte weg und blieb dann stehen, die Hände hinter dem Rücken verschränkt, und starrte zu Boden. Unbeweglich wie eine Mauer aus Stein.

„Muss er unbedingt bleiben?", flüsterte Faith.

„Ich ... Ich möchte es gern", flüsterte Jeremy zurück. „Wenn es dir recht ist."

Sie sah ihm in die Augen, die so dunkel waren, dass sie fast schwarz wirkten, und die immer so glücklich ausgesehen hatten – glücklich mit ihr, mit dem Leben. Er lächelte praktisch von Natur aus, und alle Welt liebte dieses breite, bereitwillig verschenkte Lächeln.

Jetzt lächelte er nicht.

Als Nächstes würde wohl die Welt untergehen.

„Faith", sagte er mit weicher, gebrochener Stimme. „Du sollst wissen, dass ich dich wirklich liebe, so sehr." Er holte tief Luft und senkte den Blick. „Aber ich kann dich nicht heiraten."

„Warum nicht?", fragte sie mit zitternder Stimme. „Bist du krank? Das macht mir nichts, ich bleibe bei dir, darum geht es doch überhaupt, in Krankheit und in ..."

Er schaute auf und sah ihr direkt in die Augen. „Ich bin schwul."

Die Worte schwirrten ein paar Sekunden lang um sie herum, bedeutungslos, bevor sie in ihren Verstand einsickerten. Sie sog scharf die Luft ein und zuckte zurück, wollte etwas sagen. Sie musste mehrfach ansetzen; seltsame kleine Laute kamen aus ihrem Mund, ihre Lippen konnten keine Worte formen, sosehr sie sich auch bemühte. Schließlich gab sie auf, schüttelte den Kopf und versuchte es erneut.

„Nein, bist du nicht. Du bist nicht schwul."

„Es tut mir so leid." Er sah ... alt aus.

„Dir braucht nichts leidzutun! Nein! Denn du bist nicht schwul. Bist du nicht. Kannst du gar nicht sein."

Er zögerte, sah zu Boden, faltete locker die Hände, diese schönen Arzthände. Inzwischen hätte am linken Ringfinger der Ehering stecken sollen. Er *würde* jetzt dort stecken, wenn Levi den Mund gehalten hätte.

Jeremy atmete tief durch. „Ich habe es ... mir nicht eingestanden, und ich habe wirklich geglaubt, ich könnte ... Also, lange Zeit habe ich es ganz ehrlich nicht gewusst. Nein. Ich dachte, diese Gefühle würden einfach verschwinden, und mit dir, das war wie der Beweis dafür, dass ich nicht ..."

„Stopp! Sei still, Jeremy. Mein Gott." Okay, sie hyperventilierte ein bisschen. „Du bist nicht schwul." Sie atmete tief durch, um sich zu beruhigen. „In Kleidungsfragen hast du den schlechtesten Geschmack, den ich je bei einem Mann erlebt habe. Ich musste dir beibringen, was du am besten tragen kannst. Weißt du noch, diese Mom-Jeans, die dir deiner Meinung nach so gut standen? Die waren grauenhaft! Du hast überhaupt kein Stilgefühl. Ohne mich ..."

„Faith, ich ..."

„Nein! Außerdem tanzt du miserabel! Und – und – und du hast Football gespielt! Und du warst richtig gut. Du hast *Football* gespielt, Jeremy! Du warst der Quarterback!"

Er legte die Hände auf ihre Knie, auf das wunderschöne Kleid, auf diesen bauschigen Stoff, und sein fröhliches, schönes Gesicht war jetzt so alt und tragisch, oh Gott. „Ich weiß", seine Stimme war rau. „Und als ich dich kennenlernte, dachte ich, bei mir würde sich irgendwie ein Schalter umlegen. Ich habe dich wirklich geliebt ..."

„Du *liebst* mich! Sprich nicht in der Vergangenheit!", rief sie schrill.

„Du hast gesagt, es wäre dein größter Wunsch, mein Mann zu sein!

Das hast du *gestern* Abend noch am Telefon gesagt, Jeremy!"

„Nicht aufregen", mischte Levi sich ein.

Faith fuhr zu ihm herum. „Halt den Mund, Levi!", fuhr sie ihn an. „Wenn du schon hier sein musst, dann halt wenigstens den Mund!" Er senkte wieder den Blick und gehorchte.

Faith holte Luft, dann noch einmal, dann sah sie Jeremy in die Augen. „Ich *weiß*, dass du mich liebst", fuhr sie mit festerer Stimme fort. „Das weiß ich besser als alles andere. Wie kannst du nur so reden?" Sie senkte die Stimme. „Hat Levi dich angemacht oder …"

„Nein! Herrgott noch mal, nein", beteuerte Jeremy. „Levi hat nichts damit zu tun. Du bist der einzige Mensch, mit dem ich je intim war, Faith. Der einzige."

„Siehst du? Dann bist du nicht schwul. Du bist es einfach nicht. Wir schlafen seit dem Abschlussjahr auf dem College miteinander!"

Ein schrecklicher Gedanke schoss ihr durch den Kopf. Nämlich dass es womöglich ein Indiz war, wenn ein Typ, der sagt, dass er dich liebt, zwei Jahre wartet, bis er dir an die Wäsche geht … Ach, Scheiße.

„Faith, wenn wir … es tun", er war jetzt kaum zu verstehen, so leise sprach er, „dann muss ich … ähm …"

In diesem Moment öffnete sich die Tür, und Jeremys Großtante Peg trat ein. „Ich muss nur zur Toilette", sagte sie. „Keine Angst, ich lausche nicht. Faith, Schätzchen, du siehst so schön aus. Und, Levi, nicht wahr? Ach, ich liebe Männer in Uniform! Danke für deinen Dienst am Vaterland, Liebling."

„Ähm … keine Ursache", sagte Levi. „Danke für die Unterstützung."

Gütiger Gott. Das alles war so grotesk, es war wie ein Albtraum. Vielleicht *war* es ja einer. Sie *betete,* dass es ein Albtraum war. Die Großtante auf dem Klo, Jeremy schwul … also wirklich! Das musste ein Traum sein. *Bitte, lieber Gott. Lass mich in meinem Bett aufwachen, und lass dies einen Traum sein, und Jeremy und ich heiraten doch noch. Ich kann ihm von diesem Traum erzählen, und wir lachen uns schlapp darüber. Bitte.*

Aber die Details. Der Geruch nach Kreide, die kalten Stühle. Levis glänzende Schuhe, sein militärischer Haarschnitt.

Jeremys gesenkter Kopf.

Endlich tauchte Großtante Peg wieder auf. „Wir sehen uns oben!", sagte sie und winkte fröhlich.

„Was wolltest du sagen?", fragte Faith. Ihre Stimme klang jetzt schärfer, härter. „Wenn wir zusammen sind, musst du *was* tun, Jeremy?"

Er verzog das Gesicht. „Ich muss an … andere Dinge denken. Obwohl ich dich schön finde und …"

„An was für Dinge?", hakte sie nach. „Ich finde, ich habe ein Recht zu erfahren, was für *Dinge* du dir vorstellen musstest!"

„Faith, das ist wahrscheinlich nicht so eine …", sagte Levi.

„Halt den Mund, Levi! Was für Dinge, Jeremy?"

Er sah erbärmlich aus. Absolut elend. „Ich muss mir Justin Timberlake vorstellen."

Oh.

Okay, nach diesem Bekenntnis ließ Jeremys Heterosexualität sich nicht mehr ganz so vehement verteidigen. „Justin Timberlake?"

„,Rock Your Body'. Das Video."

Ihr fiel auf, dass sie vergessen hatte, den Mund zu schließen. Sie klappte ihn zu. Der Song von Justin Timberlake hallte durch ihren Kopf, verhöhnte sie. Diese verdammten weißen Kapuzenshirts, die alle Welt trug.

Oh nein.

In ihrem Kopf überschlugen sich die Gedanken, aber keiner blieb haften. Ihr Make-up war vom Weinen wahrscheinlich restlos zerstört. Ihr Kleid kratzte. Sie würden nicht den Tanz eröffnen. Sie würden nicht heiraten.

„Du bist wirklich schwul?", flüsterte sie.

Er hob den Blick und nickte. Auch seine Augen schwammen in Tränen, und so bescheuert es auch war, sie verspürte das Bedürfnis, ihn zu trösten. „Ich habe gedacht, dass ich … dass ich nicht schwul bin", sagte er. „Ich wollte eine Ehefrau – *dich* –, ich wollte Kinder, ich wollte ein Leben, wie meine Eltern es führen, aber … ich … Ja. Ich bin schwul."

Er legte eine Hand über die Augen und senkte den Kopf.

Vom ersten Moment an hatte Faith gewusst, dass er etwas Besonderes war, sanft und wunderbar. Vom ersten Moment an hatte sie ihn geliebt. Er hatte sie nie, niemals enttäuscht, hatte nie etwas an ihr auszusetzen gehabt, war nie wütend auf sie geworden oder hatte sie verächtlich angesehen.

Jeremy Lyon war in erster Linie ein sehr guter Mensch.

Beinahe gegen ihren Willen streckte sie die Hand aus und strich über sein extra für diesen Tag kurz geschnittenes schwarzes Haar.

Er hob das Gesicht, und sein Schmerz war so unübersehbar, dass er ihr ins Herz schnitt, in genau das Herz, das er gerade brach.

„Ist schon gut", flüsterte sie. „Schon gut, Liebling."

„Es tut mir so leid", wiederholte er. „Es tut mir so schrecklich leid, Faith."

Er beugte sich vor, sodass seine Stirn ihre berührte, und so saßen sie einen Augenblick – oder eine Stunde lang – da. Nichts war zu hören außer Jeremys keuchendem Atem, als er weinte, während Faiths Tränen lautlos auf ihr Kleid tropften. Sie war völlig zerschmettert angesichts einer ganz neuen, anderen Zukunft. Es würde keine wunderschöne Hochzeit geben. Keine Flitterwochen in Napa, kein Faulenzen im Bett mit diesem schönen Mann. Oh Gott, das Gewicht lastete immer schwerer auf ihrer Brust. Keine schwarzhaarigen Kinder, die über die Wiesen von Blue Heron liefen ... Kein Leben mit Jeremy, dem einzigen Menschen, der je etwas Besonderes, Seltenes und Kostbares in ihr gesehen hatte.

Jeremy war der Beweis dafür gewesen, dass das Schicksal ihr vergeben hatte. Doch jetzt war da nichts mehr. Jetzt würde da nichts mehr sein.

„Wir sollten die Hochzeit wohl absagen, hm?", sagte sie schließlich, und er lachte schluchzend auf, erhob sich dann, zog Faith an sich, drückte ihr Gesicht an seine harte, muskulöse Schulter, und sie umarmte ihn, so fest sie konnte. Ihr Hals schmerzte von den Schluchzern, die sie unterdrückte, denn es würde Jeremy das Herz brechen, sie zu hören, und sie liebte ihn zu sehr, um ihm das anzutun. Er war die Liebe ihres Lebens.

„Ich werde die Stadt verlassen." Seine Stimme brach. „Ich ... Ich kann umziehen. Ich werde hier nicht bleiben, Faith. Das will ich dir nicht antun."

Aber er war der Arzt des Städtchens. Elaine und Ted hatten ihm das Geld für den Kauf von Dr. Wilkinsons Praxis geliehen. Sie hatte ihm beim Renovieren der Wartezimmer geholfen, ihm das kultige Norman-Rockwell-Gemälde gekauft und die Online-Formulare für den Bezug aktueller Zeitschriften ausgefüllt. Er war gerade mal sechs Monate im Geschäft und dachte schon darüber nach, eine weitere Sprechstundenhilfe einzustellen, so beliebt war er.

Sie schüttelte den Kopf. „Nein. Du gehst nirgendwohin. Mach einfach gar nichts. Höchstens … Weißt du was? Lass uns erst einmal nichts unternehmen, okay?" Ihr Atem begann zu stocken. „Lass uns … Wir … reden einfach später." Panik leckte an ihren Füßen, ihren Knien, drohte sie herabzuziehen. Sie würde durchdrehen, wenn sie noch eine Sekunde länger hierbleiben musste.

„Alles wird wieder gut, aber ich … Ich glaube, ich sollte jetzt gehen", brachte sie mühsam hervor, den Blick auf seine Brust gerichtet. Sie riskierte es, ihm noch einmal ins Gesicht zu schauen, und, oh Gott, es war tatsächlich ein Gefühl, als würde ihr das Herz zerrissen.

„Faith, ich wollte, alles wäre anders", flüsterte Jeremy. „Ich bin so …"

„Ich muss jetzt gehen", sagte sie. Sie holte tief Luft, biss sich heftig auf die Lippe und brachte nur ein Flüstern heraus. „Mach's gut." In den beiden kleinen Worten lag eine ganze Welt von Herzeleid.

Hinaus in den hellen Sonnenschein, der jetzt eine Beleidigung war, dann hinein in die dunkle Höhle der Limousine. Eine Art gnädiger Leere umfing sie, Gott sei Dank, und dann war Daddy da, drückte sie an sich, und ihre Schwestern und Mrs Johnson ergriffen ihre Hände und sagten nichts. Jack kümmerte sich um die Gäste, sagte irgendwas, und Jeremy sprach mit seinen Eltern.

Sie hielt immer noch ihren Brautstrauß.

Auf dem Heimweg sprach niemand ein Wort. Blue, der halbwüchsige Golden Retriever, den sie ein paar Monate zuvor von der Rettungsliga adoptiert hatte (denn sie würde *heiraten* und konnte deshalb einen eigenen Hund haben), begrüßte sie freudig, sprang an ihrem Kleid hoch, was jetzt so was von egal war. Die Treppe hinauf (damals, vor knapp einer Stunde, hatten die Fotografen sie hier für die Ewigkeit festgehalten).

Ihre Brautführerinnen – ihre ehemaligen Brautführerinnen – folgten ihr dicht auf den Fersen.

„Komm", sagte Honor, als sie in Faiths Zimmer angelangt waren. „Ich helfe dir beim Umziehen."

„Ich glaube – ich glaube, ich möchte jetzt allein sein." Wow. Ihre Stimme klang so merkwürdig.

Die drei tauschten Blicke. „Du wirst dich doch nicht umbringen oder so was?", fragte Pru.

„Gütiger Gott, nein. Gebt mir nur … nur ein bisschen Zeit."

Erstaunlicherweise gehorchten sie und zogen leise die Tür hinter sich zu. Faith ließ sich aufs Bett sinken, und der Tüllrock bauschte sich um sie wie eine Pusteblume. Da stand ihr großer roter Koffer, gepackt für die Flitterwochen; die Tickets nach San Francisco lugten aus der Seitentasche.

Die Hello-Kitty-Uhr auf dem Sekretär tickte die Sekunden weg. Die grollende Stimme ihres Vaters, der sich mit irgendwem unterhielt, drang durchs offene Fenster. Mrs Johnson klapperte in der Küche mit Geschirr – sie brutzelte immer irgendwas, wenn sie traurig war, Kummer-Kochen nannten sie das. Von unten aus der Halle hörte sie Abby schluchzen. Die arme Kleine. Jeremy wurde nun doch nicht ihr Onkel, obwohl sie ihn schon seit Monaten so nannte. Und überall mit ihm angab.

Faith schleppte sich zum Spiegel und musterte ihr Gesicht. Unter ihren geröteten Augen war die Wimperntusche verlaufen, und ihr Lippenstift war weg. Ihr Gesicht war kreideweiß. Aber die Frisur hatte alles gut überstanden.

Und sonst? Sie hatte zwei Monate lang Diät gehalten, um ihr Hochzeitsgewicht zu erreichen, obwohl Jeremy ihr immer wieder versicherte, dass er sie so liebte, wie sie war. Jeremy, der schwul war. Schwule mögen kurvige Frauen. Na also. Sie hätte es wissen müssen.

An diesem Morgen war Faith das glücklichste Mädchen im Staat New York, wenn nicht im ganzen Universum, gewesen. Alle hatten das gedacht, und sie erst recht. Und jetzt, um 12:44 Uhr, war sie die Frau, die nicht gewusst hatte, dass ihr Verlobter schwul war.

Wie hatte ihr das entgehen können? Sie hatten miteinander *geschlafen*. Oft! Okay, vielleicht nicht ganz so oft, nicht so oft, wie sie es sich gewünscht hätte oder wie ihre Freundinnen mit ihren Freunden schliefen, aber sie waren schließlich aufs College gegangen, nicht wahr? In verschiedenen Bundesstaaten! Und dann hatten sie Examen gemacht, ebenfalls in verschiedenen Bundesstaaten! Und dann, dieses letzte Jahr … nun ja, auch nicht so oft.

Justin Timberlake.

Heilige Scheiße!

Die ganze Zeit über hatte sie geglaubt, sie wären glücklich. Die ganze Zeit über hatte Jeremy, ihr wunderbarer, lieber, fürsorglicher Jeremy, dieses Geheimnis mit sich herumgeschleppt.

Tja. Levi hatte es gewusst. Dann hatte er es wohl *Levi* anvertraut.

Sie stand auf und fing an, das Brautkleid auszuziehen. Es war unmöglich. All diese verdammten, mit Stoff bezogenen Knöpfchen und Ösen ... Jeremy hätte sie aufknöpfen sollen, langsam, liebevoll, und, ja, sie hatte gedacht, dass ihr Sexleben richtig in Gang kommen würde, wenn sie erst einmal verheiratet waren und eine Schwangerschaft kein Unfall mehr wäre. Es war immer gut gewesen. Es *war* gut gewesen! Aber sie hatte einfach gewusst, dass es in der Ehe doch noch besser werden würde.

Hier hatte sie nackt mit Jeremy Lyon gelegen, total verliebt, hatte ihm geglaubt, wenn er sagte, sie wäre schön und perfekt, während er an Justin Timberlake dachte, der in einem Hoodie herumtanzte. Dabei war Justin Timberlake gar nicht mal *so* toll. Eher durchschnittlich. Wie *konnte* er es wagen, Jeremys Gedanken beim Sex zu beschäftigen?

Faiths Handy summte. *Goggy*, verriet das Display unter einem Foto ihrer finster blickenden Großmutter. Faith überließ den Anruf der Voicemail. Eine Minute später zirpte das Handy und meldete eine SMS. Faith las sie. *Melde dich, verdammt.* Eine Sekunde später sah Goggys Gesicht sie wieder mürrisch an.

Es war einfacher, mit ihrer Großmutter zu reden, als ihren Anrufen auszuweichen. Goggy konnte stahlhart sein, wenn ihr danach war.

„Hi", sagte Faith.

„Fahr in die Flitterwochen", sagte Goggy in bestimmtem Ton. „Du musst für eine Weile fort von hier."

Faith schwieg. Im Augenblick konnte sie sich nicht mal vorstellen aufzustehen, geschweige denn in ein Flugzeug zu steigen und quer über den Kontinent zu fliegen.

„Tu's, Faith", fuhr Goggy etwas milder fort. „Verbring ein bisschen Zeit fern von zu Hause, schau dir die Welt an."

Die Worte klangen entsetzlich vertraut und trafen Faith mitten ins Herz.

„Du hast doch die Tickets, oder? Benutze sie. Flieg nach San Francisco, Schätzchen, weit weg von all dem hier."

Wenn das kein Rettungsanker war, dann wusste Faith es auch nicht.

„Okay", flüsterte sie.

„Ich fahre dich", versprach Goggy triumphierend, aber sie gehörte zu den Fahrern, die auf dem Highway selten über 80 fuhren.

„Schon gut. Du bleibst hier. Ich finde jemand anderen. Und, Goggy ..." Faiths Stimme brach. „Danke."

„Ich ruf dich heute Abend an, Schätzchen."

Goggy hatte recht. Sie sollte nicht hierbleiben. Jeremy konnte nicht weg, und sie konnte nicht bleiben. Er war ihr nächster Nachbar. Sie würde ihm überall begegnen.

Und diesen Gedanken konnte sie gerade nicht ertragen.

Hinzu kam, dass Manningsport 715 Einwohner hatte. Von denen inzwischen jeder wusste, dass Faith Holland zu dumm war, um zu merken, dass ihr Verlobter schwul war. *Nein, ich hatte keinen Verdacht*, würden sie sagen. *Nie wäre ich darauf gekommen, so, wie dieser Junge Football spielte … Aber ich habe ja auch nicht mit ihm* geschlafen*! Heh, heh, heh!*

Ihr zombiehafter Zustand fiel urplötzlich von ihr ab. Sie griff nach ihrem Koffer, riss die Tür auf und hastete die Treppe hinunter. Ihr Kleid streifte die Familienfotos und warf sie um.

Justin Timberlake. Sie *hasste* Justin Timberlake.

Als sie gerade den Fuß der Treppe erreicht hatte, klopfte jemand leise an die Haustür. Außer Atem riss Faith sie auf.

Ah. Der *andere* Mann, den sie hasste. Levi Cooper, der Hochzeitszerstörer. „Du", fauchte sie.

Er trug immer noch seine Ausgehuniform mit all den Bändern und Orden auf der Brust. Mr Superheld. „Jeremy schickt mich. Ich soll nach dir sehen."

„Bring mich zum Flughafen", befahl sie.

Er zog die Brauen hoch, und seine Stirn kräuselte sich leicht. „Ich weiß nicht recht."

„Tu, was ich sage, Levi", verlangte sie.

„Hör mal, du bist sicher nicht …"

„Halt die Klappe. Fahr mich einfach hin."

Ihr Vater trat auf die Veranda. „Faith, Süße, ich wollte gerade nach dir sehen. Wie fühlst du dich, Schätzchen? Das hier ist ein solcher Schock, ich weiß gar nicht, was ich …"

„Daddy, ich fliege nach San Francisco. Okay? Ich rufe dich an, wenn ich gelandet bin."

„Momentchen, Süße, nun mal langsam", sagte er und schaute zu Levi. Warum? Warum sah er den Kerl an, der ihre Hochzeit ruiniert und Jeremys Geheimnis gehütet hatte? „Ich finde, du solltest hierbleiben, Baby, bei deiner Familie. Es ist ein schwerer, schwerer Tag, aber wir werden ihn überstehen."

„Ich fliege nach San Francisco. Ich habe die Tickets", sagte Faith.

„Faith …"

„Ich … ich … ich … ich muss weg hier, Dad", stammelte sie und begann wieder zu hyperventilieren. „Ich fliege einfach nach San Fran. Weißt du noch, Liza? Meine College-Freundin? Sie wohnt dort, ich bin also nicht allein. Ich rufe sie an. Mit ihr kann ich viel Spaß haben. Okay? Ich melde mich später."

„Faith, ich halte das für keine eine gute Idee."

„Daddy, ich *muss* hier weg. Ich fliege."

„Schon gut, schon gut. Beruhige dich. Nur … Wenn du wirklich fortwillst, dann gib mir einen Moment, und ich packe meine Sachen und komme mit. Okay?"

„Nein. Ich fliege allein. Jetzt gleich. Ich muss raus hier, sonst drehe ich durch, Dad."

Ihr Vater wirkte erschrocken. Ganz recht, Daddy, dachte sie gegen jede Vernunft. Komm mir jetzt bloß nicht quer.

„Gut, aber ich fahre dich zum Flughafen. Sei nicht albern, Baby."

„Nein. Er fährt mich. Stimmt's?" Sie funkelte Levi aus zusammengekniffenen Augen an und wünschte sich, dass Blicke wirklich töten könnten.

Levi räusperte sich. „Ist das in Ordnung, Mr Holland?", fragte er.

„Ihn brauchst du nicht zu fragen", fuhr Faith ihn an. „Das ist ein Befehl, Soldat. Los jetzt!"

„Pass bloß auf", warnte er leise.

„Faith, es ist doch nicht seine Schuld", beschwichtigte ihr Vater. Sie fuhr zu ihm herum, und er hob doch tatsächlich wie zu seiner Verteidigung die Hände. „Süße, ich meine wirklich, du solltest ein paar Tage …"

„Ich ruf dich an, wenn ich da bin." Sie gab ihrem Vater einen Kuss auf die Wange, und wieder drückte diese grauenhafte Last sie nieder. „Ich hab dich lieb, Daddy", flüsterte sie. „Das alles tut mir so leid. Ich mache es wieder gut." Wieder drohten die Tränen zu fließen. Nein, nein, nein. Nicht jetzt. Deckel drauf. Zusammenbrechen konnte sie später.

Dann stapfte sie über die Veranda, trat in den Saum ihres Kleids und riss ihn auf. Na und? Sie sollte das verdammte Ding verbrennen, zusammen mit ihrem eigenen weißen Hoodie (einem Geschenk von Jeremy, bah!).

Da stand Levis Wagen, ein billiges Mietauto mit Michigan-Kennzeichen. Sie stieg ein, stopfte das blöde Kleid um sich herum fest und tätschelte Blues Kopf, als er versuchte, mit ihr einzusteigen. Sie hätte ihn gern mitgenommen. Moment mal. Sie *konnte* ihn mitnehmen. Dr. Buckthal hatte gesagt, dass manche Hunde einen bevorstehenden Anfall spüren, und sie hatte Blue als Assistenzhund eintragen lassen, nicht so sehr, weil sie ernsthaft glaubte, ihn brauchen zu können, aber ihr gefiel der Gedanke, ihn überallhin mitnehmen zu können.

„Einen Moment noch." Sie rannte ins Haus. Ihre Schwestern waren dort, Coll und Mrs J. ebenfalls, flüsterten, fragten, redeten, doch das alles waren nur Nebengeräusche. Sie kramte in der Schublade, die Blues Papiere enthielt, und: voilà. Sie nahm die Dokumente an sich und wandte sich den anderen zu. Alle redeten, erteilten Ratschläge, tätschelten sie, versuchten, sie zu umarmen, doch sie waren wie Vögel, die ihr um den Kopf schwirrten, und sie verscheuchte sie.

„Hört zu", ihre Stimme klang unsicher, „ich fliege für ein paar Tage nach Kalifornien. Feiere meine Flitterwochen vielleicht allein, ich weiß nicht. Aber ich hab euch alle lieb, und dieses … Fiasko tut mir so leid. Ich melde mich, aber jetzt muss ich erst einmal raus hier."

„Lass mich fahren, Faithie", sagte ihr Bruder so liebevoll, dass ihr schon wieder die Tränen kamen.

„Ich komme mit", bot Pru an.

„Nein. Alles geregelt. Trotzdem danke." Sie schnappte sich Blues Leine (bis sie Hundefutter kaufen konnte, musste er sich eben mit Hamburgern zufriedengeben) und lief wieder nach draußen zum Wagen, wo Levi wartete. Blue sprang auf den Rücksitz, grinste und wedelte mit dem Schwanz, und Gott sei Dank, dass der Hund nicht sprechen konnte, denn, ehrlich, wenn noch jemand etwas Freundliches, Nettes zu ihr gesagt hätte, wäre sie ausgeflippt.

Levi Cooper würde nicht nett zu ihr sein. Darauf konnte sie sich verlassen.

Der Scheißkerl stieg ein, startete den Motor und winkte ihrem Vater zu. Sie winkte ebenfalls, schwindlig vom Adrenalinkick.

Sie würde nach San Francisco fliegen, im Hotel Mark Hopkins wohnen, das sie und Jeremy für vier Nächte gebucht hatten, ihr Hochzeitsgeschenk von seinen Eltern. Liza konnte sie besuchen, und sie würden den Flitterwochen-Champagner trinken und, ja, zum Teufel, vielleicht auch diese Rundreise durchs Napa Valley machen.

Sie sah Levi nicht an, und er schwieg. Schade, dass er nicht vor dem Altar die Sprache verloren hatte.

Benebelt und bitter blickte sie aus dem Fenster. Hin und wieder bemerkten Leute, dass sie ein weißes Hochzeitskleid trug und Levi seine blaue Paradeuniform, und dann hupten sie und winkten. Faiths Gesicht fühlte sich an wie aus Stein gemeißelt.

Nach einer gefühlten Ewigkeit erreichten sie den Buffalo-Niagara-Airport und gingen zusammen durch die Halle. Wildfremde Leute gratulierten ihnen. Faith antwortete nicht. Zum ersten Mal seit dem Tod ihrer Mutter gab sie sich keine Mühe, zu allen nett zu sein. Sie zeigte nur ihre Papiere und ihr Ticket vor, ging durch die Sperre und fing sich befremdete Blicke von den Sicherheitskräften ein. Vermutlich hatten sie noch nie eine verlassene Braut gesehen. „Mein Verlobter ist schwul", verkündete sie. Blue bellte und wedelte mit dem Schwanz.

„Wow", sagte eine Frau. „Und Sie haben nichts gewusst?"

„Nein. Aber er." Sie deutete mit dem Kopf auf Levi. Dann schlüpfte sie in ihre lächerlich hübschen Schuhe, griff nach ihrem Handgepäck – verdammt, es war schwer –, ging zu ihrem Gate, das nur etwa zehn Meter entfernt war, und setzte sich. Dann sah sie auf die Uhr. Sieben Stunden bis zum Abflug. Vielleicht bekam sie ja einen Anfall, um sich die Zeit zu vertreiben. Stress konnte durchaus einen auslösen. Und es wäre auf jeden Fall besser, als hier zu sitzen und an Jeremy zu denken. Schon wieder stieg ein Schluchzen in ihr auf. Ein Kleinkind tapste vorbei, und Blue warf sich auf den Boden und wedelte mit dem Schwanz.

Levi redete auf jemanden ein. Du hast kein Ticket, Arschloch, dachte Faith. So. Aber nein. Er kaute der Sicherheitsbeamtin praktisch ein Ohr ab, Wortfetzen drangen zu Faith durch: *Die Hochzeit wurde abgesagt, ihr Freund, will nicht, dass sie allein warten muss.*

Ihr *Freund*. Was für ein Schwachsinn war das denn? Doch der Superheld wurde durchgelassen; wer wies schon einen Kerl in Uniform ab, der auf Heimaturlaub vom Krieg gegen den Terrorismus war? Jetzt kam er zu ihr, die Miene resigniert, der Mund ein schmaler Strich.

Bevor Levi sie erreicht hatte, wickelte Faith Blues Leine um ein Stuhlbein, stand auf und schleppte ihr Handgepäck mit sich zur Toilette. Die Behindertenkabine war die einzige, die groß genug für dieses lächerliche Kleid war. Sie griff sich an den Rücken und zerrte an den Knöpfen, zerrte noch heftiger, zerriss ein paar Ösen, bis sie sich hüpfend aus der Stofffülle winden konnte, wobei sie mit der Schulter gegen die Wand stieß. Raus aus dem weißen Strapsbustier und den Strümpfen, raus aus den schönen weißen Schuhen, die so entzückend unter dem Rock hervorgelugt hatten. Sie hatte jede Menge süße Unterwäsche eingepackt, hinreißende BH- und Höschen-Sets, seidene kurze Nachthemdchen. Hübsche kleine Outfits für tagsüber, schöne Kleider für all die romantischen Dinner, die sie nicht mit Jeremy erleben würde.

Sie zog eine Yogahose an, ein Tanktop und Turnschuhe – sie hatte geplant, während der Flitterwochen zu trainieren, sie wollte nicht zu den Ehefrauen gehören, die gleich nach der Hochzeit anfangen, sich gehen zu lassen. Oh nein. Sie doch nicht.

Dann knüllte sie das Kleid zusammen und verließ Türen knallend die Kabine. Dann blieb sie stehen, unschlüssig, ob sie es in den Müll stopfen sollte oder nicht. Was machte man mit einem Hochzeitskleid, wenn man sitzengelassen worden war? Es für die eigene Tochter aufzubewahren war jedenfalls keine Option, zumal man in absehbarer Zeit überhaupt keine Tochter haben würde, da der Verlobte ja schwul war.

Sie dachte daran, wie sie Jeremy nach dem Kauf des Kleids angerufen hatte. Daddy war mit ihnen allen nach Corning gefahren, zu einem wunderbaren Brautmodengeschäft, und gleich das erste Kleid, das sie anprobierte, hatte ihm Tränen in die Augen getrieben. Sie hatte Jeremy angerufen, um Vollzug zu melden, und er hatte in herzlichem, liebevollem Ton gesagt, dass sie die schönste Braut aller Zeiten sein würde, weil sie die schönste Seele hätte. (Bah! Wie hatte sie nur annehmen können, er wäre hetero?) Dann hatte sie mit seiner Mom gesprochen, um ihr alle Einzelheiten zu schildern, und Elaine hatte vor Rührung geweint.

Oh Gott. Da waren ja schon wieder diese merkwürdigen erstickten Laute zu hören.

Sie warf das Kleid nicht weg. Sie konnte es nicht. Sie stopfte es sich unter den Arm und zog den Koffer hinter sich her aus der Toilette. Levi hatte die Tür im Auge und telefonierte, zweifellos mit Jeremy. Denn *diese* beiden hatten ja keine Geheimnisse voreinander. Er legte auf, als sie näher kam.

„Mach irgendwas damit." Sie drückte ihm das Kleid an die Brust und ging weiter zu ihrem Hund.

In sechs Stunden und dreiundvierzig Minuten würde sie den Staat New York hinter sich lassen.

Levi setzte sich neben sie und verstaute das Kleid unter seinem harten Plastiksitz. „Kann ich dir irgendetwas besorgen?"

„Nein, danke. Wie lange weißt du es schon?" Sie sah ihn nicht an.

Levi antwortete erst einmal nicht. Schließlich trat sie ihm auf den Fuß und funkelte ihn böse an. Er blickte gelangweilt drein. Wie konnte er es wagen, gelangweilt auszusehen? Der Scheißkerl!

„Ich glaube, ich habe es von Anfang an gewusst." Blue wälzte sich auf den Rücken, um zu demonstrieren, dass er jederzeit für ein bisschen Bauchkraulen zu haben wäre.

„Tatsache? Du wusstest es gleich, als du ihn kennengelernt hast?"

„So ziemlich."

„Wie?" Sie sah ihn herausfordernd an. „Hat er versucht, dich zu küssen?"

„Nein."

„Aber du hast es einfach gewusst."

„Ja."

„Und du hast nie ein Wort gesagt?"

Levi zuckte die Achseln. „Ich habe ihn einmal danach gefragt. Er hat gesagt, er wäre nicht schwul."

„Ach ja? Und was war mit *mir*, Levi? Hast du je daran gedacht, mir etwas zu sagen? Hm?"

Er ließ sich dazu herab, sie anzusehen. Seine grünen Augen waren ausdruckslos. „Die Menschen glauben, was sie glauben wollen."

„Weißt du was?", sie hob die Stimme. „Du hättest es versuchen sollen. Ich liebe Jeremy! Ich liebe ihn! Ich liebe ihn so sehr, dass es mich umbringt! Kapierst du das nicht?" Blue bellte bestätigend. Er liebte Jeremy auch. Toll. Ein weiteres Opfer in diesem Krieg.

„Ich glaube dir ja", sagte Levi. „Aber vielleicht könntest du ein bisschen leiser reden?"

„Warum? Bin ich dir peinlich? Mache ich etwa eine *Szene*? Weißt du nicht, wie es sich anfühlt, wenn einem das Herz aus dem Leib gerissen wird? Hast du überhaupt eine Ahnung? Mein ganzes Leben ist kaputt! Du hast es zerstört! Du musstest ja unbedingt etwas sagen, wie? Du musstest den Mund aufreißen!"

Dann weinte sie, so heftig, dass sie fast daran erstickte, und sie vergrub die Finger in ihrem Haar und beugte sich nach vorn. Die Laute, die sie ausstieß, waren fremdartig und grauenhaft. Wie sollte sie je über Jeremy hinwegkommen? Was für ein Leben würde sie ohne ihn noch haben? Er fehlte ihr jetzt schon so sehr, dass es sich anfühlte, als hätte man ihr einen glühenden Schürhaken durchs Herz gestoßen.

Blue stupste sie an, und sie barg das Gesicht am Hals des Hundes.

Sie spürte Levis Arm um ihre Schultern und schüttelte ihn ab. Als würde sie sich von ihm trösten lassen.

„Ich hasse dich", brachte sie zwischen erstickten Schluchzern hervor.

„Ja, nun, man kann nicht immer gewinnen", murmelte er, verschränkte die Arme vor der Brust und seufzte.

„Hau einfach ab."

„Ich habe Jeremy versprochen zu bleiben."

Klar, Jeremy wollte sie natürlich nicht allein hier wissen. Er sorgte sich immer noch um sie. Selbst jetzt liebte er sie noch. Und war schwul.

Sie konnte nicht aufhören zu weinen. Die Tränen schossen ihr aus den Augen, als ob sie mit jedem Atemzug einen Schlag auf die Brust bekam. Die Leute hielten sie vermutlich für psychisch labil; und so fühlte sie sich auch. Ihre Vernunft funkte nur noch von fern; ihr war, als würde sie in Wellen von Schmerz und Schock untergehen und kaum noch Luft bekommen.

Levi stand auf – wohl um jemanden um ein Beruhigungsmittel zu bitten – und kam mit einer Rolle Papierhandtücher zurück. „Taschentücher habe ich nicht gefunden", sagte er und setzte sich wieder. Blue hatte resigniert und schlief, den Kopf auf Faiths Füßen. Sie griff nach der Rolle, putzte sich die Nase, riss dann noch ein paar mehr Tücher ab und wischte sich das Gesicht. Die Tränen flossen weiter.

Und jetzt blickte Levi sie an, mit diesem typischen gelangweilten Gesichtsausdruck. „Hör mal, Faith, ich weiß, es ist schwer für dich. Aber wärst du lieber mit einem schwulen Mann verheiratet?", fragte er ruhig.

„Ja! In Jeremys Fall, ja! Du hast mir keinen Gefallen getan, weißt du?"

„Tja, nun, ich habe dabei auch nicht an dich gedacht." Er schaute aus dem Fenster.

„Nein. Du warst der beste Freund auf der ganzen Welt, als du Jeremy während seiner Hochzeit vor dem Altar geoutet hast. Gut gemacht, Levi. Wirklich. Vielleicht kriegst du dafür noch einen Orden."

„Faith", sagte er. „Beantworte mir eine Frage. Was hast du während der Trauung gedacht? Denn dein Gesicht war so weiß wie dein Kleid, und Jeremy hat Blut und Wasser geschwitzt. Die Katastrophe war unvermeidbar. Sie stand kurz bevor. Aber er hätte dich nie verlassen."

„Wir hätten das hingekriegt."

„Das ist lächerlich. Ihr hättet beide in der Falle gesessen."

„Halt einfach die Klappe." Ihr Kiefer schmerzte, so fest biss sie die Zähne zusammen.

„Eines Tages wirst du froh sein, dass du ihn nicht geheiratet hast."

„Ich würde dir am liebsten in die Eier treten, Levi. Halt ... die ... Klappe."

Endlich war er still. Ihre Augen brannten, und immer mehr Tränen flossen. Das Papiertuch, mit dem sie sich das Gesicht abgewischt hatte, zeigte Make-up-Spuren.

Bald wäre sie weg, weg von diesem grässlichen Levi und der Stadt, in der alle über sie redeten, weg von Jeremy und seinen schönen Augen und seinem glücklichen Gesicht.

Sie wusste nicht, wann sie einschlief, nur, dass ihre Augen brannten und ihr Kopf schwer war. Irgendwann sackte sie auf ihrem Stuhl zusammen, und da war etwas unter ihrer Wange. Eine Hand auf ihrer Schulter.

Sie wachte völlig groggy auf. Jemand schüttelte sie sanft. „Zeit zu gehen, Faith", sagte eine Stimme.

Levi. Ach ja. Ihr Kopf lag auf seinem Schoß. Sie richtete sich auf und verzog das Gesicht. Sie fühlte sich, als hätte man ihr eins mit einem Golfschläger übergezogen. Blue war auf den Beinen und wedelte mit dem Schwanz. „Ich bin vor etwa einer Stunde mit ihm Gassi gegangen", fügte Levi hinzu.

„Die Passagiere der ersten Klasse können jetzt an Bord gehen", sagte der Mensch von der Fluggesellschaft. „Dies ist Flug 1523 von American Airlines, Direktflug nach San Francisco. Die Passagiere der ersten Klasse werden gebeten, an Bord zu gehen."

Gott sei Dank. Sie stand auf, zupfte ihr Shirt zurecht und strich sich über den Kopf. Sie hatte vergessen, ihr Haar zu lösen, trug noch immer die schöne komplizierte Hochsteckfrisur vom Vormittag.

Levi erhob sich ebenfalls, und es gelang ihr, den Blick immerhin auf sein Kinn zu richten. „Sag ihm, ich komme zurecht, okay?" Sie packte die Hundeleine fester.

„Ich soll also lügen?" Er ließ ein kleines Lächeln aufblitzen.

Faith erwiderte es nicht. „Ja." Sie griff sich den Koffer und ging zum Gate.

„Faith?"

Sie sah sich nach ihm um.

Er hatte die Brauen zusammengezogen; seine Miene war ernst. „Tut mir leid, dass es nicht so gelaufen ist, wie du es dir vorgestellt hast."

Sagte ausgerechnet der Mann, der ihr die Hochzeit ruiniert hatte. „Pass auf dich auf, Levi", sagte sie matt. „Dass du da draußen nicht zu Schaden kommst."

Und damit betraten sie und ihr Hund das Flugzeug.

# 11. Kapitel

Faith blieb vor Hugo's stehen, ordnete rasch noch einmal ihr Haar, leckte sich über die trockenen Lippen und versuchte, die Magenkrämpfe zu ignorieren, die sie quälten, seit sie am Morgen um vier Uhr aufgewacht war.

Da war er. Sie sah ihn durch die Glastür, er stand neben dem Pult des Oberkellners und wartete auf sie. Sein rabenschwarzes Haar glänzte wie das seiner Mom. Er kehrte ihr den Rücken zu und redete mit jemandem. Ach, Mist, es war Jessica Dunn. Nie fühlte sie sich unattraktiver als neben Jessica, die vermutlich von einem Bauchweg-Mieder aus Mikrofaser noch nicht mal gehört hatte.

Faith hatte sich dem Anlass entsprechend gekleidet, oh ja. Man trifft sich nicht mit seinem schwulen Exverlobten, wenn man nicht sicher ist, fantastisch auszusehen. Ihr süßestes Kleid aus San Francisco, strahlend gelb und gut geschnitten, mit Tüllblüten am Saum. In SF war es ihr vorgekommen wie der Sonnenschein selbst, jetzt aber, als sie Jessica in schwarzen Röhrenjeans und schwarzem Pullover mit V-Ausschnitt sah, fühlte Faith sich wie ein übergroßes Kindergartenkind. Nun ja. Immerhin hatte sie nuttige Schuhe angezogen.

Jetzt oder nie, Faith, drängte ihr Verstand. Faith öffnete die Tür. Der Knauf lag kalt in ihrer Hand.

Jeremy drehte sich um, und sein Blick wurde weich. „Hallo", hauchte er.

„Hallo, Fremder", sagte sie, und ihre Stimme klang falsch. Dann umarmte sie ihn, und, ach du meine Güte, er fühlte sich so gut an. Dreieinhalb Jahre waren vergangen, und sie erinnerte sich genau, wie gut sie zusammenpassten, ihre Wange an seiner Schulter, seine harten geschmeidigen Rückenmuskeln, sein weiches Haar an ihrer Wange, der Duft von Old Spice (wie konnte er schwul sein und Old Spice verwenden? Oder war es auch ein Hinweis gewesen?).

Sie hatte ihn so sehr geliebt. Der beste Mann, den sie kannte … und der Mann, der sie jahrelang belogen hatte. Der sie glauben ließ, dass sie alles haben könnte.

Faith rückte von ihm ab und schenkte ihm ein Lächeln, das in den Mundwinkeln ein wenig zitterte. Jeremys Augen waren feucht.

„Du bist noch schöner geworden", sagte er ein wenig unsicher.

Der Kloß in ihrem Hals wurde größer. „Und du hast dich kein bisschen verändert." Aber das stimmt nicht ganz. Seine Augen waren ein bisschen trauriger, und um sie herum hatten sich ein paar sehr ansprechende Krähenfüße gebildet, die ihn noch besser aussehen ließen.

„Hallo, Faith", sagte Jessica mit leicht gereiztem Unterton, so als hätte sie genug von dieser Wiedervereinigung.

„Hi, Jess. Schön, dich zu sehen."

Jess zog eine Braue hoch. Wirklich, sie und Levi waren das perfekte Paar gewesen. Vielleicht konnten sie zusammen eine Firma gründen. Herablassender Blick GmbH. „Kommt, ich habe den gewohnten Tisch für euch reserviert." Sie führte sie durch Hugo's Restaurant zu dem Fenstertisch. Jeremy rückte Faith den Stuhl zurecht wie in alten Zeiten. Jess reichte ihnen die Speisekarte, als würde sie Oscars verteilen, dann fragte sie, ob sie schon wüssten, was sie trinken wollten.

„Wie wär's mit einer Flasche Fulkerson trockener Riesling?", fragte Jeremy. „Habt ihr noch von dem?"

„Haben wir."

Jeremy lächelte Faith an. „Sie haben uns letztes Jahr die Platin-Medaille abgejagt. Verrate meinen Eltern bloß nicht, dass ich den Wein bestellt habe. Sie würden mich umbringen."

Sie verspürte einen Anflug von nervösem Ärger. Der Mann hatte sie vor dem Traualtar verlassen, und jetzt wollte er über Wein scherzen, als wären sie alte Freunde. Draußen auf dem See blinkten und hüpften die Lichter der Boote. Das Stimmengesumm der Restaurantgäste ließ das Schweigen zwischen ihnen nicht ganz so peinlich wirken.

Ihre Lektionen in Sachen Styling schienen bei Jeremy gefruchtet zu haben; er trug einen roten Pullover mit V-Ausschnitt über einem cremefarbenen Hemd zu einer dunklen Jeans und sah aus wie ein Ralf-Lauren-Model. Sein Haar war ein bisschen kürzer als früher, und das stand ihm gut.

„Levi sagt, er hat dich ein paar Mal getroffen."

„Ja. Der gute alte Levi", Faith gab sich Mühe, alle Häme aus ihrem Ton zu verbannen. „Ihr zwei seid noch dicke Freunde?"

„Oh ja." Jeremy breitete die Serviette über seinem Schoß aus und holte tief Luft. „Das Treffen mit dir hat mich ziemlich nervös gemacht", gestand er. „Ich bin heute früh schon um vier Uhr aufgewacht."

Dann waren sie also zur gleichen Zeit wach geworden. Komisch.

„Es ist ziemlich lange her." Sie wischte sich verstohlen die feuchten Hände an der Serviette ab.

Jeremy presste die Lippen zusammen. „Ich hatte ein bisschen Angst vor deiner Reaktion", gestand er dann. „Dass du mich ohrfeigen oder mir deinen Drink ins Gesicht kippen könntest."

„Hi, Dr. Lyon!", rief eine mollige Frau mit zartpinkem Haar. „Meinem Knie geht's schon viel besser. Kein Wunder, nachdem Sie so viel Flüssigkeit rausgezogen haben."

„Oh, schön, Dolores. Freut mich zu hören."

„Zweihundert Kubikzentimeter! Das dürfte Rekord sein!", fügte die Frau vergnügt hinzu.

„Kann gut sein." Er warf Faith einen Blick zu. „Entschuldige. Wo waren wir?"

„Bei Drinks auskippen und Ohrfeigen", sagte sie. „Danke für die Anregungen."

Jeremy lächelte schief und rieb sich das Kinn. „Lass uns die Frage gleich mal abhaken – hasst du mich?"

„Nein, Jeremy. Natürlich nicht. Das habe ich dir doch schon gleich nach der geplatzten Hochzeit gesagt. Ziemlich oft sogar."

„Ja", sagte er. „Aber das war noch im Frühstadium. Ich dachte, im Lauf der Zeit würdest du vielleicht … Ach, ich weiß nicht. Wütend werden. Du wolltest mich bei deinen Besuchen in der Stadt nie sehen, deshalb …"

Eine lange Pause entstand. „Ich musste erst über dich hinwegkommen", sagte sie, so ruhig sie konnte. „Nicht weil ich dich gehasst hätte. Der Grund war, dass ich dich liebte."

Wieder kamen ihm die Tränen, und er nickte.

„Hey, Doc!", rief jemand. „Oh Gott, Faith ist bei dir! Hi, Faith, Schätzchen."

„Hi", sagte Faith. Dieses Treffen in aller Öffentlichkeit war eindeutig keine gute Idee gewesen. „Ich habe keine Ahnung, wer das ist", flüsterte sie.

„Joan Pepitone", flüsterte Jeremy. „Big Frankies Mom."

„Seid ihr beiden wieder zusammen?", erkundigte sich Frankies Mutter.

„Nein, Mrs Pepitone", antwortete Jeremy. „Wir haben uns zum Essen getroffen."

„Na, wenn das so ist", wisperte sie verschwörerisch. „Dann lass ich euch zwei Süßen mal allein."

„Wie auch immer", sagte Faith. „Es war nichts anderes als …"

„Bitte schön!", verkündete Jessica und hielt Jeremy die Weinflasche unter die Nase, damit er das Etikett sehen konnte.

Jeremy nickte, und Jess begann, die Flasche zu entkorken.

Manchmal hasste Faith all die Rituale rund um den Weingenuss. Jeremy griff nach dem Korken; er war nicht krümelig. Jessica schenkte ihm ein Schlückchen ein; er ließ den Wein im Glas kreisen, schnupperte und nickte. Jessica schenkte Faith ein Glas voll ein, dann Jeremy, dann begann sie, die Tageskarte aufzusagen.

„Jess, sei so lieb, wir lassen dich einfach wissen, wenn wir so weit sind, ja?", sagte Jeremy und lächelte sie an.

„Klar doch", sagte sie. „Lasst euch nur Zeit." Sie bedachte Faith mit einem Blick, der nicht annähernd so warm war wie der, den sie Jeremy geschenkt hatte, dann ging sie endlich. Trug höchstens Größe sechsunddreißig; als wäre sie nicht ohnehin schon ein Miststück.

Faith rückte ihr Besteck zurecht, dann trank sie ein Schlückchen Wein und lächelte Jeremy verlegen an. Er lächelte zurück. Er lächelte ja immer.

„Jeremy", sagte sie leise, den Blick auf ihren Teller gesenkt. „Ich glaube, das Schlimmste an der ganzen Sache war, dass du es so weit hattest kommen lassen."

Er schwieg eine Minute und ließ träge den Wein in seinem Glas kreisen. „Ich hatte mir nie ein Leben vorgestellt, in dem ich nicht hetero wäre", sagte er dann. „Ich habe dich geliebt. Wie konnte ich schwul sein, wenn ich dich doch liebte?" Er seufzte. „Ich hätte mit dir reden sollen. Ich wollte – und ich bin mir der Ironie des Ganzen durchaus bewusst –, ich wollte dir nicht wehtun. Und als ich mir endlich eingestand, dass wir keine normale Beziehung hatten …"

„Wobei dann vermutlich Justin Timberlake ins Spiel kommt?", warf sie ein. Inzwischen verabscheute sie aus Prinzip sämtliche Songs von JT.

Er hatte den Anstand, beschämt auszusehen. „Ganz recht. In solchen Momenten dachte ich …" Er seufzte. „Ich dachte, na ja, du machtest doch einen ganz glücklichen Eindruck. Und dass wir vielleicht einfach so weitermachen könnten."

Das musste Faith erst einmal verdauen. „Das heißt, weil ich zu dumm war, um zu merken, dass etwas nicht stimmte, war es für dich in Ordnung, so zu tun, als wärst du hetero." Weißglühende Wut flammte in ihrem Herzen auf.

Jeremys sah sie erschrocken an. „Nein! So war das nicht gemeint, Faith. Nur … Solange du glücklich warst, war ich es auch. Weil ich dich wirklich geliebt habe. Ich liebe dich immer noch. Ich hoffe, du glaubst mir."

Die Wut erlosch.

„Ja", sagte sie.

Sie schwiegen wieder. Komisch, früher hatte sie sich in Jeremys Gegenwart nie unbehaglich gefühlt. Niemals.

„War es schwer?", fragte sie. „Dass alle so überrascht waren?" In diesen ersten paar Wochen hatten sie darüber geredet, aber er hatte die Frage immer abgetan, machte sich größere Sorgen um sie, und beide beteuerten immer wieder, dass es ihnen gut ging.

„Es war schwer, ohne dich zu sein", sagte er. „Immer wenn etwas Gutes passierte, warst du diejenige, mit der ich darüber reden wollte. Und immer wenn etwas Schlimmes passierte … tja, ein paar Mal hatte ich schon deine Nummer gewählt, bevor mir wieder einfiel, dass wir nicht mehr zusammen sind."

„Ging mir genauso." Sie kramte in ihrer Tasche nach einem Tempo, doch Jeremy reichte ihr bereits ein Taschentuch. „Ganz schön sentimental, das alles, wie?", fragte sie mit zittriger Stimme, und beide lachten ein bisschen. Faith wischte sich die Augen und versuchte, Jeremy nicht anzuschauen.

Das Gemurmel und Gesumm der Gäste um sie herum erfüllte die Stille.

Faith lag das Herz schwer in der Brust. Wie ein überfahrenes Tier, wie ein totes, steifes Stachelschwein. Okay, das war nun *wirklich* ein trauriger Vergleich, und schon im nächsten Moment erhob sich das Stachelschwein und starrte sie vorwurfsvoll an – *ich habe nur geschlafen, Dummerchen* –, aber ja, irgendwie passte er doch. Acht Jahre lang hatte sie Jeremy Lyon bedingungslos angebetet. Und was die letzten drei Jahre betraf, könnte man argumentieren (und zwar mit Fug und Recht), dass er immer noch der wichtigste Mann in ihrem Leben war.

Es war wirklich höchste Zeit, das zu ändern. Sie hütete selbst ein paar Geheimnisse, sogar vor ihm. Und vielleicht waren diese genauso schwerwiegend, wie seines gewesen war.

„Mir ist bewusst, dass es nicht richtig war, dich zu belügen, Faith." Jeremy starrte auf den Tisch. „Ich habe dich benutzt, um der Mensch sein zu können, der ich sein wollte, statt der, der ich war, falls das einen Sinn ergibt. Und das bereue ich mehr als alles andere."

„Etwas in der Art habe ich vielleicht auch getan", gab sie zu.

„Aber du hast nie gelogen."

„Vielleicht nicht." Vielleicht aber doch.

Er sah sie ernst an. „Manchmal träume ich davon, dass du mir verzeihst. Dass wir uns wieder richtig nahekommen. All die Gefühle, die ich für dich hatte, Faith … Die habe ich nicht vorgetäuscht. Ich war verrückt nach dir." Seine Stimme schwankte ein bisschen. „Du hast mir so gefehlt."

Zum Kuckuck. Sie konnte ihn nicht einfach so hängen lassen. Sie umfasste seine kräftigen, glatten Hände, und bittersüße Erinnerungen überfluteten sie. Sein Gesicht, als er sie in ihrem Kleid für den Abschlussball sah, die Art, wie er sich immer ein bisschen vorbeugte, wenn sie sprach, als wollte er verhindern, dass ihm auch nur ein einziges Wort entging. Wie er Blumen zum Flughafen mitbrachte, wenn sie vom College nach Hause kam, sie so wild umarmte, dass sie vom Boden abhob, das unvermeidliche „Oh" der Umstehenden.

„Natürlich können wir Freunde sein, Jeremy", sagte sie. „Ist doch klar."

Vielleicht war es ja das, was sie brauchte, um mit ihrem Leben weitermachen zu können. Dreieinhalb Jahre lang war sie nicht fähig gewesen, eine sinnvolle Beziehung einzugehen. Irgendwas fehlte immer. Vielleicht fand sie ja hier, in Jeremys Nähe, das letzte Teil des Puzzles.

„Wollt ihr jetzt bestellen?" Jessica war zurück und eindeutig nicht bereit, noch mehr Unterhaltung zu dulden, bevor sie ihre Wahl getroffen hatten.

Sie bestellten und aßen, sprachen über alltägliche Dinge: Ted und Elaine verbrachten den Großteil des Jahres in San Diego. Lyon's Den wurde von einem Geschäftsführer gemanagt und war sogar schon in der *Times* vorgestellt worden. Jeremys Praxis florierte; er behandelte Neugeborene wie Neunzigjährige, und er wusste, dass er seine Bestimmung gefunden hatte. Faith brachte ihn auf den neuesten Stand über die Hollands und erzählte von ihren Plänen für die Scheune und die Bibliothek.

Die Zeit war reif für die peinliche Frage. Faith krümmte ihre Zehen in den nuttigen, drückenden Schuhen. „Bist du mit jemandem zusammen?", fragte sie, und wieder glitt dieser Anflug von Traurigkeit über Jeremys Gesicht.

„Nein. Ich, ähm ... Nein. Ich hatte vor einem Jahr einen, hm, einen Freund in New York City, aber das ist vorbei. Fernbeziehungen sind schwierig." Er blickte aus dem Fenster. „Ich habe so viel zu tun, dass ich nicht weiß, wie ich jemanden finden könnte. Vielleicht über Partnerbörsen im Internet. Ich weiß nicht. Ich sage mir immer wieder, eines Tages wird ganz einfach jemand auftauchen. Vielleicht. Vielleicht ist mir aber auch ein Singledasein bestimmt, und auch das wäre schon in Ordnung. Ich will nicht rumjammern. Ich bin sehr glücklich."

„Du *klingst* aber jämmerlich. Du klingst wie Bob Cratchit in Dickens' Weihnachtsgeschichte, als Tiny Tim stirbt. ‚Ich bin ein glücklicher Mensch.'"

Jeremy grinste. „Und du, Faith? Hast du jemanden?"

„Ich hatte hier und da eine Beziehung", sagte sie. *Ich habe allerdings noch immer nicht mit einem Hetero-Mann geschlafen, obwohl das ganz sicher ein Punkt auf meiner Liste ist, den ich gern abhaken würde.*

„Aber nichts ... Ernstes?", fragte Jeremy, und sie sah ihm an, dass er auf ein „doch" hoffte.

Sie schüttelte den Kopf. „Ein guter Mann ist schwer zu finden." Sie zögerte, dann erzählte sie ihm von Clint und seinem Söhnchen, der sie „Nutte" nannte, und als sie zum Schluss ihrer Geschichte kam, lachten sie beide Tränen.

„Es ist so schön, wieder mit dir zusammen zu sein", sagte Jeremy und wischte sich die Augen.

„Gleichfalls", sagte sie, und es drückte ihr das Herz ab. Ja, sie *liebte* Jeremy und würde ihn ewig lieben. Sie konnten Freunde sein. Wahre Freunde, und dieses Mal ehrlich. Denn Männer wie Jeremy ... traf man nicht zweimal im Leben.

„Hey."

Faith zuckte leicht zusammen. Mist, es war Levi, der aussah, als wollte er ihnen wie eine gereizte Mittelschul-Nonne mit dem Lineal auf die Hände schlagen. Er trug noch seine Uniform, mit Waffe und allem Drum und Dran, und bedachte sie mit einer Fünf auf der Gelangweilt-Skala. Dann glitt sein Blick über sie hinweg, und in einer Nanosekunde war sie vergessen.

„Levi! Setz dich, Alter." Jeremy ließ Faiths Hand los. „Faith und ich erzählen uns gerade, was es Neues gibt."

„Das sehe ich." Er legte eine Pause ein. „Faith."

„Levi." Sie ahmte seinen ernsten Tonfall nach, doch das fiel ihm offenbar nicht auf.

Jeremy strahlte. „Setz dich doch. Magst du was essen?"

„Ja, setz dich zu uns, Levi." Faith machte schmale Augen. Er würde sich nicht setzen. Er konnte sie nicht leiden.

Er setzte sich. Natürlich neben Jeremy, um sie besser mit diesem *Ach-Gott-du-bist-so-uninteressant*-Blick fixieren zu können, auf ihrer Skala jetzt eine Sieben. Faith lächelte ihn an und achtete darauf, die Nase krauszuziehen wie eine Disney-Prinzessin. Das Gelangweilt-o-Meter stieg auf Neuneinhalb. Schon trommelte er mit den Fingern ungeduldig auf der Tischplatte herum, offenbar juckten sie ihn immer, wenn Faith zugegen war. Schön. Sollten sie jucken. Von ihr aus konnte er auch einen fiesen Ausschlag bekommen.

„Meine Großmutter hat Brownies für dich gebacken, Levi", sagte sie zuckersüß, neigte den Kopf zur Seite und schob sich eine Haarsträhne hinters Ohr. „Als Dankeschön für deinen hilfreichen Einsatz gegen die Flughörnchen."

„Er ist immer im Einsatz." Jeremy grinste. Levi sah ihn schief an, doch seine Miene wurde wieder neutral-gelangweilt, als er sich Faith zuwandte.

„Sie ist ein Riesenfan von dir, Levi. Sie würde garantiert meinen Großvater für dich verlassen, denk drüber nach." Wieder ein sonniges Lächeln, das jedoch keinerlei Wirkung zeitigte. Nur Jeremy lachte.

Jessica kam an den Tisch. „Hey, Levi, wie geht's?", fragte sie und zerstrubbelte dem Polizeichef das Haar.

„Hi, Jess."

„Möchtest du etwas essen?"

„Nein, danke. Ich bleibe nicht lange."

Gott sei Dank für kleine Gaben, dachte Faith. „Und? Seid ihr zwei wieder … zusammen?", fragte sie und blickte zu Jessica auf.

„Ach was." Jess schnaubte durch die Nase. „Wir haben schon damals in der Highschool Schluss gemacht."

„Na ja, aber ihr wart immer mal wieder …", begann Faith.

„Mag sein, aber Menschen ändern sich", fiel Jessica ihr ins Wort, und ihr Lächeln konnte ihren spitzen Tonfall nicht ganz kaschieren.

„Es war sowieso immer nur eine rein körperliche Sache." Levi zwinkerte Jessica zu, und um seinen Mund zuckte ein leises Lächeln. „Stimmt's, Jess?"

Aber hallo! Captain Testosteron hatte es immer drauf, das musste Faith zugeben. Dieser Blick ersetzte glatt eine halbe Stunde ambitioniertes Vorspiel – die grünen Augen schläfrig und wissend, dieses leise Lächeln, das alle nur erdenklichen gründlichen Aufmerksamkeiten versprach. Was nicht hieß, dass sie ... Es war keineswegs so, dass sie ... Was war gleich noch mal die Frage?

„Faith? Willst du Nachtisch?", erkundigte sich Jessica.

„Oh! Hm, nein, ich bin satt", sagte sie und hoffte, dass niemand ihre glühenden Wangen bemerkte.

„Ich muss los." Levi stand auf, boxte Jeremy gegen die Schulter, beugte sich vor und gab Jessica einen Kuss auf die Wange und sah dann Faith an. Gütiger Gott, er würde *ihr* doch hoffentlich keinen Kuss geben, oder? Sollte sie ihm für alle Fälle die Wange anbieten? Doch Jessica stand im Weg, und falls er Faith küssen wollte, müsste er ... Ach, hatte sich schon erledigt. Er ging. „Ciao, Levi!", rief sie fröhlich. „Immer wieder nett, dich zu treffen!"

Jessica verdrehte die Augen und trollte sich ebenfalls. Na und? Levi und Jessica waren nun mal zwei Menschen, mit denen sie nie hatte warm werden können.

„Wo waren wir stehen geblieben?", fragte Jeremy, und sie widmete ihm wieder ihre ungeteilte Aufmerksamkeit.

Als Faith an diesem Abend nach Hause kam, waren Goggy und Pops leider Gottes noch wach.

„Dein Großvater will nicht schlafen gehen", beschwerte sich Goggy und verschränkte die Arme über ihrem üppigen Busen. Sie trug den Fleecebademantel, den Faith ihr zu Weihnachten geschenkt hatte, und sah aus wie eine wütende rosa Taube.

„Deine Großmutter auch nicht", rief Pops vom Arbeitszimmer her. „Wie war dein Rendezvous, Süße?" Er kam in die Küche und beugte sich herab, um Faith einen Kuss auf die Wange zu geben.

„Ja, wie war's?" Goggy drückte ihr die Hand, um sich hinsichtlich Zärtlichkeit nicht ausstechen zu lassen.

„Es war kein Rendezvous", sagte Faith. Sie entdeckte den Teller mit Brownies und nahm sich einen. Nicht etwa, weil sie Hunger hatte, sondern weil Goggy sie für Levi gebacken hatte. „Aber es war schön, Jeremy wiederzusehen."

„Die Brownies sind für Chief Cooper", bemerkte Goggy missbilligend.

„Ich weiß, aber sie sehen so lecker aus, dass ich nicht widerstehen kann", verteidigte sich Faith.

Goggy war sofort besänftigt. „Warte, ich hole dir ein Glas Milch, Süße." Pops versuchte, ebenfalls einen Brownie zu mopsen, doch Goggy versetzte ihm einen Klaps auf die Finger. „Die sind für Levi! Nicht für dich!", sagte sie. „Faith, Schätzchen, möchtest du noch einen?"

„Hör mal, Pops, es ist halb zehn", sagte Faith. „Warum bist du noch wach?" Als Bauer ging ihr Großvater tatsächlich jeden Abend mit den Hühnern schlafen. „Fühlst du dich nicht gut?"

„Weißt du, woran es liegt?", fragte Goggy. „An dieser *Frau*, dieser Deutschen, in *Project Runway*. Er macht sich zum Narren, schaut sich wegen einer *Deutschen*, die dreimal jünger ist als er, diese Show an!"

„Ja und? Ich darf doch wohl mal hinschauen. Noch bin ich nicht tot."

„Ja, so ein Pech aber auch! Wann tust du mir endlich den Gefallen und …"

„Jetzt hört mir mal zu, ihr zwei", rief Faith. Sie hörten auf zu zanken. „Es ist ja wohl klar, dass ihr mich hier nicht als Aufpasser braucht. Ich suche mir eine eigene Wohnung, bis ich … na ja." *Bis ich zurück nach Kalifornien gehe*, hatte sie sagen wollen.

Doch sie hatte nie vorgehabt, für immer dort zu bleiben. Sie alle wurden nicht jünger. In zwei Jahren würde Abby aufs College gehen; Goggy und Pops waren alt, auch wenn sie noch vor Kraft und Streitlust strotzten.

„Wer sagt, dass wir dich nicht brauchen? Natürlich brauchen wir dich!", sagte Goggy mit Nachdruck. „Du solltest bei uns bleiben."

„Sie ist eine erwachsene Frau, Elizabeth", wies Pops sie zurecht. „Sie kann tun und lassen, was sie will. Schließlich warst du diejenige, die sie ins ferne Kalifornien geschickt hat."

„Ja und? Sie musste weg von hier! Ihr *Herz* war *gebrochen*, du alter Tattergreis. Ich habe nicht gewollt, dass sie für immer wegbleibt. Habe ich ihr das befohlen? Nein! Hier ist sie zu Hause."

„Tja, vielleicht möchte sie ein bisschen flügge werden, ohne dass du dich in ihre Angelegenheiten einmischst", gab Pops zu bedenken.

„Okay, okay", beschwichtigte Faith. „Kein Streit mehr, bitte."

„Wir haben nicht gestritten", stellte Goggy richtig. „Wir haben diskutiert."

„Alles klar. Und jetzt gucken wir *Project Runway*, okay? Aber ich ziehe aus."

„Ich weiß ja nicht. Ein alleinstehendes Mädchen ganz allein? Man könnte bei dir einbrechen und dir im Schlaf die Kehle durchschneiden."

„Danke für die Horrorvorstellung, Goggy."

„Du solltest heiraten. Ach! Weißt du, wer noch Junggeselle ist? Levi!" Goggy schnalzte triumphierend mit der Zunge. „Diese Frau, die er geheiratet hat, ist ihm weggelaufen. Er ist bestimmt einsam. Du könntest ihn heiraten! Ist er Lutheraner?"

„Das weiß ich nicht, aber er ist nicht mein Typ", erklärte Faith leichthin. „Kommt jetzt. Ich höre Heidi Klum."

Sie scheuchte ihre Großeltern ins Fernsehzimmer und setzte sich zwischen sie auf das Sofa.

Levi heiraten. Super Idee.

# 12. Kapitel

„Ich verstehe nicht, wieso ihr Mädchen mich als Fahrer braucht", sagte Faiths Vater, als er auf den Parkplatz einbog.

„Weil wir Sie zum Schutz vor ekelhaften Kerlen brauchen, Mr H.", sagte Colleen. „Obwohl, wenn Sie mich heiraten würden, müsste ich mich nicht mit ‚Schießtraining für Singles' abgeben."

„Bitte, Dad. Wir fühlen uns beide besser, wenn du bei uns bist. Und, Coll, hör bitte auf, meinem Vater Anträge zu machen, okay?"

Der Plan bestand darin, Dad hinaus in die Welt älterer Single-Mitbürger zu locken und ihm zu zeigen, dass es Frauen gab, die anders waren als die, hm, fleischfressende Lorena. Vor zwei Tagen hatte Honor die Frau in Dads Schlafzimmer ertappt, wo sie Moms Sammlung antiker Parfümflakons in Augenschein nahm. Als Honor sie ansprach, behauptete Lorena, sie hätte sich auf dem Rückweg vom Bad verirrt, was allerdings keine Erklärung für die Liste war, die sie gerade anfertigte. Honor hatte daraufhin bei Faith angerufen und verkündet, sie würde die Sache selbst in die Hand nehmen, da Faith der Aufgabenstellung offenbar nicht gewachsen war.

Doch Faith gab sich wirklich Mühe. Sie wünschte sich nichts sehnlicher, als dass Dad eine nette Frau fand, auch wenn sie immer noch unter Schock stand, weil sich nach neunzehneinhalb Jahren ausgerechnet ein Wesen wie Lorena durch seinen Schutzwall geschlängelt hatte. An diesem Abend hatte sie beschlossen, es doch mal mit einem persönlicheren Ansatz zu versuchen. Sie konnte sich ihren geliebten Dad einfach nicht in Online-Partnerbörsen wie *HeißeOmas* oder *NochNichtTot* vorstellen.

Deshalb dieses „Schießtraining für Singles" (*Von einundzwanzig bis hundertundeins!*, wie die Werbung fröhlich verkündete) hier in Corning, wodurch Dad mal aus der Stadt rauskam und vielleicht ein bisschen entspannter war … In Gegenwart interessierter Frauen neigte er immer noch zum Erröten und Stammeln (außer bei Lorena – wahrscheinlich war auch das ein Indiz dafür, dass er völlig arglos war). Und, zugegeben, sie hatte den kleinen Hintergedanken, dass sie vielleicht, ganz vielleicht, bei dieser Gelegenheit einen lieben, tollen Mann kennenlernte. Vielleicht einen, der aussah wie Jake Gyllenhaal. Oder Ryan Gosling. Sie würde den einen wie den anderen nehmen. Oder gleich beide. Warum nicht? Träumen war schließlich nicht verboten.

Was das Thema des Abends anging, na ja. Waffen waren nicht unbedingt prickelnd. Aber in puncto Single-Veranstaltungen hatte die Gegend nicht viel zu bieten. Abgesehen davon, dass man einen Heuballen anzünden konnte, um die Freiwillige Feuerwehr von Manningsport auf den Plan zu rufen. Das hatte Suzette Minor sich vor einer Woche tatsächlich geleistet. Ned erzählte, dass Gerard Chartier Suzette daraufhin um ein Date bat, was vielleicht doch für den Erfolg von Brandstiftung sprach. Aber Schießtraining für Singles war zumindest irgendwie metaphorisch, dachte Faith. Man zielt, trifft oder verfehlt. *Wir haben uns bei einer Glock kennengelernt, und sie hat den Pappkameraden direkt ins Gesicht getroffen, und da wusste ich einfach, dass sie die Richtige war.*

„Los, Leute, etwas mehr Begeisterung!" Colleen stieg schwungvoll aus. Dad murrte, folgte ihr jedoch, setzte seine Kappe ab und fuhr sich mit der Hand durchs silberne Haar.

„Daddy, vergiss nicht, dass du ein Gespräch anfangen musst, wenn eine Dame sich dir nähert", mahnte Faith. „Sei nett."

„Wir hätten Lorena mitnehmen sollen", sagte Dad. „Ich glaube, sie würde gern noch einmal heiraten."

„Und ob sie das will, Mr Holland", bestätigte Colleen. „Und sie hat ein Auge auf Sie geworfen! Das wissen Sie doch."

„Ach, das würde ich so nicht sagen." Er lächelte liebevoll.

„Lässt sie Sie ran?"

„Coll! Also wirklich!"

„Ich … Wir … hm, nein, sie ist nett und lustig, aber … So, da sind wir, Mädchen." Er hielt für sie die Tür zu „Zippy's Gun & Hunting" auf und trat dann hinter ihnen ein. Ganz schön voll, dachte Faith. Und viel weißes Haar.

„Aber hallo", begrüßte ein Mann Colleens Dekolleté, das wie immer großartige Einblicke gewährte. Er war um die siebzig, und Colleen lächelte lauernd. Wie sie (oft!) sagte, hatte sie das Zeug zum Luxusweibchen und nichts dagegen, sich aushalten zu lassen.

Man musste es den Veranstaltern lassen: Hier gab es im Gegensatz zu den sonst bei Single-Treffs üblichen Plaudereien (beziehungsweise

Verhören) wenigstens etwas zu tun. Man konnte sich zum Beispiel gegenseitig umbringen. Colleen verschwand in der Menge, und Faith unterdrückte einen Seufzer.

Ihre Eltern waren zusammen aufgewachsen, waren Sandkastenfreunde und ein Paar, seit Dad in der zehnten Klasse während eines Tanzfests der Kirchengemeinde Moms Schuh fing. Die Jungen hatten sich auf der einen Seite des Saals aufstellen müssen, die Mädchen auf der anderen, und die Mädchen bekamen vom Reverend die Anweisung, einen Schuh zu werfen und dann mit dem Jungen zu tanzen, der ihn gefangen hatte. Mom gab später zu, dass sie ihren Keds damals gezielt und mit Wucht auf John Holland geschleudert hatte.

Andererseits, vielleicht waren die beiden doch nicht das beste Beispiel.

Colleen kam zurück. „Ich habe jetzt schon drei Telefonnummern", sagte sie. „So richtig schön altmodisch. Zwei von den Typen haben nicht einmal eine Facebook-Seite."

„Tja, Coll, was erwartest du, wenn du mit dem Klub der künstlichen Hüftgelenke anbandelst?"

„Hast du schon jemanden für dich entdeckt?" Colleen schaute sich suchend um. Ein Mann in Latzhose – aber ohne Hemd – starrte sie lüstern an, doch sie lachte nur und sagte: „Träum weiter, Freundchen. Iih. Guck da bloß nicht hin, Faith. Ich glaube, der trägt nicht mal Unterwäsche."

Die meisten Teilnehmer waren weiblich und über fünfzig. Sie und Colleen fielen da definitiv auf. Männer gab es insgesamt … mal sehen … sieben, Dad nicht mitgezählt. Apropos, da war ihr Vater ja wieder. „Schätzchen, was soll ich machen?", fragte er. „Zwei Frauen haben mich schon um meine Telefonnummer gebeten."

„Das ist doch toll!" Faith tätschelte seinen Arm. „Sehr schmeichelhaft für dich. Vielleicht solltest du dich mit einer von beiden zum Kaffee treffen. Sie sind bestimmt beide sehr nett."

„Lieber nicht. Ich habe doch eigentlich gar kein Interesse an einer Beziehung."

„Dad, Lorena umkreist dich wie ein Weißer Hai. Ich glaube, *sie* glaubt, ihr hättet eine Beziehung."

Dad sah sie verwirrt an. „Nein. Sie ist einfach nur amüsant. Ein netter Mensch. So temperamentvoll."

Faith legte eine Pause ein. „Dad, wir sind ziemlich sicher, dass sie es auf dein Geld abgesehen hat."

„Ich habe kein Geld. Ich habe stattdessen vier Kinder."

„Sie hat Moms Parfümflakons katalogisiert."

„Ach, diese Dinger. Eure Mommy hat sie sehr geliebt. Ich selbst habe immer gedacht, sie sind reine Staubfänger, aber …" Seine blauen Augen wurden feucht bei der Erinnerung, und Faiths Herz krampfte sich zusammen. Sie *musste* eine andere Frau für ihn finden. Er verdiente es einfach.

Eine Teilnehmerin pirschte sich an ihre Gruppe heran. Hübsch angezogen, im passenden Alter. Faith nickte ihr kurz zu und wandte sich wieder an ihren Vater.

„Dad, wenn du Lorena schon amüsant findest, dann gefällt es dir bestimmt erst recht, mal mit anderen Frauen zu reden, vielleicht sogar solchen, die sich nicht mit deiner halbwüchsigen Enkelin über Stringtangas unterhalten."

„Hat sie das getan?", fragte Dad angemessen schockiert.

„Frag Abby."

„Versuchen Sie's mal mit einer anderen, Mr H.", beschwor ihn Colleen. „Und sei es nur, um vergleichen zu können. Oh, der Typ da macht mir schöne Augen. Bin gleich zurück." Colleen warf ihr glänzendes Haar in den Nacken und eilte auf den nächsten Siebzigjährigen zu.

„Hallo! Ich bin Beatrice", sagte die Frau, die offenbar beschlossen hatte, ihr Glück beim lieben alten Dad zu versuchen. Attraktiv, lebhaft, lächelnd. Mit anderen Worten: eine vielversprechende Kandidatin. Ihre Worte waren an Faith gerichtet, nicht an John. „Sie sehen toll aus! Ich liebe rotes Haar."

Ein guter Schachzug, das musste Faith ihr lassen. Nimm erst das Kind für dich ein. „Ich bin Faith, und das ist mein Dad. Er ist Witwer."

„Ach, mein herzliches Beileid", gurrte Beatrice, und ihre Augen blitzten vor Entzücken. „Ich bin geschieden, drei Kinder, vier Enkel."

Dad antwortete nicht, bis Faith ihm kräftig in die Rippen stieß. „Oh, ähm, ich bin … äh, hallo. John. John Smith."

„Dad", flüsterte Faith.

„Ich habe selbst mehrere Kinder", fuhr er fort. Er schwitzte bereits. Faith zog sich diskret zurück und tat so, als würde sie Dads flehende Blicke nicht bemerken.

Colleen fing sie beim Buffet ab. „Stell dir vor, der Kerl ist impotent. Ich bin ja bereit, so einiges mitzumachen, aber das geht natürlich gar nicht! Er sagt, wegen seiner Herzkrankheit ist Viagra nicht drin, und so endete unser Flirt jäh. Oh! Faith, schau dir *das* mal an. Wenn der Typ von vorn genauso gut aussieht wie von hinten, haben wir wohl deinen Herzenspartner gefunden. Denn *das*, liebste Freundin, ist ein Weltklasse-Arsch. Hab ich recht, oder hab ich recht?"

„Kein Einspruch, Euer Gnaden."

Der Mann war nicht alt und benötigte auch keinen Rollator. Das waren schon mal zwei Punkte für ihn. Er trug Jeans (ja, sie starrte zuerst auf seinen Hintern; was soll man denn sonst machen, wenn ein Mann einem die Kehrseite zuwendet?), ein grünes T-Shirt, dessen Ärmel beeindruckend muskulöse Oberarme umspannten. Breite, kräftige Schultern. Kurzes dunkelblondes Haar.

Ein Eiszapfen durchdrang plötzlich die warmen Wellen der Lust, die sich in ihr regten. War das etwa … Er drehte sich um. Ja.

„Du liebe Zeit, das ist Levi!", rief Colleen. „Was treibt der denn hier? Sag jetzt nicht, er klappert diese erbärmlichen Singlepartys ab?"

„Ich weise dich nur ungern darauf hin, aber auch wir klappern gerade diese erbärmlichen …

„Stimmt schon, aber ich habe mit eigenen Augen gesehen, dass dieser Typ allein in unserer Stadt ganze Horden hungriger Frauen praktisch mit dem Baseballschläger abwehren muss."

Faith warf ihr einen Blick zu. Colleen war total unverfroren, wenn es darum ging, ihre Freude am Sex zu artikulieren. „Hast du je mit Levi …?"

„Aber nein! Er ist zu jung für mich."

„Er ist so alt wie wir, Coll."

„Das ist mir klar, Faith. Nein, ich mag's, wenn meine Männer schon eingeritten sind."

„Das klingt ziemlich ordinär."

„Na, dann trainiert. Ich mag es, wenn sie gut trainiert sind."

„Das ist noch schlimmer." Faith grinste.

„Na gut, ich bin schon still. Hey, Levi, komm doch rüber!"

„Nein, nicht, Colleen, du weißt doch, er kann … Hi, Levi."

„Ladys."

Colleen legte ihm eine Hand auf den Arm. „Levi, wir wollen uns flachlegen lassen."

„Colleen", stöhnte Faith.

Ihre Freundin ignorierte sie. „Kannst du uns mit den schärfsten Männern hier zusammenbringen? Ich mag sie ab fünfzig, fünfundfünfzig oder älter. Ein kleiner Bierbauch würde nicht stören. Fehlende Gliedmaßen sind okay, sofern auf Heldenmut zurückzuführen. Ich will keinen Blödmann, der sich beim Holzhacken die eigene Hand abgetrennt hat."

„Alles klar", sagte Levi. „Bist du mit der Bevölkerung von Manningsport etwa schon durch, Coll?"

„Nicht so gehässig, wenn ich bitten darf. Hast du hier jemanden gesehen, der Faiths neuer Traumprinz sein könnte?"

„Ich bin nur hier, um meinem Dad Gesellschaft zu leisten", murmelte sie.

„Was uns natürlich nicht davon abgehalten hat, gerade deinen Hintern zu bewundern", fügte Colleen hinzu.

Faith fühlte die prickelnde Hitze nicht nur in ihren Wangen, sondern auch auf Hals und Brust. „Und du, Levi?", fragte sie. „Auf der Suche nach Mrs Cooper der Zweiten?"

Er sah sie lange an, ohne zu blinzeln. Eine Neun auf ihrer Skala, ein Blick, der besagte: *So stellt man sich die Hölle vor.* „Ich bin der Lehrer", erwiderte er.

Na toll.

„Hey, Levi." Offenbar war es John gelungen, die gierige Beatrice abzuschütteln. „Wie geht's?"

„Gut, danke. Die Mädels sagen, Sie sind hier, um …"

„Reden wir lieber nicht darüber", unterbrach John ihn hastig.

„Soll mir recht sein", sagte Levi. „Ich muss jetzt so langsam mal anfangen."

„Aber klar doch, zieh dein Ding durch, Schnucki." Colleen versetzte ihm einen Hieb auf die Schulter. „Ich würde ihn reiten wie ein Zebu, wenn er zwanzig Jahre älter wäre", raunte sie Faith hinter seinem entschwindenden Rücken zu.

„Colleen, du hast mal wieder einen Clown gefrühstückt." Dad lachte leise.

„Wenn ich das gesagt hätte, wärst du mit einem Herzinfarkt umgekippt", bemerkte Faith spitz.

„Kann schon sein", räumte er ein. Immerhin wirkte er inzwischen etwas entspannter.

„Okay, Leute", rief Levi. „Willkommen bei ..." Er warf einen Blick auf sein Klemmbrett. „Zielübungen für Singles." Sein Blick blieb an Faith hängen, und selbst aus fünf Metern Entfernung spürte sie seine Geringschätzung. „Ich bin Levi Cooper, Ihr Ausbilder für diesen Abend. Wer von Ihnen kennt sich mit Waffen aus?"

Levi hatte von Anfang an den Verdacht, dass dieser Auftritt keine gute Idee war. Aber hin und wieder gab er hier Kurse in Waffensicherheit, und als Ed, der Besitzer, ihn anrief, hatte er zugesagt. Sein Auftritt brachte ihm vierhundert Dollar ein, und da Sarahs Lehrbücher ungefähr so viel wie ein Pferd kosteten, waren vierhundert Dollar für zwei Stunden Arbeit nicht zu verachten.

Allerdings hätte er nie damit gerechnet, die Hollands hier zu treffen. Oder Colleen. Aber die war immerhin lustig. Faith hingegen, der musste irgendwas über die Leber gelaufen sein. Jedenfalls erzählte sie aus unerfindlichen Gründen allen Frauen im Raum, dass er ebenfalls Single war. „Ach, Levi ist wunderbar", hörte er sie gerade wieder sagen. Ihre aktuelle Gesprächspartnerin erinnerte ihn stark an seinen Ausbildungsoffizier. „So zartfühlend. Außerdem ist er ein Kriegsheld. Ja, ich kenne ihn. Wir sind zusammen zur Schule gegangen. Oh ja, klar, er steht auf ältere Frauen."

„Paare bilden, Leute", rief Levi. „Faith, altes Haus, komm doch mal hierher." Es war nur ausgleichende Gerechtigkeit, dass er ihr den Kerl in Latzhosen zuwies, der aus irgendeinem Grund beschlossen hatte, heute Abend aufs Hemd zu verzichten.

„Himmel, bist du hübsch", sagte der Typ.

„Und du hättest ein Hemd anziehen sollen", gab sie beiläufig zurück. „Wirklich. Okay? Das nächste Mal ziehst du was Richtiges an." Sie lächelte ihn an. Er hatte die dümmliche Miene eines Verliebten aufgesetzt. Oder eines Betrunkenen. Schlaffe Gesichtsmuskeln, verschwommener Blick.

„Du hast doch schon mal geschossen, Faith, oder?", fragte Levi.

„Ja, hab ich. Reich mir das Ding mal rüber, Levi. Ich fühle mich heute Abend irgendwie schießwütig."

„Schießen kannst du auch?" Der Hemdlose war völlig aus dem Häuschen. „Die ideale Frau."

Levi lächelte beinahe, während er die Reihen abschritt und den Amateuren erklärte, wie sie die Waffe halten mussten und welcher

Rückstoß zu erwarten war. Irgendein alter Knacker fraß Colleen aus der Hand und hatte eindeutig nichts zu klagen. Eine Frau wollte allen Ernstes keine Ohrenschützer tragen, weil die ihre Frisur ruiniert hätten.

„Ich kenne mich überhaupt nicht mit Waffen aus“, bekannte eine andere und packte seinen Arm, um ihre Brüste besser an ihn pressen zu können. „Kannst du meine Haltung korrigieren?“

„Klar. So etwa.“ Er demonstrierte die richtige Haltung beim Schießen: Beine leicht gegrätscht, Arme nach vorn, Ellenbogen angewinkelt, die Waffe in beiden Händen. „Die Daumen aneinander, der Abzugsfinger ist hier. Kapiert?“

„Kannst du dich hinter mich stellen und die Arme um mich herumlegen, damit ich es ganz bestimmt richtig mache?“ Sie zappelte erwartungsvoll.

„Nein, Ma’am. Tut mir leid.“

Sie runzelte die Stirn. „Bitte! Bitte, bitte! Übrigens, ich heiße Donna.“

„Tut mir leid, Ma’am. Wir haben unsere Regeln.“

„Die Frau da hat gesagt, du wärst Exsoldat“, flüsterte sie heiser und deutete mit einer Kopfbewegung auf Faith. „Das finde ich ultrascharf, ehrlich.“ Sie strich mit dem Finger über den Rand der gekreuzten Schwerter seines 10th-Mountain-Division-Tattoos, und er hätte sich fast geschüttelt.

„Ich muss weiter.“ Er schaute zu ihrem Partner, der sich gerade zur Prüfung seines Blutzuckers in den Finger stach. „Viel Glück, Sir.“

Das Geräusch von Schüssen ließ ihn immer noch ein wenig zusammenzucken. Ein weiterer guter Grund, das hier zu machen. Desensibilisierung.

Nach den Schießübungen war eine Art Speed-Dating vorgesehen, mit Partnerwechsel im Acht-Minuten-Takt. Als ob jemand acht Minuten brauchte, um zu wissen, ob er auf jemanden abfuhr. Seine Exfrau Nina war eine Hubschrauberpilotin, die seinen Spähtrupp nach einem hässlichen Gefecht ausgeflogen hatte, und nach zehn Sekunden Unterhaltung hatte er bereits gewusst, dass sie miteinander schlafen würden. Drei Tage später hatte er an Ehe, Kinder und ein Häuschen in seiner Heimatstadt gedacht.

Andererseits hatte Nina ihn nach dreizehn Wochen Ehe verlassen.

Aber das war Schnee von gestern. Die Zielübungen waren fast beendet. In einer Stunde konnte Levi abschließen und heimfahren und hoffentlich besser schlafen als letzte Nacht, auch wenn Schüsse bestimmt nicht die angenehmsten Klänge waren, mit denen man zu Bett gehen konnte. Vielleicht würde er noch Kekse für Sarah backen.

Er unterbrach sich, um ein Pärchen zu überprüfen, das tatsächlich Spaß zu haben schien, gab dem Kerl einen Tipp zur Zielsicherheit und ging weiter. John Holland stand in der nächsten Reihe. Doch er schoss nicht. Er war nicht der Jäger, sondern die Beute, wurde praktisch an die Wand gedrückt.

„Fühl mal", sagte die Frau, die ihn zum Partner erwählt hatte. „Sie fühlen sich ganz echt an. Ich hab mich gefragt: ‚Carla, willst du für den Rest deines Lebens mit einem Hängebusen herumlaufen?' Dann habe ich sie mir zum sechzigsten Geburtstag geschenkt. Implantate, Doppel-D, Erdnussöl. Mach schon. Drück sie mal."

„Hey, John", sagte Levi. „Kannst du mir mal kurz helfen?"

Erleichtert nutzte der Mann die Fluchtgelegenheit. „Danke, mein Junge", flüsterte er. „Herrgott, wie ich meine Frau vermisse."

„Nicht die Hoffnung aufgeben." Er warf einen kritischen Blick auf sein Klemmbrett. „Okay, diese Dame da scheint nett zu sein." Sie näherten sich einer Frau, die äußerst effizient auf das Ziel schoss. „Für Ellen könnte ich glatt zur Lesbe werden", informierte sie den Mann an ihrer Seite. „Sie hat einen *tollen* Hintern."

Johns Gesicht wurde noch blasser.

„Weiter", sagte Levi.

„Das hier war die Idee meiner Tochter, und ich weiß einfach nicht … Ich glaube, ich will nach Hause. Hast du Faith und Colleen gesehen?"

Levi ließ seinen Blick an der Reihe entlangwandern. Faith lehnte in der letzten Box an der Wand, und der Hemdlose ließ seinen ganzen Charme spielen. Als sie merkte, dass er sie beobachtete, zeigte sie ihm verstohlen den Mittelfinger. „Weißt du was?" Er wandte sich wieder John zu. „Sie amüsiert sich offenbar gerade großartig. Colleen auch. Wie wär's, wenn ich die beiden nach Hause bringe?"

John nickte. „Klasse Idee, Levi. Danke." Wie von der Tarantel gestochen stürmte er zur Tür.

Kurze Zeit später, nachdem Pistolen, Schutzbrillen und Ohrenschützer sicher verstaut waren, versammelten sich die jetzt unbewaffneten Singles im Ladenlokal des Schießstands. An den Wänden waren

Gewehre aufgereiht, die Munition lagerte in verschlossenen Glasvitrinen. Die Leute saßen einander auf Metallstühlen in zwei langen Reihen gegenüber. Bis auf die Telefonhörer sah es aus wie zur Besuchszeit im Gefängnis.

„Hast du meinen Dad gesehen?", fragte Faith, als Levi vorbeiging.

„Er ist nach Hause gefahren", antwortete er, ohne stehen zu bleiben. Er hörte ihren Aufschrei und drehte sich um. „Ich bringe dich und Colleen nach Hause."

„Das kann ich doch machen", erbot sich *Joe Ohnehemd.*

Levi lehnte sich an die Wand und schaute auf sein Handy. Vier SMS von Sarah. *Ich hab 0 Freunde. Holst du mich ab?*

*Bin krank*, lautete die nächste.

*Sei kein Arschloch, du kannst mich nicht zwingen zu bleiben*, war die dritte, und die vierte informierte ihn kurz und knapp: *Ich hasse dich.*

Seufzend trat er in den Flur, um sie zurückzurufen, erreichte aber nur die Voicemail. Also wirklich, warum hatte er ihr ein Handy gekauft, wenn sie es ausschließlich für SMS benutzte?

„Sarah, hör auf, die Drama Queen zu spielen, okay? Am Columbus Day kannst du nach Hause kommen. Du musst unbedingt mal andere als nur virtuelle Freunde finden." Er hielt inne, stellte sie sich auf einer Party vor, mit einer Bong und einer Tüte Ecstasy. „Oder einfach mehr lernen. Deine Noten verbessern. Ja? Ich muss los." Er zögerte kurz. „Ciao."

Zehn Sekunden später summte sein Handy. *Hasse dich immer noch. Und du hast es gerade nötig. Hast du kein eigenes Leben? Hör auf, dich in meine Angelegenheiten hineinzusteigern. Du solltest dich mal flachlegen lassen.*

*Völlig unangebrachte Bemerkung*, schrieb er zurück. Und, übrigens, er würde ja liebend gern damit aufhören, sich in Sarahs Angelegenheiten hineinzusteigern, aber sie rief ihn mindestens zehn Mal am Tag an oder schrieb SMS. Könnte man es ihm verübeln, wenn er ihr den Hals umdrehte? Vermutlich.

Levi rieb sich die Augen. Im Grunde genommen hatten sie beide kein Leben. Diese letzten zwei Jahre, die Trennung von Nina und Moms Krebs … Das war hart. Zwar waren Sarah und er sich dadurch noch nähergekommen. Aber wenn eine Familie auf zwei Personen zusammenschrumpfte, konnte das manchmal ein bisschen anstrengend sein. Sarah hatte keine andere Schulter mehr zum Ausweinen als seine.

Die Tür öffnete sich – Colleen. „Hey, Chief. Komm rein. Ich will an dir üben."

„Das hört sich derart versaut an, O'Rourke."

„Träum weiter, Cooper."

„Auf jeden Fall", sagte er.

„Oh, du willst versaute Sprüche klopfen? Jede Wette, dass ich gewinnen würde." Sie zog die Brauen hoch und grinste.

„Bestimmt", pflichtete er ihr bei. Er mochte Colleen, sie war eine der wenigen, die ihn nach seiner Rückkehr nie anders behandelt hatten als vorher. Ihr Bruder gehörte auch dazu und Jeremy. Und Faith, wenn er es sich recht überlegte, auch wenn Faith jetzt eine Schärfe an den Tag legte, an die er sich nicht erinnerte. Das war jedenfalls besser als Prinzesschen Supersüß.

Colleen zerrte ihn zurück in den Raum und deutete auf einen der freien Metallstühle.

„Setz dich einfach hin und sieh gut aus", befahl sie und nahm ebenfalls Platz. „Wir tun jetzt mal so, als würden wir uns nicht kennen. Jeder soll drei Fragen stellen. Ich fange an."

„War ja klar", brummte er.

„Was ist dein Leibgericht?"

„Cheeseburger bei O'Rourke's", sagte er.

„Oh, gute Antwort!" Sie klatschte in die Hände. „Was ist deine Lieblingsfarbe?"

Das war eine typische Mädchenfrage. Hatte er überhaupt eine Lieblingsfarbe? Blau? Rot? „Grün", antwortete er.

„Super. Letzte Frage: Was ist deine Lieblingsstellung?" Sie warf ihm einen anzüglichen Blick zu, aber Levi lächelte nur. „Na ja, ich hab's immerhin versucht", sagte sie. „Ich wollte es in der Bar an die Toilettenwand schreiben. Wann fängst du wieder an, dich mit Frauen zu treffen, Levi?"

„Du hattest nur drei Fragen."

Irgendwo piepte eine Uhr oder ein Handy, und alle Frauen standen auf und rückten einen Platz weiter. Colleen warf Levi eine Kusshand zu. Er senkte grüßend den Kopf. Die nächste Frau war die, die sein Tattoo gestreichelt hatte. Ihre Fragen lauteten: *Glaubst du an Liebe auf den ersten Blick? Hast du je einer Frau den Hintern versohlt? Was ist deine Lieblingsfarbe?* Seine Antworteten waren: *nein, nein* und *Rot.*

„Okay, frag mich was", sagte sie.

Levi seufzte. „Hm, wie heißt du?"

„Donna. Das habe ich aber längst gesagt." Sie schenkte ihm ein breites Lächeln und drückte die Arme zusammen, sodass ihr ledriges Dekolleté aufquoll. „Magst du mit zu mir kommen und das mit dem Versohlen ausprobieren?"

Ach du Schande. „Ich glaube, mit dem Fragen bin immer noch ich an der Reihe. Hm, was ist deine Lieblingsfrage?"

„Pink! Ich trage übrigens pinkfarbene Unterwäsche. Willst du mal sehen?"

„Ich bin immer noch dran. Was hältst du von den Nahost-Friedensgesprächen?"

„Ich finde, alle sollten sich vertragen, meinst du nicht auch? Hast du Lust, dich mal mit mir zu treffen?"

Glücklicherweise ertönte wieder der Zeitgeber. „War nett, dich kennenzulernen", sagte Levi.

Faith nahm ihm gegenüber Platz. Mann, der Abend wurde von Minute zu Minute besser. „Oh mein Gott", sagte sie zu der weiterrückenden Dame. „Ich glaube, er mag dich! Gerade hat er deinen Hintern bewundert."

„Halt die Klappe, Faith", knurrte Levi.

„Ach ja?", sagte die Frau. Sie klatschte sich auf den Po und zwinkerte Levi zu.

„Anscheinend hast du eine Freundin gefunden", bemerkte Faith. „Das ist so typisch für dich, Levi. Du bist so ein freundlicher Mensch."

„Hast du drei Fragen an mich?"

„Ja, die habe ich tatsächlich. Was natürlich nicht heißt, dass ich etwas mit dir anfangen will."

„Keine Angst, das habe ich nicht vergessen."

Das saß. Die Röte stieg ihr in die Wangen (kroch über ihren Hals … und ihre Brust, und da war wieder ihr prächtiger Vorbau, zur Schau gestellt in einem roten Pullover mit V-Ausschnitt, und ehrlich, ein Rotschopf in Rot war einfach nicht zu toppen). Sie entfaltete ein Blatt Papier. „Hast du mal im Gefängnis gesessen?"

Okay, na ja, immerhin fragte sie nicht nach seiner Lieblingsfarbe. „Nein."

„Hast du Kinder gezeugt, und wenn ja, spielst du eine Rolle in ihrem Leben?"

„Keine Kinder."

„Mit wie vielen Frauen hast du geschlafen?" Sie sah ihn wissend an. „Das heißt, wenn du so weit zählen kannst."

Die Zahl war nicht so groß, wie sein Ruf offenbar vermuten ließ. „Passe. Nächste Frage."

„Gibst du mir deine Sozialversicherungsnummer, damit ich eine Hintergrundsprüfung durchführen kann?"

„Kaum zu glauben, dass du noch Single bist." Er zog eine Braue hoch, und sie schnaubte abfällig und faltete das Blatt Papier zusammen.

„Komm mir nicht mit Stirnrunzeln, Levi Cooper. Solche Fragen bringen die Sache auf den Punkt. Wen interessiert, ob du Mondscheinspaziergänge oder alte Filme magst oder ob du verheiratet oder schwul bist oder bei deiner Mutter im Keller wohnst?"

Da hatte sie nicht ganz Unrecht. „Ich hasse alte Filme", bekannte er.

„Ich auch. Die sind schnulzig. Da sind mir Horrorfilme deutlich lieber."

„Ich mag Horrorfilme, ich wohne nicht bei meiner Mutter im Keller, ich bin nicht verheiratet und nicht schwul", sagte er.

Und urplötzlich summte die Luft zwischen ihnen vor Spannung. Sie spürte es anscheinend auch, denn ihre Wangen röteten sich noch mehr, ihr Blick wurde sanfter. Du solltest dich mal flachlegen lassen, ermunterte ihn sein Verstand.

Scheiße. Aber *nicht* von Faith Holland mit all ihrem emotionalen Ballast. Ganz gleich, wie sehr sein Körper sich plötzlich danach sehnte.

„'tschuldigung", ertönte eine Kinderstimme, und Levi fuhr zusammen, als ihn etwas am Ohr stupste. Es war Donna, und, heiliger Strohsack, sie hatte eine Handpuppe übergestreift. Ein Schweinchen, das ihm zuwinkte. „Magst du Tiere? Ich finde sie toll!" Mit normaler Stimme fuhr sie fort: „Ich spiele Puppentheater auf Kinderpartys. Ich liebe Kinder, du auch? Ich hätte gern ein paar."

Faith lächelte ihn an, der Zeitgeber ertönte, und beide Frauen wandten sich jemand anderem zu.

Faith hatte also keinen künftigen Ehemann gefunden. Das hatte sie im Grunde auch gar nicht erwartet, und sie hatte immerhin drei Telefonnummern für Dad ergattert und wollte am nächsten Tag die Auswahl treffen. Der Abend war kein totaler Reinfall.

Auf dem Heimweg steuerte Levi den Wagen in mannhaftem Schweigen; Faith bat ihn, Route 54 anstelle von Lancaster Road zu nehmen. Er fragte nicht nach dem Grund, knurrte nur und tat, was sie verlangte.

Ehrlich, eine Sekunde lang hätte Faith schwören mögen, dass es zwischen ihnen gefunkt hatte. Vielleicht. Was auch immer es war, ob sie es sich eingebildet hatte oder nicht, es hatte sich beinahe auf der Stelle wieder verflüchtigt.

„Das war eine *richtig* gute Idee", verkündete Colleen. „Achtung, Sugar Daddy, ich komme."

„Schade, dass mein Vater so früh gegangen ist", sagte Faith.

„Schade, dass ich ihn nicht heiraten darf", entgegnete Colleen. „Ich wäre doch eine tolle Stiefmutter, oder nicht?"

„Binnen einer Woche wäre er tot."

„Levi, hast du jemanden gefunden? Die Lady mit den Tattoos, die war schon ganz schön scharf."

„Und erst die Puppenspielerin!" Faith konnte sich einfach nicht beherrschen. „Echt abgefahren."

„Ich war nur als Kursleiter da", sagte Levi.

„Du brauchst ein nettes Mädchen", befand Colleen. „Ich halte die Augen für dich offen."

„Nein, danke."

Sie seufzte theatralisch. „Faith, es hat ihm das Herz gebrochen, dass seine böse Frau ihn verlassen hat. Wir müssen ihm helfen."

„Müssen wir?", fragte Faith. „Wie es aussieht, will er seine Ruhe haben."

„Stimmt auffallend", sagte er und blickte in den Rückspiegel.

Schöne Augen. Levi Cooper hatte wirklich schöne Augen.

Faith hoffte irgendwie, dass Levi zuerst Colleen heimbringen würde. Warum, wusste sie selbst nicht, aber die Vorstellung, mit Levi Cooper allein im Auto zu sitzen, ließ ihre Knie zittern.

Aber nein. Geografisch gesehen erreichten sie zuerst das Alte Haus, und Levi bog dann auch tatsächlich auf die Zufahrt ab. Faith verabschiedete sich von Colleen, dankte Levi fürs Heimbringen, blieb dann stehen und sah zu, wie er zurücksetzte. Seltsamerweise empfand sie so etwas wie Eifersucht, weil Colleen noch drei Minuten länger mit Chief McSchnucki im Auto sitzen durfte.

# 13. Kapitel

„Faith, du bist neu hier, hast du vielleicht Lust, den Anfang zu machen?", fragte Cathy Kennedy, die Leiterin des Kurses Bibelstudien für Frauen.

„Ich dachte, ich wäre an der Reihe", wandte Carol Robinson ein, eine der Power-Walkerinnen, die Faith vor ein paar Tagen auf dem Weg in die Stadt beinahe über den Haufen gefahren hätte. Aber, ganz ehrlich, die sechs waren Seite an Seite marschiert, als hätten sie es darauf *abgesehen,* im Krankenhaus zu landen.

„Nun, Faith ist neu, deshalb fängt sie heute an."

Faith lächelte. Cathy war *eindeutig* eine Kandidatin für die Position der Frau an Dads Seite. Gestern Abend war Lorena wieder zum Abendessen da gewesen, und auf einen Anruf von Honor hin, die im Red Salamander eine Weinprobe abhielt und dringend irgendwas wissen musste, war Faith anschließend ins Arbeitszimmer gegangen. Und hatte Lorena tatsächlich dabei ertappt, wie sie den Schreibtisch durchsuchte, während Dad Zeitung las und nichts merkte. Als Faith fragte, ob sie ihr bei der Suche behilflich sein könnte, behauptete Lorena, sie hätte einen Ohrring verloren, als sie das letzte Mal in diesem Zimmer war. „Diese Frau zieht euren Vater aus bis aufs Hemd", knurrte Mrs Johnson, als Faith in die Küche kam, und dazu klapperte sie nachdrücklich mit ihren Töpfen.

Also hatte sie sich ihrer Aufgabe mit neuer Energie gewidmet. Und wo würde sich eher eine nette Frau finden als beim Bibelstudium? Nur eine der drei Kandidatinnen vom Schießtraining für Singles hatte sich behaupten können; eine mochte keine Kinder, und die andere war offenbar spielsüchtig. Nummer drei war noch in der Testphase, aber sie wohnte ziemlich weit entfernt.

„Wir sind bei, Momentchen, ja, Exodus, Kapitel vier, Vers fünfundzwanzig. Bitte schön, Faith", sagte Mrs Kennedy.

„Danke, Mrs Kennedy." Faith guckte in ihre Bibel. „Hm, okay, los geht's. *Zipporah aber nahm einen scharfen Stein, riss ihrem Sohn die Vorhaut ab* – ach du liebe Zeit, soll das ein Witz sein? –, *warf sie dem Moses vor die Füße und sagte dazu: ,Mein Blutbräutigam bist du mir.'* Bin ich im richtigen Kapitel?" Entsetzt blickte sie in die Runde der anderen Frauen.

„Perfekt!", sagte Cathy. „Wollen wir diskutieren?"

„Hat das Baby geweint?", fragte Carol. „Man schneidet ihm mit einem Stein seine kleine Vorhaut ab und wirft sie auf den Boden, da will ich wissen, wie sich das Baby verhält."

„War vielleicht gar kein Baby", bemerkte Lena Smits. „Manchmal waren diese Jungen fünfzehn, sechzehn Jahre alt, wenn das passierte."

„Das bezweifle ich", wandte Mrs Corners ein. „Mein Enkel lässt sich von seiner Mutter nicht mal in den Arm nehmen. Ich glaube nicht, dass er sich von irgendwem mit einem Stein beschneiden lassen würde."

„Das glaube ich auch nicht", sagte Faith und kämpfte gegen ein trockenes Würgen. Gott würde doch sicher erkennen, wie selbstlos sie war – Heiratsvermittlung für ältere Mitbürger *und* Bibelstudien in einem Abwasch –, und sie dafür nicht nur mit einer sympathischen Stiefmutter belohnen, sondern auch noch einen liebevollen Ehemann und mehrere süße Babys drauflegen. Kann jederzeit losgehen, du da oben, dachte sie.

Und apropos Ehe … Als Faith das letzte Mal hier im Untergeschoss der Trinity-Lutheran-Kirche war, trug sie ein Hochzeitskleid.

Gut. Sinnlos, über verschütteten Champagner zu weinen. Sie war nicht hier, um ihren verfluchten Hochzeitstag zu rekapitulieren. Sie war hier, um Frauen abzugreifen.

Cathy Kennedy, klar. Sie war schon sehr lange Witwe. Janet Borjeson war ebenfalls Single, doch Honor hatte missbilligende Geräusche von sich gegeben, als Faith sie erwähnte. Trotzdem. Sie notierte die Namen am Rand des Buches Exodus.

„Was meinst du dazu, Schätzchen?", fragte Goggy.

Faith fuhr zusammen. „Äh, zu der Beschneidung?"

Goggy runzelte die Stirn. „Nein, Schatz. Barb denkt an eine Brust-verkleinerung. Sie hat schon seit Jahren Rückenschmerzen." Barb nickte zustimmend.

Zuerst Vorhäute, dann Brüste. „Nur zu. Hinterher ist man angeblich wieder richtig flott."

„Genau", sagte Barb. „Danke, Faith. Du bist ein richtiger Schatz." Sie lächelte. „Weißt du, mein Enkel ist Single, Süße. Soll ich ihm deine Handynummer geben?"

Faith unterdrückte ein Schaudern. Barbs Enkel hatte Barb herge-bracht, das wandelnde Klischee eines Serienmörders – schlurfender Gang, schütteres Haar und der gruselige starre Blick eines Mark Zu-ckerberg. „Ach, das ist lieb von Ihnen, aber, nein, ich, hm … Nein, danke."

„Sie leidet immer noch an ihrem gebrochenen Herzen wegen Jeremy Lyon", verkündete Carol Robinson.

„Nein", beteuerte Faith. „Wir sind Freunde."

„Wie hast du es bloß geschafft, über ihn hinwegzukommen?", fragte Cathy. „Zu allem Überfluss ist er ja auch noch Arzt. Wusstest du, dass er mich bei meiner jährlichen *Du-weißt-schon* tatsächlich zum Lachen gebracht hat?"

Das Gespräch wendete sich Jeremys sanften Händen zu und dann den neuen Sandaletten, die Carol bei ihrem Ausflug zu den Outlet-Stores mit siebzig Prozent Ermäßigung bekommen hatte.

Nach ungefähr einer Stunde, in der vorwiegend über undankbare Enkelkinder und Knieprothesen diskutiert wurde, *nicht* aber über Moses in der Wüste, löste sich die Bibelstudiengruppe schließlich auf. „Das hier muss doch schreckliche Erinnerungen in dir heraufbeschwö-ren", sagte Carol. „An genau dieser Stelle hat Jeremy mit dir Schluss gemacht, nicht wahr?"

„Ja, Mrs Robinson. Danke, dass Sie mich daran erinnern." Sie be-hielt Cathy im Blick, in der Hoffnung, beiläufig auf Dad zu sprechen zu kommen.

„Du armes Ding! Das muss schrecklich gewesen sein! Warst du wirklich völlig ahnungslos?"

„Ja. Da staunt ihr, was? Was ist nun eigentlich mit dieser Zipporah? Sehr interessante Frau."

Carol ließ sich nicht beirren. „Ich verstehe ja, dass du nicht mit Bobby McIntosh gehen willst, aber du *bist* doch auf der Suche nach einem Mann, oder? Das sagt zumindest deine Großmutter."

„Nein, nein. Eigentlich nicht. Na ja … irgendwie vielleicht schon, aber, nein." Faith warf ihrer Großmutter einen wütenden Blick zu, doch Goggy diskutierte angelegentlich über Norine Pletts' köstliche Zitronenschnitten und argumentierte, dass dermaßen gutes Gebäck nur aus Loreleis Konditorei stammen könne, während Norine sich in geheimnisvolles Schweigen hüllte und lächelte. Und, verflixt noch mal! Cathy Kennedy ging gerade zur Tür hinaus.

„Na ja, der Schwager meines Sohns ist Single. Willst du seine Nummer? Soll ich ihm sagen, dass er dich anrufen kann? Er hat Drüsenprobleme und schwitzt sehr stark, aber er ist ein netter Junge. Also gut, ich sage ihm, er soll dich anrufen. Okay, bis zum nächsten Mal."

„Das ist nicht nötig, Mrs Rob…" Doch Carol eilte im Power-Walking-Tempo von dannen.

Faith ging zu Goggy, die noch immer versuchte, Norine über ihre Backkünste auszuhorchen. „Na, wenn du kein Backpulver nimmst, Norine, wie werden sie dann so locker? Kannst du mir *das* wenigstens sagen?"

„Ein Familienrezept", sagte Norine und lächelte Faith an.

„Goggy? Ich fange an, das Auto auszuräumen, okay? Wir treffen uns, wenn du hier fertig bist. Aber lass dir Zeit."

Goggys Gesicht nahm einen tragischen Ausdruck an, als sie sich ihren Mit-Lutheranern zuwandte. „Ach ja. Sie *verlässt* mich, wisst ihr? Sie … *zieht aus*. Sie hätte bei uns wohnen bleiben können, aber nein, diese *jungen* Leute, die brauchen alle ihren *Freiraum*." Sie seufzte traurig und beschwor einen griechischen Chor missbilligenden Gemurmels herauf.

„Bis dann, meine Damen! Danke, dass ich mitmachen durfte." Die Missbilligung wich Umarmungen und Tätscheln und Ermahnungen, beim Überqueren der Straße Vorsicht walten zu lassen und nachts die Türen abzuschließen, damit man ihr nicht die Kehle durchschnitt.

Sie trat aus der Kirche und blinzelte in den hellen Sonnenschein.

Es war einer dieser perfekten Nachmittage im späten September, klar und kühl, die Luft erfüllt vom herben Geruch des Herbstlaubs und der Kürbissuppe aus dem kleinen Lokal unten am Platz. Eine Reihe Vorschulkinder, die sich alle an einem Seil festhielten (oder daran festgebunden waren), überquerte die Straße. Es war ein Mittwoch, und abgesehen von ein paar verstreuten Schaufensterbummlern war es relativ still auf der Straße.

Vor zwei Tagen hatte Faith Honor gefragt, ob sie von einer freien Wohnung wüsste. Fünf Sekunden später hatte Honor Sharon Wiles am Telefon. Es stand nicht nur eine freie Wohnung zur Verfügung, nein, es war sogar die Vorführwohnung, das einzige noch nicht vermietete *und* möblierte Apartment im ganzen Gebäude, und wann würde Honors Schwester denn einziehen wollen? Honor kannte wirklich alles und jeden in dieser Stadt, das musste Faith neidlos anerkennen.

Im Heck des Wagens stapelten sich zwei Koffer, ein paar Kisten mit diversen Küchenutensilien, ohne die sie nach Goggys Meinung nicht leben konnte, und Blue, der aufsprang, seinen ekelhaften Tennisball in der Schnauze, den Kopf geneigt, als wollte er Faith per Gedankenkontrolle zum Ballwerfen bewegen.

Sharon Wiles war nicht eben hingerissen von der Vorstellung, dass Blue mit einziehen würde, konnte jedoch nicht abstreiten, dass er schön und wohlerzogen und, ja, theoretisch ein Therapiehund war. Hallo! Immerhin verschaffte ihm das Zutritt zu Restaurants.

Faith stemmte eine Kiste aus dem Heck und machte sich, den Hund auf den Fersen, auf den Weg zum Opera House. Ihr neues Domizil lag sehr günstig, direkt gegenüber von Loreleis Bäckerei. Außerdem gab es eine neue Chocolaterie, die Faith unbedingt unterstützen wollte. Zunächst aber musste sie sich einrichten, das Bett frisch beziehen, Kaffee kochen, ihre Kleider auspacken. Goggy wollte auch noch kommen, um sich zu vergewissern, dass die Wohnung angemessen sauber war.

Eine Sekunde lang stellte Faith sich vor, ihre Mom würde ihr beim Umzug helfen. In Faiths Fantasie war Connie Holland sehr schön gealtert, trug Jeans und T-Shirt und Converse-Sportschuhe. Sie würden lachen und Möbel rücken, etwas, das Mom immer gern getan hatte. Dann würden sie sich bei Lorelei Kuchen holen und einfach nur reden. Vielleicht über Jeremy. Faith hatte sich schon tausendmal gefragt, ob Mom wohl etwas gemerkt hätte.

Und dass all das nicht möglich war, lag nur an ihr.

„Komm, Blue." Sie öffnete die Tür und ging die breite Treppe zum zweiten Stock hoch. Ihr Hund folgte ihr, den Ball in der Schnauze. Ihre Wohnung war Nummer 3A, mit Blick auf Loreleis Bäckerei. Sie würde also tagtäglich mit dem Duft von frischem Brot in der Nase aufwachen. Sie hielt die Kiste mit einem Arm und kramte in ihrer Tasche nach dem Schlüssel.

Die Tür zur Wohnung Nummer 3C öffnete sich, und da stand Levi Cooper in Uniform und runzelte die Stirn. „Was machst du denn hier?", fragte er.

Blue sprang hinüber zu Chief Griesgram und ließ den Ball fallen. Als Levi nicht sofort reagierte, nahm Blue den Ball mit der Schnauze noch einmal auf und ließ ihn wieder fallen. Und dann noch mal, ungeachtet der Tatsache, dass Levi damit beschäftigt war, Faith anzustarren wie ein Python die Maus. Die winzige verbindende Nanosekunde damals beim Schießstand war offensichtlich doch ein Auswuchs ihrer Fantasie gewesen.

„Levi. Was für eine schöne Überraschung. Sind wir Nachbarn?" Faith bemühte sich um einen fröhlichen Zwitscherton, doch die Röte kroch ihren Hals hinauf. Sicher, es gab nicht viele freie Wohnungen in der Stadt – das Opera House war das einzige Apartmenthaus –, aber trotzdem. Musste das denn sein?

„Ziehst du hier ein?", fragte Levi.

„Nein, dass du darauf gekommen bist! Erstaunlich. Wie hast du das bloß erkannt? Hier, halt das mal." Sie wartete die Antwort nicht ab, sondern drückte ihm die Kiste in die Arme.

„Du ziehst hier ein."

„Man könnte meinen, du wärst ein Hellseher. Wie aufregend. Du solltest das ständige Stirnrunzeln lassen, sonst brauchst du Botox, ehe du dich's versiehst."

Blue ließ noch immer den Ball fallen, hob ihn wieder auf und ließ ihn erneut fallen, ein verzweifelter Versuch, dem begriffsstutzigen Menschen auf die Sprünge zu helfen. Faith hatte inzwischen die Tür geöffnet und die Kiste wieder an sich genommen. „Man sieht sich, Nachbar."

Sie betrat ihr niedliches kleines Apartment, stellte die Kiste ab und spähte durch den Türspion. Levi war fort.

Levi Cooper wohnte also in 3C. Na und? Dies war schließlich ein freies Land. Sie würden einander wahrscheinlich nie begegnen. Was ihr ganz recht war. Okay, manchmal würden sie sich wohl zwangsläufig sehen.

Sie wusste nicht genau, wie sie das finden sollte.

Blue schnupperte in den Ecken. Sie sollte sich ein Beispiel an ihrem Hund nehmen und die Wohnung erkunden. Das hier war ihr neues Zuhause, zumindest eine Zeit lang; Sharon hatte ihr eine Kündigungsfrist zum jeweiligen Monatsende eingeräumt. Ein paar Mieten waren immer noch besser als keine Mieten.

Und die Wohnung war wirklich hübsch. Die Fußböden bestanden noch aus den originalen schmalen Birkendielen, abgewetzt von hundertfünfzig Jahren der Nutzung, jetzt jedoch auf Hochglanz poliert. Der eigentliche Theaterbereich des Opernhauses befand sich im vierten Stock. Faith vermutete, dass der zweite Stock für Kulissenbau und Kostümverwahrung und dergleichen vorgesehen war. Durch die vorderen Fenster konnte sie nicht nur die herrlichen Düfte aus der Bäckerei genießen, sondern hatte auch Aussicht auf ein Zipfelchen vom Keuka und einen sehr schönen Blick auf den Platz.

Die Küche hatte Arbeitsflächen aus Granit und eine Kochinsel sowie ein eingebautes Weinregal. In einem winzigen Arbeitszimmer konnte sie ihren Computer aufstellen und potenzielle Partnerinnen für ihren Vater wie auch Partner für sich selbst auskundschaften. Und natürlich arbeiten. Zusätzlich zur Scheune und zur Bibliothek hatte sie Aufträge für die Ausgestaltung eines weiteren Weinguts jenseits des Sees und zwei Privathäuser.

Die Tür öffnete sich, und herein kamen Goggy, mit einer winzigen Schachtel in der Hand, und Levi, der zwei bedeutend größere Kisten trug. „Sieh nur, wen ich gefunden habe!", säuselte Goggy. „Levi Cooper, unseren Polizeichef!"

„Ich weiß, wer er ist, Goggy", sagte Faith. „Danke, Levi."

„Gern geschehen." Er stellte die Kisten auf den Tisch. „Kann ich sonst noch was tun, die Damen?"

„Ach, das war so wundervoll von dir!", gurrte Goggy. „War er nicht wundervoll, Faith?"

„Total wundervoll."

„Dann wünsche ich noch einen schönen Tag." Er lächelte Goggy an. Faith natürlich nicht. Dann war er weg.

„Danke für deine Hilfe." Faith umarmte die alte Dame.

„Ach Schätzchen, ich mag es, wenn man mich braucht." Die weichen, faltigen Wangen ihrer Großmutter nahmen einen hübschen Roséton an. „Danke, dass du mich um Hilfe gebeten hast. Ich hatte nie eine Tochter, weißt du?"

„Ja, das weiß ich." Faiths Lächeln wurde breiter; Goggy gab häufig allgemein bekannte Tatsachen zum Besten, als würde sie sie zum allerersten Mal verkünden. „Und Pops und du, ihr kommt ohne mich zurecht?"

Goggy drehte den Heißwasserhahn auf und ließ das Spülbecken volllaufen. Sie hielt nichts von Geschirrspülmaschinen. „Wir kommen zurecht", sagte sie. „Es war schön, jemanden zu haben, der frischen Wind in unseren Alltag bringt."

Plötzlich schlugen die Schuldgefühle Purzelbäume in Faiths Seele. „Ich besuche euch jeden Tag", versprach sie.

„Ach, das ist nicht nötig. Ich verstehe schon." Goggy öffnete die erste Kiste und stellte Gläser ins heiße Seifenwasser. „Ich beneide dich.

Ich hätte auch nichts dagegen, allein in einer hübschen neuen Wohnung wie dieser zu leben. Noch mal von vorn anzufangen."

Faith schaute sie verdutzt an. So etwas erwartete man nicht von einer vierundachtzigjährigen Frau. Oder vielleicht gerade.

„Wie ist es, so lange verheiratet zu sein?" Sie wandte sich der nächsten Kiste zu.

„Ach, ich weiß nicht", sagte Goggy. „Manchmal habe ich das Gefühl, dass dein Großvater überhaupt nicht weiß, wer ich bin. Ich bin sicher, *er* denkt, er hätte alles, was es zu wissen gab, in der ersten Woche unserer Ehe gelernt und dass es seitdem nichts Neues mehr gegeben hat. Aber das stimmt nicht! Manchmal möchte ich ihm von einem Buch erzählen, das ich gelesen habe, oder davon, was irgendwer in der Kirche gesagt hat, und er hört kaum zu."

Faith gab einen mitfühlenden Laut von sich. „Du hast so jung geheiratet." Ihre Großeltern kannten einander vor der Ehe erst einem Monat. Früher war das wohl so.

„Ich kann dir sagen", antwortete Goggy.

„Ihr müsst euch auf den ersten Blick verliebt haben."

Goggy schnaubte abfällig. „Wohl kaum, Schätzchen. Er besaß Land, wir hatten ein bisschen Geld, er war gerade vom Militär zurück, und unsere Familien waren einverstanden."

„Hast du ihn geliebt?"

Goggys Miene verhärtete sich. „Was ist das überhaupt, Liebe?" Sie polierte ein Glas so vehement, dass Faith sich um seine Zukunft sorgte.

„Wollen wir uns setzen, Goggy?", fragte sie. „Lass uns Kaffee trinken und reden."

Ihre Großmutter sah sie an. Ihre Augen waren sanft. „Das wäre schön, Schätzchen. Heutzutage glaubt kein Mensch, dass ich noch etwas zu sagen haben könnte. Außer dir."

Faith kochte Kaffee und war dankbar für das Tempo der Maschine. Sie stellte Goggys Becher vor ihr ab und setzte sich dann neben sie.

„Ich war mit einem Jungen verlobt, der im Krieg gefallen ist", sagte Goggy, und vor Überraschung verschluckte Faith sich. Goggy klopfte ihr lässig den Rücken. „Er hieß Peter. Peter Horton."

„Peter", erzählte Goggy, „war ein Junge aus derselben Straße, der Sohn des Milchmanns. Seine Mutter war Engländerin, was ihm einigen Glanz verlieh. Sie hatten eine Abmachung getroffen: Peter würde in den Krieg ziehen, denn das gehörte sich damals so, Faith, ganz gleich, ob man reich war oder arm. Sogar Hollywood-Schauspieler kämpften im Krieg." Nach seiner Rückkehr würden sie heiraten.

Er fiel in Frankreich, und danach war Goggy so ziemlich alles egal. John Holland, warum nicht? Sie wollte schließlich Kinder haben. Und damals standen den Frauen nicht viele Möglichkeiten offen.

„Aber ich denke immer noch an ihn, Faith." Ihre Stimme war ruhig und ganz weich. „Manchmal, beim Wäschewaschen oder wenn ich die Treppe hinaufgehe, dann frage ich mich, ob er mich überhaupt erkennen würde. Ich frage mich, ob wir glücklich geworden wären. Ich glaube, ja. Er brachte mir Blumen mit, die er auf der Wiese gepflückt hatte, er schrieb Gedichte für mich und sah sich in der Kirche immer verstohlen nach mir um."

„Er muss wunderbar gewesen sein", sagte Faith und wischte sich mit einer Serviette über die Augen. Es zerriss ihr das Herz, dass Goggy einmal so liebevoll umworben, so verliebt gewesen war.

„Oh ja, das war er." Goggy schwieg eine Weile. „Dein Großvater hat sich nie viel Mühe gegeben. Ich war einfach eine beschlossene Sache." Goggy sah Faith an, nahm ihre Hand und drückte sie. „Deshalb verstehe ich auch irgendwie, was du wegen Jeremy empfindest. Die Liebe deines Lebens ist nicht der Mann, mit dem du einmal dein Leben teilen wirst, und du wirst die beiden ständig vergleichen."

„Na, das will ich nicht hoffen", murmelte Faith. „Aber Goggy, es tut mir so leid. Das ist eine so traurige Geschichte. Warum hast du sie mir nie erzählt?"

„Ich weiß nicht", sagte sie. „Kein Mensch will die Geschichten einer alten Frau hören." Goggy seufzte und stand dann mit erstaunlichem Elan auf. „Lass uns saubermachen. Auf den ersten Blick sieht die Wohnung ja ganz ordentlich aus, aber in diesen Schränken können sich haufenweise Keime verstecken."

Faith erwachte um drei Uhr morgens mit einer Idee.

Die erste Veranstaltung in der Scheune auf Blue Heron würde ein Jubiläumsfest für ihre Großeltern sein. Sie wäre dort rechtzeitig fertig – oder doch zumindest fast fertig – und würde eine große Party für sie organisieren. Vielleicht würden Goggy und Pops sich dann an ein paar schöne gemeinsame Dinge erinnern. An ein bisschen Liebe. Man kann doch sicher nicht ganz ohne Liebe sechseinhalb Jahrzehnte lang verheiratet sein.

Arme Goggy. Wie schwer musste es ihr gefallen sein, von ihrem Traumprinzen zu etwas so Zweckmäßigem wie Pops zu wechseln und sich ständig zu fragen, wie das Leben sich gestaltet hätte, wenn Peter aus dem Krieg zurückgekehrt wäre. Auch für Dad, dem noch viele Tage ohne Mom bevorstanden, war alles anders gekommen, als er es sich vorgestellt hatte.

Sie hätte so gern Jeremy angerufen, seine freundliche Stimme gehört. Vielleicht hatte ihre Großmutter recht … Sie würde niemals einen Mann finden, der ihrer ersten Liebe das Wasser reichen könnte. Genau wie Goggy. Genau wie Dad.

Mist. Anscheinend hatte sie ein bisschen geweint.

Blue schnaufte leise und wedelte dann im Schlaf mit dem Schwanz. Der Mondschein, auf seltsam süße Weise fremd, fiel in kühlen Streifen in ihr Zimmer. In der Küche schaltete sich der Kühlschrank ein. Ansonsten war es still.

Sie konnte genauso gut jetzt aufstehen und den Fertigungszeitplan für die Scheune überprüfen. Barfuß tappte sie in ihr Arbeitszimmer. Blue folgte ihr pflichtschuldigst, den Ball in der Schnauze, und ließ sich zu ihren Füßen nieder, als sie sich an den Schreibtisch setzte, so als lebten sie schon seit Jahren hier und nicht erst seit Stunden. Faith strich mit dem Fuß durch sein dichtes Fell und erntete ein dankbares Knurren.

Man konnte nicht allzu einsam sein, wenn man einen Hund besaß. So viel stand fest. Faith fuhr ihren Computer hoch, dann fiel ihr etwas auf.

Die Wohnung roch nach Schokolade.

Also, *das* war schön. Und ein bisschen merkwürdig. Ob der Bäckerladen vielleicht schon öffnete? Faith ließ den Computer vor sich hin rödeln und ging zu den vorderen Fenstern. Nein, Loreleis Laden war noch dunkel.

Sie ging zur Wohnungstür und öffnete sie einen Spalt. Im Hausflur war es dunkel, doch unter der Tür zu 3C leuchtete ein heller Streifen, und der Schokoladenduft war hier stärker. Blue schob ebenfalls den Kopf durch den Türspalt und leckte sich die Lefzen.

Levi backte.

Backte um 3:17 nachts.

# 14. Kapitel

Zwei Wochen später wollte Levi nichts anderes vom Leben, als in seine Wohnung zu gelangen, ohne dass Faiths großer Hund im Flur sein Bein rammelte, sich ein Bier einzuschenken und die Yankees gewinnen zu sehen. Hinter ihm lagen ein paar sehr lange Tage; er versuchte, Everett die Grundlagen des Berufs beizubringen, aber der Junge hatte ein Gedächtnis wie ein Sieb. Trotzdem hatte Levi ihm an diesem Abend die Verantwortung übergeben, so beunruhigend diese Vorstellung auch war.

„Du rufst mich an, wenn du dir in irgendeiner Sache nicht sicher bist, okay?", hatte er ihn beschworen. „Und deine Waffe bleibt im Holster. Wenn mir zu Ohren kommt, dass du sie ohne meine persönliche Zustimmung gezogen hast, bist du gefeuert. Egal, wer deine Mutter ist."

Everett strahlte. „Roger, Chief. Machen Sie sich keine Sorgen." Er wollte die Füße auf den Schreibtisch legen, verfehlte ihn jedoch und fiel vom Stuhl.

Levi unterdrückte einen Seufzer. „Ich komme später noch mal nachsehen."

„Du bist ein Kontrollfreak, hat dir das schon mal jemand gesagt?", bemerkte Emmaline und schlüpfte in ihren Regenmantel. Auf ihrem Schreibtisch lag ein Buch mit dem Titel: *Übernehmen Sie die Kontrolle über Ihr Leben: Aus der beruflichen Sackgasse zur Traumkarriere.*

„Suchst du einen neuen Job, Em?", fragte Levi.

„Ich will deinen." Sie bedachte ihn mit einem ihrer klassischen Blicke, halb belustigt, halb gereizt.

Levi hielt ihr die Tür auf, dann stemmte er sich mit gesenktem Kopf gegen das Schmuddelwetter. Obwohl erst Oktober, war es plötzlich kalt geworden, und der vorherige Regen war in Schneeregen übergegangen. Die Gehsteige waren bereits rutschig. Zum Glück hatte er nur etwa fünfzig Meter nach Hause. Er brachte Emmaline nach Hause, die gleich auf der anderen Straßenseite in einem hübschen Bungalow neben der Bibliothek wohnte. Dort liefen offenbar gerade Bauarbeiten oder so was Ähnliches. Ach richtig. Faith Holland veranstaltete irgendetwas mit dem Hof.

„Danke für die Begleitung. Geh jetzt. Hau ab. Husch." Emma-line schloss ihre Haustür auf. „Und mach dich nicht verrückt wegen Everett. Er braucht Erfahrung, und wenn du ihn weiterhin wie eine besorgte Glucke unter die Fittiche nimmst, lernt er's nie."

„Hast du schon mal daran gedacht, als Präsidentin zu kandidieren?", fragte er.

„Ja, aber ich bin nicht sehr fotogen. Versuch mal, gut zu schlafen, Chief."

Ein Abend für sich allein. Darauf hätte er sich eigentlich freuen sollen. Sarah war am Dienstag aufgekreuzt und hatte behauptet, krank zu sein. Heimwehkrank, ja, aber nicht körperlich krank. Außerdem war sie *per Anhalter* gefahren. Und ihr Bruder war Polizist! Sagte, ihr Wagen wäre nicht angesprungen, deshalb hätte sie sich vom Hostess-Lieferanten mitnehmen lassen. Daraufhin sah Levi sich zu einem Vortrag über die Gefahren einer solchen Aktion genötigt, und wenn er schon dabei war, auch über die Idiotie, nicht aufs College gehen zu wollen. „Was willst du denn machen, wenn du hierbleibst?", hatte er scharf gefragt, als er sie am nächsten Morgen zurückgefahren hatte. „Kellnerin werden? Bardame auf irgendeinem Weingut? Willst du denn nicht mehr erreichen, Sarah?" Ihre Reaktion bestand darin, stumm aus dem Fenster zu starren. Tränen liefen ihr über die Wangen, und Levi fühlte sich beschissen. Sie hatte sich nicht einmal verabschiedet, als er sie vor ihrem Wohnheim absetzte.

Dann war da ein Autounfall auf der Route 54 ... Keine Todesopfer, aber – um Himmels willen – es war schon wieder Josh Deiner, der Bengel, der Abby Vanderbeek betrunken gemacht hatte. Der Unfall hatte zur Folge, dass dem Jungen der Führerschein abgenommen wurde, was wiederum einen gewaltigen Wutanfall nach sich zog. Er war der Sohn reicher Eltern und wollte nicht kapieren, dass die Gesetze auch für ihn Gültigkeit hatten.

Und dann war da Faith Holland, die gegenüber von ihm eingezogen war. Das war ... verwirrend. Er war ihr nur ein paar Mal begegnet, doch mit jedem Mal wurde es schwieriger, damit klarzukommen.

„Hey, Chief! Scheußlicher Abend, wie?", rief Lorelei, als sie die Eingangstür des Bäckerladens abschloss.

„Ja. Fahr vorsichtig, hörst du?"

„Aber sicher." Sie strahlte und kramte ihre Autoschlüssel aus ihrer riesigen violetten Handtasche. Levi wartete, bis sie eingestiegen war, und blickte ihr nach, als sie die Straße hinunterfuhr. Das Heck ihres

Wagens brach in der Kurve leicht aus, doch sie wohnte nur etwa eine Meile außerhalb der Stadt, nicht auf dem „Hügel", wo die Straßen in bedenklichem Zustand waren.

Er schloss die Tür zum Opernhaus auf. Falls sich an diesem Abend ein Unfall ereignete, würde er mit Sicherheit rausfahren müssen; Ev war auf so etwas noch nicht eingerichtet. Davon abgesehen, hatte Levi seit seinem Amtsantritt nie mehr als zwei aufeinanderfolgende Abende frei gehabt.

Vielleicht war es doch gar nicht so rätselhaft, dass Nina ihn verlassen hatte.

Er verdrängte den Gedanken. Seine Frau hatte ihn nicht verlassen, weil er zu viel arbeitete; sie hatte ihn verlassen, weil sie eine adrenalinsüchtige Hubschrauberpilotin war.

Levi öffnete den verschnörkelten Messingbriefkasten – Rechnungen, eine DVD von Netflix – und stieg die Treppe hinauf. Faiths Tür stand offen, und er zögerte, hoffte beinahe, sie würde aus der Wohnung kommen und … irgendwas tun, zum Teufel, was, das wusste er auch nicht. Er hatte nur plötzlich das Gefühl, dass ihm eine endlos lange, einsame Nacht bevorstand.

Etwas drängte sich an sein Bein. Blue, der alte Trottel. „Geh nach Hause, Alter", befahl er.

Er ging zu seiner Wohnung, doch der Hund stupste mit dem Kopf gegen seine Tür, vermutlich weil er sich eine vergnügliche Zeit mit Levis Bein erhoffte. Levi zog ein Flanellhemd und Jeans an und verstaute seine Uniform im Wäschekorb. Das Leben beim Militär hatte eine Art Ordnungsfanatiker aus ihm gemacht, was seine Mom und Sarah ziemlich lustig fanden, war er zuvor doch der typische schlampige Teenager gewesen. Damit war Schluss. Die Wohnung war picobello, besonders jetzt, nachdem Sarah fort war. Er räumte jedes Mal nach ihrer Abreise ihr Zimmer auf, denn sie wäre weiß Gott nie auf die Idee gekommen, ihr Bett selbst zu machen.

Er rief Lorelei an; sie war gut heimgekommen, aber, ja, es war glatt draußen, und es war lieb von ihm, sich nach ihr zu erkundigen.

Levi legte auf, dann öffnete er den Kühlschrank, entnahm ihm eine Flasche Newton's Pale Ale und überprüfte seine Optionen für ein Abendessen. Jede Menge Reste; es war nicht einfach, für eine einzige Person zu kochen. Außerdem war da noch ein Behälter mit Fleischklopsen in Soße; die hatte er am Dienstag für Sarah zubereitet, denn sie waren ihr Leibgericht. Wenn er nicht wollte, dass sie die College-Ausbildung abbrach, hieß das noch lange nicht, dass er seine kleine Schwester nicht lieb hatte.

Es rumste an der Tür. Blue schon wieder. So ein schöner Hund, aber dumm wie Bohnenstroh. Der Hund winselte jetzt. Wieder rumste es.

Levi öffnete die Tür und blickte auf das Tier herab. „Was denn?"

Blue hob den Kopf und winselte.

„Holland, dein Hund ist hier", rief Levi. Ihre Wohnungstür stand immer noch weit offen.

Levi erhielt keine Antwort.

„Faith?" Er betrat ihre Wohnung. „Holland, bist du hier? Ach du Scheiße."

Faith stand am Küchentresen und zupfte an ihrem Pullover. Sie sah verwirrt aus.

Wenn Levi sich recht erinnerte, hieß das, dass sie kurz vor einem Anfall stand.

„Faith? Alles in Ordnung?"

Sie drehte sich nicht um. Der Hund bellte einmal kurz, und Faith sank in sich zusammen. Levi riss sie an sich, damit sie nicht mit dem Kopf auf dem Küchentresen aufschlug, und ließ sie zu Boden gleiten. Sie zuckte schon, die arme Kleine, die Muskeln waren starr, die Kiefer verkrampft. Er drehte sie auf die Seite, für den Fall, dass sie sich übergeben musste. Ihre Augen waren geöffnet und leer, und reflexartig blickte Levi auf die Uhr. 18:34:17 Uhr. Die Dauer des Anfalls bestimmen, für den Fall, dass er länger als fünf Minuten anhielt, das verlangten die Leitlinien. Nicht umsonst hatte Levi eine Sanitäter-Ausbildung.

Während der Schulzeit hatte er vier oder fünf Mal miterlebt, wie Faith einen Anfall hatte. Irgendwie war es jetzt, da er der verantwortliche Erwachsene war, noch gruseliger. Ihre Finger waren gespreizt und steif, ihr Rücken bog sich unter der Macht der Krämpfe.

Blue lief hin und her und winselte. „Schon gut, Alter", sagte Levi, die Hand auf Faiths Schulter, während Arme und Beine krampften. „Sie kommt wieder in Ordnung."

18:34:42 Uhr. Der Anfall dauerte an. Was sollte er noch sagen? *Sprecht beruhigend auf das Opfer ein*, hatte die Schwester immer gesagt, und die ganze Klasse wusste, wer das Opfer war. „Alles ist gut, Faith", sagte er. „Du wirst schon wieder."

18:35:08 Uhr. „Das machst du toll, Holland. Keine Angst. Dein

Hund ist bei dir." Na ja, das war dämlich. „Ich bin auch bei dir. Ich bin hier bei dir."

Er verlief merkwürdig leise, dieser Anfall, nur das Geräusch ihrer über den Boden scharrenden Schuhe, das Prasseln des Schneeregens an den Fensterscheiben, Faiths schweres Atmen. „Halte durch, Faith."

Scheiße. Das war bestimmt kein Spaß, wenn Körper und Verstand so gegen einen selbst rebellierten. Ihre Muskeln waren hart und verspannt unter seiner Hand, den rechten Arm hatte sie übers Gesicht gelegt, als wollte sie sich vor einem Schlag schützen. „Keine Angst, Süße. Ist gleich vorbei." Als ob er das wüsste.

18:35:42 Uhr. Vielleicht sollte er ihren Dad anrufen. Als Mitglied der Freiwilligen Feuerwehr wusste Levi, dass ein Notruf nichts nützen würde; die Sanitäter würden ihr Sauerstoff geben, aber in erster Linie wohl, weil es ihnen ein besseres Gefühl gab, nicht weil sie ihn brauchte. Nein, ihre Atmung war in Ordnung, wenn auch ein bisschen mühsam. Gesicht oder Lippen waren nicht blau. Dr. Buckthal hatte im letzten Jahr einen innerbetrieblichen Kursus für den Notdienst gegeben – Marcus Shrade hatte bei einem Unfall ein Schädel-Hirn-Trauma erlitten und bekam ein paar Mal im Jahr einen Grand-Mal-Anfall. Der Arzt sagte, solch ein Anfall hörte auf, wenn es ihm passte. Hoffentlich schnell. Verdammt unangenehme Art von Workout.

Okay, der Krampf ließ nach. 18:36:04 Uhr. Ihre Arme und Beine hörten auf zu zucken, und Levi spürte, wie die Spannung aus ihrem Körper floss, konnte quasi sehen, wie sie an den Boden schmolz, als die Fehlzündungen in ihrem Gehirn aufhörten und die Muskeln sich entspannen konnten. Blue ließ sich neben Faith nieder und legte den Kopf auf ihr Bein.

„Faith? Alles in Ordnung?" Er strich ihr ein paar Haarsträhnen aus dem Gesicht. Sie zitterte nicht mehr, war aber noch nicht wieder bei sich. *Postiktal,* so lautete der korrekte Begriff, blickte sie starr geradeaus. Der Hund begann, mit dem Schwanz zu klopfen. „Du bist in deiner Wohnung, Holland. Du hattest einen Anfall, aber es geht dir gut." Sie blinzelte und schluckte, antwortete jedoch nicht. Levi zog sein Handy aus der Tasche und gab die Nummer der Hollands ein. „Hey, John, hier ist Levi Cooper. Hören Sie, Sir, Faith hatte gerade einen Anfall. Von etwa neunzig Sekunden Dauer."

„Du hast das alles mit angesehen?" Johns Stimme klang scharf vor Sorge.

„Ja, Sir. Gibt es etwas, das ich besonders beachten muss?"

„Ist sie jetzt bei Besinnung?"

Levi bemerkte, dass er Faiths Haar streichelte. Die roten Locken waren unglaublich seidig. „Faith? Wie geht's dir?" Sie schluckte und sah ihn an. „Dein Dad ist am Telefon. Willst du mit ihm sprechen?"

Sie blinzelte. „Mein Dad?"

„Ja. Sie kommt zu sich, Sir." Er hielt Faith das Handy ans Ohr, und sie griff danach, immer noch ein wenig zittrig.

„Hi, Daddy", sagte sie. „Hm … Ich … Ich weiß nicht." Sie schloss die Augen und legte die Stirn in Falten. „Mir geht's gut. Ich glaube, Levi … Ich weiß nicht. Okay. Ich gebe ihn dir."

Levi nahm das Handy wieder an sich. „Soll ich irgendetwas tun?", fragte er.

„Ich komme sofort", sagte Faiths Vater.

„Die Straßen sind ziemlich vereist." Levi hielt inne. „Ich kann bei ihr bleiben oder sie ins Krankenhaus bringen, falls Sie das für angebracht halten."

„Ich will nirgendwo hin", murmelte Faith. „Ich bin müde."

„Sie sagt, sie sei müde", ergänzte Levi.

John seufzte in den Apparat. „Wie schlimm sind die Straßen?"

„Schlimm genug, um lieber zu Hause zu bleiben. Was braucht sie jetzt?"

„Schlaf. Jemanden, der auf sie aufpasst. Das reicht normalerweise. Verdammt, sie hat so lange keinen Anfall mehr gehabt."

Faith schien zu schlafen. „Ich kann eine Weile bei ihr bleiben", sagte Levi. „Ich wohne ja direkt gegenüber."

Ihr Vater zögerte. „Sicher?"

„Absolut, Sir."

John seufzte. „Okay. Ich wäre dir sehr dankbar. Wenn du mich anrufen würdest, sobald sie aufwacht, das wäre prima. Gewöhnlich schläft sie eine Zeit lang, wirkt ein bisschen benommen, aber ansonsten geht's ihr gut. Vermutlich hat sie ihre Medikamente nicht regelmäßig genommen. Aber falls sie einen weiteren Anfall hat, ruf mich bitte sofort an."

„Mach ich. Ich melde mich später."

„Danke, mein Junge. Du bist ein feiner Kerl."

Levi legte das Handy auf den Küchentresen. „Faith? Bist du wach?"

„Ich bin müde", antwortete sie, ohne die Augen zu öffnen.

„Ich hebe dich jetzt hoch, okay?"

„Vorher muss ich fünfzehn Pfund abnehmen."

Er spürte den Hauch eines Lächelns. „Ich schaff das schon." Er schob die Arme unter ihren Körper und hob sie auf. Okay, sie war kein Federgewicht, da hatte sie recht. Aber auf jeden Fall roch sie gut, süß und warm. Ihr Kopf ruhte an seiner Schulter, ihr Haar streifte sein Kinn.

Der Hund trottete schwanzwedelnd in ein anderes Zimmer, und Levi folgte ihm. Setzte Faith aufs ungemachte Bett und zog ihr die Schuhe aus. „Danke, Levi", murmelte sie, und ihre Stimme schien von weither zu kommen.

Er zog die Bettdecke über Faith. Blue sprang aufs Bett und legte den Kopf auf ihre Hüfte. Faith streckte die Hand aus und kraulte ihn, ohne die Augen aufzuschlagen. „Ich bin hier, falls du mich brauchst", sagte Levi.

„Gut." Ihre Augen waren geschlossen, die Wimpern warfen dunkle Schatten auf ihre Wangen.

Levi streckte die Hand aus, um ihr noch einmal das Haar zurückzustreichen, hielt jedoch inne. Jetzt war sie ja wach. Gewissermaßen.

Er ging ins Wohnzimmer; ihre Wohnung war im Großen und Ganzen so geschnitten wie seine eigene, hatte nur einen Schlafraum weniger. Im Gegensatz zu seiner wirkte die hier jedoch … heimelig, was merkwürdig war, denn soviel er wusste, war Faith erst seit kurzer Zeit wieder in der Stadt. Dennoch, eine Wand war feuerwehrautorot gestrichen, und auf dem Sofa lag ein Überwurf in Rot und Violett. Ein Bücherschrank enthielt ein paar Dutzend Bücher, ein paar Fotos und Andenken. Auf dem Kaffeetisch lag eine aufgeschlagene Frauenzeitschrift, daneben stand ein riesiger roter Becher mit einer aufgemalten Sonnenblume. Auf dem Küchentresen prangten in einer Vase gelbe Blumen. Das Weinregal war gefüllt, wie Levi feststellte. Das gehörte sich wohl so, wenn man aus einer Winzerfamilie kam.

Eine Windbö peitschte prasselnden Schneeregen gegen die Fensterscheibe, und Levi zuckte leicht zusammen. Ihn überraschte immer wieder, wie unschuldig ein Schuss klingen konnte, etwa so wie Feuerwerkskörper. Oder wie Schneeregen.

Zeit, sich nützlich zu machen. Er griff nach Faiths Tasse und ging in die Küche. Der Geschirrspüler war voll mit sauberem Geschirr. Bemüht leise räumte er ihn aus, fand den jeweiligen Platz im Schrank und wischte dann die Arbeitsflächen ab. Faltete die Decke auf Faiths Sofa.

Schaltete den Fernseher ein, fand den richtigen Sender und stellte fest, dass das Spiel der Yankees wegen Regens ausfiel. Zappte ein bisschen durch die Programme, schaltete dann den Fernseher aus. Zückte sein Handy und rief Everett an.

„Wie läuft's bei dir, Ev?"

„Prima, Chief! Hm, wir hatten einen Anruf mit der Bitte um Hilfe beim Einlegen der Batterie in einen Rauchmelder – das war Methalia Lewis –, und zum Glück habe ich dasselbe Modell und konnte ihr genau zeigen, wie's geht, Chief."

Der Stolz in Everetts Stimme war unüberhörbar. „Gute Arbeit."

„Danke, Chief!"

„Wenn sonst noch irgendwas ist, ruf mich einfach an."

„Verstanden, Chief Cooper. Ende."

Anscheinend hatten seine Schutzbefohlenen bisher Vernunft walten lassen und waren bei dem Sauwetter drinnen geblieben.

Er schaute nach Faith. Sie schlief, den Arm um den Hund gelegt. Wenn sie aufwachte, würde sie sicher Hunger haben. Er ging zurück in die Küche und spähte in ihren Kühlschrank. Eine Flasche Weißwein, eine angebrochene Packung Schokokuchen, eine Teigrolle für Zimtschnecken und ein Glas Artischocken. Kochen war offenbar nicht ihr Ding. Levi ging zurück in seine Wohnung, schnappte sich den Behälter mit Fleischklopsen und eine Packung Linguine und nahm beides mit in Faiths Wohnung. Sie schlief inzwischen seit etwa einer Stunde.

Was sollte er machen? Levi ging zum Bücherschrank. Da saß ein Sockenaffe mit pinkfarbenen Knopfaugen und einer pinkfarbenen Schleife. Eine kleine rote Vase, ein winziges Huhn aus Metall. Bei aller Liebe, er konnte sich nicht vorstellen, solchen Schrott zu sammeln. Eine Derek-Jeter-Wackelkopf-Figur. Hier stand ein gerahmtes Foto, es zeigte die Familie auf der Hochzeit von Pru und Carl. Anscheinend war Faith Blumenmädchen gewesen – sie war damals vielleicht neun oder zehn Jahre alt und hielt einen Blumenstrauß in den Händen. Pru sah heute noch genauso aus, bis auf ein paar graue Haare, und Carl ebenfalls, obwohl er mit den Jahren dicker geworden war. Mrs Holland war eine Schönheit gewesen. Sie hatte das gleiche rote Haar wie Faith und lächelte, den Arm um ihren Mann gelegt, die Braut an. Jack wirkte schüchtern, Honor war hübsch. Ein Golden Retriever hockte folgsam neben Faith.

Er stellte das Bild wieder hin und wandte sich dem nächsten zu. Faith und eine Freundin, beide lachend, an einem nebligen Tag vor der Golden Gate Bridge. Ein weiteres zeigte Faith in Arbeitsstiefeln und Jeans und einem Flanellhemd vor einem Brunnen.

Und hier war ein Foto von ihr und Jeremy. Die beiden am Strand, eng umschlungen. Interessant, dass sie diese Erinnerung so offen zur Schau stellte.

Er entdeckte ein weiteres Andenken – eine Glasschale voll weißer Strandkiesel. Obenauf lag ein kleiner Rosenquarz, nicht größer als eine Fünf-Cent-Münze und annähernd herzförmig. Levi runzelte die Stirn, hob den Stein hoch und hielt ihn gegen das Licht.

„Den hat mir jemand geschenkt, als meine Mom gestorben war. Hat ihn in der Schule in meinen Spind gelegt."

Faith hatte sich umgezogen und trug jetzt Pyjamahosen (rot und übersät von Dalmatiner-Welpen) und ein Blue-Heron-Sweatshirt.

Blue sprang auf Levi zu und versuchte, sein Bein zu besteigen. „Blue, lass das!", befahl Faith, und der Hund gehorchte.

Levi legte den Stein zurück. „Wie fühlst du dich?"

Sie holte tief Luft und legte den Kopf zur Seite. „Ganz gut. Ein bisschen benommen. Ich hatte wohl einen Anfall, wie?"

„Ja."

Ihre Wangen röteten sich. „Tut mir leid, dass du das mit ansehen musstest."

„Du solltest froh sein, Holland. Wenn ich nicht gewesen wäre, hättest du dir am Küchentresen den Schädel einschlagen können." Er verschränkte die Arme und zog erwartungsvoll die Brauen hoch.

Sie lächelte leicht. „Wow. Schon wieder der Held."

„Genau genommen hat dein Hund mich geholt. Hat ständig mit dem Kopf gegen die Tür gerumst."

„Tatsächlich?" Faith kniete sich hin und breitete die Arme aus, und der Hund sprang auf sie zu und schleckte ihr das Gesicht ab. „Blue! Du bist ein so guter Junge! Braver Hund!" Sie gab ihm einen Kuss auf den Kopf und sah dann grinsend zu Levi auf. „Er ist quasi ein Therapiehund, musste sich aber bislang noch nie bewähren. Er hat wohl doch mehr auf dem Kasten, als ich gedacht hatte. Ja, wirklich, Mr Blue! Du bist genial!"

Sie wirkte so … glücklich. Levi räusperte sich und wandte den Blick ab. „All dieser Kram hier … Bleibst du in der Stadt?" Er deutete auf den Bücherschrank.

„Meine Mitbewohnerin hat mir ein Paket mit Sachen geschickt. Vielleicht ist das ein Hinweis darauf, dass ihr Schatz endgültig einzieht. Und ein paar Dinge stammen aus Dads Haus. Die Bücher und so."

Sie hatte seine Frage nicht beantwortet. „Hast du Hunger?", erkundigte er sich.

„Wie ein Wolf."

„Schön. Ich habe etwas zum Abendessen mitgebracht."

„Ein vielseitig begabter Babysitter." Sie lächelte.

Irgendwo in einem fernen Winkel seines Bewusstseins schrillten Alarmglocken. Faiths Haar war zerzaust, das Make-up unter ihren Augen verschmiert. Das weite Shirt war nicht unbedingt schmeichelhaft; sie sah darin aus wie ein Sack Kartoffeln, und trotzdem verströmte sie irgendwie pure Erotik.

„Ruf deinen Vater an." Levi ging zurück in die Küche, um Wasser für die Pasta aufzusetzen.

Es war unmöglich, nicht zuzuhören. „Hi, Daddy, mir geht's gut", sagte sie, und Levi fragte sich, ob Mädchen jemals das Bedürfnis überwanden, ihre Väter *Daddy* zu rufen statt schlicht und einfach *Dad*.

Etwa eine Woche lang hatte Nina geglaubt, schwanger zu sein, obwohl sie es nicht geplant hatten, und Levi war erstaunt darüber, wie froh diese Vorstellung ihn machte. Er hatte sich sofort eine Tochter ausgemalt. Doch es war falscher Alarm gewesen, und als Levi vorschlug, auf Verhütung zu verzichten und es wirklich zu versuchen, hatte sie zunächst nichts gesagt. Zwei Wochen später informierte sie ihn dann über ihre erneute Verpflichtung.

„Mir geht's prima, mach dir keine Sorgen", beteuerte Faith. „Ich weiß, ich weiß. Ich habe vergessen, Nachschub zu besorgen, aber es war nur ein Tag, höchstens zwei … Ich weiß, Dad, und es tut mir wirklich leid. Nein, bleib bloß zu Hause, da draußen ist scheußliches Wetter. Gut, dass die Traubenernte erledigt ist, hm? Ja, er ist hier. Klar doch. Hab dich auch lieb." Sie tappte in die Küche und reichte Levi das Telefon. „Er will dich sprechen."

„Hey, John."

„Levi, ich wollte fragen, ob du heute Nacht vielleicht ein Auge auf sie haben kannst." Johns Stimme klang noch genauso besorgt wie vorher. „Sie hat ein paar Tage lang keine Medikamente genommen, und falls sie noch einen Anfall bekommt, sollte sie nicht allein sein."

Levi zögerte. Wieder meldeten sich die Alarmglocken. „Klar. Kein Problem."

„Tut mir leid, dass ich dich darum bitten muss, aber du hast recht, die Straßen sind spiegelglatt. Ich wollte die Zufahrt runterfahren und bin einfach so auf den Rasen gerutscht."

Kein Wunder, bei einem Pick-up mit abgefahrenen Reifen, der wahrscheinlich das letzte Mal in den Neunzigern gewartet worden war. „Bleiben Sie, wo Sie sind, Sir. Das geht schon."

„Und es macht dir wirklich nichts?"

„Überhaupt nichts."

John seufzte. „Du hast was gut bei mir. Mein Gott, Kinder. Die lassen einem wirklich graue Haare wachsen. Okay, Levi. Noch einmal herzlichen Dank."

Levi legte auf. „Sieht ganz so aus, als ob mein Intermezzo als Babysitter noch eine Weile dauert. Wir machen eine Übernachtungsparty."

„Nein!" Faith wurde knallrot. „Du brauchst nicht zu bleiben, Levi. Wirklich nicht. Mir geht's gut. Ich habe zwei Tage lang meine Medikamente nicht eingenommen, aber jetzt nehme ich sie wieder, und alles ist gut. Siehst du? Hier sind die Tabletten." Sie öffnete einen Schrank und schüttelte ein Röhrchen mit Tabletten unter seiner Nase. „Du kannst nach Hause gehen. Ich habe noch nie zwei Anfälle an einem Tag gehabt."

„Ich bleibe."

Sie seufzte schnaufend. „Na schön, du Tyrann. Willst du Wein?"

„Statt Kuchen oder Zimtschnecken?"

„Chief Cooper! Haben Sie etwa in meinem Kühlschrank herumgeschnüffelt?" Sie grinste wieder. „Ich kann's dir nicht verübeln. In deiner Wohnung würde ich es genauso machen. Der Kühlschrankinhalt sagt eine ganze Menge über manche Leute aus."

„Tatsächlich?"

„Mmm-hmm. Möchte wetten, deiner ist picobello. Alle vier Lebensmittelgruppen, Reste in Tupperdosen-Sets verpackt."

Er rührte die Fleischklopse in Soße um. „Stimmt."

„Siehst du? Das passt zu deiner in der Analphase stecken gebliebenen Persönlichkeit."

„Was sagt dann dein Kühlschrank über dich aus? Du hast einen halb aufgegessenen Kuchen, Wein, Fertigteig für Zimtschnecken und ein verschlossenes Glas mit Artischocken."

Sie lächelte. „Das heißt, dass ich oft ausgehe, gelegentlich unvernünftiges Zeug in mich reinstopfe, das Leben genieße und spontan bin. Möchtest du jetzt Wein oder nicht?"

„Nein, danke. Komm, lass uns essen."

Sie setzten sich an den Küchentisch. Blue warf ihnen, den Kopf auf die Pfoten gelegt, hoffnungsvolle Blicke zu. „Danke für alles, Levi", sagte Faith, sah ihn an und wurde wieder rot.

„An einem Abend wie diesem hab ich ja nichts Besseres zu tun." Die Worte klangen völlig falsch. Faith errötete noch tiefer.

Sie aß einen Happen. „Hat es dich schockiert? Jack hat mich einmal gefilmt, daher weiß ich, wie ich dann aussehe."

Er schaute sie sekundenlang an und sah einen Anflug von Besorgnis in ihren Augen. „Mich hat's nicht gestört. Aber es sieht aus, als wäre es … nicht gerade angenehm."

„Es ist gar nicht schlimm. Oder wenn doch, dann weiß ich nichts davon. So ein Anfall, der ist wie … die totale Leere."

Also würde sie sich nicht daran erinnern, dass er sie „Süße" genannt hatte. Und das war wohl gut so.

Sie sagte nichts mehr, abgesehen davon, dass sie seine Fleischklopse lobte. Der Wind klatschte weiter Schneeregen ans Fenster, aber während es Levi vorher ein bisschen nervös gemacht hatte, fühlte es sich jetzt irgendwie… beruhigend an.

Als er und Faith die sechste Klasse besuchten, hatten sie einen wirklich üblen Naturwissenschaftslehrer. Mr Ormand oder so ähnlich. Der Kerl hasste Kinder. Jeden Tag nahm er einen Schüler aufs Korn, um ihn zu zerfleischen. Das Opfer (männlich oder weiblich, da machte er keine Unterschiede) wurde gnadenlos verspottet, weil es eine falsche Antwort gab oder im Labor etwas übersehen hatte. Sogar wenn jemand gute Noten bekam und jeder Aufgabe gewachsen war, machte er sich darüber lustig. „Wir wissen wohl *alles,* nicht wahr, Miss Ames? Du musst ja wohl ein Genie sein. Leute, wir haben ein Genie in unserer Mitte! Ist das nicht *aufregend?*"

Dann hatte Faith eines Tages die Hand gehoben und nach dem Stoff für einen bevorstehenden Test gefragt, und Mr Ormand antwortete etwas in der Art von: „Vielleicht liest du mal das *Lehrbuch,* Miss Holland? Könnte ja sein, dass *das* hilft?" Seine Stimme triefte wie üblich vor Sarkasmus. Und zum Schrecken aller anderen fauchte Faith im gleichen Tonfall zurück: „Oder vielleicht könnten Sie *ordentlich* unterrichten, Mr Ormand? Statt nur dazusitzen und darüber zu *jammern*, wie *dumm* wir sind?"

Ein kollektives Luftschnappen folgte, und Faith wurde ins Büro des Direktors geschickt. Als sie an ihm vorbei aus dem Klassenzimmer ging, raunte Levi: „Gut gemacht, Holland", und zwinkerte ihr zu. Sie sah ihn an, und er hätte erwartet, dass sie Angst hatte, weil sie zum ersten Mal, solange er sich erinnern konnte, in Schwierigkeiten steckte. Doch stattdessen grinste sie, und in dieser Sekunde dachte er, in Faith Holland könnte vielleicht doch ein Hauch von Aufruhr stecken. Vielleicht war sie doch nicht so superbrav, wie sie schien. Außerdem hatte sie schon Brüste. Noch ein Punkt für sie.

Nicht lange danach war Faiths Mutter bei einem schrecklichen Verkehrsunfall ums Leben gekommen. Der Vertrauenslehrer war in die Klasse gekommen und hatte die Schüler angewiesen, keine Fragen zu stellen, doch Faiths Vater war es ein Anliegen, alle wissen zu lassen, dass Faith im Wagen gesessen und einen Anfall gehabt hatte und sich Gott sei Dank an nichts erinnern konnte.

Der Klassenlehrer forderte alle auf, Faith ein Briefchen zu schreiben, aber Levi fühlte sich der Aufgabe nicht gewachsen. Was sagte man zu einem Mädchen, das in einem Autowrack neben dem zerschmetterten leblosen Körper seiner Mutter aufgewacht war? „Es tut mir leid?" Alles klang so erbärmlich und nichtssagend. Der Lehrer hatte ihn böse angefunkelt, und Levi kritzelte ein paar Zeilen auf ein Blatt Papier, ließ es verstohlen in seiner Tasche verschwinden und gab stattdessen ein leeres Blatt ab.

Als Faith ein paar Wochen später wieder zur Schule kam, war sie nur noch ein Schatten des süßen Mädchens, das dem fiesen Lehrer so frech geantwortet hatte. Sie war schon vorher beliebt gewesen; der Tod ihrer Mutter katapultierte sie an die Spitze der Popularitätsskala. Alle scharten sich um sie, wetteiferten um den Platz neben ihr, drängten ihr Süßigkeiten auf und luden sie nach der Schule zu sich ein. Im Sportunterricht wollte sie jeder als Erste in seinem Team haben.

Levi hatte nichts dergleichen getan. War nicht zur Gedenkfeier für ihre Mom gegangen, hatte sie nicht in sein Team gewählt, nicht gesagt, dass es ihm leidtäte. Aus irgendeinem Grund konnte er es nicht. Er hatte sie einfach … ignoriert. Damals steckte er in der Pubertät, und diese Altersgruppe ist nicht gerade berühmt für ihr Einfühlungsvermögen.

Doch eines Tages, als er im Bach hinter der Wohnwagensiedlung angelte, hatte er am Ufer etwas Glitzerndes entdeckt. Ein Stück Rosenquarz. Am nächsten Tag nahm er es mit in die Schule, und nachdem er wegen fehlender Hausaufgaben von Mr Ormand zum Nachsitzen verdonnert worden war, hatte er, als alle anderen weg waren, seinen kleinen Schatz aus der Tasche gekramt, ihn in einen Fetzen grobes braunes Papierhandtuch gewickelt und durch den Luftschlitz in Faiths Spind geworfen.

Einen Stein, den sie seit fast zwanzig Jahren aufbewahrte.

Levi spürte einen sonderbaren Druck in der Brust.

„Möchtest du fernsehen?" Er räumte ihren Teller ab.

„Gern. Vielleicht einen Film? Heute ist die neue Netflix-DVD gekommen."

„Was hast du denn bestellt?"

„Einen Zombiefilm. Soll furchtbar blutrünstig sein."

Levi warf ihr einen überraschten Blick zu.

„Was ist?", fragte sie. „Es müssen ja nicht immer romantische Komödien sein."

Wenn Levi sich nicht sehr täuschte, hatte er an diesem Tag ebenfalls einen furchtbar blutrünstigen Zombiefilm im Briefkasten. „Hört sich gut an." Er fing an, die Küche aufzuräumen.

„Du wärst ein guter Hausmann", bemerkte Faith und machte es sich mit ihrer Decke auf dem Sofa bequem.

„Zusätzlich zu Babysitter und Koch, wolltest du sagen?"

„Genau." Sie lächelte ihn an. Er setzte sich in den blauen Sessel und fühlte sich anfangs ein bisschen unbehaglich. Doch wie sich herausstellte, gehörte Faith zu diesen Leuten, die jeden Film live kommentieren, und benötigte ihn nicht, um ein Gespräch in Gang zu halten. „Das Mädchen sieht nur aus wie tot. Möchte wetten, gleich beißt sie diesen süßen Bullen. Na also. Wette gewonnen, Levi. Oh, das gibt's doch nicht. Er versteckt sich unterm Bett? Hat er noch *nie* einen Horrorfilm gesehen? Da wird man doch *immer* entdeckt."

Und während der Schneeregen gegen die Fenster prasselte und irgendwann in Regen überging, während die Zombies unter Blutfontänen und Feuersbrünsten alle umbrachten, dachte Levi unwillkürlich, dass dies einer der schönsten Abende war, die er seit Langem erlebt hatte.

Als Faith am nächsten Morgen erwachte, war nicht nur Blue bei ihr im Zimmer.

Levi Cooper, Polizeichef und Babysitter der Extraklasse, saß neben ihrem Bett in einem Sessel. Er hatte Dads Bitte wörtlich genommen, ihr abwehrendes Gejammer ignoriert, den Sessel ins Schlafzimmer geschoben und Wache bezogen. Wie ein guter Soldat.

Und ein müder Krieger. Er schlief, den Kopf zurückgelehnt, die Arme verschränkt. Und was für Arme das waren. Alles in ihr, was weiblich war, fing bei diesem Anblick an zu schnurren. Die untere Hälfte einer Tätowierung war zu sehen, wo der straffe Muskel sich bog – *10th Mountain Division*. Levis dunkelblondes Haar war zerzaust und stand vorn ein bisschen hoch.

Mannomann. Levi Cooper war ein wirklich … *scharfer* Typ. Auch wenn es ihr irgendwie gelungen war, diese Tatsache über einen ziemlich langen Zeitraum aus ihrem Kopf zu verbannen. Über zehn Jahre hatte sie sich nicht einen einzigen Gedanken daran zugestanden, wie scharf er war, aber ganz ehrlich: Wie hatte sie das bloß geschafft? Der Mann war einfach zum Anbeißen.

Selbst im Schlaf wirkte seine Miene ein bisschen finster. Doch seine Wimpern waren lang und gerade und unerwartet hübsch, und sein Mund war … ja, okay, es war ein schöner Mund, mit vollen, schmollenden Lippen, und, also wirklich, was war eigentlich mit ihr los? Er hatte sie gerade voll im Anfall-Modus erlebt – so ein Mist aber auch –, und er war so nett gewesen, ihr (oder genau genommen ihrem Vater) einen Gefallen zu tun. Sich unter diesen Umständen darauf zu fixieren, wie scharf er war … führte zu nichts. Denn es konnte nicht auf Gegenseitigkeit beruhen. Sie wusste, wie sie aussah, wenn sie einen Anfall hatte (vielen Dank noch mal, großer Bruder): wie einer der Zombies vom Vorabend, steif und zuckend, vielleicht auch noch sabbernd, für die Extradosis Sex-Appeal die Augen angstvoll aufgerissen, und das alles untermalt von leisem Schweinegrunzen.

Faith sah zu Blue, der sie von seiner Betthälfte aus beäugte. „Bleib da", flüsterte sie und schlüpfte unter der Decke hervor. Sie ging ins Bad, warf einen Blick in den Spiegel und verzog das Gesicht. Na toll. Ihre Haare waren verfilzt, die Augen verkrustet und umrahmt von verschmierter Wimperntusche. Außerdem hatte sie eine Knitterfalte vom Kopfkissen auf einer Wange. Sie band ihr Haar zum Pferdeschwanz, wusch sich gründlich das Gesicht und putzte sich die Zähne. So. Jetzt war sie zumindest sauber. Siehe da, das Schlabber-Sweatshirt. Hübsches Detail. Und dann auch noch die Dalmatiner-Pyjamahose.

Man hörte geradezu den pulsierenden Bass von Porno-Begleitmusik. Nun ja. Schließlich ging es um Levi. Der dachte im Zusammenhang mit ihr ohnehin nicht an Porno.

Schon komisch, seit langer Zeit hatte sie keinen Anfall mehr vor Zeugen gehabt. Zwei Mal hatte sie einen in Jeremys Gegenwart, beim ersten Mal, als er sie zur Schulschwester getragen hatte, dann noch einmal, als er sie auf dem College besuchte. Jedes Mal hatte er sich hinterher so verhalten, als sei sie eine Elfenprinzessin aus Zucker, fast schien es, als mache ihre Epilepsie sie in seinen Augen noch attraktiver (worüber sie sich keinesfalls beklagte).

Aber Levi ... Levi schien völlig unbeeindruckt. Er hätte sie gestern wie eine Idiotin dastehen lassen können, darin war er ja sehr begabt. Aber aus unerfindlichen Gründen war der Abend merkwürdig ... nett gewesen.

„Na, worauf wartest du dann noch, Faith", erkundigte sie sich leise bei ihrem Spiegelbild. „Warum kriegst du nicht öfter mal einen Anfall? So als Vorspiel zu einem netten Abend."

„Ist bei dir da drinnen alles in Ordnung?"

Sie zuckte erschrocken zusammen. „Ja! Alles in Ordnung. Danke! Bin gleich fertig." Sie löste ihren Pferdeschwanz, bauschte ihr Haar auf und rollte entnervt mit den Augen. Momentan war sie wohl ein hoffnungsloser Fall.

Sie öffnete die Tür. Er stand davor. „Machst du das öfter, Frauen im Bad belauschen?" Sie drängte sich an ihm vorbei in den Flur.

„Bist du ok?", wiederholte er und warf einen Blick auf seine Uhr.

„Mir geht's gut. Noch einmal vielen Dank, Levi. Ich erzähle meinem Dad, was für ein guter Junge du warst."

Er sah sie aus schmalen Augen an, aber vielleicht blitzte auch etwas wie Belustigung darin auf. Natürlich lächelte er nicht. Schließlich war das hier immer noch Levi Cooper. „Man sieht sich", sagte er.

„Okay. Noch einmal vielen Dank. Tut mir leid, dass ich dir Umstände gemacht habe."

Er rührte sich nicht, sondern starrte sie nur teilnahmslos an.

Dann trat er auf sie zu und küsste sie.

Sie hätte es nicht geglaubt, aber es gab Beweise. Oh ja, er küsste sie *eindeutig,* und seine Lippen waren kraftvoll und, wow, wussten ganz genau, was sie zu tun hatten, und seine muskulösen, männlichen Arme umschlangen sie und zogen sie an seinen warmen, straffen Körper.

Mit einer Hand umfasste er ihren Hinterkopf, er schob die Finger in ihr Haar, und Faith öffnete leicht schockiert den Mund, und, heiliger Strohsack, er küsste sie mit Zunge, schmeckte sie, und in einer instinktiven – oh ja, *rein instinktiven* – Reaktion schmiegte sie sich an ihn. Sie legte die Arme um seine schlanke Taille, strich mit den Händen über die glatten, harten Muskeln seines Rückens. Seine Haut war heiß unter der dünnen Baumwolle seines T-Shirts, sein Mund intensiv mit ihrem beschäftigt.

Dann war der Kuss vorüber, und sie rang keuchend und zittrig nach Luft, als wäre sie den ganzen Weg bis zur Scheune gesprintet. Sie brauchte eine Sekunde, bis sie wieder klar sehen konnte, und ihre Knie waren weich.

Levi hatte offenbar nicht mit derlei Folgeerscheinungen zu kämpfen. Er blinzelte. Zweimal. „Das war nicht geplant." Er sah sie finster an.

„Ach, weißt du … Du könntest es gern noch mal tun", hauchte sie.

Er wich einen Schritt zurück. „Lieber nicht." Er fuhr sich mit der Hand durchs Haar, sodass es noch mehr vom Kopf abstand.

„Wie bitte?", fragte sie.

„Ja. Das war keine gute Idee. Es war ein Fehler. Das hätte ich wirklich nicht tun dürfen. Entschuldige, Holland."

Sie blickte ihn lange an. Ja, doch, er meinte es ernst. Todernst, seiner Miene nach zu urteilen.

Männer! Würde es jemals einen normalen Mann in ihrem Leben geben? Einen einzigen?

„Verschwinde." Sie versetzte ihm einen Stoß gegen seinen harten Brustkasten. „Ciao! Mach's gut. Vielen Dank für alles, du Mistkerl. Und weißt du was?"

„Was denn?"

„Ach, nichts. Raus." Sie schob ihn zur Tür, öffnete sie und winkte. „Bye-bye."

Levi trat hinaus in den Flur, und Blue sprang ihm nach und hängte sich an das Bein des scheußlichen Kerls. Wie die nuttige Besitzerin, so der nuttige Köter. „Blue, aus! Komm her!", befahl sie. Das Tier gehorchte, und Faith blickte noch ein letztes Mal in Levis ausdrucksloses Gesicht. „Einen schönen Tag noch."

Dann schlug sie die Tür zu. Machte sie noch mal auf und knallte sie erneut zu, um jedes Missverständnis auszuräumen.

# 15. Kapitel

Zum Glück kam sie mit ihrem Scheunenprojekt großartig voran.

Der hinzugezogene Baumpfleger hatte fünf Bäume gefällt und dadurch die Aussicht gerade weit genug geöffnet. Faith hatte zudem Crooked Lake Landschaftsplanung engagiert und auch einen sehr niedlichen irischen Maurer angeheuert (verheiratet, seufz!), der am Parkplatz eine Stützwand zog. Ein mennonitischer Zimmermann namens Samuel Hastings und sein Sohn sollten die über den Hügel hinausragende Terrasse bauen. Stromleitungen waren bereits verlegt, und alles lief wie am Schnürchen.

Faith verrichtete einen großen Teil der Arbeit selbst. Das war normalerweise nicht der Fall; als Designerin erledigte sie ihre Aufgaben weitestgehend am Computer, wo sie Dinge wie den Wasserabfluss und Bodenrückhalt berechnete. Aber die Scheune war ihr Baby. Faith wollte den Boden eigenhändig sieben und beim Bau der Steinmauern helfen, Gruben ausheben und Wurzelballen auslösen und das Hämmern hören, das über den Hügel hallte.

Sie war überhaupt sehr fleißig gewesen. Auch an der Bibliothek, wo sie geflissentlich den Blick über den Platz zur Polizeiwache vermied, und auf dem anderen Weingut. Aber hauptsächlich hier oben an der Scheune.

Was Levi betraf – vor drei Tagen hatte er ihr zugenickt, als sie sich bei O'Rourke's über den Weg liefen. Sie hatte ihn böse angefunkelt; er hatte nichts gesagt.

„Dann siehst du Levi wohl ziemlich oft", sagte Jeremy, als hätte er ihre Gedanken gelesen.

„Eigentlich nicht", antwortete sie und schaufelte Kies von einer Schubkarre auf den Weg zum Eingang der Scheune. Jeremy war in seiner Mittagspause hochgekommen, um ihr ein wundervolles Kubasandwich aus Loreleis Bäckerei zu bringen. Seit ihrem Wiedersehen herrschte zwar immer noch eine gewisse Verlegenheit zwischen ihnen, aber na ja. Er war einfach ein feiner Kerl. Und er hatte etwas zu essen dabei, also …

„Ach", erwiderte er. „Ich dachte, ihr seid jetzt Nachbarn."

„Ja." Ihr Ton deutete wohl an, wie wütend dieses Thema sie machte, denn er ließ es umgehend fallen.

„Das hier wird atemberaubend." Mit dem Sandwich in der Hand machte er eine raumgreifende Armbewegung. „Ich habe Georgia schon gesagt, dass sie euch Leute schicken soll. Wir bekommen viele Anfragen wegen Hochzeiten, aber ein Zelt wie bei uns ist natürlich nichts im Vergleich zu diesem hier."

„Danke, Lie… mein Lieber." Beinahe hätte sie Liebling gesagt. Die Macht der Gewohnheit.

Er hob den Tennisball auf und schleuderte ihn unter Einsatz seines Quarterback-Arms in den Wald. Blue sprang begeistert hinterher. Ob er sich daran erinnerte, dass Jeremy den Ball weiter warf als jeder andere?

„Einer meiner Patienten hat sich gestern nach dir erkundigt", erzählte Jeremy. „Er will seine Frau mit einem Wassergarten überraschen, und ich habe ihm gesagt, so was wäre für dich ein Kinderspiel."

„Danke." Sie lud die nächste Schaufel voll ab und trat den Kies auf dem Weg fest. „Hoffentlich meldet er sich."

„Hast du schon mal daran gedacht, für immer hierzubleiben? Ich könnte mir vorstellen, dass du hier viele Aufträge bekommst." Er hielt ihr die Tüte mit den Kartoffelchips hin, und sie nahm ein paar.

„Ich würde schon gern bleiben", gestand sie. „Ich bin jetzt seit einem Monat hier und denke nicht gern daran, nach Kalifornien zurückzukehren. Ich sehe meinen Vater und die Großeltern beinahe täglich, esse ein- oder zweimal in der Woche mit Pru und den Kindern zu Abend. Ich treffe mich oft mit Colleen … Und kann mir gar nicht mehr vorstellen, wie ich drei Jahre lang ohne sie alle habe leben können."

*Dich inbegriffen,* fügte sie nicht hinzu. Aber Jeremys Freundschaft, diese neue Phase ihrer Beziehung … auch die wurde immer wichtiger.

„Aber ich habe auch ein sehr schönes Leben in San Francisco", fuhr sie fort. „Das darf ich nicht vergessen. Ich habe für August einen Auftrag in Aussicht, und der sollte bald in trockenen Tüchern sein. Nun ja, wir werden sehen."

Jeremy schleuderte den Ball noch einmal für den unermüdlichen Blue in den Wald. „Du hast dich verändert", sagte er. „Du bist richtig … solide geworden."

„Bitte such ganz schnell ein anderes Wort dafür." Sie lächelte und verteilte eine weitere Schaufel Kies auf dem Weg.

„Entschuldige." Er grinste. „Du hast mehr Selbstvertrauen."

„Schon viel besser."

„Und wo bist du mit deinen Gedanken? Du wirkst ein bisschen zerstreut."

*Meine Gedanken sind bei Levi, Jeremy. Vielleicht möchte ich ihn umbringen. Entweder das, oder ich fessele ihn mit Handschellen an die Heizung, reiße ihm mit den Zähnen die Kleider vom Leib und zeige ihm, wo der Hammer hängt.* „Ach, meistens bei meiner Arbeit", log sie.

Sie hatte diesen Kuss grob geschätzt eintausendundacht Mal in ihrem Kopf Revue passieren lassen, gern gegen drei Uhr morgens. Zweimal in der vergangenen Woche war Schokoladenduft von gegenüber in ihre Wohnung gekrochen und trieb sie schier zum Wahnsinn. Er war nah und doch so fern, auf der anderen Seite des Flurs, und backte. Diese Fantasie war viel zu himmlisch, um sich ihr länger hinzugeben. Beinahe so himmlisch wie sein Anblick, als er an ihrem Bett saß und schlief, mit wirrem Haar und langen Wimpern und wunderschönen Armen.

Das war ihr Problem: Sie flog auf emotional nicht verfügbare Männer. Einen Abend lang war Levi nett zu ihr gewesen, dann ein lausiger (na gut, ein großartiger) Kuss, und, ja, sie war völlig aus dem Häuschen.

Mit deutlich mehr Kraftaufwand als nötig stieß sie die Schaufel in den Kies. Auch eine Art Fitnesstraining.

„Ich habe gehört, dass du mit Colleen so eine Single-Veranstaltung besucht hast", sagte Jeremy. Er zögerte. „Bist du … interessiert? Hier jemanden kennenzulernen, meine ich. Oder bist du vielleicht längst mit jemandem zusammen?"

„Nein. Nein, bin ich nicht. Kein bisschen. Nicht im Geringsten." Okay, das war jetzt vielleicht ein bisschen viel Nachdruck. „Warum?"

„Tja", er warf noch einmal den Ball für Blue, „vielleicht ist es ja nur der Versuch, mein Gewissen zu beruhigen, aber … darf ich was für dich arrangieren?"

„Unglaublich gern", antwortete sie, ohne zu zögern.

„Wirklich?"

„Unbedingt. Wie gut kennen wir ihn?"

„Nicht allzu gut. Er ist mein Steuerberater." Jeremy zögerte. „Er sieht sehr gut aus. Und er ist ehrlich."

„Abgemacht! Gib mir seine Nummer, ich rufe ihn sofort an."
Jeremy blinzelte kurz und reichte ihr sein Handy.

Fünf Minuten später hatte Faith eine Verabredung für den Abend. Vielleicht war dieser Typ ja nicht schwul, nicht verheiratet und betrachtete es nicht als Riesenfehler, sie zu küssen.

Das wäre doch mal was Neues.

Auf dem Rückweg schaute sie im Alten Haus vorbei und bereute es sofort, kaum hatte sie den hinteren Flur betreten. „Es heißt Ku-pon", sagte Goggy in stahlhartem Ton.

„Mir gefällt aber Kju-pon", erwiderte Pops trotzig. Ach Gottchen. Vielleicht konnte Faith sich unbemerkt davonschleichen. Sie schaute auf Blue herab, der angesichts der zankenden Großeltern die Hundestirn runzelte.

„So haben wir das Wort noch nie ausgesprochen", sagte Goggy. „Warum willst du das jetzt plötzlich ändern? Es hört sich albern an. So pompös." Faith wandte sich zum Gehen, schleichend wie ein Ninja-Krieger.

„Kju-pon", sagte Pops. „Faithie-Bärchen, bist du das? Komm doch rein, Schatz!"

Erwischt. „Hi, Leute! Oh, Kekse! Darf ich ein paar haben?"

„Natürlich", rief Goggy. „Nimm drei. Schätzchen, wie sprichst du ,Coupon' aus? Es heißt doch Ku-pon, oder?"

„Ich habe schon beide Varianten gehört", verkündete Faith, entschlossen, in dieser schrecklich wichtigen Diskussion neutral wie die Schweiz zu bleiben. Ihr Auszug war auf jeden Fall die richtige Entscheidung gewesen. Sie biss in einen Keks. Hmm, Zimtplätzchen. Drei würden wohl nicht reichen.

„Ich bin nun mal Frankokanadier", bemerkte Pops. „Oben im Norden sagen wir Kju-pon."

„Deine Eltern stammten aus Utrecht! Du hattest einen Großonkel, der ein Jahr lang in Quebec gelebt hat. Das macht noch keinen Frankokanadier aus dir!"

„Kju-pon." Pops grinste und zwinkerte Faith zu. Der Mann war einfach hinreißend boshaft. „Was macht die Scheune?"

„Der Umbau wird ziemlich toll, auch wenn Eigenlob stinkt."

„Was auch sonst, schließlich machst du ihn ja." Goggy schob ihr den Teller mit den Plätzchen zu. Ihre Großeltern waren seinerzeit zur Einweihung des Douglas Street Park nach San Francisco geflogen und hatten ihre Arbeit mit Stolz und Verblüffung gewürdigt (hatten aber immer noch Angst, dass man ihr in der großen Stadt die Kehle durchschneiden könnte).

Das Telefon klingelte, und Goggy riss es förmlich an sich. „Oh Betty, hi", sagte sie und ging mit dem Hörer ins Wohnzimmer.

„Also, Pops", sagte Faith. „Ich würde gern mit dir über euer Jubiläum sprechen."

„Was für ein Jubiläum?" Er schenkte sich von dem Sauvignon blanc ein, der dem Weingut im Vorjahr eine Silbermedaille beschert hatte.

„Euer Hochzeitstag. Im nächsten Monat seid ihr fünfundsechzig Jahre verheiratet."

„Und ich wandle immer noch auf Erden, durch Ehefesseln an deine Großmutter gekettet." Er zwinkerte Faith erneut zu und schenkte ihr ebenfalls ein. Plätzchen und Wein … Diese verflixten fünfzehn Pfund würde sie wohl so schnell nicht loswerden.

„Na ja, aber du liebst sie natürlich", ihr Ton war suggestiv.

„Papperlapapp. Liebe ist etwas für euch junge Leute."

„Wie kannst du fünfundsechzig Jahre lang mit einer Frau verheiratet sein, die du nicht liebst?" Sie lächelte hoffnungsvoll.

„Keine Ahnung." Pops gab dem Hund einen Keks, den der sofort verschlang. „Weil ich verflucht bin?"

„Du bist ein abscheulicher alter Mann, weißt du das?" Sie zupfte seinen Kragen zurecht. „Gib's zu, Pops. Du liebst Goggy."

„Ich liebe diesen Wein und nichts anderes. Magst du ihn?"

Sie trank ein Schlückchen. „Zitrone, Geißblatt, ein Hauch von geschmolzenen Marshmallows."

„Braves Mädchen."

„Wie auch immer, ich dachte, euer Hochzeitstag wäre ein prima Anlass zur Einweihung der Scheune. Ein Familienfest der Hollands und ein großartiger Meilenstein. Ich weiß, dass Goggy begeistert wäre."

„Du willst eine Party zu unserem Hochzeitstag schmeißen?"

„Unbedingt! Das Laub ist dann noch herrlich bunt, wir könnten all eure Freunde und Kollegen einladen, und es wäre eine tolle Gelegenheit, allen den neuen Veranstaltungsort vorzuführen. Die Scheune auf Blue Heron, dazu der schrecklich nette Holland-Clan. Was meinst du?"

„Ich meine, ich sollte eher einen Orden und eine Woche Urlaub bekommen, und zwar allein."

Faith dachte an Goggys tragische Liebesgeschichte und seufzte. „Pops, ich glaube, es würde Goggy sehr viel bedeuten. Eine lange Ehe ist etwas, worauf man stolz sein kann …"

„Oder wovor einem graut."

„Und Goggy hat einen festlichen Abend verdient. Meinst du nicht auch?"

„Ach, ich weiß nicht. Wir stehen beide nicht auf so ein Getue."

„Was für ein Getue?" Goggy kam zurück ins Zimmer.

„Wird aber auch Zeit", brummte Pops. „Ich komme um vor Hunger. Es ist schon zehn nach fünf."

„Ich habe Pops erzählt", begann Faith mit fester Stimme, „dass ich es schön fände, euch beiden eine Party zu eurem Hochzeitstag auszurichten."

„Was meint er dazu?", fragte Goggy nach kurzem Zögern, als würde ihr Mann nicht direkt neben ihr sitzen.

„Wer braucht schon so eine Party?" Pops schnaubte verächtlich. „Viel zu teuer."

„Ich fände es großartig", widersprach Goggy sofort. „Was für eine hübsche Idee, Süße! Wie lieb von dir, dass du dir so etwas einfallen lässt." Sie funkelte Pops böse an und lächelte Faith zu. „Willst du zum Essen bleiben? Du bist viel zu dünn."

Großmütter! „Nein, Goggy, aber danke. Ich muss jetzt los. Ich bin verabredet."

Diese Aussage entlockte Goggy ein entzücktes Gurren. Sie war der Meinung, dass ihr noch mehr Enkelkinder zustanden, als sie schon hatte, und zwar bald. Pops gab ihr noch eine geknurrte Warnung vor der Schlechtigkeit der Männer mit auf den Weg.

Faith gab beiden einen Kuss und machte sich davon. Sie wollte sich mit Ryan Hill bei O'Rourke's treffen, damit Colleen den Mann in Augenschein nehmen konnte. Außerdem hatte Faith Lust auf diese tollen Nachos. Eine Klappe, zwei Fliegen, ein potenzieller Ehemann.

Aber erst wollte sie einen Latte Macchiato von Lorelei. Sie leinte Blue an einem Laternenpfosten an, betrat die Bäckerei und sah sich mit dem breiten Rücken des Polizeichefs von Manningsport konfrontiert, der gerade seine Bestellung aufgab. „Kaffee, medium, bitte, Lorelei. Sahne, kein Zucker."

„Kommt sofort, Chief."

„Bist du sicher, dass du Sahne willst?", fragte Faith etwas zu laut. Chief Nervensäge drehte sich um und gönnte ihr eine Vier auf der Gelangweilt-Skala – *Wie heißt du doch gleich?* Prompt wurden ihre Knie weich, die alten Verräter. „Denn vielleicht *glaubst* du nur, dass du Sahne möchtest, aber dann probierst du den Kaffee und stellst fest, dass du ihn doch nicht magst. Sahne ist vielleicht keine gute Idee. Oder ein großer Fehler."

„Nein, ist sie nicht", sagte er und sah sie seltsam an.

„Wow. Du bist ja heute von außerordentlicher Entschlusskraft, Levi! Aber bist du dir sicher? Denn wenn du den Kaffee letztendlich doch nicht magst, ist er womöglich gekränkt."

„Wovon redest du eigentlich?", fragte er.

„Unentschlossenheit. Schlechte Impulskontrolle. Geschwafel."

Die Vier wurde zu einer Sechs: *Ich kann's nicht fassen, dass ich immer noch mit dir reden muss.* Lorelei reichte ihm seinen Kaffee. „Bitte schön, Chief. Oh, hi, Faith, ich habe dich gar nicht gesehen! Wie geht's dir? Was kann ich für dich tun?"

Scheiß auf den Kaffee. Klar, womöglich handelte sie sich einen Zuckerschock ein, aber jetzt brauchte sie dringend eine Stärkung. „Ich hätte gern ein Schokoladen-Croissant und eine kleine heiße Schokolade, bitte."

„Sofort!"

„Wie wär's mit einem Stück Schokoladentorte dazu?", schlug Levi vor. „Und als Beilage vielleicht einen Schokoriegel?"

„Gibt es heute eigentlich keine Verbrecher, die du ihrer gerechten Strafe zuführen musst, Levi?"

Er schaute sie immer noch an und zog leicht die Brauen zusammen. „Hat das hier mit neulich zu tun?"

„Was meinst du mit neulich?", fuhr sie ihn an.

„Hör zu", sagte er, „dieser … Moment … Es war nicht richtig, und es tut mir leid."

„Das hören Frauen gern. Nein, wirklich. Es ist so schmeichelhaft."

„Ich will dir nicht schmeicheln. Ich sage lediglich die Wahrheit. Es war ein Fehler, und den bedaure ich."

„Nur weiter so. Ich sinke bei diesen charmanten Worten förmlich dahin."

Lorelei brachte ihre Bestellung. Faith gab ihr einen Fünfer und schnappte sich ihr Seelenfutter. „Danke, Lorelei. Chief Cooper, ich wünsch Ihnen einen wunderschönen Tag."

Er ließ sich nicht zu einer Antwort herab, doch sein Ärger war mit Händen zu greifen.

Was Faith mit tiefer Befriedigung erfüllte.

# 16. Kapitel

Zwei Stunden später tauchte sie in das Freitagabendgetümmel bei O'Rourke's ein und nahm direkt Kurs auf Colleen, die nie versiegende Informationsquelle. „Er ist hier", sagte Coll, „dritte Nische ganz hinten, bezaubernd, gute Manieren, mit einem Anflug von Südstaatenakzent." Sie grinste und zapfte ein Bier für Wayne Knox. Sah ganz so aus, als hätte die Freiwillige Feuerwehr eine „Sitzung". Gerard, Neddy-Bär, Jessica und Kelly Matthews hockten an einer Seite der Bar zusammen und brüllten vor Lachen.

„Wie sehe ich aus?", fragte Faith.

Colleen lehnte sich über den Tresen und zerrte an Faiths Ausschnitt, um mehr nackte Haut bloßzulegen. „So ist's besser. Zeig, was du hast, Mädchen. Stimmt's, Jungs?"

Die männlichen Feuerwehrmitglieder pflichteten ihr aus vollem Herzen bei. „Mit Titten kannste nichts verkehrt machen", tönte Everett Fields.

„Ich war deine Babysitterin", erinnerte ihn Faith.

„Weiß ich doch. Ich denke ständig daran." Für diese Bemerkung belohnte ihn sein nicht minder stieläugiger Sitznachbar Gerard Chartier mit einem kräftigen Schlag auf den Rücken.

„Los jetzt", sagte Coll. „Jeremy ist schon da und quatscht ihn voll."

„Jeremy ist hier?"

„Ja. Er und Levi kommen freitags meistens hierher."

Faith konnte sich nicht beherrschen. „Ihr allwöchentliches Rendezvous?"

„Ich muss schon sagen, Levi sieht zurzeit unglaublich scharf aus", stellte Coll fest. „Diese Arme! Ehrlich, wenn er im T-Shirt hier reinkommt, krieg ich allein von dem Anblick einen Orgasmus. Hier ist Ihre Weinschorle, Mrs Boothby." Sie ignorierte den missbilligenden Blick der Blumenhändlerin. „Dein Dad ist auch hier", fuhr sie fort, „wenn wir schon von Männern sprechen, die …"

„Stopp! Bis hierhin und nicht weiter." Faith ging zum anderen Ende des Tresens, wo ihr Vater ausgerechnet mit Levi redete, verdammter

Mist. „Hi, Dad. Gut siehst du aus." Das stimmte; er war frisch geduscht und trug ein Rugby-Shirt statt des üblichen ramponierten Flanellhemds.

„Hallo, Süße." Er legte den Arm um sie.

„Faith", sagte der Polizeichef.

„Levi." Erstaunlich, wie er sie ärgern konnte, einfach nur, indem er ihren Namen sagte.

„Wie ich höre, hast du ein Date", sagte Dad.

„Stimmt", antwortete sie. „Hoffentlich ist es kein Fehler. Oder keine gute Idee."

Levi seufzte und blickte ins Leere.

„Ganz sicher nicht", beteuerte ihr Vater. „Na, dann wünsch ich dir viel Spaß, mein Schatz. Ich bin hier, falls du mich brauchen solltest."

„Danke, Dad." Sie senkte die Stimme zu einem Flüstern. „Bist du allein hier?"

„Ich treffe mich mit Lorena."

„Ach." Sie versuchte, nicht das Gesicht zu verziehen. Die Frauen aus den Partnerbörsen hatte sie bereits aussortiert, und ihre Bemühungen, Cathy Kennedy in ein Gespräch über ihren geheiligten Vater zu ziehen, waren von spektakulärer Erfolglosigkeit gekrönt. „Aber Dad, denk dran: Andere Mütter haben auch schöne Töchter."

„Was für Töchter?"

„Zum Beispiel welche, die keine BHs mit Leopardenmuster unter durchsichtigen Blusen tragen und dich nach deinem Kontostand fragen." Das sonntägliche Tischgespräch, auf das sie sich bezog, hatte dazu geführt, dass Mrs Johnson hörbar knurrte.

Er schien immer noch nicht zu verstehen. „Schon gut, Dad. Aber heirate nicht, ohne mich vorher zu fragen."

Ihr Vater lachte. „Hör dir das an, Levi. Ich habe oft keinen Schimmer, wovon sie redet."

„Das kenne ich", erwiderte Levi.

*Autsch.* „Tja. Man erwartet mich."

„Viel Spaß", sagte Levi.

„Ja, Schatz, viel Spaß!", bekräftigte Dad. „Ich freue mich auf weitere Enkel. Vergiss das nicht." Er zwickte sie ins Kinn. „Levi, habe ich nicht wahnsinnig hübsche Töchter?"

„Doch, ja", antwortete er. Sein Blick wanderte über Faith und verweilte eine Mikrosekunde lang auf ihrem Dekolleté. „Hast du deine Liste dabei?"

Faith würdigte ihn keiner Antwort (aber ja, die Liste steckte in ihrer Handtasche). Sie atmete tief durch, um sich zu beruhigen, und ging zur dritten Sitznische. Da war Jeremy, er sah unverschämt gut aus und redete mit jemandem, der vermutlich Ryan war.

„Faith!" Jeremy sprang auf und gab ihr einen Kuss auf die Wange. Sein Lächeln war so herzlich und strahlend, als hätten sie sich vor Jahren zum letzten Mal gesehen und nicht erst vor Stunden. „Du siehst zauberhaft aus, wie immer. Ich möchte dir Ryan Hill vorstellen, meinen Steuerberater."

Ryan war *hinreißend*. Hau schon ab, Jeremy! Grübchen, honigblondes Haar, blaue Augen. Er erhob sich und schüttelte ihr lächelnd die Hand. „Schön, dich kennenzulernen, Faith." Colleen hatte recht. Er hatte tatsächlich diesen sinnlichen Südstaatenakzent! *Hach, seufz!*

„Ich lass euch zwei jetzt allein", sagte Jeremy. „Amüsiert euch!" Er grinste glücklich und schlenderte zum Tresen hinüber.

„Super Typ", sagte Ryan.

„Ja, wirklich", pflichtete Faith ihm bei.

„Und ihr zwei wart verlobt, sagt er?"

„Ja", bestätigte Faith, froh, es hinter sich zu haben. „Wir haben uns auf der Highschool kennengelernt, lange bevor er sich … geoutet hat."

Die Kellnerin, eine der zahlreichen O'Rourke-Cousinen, kam an den Tisch und brachte Faith ein Glas trockenen Riesling von Blue Heron, spendiert von Colleen, die ihr von ihrem Platz hinterm Tresen aus zuwinkte. Ryan fragte, was hier zu empfehlen wäre, und sie nannte die Nachos. Die hatte sie seit Dienstag nicht mehr gegessen, und schon spürte sie Entzugserscheinungen. „Klingt gut", sagte Ryan. „Wenn sie dir schmecken, dann mag ich sie bestimmt auch." Oh! Dieser Südstaatencharme!

Sie machten Smalltalk, bis das Essen serviert wurde – Arbeit, College, familiärer Hintergrund –, und weit und breit kein Warnsignal in Sicht. Faith verspürte sogar dieses gewisse Kribbeln, oh ja. Ryans gutes Aussehen und Jeremys Empfehlung weckten zum ersten Mal seit Clint Bundt, dem verlogensten Lügner aus Lügenhausen, echte Hoffnung in ihr. Oh ja, Ryan war seit dem schwulen Rafael eindeutig die aussichtsreichste Option. (Rafe hatte ihr gerade per MMS ein Foto von den Hors d'oeuvres geschickt, die sie für ihre Hochzeit in Betracht zogen, mit der Bitte um Stellungnahme.)

Entschieden besser als der grässliche Levi.

Und das war der letzte Gedanke, den sie an diesem Abend an Levi verschwenden würde.

Wie auf Kommando blickte Levi vom Tresen her zu ihr herüber. Diese schläfrigen grünen Augen bewirkten, dass gewisse Teile ihrer Anatomie von einer heißen, trägen Spannung befallen wurden.

Verdammt. Colleen hatte schon wieder recht. Levi Cooper war Sex auf zwei Beinen. Plus Sex an der Wand, auf dem Boden, auf dem Tisch, auf … anderen unanständigen Flächen … schmutziger, verschwitzter, köstlicher Sex. Nicht, dass Faith in dieser Beziehung auf Erfahrungen aus erster Hand zurückgreifen konnte. Aber ihrer Fantasie waren keine Grenzen gesetzt. Schon gar nicht, wenn sie besagten Mann vor Augen hatte.

Hoppla. Ihr Mund stand etwas offen, und es konnte sein, dass sie ein bisschen rot geworden war. Sie zwang ihre Aufmerksamkeit zurück zu dem vielversprechenden Kandidaten an ihrem Tisch. Er lächelte höflich.

*So. Ab jetzt konzentrierst du dich gefälligst auf den total netten Mann hier, der dich tatsächlich zu mögen scheint, Faith.* „Am besten haken wir erst mal die Formalitäten ab“, schlug sie vor. „Ich bin das jüngste von vier Kindern, zwei Schwestern, ein Bruder. Mein Dad sitzt dort drüben am Tresen, also benimm dich. Ich liebe meinen Beruf, meine Großeltern, Ben & Jerry's und meinen Hund Blue, bei dem es sich, wie ich gleich mal vorweg sage, um den großartigsten Köter aller Zeiten handelt.“

„Kann's kaum erwarten, ihn kennenzulernen“, sagte Ryan. „Weiter im Text, Miss Faith.“

Sie lächelte. „Nun ja, in meiner Freizeit gehe ich gern essen, mache Pilates …“ Na gut, sie *beabsichtigte,* Pilates zu machen, eines Tages vielleicht. „… und mag gewalttätige Horrorfilme und Liebeskomödien. Ich wünsche mir eine ernsthafte, verbindliche Beziehung mit einem Mann, der nicht verheiratet ist, etwaigen Kindern nicht den Unterhalt vorenthält, einen Beruf ausübt und nicht schwul ist. Kannst du mir so weit folgen?“

„Machst du Witze?“, fragte Ryan, wieder mit diesem fantastischen Grübchenlächeln. „Ich bin jetzt schon halb verliebt in dich.“

„Was du nicht sagst, du Lügner.“ Yay, Jeremy! Sie schaute rein zufällig zu Levi. Er beobachtete sie. Ha! Da musst du jetzt durch, Chief, dachte sie und leerte ihr Weinglas. „Jetzt du, Ryan.“

„Nun mal langsam. Jeremy sagt, du hättest eine Liste", sagte Ryan. Er riss einen Happen von den Nachos ab und hielt ihn ihr unter die Nase. Ups. Wollte er sie etwa jetzt schon füttern? Und war das nun seltsam oder hinreißend?

*Hinreißend, Faith, hinreißend.* Allerdings ein bisschen heikel, weil die Sour Cream tropfte. Aber immerhin. Ein gutes Zeichen (hoffte sie).

„Ich habe tatsächlich eine Liste." Sie wischte sich den Mund ab. „Sie ist allerdings irgendwie … machiavellistisch."

„Klingt aufregend." Ryan warf ihr einen erotisch interessierten Blick zu.

„Wirklich?"

„Mmm-hmm. Lass hören, Baby."

„Oh … ja, okay, dann lege ich mal los." Sie zögerte. „Jetzt?"

„Klar."

„Gut." Faith öffnete ihre Handtasche und kramte die inzwischen etwas abgegriffene Liste hervor. „Das sind nur die wichtigsten Eckdaten, verstehst du. Nur um herauszufinden, ob es nicht besser wäre, schreiend aus dem Lokal zu rennen."

Wieder dieses Grübchenlächeln. „Bitte tu das nicht, Miss Faith."

Er war *so* süß. „Okay, also … Warst du schon mal im Gefängnis?"

„Noch nicht."

„Yay! Das ist schon mal 'ne glatte Eins. Nächste Frage: Hast du Kinder gezeugt, und wenn ja, zahlst du Unterhalt?"

„Keine Kinder. Noch nicht."

*Wieder* eine ausgezeichnete Antwort. *Noch nicht,* ein Hinweis darauf, dass er in Zukunft welche haben wollte. Inzwischen stand er bei Eins plus.

„Okay, nun die letzte große Frage, und dann können wir zu Themen wie Mondscheinspaziergänge und alte Filme übergehen …"

„Ich liebe alte Filme. Und Mondscheinspaziergänge."

Na ja, man kann nicht alles haben. „Mit wie vielen Frauen hast du geschlafen?"

Darüber musste er erst einmal nachdenken. „Hm … zehn?"

Zehn? Zehn! Das kam ihr ziemlich viel vor. Andererseits musste man bedenken, dass er zweiunddreißig Jahre alt war (danke, Google), und wenn man davon ausging, dass er mit etwa siebzehn zum ersten Mal Sex hatte (denn mit diesen Grübchen war er bestimmt nicht als Jungfrau von der Highschool abgegangen), dann kamen insgesamt fünfzehn heterosexuelle Single-Jahre zusammen. Das waren umgerechnet – Faith überschlug es rasch im Kopf – 0,667 Frauen pro Jahr. Was zwar seltsam klang, aber letzten Endes vielleicht doch gar nicht so viel war? Auch wenn es sich nach einer großen *Zahl* anhörte?

„Ich hatte gleich nach dem College eine ziemlich feste Freundin", fuhr er mit seinem zauberhaften Akzent fort. „Ich dachte, wir würden heiraten. Aber sie hat mich verlassen, mir das Herz gebrochen." Er sah sie aus traurigen Hundeaugen an. „Seitdem habe ich die Richtige einfach nicht gefunden."

Okay, okay, das war vertretbar. Irgendwie. Aber trotzdem. Zehn.

„Übrigens, ich bin gesund", fügte er hinzu.

Zur Bestätigung würde sie natürlich ein ärztliches Attest benötigen. Sollte sie sich jetzt nach seinem Arzt erkundigen oder noch warten? Warten war vielleicht besser.

Sie warf einen Blick in Levis Richtung, aber der schaute nicht mehr zu ihr hin. Na und, sollte er sie doch ignorieren. „Danke, dass du meine Fragen beantwortet hast, Ryan. Du bist sehr tolerant."

„Sehr gern geschehen. Hey, sollten wir jetzt vielleicht unseren ersten Kuss hinter uns bringen?" Er lächelte. „Man ist doch gleich viel entspannter, wenn man sich nicht mehr fragen muss, wie der wohl läuft."

„Hm … Okay." Noch ein verstohlener Blick in Levis Richtung. Aber warum eigentlich nicht! Sollte er doch ruhig sehen, wie sie einen anderen küsste. Sie schob die Nachos zur Seite (schließlich wollte sie keine Guacamole auf dem Dekolleté haben), beugte sich über den Tisch, küsste Ryan kurz auf die Lippen und lehnte sich rasch wieder zurück.

Kribbelte es? Dafür ging es zu schnell. Ein rascher Blick zu Levi, der gerade sein Bierglas hob. Verdammt. Sein *Arm* weckte dieses Kribbeln.

„Das war sehr schön", sagte Ryan. „Etwas scharf von den Jalapenos, aber so mag ich's. Süß, mit ein bisschen Biss."

„So bin ich halt", sagte Faith.

Sein Gesichtsausdruck wurde beinahe lüstern. „Tat*säch*lich."

„Na ja, so ganz genau weiß ich das gar nicht … aber irgendwie bin ich wohl schon so, vielleicht." Verwirrt aß sie einen Happen von den Nachos. Hannah O'Rourke (vielleicht auch Monica), Gott segne sie, brachte ihr ein weiteres Glas Wein.

„Ich selbst habe auch eine Liste", verkündete Ryan.

„Ja? Das finde ich toll!" Verwandte Seelen. Schon kam sie sich viel weniger bekloppt vor.

„Bist du bereit?"

„Klar." Sie lehnte sich zurück und lächelte. „Schieß los." Sie nahm noch einmal von den Nachos.

Ryan grinste. „Lässt du dir gern den Hintern versohlen?"

Sie bekam ein Stückchen Jalapeno in den falschen Hals und keuchte. „Wie bitte?" Sie hustete (und hustete und hustete), dann trank sie ein Schlückchen Wein. „Hm … Kann ich nicht sagen. Ich bin noch nie … versohlt worden."

„Dann bist du also eine Spanking-Jungfrau?" Er leckte sich die Lippen.

„Ich … Weißt du was, ich glaube, dieses Buch, das alle Welt letztes Jahr gelesen hat, hat einen falschen Eindruck bei dir geweckt. Nämlich dass Frauen sich im Grunde wünschen, gewalttätig behandelt zu werden. Aber, nein, so was kommt für mich nicht infrage."

„Was ist mit Handschellen?"

„Auch da … habe ich, ähm, kaum Erfahrung. Und will auch keine sammeln." Mist. Wie sollte sie bloß verhindern, dass dieses Rendezvous schneller den Bach runterging, als seinerzeit ihr schwarzer Wickelpullover mit der Toilettenspülung abgetaucht war? Ihr Verstand suchte eine Lösung, fand aber keine.

„Unterwirfst du dich gern? Würde es dir schwerfallen, mich ‚Meister' zu nennen?"

„Nein und ja. Das ist echt nicht mein Ding, Ryan. Vielleicht sollten wir an dieser Stelle abbrechen."

„Hey." Er setzte wieder den Hundeblick auf. „Ich habe deine Fragen beantwortet. Da ist es nur fair, dass du dir meine anhörst."

Faith atmete tief ein. Es wäre so schön, jetzt einfach aufzustehen und zu gehen. Eigentlich sprach auch nichts dagegen. Außer dass sie nicht die geringste Lust hatte, Levis Blick zu ertragen. „Schön. Mach weiter."

„Super!" Ryan klatschte wie ein kleines Kind in die Hände. „Würde es dir gefallen, wenn ich dich zwölf Stunden lang mit weiter nichts als einem Glas Wasser in meinem Boudoir einschließen würde?"

„Seit wann haben Männer Boudoirs? Für mich ist das ein definitiv weiblicher Begriff. Und: nein. Ich würde Hunger kriegen."

„Verstehe. Ich könnte dir vielleicht ein paar Scheiben Fleischwurst unter der Tür durchschieben."

„Fleischwurst? Das reicht mir nicht."

„Dann vielleicht ein paar Scheiben Käse?"

„Nein. Ich würde eine Gourmet-Pizza mit Shrimps, Senf und Pesto aus dem Red Salamander brauchen, dazu eine Flasche Chardonnay und mindestens einen halben Liter Ben & Jerry's Erdnusskrokant."

„Verstehe."

„Außerdem würde ich mich von dir nirgends einsperren lassen. Versuch es, und ich trete dir in die Eier, Freundchen."

„Oh! Geil!" Ryan strahlte sie begeistert an. Bei allen Heiligen … „Und wenn ich als Zorro verkleidet zu dir käme, und zwar völlig nackt unter meinem Umhang?"

„Du hast nicht die geringste Ähnlichkeit mit Antonio Banderas. Ich würde dich zurückweisen müssen. Und dabei vermutlich in lautes Gelächter ausbrechen." Das sollst du mir büßen, Jeremy, oh ja. Apropos, wo steckte der allseits beliebte Onkel Doktor überhaupt? „Hannah? Können wir die …"

Ach, zum Teufel. Levi sah sie an, ein leises Grinsen auf den Lippen. Und Ryan mochte ein Perverser mit hanebüchenen Fantasien sein, aber wenigstens stand er auf sie. „Schon gut", sagte sie zu dem Mädchen und richtete ihre Aufmerksamkeit wieder auf Ryan mit den versauten Grübchen. „Nächste Frage."

„Schön! Okay, mal angenommen, du wärst meine Putzfrau und würdest auf Händen und Knien in meiner Küche arbeiten, und dann komme ich rein. Was würdest du sagen?"

„Ich würde sagen: ‚Warum ist der Boden so schmutzig? Hast du nie gelernt, über dem Tisch zu krümeln?'"

„Und ich würde sagen: ‚Zieh deine Dienstkleidung aus, Schlampe, und setz deine Talente anderweitig ein.'"

Faith faltete die Hände. „Ich würde sagen: ‚Nein, Sir, ich denke gar nicht dran! Und jetzt eilen Sie gefälligst geschwind zum Markt, und holen Sie mir den Chlorreiniger, auf den ich Sie schon letzte Woche angesprochen hatte.'"

Ryan wirkte ein bisschen verwirrt. „Äh … und dann sage ich: ‚Tu, was ich dir befehle, Dienstmagd!'"

„Nein, nein, so geht das nicht", widersprach Faith. „Ich bin die Reinigungskraft, nicht die Dienstmagd, verstehst du? Jetzt habe ich die Motivation für meine Rolle verloren. Klappe."

„Du spielst das nicht richtig, Faith", schmollte er.

„Und du bist ein ziemlich fantasieloser Perverser", erwiderte sie. „Etwas Besseres als die Dienstmädchen-Nummer hast du nicht zu bieten? Gähn."

Ryans Handy summte. „Das muss ich annehmen", knurrte er.

„Kein Problem", sagte Faith. Jemand ließ sich auf den Stuhl neben ihr fallen.

„Hey, Pru! Alles klar?"

„Bestens. Muss dich nur rasch was fragen. Störe ich?"

„Überhaupt nicht." Ryan murmelte ins Handy, das er mit der Hand abdeckte, damit Faith nicht mithören konnte.

„Okay, es geht um Folgendes. Carl bombardiert mich mit Sex-SMS."

„Wow. Ich ... Wow."

„Hör dir das an. *Welche Farbe hat dein Höschen?* Soll ich wahrheitsgemäß antworten? Ich glaube nämlich, ich habe das mit den kleinen Eichhörnchen an, die Schlitten fahren. Oder soll ich etwas erfinden?"

„Hm, weißt du was, am besten folgst du einfach deinem Bauchgefühl", riet Faith. Sie brauchte dringend mehr Wein.

„Sag ihm, du trägst einen roten String und willst, dass er ihn dir mit den Zähnen auszieht", schlug Ryan vor, der sein Telefongespräch kurz unterbrach. „Oder noch besser: Sag ihm, du hast überhaupt keinen Slip an. Und dass du gern Dienstmädchen und Hausherr mit ihm spielen willst, wenn du nach Hause kommst."

Prudence starrte ihn an. „Das ist dein Date?"

„Leider ja."

„Ich muss los", sagte Ryan. „Meine Mama hat einen Schmalzpfropf im Ohr. Kommst du mit, Faith? Für das Ohr brauchen wir nur eine Minute, und zu zweit ist es einfacher, weil sie festgehalten werden muss."

„Nein, danke", sagte Faith. „Viel Glück." Ryan warf ein paar Geldscheine auf den Tisch und stürmte davon, irgendwas über verlogene erotische Fiktion vor sich hin murmelnd.

Pru schrieb eine SMS. „Sexy sein ist anstrengend." Sie seufzte. „*Ich habe einen Stringtanga an*", las sie dann vor. „*Komm und hol ihn dir, mein Großer.* Weißt du, was mir fehlt, Faith? Meine Periode. Damals hatte ich wenigstens ein paar Tage im Monat frei. Und wenn eine Frau sich ihre Periode zurückwünscht, muss das Ende der Welt nahe sein." Ihr Handy zirpte, und sie unterbrach sich, um zu lesen. „Ach du Scheiße. Schau dir das an."

Sie schob das Handy über den Tisch. Faith las: *Bin total traumatisiert. Pass besser auf, wenn du auf die Sende-Taste drückst. Nehme als Entschädigung für den mir zugefügten psychischen Schaden jederzeit Geschenke an. Dein Sohn Ned.*

„Wenn das so weitergeht, lasse ich mich womöglich scheiden." Pru stand auf. „Okay, muss jetzt meinen Mann bumsen. Tut mir leid, dass dein Kandidat ein Arsch war. Lass uns morgen reden." Sie gab ihr einen Kuss auf die Wange und ging.

Faith schlüpfte aus ihrer Nische. Jeremy war offenbar schon gegangen, doch Levi saß noch am Tresen, so wie Dad und inzwischen auch Jack. Und apropos Dad, er schien sich zu amüsieren … Noch dazu mit einer Frau! Oh nein, mit zwei Frauen! Wie aufregend!! Cathy Kennedy, die ja trotz ihrer Vorliebe für schräge Bibelverse sehr nett war, und eine Unbekannte. Levi sagte etwas und gestattete sich den flüchtigen Hauch eines Lächelns. Faiths weiblichste Körperregion reagierte mit einem plötzlichen heftigen Ziehen.

„Süße! Wir sind hier drüben!", rief Dad, der so aufgeräumt schien wie lange nicht. Schön, dass wenigstens einer von ihnen Glück beim anderen Geschlecht hatte. Faith ging zum Tresen. Dad legte den Arm um sie und lächelte ihre potenzielle Stiefmutter breit an.

„Schätzchen, du kennst Mrs Kennedy doch noch, oder?"

„Aber natürlich, Dad. Nett, Sie wiederzusehen, Mrs Kennedy. Neulich beim Bibellesen hatte ich viel Spaß."

„Nenn mich Cathy, Süße. Und das hier ist meine Frau, Louise."

Heiliger Strohsack! Waren denn alle guten Leute homosexuell? Sie unterdrückte einen Seufzer. „Sehr erfreut, Sie kennenzulernen, Louise."

„Du gehst in die Bibelstunde?", flüsterte Jack.

„Mit Goggy", murmelte sie zurück.

„Du legst es wohl darauf an, dass sie dir das Haus vererbt?"

„Ich finde, das hätte ich verdient. Meinst du nicht?"

„War das nicht ein überaus interessanter Vers?", fragte Mrs Kennedy. „Jungs, wir haben die Geschichte der blutigen Rituale im Alten Testament besprochen. Beschneidung, Menschenopfer und so weiter."

„Mit so was könnte man mich glatt bekehren", sagte Jack.

„In besagtem Vers ging es um eine Beschneidung mit einem Feuerstein." Faith starrte ihren großen Bruder vielsagend an. „Man fragt sich, warum manche Traditionen aussterben. Also, wenn Feuerstein damals gut genug war … warum dann heute dieser neumodische Kram?"

„John, wie war denn die Ernte dieses Jahr?", fragte Mrs Kennedy, und Dad stieg bereitwillig in sein Lieblingsthema ein.

„Und wie war dein Rendezvous, Schwesterchen?", erkundigte sich Jack.

„Wunderbar", schwärmte sie, denn Levi stand immer noch in Hörweite. „Ein hinreißender Typ." Doch Levi beachtete sie gar nicht, stattdessen stand er auf und breitete die Arme aus, um seine Schwester zu begrüßen. Sarah Cooper ließ ihren Rucksack fallen, rannte zu ihrem Bruder und drückte ihn fest an sich.

„Gott sei Dank bin ich wieder zu Hause. Ich dachte, mir platzt der Kopf."

„Nach einer kompletten Woche am College?", fragte Levi.

„Hör zu, G.I. Joe. Du hast keine Ahnung, wie anstrengend das ist." Sie legte den Kopf an seine Schulter, und Levi gab ihr einen Kuss aufs Haar. Die Geste war so unerwartet zärtlich und natürlich, dass Faith spürte, wie sie selbst … nachsichtiger wurde. Levi mochte ja ein Mistkerl sein, aber seine Schwester liebte ihn. Ihr eigener Bruder Jack hingegen hatte ihr ständig schreckliche Dinge angetan, wie ihre Anfälle zu filmen, und einmal, als sie neun Jahre alt war, hatte er sich mit einem Messer bewaffnet in ihrem Schrank versteckt.

„Ich kann mir nicht mal in meinen kühnsten Träumen vorstellen, dass du mich in der Öffentlichkeit umarmst", teilte sie ihm mit.

„Ich auch nicht", antwortete Jack. „Du bist so nervig."

„Bin ich nicht." Sie grinste. „Ich bin deine Lieblingsschwester."

„Das war nur der Fall, solange du dreitausend Meilen entfernt gelebt hast. Neuerdings kann ich das nicht mehr so genau sagen."

„Tja, selbst wenn du mich umarmen wolltest, würde ich es nie zulassen, weil du komisch riechst und nicht weißt, wie man sich beim Essen in der Öffentlichkeit zu benehmen hat und … Uuuff!"

Jack hatte sie mit beiden Armen umklammert und hochgehoben. „Mann, bist du schwer", ächzte er. „Lass die Finger von diesen Pfadfinderkeksen."

„Halt den Mund, und stell mich wieder ab." Sie versetzte ihm einen Klaps auf den Kopf.

Dad beobachtete sie mit lächelndem Blick. „Du bist deiner Mom so ähnlich."

Die als Kompliment gemeinten Worte ließen Faiths Lächeln verschwinden.

„Danke", sagte Jack. „Das höre ich öfter." Dann bemerkte er, dass Colleen ihn anlächelte, und sein Grinsen erstarb.

„Keine Angst, Jack. Ich beiße nur auf Wunsch."

„Tja, ich werde dann mal langsam nach Hause gehen", sagte Dad. „Jack, bist du so weit?" Er strubbelte mit einer Hand durch Faiths Haar. „Nacht, Süße. Oh, hallo, Sarah, wie geht's dir?"

„Hallo, Mr Holland", antwortete sie. „Mir geht's gut. Und Ihnen?"

„Ich haue auch ab", verkündete Faith ein wenig niedergeschlagen. Noch so ein beschissenes Date. Ach, egal. Zumindest hatte sie nicht allzu viel Zeit damit vergeudet, Ryans Hintergrund zu prüfen. Sie würde jetzt nach Hause gehen, mit Blue schmusen, Jeremy anrufen und ihm Bericht erstatten, um dann zu besprechen, wie er diese Scharte wieder auswetzen konnte. „Ich wünsche euch allen noch einen schönen Abend."

„Hey, Faith", sagte Sarah. „Äh ... Hast du noch einen Moment Zeit? Ich würde gern mal mit dir reden. Über San Francisco."

Faith warf einen Blick zu Levi hinüber. Er telefonierte. „Klar, Schätzchen."

„Dein Neffe, Ned", ihre Wangen erglühten rosig, „er hat mir erzählt, dass du ein paar Jahre dort gelebt hast. Gefällt es dir?"

Verknallt, wie süß! „Oh ja. Es ist herrlich."

Levi schob sein Handy wieder in die Tasche. „Sarah, ich muss raus zu einem Einsatz. Kommst du mit?"

„Worum geht's denn dieses Mal?", fragte Sarah. „Wieder ein Huhn unter der Veranda?"

„Eher eine Beutelratte im Keller der Hedbergs. Ihr Hund hat verrückt gespielt, deswegen ist die Katze vor Angst durch das Fenster getürmt, und jetzt fürchten die Leute, dass ein Kojote die Katze frisst."

„Gibt es in dieser Stadt denn keinen Tier-Beauftragten?", wollte Sarah wissen.

„Schon, aber der Mann ist alt, und es ist schon nach zehn."

„Ich verzichte. Wir sehen uns zu Hause." Sie wandte sich wieder Faith zu. „Du hast also gern dort gelebt? Ich kann mir einfach nicht vorstellen, irgendwo anders als hier zu sein. Ich meine, ich weiß noch, wie du, ähm ... vor dem Altar verlassen worden bist. Vielleicht bist du ja fortgezogen, weil … Oh Gott. Entschuldige bitte, wenn ich böse Erinnerungen heraufbeschwöre oder so etwas." Sarah verzog erschrocken das Gesicht.

„Nein, nein, schon gut. Es ist ja allgemein bekannt." *Leider.*

„Faith, kann ich dich kurz sprechen?", fragte Levi.

Ohne eine Antwort abzuwarten, nahm er sie beim Arm und zog sie mit sich. Bei dieser harmlosen Berührung fing ihr ganzer Arm an zu prickeln. Levis grünes Flanellhemd ließ seine Augen dunkler erscheinen, und, du liebe Zeit, seine Hände waren so groß und männlich. So … Alpha-Männchen. Colleen behauptete, dass große Hände ein Hinweis auf …

Diese lüsternen Gedanken schicken dich schnurstracks in die Hölle, mahnte ihr Gewissen im scharfen Tonfall von Mrs Linqvest.

„Hör zu", sagte Levi.

„Jawoll, Sir, Chief Cooper."

„Sarah leidet ernsthaft unter Heimweh. Sie will das College abbrechen und wieder hierher ziehen. Aber ich lege größten Wert darauf, dass sie eine gute Ausbildung bekommt. Also, wenn ihr zwei über das Leben außerhalb der Heimatstadt redet, wäre ich dir sehr dankbar, wenn du sie ermutigen würdest. Ich will nicht, dass sie hier endet, nur weil sie nie irgendetwas anderes versucht hat." Er fuhr sich mit seiner großen Hand durchs Haar, und Faiths innere Nutte stöhnte begehrlich auf. Wie gut sie sich daran erinnerte, wie dieses Haar sich anfühlte, so weich und seidig … *Ich meine es ernst*, zischte Mrs Linqvest. *Hör sofort auf.* Levi stopfte die Hände in die Taschen, und der Hemdstoff spannte sich über seinen kräftigen, männlichen Armen.

Faith räusperte sich. „Schon verstanden. Jeder Mensch sollte mal weiter entfernt von seiner Heimatstadt leben, zumindest eine Zeit lang."

Er sah sie wieder an. „Genau."

Seine Wimpern waren *unverschämt* schön, lang und gerade und blond.

„Kümmer du dich mal um diese Beutelratte", sagte sie. Es hörte sich aus unerfindlichen Gründen vage erotisch an. *Ja, Levi. Hol dir die Beutelratte. Hör nicht auf. Gib's ihr.* Mrs Linqvest griff nach ihrem Lineal. „Ich kümmere mich derweil um deine Schwester. Wir können zusammen nach Hause gehen."

„Danke."

Das Wort ließ ihre Knie zu warmem Pudding werden. „Keine Ursache." Warum war sie plötzlich heiser?

Er drehte sich um und ging und hob grüßend die Hand, als irgendwer ihm „Gute Nacht" nachrief.

Als Levi schließlich von seinem Einsatz zurückkam (er hatte die Beutelratte durch ein Loch in der Grundmauer verscheucht, das Loch dann mithilfe des kleinen Andrew prophylaktisch geflickt, und die Katze war zur Erleichterung der schluchzenden Hedberg-Mädchen gesund und munter gefunden worden), war O'Rourke's weitgehend leer. „Ist meine Schwester nach Hause gegangen?", fragte er Colleen, die den Tresen abwischte.

„Faith hat gesagt, sie wollten runter an den Strand gehen", antwortete sie. „Weiß nicht, ob sie da noch sind."

„Danke."

Levi verließ die Bar durch die Hintertür und kam an dem Parkplatz vorbei, wo er Faith aus dem Fenster gezogen hatte. Das schien schon so lange her zu sein. Er hätte nichts dagegen gehabt, sie noch einmal in diesem schwarzen BH zu sehen. Oder auch ohne BH.

Scheiße. Er musste aufhören, an so was zu denken, Faith war … nicht sein Typ. Da war von allem zu viel. Sie war … nein, verdammt, *nicht* zum Anbeißen. Sie war zu kompliziert. Er hätte sie an jenem Morgen *nicht* küssen sollen. Das war eine Riesendummheit gewesen. Er hatte es ganz sicher nicht geplant, aber ein einziger Kuss hatte gereicht, und die Lust war über ihn hergefallen wie eine Naturgewalt, schwer und schwül und unabwendbar. Ihr Mund war so weich … alles an ihr war weich – wie ein Bett, in dem man versinken konnte, und sie duftete so verlockend wie ein Kuchen frisch aus dem Ofen, und als sie dann diesen leisen Ton ausstieß, hatte er fast die Beherrschung verloren. Er musste sich von ihr lösen, denn wenn der Kuss auch nur eine Sekunde länger gedauert hätte, dann hätte er sie im Stehen an der Wand genommen.

Keine Frage, die Sache geriet ein wenig … außer Kontrolle.

Faith war in erster Linie Jeremys Ex. Unter welchen Umständen auch immer, Jeremy war ihre erste Liebe gewesen, und Levi behagte die Vorstellung nicht, Nachfolger seines besten Freundes zu sein. Und zweitens war da mit ihr dieses überwältigende Gefühl, sich im Augenblick zu verlieren, sich selbst zu vergessen. Das gefiel ihm nicht. Er hatte es bereits damals vor zwölf Jahren empfunden, als er sie küsste.

Dieser Kuss hatte Vernunft und Loyalität und alles, was zählte, einfach ausgelöscht.

Und drittens ... Sie blieb ja nicht einmal für immer in Manningsport, auch wenn John Holland das hoffte. Aber sie hatte nun mal ein eigenes Leben drüben in Kalifornien. Schon einmal hatte er sich in eine Frau verliebt, die ihn dann verließ. Er sollte sich nicht wieder kopfüber in eine ähnliche Situation stürzen.

Was natürlich nicht hieß, dass er in Faith Holland verliebt war.

Der Strand war eigentlich ein kleiner Park – Rasen und ein paar Bäume, einige Bänke, eine Bootsrampe, ein Bootsanleger und ein winziger Sandstreifen am Seeufer. Es war Neumond, daher brauchte Levi, nachdem er die Straßenlaternen hinter sich gelassen hatte, trotz des sternklaren Himmels einen Moment, um sich an die Dunkelheit zu gewöhnen. Da waren Sarah und Faith. Sie saßen auf einer Bank, Schulter an Schulter, und blickten hinaus auf das dunkle Wasser. Sie kehrten ihm den Rücken zu und bemerkten ihn nicht, als er sich über den Rasen näherte.

Sarah lachte, und er blieb stehen. Das hatte er lange nicht gehört.

„Nein, aber mal im Ernst, ich weiß genau, wie du dich fühlst", sagte Faith. „Meine Mom ist auch gestorben, als ich noch klein war."

„Wie alt warst du?"

„Zwölf."

„Mensch. Wie ätzend."

„Ja. Es war ein Autounfall."

„Also nicht mal Zeit, Abschied zu nehmen?"

„Nein."

Darüber musste Sarah nachdenken. „Die hatte ich immerhin."

„So oder so ist es schwer. Es führt kein Weg daran vorbei. Es ist so schwer."

„Denkst du noch an deine Mom?", fragte Sarah.

„Oh ja", antwortete Faith. „Jeden Tag."

Levi ging es genauso. Jeden Tag kam ihm irgendwie seine Mom in den Sinn – ihre Energie, das Fehlen jeglichen Selbstmitleids. Selbst als sie bis zum Anschlag mit Morphium zugedröhnt war, hatte sie ihn und Sarah noch zum Lachen gebracht.

Er spürte einen ungewohnten Kloß im Hals.

„An manchen Tagen bin ich so traurig, dass ich glaube, nicht einmal aufstehen zu können", sagte Sarah jetzt mit piepsiger Stimme.

„Ich will nur meine Mom, aber ich muss ins Seminar und mir all das Zeugs anhören, und es kommt mir so seicht und unbedeutend vor, wenn ich doch alles für einen einzigen normalen Tag mit ihr eintauschen würde." Die Stimme seiner Schwester brach, und Faith legte einen Arm um ihre Schultern.

„Es tut mir leid, Schätzchen", sagte sie. Sonst nichts. Sie lehnte ihren Kopf an Sarahs und streichelte langsam, beinahe unbewusst über das Haar seiner Schwester. Und ließ sie weinen.

„Ich weiß, ich sollte langsam darüber hinwegkommen", sagte Sarah schließlich. „Es ist über ein Jahr her."

„Man kommt eigentlich nie darüber hinweg", erwiderte Faith. „Man lernt nur, es besser zu ertragen. Und das schafft man, indem man einfach die üblichen Dinge tut. Morgens aufstehen. Ins Seminar gehen. Versuchen, normal zu sein. Dann wird all der Schmerz, den man in sich trägt, ziemlich bald … er wird erträglicher."

„Das sagt Levi auch."

„Dann ist er wohl doch nicht immer ganz so blöd, wie er aussieht."

„Aber meistens."

„Ja, da muss ich dir recht geben." Ein Lächeln klang aus Faiths Stimme.

„Ich … ich spüre sie einfach besser, wenn ich hier bin", sagte seine Schwester. „Deshalb gehe ich nicht gern aufs College."

Ihre Worte versetzten Levi einen Stich. Warum erzählte Sarah das alles nicht *ihm*? Warum jammerte sie über schwierige Kurse und fehlende Freunde, wenn das eigentliche Problem doch ein ganz anderes war?

Er konnte sich die Antwort denken.

Weil er es nicht zuließ.

„Sprichst du manchmal mit ihr?", fragte Sarah.

„Oh ja", antwortete Faith. Sie lügt, dachte Levi.

„Antwortet sie? Ich meine, hast du manchmal das Gefühl, ihre Seele wäre bei dir?"

Faith schwieg ein paar Sekunden lang. „Ja." Noch eine Lüge; sie sagte das, was Sarah hören wollte. „Und du?"

„Na klar. Levi schaut mich zwar nur komisch an, wenn ich das sage, aber manchmal spüre ich ihre Nähe."

„Na ja, er ist ein Kerl. Kerle sind ziemlich doof." Wieder schwang ein Lächeln in Faiths Stimme mit, und Levi spürte ein Zucken im Mundwinkel.

„Dumm wie Brot."

„Dumm wie fünf Meter Feldweg."

„Genau." Sarah setzte sich wieder aufrecht hin und putzte sich die Nase. „Hattest du anfangs Heimweh, als du ausgezogen warst?"

„Oh ja. Diese Stadt hat mir so gefehlt, dass es richtig wehtat. Wochenlang hatte ich Bauchschmerzen."

„Das kenne ich!"

„Aber, Sarah, wenn du hierbleiben und auf die Chance verzichten würdest, woanders zu leben und du selbst zu sein und nicht nur Levis kleine Schwester … würdest du dich nicht ständig fragen, was du wohl verpasst hast?"

Braves Mädchen, dachte Levi.

„Schon möglich. Also, theoretisch will ich ja auch aufs College gehen und alles. Woanders leben, wenigstens eine Zeit lang. Aber es ist schwer."

„Ich weiß, Schätzchen." Faith schwieg eine Weile. „Du kennst doch den Spruch: Das Leben ist kein Ponyhof."

„Ja. Ich höre ihn täglich von Levi." Sarah reckte die Arme über den Kopf. „Ich sollte nach Hause gehen." Sie drehte sich um, sah Levi und stieß einen kleinen Schrei aus. „Himmel! Levi! Wieso stehst du da wie ein Serienmörder? Mach das nächste Mal irgendwelche Geräusche!"

„Ich bin erst eine Sekunde hier, also reg dich wieder ab", sagte er. „Wollt ihr zwei jetzt nicht mal Feierabend machen?"

Faith stand auf und wischte ihren Rock ab. „Chief. Wie war die Beutelratte?"

„Angriffslustig." Ihr weißer Rock leuchtete im Dunkeln. „Soll ich euch nach Hause begleiten, Mädels?"

„Und was machst du am liebsten in San Fran?", wollte Sarah wissen. Sie trabte rückwärts, um Faith sehen zu können, als sie die Lake Street hinaufgingen, und Faith erzählte vom Wetter, von den Blumen, dem Essen, dem Panorama. Es hörte sich an, als sei San Francisco die schönste Stadt der Welt.

„Vielleicht studiere ich ein Semester dort", sagte Sarah. „Mein College hat Austauschprogramme mit einigen anderen."

Na, so was.

„Es ist eine tolle Stadt", sagte Faith. „Du solltest dir das wirklich überlegen. Wenn ich dann noch dort bin, könnten wir uns treffen."

Sie gingen am inzwischen stillen Marktplatz vorbei. Die Läden waren dunkel. „Sieh mal, da oben", rief Faith, und tatsächlich, in ihrer Wohnung brannte Licht, und ihr Hund, die Pfoten auf der Fensterbank, war als schwarzer Umriss zu erkennen. „Hi, Blue! Bin gleich bei dir."

Levi hielt den beiden die Tür auf, und im Vorbeigehen streifte Faiths Haar sein Kinn und hüllte ihn in diesen ganz besonderen Duft ein. Er folgte ihr die Treppe hinauf. Tolle Beine.

„Danke, dass du mir Gesellschaft geleistet hast", sagte Sarah, als Levi die Wohnungstür aufschloss.

„Es war mir ein Vergnügen", antwortete Faith.

„Entschuldige, wenn ich dich genervt habe."

„Hast du nicht. Soll das ein Witz sein?" Sie lächelte und öffnete ihre eigene Wohnungstür. Blue sprang heraus und tänzelte vor Freude.

„Hi, Hundchen!" Sarah beugte sich herab und kraulte ihn. Blue leckte ihr Kinn und winselte. „Na, du bist mir ja ein Süßer!" Sie kratzte ihn hinter den Ohren, dann richtete sie sich wieder auf. „Gute Nacht!" Damit verschwand sie in der Wohnung.

Levi folgte ihr nicht. Er wartete stattdessen, bis sich die Tür schloss, und schaute Faith stumm an. Sie griff hinter ihre Tür und holte Blues Leine hervor, beugte sich vor, um sie an seinem Halsband einzuhaken, und gewährte Levi einen Blick auf ihren unglaublichen Vorbau, bevor sie sich wieder aufrichtete.

„Was ist denn, Levi?" Sie seufzte.

Eigentlich kaum zu glauben, dass er sie wieder küsste, aber tatsächlich, da war er, sein Mund auf ihrem, und ihrer Kehle entschlüpfte ein leiser piepsiger Überraschungslaut. Levi legte die Hände um ihr Gesicht, und irgendein Teil seines Gehirns schnauzte ihn an, weil er so bescheuert war. Sein restlicher Körper war jedoch voll und ganz dafür. Ihre Lippen waren weich und nachgiebig, und, ja, sie erwiderte seinen Kuss.

Dann versetzte sie ihm einen heftigen Stoß, und er trat benommen und wie in Zeitlupe einen Schritt zurück.

„Was soll das, Levi? Willst du mich immer mal wieder aus heiterem Himmel mit einem Kuss überrumpeln?", flüsterte sie.

Blue sprang sie an, als wäre es die beste Idee, die er je hatte, sein Schwanz peitschte die Wand. Sie streichelte den Hund beiläufig, sah jedoch wütend aus. Levi konnte es ihr nicht verübeln.

„Entschuldige", sagte er.

„Du bringst mich ganz durcheinander, verdammt", fauchte sie. „Wirklich. Ich meine, erst vermittelst du mir nachhaltig den Eindruck, dass du mich nicht ausstehen kannst, aber neulich nach meinem Anfall warst du so unglaublich nett und hilfsbereit, dann küsst du mich, dann beachtest du mich gar n…"

Ach, zum Teufel, er küsste sie schon wieder. Das brachte sie wenigstens zum Schweigen. Und es gefiel ihm viel besser, wenn sie mit ihrem Mund etwas anderes anstellte, als ihn anzukeifen. Weich und süß und heiß. Er zog sie an sich, und sie wehrte sich nicht. Vielmehr schob sie die Hände in sein Haar, erwiderte seinen Kuss und gab wieder diesen süßen kleinen Laut von sich. Dann ließ sie ihn los.

„Hör auf", flüsterte sie an seinem Mund. Er gehorchte. Ihre Augen waren groß und blau, sie wirkte ein bisschen benebelt.

„Danke, dass du mit meiner Schwester geredet hast", murmelte er und zwang sich, einen Schritt zurückzutreten.

„Gern geschehen", sagte sie nach kurzem Zögern und leckte sich die Lippen. Herrgott, das sollte sie lieber nicht tun, denn es weckte nur den Wunsch, ihr diese Arbeit abzunehmen. Sie schluckte. „Ich, ähm … Ich muss mit dem Hund raus."

„Okay."

Sie ging den Flur hinunter, blieb stehen und schaute sich nach ihm um. Und weil er nicht wusste, was er sagen sollte, sah er sie einfach nur an, dieses weiche, hübsche Persönchen mit den albernen Riemchenschuhen, dem jetzt zerzausten Haar und dem glücklichen Hund.

Dann lief sie die Treppe hinunter. Er lehnte sich an die Wand und fragte sich, was, zum Teufel, er hier eigentlich tat.

# 17. Kapitel

„Und Sie möchten wirklich keine ganze Kiste?", fragte Faith. „Wein eignet sich hervorragend als Geschenk. Wenn Weihnachten kommt, werden Ihre Freunde wissen, dass Sie auf Ihrem Ausflug an sie gedacht haben." Sie lächelte und stützte sich auf den Tresen in der wunderschönen Probierstube von Blue Heron.

„Einem hübschen Mädchen kann ich einfach nicht widerstehen", sagte der Mann. „Klar. Warum nicht? Am besten gleich drei Kisten. Der beste Riesling, den ich je probiert habe."

„Das gebe ich an meinen Dad weiter", versicherte Faith. „Damit haben Sie ihm die ganze Woche gerettet. Und was ist mit dem Cabernet, den Sie so gern mochten? Der mit dem Brombeer-Beigeschmack und dem Anflug von Tabak? Übrigens, Sie haben einen super Weingaumen."

„Gute Idee. Aber der ist dann für mich allein."

„Ich mag Männer, die gut zu sich selbst sind." Faith zwinkerte ihm zu und reichte die Bestellung dann an Mario weiter, damit der sie in den Wagen des willigen Kunden laden konnte.

Aus jahrelanger Erfahrung wusste sie, dass Flirten in der Probierstube Wunder wirkte. Honor hatte ihr deswegen immer Vorträge gehalten, doch niemand konnte bessere Verkaufszahlen vorweisen als Faith, jedenfalls so lange, bis Ned volljährig war. Im Augenblick betreute ihr Neffe eine schnatternde Schar Frauen in schrillen Sneakers und dazu passenden pinkfarbenen T-Shirts, die sie als „Phi Beta Bitches" auswiesen.

Sie brachte das Probierglas des Mannes zur Spüle. „Ich habe gerade einem einzigen Typen vier Kisten verkauft", raunte sie ihrem Neffen im Vorbeigehen zu. „Kannst du da mithalten, Kleiner?"

„Ladys", rief Ned, „meine Tante hier glaubt doch tatsächlich, ich könnte nicht so viel Wein verkaufen wie sie. Helfen Sie mir, ihr das Gegenteil zu beweisen. Sie haben mein Schicksal in der Hand."

„Hure", flüsterte Faith und tätschelte seine Schulter.

„Ich hatte die beste Lehrerin", erwiderte er.

Die Arbeit hier machte Spaß, ganz besonders mit Ned zusammen. Dies war Honors Domäne – von ihrem großen Büro hinter der Probierstube aus leitete sie den Verkauf, die Werbung und die Auslieferung, und sie machte ihre Sache gut. Allerdings fühlte Faith sich, immer wenn Honor in der Nähe war, ein bisschen fehl am Platze. Doch heute Morgen hatte ihre Schwester sie angerufen, um zu erzählen, dass Chipper Reeves sich den Knöchel verstaucht hatte, und zu fragen, ob Faith am Nachmittag den Ausschank übernehmen könnte. Und obwohl das bedeutete, dass sie ihre Arbeit an der Scheune unterbrechen musste, hatte Faith nicht Nein sagen wollen. Honor bat sie so selten um Hilfe.

„Herzlichen Dank, meine schönen Damen!", rief Ned, als die „Bitches" sich verabschiedeten. „Übrigens, acht Kisten", fügte er an Faith gewandt hinzu. Er nahm einen Lappen und begann, die Schanktische abzuwischen.

„Ja, aber meine Pro-Kopf-Quote ist trotzdem höher. Du bist wohl doch nicht ganz so schnuckelig, wie du denkst, Neddie-Schatz."

„Das halte ich für ausgeschlossen", sagte er. „Ich besitze schließlich einen Spiegel."

„Apropos schnuckelig", fuhr sie fort.

„Nette Überleitung, Tantchen."

„Danke. Apropos schnuckelig, du und Sarah Cooper? Muss ich mir Sorgen machen? Sollte ich dir einen Vortrag über Empfängnisverhütung halten, oder reicht es, dich einfach nur darauf hinweisen, dass ihr großer Bruder ein Kriegsveteran und Ordensträger ist, der ein bewegliches Ziel aus fünftausend Meter Entfernung trifft?"

„Ist das dein Ernst?"

„Nein, das ist nur ein Zitat aus einem Film. Aber du willst doch nicht, dass er sauer auf dich ist, oder?"

„Anfangs hatte ich wirklich ernsthafte Bedenken wegen Levis Geschick mit der Waffe", sagte Ned weise und strich sich übers Kinn. „Doch Sarahs süßer kleiner Hintern hat mich dann bald der Fähigkeit des rationalen Denkens beraubt …"

„Das hast du gerade nicht gesagt. Jetzt muss ich dir leider den Hals umdrehen, so weh mir das auch tut."

„… und nun ist sie schwanger mit Drillingen. Du darfst mir gratulieren."

Faith starrte ihn an.

„Okay, kleiner Scherz", sagte Ned. „Wir schicken uns manchmal SMS und spielen *Words with Friends*."

„Das klingt schon eher nach dir", räumte Faith ein. „Bist du einer der Gründe dafür, dass sie so oft nach Hause kommen will?"

„Ich glaube nicht. Aber natürlich ist sie verknallt in mich, und wer kann ihr das verübeln?" Er duckte sich weg, als Faith nach ihm schlug. „Ich mag sie wirklich, versteh mich nicht falsch, aber sie ist noch ein bisschen jung."

„Siehst du? Jedes Mal, wenn ich erwäge, dich in einem Eimer zu ertränken, gibst du etwas wirklich Vernünftiges von dir." Sie hielt einen Moment inne. „Gib nur gut Acht, dass die Verknalltheit nicht außer Kontrolle gerät, ja?", bat sie dann. „Das kann nämlich wirklich wehtun."

„Kommt diese große Weisheit aus den Scherben deines gebrochenen Herzens, Tantchen, oder …"

„Weißt du was? Hol schon mal den Eimer." Ein Pärchen betrat die Probierstube, und sie drehte sich um. „Hallo! Willkommen auf Blue Heron."

„Faith? Kann ich dich kurz sprechen?" Honor stand in dem Flur, der zu den Büroräumen führte.

„Ich übernehme", sagte Ned und wandte sich den Kunden zu. „Was darf ich Ihnen einschenken?"

Faith folgte ihrer Schwester vorbei am Konferenzzimmer und den Büros, die Dad, Jack und Pru für sich beanspruchten (aber selten nutzten).

Honor setzte sich hinter ihren schönen, erschreckend ordentlichen Schreibtisch, ein herrliches Möbel aus Walnuss- und Eichenholz, gefertigt von denselben Schreinern, die Faith für die Terrasse bei der Scheune angeheuert hatte.

„Alles klar bei dir?", erkundigte ihre Schwester sich knapp.

„Prima. Äh, und bei dir?"

„Ganz gut. Hast du schon eine passende Frau für Dad gefunden?"

Faith schnaubte amüsiert. „Das klingt … Ach, vergiss es. Hm, noch nicht ganz. Ich arbeite noch daran. Heute will ich ihn beiläufig mit einer Gärtnerin bekannt machen, und nächste Woche habe ich ein Treffen mit einer Frau aus einer Partnerbörse arrangiert."

„Gut. Wir wollen doch nicht, dass jemand wie Lorena sich Dad wegen seines Vermögens angelt."

Faith verspürte den sonderbaren Drang, für die Frau in die Bresche zu springen. „Weißt du, Honor, vielleicht ist es ja ein Fall von ‚Gegensätze ziehen sich an'. Er scheint sie wirklich zu mögen."

„Faith, sie hat ihn gerade um ein Darlehen über tausend Riesen gebeten. Für eine Brustvergrößerung in Mexiko."

„In Mexiko?"

„Sie kennt da jemanden." Honor zog die Brauen hoch.

„Nun ja, vielleicht kann Dad das selbst entscheiden. Es ist schließlich sein Geld."

Honor seufzte. „Weißt du, wie viel es kostet, dieses Weingut profitabel zu halten, Faith? Sagen wir's mal so: Zwei Schlecht-Wetter-Jahre hintereinander, und wir sind in den roten Zahlen."

Faith nagte an ihrer Unterlippe. „Verstehe."

„Strengst du dich also bitte ein bisschen mehr an?", schlug Honor vor und drückte eine Taste auf ihrem schicken Mac.

Faith wusste nicht recht, was sie denn noch alles versuchen sollte. Vielleicht eBay? „Ich … Na gut. Ja. Ich werde mich noch mehr anstrengen."

„Wir sehen uns vor der Party nicht mehr." Honor tippte rasend schnell auf der Tastatur herum. „Ich muss für ein paar Tage nach New York."

„Wie nett. Ich meine, wie nett für dich, dass du ein paar Tage hier rauskommst."

Honor gab ein nichtssagendes Geräusch von sich.

„Machen sie dir Spaß? Diese Geschäftsreisen?", fragte Faith.

Ihre Schwester hörte auf zu tippen und hob den Blick. „Ja", sagte sie. „Es ist schön zu … Na ja." Sie schüttelte den Kopf, und Faith verspürte wieder diesen Stich des Bedauerns, wie so oft in Gegenwart ihrer Schwester.

„Was ist schön?", hakte sie nach.

Ihre Schwester zuckte die Achseln.

„Einfach mal du selbst zu sein?"

Honor hob verblüfft den Kopf. „Genau."

Faith lächelte. „Und nicht nur ein Teil der Familie Holland, wo jeder längst alles über dich weiß."

„Ja." Honor blickte sie sekundenlang an, dann lächelte sie, und eine Woge der Liebe überrollte Faith. Beinahe hätte sie ihre Schwester umarmt. Stattdessen erwiderte sie das Lächeln, und die Kehle wurde ihr ein bisschen eng.

„Kannst du ein Geheimnis bewahren?", fragte Honor.

Wow. „Klar."

Honor zögerte. „Ich habe … Tja, ich bin mit jemandem zusammen. Und wie es aussieht, wird es ernst."

„Was?", platzte Faith heraus und schlug hastig beide Hände vor den Mund, als ihre Schwester das Gesicht verzog. „Honor!", flüsterte sie. „Wow! Das wusste ich nicht! Wer ist er? Wie ist er?"

„Er ist … ein Gott. Jemand, den wir gewöhnlichen Sterblichen nur aus der Ferne bewundern dürfen."

Lieber Himmel. Honor wurde doch tatsächlich rot. „Aber du bist ihm offenbar nähergekommen?", drang Faith weiter in sie.

Ihre Schwester biss sich auf die Unterlippe und lächelte. „Oh ja."

„Also ist er … der Richtige?"

Ein weiteres verträumtes Lächeln war die Antwort.

„Hast du vor, ihn der Familie vorzustellen?"

Honor nickte. Sie sah so hübsch aus, sprachlos vor Liebe. „Er kommt zu der Jubiläumsparty."

„Wow. Dann ist es wohl wirklich ernst, wenn du … ihm das zumutest." Klar, Faith liebte ihre Familie, aber ihr war auch klar, wie einschüchternd die Hollands wirken konnten, wenn sie in Massen auftraten.

„Ja."

Faith grinste. „Das ist ja toll, Honor. Ich freue mich so sehr für dich."

„Aber sag bitte noch nichts, ja? Zu Dad oder Jack oder sonst wem. Du bist die Einzige, die Bescheid weiß."

Faith war völlig von den Socken, Honor vertraute sich ausgerechnet ihr an! „Ich sage kein Wort."

„Danke, Faithie."

Es war lange her, dass Honor sie so genannt hatte.

Ihre Schwester schien aus ihrem umnebelten Zustand zu erwachen. „Ich muss wieder an die Arbeit. Wir sehen uns, wenn ich nach Hause komme. Wenn du Hilfe bei der Party brauchst, lass es mich wissen." Sie zögerte. „Ich bin neulich zur Scheune raufgegangen. Sie ist wirklich wunderschön, Faith."

Und jetzt auch noch ein Kompliment! Wer immer der Typ war, Faiths Dankbarkeit war ihm gewiss. „Danke", sagte sie, und ihre Stimme klang ein bisschen heiser. „Na schön. Ich wünsch dir eine gute Reise. Ruf mich an, wenn du magst. Du weißt schon. Nur um zu quatschen."

„Das mach ich, falls ich mal eine Minute Zeit habe." Honor lächelte und begann wieder zu tippen.

Faith verließ das Büro und ging den Flur entlang zurück zur Probierstube, die jetzt leer war. Durchs Fenster sah sie Ned, der eine Kiste Wein ins Auto des Pärchens lud. Schön. Ein Moment der Ruhe.

Das war – bei Weitem – das intimste und freundlichste Gespräch, das sie seit neunzehn Jahren mit ihrer Schwester geführt hatte. Vielleicht würden sie einander jetzt, da es mehr in Honors Leben gab als das Weingut und Dads Versorgung, näherkommen. Vielleicht … ja, vielleicht würde Honor ihr endlich wegen Mom verzeihen.

Honor hatte nie über den Unfall reden können. Dad hatte Faith im Krankenhaus in den Armen gehalten, sie gewiegt, ihr gesagt, dass sie keine Schuld träfe, sie konnte nichts dafür, dass sie einen Anfall hatte. Jack war furchtbar sanft und freundlich gewesen, hatte gesagt, wenigstens sei Faith nicht auch ums Leben gekommen, und Pru, die damals in den Zwanzigern war, hatte ihr Bestes getan, um für sie die Mutterrolle zu übernehmen. Alle schienen zu erkennen, was für ein furchtbares Trauma es war, allein mit der toten Mutter im Auto eingesperrt zu sein. Faith hatte über ein Jahr an Albträumen gelitten, hatte sogar ein-, zweimal ins Bett gemacht und monatelang kaum gesprochen. Für den Rest des Schuljahrs war sie von den Hausaufgaben befreit. Alle waren lieb zu ihr … Außer Honor, in deren Augen eine Botschaft stand, die Faith nur zu gut entziffern konnte. *Du hast unsere Mutter umgebracht.* Und Fakt war, dass ihre Schwester recht hatte – auch wenn sie nicht wusste, in welchem Ausmaß.

Doch Honor war eine gute Tochter. Klar, eine Märtyrerin, aber absolut zuverlässig, wenn es um Dad ging. Faith mochte Daddys kleines Mädchen gewesen sein, doch Honor war Moms Lieblingskind, immer schon reifer, erwachsener als die anderen, obwohl sie die Dritte von vieren war. Zwischen ihr und Mom bestand eine besonders enge Bindung, und nach Moms Tod konnte Honor es kaum mehr ertragen, mit Faith in einem Raum zu sein.

Doch vielleicht war jetzt ja der Wendepunkt erreicht. Vielleicht – vielleicht – konnte Faith ihre Schwester dazu bringen, sie wieder zu mögen.

Als Faith in der Probierstube fertig war, entdeckte sie ihren Vater. Er verkostete den selbst gemachten Wein, den Gerard Chartier vorbeigebracht hatte, um seine Meinung dazu zu hören. „Nicht schlecht", urteilte John. „Lieblich, viel Fülle und Dichte." Blue tänzelte im Kreis und ließ auffordernd seinen zerkauten Tennisball fallen. Dad hob ihn auf und warf ihn, ohne sich in seiner Aufzählung der verschiedenen Hefesorten zu unterbrechen, die Gerard einsetzen konnte. Der liebe alte Dad. Mit seiner Baseballkappe, seinem alternden Flanellhemd und den violett gefleckten Händen war er nicht unbedingt der Adretteste, aber auf jeden Fall der Beste.

„Ach, da kommt ja meine kleine Prinzessin", rief er, nachdem er sie endlich bemerkt hatte.

„Hallo, kleine Prinzessin", begrüßte Gerard sie grinsend.

„Hi, Gerard. Hast du in letzter Zeit irgendwelche Leben gerettet?"

„Nein, aber ich kann dich eine Leiter heruntertragen, wenn du willst", sagte er.

„Führe mich nicht in Versuchung. Dad, hast du einen Moment Zeit? Ich möchte dir die Scheune zeigen."

„Aber sicher, Schatz. Wir sehen uns, Gerard." Ihr Vater hob Blues scheußlichen Ball auf und hielt ihn hoch. „Wer liebt diesen Ball? Na, wer denn? Liebst du deinen Ball?" Blue erstarrte geradezu vor Glückseligkeit. Dad warf das ekelhafte Ding am Lagerschuppen vorbei, und der Hund schoss davon, fing den Ball aus der Luft und kehrte unverzüglich damit zurück.

„Er könnte für die Yankees spielen", bemerkte Dad.

„Aber er trifft nicht, und wenn's um sein Leben ginge", erwiderte Faith. „Sag mal, äh, hat Levi dir eigentlich erzählt, wie toll Blue war, als ich den Anfall hatte?" Klar, es war ein dreister Vorwand, seinen Namen ins Gespräch zu bringen, doch es gab keinen argloseren Menschen als den guten alten Dad, wenn man Informationen aus ihm herausquetschen wollte. Seit er sie an jenem Abend geküsst hatte, war sie Levi nicht mehr begegnet. Hatte ihn auch nicht im Hausflur gehört. Und hatte sich gerade noch bremsen können, ein Glas an seine Tür zu pressen und zu lauschen, aber auch nur ganz knapp.

„Hat er. Hat gesagt, Blue hätte ihn geholt. Na, wer ist ein braver Junge? Magst du die Faithie? Na, liebst du die Faithie?"

Blue hat etwas an sich, das jeden, den er trifft, zu einem fröhlichen Idioten werden lässt, dachte Faith, als ihr Vater sich den Ball in den Mund steckte. „Dad. Das ist widerlich."

Er nahm den Ball aus dem Mund und warf ihn den Hügel hinauf. „Endlich kriege ich die Scheune zu sehen", sagte er und legte den Arm um Faiths Schultern. Sie machten sich auf den Weg.

„Du hast doch nicht etwa heimlich spioniert?" Ein Projekt nahm normalerweise erst in der letzten Woche richtig Gestalt an, und Faith hatte ihren Vater überraschen wollen.

„Nein, Süße. Ich habe drei Töchter. Ich bin ganz groß im Befolgen von Befehlen."

Sie wanderten den Hügel hinauf, vorbei an den golden belaubten Weinstöcken und weiter zum Friedhof. Dad nahm seine Kappe ab und legte die Hand auf den Granitstein am Grab seiner Frau. „Hey, Connie", sagte er, und aus seiner Stimme klang so viel Liebe, dass Faith die Tränen kamen. „Du fehlst uns allen so sehr, Liebling."

Er warf Faith einen Blick zu. „Hi, Mom", sagte sie pflichtschuldigst. *Es tut mir so leid.* Das war ihr üblicher Gedanke, der schwer wie Blei in ihrem Herzen lag. Sie wartete, während ihr Vater, dessen attraktives Gesicht den vertrauten traurigen Ausdruck trug, ein paar Blätter von der Platte wischte. Bitte hilf mir, jemanden für ihn zu finden, betete Faith. Aber würde Mom das überhaupt wollen? Faith neigte dazu, es zu glauben, andererseits war sie wahrhaftig keine Expertin im Hinblick auf die Wünsche ihrer Mutter.

Dad erhob sich, und sie gingen weiter den Hügel hoch, sprachen über die Trauben, die für die Eisweine an den Stöcken bleiben sollten, und er prophezeite, dass die Temperatur noch vor Thanksgiving auf minus sieben Grad sinken würde. „Uns steht ein kalter Winter bevor."

„Ihr muffigen alten Bauern versteht euch ja auf solche Weissagungen." Ihr Scherz wurde mit einem Grinsen belohnt. „Okay, wir sind da. Verkraftest du den überwältigenden Anblick?"

Dad war vor zwei Wochen auf dem Hügel gewesen, um die Fortschritte in Augenschein zu nehmen; die Steinmetze hatten noch an den Mauern des Parkplatzes gearbeitet, und Samuel errichtete das Geländer um die Terrasse herum. Doch seitdem waren der Weg und die Beete fertiggestellt worden, und heute brachte Jane Gooding, eine Biobäuerin aus Dundee, die Pflanzen. Faith wollte sich vor dem Ausheben der Pflanzlöcher noch ein letztes Mal umschauen, vielleicht noch ein paar Dinge umgestalten, bevor sie sich auf das endgültige Design der Anlage festlegte.

Und ja, Jane Gooding war vorab auf ihre Eignung als potenzielle Partnerin für Dad überprüft worden. Sie war Mitte fünfzig, Frischluftfanatikerin, verstand etwas von Pflanzen, hatte einen Abschluss in

Botanik und den Meisterbrief als Gärtnerin. Sie war seit langer Zeit geschieden, ging gelegentlich mit Männern aus, hatte eine erwachsene Tochter und war ziemlich aufgeschlossen und attraktiv.

Mit anderen Worten: ein Treffer.

Jane entlud gerade ihren Lieferwagen. Sie unterbrach ihre Arbeit und winkte, als Faith sich näherte. „Hallooo!", rief sie und lächelte. Um ihre Augen zeigten sich hübsche Fältchen, sie schob sich ein paar blonde Locken hinters Ohr und hinterließ dabei einen Schmutzstreifen auf ihrer Wange. Ganz und gar Dads Typ. *Sie* trug bestimmt keine Stringtangas mit Raubtierdruck.

„Hi, Jane", sagte Faith.

Dad starrte mit offenem Mund auf die Scheune. „Schätzchen! Das ist ja umwerfend! Und es ging so schnell!"

„Ich lege Wert darauf, dass meine Kunden zufrieden sind", sagte sie. Der Stolz ihres Vaters wärmte ihr das Herz. „Jane, das ist mein Vater, John Holland. Dad, das ist Jane Gooding, die Besitzerin der Bio-Gärten in Dundee."

„Freut mich, Sie kennenzulernen." Er schüttelte der Frau die Hand. „Sie haben da in Dundee ein hübsches Unternehmen. Ich bin schon oft vorbeigefahren, habe aber noch nie reingeschaut."

„Na, das können wir doch nicht zulassen!", sagte Jane. „Besuchen Sie uns beim nächsten Mal. Ich führe Sie dann höchstpersönlich herum." Sie lächelte ihn an, dann wandte sie sich Faith zu. „Es ist alles da. Bist du bereit?"

„Na klar. Dad, hast du Zeit, uns ein bisschen zur Hand zu gehen?"

„Sicher doch, Süße. Ich komme aus dem Staunen gar nicht mehr raus! Gute Arbeit, mein Schatz."

Faiths Ziel war es gewesen, die Scheune völlig naturbelassen und ungekünstelt wirken zu lassen. Die Beete rund um das Gebäude waren von unregelmäßigen Steinmauern eingerahmt. Ein altes verrostetes Wagenrad lehnte am Stamm einer zweihundert Jahre alten Eiche, sechs alte Milchkannen standen aufgereiht an den steinernen Grundmauern. Sieben verschiedene Farnarten, sämtlich einheimisch, warteten in Töpfen darauf, in den Boden gepflanzt zu werden. Tausend Narzissenzwiebeln sollten verstreut in kleinen Gruppen längs der Grundmauern gesetzt werden, was im nächsten Frühjahr einfach umwerfend aussehen würde, und ein nahezu ausgewachsener Blauregen war bereits neben die hölzerne Schiebetür gepflanzt worden, die

Samuel so wunderschön rekonstruiert hatte. Am Vortag hatte Faith sie lavendelblau gestrichen.

Ihr kleines Spielhaus aus alten Zeiten funkelte förmlich in neuem Glanz. Sie hatte verhindert, dass die Scheune zu einem Haufen Steine zerfiel, hatte diesen traumhaften Ort geschaffen, der so viele wunderbare Erinnerungen schaffen würde. Trotzdem spürte sie einen Kloß im Hals, wenn sie daran dachte, wie sie damals hier auf dem Moos gesessen und so getan hatte, als würde sie Tee in Eichelkäppchen gießen. Wie sie versucht hatte, ein Streifenhörnchen zu zähmen, wie sie einen Kranz aus Gänseblümchen als Geschenk für die Elfen bereitgelegt hatte. So glückliche Zeiten.

Nun ja. Dad und Jane schienen sich blendend zu verstehen. Gärtnern war entschieden besser als eine Ü-50-Party.

Sie machte sich an die Arbeit. Faith kam sich immer vor wie eine Hebamme, wenn sie etwas pflanzte. Erst musste sie die Pflanze vorsichtig aus dem Topf befreien, dann die Wurzeln lockern und behutsam in das sorgfältig ausgehobene Loch senken und schließlich die Ränder mit Erde auffüllen. Sie liebte den satten, dumpfen Geruch feuchter Erde. Die Freude, ihren Entwurf endlich zum Leben erwachen zu sehen … war einfach unvergleichlich. Die Sonne brannte auf ihr Haar, trotz der kühlen Luft wurde ihr T-Shirt feucht von Schweiß, und die Geräusche der Spaten und der Gesang der Vögel machten den Nachmittag absolut perfekt.

Drei Stunden später waren sie fertig.

„Das ging schnell", fand Dad.

„Ja", bekräftigte Faith und verdrehte die Augen in Janes Richtung. Jane lächelte. „Aber nur, weil du nicht mitbekommen hast, dass wir letzte Woche den Boden vorbereitet haben. Das war der schwierige Teil der Arbeit."

„Es ist so schön, Liebling. Deine Großeltern werden staunen."

„Warte, bis du alles bei Nacht siehst, Dad. Die Beleuchtung ist vielleicht das Schönste von allem."

„So, ich muss wieder los", verkündete Jane. „War schön, dich kennenzulernen, John! Wir sehen uns doch sicher auf der Party?"

„Na klar. Die Freude ist ganz auf meiner Seite", sagte er und wurde ein bisschen rot. Aber er schüttelte Jane die Hand und winkte ihr nach, als sie den Lieferwagen startete. „Sie kommt also auch?", fragte er dann.

„Klar. Die Leute, die an einem Projekt mitgearbeitet haben, werden immer eingeladen, Daddy. Das hat Stil."

„Ach, dann haben wir inzwischen wohl Stil?"

„Ja. Und das bedeutet, dass ich aussuchen darf, was du am Sonnabend anziehst."

Die Party hat durchaus das Potenzial, fantastisch zu werden, dachte Faith, während sie noch ein wenig aufräumte. Goggy und Pops würden sich vielleicht an alte Gefühle erinnern und sich dabei wieder etwas annähern. Dad hatte eine Beinahe-Verabredung mit einer sehr netten Frau. Honor würde verschwörerisch über ihre neue Liebe flüstern. Vielleicht ließ Jack sich überreden, mit Colleen zu tanzen, doch die Chancen waren gering. Aber nachdem sie mit Jane eindeutig einen Volltreffer gelandet hatte, würde Faith sich vielleicht als nächstes Projekt ihren Bruder vornehmen.

Und vielleicht würde Levi mit ihr tanzen. Bei der Vorstellung, seine harten Muskeln und seine Wärme an ihrem Körper zu spüren, wurden ihr die Knie weich. Wahrscheinlich käme es nicht dazu, aber man durfte ja wohl noch träumen.

Aber nicht zu lange. Sie rief sich zur Ordnung und brachte den Spaten in den Schuppen. Was auch immer geschah, diese Jubiläumsparty würde etwas Besonders sein. Eine zauberhafte Nacht.


Am Samstagabend konnte Faith sich nur mühsam davon abhalten, ihren Großvater zu erwürgen.

„Was, zum Teufel, ist das?", fragte er und ließ das verdächtige Häppchen vor seiner Nase von der Gabel baumeln.

„Halt den Mund und iss jetzt", befahl ihre Großmutter. „Das sind Party-Snacks. Hör auf, alle zu nerven."

Ihre Großmutter kam auch nur mit knapper Not davon.

„*Du* bist diejenige, die nervt", schoss Pops zurück. „Du nervst seit fünfundsechzig Jahren."

„Kinder, hört auf zu zanken", sagte Ned. „Das hier ist schließlich eure Party. Zwingt uns also nicht, euch jetzt schon ins Heim zu stecken. Pops, das ist eine Garnele. In Prosciutto gewickelt, sonst nichts."

„Was, zum Teufel, ist Prosciutto?", wollte Pops wissen.

„Ein Art extra fetter Schinken", erklärte Faith. „Der wird dir schmecken."

Nun gut, die Nacht ließ sich nicht unbedingt *zauberhaft* an. Jedenfalls jetzt noch nicht. Aber sie konnte es noch schaffen … wenn sie Goggy und Pops mit Drogen ruhigstellte.

Die Hollands hatten sich vor der Party zu einem festlichen Abend-essen in der Scheune eingefunden, da auf der Feier selbst nur Hors d'oeuvres serviert werden sollten, und Gott verhüte, dass ihre Groß-eltern auf eine ordentliche Mahlzeit verzichten mussten. Oder Pru-dence. Oder Dad. Oder Jack. Honor war ohne ihren geheimnisvollen Mann da, und als Faith sich flüsternd nach ihm erkundigte, bedachte Honor sie nur mit einem eisigen Blick. Mrs Johnson war ebenfalls sauer, weil Faith nicht sie gebeten hatte, das Abendessen zuzuberei-ten, sondern sie stattdessen als Gast geladen hatte, was sie irgendwie als Beleidigung empfand.

„Du siehst heute Abend richtig gut aus, Pops", sagte Faith und strich ihm ein paar von seinen faszinierenden Brauenborsten aus den Augen.

„Danke, Süße. Vielleicht gewährt mein Lieblingsmädchen mir ja einen Tanz, was meinst du?"

„Falls ich das Lieblingsmädchen bin, lautet die Antwort ja. Aber denk dran", fügte sie flüsternd hinzu, „zuerst tanzt du mit Goggy."

Pops zog eine Grimasse.

„Doch, doch", sagte Faith mit Nachdruck. „Und du hältst eine Rede, nicht wahr?"

„Oh ja. Hier ist sie." Er klopfte auf seine Jackentasche.

„Hallo, hallo", ertönte eine Stimme. Es war Jane, die Gärtnerin, gekleidet in ein langes, unförmiges braunes Baumwollgewand. „Oje", sagte sie. „Bin ich zu früh?"

„Die Party beginnt um sieben", verkündete Pru mit noch lauterer Stimme als gewöhnlich.

„Nein, schon gut", beschwichtigte Faith. „Setz dich zu uns."

„Wie peinlich!", sagte Jane. „Ich komme später wieder."

„Überhaupt nicht nötig. Wir freuen uns, dass du da bist." Sie stellte Jane der Familie vor und erntete misstrauische Blicke von Goggy, die absolut nichts dagegen hatte, dass ihr Sohn noch ein paar Jahrzehnte lang Witwer blieb, und von Abby, die ansonsten aber schmollte, weil sie ihr Outfit auf Prus Befehl hin gegen etwas „nicht ganz so Nutti-ges" hatte austauschen müssen. Carl fehlte ebenfalls, doch Faith, aus Schaden klug geworden, fragte nicht nach dem Grund.

„Wie schön, dich wiederzusehen", sagte Dad mit einem anbetungs-würdig schüchternen Lächeln. Jane und John. So süß.

„Bitte, setz dich doch." Er rückte einen Stuhl zurecht.

„Danke." Jane schaute sich um. „Hm, ist das … alles?", fragte sie und betrachtete das Garnelen-mit-Pasta-Gericht, das Faith beim Catering-Service bestellt hatte. „Tut mir leid. Ich lebe vegan. In Wahrheit esse ich sogar nur Rohkost."

Ein Leben ohne Cheeseburger? Wie traurig. „Oh, ich finde bestimmt was für dich." Die Caterer hatten doch bestimmt irgendwo eine Gemüseplatte oder so was.

„Nur Rohes, meine Liebe?", hakte Pops nach und verströmte seinen Charme (um Goggy noch mehr zu ärgern).

„Ja, ich esse nur ungekochte Speisen", bestätigte Jane.

„Warum?", fragte Mrs Johnson. „Sind Sie krank?"

„Oh nein, ich habe mich freiwillig dafür entschieden. Aus gesundheitlichen Gründen." Faith fing eine der Kellnerinnen mit einer Rohkostplatte ab. „Danke, Faith. Das ist perfekt." Jane nahm eine beeindruckende Handvoll Babymöhren, schob sich eine nach der anderen wie Popcorn in den Mund und begann, hektisch und geräuschvoll zu kauen. Und noch eine Handvoll. Und ein bisschen Sellerie. Ihr Mund arbeitet schneller als eine Häckselmaschine, dachte Faith.

„Sie essen rohes Fleisch? Das kann doch nicht gesund sein", bemerkte Goggy.

Jane unterbrach ihre Attacke auf die Früchte des Feldes. „Ich esse kein Fleisch. Nur rohes Gemüse und Obst."

„Was ist mit Brot?", erkundigte sich Abby.

„Nein. Gluten ist Gift für mich." Sie nahm noch eine Handvoll Möhren und metzelte sie mit der Kraft einer Kettensäge, sodass kleine orangefarbene Bröckchen von ihren Lippen sprühten. „Ihr solltet es mal versuchen. Ich habe buchstäblich gar keine Schleimprobleme mehr. Und leide niemals unter Verstopfung."

Dads Gesichtsausdruck schien zu flehen: *Bringt mich hier raus!* und Ned erstickte fast an unterdrücktem Lachen. Faith fiel auf, dass Jane tatsächlich sehr kräftige Zähne hatte. Die Rohkostplatte war für zwanzig Personen vorgesehen, doch wenn Jane ihr Tempo beibehielt, war sie bald damit durch und würde sich dann über den Tisch hermachen, der hoffentlich glutenfrei war.

Pru leerte ihr Weinglas „Wo bleibt denn Colleen mit den harten Sachen, Faith? Du hast doch gesagt, es gibt eine Bar."

Ja, wo steckten Connor und Colleen? Faith kontrollierte ihr Handy. Keine Nachrichten. Sie schickte eine SMS, fragte, ob sie Hilfe benötigten. Sie näherten sich der entscheidenden Phase. Faith entschuldigte sich und begann, die Tafelaufsätze auf den mit blassblauen Tüchern bedeckten Tischen aufzustellen.

Prudence kam zu ihr, in jeder Hand eine Garnele. „Die Scheune sieht wunderschön aus", sagte sie. Sie trug eine Anzughose und Arbeitsstiefel, dazu einen tief ausgeschnittenen weißen Pullover. An ihrem Hals prangte ein eindrucksvoller violetter Knutschfleck.

„Danke", sagte Faith. „Und zwischen dir und Carl ist alles in Ordnung?"

Pru zuckte die Achseln. „Ja und nein. Ich habe ihn rausgeworfen."

„Was? Warum?"

„Neulich Abend haben wir's mal wieder richtig getan, du weißt schon. Guter alter Ehesex, nichts Besonderes. Endlich. Und dann sagt er, er will uns filmen ..."

„Was?"

„Ganz recht. Deshalb wohnt er jetzt bei seiner Mutter. Ich dachte, das könnte ihn ein bisschen wachrütteln."

Faith nickte, als hätte sie verstanden. „Hm ... Du hast einen Riesenknutschfleck, weißt du das?"

„Tatsächlich? Verdammt. Hätte wohl besser in den Spiegel sehen sollen. Wie auch immer, du hast hier gute Arbeit geleistet!" Sie schenkte sich noch ein Glas Wein ein und trank ihn wie Wasser.

Der DJ fragte, wo er sich einrichten sollte, und Faith führte ihn in eine Ecke. Dann, nachdem sie noch rasch zwei Fragen vom Catering-Service geklärt hatte, justierte Faith das Licht unter dem Ahornbaum, richtete die klemmende Tür und fand Pops' untere Gebissleiste in einem klebrigen Nussplätzchen. Sie befreite die Zähne, und Goggy sprang im Achteck, weil Pops Nüsse aß, obwohl sein Gastroenterologe es ihm ausdrücklich verboten hatte. Da Jane die Hälfte ihres Körpergewichts an Rohkost verzehrte, fragte Faith Mrs Johnson, ob sie vielleicht noch mehr Gemüse hätten, was ihr einen bösen Blick eintrug plus ein paar finstere Bemerkungen darüber, dass die Menschheit doch entwicklungsgeschichtlich längst bei gegarter Nahrung angelangt sei. Faith verstand das als Ja, rannte zum Neuen Haus, plünderte den Kühlschrank, schnitt rote Paprika, Möhren und Brokkoli und reinigte dann blitzgeschwind die Küche, weil Mrs Johnson es hasste, wenn jemand ihren Arbeitsplatz unaufgeräumt zurückließ. Dann stapfte sie im Power-Walking-Tempo wieder den Hügel hinauf, und es gelang ihr, nicht einen einzigen Paprikastreifen zu verlieren.

Zauberhaft. Ja, genau. Sie schwitzte, war das etwa zauberhaft? Und jetzt trafen die ersten Gäste ein.

Honor tauchte an Faiths Seite auf. „Lorena ist hier", knurrte sie. „Ich dachte, das hättest du geregelt."

„Ich habe sie nicht eingeladen. Aber Dad vermutlich."

„Sieh dir das Kleid an, Faith!"

Lorena gab Pops gerade einen Kuss auf die Wange und beugte sich zu diesem Zweck über den alten Mann, den es eindeutig nicht störte. Aber, oh Gott, Lorenas Kleid … Die Frau wog bestimmt an die zweihundert Pfund und war mindestens sechzig Jahre alt, aber aus irgendeinem alle Naturgesetze verleugnenden Grund hatte sie sich für ein hautenges, gummiartiges schwarzes Kleid entschieden. Rückenfrei. Darunter ein weißer Oma-Schlüpfer, deutlich erkennbar.

Faith stieß überwältigt die Luft aus. „Das ist … Also, das muss der Neid ihr lassen, die Frau hat, ahem, Selbstbewusstsein. Vielleicht sollte Dad diese Brust-OP *doch* bezahlen. Wow."

Honor fand das nicht lustig. „Du hast gesagt, du könntest jemanden für ihn finden, Faith. Diese andere Frau, die Gärtnerin, erzählt gerade, wie oft sie pupst, und hier kommt Lorena in einem Aufzug wie Lady Gaga. Mehr hast du nicht zu bieten?" Sie drehte sich auf dem Absatz um und ging, bevor Faith antworten konnte.

Sie seufzte und steuerte Lorena an, um sie zu begrüßen.

„Hallo, Süße!", tönte die. „Und wen haben wir denn da?" Sie starrte böse auf Jane, die neben Dad saß.

Jane hielt im Kauen inne. „Ich bin eine Freundin." Sie musterte Lorena von oben bis unten.

„Eine Freundin? Eine Freundin von wem?", fragte Lorena mit drohender Miene.

„*Wessen* Freundin? Das meinten Sie doch wohl?" Jane lächelte steif und nahm sich noch ein Stück Sellerie.

„Zickenkrieg", murmelte Ned, als er, das Handy am Ohr, an Faith vorbeiging.

Sollte Faith noch einmal den Drang verspüren, eine Party zu geben, würde sie Pru bitten, sie mit Klebeband an einen Stuhl zu fesseln.

Und es hatte noch nicht einmal richtig angefangen.

# 18. Kapitel

Levi zog seine Anzugjacke an, die gewöhnlich für Hochzeiten und Beerdigungen reserviert war. Die ganze Stadt war zum Jubiläumsfest der alten Hollands eingeladen, da durfte der Polizeichef nicht fehlen. Seit dem Abend, an dem er Faith geküsst hatte, war er ihr nicht mehr oft begegnet. Am letzten Wochenende war Columbus Day, die Touristen strömten in Massen zur Doppeldecker-Flugschau über dem See und zur Weinprobe auf dem Marktplatz, außerdem war Sarah zu Hause, sodass er praktisch keine freie Minute hatte. Und selbst wenn: Was hätte er damit anstellen sollen? Ganz ehrlich? Er hatte keine Ahnung.

Am Montagabend brachte er Sarah zurück zum College. Unterwegs hielten sie an, um ihr ein paar Sachen zu kaufen, mit denen sie ihr Zimmer etwas heimeliger gestalten konnte, Kissen und anderen Mädchenkram. Dann hatte er Sarah und ihre Mitbewohnerin zum Essen eingeladen. Wie es aussah, kamen die beiden prima miteinander aus.

Als er sich von seiner Schwester verabschiedete, hätte er gern etwas über ihre Mom gesagt, etwas in der Art, was Faith ihr gesagt hatte, aber ihm wollten einfach nicht die richtigen Worte einfallen. Also drückte er ihr fünfzig Dollar in die Hand und legte ihr nahe, fleißig zu studieren. Zurück in Manningsport, machte er sich, obwohl es bereits zehn Uhr abends war, daran, den Berg von Papierkram auf seinem Schreibtisch in der Polizeiwache abzutragen.

Und dachte an Faith.

Ja, sie war zweifellos … zum Anbeißen. Er war ein Mann, er war hetero, sie war süß und wohnte ihm gegenüber. Und sie roch so gut. Und wenn er sie auch früher einmal als lästiges kleines Mädchen betrachtet hatte, war sie doch in Wahrheit … viel mehr.

Das bedeutete aber auf keinen Fall, dass er eine Beziehung mit ihr wollte. Er war nicht sicher, ob er im Moment *überhaupt* eine Beziehung wollte. Seine Scheidung lag noch nicht einmal zwei Jahre zurück.

Er sollte wirklich aufhören, sich mit ihr zu beschäftigen.

Levi fuhr den „Hügel" hinauf und bog in die Zufahrt nach Blue Heron ein. Eine Autoschlange bewegte sich den unbefestigten Weg längs der Felder entlang. Es gab ein geschmackvolles neues Hinweis-schild mit dem golden-blauen Logo des Weinguts: *Die Scheune auf Blue Heron, 0,4 Meilen.* Wie immer versetzte es ihn in Erstaunen, wie viel Land die Hollands besaßen.

Oben auf dem Hügelkamm diente eine Wiese als Parkplatz. Er wurde von Mauern aus Feldsteinen unterteilt. Die Mauern sahen aus, als stünden sie schon ewig dort, doch Levi war ziemlich sicher, dass sie neu waren.

„Levi, hey!" Jeremy kam über die Wiese auf ihn zu. Da er nebenan wohnte, war er wohl zu Fuß gekommen.

„Hey, Jer. Wie geht's?"

„Bestens, mein Freund. Und selbst?"

Levi hatte von Emmaline erfahren, dass Faith und Jeremy vor Kur-zem abends bei O'Rourke's gewesen waren und viel zusammen gelacht hatten. Die Nachricht hatte ihm einen Stich der Eifersucht versetzt. Was natürlich albern war. Die beiden hatten eine gemeinsame Vergan-genheit. Das wusste doch jeder.

Was allerdings nichts daran änderte, dass er diesen Stich empfand.

Die Leute strömten auf einen von zwei Ahornbäumen flankierten Weg zu. Die Bäume wurden von unten von zwei kleinen Spotlights angestrahlt, wodurch das gelbe Laub von einem warmen, goldenen Schimmer überzogen wurde. Der Weg war breit, auf einer Seite be-grenzt durch eine Feldsteinmauer und beleuchtet von kleinen Kup-ferlaternen. Eine Walddrossel schlug, weiter weg rief ein Käuzchen. Irgendwo in der Ferne rauschte ein Wasserfall.

Urplötzlich erkannte Levi die Stelle. Er war schon einmal hier ge-wesen. Vor zwölf Jahren hatten er und Faith etwa hundert Meter ent-fernt von dieser Stelle, drüben beim Wasserfall, Mittagspause gemacht.

„Bist du hier schon mal gewesen?", fragte Jeremy, als könnte er Ge-danken lesen. „Da drüben ist ein schönes Plätzchen zum Schwimmen."

Ah. Jeremy war also auch schon mal hier gewesen. Na klar. Er war schließlich Faiths Freund gewesen. „Weiß nicht. Kann sein", sagte Levi. Dann hatten sie eine leichte Wegbiegung umrundet, und beide Männer blieben stehen.

„Wow", hauchte Jeremy.

Das Gebäude vor ihren Augen war modern und alt zugleich – die alte steinerne Scheune mit einem neuen, gläsernen Dach, das Ganze erleuchtet vom sanften Licht im Inneren. Um sie herum wurden Bäume von unten angestrahlt – weiße Birken und silberner Ahorn, Buchen und Walnussbäume. Da waren Blumenbeete, aber keineswegs penibel oder exakt angelegt; es war irgendwie … zauberhaft. Wie etwas aus einem Märchen.

„Levi, Jeremy! Ich freu mich, dass ihr gekommen seid!" John Holland begrüßte sie am großen Scheunentor, das von Kupferlaternen beleuchtet war. Zwei Frauen flankierten ihn; die eine trug etwas, das aussah wie eine braune Papiertüte, die andere ein, autsch, besser, man sah gar nicht erst hin. Ach ja, das war Lorena Creech, die schon seit Wochen um Faiths Vater herumscharwenzelte. „Kommt rein, seht euch an, was unsere Faith geleistet hat. Phyllis! Wie geht's dir? Der Weg war nicht zu anstrengend, oder?"

„Das ist ja unglaublich", sagte Jeremy, als sie durchs Scheunentor traten.

Drinnen war es, wenn möglich, noch schöner. Aus Blue-Heron-Weinflaschen gefertigte Lampen waren mit Klammern an den Wänden angebracht. Weinflaschen mit gekappten Hälsen auf den Tischen enthielten, wie es aussah, Wildblumen. Leute schlenderten umher, zeigten und riefen.

Die Stirnwand der Scheune fehlte, dafür ragte eine zweistöckige freitragende Terrasse über den Hügel hinaus. Dort draußen standen noch mehr Tische, und Gäste bewunderten die Aussicht, die sich über die gelichteten Bäume hinweg auftat, über die Wiesen und bis hinunter zum See.

„Levi! Ich habe vor meinem Haus einen Raser mit zweiundsechzig Meilen die Stunde gemessen", brüllte Mrs Nebbins, die eine eigene Radarpistole besaß und Levi etwa dreimal pro Woche anrief. „Wann willst du endlich in meiner Straße eine Radarfalle einrichten?"

„Ich war gestern erst da", verteidigte sich Levi.

„Tja, du musst halt viel mehr Strafzettel verteilen. Oder vielleicht solltest du eine Nagelsperre anbringen. Glaub mir, dann gehen die Leute vom Gas!"

„Phyllis, du wirst immer schöner, wenn das überhaupt möglich ist", säuselte Jeremy und küsste ihr die Wange.

„Ach Jeremy, du Lügner!", erwiderte sie. „Hast du Faith gesehen? Tut es weh? Ist sie noch verliebt in dich? Wahrscheinlich ja, das arme Ding. Hör mal, mein Knie ist im Eimer, und die Übungen, die du mir verschrieben hast, bringen nichts. Deshalb mache ich sie nicht mehr."

„Tatsächlich? Wie lange hast du sie denn gemacht?"

„Zwei Tage."

„Das ist praktisch eine Beleidigung", sagte er. „Aber mach ruhig weiter, beschwer dich nur, ich habe den ganzen Abend Zeit. Aber erst mal möchte ich mir diese Terrasse ansehen." Er führte die schrullige alte Dame weiter und grinste über die Schulter hinweg in Levis Richtung. Was für ein Pech, dass der Typ schwul war. Er hatte so ein gutes Händchen mit Frauen.

Levi holte sich ein Glas Mineralwasser und schlenderte umher. Die Scheune roch nach frischem Holz, nach Gras und Essen. Lorelei aus dem Bäckerladen dekorierte eine Schokoladentorte mit Blumen, sie winkte lächelnd. Colleen hielt die Stellung an der Bar, einer Konstruktion aus Feldsteinen mit einer mächtigen Holzplatte. Suzette Minor, die Frau mit den unheimlichen Geräuschen und den nuttigen Nachthemden, flirtete mit den Augen über den Rand ihres Weinglases hinweg mit ihm. Wo war Gerard? Er hatte doch letztens noch gehört, dass Gerard und Suzette zusammen waren. Levi nickte ihr zu, drehte sich um und stieß mit Faith zusammen.

„Hey", sagte er und hielt sie an den Armen fest, damit sie nicht das Gleichgewicht verlor. Ihre Haut fühlte sich kühl und glatt an.

Sie errötete, die Farbe kroch aus dem Ausschnitt ihres roten (Gnade!) Kleides über den Hals in ihre Wangen. „Levi", sagte sie leise.

Sie hatte das Haar an diesem Abend hochgesteckt, an ihren Ohren schaukelten lange goldene Ohrgehänge. Als sie Levi ansah, biss sie sich auf die Unterlippe, und bei dem Anblick schoss ihm ein Stromstoß direkt in die Lenden.

„Hi." Er stellte fest, dass er sie immer noch festhielt, und ließ sie hastig los. „Lange nicht gesehen."

„Nein."

Die Luft schien sich zu verdichten und zwischen ihnen zu pulsieren. Da war dieser Duft nach warmem Kuchen, und nicht zum ersten Mal stellte Levi sich sehr bildlich vor, es gleich an der Wand mit Faith zu treiben.

„Faith! Dein Großvater hat mich gerade mit seinem Drink bekleckert", schimpfte Mrs Holland und durchbrach damit den Bann. „Und hast du diese Lorena gesehen? Dieses Kleid! Ob sie keinen Spiegel besitzt? Ach, hallo, Levi, Süßer. Faith, hast du irgendwas, womit du mich abtupfen kannst?"

„Ich … Klar doch, Goggy." Sie führte ihre Großmutter fort. Wenn sie sich jetzt nach mir umblickt, dachte Levi, ist die Wand keine unwahrscheinliche Option.

Faith schaute über die Schulter zurück und schob sich eine Haarsträhne hinters Ohr.

Dann gesellte ihr Vater sich zu ihr, und Faith nickte und sagte irgendetwas. Sie versorgte Mrs Holland, gab ihr einen Kuss auf die Wange, hielt dann einen Kellner an und deutete auf irgendwen. Schenkte ein Glas Wein ein und reichte es Mrs Robinson, lachte über irgendetwas, das die Frau sagte.

Aber obwohl sie tausend Dinge gleichzeitig erledigte und sich binnen einer Minute um ein halbes Dutzend Gäste kümmerte, blickte sie sich doch noch einmal nach ihm um. Und dann lächelte sie.

Dieses Mal traf ihn der Stromstoß in der Brust. Faith Holland lächelte ihn an, nicht allzu weit entfernt von der Stelle, wo er sie vor so vielen Jahren zum ersten Mal geküsst hatte.

„Sie ist für so etwas einfach geboren, nicht wahr?", sagte Jeremy anerkennend, als er von der Terrasse zurückkam. „Und dieses Design! Umwerfend. Honor sagt, sie hat bereits sieben Vormerkungen für Hochzeiten im nächsten Sommer."

„Hey, Levi, hi, Jeremy!" Abby Vanderbeek hüpfte herbei, gefolgt von Helena Meering. Helena hatte gerade erst ihren Führerschein gemacht und sich schon einen Strafzettel und einen strengen Vortrag vom Polizeichef eingefangen, der ihr allerdings nur ein Kichern entlockt hatte. „Wollt ihr mit uns essen?", fragte Abby.

Helena lächelte und strich sich übers Haar, auf diese typische Mädchen-Art. „Wie ich sehe, sind Sie solo hier, Chief Cooper."

„Eine total unangemessene Bemerkung, Helena", rügte er. „Wo sind deine Eltern?"

„Ich wollte doch nur sagen, dass Sie so einsam wirken. Außerdem sind die Jungs in unserem Alter so langweilig und unreif."

„Ich könnte euer Date sein, meine Damen", bot Jeremy an.

„Sind Sie nicht schwul?", fragte Helena.

Abby nahm Jeremys Arm. „Schwule sind die allerbesten Begleiter, Helena. Das weiß doch jeder."

Am Ende landete Faith mit Jeremy und ihrer Nichte sowie einigen weiteren Mitgliedern der Familie Holland an einem Tisch. Levi entschied sich für einen Platz am Tisch der sehr netten Hedbergs. Unglücklicherweise begeisterte der ungefähr neunjährige Andrew sich für Levis militärische Vergangenheit und fragte ihn gnadenlos aus.

„Haben Sie mal jemanden getötet?", fragte der Junge.

„Andrew", ermahnte ihn seine Mutter.

„Ich habe nur auf die Bösen geschossen", erwiderte Levi. Das war seine Standardantwort. „Du solltest mich mal auf der Wache besuchen, Andrew. Ich lass dich dann im Streifenwagen mitfahren."

„Wirklich? Geil!"

Levi entschuldigte sich, stand auf und holte sich noch ein Glas Mineralwasser von der Bar. Dann pfiff jemand, und alle schauten nach vorn, wo Faith stand, zum Anbeißen hübsch, das Mikrofon in der Hand.

„Danke, dass ihr alle gekommen seid", sagte sie. „Mein Dad ist zu schüchtern, um etwas zu sagen …" Dafür erntete sie wohlwollendes Lachen. „… deshalb hat er mich gebeten, die Honneurs zu machen. Lasst mich damit anfangen zu sagen, wie glücklich wir darüber sind, dass ihr alle gekommen seid, um den fünfundsechzigsten Hochzeitstag meiner Großeltern mit uns zu feiern." Applaus wurde laut.

„Gott segne sie!", dröhnte Lorena, die Frau in dem unvorteilhaften schwarzen Kleid. „Hoffe doch sehr, sie treiben's noch! Senioren vor! Juhuu!"

Levi würde sicherstellen müssen, dass sie sich nicht mehr hinters Steuer setzte.

Faith lächelte gequält. „Hm, schon gut, Lorena. Wie auch immer, wir wollten euch außerdem die Scheune auf Blue Heron zeigen, die ab jetzt für jede Art von Feier zur Verfügung steht. Damals im neunzehnten Jahrhundert war hier der Melkstall, und der brannte 1902 ab, als meine Urgroßmutter meinen Urgroßvater nach einem Streit hierher zum Schlafen geschickt hatte. Vermutlich hat Urgroßvater eine Kerze umgestoßen, und das war's dann. Er habe sich kaum retten können, sagt man, und verlasst euch drauf, er hat meine Urgroßmutter nie wieder verärgert." Das Publikum lachte herzlich.

Levi schaute zu Jeremy, der ein paar Tische weiter saß. Jeremy lächelte, den Blick fest auf Faith geheftet, und er sah aus wie ein verliebter Mann.

„Ich bin von Herzen dankbar, dass mein Dad mir die Chance gegeben hat, aus diesem Bauwerk etwas Neues zu gestalten, und ich wüsste nicht, was sich zur Einweihung besser eignen könnte als dieses Jubiläum meiner Großeltern. Also, danke an alle, und jetzt möchte mein

Großvater ohne viel Aufhebens ein paar Worte an seine schöne Frau richten."

Ein kollektives *Oooh* kam von den Gästen, dann wurde geklatscht, als der alte Mr Holland zu Faith trat. „Danke, Schätzchen", sagte er schmunzelnd. „Ich glaube, nicht viele Menschen können auf fünfundsechzig Jahre Ehe zurückblicken. Ich schon." Er hielt inne und blickte lächelnd auf die Gästeschar. „Was habe ich falsch gemacht?"

Alle lachten.

„Die Leute sagen zu mir, John, ich weiß nicht, wie du das schaffst. Und ich sage, seht euch doch nur meine Frau an. Sie hat das Gesicht einer Heiligen. Genauer gesagt: einer heiligen Kuh!"

Levi schielte zu Mrs Holland hinüber, in deren Miene sich ein Donnerwetter zusammenbraute (und tatsächlich, sie hatte eine gewisse Ähnlichkeit mit einer Kuh).

Faith eilte an die Seite ihres Großvaters und flüsterte ihm etwas zu, doch er schüttelte nur den Kopf und wich ein paar Schritte zurück. „Unsere Faithie will, dass ich mit meiner Frau tanze", fuhr er fort, „aber wie soll ich das machen? Sie hat zwei linke Füße, und ich habe einen Klotz am Bein!"

„Ich tanz mit dir, Süßer!", rief Lorena. Dieses Gummi-Kleid … Gütiger Gott. Sie näherte sich dem alten Mr Holland. „Musik!", verlangte sie. Der DJ gehorchte, und die ersten Akkorde von „SexyBack" dröhnten aus den Lautsprechern.

„Genug geredet!", sagte Mr Holland, und zu Levis Entsetzen (und dem aller anderen lebenden Wesen) begann Lorena, ihren alten, flachen Hintern am Po von Faiths Großvater zu reiben. Mr Holland stieß in klassischer Macho-Manier im Takt zu dem Justin-Timberlake-Song, den Levi – bis jetzt – immer gemocht hatte, die Fäuste in die Luft.

Mit gequälter Miene trat Faith wieder vor. „Musik aus, bitte! Lorena, setzt du dich bitte wieder? Würdest du bitte einfach … da rübergehen? Danke." Sie nahm ihrem Großvater das Mikrofon aus der Hand. „Okay, danke, Pops. Geh, setz dich." Sie wischte sich das Haar aus dem Gesicht und versuchte zu lächeln. „Hm, na ja, es geht doch nichts über einen robusten Sinn für Humor. Dad? Möchtest du vielleicht etwas sagen?"

Ihr Vater schüttelte den Kopf.

„Nein? Bist du sicher? Okay. Hm … Goggy? Wie steht's mit dir?"

„Kennt jemand einen guten Scheidungsanwalt?", fragte sie laut und deutlich.

Faith verzog das Gesicht. „Okay. Gut." Sie holte tief Luft. „Wisst ihr was? Letztens habe ich ein paar Wochen bei meinen Großeltern gewohnt, und ihr werdet es nicht glauben. Sie sind vielleicht nicht gerade das, hm … romantischste Pärchen der Weltgeschichte, aber sie kümmern sich wunderbar umeinander." Sie legte eine Pause ein und sah ihre Großeltern an. „Pops schenkt Goggy vielleicht keine Blumen, doch er stellt jeden Abend ihren Becher bereit, mit Teebeutel und einem Teelöffel Zucker, sodass sie am Morgen nur noch heißes Wasser aufgießen muss."

Levi hatte für Nina immer den Morgenkaffee vorbereitet. Das gleiche Prinzip, vermutete er.

„Und, ähm, meine Großmutter", fuhr Faith fort, „sie kocht jeden Abend für Pops. Sorgt dafür, dass er auf seinen Cholesterinspiegel achtet."

„An Abenden wie diesen frage ich mich, warum", kommentierte Mrs H. und hatte dieses Mal die Lacher auf ihrer Seite.

„Meine Großeltern sind demnach vielleicht kein Bilderbuch-Liebespaar. Doch sie haben ihr Leben lang dieses Land bestellt, haben nie auch nur ein Fitzelchen verkauft, auch nicht in harten Zeiten, auch nicht, wenn Hagel die gesamte Ernte vernichtete oder in dem Jahr, als der Dauerregen die Trauben am Weinstock verfaulen ließ." Sie wandte sich ihrem Vater zu. „Sie haben meinen Dad großgezogen und sich nach dem Tod meiner Mom seiner Kinder angenommen." Sie unterbrach sich kurz. „Vielleicht geht es bei der Liebe gar nicht darum, dass man ab und zu mal Rosen mitbringt. Vielleicht ist es Liebe, wenn man gerade in schweren Zeiten durchhält, wenn man sauer ist und erschöpft."

Im Publikum war es still geworden. „Goggy, Pops, ich habe einen besonderen Song für euch zwei ausgesucht. ‚And I Love You So' von Perry Como, dein Lieblingslied, Goggy." Faith hob ihr Glas. „Also, Leute … Auf meine Großeltern. Herzliche Glückwünsche zum Hochzeitstag, Goggy und Pops."

„Hört, hört", raunten die Gäste.

Der DJ spielte den Song. Mr und Mrs Holland blieben sitzen. „Das ist euer Tanz, Pops. Goggy."

Sie rührten sich nicht vom Fleck.

Plötzlich kam Lorena Creech schwankend auf die Füße; ihr Stuhl kippte um. „Was bist du?", kreischte sie und zeigte auf die Frau im Papiertüten-Kleid. „Du bist nicht sein Date! *Ich* bin mit ihm hier!"

Oha. Wie aufs Stichwort.

„Wow", sagte Faith. „Wir bieten heute Abend wirklich ein tolles Unterhaltungsprogramm. Also, viel Spaß beim Tanzen, Leute." Sie gab dem DJ einen Wink, die Lautstärke aufzudrehen, dann legte sie das Mikrofon beiseite und verließ die Scheune.

Arme Kleine. Da hatte sie sich so viel Mühe gegeben, und ungezogene Erwachsene ruinierten ihr den Abend. Aber immerhin, einige Paare wagten sich auf die Tanzfläche.

Levi ging hinüber zum Tisch der Hollands. „Was soll das heißen, wir sind nicht zusammen?", wollte Lorena von Faiths Dad wissen. „Natürlich sind wir zusammen!"

„Tut mir schrecklich leid, wenn hier ein Missverständnis vorliegt", sagte John gequält. „Wir sind nicht zusammen. Tut mir leid."

„Ganz recht", mischte sich Mrs Johnson ein. „Deine Kinder versuchen schon seit Wochen, dir zu erklären, was diese Frau im Schilde führt, aber hörst du auf sie? Nein. Du hörst gar nicht zu."

„Er hat mehr Stil, als sich auf dich einzulassen", murmelte die Papiertüten-Frau, und Lorena schäumte noch mehr vor Wut.

„Wissen Sie schon, wie Sie nach Hause kommen, Mrs Creech?", fragte Levi, bemüht, sie nicht direkt anzusehen. „Ich will nicht, dass Sie selbst fahren."

„Ich ruf mir ein Taxi, Mr Saubermann. Und keine Angst. Ich fahre nie, wenn ich getrunken habe."

„Ich trinke grundsätzlich nicht", bemerkte die andere Frau affektiert.

„Nein, ganz bestimmt nicht!", sagte Lorena. „Du hast viel zu viel damit zu tun, über deine Fürze zu schwafeln! Mir reicht's. Ich gehe. John Holland, du hast mir das Herz gebrochen."

„Tut mir so leid." John wischte sich den Schweiß von der Stirn. „Ähm, Jane, das gilt auch für dich. Ich bin nicht auf der Suche nach einer Beziehung. Tut mir leid."

„Ja, um Himmels willen", sagte die Tüten-Frau und schleuderte ihre Serviette auf den Tisch. „Warum bin ich dann überhaupt eingeladen? Ich gehe auch. Was für eine Zeitverschwendung."

„Immerhin bist du doch satt geworden, oder?", fragte Mrs Johnson. „Nicht, dass es ein Genuss war, dabei zuzusehen, wie du drei Pfund rohes Gemüse vernichtet hast. Und, John, was Frauen betrifft, bist du ein Idiot. Schande über dich."

Die beiden Frauen marschierten aus der Scheune, und der ratlose DJ spielte den Perry-Como-Song ein zweites Mal. Levi beugte sich zu Mr und Mrs Holland herab. „Hören Sie mal", sagte er. „Faith hat sich sehr viel Mühe mit dieser Party gegeben. Warum tanzen Sie nicht miteinander und zeigen ihr so, dass Sie es zu schätzen wissen?" Er warf den beiden seinen strengsten Polizeichef-Blick zu.

„Wer will denn schon mit dem da tanzen?", ätzte Mrs Holland.

„Meine Arthritis bringt mich um", jammerte ihr Mann.

„Dann sollten Sie sich ein bisschen bewegen", riet Levi. „Tun Sie's einfach für Faith. Sie liebt Sie beide."

Einen Moment lang herrschte Schweigen.

„Schön. Bringen wir's hinter uns", sagte Mrs Holland. „Er hat ja recht. Faith hat das alles nur für uns getan, du undankbarer Kerl."

„Ich bin nicht undankbar. Ich finde es toll, was sie da auf die Beine gestellt hat."

„Beweisen Sie's", sagte Levi. „Ab auf die Tanzfläche."

„Na schön. Mein Leiden nimmt kein Ende." Mr Holland seufzte. Er erhob sich und streckte die Hand aus. Mrs Holland ergriff sie.

Der Song setzte zum dritten Mal ein, und als die alten Hollands Aufstellung nahmen, war Levi beinahe sicher, dass sie lächelten.

Faith war nirgends zu sehen.

Faith hatte ein Plätzchen unter der Terrasse gefunden, wo sie mit einiger Wahrscheinlichkeit niemand finden würde. Das Gras war kühl und feucht, aber wen störte das? Lieber hierbleiben und sich Grasflecke zuziehen, als zurück auf die Party zu gehen. Falls man sie *doch* finden sollte, bestand die Gefahr, dass sie jemandem eine Gabel ins Auge stach.

Sie nahm einen tiefen Zug aus der Weinflasche, die sie mitgenommen hatte.

Obwohl Faith wusste, dass es sinnlos war, stellte sie sich vor, wie der Abend hätte verlaufen können, wenn ihre Mutter dabei gewesen wäre. Wie sie den Kopf an Dads Schulter gelehnt und etwas geflüstert hätte, was ihn zum Lachen brachte. Es gäbe keine Frauen wie Lorena oder vegane Fundamentalistinnen, und irgendwie hätte Mom Goggy und Pops zur Räson gebracht, Honor geholfen, sich zu entspannen, hätte mit Pru gelacht, mit Jack getanzt und vielleicht, vielleicht auch ein paar Worte für Faith erübrigt.

Der Schmerz umfing sie wie ein schwerer Umhang und hüllte sie ein. Sie hatte kein Recht, ihre Mutter zu vermissen, aber, lieber Gott, sie fehlte ihr so sehr.

„Hey."

Faith fuhr zusammen. „Hi, Levi", sagte sie und wischte sich verstohlen über die Augen. Ihr wundes Herz klopfte schneller.

„Du trinkst allein?"

„Ja. Dazu habe ich heute Abend doch wohl alles Recht der Welt."

Levi setzte sich neben sie. „Das war wirklich …" Seine Stimme verlor sich.

„Grauenhaft?", schlug sie vor und trank noch einen Schluck. „Oder weißt du ein besseres Wort?"

„Denkwürdig." Mochte sein, dass in seiner Stimme ein Lächeln mitschwang, aber es war zu dunkel, um es zu erkennen.

„*Denkwürdig.* Gefällt mir besser."

„Hast du gerade geweint?" Seine Stimme war ruhig, leise.

Aus irgendeinem Grunde schnürte seine Frage ihr wieder die Kehle zu. „Ein bisschen."

Er sagte nichts dazu. Er sagte überhaupt nichts, und es war irgendwie schön, ihn einfach nur an ihrer Seite zu wissen. Plötzlich war ihr kalt. Und sie fragte sich, was Levi wohl tun würde, wenn sie sich mit ihrer nackten Schulter an seine lehnte.

„Sie tanzen, weißt du?", sagte er nach einer Weile.

Sie sah ihn scharf an. „Wirklich?"

„Ja."

„Oh. Schön." Sie senkte den Blick wieder auf ihre Hände. Die wasserfeste Wimperntusche war nicht tränenfest.

Von weiter oben ertönte die unverwechselbare Stimme des jungen Michael Jackson. Füße stampften mehr oder weniger im Takt der Musik, ein Hinweis darauf, dass Leute tanzten.

„Hier ist es wunderschön, Faith", murmelte Levi, und urplötzlich krümmten sich Faiths Zehen in ihren Schuhen, weil … nun ja, weil Levi sie gesucht und gefunden hatte.

„Danke", flüsterte sie, drehte ihm das Gesicht zu und schaute ihn sich in dem schwachen Licht genauer an. Verdammt noch mal. Levi Cooper im Anzug. Sie konnte nicht sagen, ob sie ihn schon mal im Anzug gesehen hatte, höchstens in seiner Ausgehuniform. Er hatte die Hände locker vor sich gefaltet und blickte Faith an. „Und? Amüsierst du dich?", fragte sie.

„Jetzt ja."

Seine Antwort sorgte für Hochspannung tief in ihrem Bauch. „Du siehst sehr gut aus, Levi."

Das stimmte. In seinen schläfrigen Augen zeigte sich jetzt tatsächlich ein Lächeln. Zumindest kam es Faith so vor. Er neigte sich ihr zu, sodass er sie mit der Schulter anstieß, und diese kleine Geste wärmte sie durch und durch. „Und du siehst wunderhübsch aus, Faith", sagte er leise.

„Danke."

Er blickte sie lange an, dann streckte er die Hand aus und berührte das seidige Haar in ihrem Nacken, angelegentlich, mit leicht gefurchter Stirn, als hätte er diese Stelle noch nie bei einer Frau berührt. Faith schluckte. Ihr gesamter Körper überzog sich mit Gänsehaut, ihre Muskeln wurden zu Pudding. Er schaute auf die Stelle, die er berührte; in seinen Wimpern fing sich ein bisschen Licht von draußen. Die Gelangweilt-Skala hatte momentan ausgedient.

Sein Mund war so nahe. Sie hätte sich einfach vorbeugen und ihn küssen können, diesen perfekten Druck fühlen können und den aufregenden Moment spüren, wenn der Kuss sich vertiefte und seine Zunge mit ihrer zu spielen begann.

Ja, wenn sie all ihren Mut zusammennahm, hätte Faith jetzt Levi Cooper küssen können, den Jungen, den sie fast ihr ganzes Leben lang kannte und der sie nie gemocht hatte.

Doch sie rührte sich nicht, war wie hypnotisiert von dieser zarten Berührung in ihrem Nacken. Er hätte die ganze Nacht hindurch so weitermachen können, und sie wäre einfach sitzen geblieben, wunschlos glücklich.

Aber sie wünschte sich noch mehr.

„Komm", sagte Levi. Er stand auf, nahm ihre Hand, zog Faith auf die Füße und führte sie unter der Terrasse hervor zum Eingang der Scheune. „Schau dir das an." Er blieb hinter ihr stehen, ohne sie zu berühren und doch so nahe, dass sie seine Körperwärme spüren konnte.

Ihre Großeltern tanzten; Michael Jackson hatte zu Ende gesungen, jetzt röhrten die Rolling Stones „Beast of Burden". Dad tanzte mit Honor, Colleen mit dem alten Mr Iskin, Pru mit Ned, Abby mit Helena, und beide Mädchen lachten.

Goggy und Pops tanzten! Tanzten und unterhielten sich dabei lächelnd.

608

Faith spürte, wie sich auch auf ihrem Gesicht ein Lächeln ausbreitete. Sie hatte es geschafft. Es sah … wunderbar aus. Sogar zauberhaft.

„Möchtest du weg hier?", fragte Levi, und sein Atem streifte sanft ihren Nacken.

Die Party würde vielleicht noch eine Stunde dauern. Der Catering-Service würde die Aufräumarbeiten erledigen; alle waren bereits bezahlt, und sie kam am nächsten Tag ohnehin wieder hierher. Mit anderen Worten: Ihre Arbeit war erledigt.

Und Levi Cooper lud sie ein, mit ihm irgendwohin zu gehen, und sah sie dabei so vielversprechend an … Und urplötzlich war sie wild entschlossen, dieser Sache auf den Grund zu gehen.

„Okay", flüsterte sie.

# 19. Kapitel

Die Sache mit der Verführung war allerdings leichter gesagt als getan.

Sie waren jetzt seit achtzehn Minuten zu Hause, und der Einzige, bei dem etwas abging, war Blue, der sich in dem Moment, in dem sie die Wohnung betraten, an Levis Bein klammerte. Zum Glück hatte sie Eleanor Raines aus dem Erdgeschoss gebeten, mit ihm Gassi zu gehen. Ellie hatte sich schon öfter geradezu überschlagen, um Blue etwas Gutes zu tun, und so musste sie nicht mehr mit dem Hund raus. Aber gut, dass er da war, denn die Unterhaltung lief nicht gerade wie geschmiert.

Levi saß auf Faiths Sofa, die Rammelattacke (na ja, Blues Rammelattacke) war überstanden, und er kraulte den Hund jetzt hinter den Ohren, während dieser ihn anhimmelte, den Tennisball in der Schnauze. Faith selbst lehnte am Küchentresen und trank ein Glas Eiswasser.

Vielleicht hatte sie sich in Bezug auf Levis Absichten getäuscht. Ist es denn möglich, fragte sie sich, dass Levi nicht die geringste Ahnung hatte, wie sehr sie sich wünschte, mit ihm zu schlafen? Und wenn er es wusste, warum saß er dann einfach nur da? Wie genau ging man in einem solchen Fall vor? Sollte sie es einfach ansprechen? Herrgott, sie war nervös. Ihr Herz raste, ihre Hände zitterten leicht, ihr Magen verkrampfte sich. Oh Mann, wo war bloß dieses warme, schmelzende Gefühl von vorhin geblieben?

Was tun, was tun? Sie und Jeremy hatten Dutzende Male über Sex diskutiert, bevor sie es endlich taten, doch offenbar hatte zwischen ihnen ja auch nicht die typische Mann-Frau-Dynamik geherrscht.

Tatsache war, dass Levi sie geküsst hatte. Zwei Mal. Drei Mal, wenn sie den Kuss vor etwa einem Jahrzehnt mitzählte. Und heute hatte er ihren Nacken gestreichelt. Außerdem hatte vor neun Minuten seine Schwester angerufen, und er war nicht rangegangen.

Okay. Faith würde die Initiative ergreifen. Irgendwie. Gewissermaßen.

„Dann wollen wir mal loslegen, oder?", sagte jemand, und, ach du Scheiße, es war ihr eigener Mund, der diese albernen Worte von sich gegeben hatte.

Levi blickte sie lange an. „Wirklich?"

„Halt die Klappe, Levi." Ihre Wangen glühten. „Willst du vögeln oder was? Lieber Himmel, ich rede wie eine Nutte. Weißt du was? Du kannst gehen. Das nimmt dir keiner übel. Außerdem läuft gerade ein Marathon von *America's Next Top Model*."

Blue bellte und wedelte glücklich mit dem Schwanz. Es war seine Lieblingssendung.

Levi stand auf. Faiths Herzschlag beschleunigte sich um das Dreifache. Oh ja, ja, wirklich, er kam zu ihr. Wollte er zu ihr oder zur Tür? Oh Gott, zu ihr. Um seine Lippen zuckte ein schwaches, womöglich nur eingebildetes Lächeln, und in seinen Augen war dieser schläfrige, unglaublich heiße Ausdruck. Levi nahm ihr das Glas aus der Hand und stellte es auf den Tresen. Allein schon die Art, wie seine Finger die ihren streiften, zwang sie fast in die Knie. Sie atmete den Duft seiner Seife – Ivory womöglich? Wer hätte das gedacht? Er roch gut. *Konzentrier dich, Faith, konzentrier dich. Vor dir steht ein heterosexueller Mann. Mach was draus.*

Sie machte nichts draus. Sie war wie erstarrt. Na ja, ein Fetzchen trockene Nagelhaut wollte wohl abgeknibbelt werden. Wie wär's damit? War bestimmt ein Spaß. Einfacher als das hier. Sie wusste wirklich nicht, was sie tun sollte – wenn es um Männer ging, hatte sie null Ahnung. Vielleicht wäre *America's Next Top Model* doch die bessere Wahl.

Levi stützte sich rechts und links von ihr mit beiden Händen auf dem Tresen ab, nahm Faith gefangen, ohne sie zu berühren. Er war vielleicht einen Zentimeter von ihr entfernt und verströmte Testosteron und Hitze. Faith schluckte, und das Geräusch war laut wie ein Büchsenknall.

„Ich würde lieber bleiben", flüsterte er.

Dann schloss er die winzige Lücke zwischen ihnen. Sein Körper war ein harter, warmer Schock für sie, und sein Mund fand ihren.

Und es hätte richtig toll sein können, wirklich, wenn da nicht dieser Sex drohend bevorstehen würde.

Faith versuchte, ihre Lippen zu spitzen, und, Mist, das fühlte sich nicht richtig an. Was genau sollte sie denn tun?

„Entspann dich", sagte Levi, und Faith merkte, dass er aufgehört hatte, sie zu küssen – und dass sie so angespannt dastand wie ein Flitzebogen.

„In Ordnung." Sie leckte sich die Lippen. *Entspann dich, entspann dich.* Sie entkrampfte ihre Fäuste. „Okay. Ich versuch's. Mach schon. Küss mich noch mal."

Er zog eine Braue hoch. „Im Ernst?"

„Ja. Bitte. Bitte küss mich." Toll. Jetzt fing sie schon an zu betteln.

Er hatte die Augen inzwischen halb geschlossen, diese schönen grünen Augen, und er lehnte sich gegen sie, zog sie mit seinen harten, muskulösen Armen eng an sich. Dann waren seine Lippen wieder auf ihren, fordernder dieses Mal, und Faith versuchte, den Kuss zu erwidern, doch sie bekam nur sehr schlecht Luft.

Er seufzte und löste sich wieder von ihr. „Was ist dein Problem, Faith?"

„Ich habe kein Problem", fauchte sie ihn an. „Vielleicht bist du derjenige mit dem Problem. Vielleicht küsst du gar nicht so gut, wie du glaubst. Oder vielleicht habe ich Angst, dass du dich morgen früh dafür hasst. Will sagen, du hast mich jetzt zweimal geküsst, ohne dass irgendetwas darauf folgte. Also hast du vielleicht das Problem. Himmel Herrgott."

Levi starrte sie an. Blue warf sich rücklings auf den Boden. Die Uhr tickte. Verflixt, war das peinlich!

„Mit wie vielen Männern hast du geschlafen?", fragte Levi.

Volltreffer. „Äh, dich mitgezählt?", fragte sie. Ihre Brust stand praktisch in Flammen vor Demütigung, und die Hitze schoss ihr ins Gesicht.

Er runzelte verblüfft die Stirn, und auf seinem Gesicht erschien dieser fassungslose Ausdruck, den sie während ihrer Highschoolzeit so oft gesehen hatte. „Wir haben nie miteinander geschlafen, Faith."

„Nein, das weiß ich wohl. Da hast du ganz recht. Dem kann ich nichts entgegensetzen." Sie schloss kurz die Augen. *America's Next Top Model* wurde immer verlockender.

„Also, mit wie vielen Männern, mich nicht mitgezählt?"

Faith nickte, als müsste sie die Frage überdenken, und richtete den Blick auf irgendetwas, das sicherer war als Levis Gesicht. Der Kühlschrank oder die Schale mit den grünen Äpfeln, die auf dem Markt so hübsch ausgesehen hatten, aber in Wirklichkeit total sauer waren. Die konnte sie getrost wegwerfen. „Mal sehen", sagte sie. „Hm, genau genommen … mit einem."

Ihr Herz schien sich vor Verlegenheit zu einem winzigen Ball zusammenzukringeln.

Levi blinzelte nicht. Selbst seine Wimpern schienen Geringschätzung auszustrahlen.

„Mit einem", wiederholte er.

„Ja."

„Du hast mit niemandem außer Jeremy geschlafen?"

„Ganz recht, Sir." Ihre Wangen waren jetzt so heiß, dass sie Spiegeleier darauf hätte braten können. Nicht, dass sie irgendeinen Grund hatte, so verlegen zu sein. Keuschheit war eine gute Sache. Wählerisch zu sein, wenn es um die wichtigen Entscheidungen im Leben ging – eine ausgezeichnete Charaktereigenschaft.

Dieser Abend verlief nicht wie geplant.

„Hör zu", sagte Faith, vielleicht etwas schärfer als beabsichtigt. „Nach Jeremy habe ich einfach niemanden mehr kennengelernt, der … Ich meine, es ist ja nicht so, dass ich nicht … Es gab schon ein paar Typen, die …" Sie holte tief Luft und zwang sich, Levi direkt anzusehen, der immer noch diesen *Ausdruck* im Gesicht hatte. „Ich wollte nicht einfach nur so mit irgendwem schlafen", schloss sie.

Worte, die jeden Mann in die Flucht schlagen konnten. Vor allem einen Mann wie Levi, der wohl eher der Typ war, der *gerade* einfach nur so mit jemandem schlief.

Aber Faith wollte nun mal verliebt sein, bevor sie mit einem Mann in die Kiste sprang. Sex war eine viel zu intime Sache, um sie mit jemandem zu teilen, den sie nicht liebte. Und ob er nun schwul war oder nicht, Jeremy *hatte* sie geliebt, und sie hatte ihn weiß Gott ebenfalls geliebt. Sie hatte sich acht Jahre lang nicht mal vorstellen können, mit jemand anderem zu schlafen.

Aber sie war nicht verliebt in Levi. Und Levi war ganz bestimmt nicht verliebt in sie.

Das Ganze war einfach nur lächerlich. Von allen Männern, die sie sich aussuchen konnte, war Levi der wohl unwahrscheinlichste Kandidat für die Rolle des Vaters ihrer hinreißenden Kinder. A) mochte er sie nicht sonderlich. Und B) … tja, wer wusste schon, was B war. Auch wenn er noch so scharf war (und das war er eindeutig), war er wohl kaum der Typ, der …

Er legte seine Hand an ihre Wange. Er sah sie an. Seine Miene war undurchschaubar, das gewohnte leichte Stirnrunzeln wieder da. Faith schluckte; ihr Hals war ausgedörrt.

„Willst du mit mir schlafen, Faith?"

Sie fühlte sich überrumpelt von der Frage. Seine Stimme war tief und sanft, und Faith verspürte ein Ziehen tief in ihrem Unterleib. „Wenn es dir nichts ausmacht", flüsterte sie. Er lächelte kaum wahrnehmbar, strich dann mit dem Daumen über ihre Unterlippe, und sie atmete zitternd tief ein. Dann löste er den Clip, mit dem sie ihr Haar hochgesteckt hatte, sodass es in weichen Wellen auf ihre Schultern fiel. Langsam, beinahe behutsam neigte Levi den Kopf und küsste ihren Hals, legte die Arme um sie, und – oh, Gnade! – sein Mund war warm und zärtlich, und etwas wie geschmolzenes Gold, schwer und elektrisch aufgeladen, schien durch ihre Glieder zu strömen. Ihre Knochen wurden zu Pudding, sie legte den Kopf in den Nacken, und plötzlich ging ihr Atem in rauen Stößen.

Sie wusste nicht, wohin mit ihren Händen. Levi ergriff eine und küsste die Handfläche, dann legte er ihre Hand flach auf seine Brust, damit sie den langsamen, harten Schlag seines Herzens spüren konnte. Und als sein Mund sich auf ihren senkte, da fühlte es sich wieder richtig an. Levi fuhr mit den Händen durch ihr Haar, strich dann an ihrem Rücken herab, zog Faith fest an sich, und, ach, er war hart wie Granit, total gefährlich und total vertrauenswürdig. Mit einem Seufzer öffnete sie den Mund, und er ergriff die Gelegenheit, schmeckte sie, und das heiße goldene Gefühl verstärkte sich und pulsierte heftig zwischen ihren Schenkeln. Mit den Händen strich sie über seine Rippen, spürte das Spiel seiner Muskeln unter der Haut, und sein Kuss wurde tiefer, fordernder, heißer. Faiths Knie gaben nach, ein leises Stöhnen entschlüpfte ihrer Kehle.

Dann rückte Levi von ihr ab, und Faith brauchte eine Weile, um die Lider öffnen zu können. Sie atmete schwer. Levi ebenfalls. Sein Blick war so – *Schlafzimmerblick.* Jetzt wusste sie endlich, was das war.

„Bist du sicher, dass du mit mir schlafen willst?", fragte sie beinahe atemlos.

Er strich ihr ein paar Haarsträhnen aus dem Gesicht. „Ich bin ganz sicher."

Sie biss sich auf die Unterlippe. „Okay. Dann geh mit mir ins Bett."

„Ich möchte lieber an der Wand."

„Gütiger Gott!", platzte sie heraus. Die goldene Glut schäumte heiß, heftig und schwer auf. „Okay, schön, was immer du willst. Du bist hier schließlich der Experte."

Sein träges Lächeln ließ ihr Inneres noch heißer und kräftiger pulsieren. Dann beugte er sich vor und hob Faith hoch, sodass ihre Beine sich, als hätten sie ihren eigenen Willen, um ihn schlangen. Und dann machte Levi Cooper mit ihr, was er angekündigt hatte.

Sie landeten schließlich doch im Bett, und das war auch gut so, fand Levi. An der Wand hatte es prima geklappt, bis Faiths Hund immer wieder seinen vergammelten alten Tennisball vor ihren Füßen ablegte und sie lachen mussten. Außerdem wollte er Faith ohnehin seine geballte Erfahrung zugutekommen lassen, seit er wusste, dass sie noch nie mit einem Hetero-Mann geschlafen hatte. Es lohnte sich, sie zu erforschen; ihr Körper war üppig und weich, ganz rosig und sahnig, und sie gab überaus befriedigende kleine Laute von sich. Und sie gestattete sich selbst ebenfalls ein paar Erkundungen; ihre Hände glitten über seinen Körper, ihr Mund war weich und süß.

Und als sie fertig waren und ihre Augen groß und ihre Wangen gerötet waren und ihre Haut feucht glänzte vom Schweiß, da rollte er sich auf den Rücken, zog sie an sich, und ein wildes Gefühl von ... irgendwas ... wallte in seiner Brust auf.

Faith war still für ihre Verhältnisse. „Und, war das nun ziemlich ... ähm, typisch?", fragte sie irgendwann.

*Nein.* „Ziemlich", antwortete er, und seine Finger spielten mit ihrem Haar. Warum sagst du das, du Blödmann? schimpfte sein Verstand.

Weil er nicht zu rasch zu viel wollte. Das war alles. Er war vorsichtig, und Vorsicht war immer gut.

Der Hund beschloss nun ebenfalls, dass Schlafenszeit war, sprang auf und drapierte sich über ihre Füße. „Stört er dich?", fragte Faith.

„Nein, er ist in Ordnung."

Sie stützte sich auf einen Ellenbogen auf und sah ihn an. „Musst du gehen?"

Ein Wimpernschlag. „Wirfst du mich raus?"

„Nein. Ich will nur ... Ich weiß ja nicht, ob du über Nacht bleiben willst. Wenn ja, muss ich mich abschminken und meine ... äh ... Unterwäsche verstecken."

„Ich habe deine Unterwäsche gesehen. Und ich kenne Kampfausrüstungen, die bequemer aussehen."

„Ist das jetzt dein Bettgeflüster?"

„Oder deines?"

„Lass gefälligst das Stirnrunzeln, Levi. Dieses Spiel ist neu für mich."

Er musste unwillkürlich lächeln. „Für einen Neuling bist du ziemlich gut."

„Sei still." Und sie wurde tatsächlich rot. Er drehte sich ihr zu und drückte einen Kuss auf ihre Schulter. Sie errötete noch tiefer.

„Du bist hübsch und weich und duftest nach Kuchen. Wie findest du das?"

Sie lächelte schwach. „Nach Kuchen?"

„Ja. Zum Anbeißen."

Das brachte sie vollends durcheinander. Sie presste die Lippen zusammen und wandte den Blick ab. Er war ihr immer noch ein bisschen unheimlich. „Und? Bleibst du?"

„Möchtest du das?"

Ihr Blick suchte flackernd seinen und ließ ihn wieder los. „Okay. Wenn du möchtest."

Er hätte zehn gute Gründe anführen können, von denen neun zutrafen, um nach Hause gehen zu können. Er hatte Bereitschaft. Er musste Papierkram erledigen. E-Mails beantworten. Einen Antrag ausfüllen. Er konnte durch Manningsport Streife fahren, nur um die braven Bürger wissen zu lassen, dass er da war. Wahrscheinlich *hätte* er einen dieser Gründe vorbringen sollen, denn Sex war das eine, eine gemeinsame Nacht jedoch etwas ganz anderes, und für eine gemeinsame Nacht war es noch viel zu früh.

„Klar", sagte er.

„Du willst wirklich bleiben?"

„Ja. Jetzt sei still und schlaf."

Sie sah ihn noch einmal sekundenlang an, nicht restlos überzeugt, und er spürte einen Anflug von Gewissensbissen. Er hob eine ihrer Haarsträhnen an und zupfte leicht daran, dann zog er ihren Kopf wieder an seine Schulter.

„Levi?"

Frauen. Mussten immerzu reden. „Ja?"

„Danke, dass du's mit mir getan hast."

Er lachte. „Gern geschehen. Hat es dir Spaß gemacht?"

„Was glaubst du wohl?"

„Du warst ziemlich laut. Das ist für gewöhnlich ein gutes Zeichen."

Sie hob den Kopf, um ihn anzusehen, und ihr kupferfarbenes Haar fiel halb über ihr Gesicht. „Na so was. Sieh einer an. Levi Cooper lächelt."

Tatsächlich, offenbar lächelte er.

Und dann küsste sie ihn, zögerlich, süß, dann weniger zögerlich, und für geraume Zeit dachte niemand mehr an Schlaf.

Außer dem Hund.

# 20. Kapitel

Levi Cooper hatte einen Waschbrettbauch.

Was nicht hieß, dass Faith ihn heimlich anstarrte. Na gut, sie starrte ihn fraglos an. Blue übrigens auch, immer noch in der Hoffnung, dass Levi zehn- oder fünfhundertmal den Ball für ihn werfen würde.

Doch Levi schlief, und deshalb war Anstarren erlaubt. Außerdem, wie sollte eine Frau es fertigbringen, den Blick von diesem wunderschönen Körper zu lösen? Seine Arme waren geradezu lächerlich männlich, schwer und muskelbepackt, der Brustkorb war massiv und breit. Und diese Bauchmuskeln ... wellenförmig, hypnotisierend und zauberhaft perfekt.

Ja. Levi Cooper war wie ein glitzerndes Einhorn aus dem Wunderland.

Sicher, Jeremy war hinreißend schön. Schön wie ein Filmstar, und ja, Faith hatte auch ihn liebend gern betrachtet. Andererseits hatte er nichts mit ihr anzufangen gewusst.

Was man von Levi, Hand aufs Herz, nicht behaupten konnte.

Sex mit einem Hetero-Mann – bei Gott, das war's. Insbesondere mit *diesem* Hetero-Mann, denn zu ihrer großen Überraschung war er nicht nur scharf und, ähm, sachkundig, sondern auch ... lieb. Anders konnte man es wirklich nicht nennen. Und Levi Cooper mit geröteten Wangen und verschwitztem Haar und diesen wundervollen Armen, der sie fragte, ob ihr gefiel, was er machte ... Heiliger Strohsack! Allein der Gedanke brachte sie auf Touren.

Höchste Zeit aufzustehen. Blue musste Gassi geführt werden, bevor sie sich noch einmal über Levi hermachte. Sie zog irgendetwas an und schlüpfte mit dem Hund aus dem Schlafzimmer. Sie stellte fest, dass sie grinste. Am liebsten hätte sie Luftsprünge gemacht.

Sie füllte die Kaffeemaschine und schaltete sie ein und griff nach Blues Leine, was den Hund vor Verblüffung erstarren ließ, bevor er zur Tür hüpfte. „Ja! Wir gehen *wirklich* spazieren! Ich weiß! Das ist so was von aufregend, wie?", flüsterte sie (denn in ihrem Bett lag ein wunderschöner Mann und schlief, hatte sie das schon erwähnt?).

Sie öffnete die Tür, und winselnd vor Begeisterung stob Blue hinaus.

Sarah Cooper stand im Hausflur.

„Weißt du, wo mein Bruder ist?", platzte sie heraus. Ihr Gesicht wirkte spitz vor Sorge.

„Ach Schätzchen, ja. Er ist … äh, er ist da drin." Faith wies mit einer Kopfbewegung auf ihre Wohnungstür.

„Ich habe ihn gestern Abend angerufen, aber er hat sich nicht gemeldet", erklärte Sarah.

„Mist. Ich … Er … schläft."

Sarahs Sorge wich der Verblüffung. „Heiliger Bimbam", sagte sie. „Du und er? Schlaft ihr miteinander?"

„Hm … Das solltest du vielleicht deinen Bruder fragen."

„Ihr tut's *tatsächlich!* Du bumst meinen Bruder. Oh mein Gott, wo ist mein Handy? Das muss ich twittern."

„Beruhige dich, Sarah", ertönte Levis Stimme. Er kam aus Faiths Wohnung. Das Oberhemd hing über seiner Hose. „Wenn du das twitterst, bist du tot."

„Mann, ich bin doch voll auf eurer Seite. Faith ist viel netter als G.I. Jane. Ich bin einverstanden."

„Super", sagte Levi. Faith lächelte Sarah dankbar an. Es war immer gut, die Familie auf seiner Seite zu haben.

Levi stopfte sein Hemd in die Hose. Schade. Nackt sah er besser aus. „Wieso bist du überhaupt hier?", fragte er seine Schwester.

Sarah riss die Augen auf. „Levi! Du hast mir doch *erlaubt,* dieses Wochenende nach Hause zu kommen! Schon vergessen? Dieses Wochenende hast du's mir nicht *verboten.*"

Levi atmete scharf ein, hielt die Luft an und sagte dann: „Stimmt. Also geh schon mal rein, und hör auf, Faith zu belästigen. Ich bin gleich bei dir."

„Ich belästige sie doch gar nicht", maulte Sarah. „Wir kommen uns näher. Für den Fall, dass ich bald Tante werde."

„Sarah. Ab in die Wohnung. Auf der Stelle." Sein Kinn bekam etwas faszinierend Kantiges. Seine Schwester gehorchte und zog eine Grimasse in Faiths Richtung, bevor sie die Tür hinter sich zuzog.

„Sei ihr nicht böse", bat Faith.

„Ich bin ihr nicht böse", versicherte er. Er steckte die Hände in die Hosentasche, ignorierte Blues anbetendes Winseln und blickte Faith endlich an. „Hi", sagte er mit leiser, kratziger Stimme.

Nur zwei Buchstaben, und sie schmolz dahin. „Hi", flüsterte sie.

„Wie geht's dir?", fragte er.

„Gut. Und dir?"

Er senkte den Blick auf ihren Mund. „Auch gut. Aber ich muss jetzt gehen." Er sah so ernst aus, wie er ernster nicht hätte sein können.

„Okay."

„Man sieht sich."

„Ja. Wir wohnen ja nicht so weit voneinander entfernt." Sie verbiss sich ein Lächeln.

„Wohl wahr." Erst jetzt schien ihm aufzufallen, dass das ein Witz war, und er zog die Brauen hoch. Dann packte er sie, was ihr ein Quietschen entlockte, gab ihr einen heftigen wilden Kuss, und bevor sie auch nur reagieren konnte, ließ er sie wieder los. „Bis bald, Nachbarin."

Und damit war er fort.


„Du heißes Gerät", hauchte Colleen am folgenden Abend mit bewunderndem Blick. „Du hast mit Levi Cooper geschlafen? Das musst du mir haarklein erzählen. Wie oft bist du …"

„Okay, mal langsam. Immer mit der Ruhe." Faith lehnte sich in ihrem Sessel zurück. O'Rourke's hatte gerade erst geöffnet. Seit *der Nacht* hatte Faith Levi nicht mehr gesehen, wohl aber heute Nacht um drei Uhr wieder mal Schokoladenduft geschnuppert. Jetzt stand sein Wagen aber weder vor der Wache noch hinter dem Opernhaus; vermutlich brachte er seine Schwester zurück zum College. Nicht, dass sie ihn überwachte, aber, ja, sie folgte Sarah Cooper jetzt auf Twitter.

„Ich will jede Einzelheit wissen", sagte Colleen. „Das bist du mir schuldig. Meine Freundin hat's echt durchgezogen! Ich freu mich so für dich!"

„Yay! Aber könntest du vielleicht ein winzig kleines bisschen leiser sprechen? Das wäre ganz super von dir."

„Hier ist doch niemand, Liebes."

„Dein Bruder könnte jeden Augenblick reinkommen."

„Der zählt nicht. Oder, Connor?"

„Stimmt." Connor tauchte aus der Küche auf. „Hi, Faith. Freut mich, dass du deinen Spaß hast."

„Danke, Con. Und danke, Colleen! Du hättest mir ruhig sagen können, dass dein Bruder lauscht."

„Welche Farbe soll ich auf deiner Hochzeit tragen?", fragte Colleen. „Du bist mir auf jeden Fall noch einen Auftritt als Brautführerin schuldig, nachdem Jeremy mich beim letzten Mal darum betrogen hat."

„Weißt du was? Er ist ..." Faith schaute sich um (die üblichen frühen Gäste trudelten ein) und senkte die Stimme. „Er ist erst der zweite Mann, mit dem ich je geschlafen habe. Also lass es uns langsam angehen."

„Ich weiß, dass er der zweite ist", sagte Colleen. „Das ist meine Schuld. Ich habe schon schwer bereut, dass ich dir damals dieses Spielzeug gekauft habe."

„Schsch! Komm schon! Ich will nicht, dass dein Bruder das auch noch mitkriegt!"

„Na, aber es stimmt doch." Ihre Freundin trank einen großen Schluck Kaffee. „Ohne deine kleinen Helfer hättest du dich bestimmt schon längst mal flachlegen lassen. Drei Jahre sind entschieden zu lange."

„Dem kann ich nur beipflichten, Faithie", rief Connor.

„Ihr zwei seid echt ein tolles Team." Nun ja. Es waren halt Coll und Con, das spezielle Doppelpack.

„Also, wie war's nun?", drängte Colleen.

„Ich erzähl's dir nur, wenn du leise redest."

„Gut", flüsterte Colleen. „So besser?"

Faith lächelte. „Es war ..." Ihr Lächeln wurde noch inniger. „Es war ganz erstaunlich."

„Ja! Das ist super! Con, es war *erstaunlich!*"

„Yay."

Colleen seufzte glücklich. „Und? Bist du verlobt, hast du eine Beziehung, war es ein einmaliger Griff in den Glückstopf, seid ihr jetzt Freunde mit Anfassen, oder was ist nun? Na?"

Faith überlegte kurz. „Keine Ahnung. Verlobt sind wir ganz bestimmt nicht."

Colleen schaute sie vielsagend an. „Du bist verliebt, stimmt's?"

„Nein."

„Aber sicher doch. Ich kenne dich. Du hättest nicht mit ihm geschlafen, wenn du nicht in ihn verliebt wärst."

„Bin ich nicht. Er ist ... Na ja, er ist ... Ich glaube, es könnte passieren." Ihr Gesicht begann schon wieder zu glühen. „Oh, da ist ja mein Dad. Fall jetzt bitte nicht über ihn her, und sag ihm nicht, dass ich ein bisschen Spaß habe, und gib ihm nichts mit Jalapenos, denn davon bekommt er Sodbrennen."

„Oh, Jack ist auch hier. Hurra!"

„Hab Erbarmen, Coll."

„Sie sind ziemlich früh dran, oder?", fragte Connor, der durch die Küchentür spähte. „Jack bekomme ich gewöhnlich nicht vor sieben Uhr abends zu Gesicht."

„Ich teste ein potenzielles Date für Dad", erzählte Faith. „Dad lauscht und gibt mir dann ein Zeichen: Daumen hoch oder Daumen runter."

„Ihr Hollands seid so süß."

Am Nachmittag nach der Party, als Levi mit seiner Schwester beschäftigt war, hatten Honor, Pru und Faith eine Unterredung mit Dad. Honor gab die Großinquisitorin, Mrs Johnson klapperte in der Küche mit Töpfen und Schubladen, um ihrer Missbilligung Ausdruck zu verleihen. Dad hatte zugegeben, dass Lorenas „schräge Art" ihm Spaß gemacht hatte, genauso wie die Ablenkung durch jemand Neuen zum Reden. Allerdings hätte er nicht geglaubt, dass sie so anhänglich wäre, obwohl seine Kinder ihn gewarnt hatten. Er hatte nicht die geringste Absicht, die vegane Gärtnerin wiederzusehen, beteuerte aber, er wäre offen für eine neue Beziehung. Vielleicht. Möglicherweise. Ja, und von nun an würde er tun, was sie ihm rieten.

Faith war unendlich erleichtert.

„Jack", sagte sie, „Brüderchen, glaub bloß nicht, ich hätte nicht gemerkt, dass du dich gestern Abend von der Party fortgeschlichen hast."

„Glaub bloß nicht, ich hätte nicht gehört, dass du mit Levi weggegangen bist."

„Er hat mich nach Hause gefahren", sagte Faith und spürte, dass sie flammend rot wurde.

„Ach, so nennt man das heutzutage?" Er versetzte ihr einen spielerischen Boxhieb. „Verschone mich bitte mit Einzelheiten, ja? Pru ist schlimm genug. Pru ist grauenhaft, wenn ich's mir recht überlege."

Eine halbe Stunde später saß Faith in derselben Nische, in der der Steuerberater versucht hatte, sie zu Schweinkram zu überreden. Steuerberater. Waren die alle pervers? Na egal, Dad saß in der Nische nebenan, schwitzte jetzt schon und tat so, als unterhielte er sich mit Jack, der die Zeitung las.

Weil Online-Partnerbörsen nun mal die beste Möglichkeit waren, jemanden zu finden, hatte Faith einen neuerlichen Versuch gestartet (dabei allerdings *HeißeOmas* gemieden). Sie hatte ein Profil ihres Dads ins Netz gestellt, mit dem Hinweis, dass sie seine Tochter war und die Vorauswahl treffen würde. An diesem Abend wollte sie sich mit einer Frau namens Maxine Rogers treffen, die all ihre Fragen angemessen beantwortet hatte.

Faith machte sich gerade über einen Teller mit Nachos und ein Glas herrlichen Riesling mit einem köstlichen Unterton von Mandarine her, der perfekt zum Essen passte, als Maxine eintraf.

„Faith?"

„Hi! Maxine, nicht wahr?"

Die Frau lächelte breit. „Ja. Wie geht es dir, meine Liebe?"

Sie war sehr groß, was auf den Fotos nicht zu erkennen gewesen war. Ihr Haar war schwarz (ganz sicher gefärbt, aber gut gemacht; schön glänzend, ganz anders als Lorenas strohige Matte), ihr Make-up perfekt, besonders der rote Lippenstift, gewagt und ziemlich glamourös. Mit anderen Worten: Maxine hatte sich Mühe gegeben, und das hatte sich gelohnt. Sie war hübsch gekleidet, ziemlich bemerkenswert angesichts ihrer Körpergröße von beinahe einem Meter achtzig. Faith bemerkte, dass ihr Dad sich kaum wahrnehmbar umgewandt hatte, um die Frau zu begutachten.

„Wie schön, dich endlich kennenzulernen", sagte Maxine. Ihre Stimme war angenehm tief.

„Gleichfalls", sagte Faith. „Deine E-Mails sind immer so nett."

„Ach Süße, wie lieb, dass du das sagst." Sie lehnte sich in der Nische zurück. „Ich finde es total nett von dir, dass du deinem Vater helfen willst, eine neue Liebe zu finden. Richtig lieb."

Da hat sie recht, dachte Faith. „Möchtest du von den Nachos?"

„Danke! Die sind ja himmlisch." Maxine bediente sich großzügig. Gut. Faith war nicht gern die einzige Frau im Raum, die herzhaft zugriff.

Colleen näherte sich ihrer Nische. „Willst du noch … Oh! Hi. Entschuldigen Sie, ich habe Sie gar nicht kommen sehen. Wünschen Sie etwas zu trinken?", fragte sie Maxine.

„Faith, was trinkst du, Schätzchen?", fragte Maxine, und Faith mochte sie jetzt schon von Herzen gern.

„Coll, was trinke ich?", fragte sie. „Maxine, Colleen ist meine älteste Freundin."

„Sehr erfreut", sagte Maxine und reichte Colleen die Hand.

„Ebenfalls. Hm, Faith trinkt … den Bully 2011 Riesling, stimmt's, Faith?" Coll warf ihr einen beredten Blick zu.

„Genau. Der ist köstlich", bestätigte Faith. „Unterlegt mit Mandarine, leicht strohiger Beigeschmack, sehr mild im Abgang."

„Klingt vielversprechend." Maxine lächelte. „Den nehme ich."

„Kommt sofort." Colleen huschte davon.

„Du hast keine Kinder, oder?", fragte Faith.

„Nein, leider habe ich keine bekommen. Aber ich habe vier Nichten und sechs Neffen, und ich bin vernarrt in sie alle und in ihre Kinder. Ich bin wohl irgendwie der Typ Lieblingstante."

„Wie schön. Ich selbst habe auch eine Nichte und einen Neffen. Und du bist Buchhalterin?"

„Ja. Ich arbeite gern mit Zahlen, bringe gern Ordnung ins Chaos. Schon immer."

Faith lehnte sich zurück und hörte zu, während Maxine ihr vom Leben im ländlichen Ohio erzählte und wie sie einmal einen wundervollen Urlaub an den Finger Lakes verbrachte, der sie später, als sie zu etwas Geld kam, bewog, nach Penn Yan zu ziehen. „Das war wohl ein Wink des Schicksals", sagte sie. „Mir ging es gut, versteh mich nicht falsch, aber wer gewinnt schon hunderttausend Dollar auf einen Schlag? Da habe ich mich gefragt: Was willst du mit dem Rest deines Lebens anfangen? Und gerade diese Gegend hier hat mich stärker angesprochen als alle anderen."

Colleen brachte den Wein. „Faith, kann ich dich kurz sprechen?", fragte sie. Aus der Küche hörte man ein Krachen, dann einen Aufschrei. „Mist!" Sie flitzte davon.

Maxine bestand sämtliche Tests. Gutes Benehmen, geistreich, aufgeschlossen, herzlich, mit einer guten Geschichte. Sie war finanziell abgesichert, gesellschaftlich aktiv, ging gern angeln, spielte Tennis und kochte gern. Faiths Hoffnung wuchs. Sie konnte sich zumindest vorstellen, dass Dad sich gelegentlich mit dieser Dame verabredete. Einen Moment lang, als Maxine ihr von einem Ausflug nach Montana im letzten Sommer erzählte, stellte sie sich vor, wie es wäre, Maxine beim sonntäglichen Abendessen im Neuen Haus dabeizuhaben, wie sie heiser lachte und alle um den Finger wickelte. Sogar Mrs J.

Vielleicht würde auch Levi da sein.

„Entschuldige", sagte sie. „Ich habe nicht mitbekommen, was du gerade gesagt hast." Und wenn schon! Sie hatte bereits das Gefühl, dass sie und Maxine alte Freundinnen wären. „Ich bin gerade erst frisch mit jemandem zusammen", flüsterte sie. „Deshalb bin ich ein bisschen abgelenkt."

Maxines Gesicht leuchtete jetzt geradezu. „Ich habe mich schon gefragt, warum ein hübsches Mädchen wie du allein ist", flüsterte sie. „Erzähl mir von ihm."

„Es ist noch ganz neu", wisperte Faith und wurde rot. „Er ist so …" Sie ließ den Satz unvollendet. *Scharf. Empfindsam. Toll im Bett. Zum Dahinschmelzen.*

„Ach." Maxine lächelte auf herrlich verschwörerische Art. „*So* einer. Verstehe."

Faith hätte beinahe gekichert. Zwei Gläser Wein, seit dem Mittagessen nur Nachos. „Egal, zurück zu dir, Maxine. Was kochst du gern?"

Ihr Handy vibrierte, das war der verabredete Wink, die Toilette aufzusuchen. „Entschuldige mich bitte für einen Moment", sagte sie und schob sich aus der Nische.

Jack erwartete sie am Eingang zum Toilettenbereich. „Dad sagt, sie ist einen Versuch wert. Was er bisher gehört hat, gefällt ihm."

„Ja!", sagte Faith, und in ihr stieg ein Hochgefühl auf wie ein sprudelnder Geysir. Endlich würde sie einen glücklichen Mann sehen, wenn sie Dad anschaute, und nicht einen einsamen Witwer.

„Das ist so merkwürdig, Faith. Mir ist, als würden wir für unseren Vater die Zuhälter spielen."

„Aber das tun wird nicht! Verstehst du denn nicht, Jack? Dad könnte wieder heiraten. Er könnte aufhören, ständig nur an Mom zu denken, und wieder glücklich sein."

Ihr Bruder sah sie sonderbar an. „Ich glaube, er wird immer an Mom denken, auch wenn er noch mal heiraten sollte, und er ist nicht unglücklich, Faith."

„Tja, du bist als Nächster an der Reihe, also sei nett zu mir, sonst werfe ich dich Colleen vor und lass die Hyänen deine Knochen abnagen."

„Da liegt wohl Liebe in der Luft, wie? Seit Levi dich, hm, nach Hause gefahren hat?"

Bei dem Gedanken an jene Nacht musste sie unwillkürlich lächeln.

„Oh Gott", sagte Jack. „Hätte ich bloß nicht gefragt." Er ging zurück an seinen Tisch.

Faith ging noch rasch aufs Klo und warf einen Blick in den Spiegel. Ihre Wangen glühten. Sie sah ein bisschen … traumverloren aus. Vielleicht würde Levi am Abend zu ihr kommen und sie vögeln bis zur Besinnungslosigkeit, denn von Sarahs Tweets wusste sie, dass er sie zum College zurückgebracht hatte.

Eine Kabinentür öffnete sich, und Jessica kam rein.

„Ach. Hey", sagte Faith und drehte heftig den Wasserhahn auf. Wollte nicht, dass Jessica glaubte, sie wäre nur hier, um sich selbst im Spiegel zu betrachten.

Und, ach, Mist. Jessica war ja Levis Ex. Hatte das noch irgendwas zu bedeuten?

„Hi." Jessica wusch sich ebenfalls die Hände.

„Wie geht's?", fragte Faith.

„Gut. Und selbst?"

„Gut."

Jessica griff an Faith vorbei und zog ein paar Papiertücher aus dem Spender. Ihre Bewegungen waren so heftig, dass Faith unwillkürlich zusammenzuckte. „Mein Gott, Holland", sagte Jessica und verdrehte die Augen. „Hast du Angst, ich würde dich hauen oder was?"

„Nein, nein. Ich dachte nur …"

„Egal. Ciao."

Jess war weg, wie immer ein Ausbund an gutem Benehmen. Was soll's? Da draußen saß Dads künftige Ehefrau.

Faiths Handy summte. Es war eine SMS von Colleen, du liebe Zeit. Faith hatte nichts gegen Handys und SMS, aber mal ehrlich. Colleen war schließlich im selben Gebäude wie sie. Sie beschloss, die Nachricht nicht zu lesen, sondern später mit Colleen persönlich zu sprechen. Immerhin wartete Maxine, ein lebendiges menschliches Wesen, auf sie. Faith öffnete die Tür, trat hinaus und stand ihrem Vater gegenüber.

„Sie gefällt mir wirklich", sagte Dad. „Sie wirkt sehr nett. Groß ist sie, nicht wahr?"

„Mhm. Toll angezogen."

Dad lächelte. „Das ist mir auch aufgefallen. Deine Mom war auch immer sehr schick gekleidet. Wie du."

Dieses Mal traf das Schuldgefühl sie nicht ganz so heftig. „Danke, Dad."

Er schloss sie in die Arme. „Ich weiß wohl zu schätzen, was du tust, Süße. Wirklich. Du bist so verflixt lieb zu deinem alten Dad.

Vielleicht lass ich mich gleich mal bei euch blicken und tu so, als wäre ich gerade zufällig hereingeschneit, hm?"

„Prima."

Maxine knabberte zierlich an einem Nacho, als Faith zurückkam.

Ha. Nagellack, eindeutig eine professionelle Maniküre, aber da war irgendetwas …

„Da bist du ja wieder!" Maxine lächelte.

Wieder summte Faiths Handy. Colleen, die Nervensäge. Trotzdem, zwei SMS in einer Minute, da musste es sich um etwas Wichtiges handeln.

Sie rief die Nachricht auf. Sie bestand aus einem einzigen Wort. *Transe.*

Häh?

Oh.

Oh nein. Nein, nein. Faith warf einen Blick auf Maxine.

Hoppla.

„Faith, Schätzchen!" So ein Mist. Es war Dad. „Ich habe dich ja die ganze Woche nicht gesehen." Er zwinkerte, um ihr zu verstehen zu geben, dass er log wie ein Senator in seiner vierten Amtszeit. „Wie geht es dir?"

„Hi, Dad", sagte sie mit schwacher Stimme.

„Oh! Wie schön, dich kennenzulernen!", sagte Maxine. „Ich bin Maxine. Du hast eine absolut *wunderbare* Tochter."

„Da bin ich völlig deiner Meinung." Dad setzte sich neben Faith. „Und ich Glückspilz habe noch zwei weitere von der Sorte."

In Faiths Kopf herrschte vor lauter Aufregung gähnende Leere. Verzweifelt versuchte sie, sich zu erinnern, was sie in Dads Profilformular eingegeben hatte. Sie *hatte* doch *Mann sucht Frau* angeklickt, oder?

„Hi, alle zusammen."

Heilige Scheiße, es war Honor. Die hatte ihr gerade noch gefehlt.

„Süße!", sagte Dad.

„Hallo", sagte Maxine.

Honor sah sie an und zuckte zurück. „Oh. Hm … hi. Entschuldigung. Ich bin Honor. Ich … Ich habe nicht gewusst … Hm, ich wollte nicht stören."

„Was für ein glücklicher Zufall, Maxine. Ich hatte keine Ahnung, dass Faith sich heute Abend mit dir trifft. Rein zufällig komme ich ins

Lokal, und jetzt kannst du gleich zwei von meinen Töchtern kennenlernen! Wie schön!"

Der alte Fuchs hatte sich entschieden, zuzugreifen, und trug jetzt
ziemlich dick auf. „Dad", sagte Faith. „Ich glaube, Honor muss mit
dir reden, stimmt's, Honor?"

„Unbedingt. Es ist ziemlich wichtig, Dad."

„Süße, wir wohnen im selben Haus", sagte er. „Wir können später
reden. Setz dich. Sei nicht unhöflich."

„Freut mich sehr, dich kennenzulernen, Honor." Maxine strahlte.
Ein hübsches Lächeln. Faith seufzte. „Weißt du, John, ich finde es
schön, dass deine Töchter sich solche Mühe geben, dir bei der Suche
nach einer Partnerin zu helfen", sagte sie. „Wirklich, ihr zwei. Eure
Sorge ist rührend."

„Ja", sagte Honor. „Ich … Danke."

„Mein Sohn treibt sich auch irgendwo hier herum", sagte Dad.
„Ach, da ist er ja, dort am Tresen. Der Große, gut aussehende."

„Kommt ganz nach seinem Vater", kommentierte Maxine.

„Jack! Komm mal her", rief Dad. „Maxine, ich hoffe, es stört dich
nicht. Wir leben halt in einer Kleinstadt, und O'Rourke's ist nun mal
der allgemeine Treffpunkt."

„Ich liebe Manningsport", behauptete Maxine. „Ich war sogar schon
mal hier. Ich finde, es ist die schönste Stadt im Staat New York."

„Ganz recht, ganz recht." Dad nickte zustimmend. Er sah Faith
an und zwinkerte ihr zu, offenbar genauso ahnungslos wie sie bis vor
ein paar Minuten.

Jack kam an den Tisch. „Hey, Dad", sagte er. „Hi, ich bin der Sohn."
Er streckte Maxine die Hand entgegen, und sie schüttelte sie. Jacks
Augen wurden groß. „Was für ein Händedruck." Er schaute Faith
entsetzt an.

„Ich habe noch eine Tochter, aber die ist nicht hier", verkündete
Dad strahlend. „Aber jetzt hast du immerhin fünfundsiebzig Prozent
meines Nachwuchses kennengelernt. Und da meine Kinder das Wichtigste in meinem Leben sind, ist es wohl gut, dass wir das schon mal
erledigt haben."

„Eine wunderschöne Familie", sagte Maxine. „Aber ich fürchte, *ich*
muss jetzt gehen. Schade! Wenn ich bloß gewusst hätte, dass du heute
Abend hier auftauchst, John! Aber ich bin mit dem netten alten Herrn,
der neben mir wohnt, zum Essen verabredet, und da möchte ich auf kei-

nen Fall zu spät kommen. Ich hoffe aber, wir sehen uns bald wieder!"

„Ja, das fände ich toll", erwiderte Dad.

„Ja … nein, das ist … großartig", sagte Faith. „War wirklich nett, dich kennenzulernen."

Jack und Honor murmelten irgendwas Zustimmendes. Sie wirkten ein bisschen gequält.

Maxine zwängte sich aus der Nische und ergriff Faiths Hand. „Danke, meine Süße", und, ja, *heiser* war genau genommen nicht ganz die passende Bezeichnung für ihre Stimme.

„Alles Gute." Sie gab Maxine einen Kuss auf die Wange und spürte einen Hauch von Bartstoppeln.

„John, es hat mich sehr gefreut, dich kennenzulernen. Ich wünsche dir ein schönes Wochenende." Sie hob den Kopf, winkte und war verschwunden. Faith setzte sich wieder.

„Ich mag sie *wirklich*", sagte Dad. „Du hast deine Sache gut gemacht, Faithie. Sie ist bezaubernd."

„Dad", sagte Faith. „Ich, hm … Aus dir und Maxine wird nichts."

Er stutzte. „Warum nicht?"

Honor schüttelte den Kopf und seufzte.

„Tja", begann Faith vorsichtig. Sie wollte ihm das Ganze möglichst behutsam erklären. „Ist dir an Maxine etwas aufgefallen? Irgendetwas?"

Ihr Vater runzelte die Stirn. „Sie ist groß."

„Genau, Dad. Weiter so", spornte Jack ihn an und nahm einen tiefen Zug von seinem Bier.

„Hm … Sehr herzlich und redegewandt. Hübsch."

„*Hübsch* ist hier wohl nicht das richtige Wort", wandte Jack ein. „Wäre *markant* nicht treffender?"

„Sicher. Kann schon sein", räumte Dad ein.

Honor seufzte und wandte sich ihrem Vater zu. „Dad, Maxine ist ein Mann."

Dad blinzelte. „Wie bitte?"

„Sie ist ein Mann, Dad."

„Nein, ist sie nicht."

„Doch." Honor nahm sich einen käsetriefenden Nacho.

„Aber sie …"

„Honor hat recht", beteuerte Jack. „Es ist ein Junge." Seine Schultern zuckten vor unterdrücktem Lachen.

„Ach", sagte Dad. „Äh ... oh. Verstehe." Dann biss er sich auf die Lippe und fing ebenfalls an zu lachen.

Honor verdrehte die Augen. „Colleen, kann ich einen extra starken Martini bekommen?", rief sie. „Knochentrocken, mit drei Oliven." Sie sah Faith an. „Eins muss man dir ja lassen, Faith. Sie war besser als Lorena."

„Ihr Kinder wollt also keinen *Stiefvater*, sehe ich das richtig?", fragte Dad und wischte sich die Augen mit einer Cocktailserviette. Faith lachte mit den anderen, aber in ihrem Bauch tobte das altvertraute Schuldgefühl.

Sie hatte diese Schuld wieder nicht gutmachen können.

# 21. Kapitel

„Ich finde es super, dass ihr zwei zusammen seid. Wirklich. Ihr seid einfach wie füreinander geschaffen." Jeremy strahlte sie an wie ein stolzer Vater.

Faith gab einen unverbindlichen Laut von sich, senkte den Blick in ihr Weinglas und bemühte sich, keine Miene zu verziehen. Sie nahm an, dass Levi sich ähnlich fühlte, auch wenn er natürlich viel zu stoisch und männlich war, um auch nur zu erwägen, eine Miene zu verziehen. Aber innerlich wand er sich bestimmt genauso wie sie.

Sie waren zum Abendessen bei Jeremy – eine kleine Feier, hatte er gesagt, weil die beiden Menschen, die er auf der Welt am meisten liebte, miteinander in die Kiste gingen. Allerdings schien er der Einzige zu sein, der feierte, und möglicherweise war er auch ein bisschen *zu* glücklich, was ziemlich nervte.

Während ihres inzwischen zur Gewohnheit gewordenen wöchentlichen Mittagessens bei Hugo's war Jeremy ihnen auf die Schliche gekommen. Levi war immer mal wieder im Lokal aufgetaucht, die Waffe im Holster und durch und durch der *unglaubliche* Macho-Beschützer, und Faith musste sich gegen den Drang wehren, ihn wie eine Python zu umschlingen. „So, die Pflicht ruft", sagte er, und Faith murmelte einen Abschiedsgruß, und kaum war Levi außer Hörweite, da riss Jeremy die Augen auf. „Ihr zwei *habt* was miteinander, stimmt's?", flüsterte er begeistert.

Ja. Sie hatten was. Aber es war noch ein bisschen früh, um an *perfekt* zu denken oder auch nur an *zusammen*. Levi war schwer zu durchschauen. Einerseits war er in sechs von acht Nächten seit ihrem ersten Mal an ihre Wohnungstür gekommen. Und der Sex war *großartig*. Sie hatte ehrlich nicht gewusst, dass solcher Sex außerhalb von Ryan-Gosling-Filmen überhaupt existierte. Umwerfender, himmelsstürmender Sex, bei dem das Gehirn explodierte. Sex wie ein Tunnel aus Licht. Bevor und während sie miteinander schliefen und auch noch gleich hinterher war da schon das Gefühl, dass sie etwas miteinander hatten, sogar etwas – sie wagte kaum, das Wort zu denken – *Besonderes*.

Ansonsten nicht so sehr. Vor ein paar Tagen hatte sie ihn auf der

Wache besucht, und er hatte mit völlig ungerührter Miene gefragt: „Was kann ich für dich tun?", als wollte sie über ihre Strafzettel reden (die sie wirklich langsam mal bezahlen sollte ... Dass sie mit dem Polizeichef schlief, hielt diesen nämlich nicht davon ab, ihr innerhalb der fünfundvierzig Sekunden, die sie vor Lorelei's in der zweiten Reihe parkte, ein Knöllchen zu verpassen).

Dann wieder hatte er ihr letzte Nacht plötzlich mittendrin die Hand auf den Mund gelegt und gelächelt. „Du weckst die Nachbarn auf", hatte er gesagt.

„Nicht aufhören", hatte sie geflüstert.

Hmm. Wenn sie es sich jetzt recht überlegte, war das ihre bisher längste Unterhaltung gewesen. Levi hatte ununterbrochen gearbeitet – in Ost-Manningsport hatte es eine Serie kleinerer Straftaten gegeben. Einmal war er nach Geneva gefahren, um mit Sarah essen zu gehen (und hatte Faith nicht um ihre Begleitung gebeten ... was so weit in Ordnung war, aber trotzdem, sie mochte Sarah wirklich, und wenn sie und Levi etwas miteinander hatten, wäre es doch nett gewesen, auch seine Schwester öfter mal zu sehen. Oder?).

An diesem Abend fand also ihr erstes offizielles „Date" statt, nicht, dass einer von ihnen auf diese glorreiche Idee gekommen wäre. Das Treffen war allein auf Jeremys Mist gewachsen. Jeremy in schwarzen Jeans, einem blau gestreiften Hemd, das er über der Hose trug, und einem gelben Pullover mit vier offenen Knöpfen am Halsausschnitt. Gute alte Banana Republic.

Levi dagegen trug verschlissene Jeans mit einem Riss am Knie, Arbeitsstiefel und ein Flanellhemd, und trotz ihres wachsenden Ärgers fiel es Faith schwerer und schwerer, ihm dieses Hemd nicht vom Leibe zu reißen. Er sah einfach zum Anbeißen aus, und sie hätte ihn rasend gern vernascht.

Doch bislang hatte Levi kaum mehr als zwei Worte an sie gerichtet. Oder eher nur ein Wort. Er hatte *Hey* gesagt, als er zur Tür hereinkam, eine halbe Stunde nach der verabredeten Zeit.

„Darauf hätte ich schon vor Jahren kommen sollen", sagte Jeremy jetzt. „Faith und Levi. Levi und Faith." Wieder begleitet von diesem Strahlen.

„Na ja, vor Jahren, da waren *wir* zusammen, Jeremy", bemerkte Faith ein bisschen gereizt. Levi sagte gar nichts. Sie widerstand der Versuchung, ihm einen Rippenstoß zu versetzen.

„Stimmt schon! Aber ihr zwei, wisst ihr … Ihr funkt auf einer Wellenlänge."

Faith verdrehte die Augen. Im Moment spürte sie keine gemeinsame Wellenlänge; im Moment war sie einfach nur sauer. Sie warf Levi einen Blick zu und wurde mit einer Sechs auf der Gelangweilt-Skala belohnt. Nett. Aber vielleicht hatte sie seine Miene ja falsch interpretiert. Andererseits war sie bisher im Grunde nichts weiter als ein One-Night-Stand. Na ja, viele One-Night-Stands.

„Ups. Ich muss nach den Kartoffeln sehen." Jeremy erhob sich männlich-geschmeidig und ging in die Küche.

Und Levi sagte immer noch nichts.

„Bin ich nur ein Betthäschen für dich?", flüsterte sie.

„Was? Nein", antwortete er angespannt.

Wow. Zwei vollständige Wörter. „Du bist noch nie mit mir ausgegangen", hielt sie ihm entgegen.

„Ich habe gearbeitet."

Uuuh. Und jetzt drei Wörter. „Klar."

Die Gelangweilt-Skala erreichte die Neun. „Faith, in den letzten zehn Tagen ist in vier Häuser eingebrochen worden. Ich bin der Polizeichef. Ich mag meine Arbeit. Und ich muss meine Arbeit *tun*, damit ich sie behalte. Tut mir leid, dass ich nicht …"

„Weißt du was? Ist schon gut."

„Wie ich diesen Spruch hasse", knurrte er.

Faith blickte ihn vielsagend an. „Oh, das tut mir so leid, Levi. Bitte verzeih mir."

„Welche Laus ist dir denn …"

„Still, er kommt zurück."

Levi stieß diesen typischen Männerseufzer aus, der zu besagen schien: *Frauen sind doch schreckliche Nervensägen.* Dieses Mal gab sie ihm tatsächlich einen Rippenstoß. „Herrgott noch mal", brummte er.

„Nein, es ist nur Jeremy. Aber du warst nah dran", schoss Faith zurück.

„Los, erzählt mir alles", rief Jeremy. „Wie habt ihr beiden euch gefunden?"

„Es ist eine reine Sex-Beziehung", sagte Faith.

Jeremy lachte. „Du bist so süß."

„Da stimmt. Ich bin hinreißend."

„Bist du wirklich." Er lächelte sie an. „Nicht wahr, Levi?"

„Ja. Hinreißend." In diesem Augenblick klingelte sein Handy. „Chief Cooper", meldete er sich, und der gelangweilte Ausdruck wich aus seinem Gesicht, während er zuhörte. „Okay. Ja. Bin schon unterwegs." Er stand auf. „Tut mir leid, Leute, ich muss los. Ein versuchter Einbruch bei den Hedbergs. Sie vermuten, dass ihr Hund die Täter verjagt hat."

„Viel Spaß", wünschte Faith und trank einen Schluck Wein.

Er schaute auf sie herunter. „Ich weiß nicht, wann ich zurückkomme."

„Schon gut, Schatz."

Levi starrte sie eine gefühlte Ewigkeit an. „Ciao", sagte er dann, beugte sich vor, küsste sie, und sofort ging ihr das Herz auf.

„Pass auf dich auf", sagte sie.

„Mach ich." Dann ging er, und sie und Jeremy saßen allein im wunderschönen Wohnzimmer der Lyons. In dem riesigen gemauerten Kamin knisterte ein Feuer, auf dem Tisch standen Wein und Käse.

Sie vermisste Levi jetzt schon. Auch wenn er nur ihr lebensgroßes Sex-Spielzeug war.

„Na los", drängte Jeremy. „Du und Levi. Wie läuft's?"

Sie zog die Füße unter sich und nahm noch einen Schluck von dem Wein (ein ganz anständiger Chardonnay, allerdings mit übertrieben buttriger Struktur, um ehrlich zu sein). „Keine Ahnung", sagte sie.

„Zwischen euch beiden knistert es gewaltig. Wirklich. Es knistert."

Faith schnaubte abfällig. „Es knistert höchstens vor Ärger."

„Na, aber du magst ihn doch?"

Darüber musste Faith erst nachdenken. „Manchmal mag ich ihn. Und manchmal, ganz manchmal, glaube ich, er mag mich auch. Das heißt, ich weiß, dass er *manches* an mir mag …"

„Er mag dich. Natürlich mag er dich. Du bist wunderbar."

Faith stellte ihr Weinglas ab. „Hörst du bitte auf, mir Komplimente zu machen, Jeremy? Es macht mich wahnsinnig."

Er seufzte. „Okay, ja, ich bin ein bisschen …" Er unterbrach sich. „Ich würde dich wirklich gern in einer glücklichen Beziehung wissen. Und ich liebe Levi wie einen Bruder. Du musst mir also nachsehen, dass ich in diesem Fall ein bisschen überengagiert bin."

„Verzeih du mir auch", bat sie. „Ich wollte dich nicht so anblaffen."

Er lächelte dieses unbefangene, bereitwillige, großzügige Lächeln, mit dem er auf Anhieb die Herzen seiner Patienten gewann. „Schon gut. Ich glaube, ich verdiene es manchmal, angeblafft zu werden." Er zögerte. „Es macht mir immer noch zu schaffen, dass ich dir nicht bieten konnte, was du dir gewünscht hast, Faith."

„Schon gut", sagte sie. „Schnee von gestern."

Sie saßen in seinem schönen Haus wie schon hundert Mal zuvor, das Feuer im Kamin, der Wein, die eleganten Möbel und die zahlreichen Familienfotos … sie hatte so dicht davorgestanden, dieses Leben mit ihm zu teilen. Fast hätte sie Jeremy geheiratet; den Erben des Weinguts, den Kleinstadtarzt, den Traumtypen, der alles war, was sie sich je von einem Mann erhofft hatte.

Den Mann, der sie von ganzem Herzen liebte, aber an Justin Timberlake denken musste, um mit ihr schlafen zu können.

Plötzlich fiel ihr ein, dass sie sich bei Levi noch gar nicht dafür bedankt hatte, dass er diese Hochzeit hatte platzen lassen.

Sie trank noch einen Schluck von dem Wein, der immer besser wurde, je länger er atmete. „Darf ich dich etwas über Levi fragen?"

„Natürlich! Das heißt, natürlich nichts, was unsere brüderliche Verbundenheit verraten würde." Wieder lächelte er.

„Wie war seine Frau?" Sie brannte darauf, Näheres über sie herauszufinden, doch da Levi und sie abgesehen von ein paar nicht jugendfreien Aktionen nichts gemeinsam unternahmen, hatte sie noch keine Gelegenheit dazu gehabt.

„Nina, Nina, Nina", Jeremy ließ den Wein in seinem Glas kreisen. „Nina Rodriguez. Sie war *unglaublich* hübsch." Er grinste. „Sah aus wie J.Lo."

„Autsch."

„Tja, und außerdem war sie die Frau, die ihm das Herz gebrochen hat."

Mist. Irgendwie hatte sie doch auf eine Vernunftehe gehofft – und darauf, dass Levi ihr irgendwann in nicht allzu ferner Zukunft gestehen würde, er hätte erst jetzt begriffen, was wahre Liebe ist, bla, bla, bla. Sie hatte wohl zu viele Kitschromane gelesen. „Sie waren nicht sehr lange zusammen, oder?"

„Na ja, sie kannten sich schon in Afghanistan. Sie war – ist – Hubschrauberpilotin. Voll abgefahren."

„Oje." Jetzt war eindeutig mehr Wein vonnöten. Sie nahm die Flasche aus dem Kühler und schenkte sich ein zweites Glas ein. „War sie nett?"

„So würde ich es nicht nennen. Sie war ein heißer Feger. Megascharf. Tut mir leid, aber das war sie", sagte Jeremy. „Und sie war witzig. Hatte ein tolles Lächeln, wirkte sehr intelligent. Aber nett? Na, ich weiß nicht."

Zu blöd, dass sie Jeremy über diese Dinge aushorchen musste, statt einfach den betroffenen Mann selbst zu fragen. Aber Jeremy war wenigstens willig zu reden. „Haben sie vorher zusammengelebt?"

„Nein. Levi musste der Army wegen nach Fort Drum, brachte sie mit, als er zurückkam, bat mich, ins Rathaus zu kommen, und da war sie. Sie haben dort auf der Stelle geheiratet. Die einzigen Zeugen waren seine Mom, seine Schwester und ich." Jeremy lächelte bei der Erinnerung. „Er war total verknallt. Konnte den Blick nicht von ihr lassen. Er war so … stolz und selbstzufrieden, verstehst du? So nach dem Motto: Ja, schaut mich an, ich bin *tatsächlich* mit ihr verheiratet."

„Jeremy, gleich krieg ich Krämpfe."

Er zog eine Grimasse. „Nun ja, augenscheinlich hat es nicht geklappt. Nina war witzig, sie war umwerfend, bezaubernd, aber sie war auch sehr reizbar. Man ahnte irgendwie, dass sie ihm das Herz brechen würde. Daher hat es auch niemanden verblüfft, dass die Ehe keinen Bestand hatte."

„Nur ihn?"

„Ja." Jeremy schwieg eine Weile. „Er betete sie an, und sie konnte nicht schnell genug weg von ihm", fuhr er dann fort. „Sie war einfach nicht geschaffen für das Leben in einer Kleinstadt. Oder für die Ehe. Und Levi hatte sich in der Zwischenzeit schon Namen für die Kinder überlegt."

Faith kannte dieses Gefühl. Sie und Jeremy hatten *tatsächlich* schon Namen für die Kinder ausgesucht. „Und das ist jetzt ein Jahr her?"

„Länger. Vielleicht anderthalb Jahre? Ja, es muss Juni gewesen sein, am See fand gerade die Doppeldecker-Schau statt. Levi lief durch die Gegend, als hätte jemand ihm eins mit 'nem Baseballschläger übergebraten."

Faith seufzte. „Tja, schöner Mist, Jeremy. Das hört sich ganz so an, als wäre sie die große Liebe seines Lebens. Und ich bin nur das Betthäschen."

„Wie lange seid ihr denn jetzt zusammen?"

„Acht Tage."

Jeremy lachte. „Gib euch noch ein bisschen Zeit, Süße." Er stand auf und griff nach ihrem Weinglas. „Essen wir. Ich habe ein paar wunderbare Steaks, Kartoffeln *und* Krautsalat, alles, was du gern isst, ganz zu schweigen vom Nachtisch aus Loreleis Bäckerei. Wir können auch einen Film anschauen, falls Levi sich verspätet. Ich habe *Der Teufel trägt Prada*. Den habe ich mir gestern Abend noch mal angesehen, und ich muss sagen, er wird mit jedem Mal besser."

„Nicht zu fassen, dass ich dich jemals für hetero gehalten habe." Sie ergriff seine Hand, ließ sich vom Sofa hochziehen und folgte ihm in die Küche.

Als die Hedbergs nach Hause gekommen waren, hatten sie die Hintertür offen vorgefunden und lieber gleich Levi angerufen, statt ins Haus zu gehen, aus Angst, der Einbrecher könnte noch dort sein. Sehr schlau. Er verdonnerte die Familie zum Warten, während er alles durchsuchte. Kein Einbrecher. Katies Zimmer sah zwar aus, als wäre es durchwühlt worden, doch sie sagte, es wäre so, wie sie es verlassen hatte. Andrew starrte Levi mit großen Augen voller Bewunderung an, löcherte ihn mit Fragen über Verbrecher, Waffen, Räuber und die Möglichkeit, Abraham zum Kampfhund auszubilden.

Danach ging Levi noch einmal systematisch durchs Haus und suchte nach Hinweisen auf einen Einbruch – herausgerissene Fliegengitter, Fußspuren in Blumenbeeten, beschädigte Türen. Christine, die Älteste der Kinder, räumte ein, dass sie die Hintertür möglicherweise nicht abgeschlossen hatte, als sie am Nachmittag das Haus verließ.

„Entschuldigen Sie, dass wir Sie umsonst herbemüht haben, Chief", sagte Mr Hedberg.

„Keine Ursache. Dass Sie angerufen haben, war schon richtig", sagte er und kraulte Abraham hinter den Ohren. „Dafür bin ich schließlich da, und Sie sollten nicht zögern, mich anzurufen, vor allem in Anbetracht der übrigen Einbrüche. Aber es ist gut, dass Sie einen Hund haben", fügte er hinzu. „Als Abschreckung bist du gut geeignet, nicht wahr, mein Junge?"

Abraham bestätigte mit einem Schwanzwedeln, dass er ein ausgezeichneter Wachhund war.

„Zur Belohnung sollten wir Abraham ein Steak geben", schlug Andrew vor. „Stimmt's, Chief Cooper? Kann ich Polizist werden, wenn ich groß bin?"

„Klar", sagte Levi.

„Oder Soldat! Dann kann ich die Bösen abschießen."

„Hoffen wir, dass es keine Bösen mehr gibt, wenn du erwachsen bist." Levi spürte das nur allzu vertraute Unbehagen. Dann schüttelte er Hände, wünschte der Familie eine gute Nacht und fuhr Streife in der näheren Umgebung. Pru und Carl wohnten ein Stück die Straße hinauf. Er bog in ihre Zufahrt ein und klopfte an die Haustür. Abby öffnete ihm.

„Hi!", sagte sie, und ihre Miene hellte sich auf. „Magst du reinkommen? Hast du Zeit?"

„Nein, tut mir leid, Abby. Sind deine Eltern zu Hause?"

Ihr Gesicht verfinsterte sich. „Sie ‚machen ein Nickerchen'", sie zeichnete mit den Fingern Gänsefüßchen in die Luft. „Als ob ich erst vier wäre und ihnen das abkaufen würde. Mein Vater wohnt jetzt bei meiner Großmutter, doch er kommt zur Wahrnehmung seiner ehelichen Rechte zu Besuch. Diese Töne, Levi. Egal, wie laut ich den Fernseher aufdrehe, ich schwör, ich höre sie trotzdem. Ich kann es gar nicht *erwarten*, endlich aufs College zu gehen."

Er verbiss sich ein Grinsen. „Tja, die Hedbergs dachten, bei ihnen wäre eingebrochen worden, doch es gab keinerlei Hinweise darauf. Achte trotzdem darauf, dass alle Türen verschlossen sind, und ruf mich an, wenn du etwas Verdächtiges hörst."

„Erstens weiß ich das alles längst. Katie hat mir eine SMS geschrieben. Und zweitens bin ich nicht unbedingt der Typ, der unheimlichen nächtlichen Geräuschen allein auf den Grund geht. Ich habe so ziemlich alle Horrorfilme gesehen."

„Dann ist ja gut." Er fixierte sie mit seinem besten Polizistenblick. „Und sonst? Bleibst du auch brav auf dem Pfad des Gesetzes?"

„Aber klar." Sie tippte eine SMS, während sie sprach. Das nervte.

„Dann bleib dabei, Abby. Eine einzige Dummheit kann weitreichende Folgen haben."

„Wow. Das werde ich mir zu Herzen nehmen. Du hast mein Leben verändert."

„Sei nicht albern", sagte er.

„Ich poste deinen Spruch auf meiner Facebook-Seite."

„Ich meine es ernst, Abby. Du willst doch nicht schwanger werden oder …"

„Oh, hey, mir ist gerade was eingefallen! Ich bin *nicht* deine Schwester! Ich habe selbst genug Erwachsene um mich herum, die mir Vorträge halten. Dazu brauche ich dich nicht. Guck mir lieber mal tief in die Augen. Wie wär's damit?"

„Schlaf gut, Abby."

„Mach ich." Sie hob ihr Smartphone hoch und klickte. Na toll. Binnen Sekunden würde er sich auf ihrer Facebook-Seite wiederfinden.

Nein, sie war nicht seine Schwester. Allerdings wurde sie vielleicht einmal seine angeheiratete Nichte.

Ach du Scheiße. Wie kam er denn da drauf?

Er fuhr rückwärts aus der Zufahrt der Vanderbeeks. Na ja, so weit hergeholt war das nun auch nicht. Er war schließlich kein streunender Kater. Es wäre schon ganz nett, verheiratet zu sein, ein paar Kinder zu haben.

Doch beim nächsten Mal musste er seine Wahl vorsichtiger treffen. Nina hatte behauptet, ihn zu lieben (rückblickend wurde ihm allerdings klar, dass sie dabei ungefähr denselben Ton anschlug, als würde sie sagen: Ich liebe Pizza). Sie behauptete, sie wäre bereit, sesshaft zu werden, und dass ihr die Vorstellung von einem Leben in der Kleinstadt gefiel. Sie spielte mit dem Gedanken, ihren Abschluss in Pädagogik zu machen und Lehrerin zu werden. Und sie wollte angeblich auch Kinder.

Das alles hatte drei Monate vorgehalten.

Er griff nach seinem Handy und rief Sarah an. „Hey. Was treibst du so?"

„Nichts. Ich lerne. Wie geht's dir?" Ihr eifriger Ton verriet ihre Einsamkeit. Im Hintergrund hörte er Musik.

„Mir geht's gut. Bist du allein?"

„Ja. Hab morgen Chemie-Klausur. Meine Mitbewohnerin ist bei ihrem Freund, die kleine Schlampe."

„Ich dachte, du magst sie."

„Sie ist eine Schlampe, Levi. Also, was gibt's?"

„Will nur wissen, wie's dir geht."

Es folgte eine Pause. „Danke", sagte Sarah dann mit piepsiger Stimme.

„Ich brauche deinen Rat", verkündete Levi zu seiner eigenen Überraschung.

„Ach ja?" Plötzlich klang sie viel fröhlicher. „Warum? Hat Faith dir einen Tritt in deinen elenden Hintern gegeben?"

„Nein." Er kämpfte ein Lächeln nieder. „Ich frage mich nur, ob ich … ich weiß nicht. Ob ich der Nachfolger sein will." Er verzog das Gesicht, war nicht sicher, ob er mit seiner Schwester über dieses Thema reden sollte.

„Wieso wärst du der Nachfolger? Ach so, wegen Jeremy. Ah ja. Verstehe." Irgendetwas raschelte. „Fang mal ganz von vorn an."

„Da gibt es nichts zu erzählen."

„Ist sie noch verknallt in ihn?"

Levi zögerte. „Ich weiß es nicht."

„Frag sie."

„Leicht gesagt."

„Frag sie einfach, Dummkopf. Und küss sie danach, dass ihr Hören und Sehen vergeht, dann entscheidet sie sich bestimmt für dich. Hetero schlägt schwul allemal."

Levi lachte. „Hab's kapiert. Und wie geht's dir wirklich? Kommst du klar?"

Sie seufzte so schwer, dass er praktisch ihren Atem spürte. „Darf ich denn Nein sagen?"

Levi zögerte. „Du bist noch in der Eingewöhnungsphase, das ist alles. Ich wette, bald willst du gar nicht mehr weg vom College."

„Wie du meinst."

„Nein, nicht ‚Wie du meinst', Sarah. Ein bisschen Mühe musst du dir schon geben." Er überlegte, was Faith wohl sagen würde. „Dass du Heimweh hast, ist schon okay. Aber geh deswegen nicht an all den schönen Dingen vorbei." Da. Das klang doch gut.

„Wie du meinst, Siegmund. Ich muss büffeln." Ihre Stimme klang lustlos.

Er seufzte. „Okay. Du bist intelligent, du machst deine Sache schon gut."

„Danke." Es war kaum mehr als ein leises Knurren.

Nachdenklich legte er auf. Das College sollte Sarah eigentlich über ihre Trauer hinweghelfen, sie nicht noch schlimmer machen. Der Gedanke, dass sie sich einsam fühlte, tat ihm weh.

Ein Hinweisschild verriet ihm, dass er Manningsport hinter sich gelassen hatte und durch den kleinen Ort Oskill hindurch bis nach Bryer gefahren war. Offenbar hatte sein Unterbewusstsein ihm ins Steuer gegriffen. An der Kreuzung links, zwei Meilen weiter, dann rechts. Es war das vierte Mal, dass er hierherkam. Merkwürdig, wie vertraut der Weg war.

Nette Wohngegend, in den späten Sechzigern gebaut. Große Grundstücke, eher kleine Häuser, alles sehr zweckmäßig. Tolle Gegend für Halloween-Umzüge, anders als in der Wohnwagensiedlung, wo dergleichen heikel werden konnte. Als er sieben Jahre alt war, hatte Jessicas Dad ihm eine Dose Pabst-Bier angeboten. Danach hatte Levis Mom ihn und Jessica an Halloween zum „Süßes oder Saures"-Sammeln in die Innenstadt gefahren. Aber das hörte auf, als sie neun waren. Sie hatten gerade beide voller Freude einen Schokoriegel in Empfang genommen und kehrten der Veranda des riesigen alten viktorianischen Hauses schon wieder den Rücken, als aus einem geöffneten Fenster eine Stimme ertönte. „Wer war das?", fragte der Mann.

Die Frau – Mrs Thomas – antwortete mit scharfer Stimme: „Zwei von diesen Gören aus der Wohnwagensiedlung. Ich wollte, die Eltern würden sie nicht hierherbringen. Sie nutzen uns aus."

Levi war heiße Röte ins Gesicht gestiegen, und Jess … Jess sah aus, als hätte ihr jemand einen Hieb in den Magen versetzt. Ohne zu überlegen, hatte Levi erst seinen, dann ihren Schokoriegel in die Büsche geworfen. Dann nahm er ihr den Kissenbezug mit den übrigen Süßigkeiten aus den Händen und schüttete den gesamten Inhalt aus. Danach warf er auch seine Ausbeute weg, obwohl die McCormicks wirklich nett gewesen waren, ihm Komplimente für seine Zombie-Verkleidung gemacht und behauptet hatten, er sähe so furchterregend aus, dass sie beide fast einen Herzinfarkt bekommen hätten. Zu Jess hatten sie gesagt, sie wäre wunderschön.

Mrs Thomas hatte sich vor ein paar Monaten bei einem Sturz im Badezimmer die Hüfte gebrochen, und Levi, der als Erster am Unfallort eintraf, hatte neben ihr auf dem Boden gekniet und sie mit einem Bademantel zugedeckt, damit die Feuerwehrmänner sie nicht nackt sahen, und sie hatte geweint und gesagt, er wäre so nett. Er sprach beruhigend auf sie ein und fragte sich, ob sie wohl wusste, dass der nette Polizist einmal einer von diesen Bengeln aus der Wohnwagensiedlung gewesen war, die die für bessere Kinder bestimmten Süßigkeiten schnorrten.

Levi trat auf die Bremse und lenkte den Streifenwagen an den Straßenrand. Da war das Haus, dunkelblau, im Ranch-Stil, mit Rhododendren und einem großen Ahornbaum und natürlich der obligatorischen Schaukel. Im Wohnzimmer brannte Licht, das durch das große Fenster fiel. Ein Kinderfahrrad lag neben dem Briefkasten, halb auf der Straße.

Da war die Frau seines Vaters, sie trat ins Wohnzimmer und reichte irgendwem ein Glas. Höchstwahrscheinlich seinem Vater. Der Fernseher lief. Levi hatte die Frau, die sein Vater geheiratet hatte, nie kennengelernt ... hatte sie bisher nur zweimal flüchtig gesehen. Sie hatte bauschiges blondes Haar und war ziemlich dünn.

In den Schlafzimmern brannte kein Licht, die Jungs schliefen also. Merkwürdige Vorstellung, dass er zwei Halbbrüder hatte. Er kannte sie nicht, wusste nicht, wie sie hießen. Gesehen hatte er sie zum ersten Mal, als er die Straße entlangfuhr und sie in der Zufahrt mit ihren Matchbox-Autos spielten. Sie waren noch klein. Mehr hatte er nicht erkennen können. Damals hatte er nicht angehalten, war einfach weitergefahren, sorgsam darauf bedacht, nicht zu auffällig hinzusehen.

Levis Uhr piepte. Schon zehn. Er hätte in diesem Moment bei Faith sein können, und urplötzlich krallte sich das Verlangen, sie zu sehen, wie ein Schraubstock um sein Herz.

Doch bevor er weiterfuhr, stieg er aus und räumte das kleine Fahrrad aus dem Weg, damit es nicht unter die Räder kam.

Zwanzig Minuten später war er wieder in Jeremys riesigem Haus. „Entschuldigt, dass es so lange gedauert hat."

„Hallo. Faith ist eingeschlafen." Jeremy deutete auf das Sofa.

Tatsächlich, da lag sie unter einer weichen Decke, den Kopf auf einem Kissen.

„Fehlt ihr was?", fragte er und verspürte einen Stich der Eifersucht. Im Fernseher lief gerade ein Film mit dieser berühmten Schauspielerin, die so viele Oscars abgeräumt hatte. Der Ton war leise gestellt.

„Sie war nur müde", sagte Jeremy. „Wie war dein Einsatz? Keine Sorge, wenn sie schläft, schläft sie."

„Ich weiß." Er konnte ihr morgens einen Abschiedskuss geben, ohne dass sie sich rührte. Andererseits war es ihm aber auch schon ein-, zweimal nachts gelungen, sie zu wecken, und er hatte sein Bestes gegeben, ihr noch ein bisschen länger den Schlaf zu rauben.

„Klar, natürlich weißt du das. Möchtest du was essen? Wir haben dir ein Steak übrig gelassen."

*Wir.* „Ich habe keinen Hunger." Er setzte sich in den Sessel und betrachtete Faith.

„Also, ist es nun was Ernstes zwischen euch beiden?", fragte Jeremy leise.

Levi holte tief Luft und hielt kurz den Atem an. „Wir haben ein paar Mal miteinander geschlafen, Jeremy." Von den vergangenen acht Nächten hatte er sechs in der kleinen Wohnung verbracht, die aussah, als ob sie dort schon seit Jahren lebte.

„Eigentlich ist sie nicht der Typ für eine unverbindliche Affäre, weißt du?", sagte Jeremy.

„Hör mal zu, du schwuler Single, ich komme schon allein klar, okay?" Er zog eine Braue hoch und sah seinen Freund an. Jeremy lächelte.

„Ja, verstehe. Aber vielleicht darf ich dir einen kleinen Rat geben?"

„Brauch ich nicht." Jeremys Miene blieb skeptisch. „Na schön. Tu, was du nicht lassen kannst."

Jeremy zupfte die Decke über Faiths Füßen zurecht. „Kleinigkeiten sind ihr sehr wichtig. Sag ihr, dass sie hübsch aussieht, nimm ein neues Kleid zur Kenntnis. Sprich mit ihr. Schenk ihr Blumen."

„Blumen. Schon notiert."

„Und sei nicht sarkastisch. Sie ist sensibel."

„Ich finde, sie ist eigentlich ziemlich hart im Nehmen", widersprach Levi mit gepresster Stimme.

„Sie tut nur so."

„Ach ja?"

„Ich glaube schon. Und ich kenne sie sehr gut." Jeremy lächelte, und eine Nanosekunde lang hatte Levi nicht übel Lust, ihm eine reinzuhauen.

„Gut. Wenn die Paartherapie für heute Abend abgeschlossen ist, bringe ich das zarte Pflänzchen jetzt am besten nach Hause."

„Klar. Ich wollte dir auch nicht blöd kommen oder so. Ich will doch nur, dass es mit euch beiden klappt."

Und das war's ja gerade. Jeremy war ein verdammter Märchenprinz.

„Schon verstanden. Willst du Dornröschen wecken?"

„Faith", sagte Jeremy laut und rüttelte an ihren Füßen. „Faith, Süße, Zeit zum Aufwachen. Los, mach schon. Wach auf."

Keine Reaktion von Faith, die ins Koma gefallen zu sein schien. „Faith. Komm schon." Jeremy schrie sie jetzt beinahe an.

„Wie wär's mit einem Eimer Eiswasser?", schlug Levi vor.

„Was? Das hab ich gehört. Du tust nichts dergleichen", murmelte Faith. „Ich bin ja schon wach. Welcher Tag ist heute?" Sie rappelte sich in eine sitzende Position auf und runzelte die Stirn. Dann sah sie Levi, und ihre Miene wurde weicher. „Hi."

Die drängende Sehnsucht, die er vor dem Haus seines Vaters verspürt hatte, dieses überwältigende Bedürfnis, bei ihr zu sein – nicht unbedingt, um mit ihr zu schlafen, auch wenn das ganz nett gewesen wäre, sondern nur, um sie zu berühren, sie nahe bei sich zu haben –, meldete sich mit Macht zurück. „Wollen wir los?", fragte er.

„Okay." Sie beugte sich vor und gab Jeremy einen Kuss auf die Wange. „Danke fürs Essen. Verzeih, dass ich eingeschlafen bin."

„Kein Problem. Es war wie in alten Zeiten." Er lächelte. „Warte, Levi, ich packe dir dein Essen ein."

Zurück im Opernhaus, folgte Levi ihr in ihre Wohnung. „Hallo, mein Schöner!", sagte sie zu ihrem herumtanzenden Hund. „Na, wer ist ein braver Junge? Hmm? Gib mir zwei Minuten, und dann gehen wir noch mal raus." Sie ging in die Küche, holte sich ein Glas Wasser, schwang sich auf den Küchentresen und ließ die Beine baumeln. „Du bleibst wohl hier?", Ihre Wangen färbten sich rosig. Sie schaute Levi nicht an.

Er antwortete nicht. Stattdessen trat er zu ihr, nahm sie in die Arme und legte den Kopf an ihre Brust. Er spürte, wie ein Teil der Anspannung aus seinen Muskeln wich, als er ihren warmen, süßen Duft einatmete.

„Alles in Ordnung, Levi?", fragte sie leise.

„Ja."

„Wieso hast du heute Abend so lange gebraucht?"

Er malte sich kurz aus, wie er ihr von den anderen Kindern seines Vaters erzählte, von der glücklichen kleinen Familie, an der er keinen Anteil hatte. Vielleicht könnte er sogar noch ein bisschen von seiner Eifersucht auf Jeremy daruntermischen, wenn er schon dabei war. Aber im Grunde sah er keinen Sinn in all diesem Gerede über Probleme und offene Fragen und Gott weiß was.

Und, ehrlich gesagt, er war gar nicht sicher, ob er wollte, dass sie davon wusste. Sie oder sonst jemand. „Es hat eben etwas länger gedauert", sagte er. Hier hätte er für immer bleiben mögen, an Faiths hinreißenden Vorbau geschmiegt, ihrem Atem lauschend. Irgendwie perfekt.

Mit einem Schönheitsfehler. „Faith?"

„Hm?"

„Dein Hund versucht, mein Bein zu befruchten."

Sie lachte; es war ein satter, warmer Ton. „Eure Welpen wären bestimmt total süß."

„Lass uns mit ihm Gassi gehen."

„Und dann hierher zurückkommen und rummachen?"

„Klingt verlockend." Er blickte in ihre dämmerungsblauen Augen. „Wollen wir morgen zusammen ausgehen?"

Ihr Lächeln war eine Wucht.

# 22. Kapitel

Die öffentliche Bibliothek von Manningsport war samstagnachmittags geschlossen, doch Faith kannte den Schlüsselcode. Levi kannte ihn vermutlich auch, doch er hielt sich im Hintergrund und überließ es Faith, ihn einzutippen.

Eine menschenleere Bibliothek hatte etwas Verwunschenes, dachte Faith, als sie durch die abgedunkelten Räume zur Kinderabteilung gingen. Ebenso märchenhaft war es, ihre Hand in Levis zu spüren, während der Regen aufs Dach prasselte. Zum ersten Mal hielten sie Händchen. Merkwürdig, der süße Schock einer so winzigen Geste.

Sie öffnete die Hintertür zum Hof. „Du bist also ganz fertig?", fragte Levi.

„Komplett fertig. Am Mittwochabend findet die Einweihung statt." Sie unterbrach sich. „Vielleicht kommst du auch?"

„Wenn ich's schaffe, gern", sagte er.

Bei dieser Antwort, so unverbindlich sie auch sein mochte, wurde ihr warm ums Herz. Ihre Wangen glühten. „So, da wären wir. Schau dich nur um."

Mangels Gestaltungsfläche war der kleine Hof eine besondere Herausforderung gewesen. Vorher gab es hier nur eine Betonbank und ein blutarmes Blumenbeet mit roten Geranien (Friedhofsblumen, fand Faith) sowie ein keimverseuchtes Vogelbad. Der Bereich war so gut wie nie genutzt worden.

Während Levi ihre Arbeit auf sich wirken ließ, schwamm Faith auf einer warmen Welle des Stolzes. Der Hof war völlig verwandelt. In jeder Ecke stand ein Japanischer Ahorn, ausgewählt wegen seiner beherrschbaren Größe und seines prächtigen Laubes. In der nächsten Woche würde die Kindergarten-Lesegruppe Windspiele basteln und in die Zweige hängen, und Topper Mack hatte bereits vier Vogelhäuschen gebaut, allesamt Miniaturen der Bibliothek.

Jeweils zwischen zwei Bäumen standen Bänke aus Mahagoni und Kastanienholz, gefertigt von Samuel Hastings. Faith hatte den Schreiner in diesem Herbst großzügig mit Arbeit eingedeckt. Jede Bank war von einer Gründerfamilie aus Manningsport gestiftet worden – von den Hollands, klar, außerdem von den Mannings, den Meerings und den van Huesens. Für die fensterlose Südwand hatte Faith einen schlichten Wasserfall entworfen, der sich in einer glatten, geschmeidigen Wasserfläche ergoss. Sein Rauschen war sanft und beruhigend.

Ein aus alten Backsteinen gepflasterter und von niedrigem Buchsbaum gesäumter Rundweg führte zu dem Objekt, das für Faiths das Tollste am ganzen Hof war: eine lebensgroße Bronzestatue von Dr. Seuss, der in einer Ausgabe von *Der Lorax* las.

Vor dieser Statue stand Levi jetzt. „Warum ausgerechnet Dr. Seuss?", fragte er. Der leichte Regen hatte sein Haar dunkler gefärbt.

„Weil er der großartigste Kinderbuchautor der Welt ist", antwortete sie. „Finde ich zumindest. Der Bibliotheksausschuss war offenbar derselben Meinung."

„*Happy Birthday to You* war mein Lieblingsbuch", bekannte Levi und wischte ein herabgefallenes Blatt von Dr. Seuss' Fuß. „Das habe ich gelesen, nachdem … Das habe ich mehrmals gelesen."

„Nachdem was?", hakte Faith nach und zog ihre Jacke fester um sich.

Er sah sie flüchtig an. „Nachdem mein Vater uns verlassen hatte", sagte er nach einer Pause und blickte wieder auf die Statue.

Oh. Faith hatte natürlich immer gewusst, dass Levis Vater durch Abwesenheit glänzte, doch er hatte ihn vorher nie erwähnt. Es versetzte ihr einen Stich ins Herz, sich Levi als kleinen Jungen vorzustellen, der dieses überschwängliche fröhliche Buch las, um sich von seinem Kummer abzulenken. „Wie alt warst du da?", fragte sie.

Er gab keine Antwort. „Das hier ist wirklich schön, Faith", sagte er nach einer Weile. „Die Kinder werden begeistert sein."

Sein Vater war offenbar ein Tabuthema. „Danke. Mein Ziel war es, aus einem Ort, den niemand wirklich wahrnahm, etwas Schönes zu machen. Ich möchte die Menschen dazu bringen, wieder schätzen zu lernen, was die Natur zu bieten hat, und sie von ihren Telefonen und Computern loseisen, damit sie mal durchatmen und dem Wasser und den Vögeln lauschen und einfach … lebendig sind."

„Zielen all deine Projekte darauf ab?"

Faith zuckte die Achseln. „Mag sein. Ja." Jetzt, da sie es laut ausgesprochen hatte, klang es doch eher idiotisch als idealistisch. *Idiotistisch* vielleicht. Hoffentlich.

Levi schaute sie unverwandt an. „Hast du Hunger?"

„Klar", antwortete sie. „Gehen wir zu O'Rourke's?"

„Nein." Er kam zu ihr und nahm ihre Hand. „Wir machen ein Picknick. Ich habe mich bei Honor erkundigt, und sie sagt, die Scheune auf Blue Heron ist frei."

Zwanzig Minuten später wanderten sie den Hügel hinauf. Levi trug eine ziemlich große braune Tüte mit dem Logo von Lorelei's und eine Decke. Der Spätoktoberregen war in ein Nieseln übergegangen, und es war unglaublich romantisch, dieses samstagnachmittägliche Picknick an einem kühlen Herbsttag.

Obwohl sie sechs Wochen lang an der Scheune gearbeitet hatte, traf der Anblick sie immer noch wie ein gelinder Schock. Die Kälte hatte die Pflanzen schrumpeln lassen – in der vergangenen Nacht war das Thermometer bis auf den Gefrierpunkt gesunken –, aber die Anlagen sahen immer noch schön aus. Auf dem Dach hatte sich in einer Ecke Laub angesammelt; sie würde eine Leiter herbeischaffen müssen, um es zu beseitigen.

Levi breitete die Decke auf dem Boden der Scheune aus und nahm ein paar Holzscheite aus dem kleinen Alkoven neben dem Kamin. Als das Feuer brannte, setzte er sich. „Jetzt hast du bestimmt noch mehr Hunger, oder?"

„Wie ein Wolf. Gib mir zu essen, Chief."

Er lächelte, nur ein bisschen, und es rührte Faith ans Herz. Levi Cooper lächelte nicht oft genug. Das würde sie gern ändern.

Der Wind fegte um sie herum und blies dann und wann Rauchwolken aus dem Kamin. Sie saßen auf der Decke und vertilgten Loreleis wunderbare Sandwichs, Roastbeef mit Meerrettich-Mayonnaise und scharfer Cheddar-Käse auf Brötchen, Eiersalat mit Dill auf dickem Roggenbrot. Eine Tüte Kartoffelchips, zwei Flaschen Eistee. Und zum Nachtisch Schokoladenkekse, dick und dunkel und saftig. Faith biss in einen Keks und schloss verzückt die Augen. „Die sind ein echter Gottesbeweis", hauchte sie. „Lorelei sollte heiliggesprochen werden."

„Die sind nicht von Lorelei", sagte Levi.

Faith machte die Augen wieder auf. „Ach was! Sind diese Kekse etwa das Ergebnis des himmlischen Dufts um drei Uhr morgens?"

Er nickte und wirkte, kaum zu fassen, ein bisschen schüchtern.

„Gut gemacht, Großer", lobte sie. „Ich sollte Barb von der Zeitung informieren. ‚Chief Coopers Backgeheimnisse' oder ‚Kriegsheld als heimlicher Mitternachtsbäcker'."

„Wag es ja nicht." Da war es wieder, dieses Beinahe-Lächeln.

„Warum nicht? Unsere Mitbürger wären hingerissen. Stell doch dein Licht nicht unter den Scheffel, Chief."

„Halt den Mund, Frau. Mach lieber die Augen zu und iss noch einen Keks. Das ist hübsch anzusehen."

Sie gehorchte und versuchte nicht daran zu denken, wie diese Kekse sich direkt auf ihren Hüften niederlassen würden. Es zahlte sich aus. Als sie die Augen wieder öffnete, war Levi total in ihren Anblick versunken. Seine Miene war ernst, zwischen seinen Brauen hatten sich zwei steile Falten gebildet. Heute wirkten seine Augen grau – sie hatten die gleiche Farbe wie der Himmel.

„Tut mir leid, dass ich dich damals quasi als kokette Schlampe beschimpft habe. Warst du gar nicht."

Er sprach von dem Tag, als er ihr den Kuss gab, der sie so sehr benebelt hatte, nicht weit von hier entfernt. Die Erinnerung traf sie wie ein Stich ins Herz. Sie schluckte den ganzen Keks auf einmal hinunter. „Das ist lange her, Levi."

„Ich weiß. Aber ich habe darüber nachgedacht, ein bisschen zumindest. Im Lauf der Jahre habe ich immer mal wieder daran gedacht." Er schaute ins Feuer. „Es war keine Glanzleistung von mir. Ich hatte gerade die Freundin meines besten Freundes geküsst und suchte einen Sündenbock. Es tut mir leid."

„Danke", flüsterte sie. Das Feuer knisterte und zischte. Sei's drum. Jetzt oder nie. „Levi, haben wir eine Beziehung, oder machen wir einfach nur rum?"

Denn wenn sie keine Beziehung hatten, sollte sie schleunigst ihr Herz einfangen und wieder in den Stall sperren, denn es war ganz offensichtlich im Begriff, mit ihr durchzugehen.

Er sah sie an, was ihm anscheinend nicht leichtfiel. „Ich weiß nicht. Bleibst du hier in der Stadt?"

„Ich … Ich muss zunächst noch ein paar Dinge regeln. Aber ich möchte gern hierbleiben." Jetzt mehr denn je.

Er zögerte, dann nickte er.

„Dann sind wir also … Freunde?"

„Willst du das? Dass wir Freunde sind?" Er zerknüllte die Papiertüte und warf sie ins Feuer.

„Ich wollte mein Leben lang mit dir befreundet sein", sagte Faith, und plötzlich schnürte sich ihr die Kehle zu.

Levi sah sie scharf an. „Warum?" Sein Gesicht war ernst wie üblich, die Stirn fragend gekraust.

„Ich weiß nicht. Du warst … Ich weiß nicht." Und sie wusste es wirklich nicht. Natürlich, er hatte zu den coolen Typen gehört, aber es steckte noch mehr dahinter. Etwas völlig anderes. „Einmal, als ich einen Anfall hatte. In der dritten Klasse oder so? Ja, denn unsere Lehrerin war Mrs G." Levi nickte. „Und ich erinnere mich, wie ich wieder zu mir kam. Da warst du und hast den Leuten gesagt, sie sollen gefälligst zurücktreten und das Glotzen lassen." Faith schaute auf. Sein Blick war zärtlich. „Erinnerst du dich daran?"

„Nein."

„Tja, ich schon, wie du siehst. Aber abgesehen von dieser Situation und ganz besonders in der Zeit, als ich mit Jeremy zusammen war, hattest du offenbar nie viel für mich übrig."

Sie senkte den Blick auf die Fransen der Decke. Die waren echt faszinierend. Sie flocht drei zu einem Zopf, dann lag plötzlich Levis Hand auf ihrer.

„Jetzt hab ich was für dich übrig, Faith."

Sie sah zu ihm auf. Er lächelte, nur ein kleines bisschen. „Das ist schön."

„Aber ich hab auch das Gefühl, dass wir nicht nur befreundet sind. Da ist mehr."

Da war wieder diese Welle der goldenen Glut, schnell und schwer. Faith nickte.

Er zog sie an sich, und sein sauberer Duft nach Seife und Feuerrauch umhüllte sie wie eine zweite Haut. Ein Bröckchen trockenes Laub klebte an seinem Flanellhemd, und sie wischte es fort. Ihr Herz schlug zerbrechlich und wie neu in ihrer Brust.

Dann küsste sie ihn. Sein Mund war fest und geschmeidig und wusste so verflixt gut, was er zu tun hatte, und die goldene Glut erfüllte Faith mit süßer Wärme und Trägheit.

Und, zum Teufel, hier waren ein Feuer, eine Decke und ein schöner Mann, und jetzt prasselte auch noch der Regen auf das durchsichtige Dach der Scheune. Falls es einen besseren Ort zum Liebemachen gab, dann kannte sie ihn jedenfalls nicht.

Eine ganze Weile später hatte sich das Prasseln zu einem regelrechten Trommeln gesteigert. Das restliche Laub wurde aufs Dach geblasen. Blue lag auf dem Rücken vorm Feuer und träumte davon, Balljunge bei den U.S. Open zu sein. Seine Pfoten zuckten. Faith lag seitlich an Levi geschmiegt; ihr Kopf ruhte an seiner Schulter, und sie fühlte sich schläfrig von der Wärme des Feuers und der Glut ihres Mannes.

Oh ja. Ihr Mann. Der Klang gefiel ihr.

„Darf ich dich was fragen?" Levis Stimme war kaum mehr als ein Grollen tief in seiner Brust.

„Klar."

„Wie ist das, wenn man einen Anfall hat? Du brauchst nicht zu antworten, wenn du nicht magst", fügte er hinzu.

„Nein, kein Problem." Sie schob sich eine Haarsträhne hinters Ohr. Die Frage war ihr vertraut. „Zuerst spüre ich das, was man die Aura nennt. Ich werde unruhig, so als würde etwas richtig Schlimmes bevorstehen. Der Weltuntergang zum Beispiel. Es ist, als würde mein Körper sich selbstständig machen … Ich weiß, ich zupfe an meiner Bluse, ich gerate fast in Panik und dann … bin ich einfach weg."

„Und wie ist das?"

„Ich weiß es nicht. Es ist einfach … völlige Leere." Sie strich mit der Hand über seine glatte Haut und fühlte die Muskeln darunter. „Interessant ist, wie die Leute sich hinterher verhalten. Vielleicht auch schon während des Anfalls, aber ich kriege es ja erst hinterher mit."

„Wie verhalten sie sich denn?"

„Kommt auf die Person an. Du warst ziemlich gut. Eigentlich beinahe perfekt."

„Das höre ich oft." Dieses nette Lächeln schwang in seiner Stimme mit.

„Klar doch. Besonders von der Generation über achtzig."

„Stimmt. Wie verhalten sich andere Leute?"

Sie überlegte kurz. „Na ja, als wir noch klein waren, ging Jack immer auf Abstand, als würde ich im nächsten Moment in Flammen aufgehen. Abgesehen von dem einen Mal natürlich, als er mich gefilmt hat, für ein Pfadfinder-Abzeichen oder so. Honor … komisch, Honor hat immer geweint."

„Honor kann weinen?"

„Ja, ich weiß, kaum zu glauben." Sie lächelte.

„Und deine Eltern?"

„Hm, Dad sah immer aus wie von den Toten auferstanden. Er war dann völlig erschöpft und erleichtert. Ich glaube, für ihn war es schwerer als für mich. Und meine Mom wurde … na ja." Faith unterbrach sich. Es regnete jetzt stärker.

„Deine Mom wurde …?"

„Wütend." Etwas Negatives über ihre tote Mutter zu sagen kam ihr vor wie ein Sakrileg.

Levi rollte sich auf die Seite, um Faith ansehen zu können. Zwischen seinen Brauen zeigten sich wieder diese steilen Falten. „Deine Mutter wird doch wohl nicht wütend auf dich gewesen sein, weil du einen Anfall hattest, Faith", sagte er.

„Nein, wohl kaum. Eher wütend, weil ich Epileptikerin bin, vielleicht wütend auf Gott und die Welt, weil sie das zugelassen haben. Aber mir kam es immer so vor, als wäre sie wütend auf mich." Sie zuckte leicht mit den Schultern. „Aber nein, wütend auf mich war sie bestimmt nicht."

„Kannst du dir vorstellen, wütend auf dein Kind zu sein, weil es einen Anfall hat?"

Das Bild eines kleinen Mädchens mit schläfrigen grünen Augen drängte sich ihr auf, so deutlich, dass sie scharf Luft holte. Dann räusperte sie sich. „Nein. Aber egal. Wechseln wir das Thema." Sie zögerte kurz. „Jetzt bin ich dran mit fragen", sagte sie dann. „Wie ist es dir in Afghanistan ergangen?"

Sein Blick veränderte sich, als wäre eine Tür zugefallen. Noch vor einer Sekunde war er sanft und zärtlich gewesen … jetzt war er leer. „Ganz gut."

„Du willst also nicht über den Krieg sprechen."

Seine Antwort kam erst nach einer geraumen Weile. „Ich weiß einfach nie, was ich sagen soll, wenn man mich danach fragt."

„Wie viele Einsätze hattest du?"

„Vier."

„Alle in Afghanistan?"

„Ja."

„Hattest du jemals Angst?"

„Klar."

„Und dort hast du deine Frau kennengelernt?"

„Ja."

Mehr sagte er nicht. Faith wartete. Wartete noch ein wenig länger. „Du kannst mir ruhig davon erzählen", sagte sie dann.

„Wovon?"

„Wovon du willst. Was du dort zu tun hattest, wie du damit zurechtkamst ... oder über deine Frau, deine Mom, deinen Vater ... Was du willst."

Er setzte sich auf und fing an, sich anzuziehen. „Da gibt es wirklich nicht viel zu berichten."

Der intime Teil des Nachmittags war augenscheinlich zu Ende. „Gut, aber wenn du mal in der Stimmung bist, ein bisschen mehr ins Detail zu gehen, kannst du das jederzeit tun."

„Ich will nicht ins Detail gehen." Seine Bewegungen waren eckig und hart.

„Ja, das war klar und deutlich."

„Nun ja, nicht alle sitzen herum und schwelgen in Gefühlen, Faith."

„War das ein Seitenhieb gegen mich?"

Er ließ von seinen Hemdknöpfen ab. „Nein."

„Hast du schlimme Träume?" Sie konnte es einfach nicht lassen. „Ist das der Grund dafür, dass du mitten in der Nacht Kekse bäckst?"

Eine Minute lang wartete sie vergebens auf eine Antwort. Sein Lächeln war erloschen. „Ja", sagte er irgendwann.

Sie hoffte auf mehr. Aber es kam nichts. „Du könntest mich dann auch einfach wecken", murmelte sie. „Ich meine, wenn du bei mir schläfst."

Er schaute sie ernst an. „Ich habe keine schlimmen Träume, wenn ich bei dir bin."

Die Worte trafen sie mitten ins Herz – sie waren ein großes Geschenk, auch wenn ihm das offenbar nicht bewusst war.

Sein Handy klingelte. Verflixt noch mal – ausgerechnet jetzt, wo sie gerade ein paar Fortschritte machten. Mal ehrlich, war Everett eigentlich jemals im Dienst? „Chief Cooper. Hey, Sue. Ja, okay, in zehn Minuten bin ich da."

Faith unterdrückte einen Seufzer. Sie durfte sich nicht beklagen; der Mann *war* nun mal der Polizeichef. „Ich muss los", sagte er. „Alice McPhales glaubt, in ihrem Wald treibt sich ein Mann herum."

„Ach je." Mrs McPhales, ihre ehemalige Gruppenführerin bei den Pfadfindern. Offenbar wurde ihre Alzheimer-Erkrankung schlimmer.

Vorige Woche erst hatte Faith sie besucht, um ihre Stauden für den Winter zurückzuschneiden. Die liebe alte Dame hatte ihr Tee gekocht, dabei aber den Teebeutel vergessen, und Faith hatte, um sie nicht zu kränken, klaglos das heiße Wasser getrunken. „Soll ich mitkommen?"

Levi hob den Blick zur durchsichtigen Decke. „Es gießt doch in Strömen. Ich stromere einfach ein bisschen im Wald herum und beruhige sie."

„Es macht mir nichts aus."

„Lass gut sein. Wir sehen uns zu Hause." Die Worte *zu Hause* hatten in ihren Ohren nie süßer geklungen.

Levi hob ihr Kinn an und schaute ihr direkt in die Augen. „Es war heute wirklich schön mit dir."

„Danke. Ich fand es auch schön mit dir."

„Soll ich dich zu deinem Dad bringen?"

„Nein, lass nur. Ich räume hier noch rasch auf. Lösche das Feuer und so weiter."

Er küsste sie flüchtig, dann noch einmal ausführlicher, dann ließ er sie allein mit dem Prasseln des Regens und dem Geruch nach nassem Laub und Holzrauch.

Als Levi mit seinen gefühlt zahllosen Berichten fertig war und die Wache endlich verlassen konnte, war es dunkel. Der Regen hatte sich über den See hinweg verzogen und einen klaren, mondlosen Himmel hinterlassen. In Faiths Wohnung brannte Licht. Er blieb stehen und blickte hinauf. Allmählich wurde er zum totalen Spion – zuerst beim Haus seines Vaters, jetzt hier vor Faiths flippiger kleiner Wohnung. Von seiner Position auf dem Marktplatz aus konnte er einen Teil der rot gestrichenen Wand sehen und ein bisschen von dem Bücherschrank, in dem sie ihre Familienfotos ausstellte.

Und dieses Herz aus Rosenquarz, das er ihr geschenkt hatte.

Vielleicht sollte er sich dazu bekennen.

Da war sie, das Telefon zwischen Ohr und Schulter eingeklemmt, während sie umherging, eine Packung Ben & Jerry's in der einen, einen Löffel in der anderen Hand. Bei seinem letzten Blick in ihren Gefrierschrank hatte er mindestens sechs solche Packungen vorgefunden, aber keinerlei Gemüse. Jetzt lachte Faith, und Levi bekam einen akuten Lustanfall. Er liebte Faiths Lachen. Vom Gesicht her war sie einfach nur das nette Mädchen von nebenan, aber wenn sie lachte, sah sie unglaublich sexy aus und hörte sich auch so an, und ihre kehlige, leicht heisere Stimme traf ihn wie ein Stromschlag in die Lenden.

Sein Handy klingelte. Er fuhr zusammen, dann meldete er sich. „Chief Cooper."

„Mini-Cooper hier."

„Hallo, Liebes, wie geht's?"

„Ich bin brav. Hab ein A-minus in der Chemie-Klausur."

„Wusste ich's doch. Stramme Leistung."

„Danke für die Kekse. Ich werde langsam fett. Noch fetter, meine ich."

„Du bist nicht dick."

„Was machst du gerade?" Wieder schwang dieser Hauch von Einsamkeit in ihrer Stimme mit. „Bist du auf der Wache?"

„Nein. Ich stehe hier unten auf dem Marktplatz, glotze rauf zu Faiths Fenster und beobachte sie."

„Du Stalker."

„Tja, ich bin nun mal Polizist", sagte er. „Stalker-Talente gehören zur Jobbeschreibung."

„Also ich finde, das hört sich *total* jämmerlich an. Bei Frauen vor der Wohnung herumzulungern. Wahrscheinlich fängst du jeden Moment an, in Versen zu sprechen: ‚Welch Glanz erstrahlt aus jenem Fenster' oder so."

„Klingt gut."

„Du bist hoffnungslos. Es bleibt doch dabei, dass du diese Woche zum Abendessen herkommst, oder?"

„Nein. Wann soll ich das gesagt haben?"

„Levi!", fauchte seine Schwester. „Du hast gesagt, du kommst zum Abendessen! Weil du mir verboten hast, vor Thanksgiving nach Hause zu kommen, und Thanksgiving ist erst in ein paar Wochen!"

„Tja, diese Woche kann ich aber nicht. Morgen habe ich eine Sitzung …"

„Wie wär's am Dienstag?"

„Dienstag habe ich Bereitschaft."

„Mittwoch?"

„Abendessen mit Faiths Familie." Mist. Das hätte er nicht zugeben sollen.

„Wie nett", sagte Sarah mit tränenerstickter Stimme. „Donnerstag?"

„Wieder Bereitschaft, Liebes. Komm schon. Ich habe nicht gesagt, dass ich diese Woche komme. Ich habe gesagt, irgendwann vor Thanksgiving, und …"

„Weißt du was? Du brauchst überhaupt nicht zu kommen. Lass es einfach. Ich finde neue Freunde und bin glücklich, und du brauchst dir keine Sorgen um mich zu machen. Okay? Ciao."

„Sarah, sei nicht so …" Na toll. Sie hatte aufgelegt. Er rief ihre Nummer an, wurde aber direkt auf die Voicemail umgeleitet. Er schickte ihr eine SMS. *Stell dich nicht so blöd an.* Er wartete. Sie antwortete nicht. Er wartete noch ein paar Minuten.

Seufzend tippte er eine weitere SMS. *Wie wär's mit Freitag?*

Sekunden später gab sein Handy Laut. *Freitag ist toll! Bis dann.*

Er schob das Telefon in seine Tasche, überquerte den Platz, betrat das Opernhaus, stieg die Treppe hoch und ging direkt zu Faiths Wohnungstür. Er klopfte, und Blue begann, wild zu bellen.

Im nächsten Moment öffnete Faith die Tür. Sie telefonierte immer noch, hatte das Haar zum Pferdeschwanz gebunden und trug zur Pyjamahose mit Dalmatiner-Druck ein Nichts von einem Tanktop, das ihre beiden Prachtexemplare kaum halten konnte. Mit anderen Worten: Sie sah aus wie der Vorspann zu einem besonders scharfen Porno.

„Na so was! Der heißeste Bulle von Manningsport!", sagte sie ins Telefon und trat zur Seite, um Levi einzulassen. „Nein, nicht in Uniform, leider nicht. In Flanell. Aber mit ein bisschen Holzfäller-Erotik. Nein, da gebe ich dir völlig recht. Gekleidet wie ein Hetero. Aber das warst du auch immer." Sie lachte vergnügt. „Hi", flüsterte sie, an Levi gewandt. „Jeremy ist am Apparat."

„Ach was."

„Er gibt sich einsilbig", teilte sie Jeremy mit. „Nein, er macht ein finsteres Gesicht. Es funktioniert." Sie streckte Levi den Hörer entgegen. „Jeremy will mit dir reden."

Aber Levi wollte nicht reden, weder mit Jeremy noch mit ihr. Er nahm das Telefon, unterbrach die Verbindung und warf den Apparat auf den Sessel. Dann zog er Faith in seine Arme, strich über ihr üppiges Hinterteil, drängte sie gegen die Wand und küsste ihren schönen glatten Hals, um dann dieselbe Stelle mit der Zunge zu liebkosen.

Blue versuchte, sich in das Spielchen einzumischen, und Levi drehte sich, ohne Faith loszulassen, halb um, schnappte sich ein Kissen vom Sofa und warf es auf den Boden. Blue verstand den Hinweis. Dann ließ

Levi seine Hände über Faiths Oberkörper wandern und spürte, wie sich ihre Nippel unter seinen Fingern aufrichteten. „Liegt dir viel an diesem Shirt?", raunte er, die Lippen knapp unter ihrem Ohr.

„Eigentlich nicht", antwortete sie mit bebender Stimme.

„Gut." Mit beiden Händen griff er in den Halsausschnitt und riss das Top auf. Sie umschlang ihn ohne viel Aufhebens und bewies, dass sie ebenso gut austeilen wie einstecken konnte.

# 23. Kapitel

Levi hatte nicht damit gerechnet, Jeremy anzutreffen, als er sich mit Faith zum Abendessen bei ihrem Vater einfand.

Dieser ganze Familienkram behagte ihm ohnehin nicht so recht. Im Lauf der Jahre hatte er zwar das eine oder andere Mal bei den Hollands zu Abend gegessen, doch er konnte das Gefühl, das ihn bei solchen Gelegenheiten schon als Kind beschlichen hatte, nie ganz abschütteln – das große Haus auf dem „Hügel" war tabu für seinesgleichen, es sei denn, die Tore öffneten sich für alle, die da mühselig und beladen waren. Und dass Jeremy da war und sich aufführte wie ein Schwiegersohn, machte alles nur noch schlimmer.

„Hey", murmelte er angespannt, als sein Freund ihn mit einem Hieb auf die Schulter begrüßte.

„Schön, dich zu sehen, Alter", rief Jeremy. „Ein Gläschen Wein?" Er wartete die Antwort nicht ab, sondern trabte gleich von dannen.

„Ups. Mrs Johnson verlangt nach mir", sagte Faith und trollte sich ebenfalls. Die Haushälterin bedachte ihn mit einem strengen Blick und verschwand wieder in der Küche.

Unter normalen Umständen mochte Levi die Familie Holland. Doch jetzt, da er Faiths … was auch immer war, kam ihm alles viel steifer vor. Jack schaute ihn gequält an und konzentrierte sich dann wieder auf sein Bier; Ned und Abby zankten sich ein Stückchen entfernt auf der Fensterbank.

Jeremy kam zurück und reichte Levi ein Glas Wein. Offenbar fühlte er sich hier genauso zu Hause wie in seinem eigenen Domizil nebenan. Dass er Faith damals vor dem Altar hatte stehen lassen, schien vergeben und vergessen. Levi rief sich innerlich zur Ordnung; die Lyons lebten seit Jahren in Kalifornien, und die Hollands waren für Jeremy hier praktisch Familienersatz.

„Hi, Levi", Honor kam aus der Küche. Ihre Stimme klang weder freundlicher noch kühler als sonst auch.

„Hi", antwortete er. „Wie geht's dir?"

„Wie ich höre, bumst du meine Schwester", erwiderte sie.

„Äh … Die Antwort darauf überlasse ich lieber ihr."

„Mein Vater dreht dir den Hals um. Pass bloß auf." Honor ging zu John und reichte ihm ein Glas Wein. Faiths Dad warf einen Blick in Levis Richtung und nickte ihm streng zu.

Oh Mann. Dann besser ab in die Küche.

„Ich verstehe nicht, was daran sexy sein soll", beschwerte Prudence sich gerade. „Ich sehe aus wie ein gerupftes Huhn."

„Ich will auch gar nicht wissen, warum du dich auf so etwas einlässt", erwiderte Mrs Johnson, öffnete den Gefrierschrank und reichte Pru einen Beutel Tiefkühlerbsen. „Ihr Mädchen von heute seid mir ein schreckliches Rätsel."

Pru legte sich den Beutel in den Schritt. Ach du heilige Schei… „Hey, Levi!", grüßte sie liebenswürdig. „Ich hab heute ein Bikini-Waxing machen lassen. Kann ich nicht weiterempfehlen. Es hat höllisch wehgetan! Ich schwöre, der Frau hat's richtig Spaß gemacht, an mir herumzureißen. Himmel, diese Dinger sind kalt! Womöglich kriege ich Frostbeulen davon."

Man hätte meinen können, vier Kriegseinsätze hätten Levi gegen derartige Bilder im Kopf gestählt. Dem war aber nicht so. „Hi", murmelte er.

„Mrs Johnson, wollen Sie Levi nicht begrüßen?", fragte Faith und trat an seine Seite.

„Guten Abend, Chief Cooper", sagte Mrs Johnson. „Was haben Sie in meiner Küche zu suchen?"

„Er ist zum Abendessen eingeladen." Faith legte den Arm um Levis Taille, und er atmete ihren warmen, süßen Duft. „Er ist mein Schatz."

Soso, ihr Schatz war er? Das hörte sich irgendwie … gut an.

„Was allerdings keine Antwort auf die Frage ist, warum er direkt vor den Salzkartoffeln steht, die gleich abgegossen werden müssen. Husch, Chief! Raus hier!"

„Danke für die Erbsen, Mrs J.", sagte Pru. „Soll ich sie wieder in den Gefrierschrank legen oder was?"

„Wirf sie weg, Kind!"

„Na, wenn Sie meinen." Pru lief wie ein Cowboy nach einem harten Tag im Sattel. „Spare in der Zeit, dann hast du in der Not, dachte ich immer."

„Oh, Goggy und Pops sind hier!", rief Faith und ließ Levi schon wieder stehen.

Die Haushälterin funkelte ihn böse an. „Na? Worauf warten Sie noch?"

Eine halbe Ewigkeit später saßen alle dicht gedrängt am Esstisch. Die alten Hollands, John, Pru, Ned und Abby, Honor und Jack. Und Faith, flankiert von Jeremy und Levi.

„Faith, wir bekommen dich ja *überhaupt* nicht mehr zu sehen", beklagte sich die alte Mrs Holland.

„Ich war doch gestern erst bei euch."

„Ihr jungen Leute. Habt immer so viel zu tun."

„Na und? Gut, dass sie zu tun hat. Bevor sie sich's versieht, sitzt sie fünfundsechzig Jahre lang in der Falle", bemerkte Mr Holland.

„Dad, lass das", sagte John geduldig. „Jack, reichst du bitte das Brot weiter?"

„Herrgott, Ned, hör auf!", brüllte Abby. „Mom! Er tritt mich unterm Tisch!"

„Also wirklich, Ned, juristisch gesehen bist du erwachsen", fuhr Pru ihn an. „Zwing mich nicht, aufzustehen und dir eine zu scheuern. Ich bin total wund."

„College, College, College", sang Abby und steckte sich die Finger in die Ohren. Levi lächelte sie an, erntete jedoch nur finstere Blicke. Er hatte ihr gerade das Gerichtsurteil wegen ihres Alkoholmissbrauchs überbracht: zwölf Stunden gemeinnützige Arbeit.

Sein Kopf begann von den ungefähr sechs verschiedenen Gesprächen um ihn herum zu dröhnen. Alle redeten gleichzeitig, und niemand hörte zu. Er schaute verstohlen auf seine Uhr und fragte sich, wie lange er wohl bleiben musste.

„Levi, was genau sind deine Absichten hinsichtlich meiner Tochter?", fragte John unvermittelt.

„Daddy." Faith seufzte. „Hör auf. Wir haben schon über dieses Thema gesprochen."

„Ja, und?" John sah Levi erwartungsvoll an. „Ich glaube, ich habe ein Recht zu erfahren, was du mit ihr vorhast. Faith ist immerhin meine Tochter. Meine Prinzessin."

„Ja, Faith. Wo hast du eigentlich dein Krönchen gelassen?" Jack nahm sich von den Kartoffeln.

Pru schnaubte. „Honor, hat Dad dich jemals als seine Prinzessin bezeichnet? Ich bin ziemlich sicher, dass mich nie jemand Prinzessin genannt hat."

„Ich glaube, den Titel führt nur Faith", erklärte Honor.

„Kinder, seid nicht albern. Ihr seid alle drei meine Prinzessinnen. Levi? Bitte beantworte meine Frage."

„Ich will eine Beziehung mit ihr", sagte Levi.

„Was immer das heutzutage bedeuten mag", knurrte John.

„Es bedeutet Sex", ergänzte Abby und handelte sich dafür einen Rippenstoß von ihrer Mutter ein. „Was denn?", fragte sie. „Wie sollte mir das verborgen bleiben, wenn ihr, Daddy und du, es doch ständig treibt?"

„Tja, Faith", sagte Mrs Holland, „ich kann dir nur raten, möglichst lange bei diesem Status zu bleiben. Dein Großvater ist zweimal mit mir spazieren gegangen, bevor wir geheiratet haben. Ich hätte ihn mal besser vorher näher kennenlernen sollen, statt mich auf das Urteil meiner Eltern zu verlassen."

„Ihr zwei führt also eine arrangierte Ehe?", fragte Abby, plötzlich ganz Ohr.

„Mehr oder weniger", antwortete Mrs Holland. „Glaubst du etwa, ich hätte ihn geheiratet, wenn meine Eltern nicht …"

„Versessen darauf gewesen wären, dich loszuwerden?", fiel Mr Holland ihr ins Wort.

„… wenn sie mich nicht wegen seines Landbesitzes unter Druck gesetzt hätten."

„Also, eure Mutter und ich haben aus Liebe geheiratet, Kinder", verkündete John laut, eindeutig ein verzweifelter Versuch, seine Eltern zu übertönen. „Es war Liebe auf den ersten Blick, wie man so sagt."

„Wie bei Faith und Jeremy", säuselte Abby. Levi biss die Zähne zusammen. Jeremy lächelte und sagte nichts.

„Abby, warum bist du so auf Krawall gebürstet?", fragte Faith.

„Weil Levi mich zwingt, die Touristenklos zu putzen! Ein einziges Mal baue ich Mist, und schon muss ich Toiletten putzen!"

„Dann solltest du vielleicht besser nicht mit idiotischen Jungs saufen gehen, was?", mischte Ned sich ein.

„Ich habe immerhin mit niemandem geschlafen, Ned! Ich habe neulich deine SMS gelesen. Du und Sarah Cooper, ihr seid ja so süß."

Levi sträubten sich die Nackenhaare.

„Wir sind nur befreundet", beteuerte Ned mit Panik in der Stimme.

„Lenk meine Schwester ja nicht vom College ab, Ned", knirschte Levi. „Und wehe, du schläfst mit ihr."

„Nein, nein. Tu ich ja gar nicht. Abby weiß nicht, was sie da redet. Sie ist bescheuert, stimmt's, Abs?"

„Würdet ihr alle vielleicht mal Ruhe geben?", bat Honor gelassen. „Levi ist heute Abend unser Gast. Daher sollten wir uns das wirkliche Leben der schrecklich netten Familie Holland für ein anderes Mal aufsparen. Dad, Levi ist mit Faith zusammen; er ist ihr erster Freund, seit der Schwule sie für andere Männer verdorben hat, sie ist dreißig Jahre alt, und du hast bereits eine Tochter, die eine alte Jungfer ist, also hör bitte auf, dich so aufzuspielen." Sie griff nach ihrer Gabel und spießte ein Stückchen Kartoffel auf.

„Sie hat recht", räumte John nach kurzem Schweigen ein. „Entschuldige, Levi. Ich habe nur … Sie ist nun mal meine Tochter. Ich will nur das Beste für sie."

„Alles klar." Offenbar war seine Uhr defekt.

„Also", fuhr John fort, „wer hat diese Chrysanthemen auf das Grab eurer Mutter gepflanzt?"

„Ich", sagte Honor.

„Eine wunderschöne Farbe, Schatz." Er seufzte. „Schwer zu glauben, dass es im Juni schon zwanzig Jahre her ist."

Einen Moment lang herrschte Stille.

„Wie klappt es mit deinen Verabredungen, Dad?", erkundigte sich Jack.

„Seit dem Transvestiten, meinst du?", fragte er. Levi hatte keine Ahnung, wovon er sprach, wofür er vermutlich dankbar sein sollte. „Na ja", fuhr John fort, „ich habe ja nun einen ernsthaften Versuch gestartet, aber ich glaube, ich bin wohl glücklicher, wenn ich allein bleibe."

„Oh nein, Dad! Du darfst nicht aufgeben", rief Faith. „Du hast gesagt, die Dame aus Corning wäre wirklich nett. Bitte gib mir noch eine Chance!"

„Hauptsache, du lässt Lorena nicht mehr ins Haus", erklärte Jack. „Wenn ich die Frau nur sehe, schrumpfen meine Eier."

„Wem sagst du das, Onkel J.", murmelte Ned.

„Allein fühle ich mich sehr wohl", versicherte John. „Mach dir keine Sorgen, Faithie."

„Grandpa, du lebst mit einer Tochter und einer Haushälterin zusammen. Du bist also keineswegs allein", stellte Abby richtig.

„Genau. Ich habe Honor und Mrs J. und euch Kinder." Sein Blick schweifte in die Ferne. „Connie war die Liebe meines Lebens. Die erlebt man nur einmal, und man findet keinen Ersatz dafür, bloß weil man es will."

Endlich, gefühlte zehn Jahre später, konnten sie aufbrechen (nachdem Jeremy Faith herzhaft auf beide Wangen geküsst *und* sie umarmt hatte. Levi erwog ernsthaft, ihm eine reinzuhauen). Faith allerdings wirkte ein bisschen … matt.

Der Vollmond tauchte die Landschaft in Blau und Weiß und ließ das Haus und die Bäume lange Schatten werfen. „Danke für die Einladung", sagte Levi und hielt die Autotür für sie auf.

„Ach, gern geschehen", sagte sie. „Tut mir leid, wenn es … ein bisschen viel für dich war."

„Es war nett", schwindelte er. „Hast du dich gut amüsiert?"

„Und wie."

Anscheinend war er nicht der einzige Lügner im Auto. Faith war still auf der kurzen Fahrt nach Hause, still, als sie das Opernhaus betraten, still, als sie die Wohnungstür aufschloss. „Möchtest du reinkommen?", fragte sie.

Er lehnte sich an den Türpfosten und runzelte die Stirn. „Ist alles in Ordnung, Faith?"

„Klar. Natürlich ist alles in Ordnung." Sie wich seinem Blick aus.

„Ich habe aber den Eindruck, dass etwas nicht stimmt."

„Da liegst du falsch."

Aber er war ganz sicher, dass er sich nicht irrte. „Fühlst du dich nicht wohl?"

„Doch."

„Hast du deine Medikamente genommen?"

„Ja. Willst du die Tabletten abzählen?", fragte sie scharf.

„Nein." Er sah sie noch einmal lange an, ohne Blue zu beachten, der sehnsüchtig nach ein bisschen Liebe sein Bein stupste. „Vielleicht sollte ich heute Nacht lieber zu Hause schlafen", sagte er dann.

„Okay. Danke, dass du heute Abend gekommen bist. Hm … schlaf gut." Sie gab ihm einen Kuss auf die Wange und schloss die Tür.

Tja, Scheiße. Er hatte es irgendwie vermasselt. Vielleicht hatte er nicht genug geredet. Vielleicht … er hasste sich selbst für diesen Gedanken … vielleicht dachte sie an Jeremy. Jeremy war zwar aus offensichtlichen Gründen kein echter Rivale, aber er war immer noch Faiths Freund, fühlte sich bei ihrer Familie immer noch ganz wie zu Hause, war immer noch für sie da, wenn sie auf seinem Sofa einschlafen wollte. Liebe auf den ersten Blick, Liebe ihres Lebens. Die erlebte man laut John Holland nur einmal.

Er ging in seine eigene Wohnung, die ihm plötzlich sehr trist vorkam. Sicher, hier und da hatte auch er Familienfotos aufgestellt. Doch er sammelte keine kleinen Schätze, wie Faith es tat, bewahrte nicht allzu viel aus seiner Vergangenheit auf. Er war schließlich ein Mann.

Ein Mann, der aus unerfindlichen Gründen Probleme mit der Frau von gegenüber hatte. Neulich oben in der Scheune hatte sie ihm ein paar seiner Geheimnisse entrissen, war offenbar ganz versessen darauf, etwas aus ihm herauszuholen, und jetzt redete sie praktisch nicht mehr mit ihm.

Es war wohl mal wieder Plätzchen-Zeit.

Als Levi noch klein war, gab es meist nur Billigdesserts aus dem Discounter. Doch seine Mutter kannte dieses eine Rezept, und sie konnte, so kam es ihm jedenfalls vor, sekundenschnell ein Kuchenblech voll Plätzchen aus dem Hut zaubern.

Er holte die Zutaten aus dem Küchenschrank.

Es klopfte an der Tür. Er öffnete, und da stand Faith. „Hey", sagte er.

„Was weißt du über den Unfall meiner Mutter?", fragte sie.

Er blinzelte. „Äh … Möchtest du reinkommen, Faith?" Sie trat ein. „Setz dich", sagte er, und sie gehorchte, hockte sich steif mitten aufs Sofa, als hätte sie vergessen, wofür ein Sofa gut war. Er setzte sich ihr gegenüber in den Sessel und beugte sich vor.

Sie sah elend aus.

„Also, hast du mal etwas darüber gehört?", wiederholte sie.

„Klar. Der Vertrauenslehrer hat mit uns gesprochen."

„Was hast du gehört?"

„Hm … Er sagte, ihr wurdet seitlich gerammt, und deine Mom war auf der Stelle tot."

„Das ist alles?" Ihr Blick war leer.

Levi fuhr sich durchs Haar. „Du hattest einen Anfall, nicht wahr? Du kannst dich an nichts erinnern. Die Feuerwehrleute mussten dich aus dem Wrack schneiden. Wir sollten nicht darüber reden."

Sie nickte. Hörte nicht auf zu nicken. Sie hatte ihn, seit sie hier war, kaum angesehen.

„Faith, ist alles in Ordnung? Du wirkst so …"

„Ich hatte keinen Anfall. Ich habe gelogen. Ich habe es meinem Vater gegenüber behauptet, weil ich ihm nicht die Wahrheit sagen wollte."

Der Backofen tickte während des Vorheizens. „Und was ist die Wahrheit?", fragte Levi.

„Ich habe den Unfall verschuldet."

Sie schien diese wenigen Worte aus ihrem tiefsten Inneren zu reißen. Ihr Gesicht blieb unverändert, doch in ihren Augen stand Verzweiflung.

„Wie das denn?", fragte er, so sanft er konnte.

„Ich war sauer", sagte sie. „Ich wollte nicht mit ihr reden, und sie drehte sich zu mir um, denn ich saß auf dem Rücksitz. Sie hat mich gefragt, ob alles in Ordnung wäre, und ich habe nicht geantwortet." Faith schluckte. „Sie dachte, ich würde kurz vor einem Anfall stehen, denn dann bin ich immer völlig weggetreten, wie du ja weißt. Ich ließ sie in dem Glauben. Und dann wurden wir gerammt." Ihr Gesicht war kreideweiß, die blutleeren Hände hatte sie im Schoß verkrampft.

„Faith, du kannst nicht …"

„Sie wollte meinen Vater verlassen."

Ach du Scheiße. „Das hat sie dir gesagt?"

„Ja."

Er hatte Constance Holland von den wenigen Begegnungen mit ihr ganz anders in Erinnerung. Sie war ihm vorgekommen wie eine Mom aus dem Bilderbuch – hübsch, glücklich, schlagfertig und tüchtig.

Aber vielleicht verwechselte er sie auch mit seiner eigenen Mom.

„Deswegen habe ich ihr nicht geantwortet." Faiths Stimme klang hohl. „Sie redete die ganze Zeit davon, dass es ein Fehler war, so jung zu heiraten, dass sie schon immer mehr gewollt hatte, dass sie sich durch uns gebunden fühlte. Ich ließ sie in dem Glauben, dass ich einen Anfall bekam, damit sie endlich aufhörte zu reden. Und dann passierte der Unfall."

Ihre Miene versetzte ihm einen Stich ins Herz. „Faith, du warst noch ein Kind. Du darfst dir nicht die Schuld geben."

„Ich wusste, was ich tat. Ich wollte, dass sie ein schlechtes Gewissen kriegt."

„Das ist nicht dasselbe, als hättest du ihr den Tod gewünscht."

Sie zuckte zusammen. „Nein. Aber ich bin trotzdem verantwortlich. Als ich im September hierher zurückkam, dachte ich, wenn ich jemanden für Dad finde, könnte ich es vielleicht wiedergutmachen. Aber es ist mir nicht gelungen. Dad heiligt ihr Andenken – und Jack und meine Schwestern ebenfalls."

Ja, das war wohl wahr. „Und du hast es nie jemandem gesagt?"

„Nein! Ich … Als mein Vater ins Krankenhaus kam, war er ein so gebrochener Mann, und ich hatte Angst, er würde mich nicht mehr lieb haben, wenn er es weiß. Deshalb habe ich gelogen." Sie senkte den Blick zu Boden. „Ich wollte, dass du das weißt, Aber ich will nicht, dass du mir sagst, es wäre nicht wirklich meine Schuld. Ich weiß, was ich getan habe."

Darauf wusste er nichts zu sagen.

„Du darfst es keinem erzählen", fuhr sie fort. Ihre Stimme war wieder fest, und irgendwie schmerzte ihn das mehr als alles andere. „Sie sollen nicht wissen, was sie wirklich dachte."

Wieder strich Levi sich mit der Hand durchs Haar. „Bleib doch heute Nacht bei mir."

„Nein, ich gehe nach Hause", sage sie. „Trotzdem danke."

„Bitte bleib."

„Nein, danke. Ich … Wir sehen uns." Sie stand auf, er erhob sich ebenfalls und zog sie in seine Arme. Sie fühlte sich kalt und spröde an, Faith, die immer weich und süß und warm war.

„Bleib", sagte er noch einmal.

„Mir geht's gut", erwiderte sie. „Wir sehen uns morgen, vielleicht." Und damit öffnete sie die Tür und ging über den Flur zu ihrer eigenen Wohnung.

Die Stille der Nacht umfing ihn.

Faiths Mutter war seit zwanzig Jahren tot. Das war eine lange Zeit, um ein Geheimnis zu hüten.

Die Plätzchen würden warten müssen. Levi schaltete den Backofen aus, schnappte sich seine Autoschlüssel und machte sich auf den Weg zur Polizeiwache.

# 24. Kapitel

Der Tag, an dem ihre Mutter starb, war völlig normal verlaufen, abgesehen davon, dass Faith neue Schuhe brauchte.

Sie hatte es immer genossen, das Nesthäkchen zu sein. Zum Ausgleich für all die vergnüglichen Dinge, die die anderen miteinander unternommen hatten, bevor Faith geboren war, erschien es ihr nur gerecht, dass sie eine Sonderbehandlung erfuhr. Sie wusste, dass ihre Familie sie als recht niedlich, aber irgendwie unnütz betrachtete. Mom bat niemals *sie,* das Abendessen vorzubereiten … Das konnte nur Honor (und sie tat es seit Jahren, wie ihre ältere Schwester gern betonte). Jack ging aufs College und studierte Weinbau und konnte jetzt schon coole Sachen, zum Beispiel die Erntemaschine reparieren und den Drescher reinigen. Prudence war erwachsen und verheiratet.

Also fiel Faith die Rolle der süßen Kleinen zu. Da die Aufmerksamkeit ihrer Eltern meist anderweitig beansprucht war, kam sie mit vielen Dingen ungeschoren davon … zum Beispiel damit, dass sie im Unterschied zu ihren Geschwistern keine Spitzenschülerin war. Oder damit, dass sie nicht rechtzeitig zu Bett ging, denn wem sollte das schon auffallen? Sie musste ihr Gemüse nicht aufessen, denn mit vier Kindern über siebzehn Jahren waren ihre Eltern es ziemlich leid, auf Regeln zu pochen.

Die Epilepsie brockte ihr genau die Art von Beachtung ein, die sie *nicht* wollte: Dads panischen Blick, Moms barsche, knappe Anordnungen. Wohlwollende Gleichgültigkeit wäre ihr tausendmal lieber gewesen.

Doch von dem Tag, an dem sie Schuhe brauchte, erhoffte sie sich eine der seltenen und besonderen Gelegenheiten, bei denen sie gemeinsam mit ihrer Mom etwas unternehmen konnte, nur sie beide, so wie in diesen verschwommenen herrlichen Erinnerungen an frühe Kindertage, als alle anderen zur Schule gingen und Faith der kleine Schatten ihrer Mutter war. Vielleicht würden sie ja noch in der netten Eisdiele an der Market Street einkehren.

Stattdessen war Mom *schlechter Laune* gewesen. „Glaub nicht, dass du jedes Paar Schuhe im Laden anprobieren kannst, Faith", sagte sie, als sie auf den Parkplatz einbogen. „Ich habe heute noch tausend Dinge zu erledigen. Warum hast du mir nicht schon letzte Woche gesagt, dass du Schuhe brauchst, als ich sowieso in die Stadt musste und Jack zu Hause war …"

Und so hatte Faith am Ende ein Paar Geht-so-Sneakers, obwohl sie nicht hundertprozentig sicher war, ob sie tatsächlich die gewollt hatte und nicht die süßen Reeboks mit den pinkfarbenen Schnürsenkeln. Keine Zeit zum Eisessen, sondern gleich zurück ins Auto. „Du darfst dich durchaus vorn hinsetzen", sagte Mom leicht gereizt.

„Schon gut", erwiderte Faith. Sie war automatisch hinten eingestiegen, daran gewöhnt, ganz unten auf der Liste zu stehen, wenn es um den begehrten Beifahrersitz ging. Dieser Umstand rettete ihr das Leben, sagten die Feuerwehrleute später.

Aber immerhin, Faith hatte neue Schuhe. Sie hatte immer das Gefühl, mit neuen Sneakers schneller laufen zu können, und am Dienstag hatten sie wieder Sport. Jessica Dunn war das schnellste Mädchen in ihrer Klasse und machte sich oft über Faiths Laufstil lustig. Wäre es da nicht toll, schneller als Jessica zu sein, nur ein einziges Mal? Natürlich war das total unmöglich, aber trotzdem …

„Sieh zu, dass du etwas von der Welt siehst, bevor du sesshaft wirst, Faith", sagte Mom plötzlich. „Das habe ich Prudence auch geraten, aber hat sie auf mich gehört? Nein. Wenn du jung heiratest, verzichtest du auf viele Chancen."

Faith runzelte die Stirn. Warum redete ihre Mutter so? Pru und Carl waren doch so süß. Außerdem war Faith bereits Tante. Alle in der Schule hatten sie beneidet. Womöglich sogar Jessica Dunn.

Mom blickte in den Rückspiegel. „Du solltest dir die Welt ansehen, solange du noch kannst. Dieses Land ist riesig, aber wenn du irgendeinen Holland fragst, behauptet er wahrscheinlich, dass jeder, der die Staatsgrenze überschreitet, in einen Abgrund fällt."

„Mir gefällt es hier", wandte Faith ein. Sie nahm einen der neuen Schuhe aus dem Karton und strich über die reinweißen Schürsenkel. Die hätten pink sein sollen. Oder vielleicht doch nicht. Vielleicht war Pink doch zu babyhaft.

„Ja nun, du bist ja auch noch nirgendwo sonst gewesen, oder?", fragte Mom. „Weißt du, es gibt auch noch andere sehenswerte Orte. Pru würden keine zehn Pferde vom Weingut zerren, aber du und Honor, ihr müsst doch wirklich nicht bleiben."

Mom hörte und hörte nicht auf. Und es war nun mal so, dass Faith bleiben *wollte*. Wo konnte es schöner sein als zu Hause? Erst vor einem Monat hatte sie an einem Schulausflug nach New York teilgenommen. Levi Cooper und Jessica Dunn waren beim Knutschen auf der hinteren Sitzbank im Bus erwischt worden, was schon schlimm genug war (Faith spielte noch mit Puppen … Knutschen? Igitt!). Die City war so laut und heiß gewesen; Manningsport war ihr bei der Rückkehr wie das Paradies erschienen.

„An manchen Tagen kann ich an nichts anderes denken als daran, wie schön es wäre, irgendwo anders zu leben. Wäre es denn nicht toll, in einer Großstadt zu wohnen? Seattle, Chicago, San Francisco, all diese Städte, die ich nie gesehen habe. Und was macht dein Vater? Er lacht nur, wenn ich davon rede." Es gab kein Entrinnen vor Moms Stimme. „Deshalb solltest du erst ein bisschen leben, bevor du eine Familie gründest. Sonst wirst du es bereuen."

Faith blickte aus dem Fenster. Daddy war der Tollste. *Er* war nie ungeduldig oder barsch. Er sagte immer, Faith sei seine Prinzessin. Und er liebte Mom! Er pflückte Blumen für sie! Sie sah die Landschaft, aus der schwarzweiße Kühe friedfertig ihren Minivan betrachteten, an sich vorüberziehen. Fort von hier? Niemals.

Mom schaute wieder in den Rückspiegel. „Wir drei könnten ganz für uns sein. Du, ich und Honor. Frauenpower."

Weiß glühende Wut kochte in ihr hoch. Ach, Mom wollte also gehen? Schön! Sie würden gut ohne sie zurechtkommen! Und Frauenpower? Nannte man *Scheidung* inzwischen so?

„Warum bist du so still?", fragte ihre Mutter, als ob sie den Grund nicht wüsste.

Faith blickte starr hinaus auf die Wiesen. Nein, sie würde einfach überhaupt nicht antworten. Mom konnte ihr gestohlen bleiben.

„Schätzchen, fehlt dir was?" Ja, ganz recht. Nenn mich nur Schätzchen, dachte Faith. Das ist nach all dem gemeinen Geschwätz wohl das Mindeste. Aus den Augenwinkeln sah sie, wie Mom eine Hand auf die Rückenlehne des Beifahrersitzes legte, um sich besser umdrehen zu können. „Faith?"

Nein. Keine Antwort.

Und dann gab es einen Knall, so laut wie eine Explosion, das Auto drehte sich, und der Boden war nicht dort, wo er hätte sein sollen, und der *Lärm*, das Kreischen und Krachen, und sie drehten sich so schnell, dass Faith das Gefühl hatte, in einem Wäschetrockner zu sein. Arme und Beine wirbelten hilflos in alle Richtungen, der Sicherheitsgurt schnitt ins Fleisch, biss in ihre Schulter, ihr neuer Schuh traf sie seitlich im Gesicht, und, Herrgott, sie schleuderten und überschlugen sich immer noch; jemand sollte diesen entsetzlichen Lärm abstellen, dieses Knirschen und Krachen, es war *grauenhaft*.

Und dann standen sie still, und der Lärm hörte auch auf, abgesehen von einem Zischen und irgendwelchen atemlosen kleinen Schreien. Faith war schwindlig, sie hing mit Schlagseite im Gurt. Bei ihr im Auto war ein Baum mit abgeschabter Rinde.

Sie hatten einen Unfall gehabt. Das war's.

Und sie war diejenige, die diese Laute ausstieß. Unter äußerster Willensanstrengung klappte Faith den Mund zu, damit diese schrecklichen kleinen Schreie aufhörten. War sie überhaupt noch auf dem Rücksitz? Der Wagen sah überhaupt nicht mehr so aus wie vorher, war völlig verdreht, überall hingen zerfetzte Polster, Drähte und Glasscherben. Die Stelle, wo der Gurt eingehakt wurde, verschwand unter verbogenem Metall. Offenbar lag sie auf der Seite, und ihr Brustkorb schmerzte. Sie konnte die Beine bewegen, sah jedoch ihre Füße nicht. Der Türgriff befand sich auf Bodenhöhe.

Mit anderen Worten: Sie kam nicht heraus.

„Mommy?" Ihre Stimme klang schwach und piepsig. „Mommy?"

Sie erhielt keine Antwort.

„Mom? Ist alles in Ordnung?"

Keine Antwort. Überhaupt kein Ton, nicht mal ein Stöhnen. „Ach Mommy, bitte, bitte", hörte sie sich selbst sagen, und plötzlich zitterte sie und wurde feucht und roch Pipi. Sie hatte sich in die Hose gemacht.

Da. Da war das Haar ihrer Mutter, fast von der gleichen Farbe wie Faiths, ungefähr einen Meter von ihrem Gesicht entfernt, knapp außer Reichweite. Faith streckte die Finger, doch das Auto hielt sie fest wie eine Falle. „Mommy", flüsterte sie, und der Klang ihrer eigenen Stimme behagte ihr nicht, ganz und gar nicht.

Dann blickte sie durch die zertrümmerte Fensterscheibe, und *da* war ihre Mutter. Sie stand auf der Wiese, völlig unverletzt, lächelnd und schön. *Gott* sei Dank.

„Mommy, hol mich raus!", rief sie, versuchte, sich aus dem Wrack zu befreien, und zerrte an ihrem Gurt.

„Keine Angst, Süße", sagte ihre Mutter. „Dir fehlt nichts. Ich liebe dich!"

Dann warf sie Faith eine Kusshand zu. Warum war Mom so glücklich, nachdem sie doch gerade einen Unfall gehabt hatten? Faith richtete den Blick wieder auf das Haar auf dem Fahrersitz.

Es war noch da.

Als sie wieder aus dem Frontfenster blickte, war niemand mehr auf der Wiese, und Faith begriff mit einem plötzlichen, schmerzhaften Ruck.

Ihre Mutter war tot.

„Mommy", rief sie, und ihre Stimme war so dünn und zerstört. „Ach Mommy, es tut mir so leid."

Sie versuchte nicht länger, aus dem Wagen zu flüchten.

Niemand kam ihr zu Hilfe. Eine sehr lange Zeit kamen die einzigen Geräusche von den Vögeln und dem Wind. Grausamerweise funktionierte die Uhr auf dem Armaturenbrett noch, weshalb Faith sich der verstreichenden Zeit nur allzu bewusst war. Zweiundfünfzig Minuten, bis jemand rief: „Bist du in Ordnung? Hallo? Kannst du mich hören?" Faith brachte es nicht über sich, zu antworten, denn dann hätte sie sagen müssen, dass Mommy tot war. Dreiundsechzig Minuten, bis sie in der Ferne Sirenen hörte. Achtundsechzig Minuten, bis Mr Stoakes vom Süßwarenladen vor dem Frontfenster auftauchte, fremd in seiner Feuerwehruniform, und sagte: „Oh Gott, nein. Oh nein", bevor er bemerkte, dass Faith ihn ansah.

Vierundsiebzig Minuten waren vergangen, als sie anfingen, Faith mit ihren lärmenden Werkzeugen aus dem Wrack zu schneiden. Sie brüllten ihr ermutigende Worte zu, während ihre Gesichter die wahre Geschichte erzählten.

Und einhundertfünfzehn Minuten waren vergangen, als sie Faith bargen.

Zwei Stunden mit der Leiche ihrer Mutter, zwei mit Zittern und Schluchzen verbrachte Stunden, in denen sie immer wieder in den Schockzustand zurückfiel. Zwei Stunden, in den sie geflüstert hatte, wie leid es ihr tat.

Als sie im Krankenhaus das Gesicht ihres Vaters sah, das seit dem Morgen um Jahre gealtert war, erzählte sie ihm, sie hätte einen Anfall gehabt und könne sich an nichts erinnern.

Besser, er glaubte an diesen Anfall, als dass er erfuhr, dass seine Tochter eine Mörderin war.

Drei Uhr morgens. Die einsamste Zeit, selbst wenn ein achtzig Pfund schwerer Golden Retriever zwei Drittel des Betts einnahm.

Seit sie Levi alles erzählt hatte, schien sich in ihrem Kopf ein seltsamer, drückender Nebel auszubreiten. Zwanzig Jahre lang hatte sie jeden Gedanken an ihre Mutter gemieden, ja, es war ihr fast so vorgekommen, als hätte sie gar kein Recht darauf. Doch in dieser Nacht flackerten gute und schlechte Erinnerungen wie ein defekter Film vor ihrem inneren Auge – Mom in der Küche, wo sie, sauer auf irgendwen, nach dem Abendessen energisch die Spüle schrubbte. Wie sie Faith, die noch sehr klein war, badete und lachend einen Waschlappen auf ihren Kopf legte. Wie sie sie ausschimpfte, weil ein Lehrer sich über ihre Unaufmerksamkeit im Unterricht beschwert hatte. Wie sie applaudierte, als Faith auf ihrem Fahrrad zum ersten Mal den riesigen Baum im Vorgarten umrundete. Wie sie auf dem Sofa saß und Honor etwas vorlas, obwohl Honor schon selbst lesen konnte. Wie sie vor Jacks Abreise zum College weinend seine Wäsche zusammenlegte. Wie sie im Krankenhaus kurz nach der Geburt den kleinen Ned im Arm hielt und Pru strahlend anlächelte.

Wie sie Dad im hinteren Flur küsste, dann lachte und ihm empfahl zu duschen.

War Mom wirklich so unglücklich gewesen? War sie wirklich erfüllt von Reue und Verbitterung und betrachtete ihr Leben als einzigen Fehler?

So war es Faith nie vorgekommen.

Plötzlich sprang Blue vom Bett und raste aus dem Zimmer. Sie hörte das Klicken seiner Krallen auf dem Boden, dann sein Bellen. Faith fühlte sich alt und müde, als sie die Bettdecke zurückschlug und sich hochquälte.

Es klopfte leise an der Tür.

Levi. „Hast du eine Sekunde Zeit?", fragte er, als wäre es nicht mitten in der Nacht.

Faith schaute ihn lange an, dann hielt sie ihm die Tür auf. Er hatte einen Aktenordner und einen Laptop bei sich, doch ihr Verstand arbeitete zu schwerfällig, um nach dem Grund zu fragen.

„Setz dich." Er schaltete das Deckenlicht über dem Tisch ein, sodass Faith blinzeln musste.

Sie setzte sich. „Möchtest du Kaffee oder so?", fragte sie. Ihre Stimme klang fremd in ihren Ohren.

„Nein, danke." Wie sonderbar förmlich sie beide waren. Levi setzte sich ebenfalls, legte den Ordner auf den Tisch, trommelte mit den Fingern darauf und sah Faith ernst an. „Das hier ist der Bericht über den Unfall deiner Mutter. Er befand sich in dem Lagerraum an der Route 54. Ich habe eine Weile gebraucht, um ihn zu finden."

Faith warf einen Blick auf den Ordner. „Ich will ... Ich will das nicht sehen, Levi."

„Vielleicht doch." Er strich sich durchs Haar und runzelte die Stirn.

Blue legte seinen schönen Kopf in ihren Schoß und wedelte mit dem Schwanz, und sie streichelte ihn und sah Levi nicht an.

„Als du sagtest, du wärst verantwortlich ... Warum hast du das geglaubt? Der Typ, der euch gerammt hat. Kevin Hart. Er hatte ein Stoppschild missachtet. Wieso war der Unfall dann deine Schuld?"

Sie sah ihn sonderbar wachsam an. „Weil meine Mutter ihn kommen gesehen hätte, wenn sie sich nicht nach mir umgeschaut hätte", sagte sie langsam. „Dann hätte sie bremsen oder ausweichen können."

Mom wäre auf die Wiese ausgewichen, wo die Kühe so friedlich grasten. Sie hätte über die Schäden am Minivan geflucht, und bis zum Abendessen wäre eine riesige Geschichte daraus geworden, und Faith hätte ihren Beitrag geleistet und berichtet, wie der Wagen über die Wiese holperte und die Kühe muhend in alle Himmelsrichtungen auseinanderstoben. Alle hätten gelacht und ihre Hand getätschelt und nicht von ihr erwartet, dass sie sich am Abwasch beteiligte, weil sie einen Schock erlitten hatte, wenngleich niemandem etwas zugestoßen war.

Dieses Szenario hatte Faith sich zehntausend Mal vorgestellt. Sie verfügte über ein Dutzend weitere, die alle irgendwie gleich endeten.

Levi nickte. „Ich habe mir schon gedacht, dass du das denkst. Und es ist eine logische Schlussfolgerung." Er sah sie eindringlich an. „Erinnerst du dich an Chief Griggs?"

„Ja."

„Er hat nie sonderlich gründlich gearbeitet."

Sie sagte nichts.

„Ich habe den Bericht gelesen, und hier steht: *Mutter von krankem Kind abgelenkt.* Aber das kann ich mir nicht vorstellen. Ich möchte wetten, sie konnte erkennen, ob du wirklich kurz vor einem Anfall standst oder nicht. Hast du je darüber nachgedacht?"

Faith runzelte die Stirn. „Nein. Das heißt, kann sein, dass du recht hast, aber … Nein, ich bin ziemlich sicher, dass sie mit einem Anfall gerechnet hat."

„Na ja, ich konnte meine Mom nie hinters Licht führen, und ich hab mir wirklich alle Mühe gegeben. Wie auch immer, selbst wenn sie geglaubt hat, du würdest einen Anfall bekommen, wusste sie doch, dass sie dir nicht helfen konnte. Für einen Menschen, der einen epileptischen Anfall hat, kann man nichts tun, oder? Und du warst sicher und vorschriftsmäßig angeschnallt, nicht wahr?"

„Ja."

„Daher frage ich mich: Selbst wenn deine Mutter dachte, du würdest einen Anfall bekommen, hätte sie dann für längere Zeit den Blick von der Straße genommen?"

Faith drängte die Erinnerung an das Gesicht ihrer Mutter beiseite, das sich ihr in diesen letzten Sekunden zugewandt hatte. „Hat sie aber, Levi. Sie hat sich zu mir umgedreht."

„Gut. Und was hat sie gesagt?"

Faith holte tief Atem. Die Luft erschien ihr schwer und schwül. „Sie hat gefragt, ob mit mir alles in Ordnung ist."

„Weißt du das noch ganz genau?" Levi warf einen Blick auf seine Uhr.

Natürlich wusste sie es. „Sie hat gesagt: ‚Schätzchen, geht's dir gut? Faith?'"

Constance Hollands letzte Worte. Ihr letzter Versuch, sich um ihre Tochter zu kümmern, nach dem Kind zu sehen, dessen Egoismus sie gleich umbringen würde. Faith fühlte sich, als steckte ein Messer in ihrem Hals.

„Für diese Worte hat sie so drei bis fünf Sekunden gebraucht?"

„Mag sein."

„Ich bin mit dem Bericht zum Unfallschauplatz gefahren", sagte Levi.

Sie sah den Ahornbaum vor sich und die Wiese. Es war eine entsetzlich intime Vorstellung: Levi an diesem Ort, wo sie in ihrem eigenen Urin gesessen und nach ihrer Mutter gewimmert hatte. In all den Jahren war Faith nie wieder dort gewesen.

„Jetzt hör gut zu, Faith." Levi zögerte. „Wie gesagt, Chief Griggs war nicht unbedingt der Gründlichste. Er wusste, dass Kevin Hart das Stoppschild missachtet hatte, dachte sich, du hättest deine Mom abgelenkt, und deswegen hätte sie den anderen Wagen nicht gesehen. Und damit war die Untersuchung für ihn abgeschlossen."

„Worauf willst du hinaus, Levi?" Sie war so müde.

„Hör mir noch einen Moment zu. Mein Argument ist wasserdicht. Es lohnt sich zuzuhören. Okay?"

Sie nickte.

Er klappte den Laptop auf und drückte eine Taste. „Ich habe auf der Grundlage dieses Berichts ein paar Messungen vorgenommen. Sachen wie Schleuderspuren an der Stelle des Zusammenstoßes und wie weit euer Wagen noch gerollt ist, bevor er gegen den Baum prallte, das Gewicht eures Fahrzeugs, das Gewichts von Kevin Harts Fahrzeug." Er drehte den Bildschirm so, dass Faith etwas sehen konnte. „Das hier ist ein Programm für die Rekonstruktion von Unfällen. Chief Griggs hat vor zwanzig Jahren so etwas wohl noch nicht zur Verfügung gestanden."

Erinnerte Angst traf sie wie ein Messerstich. Da war die Kreuzung, dargestellt mit kräftigen Linien. Zwei Fahrzeugsymbole, eines rot, das andere blau, berührten einander. Das rote Symbol war größer und deutete in nördliche Richtung. Das war dann wohl der Dodge Caravan ihrer Mutter.

Levi zeigte auf den Monitor. „Den Schleuderspuren nach zu urteilen, fuhr deine Mom etwa fünfundsechzig und Kevin einhundertfünf Kilometer in der Stunde. Nicht siebzig, wie Kevin angegeben hatte. Kevin hinterließ eine Bremsspur von sechs Metern und hat euer Fahrzeug gegen diesen Baum katapultiert. Daraus ergibt sich, dass er einhundertfünf gefahren ist."

Faith war seit einundzwanzig Stunden auf den Beinen und hatte Levi gerade ihr schlimmstes Geheimnis anvertraut. Sie war ziemlich fertig. Ihr benebelter Verstand konnte den Sinn seiner Worte nicht ganz aufnehmen. Sie war mittlerweile sogar zu matt, Blue zu streicheln. Der Hund warf sich zu Boden und legte die Schnauze auf Faiths nackten Fuß.

„Angenommen, deine Mom hat vier Sekunden gebraucht, um sich zu dir umzudrehen – eine lange Zeit, wenn man den Blick von der Straße abwendet, aber nur mal angenommen, du erinnerst dich korrekt –, dann wart ihr genau hier." Er drückte eine Taste, und das rote Fahrzeug bewegte sich zurück.

Mit brennenden Augen starrte Faith auf den Monitor. Das Auto war weiter weg von der Kreuzung, als sie gedacht hatte.

„Das ist siebzig Meter vor der Kreuzung. Und Kevin Hart mit Tempo einhundertfünf befindet sich dann hier, beinahe hundertzwanzig Meter entfernt von der Kreuzung." Levi betätigte eine weitere Taste, und das blaue Fahrzeug wich zurück, ziemlich weit, auf die Lancaster Road.

„Was ist das da?", fragte Faith.

„Ahornbäume. An der Strecke stehen – standen – Ahornbäume."

Der Unfall war am vierten Juni passiert. Die Bäume waren also voll belaubt, daran bestand kein Zweifel.

Plötzlich schlug Faiths Herz schnell und hart. Sie wischte sich die Handflächen an der Pyjamahose ab und beugte sich vor. Ihre Erschöpfung war vergessen.

Levi schaute hoch und zog die Brauen zusammen. „Alles in Ordnung?"

Sie nickte.

„Gut. Und jetzt pass auf." Er tippte auf eine andere Taste, und die Fahrzeuge bewegten sich auf die Kreuzung zu und hielten kurz davor an. „Du sagst, deine Mom konnte den Wagen nicht kommen sehen, weil sie sich zu dir umgedreht hat."

„Ja."

„Aber sie hat ihn gesehen, Faith. Als der Chief erfuhr, dass du einen Anfall hattest, nahm er einfach an, sie wäre abgelenkt gewesen. Er hat nicht nachgerechnet."

Das Atmen fiel Faith schwer. „Ich … Ich kann dir nicht ganz folgen."

„Sie kann Kevin Hart erst gesehen haben, als sie schon fast in die Kreuzung hineingefahren war, denn er raste mit einhundertfünfzig Sachen die Straße entlang. Und die Bäume nahmen ihr die Sicht. Aber es kann nicht sein, dass sie sich zu dir umschaute, Faith, weil Bremsspuren da waren." Er unterbrach sich und ließ seine Worte auf sie wirken. „Also hat sie ihn doch gesehen. Hätte sie dich angeschaut, wäre sie ungebremst mit Kevin zusammengestoßen."

*Sie hat das Auto nicht kommen sehen.* Diese tröstlich gemeinten Worte hatten Faith neunzehneinhalb Jahre lang verfolgt.

Faith starrte auf den Monitor. Obwohl der Bildschirm mehr an ein Computerspiel als an einen tödlichen Unfall denken ließ, wirkte die Szene doch grauenhaft bedrohlich. Ihr Verstand konnte immer noch nicht recht umsetzen, was Levi sagte. „Ich – ich verstehe nicht."

„Sie hat ihn gesehen, aber es war zu spät … Nicht wegen irgendetwas, was du getan oder nicht getan hast, sondern weil die Bäume ihre Sicht behinderten und weil Kevin viel zu schnell fuhr."

Er legte seine Hand über ihre, und die Wärme verriet ihr, wie kalt ihr war. „Aber ich weiß noch … Ich weiß noch, dass sie mich angesehen und nicht auf die Straße geschaut hat."

„Nach einem Unfall ist das Erinnerungsvermögen eines Menschen im Allgemeinen nicht zuverlässig. Du hast aus dem Fenster gestarrt. Du wirst nicht gesehen haben, wie sie sich wieder umwandte."

Das Blut schien ihr in die Beine zu sacken, und ihr Kopf begann, merkwürdig zu schwimmen. „Willst du damit sagen, es war nicht meine Schuld?"

„Ganz recht."

Wie konnte das wahr sein? *Alle* hatten geglaubt, sie hätte irgendeine Rolle bei dem Unfall gespielt. Alle. Ihr Vater hatte ihr hundertmal versichert, sie hätte keine Schuld … Aber er hatte nicht gewusst, was wirklich geschehen war.

Levi wusste es.

Er sah sie immer noch an, der Blick seiner grünen Augen geduldig, abwartend.

„Bist du sicher?", fragte Faith.

„Ja."

Die Neuigkeit war so gewaltig, dass sie ganz langsam in ihr Herz einsickern musste.

Konnte Levi tatsächlich recht haben? Er sah sie einfach nur an, verlässlich und geduldig, eine kleine Falte zwischen den Brauen, und wartete darauf, dass Faith die Neuigkeit verdaute.

„Bist du ganz, ganz sicher?", flüsterte sie.

„Ja."

„Dann … war es nicht meine Schuld und auch nicht ihre."

„Genau."

„Wirklich? Du sagst das nicht nur, um nett zu sein?"

„Ich sage nie irgendetwas, nur um nett zu sein."

Das stimmte natürlich.

Faith stieß sich vom Tisch ab und kehrte dem Laptop und Levi den Rücken zu. Ging zum Bücherschrank und griff nach dem Foto von ihrer Familie … von ihrer Mom. Nein, nein, das war zu viel. Sie nahm den kleinen rosafarbenen Stein, schloss die Finger um ihn, lehnte sich an die Fensterbank und schaute auf die dunkle Straße hinaus. Der Quarz stach heftig in ihre Handfläche.

Dann wurde es irgendwie merkwürdig, denn sie weinte. Die Tränen strömten aus ihren Augen, doch in ihrem Kopf drehte sich immer noch alles, als hätte sie einen Schlag gegen die Schläfe bekommen. Ihre Brust zuckte unter kleinen Piepslauten. Sie konnte das alles immer noch nicht fassen.

Dann war Levi bei ihr, zog sie an seine breite, harte Brust, schlang die Arme um sie, stand hinter ihr wie ein Fels in der Brandung und hielt sie einfach nur fest. Sie zog eine seiner Hände an ihre Lippen und küsste sie.

Sie hatte ihre Mutter nicht auf dem Gewissen.

Es musste die Wahrheit sein, denn Levi würde sie nie, nie im Leben belügen.

# 25. Kapitel

Faith konnte sehr, sehr ausdauernd weinen, wie Levi feststellte. Er überlegte, ob es vielleicht Zeit für ein Beruhigungsmittel wäre. Leider hatte er keines zur Hand.

Er hatte sie durch den Flur zu seiner Wohnung geführt, weil er, nun, offen gestanden, nicht wusste, was er mit einer schluchzenden Frau anfangen sollte, und der Heimvorteil würde ihm vielleicht ein wenig helfen. Er holte eine Schachtel mit Papiertüchern und drückte Faith auf das Sofa, wo sie weiter weinte, das Gesicht am Hals ihres Hundes barg und schluchzte.

Die Laute bohrten sich wie Splitter in sein Herz, und er musste an das andere Mal denken, als sie so sehr weinte und er nichts für sie tun konnte – an ihrem Hochzeitstag. „Soll ich dir etwas zu essen machen?", fragte er und stellte die Kleenex-Schachtel ab. Faith schüttelte den Kopf. „Ein Bier? Wein? Vielleicht Whiskey?"

Wieder schüttelte sie verneinend den Kopf. Sie zupfte ein Tuch aus der Schachtel, putzte sich die Nase und weinte weiter.

Teufel auch. Unbeholfen tätschelte Levi ihre Schulter, und Faith küsste immer wieder seine Hand. Blue stemmte die Pfote gegen Levis Bein, leckte seine Hand, dann legte er die Schnauze in Faiths Schoß.

Ein Bad. Frauen badeten gern, oder? Ein heißes Bad war jetzt sicher das Richtige. Außerdem konnte er so für einen Moment diesem schrecklichen Weinen entfliehen. Sein Bad war unsinnig groß und mit einer ziemlich erstaunlichen Badewanne ausgestattet. Als er sie das letzte Mal benutzt hatte, war Blue in den Genuss all dieser Wasserdüsen gekommen. Er drehte die Hähne auf, prüfte die Temperatur. Ging ins Sarahs Badezimmer und fand einigen Kram unter dem Waschbecken – Vanille-Schaumbad, als ob Faith es nötig hätte, noch leckerer zu riechen –, ging zurück und goss etwa die Hälfte des Flascheninhalts ins Wasser. Sah nach Faith, die sich jetzt ein Kissen an den Leib drückte.

„Komm schon, Holland. Zeit für ein Bad."

Sie blickte zu ihm auf und erinnerte ihn so stark an dieses kleine

Gespenst, das nach dem Unfall in die sechste Klasse zurückgekommen war, dass es ihm erneut einen Stich ins Herz versetzte.

„Levi", begann sie.

„Nicht reden", sagte er. Er brauchte es nicht zu hören, und sie musste es nicht aussprechen.

Eine halbe Stunde später hatte Faith aufgehört zu schluchzen, doch die Tränen flossen immer noch, beinahe unbewusst jetzt wohl, und glitzerten in ihren Wimpern. Trotzdem sah sie aus wie ein klassisches Playboy-Häschen, wenn auch ein sehr trauriges. Sie hatte das Haar nachlässig hochgesteckt und hockte bis zum Hals im Badeschaum. Das Glas Wein, das Levi ihr in die Hand gedrückt hatte, war schon halb ausgetrunken. Ihr Hund hatte das Kinn auf den Wannenrand gelegt und wirkte leicht verunsichert, entweder, weil sein geliebtes Frauchen so in Moll gestimmt war, oder wegen seiner eigenen Erfahrung mit dieser Wanne.

Levi saß auf einem Hocker und sah sie an. Ihre Tränen weckten in ihm den Wunsch, jemanden zusammenzuschlagen. Am liebsten wäre er zu den Hollands gefahren, um an die Tür zu hämmern, John am Schlafittchen zu packen und ordentlich durchzuschütteln. Wie hatte Faith all diese Jahre hindurch denken können, der Unfall wäre ihre Schuld gewesen? Was für ein Vater war das, der seine zwölfjährige Tochter in dem Glauben ließ, sie wäre in irgendeiner Weise schuld an einem tödlichen Autounfall? Wie hatte ihm entgehen können, dass sie das dachte? Hatte denn *niemand* mit ihr geredet? Wie hatte sie all das so lange in sich hineinfressen können? Ab dem zwölften Lebensjahr eine solche Schuld mit sich herumschleppen zu müssen … Das war nicht richtig. Das war nicht fair.

Er reichte Faith noch ein Taschentuch. Das war in dieser Nacht offenbar seine Hauptaufgabe. Faith putzte sich die Nase und lächelte ihn unter Tränen an.

„Du warst einfach großartig, Levi." Ihre Stimme bebte.

„Das ist schön." Er sah sie eine Weile versonnen an. „Ich habe, ehrlich gesagt, nicht die geringste Ahnung, was ich machen soll."

Aus irgendeinem Grund entlockte ihr das ein Lächeln, gefolgt von einem neuerlichen Tränenstrom. „Ja, du warst wunderbar. Ich weiß nicht, wie ich dir jemals danken soll für das, was du getan hast." Sie verzog das Gesicht, als wollte sie erneut zu schluchzen beginnen, doch stattdessen riss sie sich zusammen und trank noch einen Schluck Wein.

Aus unerfindlichen Gründen fühlte er sich nach diesen Worten absolut beschissen.

Er dachte an all diese gemeinsamen Schuljahre, erinnerte sich an das Mädchen aus der sechsten Klasse und erkannte jetzt klar und deutlich, dass auf diesem Mädchen etwas Dunkleres, Schwereres lastete als der Verlust der Mutter. Er sah sie als Prinzesschen Supersüß in all diesen Komitees, in die sonst keiner wollte, Umweltschutz und Gerechtigkeit für die Welt und dieser ganze Mist, vielleicht, um etwas wiedergutzumachen, vielleicht, um sich von dem schrecklichen Geheimnis, das sie mit sich trug, abzulenken. Vielleicht auch nur, um nicht nach Haus gehen zu müssen.

Er sah sie mit Jeremy, an den sie sich klammerte wie an einen Rettungsring, und vielleicht war er genau das für sie gewesen. Sie hätte den perfekten Jungen von nebenan heiraten, die Weingüter vereinen, irgendwie eine Art Absolution erlangen können.

Kein Wunder, dass sie nicht tiefer in Jeremys Seele geblickt hatte. Er war ihre Erlösung gewesen.

„Willst du reinkommen?"

Er schreckte aus seinen Grübeleien hoch. „In die Wanne?"

Sie lächelte zaghaft. „Ja."

Er zögerte. „Klar", sagte er dann. Er zog sich aus, stieg hinter Faith in die Wanne und spürte ihren nassen, glitschigen Körper an seinem.

Das ist nicht der richtige Zeitpunkt, schnauzte ihn sein Gewissen an. Sie trauert. Oder so was Ähnliches.

Tja. Faith weinte jetzt nicht mehr. Sie war still und hatte den Kopf an seine Schulter gelegt.

„Alles in Ordnung?", fragte er und legte die Arme um sie. Da es ohnehin unmöglich war, ihren Brüsten auszuweichen, versuchte er es erst gar nicht.

„Mhm."

Er küsste sie aufs Haar. Wusste nicht, was er sonst hätte tun sollen. Sie lehnte sich entspannt an ihn, durch und durch weich, warm, nass und süß. Der Hund warf ihm einen grämlichen Blick zu, ganz der misstrauische Anstandswauwau. Natürlich hatte das Viech recht. Levi hätte Faith liebevoll trösten sollen, statt von Sekunde zu Sekunde schärfer zu werden. Sie drehte sich um, sodass sie auf ihm lag. Das Wasser schwappte über, und der Lustfaktor schoss in den Alarmstufe-Rot-Bereich. Der Hund schlabberte an der Pfütze auf dem Boden.

„Faith", sagte Levi mit rauer Stimme. „Ich kann nicht fassen, dass du so lange Zeit in diesem falschen Glauben warst. Jemand hätte dir sagen müssen, dass es nicht deine Schuld war."

„Oh, sie haben es mir gesagt", erwiderte sie. „Aber … na ja, ich hatte behauptet, ich hätte einen Anfall gehabt. Das meinten sie damit. Es war nicht meine Schuld, weil ich ja nichts dafür konnte, dass ich einen Anfall hatte. Und ich konnte ihnen einfach nicht sagen, dass ich keinen Anfall hatte."

„Du hättest die Wahrheit sagen sollen, Liebling."

„Nein", widersprach sie. „Ich konnte meinem Vater nicht noch mehr das Herz brechen. ‚Daddy, tut mir leid, dass Mommy tot ist, aber sie wollte dich verlassen.' Nein. Das hätte ich nicht fertiggebracht." Ihre Augen schwammen wieder in Tränen.

„Ich hasse diese Heulerei", flüsterte er, und unerklärlicherweise musste sie darüber lachen, obwohl ihr die Tränen über die Wangen liefen.

„Tja, dann bring mich zu Bett und schlaf mit mir. Vielleicht höre ich dann auf."

Sie war unberechenbar, das musste er ihr lassen. „Bist du sicher?", fragte er. „Ich könnte dir stattdessen Plätzchen backen."

„Hinterher kannst du mir Plätzchen backen."

„Na gut. Du bist der Boss." Er küsste sie auf ihre weichen, rosigen Lippen, schlang dann ihre Beine um seinen Körper und stand auf, worauf ein großer Wasserschwall samt Seifenschaum überschwappte. Der Hund bellte. „Raus hier, Blue", knurrte Levi an Faiths Mund.

An ihrem lächelnden Mund.

Ihre Tränen hatten im schon wehgetan, aber seltsamerweise ließ ihr Lächeln den Schmerz in seiner Brust noch größer werden.

Später, als er auf ihren Befehl hin mit Faith geschlafen hatte, bis sie noch rosiger und süßer aussah, und ihre Wange an seiner Brust ruhte, normalisierte sich auch sein Herzschlag, und Levi wurde bewusst, dass sich etwas verändert hatte.

Als er vorhin diesen hohlen, leeren Ausdruck in ihren Augen gesehen hatte, der sie plötzlich älter wirken ließ, als sie war, hatte sich ein eigenartiges Gefühl in ihm zusammengebraut: Beschützerinstinkt plus Dringlichkeit plus Hilflosigkeit. Zwanzig Jahre lang hatte sie ihr schreckliches Geheimnis gehütet, um die Familie zu schützen, und kein Mensch hatte erkannt, zu welchem Preis.

Jetzt erinnerte Levi sich, dass diese kleine freche Seite von ihr nach dem Tod ihrer Mutter komplett verschwunden war. Er hatte sie damals als oberflächlich und ein bisschen langweilig abgetan, dabei hätte er vielleicht einfach nur ein wenig genauer hinsehen müssen.

Er gab ihr einen Kuss aufs Haar und zog sie enger an sich.

„Ich liebe dich", sagte sie.

Er erstarrte. Nicht, dass er sich überhaupt hätte bewegen wollen, doch ihm war, als hätten Herz und Lunge gute zehn Sekunden lang ausgesetzt.

Höchste Zeit, dass er eine Antwort gab.

Es war nur so, dass er die Worte einfach nicht herausbrachte. Zwar tobten jede Menge Emotionen in ihm, aber sie tatsächlich zu benennen … das war schon schwieriger. Er hob den Kopf, rechnete damit, dass Faith in abwartend ansah, doch sie hatte die Augen geschlossen, und um ihre Lippen spielte das gleiche kleine Lächeln wie vorher.

„Eines Tages", murmelte sie schläfrig, „wirst du mir erzählen, dass du mir diesen kleinen rosafarbenen Stein geschenkt hast."

Na, heiliger Strohsack.

„Ich habe mich immer gefragt, wer ihn mir geschenkt haben könnte", flüsterte sie. „Auf dich wäre ich im Leben nicht gekommen." Sie schlug die Augen auf, sah ihn kurz an und schloss sie wieder. „Aber jetzt ist mir klar, dass es kein anderer als du gewesen sein kann."

Ein weiterer Herzschlag ging ins Land. Dann gab er ihr einen Kuss auf die Stirn. „Schlaf jetzt, Holland", sagte er, und dann sah er zu, wie sie genau das tat.

Und als er ganz sicher war, dass sie nicht mehr wach werden würde, stand er auf und backte seine Plätzchen.

Es war ja ohnehin nicht so, dass er nach alldem noch hätte schlafen können.

# 26. Kapitel

Eine Woche später war Faith ziemlich sicher, dass es ein Fehler gewesen war, die L-Bombe platzen zu lassen.

Sie und Levi hatten nicht mehr viel geredet seit der Nacht, in der er … nun, ihr Leben verändert hatte. Die Neuigkeit war so atemberaubend, dass Faith noch nicht recht wusste, was sie damit anfangen würde, ob sie mit ihrem Vater und ihren Geschwistern sprechen sollte. Doch der Knoten in ihrem Herzen begann sich zu lockern, die innere Stimme, die ihr immer gesagt hatte, dass ihr nicht zustand, was andere Menschen bekamen, war verstummt, und die verdorrte Stelle in ihrer Seele belebte sich wieder, rosig und neu und verletzlich.

Was Levi und sie betraf … Seufz. Er musste arbeiten – viel, wie es aussah, sogar noch mehr als früher. Er besuchte seine Schwester und reparierte etwas an ihrem Wagen. An den zwei Abenden, die er und Faith zusammen verbrachten, wurde er einmal zum Einsatz angefordert und musste das andere Mal zwei ziemlich lange Telefongespräche mit irgendwem führen. Sie waren jedes Mal rasch im Bett gelandet, wo sich zugegebenermaßen alles viel klarer darstellte. Na ja, wenn er schon keine Worte sprechen ließ, dann doch wenigstens Taten.

Einmal hatte sie ihm hinterher erzählt, dass sie vor Kurzem ihre Großeltern überrascht hatte, als beide im Schlafzimmer im Erdgeschoss waren, und nach dem, was sie da zu hören kriegte, hatte sie wahrhaftig geglaubt, sie würden es treiben. Goggy sagte: „Nein, es muss *da* rein, doch nicht so! Weißt du nicht mehr? Da magst du es nicht! So hat es dir nie gefallen! Schieb's ein bisschen nach links!" Aber nein, dann stellte sich heraus, dass sie einfach nur Pops' Bett umstellen wollten, Gott sei Dank.

Levi hatte gelacht, bis ihm die Tränen kamen, und dieses Lachen war so wunderbar, dass Faith es am liebsten in Flaschen abgefüllt hätte.

Doch ihr war nicht entgangen, dass Levi ihr immer noch die berühmten drei Worte schuldig geblieben war.

Ein eindeutiger Fall von Männer-Panik.

Nun ja, sie hatte ihm auch einiges zugemutet. Sie krümmte sich innerlich, wenn sie an jene Nacht dachte. Erst hatte sie ihm ihr Geheimnis anvertraut, dann folgte ihr olympiareifer Weinmarathon, dann ihre Liebeserklärung und die Behauptung, er wäre es gewesen, der ihr damals den rosafarbenen Quarzstein in den Spind gelegt hatte. Es wäre ganz schön gewesen, dachte sie auf ihrem Weg zu O'Rourke's, wenn sie sich rechtzeitig wieder eingekriegt hätte. Aber nachdem der Korken einmal raus war, konnte sie offenbar nichts mehr für sich behalten.

Immerhin: Levi kam weiter zu ihr. Vielleicht war alles nicht so schlimm, wie sie dachte.

Die Scheune war beinahe fertig, der Hof der Bibliothek war eingeweiht, und zwei weitere Projekte standen kurz vor dem Abschluss. Es hatte schon dreimal geschneit, die Luft war kühl und feucht. Thanksgiving rückte näher, und Faith fragte sich, ob es diesmal anders wäre, jetzt, da sie wusste, dass nicht sie den Unfall verursacht hatte. Vielleicht würde ihre allgegenwärtige und schmerzhafte Reue sich ja so weit abmildern, dass sie schlicht und einfach nur ihre Mom vermisste.

Natürlich würde sie ihrem Vater nicht sagen, dass die letzten Worte seiner Frau sich auf ihre Pläne bezogen, ihn zu verlassen. Aber wenn Dad und Pru und Jack und Honor wussten, dass kein epileptischer Anfall schuld am Unfall war ... vielleicht würde sich dann etwas verlagern. Was, das wusste Faith auch nicht so genau. Sie hätte gern mit Levi darüber gesprochen ... Doch Levi war neuerdings anscheinend nicht auf Reden eingestellt. Er hatte sie wissen lassen, dass er heute Abend lange arbeiten müsste, deshalb traf sie sich mit Jeremy zum Abendessen. Das wurde bestimmt nett.

Sie hatte bereits sechs Aufträge für den Frühling an Land gezogen – vier Privathäuser, zwei Weingüter am Seneca River, außerdem bewarb sie sich um die Neugestaltung des Parks beim Glasmuseum in Corning.

Faith hatte erwogen, zwischen San Francisco und Manningsport zu pendeln, aber wem wollte sie damit etwas vormachen? Sie war zurück im Schoß der Familie. Sie hatte ihren Dad, der sie abgöttisch liebte. Ihre Großeltern, die nicht ewig leben würden. Ihre Nichte und ihren Neffen, ihre Schwestern und Jack, Colleen und Connor. Faith spielte sogar mit dem Gedanken, in die Freiwillige Feuerwehr einzutreten, weil Gerard sie immer wieder damit beharkte. Sie hatte diese neue Phase der Freundschaft mit Jeremy, der loyal und großherzig und lustig war. Sie hatte die steilen, schönen Hügel, die kalten, tiefen Seen mit ihren unendlichen Geheimnissen, die stillen Wälder und die rauschenden Wasserfälle. Sie war eine Holland, und sie gehörte zu diesem Land.

Und sie hatte Levi, der vielleicht irgendwann mal gestand, dass er sie auch liebte.

Warum sollte sie also zurückgehen, wenn sie doch nichts anderes wollte als bleiben?

Andererseits hatte der Architekt, der Faith damals ihren ersten Auftrag zuschusterte, gerade einen Megajob an Land gezogen. Es ging darum, einen großen Wohnkomplex in Oakland zu gestalten. Jede Menge Grund, jede Menge Potenzial. Er hatte Faith Fotos geschickt, und sofort schossen ihr Ideen durch den Kopf. Sie konnte den top bezahlten Auftrag annehmen, dann ihr Apartment in San Francisco auflösen, verkaufen, was sie nicht mehr brauchte, sich von ihren Freunden verabschieden.

Fortzugehen, aus eigener Kraft etwas aus sich zu machen, ohne den Holland-Bonus, allein zu sein … Es hatte sie stärker gemacht. Mom hatte recht gehabt.

Doch jetzt war es an der Zeit, nach Hause zu kommen.

Also würde sie noch einmal nach Kalifornien zurückgehen, dieses Kapitel mit Pauken und Trompeten beenden und ihr Herz dann heimkehren lassen.

Faith schob die Tür auf und ließ sich von der Wärme im Lokal in Empfang nehmen. Der Fußweg hatte nur zwei Minuten gedauert, und schon waren ihre Füße wie Eisblöcke.

„Hey", rief Connor, der gerade ein Guinness zapfte. „Meine Schwester sucht dich."

Noch während er sprach, schlug Colleen zu und zerrte Faith in die Toilette.

„Ebenfalls einen guten Tag", sagte Faith. „Was hast du denn …?"

„Diese Sache zwischen dir und Levi … Wie ernst ist die?" Sie lächelte nicht. „Bist du total verknallt?"

„Oh. Ja, bin ich. Warum?"

Colleen seufzte. „Er ist hier. Mit seiner Exfrau."

Faiths Kinnlade klappte herunter. „Wow."

„Ja. Sie sitzen in einer der hinteren Nischen."

„So." Faith erhaschte einen Blick auf ihr Gesicht im Spiegel. Der Anblick war nicht gerade beruhigend. „Das ist … voll danebn."

„Dachte mir, jemand sollte dich warnen."

„Danke."

Tja, was sollte sie anderes tun als hingehen? Jedenfalls würde sie nicht aus dem Toilettenfenster klettern. Dieses Mal nicht.

Aber sie konnte sich wenigstens frisieren. Und Make-up von Colleen ausleihen.

Um halb sechs an diesem Abend, Levi hatte sich gerade durch seinen endlosen, lästigen Papierkram gekämpft, ging die Tür der Polizeiwache auf, und Nina Rodriguez trat ein, die vor nicht allzu langer Zeit noch Nina Rodriguez-Cooper gewesen war.

„Hallo, Fremder", sagte sie mit einem strahlenden Lächeln.

*Umwerfend.* Das war sein erster Gedanke. Sie trug etwas Hautenges wie immer, wenn sie nicht in Uniform auftrat … Und warum auch nicht? Mit dieser Hammerfigur.

Sein zweiter Gedanke war: Was, zum Teufel …? Eine kleine Vorwarnung wäre schon nett gewesen.

„Möchtest du eine Beschwerde einreichen?", fragte Emmaline ohne die Spur eines Versuchs, ihren zickigen Ton zu kaschieren. Sie mochte ja eine Nervensäge sein, aber sie war loyal.

Nina ignorierte sie. Darin war sie ganz groß. „Hör auf zu glotzen und begrüß mich!", forderte sie Levi auf, zog eine perfekte Braue hoch und lehnte sich an Everetts Schreibtisch. Auch Ev war erstarrt, den Blick auf Ninas Hintern geheftet, der zweifellos eines der sieben natürlichen Weltwunder war, gleich neben Faiths Brüsten.

„Hi", sagte Levi.

„Hi", kam Everetts Echo.

Nina lächelte und zog sich einen Stuhl heran. „Ich war gerade in der Gegend. Da dachte ich mir, ich mache kurz halt und besuche meinen Lieblingsbullen."

Er nahm einen Hauch von dem Zeugs wahr, das sie in der Dusche benutzte, einen moschusdurchsetzten Blumenduft, und wartete auf den aufsteigenden Zorn. Das hier war immerhin die Frau, die ihn drei Monate nach der Hochzeit mit einer Umarmung und einem fröhlichen Winken verlassen hatte und ihn damit erstens wie einen Idioten dastehen ließ und zweitens mit gebrochenem Herzen. Beides Dinge, die er verabscheute.

Der Zorn blieb aus. „Wie ist es dir so ergangen?", fragte er.

Sie hob den Kopf. „Gut."

„Das höre ich gern", sagte Everett mit schwacher Stimme.

Nina sah Everett mit diesem speziellen Lächeln einer schönen Frau an, das besagte: *Träum weiter, Mister.* Everett schloss den Mund nur, um zu schlucken.

„Wollen wir etwa hier unsere schmutzige Wäsche waschen?", fragte Nina. „Oder bist du so lieb und lädst mich zu einem Drink ein? Das Beste an dieser Stadt war diese kleine Bar, wenn ich mich recht erinnere."

Und so erhob sich Levi und geleitete seine Exfrau unter Everetts hypnotisierten Blicken und Emmalines Fauchen aus der Polizeiwache und über den Platz zu O'Rourke's. Er ignorierte Colleens Blick wie auch die Tatsache, dass drei Mitglieder des Stadtrats bei seiner Ankunft verstummten. Victor Iskin winkte. Vor ihm auf dem Tresen stand seine neueste ausgestopfte Katze, wie zum Sprung bereit und ausgiebig bewundert von Lorena Creech.

„Die Stadt hat sich nicht sehr verändert", bemerkte Nina.

„Nein." Er führte sie zur hintersten Nische und setzte sich.

Er war verwirrt. Ein beschissenes Gefühl.

Sie bestellten Bier und Nachos, an die Nina sich mit großer Begeisterung erinnerte. Colleen bedachte Levi mit einem strengen Blick und trat ihn gegen den Knöchel. Nina redete über Allerweltsdinge – den Verkehr in Scranton, die Kuh auf der Straße in Sayre. Nachos und Bier wurden serviert, gewürzt mit einem weiteren Tritt von Colleen.

Und dann begann Nina, wie bei Soldatentreffen üblich, mit den Kriegserinnerungen. Levi wartete darauf, dass sie auf das Thema kam, dessentwegen sie hier war. Aber er wusste aus Erfahrung, dass Nina sich nicht hetzen ließ; sie hatte ihren Zeitplan, und wenn man versuchte, sie zur Eile anzutreiben, dauerte alles nur noch länger.

Dann, endlich, nachdem sie ihn so unterhaltsam wie möglich an ihre gemeinsame Vergangenheit erinnert hatte, wurde sie persönlich.

„Und wie geht's Sarah?"

„Gut", antwortete Levi und verkniff sich die Bemerkung, dass Sarah im vergangenen Jahr eine Schwägerin hätte brauchen können.

„Geht sie aufs College?"

Er nickte. „Aufs Hobart."

„Wie schön für sie! Und deine Mom? Bestimmt hasst sie mich immer noch."

„Meine Mom ist gestorben, ein paar Monate nachdem du mich verlassen hast."

Ninas Miene veränderte sich. „Ach Levi, du Blödmann. Warum hast du mir nichts gesagt? Ich wäre doch zum Begräbnis gekommen!" Sie griff über den Tisch hinweg nach seiner Hand.

„Ich habe eigentlich keinen Anlass gesehen." Er entzog ihr seine Hand.

Sie lehnte sich wieder zurück. Ihre großen braunen Augen funkelten ihn hitzig an. „Der Anlass, du Idiot, besteht darin, dass du mir wichtig bist, auch wenn unser Timing nicht gut war. Sarah ebenfalls."

„Du liebe Zeit. Danke."

Sie schüttelte den Kopf. „Mann, du bist wirklich stinksauer, wie?"

Er verzichtete auf eine Antwort. Sah sie stattdessen nur an. Faith ärgerte es immer, wenn er sie stumm ansah; hoffentlich funktionierte es bei Nina genauso.

Es funktionierte nicht. Sie trank einen Schluck Bier und lächelte verhalten, ohne den Blick von ihm zu lösen.

Sie war der Typ Frau, der einen Mann binnen Sekunden verführen konnte. Eine regelrechte … wie hieß dieses griechische Weib doch gleich? Die Frau, derentwegen eine ganze Stadt niedergemetzelt wurde? Die meinte er.

Levi atmete bedächtig durch. „Warum bist du hier?"

„Ich konnte dich nie zum Narren halten, wie?"

„Na ja, ich finde, dass du mich ziemlich gut zum Narren gemacht hast", widersprach er ruhig.

„Okay. Schön. Legen wir die Karten auf den Tisch." Sie beugte sich vor, sodass ihre Brüste beinahe aus dem sehr knappen Shirt auf die Nachos quollen. „Mit dem letzten Einsatz war Schluss für mich. Ich habe an dich gedacht. Und mir überlegt, wir könnten es vielleicht noch einmal miteinander versuchen."

Er wartete so lange mit einer Antwort, bis Nina einschnappte und die Augen verdrehte.

„Hör zu, Blödmann", sagte sie, und er empfand völlig unfreiwillig eine Spur von Zuneigung wegen ihres totalen Mangels an Sentimentalität. „Wir waren ein gutes Gespann. Nur das Timing war falsch. Vor zwei Jahren war ich noch nicht bereit, sesshaft zu werden. Jetzt bin ich's. So einfach ist das."

„Du hast bei deiner Rechnung wohl so einiges außer Acht gelassen."

„Dann klär mich doch auf", sagte sie und lächelte wieder wie eine Sexgöttin.

*Ich habe dich geliebt. Du hast mich verlassen. Du hast mich verlassen, als ich eine Familie mit dir gründen wollte, als ich glaubte, du wärst glücklich. Du bist gegangen, als hätte ich dir nie etwas bedeutet.*

Doch die Gefühle, die hinter diesen Sätzen steckten, waren alt und überholt und nicht wert, in Worte gefasst zu werden.

„Hi."

Es war Faith. Sie sah beide an, streckte dann die Hand aus. „Ich bin Faith Holland."

„Hi." Nina ergriff ihre Hand. „Moment mal, Faith Holland? Heilige Scheiße! Jeremys Ex, nicht wahr?"

„Ganz recht." Faith blickte Levi an, und ihre Wangen röteten sich. Ansonsten blieb ihre Miene unbewegt.

„Faith", sagte Levi, „das ist meine Exfrau Nina. Nina, Faith ist meine …" Er sah Faith an, in der Hoffnung, dass sie ihm mit der richtigen Bezeichnung aushalf.

„Nachbarin", sagte sie.

Weiber. Man wusste nie, was sie im Schilde führten.

„Heiliger Strohsack!", mischte sich eine weitere Stimme ein. „Nina?"

„Jeremy!" Nina sprang auf und fiel Jeremy um den Hals, als wären sie alte Freunde. „Toll, dich zu sehen!"

Jeremy erwiderte ihre Umarmung nicht, wie Levi zufrieden feststellte. Er sah Levi lediglich an, während Nina plapperte und grinste.

Eines Abends, nachdem Nina weg war, hatte Jeremy ihn zu sich eingeladen, den vierundzwanzig Jahre alten Single Malt Scotch rausgerückt und sich sehr bedächtig mit ihm betrunken, und Levi war endlich mal in der Lage gewesen, ein normaler Mensch zu sein, sich nicht wie ein Bulle oder Soldat oder großer Bruder oder Herr des Hauses aufzuführen, sondern wie der arme Wicht, den seine Frau verlassen hatte.

Levi zog Faith auf den Platz neben sich. „Bleib", befahl er.

„Ich bin nicht dein Hund."

„Bitte bleib."

Schon besser. Sie drückte seine Hand. „Wie du willst, Nachbar."

Er kniff die Augen zusammen. Frechheiten waren jetzt nicht angebracht. Faith errötete, und aus unerfindlichen Gründen zog sich sein Herz zusammen.

„Gib Acht, Chief", sagte sie. „Ich glaube, ich sehe da ein Lächeln."

Bevor er selbst wusste, was er tat, beugte er sich zu ihr und gab ihr rasch einen Kuss auf die weichen Lippen.

Ninas Redeschwall versiegte abrupt.

„Ach!", sagte sie. „Ihr zwei seid … zusammen. Das habe ich nicht … Wow." Sie setzte sich wieder, und Jeremy nahm ebenfalls Platz, als wären sie zu viert verabredet. „Gut, nur damit ich klarsehe. Levi, du bist mit Faith zusammen, die früher mit deinem schwulen besten Freund verlobt war."

„Ja."

Sie nickte anerkennend. „Bin ich die Einzige, die das sonderbar findet?"

„Ich finde es irgendwie ideal", erklärte Jeremy.

Nina grinste, und ihr perfektes Lächeln konnte ihren Jagdinstinkt nicht ganz überspielen. „Tja, das ist jetzt ein bisschen peinlich, Faith, denn ich bin gekommen, um meinen Mann zurückzuerobern."

Faith nickte mitfühlend. „Wow, das ist *wirklich* peinlich. Aber du meintest deinen Exmann, oder?"

Ein Punkt für Faith. Sie lächelte nett, blickte erst Levi an, dann Nina. „Aber das solltet ihr beide wohl besser in Ruhe bereden. Jeremy und ich wollten gerade essen."

„Oh mein Gott, ihr zwei seid immer noch allerbeste Freunde? Das finde ich so süß!" Na ja. Eine Notlüge.

Faith lächelte entspannt. „Ja, wir sind einfach hinreißend. Sehr nett, dich kennengelernt zu haben."

„Ganz meinerseits", sagte Nina.

Faith schlüpfte aus der Nische und sah Levi an. „Man sieht sich."

„Okay", antwortete er und wünschte, sie würde bleiben.

Damit zogen die Hilfstruppen ab, und Jeremy drückte im Vorbeigehen voller Mitgefühl Levis Schulter.

„Wo waren wir stehen geblieben?", fragte Nina.

„Wir waren noch nirgendwo angelangt", erwiderte Levi. „Du hast gesagt, wir sollten es noch mal miteinander probieren, und ich bin im Begriff, dir zu sagen, dass das keine gute Idee ist."

„Tja, weißt du was, Traumtyp?" Nina knabberte lächerlich erotisch und mit bemühter Lässigkeit an einem Nacho. „Deine kleine Maus hat recht. Wir haben einiges zu besprechen. Schenk mir ein paar Stunden deiner kostbaren Zeit. Ich bleibe übers Wochenende, wenn nicht länger. Wohne im Black Swan." Sie zog die Brauen hoch und lächelte ihn über ihren Nacho hinweg an.

Im Black Swan hatten sie ihre Hochzeitsnacht verbracht.

„Schön", sagte Levi. „Bringen wir's hinter uns."

# 27. Kapitel

Seine Exfrau war also wieder da.

Faith seufzte. Versuchte, sich keine Sorgen zu machen. Vergeblich. Nahm noch einen Bissen von ihrem Erdnusseis. Seufzte wieder. Sie hielt Blue den Löffel hin – es war seine Lieblingssorte – und nahm selbst den nächsten Happen. Ein Film flimmerte über die Mattscheibe, einer dieser dämlichen alten Schwarzweißfilme, die sie nicht mochte, aber das war immer noch besser als die Dauerwerbesendungen für diese höllischen Trainingsprogramme, in denen der Körper „vorher" ihrem so verteufelt ähnlich sah, während der „Nachher"-Look viel zu sehr an Nina Rodriguez erinnerte.

Levis *Ehefrau*. Er war sauer auf sie, klar, aber er hatte sie einmal geliebt.

Würde er sich einen zweiten Versuch wünschen? Die Gelegenheit, alles besser zu machen? Vielleicht nur, um zu beweisen, dass er sich in der Frau, mit der er verheiratet war, doch nicht so sehr getäuscht hatte? Sie konnte verstehen, dass Levi, der sich bei allem, was er tat, so große Mühe gab, gern ein befriedigenderes Ergebnis hätte als eine Blitzscheidung, bei der er kein Mitspracherecht hatte.

In ihrer ersten Zeit in San Francisco hatte Faith manchmal geträumt, Jeremy würde an ihre Tür klopfen und völlig verwirrt fragen, warum sie nicht zu ihrer Hochzeit gekommen war. Nein, *natürlich* war er nicht schwul; wo hatte sie gesteckt? Die Hochzeitskatastrophe ... *das* war der Traum. Sie sollte mit ihm kommen; in der Kirche warteten schon alle.

Das Erwachen aus solchen Träumen war immer wie ein Tritt in den Bauch gewesen.

Faith fragte sich, ob Levi ähnliche Träume hatte, nachdem Nina weg war.

„Sie kann einen Hubschrauber fliegen", verriet sie Blue, der sehnsüchtig den Ben-&-Jerry's-Becher anstarrte. Faith gab ihm noch einen Löffel voll.

Levi war zu Hause, das wusste sie. Sie hatte ihn nach Mitternacht kommen gehört, hatte den Fernseher stumm geschaltet und war zur

Tür gehastet. Hatte auf sein Klopfen gewartet, aber das kam nicht. Durch den Türspion sah sie, dass er allein war.

O'Rourke's schloss um elf. Also wo war er gewesen?

Faith seufzte und ließ den immer noch stumm geschalteten Bogart-Film links liegen. Vielleicht hatte Levi ihr eine E-Mail geschickt; das hatte er zwar noch nie getan, aber sie konnte ja mal nachsehen, auch wenn das wirklich jämmerlich war.

Nichts, außer einer Nachricht von Sharon Wiles, die einen Dauermieter für die Wohnung gefunden hatte und sich freuen würde, wenn Faith bis zum Ende des Monats ihre Sachen packen und ausziehen könnte.

Mist. Ihr gefiel es hier, gegenüber von ihrem Mann. Der vielleicht gar nicht mehr ihr Mann war.

Nein, nein. Kein Grund, das (jetzt schon) zu denken. Faith fuhr den Computer herunter und ging zurück zum Sofa. Schüttelte die Kissen auf. Faltete die Wolldecke.

Eine Mutter wäre in dieser Situation praktisch gewesen. Pru würde ihr zuhören, aber sie war keine gute Ratgeberin, und in Anbetracht ihrer derzeitigen ehelichen Achterbahnfahrten war nicht auszuschließen, dass sie gerade Vulkanier-Ohren trug und es ihrem Mann besorgte. Jack – nein. Dad, dito. Honors mysteriöser Freund hatte sich offenbar verflüchtigt, daher war sie vermutlich nicht in der Stimmung, sich Faiths Beziehungskummer anzuhören. Außerdem war es zwei Uhr zweiunddreißig nachts.

Aber eine Mutter …

Faith blieb vor dem Foto ihrer Familie an Prus Hochzeitstag stehen, dem letzten, auf dem sie alle zusammen verewigt waren. Daneben lag das Rosenquarz-Herz. Levi hatte nicht bestritten, es ihr geschenkt zu haben, doch zugegeben hatte er es auch nicht.

Natürlich war es von ihm.

Faith nahm das Foto in die Hand.

Das Schuldgefühl, zäh wie Teer, war nach all den vielen Jahren nicht so leicht abzustreifen. Faith spürte, wie es lauerte, auf eine neue Chance wartete. Doch seit Levi ihr den Ablauf des Unfalls vor Augen geführt hatte, kamen immer wieder echte Erinnerungen hoch, unverfälscht von der Überzeugung, dass sie die Katastrophe verursacht hatte. Erinnerungen an die Liebe ihrer Mutter, so rein und strahlend und stark, dass sie wie ein Schock waren.

Zwei Uhr siebenundvierzig.

„Lust auf eine Spritztour, Blue?", fragte sie ihren Hund, der bei dem Zauberwort die Ohren spitzte. „Möchtest du ein bisschen Auto fahren?"

Zwei Jahrzehnte lang hatte Faith die Lancaster wie auch die Hummel Brook Road gemieden. Das war oft umständlich gewesen. Hunderte von Meilen Umwege. Ihr Herz begann zu hämmern, als sie sich der Kreuzung näherte. Sie fuhr an den Straßenrand, schaltete den Motor ab und stieß zittrig den Atem aus. Kurbelte das Fenster herunter, damit Blue etwas frische, kalte Luft bekam.

Es war schön hier, an der Stelle, wo ihre Mutter gestorben war. Die Nacht war klar, der fast volle Mond badete die Wiesen in Weiß.

Blue winselte und wedelte mit dem Schwanz, begierig darauf, auszusteigen.

„Du bleibst hier, mein Junge", sagte Faith. Ihre Stimme tönte laut in der absoluten Stille.

Ziemlich bald, vielleicht schon gegen Ende der Woche, würde Dad mit der Eisweinernte beginnen. Sobald die Temperatur auf mindestens sieben Grad unter null sank, würde er um zwei Uhr nachts die Truppen zusammentrommeln. Aber heute war das Thermometer nur knapp unter den Gefrierpunkt gesunken.

*Knapp unter dem Gefrierpunkt.* Sie redete wie ein echter Bauer.

Genau an dieser Stelle war das Auto damals gerammt worden. Mitten auf der Kreuzung. Vielleicht war ihre Mom auf der Stelle tot gewesen, vielleicht hatte es ein paar Minuten gedauert. Faith hoffte mit jeder Faser ihres Herzens, dass sie nicht leiden musste, doch das würde sie natürlich nie genau wissen.

Sie ging zu der Böschung längs der Straße und stieg hinab. Dorthin war der Wagen geschleudert. Eine lange Strecke, bis hinaus zu dem Ahornbaum. Kevin Hart war wirklich schnell gefahren.

Im Lauf der Jahre hatte sie ihn immer mal wieder gegoogelt. Er hatte bei dem Unfall eine Gehirnerschütterung und einen gebrochenen Ringfinger an der linken Hand davongetragen. Damals war er College-Student gewesen, nicht betrunken, war auf der einsamen Landstraße nur viel zu schnell gefahren und hatte nicht gewusst, dass während seines ersten Semesters ein Stoppschild an der Kreuzung aufgestellt worden war. Der Richter hatte ihn zu gemeinnütziger Arbeit verurteilt. Inzwischen war er Tiefbau-Ingenieur. Vielleicht einer von denen, die entscheiden, wo Stoppschilder aufgestellt werden.

Faith hatte ihm im Grunde nie die Schuld gegeben.

Sie ging über die Wiese, das spröde Gras knirschte leise unter ihren Füßen, bis sie den Baum erreichte, der ihre Fahrt gebremst hatte. Sie erinnerte sich an das Geräusch, an dieses endgültige Krachen, an das Rütteln des Fahrzeugs und das Prasseln, als das zersplitterte Sicherheitsglas aus dem Rahmen sprang.

Sie strich über die raue Rinde und spürte die Stelle, wo der Stamm von der Abschürfung geheilt war, die der Wagen hinterlassen hatte. Das Holz war immer noch nackt und glatt, auch noch Jahre nach diesem Nachmittag vor langer Zeit, als der Himmel so blau gewesen war.

Sie setzte sich unter den Baum und spürte nur vage, wie kalt und unnachgiebig der Boden war. Es war so still. Keine Grillen, keine kläffenden Kojoten, keine Nachtvögel. Nichts als Stille.

Vielleicht hatte ihre Mutter geplant, sich von Dad scheiden zu lassen. Vielleicht auch nicht. Vielleicht, dachte Faith, hatte Connie einfach nur einen schlechten Tag gehabt und, unpassend vielleicht, bei ihrem jüngsten Kind Dampf abgelassen. Vielleicht hatte sie aus irgendeinem Grund gedacht, bei Faith wäre ihr Frust gut aufgehoben. Wenn man für sein Kind mehr will, als man selbst hatte, heißt das vielleicht gar nicht unbedingt, dass man unglücklich ist.

Das ist das Schlimme an einem plötzlichen Tod. Einige Fragen werden nie beantwortet.

Faith beschloss, das Geheimnis ihrer Mutter zu hüten. Sie würde die Schuldgefühle vergehen lassen, doch sie würde das Andenken ihrer Familie nicht besudeln. In Wahrheit wussten wahrscheinlich alle, dass Constance nicht perfekt gewesen war; schließlich handelte es sich um intelligente, vernünftige Menschen, mehr oder weniger jedenfalls. Vielleicht hatte ja jeder von ihnen seine kleinen persönlichen Stacheln im Herzen, Erinnerungen an Moms Unzulänglichkeiten, die er für sich behielt.

Mom hatte sie alle geliebt. Sie war eine gute Mutter gewesen und John Holland ein glücklich verheirateter Mann. Diese Wahrheiten konnten nicht gelöscht werden.

Faith schaute zu der Stelle, an der sie an jenem Tag ihre Mutter zu sehen glaubte, die sagte, alles würde gut.

Und sie hatte recht behalten, oder? Faith hatte den Unfall überlebt und sich für ein mutterloses Mädchen recht gut entwickelt. Hatte einen Beruf gefunden, den sie liebte, und war erfolgreich, hatte ihr gebrochenes Herz überwunden und sich eine Existenz in einer fremden Stadt aufgebaut. Sie war jemand geworden, der sein Leben genau so liebte, wie es war.

Schade, dass Mom sie jetzt nicht sehen konnte.

„Du fehlst mir", flüsterte Faith.

Dann warf sie eine Kusshand in die Luft, die gleiche Geste, die damals ihre Mutter machte, als sie sie das letzte Mal sah oder glaubte zu sehen. Connies Kuss, den ihr kleines Mächen nun, nach neunzehneinhalb Jahren, endlich erwiderte.

Und dieses Mal waren die heißen Tränen, die ihr in die Augen stiegen, willkommen.

Plötzlich tauchte Blue auf, der sich offenbar aus dem Autofenster gezwängt hatte, und Faith war dankbar für seinen pelzigen Kopf in ihrem Schoß, für seine seidigen Ohren und sein großes Herz.

Am nächsten Morgen stand sie um sieben Uhr vor der Tür ihres Vaters. Sie war nach Hause gefahren, hatte ein paar Stunden geschlafen, und als sie vor zehn Minuten aufgewacht war, wusste sie, was sie zu tun hatte.

„Was ist los, Süße?", fragte Dad, als er sie einließ und in die Küche führte. „Schätzchen, ist alles in Ordnung?"

„Hi, Daddy, mir geht's gut. Hey, Mrs Johnson."

„Himmel, sie braucht Kaffee", grummelte Mrs Johnson. „Lässt sich mit verfilztem Haar in der Öffentlichkeit blicken."

„Hier ist nicht die Öffentlichkeit, Mrs J. Hier ist zu Hause. Ist Honor schon wach?"

„Honor ist wach." Ihre Schwester trat ein, bürofein, das Haarband an Ort und Stelle.

„Gut", sagte Faith. „Ich muss kurz eure Zeit in Anspruch nehmen."

Mrs Johnson wandte sich zum Gehen. „Ich lass euch allein."

„Nein, bleiben Sie hier", bat Faith. „Sie würden doch sowieso lauschen."

„Immerhin seid ihr hier in *meiner* Küche", entgegnete die Haushälterin mit dem seltenen Anflug eines Lächelns, „obwohl dieses monströse Haus über elf Zimmer verfügt, von denen die Hälfte nie benutzt wird."

Alle setzten sich an den Tisch, und Mrs J. reichte Faith eine Tasse Kaffee. „Danke. Also, hört zu."

In diesem Moment öffnete sich die Hintertür, und Pru und Jack kamen zankend in die Küche. „Na und?", sagte Pru. „Wen interessiert deine Meinung dazu? Nur weil du ein Junge bist ..."

„Du redest wie eine Achtjährige", sagte Jack.

„Und du redest wie der Blödmann, der du nun mal bist. Hallo, Leute! Wieso seid ihr alle hier versammelt?"

„Ich wohne hier", sagte Honor. „Und unser Vater auch."

Faith wedelte mit der Hand, um die Aufmerksamkeit wieder auf sich zu lenken. „Ich muss euch allen etwas sagen."

„Bist du schwanger?", fragte Pru.

„Nein", antwortete Faith, während Mrs Johnson schon vor Freude in die Hände klatschte.

Die Miene der Haushälterin verfinsterte sich wieder. „Wäre das denn wirklich zu viel verlangt?", fragte sie. „Ihr seid jetzt alle vier erwachsen, aber wir haben nur zwei Enkel, und auch die sind schon fast groß. Das ist nicht fair. Ihr drei seid böse Kinder, und Prudence, warum hast du nicht mehr gekriegt?"

„Da hat sie ganz recht", sagte Dad.

„Zurück zu mir", meldete sich Faith. So verliefen Familientreffen bei den Hollands nun mal. Sie hätte eine Rund-Mail schicken sollen. „Es ist wichtig."

„Schieß los", sagte Pru und kramte im Schrank. „Wo ist der Becher, den ich in der vierten Klasse getöpfert habe?"

„Ich komme um vor Hunger, Mrs J.", jammerte Jack.

„Dann iss doch was, du frecher Junge." Mrs Johnson schnitt einen Muffin für ihn auf. „Du hast doch zwei gesunde Hände. Soll ich dich etwa füttern wie ein Vogelküken?" Sie reichte ihm den Teller.

„An dem Tag, als Mom gestorben ist", rief Faith. Das brachte alle zum Schweigen. Pru setzte sich, Jack, der gerade im Begriff war, in seinen Muffin zu beißen, erstarrte mitten in der Bewegung. „An dem Tag, als Mom gestorben ist", wiederholte Faith in normaler Stimmlage, obwohl ihr Herz so schnell schlug, dass ihr fast schlecht wurde, „da hatte ich keinen Anfall." Sie schluckte. „Ich ... Das habe ich nur behauptet."

Ihre Geschwister tauschten Blicke. Dad nahm ihre Hand, die zitterte, wie Faith jetzt erst registrierte.

„Weiter, Schätzchen", sagte er.

Sie schluckte. „Nun, ihr wisst doch, dass alle immer sagten, Mom hätte gar nicht gesehen, was uns da gerammt hat. Sie ... sie hat es aber gesehen. Sie hat gebremst. Da waren Bremsspuren. Doch das andere Auto fuhr viel zu schnell. Ich habe gesagt, ich hätte einen Anfall gehabt, weil ich dachte, der Unfall wäre meine Schuld."

Wieder Schweigen.

„Wieso hast du das gedacht?", fragte Dad.

Faith atmete tief durch. „Mom hat mich etwas gefragt, und ich habe keine Antwort gegeben. Ich ... ähm, ich war ein bisschen sauer auf sie. Da hat sie sich umgedreht, um nach mir zu sehen. Ich habe immer geglaubt, deswegen hätte Kevin Hart uns gerammt, weil Mom mich angesehen und nicht auf die Straße geachtet hat. Doch Levi hat den Unfallverlauf rekonstruiert und den Beweis erbracht, dass Mom das Fahrzeug nicht sehen konnte, bevor wir schon fast in der Kreuzung waren, und da war es zu spät. Obwohl sie noch versucht hat zu bremsen."

Wieder herrschte Schweigen, während ihre Geschwister, Mrs J und ihr Dad einander fassungslos ansahen.

„Liebling", sagte Dad dann und drückte ihre Hand. „Niemand hat je geglaubt, es wäre deine Schuld gewesen. Niemals."

„Aber ihr habt geglaubt, ich hätte einen Anfall gehabt und Mom wäre abgelenkt gewesen und deshalb wären wir gerammt worden."

„Dieser dumme Junge war schuld, Faithie", sagte Jack. „Ein Junge in einem Angeberauto, der ein Stoppschild missachtet hat."

„Niemand hat geglaubt, es wäre deine Schuld, Faith", sagte Honor bedächtig. Sie sah die anderen an. „Oder habt ihr das gedacht?"

Pru schüttelte den Kopf. „Natürlich nicht."

„Ich war im Grunde sogar froh, dass du einen Anfall hattest", sagte Dad langsam. „Weil du dich dadurch an nichts erinnern konntest."

Es wurde wieder still am Tisch.

„Erinnerst du dich denn, Schätzchen?", fragte Mrs Johnson und strich Faith über die Wange. „Erinnerst du dich an den Unfall?"

Faith zögerte, dann nickte sie. „Ich ... Ja, ich erinnere mich."

„Mein Gott, Faith", flüsterte Honor, und ihre Augen füllten sich mit Tränen. Die Umarmung ihrer Schwester war ein so fremdartiges Gefühl, dass Faith im ersten Moment gar nicht wusste, was sie tun sollte.

Dann nahm Pru sie ebenfalls in die Arme, dann Jack, dann Dad, und Faith merkte, dass sie schluchzte.

„Ich dachte, du gibst mir die Schuld", flüsterte Faith, und Honor schien zu wissen, dass die Worte ihr galten. „Du warst so böse auf mich."

„Ach Kleine", flüsterte sie zurück. „Ich war eifersüchtig. Du warst diejenige, die zuletzt bei Mom sein durfte. Du warst bei ihr, als sie starb."

Ein wenig später, als alle Augen wieder trocken waren und eine zusätzliche Packung Papiertaschentücher auf dem Tisch stand und Mrs Johnson für alle Süßkartoffelpudding gemacht und selbst ein bisschen geweint hatte (wenn sie es auch nicht zugeben wollte), legte Dad die Hand auf Faiths Schulter.

„Bist du deswegen in San Francisco geblieben?", fragte er. „Weil du dich schuldig fühltest?"

Faith holte tief Luft. „Ein bisschen vielleicht. Das heißt, anfangs wollte ich nur fort von Jeremy. Aber ich habe mich an etwas erinnert, was Mom gesagt hatte, nämlich dass sie sich immer gewünscht hätte, auch mal woanders zu leben. Und es erschien mir so … richtig. Als würde ich das tun, was ihr nie vergönnt war."

„Das ist wirklich ein lieber Gedanke, Faith", sagte Honor.

„Und jetzt?", fragte Dad. „Bleibst du jetzt hier?"

„Du und Levi, ihr scheint ja extrem aufeinander zu fliegen", bemerkte Pru. Dad und Jack verzogen in stummer Übereinkunft das Gesicht.

„Ich möchte gern hierbleiben", bekannte Faith, und ihre Augen wurden wieder feucht. Die Heimat war ihr nie kostbarer erschienen als in diesem Augenblick, hier in der Küche des Neuen Hauses, wo Mom gekocht und gelacht hatte, wo Mrs Johnson all die Jahre so hart gearbeitet hatte, um sie zu versorgen.

„Ach, Mist, noch eine Schwester." Jack seufzte leidgeprüft, zerstrubbelte ihr dabei aber liebevoll das Haar.

„Ich muss meine Wohnung räumen, sowohl die im Opernhaus als auch die in San Francisco." Faith wischte sich die immer wieder nachströmenden Tränen aus den Augen. „Sharon Wiles hat einen Mieter gefunden. Deshalb werde ich, wenn ich aus Kalifornien zurück bin, wohl eine Zeit lang hier wohnen müssen. Bitte schickt mich nicht zurück zu Goggy und Pops."

„Komm zu mir", schlug Pru vor. „Carl wohnt auf unbestimmte Zeit bei seiner Mom. Ich möchte eine Fernehe führen. Im Badezimmer sieht es jetzt jedenfalls viel netter aus. Du kennst die Kinder, und ich fände es toll, dich bei mir zu haben."

„Über die Logistik entscheiden wir später", beschloss Dad. „Faith, Süße, du siehst erschöpft aus. Komm, ich bringe dich zu Bett."

In ihrem Zimmer standen ein paar Kisten mit ihrem und Honors Kram, doch ihr Bett war noch dasselbe, mit der lavendelfarbenen Decke und duftigen weißen Kissen. Faith fühlte sich plötzlich zum Umfallen müde.

Dad zog ihr die Decke bis unters Kinn. „Wie schön, mich wieder mal um mein kleines Mädchen kümmern zu dürfen." Er setzte sich auf die Bettkante und lächelte auf Faith herab, und ihr Herz quoll über vor Liebe. Er war so vertraut, so unverändert – das verschlissene Flanellhemd, der Geruch nach Holzrauch und Kaffee, seine traubenfleckigen Hände.

„Schätzchen", sagte er, „hör mal, diese … diese Kuppeleiversuche. Haben die etwas mit dem zu tun, was du gerade erzählt hast?"

Faith nickte. „Ich habe gedacht, wenn ich jemanden für dich finde, könnte ich ein bisschen von … meiner Schuld abtragen."

Dad schüttelte den Kopf. „Ich habe nicht genug auf dich geachtet." Er schwieg ein paar Minuten lang und streichelte Faiths Haar. „Jetzt hör mal zu", sagte er schließlich, „und hör gut zu. Deine Mutter wird mir immer fehlen, auch wenn ich noch einmal heiraten sollte, was ich mir offen gesagt nicht vorstellen kann. Sie war nicht perfekt, aber für mich war sie perfekt, und wenn es eine andere Frau für mich geben sollte, ist das meine Angelegenheit, nicht deine. Wenn die Richtige kommen soll, dann kommt sie. Das zu merken ist meine Aufgabe. Hast du verstanden?" Sie nickte, und er beugte sich über sie und gab ihr einen Kuss auf die Stirn. „Ich muss mich um dich kümmern, nicht umgekehrt."

Verflixt. Noch mehr Tränen. „Du bist der Beste, Daddy."

Ihr Vater erhob sich. „Schlaf jetzt, Prinzesschen."

„Ich liebe dich, Dad."

„Ich liebe dich auch." Er hielt einen Moment inne. „Deine Mom hat dich so sehr geliebt, Faith. Du warst unsere kleine Überraschung. Unser Geschenk."

Die Worte hüllten sie ein wie eine Decke, weich und warm, und blieben bei ihr, bis sie in ihrem alten Zimmer einschlief.

# 28. Kapitel

Levi hatte keinen guten Tag gehabt.

Zunächst einmal war da Nina, die um sieben Uhr früh mit Donuts und Kaffee von Lorelei's vor seiner Wohnung aufgetaucht war. Er hatte beides abgelehnt (auch wenn es ihm schwerfiel … Die Donuts waren noch warm). Nina war ihm bis zur Polizeiwache gefolgt. War dann rasch ins Postamt gesprungen, wo sie ein Postfach gemietet hatte, um ihre Absicht, zu bleiben, zu demonstrieren, wie sie sagte. Mel Stoakes kam auf die Wache, um zu verkünden, dass Nina im Süßwarenladen gewesen wäre. Ob Levi wüsste, dass sie wieder in der Stadt sei? Gerard Chartier trat ein, als Mel gerade ging, und brachte die gleichen Neuigkeiten. „Hey, Levi, dieser heiße Feger, mit dem du verheiratet warst … ist sie wieder hier?"

Damit sie dann wenigstens nicht neben seinem Schreibtisch saß, um ihn vor Emmaline und Everett in die Zange zu nehmen, hatte er einem Mittagessen bei Hugo's zugestimmt, wo Jess hoffentlich auf Ninas Teller gespuckt hatte, und Levi wiederholte, dass er kein Interesse an einer Neuauflage ihrer Beziehung hätte.

„Aus dir spricht der Zorn, *querido*", sagte sie und leckte sich die Lippen.

„Nein, der Verstand", entgegnete er matt.

„Ach. Aber was sagt dein Herz?"

„Das Gleiche. Lunge, Leber und Nieren ebenfalls. Du weißt so gut wie ich, dass du nur wieder hier bist, weil du nichts Besseres mit dir anzufangen weißt." Wäre sie auf Urlaub gekommen, hätte er vielleicht geglaubt, dass sie es ernst meinte, was nicht hieß, dass er es sich anders überlegt hätte. Aber so, wie die Dinge standen, sollte er nur den Lückenbüßer spielen. Sobald Nina anfangen würde sich zu langweilen, wäre sie wieder weg.

Hoffentlich langweilte sie sich schon.

Sie langweilte sich noch nicht. Als seine Schicht zu Ende war, kam sie in die Wache, als wäre sie dort zu Hause. Während ihrer gesamten Ehe hatte Levi sie nicht so oft zu Gesicht gekriegt. Ohne Emmaline oder Ev zu beachten, ließ sie sich auf seiner Schreibtischkante nieder.

„Wollen wir was trinken gehen, Baby?"

„Nina, ich möchte wirklich gern etwas mit Faith unternehmen", erwiderte er unverblümt.

„Um mich eifersüchtig zu machen?"

„Nein. Weil sie …"

„Nett ist?", ergänzte Nina, verzog das Gesicht und klimperte mit den Wimpern.

„Weil sie zu mir gehört."

Die Worte überraschten ihn und ließen Nina erstarren. Aber nur für eine Sekunde. „Schön", sagte sie. „Das Prinzesschen gehört also zu dir. Möchte wetten, sie weiß nicht, was ich weiß." Sie griff vor Everetts und Emmalines Augen nach seinem Gürtel, doch er packte ihr Handgelenk.

„Du würdest dich wundern", knurrte er. „Fahr zurück nach New York, Nina."

„Ich fahre nirgendwohin, Baby. Aber jetzt lauf nur erst mal zu deiner kleinen Maus. Vergiss nur eines nicht: Dein schwuler bester Freund hatte sie zuerst."

Das war die Nina, die er kannte. Kratzte man ein bisschen an der Oberfläche, war sie tückischer als eine Hafenkatze.

Levi überquerte den Platz, stieß die Tür zum Opernhaus auf und stapfte die Treppe hinauf. Er hörte Geräusche in Faiths Wohnung. Die Tür war nur angelehnt. Er stieß sie auf.

Überall standen Kisten.

Sie packte drüben beim Bücherschrank, kehrte ihm den Rücken zu.

Sie packte, wollte also fort. Ausziehen.

Blue kam auf ihn zugesprungen und wollte sein Bein besteigen. „Weg da, Blue", knurrte Levi, und der Hund trollte sich, deutlich gekränkt. „Willst du weg?", fragte er Faith.

„Hey!" Sie hatte diesen albernen Dalmatiner-Pyjama an. „Wie geht's dir? Wie läuft es mit, ähm … Nina?"

„Willst du abreisen?"

Sie schaute sich um. „Ach. Hm, ich habe diese Wohnung nur auf monatlicher Basis gemietet. Sharon Wiles hat einen Dauermieter gefunden. Sie war nicht gerade erfreut über die rote Wand, aber sie sagte, die könne sie überstreichen. Wie auch immer: Ja, ich muss ausziehen."

Sie wirkte nervös, rang die Hände vor ihrem Bauch. „Aber erst nach San Francisco."

Kälte breitete sich in ihm aus. Sie zog *tatsächlich* um. „San Francisco?"

„Ja. Ich hab dir wohl noch nichts davon erzählt, oder? Du warst in den letzten Tagen ja anderweitig beschäftigt. Jedenfalls habe ich einen Job in Oakland, deshalb fliege ich am Montag zurück nach San Francisco. Es handelt sich um wirklich hübsche Gemeinschaftsanlagen für einen Wohnkomplex, mit toller Sicht auf die Brücke, und solange ich dort bin, werde ich …" Sie unterbrach sich, und er sah ihre Stimmung kippen. Sie verschränkte die Arme unter der Brust und warf das Haar in den Nacken. „Warum ziehst du so ein böses Gesicht? Wenn jemand einen Grund hat, sauer zu sein, dann ja wohl ich! Weil mein Freund mich schlicht ignoriert, seit seine Exfrau in die Stadt eingefallen ist!"

„Du fliegst nach San Francisco?"

„Ja, und was die Exfrau und eine eventuelle Versöhnung betrifft, könntest du wenigstens mit mir darüber reden, was du …"

„Wie lange bleibst du dort?"

Sie hob beide Hände. „Ein paar Wochen, Levi."

„Was heißt ein paar Wochen?"

„Möglicherweise sechs, hoffentlich eher vier. Ich bin …"

„Tatsächlich. Und du hast nie ein Wort darüber geäußert."

„Es hat sich irgendwie ganz plötzlich so ergeben. Warum sitzt du auf einmal wieder auf dem hohen Ross, Levi?"

„Wie plötzlich?", fragte er, ohne auf ihre Frage einzugehen.

„Ich habe mich um den Auftrag beworben, aber erst vor einer Woche etwas gehört, und in trockenen Tüchern war alles erst am Freitag. Ich hätte es dir ja gesagt …"

„Du hast also geplant, einen Monat oder länger nach San Francisco zu gehen, es aber nicht für nötig gehalten, mit mir darüber zu reden."

Sie starrte ihn ein, zwei Sekunden lang an. „Es war wohl ein bisschen schwierig, Zeit dafür zu finden", sagte sie kühl. „Da du so sehr mit Nina und den Friedensgesprächen beschäftigt warst."

„Du hättest dir die Zeit nehmen können. Und es gibt keine Friedensgespräche", knurrte er. „Wofür hältst du mich? Sie hat mich verlassen. Das war's dann für mich."

„Wirklich nett, dass du das erwähnst. Komisch nur, dass du zwei Tage dafür gebraucht hast."

„Du kannst doch nicht wirklich glauben, ich würde mich wieder mit ihr zusammentun."

„Ich habe keine Ahnung, was ich glauben soll, Levi! Du sprichst ja nicht mit mir!"

„Sagt ausgerechnet die Frau, die es nicht für nötig hielt, ihren Umzug nach San Francisco zu erwähnen."

Sie stemmte die Hände in die Hüften. „Tja, wie es aussieht, ist Kommunikation nicht unbedingt unsere Stärke." Jetzt war sie wütend. Gut. Er war ebenfalls wütend. Und wie!

Zweimal in seinem Leben war Levi verlassen worden. Beide Male hatte es ihn aus heiterem Himmel getroffen. Beide Male musste er die Scherben aufsammeln, den Kummer in sich hineinfressen, sein alltägliches Leben weiterführen, all den Schmerz begraben, weitermachen, als wäre alles in Butter.

Er hatte keine Lust, das noch einmal zu erleben.

Faith funkelte ihn böse an, wartete offenbar auf irgendwas. Er hatte keine Ahnung, worauf. Das alles war zu kompliziert, zu schwierig, zu … emotional. Er fuhr sich hastig mit einer Hand durchs Haar. „Okay. Schön. Es hat ja sowieso nicht geklappt."

Faith hob ruckartig den Kopf. „Moment mal. Was? Du machst Schluss mit mir?"

Er zuckte die Achseln und versuchte, den Hund von seinem Bein zu schütteln. „Viel Spaß in San Francisco."

Sie vergaß, den Mund zu schließen. „Nach diesem Auftrag komme ich heim, Levi", sagte sie. Ihre Stimme klang jetzt weicher. „Mach doch keine große Sache daraus. Es ist nur für ein paar Wochen."

„Bist du sicher?", fragte er gepresst. „Denn als du das erste Mal für ein paar Wochen fortgegangen bist, sind daraus ein paar Jahre geworden. Dann kommst du zurück und beschließt, vielleicht zu bleiben. Vielleicht aber auch nicht. Vielleicht ist dein Besuch hier nur eine Überbrückungsmaßnahme. Du gehst zurück nach Kalifornien, und, zum Teufel, vielleicht ist es dort ja so toll, dass du es dir wieder anders überlegst!" Offenbar brüllte er. Das war nicht gut. Eindeutig nicht gut.

Sie legte den Kopf schräg. „Wie's aussieht, sitzt du nicht nur auf deinem hohen Ross, sondern hast anscheinend auch den Verstand verloren. Weißt du, was ich glaube? Ich glaube, hier geht es in Wahrheit um Nina."

„Nein."

„Das scheint mir aber doch so."

„Nein."

Wieder hob sie beide Hände. „Toll! Wieder einmal ein Gespräch, das wir nicht führen können. Du willst nicht über den Krieg reden, nicht über deinen Vater, nicht über deine Exfrau. Und nun hör gut zu, Levi. Ich war schon einmal mit jemandem zusammen, der einige überaus wichtige Dinge vor mir verborgen hat. Das will ich nicht noch einmal erleben, also, falls es etwas zu sagen gibt, dann schieß los. Mach schon."

„Ich bin nicht schwul."

„Das ist mir klar. Trotzdem wäre ich dir sehr dankbar, wenn du mir sagen würdest, was, um alles in der Welt, hier los ist. Blue, um Himmels willen, hau ab, ja?" Sie kickte dem Hund sein Polster zu, und er warf sich glücklich darauf. „Du hast zehn Sekunden. Eins." Sie griff nach einem Buch und warf es in eine Umzugskiste. „Zwei." Ein weiteres Buch folgte. „Drei."

„Vergiss das Foto von Jeremy nicht", sagte Levi.

Sie stoppte mitten in der Bewegung. „Sag, dass das nicht wahr ist! Ich glaub einfach nicht, dass du jetzt darauf hinauswillst?"

„Vielleicht bist du ja nie über ihn hinweggekommen. Um nichts in der Welt will ich dich dazu zwingen, mit Überbleibseln vorliebzunehmen." Ach, Scheiße. Das hier war schlecht und wurde von Sekunde zu Sekunde schlimmer.

„Was für ein Schwachsinn", fauchte Faith. „Du bist doch derjenige, der jede Gelegenheit wahrnimmt, abzuhauen, um für jemanden ein Glas zu öffnen oder eine Katze zu retten. Und zu allem Überfluss scharwenzelt auch noch deine Exfrau um dich herum. Ich versuche, eine echte Beziehung aufzubauen, aber allein schaffe ich das nicht."

Er zuckte die Schultern. Spürte, wie es ihm heiß ins Gesicht stieg, und das behagte ihm ganz und gar nicht.

„Weißt du was?" Faith kniff die Augen zusammen, kam auf ihn zu und stieß mit dem Zeigefinger gegen seine Brust. Heftig. *Ich* war diejenige, die gesagt hat: Ich liebe dich. Und mir ist keineswegs entgangen, dass du daraufhin nicht einmal Piep gesagt hast, Chief Cooper. *Du* schaffst es nicht mal zuzugeben, dass du mir diesen verdammten Stein geschenkt hast, und ich schleppe das Ding seit Jahrzehnten von einem Ort zum anderen mit mir herum!" Sie stupste noch einmal. „Sag über Jeremy, was du willst …" Stups. „… aber ob schwul oder nicht, er wusste immerhin, wie eine Beziehung funktioniert. Er war immerhin bereit, sich zu binden."

Levi blickte auf sie herunter. Es gefiel ihm nicht, dass all diese ... diese ... *Gefühle* in ihm tobten. Er wollte nicht streiten.

Und er wollte nicht im Unrecht sein.

„Viel Spaß in Kalifornien", sagte er.

Dann drehte er sich um und ging.

# 29. Kapitel

„Er ist ein Therapiehund", sagte Faith und kramte gleichzeitig nach einem Taschentuch und nach Blues Papieren. „Er darf mit mir fliegen. Nach dem Schwerbehindertengesetz." Sie wischte sich die Augen und schenkte dem Abfertigungsbeamten ein wässriges Lächeln.

„Boarding beginnt in vierzig Minuten. Der Nächste."

Faith setzte sich, und Blue legte unverzüglich den Kopf auf ihren Schoß.

Ach, wie ironisch. Wieder einmal auf dem Buffalo-Niagara-Airport, wieder einmal verlassen. Der Tränenfluss ließ sich einfach nicht stoppen, trotzdem kraulte sie ihrem Hund die Ohren.

Als sie das erste Mal nach San Francisco flog, stand sie unter Schock und war mit gebrochenem Herzen auf der Flucht. Aber heute war ihr Herz aus anderem Holz geschnitzt.

Das Problem war, dass Levi Cooper sein Herz mit beiden Händen festhielt. Sie liebte ihn, den großen Dummkopf. Niemand – kein Mensch – hätte das gebracht, was er neulich geleistet hatte, als er zur Unfallstelle hinausfuhr und … ach, Mist, allein die Vorstellung, wie er mitten in der eiskalten dunklen Nacht herumstapfte, Messungen vornahm und dann den gesamten Unfall rekonstruierte, um drei Uhr *morgens* an ihre Tür klopfte … Ein leiser Piepser entschlüpfte ihr, woraufhin Blue sich mit den Pfoten auf ihrem Schoß aufstützte und ihr die Tränen abschleckte.

Männer. Wie konnten sie so etwas tun und andererseits nicht in der Lage sein zu sagen: *Bitte komm schnell zurück, du wirst mir so sehr fehlen, ich liebe dich?* Hm? Warum? Weiß jemand eine Antwort? Niemand? Nein?

Blue winselte.

„Du hast ja recht", sagte Faith. „Wir kümmern uns um ihn, wenn wir zurück sind." Er wedelte mit dem Schwanz.

Im Übrigen? Diese Rückkehr nach Kalifornien, das war wichtig für sie. Es war der Abschied von der Stadt, die sie liebte. Sie würde den Gemeinschaftsbereich gestalten und die Arbeit genießen, ihr fettes Honorar auf die Bank bringen und sich von allen Freunden und Mitarbeitern verabschieden. Sie würde noch einmal mit Liza und dem wunderbaren Mike zum Golden Gate Park gehen und buttertriefenden Sauerteig-Toast essen. Sie würde zu Rafaels und Freds Hochzeit gehen, und dann würde sie ihren Teil der Wohnung auflösen.

Und sie würde ihre Zeit garantiert nicht damit verschwenden, Levi Cooper nachzuweinen.

Na gut, sie würde sich noch zehn Minuten gönnen. Und dann aber wirklich aufhören.

Jemand setzte sich neben sie. Faith hob den Kopf, bereit, sich für ihre Tränen und/oder ihren Hund zu entschuldigen, und sah Jessica.

Jessica bemerkte sie ihm gleichen Moment und zuckte praktisch zusammen. „Holland. Was machst du hier?" Sie schaute um sich, dann sah sie Faith finster an.

„Ich muss für ein paar Wochen nach Kalifornien." Sie wischte sich die Augen. Jess fragte nicht, warum sie weinte. Das wäre auch zu menschlich gewesen. „Und du?"

„Arizona."

„Wie schön", sagte Faith. „Da ist immer schönes Wetter, oder?" Um Himmels willen. War sie bis in alle Ewigkeit dazu verdammt, um Jessicas Zuneigung zu buhlen? „Warum fliegst du nach Arizona? Übrigens, du siehst wirklich toll aus." Frage beantwortet.

Jessica antwortete nicht sofort. Falls sie sich überhaupt zu einer Antwort herablassen würde. Dann stellte Blue seine Pfote auf ihren Fuß, und sie schenkte dem Tier ein kleines Lächeln. „College", sagte sie leise. „Dieses modifizierte Fernstudium."

„Tatsächlich? Ist ja toll." Faith brach ein neues Päckchen Taschentücher an. „Was studierst du denn?"

„Wirtschaftslehre. Lieber spät als gar nicht, oder? Schließlich hat nicht jeder eine Familie, die ihn auf die besten Unis schicken kann, stimmt's?"

Seufz. „Tja." Faith warf ihr einen kurzen Seitenblick zu. Jess mochte ja eine Zicke sein, aber sie war eine sehr schöne Frau. „Jess, warum hasst du mich eigentlich?"

„Warum willst du das wissen?"

Faith ignorierte den feindseligen Tonfall. „Weil mein Flug erst in einer Stunde geht?"

Jessica setzte schon zu einem Lächeln an, dann schien ihr wieder einzufallen, dass sie mit Faith redete. Sie zuckte die Achseln. „Aus den üblichen Gründen. Weil ich in der Schule deine abgelegten Kleider tragen musste zum Beispiel."

„Und deshalb hast du mich in den Pausen schikaniert und dich hinter meinem Rücken über mich lustig gemacht?" Nicht cool. Egal. Es war Zeit, ehrlich zu sein.

„Nein." Jessica zögerte, streichelte Blue mit dem Fuß, schaute dann Faith an und seufzte. „Du warst nicht die Einzige, die in Jeremy verliebt war, Prinzessin Supersüß."

Heiliger Strohsack. „Ach."

Jess verdrehte die Augen. „Ja. Aber weißt du … War ja klar, dass einer wie er sich für dich entscheiden würde und nicht für jemanden wie mich."

„Weil du so zickig bist?" Noch einmal: egal.

Zu Faiths Überraschung lachte Jessica. „Das habe ich jetzt zwar nicht gemeint, aber wer weiß?" Ihre Wangen färbten sich rosig, und sie wandte den Blick ab. „Ich war eifersüchtig. Was soll's."

Faith überkam ein tiefes rückwirkendes Mitgefühl für Jess, die Jeremy und seine supersüße Freundin seinerzeit bedienen musste, die mit ansehen musste, wie er eine andere anhimmelte und mit zärtlicher Aufmerksamkeit überschüttete, die dieser perfekten Teenagerliebe ständig ausgesetzt war. Bei der Generalprobe für ihr Hochzeitsessen musste sie kellnern, und dann war sie auch noch Gast auf der märchenhaften Beinahe-Hochzeit. „Es tut mir leid, Jess. Falls ich je gemein zu dir war, tut es mir leid."

„Eigentlich warst du immer ziemlich nett, Holland." Sie zuckte mit den Schultern.

„Eigentlich sollten wir Freundinnen sein", sagte Faith. „Immerhin waren wir in dieselben Männer verliebt."

„In Levi war ich nie verliebt", beteuerte Jessica.

„Ich verstehe nicht, wie du das vermeiden konntest." Der bloße Gedanke an ihn trieb ihr schon wieder die Tränen in die Augen.

Jessica warf ihr einen herablassenden Blick zu. „Wow. Dich hat's echt erwischt."

„Ich weiß." Sie hatte einen Schluckauf und schluchzte gleichzeitig.

Jessica fing an zu lachen. „Immer sitze ich neben den Verrückten", sagte sie. „Klar, Holland, lass uns Freundinnen sein. Ist jetzt ja auch schon egal."

„Sarah, das ist mir egal! Du hast noch zwei Wochen! Du kommst nicht nach Hause, um zu lernen."

„Ich würde bessere Noten kriegen, wenn ich zu Hause arbeiten könnte." Seine Schwester steckte in der Jammerphase ihres täglichen Telefongesprächs.

„Nein. Es ist mein Ernst."

„Levi! Ist es dir denn ganz egal, wie ich die Prüfung bestehe?"

„Natürlich nicht!", fuhr er sie an. „Aber du kannst dort arbeiten, Sarah! In vielen Gebäuden, die nur dem Studium dienen."

„Schön! Tut mir leid, dass ich dir so lästig bin."

Er seufzte. „Nicht weinen. Du bist nicht lästig."

„Natürlich muss ich weinen. Du bist so gemein zu mir, Levi."

„Sarah, hör auf." Er unterbrach sich. „Ich komme morgen und lade dich zum Abendessen ein, okay?"

„Ich will nach Hause."

„Zwei Wochen, Sarah. Wir sehen uns morgen." Er legte einfach auf und fühlte sich mieser denn je.

Faith war seit zweiundzwanzig Tagen fort. Drei Wochen fast ohne Schlaf, drei Wochen, in denen jeder Winkel in dieser verdammten Stadt an sie erinnerte.

Das blöde Handy klingelte schon wieder. *Jeremy*, meldete das Display. Levi überließ den Anruf der Voicemail. So lächerlich es auch sein mochte, Levi hasste Jeremy neuerdings beinahe, weil er Faiths erste und große Liebe gewesen war. Er seufzte.

„Genug geseufzt!", schnauzte Emmaline. „Hör auf damit, oder ich fange bei Jeremy an zu arbeiten. Und glaub nicht, er hätte mich nicht darum gebeten."

„Dann tu's. doch. Ich weiß bis heute nicht, was du hier eigentlich machst."

„Das wirst du schon merken, wenn ich gekündigt habe."

Er schloss den Fall ab, an dem er gearbeitet hatte. All die kleinen Einbrüche der letzten Zeit gingen auf Josh Deiners Konto. Der Junge, der Abby Vanderbeek seinerzeit betrunken gemacht hatte. Noch so ein reicher Bengel, der sich seine Kicks holte, indem er das Gesetz brach. „Ich bin für heute fertig."

„Gott sei's getrommelt und gepfiffen."

„Everett, schließt du heute ab?"

„Jawoll, Chief! Danke! Abschließen, verstanden. Melde mich um achtzehn Uhr mit meinem Bericht."

„Nicht nötig, Ev."

„Mach ich trotzdem, Chief!"

Levi wollte schon wieder seufzen, fing Emmalines mörderischen Blick auf und machte, dass er davonkam. Als er zu Hause ankam, warf er automatisch einen Blick auf Faiths Tür. Auf Faiths *Ex*tür, sollte er wohl sagen. Irgendein Typ mittleren Alters war dort eingezogen.

Er betrat seine eigene Wohnung, die einmal so friedlich und entspannend gewesen war und ihm jetzt riesig und trostlos vorkam. Er schob diese dummen Gedanken beiseite und schlüpfte aus seiner Arbeitskleidung. Der Kühlschrank sprang an. Von unten hörte er die Titelmusik von *Game of Thrones*. Eleanor Raines hatte die Serie vor Kurzem für sich entdeckt und schaute jetzt bei extremer Lautstärke, da sie sich nach wie vor standhaft weigerte, zuzugeben, dass sie ein Hörgerät brauchte.

Levi hatte keine große Lust, zu O'Rourke's zu gehen, aber das war immer noch besser, als zu Hause zu bleiben und all diese Enthauptungen und Wolf-Attacken mit anhören zu müssen.

Apropos: Er vermisste Blue.

Zwei Minuten später betrat er die Bar. „Hey, Levi", grüßte Connor.

„Connor."

„Bierchen?"

„Danke."

„Hey, Arschloch." Colleen beugte sich zu ihm herab, um Blickkontakt herzustellen. „Ich rede nicht mit dir, aber wenn ich mit dir reden würde, würde ich genau das sagen."

„Hi", knurrte Levi.

„Coll, gib dem Mann ein Bier, und lass ihn in Ruhe", sagte Connor und zog sich in die Küche zurück.

Das einzig Gute, was in den vergangenen drei Wochen passiert war, war Ninas Abreise. Am Tag nachdem er idiotischerweise mit Faith Schluss gemacht ... nein, mit ihr gestritten hatte, klopfte Nina an seine Tür, um ihm mitzuteilen, dass sie abreisen würde, entschuldige die Umstände, alles Gute.

„Warum hast du's dir anders überlegt?", fragte er. „Ich bin zwar erleichtert, aber ..." Er zuckte die Achseln.

Nina sah ihn lange schweigend an. „Du bist verliebt in deine kleine Maus", sagte sie dann. „Ich habe euch gestern gesehen. Okay, schon gut, ich habe dir nachspioniert, aber ihre Fenster gehen direkt auf den Platz raus." Sie lächelte. „Ich habe euren Streit beobachtet."

„Und?"

„Und mit mir hast du nie so gestritten." Zu seiner großen Überraschung füllten Ninas Augen sich mit Tränen. „Wir hatten nie Streit, nicht ein einziges Mal. Was sagt das über uns aus?"

Levi hätte ja vermutet, dass es einfach nur hieß, dass sie zueinanderpassten, andererseits hatte er es mit einem weiblichen Wesen zu tun, und die entbehrten nun mal jeglicher Vernunft.

„Verzeih mir bitte, was ich dir angetan habe", bat Nina. „Es tut mir wirklich leid. Ich bin nicht stolz darauf, dass ich dich verlassen habe. Ich wollte einfach … Ich weiß nicht. Ich konnte nicht bleiben."

„Schon gut", sagte er. „Ich bin darüber hinweg."

„Ich weiß, Blödmann. Deswegen gehe ich ja." Sie atmete tief durch, fuhr sich hastig mit der Hand über die Augen und lächelte Levi dann an. Umarmte ihn stürmisch. „Man sieht sich, Großer", sagte sie, gab ihm einen schmatzenden Kuss auf die Wange, und weg war sie.

Ansonsten war alles ruhig. Kleinstadtleben im Winter. Nach der langen geschäftigen Tourismus-Saison war nicht mehr viel los. Die Eisweinernte konnte jetzt jeden Tag stattfinden; das hieß, dass jede Menge Arbeiter bei eisigen Temperaturen rausmussten, gewöhnlich bei Nacht, um die gefrorenen Trauben zu pflücken, aus denen dann der süße Wein gekeltert wurde, für den die Gegend berühmt war. In ein paar Wochen würde der Weihnachtsmarkt aufgebaut werden, beleuchtet wie eine Filmkulisse. Und dann … war's das so ziemlich für die nächsten Monate.

„Hey, Alter." Jeremy setzte sich auf den Hocker neben Levi. „Ich habe dich gerade angerufen, vor nicht mal zehn Minuten."

„Hey."

„Wie geht's dir?"

„Super." Er trank einen Schluck Bier.

„Er ist in Einsilben-Stimmung", teilte Jeremy Colleen mit, als sie ein Glas Rotwein vor ihm abstellte.

„Ich weiß. Das weckt den Wunsch in mir, ihm ins Bier zu spucken." Levi hob ruckartig den Kopf. Sie lächelte geheimnisvoll und zeigte ihm den Stinkefinger.

„Coll, hast du von Faith gehört?" Jeremy fragte Levi zuliebe, da war er ganz sicher.

„Ich spreche täglich mit ihr. Und du?"

„Fast täglich. Sie hört sich großartig an, nicht wahr?" Er lächelte.

„Ganz toll. So glücklich, seit sie nicht mehr an einen Idioten gebunden ist. Findest du nicht?"

„Ach, ich weiß nicht", sagte Jeremy. „Ein Idiot ist er nur zur Hälfte. Oder allerhöchstens zu sechzig Prozent. Hey, Carol! Was macht deine Bursitis? Du tust doch, was ich dir geraten habe, oder?"

„Jeremy, nimm mich in den Arm", verlangte Mrs Robinson. „Du siehst so gut aus! Schneid keine Grimassen, tu's einfach. Später kannst du Levi dann auffordern, mich wegen sexueller Belästigung zu verhaften." Sie kicherte wie eine Zwölfjährige, als Jeremy ihr den Gefallen tat.

In diesem Moment summte Levis Handy. Die Zentrale. „Chief Cooper", meldete er sich.

Es ging um einen Verkehrsunfall auf der Route 154. Ein Fahrzeug hatte sich überschlagen, Insassen waren eingeklemmt, Verletzte waren möglich. Kein Job für Everett, mit anderen Worten.

Binnen Sekunden saß Levi im Streifenwagen und schaltete Alarmlicht und Sirene ein. Kein Glatteis an diesem Abend; es war kalt und trocken. Auf dem Weg aus der Stadt sah er drei Mitglieder der Freiwilligen Feuerwehr in ihren Pick-ups zur Wache rasen. Das Blaulicht blitzte im frühen Dunkel des Novemberabends. Das bedeutete, dass Levi den Unfallort als Erster erreichen würde.

Genauso war es. Er stellte sein Fahrzeug am gegenüberliegenden Straßenrand ab und richtete das Scheinwerferlicht auf den Unfallwagen. „Fahrzeug liegt auf dem Dach", meldete er ins Funkgerät. „Jemand versucht, die Tür zu öffnen. Ich sehe nach."

Er lief zu dem Toyota Minivan, der sich überschlagen hatte und an den Straßenrand gerutscht war. Keine größeren Schäden. Eine blonde Frau rüttelte am Türgriff. „Meine Kinder sind im Wagen, und die Tür klemmt!", schrie sie nahezu hysterisch.

„Feuerwehr und Ambulanz sind unterwegs", sagte er. „Keine Angst. Ich bin Polizist und Rettungssanitäter."

„Gott sei Dank", sagte sie. „Eben noch war alles bestens, und im nächsten Moment sprang ein Reh auf die Straße. Ich habe das Steuer verrissen, und der Wagen überschlug sich. Hätte das verdammte Vieh überfahren sollen!"

„Mommy! Hol uns raus!"

Die Straße war eben, daher war die Gefahr, dass der Minivan weiter rutschte, gering. Das Seitenfenster war geborsten; Levi legte sich auf den Asphalt und zwängte sich in das Fahrzeug. Seine Lederjacke schützte ihn vor den Glasscherben, und da Kinder im Auto eingeschlossen waren, wollte er nicht auf die Feuerwehr warten.

Beide Kinder waren in Kindersitze geschnallt und hingen kopfüber. Kein Blut, doch der ältere Junge war ziemlich blass. „Hey, Jungs", sagte Levi. „Alles in Ordnung?"

„Hol uns *raus!*", verlangte der Größere. Er war etwa sechs oder sieben Jahre alt.

„Mein Saft ist ausgelaufen", sagte er Jüngere.

„Ach ja?", antwortete Levi. „Und du bist total bekleckert?"

„Ja. Alles klebt."

„Das macht nichts", beruhigte Levi. Keine sichtbaren Verletzungen. „Bald bist du wieder trocken. Tut irgendwas weh? Der Nacken, der Bauch oder so?"

„Mir geht's gut", sagte der kleine Junge.

„Ich habe Angst", sagte der größere.

„Ich bleibe bei euch, bis die Feuerwehr kommt. Okay?"

„Danke", flüsterte der ältere Junge.

„Alles wird gut. Es dauert nur noch ein paar Minuten." Er schaute kurz zu der Mutter, die sich neben das Fahrzeug gehockt hatte. „Den Jungs geht es gut, Ma'am. Aber Sie müssten einen Schritt zurücktreten." Sie rührte sich nicht. Er konnte es ihr nicht verübeln.

„Mommy ist bei euch", sagte sie zu den Jungen. „Habt keine Angst."

„Ich habe keine Angst", sagte der kleinere. „Ich bin ganz tapfer."

„Ihr macht das beide prima", versicherte Levi ihnen. „Nur weiter so."

„Ich habe ihnen gesagt, dass sie sich nicht abschnallen dürfen", sagte die Mutter.

„Das war klug", lobte Levi sie. „Und Sie selbst? Geht's Ihnen gut?"

„Ja", sagte sie. „Bin nur ein bisschen durchgeschüttelt."

In der Ferne hörte Levi die Sirenen von Rettungswagen und Feuerwehr. „Jungs, die Feuerwehr ist auf dem Weg. Die Männer legen euch gleich eine Halskrause um den Nacken, damit ihr euch nicht verletzt, und dann holen wir euch raus, okay?"

„Kannst du uns nicht jetzt gleich rausholen?", fragte der ältere Junge.

„Es ist sicherer, wenn wir warten. Sie sind schon fast hier. Na, wie alt bist du denn?", fragte er, nur, damit die Kinder weiterredeten und die Ruhe bewahrten.

„Ich bin sieben, und Stephen ist vier", antwortete der Ältere.

„Vier*einhalb*", korrigierte Stephen.

„Verstehe. Und wie heißt du, Großer?", fragte Levi. Das Sirenengeheul wurde lauter.

„Cody."

„Ich bin Levi. Nett, euch kennenzulernen." Feuerwehrgruppe Eins fuhr heran, und Levi hörte Gerard Chartier über Funk.

„Levi, ist das dein Arsch, der da raushängt?", rief eine vertraute Stimme.

„Hey, Jess", antwortete er. „Schön, dass du wieder in der Stadt bist."

„Danke, und warum machst du meine Arbeit?"

„Was meint ihr, wer endlich gekommen ist?", sagte er zu den Jungen. „Die Feuerwehr. In ein paar Minuten seid ihr raus hier."

„Ich find's toll, auf dem Kopf zu hängen", sagte der kleinere Junge, und irgendwie kam er Levi bekannt vor. Er fragte sich, ob er ihn schon mal in der Stadt gesehen hatte. Schwer zu entscheiden aus dieser Perspektive.

„Hey, Chief", sagte Gerard. „Willst du die Honneurs machen, wenn du schon mal drin bist?" Er reichte ihm eine Halskrause, und Levi befestigte sie um den Nacken des kleineren Jungen und versorgte dann auch Cody. Gerard griff zum Fräser und durchtrennte die Türscharniere.

„Lass sie in ihren Kindersitzen, wir tragen sie darin zum Einsatzwagen. Dort untersuche ich sie dann", sagte Gerard. Er war Rettungssanitäter, ganz oben in der Rangordnung der Feuerwehr.

Jess sprach mit der Mutter, erklärte ihr, dass sie zur Notaufnahme gebracht werden sollten, dass es nicht schaden würde, wenn sie sich ebenfalls untersuchen ließ, weil Schock und Adrenalin manchmal dazu führten, dass eine Verletzung unbemerkt blieb, fragte, ob sie jemanden anrufen wollte, ihren Mann, einen Freund, das Übliche.

Beide Kinder schienen wohlauf zu sein. Der ältere Junge hatte vermutlich mehr mitbekommen und war deshalb stärker erschüttert, doch nachdem jetzt Hilfe gekommen war, begannen beide zu genießen, dass sie die Stars der Show waren. Der Rettungswagen hatte direkt hinter dem Einsatzfahrzeug der Feuerwehr gehalten, und Jess und Gerard holten den größeren Jungen heraus und trugen ihn mitsamt dem Kindersitz zum Rettungswagen. Levi und Ned Vanderbeek folgten mit dem Kleinen und stellten ihn in seinem Kindersitz auf die Transportliege. Kelly Matthews schnallte den Sitz des älteren Jungen auf der Bank hinten im Rettungswagen fest, plauderte mit dem Kleinen und brachte ihn zum Lachen.

Die Mutter, die sich bisher so tapfer gehalten hatte, begann zu weinen, als sie ihre Jungen im Rettungswagen sah, dann machte sie das, was alle Mütter in heldenhafter Selbstverleugnung tun: Sie versuchte stattdessen zu lächeln.

Es erinnerte Levi an seine eigene Mom an dem Tag, als er zur Grundausbildung abreisen musste.

„Bin gleich zurück", sagte er, schon auf dem Weg zum Streifenwagen. Für genau diese Art von Einsatz hielt er im Handschuhfach ein paar dieser Bohnensäckchen-Tiere bereit. Er nahm zwei heraus und reichte Cody ein Schweinchen und dem Kleinen ein Lamm. „Danke für die guten Gespräche heute Abend", sagte er.

„Gern geschehen", krähte der jüngere Bruder fröhlich und hielt das Lamm hoch, um es eingehender in Augenschein zu nehmen.

„Macht's gut, Jungs", sagte Levi.

„Danke, dass du bei uns geblieben bist", sagte der ältere Junge ernst, und Levis Herz zog sich ein bisschen zusammen.

„Ist doch klar, Kumpel", antwortete er.

Dann wandte er sich noch einmal dem anderen Jungen, Stephen, zu, sah ihn zum ersten Mal genauer an und fuhr erschrocken zusammen. Sein Bauchgefühl verriet es ihm, bevor sein Verstand reagierte, und sein Magen krampfte sich so abrupt zusammen, dass es ihm den Atem nahm.

Er sah noch einmal Cody an, dann wieder Stephen.

„Ciao", sagte der Kleine und drehte das Lämmchen um, damit er den Bauch untersuchen konnte. Seine Stirn war … wie sagte Faith immer? *Gerunzelt.*

Stephen sah aus wie … wie er.

Die Jungen waren die anderen Söhne seines Vaters.

Ihm wurde bewusst, dass er sie anstarrte. „Äh … passt auf euch auf, Jungs. Ihr wart wirklich tapfer."

Die Mutter starrte ihn mit leicht geöffnetem Mund an. Mist.

In diesem Augenblick raste mit quietschenden Reifen ein Auto heran, und Rob Cooper sprang heraus und rannte zum Rettungswagen. „Heather! Heather, Liebling, ist alles in Ordnung? Sind die Jungen – oh Gott, hey, Jungs! Cody, fehlt dir was, Junge? Stevie? Geht's dir gut?"

Sein Vater küsste die kleinen Jungen, wischte sich die Augen und hielt ihre Händchen. Er wandte sich mit einer Frage an Kelly, schaute wieder den größeren Jungen an und zerstrubbelte ihm das Haar.

*Bloß weg hier.* Levi ging mit gesenktem Kopf zum Streifenwagen. Seine Hände zuckten vor Anspannung. Fast geschafft.

Gott, wie sehr er sich wünschte, dass Faith da wäre. Dass er nach Hause fahren, sie in die Arme nehmen und ihren typischen Duft einatmen könnte, während ihr dämlicher Hund an ihnen hochsprang.

Und vielleicht würde er ihr erzählen, dass er an diesem Tag seine Brüder kennengelernt hatte.

„Entschuldigen Sie bitte."

*Scheiße.*

Die Frau seines Vaters war ihm die wenigen Meter bis zum Streifenwagen gefolgt. Sie schaute ihn fest an, streckte ihm dann die Hand entgegen. „Ich bin Heather Cooper."

Sie war zwischen achtunddreißig und vierzig; mit anderen Worten, näher an seinem Alter als an dem seines Vaters. Levi atmete tief durch und schüttelte ihr die Hand. „Freut mich, Sie kennenzulernen, Ma'am."

„Danke, dass Sie meine Söhne gerettet haben."

„Kein Problem. Ich bin froh, dass es ihnen gut geht." Er zögerte. „Die beiden scheinen prima Jungs zu sein."

„Das sind sie. Entschuldigen Sie, ich habe Ihren Namen nicht verstanden." Ja. Sie wusste Bescheid.

Er holte tief Luft. „Levi Cooper."

„Das dachte ich mir." Ihre Augen waren feucht. „Und meine Söhne … Sie sind Ihre Halbbrüder, nicht wahr?"

Er nickte.

Sie atmete scharf ein. „Das … Das habe ich nicht gewusst."

„Tut mir leid."

„Ihnen braucht gar nichts leidzutun." Sie versuchte zu lächeln, doch es gelang ihr nicht. „Mein Gott."

„Also … Ich muss los. Alles Gute, Mrs Cooper", sagte er.

„Heather. Schließlich bin ich deine Stiefmutter und überhaupt." Dieses Mal fiel ihr Lächeln etwas resoluter aus. „Das ist ein ganz schöner Schock."

„Heather? Schatz, der Rettungswagen ist gleich … Oh. Oh." Ja. *Oh.* Es war beinahe komisch, das Mienenspiel seines Vaters zu sehen. Es wechselte von Sorge über Schock bis zu der Erkenntnis, dass, jawoll, die Kacke am Dampfen war. „Äh … Hey", sagte er. „Wie geht's dir?"

„Ihr zwei kennt euch vermutlich", zischte Heather. „Dieser Mann hat gerade unseren Söhnen das Leben gerettet."

„Das ist ein bisschen übertrieben." Levi sah seinen Vater an. Rob Cooper war kleiner, als er ihn in Erinnerung hatte. Und dünner. Abgesehen davon, dass er zerknirscht und schuldbewusst aussah, wirkte er … schwach.

Und er war ein schwacher Mensch. Irgendwie hatte Rob Cooper zwar etwas aus sich gemacht, hatte eine nette Frau gefunden, zwei weitere Söhne geschenkt bekommen, und irgendetwas musste er wohl richtig gemacht haben. Doch nicht ein einziges Mal hatte er den Mumm aufgebracht einzugestehen, dass er seinen Ältesten im Stich gelassen hatte. Nicht einmal seiner Frau hatte er von seinem anderen Kind erzählt.

„Ihr zwei müsst euch jetzt um eure Söhne kümmern. Ich bin froh, dass alle wohlauf sind." Er wandte sich seinem Streifenwagen zu.

Dann hielt er inne und drehte sich zu seinem armseligen Exemplar von einem Vater um. Unvermittelt packte er ihn am Hemdausschnitt und hob ihn hoch. Die vertrauten Augen seines Vaters waren geweitet vor Angst.

„Mach es besser mit ihnen!" Er schüttelte seinen Vater. „Wenn du sie im Stich lässt, wie du mich im Stich gelassen hast, dann bete zu Gott, dass ich dich nicht finde."

Er ließ Rob Cooper los. Der Mann taumelte ein paar Schritte zurück, drehte sich um und ging zu seinen anderen Söhnen. Er hatte es offenbar sehr eilig.

Levi blickte Heather an. „Falls du je etwas brauchen solltest, lass es mich wissen", sagte er. „Ich bin Polizeichef in Manningsport."

Es hatte sich nie besser angefühlt, diese Worte auszusprechen.

Sie lächelte ihn unsicher an. „Levi ... ich weiß nicht, ob du dich überwinden kannst, aber mir persönlich bist du in meinem Haus jederzeit willkommen. Ich wäre stolz darauf, wenn die Jungs dich kennenlernen dürften.“

Die Worte trafen ihn mitten ins Herz. Er sah Heather noch einmal eindringlich dann, nickte ihr zu, weil er nicht wusste, ob er im Moment überhaupt sprechen konnte, dann stieg er in den Streifenwagen und entfernte sich vorsichtig vom Unfallschauplatz.

Als er ein paar Meilen gefahren war, lenkte er an den Straßenrand, und bevor er überhaupt wusste, was er tat, hatte er die Stimme seiner Schwester am Ohr. „Rufst du schon wieder an, um mich zu quälen?“, fragte sie mürrisch.

„Du kannst nach Hause kommen, wann immer du willst“, sagte er. „Heute Abend, morgen, Sonnabend, jederzeit, wenn dir danach ist, Tag und Nacht.“

Am anderen Ende blieb es eine Weile still. „Wer spricht da?“, fragte seine Schwester dann, und Levi musste lächeln.

„Hör zu“, sagte er. „Ich will dir nur helfen, diese schwere Zeit durchzustehen, auf die Beine zu kommen, was auch immer. Wenn es dazu nötig ist, dass du zweimal pro Woche nach Hause kommst, ist es in Ordnung, Sarah. Aus dir wird schon was, so oder so.“

Wieder Stille, dann war ein Schniefen zu hören. „Danke“, flüsterte Sarah.

„Ich hab dich lieb, weißt du?“

„Ich weiß. Ich hab dich auch lieb.“

Als er zurück auf die Wache kam, war Everett noch da und spielte Angry Birds. „Hey, Chief!“, sagte er, straffte den Rücken und fiel dabei vom Stuhl.

„Ist deine Mutter zu Hause?“, fragte Levi.

„Hm, ich glaube schon. Wieso?“

Levi tippte die Nummer des Bürgermeisters ein. „Marian, hier ist Levi. Hör zu. Ich brauche hier einen richtigen Polizisten zu meiner Unterstützung. Dein Sohn kann zur Polizeischule gehen, aber ich stellte hier jemand anderen ein. Emmaline wahrscheinlich. Du hast eine Woche Zeit, das Geld aufzutreiben, sonst kündige ich. Ich wünsche dir einen schönen Abend. Ach ja, ich nehme Urlaub. Ab jetzt.“ Damit legte er auf. „Gute Nacht, Ev“, sagte er.

„Verstanden, Chief“, antwortete Everett.

Im O'Rourke's war alles wie gehabt. Colleen fauchte ihn noch einmal an, Jeremy tastete Carol Robinsons Lymphknoten ab. Die beiden sollten sich ein Zimmer nehmen.

Prudence Vanderbeek saß allein in einer Nische und tippte in ihr Handy. „Hey, Chief", sagte sie herzlich. „Ich schreibe gerade Sex-SMS an meinen Mann. Einen Moment noch." Sie murmelte beim Tippen vor sich hin. „„Ich lehne es ab, Ihren Vertrag zu unterzeichnen, Mr Grey, und darüber hinaus habe ich nie von diesem japanischen Dingsbums gehört, das Sie in Ihrer letzten E-Mail erwähnten. Und, ja, ich bleibe unberührt, ich habe bisher noch nicht mal einen Mann geküsst, bla, bla, bla.'" Sie blickte Levi an. „Ich bin siebenundvierzig Jahre alt, Levi, und die Mutter von Carls Kindern. Warum ich so tun muss, als wäre ich eine fade jungfräuliche College-Studentin, ist mir ein Rätsel."

„Weil es dir Spaß macht?"

„Wahrscheinlich." Sie legte das Handy beiseite. „Also. Wie geht's dir?"

Er setzte sich.

Das Dumme war, er hatte keine Ahnung, was er sie fragen sollte.

Prudence schaufelte sich Popcorn in den Mund. „Lass mich raten. Es geht um Faith", ermutigte sie ihn.

„Ja."

„Schieß los."

„Ich habe sie einmal geküsst. Vor langer Zeit."

„Wie aufregend."

„Ich wüsste gern, ob sie je darüber geredet hat." Das war eine … unerwartete Wendung. Er konnte nur hoffen, dass niemand mithörte.

„Honor!", brüllte Pru. „Levi möchte über Faith reden!"

So viel dazu.

Honor Holland kam an den Tisch, ein Glas Wein in der Hand. „Tatsächlich?" Ihr Ton war beinahe freundlich, was leisen Argwohn in ihm weckte.

„Ja", sagte Pru. „Er sagt, er hat sie einmal geküsst, und will gern wissen, ob es sie so richtig umgehauen hat."

Levi nahm sich vor, nie wieder böse Schwestern um Hilfe zu bitten. „Danke, die Damen." Er stand auf.

„Ach, sei ein Mann", sagte Prudence.

„Setz dich", befahl Honor gleichzeitig.

Levi seufzte und gehorchte. „Okay, also, ich hab's vermasselt."

„Was sonst? Du bist ja ein Kerl", sagte Prudence. Es summte in ihrer Tasche, und sie fuhr zusammen. „Himmel, das fühlt sich gut an", sagte sie beinahe zu sich selbst, zückte ihr Handy und las die SMS. Lachte und fing an, die Antwort zu tippen.

„Ich dachte, du hättest mit meiner Schwester Schluss gemacht", sagte Honor.

„Hab ich auch."

„Und wieso glaubst du überhaupt, du hättest sie verdient?"

„Glaube ich ja gar nicht."

„Das, Chief Cooper, war die richtige Antwort." Honor lächelte. Sie sagte nichts mehr. Pru simste eifrig Sex-Texte an Carl. Honor inspizierte ihre Fingernägel.

Na, dann nicht. Er winkte Colleen zu, die ihm den Finger zeigte. „Noch eine Runde für die beiden auf meine Rechnung", sagte er und erhob sich.

„Bestell mir etwas Teures", wies Pru ihre Schwester an, ohne den Blick vom Handy zu heben.

Levi hatte den Platz bereits zur Hälfte überquert, als Honor seinen Namen rief. Sie hatte keine Jacke an, und er zog seine aus und gab sie ihr.

„Danke." Sie schlüpfte hinein. „Tolle Jacke. Ich werde sie übrigens behalten. Sie hat mich in meinem Abschlussjahr in Cornell angerufen. Also muss sie damals im letzten Highschooljahr gewesen sein. Käme das ungefähr hin in Bezug auf dieses kleine Dilemma?"

Levi nickte.

„Na ja, ich erinnere mich daran, weil es das einzige Mal war, dass sie etwas Seltsames über Jeremy sagte, und auch, weil ich vor den Prüfungen stand und das Letzte, worüber ich reden wollte, ihr Liebesleben war." Honor verschränkte die Arme. „Aber es war merkwürdig, denn vom ersten Tag an war Jeremy so was wie Märchenprinz und Superman in einer Person. Und sie fragte mich um Rat, das passierte nicht oft. Wir waren …" Honor räusperte sich. „Damals standen wir einander nicht sehr nahe."

„Weißt du noch, was sie gesagt hat?", fragte Levi.

„Ja, aber ich habe nicht übel Lust, dich warten zu lassen und leiden zu sehen."

„Gib mir meine Jacke zurück."

„Na gut. Sie hat mich gefragt, woran man merkt, dass man verliebt ist. Sie sagte, sie und Jeremy hätten eine Auszeit eingelegt, und da sei etwas passiert und … Ich weiß nicht. Im Grunde ging es darum, wie es sich anfühlt, wenn man verliebt ist."

„Was hast du gesagt?"

„Ich habe gesagt, ich hätte Prüfungen und sie sollte in Jugendmagazinen nachlesen. Ich war schon irgendwie eine Zicke." Sie senkte den Blick. „Tut mir leid. Ich hätte dir gern mehr erzählt."

„Das hat schon geholfen."

„Gut. Dann setz deinen Arsch in Bewegung. Und danke für die Jacke."

Levi ging hinauf in seine Wohnung und fuhr den Computer hoch. Rief noch einmal Sarah an.

„Was? Ich versuche, für meine Prüfung zu lernen, Levi! Kannst du mich bitte in Ruhe lassen?"

„Hi", sagte er und klickte eine Reiseseite an. „Ich weiß, ich habe gesagt, du kannst nach Hause kommen, aber ich fliege für ein paar Tage nach San Francisco."

„Schön, viel Spaß. Hab dich lieb, muss Schluss machen. Ich pauke gerade mit einer Freundin zusammen."

„Ich dachte, du hättest keine Freunde."

„Du kannst mich mal. Ruf mich an, wenn du gelandet bist, und vergiss nicht, mir was mitzubringen."

# 30. Kapitel

Das Telefon klingelte um zwei Uhr morgens, und Faith brauchte eine Minute, um sich zu erinnern, wo sie war. In ihrer Wohnung in San Francisco? Nein. Im Opernhaus? Nein. Bei Goggy? Nein.

Das Telfon klingelte schon wieder. „Nein!", ertönte ein verschlafener Klagelaut aus dem Flur. Ach ja. Sie war bei Pru, nachdem sie vor wenigen Stunden aus Kalifornien zurückgekommen war. Im Moment war sie so müde, dass ihr ganz schwindlig war, doch wenn man mit Nachnamen Holland hieß, konnte ein Anruf mitten in einer Novembernacht nur zwei Dinge bedeuten: Entweder war jemand gestorben, oder es war Zeit für die Eisweinernte.

Pru war bereits auf den Beinen. „Hey! Eiswein!" Sie hämmerte gegen Abbys Tür, dann gegen Faiths. „Eiswein! Kommt schon, Ned ist längst unterwegs. Das wollt ihr doch nicht verpassen, oder?"

„Ich würde es so gern verpassen", murmelte Abby, als sie in den Flur wankte. Blue sprang aufgeregt umher und suchte jemanden, den er lieben konnte. „Ich hasse mein Leben."

„Ach, komm schon", sagte Faith. „Es macht Spaß."

„Es ist die Hölle. Ein eisiges, kahles Ödland."

Wochenlang hatte Dad den Wetterbericht im Auge behalten wie ein Falke, in mancher Nacht in seinem Pick-up geschlafen und darauf gewartet, dass sein Spezial-Alarm-Thermometer die magische Sekunde verkündete, in der die Temperatur auf minus sieben Grad fiel. Dann gingen die Anrufe heraus, und von jedem lebenden Holland wurde erwartet, dass er binnen Minuten zur Stelle war, um die gefrorenen Trauben zu schneiden, die noch in derselben Nacht gepresst werden sollten.

„Möchte wetten, du wärst jetzt am liebsten noch in San Francisco, hm?", fragte Abby, als sie, Pru und Faith warm eingepackt den Hügel hinauf nach Blue Heron fuhren.

„Um das hier zu versäumen?" Sie lächelte ihre Nichte an.

„Tja, Faith, dein Timing war perfekt", bemerkte Pru.

Sie hatte ihr Projekt vorzeitig abgeschlossen, war in allen Punkten der Planung voraus, was es praktisch noch nie gegeben hatte. Sie hatte ihre Freunde zu lachhaft teuren, aber umwerfend guten Martinis eingeladen, an Rafaels und Freds Hochzeit teilgenommen, Umzugshelfer angeheuert, die ihren Wohnungsteil räumten, und ihren Mietvertrag offiziell auf Mike, den Wunderbaren, überschrieben.

Dann hatte sie einen langen Spaziergang in der kalten, feuchten Luft unternommen und sich von der Stadt verabschiedet, die sie freundlich aufgenommen und ihr Herz geheilt hatte. Und dann war sie aufgebrochen, um an den Ort zurückzukehren, den sie über alles liebte. Und zu dem Mann, den sie genauso liebte. Sogar noch mehr.

Zweimal in ihrem Leben hatte Faith geliebt. Einmal jemanden, der zu perfekt war, um wahr zu sein, was sie hätte wissen müssen. Und jetzt jemanden, der überhaupt nicht perfekt war, sondern stur, manchmal reizbar und gelinde bis mäßig hartleibig, wenn es um Gefühle ging. Vielleicht litt er zudem auch unter Verlustängsten, ganz zu schweigen von der Last der ganzen Welt auf seinen Schultern.

Außerdem war er der beste Mann, den sie kannte.

Es gab nichts, was er nicht tun würde, wenn er jemandem helfen konnte. Eine Katze suchen in dunkler Nacht, eine Stunde lang fahren, um die Wäsche seiner Schwester zu erledigen, einen mit Hühnerkacke verdreckten Hund baden, seine Exfrau ausreden lassen.

Mitten in der Nacht rausfahren, um einen Unfall zu rekonstruieren, der zwanzig Jahre zurücklag.

Die Hochzeit seines besten Freundes verhindern, weil er wusste, dass diese Ehe nur Kummer bringen würde … für Jeremy *und* für sie.

Doch der Gedanke an seinen Gesichtsausdruck, als er mit ihr Schluss machte … Der schmerzte wie ein Splitter in ihrem Herzen. So … resolut. So verdammt entschlossen.

„Steigst du jetzt aus oder was?", fragte Abby.

Ach ja. Sie waren angekommen.

„Eiswein!", rief Dad, aufgeregt wie das sprichwörtliche Kind vor der Weihnachtsbescherung. Es war wohl ein Gendefekt oder so was Ähnliches. Jack redete bereits mit den Trauben. „Seid ihr bereit, euch pressen zu lassen, ihr Süßen? Seid ihr schon aufgeregt?" Ned wälzte sich mit Blue auf der dünnen Schneeschicht, die irgendwann, als Faith noch schlief, gefallen sein musste. Selbst Abby ließ die Umarmung ihres Großvaters über sich ergehen und sagte, ja, auch sie wäre furchtbar aufgeregt. Honor hatte bereits einen halben Korb voll Trauben gepflückt, und Goggy handhabte den Gabelstapler und richtete die

Scheinwerfer auf die Reihe von Weinstöcken, damit alle sehen konnten, was sie taten. Sie fauchte Pops an, er solle zurücktreten, sonst würde sie ihn überfahren und anschließend ihre Witwenrente genießen. Sogar Carl war da und erwiderte Faiths Winken ein bisschen schüchtern, weil er vielleicht (zu Recht) vermutete, dass sie entschieden zu viel über sein Sexleben wusste.

Ein schwacher Duft von Speck hing in der Luft; im Neuen Haus war Mrs J. offenbar mit der Zubereitung des Frühstücks beschäftigt.

Faith machte sich an die Arbeit. Die gefrorenen Trauben lösten sich als feste, kalte kleine Bündel leicht unter ihren Händen. Am Himmel leuchteten die Sterne; die Nacht war mondlos, der kurze Schneefall schon wieder vorbei. Die Luft war erfüllt von scherzhaftem Geplänkel, Lachen, lauten Beleidigungen und Ermutigungen. Auch drüben auf Lyons Den war es hell, denn so ziemlich jedes Weingut in der Umgebung stellte Eiswein her.

Mom hatte die Eisweinernte immer geliebt. Sie brachte dann Kakao in Thermosflaschen und noch ofenwarme Muffins. Einmal war genug Schnee zum Schlittenfahren gefallen, und in einem flüchtigen Erinnerungsblitz spürte Faith die Arme ihrer Mutter um sich, hörte ihr Lachen und genoss im beruhigenden Wissen, dass ihre Mom sie beschützte, den Rausch der schnellen Abfahrt den Hügel hinunter.

Sie hob den Blick und sah, dass Dad sie anlächelte, als hätte er den gleichen Gedanken.

Nach einer guten Stunde hörten sie Motorengeräusch. „Ahoi, Hollands!", ertönte Jeremys Stimme. Auch das war Tradition; die beiden Familien wechselten sich in der Versorgung mit Kaffee ab. Jeremys Traktor zog einen kleinen Anhänger, und er hatte, typisch schwuler Perfektionismus, eine leuchtend rot karierte Decke dabei, eine riesige Thermoskanne, dicke Keramikbecher, ein dazu passendes Milch-und-Zucker-Set, zwei Bleche Zuckerplätzchen und eine Flasche guten Brandy zum Aufpeppen des Kaffees.

„Gott sei Dank", sagte Abby. „Ich erfriere."

„Wenn deine vierundachtzigjährige Großmutter sich nicht beklagt, dann solltest du mal schön den Mund halten", rügte Pru. „Jeremy, gib mir einen Kaffee, aber mit wenig Kaffee, ja?"

„Geht gleich los", sagte er. „Und wie geht's der schönen Faith?" Er umarmte sie herzlich, und sie erwiderte die Geste. Er hatte sie beinahe täglich angerufen, als sie in San Francisco war, er hatte ihr witzige Mails geschickt, und sie wusste, dass er sich alle Mühe gab, ihren Kummer wegen Levi zu lindern.

„Was für eine herrliche Nacht!", rief er und ließ Faith los, um Kaffee zu verteilen. „Ein unfassbarer Himmel, findet ihr nicht?"

„Eine herrliche Nacht", spöttelte Honor. „Du hast gut reden, Gutsherr. Du hast Leute, die für dich arbeiten."

„Eins zu null für dich", stimmte er zu und reichte ihrem Dad einen Becher Kaffee. „Ich hätte es machen sollen wie du, John, mit einem Stall voll Kinder. Das wäre viel billiger gewesen."

„Dann fang doch an zu adoptieren", sagte Abby. „Ich stehe auf jeden Fall zur Verfügung."

Jeremy legte einen Arm um Faiths Schultern. Seine dunklen Augen lachten. „Weißt du, das bedaure ich am meisten an unserer Trennung. Wir hätten wunderschöne Babys machen können."

„Was für ein schöner Gedanke, Jeremy, mein Lieber", sagte Goggy, goss einen großzügigen Schuss Brandy in einen Becher und reichte ihn Pops.

„Babys kriegt sie mit niemandem außer mir."

Faith fuhr zusammen.

Levi stand am Rande ihres kleinen Kreises, in Jeans und mehreren Schichten Flanell. Die Kälte konnte ihm offenbar nichts anhaben. Sein Haar war zerzaust, und er sah müde aus.

Faith spürte, wie sich von ihrem Herzen aus diese goldene Wärme langsam ausbreitete. Ihre Knie wurden weich, und ihre Seele zerfloss. Er sah so … gut aus. Irgendwie mürrisch, aber gut.

„Du siehst müde aus", bemerkte Jeremy. „Kriegst du genug Vitamin B12?"

„Halt die Klappe, Jeremy", sagte Levi gereizt. „Ich *bin* müde. Ich bin gerade neunzehn Stunden lang quer übers Land und zurück geflogen." Er schoss einen bösen Blick auf Honor ab. „Hättest du mich nicht anrufen können, Honor? Wäre nett gewesen zu wissen, dass sie auf dem Weg nach Hause war."

„Ups", sagte Honor und versuchte vergebens, ihr Lächeln hinter dem Kaffeebecher zu verbergen.

„Faith, hör mal zu", sagte Levi. Er baute sich vor ihr auf, warf einen Blick auf die Familie und sah dann wieder Faith an. „Du musst …"

„Hör mal zu. Du musst. Er ist der totale Tyrann", mischte Pru sich ein.

„Ruhe", sagte Faith. „Das gilt nicht für dich, Levi. Sprich weiter."

Er fuhr sich mit einer Hand durchs Haar. Mit einer großen, männlichen Hand, die ihr vor gar nicht langer Zeit alle möglichen interessanten Laute entlockt hatte. Kusch, flüsterte Faiths Verstand. Lass den Mann erst mal ausreden. Schließlich willst du wissen, warum er hier ist.

Ihr Herz war ziemlich sicher, dass der Grund ihr gefallen würde.

„Faith", setzte er erneut an. „Ich weiß, dass Jeremy beinahe perfekt ist ..."

„Danke, Levi, das weiß ich zu schätzen", sagte Jeremy ernst. Faith funkelte ihn verärgert an, und er verbiss sich ein Lächeln.

Levi schaute wieder flüchtig auf ihre Familie.

„Weißt du was? Beachte sie einfach gar nicht." Faith nahm ihn bei der Hand und zog ihn ein paar Reihen weiter, weg von ihrer intriganten Verwandtschaft. „Wagt es nicht, uns zu folgen", rief sie über die Schulter zurück. Sie wandte sich wieder Levi zu. Am liebsten hätte sie sich einfach fest an ihn geschmiegt und ihn geküsst, bis er lächelte. „Schön, dich wiederzusehen", flüsterte sie.

„Ja, ich freu mich auch." Er runzelte die Stirn und sah eindeutig nicht glücklich aus. „Ich bin nach San Francisco geflogen, um dich zu sehen. Aber du warst schon abgereist."

„Richtig. Das hast du bereits gesagt." Sie zog die Brauen hoch, in der Hoffnung, ihm Mut zu machen. Es gelang ihr anscheinend nicht. Er starrte sie nur an. „Sonst noch was, Levi?", fragte sie.

„Ach ja. Ja. Da ist noch was." Er kramte etwas aus seiner Tasche und drückte es ihr in die Hand, dann schloss er ihre Finger um den Gegenstand und hielt ihre Faust mit beiden Händen. Trotz der eisigen Temperaturen war er warm. „Ich liebe dich, Faith. Tut mir leid, dass ich so blöd war. Ich habe jemanden eingestellt, der mir bei der Arbeit hilft, und ich werde versuchen, mehr mit dir über ... alles Mögliche zu reden. Aber ich will dich nicht verlieren, ich liebe dich, und ... und mehr habe ich nicht zu sagen."

Nun ja, als Rede konnte man das eher vergessen. Aber als Ausdruck von Gefühlen ... ließ es eigentlich nichts zu wünschen übrig. Offenbar war Levi endlich von seinem hohen Ross herabgestiegen.

Sie blickte in diese sanften grünen Augen, auf die immer noch leicht gerunzelte Stirn. „Das ist mehr als genug", hauchte sie. Tränen brannten in ihren Augen.

„Oh. Gut. Das ist gut." Er nickte. Er starrte über ihre Schulter hinweg ins Leere. Dann sah er sie wieder an.

„Jetzt solltest du mich küssen, Levi."

Sie hatte noch nicht ganz zu Ende gesprochen, da tat er genau das, legte die Hände sanft um ihr Gesicht, und sein Mund fand ihre Lippen, und es war … Na ja, sie wollte das Wort nicht einmal denken, aber es war perfekt. Die meisten Dinge im Leben waren es nicht, doch das hier war perfekt. Er küsste sie so, wie ein Mann die Frau küsst, die er liebt, als wären sie allein im Warmen und nicht in eiskalter Nacht, umgeben von viel zu vielen Verwandten, die jede ihrer Bewegungen verfolgten.

„Du brauchst einen Ring und ein Datum, junger Mann", rief Faiths Vater. „Hier geht es schließlich um meine Prinzessin. Komm mir nicht mit diesem Quatsch von wegen wilde Ehe oder so."

„Schon wieder dieser Prinzessinnen-Scheiß", sagte Jack.

„Warum kann ich nicht auch mal die Prinzessin sein?", quengelte Pru.

Faith spürte, wie Levi an ihrem Mund lächelte. Er drückte sie an sich, küsste ihre Stirn und schaute dann zu John, der sich alle Mühe gab, den gestrengen Dad zu mimen. „Da bin ich Ihnen weit voraus, Sir", sagte er.

Er öffnete Faiths Faust – ach ja, das hatte sie fast vergessen –, und da, in ihrer Handfläche, lag ein Verlobungsring.

„Ich brauche Bedenkzeit", erklärte sie.

„Sie hat Ja gesagt", meldete Levi der Familie, und Jubelrufe wurden laut. Jeremy wischte sich sogar die Augen. Dad auch.

Dann küsste Levi sie noch einmal und schob ihr den Ring auf den Finger, und nichts hatte sich jemals so gut angefühlt.

# Epilog

Das Probe-Festessen fand bei Hugo's statt, damit Colleen und Connor nicht arbeiten mussten. Jessica Dunn war dieses Mal Gast. Am nächsten Tag würden alle in Festkleidung erscheinen, doch an diesem Abend ging es laut, lässig und lustig zu; Faith erwischte Pru und Carl in der Garderobe; Goggy und Pops absolvierten immerhin einen halben Tanz, bevor die Zankerei zu heftig wurde; Mrs Johnson blickte finster drein, kritisierte das Essen und trank Piña colada.

Ted und Elaine Lyon waren zur Hochzeit gekommen, Liza und Mike, der Wunderbare, ebenfalls. Verrückterweise war auch Lorena Creech anwesend. Levi hatte Victor Iskin eingeladen, und offenbar hatten Victor und Lorena am ersten Weihnachtstag eine Blitzreise nach Las Vegas unternommen und waren als Ehepaar zurückgekehrt. „Ich will doch nur jemanden, den ich versorgen kann, Faith, verstehst du?", hatte sie gesagt, und ja, Faith verstand. Die Schnuckelchen aus der Bibelgruppe füllten sich mit Pinot Grigio ab, und an einem Tisch im Hintergrund kloppte die Freiwillige Feuerwehr Karten.

Am nächsten Tag würde die Besetzung weitgehend der von Faiths erstem Heiratsversuch entsprechen, abgesehen von ein paar geringfügigen Veränderungen: Colleen war immer noch Brautführerin, Faiths Schwestern sowie Abby und Sarah Cooper waren Brautjungfern.

Jeremy war der Trauzeuge. Wer sonst?

Er hatte sogar einen Partner mitgebracht, was wirklich schön war – einen gut aussehenden Typen namens Patrick. Patrick war schüchtern und nett und konnte überhaupt nicht tanzen.

Als die Party vorbei war, führte Levi Faith über den eisigen Platz zu seiner Wohnung. Sie würden noch eine Zeit lang im Opernhaus wohnen, doch Faith hatte bereits ein kleines Haus an der Elm Street im Auge. Es war eine hübsch gemischte Wohngegend – außerhalb vom Village, aber in Fußwegnähe, mit Blick auf den Crooked Lake (vom Obergeschoss aus) und einer hübschen Veranda. Doch fürs Erste zogen sie in Levis Wohnung, die mit der rot gestrichenen Wand bedeutend mehr hermachte. Sarah würde nach wie vor hier wohnen, wenn sie vom College nach Hause kam, und Faith fand es schön, endlich eine kleine Schwester zu haben, die sie herumkommandieren konnte, wie Honor und Pru es jahrelang mit ihr getan hatten.

„Du kommst heute Nacht nicht zum Zug, Chief Cooper", sagte sie, und ihr Atem bildete Wölkchen in der stillen Luft. „Nach Mitternacht darfst du mich eigentlich nicht einmal mehr sehen."

„Tja, dann bleibt mir ja noch eine halbe Stunde." Damit warf er sich Faith über die Schulter und schleppte sie nach Höhlenmenschen-Manier die Treppe hinauf. Sie musste so sehr lachen, dass sie kaum Luft bekam.

„Ich habe etwas für dich", sagte er, als er sie absetzte, um die Tür zu öffnen. „Blue, noch ein bisschen Geduld, bitte."

„Wegen mir brauchst du dich nicht zu gedulden, alter Junge", sagte Faith und hockte sich hin, um dem Hund den Bauch zu kraulen. „Du bist und bleibst meine erste Liebe. Nicht wahr? Wer ist mein Bester, hm?" Sie schlüpfte aus ihrem Mantel, während Levi im Schreibtisch kramte. „Was immer es sein mag, ich hoffe, es lohnt den Aufwand zu später Stunde." Sie ließ sich aufs Sofa fallen. Blue sprang hinauf und ließ sich neben ihr nieder.

„Bitte schön", sagte Levi und setzte sich ebenfalls neben sie. Er hielt ein Päckchen in die Höhe, reichte Faith aber zuerst ein zusammengefaltetes Blatt Papier.

„Wenn das ein Gedicht ist, falle ich in Ohnmacht." Doch dann erlosch ihr Lächeln. Levi wirkte so … angespannt.

„Lies einfach", sagte er.

Sie faltete das Blatt auseinander – Schulheftpapier, altersweich und vollgekritzelt mit einer ziemlich schlampigen Jungenschrift.

*Liebe Faith*, las sie.

*Tut mir leid, dass deine Mom gestorben ist. Ich wollte, mir würde etwas Besseres zu schreiben einfallen. Ich finde, du bist ein nettes Mädchen und auch sehr hübsch. Das hilft dir wahrscheinlich auch nicht. Aber ich meine es ernst.*
*Hochachtungsvoll, Levi Cooper.*

„Ach Levi", sagte sie und spürte, wie ihr heiße Tränen über die Wangen liefen.

„Du bist wohl doch nicht die Einzige, die solchen Kram aufbewahrt", sagte er, den Blick zu Boden gesenkt. „Ich hätte es dir damals geben sollen. Da kam es mir nur so … unpassend vor."

„Es ist nicht unpassend", sagte sie. „Es ist wunderschön."

Er streckte die Hand aus und wischte Faith die Tränen ab. „Ich will nicht, dass du am Vorabend unserer Hochzeit weinst", flüsterte er.

„Das hättest du dir dann früher überlegen müssen." Sie strich das Blatt Papier glatt. „Ich habe nämlich ziemlich nah am Wasser gebaut, falls dir das noch nicht aufgefallen sein sollte."

„Es ist mir aufgefallen. Und weil du so rührselig bist, dachte ich mir, das hier könnte dir auch gefallen." Er lächelte und reichte ihr das Päckchen.

Der Rosenquarz war in Silber gefasst und mit einem zierlichen Kettchen versehen. „Woher hast du das?", rief Faith aus. „Ich dachte, der Stein läge in einer Kiste bei meinem Vater."

„Ich habe ihn gestohlen."

„Dann gibst du also endlich zu, dass du ihn mir geschenkt hast?", fragte sie, und noch ein paar Tränchen flossen, als Levi ihr die Kette um den Hals legte.

„Eigentlich glaube ich, dass es Arschwisch Jones war, aber ich nehme es gern auf meine Kappe."

Sie schenkte ihm ein wässriges Lächeln. „Tut mir leid, Alter. Es kann niemand anderer gewesen sein als du."

Levi lächelte, und seine grünen Augen wurden ganz sanft. „Zufällig hast du recht, Holland."

Dann küsste er sie und küsste sie noch einmal. Und dann rückte er von ihr ab und grinste. „So, und jetzt bringe ich dich zu deinem Vater zurück. Morgen muss ich auf eine Hochzeit."

*An einem schönen Tag im Januar heiratete Faith Elizabeth Holland in einem Brautkleid, in dem sie aussah wie ein Filmstar aus den Vierzigerjahren, und mit einem Strauß perfekter roter Rosen in den Händen buchstäblich unter den Augen der halben Stadt den Mann, den sie liebte. Man könnte auch sagen, den das* Schicksal *ihr bestimmt hatte, wenn man an so etwas glaubt.*

*Und wir glauben fest daran.*

– ENDE –